宋元

笔记小说

大观

上海古籍出版社
本社编

二

第二册目录

渑水燕谈录

[宋]王辟之　撰
韩　谷　校点

校 点 说 明

《渑水燕谈录》，宋王辟之(1032—?)撰。辟之字圣涂，山东临淄人。治平四年(1067)进士。前后三十年在地方州县为官，绍圣四年(1097)于忠州任上致仕。

此书的成书据作者自序题为绍圣二年(1095)，又作者同年进士满思复曰："元祐四年(1089)，予来守蒲，圣涂方为邑河东，因得其录而观之。"可知前此已大致成书。渑水，古水名，源出今山东临淄西北。作者写此书是其"将归渑水之上，治先人旧庐与田大夫樵叟闲燕而谈说也"，所记录的"贤士大夫谈议"，"得三百六十余事"，内容涉及政事、官制、文儒等诸多轶闻、掌故。凡北宋名臣，均有记述。《四库全书总目》称其"所记质实可信"，元人袁桷曾将此书列入《修辽金宋史搜访遗书条列事状》之采样书目中。于此可见这是一本颇具史料价值的笔记。

据作者自序及《直斋书录解题》、《郡斋读书志》，知此书为十卷，但较通行的《稗海》本虽亦称十卷，实非全帙。知不足斋以明正德白沙贡大章钞本、赵清常家藏本为底本刻印，收入《知不足斋丛书》。1919年涵芬楼即以知不足斋本为底本，又校以黄丕烈校本、《四库全书》本、《说郛》本及朱熹《名臣言行录》所引，出版发行，是一较为完整的旧本。今以涵芬楼本为底本，校以文渊阁《四库全书》本，并以《皇宋事实类苑》等有关宋人笔记、史料参校，凡有异文，择善而从，概不出校；原校也一律删除，以就《历代笔记小说大观》丛书体例云。

目　　录

渑水燕谈录序

《渑水谈》者,齐国王辟之将归渑水之上,治先人旧庐,与田夫樵叟闲燕而谈说也。余登科从仕,行三十年矣,日欲退居故国,而为贫未果。今且老矣,仕不出乎州县,身不脱乎饥寒,不得与闻朝廷之论、史官所书;闲接贤士大夫谈议,有可取者辄记之,久而得三百六十余事。私编之为十卷,蓄之中橐,以为南亩北窗、倚杖鼓腹之资,且用消阻志、遣余年耳。渑,齐水之名。其事随所录得之,故无先后之序。绍圣二年正月甲子序。

前人记宾朋燕语以补史氏者多矣,岂特屑屑记录以为谈助而已哉?齐国王辟之圣涂,余同年进士也,从仕已来,每于燕闲得一嘉话辄录之。凡数百事,大抵进忠义,尊行节,不取怪诞无益之语,至于赋咏谈谑,虽若琐碎而皆有所发,读其书亦足知所存矣。元祐四年,予来守蒲,圣涂方为邑河东,因得其录而观之。十二月朔,昌邑满中行思复碧莎厅题。

渑水燕谈录卷第一

帝德 凡十八事

西都北寺应天禅院,乃太祖诞圣之地,国初为传舍。真宗幸洛阳,顾瞻遗迹,徘徊感怆,乃命建为僧舍。功成,赐院额,奉安神御,命知制诰刘筠志之。仁宗初,又建别殿,分二位,塑太宗、真宗圣像,丞相王钦若为之记。后园植牡丹万本,皆洛中尤品。庆历末,仁宗御篆神御三殿碑,艺祖曰"兴先",太宗曰"帝华",真宗曰"昭孝"。今为忌日行香地,去留府甚远,故诗曰"正梦寐中行十里",此之谓也。

开宝中,教坊使魏某,年老当补外,援后唐故事,求领小郡。太祖曰:"伶人为刺史,岂治朝事,尚可法耶!"第令于本部中迁叙,乃以为太常太乐令。

兴国中,张观、乐史镳厅合格,不得进士第,止以为幕职官。太宗之爱惜科名如此。

庆历中,郎官吕觉者勘公事已回,登对,自陈衣绯已久,乞改章服。仁宗曰:"待别差遣,与卿换章服。朕不欲因鞫狱与人恩泽,虑刻薄之徒望风希进,加人深罪耳。"帝宽厚钦恤之德如此,庙号曰"仁",不亦宜乎!

明道二年二月十一日,仁宗行籍田礼。就耕位,侍中奉耒进御,上揩圭秉耒三推,礼仪使奏礼成。上曰:"朕既躬耕,不必泥古,愿终亩以劝天下。"礼仪使复奏,上遂耕十有二畦。翌日,作《籍田礼毕诗》,赐宰臣已下和进,寻诏吕文靖公编为《籍田记》。时许开封国学举人陪位,因得免解。

宝元、康定间,西方用兵,急于边用,言利者多捃摭细微,颇伤大体。仁宗厌之,乃诏曰:"议者并须究知本末,审可施用。若事已上而验白无状、事效不著者当施重罚。"于是轻肆者知畏而不敢妄言利害也。

仁宗朝,南剑州上言:"石碑等银矿可发。"上谓三司使曰:"但不害民,则为国利;或于民有害,岂可行也。"上之恤爱元元至矣。

晁文元公迥在翰林,以文章德行为仁宗所优异,帝以君子长者称之。天禧初,因草诏得对,命坐赐茶。既退,已昏夕,真宗顾左右取烛与学士,中使就御前取烛,执以前导之,出内门,传付从使。后曲燕宜春殿,出牡丹百余盘,千叶者才十余朵,所赐止亲王、宰臣,真宗顾文元及钱文僖,各赐一朵。又常侍宴,赐禁中名花。故事,惟亲王、宰臣即中使为插花,余皆自戴。上忽顾公,令内侍为戴花,观者荣之。其孙端禀尝为余言。

咸平二年,大理寺上言曰:"本寺案牍未决者常几百事,近日逾月并无公案。汉文决死刑四百,唐太宗决死罪三百,史臣书之,以为刑措;今以四海之广而奏牍不闻,动辄逾月,足以知民识礼义而不犯于有司也,请载之史笔。"

祥符中,诸王有以翰林使医有效,乞除遥郡。真宗曰:"医之为郡,非治朝美事,厚赐之可也。"仍令宰相谕此意。

真宗一日晚坐承明殿,召学士对。既退,中人就院宣谕曰:"朕适忘御袍带,卿无讶焉。"学士将降谢,中人止之云:"上深自愧责,有旨放谢。"真宗礼遇词臣厚矣。

太祖讨平诸国,收其府藏,贮之别府,曰封桩库,每岁国用之余皆入焉。尝语近臣曰:"石晋割幽燕诸郡以归契丹,朕悯八州之民久陷夷虏,俟所蓄满五百万缗,遣使北虏,以赎山后诸郡;如不我从,即散府财募战士,以图攻取。"会上晏驾,乃寝。后改曰左藏库,今为内藏库。

太祖登极数年,石守信等犹典禁卫,赵忠献屡请于上授以他任。上乃曲燕守信等,道旧甚欢,从容曰:"朕与卿等义均手足,岂有他耶,而言者累及之。卿等各自择善地,出就藩镇,租赋之入,奉养甚厚,优游卒岁,不亦乐乎!朕有数女,与卿结亲,庶无间耳。"皆感称谢。于是诸帅归镇或有至二十余年者,常富贵荣宠,极于一时。前代之保全功臣,无以过也。

真宗尝谕宰臣一外补郎官,称其才行甚美,俟罢郡还朝,与除监司。及还,帝又语及之。执政拟奏,将以次日上之,晚归里第,其人来谒。明日,只以名荐奏。上默然不许。察所以,乃知已为伺察密报矣。终真宗朝,其人不复进用,真宗恶人奔竞如此。

庆历中,滕子京守庆州,属羌数千人内附,滕厚加劳遗,以结其心。御史梁坚言滕妄费公库钱。仁宗曰:"边帅以财利啖蕃部,此李牧故事,安可加罪?"

仁宗朝,流内铨引改京官人李师锡,上览其荐者三十余人,问其族系,乃知使相王德用甥婿。上曰:"保任之法,欲以尽天下之才,今但荐势要,使孤寒何以进?"止与师锡循资。后翰林学士胡宿子宗尧磨勘,以保官亦令循资。帝之照见物情、抑权势、进孤寒,圣矣。

英宗治平中,燕国惠和公主下降王师约。异时尚主之家,例降昭穆一等以为恭,帝疾之,曰:"此废人伦之序,不可以为法。"思有以厚风俗，亟命正之，尚未遑著于令。及神宗践阼，乃诏公主出降，皆行见舅姑礼。是时师约父克臣为开封府判官，前一日，中使促就第，受主见，行盥馈礼。礼成，遂大设乐，天下荣之。三宫嫔御还者，莫不嗟叹。近姻贵戚，相与震动，以为天姬之贵尚执行妇道，盖自惠和始耳。唐南平公主下降王珪之子，珪坐，令亲执笄，行盥馈之礼，曰："吾岂为身荣，所以成国家之美耳。"唯我祖宗首正王化，穆然成风矣。

鲁人李廷臣顷官琼管，一日过市，有獠子持锦臂鞲鬻于市者，织成诗，取而视之，仁庙景祐五年赐新进士诗也，云："恩袍草色动，仙籍桂香浮。"仁祖天章淡丽，固足以流播荒服，盖亦仁德酝厚，有以深浃夷獠之心，故使爱服之如此也。廷臣以千文易得之，帖之小屏，致几席间，以为朝夕之玩。

说论 凡十一事

庆历中，开宝寺塔灾。国家遣人凿塔基，得旧瘗舍利，迎入内庭，送本寺，令士庶瞻仰。传言在内庭时颇有光怪，将复建塔。余襄公靖言："彼一塔不能自卫，何福逮于民？凡腐草皆有光，水精及珠之圆者夜亦有光，乌足异也？梁武造长干塔，舍利长有光，台城之败，何能致福！乞不营造。"仁宗从之。

夏竦薨，仁宗赐谥曰文正，刘原父判考功，上疏言："谥者，有司之事，且竦行不应法，今百司各得守其职，而陛下奈何侵之乎？"疏三上。是时司马温公知礼院，上书曰："谥之美者，极于文正，竦何人，可当？"光书再上，遂改谥文献。知制诰王原叔曰："此僖祖皇帝谥也。"封还其目，不为草诏，于是太常更谥竦文庄。

嘉祐中，内臣麦允言死，以其尝有军功，特给卤簿。司马光言:"古不以名器假人,允言近习之人,非有大功大勋,而赠以一品,给以卤簿,不可以为法。"仁宗嘉纳之。

仁宗朝司天奏:"月朔,日当食而阴云不见,事同不食,故事当贺。"司马光曰:"日食,四方皆见而京师独不见,天意若曰人君为阴邪所蔽;天下皆知而朝廷独不知,其为灾尤甚,不当贺。"诏嘉其言,后以为例。

景祐中,赵元昊尚修职贡,蔡州进士赵禹庶明言元昊必反,请为边备。宰相以为狂言,流禹建州。明年,元昊果反,禹逃归京,上书自理。宰相益怒,下禹开封府狱。是时陈希亮为司录,言禹可赏不可罪,宰相不从,希亮争不已,卒从希亮言,以禹为徐州推官。徂徕先生石守道有诗曰:"蔡牧男儿忽议兵。"谓禹也。

咸平中,孙冕乞于江、淮、荆湖通商卖盐,许商人于边上入粮草、或京中纳钱帛,一年之内,国家预得江、淮、荆湖三路卖盐课额,而又公私之利有十倍焉。为陈恕等沮之,遂寝。

临淄贾公疏先生以著书扶道为己任,著《山东野录》七篇,颇类《孟子》。常奏《谏书》四篇,谓"丁谓造作符瑞,以诬皇天,以欺先帝,今幸谓奸发,请明告天下,正其事。"无几,又谓"谓既窜逐,寇莱公犹在雷州,宜还莱公,以明忠邪"。先生终以孤直不偶。既晚,得进士出身,不乐为吏。久之,李文定公窃其谠议荐送吏部,先生勉就之,官至殿中丞卒。后门人李冠元伯、刘颜子望相与谥曰存道先生。初,先生得出身,真宗赐名同,改字希得。案公疏元名闶,故赐改同。

狄武襄公既平岭南,仁宗欲以为枢密使、平章事。庞庄敏公曰:"太祖遣曹彬平江南,止赐钱二十万,其重慎名器如此。今青功不及彬远矣,若用为平章事,富贵已极,后安肯为陛下用？万一后有寇盗，青更立功，陛下以何官赏之？"乃以青为护国军节度，诸子皆优宫，厚赐金帛。

真宗初上仙，庄献攀慕号切，凡丧祭之礼，务极崇厚。吕文靖公奏曰："太后为先帝丧纪之数，宗庙之仪，不忍裁减，曲尽尊奉，此虽至孝之道，以臣所见，尚未足报先帝恩遇之厚。唯是远奸邪，奖忠直，惜民财，拔擢时彦，使边徼宁靖，人物富安，皇帝德业日茂，太后寿乐无忧，此报先帝之大节也。"

祥符中，玉清昭应等宫成，大臣率兼使领。天圣中，玉清灾，庄献泣曰："先帝尊道奉天，故大建馆御以尽祇肃之道，今忽灾毁，何以称先帝遗意？"吕文靖公恐后复议缮完，因推《洪范》灾异之端，乞罢营建，恳让使名。玉清遂不葺。

田锡以谠直事太宗，知无不言，深得诤臣之体。一日，诣中书谒赵忠献公曰："公以元勋当轴，宜自谦抑。今百司奏覆，必先经堂，岂尊君之义也。谏台章疏，令阁门进状，尤失风宪之体。"赵竦然谢之，遽从其言。

渑水燕谈录卷第二

名臣 凡五十事

宰相王溥父祚，少为太原掾属，累迁宿州防御使。既老，溥劝其退居洛阳，居常怏怏。及溥为相，客或候祚，溥常朝服侍立，客不安席，求去，祚曰："学生劳贤者起避耶？"

张忠定公咏布衣时，希夷先生一见奇之。公曰："愿分华山一半居，可乎？"先生曰："非公可及。"别赠以毫楮。公曰："是将婴我以世务也。"后公贵显，以名德重天下，将赴剑南，以诗寄先生曰："性愚不肯林泉住，强要流清拟致君。今日星驰剑南道，回头惭愧华山云。"及还，又有诗曰："世人大抵重官荣，见我东归夹道迎。应被华山高士笑，天真丧尽得虚名。"

王元之尝草李继迁制，继迁送马五十匹润笔，公却之。后守永阳，闽人郑褒有文行，徒步谒公，及还，公买一马遗之。或谤其亏价者，太宗曰："彼能却继迁五十匹，顾肯亏一匹马价耶？"

曹冀王彬，前后帅师征讨诸国，凡降四国主：江南、西川、广南、湖南也，未尝杀一无辜，功名显著，为诸将之首。诸子皆贤令，玮、琼、璨继领旄钺。陶弼《观王画像有诗》曰："搜兵四解降王缚，教子三登上将坛。"其后少子玘追封王爵，实生光献慈圣太皇太后，辅佐仁宗，母仪天下。累朝圣功仁德，天下怀慕，以至济阴，生享王爵，子孙昌炽，世世无比；非元功阴德，享报深厚何以及此，虽汉马、唐郭，迨无以过此。呜呼盛哉！

张仆射齐贤以吏部尚书知青州六年，其治安静，民颇安之。好事者或谤其居官弛慢，朝廷召还。公或语人曰："向作宰相，幸无大过；今典一郡，乃招物议。正如监御厨三十年，临老反煮粥不了。"士大夫闻之深罪谤者。曾孙仲平为余言。

真宗晏驾，二府受遗制："辅立仁宗及皇太后权听断军国事。"宰相丁谓欲去"权"字，王沂公时参大政，独执之曰："皇帝冲年，太后临朝，斯非国家常典，称'权'犹足示后，况言犹在耳，何可改也！"谓深感其言，"权"字遂不敢去。

祥符中，赵德明上言本国饥，来借粟百万斛。大臣皆请以违誓责之，王魏公旦独请具粟如其数于京师，诏德明入京来取。德明大惭，且叹朝廷有人。真宗喜。

真宗朝，宦者刘承珪以端谨事上，病且死，求为节度使。上促授之，王魏公旦执不从，曰："复有求为枢密使者，何以绝之？"至今宦者官不过留后。

王魏公旦与杨文公大年友善。疾笃，大年于卧内，托草遗奏，言"为宰相，不可以将尽之言为宗亲求官"，止叙平生遭遇之际。表上，真宗叹之，遽遣就第，名数进录。

谏议大夫陈省华生三子，皆登进士第，而伯仲皆为天下第一。晚年与燕国夫人冯氏俱康宁，长子尧叟知枢密院，次子尧佐直史馆，少子尧咨知制诰。每对客，三子列侍，客不自安，求去，省华曰："学生辈立侍，常也。"士大夫以陈氏为荣。

晁文元公迥少闻方士之术，凡人耳有灵响，目有神光，其后听于静中，若铃声远闻。耆年之后，愈觉清彻。公名之曰三妙音：一曰幽泉漱玉，二曰清声摇空，三曰秋蝉曳绪。尝闻其裔孙端礼云。

景德中,朝廷始与北虏通好,诏遣使将以北朝呼之。王沂公以为太重,请但称契丹本号可也。真宗激赏再三,朝论韪之。

祥符中,王沂公奉使契丹,馆伴耶律祥颇肆谈辨,深自衒鬻,且矜新赐铁券。公曰:"铁券,盖勋臣有功高不赏之惧,赐之以安反侧耳,何为辄及亲贤?"祥大沮矣。

真宗上仙,时虽仲春而大雪苦寒。庄献太后诏赐坐甲卫士酒,独王德用令所辖禁旅不得饮。后以问德用,德用曰:"卫士荷先帝恩德厚矣,今率土崩心,安忍纵饮;矧嗣君尚少,未亲万机,不幸一夫酗酒,奋臂狂呼,得不动人心耶?"后大叹赏,自是有意大用。

李文靖公为相,王魏公且方参预政府,时西北尚用兵,或至旰食。魏公叹:"我辈安能坐致太平,得优游无事耶?"文靖公曰:"少有忧勤,足为警戒;它日四方宁谧,朝廷未必无事。"其后北戎讲和,西戎纳款,而封禅祠祀,搜讲坠典,靡有虚日。魏公始叹文靖之先识过人远矣。

乾兴初,丁谓欲每议大政则太后后殿朝执政,朔望则皇帝前殿朝群臣,其余常事,独令入内押班雷允恭附奏禁中,传命二府。众以为隔绝中外,不便。王沂公时判礼院,引东汉故事,皇帝在左,太后在右,同殿加帘,中书、枢密院以次奏事。人心乃安。

皇祐五年,侬智高陷二广,诏枢密副使狄青督诸将讨之。言事者以青武人,不可专用,请以文臣副之。仁宗以问庞庄敏公。曰:"向者王师所以屡败,由大将不足以统一,裨将人人自用,故遇敌辄北。刘平以来,败军覆将莫不由此。青勇敢有智略,善用兵,必能办贼,愿勿忧。"仁宗乃诏行营诸军皆受青节制;贼平,处置民事则与孙沔、余靖同议。及捷报至,上喜谓庄敏曰:"岭表平殄,皆卿之力也。"

皇祐五年,王汾擢进士甲科。唱名日,左右奏:"汾,免解进士,例当降甲。"仁宗览家状,曰:"汾,先朝学士禹偁曾孙。"遂不降甲。其后,汾以便籴赏劳改官,亦以黄州孙超升朝籍。

景祐中,范文正公以言事触宰相,黜守饶州,到任,谢表云:"此而为郡,陈优优布政之方;必也立朝,增蹇蹇匪躬之节。"天下叹公至诚,许国始终不渝,不以进退易其守也。

范文正公以龙图阁直学士帅邠、延、泾、庆四郡,威德著闻,夷夏耸服,属户蓄部率称曰"龙图老子",至于元昊亦以是呼之。

太子宾客谢涛生平清慎,恬于荣利。晚节乞知西台,寻分务洛中,不接宾客,屏去外事,日览旧史一编,以代宾话。将终前一日,梦中得诗一章,觉,呼其孙景初录之,曰:"百年奇特几张纸,千古英雄一窖尘。惟有炳然周孔教,至今仁义浸生民。"足以见笃于仁义,著乎神明,故至死而不乱也。

皇祐末,契丹请观太庙乐。仁宗以问宰相,对曰:"恐非享祀,不可习也。"枢密副使孙公沔曰:"当以礼折之,请谓使者曰:'庙乐之作,皆本朝所以歌咏祖宗功德也,它国可用邪!使人如能助吾祭,乃观之。'"仁宗从其言,使者不敢复请。

陈文惠将终前一日,自为墓志曰:"宋有颍川先生尧佐,字希元,道号知馀子。年八十不为夭,官一品不为贱,使相纳禄不为辱,三者粗备,归息于先秦国大夫、仲兄丞相栖神之域,吾何恨哉!"

初,范文正公贬饶州,朝廷方治朋党,士大夫莫敢往别。王待制质独扶病饯于国门,大臣责之曰:"君长者,何自陷朋党?"王曰:"范公天下贤者,顾质何敢望之;若得为范公党人,公之赐质厚矣!"闻者为之缩颈。

欧阳文忠公使辽,其主每择贵臣有学者押宴,非常例也,且曰:"以公名重今代,故尔。"其为外夷敬服也如此。

景祐末,西鄙用兵,大将刘平死之。议者以朝廷使宦者监军,主帅节制有不得专者,故平失利。诏诛监军黄德和。或乞罢诸帅监军,仁宗以问宰臣,吕文靖公曰:"不必罢,但择谨厚者为之。"仁宗委公择之,对曰:"臣待罪宰相,不当与中贵私交,无由知其贤否。愿诏都知押班保举,有不职,与同罪。"仁宗从之。翌日,都知叩首乞罢诸监军。士大夫嘉公有谋。

景祐中,范文正公知开封府,忠亮谠直,言无回避,左右不便,因言公离间大臣,自结朋党。仍落天章阁待制,黜知饶州。余靖安道上疏论救,以朋党坐贬。尹洙师鲁言:"靖与仲淹交浅,臣与仲淹义兼师友,当从坐。"贬监郢州税。欧阳永叔贻书责司谏高若讷不能辩其非辜。若讷大怒,缴其书,降授夷陵县令。永叔复与师鲁书云:"五六十年来,此辈沉默畏慎,布在世间,忽见吾辈作此事,下至灶间老婢亦为惊怪。"时蔡君谟为《四贤一不肖》诗,布在都下,人争传写,鬻书者市之,颇获厚利。虏使至,密市以还。张中庸奉使过幽州,馆中有书君谟诗在壁上。四贤,希文、安道、师鲁、永叔。一不肖,谓若讷也。

狄武襄公青初以散直为延州指使。是时西边用兵,公以才勇知略,频立战功。常被发面铜具,驰突贼围,敌人畏慑,无敢当者。公识度宏远,士大夫翕然称之,而尤为韩魏公、范文正公所深知,称为国器。文正以《春秋》、《汉书》授之曰:"将不知古今,匹夫之勇,不足尚也。"公于是博览书史,通究古今,已而立大功,登辅弼,书史策,配享宗庙,为宋名将,天下称其贤。

公初为延州指使，后显贵，天下犹呼公为狄天使。

庆历中，仁宗服药，久不视朝。一日，圣体康复，思见执政，坐便殿，促召二府。宰相吕许公闻命，移刻方赴召。比至，中使数促公，同列亦赞公速行，公愈缓步。既见，上曰："久疾方平，喜与公等相见，而迟迟其来，何也？"公从容奏曰："陛下不豫，中外颇忧，一旦闻忽召近臣，臣等若奔驰以进，虑人惊动耳。"上以为得辅臣之体。

陈贯自盐铁副使除直昭文馆，知相州。先是三司副使例得待制，而贯独得直馆。或唁贯者，贯曰："与其居天章作不才待制，何如在昭文为有道学士。"唁者愧服。贯子安石，今为吏部侍郎，女嫁文潞公。

康定中，赵元昊既虏刘平，遂约吐蕃毋与中国通，阴相为援。朝廷患之，择能使绝域者，将以恩信谯让唃氏。尚书屯田员外郎刘涣上书请行。间道驰至青唐城，谯唃氏，皆顿首悔谢，请以死捍边。因尽图其地形，并誓书还奏。仁宗嘉叹，进直昭文馆。俄而元昊臣服，再加刑部郎中，赐金紫。初，涣之奉使也，或数日不得食，于佩囊中得风药数粒咀润咽喉。原本注云：下疑有脱文。唃嘶啰吐蕃呼佛曰唃，如厮啰译为"儿子"二字，称佛之儿子。更鼓自昏达旦，三挝而已。每有公事，量大小以绵裹其讼牒，物多者为有理。

王武恭公德用，宽厚善抚士。其貌魁伟，而面色正黑，虽匹夫下卒、闾巷小儿，外至远夷君长，皆知其名，识与不识，称之曰黑王相公。北虏常呼其名以惊小儿，其为戎狄畏服如此。皇祐末，仁宗以为枢密使，而以富韩公为宰相。是冬，契丹使至，公与之射，使者曰："天子以公为枢密使、富公为相，得人矣。"上闻尤喜。

治平中,夏国泛使至,将以十事闻于天子,未知其何事也。时太常少卿祝谘主馆伴,既受命,先见枢府,已而见丞相韩魏公。公曰:"枢密何语?"谘曰:"枢密云:'若使人言及十事,第云受命馆伴,不敢辄及边事。'"公笑曰:"岂有止主饮食,不及他语邪!"公乃徐料十事,以授祝曰:"彼及某事则以某辞辩,言某事则以某辞折。"祝唯而退。及宴,见使者,果及十事,凡八事正中公所料,祝如所教答之,夏人耸服。祝常以谓魏公真贤相,非他人可比也。

元丰中,尚书省百官谥曾鲁公,始曰忠献,礼官刘挚驳曰:"丞相位居三事,不闻荐一士,安得谓之忠?家累千金,未尝济一物,安得谓之献?"众不能夺其议,改谥曰宣靖。

司马文正公以高才全德大得中外之望,士大夫识与不识,称之曰君实;下至闾阎匹夫匹妇,莫不能道司马。故公之退十有余年,而天下之人日冀其复用于朝。熙宁末,余夜宿青州北淄河马铺,晨起行,见村民百余人欢呼踊跃,自北而南。余惊问之,皆曰:"传司马为宰相矣。"余以为虽出于野人妄传,亦其情之所素欲也。故子瞻为公《独乐园》诗曰:"先生独何事,四海望陶冶。儿童诵君实,走卒知司马。"盖纪实也。

元丰七年春,文太师既告老,奏乞赴阙,亲辞天陛,庶尽臣子之诚。既见,神宗即日对御赐宴,顾问温渥,上酌御盏亲劝。数日,朝辞,上遣中使以手札谕公留过清明,饬有司令与公备二舟,溯汴还洛。清明日,锡宴玉津园,公作诗示同席。翌日,上用公韵属和,亲洒宸翰,就第赐公。将行,特命三省以上赴琼林苑宴饯,复赐御诗送行。公留京师一月,凡对上者五,锡宴者三,锡诗者再,顾问不名,称曰"太师",宠数优异,近世无比。

　　富公熙宁中罢相镇亳，常深居养病，罕出视事。时幕府诸公事须禀命，常以状白公，公批数字于纸尾，莫不尽其理。或有难决之事、诸公忧疑不能措手者，相与求见公。公以一二言裁处，徐语它事。诸公晓然，率常失其所疑者，退而叹服，以为世莫可及也。公早使虏，以片言折狡谋，尊中国。及总大政，视天下事若不足为者，矧退处一郡乎！

　　韩魏公元勋旧德，夷夏具瞻。熙宁中留守北都，辽使每过境，必先戒其下曰：“韩丞相在此，无得过有呼索。”辽使与京尹书，故事，纸尾止押字，是时悉书名，其为辽人尊畏如此。每使至于国，必问侍中安否。其后，公子忠彦奉使，辽主问尝使中国者曰：“国使类丞相否？”或曰：“类。”即命工图之。

　　国朝享国百三十余年，人臣为太师者，惟赵忠献、文潞公二人耳。庆历二年十二月，诏拜吕文靖公司空、平章军国重事，元祐三年四月，正献公又以司空平章军国事，父子继以三公平章军国，古所未有也。

　　范文正公知邠州，暇日率僚属登楼置酒，未举觞，见缞绖数人营理葬具者。公亟令询之，乃寓居士人卒于邠，将出殡近郊，赗敛棺椁，皆所未具。公怃然，即彻宴席，厚赒给之，使毕其事。坐客感叹有泣下者。

　　崔遵度清节纯德，泊于荣利。事太宗为右史十余年，每侍殿陛，侧身轩楹，以自屏蔽，不欲当上顾盼，其恬晦如此。琴德尤高，尝著琴静室，往往通夕，妻子罕见其面。

　　庆历末，富文忠公镇青州，会河决商胡，北方大水，流民坌入京东。公劝所抚八州之民出粟以助赈给，各因坊村择寺庙及公私空舍，又因山崖为窟室，以处流离。择寓居官无职事者，各给以俸，即民所赘聚，籍而受券，以时给之。器物薪刍，无不完具。不幸死者,为丛冢收瘗,自为文遣使祭之。明年夏大稔,计其道里资遣还业。八州之间所活者,无虑五十余万人,其募为兵者又万余人。仁宗嘉之,拜公礼部侍郎,公曰:"恤灾赈乏,臣之职也。"卒辞不受。

嘉祐中,仁宗已不豫,久不御殿,虽宰臣亦不得见。富文忠公求入视疾,内侍以公未有诏旨,止之。公叱之曰:"安有宰相一日不见天子!"遂趋入见。因乞监侍祈祷,留宿殿中。自是,事无巨细,皆白执政而后行,上下晏然。

司马温公忠厚正直,出于天性,终始一节,故得天下之望。居洛十五年,天下之人日望以为相。神宗上仙,公赴阙哭临,卫士见公,皆以手加额曰"司马相公"也。民遮道曰:"无归洛,留相天子,活百姓。"所在数千人观之。公惧,径归。诏除知陈州,过阙,留拜门下侍郎,遂为左仆射。及薨,京师民刻画其像,家置一本,四方争购之,画工有致富者。公之功德为民爱如此。

孔公道辅以刚毅直谅名闻天下。知谏院日,请明肃太后归政天子;为中丞日,谏废郭后。其后知兖州日,近臣献诗百篇者,执政请除龙图阁直学士,仁宗曰:"是诗虽多,不如孔某一言。"乃以公为龙图阁直学士。

祥符中,天下大蝗。近臣得死蝗于野以献,宰臣将率百官称贺,王魏公旦独执不可。数日,方朝,飞蝗蔽天,真宗叹曰:"使百官将贺而蝗遽至,岂不为天下笑耶!"

张忠定公咏知通进银台司,并州有军校笞他部卒至死,狱具,奏上。法官谓非所部,当如凡人。公执奏之曰:"并接羌、胡,兵数十万,一旦因一卒法死一校,卒有轻所部之心,且生事,不若杖遣,于权宜为便。"上如法官议。不数日,并卒怨本校,白昼五六辈提刀趋喧,争前刺校,心胃狼籍尸下,遂窜去。朝廷方以公向所执为是。

忠定公为御史中丞,一日于行香所,宰相张齐贤呼参知政事温仲舒为乡弟,及他语尤鄙。钱希白所撰公志曰"弹执政之事失辞"者,此也。公以非所宜言,失大臣体,遂弹奏之。齐贤深以为恨,后于上前短公曰:"张詠本无文,凡有章奏皆婚家王禹偁代为之。"禹偁前在翰林,作齐贤罢相麻词,其辞丑诋。及再入中书,禹偁亦再知制诰,故两中伤之。公闻,自辩曰:"臣苦心文学,缙绅莫不知。今齐贤以臣假手于人,是掩上之明,诬臣之非罪也。"上曰:"卿平生著述几多?可进来。"公遂以所著进。上阅于龙图阁,未竟,赐坐,曰:"今日暑甚。"顾黄门于御几取常所执红绡金龙扇赐公,且称文善。公起,再拜,乃纳扇于几。上曰:"便以赐卿,美今日献文事也。"

忠定公后自金陵入,苦脑疽,未朝见,御史阁门累有奏,上宽其告,俾养疾。公恨不得面陈所怀,乃抗论"近年以来,虚国家帑藏,竭生民膏血,以奉无用之土木,皆丁谓、王钦若启上侈心之所为也,不诛死无以谢天下。"章三上,不报。出知陈州。

孙明复先生退居太山之阳,枯槁憔悴,鬓发皓白,著《春秋尊王发微》十五篇,为《春秋》学者,未有过之者也。故相李文定公守衮,就见之,叹曰:"先生年五十,一室独居,谁事左右?不幸风雨饮食生疾奈何!吾弟之女甚贤,可以奉先生箕帚。"先生固辞。文定公曰:"吾女不妻先生,不过为一官人妻,先生德高天下,幸婿李氏,荣贵莫大于此。"先生曰:"宰相女不以妻公侯贵戚,而固以嫁山谷衰老、藜藿不充之人,相国之贤,古无有也,予不可不成相国之贤!"遂妻之。其女亦甘淡薄,事先生以尽妇道,当时士大夫莫不贤之。

渑水燕谈录卷第三

知人 凡四事

希夷先生陈抟语人祸福合若符契。王世则与韩见素、赵谏同诣先生,世则伪为仆,拜于堂下。先生笑之曰:"侮人者,自侮也。"揖世则坐于诸坐之右:"将来科名,君为首,冠诸君之次,正如此会。"明年,世则举进士第一,余如坐次。

河东柳先生开以高文苦学为世宗师,后进经其题品者,翕然名重于世。尝有诗赠诸进士曰:"今年举进士,必谁登高第?孙何及孙仅,外复有丁谓。"未几,何、仅连榜状元,谓亦中甲科,先生之知人也如此。

孙何、孙仅学行文辞倾动场屋。何既为状元,王黄州览仅文编,书其后曰:"明年再就尧阶试,应被人呼小状元。"后榜仅果为第一。黄州复以诗寄之云:"病中何幸忽开颜,记得诗称小状元。粉壁乍悬龙虎榜,锦标终属鹡鸰原。"并寄何诗曰:"惟爱君家棣华榜,《登科记》上并龙头。"潘道遥亦有诗曰:"归来遍检《登科记》,未见连年放弟兄。"而陈尧叟、尧咨兄弟亦前后相继为状元,士林皆以为盛事。

庆历二年,仁宗用范文正公参知政事,韩魏公、富韩公为枢密副使,天下人心莫不欢快。徂徕先生石守道作《圣德》诗曰:"惟仲淹、弼,一夔一皋。"又曰:"琦器魁磊,岂视扈楔,可属大事,重厚如勃。"其后富、范为宋之名臣,而魏公定策两朝,措天下于太山之安，人始叹先生之知人也。

奇节　凡十三事

国初，御史中丞刘温叟博学纯厚，动必由礼，父讳岳，温叟终身不听丝竹。尝令子和药，有天灵盖，温叟见之，亟令致奠埋于郊。五代士人鲜蹈礼义，独温叟笃行，为世所推。

端拱初，太宗诏访天下高年。前青州录事参军麻希梦年九十余，居临淄，召至阙下，延见便殿，赐坐。语极从容，询及人间利害，对之尤详，多蒙听纳。他日，访以养生之理，对曰："臣无他术，惟少寡情欲，节声色，薄滋味，故得至此。"诏以为尚书工部郎中致仕，赐金紫。工部好学，善训子孙。子景孙，兴国中登进士甲科。孙温其、温舒，祥符中相继登进士第，为天下第三人。衣冠以为盛事，而天下称麻氏教子有法。予祖母长安县君，工部孙也，故闻之详。

赵邻几好学善著述，太宗擢知制诰，逾月，卒。子东之亦有文才，前以职事死塞下。家极贫，三女皆幼，无田以养，无宅以居。仆有赵延嗣者，久事舍人，义不忍去，竭力营衣食以给之，虽劳苦不避。如是者十余年，三女皆长，延嗣未尝见其面，至京师访舍人之旧，谋嫁三女。见宋翰林白、杨侍郎徽之，发声大哭，具道所以。二公惊谢曰："吾被衣冠，且与舍人友，而不能恤舍人之孤，不逮汝远矣！"即迎三女归京师，求良士嫁之。三女皆有归，延嗣乃去。徂徕先生石守道为之传，以厉天下云。

徂徕先生石守道，少以进士登甲科，好为古文章。虽在下位，不忘天下之忧，其言以排斥佛老，诛贬奸邪为己任。庆历中，天子罢二相，进用韩魏公、富韩公、范文正公，增置谏官，锐意求治。先生喜曰:"吾官为博士,雅颂,吾职也。"乃作《庆历圣德》诗五百言,所以别白邪正甚详。太山孙明复见之曰:"子祸起矣!"由是谤论喧然,奸人嫉妒,相与挤之,欲其死而后已。不幸先生病卒。有以媾祸中伤大臣者,指先生之起事曰:"石某诈死,北走胡矣。"请斫棺以验。朝廷知其诬,不发棺。欧阳文忠公哭先生以诗曰:"当子病方革,谤辞正腾喧。众人皆欲杀,圣主独保全。已埋犹不信,仅免斫其棺。"先生没后,妻子流落寒饿,魏公分俸买田以给之。所谓大臣,乃先生尝荐于朝者;奸人,即先生诗所斥者也。元祐中,执政荐先生之直,即诏官其子。

王沂公当轴,以厚重镇天下,尤抑奔竞。张师德久次馆阁,博学有时望,而不事造请,最为鲁肃简公所知。一日,中书议除知制诰者,鲁盛称张才德,沂公以未识为辞。鲁密讽张见沂公,张辞不往,鲁屡讽之,张重违鲁意。始缘职事一往,沂公辞不见,张大悔恨。他日中书复议,鲁无以易张,曰:"向已为公言之矣。"沂公曰:"张君器识行义,足以为此,然尚有请谒耳。"逾年,方命掌诰。沂公之取人如此,故当时士大夫务以冲晦自养焉。

庆历中,张宗诲以秘书监致仕,居洛阳。一日,谒留守,其子庚言:"唐贺监知章以道士服归会稽,明皇赐以鉴湖,今洛中嵩、少佳景虽非朝廷所赐,大人可衣羽服优游其间,何必事请谒?"宗诲曰:"吾作白头老监枕书而眠,何必学贺老作道士服邪?"时以为名言。宗诲,英公齐贤子。

曹州于令仪者,市井人也,长厚不忤物,晚年家颇丰富。一夕,盗入其家,诸子擒之,乃邻子也。令仪曰:"汝素寡悔,何苦而为盗邪?"曰:"迫于贫耳。"问其所欲,曰:"得十千足以衣食。"如其欲与之。既去,复呼之,盗大恐。谓曰:"汝贫甚,夜负十千以归,恐为人所诘。"留之,至明使去。盗大感愧,卒为良民。乡里称君为善士。君择子侄之秀者,起学室,延名儒以掖之。子俣,侄杰、仿,举进士第,今为曹南令族。

丹阳顾方,笃行君子也。皇祐末,登进士第,再调明州象山县令。视事之初,召邑中父老,询问民间利害及境内士民之善恶。善者访而亲劝之,使勿怠;恶者喻而戒之,使自修。又建学舍,率其子弟之秀者教之。暇日亲为讲说,掖诱使进于善。逾年,民大化服。俄而病,邑民相率出钱诣塔庙祈祷者数千百人,为斋股者十三人;方竟不起。百里之内,号泣思慕,如失父母。与立祠,以岁时祀方。余观近世为县者,类以簿书期会为急务,鲜有能及教化者,而方独以仁义教治其民,使民知爱慕如此。丹阳钱君倚、毗陵胡完夫皆为方记其事而刻石祠中,士大夫以诗颂遗美者不可胜纪。顾予贱,不得列其事于史官,传为循吏,每以为恨。

胡文恭公宿平生守道,不以进退为意。在文馆二十余年,每语后进曰:"富贵贫贱,莫不有命,士人当修身俟时,无为造物者所嗤。"世以为名言。

近年士大夫多修佛学,往往作为偈颂,以发明禅理。独司马温公患之,尝为《解禅偈》六篇云:"文中子以佛为西方圣人,信如文中子之言,则佛之心可知已。今之言禅者好为隐语以相迷,大言以相胜,使学之者伥伥然益入于迷妄,故予广文中子之言而解之,作《解禅偈》六首。若其果然,虽中国可行矣,何必西方;若其不然,则非予之所知也。""忿怒如烈火,利欲如铦锋,终朝长戚戚,是名阿鼻狱。""颜回甘陋巷,孟轲安自然,富贵如浮云,是名极乐国。""孝悌通神明,忠信行蛮貊,积善来百祥,是名作因果。""仁人之安宅,义人之正路,行之诚且久,是名不坏身。""道德修一身,功德被万物,为贤为大圣,是名菩萨佛。""言为百世师,行为天下法,久久不可掩,是名光明藏。"

山阳徐积仲车博学志行,父石少亡,积终身不登山,行遇石必避之。尝冒暑道遇奔丧者,辍马以遗之,徒行还家。憩户外,风乘之,得聋疾。年仅四十,勉从母命作诗赋,一举登进士第。久之,丧母,哀毁过人,乡里化之。葬母,助葬者数千人。

河东先生柳仲涂少时纵饮酒肆,坐侧有书生,接语,乃以贫未葬父母,将谒魏守王公祜,求资以给襄事。先生问所费几何,曰:"得钱二十万可矣。"先生曰:"姑就舍,吾且为子营之。"罄其资,得白金百两,钱数万,遗之。议者以郭代公之义,不能远过。

刘温叟以德义世其家,当时推服。为御史中丞,家极贫。时太宗尹京,知其贫,致五百千以赠温叟,温叟拜受,以大匦封贮御史之西廊。或有诘之者,曰:"晋王身为京尹,兄为天子,拒之则失敬;吾方为御史,受而用之,则何以清流品也。"初,温叟之生也,其父岳曰:"吾老矣,他无所欲,但冀世治民和,与此儿皆为温洛之叟,耕钓烟月,酣咏太平之化足矣。"温叟忆父语,遂以为名云耳。

渑水燕谈录卷第四

忠孝 凡十五事

咸平中，契丹举国入寇，南至淄、青。淄川小郡，城垒不完，刺史吏民皆欲弃城奔于南山，兵马监押张蕴按剑厉声曰："奈何去城隍，委府库？大众一溃，更相剽夺，狄未至而吾已残矣。刺史若出，吾当斩以徇。"由是无敢动者。后君为环州马岭镇监押，虽处穷塞，犹建孔子祠，刻石为之记。庆历中，范文正公过其地，书其碑阴以美之。其子揆、掞，以文学才行有名于世，皆登侍从。

铅山刘辉俊美有辞学，嘉祐中，连冠国庠及天府进士。四年，崇政殿试又为天下第一，得大理评事，签书建康军判官。丧其祖母，乞解官以嫡孙承重服，国朝有诸叔而嫡孙承重服者自辉始。辉哀族人之不能为生者，买田数百亩以养之。四方之人从辉学者甚众，乃择山溪胜处处之。县大夫易其里曰义荣社，名其馆曰义荣斋。未终丧而卒，士大夫惜之。初，范文正公、吴文肃公皆有志置义田，及后登二府，禄赐丰厚，方能成其志。而辉于初仕，家无余资，能力为之，今士君子尤以为难。

冯守信仕真宗为步军指挥使。会郊礼，其弟欲以其子为守信之子冒取高荫，守信曰："吾自行伍，主上拔擢至此，每愧无以报称，奈何欺之邪！"是岁己子无所荫，以明于弟无所爱。

孔公道辅祥符中进士及第，补宁州推官。道士治真武像，有蛇数出像前,人以为神。州将率其属往拜之,蛇果出。公即举笏击杀之,众大惊服。徂徕先生石守道尝为公《击蛇笏铭》。

自唐末用兵,文臣给、舍以上,武臣刺史以上丧父母者,急于国事,以义断哀,往往以墨缞从事。既辍哀,则莅事如故,号曰起复。国朝袭唐制不改,论者以时无金革,士大夫解官终制可也。

庆历中,田元均帅秦凤,丧其父,奏乞解官终丧,仁宗累降手诏,又遣中使勉谕。元均既葬,托边事求见上,曰:"陛下以孝治天下,方边隅无事,而区区犬马之心不得自从。"因泣下。上视其貌瘠,乃许终丧。其后富公以宰相丁母忧,仁宗诏数下,竟终丧乃起。盖大臣终丧自二公始。

范文正公轻财好施,尤厚于族人。既贵,于姑苏近郭买良田数千亩,为义庄,以养群从之贫者。择族人长而贤者一人主其出纳。人日食米一升,岁衣缣一匹,嫁娶丧葬皆有赡给。聚族人仅百口。公殁逾四十年,子孙贤令,至今奉公之法不敢废弛。

寇莱公秉政,丁谓初为参知政事,尝会食中书,羹污莱公须,谓为公拂之。公曰:"君为参政大臣而为宰相拂须耶!"谓大愧。及章圣倦政,谓迎合太后,建临朝之策。莱公言太子德足以任天下事,极言谓奸邪,不可辅幼主。明日,谓党飞语中公,罢相,贬雷州司户。其后范文正公作《药石》诗,言公诬。存道先生贾罔奏谏书云:"谓既窜逐,宜还公,以辨忠邪。"天圣初,移衡州司马,而公前死贬所。寻复官爵,赐谥忠愍。景祐初,上知公忠鲠,诏学士与公撰碑,上亲篆额曰"旌忠之碑"。

皇祐四年五月,侬智高寇二广,诸郡皆弃城避贼,独赞善大夫知康州赵师旦、太子中舍知封州曹觐城守死。方贼之至康州也,赞善阅兵,得赢兵二百余人,扼战,斩贼数十人。明日,兵尽城破,诟贼,贼度不可屈,害之。时方暑,越三日,尸不可视,独姿色如生。初夫人王氏避贼,女生始三日,弃之草间,信宿回视,无苦,人以谓忠义之感。贼平,朝廷赠光禄少卿,而康民立祠以祀。丞相王荆公志其葬,博士梅圣俞表其墓尤悉。所弃女,予子采妇也。

庆历末,妖贼王则盗据贝州,贾魏公镇北门,仓卒遣将,引兵环城,未有破贼之计,公日夜忧思。有指使马遂者白公曰:"坚城深池,不可力取。愿得公一言,入城杀元凶,馀党可说而下也。"公壮其言,遣行,丁宁祝之曰:"壮士立功,在此行也。"遂至城下,浮渡濠,叫呼,守城者垂匹练缒身以上。见贼隅坐,为陈朝廷恩信:"尔能束身出城,公为尔请于朝,亦不失富贵;若守迷自固,天子遣一将提兵数千,不日城下,血膏战地,肉饱犬彘,悔无及矣。"辞尤激切,贼不答。遂度终不能听,遂急击,贼仆地,扼其喉几死。左右兵之,遂被杀,闻者莫不义之。是时翰林郑毅夫方客魏,为之作传。

荣州张昭及刚毅不畏强御,故为栎阳主簿,陈尧咨庄仆恃势干县政,输赋不以时,昭及捕而杖之。尧咨闻而叹曰:"张子一主簿而能如此,他日当荐为御史。"使人召之,昭及竟不往也。

唐贞元中调卒戍边,河中府永乐县民姚栖云之父语其兄曰:"兄嗣未立,无往,某幸已有子,请代兄行。"遂战没塞上。时栖云方三岁。后其母再嫁,栖云鞠于伯母,如事其母。伯母亡,栖云葬之,又招魂葬其父,庐于墓次,终身哀慕不衰。县令苏辙以俸钱买地开阡刻石表之。河中尹浑瑊上其事,诏加优赐,旌表其乡曰孝悌,社曰义节,里曰爱敬。栖云生岳,岳生君儒，君儒生师正，自岳至师正，仍世庐墓。五世孙厚，六世孙雅，七世孙文，八世孙敬真，九世孙直，十世孙宗明。庆历初，本府奏："自栖云十世同居，显有孝行。"仁宗诏赐旌表，复其徭役。十一世孙用和，十二世孙士明，十三世孙德，自宗明至德又三世，自庆历至今又五十余年，而其家孝友如故。姚氏世为农，无为学者，家不甚富，田数十顷，族聚百余口，子孙躬耕农桑，仅能给衣食，历三百余年，无一人辞异者。经唐末、五代兵戈乱离，子孙保守坟墓，骨肉不相离散，求之天下未或有也。永乐、熙宁初，并隶河东。余元祐中知河东，以状列于府，乞特赐敷奏，下其事史官，重加旌表，特免户徭钱，以旌孝义，以厉风俗。以状上尚书，不报。

郓州须城县杨村民张诚者，其家自绾至诚，六代同居，凡一百一十七口，内外无间言，衣裳无常主。旦日，家长坐堂上，率子弟而分职事，无不勤。张氏世为农者，不读书，耕田捕鱼为业，无蓄积，而能人人孝悌友顺，六世几二百年，百口无一口小异，亦可尚也。

曹修古明道初为御史知杂，上书乞庄献太后还政，谪守兴化军，暴疾，终于官。家贫，死之日无衣以敛，郡之僚属若吏民之贤者，莫不号慕叹息，相与出钱帛数十万赙其家。曹女始笄，泣语其母曰："先人忠节名闻天下，不幸以直言谪死，且'君子不家于丧'，安可受以浼我先人之全德哉！"哭不已，谢而遣之。吏民固乞，卒不受一钱，其纯孝高尚如此。曹，建安人，四御史之一也。

资州资阳县支渐熙宁中丧母，既葬，庐墓，日三时号泣，肘行膝步，负土成坟。有双白雀徘徊松叶上。明年，有驯鹿助渐上土。又有异鸟，一目如丹，每渐哭，乌亦悲鸣。夜有二狸环呼坟侧，如巡警状。久之，有群乌翔集，中有一白乌，独日至。又有五色雀万余，随渐行哭，七日而去。渐年七十，每号恸，哭泣如雨，日食脱粟，不盥手洗足，所衣苴麻碎烂不易，须发蓬乱，久皆断落，见者为之凄怆。邻舍句氏子，自娶，弃其父母，观渐至行，因大愧感，迎其亲，供奉不怠。后年八十馀，与其妻王氏皆康宁，渐白发再黑，四齿已脱复生，步行轻捷，饮食如少年，人以为至孝之感。神宗诏赐渐粟帛，付之史官。元祐八年，范祖禹奏乞优与旌奖，以劝孝悌，诏以为资州助教。

才识　凡十三事

卢朱崖父亿性俭素，恬于荣进。以少府监告老归洛中，以棋酒自放，不亲俗事。及多逊参大政，服玩渐侈，亿叹而泣曰："家本寒素，今富贵骤至，不知税驾地矣！"其后多逊果败。士大夫高其先识也。

刘少逸少有俊才，年十三，端拱二年中礼选，及御试，诗赋外别召升殿，赐御题，赋诗数首，皆有旨意，授校书郎，令于三馆读书。故王元之爱其少俊，而赠之诗曰："待学韩退之，矜夸李长吉。"

胡旦少有俊才，尚气凌物，尝语人曰："应举不作状元，仕宦不作宰相，乃虚生也。"随计之秋，郡守坐中闻雁，旦赋诗曰："明年春色里，领取一行归。"人皆壮其言。明年果魁天下。终以俊才忤物，不登显位而卒。

胡旦文辞敏丽，见推一时，晚年病目，闭门闲居。一日，史馆共议作一贵侯传，其人少贱，尝屠豕猪，史官以为讳之即非实录，书之即难为辞，相与见旦。旦曰："何不曰'某少，尝操刀以割，示有宰天下之志'。"莫不叹服。

天圣末，欧阳文忠公文章三冠多士，国学补试国学解，礼部奏登甲科。为西京留守推官，府尹钱思公、通判谢希深皆当世伟人，待公优异。公与尹师鲁、梅圣俞、杨子聪、张太素、张尧夫、王几道为七友，以文章道义相切劘。率尝赋诗饮酒，间以谈戏，相得尤乐。凡洛中山水园庭、塔庙佳处，莫不游览。思公恐其废职事，欲因微戒之。一日府会，语及寇莱公，思公曰："诸君知莱公所以取祸否？由晚节奢纵、宴饮过度耳。"文忠遽曰："宴饮小过，不足以招祸；莱公之责，由老不知退尔。"坐客为之耸然，时思公年已七十。

苏子美有逸才，词气俊伟，飘然有超世之格。庆历中，监奏邸，承旧例以拆卖故纸钱祠神，因以其余享宾客。言事者欲因子美以累一二大臣，弹击甚急。宦者操文符捕人送狱，皆一时名士。都下为之纷骇，左右无敢救解者。独韩魏公从容言于仁宗曰："舜钦一醉饱之过，止可薄治之，何至如此。"帝悔见于色。魏公之仁厚爱贤实可尚矣。

明道末，天下蝗旱，知通州吴遵路乘民未饥，募富者，得钱万贯，分遣衙校航海籴米于苏、秀，使物价不增。又使民采薪刍，官为收买，以其直籴官米。至冬，大雪寒，即以元价易薪刍与民，官不伤财，民且蒙利。又建茅屋百间以处流民，捐俸钱置办盐蔬，日与茶饭参俵，有疾者给药以理之，其愿归者，具舟续食，还之本土。是岁，诸郡率多转死，惟通民安堵，不知其凶岁也，故其民爱之若父母。明年，范文正公安抚淮、浙，上公绩状，颁下诸郡。熙宁中，予官于通，距公之治逾四十年，犹咏诵未已。

康定中，河西用兵，石曼卿与安道奉使河东。既行，安道昼访夕思，所至郡县，考图籍，见守令，按视民兵、刍粟、山川、道路,莫不究尽利害,尚虑未足以副朝廷眷使之意。而曼卿饮酒吟诗若不为意者。一日,安道曰:"朝廷不以遵路不才,得与曼卿并命,今一道兵马粮喂虽已留意,而窃惧愚不能烛事。以曼卿之才,如略加之意,则事无遗举矣。"曼卿笑曰:"国家大事安敢忽邪?延年已熟计之矣。"因徐举将兵之勇怯,刍粮之多寡,山川之险易,道路之通塞,纤悉具备,如宿所经虑者。安道乃大惊服,以为天下之奇才,且叹其不可及也。

眉山苏洵少不喜学,壮岁犹不知书。年二十七始发愤读书,举进士,又举茂才,皆不中,曰:"此未足为吾学也。"焚其文,闭户读书,五六年,乃大究六经、百家书说。嘉祐初,与二子轼、辙至京师,欧阳文忠公献其书于朝,士大夫争传其文,二子举进士亦皆在高等,于是父子名动京师,而苏氏文章擅天下,目其文曰三苏,盖洵为老苏,轼为大苏,辙为小苏也。

邵迎,高邮人,博学强记,文章清丽而尤长于诗。为人恭俭孝友,颇精法律,长于吏事,而清羸多病,尪然不能胜其衣。平生奇蹇不偶,登进士十余年,而官止州县,穷死无嗣,其妻苦于饥寒。苏子瞻哀君之不幸,集其文为之引,以为"原宪之贫,颜回之短命,扬雄之无子,冯衍之不遇,皇甫士安之笃疾,彼遇其一人犹哀悼,而君兼之,非命也哉!"天道与善,予于此疑焉。

子瞻文章议论独出当世,风格高迈,真谪仙人也。至于书画,亦皆精绝。故其简笔才落手,即为人藏去,有得真迹者,重于珠玉。子瞻虽才行高世而遇人温厚,有片善可取者,辄与之倾尽城府,论辨唱酬,间以谈谑,以是尤为士大夫所爱。间遭金人媒蘖,谪居黄州。有陈处士者,携纸笔求书于子瞻,会客方鼓琴,遂书曰:"或对一贵人弹琴者,天阴声不发,贵人怪之,曰:'岂弦慢邪?'对曰:'弦也不慢。'"子瞻之清谈善谑,皆此类也。

翰林沈公遘为京尹,敏于政事,号称严明。平时治开封府者,晨起视事,至暮不能已,甚者或废饮食。及公尹府,旦昼决事,日中则府无留人,出谢宾客,从容谈燕。人皆怪其日有馀力,而翕然以称治。

太子中舍于燕彭年青州寿光人,博学能为文,喜言兵。富文忠公、丁文简公荐堪将领,以为武学教授。庆历中,元昊数寇边,北虏乘衅,聚兵来求关南地。丞相吕文靖公召彭年计之。彭年云:"夷狄不可校义理,今幸岁德在我,为主者胜,宜治西北行宫,若将亲征者,以压其谋。"乃以大名府为北都。未几,西戎请盟,虏亦通好。吕丞相称之,彭年谢不复见。庆历末,仁宗春秋高,皇嗣未立,登州岠嵎山数震,郡以言。彭年上疏曰:"岠嵎极东方,殆东朝未建,人心摇动之象。宜早定储,以安天下之心。"且言宜以齐为节度。逮英宗入继,乃由齐邸,遂为兴德军,人以先识称之。

高逸 凡二十二事

镇阳道士澄隐博学多识,道行精洁。太祖北征召见,时年已九十,而形气不衰。帝欲留建隆观,隐曰:"帝都纷华,非野人之所宜处。"上访以养生之术,隐曰:"养生之法,不过清心练气耳。帝王之道则异于此,老子曰:'我无为而民自化,我无欲而民自正。'轩辕、帝尧享国延年,率由此道。"帝尤嘉之,赐以茶币。

王昭素先生,酸枣县人,博学通《五经》,尤长于《易》,作《易论》二十三篇,学者称之。李穆荐之太祖,召见,年八十,貌不衰。太祖问:"何不求仕,致相见之晚?"对曰:"草野陋儒,无补圣化。"赐坐,讲《易》,帝嘉之,以为国子博士。逾月,赐茶药遣还。先生善摄养,年九十方卒。

陈抟,周世宗常召见,赐号白云先生。太平兴国初,召赴阙,太宗赐御诗云:"曾向前朝出白云,后来消息杳无闻。如今若肯随征召,总把三峰乞与君。"先生服华阳巾,草屦垂绦,以宾礼见,赐坐。上方欲征河东,先生谏止,会军已兴,令寝于御园。兵还,果无功。百余日方起,恩礼特异,赐号希夷,屡与之属和。久之,辞归,进诗以见志云:"草泽吾皇诏,图南抟姓陈。三峰千载客,四海一闲人。世态从来薄,诗情自得真。乞全麋鹿性,何处不称臣。"上知不可留,赐宴便殿,宰相两禁傅坐,为诗以宠其归。

王昭素先生素纯直,入市买物随所索偿其直,不复商较。或曰:"市井徒例高其价以邀利,非实直也。"先生曰:"彼肯欺我邪?"给之不疑。自是,市人相戒:王先生市物,率以实告。无敢给之者。

田征君诰,字象宜,笃学好文,理致高古。尝学诗于希夷先生,先生以《诗评》授之,故诗尤清丽。平居寡薄,志在经世。太祖建国,思得异人,诏诣公车,会遭父母丧。久之,东游过濮,止王元之舍。元之贻书勉进其道。会大河决溢,君推明鲧、禹之所治,著《禹元经》三卷,将上之,不果。已而得水树于济南明水,将隐居焉,故致书徐常侍铉,质其去就。铉答曰:"负鼎叩角,顾庐筑岩,各由其时。不失其道,在我而已,何常之有?"遂决高蹈之志,发《易》筮之,遇《睽》,因自号睽叟。从学者常数百人,宋维翰、许衮最其高弟。二子登朝,盛称其师。淳化中,韩丕言于天子,召君赴阙,诏书及门而卒。其后文多散坠。皇祐中,济南翟书耽伯哀其遗逸,得四十八篇,析为三卷，又次其出处，为《睽叟别传》云。

景德中，种放赐号先生，暂还嵩山，真宗置酒资政殿饯放，侍臣当直者四人预。时所司不宿具，皆相顾不敢坐，上乃亲定位次：翰林学士晁迥西向，资政殿学士王钦若东向，知制诰朱巽西向，次迥，待制戚纶东向，次钦若，放北面对上，特示客礼。酒半，上赋七言诗一章赐放和，侍臣皆赋，士大夫荣之。

孙宣公奭以太子少傅致仕，居于郓。一日置宴御诗厅，仁宗尝赐诗，刻石所居之厅壁上。语客曰："白傅有言：'多少朱门锁空宅，主人到老不曾归。'今老夫归矣。"喜动于色。复顾石守道讽《易·离卦》九三爻辞，且曰："乐以忘忧，自得小人之志；歌而鼓缶，不兴大耋之嗟。"公以醇德奥学劝讲禁中二十余年，晚节勇退，优游里中，终始全德，近世少匹。

真宗优礼种放，近世少比。一日登龙图阁，放从行，真宗垂手援放以上，顾近臣曰："昔明皇优李白，御手调羹；今朕以手援放登阁，厚贤之礼，无愧前代矣。"故蒋永《叔荐放侄孙谦》云："放早以逸民被遇，章圣有握手登楼之眷。"真宗久欲大用，放固辞乃止。惜夫！

种放明逸，少举进士不第，希夷先生谓之曰："此去逢豹则止，他日当出于众人。"初莫谕其意。故放隐于南山豹林谷，真宗召见，宠待非常，拜工部侍郎，皆符其言。放别业在终南山，学行高古，后生从之学者尤众。性颇嗜酒，躬耕种秫以自酿。所居有林泉之胜，尤为幽绝。真宗闻之，遣中使携画工图之，开龙图阁，召辅臣观焉，上叹赏之。其后甘棠魏野郊居有幽趣，帝亦遣人图之，故野有诗云："幽居帝画看。"

麻先生仲英幼有俊才，七岁能诗，随侍父官鄜州。时宋翰林白方谪官鄜畤，闻而召之。坐赋诗十篇，宋大称赏。翌日，宋以浣溪笺、李廷珪墨、诸葛氏笔遗之，乃赠以诗曰："宣毫歙墨川笺纸，寄与麻家小秀才。七岁能吟天骨异，前生已折桂枝来。"十七，一试礼部归。以二亲既丧，禄不及养，无复仕宦意，退居临淄辨士里别墅。久而记览该洽，行义高洁，乡党化服。邻里有争讼者，不决于有司而听先生辨之。虽凶年，盗不入其家。富韩公、文潞公守青，皆尝致书币。庞庄敏公出镇，遣其子奉书召至府中，礼之极厚，屡以诗贻之；荐其行义于朝，诏以为国子四门助教、州学教授，东方学者争师之。卒年九十。先生，予祖母长安县君兄也。或以为宋诗云："前生已折桂枝来"，即今世不复"折桂"也。先生一试不第，终身罢举，宋诗已谶之矣。

陕右魏处士野、蒲中李徵君渎乃中表也，俱有高节，以吟咏相善。野于东郊凿土室方丈，荫以修竹，泉流其前，曰乐天洞；渎结茅斋中条之阴，曰浮云堂，皆有萧洒之趣。每乘兴相过，赋诗饮酒，累日乃去。一日，渎过野曰："前夕恍惚若梦中，床下有人曰：'行到水穷处，未知天尽时。'即正其误曰：'盍云：坐看云起时。'对曰：'此浮云安得兴起邪？'渎水命，此必死期，故来访别。"还家，未几卒。

史延寿，嘉州人，以善相游京师，贵人争延之。视贵贱如一，坐辄箕踞称我，人号曰史不拘，又曰史我。吕文靖公尝邀之，延寿至，怒阍者不开门，批之，阍者曰："此相公宅，虽侍臣亦就客次。"延寿曰："彼来者皆有求于相公，我无求，相公自欲见我耳。不开门，我竟还矣。"阍者走白公，开门迎之。延寿挟术以游于世，无心于用舍，故能自重也如此。

建安黄晞庆历中游京师，高文苦学，为世称重。著书数万言，自号聱隅子。贫有守，不干科举，而貌寝气寒，不自修饰。

石守道在太学,率学官生员厚礼币,聘为学正,晞逾垣避之。故欧阳文忠诗曰:"羔雁聘黄晞,晞惊走邻家。"近臣交章荐其道义,诏授京官,将以为国子司业。拜命数日,一夕,暴卒于景德僧舍,士大夫惜之。

庆历末,杜祁公告老,退居南京,与太子宾客致仕王涣、光禄卿致仕毕世长、兵部郎中、分司朱贯、尚书郎致仕冯平为"五老会",吟醉相欢,士大夫高之。祁公以故相耆德,尤为天下倾慕,兵部诗云:"九老且无元老贵,莫将西洛一般看。"五人年皆八十余,康宁爽健,相得甚欢,故祁公诗云:"五人四百有余岁,俱称分曹与挂冠。"而毕年最高,时已九十余,故其诗云:"非才最忝预高年。"是时欧阳文忠公留守睢阳,闻而叹慕,借其诗观之,因次韵以谢,卒章云:"闻说优游多唱和,新诗何惜借传看。"

初,欧阳文忠公与赵少师槩同在中书,尝约还政后再相会。及告老,赵自南京访文忠公于颍上。文忠公所居之西堂曰"会老",仍赋诗以志一时盛事。时翰林吕学士公著方牧颍,职兼侍读及龙图,特置酒于堂,宴二公。文忠公亲作口号,有"金马玉堂三学士,清风明月两闲人"之句,天下传之。

治平初,龙图阁直学士赵公抃镇成都,有张山人者,不知所居,数至李道士舍。一日,语李曰:"白龙图公促治装,行当入觐,且参大政矣。"赵闻而异之,喻李令与俱来。及再至,李邀欲同见公,张固辞曰:"与公相见自有期,今未可也。"李具以告公。公曰:"俟其再至,密令人来白,当屏去导从,潜往见之。"他日又至,李方遣人白公,而张遽求还,留之,不可,曰:"龙图且来矣。"公方命驾,闻其去乃止,益奇之。未几果膺召命,乃参政柄。及出镇青社,熙宁五年,张遗书云:"当来相见。”公大喜，语宾佐曰：“张山人且来矣。”久之，无耗。至秋，公奉诏再领成都，方悟曰：“山人言来，乃吾当往也。”故将行，先寄张诗，有“不同参政初时人，谓吕徐庆。也学尚书两度来。谓张乘崖。到日先生应笑我，白头犹自走尘埃”之句。

富韩公熙宁四年以司空归洛，时年六十八。是年司马端明不拜枢密副使，求判西台，时年五十三。二公安居冲默，不交世务。后十一年，当元丰五年，文潞公留守西京，慕唐白乐天“九老会”，于是悉聚洛中士大夫贤而老自逸者，于韩公第置酒相乐，凡十二人。即又命郑奂图形妙觉僧舍，各赋诗一首，时人呼之曰“洛阳耆英会”，而司马为之序。其相聚也，用洛中旧俗，叙齿不尚官。时韩公年七十九，潞公与司封郎中席汝言皆七十七，朝议大夫王尚恭七十六，太常卿赵丙、秘书监刘几、卫州防御使冯行已皆七十五，天章阁待制楚建中七十三，朝议大夫王慎言七十二、太中大夫张问、龙图阁直学士张焘皆七十，司马六十四，故潞公诗云：“当年尚齿尤多幸，十二人中第二人。”韩公《赠潞公》诗云：“顾我年龄虽第一，在公勋德自无双。”潞公《再答韩公》诗云：“惟公福禄并功德，合是人间第一人。”是时宣徽使王公拱辰年七十，留守大名，贻诗二公，愿预其数，凡十三人也。

司马温公优游洛中，不屑世务，弃物我，一穷通，自称曰齐物子。元丰中，秋与乐全子访亲洛汭，并辔过韩城，抵登封，憩峻极下院，趋嵩阳，造崇福宫、紫极观，至紫虚谷，寻会善寺，过辕辕，遽达西洛。少留广度寺，历龙门，至伊阳，以访奉先寺。登华严阁，观千佛岩，蹑山径，瞻高公真堂。步潜溪，还宝应，观文、富二公庵，之广化寺，拜汾阳祠。下涉伊水，登香山到白公影堂，诣黄龛院，倚石楼，临八节滩，还伊口。凡所经游，发为咏歌，归叙之以为《洛游录》，士大夫争传之。

　　荆南朱昂博学有清德，晚年以工部侍郎乞骸骨，既得谢，真宗赐坐，宠诏留候秋凉还荆南，故吴淑赠行诗曰："浴殿夜凉初阁笔，渚宫秋晚得悬车。"比行，赐宴玉津园，侍臣皆赴，坐中，内侍传诏各赋诗饯行，凡四十八篇，独李翰长维诗最奇绝，云："清朝纳禄犹强健，白首还家正太平。"昂弟协亦退居里中，年皆八十余，时谓"渚宫二疏"。主帅表其闾曰东、西致政坊。昂薨，门人谥曰正裕先生。

　　刘孟节先生槩，青州寿光人。少师种放，笃古好学，酷嗜山水，而天姿绝俗，与世相龃龉，故久不仕。晚得一名，亦不去为吏。庆历中，朝廷以海上岠嵎山地震逾年不止，遣使访遗逸，安抚使以先生名闻，诏命之官，先生亦不受就。青之南有冶原，昔欧冶子铸剑之地，山奇水清，旁无人烟，丛筱古木，气象幽绝。富韩公之镇青也，知先生久欲居其间，为筑室泉上，为诗并序以饯之曰："先生已归隐，山东人物空。"且言先生有与于名，不幸无位，不克施于时，著书以见志，谓先生虽隐，其道与日月雷霆相震耀。其后范文正公、文潞公皆优礼之，欲荐之朝廷，先生恳祈，亦不敢强，以成其高。先生少时，多寓居龙兴僧舍之西轩，往往凭栏静立，怀想世事，吁唏独语，或以手拍栏干。尝有诗曰："读书误我四十年，几回醉把栏干拍。"司马温公《诗话》所载者是也。

　　王樵字肩望，淄川人也。性超逸，深于《老》、《易》，善击剑，有概世之志。庐梓桐山下，称淄右书生，不交尘务。山东贾同、李冠皆尊仰之。咸平中，契丹内寇，举族北俘。潜入虏中访其亲，累年不获，乃归。持诸丧，刻木为亲，葬奂山东，立祠，奉侍终身。太守刘通诣樵，逾垣遁去。其后高弁知州事，范讽为通判,相与就见之。李冠以诗寄之曰:"霜台御史新为郡,棘寺廷评继下车。首谒梓桐王处士,教风从此重诗书。"晚自号赘世翁,为赞,书其门曰:"书生王樵,薄命寡志,无益于人,道号赘世。"豫卜地为庯,卵名茧室,中垒石榻,刻铭其上曰:"生前投躯,以虞不备,殁后寄魄,以备不虞。"后感疾,即入茧室中,自掩户,乃卒,命以古剑殉葬。著《游边集》二卷、《安边》三策、《说史》十篇,皆已散失。济南李芝为《赘世先生传》,载其事。治平中,淄川僧文幼募资,即其地为茧室,亦起堂祠樵。文幼薄能为诗,精阴阳地理。

蒲中李渎处士父莹,国初为侍御史,有直声。渎少好学,有高志,长庐中条山下,以泉石吟咏自乐,未尝造州县。真宗祀汾阴,诏赴行在,渎不起,有表称谢云:"十行温诏,初闻丹凤衔来;一片闲心,已被白云留住。"真宗制诗以赐之。时有同郡刘巽,治《三传》,年老博学,躬耕不仕,以讲授为业,真宗亦以一绝赐之。

渑水燕谈录卷第五

官制 凡二十七事

唐以中官为枢密使,与中尉谓之"内贵"。梁为崇政院使,后唐旧有带相印者,分东、西二院。晋废,国初复置,与中书为二府,亦名二院,但行东院印耳。其后除授不常,以检校官充使不带正官自赵普始,带节钺自曹彬始,签书院事自石熙载始,文资正官充使亦自熙载始,知院自张士逊始,以文臣知院兼使相自王钦若始,签书兼藩镇自曹玮始。今官制复古,而枢密之职如旧,与三省长官通谓之执政矣。

唐末始分度支、盐铁、户部,专领财赋;唐明宗始号三司,总以一使;本朝或曰判三司,或曰权判,或曰点检三司。开宝中,以参知政事二人点检三司,既而更用宰相为提举。兴国中,分二使同判三司,逾年,复析为三使。淳化中,又合为三司,而又以天下为十道,二京为左、右计,置二计使,分判十道。别命三司揔计使判左、右计事,三司如故。咸平末,三司各置副使,其官轻,则曰发遣,迄元丰初不废,今悉归尚书省。

五代以来,诸州马步军院虞候以衙校为之,太祖虑其任私,高下其手,乃置司寇参军,以进士、九经及第人充之。河东柳开先生初及第,为宋州司寇参军。后又改曰司理参军,至今俚俗犹以司理院为马步院。

建隆中,择才能之士出宰大邑,大理正祁屿知大名府馆陶县,监察御史王祜知魏县,选朝官知县自此始。太祖重县令之任至矣。

国朝孔子之后率袭封文宣公。至和中,祖择之言:"文宣,圣谥号,后嗣不当以为封爵。"下学士院更定美称,仍改封其四十九代孙宗愿为衍圣公。元祐初,孔宗翰言:"先圣之后,世袭封爵以奉祠事,末流不竞,或领官他州,至有公爵为县尉廷参州守者。"下至庙户减耗,祠宇隳隤,公悉条具以闻。愿下所司,讲究废堕,增锡土田,别异世俗之人,使天下知朝廷尊崇孔子之意。诏改衍圣公为奉圣公,承爵者即除寄禄官,不领他职。其考迁改,所给廪俸并视在官。给田亩,赐监书,置学官以训其子弟。

故事,亲王女皆封郡、县主。赵普以元勋,诸女封郡主,高怀德二女特封县主,当时礼官不言其失,谏官不言其非,此典礼之误也。

国初赵普为相,朝廷欲用薛居正、吕馀庆同政事而不欲令与普齐,难其名号。诏问,陶穀曰:"唐有参知政事、知枢务,下宰相一等。"故以命居正等参知政事,然不押班,不知印。案唐裴寂以仆射参政事,郭待举以资任浅,于中书、门下同受承进止平章事,然则平章下于参政,穀乃以为参政下宰相一等,失之远矣。其后因之不改,迨官制更革始罢。

国初,州郡自置邸吏散在都下,外州将吏不乐久居京师,又符移行下率多稽迟,或漏泄机事。太平兴国初,起居郎何保枢奏置铃辖诸道都进奏院以革其弊,人给铜朱记一纽。院即石熙载旧第也。起居,王沂公外祖,而予妻曾祖父也。

国初,江、淮、湖、浙上供军粮岁无定数。景德中,发运使李溥奏立年额,诏岁以六百万斛为定,有灾即申乞减数,至今以为常。

国初，令民田七顷纳牛皮一张、角一对、筋四两。建隆中，令供纳价钱一贯五百文，税额中牛皮钱是也。

国初，南郊青城，久占民土，妨其耕稼。又其中暖殿止是构木结彩，至尊所御，非所以备不虞。天圣中，魏馀庆上言："乞优给价直，收买民田，除放租赋，为瓦殿七间。"依奏。

升朝官每岁诞辰、端午、初冬赐时服，止于单袍。太祖讶方冬犹赐单衣，命易以夹服。自是士大夫公服冬则用夹。

前朝宰相朝罢赐坐，凡军国大事参议之，从容赐茶而退，所谓坐而论道也。其他事无小大，一用熟状拟进，入上亲批，可其奏，印以御宝，谓之印画。降出，宰相奉行。国初，范质等在相位，自以前朝旧臣，乃具札子，面取进止，退，各执所得旨，同列连书以记之。自此奏覆浸多，而赐茶之礼亦寝，无复坐论也。

王元之尝请宰相于政事堂、枢密于都堂同时见客，不许本厅私接；议者以为是疑大臣以私也，遂寝。或以元之所请为当，但难其率宰相于政事堂共见耳。其后二府乞以朝退时聚厅见客，以杜请谒，从之，卒如元之之言。

太宗慎重刑罚，淳化二年，始置审刑院，以覆大理奏案。以近臣一人知院事，设详议六人，择京朝晓律、常任法寺官者为之。每奏，一人从知院上殿，例得赐绯，故士大夫以审刑为朝官染院。

旧制，郊祀礼成，驾还阙门，有勘契之仪。其制以札为箭，长三尺，镂金饰其端，缄以泥金绛囊，金吾掌之。金涂铜为镞，长三寸，其端所以合符者也，贮以泥金紫囊，驾前掌之。驾至端门，阁吏阖扉以问曰："南来者为谁？"驾前司告曰："天皇皇帝。"奏请行勘箭之仪,交勘,奏曰:"勘讫。"又审曰:"是否?"赞者齐声曰:"是。"三审,乃启扉,列班起居,驾乃入。契刻檀为鱼,金饰鳞鬣。别刻檀板为坎,足以容鱼。驾前掌鱼,殿前掌板,驾过殿门,合鱼乃启扉,其制如勘箭之仪。熙宁中,诏罢其制。

至道中,朝廷始遣洛苑副使杨允恭、作坊副使李延遂、太子中舍王子舆为江、淮、两浙发运使,兼制置茶盐,就淮南创为局。后兼领荆湖路,又旋加"都大"字。后废,景德中复置,迄今事权尤重。

蔡文忠公自为布衣时,已恢廓有大志,而姿表秀异,见者多耸动。祥符中,擢进士,为天下第一。真宗临轩,目其堂堂英伟,进退有法,大悦之,顾寇莱公曰:"得人矣!"特诏给金吾卫士七人清道,时以为荣。寻诏:"自今第一人及第,给金吾七人当直,许出两对引喝。"上闻公单贫,佣僦仆隶,故有是命。

陈尧咨以龙图阁学士换观察使,自陈:"臣本儒生,少习俎豆,今荷圣恩,易以武弁,愿佩金鱼以示优异。"特诏从之。

旧制,枷惟二等,以二十五斤、二十斤为限。景德初,陈纲提点河北路刑狱,上言请制杖罪枷十五斤为三等,诏可其奏,遂为常法。

景德中,真宗御笔六事以示近辅,三曰提点刑狱,乃于朝臣及武臣使副中选清干者,使提点一路刑狱,按举官吏贤否。后又加劝农使,迄今不废,而武臣废置不常。

京师品官之丧,用浮屠法击钟,初无定制。景德中,令文臣卿监、武臣大将军、命妇郡夫人以上,令于天清、开宝击钟,至今为例。

祥符二年,朝廷以京狱讼之繁,惧有冤滞,始置纠察在京刑狱司,以省冤滥,命知制诰周起、侍御史赵湘为之。凡在京师刑狱,御史、开封府皆得纠之。起虑抑屈者不能尽知,乞许令诣纠察陈状,从之,但不鞫狱。

祥符中,诏以圣祖神化金宝牌分给京城寺观及外州名山福地。牌长二寸,阔一寸,面文曰"玉清昭应宫成,天尊万寿金宝",其背文曰"永镇福地敕"。四周皆隐起蛇龙花卉之状,盛以绛纱囊,髹涂函,御题其上。

天圣中,诏每遇覃霈,朝臣中兄弟俱该封赠者,许列状陈乞,特比常例,优加封叙。从王子融请也。

《周礼》,卿大夫卒,太史于葬前赐谥,祖奠之日,读诔。后世有司失于申明典礼,故须门生故吏录行状,子孙请谥。近世遂有既葬而谥号终不及者。天圣中,孙奭、王子融言:"乞臣僚薨谢不待本家请谥,在官品合加谥者,并令有司举行。"诏从之。

宣徽使位在枢密使之下,副使之上。咸平初,周莹为宣徽使,有所避,乞居其下,从之,遂为例。

渑水燕谈录卷第六

贡举 凡十四事

国初,诏诸州贡举人员群见讫,就国子监谒先师,迄今行之,循唐制也。

苏德祥,汉相禹珪之子,建隆四年进士第一人。登第初,还乡里,太守置宴以庆之。乐作,伶人致语曰:"昔年随侍,尝为宰相郎君;今日登科,又是状元先辈。"言虽俚俗而颇尽其实。德祥孙丕有高行,少时一试礼部不中,拂衣去,居渑水之滨,五十年不践城中。欧阳文忠公镇青,言于朝廷,赐号冲退处士,年八十余卒。

进士之举至今,本朝尤盛,而沿革不一。开宝六年,因徐士廉伐鼓诉讼,帝御讲武殿覆试,覆试自此始。赐诗自兴国二年吕蒙正榜始。分甲次自兴国八年王世则榜始。赐袍笏自祥符中姚晔榜始。赐宴自吕蒙正榜始。赐同出身自王世则榜始。赐别科出身自咸平三年陈尧咨榜始。唱名自雍熙二年梁颢榜始。弥封、誊录、覆考、编排皆始于景德、祥符之间。讲武后殿,今日崇政殿也。

唐制,礼部试举人,夜试以三鼓为定。无名子嘲之曰:"三条烛尽,烧残学士之心;八韵赋成,笑破侍郎之口。"后唐长兴,改令昼试。侍郎窦贞固以短暑难成,文字不尽意,非取士之道,奏复夜试。本朝引校多士,率用白昼,不复继烛。

雍熙中，著作佐郎乐史特赐进士及第，诏附于兴国五年第一等之下，赐第附榜始于此。

太宗朝，赵昌国者，自陈乞应百篇举。帝亲出五言四句为题，云："秋风雪月天，花竹鹤云烟。诗酒春池雨，山僧道柳泉。"凡二十字，字为五篇，篇四韵。至晚，仅能成数篇，辞意无足取，亦赐及第，用劝学者。

真宗朝，钱希白贤良方正擢第，庆历中，子明逸子飞、彦远子高相继制举登科；嘉祐末，苏轼子瞻、弟辙子由同年制策入等：衣冠以为盛事。故子高谢启云："两朝之间，相继者父子；十年之内，并进者弟兄。"子瞻《汝州谢表》曰："兄弟并窃于贤科，衣冠或以为盛事。"而子瞻入等尤高，故其谢启曰："误玷久虚之等。"希白从孙藻，皇祐五年登进士第。是年说书中选，后十年复登制科，其谢启曰："十年二第，屡玷于主司；一门四人，无替于祖烈。"

咸平元年，开封发解以高辅尧为首，钱易次之。易有时名，不得魁荐，颇不平之，上书言试题语涉讥讽。辅尧亦请以解头让易。上命钱若水覆考，既而上以为士人争进，几不可长，止令擢文行兼著者一人为首，乃以孙暨为第一，辅尧次之，易第三，余如旧。

祥符二年，真宗东封岱山，六月，放梁固已下进士三十一人及第。四年，祀后土于汾阴，十一月，放张师德以下三十一人及第。固，雍熙二年状元颢之子；师德，建隆二年状元去华之子。两家父子状元，当时士大夫荣之。甘棠魏野闻而以诗贺之曰："封禅汾阴连岁榜，状元俱是状元儿。"

和鲁公凝，梁贞明三年薛廷珪下第十三人及第。后唐长兴四年知贡举，独爱范鲁公质程文，语范曰："君文合在第一，暂屈居第十三人,用传老夫衣钵。"时以为荣。其后相继为相。当时有赠诗者曰:"从此庙堂添故事,登庸衣钵尽相传。"

嘉祐中,苏辙举贤良对策,极言阙失,其略云:"闻之道路,陛下宫中贵姬,至以千数,歌舞饮酒,欢乐失节。坐朝不闻咨谟,便殿无所顾问。"考官以上初无此事,辙妄言,欲黜之。仁宗曰:"朕设制举,本待敢言之士。辙小官如此直言,特与科名。"仍令史官编录。

张邓公士逊以监察御史为诸科考试官,以举子有当避亲者,求免去,主司不从。真宗嘉之。自后试官亲戚,悉牒送别头考校,至今著为令。

熙宁中,孔文仲举贤良方正,制策入等,以忤时政,不推恩。孙靖公固言:"科举徒取一日之长,言之虚华不足校,矧制举本以求直言,岂以忤而黜之耶!今朝廷以文仲之言足以惑天下,臣恐天下不惑文仲之言,而以文仲之黜为惑。"论者嘉之。

庆历五年,仁宗临轩赐进士第,审刑详议官祝谏侍廷中,男唐中甲科,次男虞、弟谘、一婿忘其姓名。皆擢第,季弟许得同出身。每唱一名,即称谢,是日谏五拜殿下。仁宗以问近臣,对以皆子弟也。仁宗嘉赏之。

文儒　书籍附凡十四事

太祖诏卢多逊、扈蒙、李昉、张澹、刘兼、李穆、李九龄修《五代史》,而蒙、九龄实专笔削。初以《建康实录》为本,蒙史笔无法,拙于叙事,五代十四帝,止五十三年,而为纪六十卷,其繁如此。传事尽于纪,而传止次履历,先后无序,美恶失实,殊无足取。天圣中,欧阳文忠公与尹师鲁议分撰。后师鲁别为《五代春秋》，止四千余言，简有史法。而文忠卒重修《五代》，文约而事详，褒贬去取得《春秋》之法，迁、固之流。

太宗锐意文史，太平兴国中，诏李昉、扈蒙、徐铉、张洎等门类群书为一千卷，赐名《太平御览》；又诏昉等撰集野史为《太平广记》五百卷；类选前代文章为一千卷，曰《文苑英华》。太宗日阅《御览》三卷，因事有阙，暇日追补之，尝曰："开卷有益，朕不以为劳也。"

白乐天尝谪官江州，多游东林，即今庐山寺。有天祐中僧修睦记云："寺有莲花藏，藏有《白集》七十卷，传云居易自写，同远大师文集不许出寺。广明初，高骈强取去以遗相。"后四十余年，有王长史者，遍求善本校正，录而藏之。旋又为长史易去，颇多舛谬。真宗诏取至都下，令侍臣以诸本参校缮写，付寺僧谨藏之。时真宗对侍臣语及居易与元稹齐名，而居易保持名节，终始不易，故不至相位，叹惜久之。

真宗朝，殿中丞崔颐正直讲国子监，以老疾不任朝请，乞以本官致仕，从之，仍为直讲。真宗优儒学，故遂其闲逸而不罢其职俸焉。

晏元献公七岁文章敏妙，张文节公荐之，真宗召见，赐出身。后二日，又召试诗赋，公徐曰："臣尝私为此赋，不敢隐，乞易题。"真宗益叹异之，乃易以他题。

青州寿光张荷若山，早依田告为学。告卒，入终南，师事种放，而吴遵、魏野、杨朴、宋瀚皆友也。性高洁，为文奇涩。初，高弁公仪作《帝形》五篇以示放，放叹曰："隋唐以来，缀文之士罕能及之。"学者翕然竞传其文。及荷著《过非》九篇成，放见之，曰："又在《帝形》之上矣。"终以连蹇不遇卒。子孙流落，荷之文散亡无几。捃收其遗，得文若诗凡一百一十五篇，为三卷,藏于家,将以遗荷之子孙焉。

唐杜暹家书跋尾皆自题诗以戒子孙,曰:"清俸买来手自校,子孙读之知圣教,鬻及借人为不孝。"京苏维岳家杜氏书尤多,所题皆完。近年朝议大夫谢晔好蓄书,率自校正,以二十厨贮之,取杜诗一首二十字,厨刻一字,以别书部。谢氏子孙多贤令,子仲弓、广文、孙牧,皆登甲科。少微,尝举茂才。

庆历中,滕子京谪守巴陵,治最为天下第一。政成,重修岳阳楼,属范文正公为记,词极清丽。苏子美书石,邵悚篆额,亦皆一时精笔。世谓之"四绝"云。

刘原父文章敏赡,尝直舍人院。一日,追封皇子、公主九人,方下直,为之立马却坐,一挥九制成,文辞典丽,各得其体,真天才也。欧阳文忠公闻而叹曰:"昔王勃一日草五王策,此未足尚也。"

济州晁端友,文元公之孙也,沉静清介,君子人也。工文辞,尤长于诗。常自晦匿,不求人知,而人亦无知者。以进士从仕二十余年,为著作佐郎以卒。其子补之录诗三百六十篇,求子瞻序之。方子瞻通守杭也,端友为新城令,与游三年,知其君子而不知其能为诗。夫以端友之文,子瞻之明且好贤,而又相从久,犹有所不知,则士之蕴文行,不自求闻达,卒不为世知者,可胜数耶!

孙洙巨源博学长才,初举贤良方正,奏论五十篇,皆陈祖宗政事,指切治体,推往验今,著见得失,天下争传写之,目曰《经纬集》。韩魏公览而叹曰:"恸哭太息以论天下事,今贾谊也。"

赵师民周翰博学醇德,为本朝名儒,尤为仁宗所眷。自登第即入学馆,豫校雠,登经筵,参侍几三十年。晚以龙图阁直学士出守耀州,仁宗亲笔御诗以宠其行,序有"儒林旧德,出守近藩"之语。后宋次道撰公碑,题其额曰"儒林旧德之碑",世以为荣。

龙昌期陵州人,祥符中别注《易》、《诗》、《书》、《论语》、《孝经》、《阴符》、《道德经》,携所注游京师。范雍荐之朝,不用。韩魏公安抚剑南,奏以为国子四门助教。文潞公又荐,授校书郎,讲说府学。明镐再奏,授太子洗马致仕。明堂泛恩,改殿中丞。又注《礼论》,注《政书》、《帝王心鉴》、《八卦图精义》、《人神绝笔书》、《河图》、《焰心宝鉴》、《春秋复道三教图》、《通天保正名等论》、《竹轩小集》。昌期该洽过人,著撰虽多,然所学杂驳,又好排斥先儒,故为通人所罪,而其书亦不行。年八十九卒,鲜于子骏为志其墓。

李畋渭卿自号谷子,少师任奉古,博通经史,以著述为志。性静退,不乐仕进,士大夫多称之,为张乖崖所器。少日,一出庭试,后隐居永康军白沙山,后生从之学者甚众。任中正荐,乞赐处士之号,诏以为试校书郎。凌策又荐之,召授试怀宁主簿、国子监说书,改大理丞、知泉州惠安县。久之,以先所著未成,再乞国子监说书,以终其业。著《孔子弟子传赞》六十卷上之,得知荣州。秩满,以国子博士致仕。畋撰《道德经疏》二十卷、《张乖崖语录》二卷、《谷子》三十卷、歌诗杂文七十卷。年九十。

先兆 凡二十一事

艾颖侍郎少以乡贡入京师,中途逢一叟,谓颖曰:"子相甚贵,此去当登第。"授颖书一策,乃《春秋左氏传》,颖熟读之。礼部试《铸鼎象物赋》,出所得书,颖甚喜,援笔立成,若有相之者。主司爱叹,擢至甲科。

王元之谪守黄州,有二虎斗,一虎死,食之殆半。群鸡夜鸣。日官谓守土者当其咎,真宗惜其才,即徙蕲州。谢表有"茂陵封禅之书,止期身后"之语,帝深异之,促诏还台,未行,捐馆。帝甚叹息之。

初,寇莱公十九擢进士第,有善相者曰:"君相甚贵,但及第太早,恐不善终;若功成早退,庶免深祸。盖君骨类卢多逊耳。"后果如其言。

丁朱崖当政日,置宴私第,忽语于众曰:"尝闻江南国主钟爱一女,一日谕大臣曰:'吾止一女,姿仪性识特异于人,卿等为择佳婿,须年少美风仪,有才学,门第高者。'或曰:'洪州刘生为郡参谋,年方弱冠,风骨秀美,大门尝任贰卿,博学有文,可以充选。'国主亟令召至,见之大喜,寻尚主,拜驸马都尉。鸣珂锵玉,出入禁闼,良田甲第,珍宝奇玩,豪华富贵,冠于一时。未几,主告殂,国主悲悼不胜,曰:'吾将不复见刘生。'削其官,一物不与,遣还洪州。生恍疑梦觉,触目如失。"丁笑曰:"某他日不失作刘参谋也。"席中莫不失色。未几,有海上之行,籍其家,孑然南去。何先兆之著也。

吴文肃公奎将举贤良,一夕,梦入魏文帝庙,召升殿,顾问群臣优劣。公未及对,帝曰:"韩延寿为最。"是夕,门下抄书吏杨开者,梦公读《杨阜传》。翌日,告公。公异之,即取二传览之。及秘阁试六论,一题乃"韩延寿杨阜孰优论",公遂膺首选。

王元规景仁,庆历末将赴吏部选。一夕,梦一人衣冠高古若术士者,因访以当受何地、官期早晚。书八字与之云:"时生一阳,体合三水。"既觉,不悟其意也。及注官河南府河清主簿,凡三字皆从水,到官日正冬至。

赵少师少名公衱,一夕,梦人持名籍,有金书"赵概"字,及觉,改名概。又尝梦通判汝州。既登甲科,果通判海州。或以篆文校之,"汝"、"海"字颇相类。

歙州三灵山人程惟象,少逢异人,授要诀,退而精思其术,言人贵贱寿夭多中。御史马遵应举时问于惟象,言:"二十四当成名,不出十年,当知南方大邑。仍损初妻,再婚徵姓贵族。"皆如其言。后为御史,言事责宣城。过仪真,见惟象,言:"不久复职,定寿四十七。"俄复京本曹,数日,还台卒,年四十七。吕景初自殿中御史出通判江宁府,以父讳欲乞换郡,惟象曰:"不必,行别有命。"果移卫州。张宣徽方平问一丁酉人命,曰:"天宾星行初度,不当作内臣,寿止五十四。"乃中人也,是年,除内相,未拜命而卒。庆历中,三发运使向传式、袁杭、许元问命,言:"二月、八月俱动,惟许动中见喜,谓动非动。"二月,袁召充省副,八月向为省副,许至八月自判官迁发运副使,迁而不离也。仍言许终作两制,众以为许门荫难登近侍,后赐出身,遂为待制。杜杞移浙漕,惟象曰:"此去百日,三朝官俱寿尽。"乃比部陈执古、内翰苏绅、待制滕宗谅。故杞赠诗云:"有验如有神。"惟象于所居构瑞墨阁,士大夫多留诗其上。

韩存宝本西羌熟户,少负才勇,喜功名,累立战功,年未四十,为四方馆使、泾原总管。一日,郡僚绘其像渭州僧舍,或为其色不类,令以粉笔涂其面,将别图貌。未及,促诏赴阙,命经制戎、泸贼寇。人睹其无首,咸以为不祥。明年,存宝果以奏功不实伏诛。

冯当世少孤,寓武昌,纵饮不羁。一夕,醉卧郊外溪边。有渔者罢渔,舣舟困眠,有人叱之曰:"冯侍中在此,安得不避!"渔者惊起,步月岸上,一人衣冠熟寝草间。询之,知为冯也,即拜曰:"秀才他日贵显,幸勿忘。"具以梦告,因请卧舟中,以避风露。冯睡至晓,与其载入郡。其后冯贵,使访渔舟,不复见。

庆历末,武昌阳传为予言:杨寘审贤少聪,既长,文辞学行为天下所称。十九游太学,补试,遂冠诸生。后试国学、礼部、殿前,皆为天下第一。得将作监丞,通判颍州。未行,丁母忧,哀毁致疾,度必死,曰:"友人莫孝先尝梦我龙首山人,龙首,盖言四为贡首;山人,无位之称也,我必死矣。"后数日果终,年三十一,天下痛惜之。

王猎,酸枣人,天圣末,累举未第。一夕,梦紫衣吏召,至一宫门,守卫甚盛,揖入升厅。对拜者紫衣金带,年三十许,礼甚恭,既坐,辞甚逊,觉后私记其年月。猎后困于场屋,久之推恩五举,得同出身,登仕。又二十馀年,年且七十,始为尚书员外郎。将乞身以去,故人或止之。会英庙入继为皇子,近臣荐公为宫僚。赴皇子位,门阑守卫,宛如梦中,及升厅拜揖,则衣冠仪貌亦与所梦无异。归视箧中所记,乃英庙所生时也。侍读宫邸未及期年,英庙即位,遂登侍从。吴文肃公尝对予言:"余天圣末方为长垣主簿,与猎友善,故闻之详。"

进士李某者,久未第,一日讯命日者,曰:"君遇三韩即发禄。"李乃遍谒贵人韩姓者,冀蒙推毂,而卒无知者。元丰中,朝廷遣使高丽,有与李故人者奏名同往。至其国,考图籍,乃古三韩之地也。使还,赐出身,果符日者之言。以下原本缺一叶。

以上原本缺一叶。此乃陈州崔度为安厚卿所辟,归得出仕耳。

孙莘老初为太平令,有吕同者学于孙。一夕梦试南宫,中高选,主文,孙也,衣绯鱼。觉以告孙,孙曰:"子学已充,料不日取高第,而某方仕州县,何事文衡?况朱衣岂主文服耶?"熙宁初,吕赴礼部试,孙以记注、知谏院同知贡举,尚衣绯。吕大喜,必在高等。俄又被黜,大怅恨,自放江湖,无复仕宦意。元丰初,吕以五举免解,再赴礼部。孙以秘书少监知举,尚衣五品服。榜出,吕预高荐。及赞谢,孙厅宇侍执,宛如平昔之梦。

皇祐二年,陈珙知邕州。冬至日,珙旦坐厅事,僚吏方集,有白虹贯庭,自天属地。明年五月,龙斗于城南江中,驰逐往来,久之江水暴涨。未几,侬智高陷二广。前此,陶弼以诗贻杨畋,请为备,云"虹头穿府署,龙角陷城门"也。

元丰中,汶上梁遘一夕梦奏事殿中,见御座前揭一牌,箔金大书"黄裳"二字,意必贵兆也,因改名黄裳。明年,御前唱进士第,南剑黄裳为天下第一。

王彦祖初名亢宗,庆历二年,方胜冠,廷试《应天以实不以文赋》罢,寝旅舍,梦一人告之曰:"君今年未当中第。"彦祖尤不平,且责之曰:"子未尝见予程文,又未始知予生月,何从而知未中第?"其人笑曰:"君若中选,赋题'天'字在下,君当三中选,皆然。今题'天'字在上第二字,是以知其未也。"及唱名,果不预选。次举春试,不利于礼部。八年再预廷试,盖《轸象天地赋》又复黜。至皇祐五年,免解赴礼部。前以卧疾困眠,梦至一大府,见二人,因恳求生平禄命,二人笑不答。再叩来年得失,其人指面前池水曰:"待此水分流,君即登第也。"觉,以为无理,而池水不能分流,决无中第望矣。久之,乃寤,即更名汾,以符水分之兆。及试礼部《严父莫大于配天赋》,廷试《圆丘象天》,皆中高选。其后召试学士院,又赋《明王谨于事天》,得贴馆职。皆符梦中之言也。

元祐四年夏,余初至河东,一日,与郡僚旅见提刑孙亚夫,

孙曰："近日府中角声不和,应在太守。"时蒲资政方到府未逾
月,落职知虢州。数日,余独见孙,曰："角声愈不和矣。"未几,
王震待制自同复镇蒲,七日,丁母夫人忧去。至九月中,孙复
语郡官曰："角声不和尤甚前日。"寻报蒲中行龙图自襄移蒲,
十月到官,明年春病卒。其验如此,不知何术也。

　　成都谯开博极群书而不求荣利,简静冲退,好修身之术。
日游大慈寺,博访异闻,以广所学。久为蜀中士大夫所称,文
同与可尤重之,目曰大慈仙。治平三年上巳夜,有人触其户,
开秉烛视之,一叟白须布裘,酣寝户外。开呼之使去,行且语
曰："明年正月,圣人当出。"开意其狂醉,不以为怪,视睡处,一
烧饼,一药帖,逐之已不见。与可取饼、药以去。明年正月,神
宗嗣位。

　　蜀人任玠温如晚寓宁州府宅,一夕,梦一山叟贻诗曰："故
国路遥归去来。"玠和之曰："春风天远望不尽。"既觉,自笑曰:
"吾其死乎!"数日,不病而逝。

　　术士李某忘其名。者,亦传管辂轨格法,画卦影颇有验。
今丞相顷尝问之,卦影画水边一月,中有十口,未几,除知湖
州。又卢龙图秉使占,卦影亦同,乃除知渭州。字虽不同,而
其影皆符。

渑水燕谈录卷第七

歌咏 凡二十四事

艺祖收河东凯旋，范杲叩马进诗曰：“千里版图来浙右，一声金鼓下河东。”上爱叹不已，增秩，赐章服。杲，鲁公质之侄，好学有文，时称高、梁、柳、范，谓高弁、梁周翰、柳开与杲也。

杨侍读徽之以能诗闻于祖宗朝。太宗知其名，索其所著。以百篇献上，卒章曰：“少年牢落今何幸，叨遇君王问姓名。”太宗和赐，且语近臣曰：“徽之文雅可尚，操履端正。”拜礼部侍郎，选十联写于御屏。梁周翰贻之诗曰：“谁似金华杨学士，十联诗在御屏风。”《江行》云：“犬吠竹篱沽酒客，鹤随苔岸洗衣僧。”《寒食》云：“天寒酒薄难成醉，地迥楼高易断魂。”《塞上》云：“戍楼烟自直，战地雨长腥。”《嘉阳川》云：“青帝已教春不老，素娥何惜月长圆。”又云：“浮花水入瞿塘峡，带雨云归越巂州。”《哭江为》云：“废宅寒塘水，荒坟宿草烟。”《元夜》云：“春归万年树，月满九重城。”《僧舍》云：“偶题岩石云生笔，闲绕庭松露湿衣。”《湘江舟行》云：“新霜染枫叶，皓月借芦花。”《宿东林》云：“开尽菊花秋色老，落迟桐叶雨声寒。”

王元之谪黄州，实由宰相不悦，交亲无敢私见，惟窦元宾握手泣言于阁门曰：“天乎，使公屡出，岂非命耶！”士大夫高之。元之以诗谢之云：“惟有南宫窦员外，为予垂泪阁门前。”

元之初知制诰，上疏雪徐铉，贬商州；召入为学士，坐辨孝章皇后不实,谪滁州;复召知制诰,撰《太祖尊号册》,坐轻诬,谪黄州,作《三黜赋》以自述。时苏易简知举,适放榜,奏曰:"禹偁翰苑名儒,今将全榜诸生送于郊。"上可其奏。诸生别元之。口占一绝,付状元孙何曰:"为我多谢苏易简云:'缀行相送我何荣,老鹤乘轩愧谷莺。三人承明不知举,看人门下放诸生。'"

杨文公初为光禄丞,太宗颇爱其才。一日,后苑赏花宴词臣,公不得预,以诗贻诸馆阁曰:"闻戴宫花满鬓红,上林丝管侍重瞳。蓬莱咫尺无因到,始信仙凡迥不同。"诸公不敢匿,以诗进呈。上诘有司所以不召,左右以未贴职,例不得预。即命直集贤院,免谢,令预晚宴,时以为荣。

唐韩吏部序侯喜、刘师服与道士轩辕弥明《石鼎联句》,其事颇怪。弥明之词警绝远甚,世以谓非神则仙,殆非人思所能到。孙汉公以为皆退之语也,盖以其词多讥刺,虑为人所知,故假以神其事。

夏文庄公竦初侍其父监通州狼山盐场,《渡口》诗曰:"渡口人稀黯翠烟,登临尤喜夕阳天。残云右倚维扬树,远水南回建业船。山引乱猿啼古寺,电驱甘雨过闲田。季鹰死后无归客,江上鲈鱼不直钱。"时年十七,后之题诗无出其右。识者以谓"甘雨过闲田"虽有为霖之志,而终无济物之泽。

陈文惠公尧佐端拱元年程宿下及第,同年二十八人。时公兄弟俱未仕,父省华尚为小官,家极贫。魏野以诗贺之曰:"放人少处先登第,举族贫时已受官。"

王文正公曾、李文定公迪,咸平、景德间相继状元及第,其后更践政府,及罢相镇青,又为交承,故文正送文定移镇兖海诗有"锦标夺得曾相继,金鼎调时亦践更"之句,又云:"并土儿童君再见,会稽章绂我偏荣。"盖文定再镇兖,而青社,文正乡里也。

庆历中,欧阳文忠公谪守滁州,有琅琊幽谷,山川奇丽,鸣泉飞瀑,声若环佩,公临听忘归。僧智仙作亭其上,公刻石为记,以遗州人。既去十年,太常博士沈遵,好奇之士,闻而往游,爱其山水秀绝,以琴写其声,为《醉翁吟》,盖宫声三叠。后会公河朔,遵援琴作之,公歌以遗遵,并为《醉翁引》以叙其事。然词不主声,为知琴者所惜。后三十余年,公薨,遵亦殁。其后,庐山道人崔闲,遵客也,妙于琴理,常恨此曲无词,乃谱其声,请于东坡居士子瞻,以补其阙。然后声词皆备,遂为琴中绝妙,好事者争传。其词曰:"琅然,清圆,谁弹?响空山,无言,惟有醉翁知其天。月明风露娟娟,人未眠。荷蒉过山前,曰有心也哉此贤!第二叠泛声同此。　　醉翁啸咏,声和流泉。醉翁去后,空有朝吟夜怨。山有时而童巅,水有时而回渊。思翁无岁年,翁今为飞仙。此意在人间,试听徽外两三弦。"方其补词,闲为弦其声,居士倚为词,顷刻而就,无所点窜。遵之子为比丘,号本觉法真禅师,居士书以与之,云:"二水同器,有不相入;二琴同手,有不相应。沈君信手弹琴而与泉合,居士纵笔作词而与琴会,此必有真同者矣。"

海陵西溪盐场,初,文靖公尝官于此,手植牡丹一本,有诗刻石。后范文正公亦尝临莅,复题一绝:"阳和不择地,海角亦逢春。忆得上林色,相看如故人。"后人以二公诗笔故,题咏极多,而花亦为人贵重,护以朱栏,不忍采折。岁久茂盛,枝覆数丈,每岁花开数百朵,为海滨之奇观。

范鲁公之孙令孙有学行,登甲科,人以公辅器之。王魏公旦妻以息女。令孙常为《登览》诗曰:"孤云不为雨,尽日却归山。"识者以谓不及进用之兆。令孙官止右正言,年未五十卒,士大夫哀而惜之。

青州布衣张在少能文,尤精于诗。奇蹇不遇,老死场屋。尝题龙兴寺老柏院诗云:"南邻北舍牡丹开,年少寻芳日几回?惟有君家老柏树,春风来似不曾来。"大为人传诵。文潞公皇祐中镇青,诣老柏院,访在所题,字已漫灭。公惜其不传,为大字书于西廊之壁。后三十余年,当元丰癸亥,东平毕仲甫将叔见公于洛下,公诵其诗,嘱毕往观。毕至青,访其故处,壁已圮毁,不可得,为刻于天宫石柱,又刊其故所题之处。

苏子美庆历末谪居姑苏,以诗自放。一日,观鱼沧浪亭,有诗云:"我嗟不及游鱼乐,虚作人间半世人。"识者以为不祥。未几,果卒,年四十一,士大夫嗟惜之。

濮人杜默师雄少有逸才,尤长于歌篇。师事石守道,作《三豪》诗以遗之,称默为"歌豪",石曼卿"诗豪",永叔"文豪。"而永叔亦有诗曰:"赠之《三豪》篇,而我滥一名。"默久不第,落魄不调,不护名节,屡以私干欧阳公。公稍异之,默怨愤,作《桃花》诗以讽,由是士大夫薄其为人。

郑毅夫诗格飘放,晚年为《雨》诗曰:"老火烧空未肯休,忽惊快雨破新秋。晚云浓淡白日下,只在楚江南岸头。"未几,自杭移青,道病,泊舟高邮亭下,乃卒。是何自谶之明。

赵文度,青州人,名犯宣祖讳上字。清泰三年进士第六人及第。能诗,有《观光集》传于世,颇有佳句。尝为刘崇幕客,及崇僭位,拜伪相。后与崇不和,出守岚州。及太祖征河东,文度以城归国,拜华州节度使。后因郊礼移镇耀州,有诗寄其乡人云:"圣主覃恩遍九垓,碧油红旆出关来。乡中父老如相问,十五年前赵秀才。"予姑之夫晋卿,文度孙也。其诗尚在。

石曼卿天圣、宝元间以歌诗豪于一时。尝于平阳作《代意寄师鲁》一篇，词意深美，曰："十年一梦花空委，依旧山河损桃李。雁声北去燕西飞，高楼日日春风里。眉黛石州山对起，娇波泪落妆如洗。汾河不断水南流，天色无情淡如水。"曼卿死后，故人关詠梦曼卿曰："延年平生作诗多矣，独常自以为《代平阳》一首最为得意，而世人罕称之。能令予此诗盛传于世，在永言尔。"詠觉，增广其词为曲，度以《迷仙引》，于是人争歌之。他日，复梦曼卿谢焉。詠字永言。

李淑守郑州，题周少主陵曰："弄粔牵车晚鼓催，不知门外倒戈回。荒坟断垅才三尺，刚道房陵半仗来。"时陈文惠薨，淑奉诏为墓志，淑言尧佐"好为小诗，间有奇句"。陈之诸子请易之，淑不从，乃言其诗谤太祖。落淑侍读学士。

祥符中，有刘偁者久困铨调，为陕州司法参军，廉慎至贫。及罢官，无以为归计，卖所乘马办装，跨驴以归。魏野以诗赠行云："谁似甘棠刘法掾，来时乘马去骑驴。"未几，真宗祀汾阴，过陕，诏征野赴行在。野避，不奉诏。上遣中使就野家索其所著，得赠偁诗，上叹赏久之，语宰臣曰："小官中有廉贫如此者。"使召之。偁方为江南幕吏，至，以为京官知青州博兴县。后有差除，上曰："得如刘偁者可矣。"未数年，亟迁主客郎中、三司户部判官。真宗之奖拔廉吏如此，然由野一诗发之也。

濮人李植成伯与张续禹功师徂徕石守道，为门人高弟。欧阳文忠《读徂徕集》诗云："常、续最高弟，骞、游各名科。"成伯少名常。嘉祐中，诏举天下行义之士，发遣诣阙，成伯首被此举，诏书方下而卒，士大夫惜之。时禹功居曹南，成伯前卒数日，以诗寄禹功，其末句云："野堂吹落读残书。"禹功怪其语不祥，亟往访之，未至濮，成伯已卒。野堂，成伯读书堂也。

王元之在翰林，太宗恩遇极厚，尝侍燕琼林，独召至御榻顾问。帝语宰相曰："王某文章独步当代，异日垂名不朽。"元之有诗云："琼林侍游宴，金口独褒扬。"

范文正公未免乳丧其父，随母嫁淄州长白山朱氏。既冠，文章过人，一试为南宫第一人，遂擢第。仕宦四十年，晚镇青，西望故居，才百余里，以诗寄其乡人曰："长白一寒儒，登荣三纪余。百花春满地，二麦雨随车。鼓吹前迎道，烟霞指旧庐。乡人莫相羡，教子苦诗书。"

张芸叟奉使大辽，宿幽州馆中，有题子瞻《老人行》于壁者。闻范阳书肆亦刻子瞻诗数十篇，谓《大苏小集》。子瞻才名重当代，外至夷房亦爱服如此。芸叟题其后曰："谁题佳句到幽都，逢著胡儿问大苏。"

书画　凡十一事

唐刘忠州晏《重修禹庙碑》，崔巨文，段季展书。刘，当世显人，所记撰及书碑者，宜皆知名士，刿巨之文、季展之书有过人者，而其名不著于世何也？景祐中，周膳部越为三门发运判官，始以墨本传京师。越书为当时所重，以是季展书亦为人所爱。其后屯田左员外瑾虑其刓阙，构宇以覆其碑，而模刻于他石，以广其传焉。季展书，刻石者少，有《洛祠记》、《多心经》不著姓氏，验其笔画，亦季展书也。

太宗朝，有王著学右军书，深得其法，侍书翰林。帝听政之余，留心笔札，数遣内侍持书示著，著每以为未善。太宗益刻意临学，又以问著，对如初。或询其意，著曰："书固佳矣，若遽称善，恐帝不复用意。"其后帝笔法精绝，超越前古，世以为由著之规益也。

营丘李成字咸熙，磊落不羁，喜酒善琴，好为歌诗，尤妙画山水。周枢密使王朴与之友善，为召至京，将以处士荐之，会朴卒。乾德中，陈守大司农卫融，以乡里之旧延之郡斋，日恣饮，竟死于酒。子觉，仕至国子博士、直史馆。赠成为光禄寺丞，葬于浚仪之魏陵，宋翰长白为之志。成画《平远寒林》，前人所未尝为，气韵萧洒，烟林清旷，笔势颖脱，墨法精绝，高妙入神，古今一人，真画家百世师也。虽昔王维、李思训之徒，亦不可同日而语。其后燕贵、翟院深、许道宁辈，或仅得一体，语全则远矣。考白所作成志，则成未尝仕，而欧阳文忠公以为成仕至尚书郎。按白与成同时人，又与成子觉并列史馆，其所纪宜不妄，不知文忠公何以据也，正当以志为定。

翟院深，营丘伶人，师李成山水，颇得其体。一日，府宴张乐，院深击鼓为节，忽停挝仰望，鼓声不续。左右惊愕，太守召问之，对曰："适乐作次，有孤云横飞，淡伫可爱。意欲图写，凝思久之，不知鼓声之失节也。"太守笑而释之。

北都临清县北王舍城僧寺东一古殿，皆吴生画佛像，旁有题记，类褚河南笔法。国朝已来奉使大辽者，道出寺下，例往观之，题名粉板，或剔取一二像，今且尽。

欧阳文忠公文章道义，天下宗师，凡世俗所嗜，一无留意，独好古石刻。自岐阳石鼓，岱山、邹峄之篆，下及汉、魏已来碑刻，山崖川谷，荒林破冢，莫不皆取，以为《集古录》。因其石本，轴而藏之。撮其大要，别为目录，并载可以正史学之阙谬者，以传后学。跋尾多公自题，复为之序，请蔡君谟书之，真一代绝笔也。公之守亳也，余主蒙城簿，尝得阅之。

玉堂北壁有毗陵董羽画水，波涛若动，见者骇目。岁久，其下稍坏。学士苏易简受命知举，将入南宫，语学士韩丕择名笔完补之。丕呼圬者墁其下，以朱栏护之。苏出院，以是怅惜不已。

陈文惠公善八分书，变古之法，自成一家。虽点画肥重而笔力劲健。能为方丈字，谓之堆墨，目为八分。凡天下名山胜处，碑刻题榜，多公亲迹。世或效之，皆莫能及。

祥符中，丁晋公出典金陵，真宗以《袁安卧雪图》赐之，真古妙手，或言周昉笔，亦莫可辨。至金陵，择城之西南隅旷绝之地，建赏心亭，中设巨屏，置图其上，遂为金陵奇观。岁久颇失覆护，缣素败裂，稍为好事者窃去。嘉祐中，王君玉出守郡，首诣观之，惜其剥取已尽，嗟之尤久，作诗题其旁云："昔人已化辽天鹤，往事难寻《卧雪图》。"

皇祐中，仁宗命待诏高克明辈画三朝圣迹一百事，人物才寸余，宫殿、山川、车驾、仪卫咸具。诏学士李淑等撰次序赞，为十卷，曰《三朝训鉴图》，镂板印贻大臣宗室。

保塞军东北数里曰路疃，一小寺殿后照壁旧有画水，世传张僧繇笔，势若摇动，真名手也。熙宁中，地震壁坏，好事者或取二三段藏去，今无复可见矣。

渑水燕谈录卷第八

事志 凡三十六事

开宝中,平岭表,择广州内臣聪慧者数十人于教坊习乐,名箫韶部,改曰云韶部,内宴则用之。太平兴国中,择军中善乐者,名曰引龙直,游幸,骑而导驾。后曰钧容直,取钧天之义也。

太宗朝,府州折御卿贡马特异,格不甚高而日行千里,口旁有碧纹如云霞,因目曰碧云霞。上征太原,往来乘之,上下山岭如履平地。上则屈前足,下则屈后足,上下如坐安舆,不知登降高下之劳。圉人供刍粟或少倨,则嘶鸣奋跃,踶啮不已,此尤异他马也。上崩,悲鸣不食,骨立,人不忍视。真宗遣从灵驾,至永熙陵,乃毙。诏与桃花犬同坎瘗。

洛阳至京六驿,旧未尝进花,李文定公留守,始以花进。岁差府校一人,乘驿马,昼夜驰至京师。所进止姚黄、魏紫三四朵,用菜叶实笼中,藉覆上下,使马不动摇,亦所以御日气;又以蜡封花蒂,可数日不落。至今岁贡不绝。

朐山有花,类海棠而枝长,花尤密,惜其不香无子。既开,繁丽袅袅,如曳锦带,故淮南人以"锦带"目之。王元之以其名俚,命之曰海仙。有诗曰:"春憎窈窕教无子,天为妖娆不与香。"又曰:"锦带为名卑且俗,为君呼作海仙花。"

莱公贬死雷州,丧还,过荆南公安县,民怀公德,以竹插地,挂物为祭,焚之。后生笋成林,以为神,因为公立祠,目其竹为"相公竹。"王乐道为记刊石。李承之有诗曰:"已枯断竹钩私被,既没贤公帝念深。仆木偃禾如不起,至今谁识大忠心。"

莱公初及第,知归州巴东县,手植双柏于庭,至今民爱之,以比甘棠,谓之莱公柏焉。

南唐后主留心笔札,所用澄心堂纸、李廷珪墨、龙尾石砚三物为天下之冠。自李氏之亡,龙尾石不复出。嘉祐中,校理钱仙芝知歙州,访得其所,乃大溪也。李氏常患溪深不可入,断其流,使由他道。李氏亡,居民苦其溪之回远,导之如昔,石乃绝。仙芝移溪还故道,石乃复出,遂与端溪并行。

莆阳蔡君谟尝评李廷珪墨能削木,坠沟中经月不坏。李超,易水人,唐末与其子廷珪亡至歙州,以其地多美松,因留居,以墨名家。本姓奚,江南赐姓李氏。珪或为邦。珪弟廷宽,男承宴,承宴男义用,皆有闻易水。江南又有朱君德、柴询、柴成务、李文远、张遇、陈赟,著名当时。其制有剑脊圆饼、拙墨、进贡墨、供堂墨,其面多作龙纹,其幕有"宣府"字,或止云"宣",或著姓氏,或别州府,今人间已少传者。仁宗嘉祐中,宴近臣于群玉殿,尝以墨赐之,其文曰"新安香墨"。其后翰林诸君承赐者,皆廷珪双脊龙样,尤为佳品。

咸平中,陈文惠谪官潮州,时州人张氏濯于江边,为鳄鱼所食。公曰:"昔韩吏部以文投恶溪,鳄鱼为吏部远徙,今鳄鱼既食人,则不可赦矣。"乃命吏督渔者网而得之,鸣鼓告其罪,戮之于市,图其形为之赞,至今多传之。鳄大者数丈,或玄黄,或苍白色,似龙而无角,类蛇而有足,睅目利齿,见者骇之。卵化山谷间,大率为鳄者十二三,其余或为鼋为龟也。喜食人畜。其食，必以尾卷去，如象之任鼻也。

河中府舜泉坊，二井相通，所谓匿空旁出者也。祥符中，真宗祀汾阴，驻跸蒲中，车驾临观，赐名广孝泉，并以名其坊，御制赞纪之。蒲滨河，地卤泉咸，独此井甘美，世以为异。

亳州法相禅院矮桧，高才数尺，偃亚蟠屈，枝叶繁茂，不可图状。唐大中年，李待价石记云："圆荫三丈余。"距今又百余年，广衰五六丈，为一郡之珍玩，士人目其寺曰矮桧。真宗祀老子，尝驻其下，今御榻尚在，故陆子履诗云："先皇玉座亲临地，故老于今涕泫然。"

建茶盛于江南，近岁制作尤精，龙凤团茶最为上品，一斤八饼。庆历中，蔡君谟为福建运使，始造小团以充岁贡，一斤二十饼，所谓上品龙茶者也。仁宗尤所珍惜，虽宰臣未尝辄赐，惟郊礼致斋之夕，两府各四人，共赐一饼。宫人翦金为龙凤花贴其上，八人分蓄之，以为奇玩，不敢自试。有嘉客，出而传玩。欧阳文忠公云："茶为物之至精，而小团又其精者也。"嘉祐中，小团初出时也，今小团易得，何至如此多贵耶。

通州狼山广教寺，在唐为慈航院，在江中山上。昔人有诗云："飞来灵鹫岭，化作宝陀山。"前后乃江海相接处，舟出二山间，水湍碍石，率多覆溺。昔有僧率其徒操楫以护之，舟无触石之患，故有慈航之名。近年江水南徙，山之前后皆陆田，后人又有诗云："昔年船底浪，今日马蹄痕。"皆纪实也。

庆历七年，贝州卒王则据城叛，诏明镐加讨，久无功。参知政事文彦博请行，仁宗欣然遣之，且曰："'贝'字加'文'为'败'，卿必擒则矣。"未逾月而捷报闻，诏拜平章事，曲赦河北，改贝州为恩州。

扬州后土庙有花一株，洁白可爱，岁久木大而花繁，世俗目为琼花,不知实何木也。世以为天下无之,惟此一株。孙冕镇维扬,使访之山中,甚多,但岁苦樵斧野烧,故木不得大,而花不能盛,不为人贵。孙伤之,作诗曰:"可怜遐地产,常化燎原灰。"近年京师亦有之,或云乃李文饶所赋"玉蕊花"也。

长安故都,多古碑石。景祐初,庄献大后遣中使建塔城中,时姜遵知永兴,尽力于塔,悉取碑碣以为塔材,汉、唐公卿墓石,十亡八九。杨大年《谈苑》叙五行德、金石厄事。宋有国百余年,长安碑刻再厄矣,惜哉!惜哉!

契丹国产毗狸,形类大鼠而足短,极肥,其国以为殊味,穴地取之,以供国主之膳。自公相下,不可得而尝。常以羊乳饲之。顷年虏使尝携至京,烹以进御。今朝臣奉使其国者皆得食之,然中国人亦不嗜其味也。

唐李卫公云:"维州,土蕃得之,号曰无忧城。"景祐中,或以其与潍州名相乱,邮置文字,率多往来住滞,乞改其名。仁宗曰:"此足以威西戎。"乃改曰威州也。

淄州淄川县梓桐山石门涧有石曰青金,色青黑相杂,其文如铜屑,或云即自然铜也,理细密。范文正公早居长白山,往来于此,尝见其石。皇祐末,公知青,遣石工取以为砚,极发墨,颇类歙石。今东方人多用之,或曰"范公石",然不耐久,久则不免断裂。

青州城西南皆山,中贯洋水,限为二城。先时跨水植柱为桥,每至六七月间,山水暴涨,水与柱斗,率常坏桥,州以为患。明道中,夏英公守青,思有以捍之。会得牢城废卒,有智思,叠巨石固其岸,取大木数十相贯,架为飞桥,无柱。至今五十余年,桥不坏。庆历中,陈希亮守宿,以汴桥屡坏,率尝损官舟害人,乃命法青州所作飞桥。至今沿汴皆飞桥,为往来之利,俗曰虹桥。

庆历中，洪州江岸崩，得谢朓撰并书《齐海陵王墓铭》石。朓文固奇，而书亦有法，类钟繇书。石入沈括家十余年，后为夏元昭匿之，今不知所在。

皇祐中，范文正公镇青，龙兴僧舍西南洋溪中有醴泉涌出，公构一亭泉上，刻石记之。其后青人思公之德，目之曰范公泉。环泉古木蒙密，尘迹不到，去市廛才数百步而如在深山中。自是幽人逋客往往赋诗鸣琴，烹茶其上。日光玲珑，珍禽上下，真物外之游，似非人间世也。欧阳文忠公、刘翰林贡父及诸名公多赋诗刻石，而文忠公及张禹功、苏唐卿篆石榜之亭中，最为营丘佳处。元祐中，青守以其地与王氏为水硙，稍复完葺。

华阳杨褒好古博物，家虽贫，尤好书画奇玩，充实中囊。家姬数人，布裙粝食而歌舞绝妙，故欧阳公赠之诗云：“三脚木床坐调曲。”盖言褒之贫也。褒，皇祐中宿华州西溪寺，夜阑灯灭，于暗中见光煜然，旦起视之，石也。询寺僧，云：“西溪，华下最胜处，郡僚宴集之地，故以此石镇内耳。”至夜，褒移至别地，光复在焉。意其蕴玉，因求得之。辇至都下，使玉工视之，以为然。剖之，得玉，径数寸，温润纯美，光采粲然。玉人惊之曰：“至宝也，今王府中未有其比。”会朝廷求良玉琢镇国宝，褒因献之，遂为玺。镇国，华州军额，朝廷以名与玺同，乃改曰镇潼军，此亦异也。余叔父博士为华州幕官，故知其详。或以为褒所献琢为苍璧，未知孰是。

洛阳牡丹，岁久虫蠹，则花开稍小，园户以硫黄簪其穴，虫死，复盛大。其园户相妒，则以乌贼鱼骨刺花树枝皮中，花必死，盖牡丹忌此鱼耳。

　　司马温公既居洛,每对客赋诗谈文,或投壶以娱宾。公以旧格不合礼意,更定新格。以为倾邪险诐,不足为善,而旧图反为奇箭,多与之算,如倚竿带剑之类,今皆废其算以罚之。颠倒反覆,恶之大者,奈何以为上,如倒中之类,今当尽废壶中算,以明逆顺。大底以精审者为上,偶中者为下,使夫用机徼幸者无所措手。此足以见公之志,虽嬉戏之间,亦不忘于正也。

　　唐彦猷清简寡欲,不以世务为意。公退居,一室萧然,终日默坐,惟吟诗临书、烹茶试墨,以此度日。嘉祐中守青社,得红丝石于黑山,琢以为砚。其理红黄相参,文如林木,或如月晕,或如山峰,或如云雾花卉。石自有膏润,浮泛墨色,覆之以匣,数日不干。彦猷作《砚录》,品为第一,以为自得此石,端溪、龙尾,皆置不复视矣。

　　秦武公作羽阳宫,在凤翔宝鸡县界,岁久不可究知其处。元祐六年正月,直县门之东百步,居民权氏浚池,得古铜瓦五,皆破,独一瓦完。面径四寸四分,瓦面隐起四字,曰“羽阳千岁”,篆字随势为之,不取方正,始知即羽阳旧址也。其地北负高原,南临渭水,前对群峰,形势雄壮,真胜地也。武公之初年,距今千有七百八十八年矣。武功游景叔方总秦凤刑狱,摹刊于石,置之岐阳宪台之瑞丰亭,以贻好事者。

　　李谦溥,太祖朝名将也。在汾、晋二十余年,大小百余战,未尝少衄。每巡边,老幼望拜,呼以为父。晚治第于道德坊,中为小圃,购花木竹石植之,颇与朝士大夫游。久之,以从弟谦昇女适皇子陈王,贫无以资用,遂以所居之第质于宋延偓。后其子允正为通事舍人,侍太宗。问曰:“尔父力边三十年,止余一第,忍属他姓?”允正具所以对,太宗即遣中使出内府钱付延偓赎还。王禹偁作记美其事,名二亭曰克家、肯构。宰相毕士安而下及诸名公赋诗纪述,自成一编。

秀州祥符院僧智和蓄一古琴,瑟瑟微碧,文细,石为轸,制作精巧,音韵清越。中刊李阳冰篆三十九字,其略云:"南滇夷岛产木名伽陀罗,文横如银屑,其坚如石,遂用作此临岳。"沈括《笔谈》、朱长文《琴史》著此琴,即唐相汧公李勉所制响泉也。响泉之名,见《李勉传》。元祐末,和死,州状其事,以其琴匣送尚书礼部,符太常帐管,好事者时时鼓之。

钱塘沈振蓄一琴,名冰清,腹有晋陵子铭云:"卓哉斯器,乐惟至正。音清韵古,月澄风劲。三余神爽,泛绝机静。雪夜敲冰,霜天击磬。阴阳潜感,否臧前镜。人其审之,岂独知政。"书"大历三年三月三日上底,蜀郡雷氏斫"。凤沼内书"贞元十一年七月八日再修。士雄记"。声极清实。山茌陈圣与名知琴,少在钱塘,从振借琴弹,酷爱之。后三十年,圣与官太常,会振侄述鬻冰清,索百千不售。未几,述卒。其妻得二十千,鬻于僧清道,转落于太一道士杨英。久之,圣与以五十千购得,极珍秘之。或以晋陵子,杜牧之道号。篆法类李义山笔,亦莫可辨。又不知士雄何人也。

释普明,齐州人,久止灵岩。晚游五台,得风疾,眉发俱堕,百骸腐溃,哀号苦楚,人不忍闻。忽有异人教服长松,明不识之,复告云:"长松,长古松下,取根饵之。皮色如茅苊,长三五寸,味微苦,类人参。清香可爱,无毒,服之益人,兼解诸虫毒。"明采服,不旬日,发复生,颜貌如故。今并、代间士人多以长松参甘草、山药为汤,殊佳,然《本草》及诸方书并不著,独释惠祥作《清凉传》始叙之,然失于怪诞。

元祐中上元,驾幸迎祥池宴从臣,教坊伶人以先圣为戏。

刑部侍郎孔宗翰奏:"唐文宗时尝有为此戏者,诏斥去之。今圣君宴犒群臣,岂宜尚容有此?"诏付伶官置于理。或曰:"此细事,何足言?"孔曰:"非尔所知。天子春秋鼎盛,方且尊德乐道,而贱伎乃尔亵慢,纵而不治,岂不累圣德乎!"闻者惭羞叹服。

椰子生安南及海外诸国,木如棕榈,大者高百余尺,花白,如千叶芙蓉。一本,花不过数十朵,实不过三五颗,其大如斗,至老差小。外有黄毛软皮,中有壳,正类槟榔,故有人为诗云:"百果之中尔最珍,槟榔应是汝玄孙。"沈佺期亦有《题椰子》诗云:"丛生雕胡首,圆实槟榔身。"壳止有二穴,芽出穴中。壳肉类罗菔,皮味苦,肉极甘脆,蛮人甚珍之。中有渖,大者一二升,蛮人谓之椰子酒,饮之得醉,《交州记》以为浆者是也。治消渴,涂髭发立黑。皮煮汁止血,疗吐逆。肉益气去风。

蜀虽阻剑州之险,而郡县无城池之固,民性懦弱,俗尚文学。而世以为蜀人好乱,殊不知公孙述及刘辟、王建、孟知祥辈,率非土人,皆以奸雄乘中国多事盗据一方耳。本朝王小波、李顺、王均辈啸聚西蜀,盖朝廷初平孟氏,蜀之帑藏尽归京师,其后言利者争述功利,置博易务,禁私市,商贾不行,蜀民不足,故小波得以激怒其人曰:"吾疾贫富不均,今为汝均之。"贫者附之益众。向使无加赋之苦,得循良抚绥之,安有此乱。古人云:"与其蓄聚敛之臣,宁蓄盗臣。"聚敛之为害如此,可不戒哉!均则本神卫卒校,盖赵延顺怨钤辖符昭寿,推均为帅尔。

犀之类不一,生邕管之内及交趾者,角纹如麻实,理燥,少温润。来自舶上,生大食者,文如茱萸,理润而缀,光采彻莹,甚类犬鼻。若傅以膏,甚有花纹。而尤异者曰通天犀,或如日星，或如云月，或如葩花，或如山水，或成飞走，或成龙鱼，或成神仙，或成宫殿，至有衣冠眉目杖履、毛羽鳞角完具，若绘画然，为世所贵，其价不赀。莫知其所以然也。或以为犀爱一物，玩之久，则物形潜入角中，是又不可以理推者。其纹有正插者，有倒插者，有腰鼓插者，其类不一。方其角未解也，虽海人亦未知其为异也，故波斯以象牙为白暗，犀角为黑暗，以其难别识也。犀之有通天花纹者，自顾其影则怖，尝饮浊水，不欲照见其角也。海人之取犀也，多于山麓植木，如列羊栈，久则木朽。犀前足短，止则依木而立，朽折犀倒，不能自立，因格杀之。犀岁久亦退角，掊土埋僻处，海人侦知，以木角易取之。西域谓犀为竭伽，角为毗沙拏，言一角也。

柳三变景祐末登进士第。少有俊才，尤精乐章。后以疾更名永，字耆卿。皇祐中，久困选调，入内都知史某爱其才而怜其潦倒，会教坊进新曲《醉蓬莱》，时司天台奏老人星见，史乘仁宗之悦，以耆卿应制。耆卿方冀进用，欣然走笔，甚自得意，词名《醉蓬莱慢》。比进呈，上见首有"渐"字，色若不悦。读至"宸游凤辇何处"，乃与御制《真宗挽词》暗合，上惨然。又读至"太液波翻"，曰："何不言波澄！"乃掷之于地。永自此不复进用。

渑水燕谈录卷第九

杂录 凡三十六事

唐太宗问一行世数,禅师制葉子格进之。葉子,言"二十世李"也,当时士大夫宴集皆为之。其后有柴氏、赵氏,其格不一。蜀人以红鹤格为贵,禁中则以花虫为宗。近世职方员外郎曹谷损益旧本,撰《旧欢新格》,尤为详密。其法,用匾骰子六只,犀牙师子十事,自盆帖而下,分十五门。门各有说,凡名彩二百二十七,逸彩二百四十七,总四百七十四彩。余家有其格,而世无能为者。

周显德中,许京城民居起楼阁,大将军周景威先于宋门内临汴水建楼十三间,世宗嘉之,以手诏奖谕。景威虽奉诏,实所以规利也,今所谓十三间楼子者是也。景威子莹,国初为枢密使。

陶縠姓唐,唐宰相莒公俭之后。祖彦谦,有诗名,号鹿门先生。縠避晋祖名改姓陶,后历事累朝,不复还本姓,士大夫讥之。

刘𬬩据岭南,置兵八千人,专以采珠为事,目曰媚川都。每以石碓其足,入海至五七百尺,溺而死者相属也。久之,珠玑充积内库,所居殿宇梁栋帘箔率以珠为饰,穷极华丽。及王师入城,一火而尽。艺祖废媚川都,黥其壮者为军,老者放归田里,仍诏百姓不得以采珠为业,于是俗知务农矣。

　　建隆中，南都一夕星殒如雨，点或大或小，光彩煜然，未至地而灭。景祐初，忻州夜中星殒极多，明日视之，皆石。闻今忻民犹有蓄之。乃知《公羊传》以雨星不及地而复，其说得之。左氏以如雨而言与雨偕，非也。

　　幽蓟八州陷北虏几二百年，其间英主贤臣欲图收复，功垂成而辄废者三矣，此豪杰之士每每深嗟而痛惜。初，周世宗既下关南，欲乘胜进攻幽州，将行，夜中疾作，乃止。艺祖贮财别库，欲事攻取，会上仙，乃寝。柳仲塗守宁边，今博野也。结客白万德，使说其酋豪，将纳质定誓，以为内应，掩其不备，疾趋直取幽州，会仲塗易地而罢。河朔之人，逮今为憾。

　　国初有王彦升者，本市井贩缯人。及壮从军，累立战功，至防御使。性极残忍，俘获戎人，则置酒宴饮，引戎人以手捉其耳，对客咀嚼，徐引卮酒。戎人血流被面，彦升笑语自若。前后啖数十百人。亦可怪也。

　　开宝中，鄢陵许永为郓州卢县尉，自言七十五岁，其父琼年九十九，长兄八十一，次兄七十七。艺祖召琼问唐季事，对尤详，赐以衣币鞍马。父子俱享福寿，世罕有也。

　　卢丞相多逊谪死朱崖，旅殡海上。天庆观道士练惟，一夜闻窗外有人读书，审其声韵，有类多逊。明日，有诗题窗外曰："南斗微茫北斗明，喜闻窗下读书声。孤魂千里不归去，辜负洛阳花满城。"笔迹亦类之。明年，归葬洛。此说得之孙巨源。而杨文公云，其子全扶枢归葬江陵佛舍，与此不同。未知孰是，姑两录之。

　　高丽，海外诸夷中最好儒学，祖宗以来，数有宾客贡士登第者。自天圣后，数十年不通中国。熙宁四年，始复遣使修贡，因泉州黄慎者为向道，将由四明登岸。比至，为海风飘至通州海门县新港。先以状致通州谢太守云："望斗极以乘槎，初离下国；指桃源而迷路，误到仙乡。"词甚切当。使臣御事民官侍郎金第与同行朴寅亮诗尤精，如《泗州龟山寺》诗云"门前客棹洪涛急，竹下僧棋白日闲"等句，中土士人亦称之。寅亮尝为其国词臣，以罪废，久之，从金第使中国。

卢多逊南迁朱崖，逾岭，憩一山店。店妪举止和淑，颇能谈京华事。卢访之，妪不知为卢也，曰："家故汴都，累代仕族。一子事州县，卢相公违法治一事，子不能奉，诬窜南方。到方周岁，尽室沦丧，独残老躯，流落居此，意有所待。卢相欺上罔下，倚势害物，天道昭昭，行当南窜，未亡间庶见于此，以快宿憾尔。"因号呼泣下。卢不待食，促驾而去。

陈尧咨善射，百发百中，世以为神，常自号曰小由基。及守荆南回，其母冯夫人问："汝典郡有何异政？"尧咨云："荆南当要冲，日有宴集，尧咨每以弓矢为乐，坐客罔不叹服。"母曰："汝父教汝以忠孝辅国家，今汝不务行仁化而专一夫之伎，岂汝先人志邪！"杖之，碎其金鱼。

景德中，邠州有神祠，凡民祈祷者，神必亲享，杯盘悉空。远近奔赴。盖狐穴神座下，通寝殿下，复门绣箔，人莫得窥。群狐自穴出，分享肴醴。王公嗣宗雅负刚正，及镇邠土，乃骑兵挟矢，驱鹰犬，投薪穴中，纵火焚之。群狐奔逸，擒杀悉尽。鞭庙祝背，徙其家，毁其祠，妖狐遂绝。初，公在长安也，极疏种山人放之短。好事者有诗云："终南隐士声名歇，邠土妖狐巢穴空。二事俱输王太守，圣朝方信有英雄。"

杨光远之叛青州也，有孙中舍忘其名。居围城中，族人在州西别墅。城闭既久，内外隔绝，食且尽，举族愁叹。有畜犬徬徨其侧，若有忧思，中舍因嘱曰："尔能为我至庄取米邪？"犬摇尾应之。至夜,为置一布囊,并简系犬背上。犬即由水窦出,至庄,鸣吠。居者开门,识其犬,取简视之,令负米还,未晓入城。如此数月,比至城开,孙氏阖门数十口独得不馁。孙氏愈爱畜之。后数年毙,葬于别墅之南。至其孙彭年语龙图赵公师民,刻石表其墓,曰《灵犬志》。

仁宗天纵多能,尤精书学,凡宫殿门观,多帝飞白题榜,勋贤神道,率赐篆螭首。王曾之碑曰“旌贤”,寇准曰“旌忠”,李迪曰“遗直”,晏殊曰“旧学”,丁度曰“崇儒”,王旦曰“全德元老”,文彦博父均曰“教忠积庆”,李用和曰“亲贤”,范仲淹曰“褒贤”,曹利用曰“旌功”,吕夷简曰“怀忠”,张士逊曰“旧德”,狄青曰“旌忠元勋”,其余不可悉记。或云初王子融守河中,模唐明皇题裴耀卿碑额献之,仁宗乃赐文正碑曰“旌贤”,大臣碑额赐篆,盖始于此。其后英庙、神考,亦屡有赐者。

祥符初,王旭知颍州,因岁饥,出库钱贷民,约茧熟一千输一缣。其后李士衡行之陕西,民以为便。今行于天下,于岁首给之,谓之和买绢,或曰预买,始于旭也。

汀州王捷少商江、淮间,咸平初,遇一人于南康逆旅,衣道士服,仪状奇俊。后屡见之,授以黄金术,仍付以神剑,且戒之曰:“非遇人君,不可妄泄。”后佯狂,叫呼上饶市中,配流岭南。逃归京,挝登闻鼓自陈。上召与语,悦之,命之官,更名中正。寓居中官刘承珪家,珪上言:“数闻中正与人语,声如童子,云:‘我,司命真君也。’”中正亟迁神武大将军、康州团练使。常以药、金银献上,以助国费。卒,赠岭南节度使,世谓之烧金王先生,建祠永宁院西。至今御府犹有中正所献金及炉钳残药。

直史馆孙公冕,文学政事有闻于时,而赋性刚明,以别白贤不肖为事。天禧中,连守数郡,暇日接僚吏,殊不喜谈朝廷除授,亦未尝览除目。每得邸吏报状,则纳怀中,不复省视。或诘其意,曰:"某人贤而反沉下位,某人不才而骤居显官,见之令人不快尔。"或讥其不广,然其好贤嫉恶之心亦可尚也。

曹襄悼公利用,天圣中退朝归私第,中衢逢狂人夺其枢密使印,心独恶之。未几,侄芮为不法事败,治狱者锻成其事,芮死,公贬随州,再贬房陵。行至襄阳,监者迫自尽,天下冤之。

平原刘永锡,天圣末以虞曹员外郎知千乘县。一日,与门生对食,永锡以馒头食畜犬,生曰:"犬龁食人食,古人所讥,况珍味耶?"犬不食,瞋视之以去,数日不知所在。一夕,犬至,跪门阈下,将入。生起视之,知其将害己,卷衾,诈作人卧床上,升栋以避之。犬入,登床噬之,觉非人,吼怒出户,掷尾作声,移刻而死。今夫衣士人衣冠,首鼠贵游门下,以猎哺啜,嗟来不愧,曾斯犬之不若也。

庆历中,皇叔燕王元俨薨,仁宗追悼尤深,诏有司择位号之尤尊美者以追荣之,乃特赠天策上将军,非常典也。王性严毅,威望著于天下,士民识与不识,呼之曰八大王,犬戎尤惮之。

李尚书公择少读书于庐山五老峰白石庵之僧舍,书几万卷。公择既去,思以遗后之学者,不欲独有其书,乃藏于僧舍。其后山中之人思之,目其居云李氏藏书山房,而子瞻为之记。

江阴军北距大江,地僻,鲜过客,无将迎之烦,所隶一县,公事绝少。通州南阻江,东北滨海,士大夫罕至,居民以鱼盐自给,不为盗,讼稀事简。仕宦二州者最为优逸,故士大夫谓江阴为两浙道院,通州为淮南道院。

旧说虎有威,遇人百步之外,咆哮作声,以威慑人。人或不惧,虎反畏而去,故虎不食醉人。小儿不知惧,则虎畏而不食。苏子由作《孟德传》，以为德禁卒，既逃，不顾死，见虎不为动，弭耳而去。

萧楷字大珍，后梁宗室，为青州刺史，有惠爱，笃信于民。及死，民为立祠千乘县西，相与谥曰信公。嘉祐中，祠宇颓敝，主庙者贾天恩，老伶也。有王义者，金家苍头也，幼苦伤寒，汗不洽，病腰不能行，偻而丐且十年，一旦人为灸之，遂愈。天恩教之曰："第云信公召语：'能为吾修庙，则使尔腰伸。'诺之，腰即伸。"于是远近闻之凑奔，争施钱帛，以新庙貌，逾年得钱数千缗。功未卒而二人争钱相殴，事稍喧，施者因不复来。

熙宁八年，淮浙大饥，人相食。朝廷遣近臣安抚，同监司赈济，而措置乖戾，不能副朝廷爱养元元之意。安抚先檄郡县，以厚朴炒豆为屑，开饥民胃口，提刑司督诸郡多造纸袄，以衣贫民，提举司印榜招谕富民布施钱以种福田，大取识者嗤笑。安抚至通州，劝富民出米麦以食饥者。或对曰："安抚勿恤，东南饥民胃口以开，有纸袄为衣，而又得福田居之，安抚可无虑矣。"闻者大惭。朝廷知之，重行降黜。

谏议大夫崔颂，博学君子人也，性有疑疾，防闲闺门过于严密。圬者涂室，以帛幕其目，恐窃视其私也，与夫罗灰、扃户殆不远。

陈亚少卿蓄书数千卷，名画数十轴，平生之所宝者。晚年退居，有华亭双鹤怪石一株尤奇峭，与异花数十本，列植于所居。为诗以戒子孙："满室图书杂典坟，华亭仙客岱云根。他年若不和花卖，便是吾家好子孙。"亚死未几，皆散落民间矣。

小词有"烧残绛蜡泪成痕，街鼓破黄昏"之语，或以为黄昏不当烛。已见跋解者曰："此草庐婆陋者之论，殊不知贵侯戚里，洞房密室，深邃窈窕，有不待夜而张烛者矣。"

　　士大夫筵馔，率以博饦，或在水饭之前。予近预河中府蒲左丞会，初坐，即食罢生博饦。予惊问之，蒲笑曰："世谓博饦为头食，宜为群品之先可知矣。意其唐末五代乱离之际，失其次第，久抑下列，颇郁，舆论牵复。"坐客皆大笑。

　　王承衍尚秦国贤肃大长公主，至曾孙师约，又尚惠和公主，子植又选尚惠国公主。昔汉窦氏一门三公主，于时亲戚功臣莫与比。唐薛儆与其子鏽相继尚睿宗、明皇女，独称唐薛氏。而尚三公主又父子相继，惟王氏一门。

　　江南一县，郊外古寺，地僻山险，邑人罕至，僧徒久苦不足。一日，有僧游方至其寺，告于主僧，且将与之谋所以惊人耳目者。寺有五百罗汉，择一貌类己，衣其衣，顶其笠。策其杖，入县削发，误为刀伤其顶，解衣带白药傅之，留杖为质，约至寺，将遗千钱。削者如期而往，方入寺，阍者殴之曰："罗汉亡杖已半年，乃尔盗耶！"削者述所以得杖貌，相与见主僧，更异之。共开罗汉堂，门锁生涩，尘凝坐榻，如久不开者。视亡杖罗汉，衣笠皆所见者，顶有伤处，血渍药傅如昔。前有一千皆古钱，贯且朽。因共叹异之。传闻远近，施者日至，寺因大盛。数年，其徒有争财者，其谋稍泄。得之外氏。

　　元丰中，高丽使朴寅亮至明州，象山尉张中以诗送之，寅亮答诗序有"花面艳吹，愧邻妇青唇之敛；桑间陌曲，续郢人白雪之音"之语。有司劾："中，小官，不当外交夷使。"奏上，神宗顾左右"青唇"何事，皆不能对。乃以问赵元老，元老奏："不经之语，不敢以闻。"神宗再谕之，元老诵《太平广记》云："有睹邻夫见其妇吹火，赠诗云：'吹火朱唇敛，添薪玉腕斜。遥看烟里面，恰似雾中花。'其妇告其夫曰：'君岂不能学也！'夫曰：'汝当吹火，吾亦效之。'夫乃为诗云：'吹火青唇敛，添薪墨腕斜。

遥看烟里面,恰似鸠槃茶。'"元老之强记如此,虽怪僻小说,无不该览。

国初袭唐末士风,举子见先达,先通笺刺,谓之请见。既与之见,他日再投启事,谓之谢见。又数日,再投启事,谓之温卷。或先达以书谢,或有称誉,即别裁启事,委曲叙谢,更求一见。当时举子之于先达者,其礼如此之恭。近岁举子不复行此礼,而亦鲜有上官延誉后进者。

钱镠之据钱塘也,子跛,镠钟爱之。谚谓"跛"为"瘸",杭人为讳之,乃称"茄"为"落苏。"杨行密之据淮阳,淮人避其名,以"密"为"蜂糖",尤见淮、浙之音误也。以"瘸"为"茄",以"蜜"为"密",良可哈也。

熙宁中,淮西连岁蝗旱,居民艰食,通、泰农田中生菌被野,饥民得以采食。元丰中,青、淄荐饥,山中及平地皆生石面,白石如灰而腻,民有得数十斛,以少面同和为汤饼,可食,大济乏绝。二事颇异,皆所目见。

渑水燕谈录卷第十

谈谑 凡二十三事

国初，将军王景咸尝守邢州，使臣王班衔命至郡，景咸宴之，坐中厉声曰："请王班满饮。"景咸以为官也。左右曰："王班，姓名也。"景咸大惭，责左右："尔辈何不先教我！"坐中大噱。

国初，聂崇义精《礼》学，著《三礼图》上之，盛行于世，诏给于国子监讲堂。郭忠恕尝诮其姓曰："近贵全为聃，攀龙即作聋，虽然三个耳，终是未为聪。"崇义曰："仆不能诗，聊以一联奉酬，勿笑：有三耳犹胜畜二心。"其敏而善谑，亦可嘉也。

寇莱公与张洎同为给事中，公年少气锐，尝为《庭雀》诗玩张洎曰："少年挟弹何狂逸，不用金丸用蜡丸。"讥洎在金陵围城中，尝为其主作诏纳蜡丸中追上江救兵也。

陈文惠善八分书，点画肥重，自是一体，世谓之堆墨书，尤宜施之题榜。镇郑州日，府宴，伶人戏以一幅大纸浓墨涂之，当中以粉笔点四点。问之："何字也？"曰："堆墨书田字。"文惠大哂。

丞相王公之夫人郑氏奉佛至谨，临终嘱其夫曰："即死，愿得落发为尼。"及死，公奏乞赐法名师号，敛以紫方袍。王荆公之子雱，少得心疾，逐其妻，荆公为备礼嫁之。好事者戏之曰："王太祝生前嫁妇，郑夫人死后出家。"人以为异。又工部郎中侯叔献妻悍戾，叔献既殂，儿女不胜其酷，诏离之，故好事者又曰："侯工部死后休妻。"

王琪、张亢同在南京晏元献公幕下。张肥大，王以大牢目之；王瘦小，张以弥猴目之。一日，有米纲至八百里村，水浅当剥载，府檄张往督之，王曰："所谓八百里駮也。"张曰："未若三千年精矣。"元献为之启齿。

刘贡父文学过人，而又滑稽善谑。知曹州日，于伋书记自京还，贡父问："尝见王学士，渠有老态否？"于曰："颜犹未老，而鬓已斑。"贡父曰："岂非急进至然也。"贡父之警辨多类此。

往年士大夫好讲水利，有言欲涸梁山泊以为农田者。或诘之曰："梁山泊，古钜野泽，广袤数百里，今若涸之，不幸秋夏之交行潦四集，诸水并入，何以受之？"贡父适在坐，徐曰："却于泊之傍凿一池，大小正同，则可受其水矣。"坐中皆绝倒，言者大惭沮。

颍上常夷甫处士，以行义为士大夫所推，近臣屡荐之，朝廷命之官，不起。欧阳公晚治第于颍，久参政柄，将乞身以去，顾未得谢，而思颍之心日切，尝有诗曰："笑杀汝阴常处士，十年骑马听朝鸡。"后公既还政，而处士被召赴阙，为天章阁待制，日奉朝请。有轻薄子改公诗以戏之曰："却笑汝阴欧少保，新来处士听朝鸡。"

欧阳文忠公不喜释氏，士有谈佛书者，必正色视之。而公之幼子小字和尚，或问："公既不喜佛，排浮屠，而以和尚名子，何也？"公曰："所以贱之也，如今人家以牛驴名小儿耳。"问者大笑，且伏公之辨也。

冯吉，瀛王道之子，少学能文，而轻佻善谑，尤精胡琴。尝因家会，道命弹胡琴，曲终，赐之束帛以辱之。吉致帛于项，以左手抱琴，右手按膝，如伶人拜起，举家大笑。终以浮薄不登清近。仕皇朝，终少列。

顷有秉政者，深被眷倚，言事无不从。一日御宴，教坊杂剧为小商，自称姓赵名氏，负以瓦瓿卖沙糖，道逢故人，喜而拜之。伸足误踏瓿倒，糖流于地，小商弹指叹息曰：“甜采你即溜也，怎奈何！”左右皆笑。俚语以王姓为甜采。

胡秘监旦学冠一时，而轻躁喜玩人。其在西掖也，尝草《江仲甫升使额诰词》云：“归马华山之阳，朕虽无愧；放牛桃林之野，汝实有功。”盖江小字芒儿，俚语以牧童为芒儿。胡又尝行巨珰诰词云：“以尔久淹禁署，克慎行藏。”由是诸竖切齿。范应辰为大理评事，且画一布袋，中藏一丐者，以遗范，题云“袋里贫士”也。

刘攽贡父、王汾彦祖同在馆阁，皆好谈谑。一日，刘谒王曰：“君改赐章服，故致贺尔。”王曰：“未尝受命。”“且早闻阁门传报，君但询之。”王密使人询之阁门，乃是有旨：诸王坟得用红泥涂之尔。

贡父晚苦风疾，鬓眉皆落，鼻梁且断。一日，与子瞻数人小酌，各引古人语相戏。子瞻戏贡父云：“大风起兮眉飞扬，安得壮士兮守鼻梁。”座中大噱，贡父恨怅不已。贡父晚年鼻既断烂，日忧死亡，客戏之云：“颜渊、子路微服同出，市中逢孔子，惶怖求避，忽见一塔，相与匿于塔后。孔子既过，颜子曰：‘此何塔也？’由曰：‘所谓避孔子塔也。’”

有张献图者，应举久不第。好嘲戏，以王年推恩，得三班奉职，以诗寄其妻云：“吾今为奉职，子莫怨鸾孤。”

往岁有丞相薨于位者，有无名子嘲之。时出厚赏购捕造谤。或疑张寿山人为之，捕送府。府尹诘之，寿云：“某乃于都下三十余年,但生而为十七字诗,鬻钱以糊口,安敢嘲大臣。纵使某为,安能如此著题。"府尹大笑,遣去。

张文宝,永州人,博学有文。从子仲达以诗一轴示文宝,自衒《鹭丝》诗最为得意,云:"沧浪最深处,鲈鱼初得时。"文宝云:"更宜雕琢。"仲达云:"如何雕琢?"文宝云:"诗固佳矣,但鹭丝脚太长尔。"仲达叹服。

子瞻通判钱塘,尝权领州事,新太守将至,营妓陈状,以年老乞出籍从良。公即判曰:"五日京兆,判状不难;九尾野狐,从良任便。"有周生者,色艺为一州之最,闻之,亦陈状乞嫁。惜其去,判云:"慕《周南》之化,此意虽可嘉;空冀北之群,所请宜不允。"其敏捷善谑如此。

顾临学士魁伟好谈兵,馆中戏谓之顾将军。一日,同馆诸公游景德寺,至寺前柏林,雨暴作,顾戏同舍林希曰:"雨中林学士。"遽答曰:"柏下顾将军。"诸公大噱,以为精对。

熙宁中,学士以《字解》相上,或问贡父曰:"曾得字学新说否?"贡父曰:"字有三牛为犇字,三鹿为麤字。窃以牛为麤而行缓,非善犇者;鹿善犇而体瘦,非麤大者。欲二字相易,庶各会其意。"闻者大笑。

予元丰元年调博州高唐县令,时黄夷仲廉为监察御史,予往别焉。夷仲口占一绝句见谑云:"高唐不是那高唐,风物由来各异乡。若向此中求梦雨,只应愁杀楚襄王。"盖讥河朔风土人物之质朴也。

荆国王文公以多闻博学为世宗师。当世学者得出其门下者,自以为荣,一被称与,往往名重天下。公之治经,尤尚解字,末流务多新奇,浸成穿凿。朝廷患之,诏学者兼用旧传注,不专治新经,禁援引《字解》。于是学者皆变所学,至有著书以诋公之学者,且讳称公门人。故芸叟为挽词云:"今日江湖从学者,人人讳道是门生。"传士林。及后诏公配享神庙,赠官并谥,俾学者复治新经,用《字解》。昔从学者,稍稍复称公门人,有无名子改芸叟词云:"人人却道是门生。"

渑水燕谈录补遗

元祐九年,巴东大火,柏与公祠俱焚。明年,莆阳郑赣来为令,悼柏之焚,惜公手植,不忍剪伐,种凌霄于下,使附干以上,以著公遗迹,且慰邦人之思。朱子《五朝名臣言行录》四之二《寇忠愍公准》。

蔡文忠公喜酒,饮量过人。既登第,通判济州,日饮醇酎,往往至醉。是时太夫人年已高,颇忧之。一日,山东贾存道先生过济,文忠馆之。数日,先生爱文忠之贤,虑其酒废学生疾,乃为诗示文忠曰:"圣君恩重龙头选,慈母年高鹤发垂。君宠母恩俱未报,酒如成病悔何追。"文忠瞿然起谢之。自是非亲客不对酒,终身未尝至醉。《五朝名臣言行录》五之一《蔡文忠公齐》。

明肃太后临朝,一日,问宰相曰:"福州陈绛赃污狼籍,卿等闻否?"王沂公对曰:"亦颇闻之。"太后曰:"既闻而不劾,何也?"沂公曰:"外方之事,须本路监司发摘,不然,台谏有言,中书方可施行。今事自中出,万一传闻不实,即所损尤大也。"太后曰:"速选有风力、更事任一人为福建路转运使。"二相禀旨而退,至中书,沂公曰:"陈绛,滑吏也,非王耿不足以擒之。"立命进熟。吕许公俯首曰:"王耿亦可惜也。"沂公不谕。时耿为侍御史,遂以为转运使。耿拜命之次日,有福建路衙校拜于马首,云:"押进奉荔枝到京。"耿偶问其道路山川风候,而其校应对详明,动合意旨。耿遂密访绛所为,校辄泣曰:"福州之人以为终世不见天日也,岂料端公赐问,然某尤为绛所苦者也。"遂条陈数十事,皆不法之极。耿大喜,遂留校于行台,俾之干事。既置诏狱,事皆不实,而校遂首常纳禁器于耿。事闻,太后大怒,下耿吏,狱具,谪耿淮南副使。皆如许公之料也。《五朝名臣言行录》六之一《吕文靖公夷简》。

是岁大旱蝗,诏公奉使安抚江、淮。还,以太平州贫民所食乌昧草进呈,乞宣示六宫戚里,用抑奢侈。《五朝名臣言行录》七之二《范文正公仲淹》。

徂徕石守道常语学者曰:"古之学者,急于求师。孔子,大圣人也,犹学礼于老聃,学官于郯子,学琴于师襄,矧其下者乎! 后世耻于求师,学者之大蔽也。"乃为《师说》以喻学者。是时孙明复先生居太山之阳,道纯德备,深于《春秋》,守道率张洞北面而师之,访问讲解,日夕不息。明复行则从,升降拜起则执杖屦以侍。二人者,久为鲁人所高,因二人而明复之道愈尊。于是学者始知有师弟子之礼。《五朝名臣言行录》卷十之四《徂徕石先生介》。

公旧有德于关中,秦人爱之。后子华自丞相出宣抚陕西,父老有远来观于道旁者,愕然相谓曰:"吾以谓韩公,乃非也。"于是相引以去。《三朝名臣言行录》一之一《韩忠献公琦》。

麈　史

[宋]王得臣　撰
俞宗宪　　校点

校 点 说 明

《麈史》著者王得臣(1036—1116)，字彦辅，自号凤台子，宋安州安陆(今属湖北)人。嘉祐四年(1059)登进士第，历任岳州巴陵令、开封府判官等，出知唐、邠、黄、鄂州。后为福建转运副使，在京历官金部郎中、军器少监、司农少卿。绍圣四年(1097)九月，以目疾管勾崇禧观，致仕。卒赠太中大夫。得臣家学渊深，阅历丰富，学问博洽，颇长于著述，除《麈史》外，尚著有《凤台集》、《江夏辨疑》、《江夏古今记咏集》、《凤台子和杜诗》等，惜皆散佚。《麈史》一书"于当时制度及考究古迹，特为精核"，且记载了大量安陆地区的人物、地理、风俗情况，写作态度严肃，自称"出夫实录"，保存了大量的第一手文史资料。此书无论对研究宋代典章制度、安陆地区历史文化，还是研究唐宋文学史，都颇具参考价值。

1986 年，我曾以现存最完整的清人鲍廷博知不足斋本为底本，用商务印书馆的涵芬楼本(由夏敬观以知不足斋本为底本，校以涵芬楼藏残抄本及钱塘丁氏藏明嘉靖柳合抄本而成)、上海图书馆所藏石研斋秦氏藏抄本及清残抄本作校，并参校了《说郛》本及其他多种笔记、经史等有关书籍，写下校记，整理标点后交上海古籍出版社出版，书后并附录有关本书的跋文、目录、笔记等资料。这次重版，按照《历代笔记小说大观》的体例要求，文字择善而从，概不出校，除了序文之外，不再附录其他资料。不当之处，请读者给予批评指正。

目　录

麈 史 序

予年甫成童，亲命从学于京师，凡十阅寒暑，始窃一第；已而宦牒奔走，辙环南北，而逮历三纪，故自师友之余论，宾僚之燕谈，与耳目之所及，苟有所得，辄皆记之。晚逾耳顺，自大农致为臣而归，阖扉养疴，日益无事，发取所记，积稿猥多，于是重加刊定，得二百八十四事。其间自朝廷至州里，有可训、可法、可鉴、可诫者无不载；又病其艰于讨究，遂类以相从，别为四十四门，总成三卷，名曰《麈史》。盖取出夫实录，以其无溢美、无隐恶而已。虽小道，必有可观者焉，览之者幸无我诮。时行年八十，皇宋政和，岁在乙未，中元日，追为之序。凤台子王得臣，字彦辅。

麈史卷上

睿谟

郑毅夫尝说,艺祖朝声登闻鼓求亡猪者,上手诏忠献赵公曰:"今日有人声登闻鼓来问朕觅亡猪,朕又何尝见他猪耶!然与卿共喜者,知天下无冤民。"

治平初,有州护兵官以非白直禁卒录编敕,既劾,具牍以上,英宗曰:"武臣写敕,是有意莅官矣。"遂命释之。闻者莫不叹服。

慈圣园陵,永裕手诏略曰:"功隆德盛,被于四海,宜改山陵。"仍云:"朕于禁中实行三年之制。"盖古所未有也。

中书许冲元尝对客言:熙宁末,神宗欲改元,近臣拟"美成"、"丰亨"二名以进。上指谓"美成"曰:"羊大带戈,不可。"又指"亨"字曰:"为子不成,可去亨而加元。"遂以"元丰"纪年。

内侍陈处约尝与客言昔在宣仁圣烈殿执事,言宣仁尝俭服绚素,盖古之衣大练无以过,或宴罢见浣濯食器,戒其洁谨。夫不出殿闼,综制天下于帘箔之中,十年天下晏然,非仁俭何以至此,可谓盛德矣!

神宗皇帝圣学渊远,莫窥涯涘。黄安中履任崇政说书,讲《诗》至《噫嘻》、《振鹭》、《丰年》,上问曰:"有祈则有报,间之以《振鹭》何也?"黄曰:"得四海之欢心以奉先王,维其如此,乃获丰年之应。"一日,又讲至《祈父》之篇,其卒章"祈父,亶不聪",

上问曰："独言聪而不言明,何也?"黄曰:"臣未之思也。"上曰:
"岂非军事尚谋,聪作谋故耶?"侍臣莫不叹服。蔡持正说。

国　政

得臣管干京西漕司文字,居洛,与尚书郎寇谭往还,因出
其祖莱公景德初元闰九月奏稿,乃被旨措置河朔边事,及讯驾
起与不起,如起至何处者。其状盖列三项,首曰:"边报犬戎游
骑已至深、祁以来,缘大军在定武,魏能、张凝、杨延朗、田敏等
又在威勇等处,东路别无屯兵,乞发天雄军兵骑万人驻贝州,
令周莹、杜彦钧、孙全照分部;或不足,即止发五千兵,专委孙
全照。如虏在近,勿使傅城,求便掩击,仍令间道移石普、阎承
翰相应对讨杀。及募壮士入虏境燔毁聚落,讨荡生聚,多遣探
伺,以彼动静上闻,兼报天雄军。一安人心,二张军势以贰敌,
三以振石普、阎承翰军威,四与邢、洺相望,足大犄角之势。"又
曰:"扈从卫士不当与犬戎争锋原野,以决胜负。万一犬戎之
营见兵已南,即发定武兵马三万余,俾桑赞等结陈,南趋镇州,
及令河东雷有终所部兵由土门会定武兵,审量事势,那至邢、
洺间,方可銮舆顺动。更饬王超等在武翼城而陈,以应魏能
等,作会合之势,候抽移定州、河东兵骑附近,始幸大名。"又
曰:"万一犬戎栅于镇、定之郊,定武兵不可来,须分定武三路
精兵,就差将帅会合,及令魏能等军迤逦东下,傍城牵制,虏必
怀后顾之忧,未敢轻议深入。若车驾不行,益恐番贼戕害生
灵;或是革辂亲征,亦须渡大河,且幸澶渊,就近易为制置会合
兵马,兼扼津济。"得臣切以为忠贤之臣抱道履节,孰不欲遭时
奋取功业,措天下于泰山之安,而身享令名哉? 然莱公非赖章
圣渊谋神断先发于中而独以倚成,又何以施其力哉? 圣贤相

济,呜呼,盛矣！

神文朝有议东南漕粟,兵夫舟船与盗失之费盖十常三四,欲募商贾,令入粟以实中都,三司使程文简以为不可,万一所入不足,必邀增直,是商贾得操其柄。其议遂寝。

神宗广景灵宫为原庙,逐朝帝后前后各一殿,咸有名,见于国史。元祐初,神宗神御殿名曰“宣光”。绍圣初,内相林子中言,“宣光”乃元魏时殿号,非所宜名。诏易之。议者以为祖宗时凡建一事、施一令,必下侍臣博议,盖审处之也。或曰:此执政寡闻之过也。

韩魏公得宰相体。时曾鲁公为亚相,赵阅道、欧阳永叔为参政,凡事该政令则曰问集贤,该典故曰问东厅,文学则曰问西厅,大事则自与决之矣。

朝　　制

神宗留意军器,设监以侍臣董之,前后讲究制度,无不精致,卒著为式,合一百一十卷,盖所谓《辨材》一卷,《军器》七十四卷,《什物》二十一卷,《杂物》四卷,《添修及制造弓弩式》一十卷是也。

宋次道《东京记》说八作司之外又有广备攻城作,今东西广备隶军器监矣。其作凡十一目,所谓火药、青窑、猛火油、金火、大小木、大小炉、皮作、麻作、窟子作是也,皆有制度作用之法,俾各诵其文,而禁其传。

文德殿门外为朝堂,常以殿前东庑设幕,下置连榻,冬毡夏席,谓之百官幕次。凡朝会必集于此,以待追班然后入。近年则不然,多萃于文德殿后,以至尚衣库、紫宸、垂拱殿门外南庑,其坐于幕次不过十数人而已。

予在开封南司,会侍御史初入台,两赤令皆赴公参,开封县仍呈汴州杖。其杖长三尺二寸五分,上圭其半,阔一寸二分,厚七分;下杀而圆,长一尺,径七分,于圆处火印"汴州杖印"四字,大约与今之所谓小杖者不相远。凡决人未尝用,常贮于库,御史中丞、侍御史初入台,即呈之。按梁开平元年以汴州为开封府,此杖殆唐所制也。

官　　制

永裕建尚书省,自令、仆、左右丞洎六曹尚书、侍郎、郎官厅,于中壁皆置素屏,大书《周官》一篇。自官制以来,惟侍中、中书令、御史大夫、左右散骑常侍、宗正卿、少卿、殿中监、少监、丞,并未尝命。官制既行,省曹郎官与寺监长贰率互置,不必备也。如一部中均命郎中贰员,外寺监均命贰少之类,始以寄禄之阶高下序位,复有旨以先后至者为次。

祖宗以来,选人磨勘者,进士出身为著作佐郎,余人为大理寺丞,谓之京官。若佐郎再迁秘书丞,寺丞再迁太子中舍,谓之升朝官,始奉朝请。既行官制,即无所谓京官者,惟自承务郎以上;然承务至宣德若任七寺监主簿、太学博士、两赤丞之类,亦得奉朝请,盖亦以职事官论也。

旧尚书郎中皆重戴。官制之后,大夫皆不许重戴,如朝请郎以下虽通直、奉议之类,职事为诸司郎中者并重戴。

熙宁间,既置检正官,初以馆阁及阅任望官者充之;未几,又以初入仕者为五房习学检正官。今幕职官多因唐藩镇辟置之名,所谓两使职官者,节度、观察使判官是也,然以选人充之;若签判,则京朝以上,故签书判官厅公事。又选人作县曰某县令,京官以上知某县事,皆恐未正名者也。

元丰董正官制,如武臣始议易将军,校尉之号竟独依旧,不复更。

永裕董正官制,易其称呼。元祐间议者谓无以甄别流品,遂词人加“左”字,余人加“右”字,有犯贪墨者去之。予始见法制,词人犯则去“左”称“右”,则余人称“右”者得无耻乎?是时知黄州,请有犯并去之,不从。

国　用

绍圣初,予备位金部,初见户部支禁中合同司泪在京百官、宗室、诸军并杂支钱,以缗计之,月率四十余万,诸仓给食粮亦称是。

任　人

郑内翰久游场屋,辞藻振时,唱名之日,同试进士皆欢曰:“好状元。”神文为之慰悦。后将召富、韩二公复相矣,因问近侍所以召状,对曰:“愿密遣内侍,以采外议。”上曰:“然。借如郑獬作状元,满庭称善,况命相哉!”

熙宁间,邓绾文约由御史知杂为中丞,凡七年不迁。

唐丞相乘马,故诗人有“沙堤新筑马行迟”之句。裴、武之遭变,而晋公独以马逸得免。至五代则乘檐子矣。庄宗闻呵声,问之,乃宰相檐子入内是也。本朝近年惟潞国文公落致仕,以太师平章重事;司马温公始为门下侍郎,寻卧疾于家,就拜左相,不可以骑;二公并许乘檐子,皆异恩也。

礼　仪

幞头,后周武帝为四脚,谓之折上巾。隋大业中,牛洪请著巾子,以桐木为之,内外皆漆。唐武德初,置平头小样巾子,武后赐百僚丝葛巾子,中宗赐宰相内样巾子,盖于裹头帛下著巾子耳。然折上巾以余帛折之而上系,今谓之幞头小脚;其所垂两脚稍屈而上,曰"朝天巾";后又为两阔脚短而锐者,名"牛耳幞头",唐谓之"软裹"。至中末以后浸为展脚者,今所服是也。然则制度靡一,出于人之私好而已。

其巾子先以结藤为之,名曰"藤巾子",加楮皮数层为之里。亦有草巾子者,以其价廉,士人鲜服。后取其轻便,遂彻其楮,作粘纱巾。近年如藤巾、草巾俱废,止以漆纱为之,谓之"纱巾",而粘纱亦不复作矣。其巾之样始作前屈,谓之"敛巾",久之,作微敛而已。后为稍直者,又变而后抑,谓之"偃巾"。已而又为直巾者,又为上下差狭而中大者,谓之"梭巾"。今乃制为平直巾矣。其两脚始则全狭后而长,稍变又阔而短,今长短阔狭仅得中矣。

古人以纱帛冒其首,因谓之"帽",然未闻其何制也。魏晋以来始有白纱、乌纱等帽。至唐汝阳王琎犹服砑绢帽,后人遂有仙桃、隐士之别。今贵贱通为一样,但徇所尚而屡变耳。始时惟以幞头光纱为之,名曰"京纱帽",其制甚质,其檐有尖而如杏叶者,后为短檐,才二寸许者。庆历以来方服南纱者,又曰"翠纱帽"者,盖前其顶与檐皆圆故也。久之,又增其身与檐皆抹上竦,俗戏呼为"笔帽",然书生多戴之,故为人嘲曰:"文章若在尖檐帽,夫子当年合裹枪。"已而又为方檐者,其制自顶上阔檐高七八寸,有书生步于通衢,过门为风折其檐者。比年复作短檐者,檐一二寸,其身直高而不为锐势,今则渐为四直者。

古以韦为带,反插垂头,至秦乃名腰带。唐高祖令下插垂头,今谓之"挞尾"是也。今带止用九胯,四方五圆,乃九环之遗制。胯且留一眼,号曰"古眼",古环象也。通以黑韦为之常服者,金、玉、犀则用红韦,著令品制有差,豪贵侈僭,虽非经赐,亦多自服。至和、皇祐间为方胯,无古眼,其稀者目曰"稀方",密者目曰"排方",始于常服之。比年士大夫朝服亦服挞尾,始甚短,后稍长,浸有垂至膝者,今则参用,出于人之所好而已。

笏,衣绯紫者以象,上诎下直;服绿者以槐木,上诎下方,其制无度。象,初短而厚,俄易长阔,皇祐间,极大而差薄,其势向身微曲,谓之"抱身",后复用直而中者;其木笏,始亦甚厚,今则薄,又非槐。

国朝祖宗创金球文方团带,亦名"笏头带",以赐二府,乃佩鱼。又为御仙花带,亦名"荔枝",以赐禁从。元丰四年董正官制,自观文殿大学士以上至三师并服球文,观文殿学士至龙图阁直学士、六曹尚书、翰林学士、御史中丞并给御仙花,皆许佩鱼。岐、嘉二王服玉佩金鱼,至赐玉鱼以异之。

旧制大宴,百官通籍者人赐花两枝,正郎三枝,故有咏外郎迁前行诗云:"衣添三匹绢,宴剩一枝花。"熙宁以来,皆给四花,郎官六枝。自行官制,若寄禄阶虽未至大夫,而职事为郎中,即宴皆得六花。

衣冠之制,上下混一。尝闻杜岐公欲令人吏、技术等官少为差别;后韩康公又议改制,如人吏公袍俾加襈,俗所谓"黄义襴"者是也,幞头合戴牛耳者。然今之优人多为此服,大为群小所恶,浮谤腾溢,其议遂止。

传曰"亚紫之夺朱",然则紫之色可见矣。嘉祐染者既入其色,复渍以油,故色重而近黑,曰"油紫"。未几,英宗入继大统，秘书丞甄履尝为《继圣图》著其说。后又为黑紫，神宗诏禁止，于是乃加鲜赤矣，世又目为"顺圣紫"云，盖色得正也。

国朝旧制，文臣京官方许乘马出入皇城门，其幕职官以下悉自门外步以人。熙宁间，选人既习学检正，又有领编修令式之类者，或禀议中堂，于是亦听乘马出入皇城门。

国家朝祭，百官冠服多用周制，每大朝会、侍祠则服之。袜有带；履用皂革；裤，衣中单，勒帛；裙，蔽膝；袍，大带，革带，方心曲领；佩则用石以代珠玉；冠有三梁、五梁之别，言官、刑法官则加獬豸；所执各用其笏。如导驾，除御史大夫、开封牧、开封令出各乘车外，他官具冠服而骑。

永泰绍圣乙亥季秋，大享明堂，予时贰军器，从百官服朝服。前一日，皇帝致斋，御史台吏具行礼次第，人印给一本，至是日则曰"绮其佩"，仍注云"屈而结之"。在廷之臣亦有莫能省其音者，或读曰"青"、曰"菁"，余潜告曰："当为'争'。"有相顾而笑者。按《仪礼》作"绉"字，音义与此同。

妇人冠服涂饰，增损用舍，盖不可名纪，今略记其首冠之制：始用以黄涂白金，或鹿胎之革，或玳瑁，杨有"者"字。或缀彩罗为攒云五岳之类。既禁用鹿胎、玳瑁，乃为白角者，又点角为假玳瑁之形者，然犹出四角而长矣。后至长二三尺许，而登车檐皆侧首而入。俄又编竹而为团者，涂之以绿。浸变而以角为之，谓之"团冠"，复以长者屈四角而下至于肩，谓之"辫肩"。又以团冠少裁其两边而高其前后，谓之"山口"。又以辫肩直其角而短，谓之"短冠"。今则一用太妃冠矣。始者角冠棱托以金，或以金涂银饰之，今则皆以珠玑缀之。其方尚长冠也，所傅两脚旒亦长七八寸，习尚之盛在于皇祐、至和之间。聱隅子黄晞曰："此无他，盖大官窀疏耳。"

《丁晋公三十六事》载某氏女子嫁时之服,而箧有衬衣一袭,问其故,曰:"若归夫家,遇私忌服此,慰舅姑耳。"今亡此礼,盖晋公时已废不用。余谓妇变服,而受慰者其服可知矣。切讲之而未知所从。在洛时闻富郑公私忌裹垂脚衬纱幞头,衬布衫,系蓝铁带,此乃今之释服。衬,襌服也。余欲行之,余弟光辅曰:"不可。圣人缘情制礼,盖有隆杀,今岁服衬襌,是未尝从吉也。"又在闽,同官李世美,文定之犹子也,问所服云何,世美曰:"冠以帽,衣白纻衫,系黑角带。"访士大夫家鲜有知此者。余以谓传称"君子有终身之丧",忌日之谓也,是则其服以少变常服为安耳。

慈圣光献上仙时,礼院议曰:"所服冠用布,四脚,衣布袍,腰绖,麻履;宗室及曹氏皆斩衰,杖。"元祐癸酉,余使闽,秋,遇宣仁圣烈之变,余令建州吏具如上服。后问他郡,皆服斩衰,时熊皋守鄱阳,乃出所录庚申礼官议服为得体。辛巳,钦圣宪肃遗告到安州,余急趋郡中见守相,首问所服,皆曰斩衰,余以为不可。时坐客亦有言癸酉中在金陵,曾舍人巩守郡,亦服斩衰,余以为大非也。遗告在京以日易月,十三日而除,是期服也。今服斩衰,义有所嫌,遂用余说。后闻他处服斩衰者甚多,士而不知礼,安可以仕乎?

都城内非执政大臣、宗室,并不许张盖,然宗室之家乘车,比至乳保辈乘马,皆张之。

熙宁间,因内珰马首以小扇障日,后士大夫悉用夹青缣为大扇,或加以青囊盛之,用芘其景,至从兵有不能持之者。绍圣初,中诏禁止,遂不用。

音　乐

瓠巴鼓瑟而游鱼出听，伯牙鼓琴而六马仰秣，古人精于音者其感物如此，况以舜之乐乎！然则百兽率舞，凤皇来仪，不足怪矣。故施于人则庶尹允谐，于神则祖考来格。呜呼，非舜，曷以至此！

周相王朴既定乐，本朝因用之，神文尝诏和岘等修焉，又有和氏乐，神文复命李照别制，然所用者惟王乐耳。永丰间，永裕遣知音者讲绎是正，遂废王乐而用李乐。范蜀公以为宫商之不相比，乃自制上之。元祐初，太常审议，卒用李乐。协律郎陈沂圣与谓予曰："王乐高二律，是以太簇为黄锺也；范乐下二律，以无射浊倍为黄锺也。其得中声之合，惟李照乐云。"

蜀公素留心太乐，既居许，募工范铜为周釜、汉斛各一枚，尝示予曰："此律度之祖也，知此则可以知乐矣。"又以为今乐之声，宫不足而商有余，故常大臣休休倨佚于私，而是日天子或御便坐以按军旅，乐之应也，遂改制音律上之。元祐初，下太常议其乐，以为声下而不用。

予尝问圣与曰："乐之高下不合中声，何以察之？是以积黍定管生律而知耶？"圣与曰："不然，凡识乐者惟在于耳聪明而已。今高乐，其歌者必至于焦咽而彻；下乐，其歌者必至于喧塞而不扬，以此自可以察之。"又云："今教坊乐声太高，神宗因见弦者屡绝而易，歌者音塞而气单，遂问其然，对曰：'以太高故也。'上曰：'为下两格可乎？'乐工拜而谢焉。遂下两格，乃两律矣。今教坊与京师悉以新乐从事，他处或未用之。"

台　议

庆历中，卫士之变，既就诛矣，而言事官乞禁中畜罗江犬子。罗江，盖蜀邑也，产犬善噬，其章云："仍舌班尾卷者善也。"然世以为舌班尾卷者，乃曹南犬也。

御史入台满十旬未抗章疏，例输金以佐公用，谓之"辱台钱"。神文朝一御史供职余九十日矣，未尝有所论列，盖将行罚焉。忽一日，削稿拜囊封，众伫听以为所言必甚大事，乃斥御庖造膳，误有遗发于其间者。其辞云："是何穆若之容，忽睹卷然之状。"御史皆以才举，所议如此而无责，盖朝廷务广言路耳。

御史俸薄，故台中有"聚厅向火，分厅吃食"之语。熙宁初，程颢伯淳入台为里行则反之，遂聚厅吃食，分厅向火。

忠　说

安定胡翼之，皇祐、至和间国子直讲，朝廷命主太学。时千余士，日讲《易》，予执经在诸生列，先生每引当世之事明之，至《小畜》以谓："畜，止也，以刚止君也。"已乃言及中令赵普相艺祖日，上令择一谏臣，中令具名以闻，上却之弗用。异日又问，中令复上前札子，亦却之。如此者三，仍碎其奏掷于地，中令辄怀归。它日复问，中令仍补所碎札子呈于上，上乃大悟，卒用其人。

富郑公尝为予言：永熙讨河东刘氏，既下并州，欲领师乘胜收复蓟门，始咨于众，参知政事赵昌言对曰："自此取幽州，犹热鏊翻饼耳。"殿前都指挥使呼延赞争曰："书生之言不足尽信，此饼难翻。"永熙竟趋幽燕，卷甲而还，卒如赞言。郑公再三叹谓予曰："武臣中盖亦有人矣！"

车驾每出至大庆殿前，三馆职事官就彼起居，朝奉郎杜球言："永熙幸佛寺塔庙祷雨，至大庆，三馆起居，因驻辇问曰：'天久不雨奈何？'或对天数，或对至诚必有应。一绿衣少年越次对曰：'刑政不修故也。'上颔之而行。归，复驻辇召绿衣者问状，对曰：'某土守臣犯赃，法当死，宰相以亲则不死。某土守臣犯赃不当死，宰相以嫌卒死之。'翼日，上为罢宰相，天即大雨。绿衣者，寇莱公也。"

寇忠愍遭遇永熙，始未至大任，然王体国论率预谋断。一日，咨及储贰，寇辞以天下之本，非臣所得知，愿博采廷议。已而章圣既入春宫，三日谒太庙，上遣人伺之，百姓观者皆合手叩额云"新天子"。又一日，莱公因对，上谓曰："建储本为天下计，前日还宫见有泣者；及太子诣庙，令人察之，百姓乃云新天子，便有去朕意。"莱公于是再拜曰："臣贺陛下得人。"此亦毅夫云。

李文定同丁晋公相章圣，以刚介嫉恶，议多不合。一日，因奏对以笏击晋公，由是并罢相，以本官归班。既而中使押晋公复入中书，文定出知郓州，盖天禧五年冬也。明年改元乾兴，二月十九日真宗晏驾，神文即位，章献垂帘，晋公挟前愤，三月，贬文定衡州团练副使。宣献当行制诰，禀所以责者，晋公曰："此无它，《春秋》之义，君亲无将，汉法所谓大不道耳。"宣献退思之，文定安至是耶？遂命以别辞。然晋公常切齿焉，竟增两句云："罹此震惊，遂至沈殒。"未几，晋公擅移永定皇堂，贬崖州司户，复当宣献行制，于是首云："无将之戒，深著于鲁经；不道之诛，难逃于汉法。"予与文定兄之孙朝奉大夫孝广、_{杨作"光"。}世美同贰闽漕，世美为予言之。

范文正好论事,仁宗朝有内侍怙势作威,倾动中外,文正时尹京,乃抗疏列其罪欲上,凡数夕,环步于庭,以筹其事。家有藏书预言兵者悉焚之,戒其子纯祐等曰:"我今上疏言斥君侧宵人,必得罪以死。我既死,汝辈勿复仕宦,但于坟侧教授为业。"既奏,神文嘉纳,为罢黜内侍。圣贤相遇,千载一时矣。毅夫云。

神文时,庆历间,淮南有王伦者,啸聚其党,颇扰郡县,承平日久,守臣或有委城而去者。事定,朝廷议罪,郑公在枢密,凡弃城,请论如法。范文正参预大政,争之以为不可:今江淮郡县徒有名耳,城壁非如边塞,难以责城守。神文睿德宽仁,故弃城得减死。郑公忿谓文正曰:"六丈欲作佛耶?"范曰:"主上富于春秋,吾辈辅导当以德,若使人主轻于杀人,则吾辈亦将以不容矣。"郑公叹服。

郑毅夫为三司盐铁判官,时文禁颇宽略,余尝入省见之,张伯玉公达与郑同部,余幸数听二公持论。张尝谓郑曰:"李邕当则天时,面折廷争,众甚危之,李出笑谓人曰:'不颠不狂,其名不彰。'"公达曰:"古人处己如此,何有于富贵哉?"余常心记其说。

惠　政

鄂州诸邑皆有茶税,民苦之。独崇阳一县不产茶,而民间率艺桑,而税以缣,人甚乐输。盖兴国初,九河张公咏登进士第,以大理评事知县事,禁民种茶而教以植桑,易税以缣。夫贤臣君子所至,利民亡穷也。

咏在崇阳登喜丰亭,见人市菜归,呼问之,乃田家子也,曰:"若自有地,岂地不足以艺蔬耶? 顾从邑而市之,真游惰者!"于是笞而遣之。以浅丈夫论之,则为暴政决无罪人矣。

范纯仁于至和间宰汝之襄城,民困徭役,盖籍家资满三百千则充衙前之役,民间至不敢艺桑者。公遇吏民有小过,则课本户罚艺桑各有数,人亦不欺,而至今称之。后值营奉永昭,计司科买麻履数万,期会既迫,民间虽有金而莫能得履。公为科营妇孺履者,稍增其直,与之为约,如期而办。又科材木甚众,公敷于五等户,优估以市之,计里之远近,令以次输送。公乃设棚于县宇之前,致榻于棚上,公据棚下瞰,使民听唱名而前,拥木以立,遂令过,人莫之晓。盖于棚榻潜有寻尺之度,以视其长短也。由是吏胥匠石无一高下其手,而民无所用赂。当时畿右诸邑,民莫不劳弊,惟独襄城为不然。

闽人生子多者,至第四子则率皆不举,为其资产不足以赡也。若女则不待三,往往临蓐以器贮水,才产即溺之,谓之"洗儿",建、剑尤甚。四明俞伟仲宽宰剑之顺昌,作《戒杀子文》,召诸乡父老为人所信服者列坐庑下,以俸置醪醴,亲酌而侑之,出其文使归谕劝其乡人无得杀子,岁月间活者以千计,故生子多以"俞"为小字。转运判官曹辅上其事,朝廷嘉之,就改仲宽一官,仍令再任,复为立法推行一路。后予奉使于闽,与仲宽为婚家,法当避,仲宽罢去。予尝至其邑,闻仲宽因被差他郡还邑,有小儿数百迎于郊,虽古循吏盖未之有也。

利　疾

事有变古而行之愈久必不废者,如赵武灵王因用胡服舍车而骑,秦始皇以隶易篆,武后诏父在母期增为三年之制。又有戾古而便时,为时所须而不可去者,如齐摘山煮海,汉之榷酤、六畜之租,唐之间架、竹木之税是也。若稽古执义而行,行之有所不安,如王莽之复井田,苏绰之建五等,房琯之用车战是也。盖徇名则失实,放于利而忘义,《易》曰:"通其变,使民不倦,神而化之,使民宜之。"

六路租茶通商以来,蠲减外岁计三十三万八千六十八贯有畸,湖北独当十万二千三百三十一贯有畸,而鄂一州所敛无虑三万九千缗;诸邑之中,咸宁又独太重。尝试访之,其茶凡三名,一曰"供军税茶",盖江南李氏所取以助军也;二曰"酒茶",乃景德以前因扑买县酒,其课利计茶以纳,后因败欠,遂以其数敷出于民;三曰"市茶",景德三年岁荒,官许额外货茶以济其艰食,所入既倍,而监场官因亦被赏,竟不复减。议者数乞均此无名之额以入诸邑,盖非通论也。夫以一邑之患,而欲困诸邑,尤无名矣。

湖北一路唯安、复、汉阳三州军无茶租,盖民不种以资利耳。尝按茶之起,谓之"根税茶",盖以茶株均敷其多寡而已。今水田湖泽之地,无茶株而有茶税矣。又茶园户坐享厚息以自丰,议者欲以所重均于所轻之邑,以所有均于所无之州,是大不知为政者也。

安州在唐隶淮南,入本朝属荆湖北路,景祐间忽入京西,民间既禁海盐而食解盐,以辇贩之远,颇病淡食。方是时,西鄙用师,官科橐驼、黄牛,皆非山川所出而俗所未尝用者,于是人情厌苦不安。康定初,左丞范雍自延安谪守,乃会常入之课,以钱五万缗岁输京西漕司,复还安州于湖北,朝廷从之。民既德公,多立生祠。然岁课仅足以支费,而京西之输是增赋也。已而有司不胜其困,议者不烛本末,或欲乞为京西以纾目前之急,此非体恤民情之论也。予向为京西漕属,见架阁得割安州为京西元旨,止以京西缺财用为言,盖出于一时苟简之请,而听之者亦未尝图久计。其岁输钱率附漕舟转江入汴,然后至京西;又发运司计兵稍等费,凡受一万五千缗,而京西所得才三万五千耳。抑累岁未尝得之。切尝筹之,郡则王土也,人则王民也,何尝有彼此之限?初以五万缗是买路分尔,已为缪举,为今计,莫若旷然蠲之,则京西无受虚利,而湖北当蒙实惠也。

古之圭田取圭洁之义,今之职田岂其遗制耶?视职高下以限顷亩,著于令甲矣,然郡县始因其所有之田而占射之,故多寡未必如令。今有职田处多贻民患,岁有旱干水溢,官病失其所入,往往不受民诉;纵或受之,灾伤之十,不过蠲其四五而已。予切以敛职田之租人于常平,会见州县所得职田之数,以所有均于所无,以所多均于所少之处,估其中直,以常平之缗,月随俸以给,如此庶几养廉吏而息贪污也。

安陆郡城枕涢水,惟州城基皆紫石,不为水所啮,自大安门外至所谓上下津,地悉无石,每夏潦涨集,水道益东,民庐十沦五六矣。近岁水才溢岸,即行西濠,识者以谓久必自涢津门由景陵门以去为正河道矣,若自大安门外白兆廨院以北石岸尽处为水约,以杀湍锐,庶几保上下津居人,及免人城之患。张全翁朝议与予泊士人、僧俗同列状以诉于州,乞置水约。州委安陆令,而守令皆暗远图而惮于有为,第申漕司乞差濠寨。漕司果以旧未尝有,此役为难,遂寝其事。

塵史卷中

贤　　德

　　寇忠愍、范文正二公俱守邓，施设之迹虽或不同，而同为善政，故去思在民，至今不忘。若忠愍则家家画像事之，止曰"相公"，而不言姓。其祠宇在州宅后，民间祈祷无虚日，大则刲牲献乐，小则焚纸币酹酒而已。百花洲中初未有土地，文正在任，令建庙貌，匠者请神之像于公，公曰："即我是也。"乃以公为祠。二公之祠不惟邦人神明之，士大夫经过者亦多造焉，官为设醮。二公与汉之召、杜在其列。呜呼，生泽其民，殁列于神，可谓盛德矣！

　　王侍郎古说：元宪宋公以言者斥其非才，罢枢相守洛。有一举人，行橐中有不税之物，公问何缘而发之，吏言因其仆告，公曰："举人应举，人孰无货，其情未可深罪；若奴告主，此风不可长也。"僚属曰："此犯人乃言官之子也。"为其父尝有章及元宪，意欲激其报耳。公曰："弗可。"送税院倍其税，仍治其奴以罪而遣之。众服之。

　　牛李之党，唐之名卿、才士大夫孰非其徒，独退之卓然无所附丽，乐天以高退不近祸。二公各行其所学，可谓一代之伟人。

　　令狐子先，安陆乡先生也，筮仕齐安理掾，岁满还里，卜筑于涢溪之南，耕钓之外，著书弹琴而已。时入城至集贤张君房之第借书,布衣林希逸善绘事,乃拟摩诘写浩然故事,以为《令狐秋掾雪中渡溳溪图》。其序略曰:"张侯畜书万卷,掾常就阅,或假辍以归。每出入跨嬴马,顶戴华阳纱巾,著墨裧布裰,系绦,小童携书簏,负琴以随。冬中复来假书,时值微雪飘洒,景物萧索,掾渡溪以归,常服外加以皂缯暖帽,委辔长吟曰:'借书离近郭,冒雪渡寒溪。'闻者毛骨寒耸。是知至人操履卓越,风韵体裁乃与天地四时之气相参焉。"先生讳掾云。

应山二连,伯氏庶,字君锡;仲氏庠,字元礼。少从学于二宋,相继登科。君锡为人清修孤洁,故当官,人号为"连底清";元礼加以肃,人号为"连底冻"。其父处士舜宾,字辅之,为乡里所悦服。岁饥出谷万斛,损价以粜,惠及傍邑。有盗其牛者,官捕甚急,盗穷自归,处士愧谢,厚遗之遣之。故欧阳文忠公表其墓,具述其事。二宋,谓元宪、景文。

洛人李实景真,熙宁初入台为御史,久而未有所言。时邓绾文约任南床,谓李曰:"当亦有所言否?"李曰:"盖将言耳,然未知何等事?"邓曰:"如某人皆可言也。"李乃曰:"顾欲言人不善耶?"其长厚如此。黄好谦几道时同在台,后领京西宪,尝会于洛,为予言。

熙宁初,荆公王安石秉政,范蜀公议事不合,自翰林学士致仕。元祐初,司马温公既相,太师文潞公落致仕平章军国重事,耆哲并进。时蜀公居许,亦预召,竟辞不来,其表有云:"六十三而引去,盖不待年;七十九而复来,岂云合礼。"

志　气

令狐先生子先,安陆名儒也,与二宋同时。尝谒郡守,值守出方归,三人遂立于戟门后,驺骑传呼而来,二宋相顾叹慕,且曰："我属至此亦足矣!"令狐曰："何其隘耶! 吾辈不出入将相,皆不足道。"后元宪为丞相,景文至八座,令狐止于山南东道节度推官、监本州税而终,命不副志,可惜!

度　　量

知虁州盛大夫武仲,安肃公度之孙也,谓予曰:某阅王公大臣,须有襟量乃可以享其位。昔外戚李侯璋徒以后族建节,独襟量容物,亦人所难。某尝同张寺丞谭过南郡,时李为留守,以其姻家曲相留者数日,俄以从兵乏食,告别欲去。李曰:"但令持状来,当为给半月食粮。"盛遣从兵投状,寻判支半月。有一通判李郎中,东人也,抹之曰:"不得支。"盛与张翼日又往告别,李曰:"何苦遽行?"复告以从兵乏食。李曰:"昨日已支过半月。"盛乃白其状。李大笑曰:"是不得耶!"殊无怪怒色。盛、张相谓曰:"此公月得俸钱四十万,正以此耳。"

张乖崖守成都,兵火之余,人怀反侧。一日,合军旅大阅,始出,众遂嵩呼者三,乖崖亦下马东北望而三呼,复揽辔行,众亦不敢谨。赵济畏之龙图,乖崖孙婿也,尝以此事告于韩魏公。公曰:"当是时,某亦不敢措置。"畏之尝为予说。

宋元宪,继母乃吾里朱氏也,与仲氏景文以未第,因依外门,就学安陆。居贫,冬至召同人饮,元宪谓客曰:"至节无以为具,独有先人剑鞘上裹银得一两,粗以办节。"乃笑曰:"冬至吃剑鞘,年节当吃剑耳。"时予先君年未冠,处座下,尝语予曰:"观二公居贫,燕笑自若,后享名位如此。"

范尧夫治平中为御史,坐言事谪通判安州,尝言康定间,元昊寇边,韩魏公领四路招讨,驻兵延安。忽夜有人携匕首至卧内,遂褰帏,魏公起坐,问谁何,曰:"某来杀谏议。"又问曰:

"谁遣汝来?"曰:"张相公遣某来。"盖夏国相张元正用事也。魏公复就枕曰:"汝携予首去。"某人曰:"某不忍,愿得谏议金带足矣。"遂取带而去。明日,魏公亦不治此事。俄有守陴卒报城橹上得金带,乃纳之。时范相兄纯祐亦在延安,谓魏公曰:"不治此事得体矣,盖行之则沮国威;今乃受其带,是堕贼计中耳。"魏公握其手,再三叹服曰:"非某所及。"

<h2 style="text-align:center">知　人</h2>

齐桓公行甚污辱,而为五霸之盛者,盖能用管仲耳。仲死,竖貂任事,而卒于乱,然则贤不肖之损益可知已。

夏英公谪守安陆,有书表吏郑生者邻二宋,情迹甚熟,凡郡守所欲笺状,多谒二公为之。英公怪而问之曰:"若尝学而自为此邪?"对曰:"非也,乃二宋秀才之文也。"英公他日见二宋,得其所著,大嗟赏。英公守三月而罢,谓元宪曰:"三人下不可就。"谓景文曰:"非等甲不可居。"后卒如言。

蔡文忠齐,大中祥符八年登进士第,为状元。山东人贾同亦名士也,与公同州部,累往谒公,值公饮酣不得见,贾乃留诗一绝云:"圣君宠厚龙头选,老母恩深白发垂,君宠母恩俱未报,酒如为患悔何追!"公因此戒酒。

<h2 style="text-align:center">不　遇</h2>

魏公少年巍科,与宋景文同召试秘阁《琬圭赋》。景文赋独行于世,魏公叹服。景文语客曰:"既赋《琬圭》,又与韩氏少年同场。"意甚少之。魏公闻之不平。景文后修《唐书》,久之,魏公登庸,遂请改命欧阳修分撰《唐纪》与《志》。景文出知成都,听以书局自随,既成上之,旌赏都毕,已而景文召还,故有

《罢郡将还先寄永兴梁丞相诗》云：“留滞鱼符素领垂，十年方
喜觐彤闱。平台赋罢邹阳至，宣室厘残贾谊归。疲马有情依
枥叹，倦禽知困傍林飞。相君门下余尘在，拥篲应容一叩扉。”
至雍，道中被命郑州，不得朝，卒于外。

治　　家

《孟子》曰：“天下之本在国，国之本在家，家之本在身。”予
谓身之本在言行，《易·家人》之卦，象曰“风自火出，家人。君
子以言有物，而行有恒”。是也。张全翁朝议为予言曰：“潞州
有一农夫五世同居。太宗讨并州，过其舍，召其长讯之曰：‘若
何道而至此？’其长对曰：‘臣无他，惟忍耳。’太宗以为然。”

予昔官洛阳，有外医媪张氏，公卿士人家无不到，说富郑
公治家严整，有二子舍，凡使女、仆辈戒不得互相往来，闺门肃
如也。

场　　屋

宋景文应举安陆，试《仲尼五十而学易赋》。次日，试《周
成汉昭孰优论》，景文质其是非于令狐子先，答以两可之说。
既出，各举程文，令狐乃以孝昭觉上官桀谋为优于成王不察四
国之流言也。景文由是不怿。是年，景文首荐，令狐被黜。故
景文谢启有云：“言虽执于盈庭，文不同而如面。”盖谓是也。

神文重于选士，皇祐五年廷试，既考定，前一日取首卷焚
香祝曰：“愿得忠孝状元。”洎唱名，乃郑獬也。故郑谢启曰：
“何以副上心忠孝之求！”

神　授

　　潞公尝为余言："廖淳推官从其兄入京师应举，暇日于相国寺前得一物，取而发其纸视之，乃淳化钱，其数十。明日淳于王整下第十人及第，是为天禧三年。"淳本南剑人，后居安陆。

　　乡人传元宪母梦朱衣人畀一大珠，受而怀之，既寤犹觉暖，已而生元宪。后又梦前朱衣人携《文选》一部与之，遂生景文，故小字"选哥"。二公文学词艺冠世，天下谓二宋。

　　故相刘沆文忠公吉州人，乡荐数上不第，年逾四十，不欲复试，乡人共为投纳文字，迫期强之使就试，已而又预首选。明年礼部中选，殿试讫，一夕梦游天宇间，闻殿上唱云："刘沆南斗下立。"又言："北斗下立。"觉自占曰："历象南斗司生，北斗注死，我其死乎？"唱名，状元太师王拱寿，赐名拱辰，沆第二，乃悟所梦。天圣八年也。

　　余少时同伯氏从学于里人郑毅夫，假馆京师景德寺之白土院。皇祐壬辰，是岁秋赋，郑与予兄弟皆举国学进士。时已差考试官矣，一日，院僧德珍者言：昨梦院内南忽有池水中一龙跃而起，与空中龙斗，池龙胜而归。其时旁院书生有曰："某当作状元。"毅夫微笑曰："状元当出此院。"于是伯氏书僧梦与日月在于寝室门，时八月也。明年癸巳春殿，郑公果状元。予自东华门迓郑归白土院，坐定，僧乃取所记梦帖子曰："果验矣。"

　　元丰末，中书检正官王陟臣希叔一夕辄梦东华门外有天部仪卫一金朱车，讯云："宋朝第四宰相。"再讯之，云："丁丑人。"希叔盖生丁丑，喜而前瞻，见车上一金字牌，乃清源蔡确

持正也,同生丁丑。元丰己未入参大政,辛酉登右揆,乙丑为
首台,元祐戊辰以谪官守安陆。尝吟诗,言者以为谤讪,贬英
州别驾、新州安置,竟不还。识者以本朝宰相南行者,自卢、
寇、丁至蔡乃第四矣。

　予嘉祐四年蒙赐第,初行间岁取士第一榜也。南省放合
格二百人殿试,内考落三十五人,比前后累榜最为人少;后蒙
朝廷显擢,亦累榜所罕。故蔡持正、刘莘老、章子厚并拜相,安
厚卿两至枢府,一为门下侍郎,胡完夫作右辖,出守成都,还为
吏部尚书以卒。如持正、莘老并谪死新州。子厚近自雷州司
户得散官,徙居桐庐,亦卒。厚卿以散官居沔,又迁建昌,后得
还洛,复大中大夫。其次至侍从者亦数人,若俞公达、吴于中、
李奉世皆先亡,张正甫、姚晖中、盛中叔亦以责死,丰相之、王
明叟今俱贬夺,丰居台,王居南安。盖宠利保功名,自古所难
哉!

　王乐道幼子铚少而博学,善持论,尝为予说李邦直作门下
侍郎日,忽梦一石室,有石床,李披发坐于上,旁有人曰:“此王
陵舍也。”梦中因为一词,既觉书之,因示韩治循之,其词曰:
“杨花落,燕子穿高阁。长恨春醪如水薄,闲愁无处著。去年
今日王陵舍,鼓角秋风,千岁辽东,回首人间万事空。”后李出
北都,逾年而卒。王陵舍,乃近北都地名也。

体　分

　蔡邕《独断》曰:“群臣与天子言,不敢指斥,故呼在陛下者
而告之,因卑达尊之意也。及群臣士庶相与言曰‘殿下’、‘阁
下’、‘执事’之属,皆此类也。”段成式《酉阳杂俎》云:“秦汉以
来,于天子言‘陛下’,皇太子言‘殿下’,将言‘麾下’,使者言

'节下'、'轂下',二千石长史言'阁下',父母言'膝下',通类相与言'足下'。"比蔡所言,盖已详而有等矣。然予观秦汉间卑对尊者亦称"足下",如史谓"大王足下"者是也,则非特通类相与者之言也。

朕,古者上下通称,如皋陶对禹曰"朕言惠,可底行",屈平曰"敖朕辞而不听"是也。蔡中郎以为至秦天子独称之。予尝以为汉以后"臣"之称亦止施于君前,而相与言犹或卿之,若蔡邕谓顾雍曰:"卿必成致。"孙楚参石苞骠骑军事,初至长揖曰:"天子遣我参卿军事。"陶渊明曰:"我醉欲眠,卿且去矣。"如此之类甚众。隋以来不复卿称,惟人主呼其臣则卿之,分上下定矣。

秦汉时人自称犹曰"臣",天子呼公卿亦曰"君",后则不然,惟对君则称臣。然今之人呼他人犹曰"某君"云者,以君之称加于人非不恭也。今世人见称"公"则以为重己,称为"君"则为轻己,不知何谓?

古人有曰"仆"、曰"走"者,称谦逊也。夫自况曰"仆",非不卑也。称人曰"君",又称云"足下",非不恭也。常观唐贤如韩退之,凡与人书,遇尊者则曰"阁下",与在下者多云"某君足下",而又自称曰"仆"。以退之之才识,所言宜不苟者,岂习俗之变不能易耶?

旧制,凡入两府许荐馆职、试出身、任监司者各一员。枢相王公德用自圃田复召入长宥密,有干荐馆职者,王曰:"以君进士登科,所荐应合格矣;然某武人素不阅书,若奉荐则色叫矣。"世以为知言。盖今人以事理不相当为"色叫"。

学 术

大舜有大焉,善与人同。禹闻善言则拜。子路人告之以有过则喜。夫充季路喜过之心则可以为禹,充禹拜言之心则可以为舜,圣人何远哉,善充其所为而已矣。

荀卿子曰:"人之性恶,其善者伪也。"故常以谓礼义出于圣人之伪,能伪然后能为圣人,能为君子。呜呼!卿所论以治人者,独曰礼义,是以伪教人也。又使知性之本恶,若恬于性而耻乎学伪则奈何?是祸天下之言也。至于非十二子,则子思、孟轲在焉。此韩愈氏醇疵之辨与?然可谓大疵小醇也。

庄周号为达观,故能齐万物,一死生,至于妻亡则鼓盆而歌。夫哀乐均出于七情,周未能亡情,强歌以遣之,其累一也,奚为是纷纷与?扬子云云:"荡而不法。"信知言哉。

欧阳文忠公《答李翊论性书》:"性非学者之所急,而圣人之所罕言也。""或因而及焉,非为性而言也。"文忠虽有是说,然大约谨所习与所惑及率之者,以孟、荀、扬之说皆为不悖,此其大略也。临邛计都官用章谓予曰:"性,学者之所当先,圣人之所致言。吾知永叔卒贻后世之诮者,其在此书矣。"

予幼时,先君日课,令诵《文选》,甚苦其词与字难通也。先君因曰:"我见小宋说:手钞《文选》三过,方见佳处。汝等安得不诵?"由是知前辈名公为学,大率如此。

集贤张君房,字尹方,壮始从学,逮游场屋,甚有时名。登第时年已四十余,以校道书得馆职。后知随、郢、信阳三郡。年六十三分司,归安陆。年六十九致仕。尝撰《乘异记》三编,《科名分定录》七卷,《儆戒会最》五十事,《丽情集》十二卷,又《潮说》、《野语》各三篇,泊退居,又撰《脞说》二十卷。年七十六仍著诗赋杂文,其子百药尝纂为《庆历集》三十卷。予惟《会最》、《丽情》外,昔尝见之。富哉,所闻也!

令狐先生尝读书万卷,自有《万卷录》,余尝见之,乃知先生于世间书无所不见。先生所著《易说精义》、《晋年统纬》、《世惣乐要注》、《默书》、《谗髓》、《琴谱》、《兵途要辖》,余为儿童时,先君令暴书,见《世惣》、《统纬》等书,后又从同堂兄声伯芭假所传《易说》、《琴谱》、《谗髓》以观焉,馀访诸里人,盖鲜有知者。

经　　义

《书》之为书也,本诸君臣而已,然治内之政存焉。《诗》之为诗也,本诸夫妇而已,然治外之事备焉。周之兴也,始于太任、太姒而已。《诗》曰:"太姒嗣徽音。"又曰:"文王刑于寡妻,至于兄弟,以御于家邦。"及其亡也,灭于褒姒而已。《诗》曰:"乱匪降自天,生自妇人。"又曰:"赫赫宗周,褒姒灭之。"方后妃之贤也,莫不知臣下之勤劳,求贤审官,如此而已。方艳妻之煽也,上自卿士司徒,下至于宰膳趣马,皆其党也。呜呼,治乱之来,可不察哉!

厉王之诗无《小雅》,何也?曰:以监谤而民不敢作也。何以知之?今《大雅》所载四篇而已,皆凡伯、召穆、卫武、芮伯之作也,当是时诗未亡也,民畏监谤不敢作故也。

《诗》多识鸟兽草木之名者也,然花不及杏,果不及梨、橘,草不及蕙,木不及槐。《易》之象近取诸身,爻词说卦罔不该矣,而独不言眉与领。

传曰:"政有小大,故有小雅焉,有大雅焉。"是则二雅见王政之序也。幽王之时,小雅尽废,则四夷交侵,中国微矣。当是时也,女谒内盛,谗邪外兴,政教不行,先王之泽几息。故予观《宾之初筵》、《匏叶》作则《鹿鸣》废矣,《颊弁》、《角弓》作则《棠棣》废矣,《谷风》作则《伐木》废矣,《桑扈》作则《天保》废矣,《渐渐之石》、《何草不黄》作则《采薇》、《出车》、《杕杜》废矣,《无将大车》作则《南有嘉鱼》废矣,《隰桑》作则《南山有台》废矣,《鸳鸯》作则《由庚》废矣,《鱼藻》作则《由仪》废矣,《采菽》作则《湛露》废矣,《黍苗》作则《蓼萧》废矣,《瞻彼洛矣》作则《彤弓》废矣,《苕之华》作则《六月》、《采芑》废矣,《大田》作则《鸿雁》废矣,《蓼莪》、《北山》作则《南陔》废矣,《楚茨》作则《华黍》废矣。若厉王则尤变其大者,故予观《民劳》作则《公刘》、《灵台》废矣,《桑柔》作则《行苇》废矣,《瞻卬》作则《绵》、《文王有声》废矣,《召旻》作则《棫朴》、《卷阿》废矣。孟子曰:"王者之迹熄而诗亡。"予于幽、厉见之,文武先王之遗烈盖扫地矣。

世之说《诗》者,以序子夏所为,盖始于毛公耳。班固《汉书》曰"晚有毛公者,自以为子夏所传,河间王好之,未得立"是也。则子夏序《诗》独出于毛公而已。后汉卫宏亦以为子夏序,盖袭毛说耳。毛承秦火之余,去古道为近,必有所本,但今无以考焉。或曰:孔子言商、赐可与言《诗》,于子夏独曰:"起予者,商也。"是说者之所本欤?予以为序非出于子夏,且圣人删次《风》、《雅》、《颂》,其所题曰美、曰刺、曰闵、曰恶、曰规、曰诲、曰诱、曰惧之类,盖出于孔子,非门弟子之所能与也。然若"《关雎》,后妃之德也","《葛覃》,后妃之本也",此一句孔子所题,其下乃毛公发明之言耳。详于逐篇,自可以见。何以知之?六篇之下云"有其义而亡其词",康成以为出于毛公之言,此可以知矣。故《诗》序止存一句者,若《召南》则《草虫》、《邶

风·燕燕》及《式微》,《王》之《采葛》,《桧》之《素冠》,《小雅·
出车》、《杕杜》等二十九篇,《大雅·文王》、《大明》等一十篇,
《周颂·维清》等二十五篇,《鲁颂·有駜》、《泮水》、《閟宫》三
篇,《商颂·烈祖》、《玄鸟》、《长发》、《商武》四篇,皆止于元题
一句,盖非孔子不能作也。其余篇序,察其文势,反复相明,自
是二公之作明矣。抑予见于史传齐鲁解《诗》以《关雎》本于衽
席,又曰:"佩玉不鸣,《关雎》刺之。"若《韩诗》则以《汝坟》为思
亲之诗,三家者盖皆不得孔子真,独毛公得之,其自以为子夏
所传,必有传受之自,惜乎,世远莫得而见也。

《野有死麕》之诗曰:"舒而脱脱兮,无感我帨兮,无使尨也
吠。"妇人服饰独言帨何也? 曰:按《内则》注云,帨,盖妇人拭
物之巾也。故居则设于门右,佩则分之于左,常以自洁之用
也。古者女子嫁,则母结帨而戒之。皇甫谧《女怨诗》曰"婚礼
临成,施衿结帨,三命丁宁"是也。

《易》卦,阳爻称九,阴爻称六。孔颖达以谓九为老阳,七
为少阳,进阳之道也;六为老阴,八为少阴,逆阴之谓也。此乃
不然。夫大衍不虚一,则四十九数不可用,惟用四十九揲之,
则七八九六之数。故以纯者为老,九六得纯数;以杂者为少,
七八得杂数,此自然之理也。

唐李翱作《易诠》,论八卦之性,古今说《易》者未尝及。自
古小人在上,最为难去,盖得位得权,而势不能摇夺,以四凶尚
历尧至舜,而后能去。尝玩《易》之《夬》,夬,一阴在上,五阳并
进,以刚决柔,宜若易然,然爻辞俱险而不肆,盖一小人在上,
故蹂曰"刚长乃终"是也。

道生一,一生二,二生三,三生万物,故自道而下数至于
三,则天地人之道备矣。圣人画卦始止于三,谓三才之道,因

而重之，乃可以观变。予观重卦之内，至于三位则有小成变革之理，如乾之九四，则曰"乾道乃革"，革之九三，曰"革言三就"是也。推此而知其变，则可以思过半矣。

泰山孙明复先生治《春秋》，著《尊王发微》，大得圣人之微旨，学者多宗之。以为凡经所书皆变古乱常则书之，故曰"《春秋》无褒"，盖与穀梁氏所谓"常事不书"之义同。

临邛都官外郎计用章博学，著书有《迂遗希通》二编，尤专于《左氏春秋》，以为凡传所称礼也者，非礼之经，乃礼之变也。方春秋时当舍经而用变，以权宜从事，盖左氏亲受于圣人者如此。密学陈襄尝有书辨其非是云。

诗　　话

梁钟嵘作《诗评》，掎摭本根，总核华实，收昭明之所遗，可谓至矣。其序云："夏歌曰'郁陶乎余心'，楚词曰'名余曰正则'，虽诗体未全，然略是五言之滥觞。"予以为不然。《虞书》载赓歌之词曰："元首丛脞哉。"至周《诗》三百篇，其五字甚多，不可悉举，如《行露》曰："谁谓雀无角，何以穿我屋？谁谓汝无家，何以速我狱？"《小旻》曰："匪先民是程，匪大犹是经，惟迩言是听，惟迩言是争。"至于《北山》之篇，其下三章率皆五字，又《十亩之间》则全篇五字耳，然则始于虞，衍于周，逮汉专为全体矣。

刘氏《传记》载炀帝既诛薛道衡，乃云："尚能道'空梁落燕泥'否？"盖道衡诗尝有是句。《杨文公谈苑》载诗僧希昼《北宫书亭》诗云："花露盈虫穴，梁尘堕燕泥。"予以为炼句虽工，而致思不逮薛也。

杜审言，子美祖父也。则天时以诗擅名，与宋之问倡和有

"雾绡青条弱,风牵紫蔓长"。又"寄语洛城风与月,明年春色倍还人"。子美"林花著雨胭脂落,_{杨作"润"。}水荇牵风翠带长"。又云"传语风光共流转,暂时相赏莫相违"。虽不袭取其意,而语脉盖有家风矣。

杜子美善于用事,及常语多离析,或倒句,则语峻而体健,意亦深稳,如"露从今夜白,月是故乡明"是也。白乐天工于对属,寄元微之曰:"白头吟处变,青眼望穿。"然不若杜云"别来头并白,相见眼终青"尤佳。

古善诗者,善用人语,浑然若己出,唯李杜。颜延年《赭白马赋》曰:"旦刷幽燕,夕秣荆越。"子美《骢马行》曰:"昼洗须腾泾渭深,夕趋可刷幽并夜。"太白《天马歌》曰:"鸡鸣刷燕晡秣越。"皆出于颜赋也。退之曰:"李杜文章在,光焰万丈长。"信哉!

《庄子》曰:"鹏之徙南溟也,抟扶摇而上者九万里,去以六月息者也。"《尔雅》释风上下曰扶摇。老杜下峡诗曰:"五云高太甲,六月旷抟扶。"恐别有出。

《逸史》载唐李适之罢相诗云:"避贤初罢相,乐圣且衔杯,试问门前客,今朝几个来?"适之,饮中八仙之一也。子美诗曰:"左相日兴费万钱,饮如长鲸吸百川,衔杯乐圣称避贤。"盖用其诗也。

白傅自九江赴忠州,过江夏,有与卢侍御于黄鹤楼宴罢同望诗曰:"白花浪溅头陀寺,红叶林笼鹦鹉洲。"句则美矣,然头陀寺在郡城之东绝顶处,西去大江最远,风涛虽恶,何由及之?或曰:"甚之之辞,如'峻极于天'之谓也。"予以谓世称子美为诗史,盖实录也。

《说文》以琼为赤玉,比见人咏白物多用之。韩愈雪诗曰:

"若非烌鹄鹭，定是屑琼瑰。"又："马蹄踏作琼瑶迹，为有诗仙凤沼来。"将别有所稽邪，岂用之不审也？

僧赞宁为《笋谱》甚详，掎摭古人诗咏，自梁元帝至唐杨师道，皆诗中言及笋者，虽孟蜀时学士徐光溥等二人绝句亦收之，可谓勤笃，然未尽也。如退之《和侯协律咏笋二十六韵》不收何耶？岂宁忿其排释氏而私怀去取与，抑文公集当时未出乎？不可知也。

郑工部文宝将漕陕西，经画灵武，后谪监郢州京山县税，过信阳军白雪驿作绝句，久而湮没，莫有知者。先君皇祐间尉是邑，重书于碑，后亦亡。郢刊工部诗集亦无之。曰："得罪前朝出粉闱，五原功业有谁知？年余放逐无人识，白雪关头一望时。"

工部在京山又有《寒食日经秀上人房》诗云："花时懒看花，来访野僧家，劳师击新火，劝我雨前茶。"其诗篆书刻石，在县多宝寺中。甘棠魏野亦有诗云："城里争看城外花，独来城里访僧家，辛勤旋觅新钻火，为我亲烹岳麓茶。"盖诗人写杨作"寓"。兴多同。

仁宗嘉祐末宴群臣，赋赏花钓鱼诗，群臣奉和。丞相韩魏公诗云："轻云阁雨迎天仗，寒色留春送寿杯。"唐罗邺诗云："春排北极迎仙驭，日捧南山入寿杯。"

郑武仲侍郎尝从刘宾学，宾有父尤善于诗，尝云："人从别浦经年去，天向平芜尽眼低。"郑诗有："江横塞外悠悠去，天落秋边处处低。"语句惊人，出于蓝矣。

庆历间，宋景文诸公在馆尝评唐人之诗云："太白仙才，长吉鬼才。"其余不尽记也。然长吉才力奔放，不惊众绝俗不下笔，有《雁门太守》诗曰："黑云压城城欲摧，甲光射日金鳞开。"

王安石曰:"是儿言不相副也。方黑云如此,安得向日之甲光乎?"

王安石作《桃源行》云:"望夷宫中鹿为马,秦人半死长城下,避世不独商山翁,亦有桃源种桃者。"词意清拔,高出古人。议者谓二世致斋望夷宫在鹿马之后,又长城之役在始皇时,似未尽善。或曰概言秦乱而已,不以辞害意也。

荆公集李、杜、韩吏部泊本朝欧阳文忠公歌诗,谓之《四选集》,王莘乐道谓予曰:"然不取韩公《符读书城南》何也?"予曰:"是诗教子以取富贵,宜荆公之不取也。'有子贤与愚,何其挂怀抱',渊明犹不免子美之讥,况示以取富贵哉!"乐道以为然。

闽中鲜食最珍者,所谓子鱼者也。长七八寸,阔二三寸许,剖之子满腹,冬月正其佳时,莆田迎仙镇乃其出处。予按部过之,驿左有祠,谓之"通应祠",下有水曰"通应溪",潮汐上下,土人以咸淡水不相入处鱼最美。比见士人诗多曰"通印"。安石《送元厚之知福州》诗曰:"长鱼俎上通三印,新茗斋中试一旗。"闽人谓茶芽未展为枪,展则为旗,至二旗则老矣。

王铚性之尝为予言曰:"王荆公尝集四家诗,蔡天启尝问何为下太白,安石曰:'才高而识卑,其中言酒色盖什八九。'"

鼎州武陵县北二十里有甘泉寺,行人多谒焉。寇莱公往雷州,凡题三十字曰:"庚申年秋九月,平仲南行至甘泉院,僧以诗板示予,征途不暇吟咏,代记年月。"后丁晋公谪朱崖,过寺题云:"翠影疏疏度,波光瑟瑟凝。帝家金掌露,仙府玉壶冰。晓钵侵星汲,宵厨向月澄。岂惟蠲肺渴,灌顶助三乘。"因而至寺者多所赋咏,如殿中丞范讽诗云:"平仲酌泉曾顿辔,谓之礼佛向南行。山堂下瞰炎蒸路,转使高僧薄宠荣。"又刑部郎中崔绎诗云:"二相南行至道初,记名留咏在精庐。甘泉不洗天涯恨,留与行人鉴覆车。"可谓言婉而意达矣。

穆伯长为《巨盗》诗,斥故相丁谓也。予因举于史骧思远,思远曰:"此于伯长之道有累矣。"

令狐先生曰:"唐白傅以丞相李德裕贬崖州为三绝句,便不免世人訾毁。"予以为《诗》三百皆出圣贤发愤而为,又何伤哉?后尝语于客,会安陆令李楚老翘叟在坐上,曰:"非白公之诗也。白公卒于李贬之前。"予因按《唐史》,会昌六年白公卒,是岁宣宗即位,明年改元大中,又明年李贬,盖当时疾李者托名为之,附于集。诗曰:"乐天尝任苏州日,要勒须教用礼仪。从此结成千万根,今朝果中白家诗。""昨夜新生黄雀儿,飞来直上紫藤枝。摆头撼脑花园里,将为春光总属伊。""田园不解栽桃李,满地惟闻种蒺藜。万里崖州君自去,临行怊怅欲冤谁?"予观其词意鄙浅,白为杂律诗讥世人,故人得以轻效之。

慈圣光献皇后以元丰庚申十月二十日上仙,是夕,永裕召执政近臣入侍圣容。其年春,上幸西池,慈圣以珠盘蹙马鞍遗上,上自池乘以归。慈圣好植花,多乘小辇游苑中,上常扶侍之。所居殿曰"庆寿",在福宁之东,是夜毁香阁垣为百官入听遗告。庭中有二小亭,金书牌曰"赏蟠桃"、"赏大椿"。明年三月,将奉山陵,诏百官各进挽词二首。故相王珪曰:"谁知老臣泪,曾泣见珠襦。"王存时为从官,曰:"珠鞯锡御恩犹在,玉辇亲扶事已空。"予亦例进曰:"春风三月暮,寂寞大椿庭。"百官有云东朝,盖斥庆寿也。

永叔《早朝》诗曰:"月在苍龙阙角西。"甚美。然予按汉之四阙,南曰"朱雀",北曰"玄武",东曰"苍龙",西曰"白虎"。今永叔诗意,盖以当前门阙状苍龙,故云月在西也,盖不用汉阙耳。

南丰曾阜子山尝宰蕲之黄梅，数十里有乌牙山甚高，而上有僧舍，堂宇宏壮，梁间见小诗曰李太白也："夜宿乌牙寺，举手扪星辰。不敢高声语，恐惊天上人。布衣李白。"但不知其是太白所书耶？取其牌归于丞相吴正宪公。李集中无之，如安陆石岩寺诗亦不载。

权文公多用州县、日辰之类为诗，近见人亦有为药名诗者，如诃子、缩砂等语，不惟直致，兼是假借，大不工耳。里人史思远善诗，用药名则析而用之，如《夜坐》句曰："坐来夜半天河转，挑尽寒灯心自知。"此乃鲁望离合格也。思远幼孤，从令狐先生学诗，有唐人风格。《赠惠秀》云："坐禅猿鸟看，谈《易》鬼神听。"又《题朱氏园》云："花分先后留春久，地带东南见月多。"故寿阳朱炎节判尝赠诗曰："古人不到处，吾子独留心。"

吾友顿隆师尝言："颜延年《五君咏》，至《阮始平》曰：'屡荐不入官，一麾乃出守。'麾，去也，咸为山涛麾出。杜牧之'欲把一麾江上去'，即旌也，盖误矣。"余以为麾即毛也，子美亦有"持旌麾"之句，杜牧不合用"一麾"耳。

朱元瑜长官好为诗。予少时闻人诵："嚼梅香袭齿，攀柳绿藏巾。"予欲纂乡人诗，怅无朱诗。廖献卿大夫谓予曰："某少尝同笔研，得其诗二百余篇，当录以奉寄。"献卿别未几，不幸早卒。自予还里，屡访诸廖，所谓朱令诗者，卒莫得之。

世言七言诗肇于柏梁，而盛于建安。考之，岂独柏梁哉？《鄘风》曰："送我乎淇之上矣。"《王风》曰："知我者谓我心忧。"《郑风》曰："还予授子之粲兮。"《齐风》曰："遭我乎峱之间兮。"又曰："尚之以琼华乎而。"《魏风》曰："胡取禾三百廛兮。"《豳风》曰："二之日凿冰冲冲，三之日纳于凌阴。"《小雅》曰："以燕乐嘉宾之心。"又曰:"如彼筑室于道谋。"《大雅》曰:"维昔之富不时,维今之疚不如兹。""昔也日辟国百里,今也日蹙国百里。"《颂》曰:"学有缉熙于光明。"又曰:"予其惩而毖后患。""仪式刑文王之典。"又曰:"自今以始岁其有,君子有谷贻孙子。"楚狂接舆歌曰:"今之从政者殆而。"项籍歌曰:"力拔山兮气盖世,时不利兮骓不逝。"汉高歌曰:"大风起兮云飞扬。"皆七字之滥觞也,然则柏梁之作亦有所祖袭矣。唐刘存乃以"交交黄鸟,止于棘"为七言之始,盖合两句以言,误也。

予熙宁初调官,泊报慈寺,同院阳翟徐秀才出其父屯田忘名所为诗,见其清苦平淡,有古人风致,不能传钞。其《过杜工部坟》一诗云:"水与汨罗接,天心深有存。远移工部死,来伴大夫魂。流落同千古,《风》《骚》共一源。江山不受吊,寒日下西原。"

唐元微之"何处春深好"二十篇,用家、花、车、斜韵,梦得亦和焉,予亦和之寄黄云叟,以书古人用韵未尽。知白乐天"春深贫贱家,荒凉三径草,冷落四邻花",又如"妻愁出赁车"之语,乌足称哉?

张颂公美,颍昌人,举进士不第,尝馆于吾家义方斋。畏谨自律,读书外口不及他事,然好吟诗,曰:"人散秋千闲挂月,露零蝴蝶冷眠风。"全不类其为人。尝咏唐君臣得失之迹与其治乱之辨,可为世鉴者凡百篇。元丰末,至京师欲上之;会永裕不豫,囊其书归。有志而不达,惜哉!

予弟光辅邻臣,郡以经行应诏,元祐丁卯赐第。归未几,因出坠马伤甚,十一日而卒,年四十八。王公亮明道挽词曰:"足谷医还验,占桑梦亦灵。"众咸推服。

论　文

《楚词·招魂·大招》,其末盛称洞房翠帷之饰,美颜秀领之列,琼浆戴羹之烹,新歌郑卫之娱,日夜沈湎与象棋六博之乐,夫所以訾楚者深矣。其卒云:"魂兮归来,正始昆只。"言往者既不可以正,尚或以解其后耳。又曰:"赏罚当只","尚贤士只","国家为只","尚三王只"。皆思其来而反其政者也。

王羲之《兰亭三日序》,世言昭明不以入选者,以其"天朗气清"。或曰《楚词》"秋之为气也,天高而气清",似非清明之时。然管弦丝竹之病语衍而复,为逸少之累矣。

梁任昉集秦汉以来文章名之始,目曰《文章缘起》,自"诗"、"赋"、"离骚"至于"艺"、"约"八十五题,可谓博矣。既载相如《喻蜀》,不录扬雄《剧秦》,录《解嘲》而不收韩非《说难》,取刘向《列女传》赞而遗陈寿《三国志》评。至韩、柳、元结、孙樵又作"原",如《原道》、《原性》之类;又作"读",如《读仪礼》、《读鹖冠》之类;又作"书",如《书段太尉逸事》;"讼",如《讼风伯》;"订",如"订乐"等篇。呜呼,文之体可谓极矣!今略疏之,续彦昇之志也。

任昉以三言诗起晋夏侯湛,唐刘存以为始于"鹭于飞,醉言归"。任以颂起汉之王褒,刘以始于周公《时迈》。任以檄起汉陈琳檄曹操,刘以始于张仪檄楚。任以碑起于汉惠帝作《四皓碑》,刘以《管子》谓无怀氏封太山刻石纪功为碑。任以铭起于始皇登会稽山,刘以蔡邕《铭论》"黄帝有金几之铭"其始也。若此者尚十余条,或讨其事名之因,或具成篇而论,虽有不同,然不害其多闻之益。

《颜氏家训》亦足以为良,至论文章以游、夏、孟、荀、枚乘、张衡、左思为狂,而又诋讦子云,<small>杨本云"而又崇尚释氏"。</small>吾不取焉。

李善注《文选》最为该洽,然潘岳《闲居赋》曰:"周文弱枝之枣,房陵朱仲之李。"善以"周文"、"房陵"未详。予尝读王子年《拾遗》曰:"北极有岐峰之阴,多枣木百寻,其枝茎皆空,其实长尺,核细而柔,百岁一实。"夫岐乃周文所居,又枣枝茎皆空,核细而柔。任昉《述异志》曰:"房陵定山有朱仲李园三十六所。"李尤《果赋》云"三十六园朱李"是也。由是知岳赋所用盖出此。

吴兴姚铉集唐人所为古赋、乐章、歌诗、赞颂、碑铭、文论、箴表、传录、书序凡百卷,名《文粹》。予在开封时,长子渝游相国寺,得唐漳州刺史《张登文集》一册六卷,权文公为之序,其略曰:"所著诗赋之外,书启、志记、序述、铭诔合为一百二十篇。"又曰:"如《求居》、《寄别》、《怀人》三赋与《证相》一篇,意有所激,锵然玉振,傥有继梁昭明之为者,斯不可遗者也。"然所得书肆镂板才六十六篇,盖已亡其半。抑观《文粹》并不编载,由是知姚亦有未见者。予续《文粹》之外,登之文,以至金石所传,哀而录之,以广前集。今病矣,不酬其志。

唐柳冕尝言文章当以气为主,而世以为赋者,古诗之流,亦足以观其志。如王沂公作状元,殿试《有物混成赋》其间曰:"得我之小者,散而为草木;得我之大者,聚而为山川。"此有陶镕品物之度,后果为相。范文正赋《金在镕》曰:"若令区别妍媸,愿为轩鉴;傥使削平祸乱,请就干将。"人以为有出将入相之器,果为名臣。

里人传宋景文未第时,为学于永阳僧舍,连处士因问曰:"君好读何书?"答曰:"予最好《大诰》。"故景文率多谨严,至修

《唐书》，其言艰，其思苦，盖亦有所自欤！

宋景文公始独撰史，岁月虽久而书盖将成，后文忠公分撰纪、志，今与景文所撰列传共行于世是也。然景文亦自撰《唐纪》与《志》，家藏其稿，世莫得见。

范蜀公既谢事家居，亦著《东斋纪事》，大意已见序说。

王勃《滕王阁序》世以为精绝，曰：“落霞与孤鹜齐飞，秋水共长天一色。”予以为唐初缀文尚袭南朝徐庾体，故骆宾王亦有如此等句。庾子山《三月三日华林园马射赋》序云：“落花与芝盖齐飞，杨柳共春旗一色。”则知勃文盖出于此。

李觏泰伯临川人，以文学名于时，晚年著《李氏常语》，大斥孟子，以为教诸侯叛。若孔子犹不免庄周之论，况孟子哉！

嘉祐中，海南贡一角兽，高大如吴牛，身皆肉鳞，傍置一羊，每击其羊闻其声，则方饮龁，彼盖以麒麟进也。神文目为异兽，然世谓“山犀”。士有赋麒麟者，以示郑獬内相，其词曰：“挺一角于额上。”毅夫谓予曰：“此正如班固书张苍晚年口中无齿也。”

碑　碣

安陆之东三十里乃唐许氏之茔域，俗谓之“相公林”，旧有《孝昌公碑》，高六七尺，阔三尺余，白石也。吾闻石白者不泐，村民辄异之，或遇水旱则就祷焉。治平中，县令张墩言于太守周君燮，且以为玉碑，辇而示之，非玉也，委乡校之南庑。已而有欲用者，方磨去十余字，会郑獬以内相还里卜葬，遽止之，得不尽灭其文字。后余游宦归，见其碑悉为人磨治，惟其额有书“大唐孝昌公许君墓碑”九字，甚恨无墨本以藏。亲友朱义叔见予屡叹，乃出一本以遗予，所存者序四百字、铭二百六十八字耳。文多缺落，于序为甚，其可读者有曰："先王宅土，秩懿亲而建侯；我后得人，均关河而作牧。七年入朝，加授大中大夫、使持节、冀州刺史云云。履直道于朱绳，昭全形于白璧。抑贪竞之俗，恩浃二天；屏权右之门，威如重燎。"又曰："行趋露冕之襜，坐列交衢之棘。二年有诏，追迁太仆少卿。"又曰："长史公以仪凤三年正月日薨于汾州之官舍，春秋六十有二。"又曰："嗣孙崇艺，易州司马、互回军使，英姿外发，灵鉴内融。"又曰："趋毅梓之乡关，用摽幽陇。何止韦孟之光绪祖德，垂裕后昆；刘宽之传芳故史，式昭往烈。崇艺、崇述、崇烈云云。铭曰：炎图括地，姜派疏天。融斤孕火，太岳飞烟。缉诣帝若，业冠象贤。颍滋涵珍，箕山韫宝。仪刑邦干，经纶天造。华阳启国，襄城访道。汉剑舒莲，周珪映藻。运移赤野，威怀楚望。八翼飞止，三刀集睨。英蕤早举，仁风晚畅。丹水擢图，黄星昭亮。恩狎圣齿，绩参龙跃。锦斾云道，实享天爵。青蒲奏绩，赤野驰英。陆刲神兕，水斫奔鲸。闽区恩暴，夏口先鸣。晋俗康阜，轩辔澄清。金根按禁，讦谟鹤省。兰锜昼严，钩陈夜警。军容甚泰，土功载靖。地轴东距，天津南渡。狼望云云。"得臣按《唐书》许绍唐初为峡州刺史，封安陆郡公，以破萧铣功，擢其子智仁为温州刺史。智仁初以勋封孝昌县公，绍卒，继守夷陵，终凉州都督。用是考之，此碑乃智仁之墓碑也。

　　郝处俊，安陆人也。相唐高宗，尝为中书侍郎。既终，葬于州西南三十里。庆历中，太守校理孙公甫之翰尝命令狐子先为文，将镵石立于涢津之侧以表之。会温成张氏方以修媛宠贵，之翰畏谗，终不立，议者或讥其太忌。元丰中，滕甫元发守是邦，将罢任，又为文刊石以遗安陆令，俾建诸道左。未几，故相清源公蔡确谪知州事，暇日有十绝云："矫矫名臣郝甑山，忠言直节上元间。钓台芜没知何处？叹息思公俯碧湾。"是时，宣仁圣烈皇后垂帘，坐是讪上，窜岭表以卒。其滕公所刊之石，今尚委于令廨之门。

治平中，予令岳州巴陵。州有岳阳楼，楼上有石，倒刻"谢仙火"三字。其序述庆历中，华容县一日晦冥震雷，已而殿柱有此。太守滕公宗谅子京问永州何仙姑，答以雷部中神，昆弟二人，并长三尺，铁笔书之。然予在江湖间，人多以仙为名，又其字类世所开者。孙载积中宰吴兴德清，新市镇觉海寺殿宇宏壮，其碑云皆唐时所建。巨材髹漆，积久剥落，见倒书迹曰"谢均李约收利火"十余字，去地三二尺，以纸墨拓之，与岳阳字大小一同。积中因曰："夫伐木于山者，其火队既众，则各刻其名以为别耳。凡记木必刻于木本，营建法本在下，故倒书。"由是知仙姑之妄也。

岳阳西濒大江，夏秋洞庭水平，望与天际，而州步而舣舟之所，人甚病之。庆历间，滕子京谪守是邦，尝欲起巨堤以捍怒涛，使为弭楫之便，先名曰"偃虹堤"，求文于欧阳永叔，故述堤之利详且博矣。碑刻传于世甚多。治平末，予宰巴陵，首访是堤，郡人曰："滕未及作而去。"

予元祐丁卯假守唐州，唐时治今比阳县，后杨有"又"字。徙泌阳，今治是也。按开元间李适之尝为唐州刺史，既去，有德政碑，乃张九皋之文。九皋盖九龄弟。其碑先自比阳辇置今之都厅，予尝阅之，因求诸新旧史，皆不载适之为是州刺史，不知何也。适之，其字也，名适之，宗室之贤者也。

令狐先生既卒，门人史骧思远谒太子中允句谌信道铭其圹，又求屯曹外郎阮逸天隐为文以表之。天隐与令狐同年。福唐林逸书，襄阳孟逸篆额，史号为"三逸碑"。

书　　画

王右军书多不讲偏旁，此退之所谓"羲之俗书趁姿媚"者也。

武功苏泌进之，子美子也，任湖北运判，按行至鄂，予时守郡，苏出其曾王父国老所收杜牧之村舍门扉之墨迹，隐然突起，良可怪也。其所书曰："暮春因游明月峡，故留题。前雪纪史杜牧。从前闻说真仙景，今日追游始有因。满眼山川流水在，古来灵迹必通神。"国老云："杜罢牧吴兴，游长兴之明月峡，留字于村居门扉，至今二百年。予壬子岁宰乌程闻此说，托陈骧往彼得之。字体遒媚，隐出木间，真希世之墨宝也。"予按《唐史》牧之未尝为湖州。督邮，藩镇板授之官。予奉使闽部建安，北郊一吉祥寺前有轩，东楹之柱，庆历间蔡君谟题之，其字隐然而起，因思段成式说文身事，有得髑髅涅文墨入骨者，岂松煤所渍能然乎？

郭忠恕侨寓安陆，郡守求其画莫能得，因以缣属所馆之寺僧，时俟其饮酣请之。乃令浓为墨汁，悉以泼渍其上，亟携就涧水涤之，徐以笔随其浓淡为山水之形势。此与《封氏闻见》所说江南吴生画同，但彼尤怪耳。

辨　　误

《论语》：子路从夫子而后，遇荷蓧丈人，止子路宿，杀鸡为黍而食之。"见其二子焉"，此一句当在"至则行矣"之下，简编差误而然也。盖子路既不见其丈人，因告二子以"不仕无义"云云也，不然，岂无人而与言哉？

《孟子》最为全书，然"滕文公问为国"此篇疑有简策之误，盖与"毕战问井地"参杂而然也。若"夏后氏五十而贡,商人七十而助,周人百亩而彻"当与"国中什一使自赋"为相比,若"《诗》云:雨我公田"至"虽周亦助也"当与"方里而井"至"所以别野人也"为相比,若"乡田同井"至"百姓亲睦"当与"设为庠序"至"小民亲于下"为相比,若"世禄滕固行之矣"当与"卿以下必有圭田"为相比,而其间察其文义,颇有脱略,使三代之法不得全见于后世,良可惜哉!

"陈相见孟子,道许行之言"云云,"从许子之道则市价不二","从"字上盖脱一"曰"字,读者可考而知也。匡章谓陈仲子为廉士,孟子曰:充仲子之操,蚓而后可。又曰:"夫蚓上食槁壤,下饮黄泉。"继之曰:"仲子所居之室,伯夷之所筑欤?"予以为"黄泉"字下当有脱句,子弟读焉,当详考之。

《荀子·仲尼篇》曰:"可立而待也,可炊而僒也。"杨氏注云:"炊与吹同,僒当作僵,可以气吹之则僵。"予以为非也。僒与竟同,炊乃爨也。以为危辱之事可立而待也,炊爨而尽,犹之所谓"一饷间"耳。

予守官洛中,闻伊阳熊耳山在洛河南去数十里,不知《禹贡》何以谓"导洛自熊耳"。君实曰:"昔有兄子主簿虢州卢氏县,邑中自有熊耳山,正洛水所出也。"予因考《水经》云"洛水出京兆上洛县骤举山东北,过卢氏县南。"郦善长注云"洛出冢岭山,东北经获兴川,又东经熊耳山北。《禹贡》所谓'导洛自熊耳',《博物志》曰'洛出熊耳',盖开导其滞者"是也。按此即洛亦非正出于熊耳,盖禹始导于此尔。予按伊阳之熊耳,乃山同名者。更始败赤眉,积甲与熊耳齐者,即此山也,在洛矣。

《职方氏》:正南曰荆州,其川江、汉,其浸颍、湛。郑氏云:"颍出阳城,宜属豫州,在此非也。"杜子春云:"湛或为淮。"得臣按:郦善长《汝水注》云:"湛水出犨县北,历鱼齿山下,为湛浦。《春秋》襄公十六年,晋伐楚,败绩,遂侵方城之外。今湛水之北有长阪,即湛水以名也。《周礼》:荆州,其浸颍、湛。郑玄未闻,盖偶有不照也。今考地则不乖其土,言水则有符经文矣。"

汝水又东南经定陵县,水右则溵水,左则沟水出矣,自定陵县北通颍水于襄城县镇,颍盛则南播,汝溢则北注。得臣以为九州之荆,乃今襄阳也,方城盖其北境矣。二水之泛溢,其浸则在荆,犹之江出于岷山,汉源于嶓冢,其川盛于楚也。

吴松江有洞庭山,韦苏州诗、皮陆唱和所言"洞庭",及近时子美诗曰"笠泽鱼肥人脍玉,洞庭橘熟客分金",皆在吴江矣。今岳州之南所谓"洞庭"者,即郦善长注《水经》云"洞庭之陂乃湘水,非江水",盖斥此湖耳。比见岳州集古今题咏刻石龛于岳阳楼,如苏州皮、陆、子美之属皆在焉,乃知地志不可不考也。

竟陵荆渚间,缭汉江筑堤以障泛水,彼人谓堤曰"提",说者以为自高氏据其地,俗避其姓所讳,故不曰"堤"尔。予尝疑其不然。比见李肇《国史补》乃云:"今襄阳人呼堤为'提',关中人呼稻为'讨',皆讹谬所习也。"由是知讳姓之说为妄矣。

今郢州地名"石城",乃晋石城戍也。予按宋武帝孝建元年分荆州之江夏、竟陵、武陵、天门,湘州之巴陵,江州之武昌,豫州之西阳七郡立郢州,治江夏。《南史》孝建以来称郢州者,即江夏也。今秦凤宪、校理张舜民芸叟先谪监郴州盐税,过鄂书与通判吴子勉厅壁诗云:"但见石城多草木。"芸叟,邠人,博学有文,盖邠去鄂,秦楚之异,遂以鄂为今郢矣,其诗并录于此,曰:"汀洲露白叶番黄,独上南楼写兴长。但见石城多草木,足知江夏有兴亡。朱弦只解悲流水,黄鹤犹能返故乡。莫道楚魂招不得,试将芜累过三湘。"

京师谓人神识不颖者呼曰"乾"。予因询一书生厥义云何,曰:"乾,阳数,九九者不满足耳。"后予见扬子《方言》称齐人谓贼曰"虔",因知"乾"乃"虔"。传曰:"虔刘我边鄙。"盖贼杀之义也。然则世俗俚语多有所本,但不能究绎耳。

《吕氏春秋》曰:白圭新与惠子相见,惠子说之以强。惠子出,白圭告人曰:"有新娶妇者,孺子操蕉火而巨,新妇曰:'蕉火太巨。'今惠子遇我尚新,其说我太甚者。"惠子闻之曰:"何事比我于新妇乎?"按今之尊者斥卑者之妇曰"新妇",卑对尊称其妻,及妇人凡自称者则亦然,则世人之语岂无所稽哉?而不学者辄易之曰"媳妇",又曰"室妇",不知何也?

凡言木之巨细者,始曰"拱把",大曰"围",引而增之曰"合抱"。盖拱把之间才数寸耳,围则尺也,合抱则五尺也。《庄子》曰"栎,社木,其大蔽牛,絜之百围",疏云"以绳束之,围粗百尺"是也。今人以两手指合而环之,适周一尺。杜子美武侯庙柏诗云"霜皮溜雨四十围,黛色参天二千尺"。是大四丈。沈存中内翰云:"四十围乃是径七尺,无乃太细长也。"然沈精于算数者,不知何法以准之。若径七尺,则围当二丈一尺。传曰:"孔子身大十围。"夫以其大也,故记之。如沈之言,才今之三尺七寸有畸耳,何足以为异耶?周之尺当今之七寸五分。

陕州灵宝县之西有涧曰"洪溜",自东南直注西北,入于河,平时可涉,遇涨湍暴下,不可以舟。予预修本州役书,洪溜涧水手四,然不知其名之因也。比见《水经》,云"按上洛有鸿胪围池,是水津渠沿注,故谓斯川为鸿胪涧",于是知洪溜,语之讹也。

白兆山，最安陆之胜，处郡西三十里，颇多灵迹，中有楷师岊，世传楷师疏《维摩经》，有白气之异，山因得名，故赋咏之士未尝不为言。若令狐子先《请善先长老住白兆寺书》曰："高宗朝神，楷师作《维摩疏》于嵓下，感白气之兆，上属于天，因而得名。"亦习传闻，失之讨论也。《周书·于翼传》建德二年，出为安州总管，属大旱，湨水绝流。旧俗，亢阳祷白兆山祈雨，翼遣主簿祭之，即日注雨。用是知白兆之名旧矣。

安州应城县有五茄山，《寰宇记》与《图经》并作"茄"字，俗作"加"字，窃疑之。访居人，其山起于平地，袤可二里，高可数仞，无峰峦特起之势，皇甫子固谓予曰："'五'当作'伍'，伍盖楚之著姓，此山盖伍氏所居，当作伍家山，今亦有五落，五家聚落也。孝昌东北有大伍山、小伍山，《寰宇记》以为两山叠嶂，远望若行伍然，恐亦俗传也。"

予使闽，自江西之建昌遂抵昭武，乃隶闽部。其所谓飞猿岭者，昭武之西北境也。过是岭即至于峭石铺，尝按谢灵运诗云："朝发悲猿峤，暮宿落消石。"谓其山高，石落而消也。今为飞猿、峭石，盖岁久俗传之讹耳。

世多言唐以张万岁久任牧马之政，故圉人辈辨马之老小，不曰岁，而以齿目之，盖避万岁名也。夫岂然哉？按《周礼》"马质"云："书其齿毛与其价。"又《曲礼》曰："齿路马者有诛。"《穀梁》曰："晋献公以屈产之乘假道于虞，荀息牵马曰：'齿加长矣。'"《战国策》曰："夫骥之齿至矣。"由是知自古言马岁必以齿，非自唐有所讳也。

《禹贡》曰："熊耳、外方、桐柏，至于陪尾。"孔安国云："淮出桐柏，经陪尾。"班固《地理志》亦具此，而颜师古乃曰："陪尾在安陆东北。"今按安陆郡石村之西，俗号为"横山"者，陪尾也，自在郡西北一舍之外。班固之言东北，误也。

　　杜子美《李潮八分歌》曰："苦县光和尚骨立，笔法瘦硬方通神。"按《神仙传》老子苦县濑乡人。又读《汉书》称桓帝梦见老子，命中常侍左悺于濑乡致祭，诏陈相边韶立祠兼刻石，即蔡邕书也。今考桓帝纪年乃建和，光和盖灵帝时年号，岂杜诗乃后人传写之误耶？或者以为今亳有太清残缺碑，犹有"光和"二字，又不知太清之名始于何代。兼谯去苦县尚两舍，即非边韶所刻石也。

　　子美《同谷七歌》曰："黄精无苗山雪盛，短衣数挽不掩胫。"或以黄精当作黄独，遂援《本草》芋魁注释以为证，此皆惑于多闻好奇之过也。《药录》云："黄精止饥。"杜以穷冬采此，无所获，必迁就黄独耶？又以山雪为春雪，此尤为乖谬。杜自十月发秦州，十一月至同谷，十二月一日离同谷入蜀，诗中历历可考，盖未尝涉春也。

　　世言子美卒于衡之耒阳，故《寰宇记》亦载其坟在县北二里，不知何缘得此？《唐新书》称耒阳令遗白酒牛肉，一夕而死。予观子美侨寄巴峡三岁，大历三年二月始下峡流寓荆南，徙泊公安，久之方次岳阳，即四年冬末也。既过洞庭，入长沙，乃五年之春。四月，遇臧玠之乱，仓皇往衡阳。至耒阳，舟中伏枕，又畏瘴，复沿湘而下，故有《回棹》之作，末云："舟师烦尔送，朱夏及寒泉。"又《登舟将适汉阳》云："春色弃汝去，秋帆催客归。"盖《回棹》在夏末，此篇已入秋矣。继之以《暮秋将归秦留别湖南幕府亲友》云："北归冲雨雪，谁悯弊貂裘？"则子美北还之迹见此三篇，安得卒于耒阳耶？要其卒当在潭、岳之间，秋、冬之际。按元微之《子美墓志》称子美孙嗣业启子美枢，襄祔事于偃师，途次于荆，拜余为志，辞不能绝。其系略曰：严武状为工部员外郎、参谋军事,旋又弃去,扁舟下荆楚,竟以寓卒,旅殡岳阳。近时故丞相吕公为《杜诗年谱》云:"大历五年辛亥,是年还襄汉,卒于岳阳。"以前诗及微之之志考之为不妄,但言是年夏,非也。

退之有《读皇甫湜公安园池诗书其后》,此篇常病难读,盖多脱漏。予亲家季勉之收永叔、王原叔、宋子京三公所传韩文,最为全本,悉多是正。于是知此篇乃脱八字,自"湜也困公安,不自闲",盖"闲"字下脱"其闲"二字;又"掎摭粪壤"下脱一"间"字,"间"字下又脱"粪壤多"三字;其后"岂有臧"字下脱"不臧"二字,读之者可以考焉。至于他诗亦多是正,此不悉也。

明　义

"可以死,可以无死,死伤勇"。人之于死也,何以知可不可哉? 盖古之人视义以为去就耳。予尝曰:"死生之际,惟义所在,则义所以对死者也。"程伯淳闻而谓予曰:"义无对。"

麈史卷下

姓　氏

谱牒不修也久矣。晋东渡，五胡乱中原，衣冠流离而致然也。夫京房之先姓李也，牛洪之先寮姓也，疏之后乃为束，是之后乃为氏。闽中人避王审知，而沈氏去水而姓尤；南中多危氏，有恶其称者，或改为元。如此类甚多。况元魏据洛，诸虏喜中原之姓，择而冒之者益众，则谱不可以不知也。

古人凡著文集，其末多载系世次一篇，此亦子长、孟坚叙传之比也。在唐时尚多姓谱之学，今或罕言之。欧阳文忠公、苏洵明允各为世谱，文忠依《汉年表》，明允放《礼》，以大宗、小宗为次，虽例不同，皆足以考究其世次也。窃怪文忠以谓不知姓之所自，而昧昭穆之序，则禽兽不若也，其讥诃亦至矣；然欧阳氏得姓凡几年，其间文学之士盖亦多矣，文忠始为之谱，斯言恐未为得也。

古　器

应山平靖关之南，涧水盘纡，随山而行，忽一日暴雨，村民得小鼎于涧侧，铜为之，色如涂金，两耳三趾，趾皆空，中可受五升，甚轻。民言山肋有鼎痕十数，皆为水所漂，止得此耳。连庶君锡得之甚爱，以为华而不侈，质而不陋。后归永叔。

予友郭惟济君泽，居孝昌之青林。暑雨后，斜日射溪碛，

焰有光,牧童掊取之,得一陶器,体圆,色白,中虚,径六七寸,
一端隆起,下生轮郭,一端绕边列以齿,齿仍缺十六。以为枕
也,不可用;忽得所安齿距地,酌水于轮郭间,隆起处可磨墨,
甚良,方知古研容有陶者。君泽尝谓予曰:"柳公权云:某州磁
研为最佳。"予时年少,不能尽记,今追忆书之。

安陆石嵓村耕夫得宿藏一镜,光明莹然,不为土所蚀,视
之,可见十余里外草木人物。三人者互欲得之,遂破三段,犹
照数里,不知何世物。

云梦县楚王城左右,人时得编钟、佩印、刀、斗、鼎、镜之
属,不可胜纪。

风　　俗

仕非为贫,有时为贫。今不然,为贫者多也。予初仕,闻
仕宦者相与告语曰:某所有职田,某所供给厚,可仕也。后忝
通籍,朝堂之论亦然,用是知为贫多也。

洛人凡花不曰花,独牡丹曰花。晋人凡果不言果,独林檎
曰果,荆人橘亦曰果。

朱亥墓在都城南,过所谓四里桥之道,左旁有祠,垣宇甚
全,木亦茂,呼为屠儿墓园。清明则众屠具酒肴祠之,出于人
情也。

四方不同风,甚者,京师尤可笑。古者婚礼合卺,今也以
双杯彩丝连足,夫妇传饮,谓之"交杯"。媒氏祝之,掷杯于地,
验其俯仰,以为男女多寡之卜,媒即怀之而去。丧事,贫不能
具服,则赁以衣之。家人之寡者,当其送终,即假倩媪妇,使服
其服,同哭诸途,声甚凄惋,仍时自言曰:"非预我事。"

闽中呼梯为陔,陔,阶之讹也;鞋为脚,脚,屧之讹也。

世言闽、蜀同风，孙光宪作《北梦琐言》以为不同，大略引蜀有不仕之类以为异。孙盖蜀人也，故主其乡风。今读书应举，为浮屠氏，并多于他所。一路虽不同，相逢则曰“乡人”，情好倍密。至于亲在堂，兄弟异爨，民间好蛊毒者，此其所同者，则知古语之传盖不虚耳。

闽中生子既多不举，其无后者则养他人子以为息，异日族人或出嫁女争讼其财无虚日。予漕本路，决其狱，日不下数人。夫杀己子至于后世狱讼不已，岂非天戒欤？

汉上多士族，有雌黄人物会于州吏茶肆，过者必有恶名以加之。初但相顾举吻而已。在仕者到任三日，已得一名矣。号曰“猪嘴关”，推其巧能名者为关使，次有判官、干当公事。

奇　　异

寇莱公贬死雷州，榇还洛阳，过荆之公安，民迎祭哭，插竹标纸钱，竹尽活成林，邦人神之，号“相公竹”。刘敞原父、王陶乐道各为文刻石志其事。

安陆有念佛鸟，小于鸲鹆，色青黑，常言一切诸佛。张齐贤相谪守郡日，作古诗二篇。元宪宋郊诗曰：“鸟解佛经言。”予少时闻之，近时罕闻矣，岂夫造物亦有时耶？

盛　　事

《国史补》载苗夫人，近代妇人无比。今晏夫人，丞相元献公之子、富郑公之室、冯太尉之外姑。马夫人，父尚书也，夫丞相、司空申公吕端也，四子长侍读，次枢密，次丞相、司空，次户部尚书。鲁夫人，父太师简肃公也，其舅吕申公也，夫丞相、司空也，子希纯中书舍人，婿翰林学士范祖禹也。

苏子容言："士大夫三世登科者盖有之，未有一朝者，独刘沆天圣八年，其子待制瑾皇祐五年，其孙備治平元年，并及第，皆在仁宗朝。"安厚卿言："张文孝之孙保常锁厅不第，然应举时，家状内三代皆具庆，亦世所无也。"

世言国初史馆王丞相溥作相日在具庆下，安厚卿为枢密日亦然，盖继母也。

予里集贤张君房年六十三分司，六十九致仕；光禄卿张君靖年六十六致仕；其子朝请大夫琦任京东提刑，年六十九致仕：三人皆康宁无疾。

赵孝廉令時景觊言景祐元年同廖献卿赴试春闱，一日，献卿谓孝廉曰："某必不利于南宫，昨梦榜出，上有先人名氏。"景觊贺曰："献卿必登甲科继先君矣。"未几省榜出，献卿乃第十人。献卿名子孟，淳之长子也。淳天禧三年第十人及第。今校理君正一乃献卿第三子，元丰戊午国学第十人荐。三世之间，及第、过省、取解并同名次，亦世罕有也。

戒　杀

予少时，季秋末于草际得一小蛱蝶，怪其非时，取视之，则毙于掌中，久则栩栩然飞去，盖其诈死以逃生也。

孝昌成若冲天益江行，岸际见小虾蟆无数，天益呼仆抱鸡令食，既而并无所见。天益去，虾蟆复跃入水。盖闻鸡声悉伏地不动，人莫见也。

鉴　戒

李广之不侯，史氏以为杀已降，余谓非特此，其杀灞陵尉亦甚哉。广自抵阴谴，岂止不侯而已哉？至陵身臣虏而李氏夷灭,亦显报矣。

郑屯田建中其先本雍人,五季时徙家安陆,资镪巨万。城中居人多舍客也,每大雨过则载瓦以行,问有屋漏则补之;若舍客自为之屋,亦为缮补;又隆冬苦寒,躅舍缗仍月。屯田公晚得一子,即侍郎公纾也,登进士第,官至祠曹前行,职为理寺少死。侍郎有五子,长曰继中,皇祐元年登第,官至朝奉大夫。次即侍读公毅夫也,皇祐五年魁天下士,三子与孙皆任以官,不由选调,世禄不绝,阴施之报盖不诬矣。

王文正沂公仕章献朝,发晋公窜海上,天下称之。然卒以嗣子不蕃,暮年谓所知曰:“予行己无慊而获此报,何邪?但一事有恨,初出守郓,为监司相轻,后秉政,迁除本官略无宁岁,竟死于道路,此必为报也。”

予同年黄靖国元弼刚正明决,初调蜀中主簿,亡其县名,令缺,摄县事。有巡卒宋贵嫚骂本官,众不忍闻,元弼械之,笞二百死。后十五年,元弼为沅州军事判官,治牒至宁州,暴卒,入冥与宋贵辨其事。元弼具陈嫚骂之语,冥官亦愤之,已而追阅案牍,语元弼曰:“罪即当死,终是死不以法。”元弼复生。西州士人往往作传,亦多牴牾。予屡诘其本末,语及“死不以法”,斯言有理,可畏。

安陆医生宋氏视疾不问贫贱,仍载粟枣,乏者遗之。宋之子曰应,善论说,好驰骋上下,能冷热人,人多畏之。后为医博士,谒之者贫则绝,盖弗肯继矣。未六十,中风而卒。三子,长犯盗,流他所得还,卒于乡;次初学举进士,自放不返,日游市井间,因剌一妇人不著,坠井死;幼者终于冻馁。应之弟曰效,畏谨有常,年逾七十而亡,一孙习医自足。

真　伪

予闻洛中衣冠子弟不肖者,鬻祖诰与右宗大贾,冒以庇其族,比年闻安陆亦有,盖谱不明耳。

刘梦得《读张曲江集》诗,其序略曰:世称曲江为相,建言放臣不宜与善地。今读其文,自内职牧始安,有瘴疠之叹;自退相守荆门,有拘囚之思。嗟夫!身出于遐陬,一失意而不能堪,矧华人士族,必致丑地然后快意哉。议者以曲江识胡雏有反相,羞凡器与同列,密启廷诤,虽古哲人不及,而燕翼无嗣,终为馁鬼,岂忮心失恕,阴谪最大,虽二美莫赎耶?故其诗云:"寂莫韶阳庙,魂归不见人。"按《唐书》,曲江有子拯,而不见其他子孙者。近有朝请张君唐辅来守安州,盖曲江人也,自称九龄十世孙。皇祐间,侬智高乱岭南,朝廷推恩,凡名举人者悉官之,无虑七百人,唐辅在其中。后稍迁至牧守,当涂诸公往往以名相之后称荐之。夫以梦得去曲江才五、六十年,乃言"燕翼无嗣",岂知数百年后有十世孙耶?岂梦得困于迁谪,有所激而言也?是皆不可知也。

山中人说猎者尝取麝粪日干之,每得麝裁四肘皮,剖脐香,杂干粪以实之;最大所谓"当门子"者,即预采飞虻,去首足翅,日干以用之,是一麝获五脐之利。虻之性不良可知也。医者司徒生尝言:"市麝脐宜置诸怀中,以气温之,久而视之,手指按之柔软者真也,坚实者伪也。"

谰　谤

蜀人龙昌期为《礼论》,以为周公《金縢》之请以代武王,盖其诈也。予谓方周公之时,近则王不知,远则四国流言,至于后世犹有仁智未尽之说，盖圣人诚为难知。呜呼！不如是不足以为周公。

元宪宋公始名郊，字伯庠，文价振天下。既入翰林，有诉于上者，以姓名于朝廷非便，神文乃间谕元宪，令易之，遂名"庠"字。一日因具奏札，先书"臣庠"，时李献臣为翰长，见奏指宋公名曰："此何人耶？"吏具以对。已而白宋，宋乃书一绝云："纸尾何劳问姓名，禁林依旧玷华缨。欲知《七略》称'臣向'，便是当年刘更生。"元宪既参大政，朝廷无事，庙堂之上日阅文史，今观《纪年通谱》、《杨文公谈苑》等序及《绎山碑》跋尾，亦知其略矣。元宪雍雍然有德之君子，后既登庸，天下承平日久，尤务清净无所作为，有为者病之。后为人言排诋，出知河南，改许及河阳，归京判都省，久之，卒于私第。公尝自谓时贤多以不才诮我，因为诗曰："我本无心士，终非济世才。虚舟人莫怒，疑虎石曾开。蛟负愁山重，葵倾喜日来。欲将嘲强解，真意转悠哉。"

张师正《倦游录》说颍上常夷甫处士自经而卒。王莘乐道奉议，颍人也，从学于常，具道处士得病而卒。师正进士及第后换西班官，至诸司使守郡，亦有才。此《倦游》乃襄汉间士人所为，托名以行。

占　　验

舜治天下，弹五弦琴而歌南风之诗，盖长养之音也。《诗》亦曰："凯风自南，吹彼棘心。"今解梁盛夏以池水入畦，谓之"种盐"，不得南风则盐不成，俗谓之"盐风"。荆湖间夏有大风，朝起夕止，连日如此，土人曰"飑风"，音"谅"，有则大旱，陂泽立涸，稻田多裂，又名"杓风"，如杓勺水也。

安陆地宜稻,春雨不足,则谓之"打干种",盖人、牛、种子倍费。元符己卯大旱,岁暮,农夫告曰:"来年又打干矣。"盖腊月牛骧泥中则然,明年果然。

京师槐放花盛,则多河鱼疾;北人荞麦熟,则早晚候霜降,罔有差焉。

江湖间人常于岁除汲江水秤,与元日又秤,重则大水。

《颜氏家训》曰:何名五更?曰:正月建寅,斗柄昏在寅中,晓则午中矣,历五辰也。更,历也。

予夜不寐,问直宿兵夜如何,曰:几更。明日问何以知,曰:"每转更,则栖鸟多动。尝出戍,率多用是为验。"因遣人听戍鼓,皆然。

熙宁初,予为岳之巴陵令,春月忽天雨白毛,长二三尺许,取而焚之,臭如马鬃,是岁戊申也。然京房亦有占,上巳日蛙鸣则蚕善也。

安陆农视稻穗多者七八十粒,少者五六十粒,下有细白花丛出,若十花以上则米贵,花多则贱。

大观戊子仲夏,安陆雁自北而南,群燕委雏而去,不知何祥也。

戊子五月五日夏至,安陆老农相谓曰:"夏至逢端午,家家卖男女。"秋稼不登,至冬艰食,果卖子以自给,至有委于路隅者。明年己丑大旱,人相食,弃子不可胜数。

传曰:玄鸟春分至,秋分去。故世言燕往来不见社。大观己丑仲春,社前数日燕已来。

语　　谶

前广西漕李朝奉湜,江宁人,言昔日内相叶清臣道卿守金

陵,为《江南好》十阕,有云:"丞相有才裨造化,圣皇宽诏养疏
顽。赢取十年闲。"意以为虽补郡,不越十年必复任矣。去金
陵十年而卒。

治平间,李尉广德,钱公辅君倚守郡,一日,召李登城亭,
间及郡事简,得暇山川行乐,昔叶道卿云"赢得十年闲",某止
得五年亦足矣。自谓不越五年复入。至五年,钱卒。

予仲氏光辅元祐丁卯应诏,季道辅饯于郊,举光辅旧诗
曰:"仲舒窥园三年废,东野看花一日多。"光辅笑曰:"我尚能
为此语邪?"明年失意。会有诏:经行士未得黜落,具名以闻。
于是有旨令与特奏名,唱名第一,赐同五经出身。予时自唐易
守郊,待次,光辅荣归,为学尚不辍。八月末,为往州北视亡妻
孙氏茔地,还次近郊,马逸而坠,内伤殊甚,十日而卒。"看花
一日多"遂成其谶邪?

博　　弈

《樗蒲经》曰:"凡近关及后一子谓之'堑',近关及前一子
谓之'坑',落坑堑非贵采不出。凡一马打一马,如遇退六踏
马,则一马可踏五马。"故世指不循理者谓之"踏坑堑"。

世之纠帅蒲博者,谓之"公子家",又谓之"囊家"。《樗蒲
经》一有赌,若两人以上,须置囊,合依样检文书,乃投钱入。
囊家亦谓之"录事"。

郑都官诗有"能销永日是樗蒲,坑堑由来似宦途"之句,盖
所难者在过关,以前后为坑堑也。

谐　　谑

神文时京师旱,上闵雨,形于寤叹,宰相请下畿内遍祷祠

庙。陈留有张子房庙,县尉亦才雅,但好谑,分命诣庙,为二十字诗,题文成侯壁曰:"今人不如古,肉身不如土。我来汉相庙,为民祈灵雨。"石齐老说。

元宪宋公应举,再上及第,初任通判襄州;景文一上及第,初任复州推官。元宪谓曰:"某多幸,才入仕不识州县况味。"景文答曰:"某亦多幸,才应举便不知下第况味。"兄弟相与笑谑而罢。

长林尉石夷吾齐老尝游庐山,为予言简寂观天尊铜像制范精致,然本乃佛像,唐会昌中废毁浮屠,有惜其像者,遂加冠于首,衣以羽衣,以为天尊。夷吾作诗曰:"赤土坡头一寺基,天尊元是一牟尼。时难只得同香火,莫听闲人说是非。"

熙宁间,王拱辰即洛之道德坊营第甚侈,中堂起屋三层,上曰"朝元阁"。时司马光亦居洛,于私居穿地丈余作"壤室"。邵尧夫见富郑公,问新事,尧夫曰:"近有一巢居,一穴处者。"遂以二公对,富大笑。

熙宁中遣使诸路察访,吕升卿明甫奉使京东,身为职官,许荐部吏改官者十员。戏语人曰:"可辍其半,为身改官。"

龙图阁学士世谓之"大龙",直龙图为"假龙",直学士为"小龙",或有得直阁久之不迁而卒,因曰"死龙"。

七寺闲剧不同,太府为"忙卿",司农为"走卿",光禄为"饱卿",鸿胪为"睡卿"。盖忙卿所隶场务,走卿仓庾,饱卿祠祭数颁胙醴,睡卿掌四夷宾贡之事。

百官赴政事堂议事,谓之"巡白"。侍从即堂吏至客次请某官,既相见,赞曰:"聚厅请不拜就座。"则揖座,又揖免笏,茶汤乃退。余官则堂上引声曰"屈",一啜汤耳。若同从官则侍汤。京官自下声喏而升,立白事讫退,或有久次无差遣者,闻堂吏声"屈",乃曰:"不于此叫屈,更俟何所邪?"

官制行,将作监簿易为承务郎,或曰:迁官则为"迎霜兔"矣。又判大理寺崔谏议台符换大中大夫,前呼曰:"大中来。"人不知皆笑曰:"大虫来。"

丞相吕大防性凝重寡言,逮秉政,客多干祈,但危坐相对,终不发一谈,时人谓之"铁蛤蜊"。

《礼》有"引年",传称"陈力就列,不能者止"。今则不然,至于病耄犹不能去,多为贫而然。或有一乞致仕者,亲戚相怪,且痛其死矣。予同年仇伯玉粹夫为户部侍郎,一日,报乞致仕,未几逢于朝路,因讯之曰:"未尝有疾,亦未尝告老,不知何为也?"粹夫善诙谐,乃告曰:"前日儿子亦自冯翊奔而来,以为死矣,且来草阅蹒跚一巡。"

都城相国寺最据冲会,每月朔望、三八日即开,伎巧百工列肆,罔有不集,四方珍异之物悉萃其间,因号相国寺为"破赃所"。

余长子渝尝为寿春令,邑有淮南王安庙,春秋朝廷祀之。邑人思刘仁赡之功德,欲立庙不可得也,遂共为刘令公像于淮南庙中,岁时享焉。传舍有人为诗曰:"淮南据险逆西京,仁赡输忠保一城。今日乡人聊合祭,未应同食便同情。"

淮南庙有八仙公泊梅福等像,守臣或被旨祈焉。邑人说往时有姓梅为守,见庙像泣而祭之,云其祖也。回郡至郏家岭,伶人郏生登岭大痛,守怪问之,对曰:"此岭乃祖先之冢也。"守怒杖之。

异时执政在私第皆僦居,熙宁初,撤南北作坊,起东西二府八位。又废捧日一营建武学,隙地创小宅数十,收赁以充学费,号"鬼八位"。

杂　志

神宗就太原庙取祖宗以来将相功臣像各绘于两庑，因推恩官其后。予在开封南司，阅牍见党进家状云："私家无祖像，今城南什物库土地像乃是。"遂取图之。

哲宗陵曰"永泰陵"，京师永泰门、福州永泰县皆以他名避之，龙图阁待制丰稷亦曰："四明有永泰神，乞改庙额。"奏改之。

狄梁公墓在洛阳东白马寺后，予游寺见其像在庑舍下，僧云其裔孙侍禁自陕右辇置，欲建祠堂于此，不果。

盛武仲知藗州，过江夏，予宴之。其祖天圣间为翰林学士，宰相丁谓去不附己者十人，盛其一也。落学士，工部郎中知光州，到任未几，又责和州团练副使。宦者押去，才行一日，使者不少止食，盛苦之，夜问左右曰："使者何不食耶？"曰："五更食讫。"盛市胡饼十余枚，贯以缗，贮水一葫芦，挂于鞍，行则啖之。余十里，使者顾见，惊问曰："何从得此物？"答以早令市之。使者抚掌大笑。盖盛善饭，常兼数人，欲以困之也。

应山县连处士舜宾命二子从二宋学，二子庠及庠也，请二公居于邑之法兴寺，今尚有二公手植松柏。有县令经生者，忿二公不出谒，屡形颜色，连劝二公强谒之。已而令恚尤甚，连特询其情，令怒不以襕鞹也。二公复如言而往。明年，元宪状元，景文第十人，南归，令驰谒道左。

唐僧能诗者，如昼字皎然之类甚多。古人生子三日，父名之；二十而冠，友字之，所以表德也。今僧头童而不栉，不可冠，何字之有？荐绅亦从而呼之，何也？

熙宁初，予官陕郊，时初复十铸钱监，兵闻锡气久而病瘠，以至不起,惟以蒸豚啖之,可以销释,所支率分钱内充买均给。后予所至多令如此给肉,惟建州丰国监役兵仍多病手弱之疾。

近时士大夫多因病笃乞致仕。予在大农忽得目疾,乞宫观;已而挂冠,年六十二矣,恐四方亲友惊叹,乃自削奏牍,叙致颇详,其末云:"乞骸以去,敢希汉傅之高风;鼓腹而嬉,愿遂尧民之至乐。"

老医少卜,老取其阅,少取其决。

郑毅夫内相再黜于有司,已而病伤寒,忽一夕梦化为龙而无角,浴于池中,鳞甲皆水出,盖汗也。展转间,张大夫问曰:"君已安否?"曰:"我不是龙。"张以为谵言。既觉,犹若曳尾不收。梦中但闻池上人皆曰:"白龙公来也。"士大夫于内相挽词多用"白龙公"者,盖本此耳。

古人一饭之恩必偿,睚眦之怨必报;后世不然,报恩略而报仇必详。《诗》曰:"忘我大德,思我小怨。"孔子曰:"以德报德,以直报怨。"退之赠刘师命诗云:"往取将相酬恩仇。"得时得位,无不皆然。

暑月痱子,虽蛤粉、陈粟涂之不差,豫章黄元明曰:"止用经夕热水濯灌之即愈。"果然。

京师赁驴,涂之人相逢无非驴也;熙宁以来,皆乘马也。按古今之驿亦给驴,物之用舍亦有时。

乖　　谬

元宪宋公留守西都,同年为河南令,好述利便,以农家艺麦费耕耰,改用长锥刺地下种,以一亩试之,自旦至暮不能遍。又值蝗灾,科民畜一鸡云:不惟去蝗之害,亦可字养。令民悉呈所畜鸡,既集,纷然而斗,莫能间止,邑前百姓喧阗塞路,共观斗鸡而罢。

安陆虽号节镇,当南北一统,实僻左无事之地。往者,守臣或以迁谪而来,率多时之闻人,岁久皆吏部拟授,往往厚重而无作为者。熙宁间,一太守点检清酒务,校量缸酒数少,怒甚。监官对曰:"陶器渗漏。"又校一缸亦然,太守作色曰:"君子居之,何漏之有?"遂不复问。

元祐中,民家昼日火作。先是数日前,太守令昼阖子城南门,不得启,民莫晓也。已而火作,居者不得出,救者不得入,民屋尽焚。余诘守,对曰:"某以久旱,用董仲舒闭纵之术耳。"

人有言曰:"良田畏七月。"盖百谷秀实之时,正需雨也。安陆郡一岁禾稼甚茂,而七月不雨。一日,见当职者告以祈雨,但言他而不答。八月又见之,乃召日者占雨期。日者告以将雨。其人乃曰:"是不用宰鹅也。"余观朝廷颁《祈雨雪文》三卷,藏于郡县,如宰鹅皆有次第,岂至八月尚可为之?

有一卿列任京西宪,按行一邑,其尉蔡人张伯豪也,始迓于郊,宪令步从,又数其所为。至邑,入传舍更衣,虞候白提刑适骂者是中丞婿。宪矍然曰:"何不早道!"于是召尉坐,谓曰:"闻君有才,聊相沮尔,君辞色不变,岂易量耶?"为发荐章而去。

谏议大夫贾昌衡尹洛日,予管干文字,贾会使者,予亦与坐末。贾因言有一相知任宪,至一郡,有护戎年高,因料兵曰:"护戎老不任事,何可容也?"太守默然,戎乃抗声曰:"我本不欲来,为小儿子所强,今果受辱。"宪问小儿子为谁。曰:"外甥。"复问为谁。曰:"章得象也。"盖郇公是时方为丞相。宪曰:"虽年高,精神不减,不知何饵?"戎曰:"无恁饵。"宪曰:"好个健老儿。"惠酒而去。

湘山野录　续录

[宋]文莹　撰

黄益元　校点

校 点 说 明

《湘山野录》三卷,《续湘山野录》一卷,宋文莹撰。作者生平事迹未见传记,仅其所撰《湘山野录》、《续录》、《玉壶清话》保存了一些零星资料可供稽考叙录:文莹,宋钱塘僧,字道温,一字如晦,尝居西湖菩提寺,后隐于荆州金銮寺。工诗,喜藏书,尤潜心野史,注意世务,多与士大夫交游。据刘挚(1030—1097)《忠肃集》言,嘉祐、治平、熙宁年间,与文莹“相与周旋二十年”。则文莹主要活动于北宋仁宗、英宗、神宗朝。

《湘山野录》、《续录》是记载北宋见闻杂事的一部随笔,于神宗熙宁九年(1076)作于荆州,故以“湘山”名书。全书共一百六十五条,涉及北宋太祖至神宗六朝间政治经济、军国大事、外交活动,以及名公显宦杜衍、宋祁、夏竦、丁谓、杨仁、晏殊、寇准、范仲淹等人的逸闻轶事,有较高的史料价值。“太宗即位”条绘形绘声地描述了正史讳莫如深的“烛影斧声”始末,显出“野史”的胆识和本色。其他如文人雅士诗文酬酢、高僧道士举止行藏、稀珍异宝、鬼怪奇闻等等,亦具有文学、宗教、民俗研究价值。

本书版本明清以来有《津逮秘书》本、《四库全书》本、《学津讨原》本、《学海类编》本、《说库》本等。现以《津逮秘书》本为底本进行校点,遇异文参诸本对照,择善而从,不出校记。

目　录

湘山野录卷上

真宗即位之次年，赐李继迁姓名，而复进封西平王。时宋湜、宋白、苏易简、张洎在翰林，俾草诏册，皆不称旨，惟宋公湜深赜上意，必欲推先帝欲封之意，因进辞曰："先皇帝早深西顾，欲议真封，属轩鼎之俄迁，建汉坛之未逮。故兹遗命，特付眇躬。尔宜望弓剑以拜恩，守疆垣而效节。"上大喜，不数月，参大政。

皇祐中，明堂大享。时世室亚献无宫僚，惟杜祁公衍以太子太师致仕南京。仁宗诏公归以侍祠。公已老，手缮一疏以求免。但直致数句，更无表章铺叙之饰，止以奇笺妙墨临帖行书亲写陈奏："臣衍向者甫及年期，还上印绶，天慈极深，曲徇私欲。今犬马之齿七十有三，外虽支持，中实衰弊。且明堂大享，千载难逢，臣子岂不以捧璋侍祭为荣遇？臣但恐颠倒失容，取戾非浅。伏望陛下察臣非矫，免预大礼，无任屏营。"

闻前代兴亡及崩薨篡弑之事以自省戒，而卿等掩隐不说。今后除君臣不可闻之事外，自馀皆宜明讲。后值说《礼记》，及《檀弓经》有"君即位而为椑，浦亦反。岁一漆之"。郑注云："椑，著身棺也。"王者礼繁，当预备。"岁一漆"者，若其未成然。尽诸公议，不忍明说，贴黄掩之。上以拍揭起潜窥。迨讲退，留宋尚书祁以问之。宋备陈其义。上曰："当筵盍显说？"宋谢曰："臣子所不忍言，致上昧天鉴，臣等死罪。"仁宗笑曰："死生，常理也，何足惮焉？"

王文正公旦释褐知临江县，时狱有合死囚，公一夜不寐，思以计活之。方五鼓，空中人喝直更速起，相公将出厅。果斯须开堂门升厅，急呼死囚出问。公之父中令晋公祐尝曰："此儿异日必为三公。"因手植三槐于庭以待之，有作诗纪其事者甚多。晋国知制诰二十余年，最号淹迟。文正知诰与父相去不十年，入西掖，墙壁间其父翰墨手泽犹在，坐卧不易处。长城钱公若水风鉴最高，与公同直史馆，谓人曰："王子明既贵且寿，吾进用虽在其先，皆所不及也。"果长城公后四十卒。

孙集贤冕，天禧中直馆几三十年，江南端方之士也，节概清直。晚守姑苏，甫及引年，大写一诗于厅壁，诗云："人生七十鬼为邻，已觉风光属别人。莫待朝廷差致仕，早谋泉石养闲身。去年河北曾逢李，见素。今日淮西又见陈。或云陈、李二公被差者也。寄语姑苏孙刺史，也须抖擞老精神。"题毕，拂衣归九华，以清节高操羞百执事之颜。朝廷嘉之，许再任，诏下已归。竟召不起。王冀公钦若，里闬交素也。冀公天禧中罢相，以宫保出镇余杭，舣舟苏台，欢好款密，醉谓孙曰："老兄淹迟日久，且宽衷，当别致拜闻。"公正色曰："二十年出处中书，一素交潦倒江湖，不预一点化笔。迨事权属他，出庙堂数千里为方面，始以此语见说，得为信乎？"冀公愧谢，解舟遂行。

夏英公竦每作诗，举笔无虚致。镇襄阳时，胡秘监旦丧明，居襄，性多狷躁，讥毁郡政。英公昔尝师焉，至贵达，尚以青衿待之，而不免时一造焉。一日，谓公曰："读书乎？"曰："郡事鲜暇，但时得意则为绝句。"胡曰："试诵之。"公曰："近有《燕雀》诗，云：'燕雀纷纷出乱麻，汉江西畔使君家。空堂自恨无金弹，任尔啾啾到日斜。'"胡颇觉，因少戢。庆历初，被召真拜，将届阙，以言者抨罢，除使相，知杭州。到任以二阕寄执政,曰:"造化平分荷大钧,腰间新佩玉麒麟。南湖不住栽桃李,拟伴沙禽过十春。"又曰:"海雁桥边春水深,略无尘土到花阴。忘机不管人知否,自有沙鸥信此心。"公后镇南京,时张相昇知谏垣,以一诗讽曰:"弱羽伤弓尚未完,孤飞殊不拟鸳鸾。明珠自有千金价,肯与游人作弹丸?"卒不敢以一言及之。

真宗初,诏种隐君放至阙,以敷对称旨。日既高,中人送中书膳,诸相皆盛服俟其来,种隐君韦布,止长揖而已。杨大年闻之颇不平,以诗嘲曰:"不把一言裨万乘,只叉双手揖三公。"上闻之,独召杨曰:"知卿有诗戏种某。"杨汗浃股栗,不敢匿避。又曰:"卿安知无一言裨朕乎?"出一皂囊,内有十轴,乃放所奏之书也。其书曰《十议》,所谓《议道》、《议德》、《议仁》、《议义》、《议兵》、《议刑》、《议政》、《议赋》、《议安》、《议危》。石守道《圣政录》有之。俾大年观之,从容奏曰:"臣当翊日负荆谢之。"

张尚书詠镇陈台,一日,邸报同年王文正公旦登庸,乖崖色不甚悦,奋须振臂谓客曰:"朝廷安肯用经纶康济人乎? 赖余素以直节自誓,束发登仕,无两府之志。"时幕中杜寿隆者,乘其语而悦之曰:"贱子素知公无两府意。"遽问曰:"此吾胸中蕴畜,子安得预其知乎?"杜曰:"某盖昔尝诵公《柳》诗'安得辞荣同范蠡,绿丝和雨系扁舟'之句,因所以知之。"愠少解。

乖崖公太平兴国三年科场试《不阵成功赋》,盖太宗明年将有河东之幸,公赋有"包戈卧鼓,岂烦师旅之威;雷动风行,举顺乾坤之德"。自谓擅场,欲夺大魁。夫何有司以对耦显失,因黜之,选胡旦为状元。公愤然毁裂儒服,欲学道于陈希夷抟,趋豹林谷,以弟子事之,决无仕志。希夷有风鉴,一见之,谓曰:"子当为贵公卿,一生辛苦。譬犹人家张筵,方笙歌鼎沸,忽中庖火起,座客无奈,惟赖子灭之。然禄在后年,此地非栖憩之所。"乖崖坚乞入道,陈曰:"子性度明躁,安可学道?"果后二年,及第于苏易简榜中。希夷以诗遗之云:"征吴入蜀是寻常,鼎沸笙歌救火忙。乞得江南佳丽地,却应多谢脑边疮。"初不甚晓。后果两入蜀定王均、李顺之乱,又急移余杭,翦左道僧绍伦妖盅之叛,至则平定,此"征吴入蜀"之验也。累乞闲地,朝廷终不允,因脑疮乞金陵养疾,方许之。

张乖崖成都还日,临行封一纸轴付僧文鉴大师者,上题云:"请于乙卯岁五月二十一日开。"后至祥符八年,当其岁也。时凌侍郎策知成都,文鉴至是日,持见凌公曰:"先尚书向以此嘱某,已若干年,不知何物也。乞公开之。"洎开,乃所画野服携筇,黄短褐,一小真也。凌公奇之,于大慈寺阁龛以祠焉。盖公祥符七年甲寅五月二十一日薨,开真之日,当小祥也。公以剑外铁缗辐重设质剂之法,一交一缗,以三年一界换之。始祥符辛亥,今熙宁丙辰,六十六年,计已二十二界矣,虽极智者不可改。

真宗西祀回跸,次河中,时长安父老三千人具表诣行在,乞临幸,且称"汉、唐旧都,关河雄固,神祇人民,无不望天光之下临也"。上意未果,召种司谏放以决之。时种持兄丧于家,既至,真庙携之登鹳鹊楼,与决雍都之幸。种恳奏曰:"大驾此幸,有不便者三:陛下方以孝治天下,翻事秦、汉,侈心封禅郡岳,而更临游别都,久抛宗庙,于孝为阙,此其不便一;其百司供拟顿仗事繁,晚春蚕麦已登,深费农务,此不便二;精兵重臣扈从车跸,京国一空,民心无依,况九庙乎,此陛下深宜念之,乃其三也。"上玉色悚然,曰:"臣僚无一语及此者。"放曰:"近臣但愿扈清跸、行旷典、文颂声,以邀己名,此陛下当自寤于清衷也。"翊日，传召銮舆还阙，临遣，雍人所幸宜不允。真宗便欲邀放从驾至京，放乞还家林，上曰："非久必当召卿。"

译经鸿胪少卿、光梵大师惟净，江南李王从谦子也。通敏有先识，解五竺国梵语。庆历中，朝廷百度例务减省，净知言者必废译经，不若预奏乞罢之："臣闻在国之初，大建译园，逐年圣节，西域进经，合今新旧，何啻万轴，盈函溢屋，佛语多矣。又况鸿胪之设，虚费禄廪，恩锡用给，率养尸素，欲乞罢废。"仁宗曰："三圣崇奉，朕乌敢罢？且又赆贡所籍名件，皆异域文字，非鸿胪安辨？"因不允。未几，孔中丞道辅果乞废罢，上因出净疏示之方已。景祐中，景灵宫锯佣解木，木既分，中有虫镂文数十字，如梵书旁行户郎反。之状，因进呈。仁宗遣都知罗崇勋、译经润文使夏英公竦诣传法院，特诏开堂导译，每圣节译经，则谓之"开堂"。冀得祥异之语以忏国。独净焚天香导译逾刻，方曰："五竺无此字，不通辨译。"左珰恚曰："请大师且领圣意，若稍成文，译馆恩例不浅。"而英公亦以此意讽之。净曰："某等幸若蠹文稍可笺辨，诚教门之殊光，恐异日彰谬妄之迹，虽万死何补。"二官竟不能屈，遂写奏称非字。皇祐三年入灭，碑其塔者此二节特不书，惜哉！

祥符中，日本国忽梯航称贡，非常贡也，盖因本国之东有祥光现，其国素传中原天子圣明，则此光现。真宗喜，敕本国建一佛祠以镇之，赐额曰"神光"。朝辞日，上亲临遣。夷使面乞令词臣撰一寺记。时当直者虽偶中魁选，词学不甚优赡，居常止以张学士君房代之，盖假其稽古才雅也。既传宣，令急撰寺记。时张尚为小官，醉饮于樊楼，遣人遍京城寻之不得，而夷人在阁门翘足而待，又中人三促之，紫微大窘。后钱、杨二公玉堂暇日改《闲忙令》，大年曰："世上何人最得闲？司谏拂衣归华山。"盖种放得告还山养药之时也。钱希白曰:"世上何人号最忙? 紫微失却张君房。"时传此事为雅笑。

种司谏既以"三不便"之奏谏真宗长安之幸,惟大臣深忌之,必知车辂还阙不久须召,先布所陷之基,使其里旧雷有终讽之曰:"非久朝旨必召,明逸慎勿轻起,当自存隐节。徐宜特削一奏请觐,以问銮驾还阙之良苦,乃君臣之厚诚也。"种深然之。上还京,已渴伫与执政议召种之事,大臣奏曰:"种某必辞免。乞陛下记臣语,久而不召,往往自乞觐。"试召之,诏下果不至,辞曰:"臣父幼亡,伯氏鞠育,誓持三年之丧,以报其德。止有数月,乞终其制。"上已微惑。后半年,知河阳孙奭果奏人,具言种某乞诣阙请觐。上大骇,召执政曰:"率如卿料,何邪?"大臣曰:"臣素知放之所为,彼视山林若桎梏,盖强隐节以沽誉,岂嘉遁之人耶? 请此一觐,亦妄心狂动,知鼎席将虚,有大用之觊,陛下宜察之。"盖王文正旦累章求退之时也。由此宠待遂解,札付河阳赐种买山银一百两,所请宜不允。是岁遂亡,祥符八年也。种少时有《潇湘感事》诗,曰:"离离江草与江花,往事洲边一叹嗟。汉傅有才终去国,楚臣无罪亦沉沙。凄凉野浦飞寒雁,牢落汀祠聚晚鸦。无限清忠归浪底,滔滔千顷属渔家。"诚先兆也。初,种隐君少时与弟汉往拜陈希夷抟,陈宿戒厨仆来日有二客,一客膳于廊。才旦,果至,惟邀放升堂,殷勤眦睨,以一绝赠之,曰:"鉴中有客白髭多,鉴外先生识也么? 只少六年年六十,此中阴德莫蹉跎。"种都不之晓,但屈指以三语授之曰:"子贵为帝友,而无科名,晚为权贵所陷。"种又乞素履之术,陈曰:"子若寡欲,可满其数。"种因而不娶不媵,寿六十一。

杨大年年十一,建州送入阙下,太宗亲试一赋一诗,顷刻而就。上喜，令中人送中书，俾宰臣再试。时参政李至状：“臣等今月某日，入内都知王仁睿传圣旨，押送建州十一岁习进士杨亿到中书。其人来自江湖，对扬轩陛，殊无震慑，便有老成，盖圣祚承平，神童间出也。臣亦令赋《喜朝京阙》诗五言六韵，亦顷刻而成。其诗谨封进。”诗内有“七闽波渺邈，双阙气岧峣。晓登云外岭，夜渡月中潮”，断句云“愿秉清忠节，终身立圣朝”之句。

天禧中，宰臣奏：“中书、枢密院接见宾客，然两府慎密之地，亦欲资访天下之良苦，早暮接待，复滞留机务。又分厅言事，各有异同。欲乞今后中书、枢密院每有在外得替到阙，及在京主执臣僚如有公事，并逐日于巳时已前聚厅见客，已分厅即俟次日，急速者不在此限，非公事不得到中书、密院。”

真宗西祀回，召臣僚赴后苑，宣示御制《太清楼聚书记》、《朝拜诸陵因幸西京记》、《西京内东门弹丸壁记》，皆新制也。笑谓近臣曰：“虽不至精优，却尽是朕亲撰，不假手于人。”语盖旨在杨大年也。《归田录》述之。

景德四年，司天判监史序奏：“今年太岁丁未六月二十五日，五星当聚周分。”既而重奏：“臣寻推得五星自闰五月二十五日近太阳行度，按《甘氏星经》曰：‘五星近太阳而辄见者，如君臣齐明，下侵上之道也；若伏而不见，即臣让明于君，此百千载未有也。’但恐今夜五星皆伏。”真宗亲御禁台以候之，果达旦不见。大赦天下，加序一官，群臣表贺。

寇莱公诗“野水无人渡，孤舟尽日横”之句，深入唐人风格。初，授归州巴东令，人皆以“寇巴东”呼之，以比前“赵渭南”、“韦苏州”之类。然富贵之时，所作诗皆凄楚愁怨，尝为《江南春》二绝，云：“波森森，柳依依。孤村芳草远，斜日杏花飞。江南春尽离肠断，蘋满汀洲人未归。"又曰："杳杳烟波隔千里，白蘋香散东风起。日落汀洲一望时，愁情不断如春水。"余尝谓深于诗者，尽欲慕骚人清悲怨感以主其格，语意清切脱洒孤迈则不无。殊不知清极则志飘，感深则气谢。莱公富贵时，送人使岭南，云："到海只十里，过山应万重。"人以为警绝。晚窜海康，至境首，雷吏呈图经迎拜于道，公问州去海近远，曰："只可十里。"憔悴奔窜已兆于此矣。予尝爱王沂公曾布衣时，以所业贽吕文穆公蒙正，卷有《早梅》句云："雪中未问和羹事，且向百花头上开。"文穆曰："此生次第已安排作状元、宰相矣。"后皆尽然。

　　陈郎中亚有滑稽雄声，知润州，治迹无状，浙宪马卿等欲按之。至则陈已先觉。廉按讫，宪车将起，因觞于甘露寺阁，至卒爵，宪目曰："将注子来郎中处满着。"陈惊起遽拜，宪讶曰："何谓，何谓！"陈曰："不敢望满，但得成资保全而去，举族大幸也。"马笑曰："岂有此事！"既而竟不敢发。有陋儒者，贽所业，举止凡下，陈玩之曰："试请口占盛业。"生曰："某卷中有《方地为舆赋》。"诵破题曰："粤有大德，其名曰坤。"陈应声曰："吾闻子此赋久矣，得非下句云'非讲经之座主，乃传法之沙门乎？'"满座大笑。陈尤工药名诗，有"棋为腊寒呵子下，衫因春瘦缩纱裁"、"风月前湖近，轩窗半夏凉"之句，皆不失风雅。

　　丁晋公贬崖时，权臣实有力焉。后十二年，丁以秘监召还光州。致仕时，权臣出镇许田，丁以启谢之，其略曰："三十年门馆游从，不无事契；一万里风波往复，尽出生成。"其婉约皆此。又自夔漕召还知制诰，谢两府启："二星入蜀，难分按察之权；五月渡泸，皆是提封之地。"后云："谨当揣摩往行，轨躅前修。效慎密于孔光，不言温树；体风流于谢傅，惟咏苍苔。"

时大臣为枢相,以非辜降节度使,谪汉东。会禁林主诰者素为深仇,贬语云:"公侯之家,鲜克禀训;茅土之后,多或坠宗。具官某亡国之衰绪,孽臣之累姻。"时冢宰谓典诰曰:"万选公其贬语太酷。"禁林曰:"当留数句,以俟后命。"太宰笑曰:"尚未遑憾乎?"

石参政中立在中书时,盛文肃度禁林当直,撰《张文节公知白神道碑》,进御罢,呈中书。石急问之:"是谁撰?"盛卒对曰:"度撰。"对讫方悟,满堂大笑。又刘中师因上殿赐对,衣腰带,荣君之赐,衔而不换,遂服之谢于其第,乃宝瓶银带也。会方霁,庭中尚泥足,踏坐于泥中,袍带濡渍。石问曰:"郎中贵甲几多?"曰若干岁。曰:"果信果信!土入宝瓶,遂有此扑。"

钱思公谪居汉东日,撰一曲曰:"城上风光莺语乱,城下烟波春拍岸。绿杨芳草几时休,泪眼愁肠先已断。 情怀渐变成衰晚,鸾鉴朱颜惊暗换。昔年多病厌芳樽,今日芳樽惟恐浅。"每歌之,酒阑则垂涕。时后阁尚有故国一白发姬,乃邓王侁歌鬓惊鸿者也,曰:"吾忆先王将薨,预戒挽铎中歌《木兰花》,引绋为送,今相公其将亡乎?"果薨于隋。邓王旧曲亦有"帝卿烟雨锁春愁,故国山川空泪眼"之句,颇相类。

吴越旧式,民间尽算丁壮钱以增赋舆。贫匮之家,父母不能保守,或弃于襁褓,或卖为僮妾,至有提携寄于释老者。真宗一切蠲放,吴俗始苏。

雍熙二年,凤翔奏岐山县周公庙有泉涌,旧老相传:时平则流,时乱则竭。唐安史之乱其泉竭,至大中年复流,赐号润德泉,后又涸。今其泉复涌,澄甘莹洁。太宗嘉之。

杨叔贤郎中异,眉州人,言顷有眉守初视事,三日大排,乐人献口号,其断句云:"为报吏民须庆贺,灾星移去福星来。"新守颇喜。后数日，召优者问："前日大排，乐词口号谁撰？"其工对曰："本州自来旧例，只用此一首。"

杨叔贤，自强人也，古今未尝许人。顷为荆州幕，时虎伤人，杨就虎穴磨巨崖，大刻《诫虎文》，如《鳄鱼》之类。其略曰："咄乎尔彪，出境潜游。"后改官知郁林，以书托知军赵定基打《诫虎文》数本，书言："岭俗庸犷，欲以此化之。"仍有诗曰："且将先圣诗书教，暂作文翁守郁林。"赵遣人打碑，次日，本耆申某月日磨崖碑下大虫咬杀打碑匠二人。荆门止以耆状附递寄答。

范文正公镇余杭，今侍读王乐道公在幕。杨内翰隐甫公察谪信州，未几，召还赴阙。过杭，公厚遇之。特排日遣乐吏往察判厅请乐辞，乐道叱之不作。来日，酒数行，遣吏投书于席，大概言："陶之学先王之道也，未始游心于优笑之艺。始某从事于幕，天下之士识与不识皆以陶为贺。盖今岩穴蟠潜修立之士，无不由明公之门翦擢至于华显者。独以某不幸吏于左右，公未尝训之以道德，摩之以仁义，反以伎戏之事委之，非其素望也。且金华杨公亦吾儒高第之一人尔，苟某始者躐巍等，历清秩，过执事之境，必不肯以优伶之辞为托也"云云。公以书示隐甫，隐甫笑曰："波及当司，尤无谓也。"公颇动。既而移镇青社，乐道少安。又王尚书拱辰长安上事日，理掾撰乐词，有"人间合作大丞相，天下犹呼小状元"之句。又梅龙图贽余杭上事日，一曹僚撰《头盏曲》，有"黄阁方开鼎，和羹正待梅"之句。二吏因受知，蒙二公荐擢，不数年并升于台阁，皆系乎幸不幸尔。

太平兴国四年，绵州罗江县罗公山真人罗公远旧庐，有人乘车往来山中，石上有新辙迹，深三尺余，石尽五色。知州仲士衡缘辙迹至洞口,闻鸡犬声。

兴国七年,嘉州通判王衮奏:"往峨眉山提点白水寺,忽见光相,寺西南瓦屋山上皆变金色,有丈六金身。次日,有罗汉二尊空中行坐,入紫色云中。"

治平中,御史有抨吕状元溱杭州日事者,其语有"欢游叠嶂之间,家家失业;乐饮西湖之上,夜夜忘归"。执政笑谓言者曰:"军巡所由,不收犯夜,亦宜一抨。"

李建勋罢相江南,出镇豫章。一日,与宾僚游东山,各事宽履轻衫,携酒肴,引步于渔溪樵坞间,遇佳处则饮。忽平田间一茅舍有儿童诵书声,相君携策就之,乃一老叟教数村童。叟惊悚离席,改容趋谢,而翔雅有体,气调潇洒。丞相爱之,遂觞于其庐,置之客右,叟亦不敢辄谈。李以晚渴,连食数梨,宾僚有曰:"此不宜多食,号为五脏刀斧。"叟窃笑。丞相曰:"先生之哂,必有异闻。"叟谢曰:"小子愚贱,偶失容于钧重,然实无所闻。"李坚质之,仍胁以巨觥,曰:"无说则沃之。"叟不得已,问说者曰:"敢问'刀斧'之说有稽乎?"曰:"举世尽云,必有其稽。"叟曰:"见《鹖冠子》,所谓五脏刀斧者,非所食之梨,乃离别之'离'尔。盖言人之别离,戕伐胸怀,甚若刀斧。"遂就架取一小策,振拂以呈丞相,乃《鹖冠子》也。检之,如其说,李特加重。

金陵赏心亭,丁晋公出镇日重建也。秦淮绝致,清在轩槛,取家箧所宝《袁安卧雪图》张于亭之屏,乃唐周昉绝笔。凡经十四守,虽极爱而不敢辄觊。偶一帅遂窃去,以市画芦雁掩之。后君玉王公琪复守是郡,登亭留诗曰:"千里秦淮在玉壶,江山清丽壮吴都。昔人已化辽天鹤,旧画难寻《卧雪图》。冉冉流年去京国,萧萧华发老江湖。残蝉不会登临意,又噪西风入座隅。"此诗与江山相表里，为贸画者之萧斧也。

淳化甲午，李顺乱蜀，张乖崖镇之。伪蜀僭侈，其宫室规模，皆王建、孟知祥乘其弊而为之。公至则尽损之，如列郡之式。郡有西楼，楼前有堂，堂之屏乃黄筌画双鹤花竹怪石，众名曰"双鹤厅"。南壁有黄氏画湖滩山水双鹭。二画妙格冠于两川。贼锋既平，公自坏壁尽置其画为一堂，因名曰"画厅"。

鼎州甘泉寺介官道之侧，嘉泉也，便于漱酌，行客未有不舍车而留者。始，寇莱公南迁日，题于东槛，曰："平仲酌泉经此，回望北阙，黯然而行。"未几，丁晋公又过之，题于西槛，曰："谓之酌泉礼佛而去。"后范补之讽安抚湖南，留诗于寺曰："平仲酌泉回北望，谓之礼佛向南行。烟岚翠锁门前路，转使高僧厌宠荣。"诗牌犹存。

《六快活》诗，长沙致仕王屯田揆讥六君子而作也。六人者，即帅周公沆、漕赵公良规、宪李公硕、刘公舜臣、倅朱景阳、许玄是也。其诗略曰："湖外风物奇，长沙信难续。衡峰排古青，湘水湛寒绿。舟楫通大江，车轮会平陆。昔贤官是邦，仁泽流丰沃。今贤官是邦，剜唻人脂肉。怀昔甘棠化，伤今猛虎毒。然此一邦内，所乐人才六。漕与二宪僚，守连两通属。高堂日成会，深夜继以烛。帏幕皆绮纨，器皿尽金玉。歌喉若珠累，舞腰如素束。千态与万状，六官欢不足。因成《快活》诗，荐之尧舜目"云云。余数联皆呫呫猥驳，固不足纪。愚后至长沙，访故老，皆云岂有兹事。盖公暇以登临为适，在所皆尔，一酒食遂类猛虎剜脂唻肉之害，果苛政者，复不知如何比邪？所以触宪网，皆自速也。有樊太、傅立二人者，里闬交素，逮乞骸，俱老于故乡，而林泉相依，以二疏风义自高。一旦谤诗既出，急捕樊以胁之。樊义薄无守，悉以游从之事卖之，以求苟免,仍希赏格。狱具,揆坐嘲谤之典,尽削其籍。立以告发获赏,因转一官,昂然拜命,略无三褫之羞。诰辞曰"为尔交者,不其难乎"?诚所谓也。嗟风义薄恶,故录之以自诲。

熙宁而来,大臣尽学术该贯,人主明博,议政罢,每留之询讲道义,日论及近代名臣始终大节。时宰相有举冯道者,盖言历事四朝不渝其守。参政唐公介曰:"兢慎自全,道则有之;然历君虽多,不闻以大忠致君,亦未可谓之完。"宰相曰:"借如伊尹,三就桀而三就汤,非历君之多乎?"唐公曰:"有伊尹之心则可。况拟人必于其伦,以冯道窃比伊尹,则臣所未喻也。"率然进说,吐辞为经,美哉!

"平林漠漠烟如织,寒山一带伤心碧。暝色入高楼,有人楼上愁。 玉梯空伫立,宿雁归飞急。何处是归程,长亭连短亭。"止此词不知何人写在鼎州沧水驿楼,复不知何人所撰。魏道辅泰见而爱之。后至长沙,得古集于子宣内翰家,乃知李白所作。

又欧阳公顷谪滁州,一同年忘其人。将赴阆倅,因访之,即席为一曲歌以送,曰:"记得金銮同唱第,春风上国繁华。而今薄宦老天涯,十年歧路,孤负曲江花。 闻说阆山通阆苑,楼高不见君家。孤城寒日等闲斜,离愁无尽,红树远连霞。"其飘逸清远,皆白之品流也。公不幸晚为憸人构淫艳数曲射之,以成其毁。予皇祐中,都下已闻此阕歌于人口者二十年矣。嗟哉!不能为之力辨。公尤不喜浮图,文莹顷持苏子美书荐谒之,迨还吴,蒙诗见送,有"孤闲竺乾格,平淡少陵才",及有"林间著书就,应寄日边来"之句,人皆怪之。

宋郑公庠省试《良玉不琢赋》,号为擅场。时大宗胥内翰偃考之酷爱,必谓非二宋不能作之,奈何重叠押韵,一韵有"瑰奇擅名"及"而无刻画之名"之句,深惜之,密与自改"擅名"为"擅声"。后坿之于第一。殆发试卷,果郑公也。胥公孳孳于后进,故天圣、明道间得誉于时,若欧阳公等皆是。后虽贵显,而眷盼亦衰。故学士王平甫撰《胥公神道碑》,略云:"诸孤幼甚,归于润州。公平日翦擢相踵,而材势大显者无一人所助,独宋郑公恤其家甚厚。"盖兹事也。

伪吴故国五世同居者七家,先主昇为之旌门闾,免征役。尤著者江州陈氏,乃唐元和中给事陈京之后,长幼七百口,不畜仆妾,上下雍睦。凡巾栉槭架及男女授受通问婚葬,悉有规制。食必群坐广器,未成人者别一席。犬百余只,一巨船共食,一犬不至,则群犬不食。别墅建家塾,聚书延四方学者,伏腊皆资焉,江南名士皆肄业于其家。

晏元献公撰《章懿太后神道碑》,破题云:"五岳峥嵘,昆山出玉;四溟浩渺,丽水生金。"盖言诞育圣躬,实系懿后。奈仁宗夙以母仪事明肃刘太后,膺先帝拥祐之托,难为直致,然才者则爱其善比也。独仁宗不悦,谓晏曰:"何不直言诞育朕躬,使天下知之。"晏公具以前意奏之。上曰:"此等事卿宜置之,区区不足较,当更别改。"晏曰:"已焚草于神寝。"上终不悦。迨升祔,二后赦文孙承旨抃当笔,协圣意直叙曰:"章懿太后丕拥庆羡,实生眇冲,顾复之恩深,保绥之念重。神驭既往,仙游斯邈。嗟乎!为天下之母,育天下之君。不逮乎九重之承颜,不及乎四海之致养。念言一至,追慕增结。"上览之感泣弥月。明赐之外,悉以东宫旧玩密赉之。岁余,参大政。

天圣七年,曹侍中利用因侄汭聚无赖不轨,狱既具,有司欲尽劾交结利用者。时憸人幸其便,阴以文武四十余人讽之俾深治。仁宗察之,急出手诏:"其文武臣僚,内有先曾与曹利用交结往还,曾被荐举及尝亲昵之人,并不得节外根问。其中虽有涉汹之事者,恐或违误,亦不得深行锻炼。"其仁恤至此。是年,圣算方二十。

天圣七年,晏元献公奏:"朝廷置职田,盖欲稍资俸给,其官吏不务至公,以差遣徇侥竞者极众,屡致讼言,上烦听览,欲乞停罢。"时可其奏,但令佃户逐年收课利,类聚天下都数,纽价均散见任官员。至九年二月,忽降敕:"国家均敷职田,以厉清白,向因侥幸,遂行停罢。风闻搢绅之间持廉守道者甚众,苦节难守,宜布明恩,悉仍旧贯。审官、三班、流内铨今后将有无职田处均济公平定夺,差遣不得私徇。"

咸平中,翰林李昌武宗谔初知制诰,至西掖,追故事独无紫薇,自别野移植。闻今庭中者,院老吏相传犹是昌武手植。晏元献写赋于壁曰:"得自莘野,来从召园。有昔日之绛老,无当时之仲文。观茂悦以怀旧,指蔽芾以思人。"

太宗第七女申国大长公主,平生不茹荤。端拱初,幸延圣寺,抱对佛愿舍为尼。真宗即位,遂乞削发。上曰:"朕之诸妹皆厚赐汤邑,筑外馆以尚天姻,酬先帝之爱也。汝独愿出家,可乎?"申国曰:"此先帝之愿也。"坚乞之,遂允。进封吴国,赐名清裕,号报慈正觉大师,建寺都城之西,额曰"崇真"。藩国近戚及掖庭嫔御愿出家者,若密恭懿王女万年县主、曹恭惠王女惠安县主凡三十余人,皆随出家。诏普度天下僧尼。申国俗寿止三十,入尼夏十有六人灭。

冀公王钦若,淳化二年自怀州赴举,与西州武覃偕行,途次圃田,忽失公所在。覃遂止于民家,散仆寻之。俄见仆阔步而至,惊悸言曰:"自此数里有一神祠,见公所乘马弛缰宇下,某径至萧屏,有门吏约云:'令公适与王相欢饮,不可入也。'某窃窥见其中果有笙歌杯盘之具。"覃亟与仆同往,见公已来,将半酣矣。询之,笑而不答。覃却到民家,指公会处,乃裴晋公庙。覃心异之,知公非常人矣。公登第后,不数年为翰林学士。使两川,回辂至褒城驿,方憩于正寝,将吏忽见导从自外而至,中有一人云:"唐宰相裴令公入谒。"公忻然接之。因密谓公大用之期,乃怀中出书一卷,示公以富贵爵命默定之事,言终而隐。及公登庸,圃田神祠出俸修饰,为文纪之。

　　石延年曼卿为秘阁校理,性磊落,豪于诗酒,明道元年,以疾卒。曼卿平生与友人张生尤善。死后数日,张生梦曼卿骑青驴引数苍头过生,谓生曰:"我今已作鬼仙,召汝偕往。"生以母老,固辞久之。曼卿怒,登驴而去,顾生曰:"汝太劣。吾召汝,安得不从? 今当命补之同行矣。"后数日,补之遂卒。补之乃范讽字。今仪真有碑石,序其事尤详。

　　大参元厚之公成童时,侍钱塘府君于荆南,每从学于龙安僧舍。后三十年,公以龙图、贰卿帅于府。昔之老僧犹有在者,引旌钺,访旧斋,而门径窗扉及泉池钓游之迹,历历如昨。公感之,因构一巨堂,榜曰"碧落"。手写诗于堂,诗有"九重侍从三明主,四纪乾坤一老臣",及"过庐都失眼前人"之句。虽向老,而男子雄赡之气殊未衰歇。未几,果以翰林召归为学士,俄而又参熙宁天子大政,真所谓"乾坤老臣"也。其堂遂为后进之大劝。

湘山野录卷中

真宗居藩邸，升储宫，命侍讲邢昺说《尚书》，凡八席，《诗》、《礼》、《论语》、《孝经》皆数四。既即位，咸平辛丑至天禧辛酉二十一年之间，虽车辂巡封，遍举旷世阔典，其间讲席岁未尝辍。至末年，诏直阁冯公元讲《周易》，止终六十四卦，未及《系辞》，以元使虏，遂罢。及元归，清躯渐不豫。后仁宗即位半年，侍臣以崇政殿阁所讲遗编进呈，方册之上，手泽凝签，及细笔所记异义，历历尽在，两宫抱泣于灵幄数日，命侍臣撰《讲席记》。

仆射相国王公至道，丙申岁为谯幕，因按逃田饥而流亡者数千户，力谋安集，疏奏乞贷种粒、牛、粮，恳诉其苦，朝廷悉可之。一夕，次蒙城驿舍，梦中有人召公出拜，空中紫绶象简者，貌度凝重，如牧守赴上之仪，遣一绿衣卯童遗公曰："以汝有忧民深心，上帝嘉之，赐此童为宰相子。"受讫即寤。迨晓，憩食于楚灵王庙，作诗志于壁。是夕，夫人亦有祥兆而因娠焉。后果生一子，即庆之是也。器格清粹，天与文性，未十岁，公已贵，荫为奉礼郎。耻门调止称进士，或号栖神子，惟谈紫府丹台间事。有《古木》诗："不逢星汉使，谁识是灵槎。"祥符壬子岁，谓所亲曰："上元夫人命我为玉童，只是吾父未受相印，受则吾去矣。"不数日，公正拜，庆之已疾。公忆丙申之梦，默不敢言。不逾月，庆之卒，年十七。真宗闻其才，矜恤特甚，命尚宫就宅加赗襚，诏赐进士及第，焚诰于室。

徐骑省铉在江南日，著书已多，乱离散失，十不收一二，传者止文集二十卷。方成童，铉于水滨，忽一狂醉道士叱之，曰："吾戒汝只在金鱼庙，何得窃走至此！"以杖将怒击，父母亟援之，仍回目怒视曰："金鱼将迁庙于邠，他日挞于庙亦未晚。"因不见。后果谪官于邠，遂薨，无子。

石守道介，康定中主盟上庠，酷愤时文之弊，力振古道。时庠序号为全盛之际，仁宗孟夏銮舆有玉津锬麦之幸，道由上庠。守道前数日于首善堂出题曰《诸生请皇帝幸国学赋》，糊名定优劣。中有一赋云："今国家始建十亲之宅，新封八大之王。"盖是年造十王宫，封八大王元俨为荆王之事也。守道晨兴鸣鼓于堂，集诸王谓之曰："此辈鼓箧游上庠，提笔场屋，稍或出落，尚腾谤有司。悲哉！吾道之衰也。如此是物宜遽去，不尔，则鼓其姓名，挞以惩其谬。"时引退者数十人。

高副枢若讷一旦召姚嗣宗晨膳，忽一客老郎官者至，遂自举新诗喋喋不已。日既高，宾主尽馁，无由其去。姚亦关中诗豪，辨谲无羁，潜计之，此老非玩不起。果又举《甘露寺阁》诗云："下观扬子小。"姚应声曰："宜对'卑末狗儿肥'。"虽愠不已，又举《秋日峡中感怀》曰："猿啼旅思凄。"姚应声曰："好对'犬吠王三嫂'。"老客振色曰："是何下辈？余场屋驰声二十年。"姚对曰："未曾拨断一条弦。"因奋然而去。高大喜，因得就匕。

一岁，潭州试僧童经，一试官举经头一句曰："三千大千时谷山。"一闽童接诵辍不通，因操南音上请曰："上覆试官：不知下头有世界耶，没世界耶？"群官大笑。

安鸿渐有滑稽清才，而复内惧。妇翁死，哭于枢，其孺人素性严，呼人缌幕中诟之曰："汝哭何因无泪？"渐曰："以帕拭干。"妻严戒曰："来日早临，去声。定须见泪。"渐曰："唯。"计既窘,来日以宽巾湿纸置于额,大叩其额而恸。恸罢,其妻又呼入窥之。妻惊曰:"泪出于眼,何故额流?"渐对曰:"仆但闻自古云'水出高原'。"鸿渐《秋赋》警句曰:"陈王阁上,生几点之青苔;谢客门前,染一溪之寒水。"有才雅,以凉德尽掩之,然不闻有遗行。

魏侍郎瓘初知广州,忽子城一角颓垫,得一古砖,砖面范四大字云"委于鬼工",盖合而成"魏"也。感其事,大筑子城。才罢,诏还,除仲待制简代之。未几,侬智高寇广,其外城一击而摧,独子城坚完,民逃于中,获生者甚众。贼退,帅谪筠州。朝廷以公有前知之备,加谏议,再知广二年。召还,公以筑城之效,自论久不报,有《感怀》诗曰:"羸羸霜发一衰翁,踪迹年来类断蓬。万里远归双阙下,一身闲在众人中。螭头赐对恩虽厚,雉堞论功事已空。淮上有山归未得,独挥清涕洒春风。"文潞公采诗进呈,加龙图,尹京。魏诗精处,《五羊书事》曰:"谁言岭外无霜雪,何事秋来亦满头"之句。

郑内翰毅夫公知荆南,一日,虎入市啮数人,郡大骇,竞修浮图法禳之。郑公谕士民曰:"惟城隍庙在子城东北,实阛阓系焉,荒颓久不葺,汝曹盍以斋金修之。"独一豪陈务成者前对曰:"某愿独葺,不须斋金也。"因修之,换一巨梁,背凿一窍,阃一版于窍中,字在其下,宛若新墨,云"惟大周广顺二年,岁次壬子五月某日建"。其旁大题四字,曰"遇陈则修"。陈氏以缇巾袭之献于府。郑公奇之,特为刊其事于新梁之胁,其末云:"噫! 此能以物之极理推而至于斯乎? 宁得先知之神乎? 可疑者,何古人独能而今人不能? 治平丁未岁十月,安陆郑獬于荆南画堂记之。"后,今大参元公镇荆,文莹因道其事,愿以其文刻于庙,求公一后序,以必信于世,公欣然诺之。未几,以翰林召归为学士,逮参大政,兹事因寝,尚郁于心。

皇祐中,杨待制安国迩英阁讲《周易》,至"节卦"有"慎言语,节饮食"之句,杨以语朴,仁宗反问贾魏公曰:"慎何言语?节何饮食?"魏公从容进其说曰:"在君子言之,则出口之言皆慎,入口之食皆节;在王者言之,则命令为言语,燕乐为饮食。君天下者当慎命令,节燕乐。"上大喜。后讲《论语》,当经者乃东北一明经臣,讲至"自行束脩以上"之文,忽进数谈,殆近乎攫,曰:"至于圣师诲人尚得少物,况余人乎?"侍筵群公惊愧汗浃。明日,传宣经筵臣僚各赐十缣。诸公皆耻之,方议共纳,时宋莒公庠留身,奏:"臣闻某人经筵进鄙猥之说,自当深谴,反以锡赐,诚谓非宜。然余臣皆已行之,命拜赐可也。若臣弟祁,以臣在政府,于义非便,今谨独纳。"上笑曰:"若卿弟独纳,不独妨诸臣,亦贻某人之羞,但传朕意受之。"

祥符四年,驾幸汾阴,起偃师,驻跸永安。天文院测验浑仪杜贻范奏:"卯时二刻,日有赤黄辉气,变为黄珥,又变紫气。巳时后,辉气复生。"

祥符四年正月,天书至郑州,有鹤一只西来,两只南来,盘旋久之不见。是日午时,车驾至行宫,复有鹤三只飞于行宫之上。

寇忠愍罢相,移镇长安,惊恍牢落,有恋阙之兴,无阶而入。忽天书降于乾祐县,指使朱能传意密谕之,俾公保明入奏,欲取信于天下。公损节遂成其事,物议已讥之。未几,果自秦川再召入相。将行,有门生者忘其名请独见,公召之,其生曰:"某愚贱,有三策辄渎钧重。"公曰:"试陈之。"生曰:"第一,莫若至河阳称疾免觐,求外补以远害。第二,陛觐日,便以乾祐之事露诚奏之,可少救平生公直之名。第三,不过入中书为宰相尔。"公不悦,揖起之。后诗人魏野以诗送行,中有"好去上天辞将相,归来平地作神仙"之句,盖亦警之为赤松之游。竟不悟,至有海康之往。

汝州叶县大井涧,忽得一石,上刻四句云:"叶邑之阴,汝颍之东。兹有国宝,永藏其中。"叶人大惑,谓之"神石",置于县祠中,享祷日盛。贪夫至有浚井掘田、愿求国宝者,累岁未已。忽一客因游仙岛观北极殿,有一础为柱所压,柱棱外镌四句犹可见,曰"赋世永算,享国巨庸。子贤而嗣,命考而终"。其客徐以庙中神石之句合之,其韵颇协,量之,复长短无差。白邑宰,取其础观,乃唐开成中一中郎将墓志尔,安础时欲取其方,因裁去,余石弃井中,后得之,遂解惑焉。

吕申公累乞致仕,仁宗眷倚之重,久之不允。他日,复叩于便坐,上度其志不可夺,因询之曰:"卿果退,当何人可代?"申公曰:"知臣莫若君,陛下当自择。"仁宗坚之,申公遂引陈文惠尧佐,曰:"陛下欲用英俊经纶之臣,则臣所不知。必欲图任老成,镇静百度,周知天下之良苦,无如陈某者。"仁宗深然之,遂大拜。后文惠公极怀荐引之德,无以形其意,因撰《燕词》一阕,携觞相馆,使人歌之曰:"二社良辰,千秋庭院,翩翩又见新来燕。凤凰巢稳许为邻,潇湘烟暝来何晚。   乱入红楼,低飞绿岸,画梁时拂歌尘散。为谁归去为谁来,主人恩重朱帘卷。"申公听歌,醉笑曰:"自恨卷帘人已老。"文惠应曰:"莫愁调鼎事无功。"老于岩廊,酝藉不减。顷为浙漕,有《吴江》诗:"平波渺渺烟苍苍,菰蒲才熟杨柳黄。扁舟系岸不忍去,秋风斜入鲈鱼乡。"又《湖州碧澜堂》诗:"苕溪清浅霅溪斜,碧玉光寒照万家。谁向月明终夜听,洞庭渔笛隔芦花。"

余顷与凌叔华郎中景阳登襄阳东津寺阁。凌,博雅君子也,蔡君谟、吴春卿皆昔师之,素称翰墨之妙。时寺阁有旧题二十九字在壁者,字可三寸余,其体类颜而逸,势格清美,无一点俗气。其语数句,又简而有法,云:"杨孜,襄阳人。少以词学名于时,惜哉不归! 今死矣,遗其亲于尺土之下。悲夫!"止吾二人者徘徊玩之,不忍去。恨不知写者为谁,又不知所题之事。后诘之于襄人,乃杨庶几学士,死数载,弃双亲之殡在香严界佛舍中已廿年。

郑毅夫公入翰林为学士。后数月,今左揆王相国继人。其玉堂故事:以先入者班列居上。郑公奏曰:"臣德业学术及天下士论,皆在王某之下,今班列翻居其上。臣所不遑,欲乞在下。"主上面谕之,揆相固辞曰:"岂可徇郑某谦抑,而变祖宗典故耶?"又数日,郑公乞罢禁林以避之,主上特传圣语:"王某班列在郑某之上,不得为永例。"后揆相为郑父纾志其墓,语笔优重,至挽词有"欲知阴德事,看取玉堂人"之句,佳其谦也。

潘佑事江南,既获用,恃恩乱政,潜不附己者,颇为时患。以后主好古重农,因请稍复井田之法,深抑兼并,民间旧买之产使即还之,夺田者纷纷于州县。又按《周礼》造民籍,旷土皆使树桑,民间舟车、碓硙、箱箧、镮钏之物悉籍之。符命旁午,急于星火,吏胥为奸,百姓大挠,几聚而为乱。后主寤,急命罢之。佑有文而容陋,其妻右仆射严续之女,有绝态。一日晨妆,佑潜窥于鉴台,其面落鉴中,妻怖遽倒,佑怒其恶己,因弃之。佑方帅,未入学,已能文,命笔题于壁曰:"朝游苍海东,暮归何太速。只因骑折玉龙腰,谪向人间三十六。"果当其岁诛之。

诗人鲍郎中当,知睦州日,尝言桐庐县一民兼并刻剥,闾里怨之,尽诅曰:"死则必为牛。"一旦死,果邻村产一白牛,腹旁分明题其乡社、名姓。牛主潜报兼并之子，亟往窥之，既果然，亦悲恨无计。又恐其事之暴，欲以价求之。其民须得百千方售，其孤亦如数赠之。既得之，遂豢于家。未几，一针笔者持金十千首于郡曰："某民令我刺入声。字于白牛腹下，约得金均分，今实不均，故首之。"吏鞫刺时之事。曰："以快刀剃去氄毛，以针墨刺字，毛起，则宛如天生。"鲍深嫉之，黥二奸，窜于岛。

庆历中，一日，丞相将出中书，候午漏未上，因从容聚厅闲话，评及本朝文武之家箕裘嗣续阀阅之盛。诸公屈指，若文臣惟韩大参亿之家，武臣惟夏宣徽守赟之家。堂吏驰白韩、夏二宅，以为美报。

冲晦处士李退夫者，事矫怪，携一子游京师，居北郊别墅，带经灌园，持古风以外饰。一日，老圃请撒园荽，即《博物志》张骞西域所得胡荽是也。俗传撒此物，须主人口诵猥语播之则茂。退夫者固矜纯节，执菜子于手撒之，但低声密诵曰"夫妇之道，人伦之性"云云，不绝于口。夫何客至，不能讫事，戒其子使毕之。其子尤矫于父，执余子咒之曰："大人已曾上闻。"皇祐中，馆阁以为雅戏，凡或谈话清淡，则曰"宜撒园荽一巡"。

冯大参当世公始求荐于武昌，会小宗者庸谬寡鉴，坚欲黜落，又欲置于末缀。时鄂倅南宫诚监试，当拆封定卷，大不平，奋臂力主之，须俾魁送。小宗者理沮，不免以公冠于乡版，果取大魁，释褐除荆南倅。南宫迁潭倅，公以诗寄谢曰："尝思鹏海隔飞翻，曾得天风送羽翰。恩比丘山何以戴？心同金石欲移难。经年空叹音题绝，千里长思道义欢。每向江陵访遗治，邑人犹指县题看。"笺云："江陵县额，即君临治时亲墨也。"

杨文公由禁林为汝守,张尚书咏移书云:"张老子今年七十矣,气血衰劣,涵然沉昏,人静自守,以真排邪。忽睹来缄,不审大年官若是,而守若是。又思大年气薄多病,应遂移疾之请。盛年辞荣,是名高格。若智不及气屑屑罹祸者,自古何限? 大年素养道气,宜终簌扫地,莫致润屋,得君得时,无害生民。大年知张老子乎? 老子心无蕴畜,绝情绝思,顾身世若脱屣,岂能念他人乎? 大年自持。不宣。咏白。"其语直气劲,如乖崖之在目。干宝《晋书》称王献之尝云"吾于文章书札识人之形貌情性",真所谓也。

崔公谊者,邓州德学生也,累举不第。后竟因舅氏贾魏公荫,补莫州任丘簿。熙宁初,河北地震未已,而公谊秩满,挈家已南行数程。一夕,宿孤村马铺中,风电阴黑,夜半急叩门呼曰:"崔主簿在否?"送还仆曰:"在。"又呼曰:"莫州有书。"崔闻之,方披衣遽起,未开门,先问:"何人书?"曰:"无书。只教传语崔主簿:君合系地动压杀人数,辄敢擅逃过河。已收魂岱岳,到家速来。"迨开门,寂无所睹。其妻乃陈少卿宗儒之女,陈卿时知寿州。崔度其必死,遂兼程送妻孥至寿阳,次日遂卒。

宝元己卯岁,予游泗州昭信县,时大龙胡公中复初筮尉此邑,因获谒之。一日往访,其厅已摧,延别斋会话,且述栋挠之由云:"此厅不知其几千百年,凡直更者无一夕不在其下。今日五鼓忽摧,仆大惊,已谓更人必齑粉矣,急开堂扉呼之,五吏俱声喏。仆怪问曰:'汝辈夜来何处打更?'更夫对曰:'某等皆见甲士数人,仗伐叱起,令速移东廊,稍缓则死。时惊怖颠仆疾走而去,未及廊,其厅已摧。'"公因谓予曰:"台隶,贱人也,动静尚有物卫之,况崇高聪明乎?"予后还余杭,犹忆公以诗送行,有"谈经飞辨伏簪绅,杯渡西来访故人"之句。

太宗善望气。一岁春晚,幸金明,回跸至州北合欢拱圣营,雨大下。时有司供拟无雨仗,因驻跸辕门以避之,谓左右曰:"此营他日当出节度使二人。"盖二夏昆仲守恩、守赟在营方卯,后侍真庙于藩邸,当龙飞,二公俱崇高。后守恩为节度使,守赟知枢密院事,终于宣徽南、北院使。

胡大监旦丧明岁久,忽襄阳奏入,胡某欲诣阙乞见。真宗许之。既到阙,王沂公曾在中书,谓诸公曰:"此老利吻。若获对,必妄讦时政。"因先奏曰:"胡某瞽废日久,廷陛蹈舞失容,恐取笑于仗卫。乞令送中书问求见之因。"真宗令中人阁门传宣,送旦于中书,或有陈叙,具封章奏上。胡知必庙堂术也。至堂方及席,沂公与诸相具诸生之礼,列拜于前,旦但长揖。方坐,沂公问丈曰:"近目疾增损如何?"胡曰:"近亦稍减,见相公、参政只可三二分来人。"其凉德率此。再问所来之事,坚乞引对。中人再传圣语,既无计,但言襄阳元书乞赐一见。诸相曰:"此必不可得。"急具札子奏,批下,奉圣旨依奏,乞见宜不允。

尹师鲁为渭帅,与刘沪、董士廉辈议水逻城事。既矛盾,朝旨召尹至阙,送中书,给纸札供析。昭文吕申公因聚厅啜茶,令堂吏置一瓯投尹曰:"传语龙图,不欲攀请,只令送茶去。"时集相幸师鲁之议将屈,笑谓诸公曰:"尹龙图莫道建茶磨去磨来,浆水亦咽不下。"师鲁之幄去政堂切近,闻之,掷笔于案,厉声曰:"是何委巷猥语,辄入庙堂?真治世之不幸也!"集相愧而衔之。后致身于祸辱,根于此也。

范文正公镇青社,会河朔艰食,青之舆赋移博州置纳。青民大患辇置之苦,而河朔斛价不甚翔踊。公止戒民本州纳,价每斗三镪,给抄与之,俾签幕者挽金往干,曰:"博守席君夷亮,余尝荐论,又足下之妇翁也。携书就彼,坐仓以倍价招之,事必可集。赍巨榜数十道,介其境则张之。设郡中不肯假廪,寄僧舍可也。"签禀教行焉,至则皆如公料。村斛时为厚价所诱,贸者山积,不五日遂足。而博斛亦衍,斛金尚余数千缗,随等差给还。青民因立像祠焉。

舒州祖山因芟薙萝蔓得一诗,刻在峭壁,乃杜牧之《金陵怀古》也。曰:"《玉树》歌沉王气终,景阳兵合曙楼空。梧楸远近千家冢,禾黍高低六代宫。石燕拂云晴亦雨,江豚翻浪夜还风。英雄一去豪华尽,唯有江山似洛中。"遍阅集中无之,必牧之之作也。又《薛许昌集》中见之。

王冀公钦若乡荐赴阙,张仆射齐贤时为江南漕,以书荐谒钱希白公易,时以才名,方独步馆阁。适会延一术士以考休咎,不容通谒。冀公局促门下,因厉声诟阍人。术者遥闻之,谓钱曰:"不知何人耶? 若声形相称,世无此贵者,但恐形不副貌耳。愿邀之,使某获见。"希白召之。冀公单微远人,神骨疏瘦,复赘于颈,而举止山野。希白蔑视之。术者悚然,侧目瞻视。冀公起,术者稽颡兴叹曰:"人中之贵有此十全者!"钱戏曰:"中堂内便有此等宰相乎?"术人正色曰:"公何言欤! 且宰相何时而无,此君不作则已,若作之,则天下康富,而君臣相得,至死有庆而无吊。不完者,但无子尔。"钱戏曰:"他日将陶铸吾辈乎?"术者曰:"恐不在他日,即日可待。愿公毋忽。"后希白方为翰林学士,冀公已真拜。

唐质肃公介一日自政府归,语诸子曰:"吾位政府,知无不言,桃李固未尝为汝辈栽培,而荆棘则甚多矣。然汝等穷达莫不有命,惟自勉而已。"

刘孝叔吏部公述深味道腴,东吴端清之士也。方强仕之际,已恬于退。撰一阕以见志,曰:"挂冠归去旧烟萝,闲身健,养天和。功名富贵非由我,莫贪他,这歧路,足风波。　水晶宫里家山好,物外胜游多。晴溪短棹时时醉,唱里棱罗,天公奈我何?"后将引年,方得请为三茅宫僚,始有"养天和"之渐,夫何已先朝露,歌此阕几三十年。信乎!一林泉与轩冕难为必期。

宋九释诗惟惠崇师绝出,尝有"河分岗势断,春入烧痕青"之句,传诵都下,籍籍喧著。余缁遂寂寥无闻,因忌之,乃厚诬其盗。闽僧文兆以诗嘲之,曰:"河分岗势司空曙,春入烧痕刘长卿。不是师兄偷古句,古人诗句犯师兄。"

寇莱公一日延诗僧惠崇于池亭,探阄分题,丞相得《池上柳》"青"字韵,崇得《池上鹭》"明"字韵。崇默绕池径,驰心于杳冥以搜之,自午及晡,忽以二指点空微笑曰:"已得之,已得之。此篇功在'明'字,凡五押之俱不倒,方今得之。"丞相曰:"试请口举。"崇曰:"照水千寻迥,栖烟一点明。"公笑曰:"吾之柳,功在'青'字,已四押之,终未惬,不若且罢。"崇诗全篇曰:"雨绝方塘溢,迟徊不复惊。曝翎沙日暖,引步岛风清。"及断句云:"主人池上凤,见尔忆蓬瀛。"

范文正公谪睦州,过严陵祠下,会吴俗岁祀,里巫迎神,但歌《满江红》,有"桐江好,烟漠漠。波似染,山如削。绕严陵滩畔,鹭飞鱼跃"之句。公曰:"吾不善音律,撰一绝送神。"曰:"汉包六合网英豪,一个冥鸿惜羽毛。世祖功臣三十六,云台争似钓台高。"吴俗至今歌之。

太祖皇帝将展外城,幸朱雀门,亲自规画,独赵韩王普时从幸。上指门额问普曰:"何不只书'朱雀门',须著'之'字安用?"普对曰:"语助。"太祖大笑曰:"之乎者也,助得甚事?"

一岁,潭州一巨贾私藏蚌胎,为关吏所搜,尽籍之,皆南海明珠也。在仕无不垂涎而爱之,太守而下轻其估,悉自售焉。唐质肃公介时以言事谪潭倅,分珠狱发,奏方入,仁宗预料谓近侍曰:"唐介必不肯买。"案具奏核,上览之,果然。真所谓"知臣莫若君"也。

开平元年,梁太祖即位,封钱武肃镠为吴越王。时有讽钱拒其命者,钱笑曰:"吾岂失为一孙仲谋耶?"拜受之。改其乡临安县为临安衣锦军。是年省茔垄,延故老,旌钺鼓吹振耀山谷。自昔游钓之所,尽蒙以锦绣,或树石至有封官爵者。旧贸盐肩担,亦裁锦韬之。一邻媪九十余,携壶浆角黍迎于道,镠下车亟拜,媪抚其背,犹以小字呼之,曰:"钱婆留,喜汝长成。"盖初生时光怪满室,父惧,将沉于丫溪,此媪酷留之,遂字焉。为牛酒大陈乡饮,别张蜀锦为广幄,以饮乡妇。凡男女八十已上金樽,百岁已上玉樽,时黄发饮玉者尚不减十余人。镠起,执爵于席,自唱《还乡歌》以娱宾曰:"三节还乡兮挂锦衣,吴越一王驷马归。临安道上列旌旗,碧天明明兮爱日辉。父老远近来相随,家山乡眷兮会时稀,斗牛光起兮天无欺。"止。时父老虽闻歌进酒,都不之晓,武肃觉其欢意不甚浃洽。再酌酒,高揭吴喉唱山歌以见意,词曰:"你辈见侬底欢喜,吴人谓"侬"为"我"。别是一般滋味子,呼"味"为"寐"。永在我侬心子里。"止。歌阕,合声赓赞,叫笑振席,欢感闾里。今山民尚有能歌者。

余杭能万卷者,浮图之真儒,介然持古人风节。有奥学,著《典类》一百廿卷。天禧中,秘馆购书,王冀公钦若特请附焉。冀公尤所礼重。其居延庆寺,在大慈坞,时儒皆抱经授业。师居尝喜阅《唐韵》,诸生长窃笑。一日出题于法堂,曰

《枫为虎赋》，其韵曰"脂、人、於、地，千、岁、成、虎"。诸生皆不谕，固请之，不说。凡月余，检经、史殆百家会最小说，俱无见者，阁笔以听教。师曰："闻诸君笑老僧酷嗜《唐韵》，兹事止在'东'字韵第二版，请详阅。"诸生检之，果见"枫"字注中云："黄帝杀蚩尤，弃其桎梏，变为枫木，脂入地千年，化为虎魄。"后诸生始敬此书。又有云松液入地为虎魄者。唐李峤《咏魄》诗有"曾为老伏苓，本是寒松液。蚊蚋落其中，千年犹可觌"之句，未知孰是。余顷见虎魄中蚊蚋数枚，凝结在内，信峤诗不诬。

江南李后主煜性宽恕，威令不素著，神骨秀异，骈齿，一目有重瞳，笃信佛法。殆国势危削，自叹曰："天下无周公、仲尼，君道不可行。"但著《杂说》百篇以见志。十一月，猎于青龙山，一牝狙触网于谷，见主两泪，稽颡搏膺，屡指其腹。主大怪，戒虞人保以守之。是夕，果诞二子。因感之，还幸大理寺，亲录囚系，多所原贷。一大辟妇，以孕在狱，产期满则伏诛，未几亦诞二子。煜感牝狙之事，止流于远，吏议短之。

退傅张邓公士逊，晚春乘安舆出南薰，缭绕都城，游金明。抵暮，指宜秋而入，阍兵捧门牌请官位，退傅止书一阕于牌，云："闲游灵沼送春回，关吏何须苦见猜。八十衰翁无品秩，昔曾三到凤池来。"

江南钟辐者，金陵之才生，恃少年有文，气豪体傲。一老僧相之曰："先辈寿则有矣，若及第，则家亡。记之！"生大悖曰："吾方掇高第以起家，何亡之有？"时樊若水女才质双盛，爱辐之才而妻之。始燕尔，科诏遂下，时后周都洛，辐入洛应书，果中选于甲科第二。方得意，狂放不还，携一女仆曰青箱，所在疏纵。过华州之蒲城，其宰仍故人，亦酝藉之士，延留久之。一夕盛暑，追凉于县楼，痛饮而寝，青箱侍之。是夕，梦其妻出一诗为示,怨责颇深,诗曰:"楚水平如练,双双白鸟飞。金陵几多地,一去不言归。"梦中怀愧,亦戏答一诗,曰:"还吴东下过蒲城,楼上清风酒半醒。想得到家春已暮,海棠千树欲凋零。"既寤,颇厌之,因理装渐归。将至采石渡,青箱心疼,数刻暴卒。生感悼无奈,匆匆槁葬于一新坟之侧,急图到家。至则门巷空闃,榛荆封郙,妻亦亡已数月。访亲邻,樊氏之夜,乃梦于县楼之夕也。后数日,亲友具舟携辒致奠于葬所,即青箱槁葬之侧新坟,乃是不植他木,惟海棠数枝,方叶凋萼谢,正合诗中之句。因拊膺长恸曰:"信乎!浮图师'及第家亡'之告。"因竟不仕,隐钟山,著书守道,寿八十余。江南诸书及小说皆无,惟《潘祐集》中有《樊氏墓志》,事与此稍同。

钱思公镇洛,所辟僚属尽一时俊彦。时河南以陪都之要,驿舍常阙,公大创一馆,榜曰"临辕"。既成,命谢希深、尹师鲁、欧阳公三人者各撰一记,曰:"奉诸君三日期,后日攀请水榭小饮,希示及。"三子相掎角以成其文,夕就,出之相较。希深之文仅五百字,欧公之文五百余字,独师鲁止用三百八十余字而成,语简事备,复典重有法。欧、谢二公缩袖曰:"止以师鲁之作纳丞相可也,吾二人者当匿之。"丞相果召,独师鲁献文,二公辞以他事。思公曰:"何见忽之深,已舂三石奉候。"不得已俱纳之。然欧公终未伏在师鲁之下,独载酒往之,通夕讲摩。师鲁曰:"大抵文字所忌者,格弱字冗。诸君文格诚高,然少未至者,格弱字冗尔。"永叔奋然持此说别作一记,更减师鲁文廿字而成之,尤完粹有法。师鲁谓人曰:"欧九真一日千里也。"思公兼将相之位,帅洛,止以宾友遇三子,创道服、筇杖各三。每府园文会,丞相则寿巾紫褐,三人者羽氅携筇而从之。

太宗喜弈棋,谏臣有乞编窜棋待诏贾玄于南州者,且言玄每进新图妙势，悦惑明主，而万机听断，大致壅遏，复恐坐驰睿襟，神气郁滞。上谓言者曰："朕非不知，聊避六宫之惑耳。卿等不须上言。"

真宗尝以御制《释典文字法音集》三十卷，天禧中诏学僧廿一人于传法院笺注，杨大年充提举注释院事。制中有"六种震动"之语，一僧探而笺之，暗碎繁驳将三百字。大年都抹去，自下二句止八字，曰："地体本静，动必有变。"其简当若此。

杜祁公以宫师致仕于南都。时新榜一巍峨者出倅巨藩，道由应天。太师王资政举正以其少年高科，方得意于时，尽假以牙兵、宝辔、旌钺导从，呵拥特盛。祁公遇于通衢，无他路可避，乘款段，裘帽暗弊。二老卒敛马侧立于旁，举袖障面。新贵人颇恚其立马而避，问从者曰："谁乎？"对曰："太师相公。"

真宗欲择臣僚中善弓矢、美仪彩，伴虏使射弓，时双备者惟陈康肃公尧咨可焉，陈方以词职进用。时以晏元献为翰林学士、太子左庶子，事无巨细皆咨访之。上谓晏曰："陈某若肯换武，当授与节钺，卿可谕之。"时康肃母燕国冯太夫人尚在，门范严毅。陈曰："当白老母，不敢自辄。"既白之，燕国命杖挞之，曰："汝策名第一，父子以文章立朝为名臣，汝欲叨窃厚禄，贻羞于阀阅，忍乎？"因而无报。真宗遣小珰以方寸小纸细书问晏曰："主皮之议如何？"小珰误送中书，大臣慌然不谕。次日禀奏，真宗不免笑而就之："朕为不晓此一句经义，因问卿等。"止黜其珰于前省，亦不加罪。

湘山野录卷下

石曼卿一日谓秘演曰:"馆俸清薄,不得痛饮,且僚友镵之殆遍,奈何?"演曰:"非久引一酒主人奉谒,不可不见。"不数日,引一纳粟牛监簿者,高资好义,宅在朱家曲,为薪炭市评,别第在繁台寺西,房缗日数十千。长谓演曰:"某虽薄有涯产,而身迹尘贱,难近清贵。慕师交游尽馆殿名士,或游奉有阙,无吝示及。"演因是携之以谒曼卿,便令置宫醪十担为贽,列酝于庭,演为传刺。曼卿愕然问曰:"何人?"演曰:"前所谓酒主人者。"不得已因延之,乃问甲第何许,生曰:"一别舍介繁台之侧。"其生粗亦翔雅。曼卿闲语演曰:"繁台寺阁虚爽可爱,久不一登。"其生离席曰:"学士与大师果欲登阁,乞预宠谕,下处正与阁对,容具家蔌在阁迎候。"石因诺之。一日休沐,约演同登。演预戒生,生至期果陈具于阁,器皿精核,冠于都下。石、演高歌褫带,饮至落景,曼卿醉喜曰:"此游可纪。"以盆渍墨,濡巨笔以题云:"石延年曼卿同空门诗友老演登此。"生拜扣曰:"尘贱之人幸获陪侍,乞挂一名以光贱迹。"石虽大醉,犹握笔沉虑,无其策以拒之,遂目演,醉舞伴声讽之曰:"大武生牛也,捧砚用事可也。"竟不免,题云"牛某捧砚"。永叔后以诗戏曰:"捧砚得全牛。"

寇莱公尝曰:"母氏言,吾初生两耳垂有肉环,数岁方合。自疑尝为异僧,好游佛寺,遇虚窗静院,惟喜与僧谈真。"公历富贵四十年,无田园邸舍,入觐则寄僧舍或僦居。在大名日,自出题试贡士,曰《公仪休拔园葵赋》、《霍将军辞治第诗》,此其志也。诗人魏野献诗曰:“有官居鼎鼐,无地起楼台。”采诗者以为中的。房使至大名,问公曰:“莫是‘无地起楼台’相公否?”公因早春宴客,自撰乐府词,俾工歌之,曰:“春早,柳丝无力,低拂青门道。暖日笼啼鸟,初折桃花小。　　遥望碧天净如扫,曳一缕轻烟缥缈。堪惜流年谢芳草,任玉壶倾倒。”

王冀公罢参政,真宗朝夕欲见,择便殿清近,惟资政为优,因以公为本殿大学士。公奏曰:“臣虽出于寒贱,不能独宿,欲乞除一臣僚兼之。”遂以陈文僖彭年并直。一夕,公携一巨槛入宿,方与陈寒夜闲饮,遽中人持钥开宫扉独召公,匆匆而入,谓陈曰:“请同院不须相候,独酌数杯先寝。”至行在,真宗与公对饮,饮罢持禁烛送归,繁若列星。陈危坐伺之,已四更,笑曰:“同院尚未寝乎?”陈曰:“恭候司长,岂敢先寝?”喜笑倒载,解袜褫带几不能,坦腹自矜曰:“某江南一寒生,遭际真主,适主上以巨觥敌饮,仅至无算,抵掌语笑,如僚友之无间。”已而遂寝。殆晓,盥栉罢,与陈相揖,觉夜归数谈颇疏漏,自言:“夜来沉湎,殊不记归时之早晚,无乃失容于君子乎?”陈曰:“无之。但殷勤愧谢。”既别,已将趁班,同趋出殿门,执其手以语封之曰:“夜来数事,止是同院一人闻之。”文僖归谓子弟曰:“大臣慎密,体当如此。”

李侍读仲容魁梧善饮,两禁号为“李万回”。真庙饮量,近臣无拟者,欲敌饮,则召公。公居常寡谈,颇无记论,酒至酣,则应答如流。一夕,真宗命巨觥俾满饮,欲剧观其量,引数入声。大醉,起,固辞曰:“告官家撤巨器。”上乘醉问之:“何故谓天子为‘官家’?”遽对曰:“臣尝记蒋济《万机论》言‘三皇官天下,五帝家天下’。兼三、五之德,故曰‘官家’。”上甚喜。从容数杯,上又曰："正所谓'君臣千载遇'也。"李昚曰："臣惟有'忠孝一生心'。"纵冥搜不及于此。

丁晋公释褐授饶倅，同年白积为判官。积一日以片幅假缗于公，云："为一故人至，欲具飧，举箧无一物堪质，奉假青蚨五镮，不宣。积白谓之同年。"晋公笑曰："是绐我也。榜下新婚，京国富室，岂无半千质具邪？惧余见挽，固矫之尔。"于简尾立书一阕，戏答曰："欺天行当吾何有，立地机关子太乖。五百青蚨两家阙，白洪崖打赤洪崖。"时已兆朱崖之谶。

真宗国恤，凡荫补子弟有当斋挽之职者，若斋郎止侍斋祭，若挽郎至有执绋翣导灵仗者，子弟或报之。王沂公曾在中书翰林，李承旨维视沂公为侄婿，凡两日诣中堂，求免某子挽铎之执。沂公曰："此末事。请叔丈少候，首台聚厅当白之。"丁晋公出厅，沂公白之。丁遂诺，谓李曰："何必承旨亲来？"李遂拜谢。拜起，戏谓丁曰："昨日并今日，斋郎与挽郎。"盖言两日伺之。丁应声曰："自然堪下泪，何必更残阳？"满座服其敏捷，而事更妥帖。不数日，遂出，未及洛而南迁，下泪之谶也。

张尚书镇蜀时，承旨彭公乘始冠，欲持所业为贽，求文鉴大师者为之容。鉴曰："请君遇旌麾游寺日，具襕鞝与文候之。老僧先为持文奉呈，果称爱，始可出拜。盖八座之性靡测。"一日果来，鉴以彭文呈之。公默览殆遍，无一语褒贬，都掷于地。彭公大沮。后将赴阙，临岐托鉴召彭至，语之曰："向示盛编，心极爱叹，不欲形言者，子方少年，若老夫以一语奖借，必凌忽自惰，故掷地以奉激。他日子之官亦不减老夫，而益清近。留铁缗抄二百道为缣缃之助，勉之。"后果尽然。

僧录赞宁有大学，洞古博物，著书数百卷。王元之禹偁、徐骑省铉疑则就而质焉。二公皆拜之。柳仲涂开因曰："余顷守维扬,郡堂后菜圃,才阴雨则青焰夕起,触近则散,何邪?"宁曰:"此磷力振切。火也。兵战血或牛马血著土,则凝结为此气,虽千载不散。"柳遽拜之,曰:"掘之,皆断枪折镞,乃古战地也。"因赠以诗,中有"空门今日见张华"之句。太宗欲知古高僧事,撰《僧史略》十卷进呈,充史馆编修,寿八十四。司天监王处讷推其命孤薄不佳,三命星禽晷禄壬遁,俱无寿贵之处。谓宁曰:"师生时所异者,止得天贵星临门,必有裂土侯王在户否?"宁曰:"母氏长谓某曰,汝生时卧草。钱文穆王元瓘往临安县拜茔,至门雨作,避于茅檐甚久,迨浣浴褓籍毕,徘徊方去。"

　　皇祐间,馆中诗笔石昌言、杨休最得唐人风格。余尝携琴访之,一诗见谢尤佳,曰:"郑卫湮俗耳,正声追不回。谁传《广陵操》,老尽峄阳材。古意为师复,清风寻我来。幽阴竹轩下,重约月明开。"恐遗泯,故录焉。

　　苏子美有《赠秘演师》诗,中有"垂颐孤坐若痴虎,眼吻开合犹光精"之句。人谓与演写真。演颔额方厚,顾视徐缓,喉中含其声,尝若齁睡。然其始云"眼吻开合无光精",演以浓笔涂去"无"字,自改为"犹"字,向子美诉之曰:"吾尚活,岂当曰'无光精'耶?"中又有一联云:"卖药得钱只沽酒,一饮数斗犹惺惺。"又都抹去。苏曰:"吾之作谁敢点窜耶?"演曰:"君之诗,出则传四海。吾不能断荤酒,为浮图罪人,何堪更为君诗所暴?"子美亦笑而从之。

　　苏子美以奏邸旧有赛神之会,局吏皆鬻积架旧伦以置肴具,岁以为常。惟子美作之,言者图席人以进,制狱锻炼,皆一时之名贤。狱既就黜,台馆为之一空,子美坐自盗律,削籍窜湖州。后朝廷有哀之意,因郊赦文中特立一节:"应监主自盗情稍轻者,许刑部理雪。"言者又抨云:"郊赦之敕,先无此项,必挟情曲庇苏舜钦,固以此文舞之。析言破律杀无赦,乞付立法者于理。"竟不遂而死。有《郊禋感事》诗云"不及鸡竿下坐人"之句,哀哉!

钱文僖公若水,少时谒陈抟求相骨法,陈戒曰:"过半月,请子却来。"钱如期而往,至则邀入山斋地炉中,一老僧拥坏衲瞑目附火于炉旁。钱揖之,其僧开目微应,无遇待之礼。钱颇慊之。三人者嘿坐持久。陈发语问曰:"如何?"僧摆头曰:"无此等骨。"既而钱公先起,陈戒之曰:"子三两日却来。"钱曰:"唯。"后如期谒之。抟曰:"吾始见子神观清粹,谓子可学神仙,有升举之分,然见之未精,不敢奉许,特召此僧决之。渠言子无仙骨,但可作贵公卿尔。"钱问曰:"其僧者何人?"曰:"麻衣道者。"

君谟蔡公出守福唐时,李泰伯遘自建昌携文访之。一日,命遘及陈孝廉烈早膳于后圃望海亭,不设樽酒。膳罢欲起,时方暮春,鬻酒于园,郡人嬉游,籍姬数子时亦寻芳于此,既太守在亭,因敛袖声喏而过。蔡公遂留之,旋命觞具,就以为侑。酒方行,举歌一拍,陈烈者惊惧怖骇,越墙攀木而遁。泰伯即席赋诗云:"七闽山水掌中窥,乘兴登临到落晖。谁在画帘沽酒处,几多鸣橹趁潮归。晴来海色依稀见,醉后乡心积渐微。山鸟不知红粉乐,一声檀板便惊飞。"盖讥其矫之过也。

钱子高明逸,始由大科知润州,值上元,于因胜寺法堂对设戏幄。庭下方以花砖遍甃,严雅始新,子高饬役徒掘砖埋柱。时长老达观师昙颖者,法辨迅敏,度其气骄难讽,但佯其语曰:"可惜打破八花砖。"钱厌之,谨不敢动。

抚人饶竦者,驰辨逞才,素掉阘于都下。熙宁初,免解到阙,因又失意。当朝廷始立青苗,方沮议交上,大丞相闭门不视事之际,生将出关,以诗投相阁,曰:"又还垂翅下烟霄,归指临川去路遥。二亩荒田须卖却,要钱准备纳青苗。"丞相亦以十金赆之。生少与刘史馆相公冲之有素,时刘相馆职知衡州,生假道封下,因谒之。公睹名纸,已颦额不悦。生趋前亟曰:"某此行有少急干,不可暂缓,行李已出南关,又不敢望旌麾潜过,须一拜见,但乞一饭而去。"公既闻不肯少留,遂开怀待之。问曰:"涂中无阙否?"生曰:"并无,惟乏好酒尔。"遂赠佳酝一担。拜别,鞭马遂行,公颇幸其去。至耒阳,密觇其令誉不甚谨,遽谒之曰:"知郡学士甚托致意,有双壶,乃兵厨精酝,仗某携至奉赠,请具书谢之。"其令闻以书为谢,必非诳诈;又幸其以酒令故人送至,其势可持,大喜之。急戒刻木,数刻间,醵金半锾赆之,瞥然遂去。后数日,刘公得谢酝书方寤,窹已噬脐矣。又一岁,下第出京,庇巨商厚货以免征算,自撰除目一纸,尽宰府两禁及三路巨镇,除拜迁移,皆近拟议。凡过关,首谒局吏,坐定遽曰:"还闻近日差除否?"仕人无不愿闻者。曰:"某前数日闻锁院临出京,在某官宅恰见内探,录至遂行。"其间宁不少关亲旧者,闻之无不愿见。读讫即曰:"下第穷生,弊舟无一物,致烦公吏略赐一检。"其官皆曰:"岂烦如是。"言讫拜辞,飘然遂行。凡藉此术下汴、淮,历江海,其关赋仅免二三千缗。苟移其用以济大谋,遂为妙策欤。

都尉李文和公,犯御名。虽累世勋忠,尚天姻,而识学优赡,与杨文公为禅悦深交,其法辨与天下禅伯相角。沁园东北滨于池,曰"静渊庄",构茅斋,延高僧。遇萧国大长主垂悦之日,设高座,鸣法鼓于宅之法堂,命谷隐、石霜、叶县三大禅者登座演法。时大长主松峦阁设箔观焉。临际宗范,每登座,拈拄杖敲击床机,以示法用。前二师说法竟,其末叶县禅师者机用刚猛,始登座,以拄杖就膝拗折,掷于地,无一语便下。文和笑曰:"老作家手段终别。"师曰:"都尉亦不得无过。"斯须,萧国召公入箔,怪问曰:"末后长老何故发怒?"公雍容对曰:"宗门作用,施设不定,乞无赐讶。"公将蘦,治而不乱,自写遗颂曰:"拈下幞头,脱却腰带。若觅生死,问取皮袋。"时膈胃躁热,尼道坚就机问曰:"都尉,众生见劫尽,大火所烧时,切要照管主人翁。"公曰:"大师与我煎一服药来。"尼无语,公曰:"这师姑药也不会煎。"投枕未安而没。

吾友契嵩师,熙宁四年没于余杭灵隐山翠微堂。入葬讫,不坏者五物:睛、舌、鼻及耳毫、数珠。时恐厚诬,以烈火重锻,锻之愈坚。嵩之文仅参韩、柳间。治平中,以所著书曰《辅教编》携诣阙下,大学者若今首揆王相、欧阳诸巨公,皆低簪以礼焉。王仲仪公素为京尹,特上殿以其编进呈,许附教藏,赐号"明教大师"。嵩童体完洁,至死无犯,火讫根器不坏,此节可高天下之士。余昔怪其累夕讲谈,音若清磬,未尝少嗄,及终方得其验。嵩字仲灵,藤州人,诗类老杜,杨公济蟠收全集。公济深伏其才,答嵩诗有"千年犹可照吴邦"之句。

夏英公镇襄阳,遇大赦,赐酺宴,诏中有"致仕高年,各赐束帛"。时胡大监旦謷废在襄,英公依诏旨选精缣十匹赠之。胡得缣以手扪之,笑曰:"寄语舍人,何寡闻至此! 奉还五匹,请检《韩诗外传》及服虔、贾谊诸儒所解'束帛戋戋,贲于丘园'之义,自可见证。"英公检之,果见三代束帛、束脩之制。若束脩则十挺之脯,其实一束也;若束帛则卷其帛,屈为二端,五匹遂见十端,表王者屈折于隐沦之道也。夏亦少沮。

宋齐丘相江南李先主昪及事中主璟二世,皆为右仆射。

璟爱其才而知其不正。一日，选景于华林广园，以明妆列侍，召齐丘共宴，试小妓羯鼓，齐丘即席献《羯鼓》诗曰："巧斫牙床镂紫金，最宜平稳玉槽深。因逢淑景开佳宴，为出花奴奏雅音。掌底轻愡孤鹊噪，杖头干快乱蝉吟。开元天子曾如此，今日将军好用心。"又尝献《凤凰台》诗，中有"我欲烹长鲸，四海为鼎镬。我欲罗凤凰，天地为矰缴"之句。皆欲讽其跋扈也，而主终不听。不得意，上表乞归九华，其略云："千秋载籍，愿为知足之人；九朵峰峦，永作乞骸之客。"主知其诈也，一表许之，赐号"九华先生"，以青阳一县舆赋给之。怨毁万状，后放归田里锁之，穴其墙以给膳，遂自经，年七十三。初，上元县一民时疾暴死，心气尚暖，凡三日复苏，乃误勾也。自言至一殿庭间，忽见先主被五木缧械甚严，民大骇，窃问曰："主何至于斯耶？"主曰："吾为宋齐丘所误，杀和州降者千余人，以冤诉因此。"主问其民曰："汝何至斯耶？"其民具道误勾之事。主闻其民却得生还，喜且泣曰："吾仗汝归语嗣君：凡寺观鸣钟当延之令永，吾受苦，惟闻钟则暂休，或能为吾造一钟尤善。"民曰："我下民尔，无缘得见。设见之，胡以为验？"主沉虑曰："吾在位尝与于阗国交聘，遗吾一瑞玉天王，吾爱之，尝置于髻，受百官朝。一日，如厕忘取之，因感头痛，梦神谓吾曰：'玉天王置于佛塔或佛体中，则当愈。'吾因独引一匠携于瓦棺寺，凿佛左膝以藏之，香泥自封，无一人知者。汝以此事可验。"又云："语嗣君：勿信用宋齐丘。"民既还家，辄不敢已，遂乞见主，具白之。果曰："冥寞何凭？"民具以玉天王之事陈之。主亲诣瓦棺剖佛膝，果得之，感泣恸躃，遂立造一钟于清凉寺，镌其上云："荐烈祖孝高皇帝脱幽出厄。"以玉像建塔葬于蒋山。齐丘宠待愈解。

　　张晦之景，以古学尚气义，走河朔，与冀州一侠少游。后侠者不轨，事败，景亦连继，捕之甚急，遂改姓名李田，遁窜四海。所至即题曰："我非东方儿，木子也。不是牛耕土。田也。欲识我踪迹，一气万物母。"盖景尝撰《河东柳先生集序》，破题曰"一气万物之母也"，世尽知之。景所以遍题者，亦欲导于知己。简寂观道士陈履常善奏章，能游神于冥寞。景以"李田"姓名谒之，求奏一章以决休否，陈许之。一夕，天虚夜清，冠简精恪，自初夜抱章俯伏于露坛，后夜方起，起忽谴之曰："阴冥之事，尔尚欺之，况人间乎？吾上及三清，下逮九幽，阅籍无'李田'者。子以欺阴，固无阴征矣。"景终于一散官，寿不五十。陈康肃尧咨知荆南，怜其道穷，为葬于龙山落帽台，碑以表其墓焉。庐在荆江之沱阴，枯桑废田，子孙凋零，尽为渔樵佣估。嗟哉！陆鲁望所谓"莫倚文章庇子孙"。集三十卷行于世。

　　成都无名高僧者，诵《法华经》有功，虽王均、李顺两乱于蜀，亦不敢害。一旦，忽一山童至寺，言："先生来晨请师诵经，在药市奉候。"至则已在，引入溪岭数重，烟岚中构一跨溪山阁，乃其居也。仆传其语曰："先生请师且诵经，老病起晚。诵至《见宝塔品》，愿见报，欲一听。"至此品，报之果出，野服杖藜，两眉垂肩，但默揖爇香侧听，听罢遂入，不复出。将斋，以藤盘竹箸秫饭一盂，杞菊数瓯，不调盐酪，美若甘露。食讫，仆持衬一镪敬施之，曰："先生寄语上人，远到山舍，不及攀送，遣仆送出路口。"因中途问仆曰："先生何姓？"曰："姓孙。"曰："何名？"仆于僧掌中书"思邈"二字。僧因大骇，欲再往，仆遽失之，凡山中寻三日，竟迷旧路。归视衬资，乃金钱一百，皆良金也，中五六金，一半尚铁。由兹一膳，身轻无疾。天禧中，已一百五十岁,长游都市,后隐不见。

　　殿中丞程东美守宾州日,佊贼寇宾,因弃城,后得罪编置于郢,纯厚人也。能道守宾日监斩陈崇仪事甚详。自言狄相青,正月一日至宾,初六日诘旦,帅旆将起,就坐,擒陈及神将供奉官忘其姓名。将斩之。捽二人者于庭,谓曰:"二君后事,但请无虑,青一切为置之。"时陈犯_{英庙讳}。神识荒越,卒无一词。独供奉者慷慨不怖,气貌怡然,叩狄公曰:"某万死无恨,独一事须干台听:以亡母骨椟尚寄州南存留院二十年,不孝未葬,某今得罪既死,乞令烧讫,箧其骨,专遣人驰归,并家书付妻、男,将某骨与亡娘之骨买地一处葬之,则闭目受刀无恨矣。"狄公许之。擒二人者就廊酒食,时晓寒,酒饵冷落,陈但狂号不能食,独供奉者饮啖如平时,谓众兵曰:"吾本一健儿,今日陪奉一崇仪使吃剑,何干于我乎?汝辈努力,无当效我。"索纸笔写家书,一字无误。及至市,先设衾褥面北正坐,顾持刀者曰:"刃铦利否?若一刀不断,我必诉汝于阴府。"言讫刃下,斩讫,大旆遂南矣。

　　潘逍遥阆,有诗名,所交游者皆一时豪杰。卢相多逊欲立秦邸,潘预其谋,混迹于讲堂巷,开药肆。刘少逸、鲍少孤二人者为药童,唐巾韦带,气貌爽秀。后太宗登极,秦邸之谋不集。潘有诗曰"不信先生语,刚来帝里游。清宵唐好梦,白日有闲愁"之句。事败,已环多逊宅,斯须将捕于阆。阆觉之,止奔其邻曰:"吾谋逆事彰。吾若就诛,止一身;奈汝并邻,皆知吾谋,编审屠戮者不下数十人。今若匿得吾一身,则脱汝辈数家之祸。然万无搜近之理,所谓'弩下逃箭'也。吾出门则擒之,汝辈自度宜如何?"其邻无可奈何,遂藏于壁。少顷,捕者四集,至则失之矣,朝廷下诸路画影以搜。狱既具,投多逊于崖。已而沸议渐息，阆服僧服髡须，五更持磬，出宜秋门至秦亭，挈檐为箍桶匠，投故人。阮思道为秦理掾，阴认之，遂呼至庭，俾葺故桶。阮提钱三镪，明示于阆，大掷于案，乘马遂出。阆谕其意，提金直入于室，因匿焉。既归，责阍者曰："案上三镪及桶匠安在？"皆曰："不知。"遂痛杖阍者，令捕之。阍恨之，遍寻于市，数日不得其踪。阮后徐讽秦帅曹武惠彬曰："朝廷捕潘阆甚急，闻阆亦豪迈之士，窜伏既久，欲谊死地，稍裂网他逸，则何所不至？公，大臣也，可奏朝廷少宽捕典，或聊以一小官召出，亦羁縻之一端也。"帅然之，遂削奏，太宗以四门助教招之，因遂出。阆有清才，尝作《忆余杭》一阕，曰："长忆西湖，尽日凭阑楼上望，三三两两钓鱼舟，岛屿正清秋。　　　笛声依约芦花里，白鸟几行忽惊起，别来闲想整渔竿，思入水云寒。"钱希白爱之，自写于玉堂后壁。

　　蜀先主开建初，赐道士杜光庭为广德先生、户部侍郎、蔡国公。时蜀难方平，犹恶盗贼，犯者赃无多少皆斩。是岁蜀饥，有三盗糠者止得数斗，引至庭覆谳。会光庭方论道于广殿，视三囚殆亦恻隐，谓杜曰："兹事如何？"亦冀其一言见救。而杜卒无一语，但唯唯而已。势不得已，遂斩之。杜归旧宫道院，三无首者立于旁，哭诉曰："公杀我也。蜀主问公，意欲见救，忍不以一言活我。今冥路无归，将其奈何？"杜悔责惭痛，辟谷一年，修九幽脱厄科仪以拔之，其魂岁余方去。光庭，越州人，博学有文章，在唐为麟德殿供奉，有经纶才，唐室欲相之。

　　韩熙载字叔言，事江南三主，时谓之神仙中人。风彩照物，每纵辔春城秋苑，人皆随观。谈笑则听者忘倦，审音能舞，善八分及画笔，皆冠绝，简介不屈，举朝未尝拜一人。每献替，多嘉纳,吉凶仪制不如式者,随事稽正,制诰典雅,有元和之风。屡欲相之,为宋齐丘深忌,终不进用。陈觉以福州之败,齐丘庇之,特赦不诛。熙载上疏廷争,必请置法。齐丘益怒,诬以纵酒少检,贬和州司马。其实平生不饮,璟觉其谮,非久召还,年六十九,拜中书侍郎,卒。煜尝恨不得熙载为相,赠平章事,谥文靖。严仆射续以位高寡学,为时所鄙。又江文蔚尝作《蟹赋》讥续,略曰:"外视多足,中无寸肠。"又有"口里雌黄,每失途于相沫;胸中戈甲,尝聚众以横行"之句。续深赧之,强自激昂。以熙载有才名,固请撰其父神道碑,欲苟称誉取信于人。以珍货几万缗,仍辍未胜衣一歌鬟质冠洞房者,为濡毫之赠,意其获盼,必可深讽。熙载纳赠受姬,遂纳其请,文既成,但叙谱裔品秩及薨葬褒赠之典而已,无点墨道及续之事业者。续嫌之,封还,尚冀其改窜。熙载亟以向所赠及歌姬悉还之,临登车,止写一阕于泥金双带,曰:"风柳摇摇无定枝,阳台云雨梦中归。他年蓬岛音尘断,留取樽前旧舞衣。"

李丞相沆有长者誉。一世仆逋宅金数十千,忽一夕遁去,有女将十岁,美姿格,自写一券系于带,愿卖于宅以偿焉。丞相大恻之,祝夫人曰:"愿如己子育于室,训教妇德,俟长成求偶嫁之。止请夫人亲结褵,以主其婚,然而务在明洁。"夫人如所诲,及笄,择一婿亦颇良,具奁币归之,女范果坚白。其二亲后归旧京闻之,沦感心骨。丞相病,夫妇刲股为羹馈之。至薨,衰绖三年。

熙宁丙辰岁,交贼寇邕,郡倅唐著作子正尽室遇害。唐,桂州人,治平中赴京调举,至全州,中途欲僦一仆,得一肩夫,乃游袁州日所役旧奴也。挈重担,劲若健羽,虽鞭马疾追,长先百步之外。恐他逸,遂遣之。其仆当日全州行至唐州,凡二千七百余里,日午已到,留书祝驿吏曰:"候桂州唐秀才至,即付之。"君后月余方到,唐下马于驿,驿吏前曰:"君非桂州唐秀才否? 一月前,有人留一书在此。"因出示之。书面云:"呈桂州唐秀才。归真子谨封。"唐曰:"吾岂识归真子邪?"因启封,惟一诗,曰:"袁山相见又之全,不遇先生道未缘。大抵有心求富贵,到头无分学神仙。箧中灵药宜频施,鼎内丹砂莫妄传。待得角龙为燕会,好来黄壁卧林泉。"唐得之颇怪,因请其形貌,乃全州黜仆也。留书之日,即全州所遣之日。始悟神仙人。宝诗于箧,遇好事者则出之。及遇害,当丙辰,正合诗中谓"角龙"也。

江南徐知谔,为润州节度使温之少子也,美姿度,喜畜奇玩。蛮商得一凤头,乃飞禽之枯首也,彩翠夺目,朱冠绀毛,金嘴如生,正类大雄鸡,广五寸,其脑平正,可为枕。谔偿钱五十万。又得画牛一轴,昼则啮草栏外,夜则归卧栏中。谔献后主煜,煜持贡阙下。太宗张后苑以示群臣,俱无知者。惟僧录赞宁曰:"南倭乌和反。海水或减,则滩碛微露,倭人拾方诸蚌胎中有余泪数滴者,得之和色著物,则昼隐而夜显。沃焦山时或风挠飘击,忽有石落海岸,得之滴水磨色染物,则昼显而夜晦。"诸学士皆以为无稽。宁曰:"见张骞《海外异记》。"后杜镐检《三馆书目》,果见于六朝旧本书中载之。

真宗深念稼穑,闻占城稻耐旱,西天绿豆子多而粒大,各遣使以珍货求其种。占城得种二十石,至今在处播之。西天中印土得绿豆种二石,不知今之绿豆是否。始植于后苑,秋成日宣近臣尝之,仍赐《占稻》及《西天绿豆》御诗。

祥符已前,中贵人尽带将仕郎阶。若太尉秦翰者,左珰之名将,累立战功,始以将仕郎内侍省内府承局。今则不问。翰后建彰国军节。

初，申国长公主为尼，掖庭嫔御随出家三十余人，诏两禁送于寺，赐斋馔。传宣各令作诗送，惟陈文僖公彭年诗尚有记者，云："尽出花钿散宝津，云鬟初翦向残春。因惊风烛难留世，遂作池莲不染身。贝叶乍翻疑轴锦，梵声才学误梁尘。从兹艳质归空后，湘浦应无解佩人。"或云作诗之说恐非。好事者能于《鹧鸪天》曲声歌之。

明州天台教主礼法师，高僧也。聚徒四百众，以《往生净土诀》劝众修行。晚结十僧，修三年忏烧身为约。杨大年慕其道，三以书留之，云："亿闻我师比修千日之忏，将舍四大之躯，结净土之十僧，生乐邦之九品。窃曾具恳，冀徇群情，乞住世以为期，广传道而兴利。愿希垂诺，冀获瞻风。"后礼师终不诺。又贻书杭州天竺式忏主，托渡江留之。亿再拜："昨为明州礼教主宏发愿心，精修忏法，结十人之净侣，约三载之近期，决取乐国之往生，并付火光之正受。载怀景重，窃欲劝留。诚以天台大教之宗师，海国群伦之归向，传演秘筌之学，增延慧命之期，冀其住世之悠长，广作有情之饶益。遂形恳请，罄叙诚言，得其报音，确乎不夺。虑丧人天之眼目，孰为像季之津梁？忏主大师同禀哲师，兼化本国，可愿涉钱塘之巨浪，造鄞水之净居，善说无穷，宜伸于理夺，真机相契，须仗于神交。"是年诞节，恳永兴寇相国荐紫服以留之。时马副枢知节请大年撰其父全义神道碑，润笔一物不受，止求荐一师号。马枢奏："臣以杨某为先臣撰碑，况词臣润笔，国之常规，乞降圣旨，俾受臣所赠。"真宗召大年问之，因得以其事为奏。真宗深加叹重，谓大年曰："但传朕意，留之住世，若师号朕与之，润笔卿宜无让。"遂赐号"法智大师"，住世七年方入灭。杨希白碑其贤于塔。

向大资敏中，祥符四年十月为东岳奉册使，奏："奉册前十日，雨雪日甚，至十一月五日诣本庙奉册，忽然景气晴和，宛若春意。"又得兖州状，称："据黄现铺人员夏兴状，今月四日将兵巡至马岭，见五人各服黄、紫衣，执旛，盖兴等恐是册使，向前迎接，忽然气雾渐起，即不见。"又得天贶观道士孙守一状："册使诣本殿烧香毕，有皂鹤两只至殿盘旋飞翥甚久。"词臣各进颂。

欧公撰《石曼卿墓表》，苏子美书，邵𫘤篆额。山东诗僧秘演力干，屡督欧俾速撰。文方成，演以庚二两置食于相蓝南食殿雍讫，白欧公写名之日为具，召馆阁诸公观子美书。书毕，演大喜曰："吾死足矣。"饮散，欧、苏嘱演曰："镌讫，且未得打。"竟以词翰之妙，演不能却。欧公忽定力院见之，问寺僧曰："何得？"僧曰："半千买得。"欧怒，回诟演曰："吾之文反与庸人半千鬻之，何无识之甚！"演滑稽特精，徐语公曰："学士已多他三百八十三矣。"欧愈怒曰："是何？"演曰："公岂不记作省元时，庸人竞摹新赋，叫于通衢，复更名呼云'两文来买欧阳省元赋'，今一碑五百，价已多矣。"欧因解颐。徐又语欧曰："吾友曼卿不幸蚤世，固欲得君之文张其名，与日星相磨；而又穷民售之，颇济其乏，岂非利乎？"公但笑而无说。

续湘山野录

本朝眷待耆德,于仪物之盛,惟王文正公也。病深,屡乞骸,不允。扶掖求对于便坐,面恳之。真宗遣皇太子出幕拜留,曰:"吾方以卿翼吾儿,卿瘦瘠殆此,朕安敢强。"翌日,册拜太尉,诏礼官草仪,就都堂赴上,五日一起居,起居日,入中书预参决。遇军国重事,不限时日并入。至病之革,公召杨文公于卧内,嘱以后事曰:"吾深厌烦恼,慕释典,愿未来世得为苾蒭林间宴坐观心为乐。将易箦之时,君为我剃除须发,服坏色衣,勿以金银之物置棺内。用茶毗火葬之法,藏骨先茔之侧,起一茅塔,用酬夙愿。吾虽深戒子弟,恐其拘俗,托子叮咛告之。"又曰:"仗子撰遗表,但罄叙感恋而已,慎毋及姻戚。"大年谓曰:"余事敢不一一拜教。若剃发三衣之事,此必难遵。公,三公也。万一薨奄,銮辂必有祓祧之临,自当敛赠公衮,岂可加于僧体乎?"至薨,大年与诸孤协议,但以三衣置枢中,不藏宝货而已。寿六十一。配享真宗庙廷。

太宗作九弦琴、七弦阮。尝闻其琴,盖以宫弦加廿丝,号为大武;宫弦减廿丝,号为小武;其大弦下宫徽之一徽定其声,小弦上宫徽之一徽定其声。太宗尝酷爱宫词中十小调子,乃隋贺若弼所撰,其声与意及用指取声之法,古今无能加者。十调者:一曰《不博金》;二曰《不换玉》;三曰《夹泛》;四曰《越溪吟》;五曰《越江吟》;六曰《孤猿吟》;七曰《清夜吟》;八曰《叶下闻蝉》;九曰《三清》;外一调最优古,忘其名,琴家只命曰《贺

若》。太宗尝谓《不博金》、《不换玉》二调之名颇俗,御改《不博
金》为《楚泽涵秋》,《不换玉》为《塞门积雪》。命近臣十人各探
一调撰一辞,苏翰林易简探得《越江吟》,曰:"神仙神仙瑶池
宴,片片,碧桃零落春风晚。翠云开处,隐隐金舆挽,玉鳞背冷
清风远。"文莹京师遍寻琴、阮,待诏皆云七弦阮、九弦琴藏秘
府,不得见。

　　嘉祐中,仁宗自内阁降密敕:"近以女谒纵横,无由禁止。
今后应内降批出事,主司未得擅行,次日执奏定可否。"始数
日,左承天门一宽衣老兵持竹弊器,上以败荷覆之。门吏搜
之,乃金巨弁一枚,上缀巨蚌,灿然不知其数。禁门旧律尽依
外门例:凡有搜拦,更不申覆,即送所司。时开封方鞫劾次,一
小珰驰骑急传旨令放,其物即速呈。府尹魏公瓘不用执奏法,
遂放之。唐质肃公介方在谏垣,疏曰:"陛下临御以来,所降敕
旨,未有若执奏内批之敕为今治世之大公也。臣风闻禁门近
有搜拦之狱,传旨令放,主司殊不顾执奏之法,乞再收犯者劾
之,使正其典。"疏入不报。公又疏曰:"臣闻王者一语朝出,四
海夕闻。今执奏之敕既为无用,乞下诏收之,免惑天下。"既而
又不报。公又疏曰:"臣闻开封乃天下百执事之首司也。魏某
为尹臣,君父语旨辄不遵守,望端门无咫尺之地,尚敢辄尔,况
九州之远乎? 欲重贬魏某,以咎不遵君命之恶。臣以言职,不
能早寤清衷,亦乞罢黜。"魏由此降越州。时《感事》诗有"铁冠
持白简,藩棘聚青蝇"之句。《谢上表》略云:"狂风动地,孤蓬
所以易飘;众斧登山,直木终须先伐。"才者爱之。

　　张密学秉知冀州日,一巨盗劫民之财,复乱其女。贼败,
得赃,将就戮。其被盗父母以不幸之事泣诉于公。公忿极,俾
设架钉于其门,凡三日,醢之,义者颇快焉。后旬年,感痁疾,

一日方午剧发,中使至宅急宣,公力疾促辔至禁门,中人引至便殿,垂箔立轩陛。久之,忽箔中厉声曰:"争得!"公认其声乃真宗也,不知其端,不敢奏辨。斯须又曰:"张秉争得非法杀人!"公方奏曰:"臣束发入仕,谨遵宪章,岂止丹笔书极典,虽一笞朴亦覆核精审。"上曰:"卿自与本人对辨。"引于殿西南隅,启一狱扉,囚系万状,始悟非人世也。引一铁校罪人,血肉淋漓,脂节星散,泣数于公曰:"汝用非法杀我,以肢体零散,奈何永无受托之所。"公方认冀贼也,诟之曰:"汝所犯岂止一死邪!糜万躯亦不足塞其父母之耻,将敢更有诉乎!"旁有一胥,容服谨严,视之,乃秉从事河阳日一幕典也,遇公甚勤,低容曰:"五刑自有常典,亦不得憾其诉。"公曰:"其将奈何?"吏曰:"幸公之算未尽,暂绁误至此尔。但遣之俾托生,可却还。"公怖且窘,叩其遣之之术于吏,曰:"念吾与子有河阳之旧。"吏曰:"遣功之大,无如《法华经》焉。但至诚许之。"公遂许归日召僧诵百部,以至添及千部。囚亦不舍,公愈怖。吏又曰:"不必多为。其持诵之法但贵长久,日请一僧诵一部,许终其身,乃可遣也。"公如其说许之,果没不见。公三日神方还,观,始觉在榻后。乃日召一僧诵一部,至薨未尝一日废阙。

晏殊相年七岁,自临川诣都下求举神童。时寇莱公出镇金陵,殊以所业求见,莱公一见器之。既辞,命所乘赐马、鞯、辔送还旅邸,复谕之曰:"马即还之,鞯、辔奉资桂玉之费。"知人之鉴,今鲜其比。

太宗克复江南,得文臣徐铉,博通今古,擢居秘阁。一日,后苑象毙,上令取胆,剖腹不获。上异之,以问铉。铉奏曰:"请于前左足求之。"须臾,果得以进。亟召铉问,对曰:"象胆随四时在足,今方二月,故臣知在前左足也。"朝士皆叹其博识也。

景德初，匈奴寇澶，车驾议幸。时曹武公玮及秦翰为澶驻泊，诏许便宜军马事，不由中覆。二将议曰："威辂不过河则已，万一渡桥，奈北澶州素不设备。"遂督士卒深阔渠以绕城，遂开，旋以枯蒿杂草覆渠面，使虏不测其深浅。驾至澶，臣僚乞驻跸澶南，宣灵诛以灭之可也。唯高殿前琼力挽銮驾以进，扬其声曰："儒人之言多二三，愿陛下勿迟疑，不渡河无以安六军之心。"御驾方渡桥时，士卒不山呼，左右颇异之。琼曰："乞急张黄屋，使远迩认之。"既而果齐声呼"万岁"，士气欢振。是夕，车驾次北澶，匈奴毳帐前一里，星殒如巨石，其声鸣吼，移刻殆尽，此最为澶渊之先吉也。皇弟雍王元份留守东京，暴中风眩，急诏王文正旦代司留都事。

侯仁宝，即赵韩王普之甥也，世为洛阳大族，知邕州。久在岭外，求归西洛而无其计，诈以取交趾，矫其奏，乞诣阙面陈其策。太宗纳之。其舅韩王时已为卢多逊所潜，罢相出河阳。多逊当国，必知是役之艰，固欲致仁宝于败绩，以沮赵普。而太宗复不瘰仁宝求归之矫，卢因奏曰："今果许仁宝自邕至阙，复还岭表率师往取，反覆路远，恐为交人先警，岂若就湖南兵数万乘不备而袭之？"太宗深然之。诏团练使孙全兴将湖南兵三万，与仁宝南取交州。兵至白藤江，为贼尽灭，仁宝为交趾所擒，枭首于米鸢县，宜然也。全兴奔北，斩于阙下。

蜀人严储者，与苏易简之父善。储之始举进士，而苏之子易简生。三日为饮局，有日者同席，储以年月询之，日者曰："君当俟苏公之子为状元乃成名。"坐客皆笑。后归朝，累上不捷。太平兴国五年，果于易简榜下登第。

仁庙初篡临，升衮冕，才十二岁，未能待旦，起日高时，明肃太后垂箔拥佑。一日,遣中人传旨中书,为官家年小起晚,恐稽留百官班次,每日只来这里休语断会。首台丁晋公适在药告,惟冯相拯在中书,覆奏曰:"乞候丁谓出厅商议。"殆丁参告,果传前语。晋公口奏曰:"臣等止闻今上皇帝传宝受遗,若移大政于他处,则社稷之理不顺,难敢遵禀。"晋公由此怵明肃之旨,复回责同列曰:"此一事,诸君即时自当中覆,何必须候某出厅,足见顾藉自厚也。"晋公更衣,冯谓鲁参曰:"渠必独作周公,令吾辈为莽、卓,乃真宰存心也。"初,寇忠愍南贬日,丁尝秉笔谓冯相曰:"欲与窜崖,又再涉鲸波,如何?"冯但唯唯,丁乃徐拟雷州。及丁之贬也,适当冯相秉笔,谓鲁参曰:"鹤相始欲贬寇于崖,尝有鲸波之叹,今暂屈周公涉鲸波一巡。"竟窜崖州。

郑工部文宝为陕运时,贼迁欲侵灵武,朝廷患之,诏郑使宜经度西事。郑前后自环庆亲部刍粟,越瀚海七百里,入灵武者十二次,诸羌之语皆通晓。郑心知灵武不可守,故参校史传作《河西陇右图》进呈,极言乞弃灵武。朝廷方遣大将王超援之,又力谏太宗:"太平之时慎无开边,疲弊生姓。"太宗阅奏极怒,摭以他事,坐擅议盐禁及违营田、以积石废垒筑为清远军三过,贬郴州蓝山令。王超援兵方至环州,灵武果没,遂班师。而李顺梗蜀,陇贼赵包聚徒数千附之。郑知必趋栈以进,分兵夜袭,斩其魁,歼余党。尝又轻车使蜀,至渝、涪,闻广武卒谋乱,自云安飞小楫下峡数百里,一夕擒之,所举如神。然太宗终怒,蓝山任满,更移枝江、京山二县,牢落五六年方复。

郑仲贤善诗,可参二杜之间,予收之最多。《归田录》所采者非警绝,盖欧公未全见也。在江南,师徐骑省铉小篆,尝篆千文以示铉,其字学不出一中指之甲。骑省尝曰:"篆难于小,而易于大。郑子小篆,李阳冰不及,若大篆可兼尔。"又学琴于崔谕德遵度,崔谓杨大年曰:"郑仲贤弹琴,恐古有之,若今则无。吾箧中畜雷朴一琴,号'水泉'者,乃江南故国清风阁所宝,本欲携葬泉下,托君赠之,为我于龙池题数字记于腹,此琴之声可盖余琴六七面。"仲贤没,其子於陵进于秘府。文集二十卷、《谈苑》十卷、《江表志》二十卷。寿六十一。

杜祁公衍在中书,奏:"武臣带军职若四厢都虞候等出领藩郡,不惟遣使额重,而又供给优厚。在祖宗时,盖边臣俸给不足用,故以此优之,俾集边事。今四鄙宁肃,带此职者皆近戚纨绮,欲乞并罢。"仁宗深然之,许为著令,条告中外。方三日,一近姻之要者恳围披,上不得已,忽批一内降,某人特与防御使、四厢都虞候、知南京,余人不得援例。次日,祁公执奏:"臣近奉圣词,玉音未收,昨日何忽又降此批?"仁宗降玉色谕云:"卿且勉行此一批,盖事有无可奈何者。"祁公正色奏曰:"但道杜衍不肯。"竟罢之。

太祖收晋,水侵河东之年,晋危,使伪命殿直程再荣间道入契丹求救兵。至西楼,叩于契丹宣徽使王白,曰:"南朝今收弊国,危蹙不保,乞师以救。"白深于术数,谓荣曰:"晋必无患。南兵五月十七日当回,晋次日必大济。"再荣因问他后安危之数,白曰:"后十年晋破,破即扫地矣。非惟晋破,而契丹亦衰,然扶困却犯中原,饮马黄河而返。"又曰:"晋破二十年后,契丹微弱,灭绝几无遗种矣。子但记之。"是时,王师果不克晋。殆后十年,当太平兴国四年,方平晋垒。又白尝谓契丹扶困再犯之事者,即太宗征渔阳旋兵,雍熙丙戌岁,会曹武惠彬伐燕不利,是年冬,虏报役,王师失势于河间,虏乘胜抵黄河而退,皆如王白之言。白,冀州人,年七十,语气方直,虽事契丹,尝谏曰：“南朝天地山河与虏不同，虽暂得一小胜，不足永恃。彼若雪耻，稍兴兵复燕、蓟，破榆关，而直趋滦河，恐穷庐𪍠幕，不劳一践而尽。”契丹厌其语，欲诛之，盖赖其学术。年八十卒。

祖、宗潜耀日，尝与一道士游于关河，无定姓名，自曰混沌，或又曰真无。每有乏则探囊金，愈探愈出。三人者每剧饮烂醉。生喜歌《步虚》为戏，能引其喉于杳冥间作清徵之声，时或一二句，随天风飘下，惟祖、宗闻之，曰：“金猴虎头四，真龙得真位。”至醒诘之，则曰：“醉梦语岂足凭耶？”至膺图受禅之日，乃庚申正月初四也。自御极不再见，下诏草泽遍访之，或见于辕辕道中，或嵩、洛间。后十六载，乃开宝乙亥岁也，上巳被褉，驾幸西沼，生醉坐于岸木阴下，笑揖太祖曰：“别来喜安。”上大喜，亟遣中人密引至后掖，恐其遁，急回跸与见之，一如平时，抵掌浩饮。上谓生曰：“我久欲见汝决克一事，无他，我寿还得几多在？”生曰：“但今年十月廿日夜晴，则可延一纪；不尔，则当速措置。”上酷留之，俾泊后苑。苑吏或见宿于木末鸟巢中，止数日不见。帝切切记其语。至所期之夕，上御太清阁四望气。是夕果晴，星斗明灿，上心方喜。俄而阴霾四起，天气陡变，雪雹骤降，移仗下阁。急传宫钥开端门，召开封王，即太宗也。延入大寝，酌酒对饮。宦官、宫妾悉屏之，但遥见烛影下，太宗时或避席，有不可胜之状。饮讫，禁漏三鼓，殿雪已数寸，帝引柱斧戳〈丑角反〉雪，顾太宗曰：“好做，好做！”遂解带就寝，鼻息如雷霆。是夕，太宗留宿禁内，将五鼓，周庐者寂无所闻，帝已崩矣。太宗受遗诏于枢前即位。逮晓登明堂，宣遗诏罢，声恸，引近臣环玉衣以瞻圣体，玉色温莹如出汤沐。

如京使柳开与处士潘阆为莫逆之交，而尚气自任，潘常嗤之。端拱中，典全州，途出维扬，潘先世卜居于彼，迎谒江湄，因偕往传舍，止于厅事。见中堂局镉甚秘，怒而问吏，吏曰："凡宿者多不自安，向无人居，已十稔矣。"柳曰："吾文章可以惊鬼神，胆气可以慑夷夏，何畏哉！"即启户扫除，处中而坐。阆潜思曰："岂有人不畏鬼神乎？"乃托事告归，请公独宿。阆出门，密谓驿吏曰："柳公，我之故人，常轻言自衒，今作戏怖渠，无致讶也。"阆薄暮以黛染身，衣豹文犊鼻，吐兽牙，被发执巨椎，由外垣而入，据厅脊俯视堂庑。是夕，月色倍霁，洞鉴毛发，柳曳剑循阶而行。阆忽变声呵之，柳悚然举目。再呵之，似觉惶惧，遽云："某假道赴任，暂憩此馆，非意干忤，幸赐恕之。"阆遂疏柳生平幽隐不法之事，厉声曰："阴府以汝积戾如此，俾吾持符追摄，便须急行。"柳忙然设拜，曰："事诚有之。其如官序未达，家事未了，倘垂恩庇，诚有厚报。"言讫再拜，继之以泣，阆徐曰："汝识吾否？"柳曰："尘土下士，不识圣者。"阆曰："只我便是潘阆也。"柳乃速呼阆下。阆素知公性躁暴，是夕潜遁。柳以惭恶，诘朝解舟。

国初文章，惟陶尚书穀为优，以朝廷眷待词臣不厚，乞罢禁林。太祖曰："此官职甚难做，依样画葫芦，且做且做。"不许罢，复不进用。穀题诗于玉堂，曰："官职有来须与做，才能用处不忧无。堪笑翰林陶学士，一生依样画葫芦。"驾幸见之，愈不悦，卒不大用。

明肃太后欲谒太庙，诏礼官草仪。时学臣皆以《周官》后服进议，佞者密请曰："陛下垂帘听大政，号两宫，尊称、山呼及舆御，皆王者制度。入太室，岂当以后服见祖宗邪？"遂下诏服衮冕。谏疏交上，复宰臣执议，俱不之听。不得已将诞告，赖薛简肃公以关右人语气明直，不文其谈，帘外口奏曰："陛下大谒之日，还作汉儿拜邪，女儿拜邪？"明肃无答。是夕报罢。

范文正公仲淹为右司谏,章献刘太后听政,忽遣一巨珰谕之曰:"今后凡有大号令,不须强上拗,三五年为一宰相,不难致。"公觉其言甘,必有所谓。果诞告冬至日,大会前殿,仁宗率群臣为寿。有司将具,公上疏曰:"臣闻王者尊称,仪法配天,故所以齿辂马、践厩刍尚皆有谏,况屈万乘之重,冕旒行北面之礼乎?此乃开后世弱人主以强母后之渐也。陛下果欲为大官履长之贺,于闱掖以家人承颜之礼行之可也。抑又慈庆之容,御轩□陛,使百官瞻奉,于礼不顺。"事遂已。又独衔乞皇太后还政,疏曰:"陛下拥扶圣躬,听断大政,日月持久。今上皇帝春秋已盛,睿哲明发,握乾纲而归坤纽,非黄裳之吉象也。岂若保庆寿于长乐,卷收大权,还上真主,以享天下之养。"

姚嗣宗,关中诗豪,忽绳检,坦然自任。杜祁公帅长安,多裁品人物,谓尹师鲁曰:"姚生如何人?"尹曰:"嗣宗者,使白衣入翰林亦不忝,减死一等黜流海岛亦不屈。"姚闻之大喜,曰:"所谓善评我者也。"时天下久撤边警,一旦,忽元昊以河西叛,朝廷方羁笼关豪之际,嗣宗也因写二诗于驿壁,有"踏碎贺兰石,扫清西海尘。布衣能效死,可惜作穷鳞"。又一绝:"百越干戈未息肩,九原金鼓又轰天。崆峒山叟笑不语,静听松风春昼眠"之句。韩忠献公奇之,奏补职官。既而一庸生张,忘其名。亦堂堂人,猬髯黑面,顶青巾缁裘,持一诗代刺,摇袖以谒杜公,曰:"昨夜云中羽檄来,按兵谁解扫氛埃?长安有客面如铁,为报君王早筑台。"祁公亦异之,奏补乾祐一尉,而胸中无一物,未几,以赃去任。

冯延巳镇临川,闻朝议已有除替。一夕,梦通舌生毛。翌日,有僧解之曰:"毛生舌间,不可替也。相君其未替乎?"旬日之间，果已寝命。

　　江南冯谧尝于待漏堂谓诸阁老曰："玄宗赐贺监鉴湖三百里，信为盛事。他日赐归，止得后湖足矣。"徐铉答曰："主上贤贤下士，常若不及，岂惜一后湖？所乏者，知章耳。"谧大有惭色。

　　康定中，西贼寇边，王师失律于好水川，没巨将旌旗者四五。朝廷方扰，时当国一相以老得谢，拂衣晏坐而归。两府就宅为贺，因而陈筋，退相饮酏，自矜于席曰："某一山民耳，遭时得君，今还衮绣，告老于家。当天下平定无一事之辰，自谓太平幸民。"石参政中立应声曰："只有陕西一大窃盗未获。"坐客吞声，簪珥几堕。

　　范文正公以言事凡三黜。初为校理，忤章献太后旨，贬倅河中。僚友饯于都门曰："此行极光。"后为司谏，因郭后废，率谏官、御史伏阁争之不胜，贬睦州。僚友又饯于亭曰："此行愈光。"后为天章阁、知开封府，撰《百官图》进呈。丞相怒，奏曰："宰相者，所以器百官。今仲淹尽自抡擢，安用彼相？臣等乞罢。"仁宗怒，落职贬饶州。时亲宾故人又饯于郊曰："此行尤光。"范笑谓送者曰："仲淹前后三光矣，此后诸君更送，只乞一上牢可也。"客大笑而散。惟王子野质力疾独留数夕，抵掌极论天下利病，留连惜别。范尝谓人曰："子野居常病羸不胜衣，及其论忠义，则龙骧虎贲之气生焉。"明日，子野归，客有迎大臣之旨惴之者："君与范仲淹国门会别，一笑语、一樽俎，采之皆得其实，将有党锢之事，君乃第一人也。"子野对曰："果得觇者录某与范公数夕邮亭之论，条进于上，未必不为苍生之幸，岂独质之幸哉？"士论壮之。文正公虽极端方，而笑谑有味。师鲁时谪筠州监榷，郡守赵可度者，迎时之好恶，酷加凌忽。

公为郡帅,特奏曰:"尹洙多病,可惜死于僻郡,乞令就任所医理。"可其奏。遂客于邓。举不如意,凡樽俎语言皆无悰,侑人不敢侍之,或怒至以双指扭其脸。侑者泣诉于公,公曰:"尔辈岂知,此是龙图硬性。"客笑,而师鲁不笑。

祖、宗居潜日,与赵韩王游长安市。时陈抟乘一卫遇之,下驴大笑,巾簪几坠。左手握太祖,右手挽太宗:"可相从市饮乎?"祖宗曰:"与赵学究三人并游,可当同之。"陈睥睨韩王甚久,徐曰:"也得,也得。非渠不得预此席。"既入酒舍,韩王足疲,偶坐席左,陈怒曰:"紫微帝垣一小星,辄据上次,不可!"斥之使居席右。

柳仲涂开以殿中侍御史改崇仪使、知宁边军。宁边,定州博野县是也,扼虏境之要。柳才至,间者惑边州郡,驰告契丹将犯境。独柳驰书陈五事与军帅郭宣徽守文,逆料蕃情必无犯边之事,敢以族保。后果无动。有真定人白万德者,边豪也。蕃族七百余帐,万德以威爱辖之。慕仲涂才名,愿欲亲之,凡出入界上,设帐剧饮,间以诗书讲摩,信重仰服。一夕,与之饮于边帐,谓万德曰:"中原乃君父母之邦,弃以臣胡虏,奈礼义何?观君气貌雄特,南朝大侯伯不过此尔。中原失幽、蓟六十年,将兴师取之,君能顺动先自南归,则裂茅土、封公侯,不绝其世,炳焉书其功于方册,岂不韪欤?"万德大喜,将定日率豪杰请约于境,各以所授告命交而为质。议方合,会急召知全州,万德与仲涂别曰:"君不集其事者,天乎!"

《韩忠献公神道碑》,皇帝御制也,中云:"薨前一夕,有大星殒于厩中,枥马皆鸣。"又云:"公奉诏立皇子为皇太子,被顾命立英宗为皇帝,立朕以承祖宗之序,可谓定策元勋之臣。"后铭其碑曰:"公行不归,申文是悼。尚想公仪,泪落苑草。"后御篆十字,填金,以冠其额曰:"两朝顾命定策元勋之碑。"大哉!
天子之文章也,广大明白,日星之照江海,不过此辞也。

　　唐昭宗以钱武肃镠平董昌于越,拜镠为镇海镇东节度使、
中书令,赐铁券恕九死、子孙二死。罗隐撰谢表,略曰:"镂金
作誓,指日成文。盖陛下悯臣处极多虞,忧臣防奸未至,所以
广开圣泽,永保私门,屈以常刑,宥其必死。虽君亲属意,在其
必恕必容;而臣子尽心,亦岂敢伤慈伤爱?谨当日慎一日,戒
子戒孙,不可以此而累恩,不可因兹而贾祸。"止。殆庄宗入
洛,又遣使贡奉,恳承旨改回请玉册、金券。有司定仪,非天子
不得用,后竟赐之。镠即以节钺授其子元瓘,自称吴越国王,
名其居曰"殿",官属悉称"臣"。又于衣锦军大建玉册、金券、
诏书三楼,复遣使册东夷诸国,封拜其君长。几极其势,与向
之谢表所陈"处极、防微、累恩、贾祸"之诫,殊相戾矣。禅月,
贯休尝以诗投之,曰:"贵极身来不自由,几年勤苦踏山丘。满
堂花醉三千客,一剑光寒十四州。莱子衣裳宫锦窄,谢公篇咏
绮霞羞。他年名上凌烟阁,岂羡当时万户侯?"镠爱其诗,遣客
吏谕之曰:"教和尚改十四为四十州,方与见。"休性褊介,谓吏
曰:"州亦难添,诗亦不改。然闲云孤鹤,何天而不可飞邪?"遂
飘然入蜀,以诗投孟知祥。有"一瓶一钵垂垂老,万水千山得
得来"之句。知祥厚遇之。镠后果为安重诲奏削王爵,以太师
致仕。重诲死,明宗乃复镠旧爵位。

　　丁晋公在中书日,因私第会宾客,忽顾众而言曰:"某尝闻
江南李国主钟爱一女,早有封邑,聪慧姿质,特无与比。年及
厘降,国主谓执政曰:'吾止一女,才色颇异,今将选尚,卿等为
择佳婿,须得少年奇表,负殊才而有门地者。'执政遍询搢绅,
须外府将相之家,莫得全美。或有诣执政言曰:'尝闻洪州刘

生者,为本郡参谋,岁甲未冠,仪形秀美,大门曾列二卿,兼富辞艺,可以塞选。'执政遽以上言。亟令召之,及至,皆如其说,国主大喜,于是成礼。授少卿,拜驸马都尉,鸣珂锵玉,出入中禁。良田甲第,奇珍异宝,荛奕崇盛,雄视当时。未周岁,而公主告卒。国主伤悼悲泣曰:'吾不欲再睹刘生之面。'敕执政削其官籍,一簪不与,却送还洪州。生恍若梦觉,触类如旧。"丁语罢,因笑曰:"某他日亦不失作刘参谋也。"席上闻之,莫不失色。后半载,果有朱崖之行,资货田宅在京者,悉皆籍没,孑然南行,匹马数仆,宛如未第之日,谅先兆不觉出于口吻。李公防时在丁坐,亲聆其说。

处士魏野,貌寝性敏,志节高尚。凤阁舍人孙僅与野敦缟素之旧,尹京兆日,寄野诗说府中之事。野和之,其末有"见说添苏亚苏小,随轩应是珮珊珊"之句。添苏,长安名姬也,孙颇爱之。一日,孙召添苏谓曰:"魏处士诗中以尔方苏小,如何?"添苏曰:"处士诗名蔼于天下,著鄙薄在其间,是苏小之不如矣,又何方之乎?"孙大喜,以野所和诗赠之。添苏喜如获宝,一夕之内,长安为之传诵。添苏以未见野,深怀企慕,乃求善笔札者,大署其诗于堂壁,衔鬻于人。未几,野因事抵长安,孙忻闻其来,邀置府宅,他人未之知也。有好事者密召过添苏家,不言姓氏。添苏见野风貌鲁质,固不前席。野忽举头见壁所题,添苏曰:"魏处士见誉之作。"野殊不答,乃索笔于其侧别纪一绝。添苏始知是野,大加礼遇。诗曰:"谁人把我狂诗句,写向添苏绣户中。闲暇若将红袖拂,还应胜得碧纱笼。"

李相简穆公沆,尝被同年马亮责之曰:"外议以兄为无口匏。"公笑曰:"吾居政府,然无长才,但中外所陈利害,一切报罢,聊以此补国尔。今国家防制纤悉,密若凝脂,苟或徇所陈,

一一行之，则所伤实多。陆象先曰'庸人挠正'，正所谓也。恬
人苟一时之进，岂念于民邪?"公薨，沐浴右胁而逝。七日，盛
暑中方敛，不闻腐气，信履践之明效也。

王平甫安国奉诏定蜀民、楚民、秦民三家所献书可入三馆
者，令令史李希颜料理之。其书多剥脱，而得一弊纸所书花蕊
夫人诗笔，书乃花蕊手写，而其辞甚奇，与王建《宫词》无异。
建之辞，自唐至今，诵者不绝口;而此独遗弃不见取，受诏定三
家书者，又斥去之，甚为可惜也。遂令令史郭祥缮写入三馆。
既归，口诵数篇与荆公。荆公明日在中书语及之，而禹玉相
公、当世参政愿传其本，于是盛行于时。文莹亲于平甫处得副
本，凡三十二章。因录于此。其词曰:

　　五云楼阁凤城间，花木长新日月闲。三十六宫连内
苑，太平天子住崑山。

　　会真广殿约宫墙，楼阁相扶倚太阳。净甃玉阶横水
岸，御炉香气扑龙床。

　　龙池九曲远相通，杨柳丝牵两岸风。长似江南好春
景，画船来往碧波中。

　　东内斜将紫禁通，龙池凤苑夹城中。晓钟声断严妆
罢，院院纱窗海日红。

　　殿名新立号重光，岛上亭台尽改张。但是一人行幸
处，黄金阁子锁牙床。

　　安排诸院接行廊，水槛周回十里强。青锦地衣红绣
毯，尽铺龙脑郁金香。

　　夹城门与内门通，朝罢巡游到苑中。每日日高祗候
处，满堤红艳立春风。

　　厨船进食簇时新，侍宴无非列近臣。日午殿头宣索

脍,隔花催唤打鱼人。

立春日进内园花,红蕊轻轻嫩浅霞。跪到玉阶犹带露,一时宣赐与宫娃。

三面官城尽夹墙,苑中池水白茫茫。亦从狮子门前入,旋见亭台绕岸旁。

离官别院绕官城,金板轻敲合凤笙。夜夜月明花树底,傍池长有按歌声。

御制新翻曲子成,六官才唱未知名。尽将觱篥来抄谱,先按君王玉笛声。

旋移红树蘸青苔,宣赐龙池再凿开。展得绿波宽似海,水心官殿胜蓬莱。

太虚高阁凌波殿,背倚城墙面枕池。诸院各分娘子位,羊车到处不教知。

修仪承宠住龙池,扫地焚香日午时。等候大家来院里,看教鹦鹉念宫词。

才人出入每参随,笔砚将行绕曲池。能向彩笺书大字,忽防御制写新诗。

六官官职总新除,宫女安排入画图。二十四司分六局,御前频见错相呼。

春风一面晓妆成,偷折花枝傍水行。却被内监遥觑见,故将红豆打黄莺。

梨园弟子簇池头,小乐携来侯燕游。旋炙银笙先按拍,海棠花下合《梁州》。

殿前排宴赏花开,宫女侵晨探几回。斜望苑门遥举袖,传声宣唤近臣来。

小球场近曲池头,宣唤勋臣试打球。先向画楼排御喔,营弦声动立浮油。

供奉头筹不敢争,上棚专唤近臣名。内人酌酒才宣
赐,马上齐呼万岁声。

殿前宫女总纤腰,初学乘骑怯又娇。上得马来才欲
走,几回抛鞚把鞍鞒。

自教宫娥学打球,玉鞍初跨柳腰柔。上棚知是官家
认,遍遍长赢第一筹。

翔鸾阁外夕阳天,树影花香杳接连。望见内家来往
处,水门斜过毳楼船。

内人追逐采莲时,惊起沙鸥两岸飞。兰棹把来齐拍
水,并船相斗湿罗衣。

新秋女伴各相逢,毳画船飞到浦中。旋折荷花半歌
舞,夕阳斜照满衣红。

少年相逐采莲回,罗帽罗衫巧制裁。每到岸头齐拍
水,竟提纤手出船来。

早春杨柳引长条,倚岸缘堤一面高。称与画船牵锦
缆,暖风搓出彩丝条。

婕妤生长帝王家,常近龙颜逐翠华。杨柳岸长春日
暮,傍池行困倚桃花。

月头支给买花钱,满殿官人近数千。遇着唱名多不
语,含羞走过御床前。

寒食清明小殿旁,彩楼双夹斗鸡坊。内人对御分明
看,先睹红罗十担床。

太平兴国五年,秘书丞安德裕知广济军。是岁亢旱,因祷
于鬃山神祠。方注香,神自帏中冉冉而出,古服峨冠,拱揖而
前立。安以至诚所感,殊不为惧,遂诉愆亢之灾。答曰:“某,

堆阜之神也,久窃乡人之荐,愧无酬答,恨力小地卑,不能兴致云雨,虽云龙司厥职,动息由天。某当为公至主者之所,密候雨信,必先期奉报。"言讫而隐。安是夕梦神白:"雨候甚迩,只在来早。"及期大澍,千里告足。翌日,公具牢醴以谢之。

玉 壶 清 话

[宋]文莹　撰
黄益元　校点

校点说明

《玉壶清话》(又称《玉壶野史》)十卷,宋文莹撰。文莹,生卒年不详,钱塘僧人,字道温,又字如晦,尝居西湖菩提寺,后隐于荆州金銮寺。主要活动于北宋仁宗、英宗、神宗年间。工诗,喜藏书,潜心野史,留意世务,多与士大夫游。另著有《湘山野录》、《续录》。

《玉壶清话》是文莹于神宗元丰元年(1078)作于荆州的又一部野史笔记,内容、体例与两年前所撰《湘山野录》、《续录》相仿。本书前八卷近一百六十条,杂记北宋开国至神宗朝百年间君臣行事、礼乐宪章、诗文逸事、市井见闻等;而第九卷《李先主传》、第十卷《江南遗事》,则详细记录了五代后期南唐政权"累世之隆替"、"圣贤治乱之迹",是研究五代史和北宋史的珍贵资料;其中谈诗论文之语,清曹溶则冠以"玉壶诗话"辑入《学海类编》,显现它的诗话价值。

本书在南宋时已有《玉壶野史》的别称,在宋元时均著录为十卷。明初编修《永乐大典》后,逐渐散阙,仅得前五卷流传,天一阁范钦等人抄访得后五卷,遂合成十卷刊行。现存《玉壶清话》有《知不足斋丛书》本、《笔记小说大观》本、《说郛本》;称《玉壶野史》则有《四库全书》本、《墨海金壶》本、《守山阁丛书》本。今以《知不足斋丛书》本为底本进行校点,遇异文参诸本对照,择善而从,不出校记。

目　录

玉壶清话序

　　玉壶，隐居之潭也。文莹收古今文章著述最多，自国初至熙宁间，得文集二百余家，近数千卷。其间神道碑、墓志、行状、实录及奏议、碑表、野编小说之类，倾十纪之文字，聚众学之醇郁。君臣行事之迹，礼乐宪章之范，鸿勋盛美，列圣大业，关累世之隆替，截四海之见闻。惜其散在众帙，世不能尽见，因取其未闻而有劝者，聚为一家之书。及纂《江南逸事》并为李先主昪特立传，厘为十卷。且夫黄帝之时，世淳事简，尚有风后、力牧为史官，藏其书群玉山中。古之所以有史者，必欲其传；无其传，则圣贤治乱之迹，都寂寥于天地间。当知传者，亦古今之大劝也。书成于元丰戊午岁八月十日，余杭沙门文莹湘山草堂序。

玉壶清话卷第一

　　真宗尝曲宴群臣于太清楼，君臣欢狭，谈笑无间。忽问："廛沽尤佳者何处？"中贵人奏有南仁和者，亟令进之，遍赐宴席。上亦颇爱，问其价，中贵人以实对。上遽问近臣曰："唐酒价几何？"无能对者，唯丁晋公奏曰："唐酒每升三十。"上曰："安知？"丁曰："臣尝读杜甫诗曰：'蚤来就饮一斗酒，恰有三百青铜钱。'是知一升三十钱。"上大喜曰："甫之诗，自可为一时之史。"

　　苏翰林易简一日直禁林，得江南徐邈所造欹器，遂以水试于玉堂。一小珰传宣于公，见之不识其名，因密奏。既晓，太宗召对，问曰："卿所玩者，得非欹器乎？"公奏曰："然。"亟取进之于便坐，上亲试之以水，或增损一丝许，器则随欹，合其中，则凝然不摇。上叹曰："真圣人切诫之器也！"公奏曰："愿陛下执大宝神器，持盈守成，皆如此器，则王者之业，可与天地同矣。"上徐笑谓公曰："若腹之容酒，得此器之节，安有沉湎之过耶？"盖公尝嗜饮过中，故托此以规之。易简泣谢惭佩，上亲撰《欹器铭》及草书《诫酒诗》以赐焉。

　　枢密直学士刘综出镇并门，两制、馆阁皆以诗宠其行，因进呈。真宗深究诗雅，时方竞务西昆体，碟裂雕篆，亲以御笔选其平淡者，止得八联。晁迥云："凤驾都门晓，微凉苑树秋。"杨亿止选断句："关榆渐落边鸿过，谁劝刘郎酒十分。"朱巽云："塞垣古木含秋色，祖帐行尘起夕阳。"李维云："秋声和暮角，膏雨逐行轩。"孙仅云:"汾水冷光摇画毂,蒙山秋色锁层楼。"
钱惟演云:"置酒军中乐,闻筛塞上情。"都尉王贻永云:"河朔
雪深思爱日,并门春暖咏《甘棠》。"刘筠云:"极目关山高倚汉,
顺风雕鹗远凌秋。"上谓综曰:"并门在唐世,皆将相出镇。凡
抵治遣从事者,以题咏述怀宠行之句,多写于佛宫道院,纂集
成编,目《太原事绩》,后不闻其作也。"综后写御选句图立于晋
祠。综,名臣也,少孤,依外兄通远军使董遵诲以从学。遵诲
遣综贡马于朝,还日,太祖解真珠盘龙带,遣综赍赐遵诲。综
时年十六岁,奏曰:"臣外兄止以方贡修人臣之常节,陛下解宝
勒赐之,臣窃恐勋臣别立殊绩,陛下当何以为赐?"敷奏清雅,
辞容秀彻。太祖爱之,谓左右曰:"儿非常材。"从容谓之曰:
"吾委遵诲以方面,不得以此为较。"后雍熙二年,擢第于梁颢
榜中。同年钱若水深器之,推挽于朝。

　　兴国中,太宗建秘阁,选三馆书以置焉,命参政李至专掌。
一日,李昉、宋琪、徐铉三学士叩新阁求书以观。至性畏慎,拒
曰:"扃钥诚某所掌,签函巾幂,严秘难启,奈诸君非所职,窃窥
不便。"三人者笑谓至曰:"请无虑,主上文明,吾辈苟以观书得
罪,不犹愈他咎乎?"因强拉秘钥启窥。至密遣阁吏闻奏。上
知之,亟走就阁赐饮,仍令尽出图籍古画,赐昉等纵观。昉上
言:"请升秘阁于三馆之次。"从之。仍以飞白阁额赐之,及赐
草书《千字文》。至请勒石,上曰:"《千字文》本无稽,梁武帝得
钟繇破碑,爱其书,命周兴嗣次韵而成之,文理无足取。夫孝
为百行之本,卿果欲勒石,朕不惜为卿写《孝经》本刻于阁壶,
以敦教化也。"

　　熙宁元年,状元吕公溱为京尹,上殿进札子,时府推官郎
中周约随趋于后。今上忽问吕曰:"卿体中无恙否?"吕对曰:

"臣无事。"斯须又问:"卿果觉安否?"吕又对曰:"臣不敢强。"时吕公神彩气焰,略无少亏。将退,又问周曰:"卿见吕溱如何?"周对曰:"以臣观溱,似亦无事。"吕出殿门,深疑之,整巾拂面,索镜自照,问周曰:"足下果见溱如何?"周曰:"龙图无自疑,容彩安静。"果数日感疾,迤逦不起。此较然知圣人之观物殊有凤见,况他事可昧天鉴哉?周中立责授巴陵,亲语其尉朱元明。元明,佳士也,敢妄说乎?

景德三年,有巨星见于氐之西,光芒如金圆,无有识者。春官正周克明言:"按《天文录·荆州占》,其星名周伯,语曰:'其色金黄,其光煌煌,所见之国,太平而昌。'又按《元命苞》,此星一曰德星,不时而出。"时方朝野多欢,六合平定,銮舆澶渊凯旋,方域富足,赋敛无横,宜此星之见也。克明本进士,献文于朝,召试中书,赐及第。

太宗将亲攻范阳,李南阳至参大政,以二策抗疏为奏:"愿陛下选将帅中威武有谋、敦庞多福、克荷功名者,授宸算,付锐兵,俾往征之,大驾不出京毂,恭守宗祧,慰抚黔庶,示敌人以闲暇,策之上也。大名,河朔之咽喉,或暂驻清跸,扬天威以壮军声,策之中也。若其边霜朔雨,朝尘夕埃,翻龙凤于旗常,拥貔貅于銮辂,劳侵黼扆,士失耕农,非愚臣所知也。"疏既入,继以目疾求退,士论嘉之。

曹武惠彬始生,周晬日,父母以百玩之具罗于席,观其所取。武惠左手提干戈,右手取俎豆,斯须取一印,余无所视。后果为枢密、使相,卒赠济阳王,配享帝食。公虽兼将相之领,不以爵禄自大。造门者,皆降庑而揖。不名呼下吏,吏之禀白者,虽剧暑,不冠不与见。伐江南、西蜀二国,诸将皆稇载而归,惟公但图史衾箪而已。为藩帅,中途遇朝绅,必引车为避。

过市，戢其传呼戒导吏去马不得越十轮，恐壅遏市井。性仁恕，清慎无挠，强记，善谈论。清白如寒儒，宅帑无十日之畜，至坐武帐，止衣弋绨纻袍、素胡床而已。征幽州，偶失律于涿鹿，素服待罪。赵参政昌言请案诛。朝廷察之，止责右骁卫上将军，未几遂起。赵参政自延安还，因事被劾于尚书省，久不许见。时公已复密使，三抗疏，力雪之，方许朝谒。士论叹伏。子璨，天禧三年授使相，拜制未久而卒。

太宗将蒐渔阳，李文正防抗疏力谏曰"臣闻古哲王之制，国方五千里，务安诸夏，不事要荒。岂威德不能加乎？盖不欲以四夷劳中国。陛下岂不闻秦戍五岭，汉事三边，道殣相枕，户籍消减，一人失道，亿兆惟毒！然而开远夷、通绝域，必因魁杰之主，济以好事之臣。所以张骞凿空，班超投笔，或以重宝结之，或以强兵慑之，投躯于万死之地，快志于一朝之愤。炀帝规模广远，欲吞秦、汉，自劳万乘，亲出玉关，关右流沙骚然，民不聊生。观陛下又欲事炀帝、秦、汉之事"云云。公居常奏论皆雍容和婉，未尝有逆鳞之节。此疏之上，士论骇伏。后果伐燕无成，太宗方忆前疏忠鲠，始赐手诏，厚谕其家。

太祖初有事于太社，时国中坠典多或未修，太社祝文亦亡旧式。诏词臣各撰一文，誊录糊名以进。上览之，谓左右曰："皆轻重失中。"独御笔亲点一文曰："惟此庶乎得体。"开视之，乃窦仪撰者。文曰："惟某年太岁月朔日，宋天子某敢昭告于太社：谨因仲春、仲秋，祗率常礼，敬以玉帛，一元大武，柔毛刚鬣，明粢香萁，嘉荐醴齐，备兹禋瘗，用伸报本。敢以后土句龙氏配神作主，惟神品物赖之，载生庶类，资以含洪。方直所以著其道，博厚所以兼其德，有社者敢忘报乎？尚飨。"遂诏仪定其仪注。公以《开元礼》参酌于三代之典，继以进熟之际作《雍和乐》。太社之馔自正门入,配坐之馔自左闼入。皇帝诣罍洗之仪,并如圆丘。诣太社樽所,执樽者举幂。赞酌醴齐,太常卿引皇帝于太社神坐前捧爵跪奠,太祝持版进于神坐之右,西向,跪读祝文。

黄夷简闲雅有诗名,在钱忠懿王俶幕中,陪尊俎二十年。开宝初,太祖赐俶开吴镇越崇文耀武功臣,遣夷简谢于朝。将归,上谓夷简曰:"归语元帅,朕已于薰风门外建离宫,规模华壮,不减江浙,兼赐名'礼贤宅',以待李煜与元帅,先朝者即赐之。今煜崛强不朝,吾将讨之,元帅助我乎? 无为他谋所惑,果然,则将以精兵坚甲奉赐。向克常州,元帅有大功,俟江南平,可暂来相见否? 无他,但一慰延想尔,固不久留,朕执圭币三见于天矣,岂敢自诬? 即当遣还也。"夷简受天语,俯首而归,私自筹曰:"兹事大难,王或果以去就之计见决于我,胡以为对?"殆归,见俶,因不匿,尽以天训授之,遂称疾于安溪别墅,保身潜遁。夷简《山居》诗有"宿雨一番蔬甲嫩,春山几焙茗旗香"之句。雅喜治释。咸平中,归朝为光禄少卿,后以寿终焉。

苗训仕周为殿前散员,学星术于王处讷,从太祖北征。处讷谕训曰:"庚申岁初,太阳躔亢宿,亢怪性刚,其兽乃龙,恐与太阳并驾,若果然,则圣人利见之期也。"至庚申岁旦,太阳之上复有一日,众皆谓目眩,以油盆俯窥,果有两日相磨荡,即太祖陈桥起圣之时也。处讷幼梦持镜照天,列宿满中,割腹纳之,遂通晓星纬之学。太祖即位,枢密使王朴建隆二年辛酉岁撰《金鸡历》以献。上嘉纳之,即改名曰《应天历》,御制历序。处讷谓所知曰:"此历更二十年方见其差,必有知之者,吾不得预焉。"至太平兴国六年辛巳,吴昭素直司天监,果上言《应天历》大差。太宗诏修之。

钱昱，忠献王宏佐长子也，读书强记。在故国，与赞宁僧录迭举竹数束，得一事抽一条，昱得百余条，宁倍之，昱著《竹谱》三卷，宁著《笋谱》十卷。昱轻便美秀，太祖受禅，伯父俶遣持贡入阙，赐后苑宴射。时江南使者已先中的，令昱解之，应弦而中，赐玉带旌赏之。归朝，愿以刺史求试，乞换台阁，送学士院试制诰三篇，格在优等，改秘书监。尤善翰牍。太宗取阅，深爱之，谓左右曰："诸钱笔札多学浙僧亚栖书，体格浮软，其失仍俗。独此儿不类。"以御书金花扇，及行草写《急就章》赐之。后南郊，当增秩，上曰："丞郎德应星象。昱，王孙也，检操无守，不宜膺之。"授郢团，盖慎惜名器也。

太祖征太原还，至真定，幸龙兴观。道士苏澄隐迎銮驾，霜简星冠，年九十许，气貌翘竦。上因延问甚久，自言："顷与亳州道士丁少微、华山陈抟结游于关、洛，尝遇孙君房麛皮处士。"上问曰："得何术？"对曰："臣得长啸引和之法。"遂令长啸，其声清入杳冥，移时不绝。上嘿久，低迷假寝，殆食顷，方欠伸，其声略不中断。上大奇之，因问引导之法、养生之要。隐对曰："王者养生异于是。老子曰：'我无为而民自化，我无欲而民自正。'无为无欲，凝神太和，黄帝、唐尧所以享国永图，得此道也。"遂赐"颐素先生"。

戚同文，东都之真儒，虽古之纯德者，殆亦罕得。其徒不远千里而至，教诲无倦，登科者题名于舍，凡孙何而下，七榜五十六人。不善沽矫，乡里之饥寒及婚葬失其所者，皆力赈之。好为诗，有《孟诸集》。杨侍读徽之守南都，召至郡斋，礼遇益厚，唱和不绝。杨谓君曰："陶隐居昔号坚白先生，以足下纯白可侔，仆辄不揆，已表于朝，奏乞坚素之号，未知报否？"后果从请。及殁,旧学百余楹,过如庠序之盛。州郡惜其废,奏乞赐额为本府书院,命奉礼郎戚舜宾主之,即纶子也。

李南阳至尝作《亢宫赋》,其序略曰"予少多疾,赢不胜衣。庚寅岁冬夕,忽梦游一道宫,金碧明焕,一巨殿,一宝床,岿然于中。一金龙蟠踞于床之上,碧犄金鬣,光射天地。旁有绿衣道士,转眄若岩电,谓余曰:'此亢宿之宫也。大象无停轮,宜速拜之。汝将事此龙,积疾亦消。'予将拜,龙辄先拜"云。至道初,太宗立真宗为皇太子,命公与李沆相并为宾客,太宗戒真皇曰:"二臣皆宿儒重德,不可轻待。吾选正人辅导于汝,宗基国本,吾无虑矣。"真宗恭禀皇训,见必先拜,符亢宫之兆也。

李集贤建中,恬退喜道,处搢绅有逍遥之风。善翰札,行笔尤工,至于草隶分篆,俱绝其妙,人得之则宝焉。为诗清淡闲暇,如其人也。有《杭州望湖楼》诗:"小艇闲撑处,湖天景物微。春波无限绿,白鸟自由飞。落日孤汀远,轻烟古寺稀。时携一壶酒,恋到晚凉归。"《西湖》诗有"涨烟春气重,贮月夜痕深"之句,皆类于此。晚喜洛中景物,求留居。园池亭榭,萧洒自如,每喜诵《楞严经》中四句云:"将闻持佛佛,何不自闻闻?闻复翳根除,尘消觉圆净。"凡起居皆咏之。后被诏与张君房集贤校勘《道藏》,时号称职。

真宗为寿春郡王开府,太宗诏宰臣:"为朕选端方纯明、有德学、无过阙臣僚二人为王友。"金择累日,惟得崔遵度、张士逊尔。遵度与物无竞,口未尝言是非,清洁完好,不喜名势,掌右史十年,每立殿墀,匿身楹槛之外,以避顾眄。善琴,得古人深趣,著《琴笺》十篇。鸣琴于室,妻孥殆不得见,通夕只闻琴声。张士逊邓公,生均州郧乡深山间,始冠已有纯德,称于乡里。京西旧有淫祀曰大戒,其设颇雄,立二十四司、三十六门。

公幼往观之，其巫传神语曰："张秀才请于中书门下坐。"后果
以师儒之重相仁庙，出处皆太平，寿八十六。

　　长安一巨冢坏，得古铜鼎，状方而四足，古文一十六字，人
莫之晓。命句中正辨其篆，曰："此鸟迹文也。其词曰：'天王
迁洛，岐、酆锡公。秦之幽宫，鼎藏于中。'"命杜镐考其事，曰：
"武王克殷，都于酆、镐，以雍州为王畿。及平王东迁洛邑，以
岐、酆之地赐秦襄公。篆曰'岐、酆锡公'，必秦襄之墓也。"后
耕人果得折丰碑，刻云"秦襄公墓"。中正有字学，篆、隶、行、
草尽精，与徐铉校定《说文》，又同吴杨文举撰《雍熙广韵》，遂
值史馆，篆太宗神主，藏太室西壁，及篆谥宝，遂赐金紫。益州
华阳人也。

　　太祖问赵韩王："儒臣中有武勇兼济者何人？"赵以辛仲甫
为对，曰："仲甫才勇有文，顷从事于郭崇，教其射法，后崇反师
之。赡辨宏博，纵横可用。"遂召见。时太祖方以武臣戡定寰
宇，更不暇他试，便令武库以乌漆新劲弓令射。仲甫轻挽即
圆，破的而中。又取坚铠令擐之，若被单衣。太祖大称爱。仲
甫奏曰："臣不幸本学先王之道，愿致陛下于尧、舜之上。臣虽
遇昌时，陛下止以武夫之艺试臣，一弧一矢，其谁不能？"上慰
之曰："果有奇节，用卿非晚。"后历险易，雍熙三年参大政。
公尝为起居舍人，使契丹，虏主曰："中朝党进者，真骁将也。
如进辈有几？"虏所以固矜者，谓进本虏族，中国无之。公亟
对："若进辈，鹰犬弩材尔。行伍中若进者，不可胜数。"虏主少
沮，意欲执之，辛曰："两国以诚讲好，今渝约见留，臣有死而
已。尝笑李陵辈苟生甘耻于羊酪之域，无足取也。"契丹因厚
修礼遣送之，度其志必不可夺也。

玉壶清话卷第二

　　开宝塔成，欲撰记，太宗谓近臣曰："儒人多薄佛典，向西域僧法遇自摩竭陁国来，表述本国有金刚坐，乃释迦成道时所踞之坐，求立碑坐侧。朕令苏易简撰文赐之，中有鄙佛为夷人之语，朕甚不喜，词臣中独不见朱昂有讥佛之迹。"因诏公撰之。文既成，敦崇严重，太宗深加叹奖。公举进士之时，赵韩王深所器重，谓人曰："朱有君子之风，寿德远到。"时宗人朱遵度有学名，谓之"朱万卷"，目公为"小万卷"。歊历清贵三十年，晚以工部侍郎恳求归江陵，逾年方允。止令谢于殿门外，复诏赐坐。时方剧暑，恩旨宠留，诏秋凉进程。时吴淑赠行诗，有"汉殿夜凉初阁笔，渚宫秋晚得悬车"之句，尤为中的。锡宴玉津园，中人传诏，令各赋诗为送。若李承旨维有"清朝纳禄犹强健，白首还家正太平"，及陈文惠公尧佐"部吏百函通爵里，送兵千骑过荆门"之句，凡四十八篇，皆警绝一时，朝论荣之。弟协亦同时隐，皆享眉寿，家林相接，谓之渚宫二疏。荆帅陈康肃尧咨表其居为东、西致仕坊。八十二薨，门人请谥正裕先生。

　　王宫保溥，乾德初，相太祖，以旧相先朝令德，固优待之。故事，一品班在台省之后，特制分台省班于东西，遂为著式。公父祚，并州郡小吏，后以防御使致仕于家，眉寿康福。每搢绅拜于其家，置樽为寿，公必朝服侍立，客辄不安，引避于席。祚曰："学生仆之犹犬尔，岂烦谦避耶？"溥后纂集苏冕、崔铉二

《会要》,撰成一百卷,目曰《唐会要》。教其子贻孙,尤负奥学。上尝问赵韩王曰:"男尊女卑,男何以跪而女不跪?"历问学臣,无有知者,惟贻孙曰:"古者男女皆跪。至天后世,女始拜而不跪。"韩王曰:"何以为质?"贻孙曰:"古诗云'长跪问故夫'。"遂得振学誉。

冯瀛王道,德度凝厚,事累朝,体貌山立。其子吉,特浮俊无检,为少卿。善琵琶,妙出乐府,世无及者。父酷戒之,略不少悛。一日家宴,因欲辱之,处贱伶之列,众执器立于庭,奏数曲罢,例以缠头缣锭随众伶给之。吉置缣锭于左肩,抱琵琶按膝长跪,厉声呼谢而退,家人大笑于箔,回首谓父曰:"能为吉进此技于天子否?"凡宾僚饮聚,长为不速,酒酣即弹,弹罢起舞,舞罢作诗,昂然而去,自谓曰"冯三绝"。及撰昭宪太后谥议,举朝叹服。乾德四年郊,礼容乐节,刊正渐备,有司奏其阙典,但少宗庙殿庭宫悬三十六架,加鼓吹熊罴十二。"按《乐礼》,朝会登歌用《五瑞》,郊庙奠献用《四瑞》,回至楼前奏《采茨》之曲,御楼奏《隆安》之曲,各用乐章。又《八佾》之舞,以象文德武功,请用《玄德升闻》、《天下大定》之舞。"率从其请。

江南边镐初生,其父忽梦谢灵运持刺来谒,自称前永嘉守,修髯秀彩,骨清神竦,所被衣巾,轻若烟雾,曰:"欲托君为父子。顷寄浙西飞来峰翻译《金刚经》,然其经流分,中有未合佛旨处,愿寄君家刊正。无他祝,慎勿以荤膻啖我,及七岁,放我出家为真僧,以毕前经。"梦讫,镐生。眉貌高古,类梦中者,父爱之。小字康乐,成童聪敏,攻文字尽若夙诵。坚求出家,其亲不肯,以荤迫之。初不能食,后亦稍稍。及冠,翘秀,娈姻者众,双亲强而娶焉。后嗣主爱其博雅,累用之,然而柔懦寡断,惟好释氏。初,从军平建州,凡所克捷,惟务全活。建人德之,号为"边罗汉"。及克湘潭,镐为统军,诸将欲纵掠,独镐不允。军入其城,巷不改市。潭人益喜之,谓之"边菩萨"。及帅于潭,政出多门,绝无威断,惟事僧佛。楚人失望,谓之"边和尚"。

太祖初郊,凡阙典大仪,修讲或未全备,至于勘契之式,次郊方举。大礼毕,銮辂还至阙门,则行勘箭之仪,内中过殿门,则行勘契之仪。勘箭者,其箭以金铜为镞,长三寸,形若凿枘。其筒香檀木为之,长三尺,金镂饰其端,以绛罗泥金囊韬之,金吾仗掌焉。其镞以紫罗泥金囊贮之,驾前司掌焉。每大驾还,阖中扇,驻跸少俟,有司声云:"南来者何人?"驾前司告云:"大宋皇帝。"行大礼毕,礼仪使跪奏曰:"请行勘箭。"金吾司取其筒,驾前司取其镞,两勘之罢,即奏曰:"勘箭讫。"有司又声曰:"是不是?"赞喝者齐声曰:"是。"如是者三,方开扇分班起居迎驾。大辂方进,勘契者以香檀刻鱼形,金饰鳞鬣,别以香檀板为鱼形,坎而为范。其鱼则驾前司掌焉,其范则宫殿门司掌焉。銮舆过宫殿门,以鱼合范,然后开扇迎驾。其赞唱喝迎拜,一如勘箭之式。

真宗喜谈经。一日,命冯元谈《易》,非经筵之常讲也。谓元曰:"朕不欲烦近侍久立,欲于便斋亭阁选纯孝之士数人,上直司人,便裘顶帽,横经并坐,暇则荐茗果,尽笑谈,削去进说之仪,遇疲则罢。"元荐查道、李虚己、李行简三人者预焉。奏曰:"道,歙州人。母病,尝思鳜羹,方冬无有市者,道泣祷河神,凿冰脱巾,取得鳜鱼果尺余以馈母。后举贤良,入第四等。虚己母丧明,医者曰:'浮翳泊睛,但舌舐千日,勿药自瘳。'虚己舐睛三年,遂明。行简父患痈极痛楚,以口吮其败膏,不唾于地,父疾遂平。"真宗立召之,日俾陪侍,喜曰:"朕得朋矣。"

太祖收并门,凯旋日,范杲为县令,叩回銮进讲《圣寿诗》,

有"千里版图来浙右,一声金鼓下河东"之句。上爱之,赐一官,改服色。

擒刘铢至阙下,欲献俘太庙,莫知其仪。时张昭以户部尚书致仕于家,深识典故,国初规制,皆张昭与窦仪所定。太祖遣学士李瀚就问俘庙之仪,庶同参酌。张昭卧病,口占其式以授瀚,不遗一字。瀚遂心服昭之该明。

太宗居晋邸,问宾僚:"今朝父子一德者何人?"有以刘温叟父子为对者。温叟父岳,退居河阴,温叟方七岁,尝谓客曰:"吾老矣,他无所觊,但得世难稍息,与此儿偕为温、洛之叟,耕钓烟月,为太平之渔樵,平生足矣。"后记父语,父因名焉。岳,后唐为学士;温叟,晋少帝时又为学士,人尽荣之。受命之日,抱敕立堂下,其母未与之见。隔帘闻鱼钥声,俄而开箧,二青衣举一箱至庭,则紫袍、兼衣也,母始卷帘见之,曰:"此则汝父在禁林内库所赐者。"温叟跪泣捧受,开影寝列袍,以文告其先,方拜母庆。以父名岳,终身不听乐。大朝会有乐,亦以事辞之。客有犯其讳,则劫哭急起,与客遂绝。太宗闻之,嘉叹益久。温叟时为中丞,家贫,太宗致五百缗以赠之,拜贶讫,以一柜贮于御史府西楹,令来使缄镝而去。至明年端午,以纨扇、角黍赠之,视其封宛然。所亲讽之曰:"晋邸赠缗,恤公之贫,盍开扃以济其乏?"温叟曰:"晋王身为京兆尹,兄为天子,吾为御史长,拒之则鲜敬,受之则何以激流品乎?"后太宗闻之,益加叹重。

乾德三年再郊,范鲁公质为大礼使,以卤簿青油队旧有甲骑尽聚于武库,磨锃坚厚,精明可畏,于礼容有所不顺。陶縠尚书为礼仪使,出意范之以青绿画黄绢为甲文,青巾裹之。绿青绢为下裙,绛皮为络,长短至膝,加珂纹铜铃,绕前膺及后鞁，至今用焉。縠本姓唐，避晋祖讳易之。明博该敏，尤工历象。时伪晋房势方炽，谓所亲曰："五星数夜连珠于西南，已累累大明，吾辈无左衽之忧，有真主已在汉地。观房帐腾蛇气缠之，房主必不归国。"未几，德光薨于汉。又字东起，芒侵于北，縠曰："胡雏非久，自相吞噬，安能乱华？"后皆尽然。

窦禹钧生五子：仪、俨、侃、偁、僖等，相继登科。冯瀛王赠禹钧诗有"灵椿一树老，丹桂五枝芳"。时号"窦氏五龙"。昆仲材业，仪、俨尤著。仪为礼部侍郎，太祖欲相之。赵韩王自寡学，忌仪明博，亟引薛居正参大政以塞之。弟俨素蕴文学，为周世宗所重，判太常寺，校管籥钟磬，辨清浊上下之数，分律吕还相之法，去京房清宫一管，调之二年，方合大律。又善乐章，凡三弦之通，七弦之琴，十二弦之筝，二十五弦之瑟，三漏之籥，七漏之笛，八漏之篪，十七管之笙，二十三管之箫，皆立谱调，按通而合之。器虽异而均和不差，编于历代乐章之后，目曰《大周正乐谱》。乐寺掌之，依文教习。尤善推步星历，与卢多逊、杨徽之同在谏垣，预谓二公曰："丁卯岁，五星当连珠于奎。奎主文，又在鲁分，自此天下始太平。二拾遗必见之，老夫不与也。"果在乾德丁卯岁，五星连珠于奎，太宗镇兖、海。其明博如此。

太祖尝谓赵普曰："卿苦不读书。今学臣角立，隽轨高驾，卿得无愧乎？"普由是手不释卷，然太祖亦因是广阅经史。

李瀚及第于和凝相榜下，后与座主同任学士。会凝作相，瀚为承旨，适当批诏，次日于玉堂辄开和相旧阁，悉取图书器玩，留一诗于榻，携之尽去，云："座主登庸归凤阁，门生批诏立鳌头。玉堂旧阁多珍玩，可作西斋润笔不？"

艾侍郎颖，少年赴举，逆旅中遇一村儒，状极茸阘，顾谓艾曰:"君此行登第必矣。"艾曰:"贱子家于郓,无师友,加之汶上少典籍,今学疏寡,聊观场屋尔,安敢俯拾耶?"儒者曰:"吾有书一卷以授君,宜少俟于此,诘旦奉纳。"翌日,果持至,乃《左传》第十卷也。谓艾曰:"此卷书不独取富贵,后四十年亦有人因此书登甲科,然龄禄俱不及君。记之。"艾颇为异,时亦讽诵,果会李愚知举,试《铸鼎象物赋》,事在卷中,一挥而就。愚爱之,擢甲科。后四十年,当祥符五年,御前放进士,亦试此题,徐奭为状元。后艾果以户部侍郎致仕,七十八岁薨于汶;徐年四十四,为翰林学士卒。

乾德初,国用未丰。苏晓为淮漕,议尽榷舒、庐、蕲、黄、寿五州茶货,置十四场,一萌一蘖,尽搜其利,岁衍百余万缗。淮俗苦之。后晓舟败溺,淮民比屋相贺。

秦亭之西北夕阳镇,产巨材,森郁绵亘,不知其极,止利于戎。建隆初,国朝方议营造,尚书高防知秦州,辟地数百里,筑堡扼其要,募兵千余人,为采造务,与戎约曰:"渭之北,戎有之;渭之南,秦有之。"果获材数万本,为桴蔽渭而下。后番部率帐族绝渭夺筏杀兵,防出师与战,翦戮其众,生擒数十人,絷俘于狱以闻。太祖悯之,曰:"夺其地之所产,得无争乎?仍速边州之扰,不若罢之。"下诏厚抚其酋,所絷之戎,各以袍带优赐之,遣还其部。诸戎泣谢。后上表,愿献美材五十万于朝。

许仲宣,青社人,三为随军转运使,心计精敏,无丝发遗旷。征江南,军中之须,当不备之际,曹武惠公固欲试之,凡所索则随应给。王师将夜攻城,仲宣阴计之曰:"永夕运锸,宁不食耶?既膳,无器可乎?"预科陶器数十万,夜半爨成食,兵将就食,果索其器,如数给之。他率类此。征交州,为广西漕,士死于瘴者十七八,大将孙金兴失律,仲宣奏乞罢兵,不待报,以兵分屯湖南诸州，开帑赏给，纵其医饵，谓人曰：“吾夺瘴岭客魂数万，生还中国，已恨后时，若更俟报，将积尸于广野矣。诛一族，活万夫，吾何恨哉？”又飞檄谕交人以祸福。交人遂送款乞内附，遣使修贡。仲宣上表待罪。太宗褒诏大嘉之。以秘书监致仕于家，八十三终，谥仁惠公。

《愍说》者，不知何人所撰，偶一敝册中录之，云：“熙宁丙辰四月二十六日，襄州通衢一死妇，理官验之，带二公符云：‘潭州妇人阿毛，其夫杨全配隶房陵，既死本州，请陈愿负夫骨归葬故乡，遭时大疫，遂毙于道。’”呜呼，辕门之匹妇，岂不知改从于人，免冻馁以苟余生乎？翻能以义藏中，惸然不惮数千里之远，负夫骨以归。此节妇义女之为，反毙于道。天乎！福善助顺之理，信所以难忱也。膏粱士族之家，夫始属纩，已欲括奁结橐求他耦而适者多矣，宜将何理以殛之？

郭忠恕画殿阁重复之状，梓人较之，毫厘无差。太宗闻其名，诏授监丞。将建开宝寺塔，浙匠喻皓料一十三层，郭以所造小样末底一级折而计之，至上层余一尺五寸，杀收不得，谓皓曰：“宜审之。”皓因数夕不寐，以尺较之，果如其言。黎明，叩其门，长跪以谢。尤工篆籀诗笔，惟纵酒无检，多突忤于善人。聂崇义建隆初拜学官，河、洛之师儒也，赵韩王尝拜之。郭使酒咏其姓，玩之曰：“近贵全为‘聩’，攀龙即是‘聋’，虽然三个耳，其奈不成聪。”崇义应声反以“忠恕”二字解其嘲曰：“勿笑有三耳，全胜畜二心。”忠恕大惭，终亦以此败检，坐谤时政，擅货官物，流登州。中途卒，藁葬于官道之旁。他日亲友与敛葬，发土视之，轻若蝉蜕，殆非区中之物也。李留台建中以书学名家，手写《忠恕汗简集》以进，皆科蚪文字。太宗深悼惜之，诏付秘阁。

玉壶清话卷第三

卢多逊相生曹南,方幼,其父携就云阳道观小学,时与群儿诵书,废坛上有古签一筒,竞往抽取为戏。时多逊尚未识字,得一签,归示其父,词曰:"身出中书堂,须因天水白。登仙五十二,终为蓬海客。"父见颇喜,以为吉谶,留签于家。迨后作相,及其败也,始因遣堂吏赵白阴与秦王廷美连谋,事暴,遂南窜,年五十二,卒于朱崖。签中之语,一字不差。初,多逊与赵韩王睚眦,太宗践祚,每召对,即倾之。上以肤受,颇惑之,黜普于河阳。普朝辞,抱笏面诉,气慑心懦,奏曰:"臣以无状之贱,获事累圣,况曩日昭宪圣后大渐之际,臣与先帝面受顾命,遣臣亲写二券,令大宝神器传付陛下,以二书合纵批文,立臣衔为证。其一书先后纳于棺,一书先帝手封收宫中。乞陛下试寻之,孤危之迹,庶乎少雪。臣此行身移则事起,豺狼在途,危若累卵,谁与臣辨?"后果得此书于禁中,帝疑既释,窜多逊于朱崖。上谓普曰:"朕几欲诛卿。"故王禹偁《韩王挽词》有"鸿恩书册府,遗训在金縢",乃此事也。

至道元年灯夕,太宗御楼,时李文正昉以司空致仕于家,上亟以安舆就其宅召至,赐坐于御榻之侧,敷对明爽,精力康劲。上亲酌御尊饮之,选殽核之精者赐焉,谓近侍曰:"昉可谓善人君子也,事朕两入中书,未尝有伤人害物之事,宜其今日所享也。"又从容语及平日藩邸唱和之事。公遽离席,历历口诵御诗几七十余篇,一句不讹。上谓曰:"何记之精耶?"公奏曰:"臣不敢妄对。臣自得谢无事,每晨起盥栉,坐于道室,焚香诵诗,每一诗日诵一遍,间或却诵道佛书。"上喜曰:"朕亦以卿诗别笥贮之,每爱卿翰墨楷秀,老来笔力在否?"公对曰:"臣素不善书,皆犹犬宗讷所写尔。"上即令以六品正官与之,遂除国子监丞。

吕中令蒙正,国朝三人中书,惟公与赵韩王尔,未尝以姻戚徼宠泽。子从简当奏补,时公为揆门相,旧制,宰相奏子,起家即授水部员外郎,加朝阶。公奏曰:"臣昔忝甲科及第,释褐止授九品京官。况天下才能老于岩穴,不能沾寸禄者无限。今臣男从简始离襁褓,一物不知,膺此宠命,恐罹阴谴。止乞以臣释褐日所授官补之。"固让方允,止授九品京官,自尔为制。公生于洛中祖第正寝,至易簀,亦在其寝。其子集贤二卿居简,平日亲与文莹语此事云。

张司空齐贤致仕归洛,康宁富寿,先得裴晋公午桥庄,凿渠周堂,花竹照映,日与故旧乘小车携觞游钓,榜于门曰:"老夫已毁裂轩冕,或公绶垂访,不敢拜见。"造一卧庵,以视田稼。醉则憩于木阴,酒醒则起。尝以诗戏示故人:"午桥今得晋公庐,花竹烟云兴有余。师亮白头心已足,四登两府九尚书。"公慕唐李大亮之为人,对上前,申明律意,惟务裁减,又奏乞罢三班吏杖罚,请从赎论,皆可之。为江南东、西漕,经制饶、信、虔三州钱料,极为永便。又议私铸之典曰:"小人虽加死法,亦盗铸不已,间或败遁,则啸聚林谷。臣询砂镴钱每一金,煤屑铅炭亦不减三分,但乞许民间折三分通用,既无厚利,自然不为矣。"后台省驳议,恐隳县官法,遂寝其行。

梁丞相适始任刑详,一旦,随判院卢南金上殿进札子,奏案中偶有臣僚名次公者。仁宗忽问曰:"因何名次公?"判院以明法登仕，不能即对，时梁代对曰："臣闻汉黄霸字次公，必以霸字而名也。"上遂问曰："卿是何人？"对曰："臣秘书丞、审刑详议官梁适。"又问："卿是那个梁家？"对曰："先臣祖颢、先臣父固俱中甲科，独臣不肖，于张唐卿榜行间及第。"上曰："怪卿面貌酷肖梁固。"他日上殿进札子，进罢，适抱笏俯躬奏曰："向蒙陛下金口亲谕臣面貌类先臣，伏念先臣祖、父顷事太宗、真宗，皆祥符之前，不知陛下以何知之？"上曰："天章阁有名臣头子，朕观之甚熟。"适因下殿泣谢，音仪堂堂，上颇爱之，有用之之意。一旦，中书进除一臣僚为益漕，凡进之例，更无改批，但纸尾画"可"而已，忽特批云："差梁适。"未几，又除修记注，以合格臣僚进之，复批梁适。自后知制诰至翰林学士，除目凡上，皆批于公，由秘丞至台辅不十年。

太祖欲开惠民、五丈二河，以便运载。吏督治有陈丞昭者，江南人，谙水利，使董其役。丞昭先以绳都量河势长短，计其广深，次量锸之阔狭，以锸累尺，以尺累丈，定一夫自早达暮合运若干锸，计凿若干土，总其都数，合用若干夫，以目奏上。太祖叹曰："不如所料，当斩于河。"至讫役，止衍九夫，上嘉之。又令督诸军子弟浚池于朱明门外，以习水战。后以防御使从征太原，晋人婴城坚拒，遂议攻讨。以革内壮士，蒙之为洞而入，虽力攻不陷，师已老。上深悯之，且将亲幸其洞，携药剂果饵慰抚士卒。时李汉琼为攻城总管，挽御衣以谏，曰："孤垒之危，何啻累卵，矢石如雨，陛下宜以社稷自重。"遂罢其幸，止行颁赉而已。既不克，又欲增兵，丞昭奏曰："陛下有不语兵千余万在左右，胡不用之？"上不悟。丞昭以马策指汾，太祖遂晓，大笑曰："从何取土？"丞昭云："纫布囊括其口，投上流以塞之，不设板筑，可成巨防。"用其策，投土将半，水起一寻，城中危蹙。会大暑，复晋人间道求契丹援兵适至，遂议班师。

周世宗显德中，遣周景大浚汴口，又自郑州导郭西濠达中牟。景心知汴口既浚，舟楫无壅，将有淮、浙巨商贸粮斛贾，万货临汴，无委泊之地。讽世宗，乞令许京城民环汴栽榆柳、起台榭，以为都会之壮。世宗许之。景率先应诏，距汴流中要起巨楼十二间。方运斤，世宗辇辂过，因问之，知景所造，颇喜，赐酒犒其工，不悟其规利也。景后邀巨货于楼，山积波委，岁入数万计，今楼尚存。

折御卿淳化中拜永安节度、麟府总管，契丹万余骑忽入寇，御卿一击遂败，斩五千级，获马千匹，擒司徒、舍利数十人，虏中号为突厥太尉。太宗大赏之。自后世袭其爵，子孙继为府州总管，治其郡。夏倚中立常言："嘉祐中为麟倅，汹牒至府，其州将乃御卿四世孙，不类胡种。虽为云中北州大族，风貌厖厚，捐让和雅，其子弟亦粗知书。留中立凡数日，出图史器玩、琴尊弧矢之具，虽皇州搢绅家止于是尔，信乎文德之遐被也。秣马于庭，虽上闲殆少，每岁仲春，纵游牝于燕山，孕归于枥，任其自产，其种必渥洼也。然其牡罕有归者。"

陵州盐井，旧深五十余丈，凿石而入。其井上土下石，石之上凡二十余丈，以梗楠木四面锁叠，用障其土。土下即盐脉，自石而出。伪蜀置监，岁炼八十万斤。显德中，一白龙自井随霹雳而出，村旁一老父泣曰："井龙已去，咸泉将竭。吾蜀亦将衰矣。"乃孟昶即国之二十三年也。自兹石脉淤塞，毒烟上蒸，以组缒炼匠下视，缒者皆死，不复开浚，民食大馑。太祖即位，建隆中，除贾琰赞善大夫，通判陵州，专干浚井。琰至井，斋戒虔祷，引锸徒数百人，祝其井曰："圣主临御，深念远民。井果有灵，随浚而通。"再拜而入，役徒惮不肯下。琰执锸先之。数旬才见泉眼，初炼数百斤，日稍增数千斤。郡人绘琰像，祀于井旁。

　　石元懿熙载，西洛人，家贫游学，事母以孝闻。嵩阳道中遇一叟，熟视之，稽颡曰："真太平良弼也。吾幼为唐相房玄龄检书苍头，公酷似之。"嘱之曰："见子事契相投者，即真主也，善事之。"语讫即灭。后国初，太宗建太宁军节，公谒之，倾意投接，为掌书记。游从觞咏，情礼深厚。公长于太宗，简墨尊俎，常以兄呼之，然亦得事上之体，不谄不渎，故免数斯之辱。殆践祚七年，为右仆射、平章事。卒，太宗亲幸其第，临丧哭之哀，谓近侍曰："石某以纯正事朕，自府幕至台席，朕窥之无纤瑕，方此委用，朕不幸也。"

　　宝元元年，朱正基驾部知峡州，即江陵内翰之子。一夕，梦一吏白云："城隍神遣某督修夷陵县廨宇，愿速葺，不宜后。"时朱不甚为意，连三夕梦之，方少异焉。因语同僚，亦尽异之，然亦未加葺。明日，报至，欧阳永叔谪授夷陵，报吏云："已及荆门。"朱感其梦，待之特异。将入境，率僚属远郊迓之。欧公临邑，亦以迁谪自处，益事谦谨，每禀白，皆敛板于庭。州将常伺之，俟入门，先抱笏降于阶，至满任，不改前容。欧公亲语其事于其孙集贤初平学士焉。

　　王昭素，酸枣县人，学古纯直，行高于世。市物随所索偿其直，货者乃曰："适所索实非本价。"昭素谓之曰："汝但受之，免陷汝于妄语咎。"自尔人无敢绐者，相戒曰："王先生市物不可虚索。"一夕，盗者穿窬将入，以横木满室，不通其穴。昭素觉之，尽室之物潜掷于外，谓偷儿曰："速去速去，恐有捕者。"盗惭，委物而遁，乡盗几息。李穆昔师之，逮为学士，荐于朝，温旨召至便殿。年七十，颜如渥丹，目若荡漆。鳏居绝欲四十年,家无女侍。上赐坐,讲《乾卦》至"九五,飞龙在天,利见大人",起整巾,稽颡改容而说,上问曰:"何故?"昭素奏曰:"此爻正当陛下今日之事。"引喻该证,微含箴补,上侧听启沃。讲罢,留茗果宴语,赐国子博士致仕。留禁中月余,询治世养身之术,昭素曰:"治世莫若爱民,养身无非寡欲。此外无他。"上爱其语,书于屏几。卒年八十九。

辛文悦,后周通经史里儒。太祖幼尝从其学,显德中为殿前都点检,节制方面,兵纪繁剧,与文悦久不相见,上每亦念之。文悦一夕忽梦迎拜銮舆于道侧,黄屋之下,乃太祖也,文悦再拜,帝亦为之笑。是夕,太祖亦梦其来,令左右询访,文悦惠然饰巾至门矣,上大异之。后迁员外郎。

柳仲涂开知润州,胡旦秘监为淮漕,二人者,俱喜以名骛于时。旦造《汉春秋编年》,立五始、先经、后经、发明、凡例之类,切侔圣作。书甫毕,邀开于金山观之,颇以述作自矜。开从其招而赴焉,方拂案开编,未暇展阅,开拔剑叱之曰:"小子乱常,名教之罪人也。生民以来,未有如夫子者,至若丘明而下,公、穀、邹、郏数子,止取传述而已。尔何辈,辄敢窃圣经之名冠于编首?今日聊赠一剑,以为后世狂斐之戒!"语讫,勇逐之。旦阔步摄衣,急投旧舰,锋几及身,赖舟人拥入,参差不免,犹斫数剑于舷,聊以快愤。后朝廷授开崇仪使、知宁边军,声压沙漠。其子涉,及第于咸平三年陈尧咨榜。唱名日,真宗召至轩陛,亲谓涉曰:"夜来报至,汝父已卒。今赐汝及第。"给钱三万,俾戴星而奔,给护旅榇,特加轸悼。

杜审琦,昭宪皇太后之兄也。建宁州节,一旦请觐,审琦视太祖、太宗皆甥也。一日陈内宴于福宁宫,昭宪后临之,祖、宗以渭阳之重,终宴侍焉。及为寿之际,二帝皆捧觞列拜,乐人史金著者粗能属文,致词于帘陛之外,其略曰:"前殿展君臣之礼,虎节朝天;后宫伸骨肉之情,龙衣拂地。"祖、宗特爱之。

张秉,户部员外郎、知制诰。唐故事,首曹罕有掌诰者,秉乞退为行内,不试演纶之职。遂退为度支员外郎、知制诰,自尔为例。

柴谏议成务知河中府,有远识妙略。当银、夏未宁,蒲中最扼飞挽之冲,公悉应之,略无弛旷。尝患府衢狭隘,市民岁侵,檐闾栉密,几辆之不容,公计之曰:"时平民安,万一翠华西幸,轮蹄扈跸,千乘万骑,胡以为处?"遂奏乞撤民居以广街衢,可之。未几,果有汾阴之幸,因留跸蒲关凡五日。

张去华登甲科,直馆,喜激昂,急进取,越职上言:"知制诰张澹、卢多逊、殿院师颃,词学荒浅,深玷台阁,愿较优劣。"太祖立召澹辈临轩重试,委陶毂考之,止选多逊入格,余并黜之。时谚谓澹为"落第紫微",颃为"拣停殿院"。赐去华袭衣银带,为右补阙,士论短之。后十六年不迁,反不逮平进者。榜下宋白,昔同直馆,白为学士,去华犹守旧职。

邵晔知广州,凿内濠以泊舟楫,不为飓风所害。相次陈世卿代之,奏乞免本州计口买盐之害。五年之后,民始有完衣饱食。广人歌曰:"邵父陈母,除我二苦。"

张乖崖镇益,屡乞代,当蜀难已平,愿均劳逸。王文正旦举凌侍郎策,具言性禀纯懿,临莅强济,所治无旷。上喜,遂除之。凌公少年尝梦人以六印悬剑锋以授之,后在剑外凡六任。时辟杨蟫为益倅,奏名上,太宗不识"蟫"字,亟召问立名之因,奏曰:"臣父命之,不知其由。兄蚡、弟蜕尽从'虫'。臣家汉太尉震之后,今已孤,不敢辄更。"上曰:"'蟫'有何义?"奏曰:"臣闻出《羽陵蠹书》,曰白鱼虫也。"上叹曰:"古人名子,不以日月

山川隐疾，尚恐称呼有妨，今以细碎微类列名其子，未知其谓
也。"以御笔抹去"虫"，止赐名罩。弟蜕之女妻夏英公，阃范严
酷，闻于掖庭，因率命妇朝后宫，章献后苛责之，方少戢。

　　胡大监旦知明州，道出维扬。时同年董给事俨知扬州，遇
之特欢，截篙投舲以留之。一日，延入后馆，出姬侍，列殽馂，
其宴豆皆上方贵器。饮酣，胡谓董曰："吾辈出于诸生，所享若
此，粗亦忝矣。弊舟亦有衰鬟二三，容止玩饰，不侔同年之家。
人生会合难得，或不弃，来日能枉驾弊舟数杯可乎？"董感其
意，大喜，徐又曰："三品珍器，贫家平生未识，可略假舟中，聊
以夸示荆钗得否？"董笑曰："状元兄见外之甚也。"亟命涤濯，
以巨夐尽贮之，对面封讫，令送舟中。明日五鼓，张帆乘风，瞥
然不告而行。不旬至杭州，薛大谏映，亦榜下生也，首问胡曰：
"过维扬，见董同年否？"胡曰："见。"又曰："董望之材器英迈，
奇男子也，然止是性贪。"一日，尊前胡谓薛曰："聊假二千缗，
创立鉴湖别墅，鄞麾才罢，便当谢病，一扁舟钓于越溪，岂能随
蜗蝇竞吻角乎？"薛公不得已，赠白金三百星，聊为钓溪一醉。
且颟颔领之，不为少谢。后知制诰，王继恩平蜀有功，恃勋徼
宠，潜溢怨龇，将加恩，以银数千两赂旦，托为哀诏，事败，旦削
籍为典午，窜浔州安置焉。

玉壶清话卷第四

　　王师伐蜀，孟昶出兵拒之。其势既蹙，始肯赍表诣王全斌请降，即奉其母逮官属沿峡江而下。至江陵，上遣使厚劳之，别赐茶药慰其母，手诏止曰："国母李氏有贤识，昶在国或纵侈过度，往往诃挞于庭。"有司候昶至阙，令衔璧俘献于太庙，一切罢之。车驾亲劳于近郊，止令素服待罪于两观之下，御崇元殿备礼见之。预诏有司，直右掖门东葺大第五百楹，什用器皿悉赐焉。封昶为中书令、秦国公，给巨镇节俸。拜命六日而卒，年四十七。发哀，奠赠视三公之秩。初，其母才至阙，上以禁舆肩至宫廷，嫔御扶掖，亲酌酒饮之，曰："母但宽中，勿念乡土，异日必送母归蜀。"母奏曰："妾家本太原，若许送妾还并门，死亦心足。"时晋垒未平，太祖闻吉谶，大喜曰："俟平刘钧，立送母归，必如所愿。"因厚赐之。后昶卒，母亦不哭，以酒酹地曰："尔贪生失理，不能纳疆于真主，又不能死社稷，实谁咎乎？吾以汝在，所以忍死至今。汝既死，吾安藉其生耶？"遂不食，数日而卒。

　　蜀州青城民王小波为乱，小波死，又推其妻弟李顺为贼首，帅余党蚁聚万余人，两川大扰。张谏议雍知梓州，雍生于河朔极边，素谙守御之法，练士卒三千人，辇绵州金帛实其帑，又募勇卒千余人守城，设炮竿飞矢石。创械具才备，贼果至，大设冲梯火车，昼夜力攻。在围八十日，张守设方略，立于矢石，告众曰："勉力无自堕。万一城破，先枭吾首献贼，以赎汝命。吾已飞檄帅帐求援兵,不久必至。"翌日,果王继恩分兵来援,贼方溃。诏嘉美。咸平中,拜礼部侍郎、盐铁使,不得台省之体,龊龊无圆机,三司簿领置案前,曰:"急,急中急。"上闻之,笑曰:"雍之俗状,殆至于此。"命王嗣宗代之。

戚密学纶初筮,仕知太和县。里俗险悍,喜构虚讼。公至,以术渐摩,先设巨械,严固狴牢,其棰梃绁索,比他邑数倍,民已悚骇。次作《谕民诗》五十绝,不事风雅,皆流俗易晓之语,俾之讽咏,以申规警。立限曰:"讽诵半年,顽心不悛,一以苛法治之。"果因此诗,狱讼大减。其诗有云:"文契多欺岁月深,便将疆界渐相侵。官中验出虚兼实,枷锁鞭笞痛不禁。"大率类此,江南往往有本。每当岁时,与囚约曰:"放女暂归祀其先,栉沐虮虱。"民感其惠,皆及期而还,无敢逭者。

朱台符,眉州人。俊迈敏博,少有赋名,与同辈课试,以尺度其晷,台符八寸而一赋已就。凡有所作文字,其雕篆皆类于赋,章疏、歌曲亦然。河西作梗,因上封事,其略曰:"且夫结之以恩者,彼必怀之;示之以威者,彼必畏之。若尔,则所谓继迁者,自当革心而束手,款塞而旋庭矣。"又尝为数阕,其略曰:"歌遏云兮惨容色,舞回风兮腰一搦。"又曰:"颦多而翠黛难成,望极而乌云易散。当本深心兮牡丹期,到如今兮赐冰颁扇。"乡人田锡尝曰:"朱拱正一阕乃《闺怨赋》一首,只少原夫。"

孙汉公何擢甲科,与丁相并誉于场屋,时号"孙、丁"。为右司谏,以弹奏竦望,疏议刚鲠,知制诰,掌三班。素近视,每上殿进札子,多宿诵精熟,以合奏牍。忽一日,飘牍委地四散,俯拾零乱倒错,合奏不同,上颇讶之。俄而仓皇失措,坠笏于地。有司以失仪请劾,上释而不问。因感恚,抱病乞分务西雏。不允，遣太医诊视，令加针灸。公性禀素刚，对太医曰：
"禀父母完肤，自失护养，致生疾疹，反以针艾破之？况生死有
数，苟攻之不愈，吾岂甘为强死鬼耶？"遂不起。

谢史馆泌，解国学举人，黜落甚众，群言沸摇，怀毉以伺其
出。公知，潜由他途投史馆避宿数日。太宗闻之，笑谓左右
曰："泌职在考校，岂敢滥收？小人不自揣分，反怨主司，然固
须避防。"又问曰："何官职骖导雄伟，都人敛避？"左右奏曰：
"惟台省知杂，呵拥难近。"遂授知杂，以避掷毉之患。公深慕
虚元，朴素恬简，病革，盥沐，衣羽衣，焚香端坐而逝，首不少
欹。

杨大年二十一岁为光禄丞，赐及第。太宗极称爱。三月，
后苑曲宴，未贴职不得预，公以诗贻馆中诸公曰："闻戴宫花满
鬓红，上林丝管侍重瞳。蓬莱咫尺无因到，始信仙凡迥不同。"
诸公不敢匿，即时进呈。上讶有司不即召，左右以未贴职为
对，即日直集贤院，免谢，令预曲宴。后修《册府元龟》，王相钦
若总其事，词臣二十八人，分撰篇序。下诏，须经杨亿删定，方
许用之。大年祖文逸，伪唐玉山令。大年将生，一道士展刺来
谒，自称怀玉山人，冠褐秀爽，斯须遽失，公遂生。后至三十
七，为学士，昼寐于玉堂，忽自梦一道士来谒，亦称怀玉山故
人，坐定，袖中出一诰牒曰："内翰加官。"取阅之，其榜上草写
"三十七"字，大年梦中颇惊曰："得非数乎？"道士微笑。又曰：
"许添乎？"道士点头。梦中命笔，止添一点为"四十七"。至其
数，果卒。

李密学渖与李昌武宗谔同宗同岁月，后一日而生。二人
者，平生休戚舒惨，一无不同。及昌武死，渖亦后一日卒。昌
武，即司空昉第三子。在玉堂，真宗召公同丁晋公侍宴玉宸

殿,上曰:"朕常思国朝将相之家,世绪不坠,相惟昉,将惟曹彬
尔。闻卿家尤更雍睦有法,朕继二圣基业,亦如卿家保守门
阀。"祥符五年,同丁相迎真宗圣像,为迎奉副使。公归,上因
幸玉堂,及问涂中之事,因奏曰:"汴渠流尸,蔽河而下,暴露滩
渚,鱼鸟恣啖。"上闻之,恻然嗟念,因而遂御制《汴水发愿文》,
敕守臣勒石于津亭。岁给钱百缗,修释道斋醮各七日,为之忏
涤。每一尸,官给篷簟三片,钱一镮,置酒纸脯膳,即令收瘗,
永为著式。御制略云:"嗟乎!滩碛之上,竞食者乌鸢;岛渚之
间,争餐者鱼鳖。汝等孽非他速,殃尽自贻。仕宦者怙势以凌
民,为民者欺心而冒法。愿汝等仗兹浣涤,各遂超腾,悟诸佛
本空之原,体太上真灵之理。"

　　景德初,北戎请盟,欲撰答书,久亡体制。时赵文定安仁
为学士,独记太祖朝书札规式,诏撰之。及修讲盟好之制,深
体轻重,朝论美之。时虏使韩杞者,始修聘好,犷悍无检,命公
接伴。公旋教觐见之仪,方渐驯扰。及将辞,嫌服太长,步武
萦足,复欲左衽,公戒之曰:"君将升殿受还书,去天颜咫尺,可
乎?"刚折之,才不敢。明年,虏选姚柬之,翘翘者也,至阙,复
接伴。柬之者轻纵逞辨,坐则谈兵。公徐曰:"君号多闻者,岂
不闻:'兵者不祥之器,圣人不得已而用之?'今得已之时也,二
国始以礼仪修好,非君所谈之事。"方此少戢,酬对得体。遂参
祥符二政,拜宗正卿,掌玉牒属籍。国初,梁周翰创宗籍之制,
不便宫邸。公裁酌得宜,又造《仙源积庆图》,尽列长幼亲属之
目,以进于便坐张之,为盛事。

　　真宗为开封尹,呼通衢中铁盘市卜一瞽者,令张耆、夏守
赟、杨崇勋左右数辈,揣听声骨,因以为娱,或中或否。独相王
继忠,瞽者骇之,曰:"此人可讶,半生食汉禄,半身食胡禄。"真

宗笑而遣去。继忠后为观察使、高阳总管。咸平六年，虏寇望
都，与虏酣战，至乙夜，戎骑合围数十重，徐战徐行，旋傍西山
而遁，至白城，陷虏。上闻之，甚嗟悼，皆谓即没。景德初，戎
人乞和，继忠与撰奏章，而劝讽诱掖，大有力焉，朝廷方知其
存。后每岁遣使，真宗手封御带药茗以赐焉。继忠服汉章，南
望天阙，称"未死臣"，哭拜不起，问圣体起居，不避虏嫌。以其
德仪雄美，虏以女妻之，伪封吴王，改姓耶律。卒于虏，人谓陷
蕃王氏也。

　　戴恩为御龙弓箭直都虞候。一日，西蜀进青龙城道观《长
寿仙人图》，其本吴道玄之迹，太宗阅之，酷肖戴恩，又恐所见
有殊，亟召数班军校近侍内臣遍示之，曰："汝辈且道此图似何
人？"群口合奏曰："似戴恩。"上笑而异之，因是进用。后建宁
远军节，举朝止呼"戴长寿"。

　　真宗车驾巡师大名，王杂端济为镇倅，调丁夫十五万修
黄、汴河。济以谓役广劳民，乞徐图之。诏往经度，遂减十万。
张齐贤相请令济立状保河不决。奏曰："河之决，系阴阳灾沴，
责在调元者。和阴阳，弭灾沴，为国致太平，河岂有决乎？臣
乞先令宰臣立一保状，天下太平，然后臣以族入状，保河不
决。"丞相曰："今非太平耶？"济对曰："北有胡寇，西有贼迁，关
右、两河，岁被侵扰，臣敢谓未也。"上动容，留之问以边计，敷
奏可采。后知河中府，车辂幸澶渊，虏骑旁侵，诏沿河断桥梁，
毁舟舫，缓者以军律论。济驰骑飞奏曰："陕西关防天设，其数
十万斛以河为载，若用小舟，沉覆必矣，此诚可惜。所有断梁
之议，摇动民心，尤宜寝罢。"真宗悟其议，立弭之。

　　张乖崖性刚多躁，蜀中盛暑食馄饨，项巾之带屡垂于碗，
手约之，颇烦急，取巾投器中曰："但请吃。"因舍匕而起。少年

慷慨,学击剑,喜立奇节,谓友人曰:"张詠赖生明时,读典坟以自律,不尔则为何等人耶?"李顺之乱,益州大将王继恩、上官正辈顿师逗留不进。公激使行,盛陈供帐,郊辞以饯之。酒酣,举爵谓军校曰:"尔曹蒙国厚恩,无以塞责,此行勉力平荡寇垒。"以手指其地曰:"若师老日旷,即尔辈死所也。"徐谓继恩曰:"朝廷始若许仆参后骑,岂至今日?醢贼以啖师久矣!"自是士气毕振,获捷而还。

王元之禹偁尝作《三黜赋》以见志。初为司谏、知制诰,疏雪徐铉,贬商州团练副使。方召归为学士,坐为孝章皇后迁梓宫于燕国长公主之第,群臣不成服,元之私语宾友曰:"后尝母仪天下,当奉旧典。"坐讪谤,出守滁州。方召还,知制诰,撰太祖徽号、玉册,语涉轻诬,会时相不悦,密奏黜黄州。泊近郊将行,时苏易简内翰榜下放孙何等进士三百五十三人,奏曰:"禹偁禁林宿儒,累为迁客,漂泊可念。臣欲令榜下诸生罢期集,缀马送于郊。"奏可之。至日行,送过四短亭,诸生拜别于官桥。元之口占一阕,付状元曰:"为我深谢苏公,偁不暇取笔砚。"其诗云:"缀行相送我何荣,老鹤乘轩愧谷莺。三人承明不知举,看人门下放诸生。"时交亲纵深密者,循时好恶,不敢私近,惟窦元宾执其手泣于阁门曰:"天乎,得非命欤?"公后以诗谢,略云:"惟有南宫窦员外,为余垂泪阁门前。"至郡未几,忽二虎斗于郡境,一死之,食殆半;群鸡夜鸣;冬雷雨雹。诏内臣乘驿劳之,命设襐谢。司天奏:"守土者当其咎。"即命徙薪。上表略曰:"宣室鬼神之问,不望生还;茂陵封禅之文,止期身后。"上览曰:"噫,禹偁其亡乎?"御袖掩涕。至郡,逾月果卒。尝侍宴琼林,太宗独召至御榻,面诫之曰:"卿聪明,文章在有唐不下韩、柳之列,但刚不容物,人多沮卿,使朕难庇。"禹偁泣拜,书绅而谢。

太宗尝谓侍臣曰:"朕欲以皇王之道御图,愧无稽古深学,旧有《御览》,但记分门事类,繁碎难检。令谏臣以治乱兴亡急要写置一屏,欲常在目。"时知杂田锡奏曰:"皇王之道,微妙旷阔,今且取军国要机二事以行之。师平太原,逮兹二载,未赏军功。愿因郊籍,议功酬之;乞罢交州之兵,免驱生灵为瘴岭之鬼。此二者,虽不系皇王之治,陛下宜念之。"上嘉纳曰:"锡真得鲠直之体,而此尤难为答。"赵普当国,锡谒于中书,白曰:"公以元勋当国,宜事损敛。有司群臣书奏,尽必先经中书,非尊王之体也。谏官章疏,令阁门填状,大弱台谏之风,尤为不可。"普引咎正容厚谢,皆罢之。锡将卒,自草遗表,犹劝上以慈俭纳谏为意,绝无私请。上厚恤之。

李丞相穀与韩熙载少同砚席,分携结约于河梁曰:"各以才命选其主。"广顺中,穀仕周为中书侍郎、平章事;熙载事江南李先主为光政殿学士承旨。二公书问不绝,熙载戏贻穀书曰:"江南果相我,长驱以定中原。"穀答熙载云:"中原苟相我,下江南如探囊中物尔。"后果作相,亲征江南,赖熙载卒已数岁。先是,朝廷遣陶穀使江南,以假书为名,实使觇之。李相密遗熙载书曰:"吾之名从五柳公,骄而喜奉,宜善待之。"至,果尔容色凛然,崖岸高峻,燕席谈笑,未尝启齿。熙载谓所亲曰:"吾辈绵历久矣,岂烦至是耶?观秀实公,非端介正人,其守可隳,诸君请观。"因令留宿,俟写《六朝书》毕,馆泊半年。熙载遣歌人秦弱兰者,诈为驿卒之女以中之。弊衣竹钗,且暮拥帚洒扫驿庭。兰之容止,宫掖殆无。五柳乘隙因询其迹,兰曰:"妾不幸夫亡无归,托身父母,即守驿翁妪是也。"情既渎,失"慎独"之戒,将行翌日,又以一阕赠之。后数日,宴于澄心堂,李中主命玻璃巨钟满酌之,縠毅然不顾,威不少霁。出兰于席,歌前阙以侑之,縠惭笑捧腹,簪珥几委,不敢不釂。釂罢复灌,几类漏卮,倒载吐茵,尚未许罢。后大为主礼所薄,还朝日,止遣数小吏携壶浆薄饯于郊。迨归京,鸾胶之曲已喧,陶因是竟不大用。其词《春光好》云:"好因缘,恶因缘,奈何天,只得邮亭一夜眠?别神仙。 瑟琶拨尽相思调,知音少。待得鸾胶续断弦,是何年?"

玉壶清话卷第五

翰林朱昂尝撰《莫节妇传》，大为人伦之劝。节妇荃，少归周谓，昭州人，布衣谒太祖，召便殿试时务，大称上旨，擢赞善大夫。当天造之初，凡所任人，处置从便。符彦卿暴姿不法，除谓为属邑永济县令，俾绳之。彦卿闻其来，魂胆俱丧，鞭橐郊迓，谓但揖于马上尔。境上数寇劫财伤人，彦卿受赇，纵之使逸。谓出令：“敢有藏盗者斩。”不数日，亟获之，不解府，即时斩决，以案具奏。太祖大壮之。兴国二年，诏遣副广南罗延吉为转运副使，以定岭寇。时奔命赴道，不得与荃别。后委寄繁剧，岭塞驰走，不还于家二十六年。父母欲夺荃嫁之，荃泣谓父曰：“吾夫岂碌碌久困者耶？食贫守死俟之。”父不敢强。荃执礼事舅姑益谨，闺壶有法。家素贫，荃岁事蚕绩，得丝则机而杼轴，勤俭自营，生计渐盛。虽里之淑妇静女，罕识其容者，闻其风，则帏箔竦敬。子渐长，筑舍于外，购书命师教之。后产业益裕，舅姑将老附荃，选美丘，大为寿坎，松楸茂密，尽得其制。又为其夫创上腴田数百顷。水竹别墅，亭阁相望。然谓在路亦修高节矣。荃二十六年间，毕一婚二嫁，皆清望之族。迨谓归，俱已皓首，劝夫偕老于家林焉。

国初，王朴、窦俨讲求大乐，考正律吕，无不谐协。朴、俨没，患无继者。后和岘，故相凝之子也，礼乐二学，特胜前儒。太祖天性悟音律，末年郊飨，觉雅乐声高，谓乐臣曰：“必圭黍尺度之差。”诏岘平之。岘精意调整，而终不和，归家，私谓弟巘曰:"钟管之中,宾声终高,主声不甚畅亮。主上其将不豫乎?"逾年果崩。乐府中有古玉管,素号"叉手笛",无稽也,上意欲增入雅乐。岘调品使合大律,别立号为"拱辰管",诏备雅乐。弟巘,凝之幼子,知制诰,南郊,赞导乘舆,俯仰如画,神彩照物。太宗爱之,谓宰臣曰:"朕深欲诏巘入翰林,但恐其眸子眊然,视物不正,不可为近侍。"

吕文仲,歙人,为中丞,有阴德。景德中,鞠曹南猾民赵谏狱。谏豪于财,结士大夫,根蒂特固。忽御宝封轩裳姓名七十余辈,自中降出,皆昔委谏营产买妾者,悉令穷治。文仲从容奏曰:"更请察其为人,密籍姓名,候举选对敥之日,斥之未晚。"真宗从之。

仁宗读《五代史》至"周高祖幸南庄,临水亭,见双凫戏于池,出没可爱,帝引弓射之,一发叠贯,从臣称贺",仁宗掩卷谓左右曰:"逞艺伤生,非朕所喜也。"内臣郑昭信掌内醿十五年,尝面诫曰:"动活之物,不得擅烹。"深恶于杀也。

王著为伪蜀明经,善正书行草,深得家法。为翰林侍书与侍读更直,太宗令中使持御札示著,著曰:"未尽善也。"上临学益勤,后再示之,著曰:"止如前尔。"中人诘其故,著曰:"帝王始工书,吾或褒称,则不复留意矣。"后岁余,复示之,奏曰:"功已至矣,非臣所及。"后真宗闻之,谓宰臣曰:"善规益者也,宜居台宪。"后终于殿中侍御史。

郭仲仪赟,真宗在藩,为皇子侍读。太宗幸东宫,御制《戒子篇》,命赟注解,且令委曲讲论。真宗每以纯厚长者遇之,在储宫作诗赠之,略曰:"该明圣典通今古,发启冲年晓典常。"后参大政,因论事朴直,上意不悦。后坐人对之际,宿醒未解,左迁荆南。因终身戒酒,至卒不饮,早暮饵药亦斥之,其节刚若是矣。

邢尚书昺,曹州农家子,深晓播殖。真宗每雨雪不时,忧形于色,责日官所定雨泽丰凶之兆,多或不中。昺因进《耒耜岁占》三卷,大有稽验,皆牧童村老岁月于畎亩间揣占所得。咸平二年,置经筵侍读,首以公为之。昺初应五经,廷试日,升殿讲"师"、"比"二卦,取群经发题。太宗嘉其精博,擢为九经赐第。真宗晚年,多召于近寝,从容延对。忽一日,见公衰甚,御袖掩目泫然曰:"宫邸旧僚,沦谢殆尽,存者惟卿尔。"遽密赉银千两,缯千匹。昺康裕无恙,果非久感疾。将易箦,车驾临问。公拖绅整巾,历叙遭际,上为之泣别。既终,又为之临丧。惟将相丧疾,方有此幸。

杨侍读徽之,太宗闻其诗名,尽索所著,得数百篇奏御,仍献诗以谢,卒章曰:"十年牢落今何幸,叨遇君王问姓名。"上和之以赐,谓宰臣曰:"真儒雅之士,操履无玷。"拜礼部侍郎,御选集中十联写于屏。梁周翰诗曰:"谁似金华杨学士,十联诗在御屏中。"十联诗者,有《江行》云:"犬吠竹篱沽酒客,鹤随苔岸洗衣僧。"《寒食》云:"天寒酒薄难成醉,地迥台高易断魂。"《塞上》云:"戍楼烟自直,战地雨长腥。"《僧舍》云:"偶题岩石云生笔,闲绕庭松露湿衣。"《湘江舟行》云:"新霜染枫叶,皓月借芦花。"《哭江为》云:"废宅寒塘雨,荒坟宿草烟。"《嘉阳川》云:"青帝已教春不老,素娥何惜月长圆。"又云:"浮花水入瞿塘峡,带雨云归越巂州。"《年夜》云:"春归万年树,月满九重城。"《宿东林》云:"开尽菊花秋色老,落残桐叶雨声寒。"余窃谓公曰:"以天地浩露,涤其笔于冰瓯雪碗中,则方与公诗神骨相附焉。"

张茂直,兖人,家贫,喜读书。少游汶上,尝买瓜于圃,翁倚锄睥睨曰："子非久当断头，下刃之际，稍速则死，稍缓则生。果获免，必享富贵。"无何，慕容彦超据兖，例驱守埤。周师破敌，拥城者例坐斩。斩殆尽，至茂直，挟刀者语之曰："汝发甚修鬐，惜为颈血所污，可先断之。"茂直许焉。将理发，得释免。后知制诰、秘书监，卒。

梁修撰周翰，一岁后苑宴，凡从臣各探韵赋诗，梁得"春"字，曰："百花将尽牡丹坼，十雨初晴太液春。"上特称之。为史馆修撰，上疏："自今崇德、长春二殿，皇帝之言、侍臣论列之事，望令中书修为《时政记》；其枢密院事涉机密，亦令本院编纂，至月终送史馆。自余百司，凡干对拜除授沿革之事，悉条报本院，仍令舍人分直。"皆从之。

李继隆善驰驿，日走四五百里。征江南，常往来觇兵势，中途遇虎，射杀之。与吴人战，流矢中额，胄坚不伤。太祖欲拔用，谓曰："升州平时献书来，当厚赏汝。"时军中内侍数辈，皆伺城陷，争求献捷，会有机事当入奏，皆不愿行，继隆独请赴阙，太祖讶其来早，继隆奏曰："金陵破在旦夕。"上问："安知？"对曰："臣在途中，遇大风，天晦冥，城破之兆也。"翌日，捷至。太祖召谓之曰："果如汝所料，是夜城陷。"均其赏，在献捷之上，除庄宅使。

真宗车驾在澶渊，大将王超拥兵十万屯真定，逗留不进。马太尉知节移书诟让，复辞以中渡无桥，徒涉为患。公命工庀材，一夕而就，始肯出兵。知节，全义之子也。七岁，父卒，太祖轸念曰："真羽林孤儿也。"召入内，送国子学，列青衿胄子之间，御赐今名。后果有立，才三十余为枢使。咸平初帅秦，号为善政。秦质羌酋支属二三十辈殆二纪，公悉遣归，诸番怀感，终其任不敢犯边。水泉银矿累岁不发，额课不除，主吏破产偿之不足,鞭朴累世。公三奏,悉已之。知延州,戎人将谋入抄。值上元,令大张灯,累夕大开诸门。虏不测,即皆引去。

李士衡少时,一侠者遗一剑,属之曰:"君他日发迹在于剑,记之。"后为秘书丞,知剑州。王均乱成都,陷汉州,进攻绵不下,因趋剑门。士衡预度寇至,城必不能守,徙金帛居民保剑关,焚其仓库,厚募军卒之流勇者,得数千人。贼果大至,公与监兵裴臻据关击之。仓廪既焚,数夕大冰雪,均众食败糟木皮。臻与再战,斩冻馁者三千级,堕壑者无算。贼宵遁,保益州。驰奏既上,除士衡度支员外郎,臻崇仪使。公果因剑发迹,以至贵显。逮卒,剑亦失之。

雷宣徽有终,李顺乱,为峡曹,调发兵食,规画戎事,大有纪律。至广安军,贼势充斥,公濒江三面树栅。一夕阴晦,贼众掩至,鼓噪举火。公安坐栉发,气貌自若。贼既合,公引奇兵出其后击之。贼惊乱,赴水火死者无数。就拜右谏议大夫、知益州。次简州,寓佛舍,度贼必至,命左右重闭,召土人严更警备。初夕,间道而出。贼围寺数重,及寺坏,惟得击柝者。公喜施予,丰于宴犒,费不足,则倾私帑给之,奉身止铜器鞍勒而已。颇涉道书。因读史,废书流涕曰:"功名者,贪夫之钓饵。横戈开边,拔剑讨叛,死生食息之不顾,及其死也,一棺戢身,万事都已。悲夫!"景德初卒。

王显,太宗在藩,与周莹为给侍。赤脚道者相显曰:"此儿须为将相,但无阴德尔。"及长,太宗爱之,曰:"尔非儒家,奈寡学问,他日富贵,不免面墙。"取《军诫》三篇,令诵之。咸平三年,使相出帅定州,便宜从事。忽一日,一道士通刺为谒,破冠敝褐,自称"酆都观主",笑则口角至耳,乱鬓若刚鬣,谓显曰:"昨日上帝牒番魂二万至本观,未敢收,于冥籍死于公之手者,公果杀之,则功冠于世,然减公算十年。二端请裁之。"显谓风狂,叱起。后日,契丹引数万骑猎于威虏军境,即梁门也,会积雨,虏弓皆皮弦,缓弱不可用。显引兵剿袭,大破之,枭名王贵将十五辈,获伪羽林印二纽,斩二万级,筑京观于境上。露布至阙,朝廷以枢相召归,赴道数程而卒。

陈彭年字永年,生抚州,十三岁著《皇纲论》万余言,为江左名辈所重。除正言,待制于龙图阁。与晁少保迥、戚密学纶条贡举事,尽革旧式,防闲主司,严设糊名誊录。取《字林》、《韵集》、《韵略》、《字统》及《三仓》、《尔雅》定其字式,为礼部韵及庙国之避。凡科场仪范,遂为著格。编《太宗御集》。公书字甚急,日可万余,细碎急草,翌日往往不能辨。一旦遽卒,真宗急遣中人诣其家,取平生编著,但破篚中得二十余轴,人不能辨,惟起居院史赵亨能辨之。上召亨补三班吏,令重写之。送杨大年别行改较,无一字之误者。

黄晞,闽人,皇祐初游京师,不践场屋,多以古学游搢绅之门。凡著书,自号聱隅子。走京尘几十年,公卿词臣无不前席。晞履裂帽破,驰走无倦。后词臣重晞之道者,列章为荐,尽力提挽。朝恩甚优,授京官,知巨邑,有旨留国子监。将有司业之命,始拜敕,遍谢知己。才三日,馆于景德如意轮院。一日晚归,解鞍少憩,谓院僧曰:"仆远人也,勤苦贫寒,客路漂泊,寒暑未尝温饱,今日方平生事毕,且放怀酣寝一夕。请戒僧童,慎无见喧。"僧诺之,扃扉遂寝。翌日大晓,寂无所闻,寺僧击牖大呼,已卒于榻矣。

刘枢密昌言,泉人,为起居郎,太宗连赐对三日,几至日旰。捷给诙诡,善揣摩揲阖,以迎主意。未几,以谏议知密院,然士论所不协。君臣之会,亦隆替有限,一旦圣眷忽解,谓左右曰:"刘某奏对皆操南音,朕理会一句不得。"因遂乞郡,允之。

赵参政昌言,汾人。太宗廷试,爱其词气明俊,擢置甲科。未几,拜中丞。上幸金明池,旧例,台臣无从游之制,太宗喜之,特召预宴,自公始也。擢为枢密副使。是时陈象舆、董俨俱为盐铁副使,胡旦为知制诰,尽同年生,俱少年,为一时名俊。梁颢又尝与公同幕。五人者旦夕会饮于枢第,棋觞弧矢,未尝虚日,每每乘醉夜分方归,金吾吏逐夜候马首声诺。象舆醉,鞭揖其吏曰:"金吾不惜夜,玉漏莫相催。"都人谚曰"陈三更"、"董半夜"。赵公因是坐贬崇信军司马。淳化中,以谏议起知天雄。大河贯府,盖豪猾辈畜刍茭者利厚价,欲售之,诱奸人穴其堤使溃。公知之,仗剑露刃,尽取豪刍廪积给用,其蠹遂绝。又忽澶河涨,流入御河,陵府城。公籍禁旅,杀牛为酒,募豪右出资,散卒负土护之,皆乐从。不数日,水退城完,就加给事、参政召还。上渴仁,诏乘疾置赴中书。太宗笑谓公曰:"半夜之会,不复有之。"公叩陛泣谢。

真宗尹京,毕相士安为府判,沉毅忠厚,中书将有金诰,太宗令辅臣历选,俱不称旨。而李相沆必欲用寇公,上曰:"准少年进用,才锐气浮,为朕选河朔有重德、稀姓者,处其中而镇之。"近臣少喻上意,方以毕公进。上果大喜,遂用参大政。时曹利用为枢相,寇、曹二人者,一时恃酒,往往凌诟于席。公处其间,尝温容以平之。不逾月,与寇俱平章事。岁余,果负重望。太宗谓李沆曰:"朕固欲相士安者,顷梦数神人拥一紫绶者,令拜朕曰:'非久当相陛下。'梦中熟视之,乃士安也。"

太宗飞白书张詠、向敏中二臣名,付中书,曰:"二人者皆名臣,为朕记之。"向公自员外郎为谏议、知枢密院,止百余日。

咸平四年,除平章事。后坐事出永兴军,驾幸澶渊,手赐密诏:"尽付西鄙事,许便宜从事。"公得诏藏之,视政如常。会邦人命国傩,有告禁卒欲倚傩为乱者。公密使麾兵被甲衣袍伏于夹庑幕中。明日,尽召宾僚兵官,置酒纵阅,无一人预知者。命傩人,先令驰逐于中门外,后召至阶。公振袂一挥,伏卒齐出,尽擒之。果各怀短刃,即席诛之。剿讫,屏尸,亟命灰沙扫庭,张乐以宴。宾从股栗。

李文靖公沆初知制诰,太宗知其贫,多负人息钱,曰:"沆为一制诰,俸入几何? 家食不给,岂暇偿逋耶?"特赐钱一百三十万,令偿之。后为学士,因宴,上目送爱之,曰:"沆风度端粹,真佳士也。"后为右揆,居辅弼,当太平,无一事。凡封章建议务更张、喜激昂辈,摇鼓捭阖,公悉屏之,谓所亲曰:"无以报国,聊用以安黎庶尔。"景德元年薨,上临哭之恸,大呼曰:"天乎,忠良纯厚,合享遐寿!"

吕正惠公端使高丽,遇风涛恍恍,摧樯折舵,舟人大恐。公恬然读书 ,若在斋阁。时首台吕文穆蒙正,告老甚切,上宴后苑,作《钓鱼》诗独赐公,断章云:"欲饵金钩深未到,磻溪须问钓鱼人。"意以首宰属公。公和进云:"愚臣钩直难堪用,宜问濠梁结网人。"文穆得谢,果冠台席。真宗初即位,居谅闇,每见公则肃然起敬,未尝名呼,或以字呼,上对公但称"小子"。公体貌魁梧,庭陛颇峻,命梓人别为纳陛。两使外域,虏主钦重。后使虏者至,则问曰:"吕公作相未?"

太宗命苏易简评讲《文中子》,中有杨素遗子《食经》"羹藜含糗"之句,上因问曰:"食品称珍,何物为最?"易简对曰:"臣闻物无定味,适口者珍。臣止知齑汁为美。"太宗笑问其故,曰:"臣忆一夕寒甚,拥炉火,乘兴痛饮,大醉就寝。四鼓始醒,以重衾所拥，咽吻燥渴。时中庭月明，残雪中覆一斳碗，不暇呼僮，披衣掬雪以盥手，满引数缶，连沃渴肺，咀斳数根，灿然金脆。臣此时自谓上界仙厨，鸾脯凤腊，殆恐不及。屡欲作《冰壶先生传》纪其事，因循未暇也。"太宗笑而然之。

文莹丙午岁访辰帅张不疑师正，时不疑方五十，齿已疏摇，咀嚼颇艰。后熙宁丁巳，不疑帅鼎，复见招，为武陵之游，凡巨脔大胾，利若刀截，已六十二矣。余怪而诘焉，曰："得药固之。时余满口摇落，危若悬蒂，谩以此药试之，辄尔再固。"因求此方以疗病齿者，凡用之皆效。题曰《西华岳莲花峰神传齿药方》，序曰："元亨在天圣中，结道友登岳顶，斋宿祈祠方已，遍游三峰，酌太上泉，至明星馆，于故基下得断碑数片，仿佛有古文，洗涤而后可辨，读之，乃《治口齿乌髭药歌》一首。虑岁月寖久，剥裂不完，遽录以归。而后朝之名卿巨公，访山中故事，语及者皆传之，修制以用，其效响应。"歌曰："猪牙皂角及生姜，西国升麻蜀地黄。木律旱莲槐角子，细辛荷叶要相当。青盐等分同烧煅，研杀将来使最良。揩齿牢牙髭鬓黑，谁知世上有仙方。"不疑晚学益深，经史沿革，讲摩纵横，文章诗歌，举笔则就。著《括异志》数万言，《倦游录》八卷。观其余蕴，尚盘错于胸中。与余武陵之别，慨然口占二诗云："忆昔荆州屡过从，当时心已慕冥鸿。渚宫禅伯唐齐己，淮甸诗豪宋惠崇。老格疏闲松倚涧，清谈萧洒坐生风。史官若觅高僧事，莫把名参伎术中。"又云："碧嶂孤云冉冉归，解携情绪异常时。馀生岁月能多少，此别应难约后期。"风义见于诗焉。

长沙北禅经室中悬观音印像一轴，下有文，乃故待制王元泽撰，镂板者乃郡倅关蔚宗。文云："都官巩彦辅郎中尝魇去，初两绯衣召人一大府，严甚，有紫衣当案者曰：'此王也，置庑下。'授以沙盆,剔囚目,使研之。馀断腕截耳,不可胜数,或恐惧失便溺。顷一官至,呵巩解衣,巩以有官无罪,官怒曰:'此治杀生狱,岂问官耶?'巩窘呼观音,囚者皆和,而残者完,系者释,俱出,巩亦出,乃苏。余友吴居易与巩同官开封府,言'巩性朴直,不苟于狱,以故或忤在势者'云。壬子岁,王雱元泽记,会稽关杞刻之,以广其传,庶乎世之闻见者,有所警焉。戊午岁题。"元泽病中,友人魏道辅泰谒于寝,对榻一巨屏,大书曰"《宋故王先生墓志》:先生名雱,字元泽,登第于治平四年,释褐授星子尉,起身事熙宁天子,裁六年,拜天章阁待制,以病废于家"云。后尚有数十言,挂衣于屏角,覆之不能尽见。此亦得谓之达欤?

玉壶清话卷第六

范鲁公质举进士，和凝相主文，爱其私试，因以登第。凝旧在第十三人，谓公曰："君之辞业合在甲选，暂屈为第十三人，传老夫衣钵可乎？"鲁公荣谢之。后至作相，亦复相继。时门生献诗，有"从此庙堂添故事，登庸衣钵亦相传"之句。初，周祖自邺起师向阙，京国罹乱，鲁公遁迹民间。一旦，坐对正巷茶肆中，忽一形貌怪陋者前揖云："相公相公，无虑无虑。"时暑中，公执一叶素扇，偶写"大暑去酷吏，清风来故人"一联在上，陋状者夺其扇曰："今之典刑，轻重无准，吏得以侮，何啻大暑耶？公当深究狱弊。"持扇急去。一日，于祆庙后门，一短鬼手中执其扇，乃茶邸中见者。未几，周祖果以物色聘之，得公于民间，遂用焉。忆昔陋鬼之语，首议刑典，疏曰："先王所恤，莫重于刑。今繁苛失中，轻重无准，民罹横刑，吏得侮法。愿陛下留神刑典，深轸无告。"世宗命公与台官剧可久、知杂张湜聚都省详修刊定，惟务裁减，太官供膳。殆五年书成，目曰《刑统》。

张尚书詠再知益州，转运使黄观以治状条奏，下诏褒美。时贼锋方敛，纪纲过肃，蜀民尚怀击柝之惴，而嘉、邛二州新铸景德大铁钱，利害未定，横议蜂起，朝廷虑之。遣谢宾客涛为西川巡抚，上临轩谕之曰："詠之性刚决强劲，卿之性仁明和恕。卿往济之，必无遗策。宜以朕意谕詠：'赖卿在彼，朕无西顾之忧。每事宜与涛协心精议，副朕倚瞩。'"谢公至蜀，明宣宽诏,尚书公抃蹈泣拜。举率从禀,并辔抚劳,西蜀遂安。

太祖受禅,以赵韩王普有佐命巨勋,除右谏议大夫、枢密直学士。未几,范质罢相,以公为门下侍郎、平章事。既冠台府,参总庙权,参政吕馀庆、薛居正虽副之,但奉行制书,备位而已,不宣制,不预奏事,不押班,每府候对长春殿庐启沃,大小之务,尽决于公。兼权之议,喧于时论。会李继迁扰边,用公计,封赵保忠守夏台故地,因令灭之。保忠翻与继迁合谋为边患。河西极扰,咎归于公,因不得专政,诏令参政更掌印押班奏事,分其权也。旧制,宰相报到,未刻方出中书。会岁大热,特许公才午归第,遂为永制。年七十一,病久无生意,解所宝双鱼犀带,遣亲吏甄潜者诣上清太平宫醮星露,恳以谢往咎。上清道录姜道玄为公叩幽都,乞神语。神曰:“赵某,开国忠臣也。奈何冤累,不可逃。”道玄又叩乞所冤者,神以淡墨一巨牌示之,浓烟罩其上,但牌底见“大”字尔。潜归,公力疾冠带出寝,涕泣受神语,闻牌底“大”字,公曰:“我知之矣,此必秦王廷美也。然当时事曲不在我,渠自与卢多逊遣堂吏赵白交通,其事暴露,自速其害。岂当咎予?但愿早逝,得面辨于幽狱,曲直自正。”是夕,普卒。上感悼涕泗,自撰神道碑,八分御书赐之。

真宗中年,多或不豫,欲权弭听断,养和于西林园,即太清楼也。议委政于皇太子,加冠监国,用王沂公曾以辅之。时中丞王臻不喻上意,议方下,遽以疏上云:“臣闻欲行皇子冠,《左传异议》曰:‘以星终为年纪,十二而一周,于天道备。’所以人君十二始冠。冠,弁也,行之于庙。汉已还,闲有即位而冠者,皆出于不得已也,故改其名为加元服,皆汉儒因事旋讲,实非古也。《冠义》云:‘冠者,礼之始也,王教之本。’今皇子未成,俾冠而临国,冠道未成,不冠而监,岂可以童子之道理焉? 唐景云二年,睿宗欲以皇太子监国,召三品以上官建议,群臣莫敢对者。臣窃谓兹事体重,陛下春秋未高,伏望陛下念万国调顺气剂,存真纳和,不必过计,社稷万灵,扶拥圣履”云。时以政出宫闱,不敢妄决,议者遂寝。

畲太尉居润,博州人。不识字,每按牍,以左手捉巨笔一画,画长寸余,虽狡史善诈也,摹之则败。沈相伦在幕府,谓所亲曰:“吾观沈推官五载未曾妄发一笑一语,行步端重,如履庙堂,吾见则礼敬之,必为宰相。”遂力荐于太祖,称沈沉厚可用。后果作相。畲恨其不知书,畲氏子孙皆召于家,建学立师傅,如己子教之,以报其知人之德也。

太祖采听明远,每边阃之事,纤悉必知。有间者自蜀还,上问曰:“剑外有何事?”间者曰:“但闻成都满城诵朱长山《苦热》诗曰:‘烦暑郁蒸无处避,凉风清冷几时来?’”上曰:“此蜀民思吾之来伐也。”时虽已下荆楚,孟昶有唇亡齿寒之惧,而讨之无名。昶欲朝贡,王昭远固止之。乾德三年,昶遣谍者孙遇赍蜡丸帛书,间道往太原,结刘钧为援,为朝廷所获。太祖喜曰:“兴师有名矣。”执间者,命王全斌率禁旅三万,分路讨之。俾孙遇指画山川曲折、阁道远近,令工图之,面授神算,令王全斌往焉,曰:“所克城寨,止籍器甲刍斛尔,若财帛尽分给战士。”王师至蜀,昶遣王昭远帅师来拒,未几,相继就擒,昶始降,执昶赴阙。大将王仁赡自南剑独先归阙,乞见,恐己恶暴露,历数全斌等数将贪黩货财,弛纵兵律,为所诉,反欲自毙。太祖笑谓仁赡曰:“纳李廷珪妓,擅开丰德库取金宝,此又谓谁耶?”仁赡惶怖,叩伏待罪。上又曰:“此行清介畏慎,但有曹彬一人尔。”台臣请深治征蜀诸将横越之恶,太祖尽释之。

魏人柴公以经义教授里中,有女子备后唐庄宗掖庭,明宗入洛,遣出宫,父母往迎之。至洛遇雨,逾旬不能进。其女悉以奁具计直十万,分其半与父母,令归大名,曰:"儿见沟旁邮舍队长,黝色花项为雀形者,极贵人也,愿事之。"父母大愧之,知不可夺,问之,即郭某,乃周祖也。因事之,执箕帚之礼。一日,谓其夫曰:"君极贵不可言,然时不可失,妾有五万,愿奉君以发其身。"周祖因其资得为军司。其父柴公,平生为独寝之人,传司冥间事,一日晨起,忽大笑,妻问之,不对,但笑不已。公惟喜饮,妻逼极醉,因漏泄其事,曰:"花项汉将为天子。"后果然。

王彦俦,上蔡人,五代之际,为本郡军校,材质雄伟,刚毅有谋,勇冠群卒,久欲奋发,而无其端。一旦,同列辈六人者语彦俦曰:"天下纷纷,能者可立。吾辈何忍端坐,以温饱自堕耶? 可相共起事,以图富贵乎?"彦俦私自计曰:"此六人者,死气侵面,是为我启迹也。"遂许之曰:"吾今夜正当宿直,君辈可持短兵入,吾奉为内应,富贵之来,不出今夕。"六人者喜,是夜皆至。彦俦伏甲于内,尽杀之,持其首诣阁,泣告刺史曰:"巡警无状,致奸盗窃发,已伏其罪矣。愿公亲出以抚众。"刺史惊喜而出,方慰劳次,彦俦立斩之,遂据上蔡。明日,籍其六家。郡中震恐,无敢动者。后朝廷力讨之,势不能守,奉其母奔金陵郡。李先主特喜其来,至其家亲拜其母,以彦俦为和州刺史。

一巨商姓段者,蓄一鹦鹉甚慧,能诵《陇客》诗及李白《宫词》、《心经》。每客至,则呼茶,问客人安否寒暄。主人惜之,加意笼豢。一旦段生以事系狱,半年方得释,到家,就笼与语曰:"鹦哥,我自狱中半年不能出,日夕惟只忆汝,汝还安否?

家人喂饮，无失时否？"鹦哥语曰："汝在禁数月不堪，不异鹦哥笼闭岁久。"其商大感泣，遂许之曰："吾当亲送汝归。"乃特具车马携至秦陇，揭笼泣放，祝之曰："汝却还旧巢，好自随意。"其鹦哥整羽徘徊，似不忍去。后闻常止巢于官道陇树之末，凡吴商驱车入秦者，鸣于巢外问曰："客还见我段二郎安否？"悲鸣祝曰："若见时，为道鹦哥甚忆二郎。"余得其事于高虞晋叔，事在熙宁六七年间。

庆历壬午岁，王师失律于西河好水川，亡没数巨将刘平、葛怀敏、任福等，石元孙陷房。急奏入，已旬余，大臣固缓之。仁宗因御化成殿，一宽衣老卒拥帚扫木阴下，忽厉声长叹曰："可惜刘太尉！"上怪问："何故独语？"此老卒曰："官家岂不知刘太尉与五六大将一时杀了？"上惊问："汝何闻此？"老卒因舍帚，解衣带书进呈曰："臣知营州西虎翼一营尽折，臣婿亦物故于西阵，此书乃家中人急报也。"上以书急召执政视之，大臣始具奏："臣实得报，恐未审，候旦夕得其详，方议奏闻，乞自宽圣虑。"上厉声曰："事至如此，犹言自宽圣虑，卿忍人也！"家宰因谢病，乞骸骨。

卢文进，范阳人，少从军，身长八尺，姿貌伟异，名振燕、蓟。与庄宗连兵于两河，屡战获胜。一夕忽败，夜走，马坠涧中，才及水，一跃而出。明日视之，乃郡之黑龙潭，绝岸高险，深不可测。文进知有神助己，气因复振，收余众，会食于野。一巨蛇长十丈余，径至坐所，众皆奔避，独文进不动。蛇引首及膝，文进以匕箸取食饲之讫，蛇蜿蜒方去。奔败之余，物情疑阻，举众入契丹。房主厚遇，使率兵救镇、冀，又与庄宗连战。明宗即位，老思南土，部曲皆华人，复还中国。明宗亲加宴劳，因诏得封大将军。八十二，无病卒。卒之日，星陨于寝，大如杯，文进嘘赤光丈余，与星相接。

王舆为江南杨氏军中小校，少从军，围润州，中巨弩射右耳，其矢穿左耳而去，旁二人中矢死之。舆卧病百余日乃愈，至老不聋，亦无瘢迹。又尝攻颍，夜有道士告之曰："且有流星下坠，能避之则富贵不可名，不尔则毙矣。"及旦，舆拔剑倚栅木驱兵，城中飞大石，正中其栅，及舆铠甲，皆麋碎而坏，舆曰："流星乃此也。"益自贵重，终为使相。

徐登者，山东人，世传近二百岁，得异术以固龄体，搢绅所以待礼焉。郑翰林公镇荆南，唐诏彦范漕湖北，二公以广成、浮丘礼之，馆于楚望。登无他奇，朴直不矫，不以屑事干公势。毅夫尝言："登虽不以实年告人，每说周末国初事，则皎如目击，校之已百五六十岁矣。"文莹与登游郑馆岁余，惟喜饮醇酎，经月不一粒食，殊不知书。一夕，不告郑公，夜奔景陵，投道复守陈少卿宗儒以托死。死之日，亲写书到荆厚谢公，公甚嗟悼。嘱陈公曰："吾死后，当窆棺，前后以竹板二等吾身敛之。后三十年，当剖棺，此实知也。"遂殡北塔僧园。后二年，陈少卿知寿州，因事诣阙补官遭，枉道至景陵，恐其尸解，剖棺视之，则已腐败。世之昵方士者，登可鉴焉。

太宗一日幸禁林，诮朱翰林昂曰："汉宣帝最好勤政，尚五日一视朝，万务宁无壅积耶？朕则不敢辄怠也。"公因得建言："臣闻尧、舜优游岩廊之上，亦万机允正；唐太宗天下太平，房乔请三日一视朝临政；高宗寰宇宁静，长孙无忌请隔日视事。悉从。自后双日不坐，只日御视，五日一开延英，遂为通式。今庶政清简，百执犹宁居于私殿，惟陛下凝旒听览，翻无暂暇，宜三五日一临轩，养洪算，蹈太和，合动直静专之道，扄摄思虑，保御真气。"后中书知之，与台谏继陈奏请："臣等切见朱昂之请对,深协至治,仍乞徇所陈。"久而才允。

　　王状元岘,天圣庚午甲科及第。元丰戊午,垂五十年,方有重金之赐。谢表特优,略云:"横金三纪,未佩随身之鱼;赐带万钉,改观在廷之目。岂伊散任,得拜恩章。车服以庸,品仪辨等。国朝故事,惟二府刻球路之花;文武近班,通一例号遇仙之样。独承面命,度越朝规。此盖陛下宠厚老臣,礼加常制,悯事三朝之旧,俾阶四府之崇。奉以垂腰,既表重镠之丽;宝之在体,更增上笏之华。"

玉壶清话卷第七

夏侯嘉正,荆南人。刘童子者,幼瞽,善声骨及命术,谓曰:"将来须及第,亦有清职,惟持声贵,自余俱弱。已俸外,别有百金横入,不病则死。"后至正言、直馆,充益王生辰使,得金币,方辇归私第,欲留之为润屋,忽一缙自地起立,久而后仆,遂感疾,月余而卒。太宗上元御楼观灯,嘉正进十韵,末句云:"两制诚堪美,青云侍玉舆。"不怿,赐和以规之,有"薄德终惭举,通才例上居"之句。喜丹灶,尝曰:"使我干得水银半两,知制诰一日,平生足矣。"二愿俱不遂而卒。

太祖生于西京夹马营,至九年西幸,还其庐驻跸,以鞭指其巷曰:"朕忆昔得一石马,儿为戏,群儿屡窃之,朕埋于此,不知在否。"斸之,果得。然太祖爱其山川形胜,乐其风土,有迁都之意。李怀忠为云骑指挥使,谏曰:"京师正得天下之中,黄、汴环流,漕运储廪,可仰亿万,不烦飞挽。况国帑重兵,宗庙禁掖,若泰山之安,根本不可轻动也。"遂寝议。拜安陵,奠哭为别,曰:"此生不得再朝于此也。"即更衣,取弧矢,登阙台,望西北鸣弦发矢以定之,矢委处,谓左右曰:"即此乃朕之皇堂也。"以向得石马埋于中。又曰:"朕自为陵,名曰永昌。"是岁果晏驾。

李度显德中举进士,工诗,有"醉轻浮世事,老重故乡人"之句,人多诵之。王朴为枢密,止以此一联荐于申文炳知举,遂擢为第三,人嘲曰:"主司只诵一联诗。"

唐陆羽《续水经》尝言:"蛇雉遗卵于地,千年而生蛟龙属。汉武帝元封中,浔阳浮江亲射蛟于江中,获之,乃是也。其蛟破壳之日,害于一方,洪水飘荡,吴人谓之发洪。"余少时,尝游杭州西城县之伊山,目击此事。方晚春,忽茂草中一雌雉飞起丈余,翅翼零乱,又复人草中,数四不绝,久而不出。予窃怪之,薙草往观,果一巨蛇,一雌雉,蟠结缠纠,津沫狼藉,斯须,雉惊飞,而蛇亦人草中,始验羽之说不诬。

丁文果司天监丞无他学,惟善射覆,太宗时以为娱。一日,置一物品器中,令射之。果乃课其经曰:"花花华华,山中采花。虽无官职,一日两衙。"启之,乃数蜂也。又令寿王邸取一物,令射之,果曰:"有头有足,不石即玉。欲要缩头,不能入腹。"启之,乃压书石龟也。即日赐绯,并钱五万。

祥符中,契丹使至,因言本国喜诵魏野诗,但得上帙,愿求全部。真宗始知其名,将召之,死已数年,搜其诗,果得《草堂集》十卷,诏赐之。魏野字仲先,其诗固无飘逸俊迈之气,但平朴而常,不事虚语尔。如《赠寇莱公》云:"有官居鼎鼐,无地起楼台。"及《谢寇莱公见访》云:"惊回一觉游仙梦,村巷传呼宰相来。"中的易晓,故虏俗爱之。野与孟津诗人李渎为诗友,野凿室于陕郊,曰乐天洞;渎结庐于中条山,曰浮云堂。皆树石清幽,各得诗人之趣。渎字长源,一日自孟津访别于野,曰:"数夕前,忽一人来床下,诵曰:'行到水穷处,未知天尽时。'予犹规其误曰:'岂非"坐看云起时"乎?'答曰:'此云安能起耶?'又非梦寐,亟窥之,空无一物,此必死期先报,故来相别。"遂痛饮数夕而还,还家未几而卒。

曹武毅翰,魏人也;曹武惠彬,真定人也,二曹皆著名,人多谓之同宗。翰有宏材伟特之度,能诗,有《玉关集》。领金吾日，当直，太宗召与语曰："朕曾览卿诗，有'曾因国难披金甲，耻为家贫卖宝刀。他日燕山磨峭壁，定应先勒大名曹'颇佳，朕每爱之。"翰因叩谢。征幽州，为东路濠寨总管，善风角。一夕，角声随风至帐，翰从容摽带曰："寇至之兆也。"未几，果然，大败其寇于城下。从征幽州，率以部分攻城，忽得一蟹，翰曰："水物向陆，失依据也，而足多有救。又蟹者，解也，其将班师乎？"果然。其精敏率如此。

开宝初，太宗居晋邸，殿前都虞候奏太祖曰："晋王天日姿表，恐物情附之，为京尹，多肆意，不戮吏仆，纵法以结豪俊，陛下当图之。"上怒曰："朕与晋弟雍睦起国，和好相保，他日欲令管勾天下公事。粗狂小人，敢离我手足耶？"亟令诛之。逮太宗纂承，高阳关奏："妖气夜起，横亘北陆，边情颇摇。"太宗召向相敏中于玉华殿密议之，向奏曰："臣闻崔翰领节高阳，恃功骄恣，横越兵律。陛下宜召还诛之，以厌氛祲。"上曰："是何言欤？朕尝乘怒诛张琼，至今痛恨。若翰者，朕以其能，拔于行伍，遂建节旄，料渠不肯辜朕也。"止遣一词臣宣抚慰劳而已。祅祲自消，边心亦宁。

开宝九年，钱忠懿俶来朝，上遣皇子德昭迓于南京，车驾为幸礼贤宅，抚视馆饩什物，充满庭墀。俶至，诏处之。赐剑履上殿，书诏不名。妻子俱朝，封妻为吴越国王妃。召父子宴射苑中，诸王预坐。一日，赐俶独宴，惟太宗、秦王侍坐。上爱俶姿度凝厚，笑曰："真王公材。"俶拜谢，中人掖起。上遣太宗与俶叙齿为昆仲，俶循走，叩头泣谢曰："臣燕雀微物，与鸾凤序翼，是驱臣于速死之地也。"获止。时上将幸西京，乞扈从，不允，曰："天气向热，卿宜归国。"宴别于广武殿。后三年来朝，宴于长春殿，刘鋹、李煜二降王预焉。未几，会陈洪进纳土,俶情颇危蹙,乞罢吴越王,诏书愿呼名,不允。从征太原,每晨趋鸡初鸣,晓与群臣候于行在,尝假寐于寝庐。上知之,谕曰:"知卿入朝太早,中年宜避霜露。"每日遣二巨烛先领引于前顿候谒而已。驾至并门,继元降,上御崇台,戮其拒王师者,流血满川。上顾俶曰:"朕固不欲尔,盖跋扈之恶,势不可已。卿能自惜一方,以图籍归朝,不血于刃,乃为嘉也。"俶但叩头怖谢。非久,身留于朝,愿纳图贡,昆虫草木,亦无所伤。朝廷遣考功郎范旻知杭州,至则悉以山川土籍管钥庾廪数敬授于旻,遂起遣兵民投阙。俶最后入觐,知必不还,离杭之日,遍别先王陵庙,泣拜以辞,词曰:"嗣孙俶不孝,不能守祭祀,又不能死社稷。今去国修觐,还邦未期,万一不能再扫松楸,愿王英德各遂所安,无恤坠绪。"拜讫,恸绝,几不能起,山川为之惨然。

永平中,延平津一神剑夜悬于空,光掩星斗。其剑止长三尺许,每天地澄霁,随斗而转,启明东起则没,时或浮于津面,渔者见之,近则渐沉。遂置剑州于延平津,割剑州之剑浦、汀州之沙县隶焉。

文莹至长沙,首访故国马氏天策府。诸学士所著文章擅其名者,惟徐东野、李宏皋尔。遂得东野诗,浮脆轻艳,皆铅华妖媚,侔一时尊俎尔。其句不过"牡丹宿醉,兰蕙春悲,霞宫日城,翦红铺翠"而已。独《贻汪居士》一篇,庶乎可采,曰:"门在松阴里,山僧几度过。药灵园不大,棋妙子无多。薄雾笼寒径,残风恋绿萝。金乌兼玉兔,年岁奈君何?"又得宏皋杂文十卷,皆胼枝章句,虽龌龊者亦能道。信乎,文之难也。

钱熙,泉南才雅之士,进《四夷来王赋》万余言,太宗爱其才,擢馆职。有司请试,上笑曰:"试官前进士赵某亲自选中。"

尝撰《三钓酸文》，举世称精绝，略曰：“渭川凝碧，早抛钓月之流；商岭排青，不逐眠云之侣。”又曰：“年年落第，春风徒泣于迁莺；处处羁游，夜雨空伤于断雁。”其文千言，率类于此。卒，乡人李庆孙为诗哭之曰：“《四夷》妙赋无人诵，《三钓酸文》举世传。”

翰林郑毅夫公，晚年诗笔飘洒清放，几不落笔墨畛畦，间入李、杜深格。守余杭日，因送客西湖，舣舟文莹旧居，留诗于壁云：“春入萝途静，浪花翻远晴。”又：“东飞江云北飞燕，同寄春风不相见。”又《余杭郡阁》云：“雨影横残虹，秋容阴映日。寒江带暮流，晚角穿云出。云峰翠如织，宿鸟去无迹。封书写所怀，聊托荆门翼。”又《罢翰林行次南都遇雨》云：“雨声飘断忽南去，云势旋生从北流。料得凉风消息好，萧萧已在柳梢头。”又：“老火烧空未拟收，急惊快雨破新秋。晚云浓淡落日下，只在楚江南岸头。”时颇讶其气象不远。后解杭麾，将赴青社，以病困泊舟楚岸，遂卒。其语已兆于先。

尝谓文老不衰者，止见今大参元厚之绛。顷在禁林，《怀荆南旧游》云：“去年曾醉海棠丛，闻说新枝发旧红。昨夜梦回花下饮，不知身在玉堂中。”词气略不少衰。又曾鲁公垂八十，笔力尚完。时曾子宣内翰谪守鄱阳，手写一柬慰之，略云：“扶摇方远，六月去而不息；消长以道，七日自当来复。”吾友中秘书杨经臣，博赡才雅，而尝诵之经日，谓余曰：“此非知其然，而为神驱于气使之为尔。”

开宝九年正月，乾元殿受降王朝，扈蒙参定其议。有李朴请诛之制，甚繁，具本文。蒙继上《圣功颂》，次午将东封，又进御札草。上爱之，批于纸尾，奖之云：“《圣功颂》及此辞，无一字可议。”后应制后苑，诗有“微臣自愧头如雪，也向钧天侍玉

皇"。上和以赐曰："珍重老臣纯不已,我惭寡昧继三皇。"为之
美传。

杨信,高杨人,忠朴,善御士卒。开宝二年,为散指挥,廨
舍直大内之北。一夕中夜,忽梦巨龟衔敕叩其寝,信惊起披衣
曰:"大庭必有警。"果太祖开玄武门,急召信入禁中,擒叛党杜
廷进三十九人,阴以姓名授之。黎明,尽为信所捕,擒至便殿,
不用吏鞠,面讦得实,悉戮于市。信忽患喑,太祖惜其善抚辖,
以重兵之柄委之。虽不能语,而申明纪律,严肃有度。有童曰
玉奴者,天赋甚慧,善揣信意。凡奏事及指挥军律,宾客语论,
但回顾玉奴,画掌为字,悉能代信语,轻重缓急,便否避就,尽
协其意。病将革,忽能语,太宗异骇,亲幸其第。信力疾扶于
榻,感泣叙留,音词明彻,至死犹叩头乞严边备,毋忽亭障。信
泣,太宗亦泣。至翌日卒,赐瑞玉小抉为含。

田重进,范阳人,不识字,忠朴有守。太宗在藩邸,以酒饵
赐之,拒而不受。使者曰:"晋王赐汝。"重进曰:"我只知有官
家,谁人能吃他人酒食乎?"人语太宗,极许之。后郑文宝出漕
陕右,上嘱付曰:"田某先帝宿将,勇毅宣力,卿为朕善待之。"

太原既平,刘继元降王随銮舆,将凯旋,而三军希赏,诸将
遽有平燕之请,未敢闻上。崔翰者,晋朝之名将也,奏曰:"当
峻坂走丸之势,所至必顺。此若不取,后恐噬脐。"上然之,改
銮北伐,功将即而班师,因整旅徐还。无何,至金台驿,王师失
利,间或南溃者数千骑。上遣翰以兵追之,翰奏曰:"但乞陛下
不问奔溃之罪。臣愿请单骑独往,当携之而归。"上许之。翰
棰马独往追之,将及,扬鞭大呼:"诸君不须若尔,何伤乎? 料
主上天鉴,处置精明,君等久负坚执锐,卫驾远征,一旦小忿,
岂不念父母妻子忆恋之苦耶? 上特遣吾邀尔辈同还,宜知几

速反。"众稍稍听从,遂收身而还。夜半至营,各分部直,鸡犬亦不鸣。上喜,密解金带赐翰曰:"此朕藩邸时所系者。"

端拱中,或言威虏军粮运不续,虏乘其虚,将欲窥取。朝廷亟遣大将李继隆发镇、定卒万余,护送刍粮数千辋车,将实其廪。虏谍报之,率精锐万余骑邀于中道。时尹继伦为沿边都巡检,领所部数千巡徼边野,忽当虏锋,虏蔑视而不顾,径欲前掠。伦谓麾下曰:"虏气锐于进,吾当卷甲衔枚,掩其后以击之。蛇贪前行,必忘其尾,岂虞我之至耶?"遂饱秣饫膳,伺其夕,怀短兵暗逐其后。至唐河,天未明,虏骑去我军将近,遂释鞍会食。食罢,将战,伦举兵一麾,如拉枯折朽。胡雏越旦举匕方食,短兵击折一臂,乘马先遁,一皮室击死之。皮室者,虏相也。分飞溃乱,自蹂践,北窥之患遂已。继伦面色黧,胡人相戒曰:"'黑大王'不可当。"后淳化中,著作孙崇谏陷北归,太宗召见,面诘虏庭事,崇谏备奏唐河之役,上始尽知,叹曰:"奏边者忌其功,不状其实以昧朕,非卿安知?"遂加防御使。

贾黄中乃唐造《华夷图》丞相耽四世孙,七岁举童子,开头及第。李文正昉以诗赠之:"七岁神童古所难,贾家门户有衣冠。七人科第排头上,五部经书诵舌端。见榜不知名字贵,登筵未识管弦欢。从兹稳上青霄去,万里谁能测羽翰。"后淳化中,参太宗大政。性极清畏。尝知金陵,一日案行府寺,睹一隙舍扃镝甚严,公怪之,因发钥,得宝货数十巨积,乃故国宫闱所遗之物,不隶于籍,数不可计。公亟集僚吏,启其封,悉籍之,以表上。上叹曰:"贪黩者,籍库之物尚冒禁盗,况亡国之遗物乎?"赐钱三百万,以旌其洁。事母孝,不幸年五十六,先母而逝,太宗恤其家。既葬,其母入谢,上面抚之:"勿以诸孙及私门之窘自挠,朕常记之。"

梁丞相适顷为详议官,审刑议事厅旧在中书之旁、廨舍院之右,朋僚亲昵者往往时过笑语。公以政堂逼近,窃不自安,因命笔题厅之东,告来者曰:"紫垣甚近,黄阁非遥。僚友见过,幸低声笑语。适谨启。"后紫垣、黄阁不十年登之,语兆之应也若此。公之祖颢,字太素,郓人,登雍熙二年甲科。司谏、知诰、群臣封事悉付公并薛公映详定可否,多所弃斥。子固,字仲坚,用父荫赐进士出身。服阕,诣登闻,让前恩命,愿乡举,果祥符二年亦擢甲科。

钱文僖若水尝率众过河,号令军伍,分布行列,悉有规节,深为武将所伏。上知之,谓左右曰:"朕尝见儒人谈兵,不过讲之于樽俎砚席之间,于文字则引孙、吴,述形势皆闲暇清论可也,责之于用,则临事罕见有成效者。今若水亦儒人,晓武可嘉也。"时北戎犹扰,上密以手札访之,公奏曰:"制边灭戎之策无他,臣闻唐室三百年,而魏博一镇屯戍甚少,不及今日之盛,犬戎未尝侵境。盖幽、蓟为唐北门,命帅屯兵以镇之,稍有侵轶,则呼噏应敌。"时言者请城绥州,积兵以御党项,诏公自魏乘传疾往按,至则乞罢,时论韪之。上尝谓左右曰:"朕观若水风骨透迈,神仙资格,苟用之,则才力有余。朕止疑其寿部促隘,果至大用,恐愈迫之。"其后果夭。

玉壶清话卷第八

太宗御厩一马号"碧云霞",折德扆获之于燕涧,因贡焉。口角有纹如碧霞,夹于双勒,圉人饲秣,稍跛倚失恭,则蹄啮吼喷,怒不可解。从征太原,上下冈阪,其平如砥。下则伸前而屈后,登高则能反之。太宗甚爱,上樽余沥,时或令饮,则嘶鸣喜跃。后闻宴驾,悲悴骨立。真宗遣从皇舆于熙陵,数月遂毙。诏令以敝帏埋桃花犬之旁。

党进者,朔州人,本出溪戎,不识一字。一岁,朝廷遣进防秋于高阳。朝辞日,须欲致词叙别天陛,阁门使吏谓进曰:"太尉边臣,不须如此。"进性强很,坚欲之。知班不免写其词于笏,侑进于庭,教令熟诵。进抱笏前跪,移时不能道一字,忽仰面瞻圣容,厉声曰:"臣闻上古,其风朴略,愿官家好将息。"仗卫掩口,几至失容。后左右问之曰:"太尉何故忽念此二句?"进曰:"我尝见措大们爱掉书袋,我亦掉一两句,也要官家知道我读书来。"

兴国中,太宗召陈抟赴阙。抟隐华山云台观,年百余岁。世宗拜谏议,不受。始四五岁时,戏涡水侧,一青衣媪抱置怀中乳之,曰:"令汝更无嗜欲之性,聪悟过人。"先生有高识,尝戒门人种放曰:"子他日遭逢明主,不假进取,迹动天阙,名驰寰海。名者,古今之美器,造物者深忌之。天地间无完名,子名将起,必有物败之。戒之!"放至晚节,侈饰过度,营产满雍、镐间,门人戚属以怙势强并,岁入益厚,遂丧清节,时议凌忽。

王嗣宗守京兆，乘醉慢骂，条奏于朝，会赦方止。祥符八年岁旦，山斋晓起，服道衣，聚诸生列饮，取平生文稿，悉焚之，酒数行而逝。奇男子也。

苏内翰易简在禁林八年，宠待之优，复出夷等。李相沆入玉堂后于苏，一旦先除参政，以公为承旨，赍与参政等。苏不甚悦，上谓公曰："朕欲正旧典，先合用卿，即正台宰，然庶欲令卿延厚寿基，稔育闻望，乃先用沆，卿宜无慊。"盖知其龄促也。公以母老，急于进用，因乾明圣节，进《内道场醮步虚》十首，中有"玉堂臣老非仙骨，犹在丹台望泰阶。"上悉其意，俾参大政，未几卒，年三十九。上嗟悼，为之雪涕，赐挽词，断云："时向玉堂寻旧迹，八花砖上日空长。"

王沔字楚望，端拱初参大政，敏于裁断。时赵韩王罢政出洛，吕文穆公蒙正宽厚，自任中书，多决于沔。旧例，丞相待漏于庐，然巨烛尺尽始晓，将入朝，尚有留案遣决未尽。沔当漏舍，止然数寸，事都讫，犹徘徊笑谈方晓。上每试举人，多令公读试卷。素善读书，纵文格下者，能抑扬高下，迎其辞而读之，听者无厌，经读者高选。举子当纳卷，祝之曰："得王楚望读之，幸也。"

王参政化基，兴国二年及第于吕蒙正榜，释褐授赞善、知岚州。赵韩王学术平浅，议以骤进之少年，无益于治，特诏改淮幕。公叹曰："不幸丞相以元勋自恃，特忌晚进，男儿既逢明时，岂能事幕府，承迎于婉画之末乎？"抗疏自荐，表称"真定男子"。公常慕范滂有揽辔澄清天下之志，遂撰《澄清疏略》，皆切于时要。太宗壮之，曰："化基自结人主，慷慨之俊杰也。"亟用之，由著作郎、三司判官、左拾遗，召试中丞，补阙知制诰。翘楚有望，尤善为诗，《感怀》有"美璞未成终是宝，精钢宁折不为钩"之句,可见其志矣。后参大政,赵镕以宣徽使知密院,上特命参政班在宣徽之上。

唐彦猷侍读询、弟彦范诏,俱擅一时才雅之誉。彦猷知书好古,彦范文章气格高简不屈,疏秀比六朝人物。尤精翰墨,遣一小札,亦华笺妙管,详雅有意。忽一客携黄筌《梨花卧鹊图》求货,其花画全株,卧两鹊于花中,敛羽合目,其态逼真,合用价数百缗。彦猷蓄画最多,开箧以蜀之赵昌、唐之崔彝数品花较之,俱所不及。题曰"锦江钓叟黄筌笔"。彦猷偿其半,因暂留斋中少玩,绢色晦淡,酷类古缣。彦猷视其图角有巨印,徐少润揭而窥之,乃和买绢印。彦范博知世故,大笑曰:"和买绢始于祥符初,因王勉知颍州,岁大饥,出府钱十万缗于民,约曰:'来年蚕熟,每贯输一缣,谓之和买,自尔为例。'黄筌,唐末人。此后人矫为也。"遂还之,不受其诬。

徐骑省铉事江南后主为文馆学士,随煜纳图。太宗苛责以不能讽煜早献图贡,铉对曰:"臣闻四郊多垒,卿大夫之辱也。为人谋国,当百世不倾,讽主纳疆,得为忠乎?"太宗神威方霁,曰:"今后事我,亦当如是。"铉不幸,为学士,坐请求尹京张去华以一亲故注重辟,讽去华上言,贯索星见,请曲赦畿狱,坐是削官,为静难行军司马。后端居不出,铭其斋以自箴,曰:"爰有愚叟,栖此陋室。风雨可蔽,庭户不出。知足为富,娱老以佚。貂冠蝉冕,虎皮羊质。处之恬然,永终尔吉。"竟卒于邠。铉晚年于诗愈工,《游木兰亭》云:"兰舟破浪城阴直,玉勒穿花苑树深。"《观水战》云:"千帆日助阴山势,万里风驰下濑声。"《病中》云:"向空咄咄频书字,与世滔滔莫问津。"《谪居》云:"野日苍茫悲鵩舍,水风阴湿敝貂裘。"《陈秘监归泉州》云:"三朝恩泽冯唐老,万里江关贺监归。"《宿山寺》云:"落月依楼角,归云拥殿廊。"弟错词藻尤赡,年十岁,群从燕集,令赋《秋声》诗,顷刻而就,略云:"井梧分堕砌,塞雁远横空。雨滴苔莓紫,风归薜荔红。"尽见秋声之意。

至道二年,曹璨自河西驰骑入秦,贼迁万余众寇灵州。上问吕相端、赵枢密镕平戎之略,吕奏曰:"容臣等共陈利害,为一状进呈。"时张洎对上前,斥端曰:"居启沃之地,君问即对。边城之急,岂容冥搜抒思,检阅补缀,深失讦谟之体。"端奏曰:"洎不过揣摩陛下意尔。"上为之默笑。洎善事内臣,动息先知,盖上意久欲弃之。果翌日,先于两府独抗一疏,盛言"乞弃灵武,深边馈运,斗粟硕费,刍车野宿,孤迥难援。泉源高涸,莫屯厚兵"云。上谓向敏中曰:"洎果为吕端所料。朕尝不喜刘蟠辈动即迎合,以卜朕意。今洎亦然。"以疏还之,谓洎曰:"卿所陈,朕不会一句。"顷在翰苑,眷遇特厚,凡篇章褒答,止谓之翰长,儒臣由此少解焉。

寇莱公给事中,知吏部选,时张洎亦为给事中,掌考功。官序虽齐,视洎乃为属曹。寇少年进用,才锐气勇,复为首曹,慊洎不以本司官长奉己。洎又以老儒宿德闻望自持,不肯委节事寇。洎坐,寇视事罢,则整巾对书,终日危坐,伺候于省门,一揖而退,不交一谈。寇一日忽作《庭雀》一诗玩洎,略曰:"少年挟弹多狂逸,不用金圆用蜡圆。"盖讥洎顷在江南重围中为李煜草诏于蜡圆中,召上江救兵之事也。洎不免强颜附之。后稍亲昵,其辨诵谈笑,横飞于席间。寇胸中素蕴养畜不发者,尽为洎藉而取之,因是大伏,遂推挽于朝,力加荐擢。

太宗推敦台宪,动畏弹奏。雍熙九年,春宴,上欢甚,时滕中正权中丞,上谓群臣曰:"朕所乐者,非歌舞樽罍,盖时平民康,与卿等放怀同庆尔。"顾中丞曰:"三爵之饮宴,实为常礼。

朕与群臣彻常算,快饮数杯可乎?"中正奏曰:"臣闻文王在镐,与鱼藻同乐。古之诚者,但恐沔淫失度尔。今君臣熙洽,穆穆皇皇,微臣敢不奉诏。"殿上皆呼万岁。遂以虚爵遍授,俾恣饮焉。

孔承恭上言,举令文"贱避贵"之类四条,乞置木牌立于邮堠,以为民告诉。行之。一日,太宗问承恭曰:"令文中贵贱、长少、轻重各有相避并讫,何必又云'去避来',此义安在?"承恭曰:"此必戒于去来者,互相回避尔。"上曰:"不然。借使去来相避,止相憧憧,于通衢之人密如交蚁,乌能一一相避哉?但恐设律者别有他意。"其精悉若是。

太宗深惜民力,擢樊知古为谏议、河北东西都转运使,自樊始也。奏请修河北诸城,计木五百万条,畚锸什具七百万事。上曰:"大河乃天设巨堑,以限夷夏。匈奴岂有违天限之势乎?万里长城,金汤之固,又奚为哉?重困吾民,损和伤事,所陈过当,宜罢之。"诏有司量给材用修整。知古,江南人,无乡里之爱,举于乡,不获第,因谋北归,献计于朝。以钓竿渔于采石江凡数年,横长缊量江水之广深,缊或中沉,阴有物波低助起,心知其国之亡,遂仗策谒太祖,奏曰:"可造舟为梁,以济王师,如履坦途。"送学士院,本科及第,遣湖南督匠造黄黑龙船于荆南,破竹为索,数千舰由荆南而下。舟既集,就采石矶试焉,密若胼胁,不差尺寸。知古旧名若冰,太祖以其声近"弱兵"之厌,故改之。江南平,为侍御史,邦人怨之,累世丘木悉斩焉。

太宗亲征北虏,师还途中,御制诗有"銮舆临紫塞,朔野冻云飞"。遂令何蒙进《銮舆临塞赋》、《朔云飞》诗,召对嘉赏,授赞善。诗有"塞日穿痕断,边云背影飞。缥缈随黄屋,阴沉护御衣"。俄一县尉宋捷者,庸督护辇道,倚其姓名之谶,旋构一官。因而章疏歌颂,杂进不已,诸科亦扣行在,乞免文解,其表面签题云:"进上官家赵。"沆溟旒扆,有司亟请随驾至银台,应奏御文字,先经本台封驳方进,因而少戢。

许骧知益州归,首奏曰:"乞预为剑外之备。"上怪问之,骧曰:"臣解秩时,实无烽警。蜀民浮窳,易扰难安,以物情料之,但恐狂啸不测。"既而不久,李顺果叛,时皆伏其先见。朝廷遣王继恩讨之,既平,除张乖崖知益州。继恩等素失督御之略,师旅骄狠。詠密奏,乞命近臣分屯师旅,以杀其势。朝廷命张鉴往,上召对后苑。鉴虽进士,本出身将家,奏曰:"成都新复,军旅未和,闻使命遽至,贸易戎伍,虑有猜惧,变生不测。乞假臣一安抚之命,臣至彼自措置。"上嘉纳。后果以川峡分为益、梓、利、夔四路。代还,拜谏议。

朝廷议城古威州,遣访郑文宝公,奏曰:"欲城威州,不若先建伯鱼、青冈、清远三城为顿归师之重地。俟秦民稍苏,辟营田,积边粟,修五原故积之地,党项之酋豪,为我鹰犬。若尔,则不独措注安西,亦可绥服河湟。此定边之胜策也。"朝廷从之。建兴三城之役,费缯粟数十万计,西民苦之,一夕尽为山水荡去。又奏减解池盐价,损课二十万缗。贬蓝山、枝江、长寿三县令,累年方牵复工部员郎、转运使。文莹顷游郓中二邑,僧壁尚有公之诗,《郓城新亭》曰:"每到新亭即厌归,野香经雨长松围。四檐山色消繁暑,一局棋声下翠微。冰片角巾簪涧月,锦纹拳石砌苔矶。近来学得笼中鹤,回避流莺笑不飞。"《寒食访僧》云:"客舍愁经百五春,雨余溪寺绿无尘。金花开处秋千鼓,粉颊谁家斗草人。水上碧桃流片段,梁间新燕语逡巡。高僧不饮客携酒,来劝先朝放逐臣。"篇篇清绝,不能尽录。公闻云州陷，衣胡服，引单骑，冒雪间道走清远故城，得其实，奏请班师。

太宗居晋邸，知客押衙陈从信者，心计精敏，掌功官帑，轮指节以代运筹，丝忽无差。开宝初，有司秋奏："仓储止尽明年二月。"太宗因诘之。信曰："但令起程即计往复日数，以粮券并支，可责其必归之限。运至陈留，即预关主司，戒运徒先候于仓，无淹留之弊，每运可减二十日。楚、泗至京，旧限八十日，一岁止三运，每运出淹留虚程二十日，岁自可增一运。"太宗以白太祖，遂立为永制。一岁，晋邸岁终筹攒年费，何啻数百万计，惟失五百金，屡筹不出。一苍头偶记之："晋王一日登府楼，遥观寻橦者，赏叹精捷，令某府取库金与之。时信不在，后失告之。"魏丕为作坊使，旧制，床子弩止七百步。上令丕增至千步，求规于信。信令悬弩于架，以重坠其两端，弩势负，取所坠之物较之，但于二分中增一分以坠新弩，则自可千步矣。如其制造，后果不差。

景祐元年，张唐卿榜赐恩泽出身、章服等，制诰词略云："青衿就学，白首空归。屡陈乡老之书，不预贤能之选。靡负激昂而自励，止期华皓以见收。"仁宗怒曰："后世得不贻其子孙之羞乎？"御笔抹去。宋郑公别进云："久沦岩穴，夙蕴经纶。莺迁未出于乔林，鹗荐屡光于乡校。纵謇诚亏于远到，博风勉屈于卑飞。"上颇悦。

安鸿渐滑稽轻薄。或传凌侍郎策世绪本微，其父曾为镇所由，公方成童，父携拜鸿渐，为立一名。渐因命名曰"教之"，安言所由生也。鸿渐老为教坊判官，凌公判宣徽院，乐籍隶焉，亦微憾之。一日，谓之曰："汝，今世之一祢衡尔。才虽不逮，偶免一烹焉。"

杜文正镐,江南集贤校理澄心堂,归朝直秘阁。上幸太阁,询经义,敷对称旨,赐金紫。景德中,为近侍,扈从澶渊之幸。洎凯旋,銮驾还阙日,有司空行宫,适当懿德皇后忌辰,上疑回銮鼓吹鼙管非便,时公为仪仗使,已先驰还阙,备迎驾之仪,遂驰骑问公。公即奏曰:“于义无害。武王载木主伐纣,时居丧,尚前歌后舞,况忌者乃追远存思尔。”公凡戒检书吏曰:“某事,在某书某卷、几叶几行。”覆之,未尝有差。

真宗诏卿士举贤良,翰林朱公昂举陈彭年。陈以家贫,无赀编可投之备入削,奏乞终任,不愿上道。杜龙图镐、刁秘阁衎列章奏曰:“朱昂端介厚重,不妄举人,况彭年实有才誉,幼在江左,已为名流所重,乞不须召试,止用昂之举,诏备清问可也。”乃以本官直史馆。

玉壶清话卷第九

李先主传

唐祚告绝,江南始有国。广陵杨氏,当天祐戊寅间,江、淮无主,奄三十郡,自建正朔,制度草创。后授于李氏,方能渐举唐室宪章,命尚书陈滂专修《吴史》,未成而滂没。建隆、乾德间,史官高远著《吴录》二十卷,未参本朝之史。会远遽卒史馆之内。远将病,其稿悉焚之,故江南始末,多或漏落,犹于余书杂著间有载其事者。

先主昪,字正伦,唐宪宗第八子建王恪之玄孙。其父志,去宗室悬远,遂飘游他郡,为徐州判官。安贫谨厚,喜佛书,多游息佛寺,号为李道者。主以光启四年生于彭城,会天下丧乱,因转徙濠、梁。家贫,二姊为尼。吴武王杨行密克濠、梁,主为乱兵所掠,时尚幼,行密见而奇之,育为己子。长子杨渥骄狠恣横,多或凌之。行密虑为渥所害,谓大将徐温曰:“此儿异常,吾深爱之,虑失保佑。汝无子,可赐汝养之。”温得主,致保姆,命师傅,鞠育异之。及长,身长七尺,坦额隆准,神彩鉴物。虽缓行,从者阔步追之不及,相者曰:“正所谓龙行虎步也。”瞻视明灿,其音如钟。尝泛舟渡淮,暴浪中起,舟人合噪,喧号无制,主举声指画,响出数百夫外,两岸皆闻。天祐中,童谣曰“东海鲤鱼飞上天”,盖谓主素育于徐氏,后竟复唐姓。一狂僧走金陵城中,猖狂荒急,每见人则寻“飞龙子”,凡十余年。

逮主来为昇州刺史,狂僧见之,乃不复寻矣。

时江淮初定,守宰者皆武夫,率以兵戈为急务。主独好文,招儒素,督廉吏,德望著立,物情归美。徐知训为淮南节度使,骄侈淫虐,为朱瑾所杀,一方甚扰。主亟往代之,悉反其治,谦宽惇裕。初,知训已忌主之能,每欲加害。尝开宴,主预坐,伏剑士于室,刁彦能行酒,以爪掐主。主佯吐茵而起,偶免之。后又饮于广陵城东山光寺,会主适自京入觐,亦预焉,知训狂酲,决欲害之。其弟知谏白于主,遂鞭马急奔。知训不逞,授剑与彦能,俾急追之。彦能及于中途,但举剑扬袂遥示之,及河而止,以"奔骑难追"为白。迨知训遇害也,其父温方知其恶,将吏尽被黜责。

明年,建吴国,以主为左仆射,参大政,于是百姓始得投戈息肩。时四境虽定,惟越人为梗,主不欲渎武,专务安辑,遂许和好。戢兵薄赋,休养民力。山泽所产,公私同之。戢扰吏,罢横敛,中外之情,翕然依附,虽刚鸷狠愎者,率亦驯扰。所统仅三十余州,为太平之世者二十年。置延宾亭,待四方豪杰,无贵贱之隔。非意相干者,亦雍容遣之。漂泛羁游辈,随才而用之。缙绅之后,穷不能婚葬者,皆与毕之。义父温虽镇金陵,凡朝政但总大纲而已,台阁庶政,皆主决之。金陵司马徐玠者,性诡险,深忌于主,屡讽温曰:"辅政之权,不宜假也。请以嫡子知询代之,以收其势。"主知之,连上疏求罢政事。表将上,会温卒,知询果袭之,所为不法,不久乱萌已兆。主使谕之,亟令入朝,以诏萧墙之祸。朝廷以为左统军,悉罢兵柄。主时始专大任,秉执益谨。一旦,临镜理白髭,喟然叹曰:"丈夫此物悬于颔,壮图已矣。时不待人,惜哉!"有周宗者,广陵人,少孤贫,事主为左右给事,敏黠可喜,闻主之叹,请入广陵,告宋齐丘以禅代之事。齐丘险刻，忌其谋非己出，手疏切谏，言："天时人事未可之际，请斩宗为谢。"主怒其专，辄将斩之，徐玠力援，获免。后数年，徐玠请禅之说行，宗方复职，后竟为枢密使。后五载，壬辰岁，出镇金陵，以长子璟为兵部尚书、参政事，如温之制。甲午岁，进封齐王，加元帅，置左右丞相，以宋齐丘佐之。丁酉十月，受吴禅，奉吴主为让皇，改年昇元，追尊考温武皇帝，子璟为吴王。以建康为西都，广陵为东都，即金陵使府为宫，但加鸱尾栏楯而已，终不改作。接见亲族，一用家人礼。昔所师友之尊长者，皆亲拜之。

　　初，主将受禅也，时吴之宗室临川王濛，久囚废于历阳。司马徐玠素不悦于主，欲濛受禅，阴讽太尉、中书令西平王周本及赵王李德诚辈，倚以德爵勋旧之重，欲使推戴于濛，盖玠之谋也。濛闻将受禅，杀监守者，与亲信走骑投西平王周本。本已昏耄，不知时变，皆其子祚左右其事，故拒之，不令人报。濛恳祈再三，亦不许，闭中门外，执濛以杀之。本知之，怒曰："我家郎君，何不使吾一见？"濛既被害，吴室遂移，本力疾扶老，随众至建康，但劝进而已。自是心颇内愧，数月而卒，实素无推翊之诚，而主宽裕，置而不辨，及其死也，厚葬之，优恤其孤。

　　迁让皇于京口，以润州廨舍为丹阳宫以处之。用亲吏马恩让为丹阳宫使。让皇以世子琏嘱于主曰："吾无一事，但为选师儒之有年德者，教育吾儿，令知人伦孝让，他日不绝祀享，俾吾先血食泉下，吾志足矣。"主为选中书舍人徐善兼右庶子以教焉。琏，让皇长子也。十岁封江都王，立为太子，性淳谨好学，骨清神浅，唇缩齿露，风鉴者所不许。主受禅，封琏中书令、池州刺史，将赴上，遇寒食饮冷失节，卒于池口舟中，年十九岁。

初，先主第四女，琏纳之为妃，贤明温淑，容范绝世。及禅代，封永兴公主，闻人呼公主，则呜咽流涕，辞不愿称，宫中为之惨戚。琏卒，永兴终身缟素，斥去容饰，不茹荤血，惟诵佛书，但自称“未亡人”，朝夕焚香，对佛自誓曰：“愿儿生生世世，莫为有情之物！”居延和宫，年二十四，无疾坐亡。凡五夕，光如白练，长丈余，自口而出，至敛，温软如生。主感悼哽痛，诏李建勋刻碑宫中，纪其异。

未几，将复有唐之姓，尚怀徐氏之恩，未欲骤改，不忍即言；既而诸王露奏恳请，方下议有司，及百官中外惇情，不得已，方复姓李，立唐之宗庙，祀高祖及太宗而下。追尊考温庙号义祖，封徐氏二子为王。用张居咏、李建勋平章事，张延翰为仆射。

十一月，让皇殂于丹阳宫，主丧服三年。受禅之三载夏四月，始郊祀圜丘。时当上旬，月没颇早，逮升坛之际，皎洁如昼，非日非月，至柴燎甫毕，夜景复晦，一若常夕，人咸异之。群臣请上尊号，主曰：“尊称者，率皆虚美尔，且非古制。”抑请不允，下诏曰：“宜寝来章，不得再上。”时全吴符瑞不辍，所奏皆抑而不纳。以张宣为鄂州节度使。宣以边功自恃，强横不法。鄂市寒雪，有民斗于炭肆者，捕而诘之，乃市炭一秤，权衡颇轻。使秤之，果然。宣斩鬻炭者，取其首与炭悬于市。主闻之，叹曰：“小人衡斛为欺，古今皆然。宣置刑太过。”尽夺官，以团副置于蕲春，遣润州节度使王兴代之。时天下罹乱，刑狱无典，因是凡决死刑，方用三覆五奏之法。民始知有邦宪，物情归之。果安州节度使李全金，感慕德谊，率众来归，封全金为宣威统军。

　　是岁,赵王李德诚卒。德诚即建勋之父也,少时,人相曰:
"泰山之高,可比君福。不用寸功,日享千钟。"德诚少事吴主,
独无一能,宠遇特深,为马步军使,但丰白充美,服裘乘马而
已。从诸军围安仁义于润州,诸军见仁义,皆慢骂诟辱;惟德
诚执礼,未尝以一语辱之。城陷,仁义执弓矢毅然坐于城上,
无敢近者。久之,独呼德诚使前,曰:"雀鼠小人皆骂辱吾,独
汝见我有礼,且有奇相,他日至贵,吾委命于尔,以为尔功。"乃
掷弓矢于地,以爱妾美玩尽赠之。德诚扶掖下城。由是擢拜,
日进中书令,封赵王。子四十余人,至先主受禅,用其子建勋
之谋,率诸侯劝进,以推戴之功,卒厚宠遇。杨武王诸将,惟德
诚无寸功,止用谦善而已。卒年八十四。

　　梁王徐知谔卒,温之少子也。该明经术,风度□□,善为
诗属文,好游乐,善狎侮,□□遍购古书名画。一日游蒜山,除
地为广圃,编虎皮数百番为巨幄,植旗张纛,极于骄侈,自号
"武帐",会文武,大张乐饮酒以乐焉。方鼓吹振天,忽神物卷
江波为大风雨,尽拔去其帐,乱飞如蝶,翳空而散。知谔单骑
奔建康,感寒,遂病而卒。平日尝谓所亲曰:"谚谓'人生百岁,
七十者希'。吾幼享富贵,而复恣肆,一日之费,敌世人一年之
给,或幸卒于七十之半已足矣。"果卒于三十五。十子,皆郡县
公。

　　冬十月,主巡幸东都,邀故老宴于旧宅。亲戚有亡者,吊
抚慰劳;勋臣义士之墓,亲设祭诔;披决囚系,逾月而归。时贡
条未备,士有仗策献文、稍可采录者,委平章事张延翰收试院,
量材补用,皆得其职。主有异见,人之休戚死生,皆先见之。
汤悦仕吴为秘校,主受禅,用为学士。一日,谓悦曰:"近觉卿
神彩明焕,精芒中发,得非有异遇乎?"悦不敢隐,曰:"臣数日

前,夙兴颒面,流星坠盆中,惊异之际,将掬之,星飞入口。馀无他遇。"主曰:"卿之贵异,他日无比者。"果事三朝,后归朝为太子詹事,八十余卒。

虔州节度使王安持节请觐,遂卒于朝,年七十二。安,庐江人,少事吴武王,观战,战酣,武王坐于高阜,注目以望阵势,安捧匜器侍侧。忽阵外一执槊勇士疾走而至,径趋王座,止数十步,安始觉,左右尽凝立,瞠目前视,无一夫警者。安乃置所捧于地,取弓射之,一发而倒,徐纳弓于弢中,复捧器而立,神色不少变。武王奇之,曰:"汝真有器度,当至极贵。"

冬十月,诛泰州刺史褚仁规,广陵人,暴迁至广陵盐监使。凡为治厉于威刑,民吏戢惧。所部皆富于鱼盐竹苇之产,国家每有大役,常赋不能给者,仁规视民中所有,举籍取之,以应国调,事讫偿之,略无逋负,民亦无怨,主甚赏之。仁规晚年,掊克无度,率入私门,驱掠妇女,刑法横滥。会陈觉与之有隙,密暴其状,遣御史劾之,主尽释不问。将东巡,召为靖江军使,督舟师为从,及还,遂留之,以罢其郡使,再下书责其残暴。仁规豪粗无术,乘恚上书,颇肆抵忤,几无君臣之分。下其事,委陈觉就泰州按鞫。仁规闻使者往按,大惧,遂自首。收付大理,数日赐死。

秋七月,宋齐丘罢丞相,为洪州节度使。盖齐丘屡讽主曰:"天下自广明之后,崩离板荡垂四十年,诸侯角立。今才名有望,主仍江、淮频岁丰稔,兵食皆足,乃天意欲中兴土运之际,宜恢复疆宇,为万世之固。"主长叹,谓齐丘曰:"吾少长军旅,睹干戈为民之害甚矣,不忍复言,苟彼安,吾亦安矣,何更求哉? 先生之教,谨不敢守。"由是收权衡之柄,因黜之,以远其惑。

是年，吴越灾，宫室府库，铠甲庾廪，焚之殆尽。群臣复欲乘其弊而袭之，诸将自奋者甚众。主固拒不许，曰："人生何堪此酷也，土木当亦伤害。"乃遣使唁之，赍帑粮铚仅百余艘，以赒其急，越人德之。

显德中，周世宗即位，主遣韩熙载往朝。及归，主因问新帝容表言动及朝廷体貌，熙载盛言："惟见殿前典亲兵赵点检（即太祖也。）龙角虎威，凛然有异，举目顾视，电日随转，公卿满廷，为气焰所射，尽夺其色。新帝虽富威武，其厚重之态，负山河之固，但恐不及。"其后太祖即位，主方悟熙载之语。

主将近暮年，厄运所会，日渐衰谢，自世宗平淮甸，已抱唇亡之忧。无何，太祖于京城南池按甲舫战舰，日习水战。间者归报，主误猜疑，愈抱隐忧，实将平扬州也。小人因是观衅者，纷纷奔叛，竟以平吴之策献于朝。初，彭泽令薛良者，以赃贬池州文学，因不逞之臣杜著者，伪为吴商，绝建德渡，奔献策，请决秦污陂，岁溉美田数千顷亩，江南深仰焉。使阴决之以枯，岁谷廪实无仰，可俯而拾。太祖怒曰："天产五稼，以养生民。决陂杀谷，吾其肯乎？"立命斩良并著于蜀市，下诏抚慰。主方少安，而狂妄辈因遂戢。终以城闉隘蹙，欲迁豫章，尤不逮金陵之广，上驰诏劝使仍旧，主遣熙载入朝聘谢。熙载归语主曰："五星连珠于奎，奎主文章，仍在鲁分。今晋王镇兖、海，料非久必为太平中国之主。愿记臣语。"时乾德丁卯之岁也。

主自受代以来，台阁多俗吏，细大之务，主亲决之。末年始用儒雅，杂用简易之政，悉罢苛细，将修复典故，以为著令，因感疾，渐至残废，遂寝焉。晚为方士所误，饵硫黄丹砂，吐纳阴修之术，忽躁怒。居常最宽和，殆病，百司奏事，或厉声呵诟，然无他害。群有司案牍，果事理明白者，则收敛颜色，殷勤谢而从之。既觉数屯,多布德泽。文武官没者,子孙随收叙,不限资荫;孤露者,营其婚葬;幼未堪任及无嗣者,出内帑以赈之;死王事者,下至卒伍,皆给二年之廪。士之贵贱长幼,卒无身后之患。

先是数载前,一渔者持蓑笠纶竿,击短版,唱《渔家傲》,其舌为鸣根之声以参之,自号"回回客"。人后疑为吕洞宾,音清悲切烟波间,听者无厌。唱曰:"二月江南山水路,李花零落春无主,一个鱼儿无觅处。风兼雨,土龙生甲归天去。"人或与钱,则摆首不接。唱于金陵凡半年,了无悟者,里巷村落皆歌焉。"土龙生甲",果以甲辰岁二月殂于正寝。"鱼儿",乃向所谓鲤鱼也。歌中之语皆验焉。遣乡郡公徐遨遗表来上,太祖废视朝五日,特遣鞍辔库使梁义吊祭,赠仪典隆厚。嗣君遣冯谧乞追尊帝号,许之,谥曰孝高皇帝。议者以先主继唐昭宗之后,号当称宗。韩熙载建议,以谓"古者帝王,己失之,己得之,谓之反正;非我失之,自我得之,谓之中兴。今先主,中兴之君也,宜当称祖。"舆论是之,遂庙号烈祖,陵曰永陵。

先主幼历丧乱,备诸险易,故持兼节,以固勤托孝,谦卑自牧。身为辅相,事义祖徐温礼如庶人,稍有疾,则衣不解带,药必亲尝。温尝责诸儿曰:"汝辈能如二兄,则可以为天下范也。"

以长子璟嗣,皇后宋氏为元恭皇太后。子四人,西平王景遂、宣城王景达、保宁王景遇。

玉壶清话卷第十

江 南 遗 事

钟山相李建勋，少好学，风调闲粹。徐温以女妻之，奁橐之外，复赐田沐邑，岁入巨万。虽极富盛，不喜华靡，屏斥世务，喜从方外之游。遍览经史，资禀纯儒，故所以常居重地，寡断不振。其为诗，少犹浮靡，晚年方造平淡。营别墅于蒋山，泉石佳胜。再罢相，逼疾求退，以司徒致仕，赐号钟山公。或谓曰："公未老无疾，求此命，无乃复为九华先生耶？"九华即宋齐丘，常乞骸，屡矫国主。公曰："余尝笑宋公轻以出处，敢违素心。吾必非寿考之物，劳生纷扰，耗真蠹魂，求数年闲适尔。"尝畜一玉磬，尺余，以沉香节安柄，叩之声极清越，客有谈及猥俗之语者，则击玉磬数声于耳。客或问之，对曰："聊代洗耳。"一轩，榜曰"四友轩"。以琴为峄阳友，以磬为泗滨友，《南华经》为心友，湘竹簟为梦友。果遂闲旷，五年而卒，江南之佳士也。

白鹿洞道士许筠，世传许旌阳之族，能持《混胎丈人摄魔还精符》按摩起居，以济人疾。含神内照，恬然无欲。忽一越人来谒曰："吾有至宝在怀。今垂死，欲求一人付之。举世皆贪夫，无堪受者；欲沉于海，又所不忍。"出一丸石，如碧玉鸡卵，以赠筠，且曰："古传扶桑山有玉鸡，鸣则金鸡鸣，金鸡鸣则石鸡鸣，石鸡鸣则人间鸡悉鸣矣。此石鸡卵也。张骞又曰'瑟母'。出扶桑山，流落海北岸，能噏宝玉屑，但五金砂及宝矿，碎而成屑，以卵环搅，宝末尽黏其上，不假淘汰。"筠得之，漫于金沙浣取试，搅金屑如碎麸，尽缀于卵。取烹之，皆良金也。日取百铢。筠曰："吾此学不贪为宝，此物丧真，于道益远。"瘗于钟山之中，后竟无得者。

徐常侍得罪窜邠，平日尝走书托洪州永新都官胡克顺曰："仆必死于邠。君有力，他日可能致我完躯，转海归葬故国，侍先子于泉下，即故人厚恩也。"未几，果遣讣来告。顺感其预托，创巨舟，赍厚费，亲自往邠迎之。舟出海隅一巨邑，忘其名，邑有东海大帝祠，帐殿严盛，祷享填委。时索湘典邑，舟未至，铉先谒之，称江南放叟徐铉。湘素闻其名，悚敬迎拜。冠服严伟，笑谈高逸，曰："仆得罪于邠，幸免囚置，放归故里，舣舟邑下，因得拜谒，仍有少恳拜闻，迨晚再谒。"语讫，失之，湘大骇。未久，津吏申："有徐常侍灵枢船到岸。"湘大感动，亟往舟，抚其孤曰："先公有真容否？"曰："有。"遂张之于津亭，果适之来谒者。湘设席感动，置醪俎，再拜以奠。迨暝，果至，曰："适蒙厚飨，多谢，实己之幸。盖少事，不得已须至拜叩。仆在江南为学士日，一里旧赍一宝带，托仆投执政，变一巨狱。仆时颇有势焰，执政不敢违。然事不枉法，以赃名挂身，恐旅榇过庙，帝所不容。君宰封社，庙籍乡版，皆隶于君。君为吾祷之，帝必无难。"湘感其诚告，为之洁沐，过己事。斋心冥祷讫，令解纤过庙，恬然无纤澜之惊。薄暮，果再至，饰小怀刺为谢，其刺题曰："铉专谢别东坡索君贤者，含喜再拜。"欻然而去。泊再开其刺，旋为灰飞。湘颇怀"东坡"之疑，后果为左谏议大夫。

庐山布衣江梦孙，浔阳人，博综经史，孝弟介洁，不妄语，不隐己过。李主召置门下,为国子司业。一旦面陈曰:"迁儒无所补,平生读书,意在惠民,空言无益,愿求一官以自效。"主曰:"胡为卑飞自丧其节耶?"固不许,固求之,补天长县令,以官诰示之曰:"授告罢,与君无宾友之容。"指其庭曰:"此地即君敛板趋伏之所也。君宁甘乎?"梦孙曰:"苟遂素愿,无惮其他。"乃授之。至治所,其吏白曰:"正厅凶恶,自来邑令居之,怪异不得其终。已陈设使厅矣。"江因呵曰:"长民不踞正厅,非礼也。"既上事,久之,果有妖物啸梁仆瓦,喧号万状。群吏伏匿,江整衣焚香奠酒,语鬼曰:"仆为令,合踞此厅。君等有祠堂林墓,安得居此耶?吾行己不欺暗室,无惧君辈。此处必有祀典尊神,吾当告之。"语讫,移榻就寝,高枕而卧,寂无见闻。后视事,率以简易仁恕为理,士民爱之。甫及满任,解秩归田。县人缘河泣涕,挽舟酷留,凡不绝者三日。主闻之,嘉叹不已,手批委曲,以美爵诱之,惇劝再任。坚然不起。耕田侍母氏,暇则以经术课诸生及子直木,后为员外郎。

王建封事李氏,为天威军都虞候,骁勇刚直,平建州,功冠诸将,擢刺史。后围福州,与诸将争功,城垂克,建封勒兵退,致坏成绩。主衔其恨,方理擅退兵者,将诛之,建封大怖,纳官以自劾。李主佯示宽厚,召还,付以精兵,稔其熟也。后果怙权,渐侵朝政。时钟谟、魏岑、李德明二三小人,以奸佞获幸,倾害忠良。建封上书历诋数子之恶,庭净喧诟,请尽诛窜,进用公直。璟大怒曰:"武世既握重兵,复干预国政,如何可事主君耶?"流池州,道杀之。才死,钟、魏等日见建封为祟,厉声曰:"吾为国击邪去恶,欲诛君辈以肃朝纲,嗣君反诛于我,今奉候诸君,共辨于阴。"昼夕随之。岑等呼道士奏章告天,竟不能脱。不月余,二三子相继卒。

嗣主璟幼有奇相,惟义主徐温器之,曰:"此子殆非人臣相。"温食,即命同席,南向以坐之,曰:"徐氏无此孙。"温自金陵迎吴王于迎銮江,大阅水嬉,还至百家湾,向夕暴风忽起,舟人束手于骇浪中。温四望无计,遂祖裼负璟于背,回语嫔御曰:"吾善游,不暇救尔辈。所保者,此子尔。"言讫,风息,若神护。璟天姿高迈,始出阁,即就庐山瀑布前构书斋,为他日闲适之计。及迫于绍袭,遂舍为"开先精舍"。

吴武让皇既殂于丹阳,其族属尚居泰州廨舍,先主自受禅已还,未暇措置,迨殂,方嘱付嗣君曰:"邦君皆杨氏所有,天地事物之变,偶移在我,然顺逆之势不常。吾所悯孤儿婺女,侨寄殊乡,令往泰州津敛杨族,安于京口,赒赠抚育,无令失所,男女婚嫁,悉资官给。"璟禀遗戒,遣园苑使尹延范具舟车调费,往泰般护。时王室在难,道路已乱,延范虑有他变,取子弟六十人皆杀之,惟载妇女以渡江。璟大怒,以延范腰斩,仍诛其族于市,以慰其冤。杨氏诸女二十余人,选士族嫁之,奁匣闺橐,不失常度。

江南故国,每至暮冬,淮水浅涸,则分兵屯守,谓之"把浅"。时监军吴延诏以为时平境安,当无事之际,虚费粮廪,亟令撤警。惟淮将刘仁赡熟练防淮之事,具启以为不可。未几,报周师以间者所误,半夜猝至,郡人大恐。仁赡神气闲暇,部分守御,其坚如壁。周师斩间者于岸,卷兵遂退。

孙忌,高密人,孤贫好学,喜纵横奇诡。时李先主辅政,忌谒之。口吃,与人初接,不能道寒温,坐顷之际,词辩锋起,不拘名理。主怜其才,辟置门下。后过江与徐玠同赞禅代之事,擢拜学士,为中书舍人,宋齐丘排出舒州观察使。州多黟隶凶人,曰"归化军"。忌因抚视不均,忽二卒白昼持刃求害于忌。

贼由西门而入,忌坐东门,先见之,屏左右,厉声扬袂招之曰:"吾在此。"贼已错愕,谓贼曰:"尔辈杀吾未晚,大丈夫视死若归,无名而死,然亦可惜。吾死,汝辈必不免。岂不少念所亲负尔何罪,例殊其族乎?"因谕之祸福,贼渐留听。又与之约曰:"吾解金带助汝急奔,有追汝者,指天地神明为殛。"贼感其言,还带而遁。其办画率类此。忌后擢拜,与冯延巳俱相。延巳丑其正,谓人曰:"可惜金盏玉杯盛狗屎。"后使北周,世宗不道,甘言取悦于忌,问以江南虚实、兵甲粮廪。忌正色抗辞曰:"臣为陪臣,代主以觐天王,反以此钩臣,臣肯背心卖国以苟富贵乎?惟死以谢陛下尔!"世宗命斩之。将诛,南望再拜,遥辞其主,顾左右曰:"吾此一死,可羞千古佞臣贼子之颜,复何恨哉?"引颈迎刃。璟闻之,北面素服招魂,举哀至恸,其痛几绝。

李彦贞为楚、海州刺史,吏事精敏,声誉日益。后移寿春,惟务聚敛,不知纪极,列肆百业,尽收其利。古安丰塘溉田万顷,寿阳赖之。彦贞托浚濠为名,决塘以涨濠,濠满塘竭,遂不复筑。民田皆涸,无以供舆赋,尽卖之而去。彦贞选上腴贱价以市之,买足,再壅塘以畜水,岁积巨亿。一旦酷暑,彦贞晓凉坐安舆行田,霆震暴起,黑雾入舆,卷彦贞入杳冥中,食顷掷下,烂碎于地。俄又飞火环其舍,帑庾厩库,净无孑遗,被焚者十余人,大为兼并之戒。后主督县吏取版籍,招旧主,复还之,以警天鉴。后子孙亦以祸败。

晋王景遂,先主第三子,天资雍睦,美姿容,性和厚。让皇殂于丹阳,遣送葬,望柩哀恸雨泪,观者为之出涕。兄璟继位,立为储副,固让不从,改字退夫以见志。接物得人欢心,喜与宾僚宴咏,投壶赋诗。好用美玉器,每以玉器行酒,客传玩,惟赞善张易乘醉抵于地曰:"轻人贵宝,殿下岂当至是耶?"坐客失色。景遂收容厚谢，撤以他器。嗣主遣易泛海使契丹，景遂手疏留之，曰："朝中如易者几希，宜朝夕左右。今泛不测之渊，投足黯房，归朝莫准。"嗣主答曰："张易奇人，海龙王亦惧之。"景遂一日朝服，忽于空中揖让，谓左右曰："上帝诏许旌阳召吾偕往，须当行矣。"急入北堂，拜辞所生母，无疾坐亡。赠太傅，谥文成。

常梦锡，凤翔人。岐王李茂贞临镇，惟喜狗马博塞，驰逐声伎。梦锡抱学有才，虽为乡里所重，以茂贞不礼儒术，故束书渡淮至广陵，谒先主，辟置门下，洎受禅，迁侍御史。词气方毅，深识典故，擢为给事中，悉委机事。历言宋、陈、冯、魏辈奸佞险诈，不宜置左右。主深然之。事垂举而主殂，遂为群党排击，黜池州判官。起为礼部尚书，不复言事。自割地之后，公卿在坐，有言及大朝者，梦锡大笑曰："君辈尝言致君如尧、舜，何忽一旦自以大国为小朝，得无愧乎？"众皆默散。梦锡文章诗笔精赡合体，然懒于编收，故无文集。方与客坐，奄然而卒。前数日，谓所知曰："齐丘、陈觉辈败在朝夕，但恨不能延数日之命，俾吾目见。然先在泉下，俟数子之诛。"果卒不久，齐丘缢经于青阳，陈觉、李徵古杀于鄱阳道中。

宋齐丘，豫章人。天下丧乱，经籍道息。齐丘岔然力学，根古明道，宗经著书。钟氏既亡，洪州兵乱，随众东下。先主为昇州刺史，往依焉，大礼之。齐丘本字超回，歙人汪台符贻书侮之曰："闻足下齐大圣以为名，超亚圣以为字。"齐丘惭，改字子嵩。先主深欲进用，为义父徐温所恶。凡十年，温卒，方用为平章事。遂树朋党，阴自封殖，狡险贪愎，古今无之。不知命，无远识，事三朝，惟延卜祝占相者数十辈置门下。传云齐丘少梦乘龙上天，至垂老犹抱狂妄，及国家发难，尚欲因其

衅以窥觊,时已年七十三矣。事败,囚于家,凿土顿穿窦以给
食,因而缢焉。平生无正娶,止以倡人为偶。亦封国,无子,以
从子摩诘为嗣。

世宗既罢兵,使钟谟以诚来谕曰:"吾与江南大义已定,固
无他虑,然人命不保,江南无备已久,后之人将不汝容。可及
吾之世,缮修城隍,分据要害,为子孙之计宜矣。"璟得命,乃修
建康诸郡城池,毁者坚之,甲卒寡者补之。又议迁都,璟曰:
"建康与敌境隔江而已,又在下流,吾今移都豫章,据上流而制
根本,上策也。"群臣多不欲,遂葺洪州为南都。洪州虽为大
藩,及为都邑,则迫隘丘坎,无所施力,群情不安之。下议来
还,会疾作,殂于洪州,年四十六。

后主煜幼子宣城郡公仲宣,国后周氏所生。敏慧特异,眉
目神采若图画,三岁能诵《孝经》及古杂文。煜置膝上,授之以
数万言。因作乐,尽别其节,宫中宴侍,自然知事亲之礼,见士
大夫揖让进退,皆如成人。栖霞道者,异僧也,能知往事,自钟
山迎于大内,令嫔御抱出此儿见之,自能合爪于颡。栖霞曰:
"不祥之器也。此儿与陛下并后皆有深冤,以陛下积德,不能
酷偿,故为劫恩爱,贼托掖庭,割父母之肝肠,宜善养之而勿
恋。"年五岁,忽自言曰:"儿不能久居,今将去矣。"因瞑目逝。
周后在疾,闻之亦逝。煜悼痛伤悲,哽蹷几绝者数四,将赴井,
救之获免。

韩熙载才名远闻,四方载金帛求为文章碑表,如李邕焉。
俸人赏赉,倍于他等。畜声乐四十余人,闲检无制,往往时出
外斋,与宾客生徒杂处。后主屡欲相之,但患其疏简。既卒,
愈痛之,谓近臣曰:"吾讫不得相熙载,今将赠以平章事,有此
典故否?"或对曰:"昔刘穆之赠开府仪同三司。"乃援此制,谥

文靖。主遣人选葬陇,曰:"惟须山峰秀绝,灵仙胜境,或与古贤丘表相近,使为泉台雅游。"果选得梅鼎岗谢安墓侧。命集贤殿学士徐锴集遗文,藏之书殿。

寿州节度使姚景,钟离人,少贱,善事马,郡刺史刘金收为厮奴。马瘦瘠骨立者,景用唐刺史南卓养马法,饲秣爪鬣,针烙啖燧,不数月,尽良马。金暇日因至厩中,值景熟寝,二赤蛇长不及尺,戏景面上,金以杖叩胫惊之,遽入其鼻。金因奇之,引为亲事,小心厚重,以女妻之。积劳为神将,李先主昪重其为人,使镇寿州。景无他技能,但廉畏有守。先是,属郡苦于供亿,刺史厅庑间置一巨匮,俾吏投银于中,满则易之,谓之"镇厅匮",任内三易之,习以为常。景至,则首命去之,取与有度,诸郡颇乐。后至使相,八十三卒于位。何必读书乎?

建州老僧卓嵩明,戒检清洁,精持无怠,徒众甚盛。其目右重瞳,垂手过膝,嵩明自厌之,谓其徒曰:"此吾宿世冤业,有此异相,必为身累,出家儿安用此为?"及江南收建州,以上将祖全思、查文徽率众袭建,□师夜出,隔水而战。阵酣,文徽潜师以出,继之以轻锐,腹背夹击,建人大败,逾城而遁,保建安。及归,无主,内臣李弘义者,以嵩明有重瞳之异,可立为主,遂推戴为建安主。嵩明笑谓众曰:"檀越何误耶? 吾修真断妄,观身如梦,君虽推我,奈无统御之术。"果为李弘义所杀。弘义自称留后。

虔州妖贼张遇贤,循州县小吏也。县村有神降于民,与人交语,不见其形,言祸福辄中,民竞依之。遇贤因置香果于神,神谓众曰:"张遇贤是第十八尊罗汉,可留事我。"遇贤亲闻之,遂留其家,奉事甚谨。既而群盗大起,无所统一,乃祷于神,求当为主者,曰:"张遇贤当为汝主。"众因推为中天八国王,改年为长乐，辟置百官。神曰："汝辈可度岭取虔。"群贼奉遇贤袭南康，虔州节度使贾浩始甚轻之，殊不设备，贼众蚁聚，遂至十万。遇贤自择崑际，据白云洞造宫室。群劫四出，攻掠无度。李主璟遣都虞候严思讨之，边镐监军。璟谕镐曰："蜂蚁空恃妖幻，中无英雄，至则可擒。"果至，连败其众。遇贤日窘，告神。神曰："吾力谢福衰，庇汝不及，善自为处。"遂执之，斩于建康市。

徐常侍铉仕江南日，当直澄心堂，每襆被入直，至飞虹桥，马留不进，裂鞍断辔，棰之流血，掣缰却立。铉寓书于杭州沙门赞宁，答曰："下必有海马骨，水火俱不能毁，惟沤之腐糟随毁者乃是。"铉斫之，去土丈余，果得巨兽骨，上胫可长五尺，膝而下长三尺，脑骨若段柱。积薪焚之，三日不动，以腐糟才沤之，遂烂焉。

画　墁　录

［宋］张舜民　撰

丁如明　　校点

校 点 说 明

《画墁录》著者张舜民，字芸叟，号浮休居士、矴斋。宋邠州（今陕西彬县）人。英宗治平二年（1065）进士。历官监察御史、秘书少监，知陕、潭、青三州。宋徽宗时，坐元祐党籍，贬楚州团练副使，商州安置。后复集贤殿修撰。《宋史》有传。工诗，有《画墁集》。

书中多记朝野杂事，间亦阑入私人意气，有诬妄失实之处。然文字简洁传神，颇可照见当时世态风情。如叙乌台诗案的情形云，有甲乙两人同里，相得甚欢。一日，甲不见乙，问之乙家，云外出。后遇之，询其外出之由，乙答说是因为避查贼赃的嫌疑。后乙不见甲，询之，乃云是为了和贼诗（指苏轼诗）的缘故。虽是戏谈，然文字狱的恐怖、士人的惊惶、士大夫的谑浪，都跃然纸上。书中尚有一些关于宋代典章制度的记载，有一定的史料价值。

《直斋书录解题》、《宋史·艺文志》小说家类著录，一卷，作《画墁集》。今传有《百川学海》本、《稗海》本、《四库全书》本等，均一卷，题《画墁录》。今以《稗海》本作底本，字多脱误，径以《四库全书》本改补，概不出校。

画　墁　录

《吴岳碑》自首至座七段，明皇八分书，为黄巢所焚，摧剥仅可辨。当时日书三字，发三驿，刻工亦然。徐常侍谪三山，过庙下，徘徊旬日，察碑之兴功不可得。一田父进曰："当时积土而立。"唯而去。

相国寺烧朱院旧日有僧惠明，善庖，炙猪肉尤佳，一顿五斤。杨大年与之往还，多率同舍具飧。一日，大年曰："尔为僧，远近皆呼'烧猪院'，安乎？"惠明曰："奈何？"大年曰："不若呼'烧朱院'也。"都人亦自此改呼。

予尝登大伾，仓窖仍存，各容数十万，遍冒一山之上。李密坐据敖仓，便谓得计，亦井蛙耳。

郭祖微时，与冯晖同里闬，相善也。椎埋无赖，靡所不至。既而各窜赤籍。一日，有道士见之，问其能，曰："吾业雕刺。"二人因令刺之，郭于项右作雀，左作谷粟；冯以脐作瓮，中作雁数只。戒曰："尔曹各于项脐自爱。尔之雀衔谷，尔之雁出瓮，乃亨显之时也。"寒食，冯之妇得麻鞋数双，密藏之，将以作节。冯搜得之，蒲博醉归，卧门外，其妇勃然曰："节到也，如何办得？"冯徐扪腹曰："休说办不办，且看瓮里飞出雁。"郭祖秉旄之后，雀谷稍近，登位之后，雀遂衔谷。冯秉旄，雁自瓮中累累而出。世号郭威为郭雀儿。冯，继业之父，朔方节度使、卫王。

刘伯寿少年不羁，其父晔尹京，每旦，父趋郡，随马而出，簿佐侦伺父还，先入，其自课书史，从容无阙。一旦早至白矾楼下，天未明，独坐茶坊中。有一老人继入就坐，因相问劳共茶。老人曰："少年能饮酒乎？"伯寿曰："性不能饮酒。"老人曰："少年不能饮，老夫自饮。可登此楼乎？"伯寿欣然从之。既上，阒无一人，老人一举已斗余矣。熟视伯寿曰："少年人清气足，可以致神仙，然肩骨低一指，犹位跻三品。至耄年，文武双全，子孙蕃衍。"乃授以丹术。元丰二年冬，予自蒲中之京师，访伯寿于嵩阳，是时年七十又四矣。同登峻极，行步如飞，予与登封令庞元常、杜子春明经奔喘不及。伯寿顾而笑曰："三年少乃尔耶？"袒露髀股示人，皆无肉，皮裹骨，毛长数寸，扣之有声，光彩烂然。足未歇，歌所为大曲，略数千言，响振山谷。累夕对榻，竟旦不眠。至元祐初方卒，无疾也。

国初侯涉，木强人也，主铨事。雷德骧诣部求官，拟宁州司理参军，曰："官人未三十，不可典狱。"以笔勾退。

均、房之人，取山中枯木作胶，傅破布单，施虎径中，木叶蔽之。虎践履，着足不脱，则恐，微若奋厉，便能固半身。虎怒，顿锉不能去，就擒，既刲剥，肠皆断。虎身臭，蚊蚋或集耳鼻中，虽尽力，无能去之，以至顷扑而死。开腹，肠亦断，俗云"蚊子咬杀大虫"。《本草》著八月后蟹与虎斗，而虎败，骨入虎耳，以此而死。非力不赡，知有所穷也。

临潼县驿前有俚妇，三子皆售诸过客，二为正使，一为郎官。正使者一田、一刘，郎官者县人田升卿也。田登第，嫡父自陈，升卿大怒，闻公决杖。元祐中，升卿坐市易钱不明，配流广南。人谓无亲之报也。

凤翔妇与黄冠通奸，即妊，不能决，在禁中四年。至英庙登极赦到，宣竟而妇生子，发被面，齿满口。余未之信，至岐下，取案文阅之，不谬。

　　许下西湖,一州之冠,始沮洳未广,自宋公序开拓,遂弥漫,菰蒲鱼稻,采取不资。于是以诗落成,人多称美。西南水心有观音堂,昔乃四门亭子,常有大蛇居之,民不敢近。其后改置此像,蛇不复出,像乃慈圣光献法容云。

　　宁州之南二十里枣社镇,以狄梁公两为宁州刺史,民立祠植枣,取两束之义。今其民社前一日祭,谬为早云。

　　《本草》著糯米为稻米,累朝释略数千言,无一字言堪为酒,正如《白氏六帖》录禽遗大鹏也。

　　北虏待南人,礼数皆约,毫末工伎,皆自幽、涿遣发之帐前,人以为劳。乐列三百余人,节奏讹舛,舞者更无回旋,止于顿挫伸缩手足而已。角抵以倒地为负,不倒为胜。两人相持,终日欲倒不可得。又物如小额,通蔽其乳,脱若裸露之,则两手覆面而走,深以为耻也。待客则先汤后茶,揖则礼恭,今人唱喏,乃喏也,非揖也,北人得之。

　　永洛之役,一日丧马七千匹,城下沙烬中大小团茶可拾也,乃是将以买人头者,有人能道。夜二更,城既陷,李舜举以笔摘略数千百字,以烛蜡固之,付有司上之,实遗奏也。神宗得之,不胜悲涕累日。是时,胡人虽入月城而未逼,左右以马御之,舜举以鞭挥击,不肯上马。少顷僵踣,人犹见之。李复上马,将出门,失辔。或云面上中箭,在瓮城内,然夜黑沸涛中,面上中箭,恐非敌人也。独徐禧不知所归,人无道者。或云有还人见之夏国者三五,颇符合,疑亦有之。

　　熙宁中,郎中赵诚自富顺监代还,过凤翔,自言一任二年,裁两次杖罪。元丰中,河中人刘勃自南京军巡官代还,自言一任断绞刑二百六十有奇,斩刑六十余,钉殒二十七,此一院数也。绍圣二年冬,予至陕府,三年七月,裁断绞刑一。是年冬移潭，在任二年半，凡五服相犯悉具，言之可伤，生所未见也。子杀父、父杀子各一，兄弟相杀、妻杀夫者数人。

士人举止，不可不慎也。近见陕西一漕使，为当涂荐终南太平宫道士张景先，既前席，与之并轿同涂，所在官吏迎送，漕使自轿中举手揖，景先亦举手。至咸阳，为一监官大诟，使人挃褫，波及漕使，竟无如之何，观者快之。景先后主亳州太清宫，黄履守亳，每走见，执弟子礼，内寝馈食，再拜问遗，必百缣。凭陵郡官，狎饮无所不至。范彝叟来，客将赞名，仪石南一唶而退，观者又快之。

王铢为侍禁三班院，差监修主第，语同事曰："吾辈受寒热修成，不知谁家厮居此？"既而铢尚主，不逾年身居之，正与刘美打银、杨景崇担土事同。

黄巢入长安，苦王李之难，僖宗再狩，近毂之民，争入攘宝货，唯幽民取佛，至今虽民家充满，或铜或漆，其工致精采，非今人之作也。环州有肃宗引驾佛坐像，崇丈余，精彩照人，旁视可畏。土人云：国初欲置之京，千人不能举。每有军事，则守臣致告。

唐宫城两横街，今西京内是也。大明宫太极殿与宣政正衙相重，宣政后是第一横街，直紫宸后，延英后第二横街，才是后殿。每朔望宣政排仗。是日诸陵上食，故不御前殿，即是东西上阁门，鸣仗而入，谓之入阁。今东京内城一重横街。文德殿正衙与大庆殿排行，殿后即是横街。仗入而无所属，故未即鸣仗。皇祐中考求入门故事，谓之入门仪，以至问策贡士，久之不决。一日，仁宗因阅长安图，指内次第。翌日喻执政，始判然。初以谓入门自是一仪也。

仁宗庆历初，改锡庆院为太学，都下举子稍稍居之，不过数十人，至暮出归，不许宿，以火禁也。至嘉祐中，孙复、胡瑗领教事，乞弛太学火禁，准小三馆秘阁令，脱有不戒，愿以身任之。自尔诸生方敢宿留，四方学者稍稍臻集。然熙宁之初，犹不上五百人，今乃千数人矣。

大礼自中散大夫至逢直郎一等支赐，元符星变，自三省、枢密院皆乞罢。

唐制五品阶不着绯，三品不着紫，今参知政事、宰臣皆着绯也。

司马温公云：茶墨正相反：茶欲白，墨欲黑；茶欲新，墨欲陈；茶欲重，墨欲轻；如君子小人不同。至如喜干而恶湿，袭之以囊，水之以色，皆君子所好玩，则同也。

韩玉汝自言为太常博士赴宴，比坐一朝士，素不识，聆其语，似齐人。坐间序揖后，酒到辄尽。时酒行无筹，盏空则酒来，不食顷，略已数杯，意似醺酣。玉汝独念邻坐，不敢不告，因戒其少节片时，再坐将起，满引任醉无害，今万一为台司所纠。朝士怫然云："同院是何言，贤不看殿上主人，奈何不吃！"反不能堪，因复曰："殿上主人只为你一个。"

祖宗朝内臣出使，不得预职事外事，责军令状。

东水门外觉照院，元祐末，予缘干适彼，与寺僧纵步道旁，指一圹云："此陶榖坟也。"墓门洞开，其间无物，因讽寺僧为掩覆。僧曰："屡掩屡开，不可晓。十余年前，有陶姓人作寒食，尔后不复来。"陶为人轻检，尝指其头曰："必戴貂蝉。"今则髑髅亦不复见矣。

钱若水暇日在家延一术上，戒阍者不得进客。既而门外喧争久之，呼问阍者，曰："有一秀才欲请谒，辞以有客，不肯去。"因命之进，则刺字书云"临江军进士王钦若"。既入，无

冠、头巾，皂衫黄带，雀跃嘶声而结喉，鄙状可掬。钱意甚轻
之。术士一见，不复顾钱，侧坐向王，咨嗟不已。少顷，王辞，
术士不揖钱，褰衣从之。钱大骇，使人呼术者，诘之，乃曰："斯
人大富贵人也，名位寿考无不极，但无嗣，当以外姓为嗣。"既
卒，真庙俾其婿张环主祀。

李舜举在官省，言行有常，神宗尝趣之。一日，谓曰："尔
养取一子服事。"舜举敬唯之。夕又喻旨，唯如前。近年又喻
旨，舜举谢曰："臣唯有一子，待与陛下监税。"

张璞者，幽人，少屡盗，贝丘之役应募坎窟得官。后为正
使带亲御器械、泾原钤辖，知镇戎军，被重疾，忽叩头乞三年葬
毕死，未几疾已。一日，蜕壳如蝉，竟三年亦不葬，遂死。不岁
余，其子令发其墓，取金带抵罪。世谓不葬之罪，最有征验。

王钦若罢相，出知杭州，人皆以诗送行，独杨大年不作诗
于上前。真宗遣近侍谕旨作诗，大年竟不作。

钱明逸每宿戒，必诘其谒者曰："是吃酒，是筵席？"筵席客
无数，一巡酒一味食也。吃酒客不过三五人，酒数斗，瓷盏一
只，青盐数粒，席地而坐，终日不交一谈，恐多酒气也，不食，恐
分酒地也。翌日，问其旨否，往往不知，其志不在味也。终日
倾注，无涓滴挥酒，始可谓之酒徒，其视揖让饮酒如牢狱中。

苏舜钦、石延年辈有名曰鬼饮、了饮、囚饮、鳖饮、鹤饮。
鬼饮者，夜不以烧烛；了饮者，饮次挽歌哭泣而饮；囚饮者，露
头围坐；鳖饮者，以毛席自裹其身，伸头出饮，毕复缩之；鹤饮
者，一杯复登树，下再饮耳。

慈恩与含元殿正相直，其来以高宗每天阴则两手心痛，知
文德皇后常苦捧心之病，因针而差，遂造寺建塔，欲朝坐相向
耳。始置十层，后减为七层，所以卢照邻诗云："十层碧瓦摇虚

空,四十门开面面风。"夫高宗知母之诚笃哉,而报母之恩何其薄也!

同州北境良辅镇,即唐魏郑公庄也。田邑极雕弊,不蔽风雨。嘉祐中,求唐贤之后有道严者,中人欢然相率出城看夜叉。既至野次,见之如人形状,正如图画,发朱,皮如螺蚌,腰著豹皮裤。观者略数千人。常以大树庇身,累日乃不复见。又泷州吴山县汉高村,关中李氏所居,一日大雨,有物堕庭中,如马台状,乃一皮蟆头也。垢腻寸余,蛇蝎出入,臭闻十余步。李氏子欲焚之,长老曰:"不可。"然雷鸣不去,在屋上丈余,观者不少。众观之少间,黑云如墨,下庭中,遂失去。

元丰中诗狱兴,凡馆舍诸人与子瞻和诗,罔不及。其后刘贡父于僧寺闲话子瞻,乃造语有一举子与同里子弟相得甚欢,一日同里不出,询其家,云近出外县。久之复归,诘其端,乃曰:"某不幸典著贼赃,暂出回避。"一日,举子不出,同里者询其家,乃曰:"昨日为府中追去。"未几复出,诘其由,曰:"某不幸和著贼诗。"子瞻亦不能喜愠。

古刱凤翔府麟游县,每令长上事,必作招袚舞,其节奏与诸处不同,乃曰:"此唐九成宫本,山县无妓子,但止以手分书耳。"

尧之治历象,日月星辰敬授人时,欧阳文忠公序唐历志,以无补于人伦。

翁肃,闽人,守江州。昏耄,代者至,既交割,犹居右席,代者不校也。罢起,转身复将入州宅,代者揽衣止之,曰:"这个使不得。"

张安道晚年病目,家厚资,南京库帑不迨也。常闭目使人运筹,一算差,必能摘之。库物精粗,分毫不谬。

尝见吕相简与一邻县官托买酒，云："今为亲将至，专致钱一千托沽酒。"又于后批："切不得令厅下人送来。纳钱二百，烦雇一人担来。"

吾家旧畜镜，传为杨妃故物，径尺许，厚七分，背文精古，有铭，其略曰："粉壁交映，珠帘对看。潜窥圣淑，丽则常端。"圣淑字名少空，有并后之象。明皇八月五日生也，始置诞节名千秋，藩镇进镜若紫丝承露囊，此几是耶？

郭诇性善谑，攻词曲，以选人入市易务，不数年至中行。元祐初，厘校市易，复以为承议郎。亲知每见之，必诘问所因，郭词吃，不能答，作《河传》咏甘草以见意，云："大官无闷，刚被旁人，竞来相问。又难为捷便敷陈，且只将，甘草论。　朴消大戟并银粉，疏风紧，甘草间相混。及至下来，转杀他人，尔甘草，有一分。"

在京朝官，四年磨勘，元无著令。熙宁中，审官变行之，至今以为常格。

狄武襄，西河书佐也，逋罪入京，窜名赤籍，以三班差使殿侍，出为清涧城指使。种世衡知城，范文正帅鄜延，科阅军书至夜分，从者皆休，唯狄不懈，呼之即至。每供事，两手如玉，种以此异之，授以兵法，然又延之于范公，遂成名。

北人信誓，两界非时不得茸理城堞。李元则知雄州，欲展城无由，因作银香炉，置城北土地堂。一旦，使人窃取之，遂大喧勃，踪迹去来，辞连北疆，纷纭久之。因兴工起筑，今雄州城北是也。又建浮屠九层，躬率十缗，日修供具，不日成之。既而下瞰幽级，如指诸掌。

熙宁中，余知宁州襄乐县，排架阁，以周祖广顺中平兖州慕容彦超露布为祖。潭州架阁，以建隆四年求遗书诏为祖。

周世祖展汴京外郭,登朱雀门,使太祖走马,以马力尽处为城也。

郭祖受命讨守真,驻师河中城下逾年。望气者言:守真必破,城下有三天子气,谓郭祖、柴世宗、太祖也。守真犹豫不决,使术者视家人,至子妇符氏,术者大咤曰:"母后相也。"守真曰:"吾妇乃尔,吾可知矣。"遂决。既婴城,无炮材,颇患之。居一日,河水自上浮木千百,皆炮材也。守真大喜,以为受命之符。其后既破,郭祖以符氏纳世宗,是为符后。

郭祖宿师河中逾年,常登蒲坂以望城中,其蒲之民为逆者固守,乃失言曰:"城开之日,尽诛之。"幕府曰:"若然,恐愈固矣。第告之曰:'非守真者,余皆免。'"一日城开,乃即其地为普救寺。

太祖微时,多游关中,虽甚窘乏,未尝干投。人或周之,必择而后纳;有伯钱之余,必有与人。人颇异之。长武城寺僧严者常周之,往来无倦,阴异其骨气,使工人貌之,今置神御,过者朝谒。其绘事本褐衫青巾,据地六博,后易靴袍矣。

建隆初,春宴方就次,雨大作,乐舞失容。上色愠,范质乃言曰:"今岁二麦必倍收。"上喜动色,命满泛,入夜方罢,莫不沾醉。

自唐末五代,每至传禅,部下分扰剽劫,莫能禁止,谓之靖市,虽至王公,不免剽劫。太祖陈桥之变,即与众誓约,不得惊动都人。入城之日,市不改肆,灵长之祐,良以此乎?

太祖北征,群公祖道于芳林园。既授绥,承旨陶縠牵衣留恋,坚欲致拜,上再三避。縠曰:"且先受取两拜,回来难为揖酌也。"

太祖少亲戎事,性乐艺文,即位未几,召山人郭无为于崇政殿说书,至今讲官衔谓之崇政殿说书云。

太祖朝,进讲为难,每遇疑义,必面加诘难,往反久之。尔后累朝,但端默谛听,得有商榷。仁宗尤所耽味,日昃不倦,每及祖宗彝训及二典政实,必拱手上加肃敬。

神庙博涉多识,闻一该十,每发疑难,迥出众人意表,故讲官每以进讲为难,退而相语曰:“今日又言行过也。”黄履见苏子由,以手扪其腹曰:“予腹每趋讲,未尝不汗出也。”

太祖招军格,不全取长人,要琵琶腿车轴身,取多力。唐募军有翘关负石之格,取其关,持其末,五举为合格。

太祖射,使搦折弓靶,绝力断弦,踏翻地面,射倒箭垛。

王德用射诀:“铺前脚,坐后脚,两手要停不须高,靶里弦外觑帖子,急拽后手托弓梢。”刘昌祚云:“某把弓,万事皆忘。”是亦不可分其志也。

祖、宗征河东,皆自土门还师,驻驿真定潭园。有两朝行宫,岁谨缮完。器甲所储,至二十四库。累有旨批排,二年裁毕四库而已。潭园方广六里有畸,亭榭皆王氏父子所辑。宫后八角大亭,乃耶律德光造靶之所也。

神宗于崇政殿设二十四库,以储金帛,亲制库铭,其略曰:“昔在前朝,猃狁孔炽,嗟予小子,其承”云云。诸分置作院。

河北设五都仓,讲好高丽,良以此也。然功未绝而上宾,是天未欲燕蓟之民归中国乎?

阶级条,太祖制也,若曰一阶一级全归状事之仪,至今枢司以匣藏之也。

庆历、康定以前,朝士不披毛凉衫,公服重戴而已。冬月或披毛衫而得寒疾。今则无问寒暑,虽六军卫士,重戴披衫,与士大夫错杂路冲无别。虽曰凉衫,实热衫也。

杜常，昭宪太后之族子也。神宗闻宪之门有登甲科者，深喜之，有旨上殿。翌日，喻执政曰："杜常第四人及第，却一双鬼眼，可提举农田水利。"太祖常谓陶谷一双鬼眼。

太祖深鉴唐末五代藩镇跋扈，即位，尽收诸镇之兵，列之畿甸，节镇惟置州事，以时更代，至今百四十年，四方无吠犬之警，可谓不世之功矣。或云陈希夷之策。

《唐书》太宗在洛登端门，见新进士缀行而出，喜曰："天下英雄入吾彀中矣！"赵嘏诗云："太宗皇帝真长策，赚得英雄尽白头。"按太宗一朝五放榜，每榜一名，安得缀行之士？又武元衡遇盗之事，是时裴晋公同行，并辔趋朝。史载毡帽虽伤不害，以马逸得脱。考其时，乃六月下旬也。

仁宗深患七史读之不成文，嘉祐中，有诏重修，唯《唐书》卒业，所费缗钱十万有奇。既进御，翌日，有《旧唐书》不得毁，久之谕执政等云："当时何不令欧阳修为之？"魏公对曰："修分作帝纪、表、志。"既退，语曰："尔应尔父病也。"

嘉祐末，余在太学，有佣书陈逵者，携一子方孩，饥冻不可支，书亦不佳。或曰："此陈彭年嫡孙也。其父彦博守汀州，以赃败，杖脊流海岛，遂至无赖。"时余方冠，未知彭年之为人，独念祖为执政而孙已若是耶？既而见刘贡父，尽得彭行事，所谓九尾野狐者，乃知天之报也不差。后逵困甚，与其弟归，发彭年冢，取金带分货抵罪云。

王君贶拜三司，二十有七岁矣。自尔居洛起第，至八十岁，位至宣、徽二府，尽其财力，终身而宅不成。子舍早世，唯有一孙与其侄居之，不能充一隅，未完亟坏。富郑公亦起大第，无子，族子绍定居之。绍定本始姑苏人，富家，又无子。

范祥领制置解盐，始抄法，初年课一百二十万，末年一百六十五万,以谓抄盐,法止此可矣。或征而多取之,则法不弊,是以一百六十五万不专为以抄请盐,兼为飞钱耳。今以百年之多,移致池州,以为重载,易之为抄,则数幅纸耳。于是禁绝盐法,边置折博务,张官置史,买到钱充折斛斗。巢客得钱,不能置远,必来买抄,是用边籴不匮,抄法通行。逮至熙宁,边事稍勤,用抄日增。元丰初年,赈饥亦用,自尔军须国计,无所不资。商贾入京,价折于金部,岁出见钱三千万贯,买抄以摧。见钱不继,抄法朘削,冶盐水泠,解池遂失所利原。天时人事,符会如此,良可叹息。

有唐茶品,以阳羡为上供,建溪北苑未著也。贞元中,常衮为建州刺史,始蒸焙而研之,谓研膏茶。其后稍为饼样其中,故谓之一串。陆羽所烹,惟是草茗尔。迨至本朝,建溪独盛,采焙制作,前世所未有也。士大夫珍尚鉴别,亦过古先。丁晋公为福建转运使,始制为凤团,后又为龙团。贡不过四十饼,专拟上供,虽近臣之家,徒闻之而未尝见也。天圣中,又为小团,其品迥加于大团,赐两府,然止于一斤。唯上大齐宿八人两府,共赐小团一饼,缕之以金。八人折归,以侈非常之赐,亲知瞻玩,赓唱以诗,故欧阳永叔有《龙茶小录》。或以大团问者,辄方刲寸以供佛、供仙、家庙,已而奉亲,并待客、享子弟之用。熙宁末,神宗有旨:建州制密云龙,其品又加于小团矣。然密云之出,则二团少粗,以不能两好也。予元祐中详定殿试,是年秋,为制举考第官,各蒙赐三饼,然亲知诛责,殆将不胜。宣仁一日叹曰:"指挥建州,今后更不许造密云龙,亦不要团茶,拣好茶吃了,生得甚好意智。"熙宁中,苏子容使虏,姚麟为副,曰:"盍载些小团茶乎?"子容曰:"此乃供上之物,俦敢与虏人?"未几,有贵公子使虏,广贮团茶,自尔虏人非团茶不纳也,非小团不贵也。彼以二团易蕃罗一匹,此以一罗酬四团,少不满则形言语。近有贵貂处边,以大团为常供,密云为好茶。

嘉祐末,得石经二段于洛阳城,乃蔡邕隶书《论语》,文无甚异,唯"求之欤,抑与之欤"。

古今事有符合者:韩信破齐历下,田横烹郦生,耿弇破张步杀伏隆;曹丕甄后,周世宗符后;死诸葛走生仲达,死姚崇算生张说;张德舆捃裴晋公,与皇祐中言者摘王德用;夏人杀杨挺,与孙膑斩庞涓,皆同。

魏严,唐魏郑公裔孙也,曾拜国子四门助教。熙宁末,予过其门,见严年可六十许,语言成理,出郑公画像,乃近年笔,多为俗人书题。唐之谱牒诏诰,无一存者。乃曰:"为官员持去尽矣,唯有周特登城县帖判状辈数种。"有免车牛状,县判云:"魏公唐室勋贤,名传青史,既是簪缨之后,难与百姓雷同,其车牛特免。"今之县令敢尔乎!

凡自岷州趋宕州,沿水而行,稍下,行夫山中,入栈路,或百十步复出,略崖崄釜,不可乘骑。必步至临江寨,得白江,至阶州须七八日,其所经皆使传所不可行。宕之山水秀绝,天下无有也。临江之上一处当大山中,西望雪山,日晃如银,其高无际,出众山上。居人曰:"此雪山佛居也。"有狮子,人常见之。非西域雪山,是蜀所记无忧城,东北望陇山,积雪如玉也。

嘉祐初,仁宗寝疾,药未验,间召草泽,始用针,自脑后刺入。针方出,开眼曰:"好惺惺。"翌日,圣体良已。自尔以其穴目为惺惺穴,《针经》初无此名。或曰即风府也。

熙宁以前,凡郊祀大驾还内,至朱雀门外,忽有绿衣人出道,蹒跚潦倒,如醉状,乘舆为之少扰,谓之天子避酒客。及

门，两扇遽阖，门内抗声曰：“从南来者是何人？”门外应曰：“是
赵家第几朝天子。”又曰：“是也不是？”应曰：“是。”开门，乘舆
乃进，谓之勘箭。此近司门符节之制，然踏袭鄙俗，至是果命
罢之。

泾州东长武城在城洣，最为控扼要害之地。唐太宗亲征
薛举尝驻跸，门楼十二间，御榻在其下。或云柱上有太宗题字
尚在也。北阻泾水，即高墟二城，楼堞坚完。

历日后宫宿相属相联，本是一甲子，以真庙后年五十九，
嫌于数穷，遂演之为一百二十岁。然竟以是年登遐。

前汉京师有大庙曰原庙，颜师古以原为重，谓京城已有庙
而又立为重，至引原蚕之原。大抵汉陵皆作原，京城在渭涘，
故谓之原庙。

陶隐居不详北药，时有诋谬，多为唐人所质。人固有不
知，无足怪也。

《新唐书》以浅水原怀中冢为浑瑊平凉会明所杀战士敛死
者。平凉离浅水原三百里，无容以数千人迁至三百里，谬甚
矣。怀中冢乃太宗征薛举战士也，亦有马处。是时天下创建
十昭仁寺，宜禄县乃其一处，为其中当战地也。蜀人吴缜有
《新书纠谬》，至十二卷。

《考工记》之文，可谓文矣。或以为周公之文，然乎？亦必
三代之文，汉诸儒不及矣。

《禹贡》曰：“砥柱、析城，至于王屋。”峡府三门是也。绝河
流若岩墙然，凿为三门，河经其中，东洋如小城状，即析城也，
禹庙在西潬，有寺，下望砥柱，上百步，屹然中流，高数百丈，尺
铭勒其上，但取稍平处或险处，互布昌一峰之间。其字方可尺
余，魏公撰文，正字薛纯，稷之子也。每欲印拓，伺天气晴明，

先维舟砥下，下梯而升上，数日不可竟。俯视洪流，足酸目眩，用是难得真本。元符中，大水环三门，一夕寺庙皆失，略无孑遗，铭亦失数十字。

房岁使正旦、生辰，驰至京，见毕，密赐大使一千五百两，副使一千三百两，中金也。南使至北房帐前，见毕，亦密赐羊羓十枚、毗黎邦十头。毗黎邦，大鼠也，房中上供佛，善麛物，如猪獾，若以一斋置十斤肉鼎，即时麋烂，臣下不敢畜，唯以赐南使。绍圣初，备员北使，亦蒙此赐。余得之，即纵诸田，房传大骇，亟求不见，乃曰："奈何以此纵之？唯上意礼厚南使，方有一枚。本国岁课其方更无租徭，唯此采捕十数以拟上供，一则以待南使也。如帐前问之，某等皆被责，今已四散收捕。"因辞以不杀无用。自尔直至还界，无日不及之嗟惜也。其贵重如此。

刘综知开封府，一日奏事毕，真庙延之，从容曰："卿与中宫近属，已拟卿差遣，当知否？"综变色作秦音："启陛下，臣本是河中府人，出于孤寒，不曾有亲戚在宫中。"未几，出知庐州。

颜师古注《前汉》"蹴踘"：以韦为之，中实以物，蹴踏为戏乐。若于气球中用物，如何胜踢？古人亦有谬作。

唐家二百八十余年，河决二穀、洛城，岁为患，攘天津，浸宫阙，垫城郭不已。本朝无五年不河决而穀、洛之患殊稀。洛中耆旧言：伊、洛水六十年一泛滥为祥害。自祥符至熙宁中，自福善坡以北，率被昏垫，公私荡没。富公晏夫人尚无恙也，仓卒以浴桶济之而沉。水退，死者众多，妇人簪珥皆失，多有脱腕之苦。城下惟福善坡不及，城外惟长夏门不及。洛中故有语云："长夏门外有庄，福善坡头有宅。"平日但知以其形势耳，至此乃知水讖不苟云。

唐印文如丝发，今印文如箸，开封府三司印文尤粗，犹且岁易，以此可见事之繁简也。

唐京省入伏假，三日一开印，公卿近郭皆有园池，以至樊、杜数十里间，泉石占胜，布满川陆，至今基地尚在。省寺皆有山池，曲江各置船舫，以拟岁时游赏。诸司唯司农寺山池为最，船惟户部为最，所以文字鄙却。舟御，户部船也。

建中、贞元间，藩镇至京师，多于旗亭合乐。郭汾阳缠头彩率千匹，教坊、梨园小儿所劳各以千计。元丰中，刘伯寿谢事后，以议乐召至京城，已事得请，薄有沾赉，与唐、沈、丁竦，皆期望日阅于樊楼。凡京籍者率造焉。未几，种谔自鄜延陈边事到阙，一日期集于樊，服紫花织成袍，令束带，刘、沈皆葛巾鹤氅，都人观者颇塞。是日谔挥散亦数千人。神宗密令黄门窥之。既而谔辞，上举贞元故事，勉以浑、郭功名。

希夷先生陈抟，后唐长兴中进士也。既而弃科举，之武当山，又止房陵九室洞林，丹乳炼气，年已七十余，华阴葺云台废观居之。祖宗三庙皆召见，问以河东征伐，抟不答，师出果无功。居数年，见太宗曰："今可以。"遂克。又告以其皇景命策藩侯，而今之本镇，所补治道甚多。知人贵贱休咎，今有《人伦风鉴》行于世，后人集先生之言，以为书也。

熙宁中，有一朝士，齐人，知定平县。韩子华宣抚经由，怪其县印漫汗，因取观之。宰公遽前曰："此即锥，故非是本县铸造。"子华曰："何为?"宰因阴指其题刻曰："太平兴国二年少府，以此知之。"子华顾幕府曰："县故正无有是也。"

本朝草圣，少得人知名者苏舜元。舜元之书不迨舜钦，笔简而意足。其子澥，元丰中为江东提举，上殿，神宗问："颇收卿父书否?"对曰："臣私家有之。"上曰："可进来。"澥退，迫走亲知,裒得数帖。上一阅,命内侍辈取之,乃舜元书也。上鉴之精妙类如此。

河中范鼎臣,潘佐外孙也,有才辩高识,能道南朝故事。予之尊外祖母温,杨涉之外孙也。予兄初游学,温夫人无恙,年八十余,耳目聪明,日视针指,每道唐室故事,历历可听。或见予兄服皂衫纱帽,谓曰:“汝为举子,安得为此下人之服?当为白纻襕系里织带也。”或命饮宴燕,则以琴自随,“此汝外祖出入体也,必有仓头负荷,今胡不然?脱或侵夜,厢巡防卫至所居,颇如是乎?”予兄曰:“今不镇了,已是幸事。”

李元则再守长沙,裁供备库副使也,至今湖南兵政、财用、农田、学校询之,莫非其事。湖湘之地,下田艺稻谷,高田水力不及,一委之蓁莽。元则一日出令曰:“将来并纳粟米、秆草。”湖湘之农夫以为患,且未知粟米、秆草为何物也。或曰:惟襄州有之,可构致也。湘民皆往襄州,每一斗一束,至湘中为钱一千,自尔誓以田艺粟。至今湖南无荒田,粟米妙天下焉。秆草,湖北就南湖致;粟米,马秣荄也。

嘉祐以前,惟提点刑狱不得赴妓乐,熙宁以后,监司率禁,至属官亦同。唯圣节一日,许赴州郡大排筵,于便寝别设留倡,徒用小乐,号呼达旦。或咏东野三月晦诗云:“共君今夜不须睡,未到晓钟犹是春。”又咏中秋诗云:“莫辞终夕有,动是隔年期。”

赵韩王两京起第,外门皆柴荆,不设正寝。(阙)三间小厅事堂中位七间,左右分子舍三间,南北各七位,与堂相差。每位东西庑凿二井,后园亭榭制作雄丽,见之使人竦然。厅事有椅子十只,样制古朴,保坐分列,自韩王安排至今不易。太祖幸洛,初见柴荆,既而观堂筵以及后圃,哂之曰:“此老子终是不纯。"堂中犹有当时酒,如胶漆,以水参之,芳烈倍常,饮之皆醉。初河南府岁课修内木植,或不前,俾有司督按,乃曰:"为赵普修宅买木所分。"既而有旨:修赵普宅了上供。

长安启夏门里道东南亭子,今杨六郎园子,即退之所谓符读书城南处也。樊川花□所居,焦咏府竹园,皆韩公别业也。少东,白序都官樺金台军别业,老杜所咏处也。

王世则,长沙人,冠岁辞亲,入南岳读书,其父遗之一千。居数年,还家宁亲,既而出二千,封识如故。明年状元及第。

西京留台李建中,博雅多艺。其子宗鲁,善相人。一年春榜之京师,命择婿。行次任村逆旅,方就食,有丈夫荷布囊从驱驴,亦就食于逆旅。宗鲁一见,前揖寒温,延之共案。询其所自,曰:"今春不第,将还洛也。"宗鲁不复之京师,与之同归洛中。其父诘之,曰:"今既得贵婿,可复回矣。此人生不出选调,死封真王。"于是婿之,乃张尧封也,实生温成皇后。天圣中登进士第,终亳州军事推官,后封清河郡王。

司马温公与庞元鲁俱为张存龙图婿。张夫人贤惠。庞颍公帅太原,温公从辟。是年三十余,未有子。庞公与刘夫人欲有所置,刘发之,张欣然莫逆。未几得之,凡岁几朝,温公未尝盼睐。庞、刘知之,必以主毋在嫌。一日,召张夫人赏花,温公不出,食已具,是婢靓妆就书院供茶。温公怫然曰:"这下人,今日院君不在宅,尔出来此作甚么?"明日,颍公幕府白:"司马院丞却有祖风。"谓相如、卓氏也。县君孙兆曰:"司马院丞可惜不会弹琴,却会鳖厮趧。"闻者大笑。

柳三变既以词忤仁庙,吏部不放改官,三变不能堪,诣政府。晏公曰:"贤俊作曲子么?"三变曰:"只如相公亦作曲子。"公曰:"殊虽作曲子,不曾道'彩线慵拈伴伊坐'。"柳遂退。

唐笏短厚不屈，今往往见之，王钦臣所执是也。西京任谔所守，任圜笏也。贾种民所守，贾耽笏也。以其短厚，故可以击人。今人之笏，虽有段秀实，亦无能为也。

房陵有猎人，射雉冠一境，矢无虚发。尝遇猿，凡七十有余发，皆不中。猿乃举手长揖而去。因弃弓矢，不复猎。

神宗自隶明川郡王即位，熙宁初，升颍川为顺昌，久知其军谬，遂升许州为颍昌府。

季布为河东太守，帝曰："河东，吾股肱郡也。"即今之河中府，以言密邻王室，股肱相须。今人守太原，谢上表皆引股肱，疏矣。嘉祐、治平间，有中官杜渐者，好与举子同游，学文谈不悉是非，然居扬州，凡答亲旧书，若此事甚大，必曰"兹务孔洪"，如此甚多。苏子瞻过维扬，苏子容为守，杜在座。子容少怠，杜遽曰："相公何故溢然？"其后子瞻与同会，问典客曰："为谁？"对曰："杜供奉。"子瞻曰："今日直不敢睡，直是怕那'溢然'。"

贝丘之役，凡六十日而城下。田京为河北提刑，廨舍在贝州，方出城而难作。其室就乳，一家分散区民家，遗其乳子而去。事定，还旧居，凝尘满室，地上犹有被蓐。觉有物动，视之，乳子在焉。目精炯如，以口左右掠乳。收而鞠之，今河南李籥妻是也。有子登高科，至今无恙。

《新唐书》最可哂：唐有天下二百八十年，奸臣亦多矣，所载者才九人，可尽信乎？

汾阳王足掌有黑子，一日使浑咸宁洗足，咸宁捧玩久之。王曰："何也？"对曰："瑊也足亦有之。"王使跣而视之，哂曰："不逌吾。"谓浑中寿也。

或荐王迥于荆公，介甫唯唯，既而曰："奈奇俊何？"客不喻。或哂曰：此介甫谐也。王迥字子高，有遇仙事，六么云奇倚俊，王家郎也。

予尝于浑氏见德宗所赐诏书，金钺。杂诏数命，其二奉天诏也。一曰："今赐卿剑一口，上至天，下至泉，将军裁之。"一曰："今赐卿笔一管，空名补牒一干纸，有立功将士，可随大小书给，不必中覆。如有急，令马希倩奏来，朕今与卿诀矣。"钺乐铎无柏，金彩尚存。画像少年，袁生也。与蒲中□水异，侍立，彩抱胡须人袁日善射，郝将军。浑咸宁少给事汾阳，未尝惮劳。汾阳在军中，咸宁席未下，夜中酒溺器必温，汾阳问之，对曰："向峡以请寝。"汾阳念之，曰："此可教也。"遂授以兵法。

唐高祖武德初，铸开通钱，仰篆隶八分体，十文重一两，为开通元宝，亦曰开元通宝。背有眉，乃大复窦后指甲痕也，进样时，误以甲承之。其铜剂，后人皆不能法。今独隶体钱行于世，八分与篆体钱皆不复见矣。开元之谶，已见武德年宝。

承相领京兆，辟张先都官通判。一日，张议事府中，再三未答。晏公作色，操楚语曰："本为辟贤会，贤会道'无物似情浓'，今日却来此事公事。"

陶隐居注《本草》"蒲萄"：北人多肥健，谅食此物。却不知有羊肉面也。

张耆四十二男子，冯行已儿息二十二人。或传耆开窗直厩舍，先以马合，纵婢隔观之，从而为之，罔不成孕。行已每五更以汤沃其下部，日出方罢，无他术。

仁宗庙有侯杰者，踏弩六石，拜官，世谓侯之六石。元丰团教太保长却为陈留弩，踏六石者，不数也；七石以上，方着籍。弓平射一石七斗为应格。建中靖国，予为定州，各散保州兵士，射三石七斗，耿舍从容矣。循州如人五七斗者。

予尝行陇外百家镇温汤,即哥舒别业也。寺有小碣石色蓝者。大中十四年,崇信孙梁记著。

天祐元年,渭州空同山寺所藏李茂贞牒,天祐十年,河东不禀朱梁正朔,所不得行,不为正统。朱梁系唐,史氏之识浅矣。

元祐末,宣仁圣烈太后上宾,辽人遣使吊祭。虏使回至滑州死,刳其中央,以头内孔中,植其足,又取叶数百,披掐遍体。以疏别造毂车,方能行。次年春。予被差报谢入蕃,见其辙路深尺余,此蕃国贵人礼也。贱者则燔之以归。耶律之犯尚矣。

李译谏议知凤翔,卒,有蝴蝶之祥,自殡所以至府宇,蔽映无下足处。府宫尊卑,接武不相辨。挥拂不开,践踏成泥。其大者如扇。丧行逾日方散,至今岐人能言之。

丁晋公南迁,过潭州云山海会寺,供僧,致猕猴无数,满山谷林木皆折,不可致诘也。

西域之蕃处中国,以至夏契丹交驰,罔不在邻郭,今青唐是也。货到,每十橐驼税一,如是积六十年,宝货不资,唯真珠、翡翠以柜,金玉、犀象埋之土中。元丰末年,官军下青唐,皆为兵将所有,县官十不一二。王瞻以马驼真珠,每线长六尺,象犀辈为粗重,弃之不取也。中途有旨搜检,凡战兵所挟,投之黄河,唯环庆一官露两祖,大语曰:“我杀人得之,有死而已。”吏不敢问。王瞻在房陵卖金,皆佛臂,脆金不精,土人不售。一日,出一手断之,纳诸煎器,鼓橐久之。既出,金在掌,而手完如故。瞻匠大骇,而至今呼瞻为歌利王。

彭汝砺,饶州人,治平状元,熙宁中为江西运判,妻宁氏。适有曾氏子监洪州盐米仓,卒于官。其妻养明宋氏有色,彭意欲纳之,而方服未暇也。后十二年,竟如初志。宋氏有姿色,彭委顺不暇。或曰："宋氏中间曾归一朝官,而彭不知。绍圣中,彭典九江,病革将逝,命索笔,人以为必有偈颂,乃曰:"宿世冤家,五年夫妇,从今而往,不打这鼓。"投笔而逝。

　　长安今府宇,即唐尚书省也;府院,即吏部也;府录厅前石幢,即郎官题名石也。张长史书序,笔画整楷。如张君作字,诡怪颠倒,不可名状;至为楷法,整若军阵。乃为能事之极,无所不可。

　　波唐善词曲,始为楚州职官。胡知州楷差打蝗虫,唐方少年,负气不堪,其后作"蝗虫三叠",且曰:"不是这下辈无礼,都缘是我自家遭逢。"楷大怒,科其带禁军随行,坐赃三十年。至熙宁,魏公札子特旨改官,辟充大名府签判,作《霜飞叶》云"愿早作归来计"之语,介甫大怒,矢言曰:"谁教你!"及河大决曹村,凡豫事者皆获免,其惟唐冲替久之。王广渊以乡间之素,辟渭州签判,作《雨中花》云:"有谁念我,如今霜鬓,远赴边埭。"广渊闻之亦怒,责歌者,唐郁不自安,竟卒于官。先自曲初成,识者曰:"唐不归矣。"以其有"身在碧云西畔,情随陇水东流"之语,已而果然。

　　元祐末,宇文昌龄命称聘契丹皇城使,张璪价焉。张頫龄,枢府难其行,璪哀请。故事:死于虏,朝廷恩数甚渥,北虏棺银装校三百两。既行,璪饮冷食生无忌,昌龄戒之,不纳。既至虏境,益甚,昌龄颇患之,禁从者无供。璪怒骂不足,果病噤,不纳粥药,至十许日。一行人病之,既而三病三愈,竟不复命。登对进前,上面晒之,退语近臣曰:"张璪生还,奈何诣政堂?"诸公大笑。昌龄直被他害杀,每夜使人防视,若有些好恶,只是自家不了。至其家,妇孙睥睨,阿翁划地又却来也。

　　文德殿祖庙,仪鸾司于萧屏上以皮条系一牌,上刻"行室"

二字。余曰："天子正衙而谓之行室,社弦大卿回,此有司之失也,命作衔在所。"同行曰："本事见他社出自法云:凡自外诏京者,官既降,告付阁门札万本,官必曰:可依条交割本职公事,乘递马发来赴阙。予在都司,以此白宰相,凡州县监司行遣文字,当著依条令札坐。圣旨是□口□,犹曰依条,恐非也。"宰执唯唯,即持指挥去二字,不期岁久复着,所谓官抑不如曹抑也。

韩魏公庆历初自副枢出知扬州至使相,凡十四年。

《开元礼》不著凶礼,以为预凶事。凡朝廷大故,仓卒裁处,绝无所考据。柳子言之详矣。唐定边事三十年,国史无一字言之,以讳国恶。《传灯录》不着二祖偿偿宿债,此皆切要因缘,俗学所讳。

熙宁中,萧注上殿,神宗曰:"臣僚中孰贵?"注曰:"文彦博。"又问其次,曰:"王安石。"上曰:"何谓?"注曰:"牛形人任重而道远。"上面之,既退,语近侍曰:"兼注衔。"

许相文节张公,嘉祐中长宪台,言事无所避。一日,神宗慰之曰:"卿孤寒,凡言照管。"公再拜,对曰:"臣非孤寒,陛下乃孤寒。"上曰:"何也?"曰:"臣家有妻孥,外有亲戚友,陛下惟中宫二人而已,岂非孤寒?"上罢人内,光宪觉上色不怡,进早膳踌躇。光宪启问,上以公语道之。光宪挥洒,上亦随睫,自尔立贤之意遂决。

州东王文公寝疾,真庙屡访,医者视之,仍不得辄归,如是半年。一日,王氏以讣闻,而医者语人曰:"半年厮系绊,与一服药,且大家厮离。"

前辈虽介胄士,有执一不移之节。有裴镇崇班者,晋公之后,监华州赤水镇酒。段少连领漕事,巡过督其职事,命去幞头。既而曰:"且与幞头,以待再来点检。"裴曰:"此幞头是受官日朝廷所命之服,运判既命去之,不敢擅裹,须候朝廷指挥。"自尔露头治事,凡出入见宾客,以至迎送,露头穿执者三年。朝廷亦闻之,有旨:段少连不合去命官巾幞,罚食。裴即日复冠。人方之贡禹。

后 山 谈 丛

[宋]陈师道　撰

李伟国　　校点

校 点 说 明

　　《后山谈丛》，宋陈师道（1053—1102）撰。师道字履常，一字无己，号后山居士。徐州彭城（今江苏徐州）人。少时学文于曾巩，元祐初为徐州教授，曾退居彭城多年，元符三年召为秘书省正字，逾年卒。师道为江西诗派有代表性的诗人，散文成就虽不及诗歌，而行文简严密栗，仍不失为北宋巨手，著有《后山集》。

　　《后山谈丛》对北宋史事人物，着墨最多，如关于澶渊之役及宋与契丹、西夏之和战，所记即达十几条，卷一录寇准上真宗书一篇，较它书所载完整，洵足宝贵。由于师道同曾巩、苏轼等人有特殊的关系，以及熙宁、元丰、元祐之间朝廷政治斗争的影响，《谈丛》对富弼、韩琦、司马光、曾巩、苏轼、刘敞等人语多称颂，而对吕夷简、丁谓、夏竦、包拯、王安石等人则每含讥刺。南宋时，有人对此书的真伪和价值发生了怀疑。然《后山集》前有师道门人魏衍附记，称"《谈丛》、《诗话》各自为卷"，洪迈《容斋随笔》摘《谈丛》记事四条，以为"皆爽其实"，均可证《谈丛》非他人赝托。洪迈的评价，又得到了周必大的认同，谓《谈丛》"多失轻信"（《与汪季路司业书》）。同时的朱熹，看法与洪、周不同，以为"若《谈丛》之书，则记事固有得于一时传闻之误者，然而此病在古虽迁、固之博，近世则温公之诚，皆所不免，况于后山"（《答周益公书》）？北宋中后期，名士大夫撰写笔记之风盛行，至南宋初，秦氏当国，屡禁私史，许人告，于是有些人就乘机摘发对自己不利的记载，并怀疑某些笔记的真实性,《后山谈丛》未能幸免。除了北宋史事人物之外,《谈丛》于书法绘画、笔墨纸砚、水利农事、佛徒道流以至奇闻异物等等,亦有不少记载,颇有价值。

《后山集》自明弘治马暾刊本始收入《谈丛》,现存最早的单行本是明陈继儒辑入《宝颜堂秘笈》的四卷本。两本的卷次、分条及文字差异很大,错讹衍脱极多。清代著名学者何焯,曾以嘉靖以前旧抄本及毛氏所藏抄本校弘治本,补正脱误。近代张钧衡收得过临何焯校之旧抄本,刻入《适园丛书》。现即以《适园丛书》本《后山集》中的《谈丛》为底本,校以他本他书进行整理,凡底本确实有误的,径改不出校。原书各条无标目,现为之拟题。

目　录

后山谈丛卷一

澶渊之役一

契丹侵澶,莱公相真宗北伐,临河未渡。是夕,内人相泣。明日,参知政事王钦若请幸金陵,枢密副使陈文忠公尧叟请幸蜀。真宗以问公,公曰:"此与昨暮泣者何异!"议数日不决,出遇高烈武王,而谓之曰:"子为上将,视国之危不一言,何也?"王谢之。乃复入,请召问从官,至皆默然。杨文公独与公同,其说数千言,真宗以一言折之曰:"儒不知兵!"又请召问诸将,王曰:"蜀远,钦若之议是也。上与后宫御楼船浮汴而下,数日可至。"殿上皆以为然,公大惊色脱。王又曰:"臣言亦死,不言亦死,与其事至而死,不若言而死。今陛下去都城一步,则城中别有主矣!吏卒皆北人,家在都下,将归事其主,谁肯送陛下者?金陵可到邪?"公又喜过望,曰:"琼知此,何不为上驾邪!"王乃大呼:"逍遥子!"公掖真宗以升,遂渡河而成功。钦若愧其议,谗于真宗曰:"寇准孤注子尔!"博者谓穷而尽所有以幸胜为孤注,言以人主而一决也。

澶渊之役二

澶渊之役,真宗欲南下,莱公不可,曰:"是弃中原也。"又欲断桥,因河而守,曰:"是弃河北也。国之存亡在河北,不可弃也。"

澶渊之役三

澶渊之役，所下一纸书尔：州县坚壁，乡村入保，金币自随，谷不可徙，随在瘗藏，寇至勿战。故虏虽深入而无得，方破德清一城，而得不补失，未战而困。

澶渊之役四

真宗既渡河，遂幸澶渊之北门。望见黄盖，士气百倍，呼声动地。兵既接，射杀其帅顺国王挞览，虏惧，遂请和。

澶渊之役五

澶渊之役，诏诸道会兵而合击。既和，纵其去。又诏诸将按兵，遣使监杨延朗。时虏使在馆，既谕旨，遽曰："请遣中官，贵诸将取信也。"而虏亦请使送款，遂以全归，怀之至今。

澶渊之役六

澶渊之役，真宗使候莱公。曰："相公饮酒矣！""唱曲子矣！""掷骰子矣！""鼾睡矣！"

澶渊之役寇准上真宗书

莱公既逐死，家无遗文。嘉祐中始得奏章一纸，忧其复失而并记之，使后者有考焉。曰：臣奉圣旨擘画河北边事及驾起与不起、如起至何处者。一、近边奏契丹游骑已至深、祁，窃缘三路大军见在定州，魏能、张凝、杨延朗、田敏等又在威虏军等处，东路深、赵、贝、冀、沧、德等州别无大军驻泊，必虏契丹渐近东南下寨，轻骑打劫，不惟老小惊骇，便恐盗贼团聚，直至大名府以来，人户惊移。若不早张军势，窃恐转启戎心。臣乞先那起天雄军马万人，令周莹、杜彦钧、孙全照将领往贝州驻泊，或恐天雄军少，且起五千人，只令孙全照部辖，若虏骑在近，即近城觅便袭击，兼令间道将文字与石普、阎承翰照会掩杀，及召募强壮入虏界，烧荡乡村，仍照管南北道，多差人探候契丹，次第闻奏，及报大名。一则贵安人心；二则张军势以疑敌谋；三则边将闻王师北来，军威益壮；四则与邢、洺不远，成犄角之势。一、随驾诸军，扈卫宸居，不可与犬戎交锋原野，以争胜负。天雄至贝，军士不过三万人，万一契丹过贝下寨，游骑益南，即须那起定州军马三万以上，令桑赞等结阵南来镇州，及令河东雷有终将兵出土门路与赞会合，相度事势紧慢，那至邢、洺，方可圣驾顺动，且幸大名，假万乘之天声，合数路之兵势，更令王超等于定州近城排布，照应魏能、张凝、杨延朗、田敏等，作会合次第及依前来累降指挥牵拽。一、恐契丹置寨于真、定之间，则定州军马抽那不起，邢、洺之北，游骑侵掠，大名东北县分，老小大段惊移，须分定州三路精兵，令在彼将帅会合，及令魏能、张凝、杨延朗、田敏等渐那向东，傍城寨牵拽。如此，则契丹必有后顾之忧，未敢轻议悬军深入。若车驾不起，转恐夷狄残害生灵，如蒙允许，亦须过大河，且幸澶渊，就近易为制置会合，兼控扼津梁。右臣叨列宰司，素无奇略，既承清问，合罄鄙诚。伏惟皇帝陛下，睿知渊深，圣猷宏远，固已坐筹而决胜，尚能虚己以询谋，兼彼犬戎颇乏粮糗，虽恃腥膻之众，必怀首尾之忧，岂敢不顾大军，但图深入？然亦虑其凶狡，须至过有防虞。烦黩天威，伏增战栗。

富弼使契丹

始讲和，虏使韩杞匿其善饮，曰："两国初好，数杯之后，一言有失，所误非细。"后使姚柬之，既去而顾，手颡再三，是以知虏之情也。姚柬之曰："宋之事力，契丹之士马皆盛，然北军用于阻隘，不能敌南；平原驰突，南军亦不能支也。"庆历二年，西羌盗边，战未解，契丹保境使请关南十县之地及昏。丞相申公使其党御史中丞贾文元公馆之，许昏与加赐使择焉，而遣知制诰富韩公谕意。既见问故，虏主曰："宋塞雁门、广塘水、缮城隍、籍民兵，非违约邪？群臣亟请用兵，孤谓不若求地也。"公曰："契丹忘章圣之大德乎？澶渊之役，使从众，契丹无还者，宁有今日耶？且契丹之所欲，战尔，战非契丹之利也。从古至今，夷狄得志于中国，惟晋氏尔。方是时，主弱而愚，国小而贫，政刑不修，命令不行，百姓内溃，诸将外叛，故契丹能得志。然土地不守，子女玉帛归于臣民，契丹盖无得也。而人畜械器，亡者大半，故德光死，述律怒不肯葬，曰：'待我国中人马如故，然后葬汝！'战而胜，其害如此，况不胜邪！今契丹与宋好，岁得金缯数十万，入于府库，国之利也。故和则上得其利，战则下得其利，上受其弊。故契丹之臣，皆愿解和而构战，与国争利，奈何舍己之利以利人邪？"主大悟，点首久之。公复曰："塞雁门以备羌，塘始于何承矩，事在约前；地卑水聚，岁久则广；城隍完故，民兵补缺，非违约也。晋遗卢龙，周取关南，皆异代事。若按图而求旧，岂契丹之利也哉！皇帝以兼爱为心，守祖宗之约，不愿用兵，顾兄弟之义，不欲违情，而为天保民，为先保土，不得以与人。谓契丹乏金币，岁遗以永誓好。古者敌国有无相通，必皆欲背约绝好而加兵，宋安得而避哉！且澶

渊之盟,天地临之,其可欺乎!"乃请昏,公曰:"兄弟之国,礼不
通昏,男女之际,易以生隙,且命修短不可期,不若岁币之久
也。"始,契丹请婚,欲因以多求,及公固拒,群议未决而难其
久,又谓空言无实,使归取誓书。及再至,定增岁币二十万。
始,契丹一请,宰相遽塞以二事,且使自择,遂以为怯,有轻宋
心,欲以增币为"献"与"纳",公不可,曰:"此下事上,臣事君,
乃非敌国之礼也。且章圣已有岁遗,不为此名,货非国之轻
重,鄙而失国,古虽小亦不为也。"主曰:"古有之,何独吝邪?"
公曰:"古惟唐高祖臣事突厥,假其兵而取隋,则或有之;及太
宗禽颉利、突利两可汗,宁复有邪!"主不语,其臣刘四知侍,退
数步。公又曰:"石晋亦因契丹而得国,不惟称臣,亦父事之,
或可用此。今宋与契丹,无唐、晋之援,而为敌国,岂有此邪!"
将退,主曰:"卿谓孤故作此一节必不可事,岂非不欲保和邪!
孤实无此意,卿归勿为此言,恐误宋大事耳。"于是留誓书。而
使以誓书来,且求"献纳",公上奏曰:"臣既以死拒之,虏气折
矣,可勿复许,虏无能为也。"仁宗从之。

富弼再使契丹

　　韩公再使,将见,契丹曰:"主将为公使不能久,有言可即
道。"公恐虏使来遂以为例。数请对,曰:"吾不敢也,当与君议
于馆尔。"契丹刘六符贵用事,建议割地。及馆客,怒谓韩公
曰:"公为主言'诸臣利于用兵,不为国计',六符岂欲间两国
邪?"公曰:"君宁出此,顾余人为之尔。如宋不过弼数辈不欲
战尔,其以战说者何限!"六符既喜且惧,然终以此得罪也。

澶渊之役七

契丹犯澶渊，急书日至，一夕凡五至，莱公不发封，谈笑自如。明日见同列以闻，真宗大骇，取而发之，皆告急也，又大惧，以问，公曰："陛下欲了欲未了耶？"曰："国危如此，岂欲久耶！"曰："陛下欲了，不过五日尔。"其说请幸澶渊。真宗不语，同列惧，欲退，公曰："士安等止候驾起，从驾而北。"真宗难之，欲还内，公曰："陛下既入，则臣不得到又不得见，则大事去矣！请无还内而行也。"遂行，六军百司，追而及之。

东都曹生评范纯仁司马光

东都曹生言："范右相既贵，接亲旧情礼如故，他亦不改，世未有也。然体面肥白洁泽，岂其胸中亦以为乐邪？惟司马温公枯瘦自如，岂非不以富贵动其心邪！"

王安石改科举之失

王荆公改科举，暮年乃觉其失，曰："欲变学究为秀才，不谓变秀才为学究也。"盖举子专诵王氏章句，而不解义，正如学究诵注疏尔。教坊杂戏，亦曰"学《诗》于陆农师，学《易》以破切于龚古勇切深之"，盖讥士之寡闻也。

王无咎黎宗孟为王氏学无自得

王无咎、黎宗孟皆为王氏学，世谓黎为"模画手"，一点画不出前人，谓王为"转般仓"，致无赢余，但有所欠。以其因人成能，无自得也。

杨绘易学渊源

　　杨内翰绘云："庄遵以《易》传扬雄，雄传侯芭，自芭而下，世不绝传，至沛周郏，郏传乐安任奉古，奉古传广凯，凯传绘。"所著《索蕴》，乃其学也。

包拯自御史三司使入枢府

　　张某公昪以御史为执政，包孝肃公代之，建言："台官不迁二府，无所幸望，则尽言矣。"张文定公方平为三司使，孝肃极言其失，遂罢归院。宋景文公代为使，文定亦为上言："故事：执政用三司使、知开封府与御史中丞耳。包拯自府入台，又言台官不为执政，所可假以进者，惟三司尔。极力攻臣，冀得其处。而用宋祁，其势必复攻祁，不遂与之，则三司使无其人矣！"孝肃逐景文公而代之，遂迁西府。孙文节公抃自西府迁右省，御史韩缜言其不可，仁宗曰："御史谓谁可参知政事者？"韩素不经意，卒然对曰："包拯可。"仁宗熟视而笑曰："包拯非昔之包拯矣！"

李师中改保安军牒

　　延帅阙，李诚之以幕府行使事。夏国宥州牒保安军，"故事：岁赐尽明年六月乃毕，缓不及事，请以岁终为限。"幕府以闻，枢密院牒草报如约，李易其草报如故事。遂上奏曰："夷狄之欲无厌，许之不足为恩，而长其贪，且示之弱，而人不堪其转输之劳矣。"枢密使夏竦劾李擅改制书，遣吏部郎讯，李曰："改保安军牒，非制书也。"竦不能屈，虏亦不敢复请。

某公恶韩富范三公

某公恶韩、富、范三公,欲废之而不能。军兴,以韩、范为西帅,遣富使北,名用仇而实闲之。又不克军罢而请老,尽用三公及宋莒公、夏英公于二府,皆其仇也。又以其党贾文元公、陈恭公间焉,犹欲因以倾之。誉范、富皆王佐,可致太平,于是天子再赐手诏,又开天章阁,而命之坐,出纸笔使疏时政所当因革,诸公皆推范、富,乃请退而具草。使二宦者更往督之,且命领西北边事。既而各条上十数事,而易监司、按群吏、罢磨勘、减任子,众不利而谤兴。又使范公日献二事以困之,而请城京师,人始笑之。初,某公每求退以俟主意,常未厌而去,故能三入,及老,大事犹问。西北相攻,请出大臣行三边。于是范公使河东、陕西,富公使河北。初,某既建议,乃数出道者院宿焉,范公既奉使,宿道者院而某在焉。宾退,使人致问,范公往见之,某佯曰:"参政求去邪?"范公以对,某曰:"大臣岂可一日去君侧,去则不复还矣!今万里奉使,故疑求去耳。"范公私笑之。久而觉报缓而请不获,召堂吏而问曰:"吾为西帅,每奏即下,而请辄得。今以执政奉使,而请报不遄,何也?"曰:"某别置司专行廊、延事,故速而必得耳。"范公始以前言为然,乃请守边矣。而富公亦不还,韩又罢去,而贾、陈相矣。及某薨,范公自为祭文,归重而自讼云。

后山谈丛卷二

苏黄善书不悬手

苏、黄两公皆善书,皆不能悬手。逸少非好鹅,效其宛颈尔,正谓悬手转腕。而苏公论书,以手抵案使腕不动为法,此其异也。

善书不择纸笔

善书不择纸笔,妙在心手,不在物也。古之至人,耳目更用,惟心而已。

王屋天坛玉镜

王屋天坛,道书云黄帝礼天处也。坛之方隅陈八玉镜,而儒者疑焉。元丰中,有登天坛得方玉如镜,濮阳杜毅主王屋簿,亲见之云。

某贵人不知有自智

余与贵人语,偶当其心,明日使人来求异书。士不知有自智,专谓出于卷册之间,良可悲也。

张旭悟笔法

张长史见担夫争道而得笔法,观曹将军舞剑又得其神,物岂能与人巧,乃自悟之因尔。

洮 水 之 鱼

胡人猎而不渔,熙宁中,官军复熙河,洮水之鱼浮,取之如拾,久而鱼潜。治世可俯乌巢,惟不暴尔。至人入鸟兽不乱群,行之著也。

燕肃悟指南车法

龙图燕学士肃悟木理,造指南车不成,出见车驰门动而得其法。

王晃悟针法

蜀人王晃,为举子《诗》义"左之右之,君子宜之"而悟针法。规矩可得其法,不可得其巧,舍规矩则无所求其巧矣。法在人,故必学,巧在己,故必悟。今人学书而拟其点画,已失其法,况其巧乎!

寇昌龄论砚墨

寇昌龄嗜砚墨得名,晚居徐,守问之,曰:"墨贵黑,砚贵发墨。"守不解,以为轻己。嗟乎,世士可与语邪?

欧 阳 修 像

欧阳公像,公家与苏眉山皆有之,而各自是也。盖苏本韵胜而失形,家本形似而失韵,夫形而不韵,乃所画影尔,非传神也。

丁　推

唐令：民年二十为丁，其下为推。宋次道曰："推者，椎也，避高宗讳，阙而为推也。"缙叔曰："推者，椎也，独髻为椎，传者误尔。"盖唐人不讳嫌，梁氏之父茂，始以戊为武，温嗜杀，人畏之，并讳其嫌耳。夫人少而分髻，长则合而未冠，今人犹然。缙叔是也。

王太初论为室当户牖疏达

道士王太初，受天心法治鬼神，有功于人。尝谓为室当使户牖疏达，若四壁隐密，终为鬼所据耳。

孔林无枳棘

唐魏郑公、狄梁公、张燕公墓棘直而不歧，世以为异，而孔林无枳棘也。

论　墨　一

秦少游有李廷珪墨半丸，不为文理，质如金石，潘谷见之而拜曰："真李氏故物也，我生再见矣！王四学士有之，与此为二也。"墨乃平甫之所宝，谷所见者，其子莳以遗少游也。又有张遇墨一团，面为盘龙，鳞鬣悉具，其妙如画，其背皆有"张遇麝香"四字。潘墨之龙，略有大都耳，亦妍妙，有纹如盘丝，二物世未有也。语曰："良玉不琢。"谓其不借美于外也。张其后乎。供备使李唐卿，嘉祐中以书待诏者也，喜墨，尝谓余曰："和墨用麝欲其香，有损于墨，而竟亦不能香也。不若并藏以熏之。"潘谷之墨，香彻肌骨，磨研至尽而香不衰。陈惟进之墨,一箧十年,而麝气不入,但自作松香耳。盖陈墨肤理坚密,不受外熏,潘墨外虽美而中疏尔。

论　墨　二

南唐于饶置墨务,歙置砚务,扬置纸务,各有官,岁贡有数。求墨工于海东,纸工于蜀,中主好蜀纸,既得蜀工,使行境内,而六合之水与蜀同。李本奚氏,以幸赐国姓,世为墨官云。唐之问,质肃公之子,有墨曰"饶州供进墨务官李仲宣造",世莫知其何。子颇有家法,以遗黄鲁直,鲁直以谓不迨孙氏所有。而予谓过之。陈留孙待制家有墨半铤,号称廷珪,但色重尔,非古制也。

杨山人相蔡确黄好谦

蔡新州确、黄大夫好谦为陈诸生,闻杨山人之善相人也,过使相之,曰:"蔡君宰相也,似丁晋公,然丁还而君死也。黄君一散郎尔,然家口四十,则蔡贬矣。"元丰末,蔡为相,黄由尚书郎出为蔡州,过蔡而别,问其家,曰:"四十口矣。"蔡大骇曰:"杨生之言验矣!"其后有新州之祸。

夏竦相庞籍

外大父颍公,初为黄州参军,事夏英公。公喜相人,谓颍公曰:"吾使相尔,而君真相也。"视其手曰:"虽贵而贫,不如吾也。"出其手,突如堆阜,曰:"此大富之相也。"

野处相李生

野处,潞之异人也,金乡李生将赴试,问得失焉。曰:"两贯、四贯,巡辖马递铺。"皆莫测也。李有田于莘,过之,及门,息于厩,置壁下有钱二千,以二伯为陌,有榜曰"巡辖马递铺",问之,乃田者所纳课也。李始悟其言,而果黜焉。

洛阳牡丹金带围当宰相

花之名天下者,洛阳牡丹,广陵芍药耳。红叶而黄腰,号"金带围",而无种,有时而出,则城中当有宰相。韩魏公为守,一出四枝,公自当其一,选客具乐以当之。是时王岐公以高科为倅,王荆公以名士为属,皆在选,而阙其一,莫有当者。数日不决,而花已盛,公命戒客,而私自念:"今日有过客,不问如何,召使当之。"及暮,南水门报陈太博来,亟使召之,乃秀公也。明日酒半折花,歌以插之。其后四公皆为首相。

范琼赵承祐孙位画品

蜀人句龙爽作《名画记》,以范琼、赵承祐为神品,孙位为逸品,谓琼与承祐类吴生,而设色过之,位虽工,不中绳墨。苏长公谓:"彩色非吴生所为,二子规模吴生,故长于设色尔。孙位方不用矩,圆不用规,乃吴生之流也。"余谓二子学吴生,而能设色,不得其本,故用意于末,其巧者乎?

农　　谚

谚曰:"甘草先生则麦熟,苦草先生则人疫。"甘草,荠;苦草,黄蒿也。又曰:"杏熟当年麦,枣熟当年禾。"又曰:"枣不济俭。"谓枣熟则岁丰也。谚曰:"行得春风有夏雨。"盖春之风数为夏之雨数,小大急缓亦如之。

张锷奇疾

秘书丞张锷,嗜酒得奇疾,中身而分,左常苦寒,虽暑月,巾袜袍裤纱绵相半。

王祥卧冰处

世传王祥卧冰求鱼以养母,至今沂水岁寒冰厚,独祥卧处阙而不合。

三品秀才

章学士珉为布衣,以宰相自许,高盖大马,盛服群从而后出,润人谓之"三品秀才"。

验　镜

验镜视其鼻,鼻滑净如削者古,今人为之,必有高下。今人铸铁镜,陷铜为面,故明。

李卿先筑宅

光禄李卿先筑宅于卢,甃皆用砖,岁夏大雨,闸门及窦积水数尺,内外一洗而发去之。

王羲之大器晚成

唐人谓逸少天姿不及工用,故初不胜郗、庾,而暮年方妙。余谓不然。卫夫人见逸少学书,拊膺而叹曰:"后当胜己。"此岂无天姿者耶! 而暮年方妙者,乃大器晚成尔。

獐 兔 豚

獐无胆,兔无脾,豚臂无筋。

相国寺楼门井亭

东都相国寺楼门,唐人所造,国初木工喻浩曰:"他皆可能,惟不解卷檐尔。"每至其下,仰而观焉,立极则坐,坐极则卧,求其理而不得。门内两井亭,近代木工亦不解也。寺有十绝,此为二耳。

陕 之 寺 居

陕之寺居多古屋,下柱不过九尺,唐制不为高大,务经久尔。行露亭用斗百余,数倍常数,而朱实亭不用一斗,亦一奇也。

鱼 行 随 阳

鱼行随阳,春夏浮而逆流,秋冬没而顺流,渔者随其出没上下而取之。

预 为 乱 备

唐末,岐、梁争长,东院主者知其将乱,日以菽粟与泥为土墼,附墙而墁之,增其屋木,一院笑以为狂。乱既作,食尽樵绝,民所窖藏为李氏所夺,皆饿死。主沃墼为糜,毁木为薪以免。陇右有富人,预为夹壁,视食之余可藏者干之贮壁间,亦免。

阎见贤老而节食

虞部阎见贤,老为容守,归而自如,曰:"惟节食尔。"每食常欠三四分。初见部中老者,问而得之。

韩　幹　马

韩幹画走马,绢坏,损其足,李公麟谓:"虽失其足,走自若也。"

客 相 欧 阳 修

六一为布衣,客相之曰:"耳白于面,名则远闻;唇不贴齿,一生惹言语。"毁誉岂亦有命耶?

平陆故城走马台

齐之龙山镇,有平陆故城,高五丈四,方五里,附城有走马台,其高半之,阔五之三,上下如一,其西与南则在内,东北则在外也,莫晓其理。

方士为寇准治丹

寇莱公准,少尝为淮漕,有方士为治丹砂,用竹百二十尺而通其节,以器盛丹置其上而立之,半埋地中。于时才得六十尺竹,接而用之。始于岁之朔旦,尽岁而止,丹已融而堕器矣。

澄　心　堂

澄心堂,南唐烈祖节度金陵之燕居也,世以为元宗书殿,误矣。赵内翰彦若家有《澄心堂书目》,才二千余卷,有"建业文房之印"，后有主者，皆牙校也。

杨行密补将校牒纸

余于丹徒高氏见杨行密节度淮南补将校牒纸，光洁如玉，肤如卵膜，今士大夫所有澄心堂纸不逮也。

开封剧盗言

开封常得剧盗，言富家难近，贮以柜箧，扃镝严固，贵家喜陈衣而架，有帕便可包覆。

夏竦异事

夏英公伏日供帐温室，戒客具夹衣，客皆笑之。既坐，体寒生粟。乃以漆斛渍龙皮也。酒半，取瓦砾蘸药水为黄金以娱客。

阮逸作伪书

世传《王氏元经薛氏传》、《关子明易传》、《李卫公对问》皆阮逸所著，逸以草示苏明允，而子瞻言之。

包鼎画虎

宣城包鼎，每画虎，埽溉一室，屏人声，塞门涂牖，穴屋取明。一饮斗酒，脱衣据地，卧起行顾，自视真虎也，复饮斗酒，取笔一挥，意尽而去，不待成也。

阎立本观僧繇画壁

阎立本观张僧繇江陵画壁，曰："虚得名尔。"再往，曰："犹近代名手也。”三往，于是寝食其下，数日而后去。夫阎以画名一代，其于张，高下间尔，而不足以知之。世之人强其不能而论能者之得失，不亦疏乎？

李公麟苏轼品画

李公麟云“吴画学于张而过之”，盖张守法度而吴有英气也。眉山公谓：“孙知微之画，工匠手尔。”

欧阳修论书

六一公论书喜李西台，而《集古》不录张从申也。兵部秦玠、祠部李宗易，皆学于西台，名有师法。公为亳州，问秦西台何学，曰：“张从申也，见之否邪？”曰：“未也。”示之，曰：“西台不及也。”

苏洵送石扬休北使引乃苏轼少时书

余于石舍人扬休家得苏明允送石北使引，石氏子谓明允书也。以示秦少游，少游好之，曰：“学不逮其子，而资过之。”乃东坡少所书也。故尝谓书为难，岂余不知书，遂以为难邪？

后山谈丛卷三

金陵人解字

金陵人喜解字,习以为俗,曰"同田为富"、"分贝为贫"、"大坐为奎"音稳。

黄巢解金陵

黄巢攻金陵,人说之曰:"王毋以攻也,王名巢,入金陵则镖矣!"遂解去。

安 丰 塘

寿之安丰塘,楚相孙叔敖之所筑也,至今赖之。塘西有庙焉,塘上之木,花皆西向,子皆东向。

怀禅师讲师说

怀禅师每住持,必舍讲师说天台教,使其徒听焉。学其可废乎!

根 利 根 钝

唐人根利,一闻千悟,故大梅才得马祖一言,入山坐庵诸老之门,既悟,亦曰:"得坐披衣,向后自看。"不复学也。今人根钝,闻一知一。故雪窦以古人初悟之语,为学者入道之门,谓之因缘,退而体究,谓之看话,更无言下悟理之质矣。复取古法而次第之,以为悟后析理之门,谓之陶汰,天衣宗之。而圆通非之,改用临济教门,盖用古责今也,而其徒多不见谛,后悔,亦复故云。

黄拨沙视墓

闽越黄拨沙善视墓,画地为图,即知休咎,故号"拨沙"。婺人有世患左目者,问之,曰:"祖坟有木,久则木根伤害其目,必发墓以去之。"既发,有根贯其左目,出之而愈。

乳医陈妪

宿乳医陈妪,年八十余,切脉知其生早晚,月则知日,日则知时。宿有两家就乳,切其左曰:"毋遽,是当夜生。"将就其右,左家疑之,不听也。曰:"是家当午而生,无妨也,过午则来日生矣。"复切之,曰:"初更两点,其时也,为母具食,听自便。"既多为备,使候时以报,扶母就蓐,即生。

宋绶为李昉夫人上寿

文正李公既薨,夫人诞日,宋宣献公时为从官,与其僚二十余人诣第上寿,拜于帘下,宣献前曰:"太夫人不饮,以茶为寿。"探怀出之,注汤以献,复拜而去。

襄阳玳瑁

襄阳承唐乱,地荒民散,林篁翳塞,常有四大龟负一小龟而行,或谓乘者为玳瑁云。

代北天池庙舍

代北界天池山，荒远，巡候不至，潘美节度河东，新庙舍，作脊记，岁遣府倅祀之，率常惮行，后竟罢之。契丹始治室易记，久之来议界，举知其然，而莫能夺也。

血　色

生血皆赤，怒心之所出也。赤，火色，其性躁，故象之。二乘四果，其白如乳，出于净心。而鲎血碧，鰕蛤无血，其故何也？

御厨神猪

御厨不登彘肉，太祖尝畜两彘，谓之神猪。熙宁初罢之。后有妖人登大庆殿，据鸱尾，既获，索彘血不得，始悟祖意，使复畜之。盖彘血解妖术云。

茶　品

茶，洪之双井，越之日注，登、莱鳆鱼，明、越江瑶柱，莫能相先后，而强为之第者，皆胜心耳。

石　决　明

石决明，登人谓之鳆鱼，明人谓之九孔螺。

牡蛎固气蚶子益血

牡蛎固气，蚶子益血，盖蛤属惟蚶有血。

作 坊 门

熙宁中,作坊以门巷委狭,请直而宽广之,神宗以太祖创始,当有远虑,不许。既而众工作苦,持兵夺门,欲出为乱,一老卒闭而拒之,遂不得出,捕之皆获。

郯城民妻二十一子双生者七

郯城民妻有二十一子,而双生者七。

善乡市吏垂乳流湩

寿之善乡,市吏垂乳,流湩如乳妇。

宰 相 项 安 节

神宗尝梦入大府,有植碑,以金填字,曰"宰相项安节"。寤而求之,乃太学生也。慈圣解之曰:"项安节即吴充也。"于是正宪公为相,颈有瘤焉,而项生布衣至今。

方 通 梦 兆

朝散郎方通罢官还乡,梦至政事堂,尚书左丞黄履素知通,独起迎语曰:"萧洒,萧洒。"遂去。通前,诸公语如黄。既寤,莫测也。既而得官校理,满任得知睦州,是岁建中元年,黄以疾去久矣。往谢执政,范右丞纯礼曰:"先公尝守睦,有《萧洒桐庐郡》十诗,桐庐真萧洒也。"

周 约 梦 兆

周约梦登科作尉,就舍,于堂牖间得女子只履,灶间得笔墨。后数岁中第，为延州一尉，既入廨舍，皆梦所见，求二物，皆得之于其处。

北都官妓歌欧词

文元贾公居守北都，欧阳永叔使北还，公预戒官妓办词以劝酒，妓唯唯，复使都厅召而喻之，妓亦唯唯。公怪叹，以为山野。既燕，妓奉觞歌以为寿，永叔把盏侧听，每为引满。公复怪之，召问，所歌皆其词也。

美 玉 不 琢

都市大贾赵氏，世居货宝，言玉带有刻文者皆有疵疾，以蔽映尔，美玉盖不琢也。比岁杭、扬两州化洛石为假带，质如瑾瑜，然可辨者，以有光也。

王 曾 祖 先

王沂公之先为农，与其徒入山林，以酒行，既饮，先后至失酒，顾草间有醉蛇，倒而捋之，得酒与血，怒而饮焉。昏闭倒卧，明日方醒，视背傍积蛊成堆，自是无蛊终身。

浙西积水浙东高燥

浙西地下积水，故春夏厌雨。谚曰："夏旱修仓，秋旱离乡。"浙东地高燥，过雨即干，故春得雨即耕，然常患少耳。

颍 谚

颍谚云："子过母，当暑而凉，水退而鱼潜：皆为大水之候。"颍人谓前水为母，后水为子，水日至日长，势不能大，水定而复来,后水大于前水,为子胜母。水终鱼当大出,河滨之人厌于食鲜,水退而鱼不出,为潜云。

田　　理

田理有横直,民间谓之立土、横土,立土不可稻,为其不停水也。

伯　戊　樽

许安世家有伯戊樽,如今羯鼓鞚也。

周阳家金钟

畔邑家令周阳家金钟,容十斗,重三十八斤,以今衡量校之,容水三斗四升,重十九斤尔。

吴　　谚

谚语曰:"田怕秋旱,人畏老贫。"又曰:"夏旱修仓,秋旱离乡。"岁自处暑至白露不雨,则稻虽秀而不实,吴地下湿不积,一凶则饥矣。

寒食面腊月雪为糊

赵元考云:"寒食面、腊月雪水,为糊则不蠹。南唐煮糊用黄丹,王文献公家以皂筴末置书叶间,总不如雪水也。"

食　　蛙

霍山曰:"丞相擅减宗庙羔菟蛙。"颜注:"羔,菟、蛙,以供祭也。"《周官·蝈氏》郑康成注:"蝈,今御所食蛙也。"《宋书》:

"张畅弟牧有犬伤,医云当食虾蟆,而牧难之,畅为先食。"前世北人食蛙,南人不食也。

建 业 文 房

建业文房,南唐烈祖节度金陵之别室也,赵元考家有《建业文房书目》,才千余卷,有"金陵图书院印"焉。前卷有"澄心堂"说云:赵元考家有《澄心书目》,才二千卷。与此说相似,但堂房不同耳。

欧阳五代史之误

欧阳《五代史·周家人传》柴后邢州龙冈人,《世宗纪》又为尧山人;拓跋思恭、思敬,兄弟也,而误作一人。

冯如晦为县令

司马公休云:"冯如晦为长源令,县人誉之不容口,问政亦不能道也。"

王回为卫真主簿

王深父为卫真主簿,始至亳州,其守李徽之留不遣,久之,求去,李问其故,曰:"回为卫真主簿,而未尝至治所与吏民相见,以谓不可,故求去耳。"李怒曰:"尔恃欧阳修而慢我!"深父曰:"回之所去,岂待欧阳公而立邪!"卒归卫真。李怒不解,深父遂免去。

王安石私居如在朝

参寥云:"王荆公私居如在朝廷。忽有老卒,生火扫地如法,誉之不容口;或触灯,即怒以为不胜任,逐去之。"

太 祖 军 法

士不衣帛，酒肉食肆不近营，太祖之军法也。

吕余庆知益州

蜀平，以参知政事吕余庆知益州，余用选人，以轻其权，而置武德司，刺守贪廉，至必为验。蜀山有九枝木，传以为异，卒火之。岁余，御札问焉，其赏至银千两，而敕州县捕武德卒即杀之，不以闻。吏贪则降杖集吏民杖之。蜀之富人，皆召至京师，量其材为三等，其上官之，次省员，下押纲。人安其居，不愿东，以疾归，后复遣，如是数四，不使家居也。

夏竦贪阻喜杀之报

夏英公既卒，其家客鄢陵，邻之讲僧有学解，客尝问之曰："英公贪阻喜杀，其报如何？"曰："以教言之，当为龙尔。"未以为然也。他日至京师，遇夏氏故吏，语及其主，曰："往梦遇公于涂，气貌枯悴，白衣故暗，问其所在，曰为庐山东潭龙尔。"客始惊。其后复至京师，过其故人于兴国寺，其邻有相语曰："庐山东潭龙已去矣。"客又大惊，往问之，曰："东潭隐密，人所不至，往岁木皆立槁，人始至其上，潭水清彻，有白龙在焉。夏日之中，水沸而龙死，夜则复生，冬结于冰。数岁，有僧十余，结庐其上，为之诵经。又数岁而龙去，草木复生。英公奉释，故当困厄，复能致僧为之作福。"

宣仁后不索文思殿物

文思殿奉帝者之私，凡物必具。宣仁后当国九年，不索一物。

太祖不诛降王

或劝太祖诛降王，久则变生，太祖笑曰："守千里之国，战十万之师，而为我禽，孤身远客，能为变乎？"

释从善画而人不可使

释从青人，主某寺之某院，陈讲居众，而静居不出，善画树石，而人不可使。好事者为修供，则量其多少而报之。吕汲公以御史为淄倅，过而请之，不与也。或问之，曰："后其所事而先其所好，此吾所以不与也。"

仁　宗　之　丧

仁宗在位四十年，边奏不入御阁。每大事，赐宴二府，合议以闻。仁宗崩，讣于契丹，所过聚哭。既讣，其主号恸执使者手曰："四十二年不识兵矣！"葬而来祭，以黄白罗为钱，他亦称是。仁宗崩，天下丧之如亲，余时为童，与同僚聚哭，不自知其哀也。仁宗既疾，京师小儿会阙下，然首臂以祈福，日数百人，有司不能禁。将葬，无老幼男女，哭哀以过丧。

宣仁后初临朝

宣仁后初临朝，西戎戒边吏曰："圣后相司马公，必用仁宗故事。自今后敢以一人一骑入界者族。"

契丹名相杜防

杜防，契丹名相也，谓和亲为便民，戒契丹世世相受，谨守其约。又虞中国之败约也，凡十年一遣使，以事动中国而坚其约。

太祖不纳荆湖溪洞

国初，荆湖既平，溪洞皆纳土请吏，太祖不受，廷议独置辰州，岁费四万缗尔。

元祐执政议河

元祐执政，议河两说，文潞公、安枢密焘主故道，范丞相、王左丞存主新道，士大夫是故者见文、安，是新者见王、范，持两可者见四公也。

曹彬受李煜降

曹武惠王既下金陵，降后主，复遣还内。治行，潘公忧其死，不能生致也，止之。王曰："吾适受降，见其临渠犹顾左右，扶而后过，必不然也。且彼有烈心，自当君臣同尽，必不生降，既降，亦必不死也。"

常　赦

故事：常赦，官典藏入己不赦。熙宁以后，始赦吏罪。元祐七年南郊，赦杖罪。八年秋，皇太后服药而赦，则尽赦之矣。

后山谈丛卷四

英宗不罪醉饱失容

故事：郊而后赦，奉祠不敬不以赦论。治平中，郎中_{缺姓}易知素贪细，既食大官，醉饱失容，御史以不敬闻，韩魏公请论如律，英宗不欲也，魏公曰："今而不刑，后将废礼。"英宗曰："宁以他事坐之。士以饮食得罪，使何面目见士大夫乎！"

仁宗礼待燕王

仁宗初即位，燕恭肃王以亲尊自居，上时遣使传诏，王坐不拜。使还以闻，上曰："燕王朕叔父，毋妄言！"久而王闻之，稍自屈，奉藩臣礼。

仁宗厚养燕王

燕恭肃王轻施厚费，不计有无，常预借料钱，多至数岁，仁宗常诏有司复给，如是数矣。御史沈邈以谓"不可以国之常入而奉无厌之求，愿使谕意"，上曰："御史误矣！太宗之子八人，今惟王尔。先帝之弟，朕之叔父也，每恨不能尽天下以为养，数岁之禄，不足计也。"

曾巩论王安石

子曾子初见神宗，上问曰："卿与王安石布衣之旧，安石何如?"对曰:"安石文学行义,不减扬雄,然吝,所以不及古人。"上曰:"安石轻富贵,非吝也。"对曰:"非此之谓。安石勇于有为,吝于改过。"上颔之。

为 学 为 道

明者无所不知,智者有所知、有所不知,众人所知者少、所不知者多、而强其所不知。智者谓其择而不为学而已,为道则不然,学得于外,思出于意,不足以得之。庄子曰:"缮性于俗,学以求复其初,滑欲于俗思,以求致其明,古者谓之蔽蒙之民。"虽然,学与思者,道之助也,士之为道,必始于学。此段疑有脱误。

王 安 石 请 道

道者吕翁如金陵,过王荆公,而公知之,伏拜请道,翁曰:"子障重,不可。"公又勤请,曰:"我能去障,则为子去之矣。"竟去。以语广陵王某,王曰:"先生何取焉?"曰:"吾爱其目尔。"王以语余曰:"如金陵者,翁之真身也,翁察之久矣,欲度故自往。"余语禅者普仁,仁曰:"障必自去,非人能去也。渠如此道而不解乎!"

吕 翁 像

世传吕先生像,张目奋须,捉腕而市墨者,乃庸人也。南唐后主使工访别本而图之,久而不得。他日,有人过之,自言得吕翁真本,约工图其像而后授之。工后以像过之,客舍市邸,方昼卧,叩关不发,问:"吾像如何?"且使张之,曰:"是也。"相语而觉稍远,已而声绝,发门索之,无见也。意客即吕翁也,乃以所画像献之，今有传焉，深静秀清，真神人也。

皋　罪

皋，《说文》："从辛从自，言皋人蹙鼻苦辛之忧。秦以皋似皇字，改为罪。臣铉等曰：自古者以为鼻字，故从自。""罪，捕鱼竹网。从网非。"余谓使民自辛，欲其不犯，秦从网非，不失有罪也。皋，古文也，《说文》不当以篆写之。

服　骖　乘

驾以二马夹辕，谓之两服，服，供其事也。左右又各驾一焉，谓之两骖，骖，副也。总谓之乘，又云驷。骈亦骖也。《说文》云："骖驾三马。"非也。乘车四马，因以乘为四名，"乘矢"、"乘韦"是也。

瓠　子

瓠子在雷泽黄河故道，今呼为沙河，沙河西北，其迹犹在，土人谓之瓠冈也。

吴越身丁钱

吴越钱氏，人成丁，岁赋钱三百六十，谓之身钱，民有至老死而不冠者。

杜衍丁度交恶

杜正献公、丁文简公俱为河东宣抚，河阳节度判官任逊，恭惠公之子，上书言事，历诋执政，至恭惠，曰："至今臣父，亦出遭逢。"谓其非德选也。进奏院报至，正献戏文简曰："贤郎亦要牢笼。"文简深衔之。其后二公同在政府,人言苏子美进奏院祠神事,正献避嫌不与,文简论以深文,子美坐废为民,从坐者数十人,皆名士大夫也,正献亦罢去。一言之谑,贻祸一时,故不可不慎也。

驾崩外官举哀之制

元祐八年九月六日,奉太皇太后遗诏,实以三日崩。知州事龙图阁待制韩川,公服金带,肩舆而出,以听遗诏。既成服,又欲改服以治事,寮佐谏之而止。余为儿时,闻徐父老说庄献上仙,李文定公为守,两吏持箱奉遗诰,公步从以哭,自便坐至门外。嘉祐末,先人为冀州度支使,知州事、皇城副使王易经用乾兴故事,遗诏既至,王召见先人,便服持遗制,哭以示先人,遂下发衫帽,勒帛以听宣制,是日成服。元丰末,余客南都,留守龙图王学士益柔,择日而成服。士大夫家居者皆会哭于府庭,张文定公方平致仕于家,举哀于近寺。宦者李尧辅言:"上散发解带,袜而不履。"

汞 不 胜 玉

汞浮百物,而不能胜玉,可以试玉也。

刘几与花日新游

秘书监刘几好音,与国工花日新游,是时监贵幸,其弟卫卿谏,不用,乃戒门下勿通。监约鸣管以自通,卿又使他工横吹于门以误之。凡数奏而不出。卿又告之,监曰:"非也。"语次而工至,横管一鸣,监笑曰:"此是也。"乃走出。

张旭颜真卿出师成家

世传张长史学吴画不成而为草，颜鲁公学张草不成而为正。世岂知其然哉！盖英才杰气，不减其师，各自成家，以名于世。使张为画，吴既不可越，功与之齐，必出其下，亦争名之弊也。

青杨生从释从学画

青杨生好画，而患其不能别也，释从有画名，而从之学。有以画来，必召杨而教之：此其所以为能，此其所以为不能也。杨有得焉，而谓杨曰："尽子所知，才得其半，何则？以子之不能画也。"

张詠闻丁谓逐寇准而自污

乖崖在陈，一日方食，进奏报至，且食且读，既而抵案恸哭久之，哭止，复弹指久之，弹止，骂詈久之，乃丁晋公逐莱公也。乖崖知祸必及己，乃延三大户于便坐，与之博，袖间出彩骰子，胜其一坐，乃买田宅为归计以自污。晋公闻之，亦不害也。余谓此智者为之，贤者不为也。贤者有义而已，宁避祸哉！祸岂可避耶？

丁谓计阻张詠

乖崖自成都召为参知政事，既至而脑疽大作，不可巾幞。乖崖自陈求补外，真宗使软裹赴朝，乖崖曰："岂可以臣一人而坏朝廷法制耶！"乃知杭，而疾愈，上闻之，使中人往伺之，言且将召也。丁晋公以白金千两贿使者，还言如故，乃不召。

庞籍服元昊

外大父庄敏公为鄜延招讨使，元昊效顺，公召李诚之问其信否，诚之曰："元昊数欺中国，故疑之，今则可信也。元昊向得岁赐而不用，积年而后叛，今用兵数岁，虽战屡胜，而所攻不克，田里所掠，不办一日之费，向来之积费已尽矣，故罢兵尔。然公毋以为功，归之朝廷，则兵可罢，窃计诸公不以此与人也。"公未以为然。既而果遣两人，以他事使虏，过延，问："朝廷议罢兵云何？"皆曰"不知"。及还，与虏使王延寿来，公召会两人，问延寿来意，又曰："不知。"公曰："延寿黠虏，与君来而君且不知耶？"召裨将曰："问延寿何来，吾为将而不与知邪？亟书所奏事来，不然且遣还！"两人大惧，乃以情告，愿还使者。公曰："军令不可反，君自止之，而书其事来！"两人具以事闻。公自是异李焉。元昊既效顺而不肯臣，请称东朝皇帝为父，国号"吾祖"，年用私号，求割三州十六县地，朝议弥年不决。既而报书，年用甲子，国号易其一字。虏使过延，公坐堂上，召虏使立前而谓曰："尔主欲战则战，今不战而降，则朝廷所赐藩臣诏与颁朔封国，皆有常制，不必论。自古夷狄盗中国之地则闻之，未闻割地与夷狄也。三州十六县，岂可得邪！"使曰："清远故属虏，且坟墓所在，故欲得尔。"公曰："中国所失州县，今未十年，若论坟墓所在，则中国多矣。"使语塞。公曰："尔主既受封，岁禄多少，此则可议，余不足论。"虏使畏服。

英宗即位韩琦服诸王

英宗即位，韩忠献公使谕宗室诸王曰："皇帝已即位，大王宜思保富贵，毋行所悔。"诸王皇恐，诣次求见，公谢却之。某王还次及阶，足废不举，扶而后升。

刘攽讥王安石说字始

王荆公为相，喜说字始，遂以成俗。刘贡父戏之曰："三鹿为麤，麤不及牛；三牛为犇，犇不及鹿。谓宜三牛为麤，三鹿为犇，苟难于遽改，令各权发遣。"于时解纵绳墨，不次用人，往往自小官暴据要地，以资浅，皆号"权发遣"云，故并讥之。

张詠论寇准

张忠定守蜀，闻莱公大拜，曰："寇准真宰相也。"又曰："苍生无福。"幕下怪问之，曰："人千言而尽，准一言而尽，然仕太早，用太速，未及学尔。"张、寇布衣交也，莱公兄事之，忠定常面折不少恕，虽贵不改也。莱公在岐，忠定任蜀还，不留，既别，顾莱公曰："曾读《霍光传》否？"曰："未也。"更无他语。盖以不学为戒也。

寇准无后房嬖幸

莱公性资豪侈，自布衣夜常设烛，厕间烛泪成堆，及贵而后房无嬖幸也。

晁端彦为王某忏罪

王某公薨，秘书晁少监端彦，以外姻为忏罪，而戒僧"和我"，乃大唱曰："妒贤嫉能罪消灭。"闻者莫不笑也。

代北天池屋记

潘美为并帅，代之北鄙，山有天池焉，岁遣通判祭之，其后惮远而罢。久之，契丹遣祭焉，又易其屋记。至熙宁中，始有其地，凡数岁，两使往来，卒不能辨而与之。

张方平论宋辽战史

故事：岁赐契丹金缯服器，召二府观焉。熙宁中，张文定公以宣徽使与召，众谓："天子修贡为辱，而陛下神武，可一战胜也。"公独曰："陛下谓宋与契丹凡几战？胜负几何？"两府八公皆莫知也。神宗以问公，公曰："宋与契丹大小八十一战，惟张齐贤太原之战才一胜尔，陛下视和与战孰便？"上善之。

司马光二吕岁断死罪数

元祐初，司马温公辅政，是岁天下断死罪凡十人。其后二吕继之，岁常数倍。此岂人力所能胜邪？

张夏堤钱塘江

钱塘边江土恶，不能堤，钱氏以薪为之，水至辄溃，随补其处，日取于民，家出束薪，民以为苦。张夏为转运使，取石西山以为岸，募捍江军以供其役，于是州无水患，而民无横赋。

范仲淹擅答元昊书

范文正公帅鄜、延，答元昊书不请。宋元宪请斩，云："度必擅以土地金帛许之。"晏元献、郑文肃请验其书，仲淹素直，必不隐。书既上，乃免。

太祖受位不改旧官

太祖既受位，使告诸道，东诸侯坐使者而问："故宰相其谁乎？枢密使副其谁乎？军职其谁乎？从官其谁乎？”皆不改旧，乃下拜。

何　承　矩　一

真宗至陈桥，驻跸不前行，遣知院陈尧叟先至澶，问知州何承矩：“当驻江陵，当驻澶渊耶？”尧叟夜至城下，不得入。既明，承矩遣通判率郡官迎驾。久之，承矩亦出见尧叟。尧叟传宣，承矩曰：“某守藩将尔，安知可否，此宗工大儒素所留心者。”顾吏取自书札子，曰：“臣带郡符，率属吏，躬诣界首，奉迎圣驾，将面天颜，臣不任踊跃欢呼之至。”实封以付尧叟。尧叟复问，对如前。尧叟既去，真宗遣中使问尧叟“承矩云何”，道路相踵，既至发封，乃知当去。而尧叟兄弟皆大怒。承矩卒，诸子不敢仕。

何　承　矩　二

承矩于雄州北筑爱景台，植蓼花，日至其处，吟诗数十首刻石，人以谓“何六宅爱蓼花”，不知经始塘泊也。

契丹困中国法

自五代来，契丹岁压境，及中国征发即引去，遣问之，曰：“自挍猎尔。”以是困中国。

税子步刹石

予为汝阴学官，学者多言万寿之西、颍水之上有林号“税子步”，步之西有异木，人莫能名，相传数百岁，荣落不时，旧有碑云：“粉黛涂容，金碧之树。”余过之，往观焉，木身才十数年尔。是时岁暮，群木皆落，从者以谓枯也。木下有刹石，石有像文，有铭云："曹公有悟，怖心未已。敬造浮图，式崇妙理。文词阐相，粉黛涂容。金刹一树，永出烦笼。开元十六年，岁在执徐首旬五日建。"地故佛氏道场，石乃刹下铭也。"粉黛涂容"，谓建像也，"金刹一树"，谓建刹也。读者寡陋，传者喜为缘饰，苟无此石，亦足惑世也。

壶公观大木

蔡州壶公观有大木，世亦莫能名也，高数十尺，其枝垂人地，有枝复出为木，枝复下垂，如是三四，重围环列，如子孙然。世传汉费长房遇仙者处，木即县壶者。沈丘令张戣，闽人，尝至蔡，为余言："乃榕木也，岭外多有之，其四垂旁出，无足怪者。柳子厚《柳州》诗云'榕叶满庭莺乱飞'者是也。"

后山谈丛卷五

寇准慰国哀贺登极书

余读《魏氏杂编》，见真宗时公卿大夫慰国哀登极往还书，盖大臣同忧戚，宜有庆吊。往在南都，奉神宗讳，见苏尚书作路发运帖，莫知当慰与否也，相与商论，竟复中辍。乃知前辈礼法犹在，而近世士大夫之寡闻也，因录之。寇侍郎慰书曰："伏以大行皇帝，奄弃万邦，天下臣子，毕同号慕。昔同华缀，俱受异恩。攀灵驭以无由，望天颜而永诀。方缠悲绪，遽捧台函。摧咽之诚，倍万常品。"贺书曰："伏以圣人出震，大明初耀于四方；王泽如春，普庆载颁于九有。凡在照临之下，毕同欢抃之心。侍郎久滞外藩，已成美政。廊庙伫征于旧德，云雷始洽于新恩。未果驰诚，先蒙飞翰。感铭欣慰，无以喻名。"

夏竦家中风方

夏英公家中风方，父子屡中辄愈。

鳋鱼

鳋鱼，大鱼白也，今谓之鲈子。

王逵逐妾

王学士逵妻某氏，妾常辱之，诉于逵，不受，亦不校也。或问之，曰："彼将去矣，不必校也。"已而遽怒，逐之，某尽归其装，一家皆谏止之，曰："此自彼有，吾何与焉？然亦非彼所有也。"妾遇盗，尽亡其资。尝语家人："今夕甘露下，使以器取之。"又谓遽曰："新妇妾某日当死，以后事属公。"皆然。

仁宗四时衣夹不御炉扇

仁宗四时衣夹，冬不御炉，夏不御扇。

太祖待故人

太祖为太原镇将，舍县人李媪家，媪事之谨。他日访其家，媪则死矣，得其子，以为御厨使，久之不迁，求去。太祖曰："以尔才地，御厨使其可得邪？爵禄以待贤能，而私故人，使我愧见士大夫，而尔意犹不满邪？"

太祖以蜀宫画图赐茶肆

太祖阅蜀宫画图，问其所用，曰："以奉人主尔。"太祖曰："独览孰若使众观邪！"于是以赐东华门外茶肆。

太祖不以法吏为狱官

太祖不以法吏为狱官，畏其迁情而就法也。

慈寿宫赐王安石嫁女珠褥

王荆公嫁女蔡氏，慈寿宫赐珠褥，直数十万。

太祖不受秦玺

前世陋儒，谓秦玺所在为正统，故契丹自谓得传国玺，欲以归太祖,太祖不受,曰:"吾无秦玺,不害为国。且亡国之余,又何足贵乎!"契丹畏服。

仁宗赐飞白书

嘉祐之末,宴二府、两制、三馆于群玉殿,御书飞白以遍赐之。蔡襄、王珪同为学士,襄有书名,而仁宗使珪题所赐,两人各自得也。

吕端立真宗一

太宗不豫,吕正惠公宿西省,内侍都知王某夜叩省门,以丧讣告,且问所立。于时长子楚王以疾废,真宗次为太子,诸子王者五人。公曰:"此何语? 内侍欲斩邪? 预立太子,正为此尔,且吾奉手诏,可取视也。"王既入,公遽阖户锁之而去。真宗既立,还而出之。

吕端立真宗二

太宗数私谓正惠公日与太子问起居,既崩,奉太子至福宁庭中,而先登御榻,解衣视之而降,揖太子以登,遂即位。

张咏命崇阳民拔茶种桑

张忠定公令崇阳,民以茶为业,公曰:"茶利厚,官将取之,不若早自异也。"命拔茶而植桑,民以为苦。其后榷茶,他县皆失业,而崇阳之桑皆已成,其为绢而北者岁百万匹,其富至今。始,令下,惟通乐一乡不变,其后别自为县,民亦贫至今也。

韩琦荐欧阳修

韩魏公屡荐欧阳公，而仁宗不用。他日复荐之曰："韩愈，唐之名士，天下望以为相，而竟不用。使愈为之，未必有补于唐，而谈者至今以为谤。欧阳修，今之韩愈也，而陛下不用，臣恐后人如唐，谤必及国，不特臣辈而已，陛下何惜不一试之以晓天下后世也？"上从之。

改置社稷息盗

叶表为句容令，县有盗，改置社稷而盗止。下邳故多盗，近岁迁社稷于南山之上，盗亦衰息。

幞　头

司马温公云：仁宗崩，有司用乾兴故事，群臣布四脚加冠，于是时莫识其制，以幅巾幪首，破其后为四脚。其后郑毅夫读《续事始》云："三代黔首，以皂绢裹发，周武帝裁为四脚，名以幞头，马周请重系前脚。盖布四脚脚皆后垂如周制，遇暑则系其前脚如唐制。"英宗崩，宋次道误为布幞头，有司遂用民间幕丧之服，以今漆纱幞头去其铁脚而布裹之，前系后垂而不可加冠，坏之而冠。幞头之失，自次道始也。余谓四脚皆冠，今士大夫丧冠是也，大布之冠古也，四脚今也，于礼为繁矣。

萧贾窦氏兄弟

萧贾窦氏兄弟同利，伯治要，仲治繁，季为士，逸饮无度，伯薄之，给与有限，仲数私为偿其费，季德之，相亲睦。伯既卒，仲之子复为士，游学京师，季始疑之："彼能欺其兄而私我也,恶知其不欺我而私其子!"数以诋仲,仲实不私也,而无以自明,季终疑之,相与如仇。嗟乎! 不嗔其始,卒以相诋。

哉 才

《尔雅》:"哉,始也。"注云:"《尚书》曰:'三月哉生魄。'"《释文》云:"亦作裁。"疏云:"古文作才,以声近借为哉始之哉也。"余按《说文》:"才,草木之初生也。""哉,言之间也。"当作才,非借也。又按《集韵》云:"缯一人色曰纔。"借作才,非是。

立 化 雀

无为军巢县柘皋镇永宁院,有雀栖于庭松,累日不去,遣取视之,已立化矣。盛夏极暑,经涉月余,形质不坏,轩喙鼓翼,有腾骞之状。

阿 井

阿井在阳谷县故东阿城中,惟二井甘水也,相传秤之比他水重尔。

广济衙门石榴木

广济衙门之上有石榴木,相传久矣。元丰末枯死,既而军废为县;元祐初复生,而军复。

教 坊 乐

教坊之乐以不齐,凡乐作不偕作,止不偕止,以先后次第而起止,故婉而长,然亦未始不齐也。余于此得为政之法焉。

蜀中小车

蜀中有小车,独推,载八石,前如牛头;又有大车,用四人推,载十石。盖木牛流马也。

中秋月

中秋阴暗,天下如一,中秋无月,则兔不孕,蚌不胎,荞麦不实。兔望月而孕,蚌望月而胎,荞麦得月而秀。世兔皆雌,惟月兔雄尔,故望月而孕。

火米

蜀稻先蒸而后炒,谓之"火米",可以久积,以地润故也。蒸用大木空中为甑,盛数石,炒用石板为釜,凡数十石。

物能出火

油、绢、纸、石灰、麦糠、马矢粪草皆能出火。

坐化猫等

庐州有坐化猫,峡中有坐化胡孙,李公择家有坐化蛇,唐有鹦鹉舍利。

阳谷不诉灾伤

郓州阳谷,自国初已来,不诉灾伤。

八阵图

汉州德阳及峡中定军山皆有八阵图,定军山下土堆也。

李昊范仁恕劝蜀主不拒而降

王师初伐蜀,李昊、范仁恕劝后主不拒而降,不听。雍则仁恕之后也。

大　陆

某官杜子民言:"大陆,今黎阳是也;自此而西北降水,疑安阳河是也。"大陆,邢州巨鹿泊也,过此为九河。父老言,九河者正流分为支流,同为逆河者,为潮水所逆,行十余里,边海又有潮河,自西山来,经塘泊。

李昉相太祖

李相昉在周朝知开封府,人望已归太祖,而昉独不附。王师入京,昉又独不朝,贬道州司马。昉步行日十数里,监者中人问其故,曰:"须后命尔。"上闻之,诏乘马,乃买驴而去。三岁,徙延州别驾。在延州为生业以老,三岁当徙,昉不愿内徙。后二年,宰相荐其可大用,召判兵部。昉五辞,行至长安,移疾六十日,中使促之行,至洛阳,又移疾三十日而后行。既至,上劳之,昉曰:"臣前日知事周而已,今以事周之心事陛下。"上大喜,曰:"宰相不谬荐人。"

筍

《诗》云:"惟筐妇之筍。"寡妇乃用筍尔,古之渔筍,亦有制也。

陈恕领春官得人

陈恕领春官,以王文正为举首,岁中,拔刘子仪于常选,自云:"吾得二俊,名世才也。"是不愧于知人。杨文公以为然,谓王扬休山立,宗庙器也。

嘉州紫竹等

嘉州旧产紫竹、楠、榴、樱木等,仕于蜀者,竞采之以为器,人甚苦之,吴中复作《嘉阳四咏》诗以悼之。

连氏纵罪卒之善报

章氏之先起家为将,为王氏守北边,号太傅,其妻连氏,封郡君。太傅尝因事欲斩两卒,郡君苦救之不得,乃阴纵之。两卒奔江南,皆为将。闽之乱也,李氏使两卒将而攻之,太傅已卒,其子守之,两卒使人谕郡君言"城旦暮当破,郡君无忧也"。郡君报曰:"尔全我一家何济? 不若完此一城。"两将许之,谕使降,卒完一城。此其所以有后也。

刘攽苏轼互谑

世以癞疾鼻陷为死证,刘贡父晚有此疾,又尝坐和苏子瞻诗罚金。元祐中,同为从官,贡父曰:"前于曹州,有盗夜入人家,室无物,但有书数卷尔。盗忌空还,取一卷而去,乃举子所著五七言也。就库家质之,主人喜事,好其诗不舍手。明日盗败,吏取其书,主人赂吏而私录之,吏督之急,且问其故,曰:'吾爱其语,将和之也。'吏曰:'贼诗不中和他。'"子瞻亦曰:"少壮读书,颇知故事。孔子尝出,颜、仲二子行而过市,而卒遇其师,子路趫捷,跃而升木,颜渊懦缓,顾无所之,就市中刑人所经幢避之,所谓'石幢子'者。既去,市人以贤者所至,不可复以故名,遂共谓'避孔塔。'"坐者绝倒。

榆 条 准 此

鲁直为礼部试官,或以柳枝来,有法官曰:"漏泄春光有柳条。"鲁直曰:"榆条准此。"盖律语有"余条准此"也。一坐大哄,而文吏共深恨之。

闽 地 难 治

闽中诸县,多至十万户,坚忍喜讼,号难治,邵武其尤者。自国初迄今,有四令:张邓公、杜宗会,其二人则忘之矣。宗会澶人。

太祖不缮都城

赵普请缮都城,太祖不可,曰:"使寇至此,其谁驻足乎?"

太祖不杀孟昶

王师既平蜀,诏昶赴阙,曹武肃王密奏曰:"孟昶王蜀三十年,而蜀道千余里,请族孟氏而赦其臣,以防变。"太祖批其后曰:"你好雀儿肠肚。"

从江南乞来米

蜀平,二曹、潘美自蜀还,既对,太祖为内燕,惟三将与秦、晋两王尔。既入,乃福宁殿,席地而坐,陈彘肉白熟,情意款狎,酒终设饭。三将皆曰:"朝廷事力寡薄,致陛下燕设不丰。"

上曰:"岂止寡薄,此饭乃乞来。"三将莫测,曰:"近从江南乞此米也。"

五星二十八宿图

秘阁画有梁文赟《五星二十八宿图》,李公麟谓不减吴生妇女,疑蜀手也。

黄鹤口噤荞麦斗·金

谚曰:"黄鹤口噤,荞麦斗金。"夏中候黄鹤不鸣,则荞麦可广种也;八月一日雨,则角田不熟。角田,豆也。角者,荚之讹也。

后山谈丛卷六

李翁进五台山

婺州李翁与乡人如五台山，众少皆骑，翁老且躄，独徒行。既至，众所见瑞相如常，翁与山东老人所见宝阁千叠，山东老人持菩萨戒四十年矣。

论　　志

释氏之愿，儒者所谓志也。志则欲远大，远大则所成就者不小矣；若其所志近，则其所成就何足道哉！如志在万里，则行不千里而已也。

服茯苓法

近年华山毛女峰，有隶字曰"茯苓"，下云："诸山皆假，惟此者真。一旦一丸，三斗三斤。"疑为服茯苓法也。今山下人用三斗水煮药三斤，水尽为度，蜜和而蒸，服而不丸。道者赵翁云："盖茯苓不蒸煮，不能去阴气也。"余谓不煮不能去皮梗也。

取材于国

古者诸侯，取材于国，不取于诸侯，岂特国，民亦然也。"维桑与梓"，"树之榛栗，椅桐梓漆"，梓漆以为棺，榛栗以为赘,椅桐以为器。

兽 医 两 种

马、骡、驴阳类,起则先前,治用阳药;羊、牛、驼阴类,起则先后,治用阴药。故兽医有二种。

三 税 法 之 坏

三税法,皇祐初为李谘所坏,及韩魏公用茶小引,益坏。京师市井,自三税法改后,日渐萧条。酒肆自包孝肃知府日重定曲钱坏。

三司故吏高成端明习吏事

三司故吏高成端,襄邑人,明习吏事,自五代以来三司条贯,无不有也。嘉祐中尝言事,不用。

契丹使奉书仁宗枢前

契丹使至德清军,会仁宗崩,议欲却之。又欲使至国门而去。邵安简欲使奉国书置枢前见天子,以安远人。

张贵妃受册贺仪

张贵妃受册,诏问册毕受贺仪,其为修媛,已自尊大,邵必以三公事仪比命妇一品上之。

张詠粜米盐以惠民

张詠守蜀,仲春官粜米,仲夏粜盐以惠民。

丁谓稽括税额

乾德四年,诏诸道受纳税赋,不得称分毫合勺铁厘丝忽。景德四年,三司使丁谓复行稽括,比咸平六年税额增三百四十六万五千二百二十九贯石斤匹。

为相五年以上者

王旦为相十一年,王珪十年,赵普、沈伦、韩琦、曾公亮九年,薛居正、向敏中八年,王曾、章得象七年,卢多逊、李沆、富弼六年,李昉五年。

三入为相者

赵普、吕蒙正、张士逊、吕夷简皆三入。

绵絮堵穴

颜长道曰:“某年河水围濮州,城窦失戒,夜发声如雷,须臾巷水没骭。士有献衣袽之法,其要取绵絮贴缚作卷,大小不一,使善泅卒役城中扪漏穴,用随水势畜入孔道即殚,众工随兴,城堞无虞。”

瑶蜑黎人

二广居山谷间不隶州县,谓之瑶人,舟居谓之蜑人,岛上谓之黎人。

仁宗用兵无敌

仁宗用兵无敌,虽不服而心服,使人数世服,非无敌而何?

大蛇拜伏仰山长老

仰山元老既北归青州，山间有唐福院之故处，深密岩险，久无人迹，元与其徒往焉，舍于石室，夜则小参。一夕，闻疾风甚雨声，出视，星月粲然。久之，有大蛇行来，蟠于室前，仰首以听，既罢，伸其下体如拜伏状而后去，从者震恐，元自如也。自是每夕必至。

太祖召管军官观书

太祖尝幸秘书省，召管军官使观书焉。

太祖置竹木务事材场

太祖置竹木务于汴上，市竹木于秦晋，由河入汴，有卒千五百人。出材于汴，纳材于场，置事材场于务之侧，有二三千人。凡兴造者受成材焉。其法曰："有敢请生材者徒二年。"今启圣院乃其材也，今百年矣，梁栱之际，尚不容发。自置八作司以具杂物，而领以三司修造矣。

熟 处 难 忘

岩头、雪峰、钦山同行，至湖外，诣村舍求水，舍中独一女子，见山爱之，为具熟水，而山盏中有同心结，山谕意而藏之，遂称疾而留。岩、峰既行，复还访之，则已与女纳昏，是夕成礼。乃诱出之，投之棘丛，展转钩挂，而不能自出，忽大呼曰："我悟矣！"遂弃去。既出世，每升座即曰："锦帐绣香囊，风吹满路香，大众还知落处么？"众莫能对。久之，传至岩头，岩教之曰："汝往，但道'传语十八子，好好事潘郎。'"僧既对，山曰：

"此是岩头道底。"僧又无语,余为代曰:"熟处难忘。"

崇胜院主前身

徐之南山崇胜院主崇璟,故王姓也,熙宁中修殿大像,腹中得画像,男女相向,衣冠皆唐人也,而题曰"施主王崇璟",岂其前身也耶?

张生自称真人梦遭杖

北里张生,家世奉道,自谓当为左玄真人,遂以为称。为《朝元图》,绘其像于位。后梦为城隍神所逮,诘而杖之,既觉,臀流血如当杖云。

古　　镜

古镜县而旋,人之四平,叩之玉声。

押　　砖

钱氏甓城,前后相押凡四重,号押砖,故久而不坏。司业黄君守徐新彭祖楼,砌用再重,使草不生。

吕翁不受钟离乾汞为白金法

道者吕翁某,初遇钟离先生权,授以乾汞为白金法,翁曰:"后复变否?"曰:"五百岁后药力尽,则复故。"曰:"五百岁后当复误人!"谢不受。先生惊叹,谓有受道之质,遂授出世法。

抚 州 杖 鼓 鞚

苏公自黄移汝,过金陵见王荆公,公曰:"好个翰林学士,某久以此奉待。"公曰:"抚州出杖鼓鞔,淮南豪子以厚价购之,而抚人有之保之已数世矣,不远千里,登门求售。豪子击之,曰:'无声!'遂不售。抚人恨怒,至河上,投之水中,吞吐有声,熟视而叹曰:'你早作声,我不至此!'"

圆通嗣远录

圆通行脚至浮山,远录公深爱之,欲收为嗣,通遂去,复以偈留之,欲共评量古今公案,通答曰:"究竟还他。"

寇定不孝悌之报

邑子寇定,疽发于脑,每呼其母,自叙平生不孝与悌,则痛可忍,若有使之者,又召其弟,教以"毋效我也"。

东坡居士种松法

中州松子,虽秕小不可食,然可种,惟不可近手,以杖击蓬,使子堕地,用探锥刺地,深五寸许,以帚扫入之,无不生者。东坡居士种松法。

晁无咎移树法

晁无咎移树法,其大根不可断,虽旁出远引,亦当尽取,如其横出,远近掘地而埋之,切须带土,虽大木亦可活也,大木仍去其枝。

丁谓窜逐李寇二公

丁谓当国,窜逐李、寇二公,欲杀不可。既南贬而文定复相。相传忠愍为阎罗王,世谓"死活不得"。

太阳和尚嗣

洞下太阳和尚，久而无嗣，晚得远公，欲得为嗣，远曰："弟子自有师承，恐误和尚。"太阳出泪，远曰："请受授鞋，他日为和尚接法嗣。"远既住浮山，爱青老明惠，接以洞教，后遂嗣太阳云。

刁半夜

刁学士约喜交结，请谒常至夜半，号"刁半夜"。杜祁公为相，苏学士舜钦，其婿也，岁暮，以故事奏用卖故纸钱祠神以会宾客，皆一时知名士也。王宣徽拱辰丞御史，吕申公之党也，欲举其事以动丞相，曰："可一举网而尽也。"有曰："刁亦与召，知其谋而不以告。"诘朝，送客城东，于是苏坐自盗除名，客皆逐，丞相亦去，而刁独逸。其后坐客皆至从官，而刁独终于馆职。

吕夷简语

吕申公曰："惟人主之眷不可恃。"

温公老圃

参寥如洛，游独乐园，有地高亢，不因枯栟生芝二十余本。寥谓老圃："盍润泽之使长茂？"圃曰："天生灵物，不假人力。"寥叹曰："真温公之役也。"

书方丈字法

仁宗时，契丹献八尺字图，而侍书待诏皆未能也，诏求善大书者。有僧请为方丈字,以沙布地为国字,张图于上,束毡为笔,渍墨倚肩,循沙而行,成脱袈裟,投墨瓮中,掷以为点。遂赐紫衣。

赃吏死为驴

里人某,赃吏也,既死,请僧对灵追福,夜中,有驴伸首出于帷,久之而没。

酒 色 僧

西都崇德寺僧善端,酒色自恣,既病,度必死,念地狱果有无耶? 若有,不亦危乎,乃然香祝之曰:"地狱若无,烟当上,有则当下。"既然,烟下而地裂受之,端大惊失色而逝。

仁宗戒臣下勿为侈靡

仁宗每私宴,十阁分献熟食。是岁秋初,蛤蜊初至都,或以为献,仁宗问曰:"安得已有此邪! 其价几何?"曰:"每枚千钱,一献凡二十八枚。"上不乐,曰:"我常戒尔辈勿为侈靡,今一下箸费二十八千,吾不堪也。"遂不食。

吕进士不辞盲妻善报

华阴吕君举进士,聘里中女,未行,既中第,妇家言曰:"吾女故无疾,既聘而后盲,敢辞。"吕君曰:"既聘而后盲,君不为欺,又何辞!"遂娶之。生五男子,皆中进士第,其一人丞相汲公是也。

武 官 苗 绥

苗绥，武人，常谓："平生无大过，惟于熙河多得官为恨。"盖边徼例以虚功而受厚赏尔。又谓："议者重燕而轻夏，燕人衣服饮食，以中国为法；夏人不慕中国，习俗自如，不可轻也。"又言："为泾原总管，尝夜雪临边，顾有马迹，使逐得之，乃夏之逻人当四更者。夏人逐更而巡，中国之备不及也。以渠自巡其境，乃舍之。"

张 詠 答 惰 农

乖崖为令，尝坐城门下，见里人有负菜而归者，问何从得之，曰："买之市。"公怒曰："汝居田里，不自种而食，何惰邪！"笞而遣之。

太学生为苏轼饭僧

眉山公卒，太学生侯泰、武学生杨选素不识公，率众举哀，从者二百余人，欲饭僧于法云，主者惟白下听，慧林佛陀禅师闻而招致之。

李南式善待参寥

参寥徙充，布衣李南式，家甚贫，供蔬菽洗补，恩意甚笃。他日为曾子开言之，子开曰："吾辈当为公报之，使知为善之效。"

刘攽为苏轼说新谇

苏长公以诗得罪，刘攽贡父以继和罚金，既而坐事贬官湖外,过黄而见苏,寒温外问有新诨否,贡父曰:"有二屠父,至其子而易业为儒、贾,二父每相见,必以为患。甲曰:'贤郎何为?'曰:'检典与解尔。'乙复问,曰:'与举子唱和诗尔。'他日,乙曰:'儿子竟不免解著贼赃,县已逮捕矣。'甲曰:'儿子其何免邪?'乙曰:'贤郎何虞?'曰:'若和著贼诗,亦不稳便。'"公应之曰:"贤尊得似忧里。"

青箱杂记

[宋]吴处厚　撰

尚　成　　校点

校 点 说 明

《青箱杂记》十卷，宋吴处厚撰。处厚字伯固，邵武（今属福建）人。皇祐五年（1053）进士，初授临汀狱掾，后仕将作监丞，授馆职，出知汉阳军，擢知卫州。期间曾因求荐未遂，歪曲蔡确《车盖亭诗》进行诬陷，为士大夫所鄙，入《宋史·奸臣传》。

据作者自序，知书成于元祐二年（1087），系仿《北梦琐言》、《归田录》等"采摭一时之事，要以广记资讲话"而作。其多记五代及北宋朝野杂事、官制、掌故、诗话、民俗等，于北宋馆阁官制设置、一些政要生卒年月记载颇详。另对北宋著名文人学士如王禹偁、杨亿、潘阆、魏野、林逋、陈尧佐、宋庠、范仲淹、石曼卿、柳永等人的作品和遗闻记载，多为他书所不见。卷九所记作莲花漏之花，则是科技史研究的宝贵资料。其记事立言偶有失实附会之处，致为《郡斋读书志》所责。

《青箱杂记》的主要版本有《稗海》、《四库全书》、《笔记小说大观》、《说郛》和夏敬观校本等。这次整理以文津阁《四库全书》本为底本，用《稗海》、《笔记小说大观》等本对校，并予断句标点。遇有异文，则择善而从，不出校记。书前诸本均无作者自序，今据北京图书馆所藏抄本补。

目　录

序

前世小说有《北梦琐言》、《酉阳杂俎》、《玉堂闲话》、《戎幕闲谈》,其类甚多。近代复有《闲花》、《闲录》、《归田录》,皆采撷一时之事,要以广记资讲话而已。余自筮仕未尝废书,又喜访问,故闻见不觉滋多。况复遇事裁量,动成品藻,亦辄纪录,以为警劝。而所纪皆丛脞不次,题曰《青箱杂记》,凡一十卷。元祐二年春正月甲寅日谨序。

青箱杂记卷一

雷德骧，长安人，太祖时久居谏诤之任，有直名。与赵普有隙，时普以勋旧作相，宠遇方渥，骧间请对，言普专权，容堂吏纳赂。由是忤旨，贬商州司户。岁余，其子有邻挝登闻鼓诉冤。鞫得其实，堂吏李可度除名，余党皆杖脊黥配远州。出普知河阳，召德骧复旧官，擢有邻守校书郎。后普复入相，德骧恳乞致仕。太宗勉之曰："朕终保卿，必不为普所挤。"有邻性亦刚鲠，有父风。太宗尝面谕有邻："朕欲用汝父为相，何如？"有邻对曰："臣父有才略而无度量，非宰相器。"乃止。有邻弟有终亦有才，平蜀寇最有功，为宣徽使，薨。德骧、有终父子二人常并命为江南两路转运使，当世荣之。王禹偁赠诗二首，其一曰："江南江北接王畿，漕运帆樯去似飞。父子有才同富国，君王无事免宵衣。屏除奸吏魂应丧，养活疲民肉渐肥。还有文场受恩客，望尘情抱倍依依。"其二曰："当时词气压朱云，老作皇家谏诤臣。章疏罢封无事日，朝廷犹指直言人。题诗野馆光泉石，讲《易》秋堂动鬼神。棘寺下僚叨末路，斋心唯祝秉鸿钧。"盖禹偁常出德骧门下，而德骧深于《易》，酷嗜吟咏故也。

有终有将略，自平蜀后，人为立祠。又尝以私财犒士，贫不能足，贷钱以给，比捐馆时犹逋三万缗，真宗特出内帑偿之。故魏野哭有终诗曰："圣代贤臣丧，何人不惨颜！新祠人祭祀，旧债帝填还。卤簿尘侵暗，铭旌泪洒斑。功名谁复继，敕葬向家山。"

洛阳龙门有吕文穆公读书龛,云文穆昔尝栖偃于此。初有友二人,一人则温尚书仲舒,一人忘其姓名,而三人誓不得状元不仕。及唱第,文穆状元,温已不意,然犹中甲科,遂释褐。其一人径拂衣归隐。后文穆作相,太宗问:"昔谁为友?"文穆即以归隐者对。遽以著作佐郎召之,不起。故文穆罢相尹洛,作诗曰:"昔作儒生谒贡闱,今提相印出黄扉。九重鹓鹭醉中别,万里烟霄达了归。邻叟尽垂新鹤发,故人犹著旧麻衣。洛阳谩道多才子,自叹遭逢似我稀。"所谓"故人",盖斥其反归隐者。

文穆有大第在洛中,真宗祠汾时,车驾幸止其厅。后人不敢复坐,围以栏楯,设御榻焉。即今张文孝公宅是也。

张文孝公观,以真宗幸亳岁状元及第,致仕枢密副使,而其父尚无恙。父名居业,《周易》学究,性友弟。滞选调三十余年,年六十余始转京秩,以主客员外郎致仕。见其子入践枢府,授大府卿,寿九十卒。卒未逾年,张公亦捐馆,故谥文孝。乃知张公贵达,皆其父福庆所致。

李文正公昉,深州饶阳人。太祖在周朝,已知其名;及即位,用以为相。常语昉曰:"卿在先朝,未尝倾陷一人,可谓善人君子。"故太宗遇昉亦厚,年老罢相,每曲宴,必宣赴赐坐。昉尝献诗曰:"微臣自愧头如雪,也向钧天侍玉皇。"昉诗务浅切,效白乐天体。晚年与参政李公至为唱和友,而李公诗格亦相类,今世传《二李唱和集》是也。

公有第在京城北,家法尤严。凡子孙在京守官者,俸钱皆不得私用,与饶阳庄课并输宅库,月均给之。故孤遗房分皆获沾济,世所难及也。有子宗谔,仕至翰林学士,篇什笔札,两皆精妙。太宗朝尝以京官带馆职赴内宴，阁门拒之，宗谔献诗曰："戴了宫花赋了诗，不容重睹赭黄衣。无聊独出金门去，恰似当年下第归。"盖宗谔尝举进士，御试下第，故诗因及之。太宗即时宣召赴坐，后遂为例。虽选人带职，亦预内宴，自宗谔始也。

王文正公旦，相真宗仅二十年。时值四夷纳款，海内无事，天书荐降，祥瑞沓臻，而大驾封岱祠汾，皆为仪卫使扈跸。处士魏野献诗曰："太平宰相年年出，君在中书十四秋。西祀东封俱已毕，可能来伴赤松游？"

世传真宗任旦为相，常倚以决事。故欧阳少师撰旦《神道碑铭》曰："国有大事，事有大疑。匪卜匪筮，公为蓍龟。"公虽荷真宗眷委之重，每慎密远权以自防，故君臣之间，略无纤隙可窥。

公与杨文公亿为空门友。杨公谪汝州，公适当轴，每音问不及他事，唯谈论真谛而已。余尝见杨公亲笔与公云："山栗一秤，聊表村信。"盖汝唯产栗，而亿与王公忘形，以一秤栗遗之，斯亦昔人鸡黍缟纻之意也。

世传王公尝记前世为僧，与唐房太尉事颇相类。及将捐馆，遗命剃发，以僧服敛。家人不欲，止以缁褐一袭纳诸棺而已。然公风骨清峭，顷项微结喉，有僧相。人皆谓其寒薄，独一善相者目之曰："公名位俱极，但禄气不丰耳。"故旦虽位极一品，而饮啖全少，不畜声伎。晚年移疾在告，真宗尝密赍白金五千两。表谢曰："已恨多藏，况无用处。"竟不受之，其清苦如此。

彭齐，吉州人，才辩滑稽，无与为对。未第时，常谒南丰宰，而宰不喜士，平居未尝展礼。一夕，虎入县廨，哑所蓄羊，弃残而去。宰即以会客,彭亦预。翌日,彭献诗谢之曰:"昨夜黄斑入县来,分明踪迹印苍苔。几多道德驱难去,些子猪羊引便来。令尹声声言有过,录公口口道无灾。思量也解开东阁,留取头蹄设秀才。"南方谓押司录事为录公,览者无不绝倒。齐以大中祥符元年姚晔下及第,仕至太常博士,卒。

　　陈亚,扬州人,仕至太常少卿,年七十卒。盖近世滑稽之雄也,尝著药名诗百余首,行于世。若"风月前湖近,轩窗半夏凉"、"棋怕腊寒呵子下,衣嫌春暖宿纱裁",及《赠祈雨僧》云"无雨若还过半夏,和师晒作葫芦耙"之类,极为脍炙。又尝知祥符县,亲故多借车马,亚亦作药名诗曰:"地居京界足亲知,倩借寻常无歇时。但看车前牛领上,十家皮没五家皮。"览者无不绝倒。亚常言:"药名用于诗,无所不可;而斡运曲折,使各中理,在人之智思耳。"或曰:"延胡索可用乎?"亚曰:"可",沉思久之,因朗吟曰:"布袍袖里怀漫刺,到处迁延胡索人。此可赠游谒穷措大。"闻者莫不大笑。

　　亚与章郇公同年友善。郇公当轴,将用之,而为言者所抑。亚作药名《生查子·陈情》献之,曰:"朝廷数擢贤,旋占凌霄路。自是郁陶人,险难无移处。　　也知没药疗饥寒,食薄何相误。大幅纸连粘,甘草《归田赋》。"亚又别成药名《生查子·闺情》三首,其一曰:"相思意已深,白纸书难足。字字苦参商,故要槟郎读。　　分明记得约当归,远至樱桃熟。何事菊花时,犹未回乡曲。"其二曰:"小院雨余凉,石竹生风砌。罗扇尽从容,半下纱厨睡。　　起来闲坐北亭中,滴尽真珠泪。为念婿辛勤,去折蟾宫桂。"其三曰:"浪荡去未来,踯躅花频换。可惜石榴裙,兰麝香销半。　　琵琶闲抱理相思,必拨朱弦断。拟续断朱弦,待这冤家看。"亚又自为"亚"字谜曰:"若教有口便哑,且要无心为恶。中间全没肚肠,外面强生棱角。"此虽一时俳谐之词,然所寄兴,亦有深意。亚又别有诗百余首,号《澄源集》。有《岁旦示知己》云:"收寒归地底,表老向人间。"又《与友人郊游》云:"马嘶曾到寺,犬吠乍行村。"《送归化宰王秘丞赴阙》云:"吏辞如贺日,民送似迎时。"《怀旧隐》云:"排联花品曾非僭,爱惜苔钱不是悭。"亦自成一家体格。

亚性宽和,累典名藩,皆有遗爱。然颇真率,无威仪,吏不甚惧。行坐常弄瓢子,不离怀袖,尤喜唱清和乐。知越州时,每拥骑自衙庭出,或由鉴湖缓辔而归,必敲镫代拍,潜唱彻三十六遍然后已,亦其性也。

郎中曹琰亦滑稽辩捷,尝有僧以诗卷投献,琰阅其首篇《登润州甘露阁》云:"下观扬子小。"琰曰:"何不道'卑吠狗儿肥?'"次又阅一篇《送僧》云:"猿啼旅思凄。"琰曰:"何不道'犬吠张三嫂?'"座中无不大笑。

龙图刘烨亦滑稽辩捷,尝与内相刘筠聚会饮茗,问左右曰:"汤滚也未?"左右皆应曰"已滚",筠曰:"佥曰鲧哉。"烨应声曰:"吾与点也。"

烨又尝与筠连骑趋朝,筠马病足,行迟。烨谓曰:"马何故迟?"筠曰:"只为五更三。"言点蹄也。烨应声曰:"何不与他七上八?"意欲其下马徒行也。

青箱杂记卷二

龚颖,邵武人,先仕江南,归朝为侍御史。尝愤叛臣卢绛杀其叔慎仪,又害其家。后绛来陛见,舞蹈次,颖遽前以笏击而踣之。太祖惊问其故,颖曰:"臣为叔父复仇,非有他也。"因俯伏顿首请罪,极言绛狼子野心不可畜。太祖即下令诛绛而赦颖。

颖自负文学,少许人,谈论多所折难。太宗朝知朗州,士罕造其门,独丁谓贽文求见。颖倒屣延迓,酬对终日,以至忘食。曰:"自唐韩、柳后,今得子矣。"异日丁献诗于颖,颖次韵和酬曰:"胆怯何由戴铁冠,只缘昭代奖孤寒。曲肱未遂违前志,直指无闻是旷官。三署每传朝客说,五溪闲凭郡楼看。祝君早得文场隽,况值天阶正舞干。"慎仪亦任江南,为尚书礼部侍郎、崇政殿学士,尝奉使岭表,刘主囚之,逾年不遣。慎仪忧悸不知所出,乃然顶祷佛,愿舍宅建寺,庶遂生还。未几刘主女病,谵语曰:"且急遣龚慎仪归国,不然,我即死。"刘主惧,遣之。慎仪寻归,以宅为寺,即今邵武玉堂里香严寺是也。江南平,以慎仪为歙州刺史。卢绛领叛兵数千人其城,慎仪坐黄堂治事,有绛部曲小校熊进直前刃之,举族遇害。惟二女弗忍杀,携以自随。比入闽中,二女犹记忆乡里,至玉堂香严寺,徘徊不前,曰:"此是我家,就死足矣。"绛即杀之。里老言慎仪为儿时戏于道旁,有胡僧过目之,曰:"此儿骨法亦贵。但恨有凶相,恐不得令终。"竟如其言。

五代之际，天下剖裂。太祖启运，虽则下西川，平岭表，收江南，而吴、越、荆、闽纳籍归觐，然犹有河东未殄。其后太宗再驾，乃始克之。海内自此一统，故因御试进士，乃以"六合为家"为赋题。时进士王世则遽进赋曰："构尽乾坤，作我之龙楼凤阁；开穷日月，为君之玉户金关。"帝览之大悦，遂擢为第一人。

是年，李巽亦以《六合为家赋》登第。赋云："辟八荒而为庭衢，并包有截；用四夷而作藩屏，善闭无关。"此亦善矣，然不若世则之雄壮。巽字仲权，邵武人，以《蜃楼》、《土鼓》、《周处斩蛟》三赋驰名。累举不第，为乡人所侮，曰："李秀才应举，空去空回，知席帽甚时得离身？"巽亦不较。至是，乃遗乡人诗曰："当年踪迹困泥尘，不意乘时亦化鳞。为报乡闾亲戚道，如今席帽已离身。"盖国初犹袭唐风，士子皆曳袍重戴，出则以席帽自随。巽后仕至度支郎中、两浙转运使卒。与王禹偁相友善，今《小畜集》有《送李仲权赴官序》，即巽也。

世传潘阆《安鸿渐八才子图》，皆策蹇重戴。又禹偁《赠崔遵庆及第》诗云："且留重戴士风多。"则国初举子，犹重戴矣。

天圣以前，乌帻惟用光纱；自后始用南纱，迨今六十年，复稍稍用光纱矣。

世传陈执中作相，有婿求差遣，执中曰："官职是国家的，非卧房笼箧中物，婿安得有之？"竟不与。故仁宗朝谏官累言执中不学无术，非宰相器，而仁宗注意愈坚。其后谏官面论其非，曰："陛下所以眷执中不替者，得非以执中尝于先朝乞立陛下为太子耶？且先帝止二子，而周王已薨，立嗣非陛下而谁？执中何足贵！"仁宗曰："非为是，但执中不欺朕耳。"然则人臣事主，宜以不欺为先。

执中好阅人,而解宾王最受知。初为登州黄县令,素不相识,执中一见,即大用,敕举京官。及后作相,又荐馆职,宾王仕至工部侍郎,致政。家雄富,诸子皆京秩。年七十余,卒。宾王为人方颐大口,敦庞重厚,左足下有黑子,甚明大。

冯瀛王道诗虽浅近,而多谙理。若"但知行好事,莫要问前程"、"须知海岳归明主,未省乾坤陷吉人"之类,世虽盛传,而罕见其全篇,今并录之。诗曰:"穷达皆由命,何劳发叹声?但知行好事,莫要问前程。冬去冰须泮,春来草自生。请君观此理,天道甚分明。"又《偶作》云:"莫为危时便怆神,前程往往有期因。须知海岳归明主,未省乾坤陷吉人。道德几时曾去世,舟车何处不通津?但教方寸无诸恶,狼虎丛中也立身。"

世讥道依阿诡随,事四朝十一帝,不能死节。而余尝采道所言与其所行,参相考质,则道未尝依阿诡随。其所以免于乱世,盖天幸耳。石晋之末,与虏结衅,惧无敢奉使者。宰相选人,道即批奏:"臣道自去。"举朝失色,皆以谓堕于虎口,而道竟生还。又彭门卒以道为卖己,欲兵之,湘阴公曰:"不干此老子事。"中亦获免。初郭威遣道迓湘阴,道语威曰:"不知此事由中否,道平生不曾妄语,莫遣道为妄语人。"及周世宗欲收河东,自谓此行若太山压卵,道曰:"不知陛下作得山否?"凡此,皆推诚任直、委命而行,即未尝有所顾避依阿也。又虏主尝问道:"万姓纷纷,何人救得?"而道发一言以对,不啻活生灵百万。盖俗人徒见道之迹,不知道之心;道迹浊心清,岂世俗所知耶!余尝与富文忠公论道之为人,文忠曰:"此孟子所谓大人也。"

张文定公齐贤,洛阳人。少时家贫,父死无以葬,有河南县史某甲为办棺敛。公深德之,遂展兄事,虽贵不替。后赵普密荐齐贤于太宗，太宗未用，普具列前事，以为"陛下若擢齐贤，则齐贤他日感恩过于此。"太宗大悦，未几，擢齐贤为相。

齐贤相太宗、真宗，皆以亮直重厚称。及晚娶薛氏妇，真宗不悦。一旦元会上寿，齐贤已微醺，进止失容。坐是谪安州，其麻曰："仍复酗酱杯觞，欹倾冠弁。"盖为是也。

齐贤常作诗自警，兼遗子孙。虽词语质朴，而事理切当，足为规戒。其曰："慎言浑不畏，忍事又何妨。国法须遵守，人非莫举扬。无私仍克己，直道更和光。此个如端的，天应降吉祥。"余尝广其意，就每句一篇，命曰《八咏警戒诗》。其一云："慎言浑不畏，言出患常随。须信机枢发，难容驷马追。三缄事可见，两舌业当知。口是起羞本，愿君且再思。"其二云："忍事有何妨，勿令心火扬。火扬犹可灭，心忿固多伤。堪叹波罗蜜，可怜歌利王。从心更从刃，字意好端详。"其三云："国法须遵守，金科尽诏条。一毫如有犯，三尺不相饶。岂肯容奸黠，何须恃贵骄。自然逢吉庆，神理亦昭昭。"其四云："人非莫举扬，万事且包荒。殿上便犹掩，车中吐不妨。在他诚所短，于己有何长？须是常规检，回头自忖量。"其五云："无私仍克己，克己又无私。一事兼修饰，终身在省思。公清多敛怨，高亢易招危。更切循卑退，方应履坦夷。"其六云："直道更和光，双修誉乃彰。直须和辅助，和赖直交相。恃直终多讦，偏和又少刚。能和又能直，行己自芬芳。"其七云："此个如端的，除非六句修。永为几杖诫，更遗子孙谋。本立方生道，农勤乃有秋。兹诗虽浅近，至理可推求。"其八云："天应降吉祥，天理本茫茫。舒惨虽无定，荣枯却有常。益谦尤效验，福善更昭彰。笼络无疏漏，恢恢网四张。"

皇祐、嘉祐中，未有谒禁，士人多驰骛请托，而法官尤甚。

有一人号"望火马",又一人号"日游神",盖以其日有奔趋,闻风即至,未尝暂息故也。

李侍郎仲容,涛相之后。吉德恬退,不与物校,时人目为"李佛子"。享年七十,腊月八日无疾而逝。观文丁公度为撰墓志,叙其为人曰:"天禧中士风奔竞,公在文馆淡然自守。同列中负人伦之鉴者曰:'李公他日名位显、年寿高,我辈俱不及。'迄今皆验。"

太祖庙讳匡胤,语讹近"香印",故今世卖香印者不敢斥呼,鸣罗而已。仁宗庙讳祯,语讹近"蒸",今内庭上下皆呼蒸饼为炊饼,亦此类。

钱武肃王讳镠,至今吴越间谓石榴为金樱,刘家、留家为金家、田家,留住为驻住。又杨行密据江淮,至今民间犹谓蜜为蜂糖;滁人犹谓荇溪为菱溪,则俗语承讳,久未能顿易故也。

刘温叟父名岳,终身不听乐,不游嵩华。每赴内宴闻钧奏,回则号泣移时,曰:"若非君命,则不至于是。"此与唐李贺父名晋肃,贺不敢举进士事颇相类。

杜祁公衍常言,父母之名,耳可得闻,口不可得言,则所讳在我而已,他人何预焉。故公帅并州,视事未三日,孔目吏请公家讳,公曰:"下官无所讳,惟讳取枉法赃。"吏悚而退。

公酷嗜吟咏,致政后作《林下书怀》诗曰:"从政区区到白头,一生宁肯顾恩仇? 双凫乘雁常深愧野马黄羊亦过忧。岂是林泉堪佚老,只缘蒲柳不禁秋。始终幸会承平日,乐圣唯能击壤讴。"然余不见"野马黄羊"事,后读唐《张说传》,乃见之,则所谓"吾肉非黄羊,必不畏吃;血非野马,必不畏刺"是已。

余皇祐壬辰岁取国学解,试《律设大法赋》,得第一名。枢密邵公亢、翰林贾公黯、密直蔡公杭、修注江公休复为考官,内江公尤见知,语余曰:"满场程试皆使萧何,惟足下使'萧规'对'汉约',足见其追琢细腻。又所问《春秋》策,对答详备。及赋押秋荼之密,用唐宗赦受缣事,诸君皆不见云,只有秦法繁于秋荼,密于凝脂。然则君何出?"余避席敛衽,自陈远方寒士,一旦程文,误中甄采。因对曰:"《文选·策秀才文》有'解秋荼之密网。'唐宗赦受缣事,出杜佑《通典》,《唐书》即入载。"公大喜,又曰:"满场使次骨,皆作'刺骨'对'凝脂'。惟足下用《杜周传》作'次骨',又对'吹毛'。只这亦堪作解元。"余再三逊谢。是举登科,名在行间,授临汀狱掾。公作诗送余曰:"太学鲁诸生,南州汉掾卿。故乡千里外,丹桂一枝荣。莫叹科名屈,难将力命争。他年重射策,词句太纵横。"盖公欲激余应大科故也。枢密邵公亦蒙屡加论荐,常谓余诗浅切,有似白乐天。一日阅相国寺书肆,得冯瀛王诗一帙而归,以语之。公曰:"子诗格似白乐天,今又爱冯瀛王,将来捻取个豁达李老。"庆历中,京师有民自号"豁达李老",每好吟诗,而词多鄙俚,故公以戏之。遂皆大笑。然余赋才鄙拙,不能强为豪爽,今齿已老,而诗格定。时时遣兴,实有李老之风,足见公之知言也。熙宁中,余辟定武,管勾机宜文字。公时牧郓州,附所作诗一大轴,并寄余诗曰:"流年直是隙中驹,别后情怀懒似疏。天上又颁新岁历,床头未答故人书。殷勤鱼雁功曹檄,狼籍杯盘上客鱼。好在仲宣家万里,从军苦乐定何如?"未几公即捐馆,迄今追念知己,每增感怆。

青箱杂记卷三

真宗听政之暇,唯务观书。每观毕一书,即有篇咏,使近臣赓和,故有御制《看尚书诗》三章、《看周礼》三章、《看毛诗》三章、《看礼记》三章、《看孝经》三章。复有御制《读史记》三章、《读前汉书》三首、《读后汉书》三首、《读三国志》三首、《读晋书》三首、《读宋书》二首、《读陈书》二首、《读魏书》三首、《读北齐》二首、《读后周书》三首、《读隋书》三首、《读唐书》三首、《读五代梁史》三首、《读五代后唐史》三首、《读五代晋史》二首、《读五代汉史》二首、《读五代周史》二首,可谓近代好文之主也。

前世有翰林学士,本朝咸平中复置翰林侍读学士,以杨徽之、夏侯峤、吕文仲为之;又置翰林侍讲学士,以邢昺为之,则翰林侍读与侍讲学士自杨徽之、邢昺等始也。

景德中,上欲优宠王钦若,乃特置资政殿学士以处之。既而有司定议班在翰林学士下,寻又置资政殿大学士,亦以钦若为之,而班在翰林承旨之上,则资政殿学士与大学士皆自王钦若始也。

后唐明宗不知书,每四方章奏,止令枢密使安重诲读之,而重诲亦不晓文义。宰相孔循请置端明殿学士二员,班在翰林学士上,以冯道,赵凤为之。则端明学士自冯道、赵凤始也。国初亦尝置此职,而班在翰林学士之下,寻改。逮明道初,复改承明殿为端明,再置端明殿学士,而班在资政殿学士下,以宋绶为之,则本朝端明殿学士自宋绶始也。

本朝太宗御书及典籍、图画、宝瑞之物,并藏于龙图阁,而阁有学士、直学士、待制、直阁。故景德初杜镐、戚纶为龙图阁待制,不数年镐迁龙图阁直学士,班在枢密直学士下。至祥符中,镐又迁龙图阁学士,而班在枢密直学士上,则本朝龙图阁待制、龙图阁直学士、龙图阁学士,皆自杜镐始也。又祥符末年,以崇文院检讨冯元为太子中允、直龙图阁,则本朝直龙图阁,自冯元始也。

本朝真宗御集、御书,并藏于天章阁。天圣末始置待制,以范讽为之。景祐中又置侍讲,以贾昌朝、赵希言、王宗道为之,则本朝天章阁待制、天章阁侍讲,自范讽、贾昌朝等始也。

梁祖都汴,庶事草创。正明中始于今右长庆门东北,创小屋数十间为三馆,湫隘尤甚。又周庐徼道咸出其间,卫士驺卒朝夕喧杂,每受诏撰述,皆移他所。至太平兴国中,车驾临幸,顾左右曰:"若此卑陋,何以行天下贤俊?"即日诏有司规度左异龙门东北东府地为三馆,命内臣督役晨夜兼作,不日而成。寻下诏赐名崇文院,以东廊为昭文馆书库,南廊为集贤院书库,西廊以经、史、子、集四部为史馆库,凡六库书籍正副本八万卷,斯亦盛矣。

昭文馆本前世弘文馆,建隆中以其犯宣祖庙讳改焉。至淳化初,以吕祐之、赵昂、安德裕、句中正并直昭文馆,则本朝昭文馆自吕祐之等始也。

集贤有直院,有校理。端拱初以李宗谔为集贤校理,淳化初以和岘为直集贤院,则本朝直集贤校理自和岘、李宗谔始也。史馆有直馆,有修撰,有编修,有校勘,有检讨。太平兴国中,赵邻几、吕蒙正皆为直史馆、掌修撰,而杨文举为史馆编修。是时修撰未列于职，至至道中，始以李若拙为史馆修撰。雍熙中，以宋湜为史馆校勘。淳化中，以郭延泽、董元亨为史馆检讨，则本朝直史馆、修撰、史馆编修、史馆校勘、史馆检讨，自赵邻几、吕蒙正、李若拙、杨文举、宋湜、郭延泽、董元亨等始也。本朝三馆之外，复有秘阁图书，故秘阁置直阁，又置校理。咸平中，以杜镐为秘阁校理，后充直秘阁，则本朝直秘阁、秘阁校理皆自杜镐始也。

岭南风俗，相呼不以行第，唯以各人所生男女小名呼其父母。元丰中余任大理丞，断宾州奏案，有民韦超，男名首，即呼韦超作“父首”；韦遨男名满，即呼韦遨作“父满”；韦全女名插娘，即呼韦全作“父插”；韦庶女名睡娘，即呼庶作“父睡”，妻作“姊睡”。

韩退之《罗池庙碑》言“步有新船”，或以“步”为“涉”，误也。盖岭南谓水津为步，言步之所及，故有罾步，即渔者施罾者；有船步，即人渡船处。然今亦谓之步，故扬州有瓜步，洪州有观步，闽中谓水涯为溪步。

岭南谓村市为虚，柳子厚《童区寄传》云：“之虚所卖之。”又诗云：“青箬裹盐归峒客，绿荷包饭趁虚人。”即此也。盖市之所在，有人则满，无人则虚，而岭南村市满时少，虚时多，谓之为虚，不亦宜乎？

又蜀有痎市，而间日一集，如痎疟之一发，则其俗又以冷热发歇为市喻。

《史记》称四夷各异卜，《汉书》称粤人以鸡卜，信有之矣。元丰中，余任大理丞，断岭南奏案，韦庶为人所杀，疑尸在潭中，求而弗获。庶妻何以锉就岸爨煮鸡子卜之，咒云：“侬来在个泽里，他来在别处。”少顷鸡子熟，剖视得侬。韦全曰：“鸡卵得侬，尸在潭里。”果得之。然不知所谓得侬者，其兆如何也。又有鸟卜，东女国以十一月为正，至十月，令巫者赍酒肴诣山中，散糟麦于空，大咒呼鸟。俄顷，有鸟如雉，飞入巫者怀中。即剖其腹，视之有一谷米，岁必登；若有霜雪，则多异灾。又或击一丸，或打杨枝，或杓听旁人之语，亦可以卜吉凶。盖诚之所感，触物皆通，不必专用龟策也。

乡人危序应举探省榜，出门数步即逢泥泞，踌蹰未前。有老妪指示曰：“秀才可低处过。”危即从之。比看榜，最末有名，是岁果及第。此与《摭言》所载后来者必衔得事颇相类。

原武郑公戬天圣中举进士，尝与同辈赌彩选，一坐尽负，独戬赢数百缗。是岁第三人及第。

乡人上官极累举不第，年及五十方得解赴省试，游相国寺，买诗一册，纸已熏晦。归视其表，乃五代时门状一幅，曰：“敕赐进士及第，马极右极，伏蒙礼部放榜，敕赐及第，谨诣。”

李文定公迪美须鬓，未御试，一夕忽梦被人剃削俱尽，迪亦恶之。有解者曰：“秀才须作状元。缘今岁省元是刘滋，已替滋矣，非状元而何？”是岁果第一人。

相国刘公沆累举不第，天圣中将办装赴省试，一夕梦被人砍落头，心甚恶之。有乡人为解释曰：“状元不到十二郎做，只得第二人。”刘公因诘之，曰：“虽砍却头，留沆在里。”盖南音谓项为沆，留、刘同音。后果第二人及第。

马尚书亮知江宁府，秩满将代，一夕梦舌上生毛。有僧解之曰：“舌上生毛剃不得，尚书当再任。”已而果然。

刘郎中滋累举不第，年余四十始遂登科。尝梦有人提印满篮，令己吞之，滋有难色。其人曰：“但任意吞，看得几颗。”滋不得已，吞至十四颗，其印皆颗颗见于腹中。后果历十四任终。

　　韩魏公应举时,梦打球一捧盂八。时魏公年仅弱冠,一上登科,则一捧盂八之应也。

　　孙枢密抃旧名贯,应举时尝梦至官府,潭潭深远,寂若无人。大厅上有抄录人名一卷,意以为榜,遍览无名,偶睹第二名下有空白处,抃欲填之。空中人语曰:“无孙贯,有孙抃。”梦中即填孙抃。是岁果第三名。

　　于咸序应举时,梦唱名有龙起、骆起二人。已过,续有一龙蜿蜒腾上,又有一骆驼继之,不知其然。比唱名,有龙起、骆起二人在其后。

　　乡人龚国隆应举时,梦行道上,步步俯拾黑豆一掬,不知其然。是岁乡荐,乃伯父郎中纪恤其乏路费,以驿券赠之。遂沿路勘请,以抵京师,步步掬黑豆之应也。然此微薄而国隆已兆于梦,则其人赋分可知。后国隆竟老场屋,不沾一命。

　　乡人朱熙邻景祐中举进士,梦造棺缺板而弗成。是岁止过堂不及第,晚遇推恩长史出身,棺不全之应也。

青箱杂记卷四

荀子曰:"相形不如论心。"谚曰:"有心无相,相逐心生;有相无心,相随心灭。"此言人以心相为上也,故心相有三十六善。夫人尝言意气求官,自须如此,一也。为事有刚有柔,二也。慕善近君子,三也。有美食常分惠人,四也。不近小人,五也。常行阴德,每事方便,六也。从小能家,七也。不厌人乞觅,八也。利人克己,九也。不遂恶贪杀,十也。闻事不惊张,十一也。与人期不失信,十二也。不易行改操,十三也。夜卧不便睡着,十四也。马上不回头顾,十五也。夜不令人生憎怒,十六也。不文过饰非,十七也。为人作事周匝,十八也。得人恩力不忘,十九也。自小便有大量,二十也。不毁善害恶,二十一也。怜孤济寡急物,二十二也。不助强欺弱,二十三也。不忘故旧之分,二十四也。为事众人用之,二十五也。不多言妄语,二十六也。得人物每生惭愧,二十七也。声美音有序,二十八也。当人语次不先起,二十九也。常言人善事,三十也。不嫌恶衣恶食,三十一也。方圆曲直随时,三十二也。闻善行之不倦,三十三也。知人饥渴劳苦,常有以恤之,三十四也。不念旧恶,三十五也。故旧有难,竭力救之,三十六也。已上三十六善皆全者,当位极人臣,寿考令终。或有不全,则祸福相折,以次灭杀。具二十者,刺史之位;具十以上,令佐之官;具五六者,亦须大富。

人之心相外见于目,孟子曰:"知人者莫良于眸子。胸中正则眸子瞭然，胸中不正则眸子眊然。"此其大概也。而其间善恶又更多端，凡眚睮_{上音茂，下音呼九切。}唉嗳者，嫉妒人也。盱睢睚_{丁结切。}眽火彼切。者，恶性人也。矇瞳_{呼间切}睨_{他郎切。}晃者，憨_{呼占切。}人也。眨_{丁念切。}瞈_{馨谦切。}珉瞈_{时斤切。}者，淫乱人也。睢盱睒_{音闪烁}者，邪人也。弥_{词俚人言曰}瞻瞪者，奸诈人也。应橄拗瞰_{故巧切。}者，崛强人也。羊目盯_{乌江切。}瞳者，毒害人也。睛色杂而光浮浅者，心不定、无信人也。睛色光彩溢出者，聪明人也。睛色紫黑而光彩端谛者，好隐遁人也。睛色黄瞻视端直者，慕道术人也。睛多光而不溢不散、彻而瞻视端直者，慕道术人也。睛急眨_{俱夫切。}者若不嫉妒，即虚妄人也。

又商臣、王敦蜂目，王莽露眼赤睛，梁冀洞睛睕眒，则恶逆之相亦见于目。余昔年尝任汀州掌狱录，见杀母黄曾，其目睛黄小而光跌，宛若蜂状，则蜂目之恶逆尤验也。

昔人谓官至三品，不读相书，自识贵人，以其阅多故也。本朝臣公吕文靖、夏文庄、杨大年、马尚书，皆有人伦之鉴。故其赏罚未尝妄谬，而任使之际亦多成功。李勣曰："无福之人，不可与共事。"斯言信矣。

夏文庄公谪守黄州时，庞颍公为郡掾，文庄识之，异礼优待。而庞尝有疾，以为不起，遂属文庄后事。文庄亲临之，曰："异日当为贫宰相，亦有年寿，疾非其所忧。"庞诘之曰："已为宰相，岂得贫耶？"文庄曰："但于一等人中为贫耳。"故庞公晚年退老，作诗述其事曰："田园贫宰相，图史富书生。"为是故也。又文庄守安州，宋莒公兄弟尚皆布衣，文庄亦异待，命作《落花诗》，莒公一联曰："汉皋珮冷临江失，金谷楼危到地香。"子京一联曰："将飞更作回风舞，已落犹成半面妆。"是岁诏下，兄弟将应举,文庄曰:"咏落花而不言落,大宋君当状元及第;又风骨秀重,异日作宰相。小宋君非所及,然亦须登严近。"后皆如其言。故文庄在河阳,莒公登庸,以别纸贺曰:"所喜者,昔年安陆已识台光。"盖为是也。

又枢密孙公固亦小官时曾谒文庄,文庄许他日当践枢握,今亦验焉。

杨公大年尤负藻鉴,在翰林日与章郇公共事,尝言郇公异日必作相,己所不及。又见著作佐郎张士逊,知其有宰器,即荐之,由此大拜。又乡人吴待问尝从公学,公语其徒曰:"汝辈勿轻小吴,小吴异日须登八座,亦有年寿。"后皆如其言。待问即春卿、冲卿父也。

马尚书亮知庐州,见翰林王公洙为小官,马公曰:"子全似宋白,异日官至八座。"由此异待。通判疾之,后罗织王公,遂以罪免,乃曰:"你这回更做宋尚书。"其后王公竟登近侍,及卒,赠尚书。

余尝谓风鉴一事,乃昔贤甄识人物拔擢贤才之所急,非市井卜相之流用以贾鬻取赀者。故《春秋》单襄公、成肃公之徒,每遇会同,则先观威仪以省祸福,而前世郭林宗、裴行俭又考器识以言臧否。然余亦粗知大概,常与富文忠公论之。文公曰:"观子之论,多取丰厚,是则屠儿饫饦师皆贵矣。"余复思之,大凡相之所先,全在神气与心术,更或丰厚,其福十全。《国语》曰:"今王远角犀丰盈,而比顽童穷固。"则丰盈固贤哲相也。

大尉程公戬侍郎掌公禹锡俱以庚寅三月十日生,程子时,掌午时,二公同年及第。程作枢密副使,晚年帅延安建节;而掌以工部侍郎致仕,位不逮于程。而二公享寿修短不差,程以治平三年二月薨,掌以其年三月捐馆。

翰林王公洙、修撰钱公延年俱以丁酉八月丑时生,王十九日,钱二十日。钱以嘉祐六年六月卒,时王公已病。或谓王公起于寒素,早岁蹇剥,庶可以免灾。侍郎掌公曰:"钱虽少年荣进,晚即滞留;王虽早岁奇蹇,晚即迁擢。长短比折,祸福适均。"王公竟不起。

梁少卿吉府、宋郎中咸俱乙未八月二日生,梁申时,宋巳时。梁二十八已为太子中书舍、通判饶州,而宋犹未第,客游鄱阳。有日者妙于星术,宋往叩之。日者曰:"秀才命似本州通判,他日官职亦相类,寿则过之。"后皆如其言。王端明素、卢太尉政俱以丁未八月二十四日辰时生,而王出于贵胄,卢起于军伍。王卒于边藩,卢薨于殿帅,事皆略同,亦可怪也。但卢之寿考有过于王,得非以少年微贱耶?张尚书方平、李给事徽之、王秘监端俱以丁未九月二十三日生,张酉时,李卯时,王戌时,迄今皆致政,康强。

刘忱过鸣犊镇,见所由张秀,问其年甲,与忱同辛酉八月二十四日生,刘午时,秀巳时。后秀陕西效用有功,累官至团练使卒。卒之年,忱任利路运使,因出巡乘轿扑落崖,亦几于死。

龙图刘公烨未第前,娶赵尚书晃之长女,早亡,而赵氏犹有二妹,皆未适人。既而刘公登科,晃已捐馆,夫人复欲妻之,使媒妇通意。刘公曰:"若是武有之德,则不敢为姻;如言禹别之州,则庶可从命。"盖刘公不欲七姨为匹,意欲九姨议姻故也。夫人诘之曰:"谚云'薄饼从上揭',刘郎才及第,岂得便简点人家女?"刘公曰:"非敢有择。但七姨骨相寒薄,非某之对,九姨乃宜匹。"遂娶九姨,后生七子,皆至大官。七姨后适关生,竟不第,落泊寒馁,暮年刘氏养之终身。

青箱杂记卷五

《小说》载卢樵貌陋,尝以文章谒韦宙,韦氏子弟多肆轻侮。宙语之曰:"卢虽人物不扬,然观其文章有首尾,异日必贵。"后竟如其言。本朝夏英公亦尝以文章谒盛文肃,文肃曰:"子文章有馆阁气,异日必显。"后亦如其言。然余尝究之,文章虽皆出于心术,而实有两等:有山林草野之文,有朝廷台阁之文。山林草野之文,则其气枯槁憔悴,乃道不得行,著书立言者之所尚也。朝廷台阁之文,则其气温润丰缛,乃得位于时,演纶视草者之所尚也。故本朝杨大年、宋宣献、宋莒公、胡武平所撰制诏,皆婉美淳厚,过于前世燕、许、韦、杨远甚,而其为人,亦各类其文章。王安国常语余曰:"文章格调,须是官样。"岂安国言官样,亦谓有馆阁气耶?又今世乐艺,亦有两般格调:若朝庙供应,则忌粗野嘲哳;至于村歌社舞,则又喜焉。兹亦与文章相类。晏元献公虽起田里,而文章富贵,出于天然。尝览李庆孙《富贵曲》云:"轴装曲谱金书字,树记花名玉篆牌。"公曰:"此乃乞儿相,未尝谙富贵者。"故公每吟咏富贵,不言金玉锦绣,而唯说其气象,若"楼台侧畔杨花过,帘幕中间燕子飞"、"梨花院落溶溶月,柳絮池塘淡淡风"之类是也。故公自以此句语人曰:"穷儿家有这景致也无?"

公风骨清羸,不喜肉食,尤嫌肥膻。每读韦应物诗,爱之曰:"全没些脂腻气。"故公于文章尤负赏识,集梁《文选》以后迄于唐别为《集选》五卷,而诗之选尤精,凡格调猥俗而脂腻者皆不载也。公之佳句，宋莒公皆题于斋壁，若"无可奈何花落去，似曾相识燕归来"、"静寻啄木藏身处，闲见游丝到地时"、"楼台冷落收灯夜，门巷萧条扫雪天"、"已定复摇春水色，似红如白野棠花"之类，莒公常谓此数联使后之诗人无复措词也。

杨文公为执政所忌，母病，谒告，不俟朝旨，径归韩城，与弟倚居，逾年不调。公有启谢朝中亲友曰："介推母子，愿归绵上之田；伯夷弟兄，甘受首阳之饿。"后除知汝州，而希旨言事者攻击不已，公又有启与亲友曰："已挤沟壑，犹下石而弗休；方困蒺藜，尚关弓而相射。"

范文正公幼孤，随母适朱氏，因冒朱姓，名说。后复本姓，以启谢时宰曰："志在投秦，入境遂称于张禄；名非霸越，乘舟乃效于陶朱。"以范睢、范蠡亦尝改姓名故也。又伪蜀翰林学士范禹偁亦尝冒张姓，谢启云："昔年上第，误标张禄之名；今日故园，复作范睢之裔。"然不若文正公之精切。

胡武平尝奉敕撰《温成皇后哀册文》，受旨，以温成尝因禁卒窃发，捍卫有功，而秉笔者不能文其实。公乃用西汉马何罗触瑟、冯媛当熊二事以状其意，曰："在昔禁闱，谁何弛卫？触瑟方警，当熊已厉。"览者无不叹服。

夏文庄公竦幼负才藻，超迈不群。时年十二，有试公以《放宫人赋》者，公援笔立成，文不加点。其略曰："降凤诏于丹陛，出蛾眉于六宫。夜雨未回，俨鬖云于帘户；秋风渐晓，失钗燕于房栊。"又曰："莫不喜极如梦，心摇若惊，踟蹰而玉趾无力，眄睐而横波渐倾。鸾鉴重开，已有归鸿之势；凤笙将罢，皆为别鹤之声。于时银箭初残，琼宫乍晓，星眸争别于天仗，莲脸竞辞于庭沼。行分而被路深沉，步缓而四廊缭绕。嫦娥偷药，几年而不出蟾宫；辽鹤思家，一旦而却归华表。"

公举制科,庭对策罢,方出殿门,遇杨徽之,见其年少,遽与语曰:"老夫他则不知,唯喜吟咏,愿丐贤良一篇,以卜他日之志,不识可否?"公援笔欣然曰:"殿上衮衣明日月,研中旌影动龙蛇。纵横礼乐三千字,独对丹墀日未斜。"杨公叹服数四,曰:"真将相器也。"

景德中,夏公初授馆职。时方早秋,上夕宴后庭,酒酣,遽命中使诣公索新词。公问:"上在甚处?"中使曰:"在拱宸殿按舞。"公即抒思,立进《喜迁莺》词曰:"霞散绮,月沉钩。帘卷未央楼,夜凉河汉截天流,宫阙锁新秋。　　瑶阶曙,金茎露。凤髓香和云雾。三千珠翠拥宸游,水殿按《梁州》。"中使入奏,上大悦。夏公虽举进士,本无科名。以父殁王事,授润州丹阳簿,即上书乞应制举,其略曰:"边障多故,羽书旁午,而先臣供传遽之职,立矢石之地,忘家殉国,失身行阵。陛下哀臣孤幼,任之州县,唯陛下辨而明之。若陛下以枕石漱流为达,臣世居市井;若陛下以金榜丹桂为才,则臣未忝科第;若陛下以鸠杖鲐背为德,则臣始逾弱冠;若陛下以荷戈控弦为勇,则臣生本绵弱;若陛下令臣待诏公车、条问政治、对扬紫宸、指陈时事,犹可与汉唐诸儒方辔并驱,而较其先后矣。"真庙再三赏激,召赴中书,试论六首:一曰《定四时别九州圣功孰大论》,二曰《考定明堂制度论》,三曰《光武二十八将功业先后论》,四曰《九功九法为国何先论》,五曰《舜无为禹勤事功业孰优论》,六曰《曾参何以不列四科论》。是岁遂中制科。

淮阴侯庙题者甚多,惟谏议钱公昆最为绝唱,曰:"筑坛拜日恩虽厚,蹑足封时虑已深。隆准早知同鸟喙,将军应起五湖心。"

徐州歌风台题者甚多,惟尚书张公方平最为绝唱,曰:"落魄刘郎作帝归，樽前一曲《大风》辞。才如信越犹菹醢，安用思他猛士为？"

临潼县华清宫朝元阁题者亦多，唯陈文惠公二韵尤为绝唱，曰："朝元高阁迥，秋毫无隐情。浮云忽以蔽，不见渔阳城。"

苏为酷嗜吟咏，知湖州日有诗数十首，惟一篇足为绝唱，曰："野艇闲撑处，湖天景亦微。春波无限绿，白鸟自南飞。柳色浓垂岸，山光冷照衣。时携一壶酒，恋到晚凉归。"在宣城亦有诗十首，皆以宣城为目，内《宣城花》一首尤为清丽，曰："宣城花叠嶂，楼前簇绮霞。若非翠露陶潜柳，即是红藏小谢家。"又常知邵武军，亦有小诗十首。唯一篇最善，曰："爱重八九月，登高上下楼。树红云白处，寒濑泊渔舟。"

唐路德延有《孩儿》诗五十韵，盛传于世。近代洛中致政侍郎张公师锡追次其韵，和成《老儿》诗，亦五十韵，今录之曰："鬖发尽皤然，眉分白雪鲜。周遮延客话，伛偻抱孙怜。无病常供粥，非寒亦衣绵，假温推拥背，借力仗搘肩。貌比三峰客，年过四皓仙。唤方离枕上，扶始到门前。每爱烹山茗，常嫌钉石莲。耳聋如塞纩，眼暗似笼烟。宴坐赢凭几，乘骑困箪鞭。头摇如转旋，唇动若抽牵。骨冷愁离火，牙疼怯漱泉。形骸将就木，囊橐尚贪钱。胶睫干眵缀，粘髭冷涕悬。披裘腰懒系，濯手袖慵揎。抬举衣频换，扶持药屡煎。坐多茵易破，行少履难穿。喜婢裁裙布，嗔妻买粉钿。房教深下幕，床遣厚铺毡。琴听怜三乐，图张笑七贤。看嫌经字小，敲喜磬声圆。食罢羹流袂，杯余酒带涎。乐来须遣罢，医到久相延。裹帽纵横掠，梳头取次缠。长吁思往事，多感听哀弦。气注腰还重，风牵口便偏。墓松先遣种，志石预教镌。客到惟求药，僧来忽问禅。

养茶悬灶壁,晒艾曝檐椽。怒仆空睁眼,嗔儿谩握拳。心惊嫌
蹴踘,脚软怕秋千。局缩同寒狄,摧尫似饱鸢。观瞻多目眩,
牵动即头旋。女嫁求红烛,男婚乞彩笺。已闻颁几杖,宁更佩
韦绖。宾客身非与,儿孙事已传。养和屏作伴,如意拂相连。
久弃登山屐,惟存负郭田。呻吟朝不乐,展转夜无眠。呼稚临
床畔,看书就枕边。冷疑怀贮水,虚讶耳闻蝉。束帛非无分,
安车信有缘。伏生甘坐末,绛老让行先。拘急将风夜,昏沉欲
雨天。鸡皮尘渐渍,鲵齿食频填。每忆居郎署,常思钓渭川。
喜逢迎佛会,羞赴赏花筵。径狭容移槛,阶危索减砖。好生焚
鸟网,恶杀拆渔船。既感桑榆日,常嗟蒲柳年。长思当弱冠,
悔不剩狂颠。"

师锡年八十余卒,又有《喜子及第》诗曰:"御榜今朝至,见
名心始安。尔能俱中第,吾遂可休官。贺客留连饮,家书反覆
看。世科谁不继,得慰二亲难。"盖张尝有中魁甲者,故得有
"世科"之语。

李昉、吕端同践文馆,后各登台辅。吕公《赠李公》诗曰:
"忆昔儌居明德坊,官资俱是校书郎。青衫共直昭文馆,白首
同登政事堂。佐国庙谟君已展,避贤荣路我犹妨。主恩至重
何时报,老眼相看泪两行。"

向敏中、寇准同以太平兴国五年登科,后向秉钧,寇以使
相知永兴军。向作绝句赠寇,寇酬之曰:"玉殿登科四十年,当
时僚友尽英贤。岁寒惟有君兼我,白首犹持将相权。"

青箱杂记卷六

王禹偁老精四六，有同时与之在翰林而大拜者，王以启贺之曰："三神山上，曾陪鹤驾之游；六学士中，独有渔翁之叹。"以白乐天尝有诗云"元和六学士，五相一渔翁"故也。

禹偁诗多记实中的，作《赵普挽词》云："玄象中台折，皇家上相薨。大功铭玉铉，密事在《金縢》。"《宋湜挽词》曰："先帝升遐日，词臣寓直时。枢前言顾命，笔下定鸿基。"盖普尝密赞太宗，而宋为内相宿直，遇太宗升遐，是夜草遗制立真宗故也。云此事湜家亦不知，唯以公挽词为传信。

刘昌言，泉州人。先仕陈洪进为幕客，归朝愿补校官。举进士，三上始中第，后判审官院，未百日，为枢密副使。时有言其太骤者，太宗不听。言者不已，乃谓："昌言闽人，语颇獠，恐奏对间陛下难会。"太宗怒曰："我自会得。"其眷如此。然昌言极有才思，当下第作诗，落句云："唯有夜来蝴蝶梦，翩翩飞入刺桐花。"后为商丘主簿，王禹偁赠诗曰："年来复有事堪嗟，载笔商丘鬓欲华。酒好未陪红杏宴，诗狂多忆刺桐花。"盖为是也。刺桐花深红，每一枝数十蓓蕾，而叶颇大，类桐，故谓之刺桐。唯闽中有之。

昔王维爱孟浩然吟哦风度，则绘为图以玩之。李洞慕贾岛诗名，则铸为像以师之。近世有好事者，以潘阆遨游浙江咏潮著名，则亦以轻绡写其形容，谓之《潘阆咏潮图》。阆酷嗜吟咏，自号逍遥子，尝自咏《苦吟》诗曰："发任茎茎白，诗须字字清。"又《贫居》诗曰:"长喜诗无病,不忧家更贫。"又《峡中闻猿》云:"何须三叫绝,已恨一声多。"《哭高舍人》:"生前是客曾投卷,死后何人与撰碑?"《寄张詠》云:"莫嗟黑发从头白,终见黄河到底清。"皆佳句也。故宋尚书白赠诗曰:"宋朝归圣主,潘阆是诗人。"王禹偁亦赠诗云:"江城买药常将鹤,古寺看碑不下驴。"其为明公赏激如此。又魏野,陕府人,亦有诗名。寇莱公每加前席,野《献莱公生日》诗云:"何时生上相,明日是中元。"以莱公七月十四日生故也。又有《赠莱公》诗云:"有官居鼎鼐,无地起楼台。"而其诗传播漠北,故真宗末年尝有北使诣阙,询于译者曰:"那个是'无地起楼台'的宰相?"时莱公方居散地,真宗即召还,授以北门管钥。

世传魏野尝从莱公游陕府僧舍,各有留题。后复同游,见莱公之诗已用碧纱笼护,而野诗独否,尘昏满壁。时有从行官妓颇慧黠,即以袂就拂之,野徐曰:"若得常将红袖拂,也应胜似碧纱笼。"莱公大笑。

又钱塘林逋亦著高节,以诗名当世,名公多与之游。天圣中,丞相王公随以给事中知杭州,日与唱和,亲访其庐。见其颓陋,即为出俸钱新之。逋乃以启谢王公,其略曰:"伏蒙府主给事差人送到留题唱和石一片,拜世轩荣,以庇风日。衡茅改色,猿鸟交惊。夫何至陋之穷居,获此不朽之奇事?窃念顷者清贤钜公,出镇藩服,亦常顾丘樊之侧微,念土木之衰病。不过一枉驾,一式庐而已,未有迂回玉趾,历览环堵。当缨緌之盛集,撼风雅之秘思。率以赓载,始成编轴。且复构他山之坚润,刊群言之鸿丽。珠联绮错,雕缛相照。犖植置立,贲于空林。信可以夺山水之清晖,发斗牛之宝气者矣。"迨景祐初,逋尚无恙。范文正公亦过其庐,赠逋诗曰:"巢由不愿仕,尧舜岂遗人?"又曰:"风俗因君厚,文章到老醇。"其激赏如此。

王公随雅嗜吟咏,有《宫词》云:"一声啼鸟禁门静,满地落花春日长。"又《野步》云:"桑斧刊春色,渔歌唱夕阳。"皆公应举时行卷所作也。

近世释子多务吟咏,唯国初赞宁独以著书立言尊崇儒术为佛事,故所著《驳董仲舒繁露》二篇、《难王充论衡》三篇、《证蔡邕独断》四篇、《斥颜师古正俗》七篇、《非史通》六篇、《答杂斥诸史》五篇、《折海潮论兼明录》二篇、《抑春秋无贤臣论》一篇,极为王禹偁所激赏。故王公《与赞宁书》曰:"累日前蒙惠顾谞才,辱借通论,日殆三复,未详指归。徒观其涤《繁露》之瑕,劓《论衡》之玷,眼瞭《独断》之瞽,针砭《正俗》之疹,折子玄之邪说,泯米颖之巧言,逐光庭若摧枯,排孙郃似图蔓,使圣人之道无伤于明夷,儒家者流不至于迷复。然则师胡为而来哉?得非天祚素王,而假手于我师者欤?"

人臣作赋颂赞君德,忠爱之至也。故前世司马相如、吾丘寿王之徒,莫不如此。而本朝亦有焉,吕文靖公、贾魏公则尝献《东封颂》,夏文庄公则尝献《平边颂》、《广文颂》、《朝陵颂》、《广农颂》、《周伯星颂》、《大中祥符颂》、《灵宝真文颂》,庞颖公则尝献《肇禋庆成颂》,今元献晏公、宣献宋公遭遇承平,嘉瑞来还,所献赋颂尤为多焉。

王文穆公钦若,临江军人。母李氏,父仲华,尝侍祖郁任官鄂渚。而李氏有娠,就蓐之夕江水暴溢,将坏廨舍。亟迁于黄鹤楼始免身,生男即公也。时隔岸汉阳居人,遥望楼际若有光景气象云。又公昔岁行圃田道中,宿于村舍,夜起视天中有赤文成"紫微"二大字,光耀夺目。使蜀还褒城,路中有人展谒,熟视刺字,乃唐相裴度告公以默定之语,及言公他日当贵,兹亦异矣。后公每设坛礼神，必朱篆"紫薇"二字，陈之醮所。又辍俸修晋公祠于圃田，作记以述其胗盎云。

真宗封岱祠汾，虽则继述先志，昭答灵贶，中外臣民协谋同欲，然实由文穆之力赞焉。祠礼毕，章圣登太山顶，偕近臣周览前代碑刻。内一碑首云："朕钦若昊天。"真宗顾文穆笑曰："元来此事前定，只是朕与钦若。"与隋史万岁讨蛮入峒，遇碑云"万岁后遇此"颇相类。文穆不惟被章圣顾遇，至于明肃太后亦深眷焉。先是知邵武军吴植饷金于文穆，而误投沂公之第，沂公以闻，植坐追停。文穆以不知寝不问，故植之贬词曰："如何匪人，渎我元老。"此可见矣。

世传文穆遭遇章圣本由一言之寤，盖章圣践祚之初，天下宿通数百万计，时文穆判三司理欠司，一日抗疏，请尽蠲放以惠民。上遽召诘之曰："此若惠民，曷为先帝不行？"公对曰："先帝所以不行者，欲以遗陛下，使结天下人心。"于是上蹙然颔之。未几，命宰府召试《孝为德本颂》，授右正言、知制诰。不数年，遂大拜。

曹翰尝平江南有功，后归环卫，数年不调。一日内宴，太宗侍臣皆赋诗。翰以武人不预，乃自陈曰："臣少亦学诗，亦乞应诏。"太宗笑而许之，曰："卿武人，宜以刀字为韵。"翰援笔立进，因以寄意曰："三十年前学《六韬》，英名常得预时髦。曾因国难披金甲，不为家贫卖宝刀。臂健尚嫌弓力软，眼明犹识阵云高。庭前昨夜秋风起，羞睹盘花旧战袍。"太宗览之恻然，即自环卫骤迁数级。

柳崇仪开家雄于财，好交结，乐散施，而季父主家，多靳不与。时赵昌言方在布衣，旅游河朔，因以谒开。开屡请以钱乞赵，季父不与，开乃夜构火烧舍。季父大骇，即出钱三百缗乞赵,由此恣其所施,不复吝也。

盛文肃公正刚蹇绝,无他肠,而性微狷急。时为内相,孙抃方召试馆职,以文投之。文肃大怒曰:"投贽尽皆邪道,非公朝所尚。"呵责再三,孙惶恐失措而退。比试学士院,孙夙夕忧其摈落,文肃乃题所试卷为三等上,其公正如此。

闽人谓子为囝,谓父为郎罢,故顾况有《哀囝》一篇曰:"囝生闽方,闽吏得之,乃绝其阳。为臧为获,致金满屋;为髡为钳,如视草木。天道无知,我罹其毒;神道无知,彼受其福。郎罢别囝,吾悔生汝。及汝既生,人劝不举。不从人言,果获是苦。囝别郎罢,心摧血下。隔地绝天,及至黄泉,不得在郎罢前。"盖唐世多取闽童为阉奴以进之,故况陈其苦以讽焉。

青箱杂记卷七

谣谶之语在《洪范》五行，谓之诗妖，言不从之罚，前世多有之，而近世亦有焉。昔徐温子知训在广陵，作红漆柄骨朵，选牙队百余人执以前导，谓之"朱蒜"。天祐末，广陵人竞服短裤，谓之"不及秋"。后十三年六月，知训为朱瑾所杀焉，则"朱蒜不及秋"之应也。

李昇先为徐温养子，冒徐姓，名知诰，为昇州刺史。童谣曰："东海鲤鱼飞上天。"后竟即伪位。

李璟时，朝中大臣多蔬食，月为十斋。至明日，大官具晚膳始复常珍，谓之"半堂食"。其后周师至淮上，取濠、泗、扬、楚、泰五州，而璟又割献滁、和、庐、舒、蕲、黄六州，果去唐国土疆之半，则"半堂食"之应也。

王衍在蜀好私行，恐人识之，令民戴大帽，又令民戴危脑帽，狭小，俯首即坠。又衍朝永陵，自为尖巾，士民皆效之，皆服妖也。又每宴怡神亭，妓妾皆衣道衣，莲花冠，酒酣，免冠鬓髻为乐。因夹脸连额，渥以朱粉，号曰"醉妆"。此与梁冀、孙寿事颇相类。后衍又与母同祷青城山，宫人毕从，皆衣云霞画衣。衍自制《甘州词》，令宫人歌之，闻者凄怆。又衍造上清宫成，塑玄元皇帝及唐诸帝像，衍躬自荐享。城中士女游观阗咽，谓之"寻唐魂"。后国亡归唐，至秦川驿遇害。

衍在蜀时，童谣曰："我有一帖药，其名为阿魏，卖与十八子。"其后衍兄宗弼果卖国归唐，而宗弼乃王建养子，本姓魏氏,此其应也。

衍舅徐延琼造第新成,衍幸之。见其华丽,乃于厅壁大书一"孟"字,盖蜀人谓孟为弱,以戏之也。其后孟知祥入蜀,馆于其第,见之叹曰:"此岂我之居乎!"遂据蜀而王,传位至子昶,国除。

昶未亡时,蜀人质钱取息者每将徙居,必榜其门曰"召主收赎"。盖周世宗累欲收蜀而不果,至我太祖乃收之,此其应也。

广南刘䶮初开国,营构宫室得石谶,有古篆十六,其文曰:"人人有一,山山值牛。兔丝吞骨,盖海承刘。"解者云:"人人有一,大人也;山山,出也;值牛者,䶮建汉国,岁在丑也;兔丝者,晟袭位,岁在卯也;吞骨者,灭诸弟也。越人以天水为赵为盖海,指皇朝国姓也;承刘者,言受刘氏降也。"又乾和中童谣曰:"羊二四日天雨至。"解者以羊是未之神,是岁辛未二月四日国亡;天雨,犹天水,斥国姓。又曰大宝末有稻田自海中浮来,上鱼藻门外,民聚观之。布衣林楚材见而叹曰:"水鱼湫湫兮。"当时好事或有记其语,泊王师至,潘美为部署,方悟为"潘"字。

光启中陈岩为福建观察使,童谣曰:"潮水来,山严没。潮水去,矢口出。"其后王潮果代岩,而审知袭位,乃其应也。

时又有谣曰:"骑马来,骑马去。"盖光启丙午国亡之应也。

王审知治城,城有钱文,恶之,命铲去,而其文愈明。又有谣曰:"风吹杨叶鼓山下,不得钱来兵不罢。"后福州军校李仁福杀帅自立,而归款于金陵,既而又叛李璟,璟攻之。仁福又求救于钱塘,比钱塘兵至,而江南围解,获其将杨匡业,乃其应也。

　　唐末刘建峰定长沙,遣马殷领众浚城濠,得石碣有古篆十八,其文曰:"龙举头,犺掉尾。羊为兄,猴作弟。羊归穴,猴离次。"解者以殷乾宁三年丙辰岁代立,乃龙举头也;至乾祐辛亥岁国亡,乃犺掉尾也;殷子希范以己未岁生,又以开运丁未岁薨,乃羊归穴也;又子希崇壬申岁生,后为江南所俘,乃猴离次也。

　　又马希振亦殷之子,清泰中卒。葬长沙之陶浦,掘得石碣,其文曰:"乱石之坏,绝世之冈。谷变庚戌,马氏无王。"盖马氏诸王雄于周,广顺辛亥岁迁于江南,然其国之变,实在庚戌岁故也。

　　刘言世荐马氏宿将,节度朗州,号"刘咬牙"。及马氏将乱,民间谣曰:"马去也,不用鞭,咬牙过今年。"其后边镐入长沙,尽俘诸马归于金陵,而镐亦为王逵所逐,言是岁亦为潘叔嗣所杀,皆其应也。

　　庞巨昭善星纬之学,唐末为容州刺史,恶刘隐残虐,乃归长沙。或问湖南与淮南国祚短长,巨昭曰:"吾人境来,闻童谣曰:'三羊五马,马自离群,羊子无舍。'自今以后,马氏当五主,杨氏当三主。"后皆如其言。

　　唐末丹阳民常戏语曰:"待钱来,待钱来。"及后钱镠授镇海军节度、浙江西道观察处置使、润州刺史,遂据有钱塘,乃其应也。

　　徐铉父延休博物多学,尝事徐温,为义兴县令。县有后汉太尉许馘庙,庙碑即许劭记,岁久字多磨灭。至开元中,许氏诸孙重刻之,碑阴有八字云:"谈马砺毕王田数七。"时人不能晓。延休一见,为解之曰:"谈马言午,言午'许'字。砺毕石卑,石卑'碑'字。王田乃千里,千里'重'字。数七是六一,六一'立'字。"此亦杨修辨鳌臼之比也。诗以言志,言以知物,信不诬矣。

江南李觏通经术,有文章,应大科召试第一。尝作诗曰:"人言日落是天涯,望极天涯不见家。堪恨碧山相掩映,碧山还被暮云遮。"识者曰:"观此诗意,此有重重障碍,李君恐时命不偶。"后竟如其言。又陈文惠公未逢时尝作诗曰:"千里好山云乍敛,一楼明月雨初晴。"观此意与李君异矣,然则文惠致位宰相,寿余八十,不亦宜乎!

宋莒公庠知许州,开西湖,诗曰:"凿开鱼鸟忘情地,展尽江湖极目天。"识者观诗意,则知公位极一品矣。孟郊《下第》诗曰:"弃置复弃置,情如刀剑伤。"又《再下第》诗曰:"两度长安陌,空将泪见花。"又甫及第诗曰:"昔日龌龊不足嗟,今朝旷荡思无涯。青春得意马蹄疾,一日看尽长安花。"大凡进取得失,盖亦常事,而郊器宇不宏,偶一下第,则其情陨获,如伤刀剑,以至下泪。既后登科,则其中充溢,若无所容,一日之间,花即看尽,何其速也!后郊授溧阳尉,竟死焉。

丞相刘公沆,庐陵人。少以气义,尝咏牡丹诗云:"三月内方有,百花中更无。"《述怀》诗云:"虎生三日便窥牛,猎犬宁能掉尾求?若不去登黄阁贵,便须来伴赤松游。奴颜婢舌诚堪耻,羊狠狼贪自合羞。三尺太阿星斗焕,何时去取魏齐头?"皇祐初,公出领豫章,转运使潘夙素有诗名,乃以《小孤山四十字》示公,公即席和呈,文不加点。诗曰:"擎天有八柱,一柱此焉存。石耸千寻势,波留四面痕。江湖中作镇,风浪里蟠根。平地安然者,饶他五岳尊。"览者皆知公有宰相器矣。未几参大政,遂正鼎席。

寇莱公少时作诗曰:"去海止十里,过山应万重。"及贬至雷州，吏呈州图，问州去海几里，对曰"十里"。则南迁之祸，前诗已预谶也。

乖崖张公詠晚年典淮阳郡，游赵氏西园，作诗曰："方信承平无一事，淮阳闲杀老尚书。"后一年捐馆，亦诗谶也。

苏缄字宣甫，性忠义，喜功名。皇祐中以秘书丞知英州，值侬贼作乱，他州皆不能守，独缄捍御有功，恩换阁职。寻坐事，贬房州司马。嘉祐中复官，权知越州诸暨县。余与之同僚，常赠缄诗曰："燕颔将军欲白头，昔年忠勇动南州。心如铁石老不挫，功在桑榆晚可收。"后十有八年，缄知邕管，交趾叛，攻城，力战陷殁。朝廷悯之，赠奉国军节度使，赐谥忠勇。则所谓忠勇之谥，已先于余诗谶之矣。

本朝翰林苏公绅尝题润州金山寺一联云："僧依玉鉴光中住，人踏金鳌背上行。"时公方举大科，识者以"人踏金鳌背上行"乃荣入玉堂之兆，已而果然。公位止于内相，岂亦诗之谶耶？

王丞相随刻意于诗，以谓诗皆言志，不可容易而作。尝有应制科人成锐集诗三篇，国子博士侯君以献于随，随览之，乃亲笔尺牍答侯君，其略曰："随拜启：伏承贤良成秀才见访不及，裁制三册，文华宏逸，学术该赡。然览《舒菊》诗云'彩槛应无分，春风不借恩'、又《野花》诗云'馨香虽有艳，栽植未逢人'，实皆绮靡之辞，未协荣登之兆。复阅《别随州裴员外嘉》句云'凭高看渐远，更上最高楼'，谅惟再举，合践高科。"其好品藻如此。锐许州临颍人，后以献边事得官，竟坐摈斥，馁死于京师。

白居易赋性旷远，其诗曰："无事日月长，不羁天地阔。"此旷达者之词也。孟郊赋性褊隘，其诗曰："出门即有碍，谁谓天地宽?"此褊隘者之词也。然则天地又何尝碍郊,孟郊自碍耳。王文康公赋性质实重厚,作诗曰:"枣花至小能成实,桑叶惟柔解吐丝。堪笑牡丹如斗大,不成一事只空枝。"此亦质实重厚之词也。

检正官张谔家起亭名"允中",盖取《易》"允升"义。后谔迁太子中允停官,或者解曰:"允中亭者,官至中允而后必停也。"

太子中书舍人陈有方知蕲水县,临水创亭,名"必观",盖取荀况"君子必观于水"之义。或者解曰:"必观亭者,必停官也。"后有方竟以罪免官而去。

青箱杂记卷八

　　文章纯古不害其为邪,文章艳丽亦不害其为正。然世或见人文章铺陈仁义道德,便谓之正人君子;及花草月露,便谓之邪人,兹亦不尽也。皮日休曰:"余尝慕宋璟之为相,疑其铁肠与石心,不解吐婉媚辞。及睹其文,而有《梅花赋》,清便富艳,得南朝徐庾体。"然余观近世所谓正人端士者,亦皆有艳丽之词,如前世宋璟之比,今并录之:乖崖张公詠《席上赠官妓小英歌》曰:"天教抟百花,抟作小英明如花。住近桃花坊北面,门庭掩映如仙家。美人宜称言不得,龙脑薰衣香入骨。维阳软縠如云英,亳郡轻纱似蝉翼。我疑天上婺女星之精,偷入筵中名小英。又疑王母侍儿初失意,谪向人间为饮妓。不然何得肤如红玉初碾成,眼似秋波双脸横?舞态因风欲飞去,歌声遏云长且清。有时歌罢下香砌,几人魂魄遥相惊。人看小英心已足,我见小英心未足。为我高歌送一杯,我今赠汝新翻曲。"韩魏公晚年镇北州,一日病起,作《点绛唇》小词曰:"病起厌厌,画堂花谢添憔悴。乱红飘砌。滴尽胭脂泪。　　惆怅前春,谁向花前醉?愁无际。武陵回睇。人远波空翠。"司马温公亦尝作《阮郎归》小词曰:"渔舟容易入春山。仙家日月闲。绮窗纱幌映朱颜。相逢醉梦间。　　松露冷,海霞殷。匆匆整棹还。落花寂寂水潺潺。重寻此路难。"又曾修古立朝最号刚方蹇谔,常见池上有所似者,亦作小诗寓意曰:"荷叶罩芙蓉,圆青映嫩红。佳人南陌上,翠盖立春风。"杨湜《词说》载温公《西江月》词云："宝髻松松梳就，铅华淡淡妆成。轻烟翠雾罩娉婷，飞絮游丝无定。　　相见争如不见，有情何似无情。笙歌散后酒初醒，深院月明人静。"《东皋杂录》云："世传温公有《西江月》一词，今复得《锦堂春》云：'红日迟迟，虚廊转影，槐阴迤逦西斜。彩笔工夫，难状晚景烟霞。蝶尚不知春去，谩绕幽砌寻花。奈狂风过后，纵有残红，飞向谁家？　　始知青鬓无价。叹飘蓬宦路，荏苒年华。今日笙歌丛里，特地咨嗟。席上青衫湿透，算感旧、何止琵琶。怎不教人易老，多少离愁，散在天涯。'"《卢仝集》《有所思》及《楼上女儿曲》、《自君之出矣》、《秋梦行》等篇，皆艳词也。陶渊明亦有《闲情赋》。《苕溪渔隐》云："余阅《宛陵集》，见《一日曲》，其词乃为南阳一娼话离而作，然则谨厚者亦复为之耶？其曲云：'姜家邓侯国，肯愧邯郸姝？世本富缯绮，娇爱比明珠。十五学组纴，未尝开户枢。十六失所适，姓名倾里闾。十七善歌舞，使君邀宴娱。自兹著乐府，不得同罗敷。凉温忽荏苒，屡接朝大夫。相欢不及情，何异逢路衢。昨日一见郎，目色曾不渝。结爱从此笃，暂隔犹云疏。如何遂从宦，去涉千里途。郎跨青骢马，妾乘白雪驹。送郎郎未远，别妾妾仍孤。不如水中鳞，双双依绿蒲。不如云间鹄，两两下平湖。鱼鸟尚有托，妾今谁与俱？去去约春华，终朝怨日赊。一心思杏子，便拟见梅花。梅花几时吐，频掐阑干数。东风若见郎，重为歌《金缕》。'"《侯鲭集》又有《花娘歌》、《翡翠词》。《吹剑录》载范文正守饶，喜妓籍一小鬟，既去，以诗寄魏介曰："庆朔堂前花自栽，便移官去未曾开。年年长有别离恨，已托春风干当来。"介买送公。王衍曰："情之所钟，正在我辈。"以范公而不能免。慧远曰："顺境如磁石，遇金不觉合而为一。处无情之物尚尔，况我终日在情里作活计耶!"张衡作《定情赋》,蔡邕作《静情赋》,渊明作《闲情赋》,盖尤物能移人,情荡则难反,故防闲之。

王安国作诗多使酒楼,尝语余曰:"杨文公诗有一'酒楼':'江南堤柳拂人头,李白题诗遍酒楼。'钱昭度诗亦有一'酒楼':'长忆钱塘江上望,酒楼人散雨千丝。'子诗有几'酒楼'?"余答曰:"吾诗有二'酒楼'。"安国曰:"足矣。"盖余有《题九江琵琶亭》小诗云:"夜泊浔阳宿酒楼,琵琶亭畔荻花秋。云沉鸟没事已往,月白风清江自流。"又余昔年尝送客西陵,亦作小诗曰:"若耶溪畔醉秋风,猎猎船旗照水红。后夜钱塘酒楼上,梦魂应绕浙江东。"

安国俊迈而貌陋黑肥。熙宁中与余同官于洛下,尝谓余曰:"子可作诗赠我。"余因援笔戏之曰:"飞卿昔号温钟馗,思道通俯还魁肥。江淹善啖笔五色,庾信能文腰十围。只知外貌乏粉泽,谁料满腹填珠玑。相逢把酒洛阳社,不管淋漓身上衣。"安国由此不悦。

毕文简公之婿曰皇甫泌,少时不羁,唯事蒱博。时毕公作相,累谕不悛,欲面奏其事,使加贬斥。方启口云"臣有女婿皇甫泌",适值过庭有急报,不暇敷陈。他日又欲面奏,亦如之,若是者三。值上内逼,遽引袖起,遥语毕曰:"卿累言婿皇甫泌,得非欲转官耶?可与转一资。"毕公不敢辩,唯而退。泌即转殿中丞,后累典大郡,以尚书右丞致仕,年八十五卒。

嘉祐中,选人郑可度历十五考,举主仅满五人。内一人乃州北李少卿昭选。待次二年余,引见前一夕五更,昭选卒。其日值起居,朝堂中欢言州北李少卿夜来有事。铨吏知之,即以撼可度,愿得钱五千,寝其事,可度不与。吏竟白铨主,再会问罢引,可度遂老死选调。

又选人张方平赋性刚介，尝以事忤上官，为所罗织，以赃罪废绝，无改转之望，后为临颍令。时贾安公知许州，怜其无辜，即为奏雪罢任，举主亦仅满磨勘入甲，待次余二年将引见。又丁家艰，及服除，谓举主雕丧已尽，则阙会问，乃并存，转著作佐郎，至今无恙，此又与郑可度不侔矣。

枢密孙公抃生数日，患脐风已不救，家人乃盛以盘合，将弃诸江。道遇老妪，曰："儿可活。"即与俱归，以艾炷灸脐下，遂活。

海有鱼虬，尾似鸱，用以喷浪则降雨。汉柏梁台灾，越王上厌胜之法，乃大起建章宫，遂设鸱鱼之像于屋脊以厌火灾，即今世之鸱吻是也。

《春秋左氏传》称三叛人以土地出求食而已，贱而书名，盖甚之，则以其无廉耻之至也。故今倡家谓之求食，盖本乎此。

唐以前馆驿并给传往来，开元中务从简便，方给驿券。驿之给券，自此始也。

曲有《录要》者，录《霓裳羽衣曲》之要拍，即《唐书·吐蕃传》所谓《凉州》、《胡谓》、《录要》、杂曲，而今世语讹谓之"绿腰"。

梁高祖为宣武节帅，乃受禅，乃升汴州为开封府。其诏曰："兴王之地，受命之邦，集大勋有异庶方，沾庆泽所宜加厚。故丰、沛著启祚之美，襄、邓有建都之荣。用壮鸿基，且旌故里。"则汴州为开封府，自朱梁时也。

天清寺繁台本梁王鼓吹台，梁高祖常阅武于此，改为讲武台。其后繁氏居其侧，里人乃呼为"繁台"。则繁台之名，始于此也。

《左氏传》曰："魏大名也。"故魏府号大名府。

《考工记》：㮚氏掌攻金，其量铭曰"时文思索"，故今世攻作之所号文思院。

苏有姑苏台，故苏州谓之苏台；相有铜雀台，故相州谓之相台；滑有测景台，故滑州谓之滑台。

王禹偁徙蕲州，到任谢上表曰："宣室鬼神之问，敢望生还；茂陵封禅之文，已期身后。"李淑到河中府，谢上表曰："长安日远，戴盆之望徒深；宣室夜阑，前席之期不再。"王陶再来河南府，谢上表曰："田园仅足，二疏那见其复来；羽翼已成，四皓宁闻于再起。"三公表意一，同到任未几皆卒。

景德中，河朔举人皆以防城得官。而范昭作状元，张存、任并虽事业荒疏，亦皆被泽。时有无名子嘲曰："张存解放旋风炮，任并能烧猛火油。"存后仕尚书，并亦仕至屯田员外郎，知要州卒。

庆历丙戌岁，春榜省试，以"民功曰庸"为赋题，题面生梗，难为措词。其时路授、饶瑄各场屋驰名，路则云"此赋须本赏"，饶则云"此赋须本农"。故当时无名子嘲曰："路授则家住关西，打赏骂赏；饶瑄则生居浙右，你侬我侬。"

本朝大官，最享高年者凡三人，曰太傅张公士逊、枢相张公昇、少师赵公槩，皆寿至八十六。又二人次之，曰陈文惠公尧佐，至八十二，杜祁公衍，至八十一。又一人次之，曰富文忠公弼，寿至八十。余皆不及焉。故文惠致政，以诗寄太傅曰："青云歧路游将遍，白发光阴得最多。"盖为是也。

太傅张公，光化军人，生百日，始能啼。襁褓中丧其父母。少孤贫，读书武当山，有道士见而异之，曰："子有道气，可随我学仙。"公不欲，道士亦弗强，曰："不然，亦位极人臣。"公以淳化三年孙何下及第，久困选调，年几五十始转著作佐郎，知邵武县。还朝,以文贽杨公大年,比三日,至门下,连值杨公与同辈打叶子,门吏不敢通,公亦弗去。杨公忽自窗隙目之,知非常人,延入款语。又观所为文,以为有宰相器。未几荐为御史,寻充寿春王友,由此附会,遂登台辅。然公宽厚长者,记存故旧,尝与邵武姓鱼一僧相善,及贵,犹不忘,为鱼奏紫方袍,弟子守仙亦沾锡服。晚年致政,犹时时遗守仙物不绝,答书皆亲笔,书语皆稠叠勤拳,其敦笃如此。

公性喜山水,宰邵武时多游僧舍,至则吟哦忘归。常至西庵寺,题诗曰:"西庵深入西山里,算得当年少客游。密密石丛盘小径,涓涓云窦泻寒流。松皆有节谁青盖,僧尽无心也白头。欲刷粉牌书姓字,调卑官冗不堪留。"又公尝至宝盖岩寺,亦留题曰:"身为冠冕留,心是云泉客。每到云泉中,便拟忘归迹。况兹宝盖岩,天造清凉宅。税车官道边,谁知愿言适。"又公尝公牒至建宁县,道洛阳村而山路险峭,穿绝不可名状,亦题二韵于村寺曰:"金谷花时醉几场,旧游无日不思量。谁知万水千山里,枉被人言过洛阳。"仁宗笃师傅恩,遇公特厚,致政后每大朝会,常令缀两府班。公时已八十余,而拜跪尚轻利,仁宗悦,乃飞白"千岁"二字赐之。公遽进歌以谢,优诏答之。虽汉显宗之遇桓荣,不是过也。

枢相张公昇字杲卿,阳翟人。大中祥符八年蔡齐下及第,仕亦晚达。皇祐中自润州解官时已六十余,语三命僧化成曰:"运限恰好,去未得。"未几除侍御史知杂事,不十年作枢相。退归阳翟,生计不丰,短毼轻缣,翛然自适。乃结庵于嵩阳紫虚谷,每旦晨起焚香,读《华严》。庵中无长物,荻帘、纸帐、布被、革履而已。年八十余,自撰《满江红》一首,闻者莫不慕其旷达。词曰:"无利无名,无荣无辱,无烦无恼。夜灯前,独歌独酌，独吟独笑。况值群山初雪满，又兼明月交光好。便假饶、百岁拟如何，从他老。　　知富贵，谁能保？知功业，何时了？算箪瓢金玉，所争多少。一瞬光阴何足道，但思行乐常不早。待春来携酒殢东风，眠芳草。"

少师赵公槩字叔平，天圣初王尧臣下第三人及第。为人宽厚长者，留滞内相十余年，晚始大用，参贰大政。治平中退老睢阳，素与欧阳文忠公友善。时文忠退居东颍，公即自睢阳乘兴挐舟访之，文忠喜公之来，特为展宴，而颍守翰林吕公亦预会。文忠乃自为口号一联云："金马玉堂三学士，清风明月两闲人。"两闲人谓公与文忠也。

青箱杂记卷九

　　杨文公《谈苑》称楚僧惠崇工诗,于近代释子中为杰出,而欧阳公少师《归田录》亦纪其佳句,则不甚多。余尝见惠崇自撰句图凡一百联,皆平生所得于心而可意者。今并录之:《书杨云卿别墅》云:"河分岗势断,春入烧痕青。"《长信词》云:"阴井生秋早,明河转曙迟。"《送远上人西游》云:"地形吞蜀尽,江势抱蛮回。"《江行晚泊》云:"岭暮春猿急,江寒白鸟稀。"《上谷相公池上作》云:"归禽动疏竹,落果响寒塘。"《赠陈六府》云:"野人传相鹤,山吏学弹琴。"《夜坐》云:"香浅冰生井,宵分月上轩。"《赠凝上人》云:"掩门青桧老,出寺白髭长。"《送迁客》云:"浪经蛟浦阔,山入鬼门寒。"《经缘公旧寺》云:"遗偈传诸国,留真在一峰。"《塞上》云:"河冰坚度马,塞雪密藏雕。"《喜长公至》云:"久别年颜改,相逢夜话长。"《隐者》云:"多年不道姓,几日旋移家。"《宿东林寺》云:"鸟归杉堕雪,僧定石沉云。"《上翰林杨学士》云:"露寒金掌重,天近玉绳低。"《柳氏书斋》云:"著书惊日短,弹剑惜春深。"《上王太尉》云:"探骑通番垒,降兵逐汉旗。"《田家秋夕》云:"露下牛羊静,河明桑柘空。"《舟行》云:"林断城隍出,江分岛屿回。"《寄梅苏州》云:"锁城山月上,吹角海鸥惊。"《宿杨侍郎东亭》云:"卷幔来风远,移床得月多。"《送程至》云:"白浪分吴国,青山隔楚天。"《游隐静寺》云:"空潭闻鹿饮,疏树见僧行。"《送钱供奉巡警》云:"剑佩明山雪,旌旗湿海云。"《梅鼎臣河亭》云：“旷野行人少，长河去鸟平。”《宿肇公山斋》云：“月高山舍迥，霜落石门深。”《送卢经西归》云：“霜多秦木迥，云尽汉山孤。”《濠梁夜泊》云：“夜阑潮动舸，秋迥月临城。”《崔仰秋居》云：“叶落风中尽，虫声月下多。”《赠裴使君》云：“行县山迎舸，论兵云绕旗。”《早行》云：“繁霜衣上积，残月马前低。”《秋夕》云：“磬断虫声出，峰回鹤影沉。”《书韩退之屋壁》云：“移家临丑石，租地得灵泉。”《秋夕怀长公》云：“秋近草虫乱，夜遥霜月低。”《观宴乡老》云：“海鸥听舜乐，山鬼醉尧觞。”《赠素上人》云：“中食下林狖，夜禅移冢狐。”《晚夏》云：“扇声犹泛暑，井气忽生秋。”《江行早发》云：“残月楚山晓，孤烟江庙春。”《宿翻经馆清少卿房》云：“梵容分古像，唐语入新经。”《题王太保道院》云：“鹤传沧海信，僧和白云诗。”《秋夕怀汪白诗》云：“寒禽栖古柳，破月入微云。”《赠白上人》云：“花漏沉山月，云衣起海风。”《喜陈助教至》云：“楼中天姥月，座上杜陵人。”《冬日野望》云：“人归冈舍迥，雁过渚田遥。”《送人牧荣州》云：“山色临巴迥，江流入汉清。”《春申道中》云：“湘云随雁断，楚路背人遥。”《赠李道士》云：“松风吹发乱，岩溜溅棋寒。”《栖霞寺》云：“境闲僧渡水，云尽鹤盘空。”《林逋河亭》云：“古路随岗起，秋帆转浦斜。”《杨秘监池上》云：“禽寒时动竹，露重忽翻荷。”《魏野山亭》云：“岚重琴棋湿，风长枕簟寒。”《塞下》云：“离碛雁冲雪，渡河人上冰。”《寄白阁能上人》云：“夜梵通云窦，秋香满石丛。”《陕西道中》云：“关河双鬓白，风雪一灯青。”《送防秋杨将军》云：“杀气生龙剑，威风动虎旗。”《瓜州亭子》云：“落潮鸣下岸，飞雨暗中峰。”《贺刘舍人》云：“日缠黄道迥，春入紫微深。”《除夜》云：“寒灯催腊尽，晓角唤春归。”《幽并道中》云：“雁行沉古戍，雕影转寒沙。”《送僧归天台》云：

"景霁云回合,秋生树动摇。"《过陈抟旧居》云:"乱水僧频过,荒林鹤不还。"《宿横江馆》云:"露馆涛惊枕,空庭月伴琴。"《维邢道中》云:"马渡冰河阔,雕盘噎日高。"《国清寺秋居》云:"惊蝉移古柳,斗雀堕寒庭。"《书平上人山房》云:"松风传夕磬,溪雾拥春灯。"《观南郊天伏》云:"霓旌摇曙景,凤吹绕春云。"《赠义省上人》云:"坐石云生袖,添泉月入瓶。"《升平词》云:"万国无刑治,三边不战平。"《国清寺》云:"瞑鹤栖金刹,秋僧过石桥。"《吕氏西斋》云:"云残僧扫石,风动鹤归松。"《刘参幽居》云:"风暖鸟巢木,日高人灌园。"《杨都官池上》云:"竹风惊宿鹤,潭月戏春鸳。"《书矫方屋壁》云:"圭窦先知晓,盆池别见天。"《送陈舍人巡抚》云:"月露疏寒析,云涛闪画旗。"《宿齐上人禅斋》云:"鹤惊金刹露,龙蛰玉瓶泉。"《春日寇宫赞池上》云:"暄风生木末,迟景入泉心。"《七夕》云:"河来天上阔,云度月边轻。"《赠王道士》云:"海人来相鹤,山狖下听琴。"《送孙荆州》云:"画鹢浮秋浪,金铙响夕云。"《江城晚望》云:"丹枫映郭迥,绿屿背江深。"《题王太保山亭》云:"危溜含清瑟,飞花点玉筋。"《送李秦州》云:"朱旗凌雪卷,画角入云吹。"《画上人西斋》云:"孤云还静境,远籁发秋空。"《李太傅山庄》云:"围棋分雪石,汲井动金沙。"《宫中词》云:"井含春气碧,楼转夕阴清。"《送吴袁州》云:"鸟暝风沉角,天清月上旗。"《寄肇公》云:"斜吹鸣金锡,归云拥石床。"《塞上》云:"古戍生烟直,平沙落日迟。"《嗣上人》云:"拂石云离帚,尝茶月入铛。"《舟行》云:"远屿迎樯出,寒林带岸回。"《送延上人》云:"来时云拥衲,别夜月随筇。"《马螅淮亭》云:"路横岗烧断,风转浦帆斜。"《上殿前戴太保》云:"剑静龙归匣,旗闲虎绕竿。"《高谭书斋》云:"品画逢名岳,横琴忆古贤。"《太一山》云:"云阴移汉塞,石色入秦天。"

《塞上送人》云："地遥群马小，天阔一雕平。"《范溶园池》云："江花凌霰发，山溜入池深。"《猎骑》云："长风跃马路，小雪射雕天。"《高略书院》云："古木风烟尽，寒潭星斗深。"《送段工部河北转运》云："渡河风动旆，巡部雨沾车。"

　　神宗朝皇嗣屡阙，余尝诣阁门上书乞立程婴、公孙杵臼庙，优加封爵，以旌忠义，庶几鬼不为厉，使国统有继。是时适值郓王服药，上览之矍然，即批付中书，授臣将作监丞，敕河东路访寻二人遗迹，乃得其家于绛州太平县。诏封婴为成信侯，杵臼为忠智侯，因命绛州立庙，岁时致祭。余所上书略曰："臣尝读《史记·世家》，考赵氏废兴之本末，惟程婴、公孙杵臼二人各尽死，不顾难以保全赵氏孤儿，最为忠义。乃知国家传祚至今，皆二人之力也。盖下宫之难，屠岸贾杀赵朔、赵同、赵括、赵婴齐，已赤族无噍类。惟朔妻有遗腹，匿于公宫，既而免身生男。屠岸贾闻知，索于宫中甚急。于是朔妻置男袴中，祝曰：'赵宗灭乎，若号；即不灭，若无声。'及索，儿竟无声，乃得脱。然则儿之无声，盖天有所祚。且天方启赵氏，生圣人以革五代之乱，拯天下于汤火之中而奄有焉。使圣子神孙继继承承而不已，则儿又安敢有声？盖有声则不免，不免则赵氏无复今日矣。然虽天祚亦必赖公孙杵臼谬负他婴匿于山中，卒与俱死，以绝其后患。又必赖程婴保持其孤，遂至成人而立之，以续赵祀，即赵文子也。于是赵宗复盛，传十世至武灵王，而遂以胡服与秦俱霸。其后为秦所并，则子孙荡析，散居民间。今常山、真定、中山，则古之赵地也。故赵氏世为保州人，而僖祖、顺祖、翼祖、宣祖皆生于河朔，以至太祖启运，太宗承祧，真宗绍休，仁宗守成，英宗继统，陛下缵业。向使赵氏无此二人以力卫褓袌，孑然之孤使得以全，则承祀无遗育矣，又安能昌炽以至于此？故臣深以谓国家传祚至今，皆二人之力也。二人死皆以义，甚可悼痛，虽当时赵武为婴服丧三年，为之祭奠，春秋祠之，世勿绝；然今不知其祠之所在，窃虑其祠或废而弗举，或举而弗葺，或葺而弗封，三者皆阙典也。《左氏》曰：'鬼有所归，乃不为厉。'自宋有天下，甲子百二十二年于兹矣。而二人忠义，未见褒表，庙食弗显。故仁宗在位，历年至多，而前星不耀，储嗣屡阙。虽天命将启先帝以授陛下，然或虑二人精魄久无所归，而亦因是为厉也。何哉？盖二人能保赵孤，使赵宗复续，其德甚厚。则赵宗之续，国统之继，皆自二人为之也。况二人者忠诚精刚，洞贯天地，则其魂常游于大空而百世不灭。臣今欲朝廷指挥下河东北晋赵分域之内，访求二人墓庙，特加封爵旌表。如或自来未立庙貌，即速令如法崇建，著于甲令，永为典祀。如此则忠义有劝，亦可见圣朝不负于二人者矣。"

　　龙图燕公肃雅多巧思，任梓潼日尝作莲花漏献于阙下。后作藩青社，出守东颍，悉按其法而为之。其制为四分之壶，参差置水器于上，刻木为四方之箭，箭四觚，面二十五刻，刻六十四面，百刻总六千分，以效日。凡四十八箭，一气一易，铸金莲、承箭、铜乌引水，下注金莲，浮箭而上。有司唯谨视而易之。其行漏之始，又依《周官》水地置泉法，考二交之景，得午时四刻一十分，午为正南，北景中以起漏焉。以梓潼在南，其法昼增一刻，夜损一刻，青社稍北，昼增三刻，颍处梓、青之间，昼增二刻，夜损亦如之，仍作宣秘漏，其窥天愈密焉。兹亦张平子之流也。

　　本朝之制诰待制，止系皂鞓犀带，迁龙图阁直学士，始赐金带。燕公为待制，十年不迁，乃作《陈情诗》上时宰，诗曰：

"鬓边今日白，腰下几时黄？"于是时宰怜其老，未几迁直学士。燕公登科最晚，年四十六始用寇莱公荐转京官，晚登文馆，列侍从，作直学士时已六十余矣。

青箱杂记卷十

真宗朝有王犍者,汀洲长汀人。少时薄游江界,至星子县夜宿逆旅,遇道士授黄白术,未尽其要。后再遇其人于茅山,相携至历阳,指示灵草,并传以合和密诀,试皆有验。仍别付灵方环剑缄滕之书,戒曰:"非遇人君,慎勿轻述。"犍后以佯狂抵禁,配流岭南,时供奉官阁门祇候谢德权适总巡兵,颇闻其异。犍后窜归阙下,德权乃馆于私第,炼成药银上进。真宗异之,命解军籍,使刘承珪诘其事。犍以师戒甚严,终不敢泄,唯愿见至尊面陈。于是承珪乃为犍改名中正,俾诣登闻,始得召见。即授许州散掾,留止京师。寻授神武将军,致仕,仍给全俸,迁高州刺史、康州团练使。前后贡药金银累巨万数,辉彩绝异,不类世宝,当时赐天下天庆观金宝牌,即其金所铸也。然中正亦不敢妄费,唯周济贫乏,崇奉仙释而已。今汀州开元寺,乃其施财所建也。卒赠镇南军节度使,此近古所未闻也。

乖崖张公詠尹益部日,值李顺兵火之后,群政未举。因谇一吏,词不伏,公曰:"这莫要剑吃?"彼云:"谇不得,吃剑则得。"公命斩之以徇。军吏愕眙相顾,自是始服公威信。李顺党中有杀耕牛避罪亡逸者,公许其首身。拘母十日,不出,释之。复拘其妻,一宿而来。公断云:"禁母十夜,留妻一宵。倚门之望何疏,结发之情何厚?旧为恶党,因又逃亡。许令首身,犹尚顾望。"就命斩之。于是首身者继至,并遣归业,蜀民由此安居。

平顺贼之明年，复有刘盱相继叛命，公命讨平之。既而凯旋，忽有持首级来者，公曰："当奔突接战之际，岂暇获其首，此必战后斫来，知复是谁？"殿直段伦曰："如学士之言，真神明。当时随伦为先锋入贼用命者，皆中伤被体，何尝获首级？"公乃先录中伤之人，而以持首级来者次之，于是军伍欢跃。又皇祐中侬贼叛命，狄青讨之。青临行上言，以谓："古之师还，以讯馘首，告割耳鼻则有之，不闻有获首者。秦汉以来，方有是事，故获一首则赐爵一级，因为之首级。然开争启幸，莫此之甚，故军士争首级以致相杀。又其间多以首级为货，售于无功不战之人，非所以劝，愿一切寝罢。如师有功，则差次其劳，全军加赏；无功则斟酌其罪，全军加罚。庶令上下一心，不专自为私计，则决胜之道也。"从之，遂大捷。然则青之智识，亦公之智识也。

公布衣时素善陈抟，尝因夜话谓抟曰："某欲分先生华山一半，住得无？"抟曰："余人则不可，先辈则可。"及旦取别，抟以宣毫十枝、白云台墨一剂、蜀笺一角为赠。公谓抟曰："会得先生意，取某人闹处。"去曰"珍重"。抟送公回，谓弟子曰："斯人无情于物，达则为公卿，不达为王者师。"公常感之，后尹蜀，乘传过华阴，寄抟诗曰："性愚不肯林泉住，强要清流拟致君。今日星驰剑南去，回头惭愧华山云。"

公布衣时常至郑州宿于逆旅，遇一人气貌甚古，与之语，曰尘外子，不言姓氏，自称神和子。质明为别，语公曰："他日相公候于益州。"后公典益部，疡生于首，祷于龙兴观。夜梦昔年神和子告之曰："头疮勿疑，不是死病。"及觉，语道士文正之尝收得郑韶处士《赠神和子歌》，因索而阅之，益异其事。公乃建大阁，上下十四间，号仙游阁，歌至今刻石存焉。公离蜀日，以一幅书授蜀僧希白，其上题"须十年后开"。其后公薨于陈，凶讣至蜀果十年。启封，乃乖崖翁真子一幅，戴隐士帽，褐袍绢带，其旁题云："依此样写于仙游阁。"兼自撰《乖崖翁真赞》云："乖则违众，崖不利物。乖崖之名，聊以表德。徒劳丹青，绘写凡质。欲明此心，服之无致。"至今川民皆依样家家传写。

李复圭三世皆知滑州，天圣中其祖康靖公若谷知，庆历中其父邯郸公淑又知，及后八年复圭又知。前此邯郸公尝迎侍康靖，题诗于州廨曰："滑守如今是世官，阿戎出守自金銮。郡人莫讶留题别，孙息期同住此看。"后复圭刻石记其事，一曰"仰承诒训，允契冥兆"，兹亦异也。

刘沆与乡人尹鉴少同场屋，刘已登第大拜。皇祐中尹以恩榜始登第，还乡，刘以诗送之："少年相款老相逢，乡举虽同遇不同。我已位尘三事后，君方名列五科中。荣登莫计名高下，宦达须由善始终。若到乡关人见问，为言归思满秋风。"

仁宗朝内臣孙可久，赋性恬澹，年逾五十即乞致仕。都下有居第，堂北有小园，城南有别墅。每良辰美景，以小车载酒，优游自适。石曼卿尝过其居，题诗曰："南北沿河润，幽深在禁城。叠山资远意，让俸买闲名。闭户断蛛网，折花移鸟声。谁人识高趣，朝隐石渠生。"屯田外郎柳永亦赠诗曰："故侯幽隐直城东，草树扶疏一亩宫。曾珥貂珰为近侍，却纡绦褐作闲翁。高吟拥鼻诗怀壮，雅论盱衡道气充。厌尽繁华天上乐，始将踪迹学冥鸿。"可久好吟咏，效白乐天格。尝为陕西驻泊，为乐天构祠堂于郡城大阜之顶。中安绘像，仍缮写平生歌诗警策之句，遍于旧墉。晚年著《归休集》行于世，年七十余卒。

内臣裴愈字益之，亦好吟咏。真宗朝衔命江南，搜访遗书名画，归奏称旨，用是累居三馆秘阁职任。有诗《送鲁秀才南游》云："东吴山色家家月，南楚江声浦浦风。"《闻蝉》诗云："杨柳影疏秋霁月，梧桐叶坠夕阳天。"皆其佳句。有子曰湘，字楚老，亦有诗名。明道中仁宗御便殿，试进士《房心为明堂赋》、《和气致祥诗》，亦命湘赋之。湘蹈舞再拜，数刻而成。仁宗嗟赏，左右中人为之动色。其《和气致祥诗》曰："君德承天道，冲融协大和。卿云呈瑞草，膏泽应时多。煦集连枝木，嘉扶异颖禾。五星还聚井，丹凤更巢阿。数泽无遗士，边防久息戈。黔黎逢至化，稽首载赓歌。"他诗亦类此。有《肯堂集》行于世，翰林李公淑为之作序曰："予尝嘉河东父子起银珰右貂，能以属辞拔其伦。益之三朝侍内，老不废学，又课厉二子，使皆有立，约己慎履，如周仁、石庆。而楚老孳孳嗜书，克自淬琢云。"湘又喜为小词，尝在河东路走马承受，有"咏并门"《浪淘沙》小词云："雁塞说并门，郡枕西汾。山形高下远相吞。古寺楼台依碧障，烟景遥分。　　晋庙镇溪云，箫鼓仍存。牛羊斜日自归村。惟有故城禾黍地，前事销魂。"复有"咏汴州"《浪淘沙》小词，仁宗命录进，亦嘉之。其词曰："万国仰神京，礼乐纵横。葱葱佳气镇龙城。日御明堂天子圣，朝会簪缨。　　九陌六街平，万物充盈。青楼弦管酒如渑。别有隋堤烟柳暮，千古含情。"

　　杨文公深达性理，精悟禅观，捐馆时作偈曰："沤生复沤灭，二法本来齐。要识真归处，赵州东院西。"

　　丞相王公随亦悟性理，捐馆时知河阳，作偈曰："画堂灯已灭，弹指向谁说？去住本寻常，春风扫残雪。"是夕薨。凌晨大雪，实正月六日。

　　曹司封修睦深达性理，知邵武军时常以竹簟赠禅僧仁晓，因作偈与之曰："翠筠织簟寄禅斋，半夜秋从枕底来。若也此时人问道,凉天卷却暑天开。"

张尚书方平尤达性理,有人问祖师西来意,张作偈答之曰:"自从无始千千劫,万法本来无一法。祖师来意我不知,一夜西风扫黄叶。"

陈文惠公亦悟性理,尝至一古寺,作偈曰:"殿古寒炉空,流尘暗金碧。独坐偶无人,又得真消息。"

富文忠公尤达性理,熙宁余官洛下,公时为亳守,遗余书托为访荷泽诸禅师影像。余因以偈戏之曰:"是身如泡幻,尽非真实相。况兹纸上影,妄外更生妄。到岸不须船,无风休起浪。唯当清静观,妙法了无象。"公答偈曰:"执相诚非,破相亦妄。不执不破,是名实相。"既又以手笔贶余曰:"承此偈见警,美则美矣,理则未然。所谓无可无不可者,画亦得,不画亦得。就其中观像者,为不得;不观像者,所得如何?禅在甚么处,似不以有无为碍者,近乎通也。思之,思之。"

文之神妙,莫过于诗赋。见人之志,非特诗也,而赋亦可以见焉。唐裴晋公作《铸剑戟为农器赋》云:"我皇帝嗣位三十载也,寰海镜清,方隅砥平,驱域中尽归力穑,示天下弗复用兵。"则平淮西、一天下,已见于此赋矣。

范文正公作《金在镕赋》云:"傥令区别妍媸,愿为轩鉴;若使削平祸乱,请就干将。"则公负将相器业、文武全才,亦见于此赋矣。公又为《水车赋》,其末云:"方今圣人在上,五日一风,十日一雨,则斯车也,吾其不取。"意谓水车唯施于旱岁,岁不旱则无所施,则公之用舍进退亦见于此赋矣。盖公在宝元、康定间遇边鄙震耸,则骤加进擢,及后晏静,则置而不用,斯亦与水车何异。

王沂公《有物混成赋》云:"不缩不盈,赋象宁穷于广狭;匪雕匪斫，流形罔滞于盈虚。”则宰相陶钧运用之意，已见于此赋矣。又云：“得我之小者，散而为草木；得我之大者，聚而为山川。”则宰相择任群材，使小大各得其所，又见于此赋矣。

　　宋莒公兄弟平时分题课赋，莒公多屈于子京，及作《鸷鸟不双赋》，则子京去兄远甚，莒公遂擅场。赋曰：“天地始肃，我则振羽而独来；燕鸟焉知，我则凌云而自致。”又曰：“将翱将翔，讵比海鹅之翼；自南自北，若专霜隼之诛。”则公之特立独行，魁多士、登元宰，亦见于此赋矣。

邵氏闻见录

[宋]邵伯温　撰

王根林　　校点

校 点 说 明

《邵氏闻见录》,又名《河南邵氏闻见录》,或名《闻见前录》,"前"字乃后人所加,以区别作者之子邵博所著《邵氏闻见后录》。二十卷,宋邵伯温撰。邵伯温(1056—1134),河南洛阳人,字子文,是宋代著名的理学家邵雍(字尧夫,谥康节)之子。

作者在本书《自序》中说:"伯温蚤以先君子之故,亲接前辈,与夫侍家庭,居乡党,游宦学,得前言往行为多。以畜其德则不敢当,而老景侵寻,偶负后死者之责,类之为书,曰《闻见录》,尚庶几焉。"表明本书主要是以绍述并阐扬其父及其密友的为人品性和政治见解为归旨的。其父邵雍治《易》学,隐居不仕,但颇关心时事,与当时的政治家、史学家司马光、吕公著、富弼等过从甚密,特别是在反对王安石变法问题上,观点一致。因此,反映变法与反变法的激烈斗争,很自然成为本书的重点。作者是坚定地站在反变法的立场上的,对新法之"弊害",乃至王安石及其亲信的个人品质,作了详尽的揭露和猛烈的抨击。而同时,也有比较客观记述在一些具体问题上两派各有得失的内容。本书在反映这场斗争的广度和深度方面所独具的价值,受到后代学者的高度重视。

现在可见的本书版本,主要有明《津逮秘书》本、清《学津讨原》本及民国涵芬楼夏敬观校本几种。今以校勘较精的涵芬楼夏校本为底本,校以《津逮秘书》、《学津讨原》和现存的宋、元、明钞本及有关史志,予以标点,校改之处不出校记。

目　录

邵氏闻见录序

《易》曰:"君子多识前言往行,以畜其德。"《孟子》曰:"则闻而知之,则见而知之。"伯温蚤以先君子之故,亲接前辈,与夫侍家庭,居乡党,游宦学,得前言往行为多。以畜其德则不敢当,而老景侵寻,偶负后死者之责,类之为书,曰《闻见录》,尚庶几焉。绍兴二年十一月十五日壬申河南邵伯温书。

邵氏闻见录卷第一

　　太祖微时,游渭州潘原县,过泾州长武镇。寺僧守严者异其骨相,阴使画工图于寺壁,青巾褐裘,天人之相也,今易以冠服矣。自长武至凤翔,节度使王彦超不留,复入洛。枕长寿寺大佛殿西南角柱础昼寝,有藏经院主僧见赤蛇出入帝鼻中,异之。帝寤,僧问所向,帝曰:"欲见柴太尉于澶州,无以为资。"僧曰:"某有一驴子可乘。"又以钱币为献,帝遂行。柴太尉一见奇之,留幕府。未几,太尉为天子,是谓周世宗。帝与宣祖俱事之,南征北伐,屡建大功,以至受禅。万世之基,实肇于澶州之行。帝即位,尽召诸节度使入觐。宴苑中,诸帅争起论功,惟彦超独曰:"臣守藩无效,愿纳节备宿卫。"帝喜曰:"前朝异世事安足论,彦超之言是也。"从容问彦超曰:"卿当日不留我,何也?"彦超曰:"涔蹄之水,不足以泽神龙。帝若为臣留,则安有今日。"帝益喜曰:"独令汝更作永兴节度一任。"长寿寺僧亦召见,帝欲官之,僧辞,乃以为天下都僧录,归洛。今永兴有彦超画像,长寿寺殿中亦有僧画像,皆伟人也。呜呼!圣人居草昧之际,独一僧识之,彦超虽不识,及对帝之言自有理,异哉!

　　周世宗死,恭帝幼冲,军政多决于韩通。太祖与通并掌军政,通愚愎,将士皆怨之,太祖英武,有度量智略,多立战功,故皆爱服归心焉。将北征,京师之人喧言:出军之日,当立点检为天子。富室或挈家逃匿他州。太祖闻之惧,密以告家人曰:

"外间讻讻如此,奈何?"太祖姊即魏国长公主,面如铁色,方在厨,引面杖逐太祖曰:"大丈夫临大事,可否当自决,乃于家间恐怖妇女何为耶?"太祖默然而出。

太祖初登极时,杜太后尚康宁,与上议军国事,犹呼赵普为书记。尝劳抚之曰:"赵书记且为尽心,吾儿未更事也。"太祖待赵韩王如左右手。御史中丞雷德骧劾奏普强占市人第宅,聚敛财贿,上怒叱之曰:"鼎铛尚有耳,汝不闻赵普吾之社稷臣乎?"命左右曳于庭数匝,徐使复冠,召升殿,曰:"后当改,姑赦汝,勿令外人闻也。"

太祖将受禅,未有禅文,翰林学士承旨陶穀在旁,出诸怀中进曰:"已成矣。"太祖由是薄其为人。穀墓在京师东门外觉昭寺,已洞开,空无一物。寺僧云:"屡掩屡坏,不晓其故。"张舜民曰:"陶为人轻险,尝自指其头谓必戴貂蝉,今髑髅亦无矣。"

太祖初受天命,诛李筠、李重进,威德日盛。因问赵普:"自唐季以来,数十年间,帝王凡易十姓,兵革不息,生灵涂地,其故何哉? 吾欲息兵定长久之计,其道何如?"普曰:"陛下言及此,天人之福也。唐季以来,战争不息,家散人亡者无他,节镇太重,君弱臣强而已。今欲治之,惟稍夺其权,制其钱谷,收其精兵,则天下安矣。"语未卒,帝曰:"卿勿复言,吾已悉矣。"顷之,上因晚朝,与故人石守信、王审琦饮酒,帝屏左右,谓曰:"吾资尔曹之力多矣,念尔之功不忘。然为天子,亦大艰难,殊不若为节度使之乐,吾今终夕未尝敢安枕而卧也。"守信等问其故,帝曰:"此岂难知? 所谓天位者,众欲居之尔。"守信等皆顿首曰:"陛下出此言何也? 今天命已定,谁敢复有异心?"上曰:"不然。汝曹虽无此心,其如麾下之人欲富贵者何? 一旦以黄袍加汝之身，汝虽欲不为，其可得乎？"守信等涕泣曰："臣愚不及此，惟陛下哀怜，示以可生之途。"上曰："人生如白驹过隙耳，所谓富贵者，不过欲多积金钱，厚自娱乐，使子孙显荣耳。汝曹何不释去兵权，择便好田宅市之，为子孙立永久之业，多置歌儿舞女，日饮食相欢，以终天年。君臣之间，两无猜嫌，上下相安，不亦善乎？"守信等皆拜谢曰："陛下念臣及此，幸甚！"明日，皆称疾，请解军政。上许之，尽以散官就第，所以慰抚赐赍甚厚，或与之结婚。于是更置易制者，使主亲军。其后又置转运使、通判使，主诸道钱谷。收天下精兵，以备宿卫，而诸功臣亦以善终，子孙富贵，迄今不绝。向非韩王谋虑深长，太祖深明果断，天下无复太平之日矣。圣贤之见，何其远哉！世谓韩王为人阴刻，当其用事时，以睚眦中伤人甚多，然子孙至今享福禄，国初大臣鲜能及者，得非安天下功大乎？

太祖遣曹彬伐江南，临行谕曰："功成以使相为赏。"彬平江南归，帝曰："今方隅未服者尚多，汝为使相，品位极矣，岂肯复战耶？姑徐之，更为吾取太原。"因密赐钱五十万，彬怏怏而退。至家，见钱布满室，乃叹曰："好官亦不过多得钱耳，何必使相也！"呜呼！太祖重惜爵位如此，孔子称"唯名与器不可以假人"，太祖得之矣。

祖宗开国，所用将相皆北人，太祖刻石禁中，曰："后世子孙，无用南士作相，内臣主兵。"至真宗朝，始用闽人，其刻不存矣。呜呼！以艺祖之明，其前知也。汉高祖谓吴王濞曰："后五十年东南有乱者，非汝耶？然天下一家，慎无反。"已而果然，艺祖亦云。

太祖即位之初，数出微行，以侦伺人情，或过功臣之家，不可测。赵普每退朝，不敢脱衣冠。一日大雪，向夜，普谓帝不

复出矣。久之，闻叩门声，普出，帝立风雪中，普惶惧迎拜。帝
曰："已约晋王矣。"已而太宗至，共于普堂中设重裀地坐，炽炭
烧肉。普妻行酒，帝以嫂呼之。普从容问曰："夜久寒甚，陛下
何以出？"帝曰："吾睡不能著，一榻之外皆他人家也，故来见
卿。"普曰："陛下小天下耶？南征北伐，今其时也，愿闻成算所
向。"帝曰："吾欲下太原。"普嘿然久之，曰："非臣所知也。"帝
问其故，普曰："太原当西北二边，使一举而下，则二边之患我
独当之。何不姑留以俟削平诸国，则弹丸黑志之地，将无所
逃。"帝笑曰："吾意正如此，特试卿耳。"遂定下江南之议。帝
曰："王全斌平蜀多杀人，吾今思之，犹耿耿不可用也。"普于是
荐曹彬为将，以潘美副之。明日命帅，彬与美陛对，彬辞才力
不逮，乞别选能臣；美盛言江南可取。帝大言谕彬曰："所谓大
将者，能斩出位犯分之副将，则不难矣。"美汗下，不敢仰视。
将行，夜召彬入禁中，帝亲酌酒，彬醉，宫人以水沃其面。既
醒，帝抚其背以遣曰："会取会取，他本无罪，只是自家着他不
得。"盖欲以恩德来之也。是故以彬之厚重，美之明锐，更相为
助，令行禁止，未尝妄戮一人，而江南平，皆帝仁圣神武所以用
之得其道云。

　　太祖初即位，朝太庙，见其所陈笾豆簠簋，则曰："此何等
物也？"侍臣以礼器为对。帝曰："我之祖宗宁曾识此！"命撤
去。亟令进常膳，亲享毕，顾近臣曰："却令设向来礼器，俾儒
士辈行事。"至今太庙先进牙盘，后行礼。康节先生常曰："太
祖皇帝其于礼也，可谓达古今之宜矣。"

　　东京，唐汴州，梁太祖因宣武府置建昌宫，晋改曰大宁宫，
周世宗虽加营缮，犹未如王者之制。太祖皇帝受天命之初，即
遣使图西京大内，按以改作。既成，帝坐万岁殿，洞开诸门，端

直如引绳，则叹曰："此如吾心，小有邪曲人皆见矣。"帝一日登明德门，指其榜问赵普曰："明德之门，安用之字？"普曰："语助。"帝曰："之乎者也，助得甚事！"普无言。

太祖登极未久，杜太后上仙，初从宣祖葬国门之南奉先寺。后命宰相范质为使，改卜，未得地。质罢，更命太宗为使，迁奉于永安陵。又欲迁远祖于西京之穀水，盖宣祖微时葬也。相并两冢，开圹皆白骨，不知辨，遂即坟为园，岁遣官并祭，洛人谓之"一寝二位"云。伊川先生程颐曰："为并葬择地者，可以谓之智矣。"

太祖猎近郊，所御马失，帝跃以下，且曰："吾能服天下矣，一马独不驯耶？"即以佩刀刺之。既而悔曰："吾为天子，数出游猎，马失又杀之，其过矣。"自此终身不复猎。

太祖朝，晋邸内臣奏请木场大木一章造器用。帝怒，批其奏曰："破大为小，何若斩汝之头也。"其木至今在，半枯朽，不敢动。呜呼！太祖于一木不忍暴用以违其材，况大者乎！

忠正军节度使王审琦与太祖皇帝有旧，为殿前都指挥使。禁中火，审琦不待召，领兵入救。台谏官有言，罢归寿州本镇。朝辞，太祖谕之曰："汝不待召以兵入卫，忠也。台臣有言，不可不行。第归镇，吾当以女嫁汝子承衍者。"召承衍至，则已有妇乐氏，辞。帝曰："汝为吾婿，吾将更嫁乐氏。"以御龙直四人控御马载承衍归，遂尚秦国大长公主。乐氏厚资嫁之。帝谓承衍曰："汝父可以安矣。"审琦归镇七年，率先诸镇纳节，以使相薨，追封秦王，谥正懿。承衍官至护国军节度使、驸马都尉、河中尹，薨，赠尚书令，追封郑王。呜呼！太祖驾驭英雄，听纳言谏，圣矣哉！

太祖即位，诸藩镇皆罢归，多居京师，待遇甚厚。一日，从幸金明池，置酒舟中，道旧甚欢。帝指其坐曰："此位有天命者得之，朕偶为人推戴至此，汝辈欲为者，朕当避席。"诸节度皆伏地汗下，不敢起。帝命近臣掖之，欢饮如初。呜呼！自非圣度宏远，安能服天下英雄如此。

伪蜀孟昶以降王入朝，舟过眉州湖瀼渡，一宫嫔有孕，昶出之，祝曰："若生子，孟氏尚存也。"后生子，今为孟氏不绝。昶治蜀有恩，国人哭送之。至犍为县别去，其地因号曰哭王滩。蜀初平，吕馀庆出守，太祖谕曰："蜀人思孟昶不忘，卿官成都，凡昶所榷税食饮之物，皆宜罢。"馀庆奉诏除之，蜀人始欣然不复思故主矣。

真宗皇帝景德元年，契丹入寇，犯澶渊，京师震动。当时大臣有请幸金陵、幸西蜀者。左相毕文简公病不出，右相寇莱公独劝帝亲征，帝意乃决，遂幸澶渊。帝意不欲过河，寇公力请，高琼控帝马渡过浮梁。帝登城，六军望黄屋呼万岁，声动原野，士气大振。帝每使人觇莱公动息，或曰"寇准昼寝，鼻息如雷"，或曰"寇准方命庖人斫鲙"，帝乃安。既射杀死虏骁将顺国王挞览，虏惧请和，帝令择重臣报聘。莱公遣侍禁曹利用以往。帝曰："凡虏所须，即许之。"莱公戒之曰："若许过二十万金币，吾斩若矣。"和议成，诸将请设伏邀击，可使虏匹马不返。莱公劝帝勿从，纵契丹归国，以保盟好。帝回銮，每叹莱公之功。小人或谮之曰："陛下闻博乎？钱输将尽，取其余尽出之谓之孤注。陛下，寇准之孤注也，尚何念之？"帝闻之惊甚，莱公眷礼遂衰。

真宗皇帝东封西祀，礼成，海内晏然。一日，开太清楼宴亲王、宰执，用仙韶女乐数百人，有司以宫嫔不可视外，于楼前起彩山幛之，乐声若出于云霄间者。李文定公、丁晋公坐席相

对，文定公令行酒黄门密语晋公曰："如何得倒了假山？"晋公
微笑。上见之，问其故，晋公以实对。上亦笑，即令女乐列楼
下，临轩观之，宣劝益频，文定至沾醉。

　　章献明肃太后，成都华阳人。少随父下峡至玉泉寺，有长
老者善相人，谓其父曰："君，贵人也。"及见后，则大惊曰："君
之贵，以此女也。"又曰："远方不足留，盍游京师乎？"父以贫为
辞，长老者赠以中金百两。后之家至京师，真宗判南衙，因张
耆纳后宫中。帝即位，为才人，进宸妃，至正位宫闱，声势动天
下。仁宗即位，以太皇太后垂帘听政。玉泉长老者，已居长芦
矣。后屡召不至，遣使就问所须，则曰："道人无所须也。玉泉
寺无僧堂，长芦寺无山门，后其念之。"后以本阁服用物下两寺
为钱，建长芦寺临江门，起水中。既成，辄为蛟所坏。后必欲
起之，用生铁数万斤叠其下，门乃成。盖蛟畏铁也。今《玉泉
寺僧堂梁记》曰后所建云。

邵氏闻见录卷第二

仁宗好用导引术理发，有宫人能之，号曰梳头夫人。一日，帝退朝，命夫人理发，嫔御列侍。帝袖中有章疏，左右争取之，帝不能止。有从旁读者，盖台臣乞放宫女章也。众闻之嘿然，独梳头夫人叹息曰："今京师富人尚求妾媵，岂有天子嫔御，外臣敢以为言？官家亟逐言者，则清净矣。"帝不语。既御膳，幸后苑，命内侍按宫人籍，上自出若干人，行台臣之言也。梳头夫人以入宫久，首出之，帝亦不问。或谓参知政事吴奎曰："上比汉文帝何如？"奎对曰："以此则过文帝远矣。"

仁宗朝，程文简公判大名府时，府兵有肉生于背，蜿蜒若龙伏者，文简收禁之，以其事闻。仁宗语宰辅曰："此何罪也？"令释之。后府兵以病死，呜呼！肉龙生于兵之背，妖也；帝释之，德足以胜妖矣。兵辄死，宜哉！

孙文懿公为翰林学士，撰《进祔李太后赦文》曰："章懿太后丕拥庆羡，实生眇冲，顾复之恩深，保绥之念重。神驭既往，仙游斯邈。嗟乎！为天下之母，育天下之君，不逮乎九重之承颜，不及乎四海之致养，念言一至，追慕增结。"仁宗皇帝览之，感泣弥月。公自此遂参大政。帝问文懿曰："卿何故能道朕心中事？"公曰："臣少以庶子不齿于兄弟，不及养母，以此知陛下圣心中事。"上为之流涕。先是，晏元献公撰《章懿太后神道碑》曰："五岳峥嵘，昆山出玉；四溟浩渺，丽水生金。"盖以明肃太后为尊也。学士大夫嘉其善比，独仁宗不悦。

伯温尝得老僧海妙者言：仁宗朝，因赴内道场，夜闻乐声，久出云霄间。帝忽来临观，久之，顾左右曰："众僧各赐紫罗一匹。"僧致谢，帝曰："来日出东华门，以罗置怀中，勿令人见，恐台谏有文字论列。"呜呼！仁宗以微物赐僧，尚畏言者，此所以致太平也。海妙又言：尝观仁宗二十许岁时，祀南郊回，坐金辇中，日初出，面色与金光相射，真天人也。因并记之。

仁宗一日幸张贵妃阁，见定州红瓷器，帝坚问曰："安得此物？"妃以王拱辰所献为对。帝怒曰："尝戒汝勿通臣僚馈遗，不听何也？"因以所持柱斧碎之。妃愧谢，久之乃已。妃又尝侍上元宴于端门，服所谓灯笼锦者，上亦怪问。妃曰："文彦博以陛下眷妾，故有此献。"上终不乐。后潞公入为宰相，台官唐介言其过，及灯笼锦事，介虽以对上失礼远谪，潞公寻亦出判许州，盖上两罢之也。或云灯笼锦者，潞公夫人遗张贵妃，公不知也。唐公之章与梅圣俞书窜之诗，过矣。呜呼！仁宗宠遇贵妃冠于六宫，其责以正礼尚如此，可谓圣矣！

仁宗皇帝朝，王安石为知制诰。一日，赏花钓鱼宴，内侍各以金楪盛钓饵药置几上，安石食之尽。明日，帝谓宰辅曰："王安石，诈人也。使误食钓饵，一粒则止矣。食之尽，不情也。"帝不乐之。后安石自著《日录》，厌薄祖宗，于仁宗尤甚，每以汉文帝恭俭为无足取者，其心薄仁宗也。故一时大臣富弼、韩琦、文彦博而下，皆为其诋毁云。

仁宗皇帝时，一日天大雷震，帝衣冠焚香再拜，退坐静思所以致变者，不可得。偶后苑作匠进一七宝枕屏，遽取碎之。呜呼！帝敬天之威如此，其当太平盛时享国长久，宜矣！至熙宁大臣以"天变不足畏"说人主，以成今日之祸，悲夫！

仁宗御马有名玉逍遥者，马色白，其乘之安如舆辇也。圉人云："马行步有尺度,徐疾皆中节。驭者行速,则以足拦之。"一日,燕王借乘,即长鸣不行。王怒,还之。帝以叔父事王甚恭,配南城马铺。久之,复奉御,其行如初。帝升遐,从葬至陵下,悲鸣不食而毙。伊川先生程颐谓伯温曰:"骥不称其力,称其德也欤!"

本朝自祖宗以来,进士过省赴殿试,尚有被黜者。远方寒士殿试下第,贫不能归,多至失所,有赴水而死者。仁宗闻之恻然。自此殿试不黜落,虽杂犯亦收之末名,为定制。呜呼!可以谓之仁矣。

仁宗皇帝至和间不豫,昏不知人者三日。既愈,自言梦行荆棘中,周章失路,有神人被金甲自天而下,谓帝曰:"天以陛下有仁心,锡一纪之寿。"帝曰:"吾何当归?"神人曰:"请以臣之车辂相送。"帝登车,问神何人,曰:"臣所谓葛将军者。"帝寤,令检案《道藏》,果有葛将军主天门事。因增其位号于大醮仪中,立庙京师。帝自此御朝即拱嘿不言,大臣奏事,可即肯首,不即摇首,而时和岁丰,百姓安乐,四夷宾服,天下无事。盖帝知为治之要:任宰辅,用台谏,畏天爱民,守祖宗法度。时宰辅曰富弼、韩琦、文彦博,台谏曰唐介、包拯、司马光、范镇、吕诲云。呜呼!视周之成康、汉之文景,无所不及,有过之者。此所以为有宋之盛欤?

仁宗皇帝初纳光献后,后有疾,国医不效。帝曰:"后在家用何人医?"后曰:"妾随叔父官河阳,有疾服孙用和药辄效。"寻召用和,服其药,果验。自布衣除尚药奉御,用和自此进用。用和本卫人,以避事客河阳,善用张仲景法治伤寒,名闻天下。二子奇、兆,皆登进士第,为朝官,亦善医。

仁宗皇帝初升遐,禁中永昌郡夫人翁氏位有私身韩蛊者,自言尝汲水，仁宗见龙绕其身，因幸之，留其钏，复遗以物为验，遂称有娠。既逾期不产，按验，皆蛊之诈。得其钏于佛阁土中，乃蛊自埋也。翁氏削一资，杖韩蛊，配尼寺为童。初，执政请诛之，光献太后曰：“置蛊于尼寺，欲令外人尽知其诈，若杀之，则必谓蛊实生子也。”英宗初载，光献太后垂帘同听政，其决事之明类如此。

仁宗皇帝嘉祐八年三月二十九日升遐，遗诏到洛，伯温时年七岁，尚记城中军民以至妇人孺子，朝夕东向号泣，纸烟蔽空，天日无光。时舅氏王元修自京师过洛，为先公言京师罢市巷哭，数日不绝，虽乞丐者与小儿皆焚纸钱，哭于大内之前。又有周长孺都官赴剑州普安知县，行乱山中，见汲水妇人亦载白纸行哭。呜呼！此所谓百姓如丧考妣者歟？

熙宁初，仁宗皇帝幼女下嫁钱景臻，京师父老知其为仁宗女也，随其车咨嗟泣涕。元祐中，北虏主谓本朝使人曰：“寡人年少时，事大国之礼或未至，蒙仁宗加意优容，念无以为报。自仁宗升遐，本朝奉其御容如祖宗。”已而泣。盖虏主为太子时，杂入国使人中，雄州密以闻，仁宗召入禁中，俾见皇后，待以厚礼。临归，抚之曰：“吾与汝一家也，异日惟盟好是念，唯生灵是爱。”故虏主感之。呜呼！帝上宾既久，都人与虏主追慕犹不忘，此前代所无也。

英宗山陵，有辇官毕达恸哭于仁宗永昭陵下曰：“臣事陛下四十余年，得服役天上，死不恨。”是夕达暴卒。韩魏公为司马温公云。

永安霍道全者，尝为三陵壕寨，年逾九十，坐丁谓移永定陵皇堂事，羁管亳州。道全言地中宿藏物多验，亳人神之。遇赦归永安。嘉祐七年，道全忽遍历山原观地形，语人曰：“此地将有大役。"明年仁宗升遐,初卜陵,有司召问之,道全曰:"今永安县地吉,吾谓宜徙以为陵寝。"有司疑其欲骚动县人,凡所言皆不用。道全亦相继卒。今永昭陵既成,或曰:"地名和儿原,非佳兆。"后三年,英宗晏驾。

元丰中,神宗仿汉原庙之制,增筑景灵宫。先于寺观迎诸帝后御容奉安禁中。涓日以次备法驾,羽卫前导赴宫,观者夹路,鼓吹振作。教坊使丁仙现舞,望仁宗御像引袖障面,若挥泪者,都人父老皆泣下。呜呼! 帝之德泽在人深矣。

邵氏闻见录卷第三

　　英宗于仁宗为侄，宣仁后于光献为甥，自幼同养禁中。温成张妃有宠，英宗还本宫，宣仁还本宅。温成薨而竟无子。一日，帝谓光献曰："吾夫妇老无子，旧养十三<small>英宗行第。</small>滔滔<small>宣仁小字。</small>各已长立。朕为十三，后为滔滔主婚，使相娶嫁。"时宫中谓天子取妇皇后嫁女云。盖仁宗、光献以英宗为子，圣意素定矣。此殆天命，非人力也。至召英宗为皇子，入谢，帝与后适御后苑迎曙曙，<small>英宗讳。</small>亭，帝谓后曰："岂偶然哉！"嘉祐八年三月晦日，帝起居尚安，夜一更，遽索药，且召后。后至，帝指心，不能言。宣医投药，已无及矣。帝崩，左右欲开宫门召两府，后曰："此际宫门不可开，但以密敕召两府，令黎明入。"又三更令进粥，四更再召医，又使人守之。翌日，两府入，后哭告以上崩，令召皇子嗣位。英宗初不敢当，两府共抱之，解其发，衣以黄衣。命翰林学士王珪草诏，珪惧甚，笔不能下。丞相魏公韩琦从容曰"大行皇帝在位几年"，珪乃能草诏。英宗即位数日，有疾，执政大臣请光献后垂帘，权同听政，后辞退，久之，乃从。则光献立子之功，其可掩哉！故神宗深感之，所以事光献之礼甚至。迨光献之崩，神宗哀毁，不能视朝，其所制挽章，至今读之令人流涕也。韩魏公薨，其子孙仿郭汾阳，著《家传》十卷，具载魏公功业。至英宗即位之初，乃云光献信谗，屡有不平之语，魏公以危言感动曰："若官家失照管，太后亦未得安稳。"又言太后曾问"汉昌邑王事如何"。又云太后言："昨夕梦甚异,见这孩儿却在庆宁宫。"谓英宗复在旧邸。魏公曰:"却在庆宁宫,乃是圣躬复旧之兆,此是好梦。"又言英宗不豫,魏公奏曰:"大王长立,且与照管。"谓神宗。后怒曰:"尚欲旧窠中求兔耶?"又言太后对大臣泣诉英宗语曰:"富弼意主太后。"又云太后欲御前殿,魏公论奏云云,乃止。又云台谏有章,乞早还政,太后泣曰:"若放下,更岂见眼道耶?"如此等事尚多,皆诞妄不恭,非所宜言。韩氏子孙贩卖松槚,张大勋业,以希进用,殊不知陷其父祖于不义也。王岩叟者,父子为魏公之客,亦著《魏公遗事》一编,其记魏公言行甚详。至论光献权同听政事,亦为欺诞。谓太后还政之后,魏公劝英宗加仪卫,帝曰:"相公休奖纵母后。"又谓魏公对太后曰:"自家无子,不得不认。"察其意,以谓英宗非魏公不得立,既立,非魏公不得安也。英宗受仁宗天下,贵为天子,思所以报光献之德者,何以为称反惜仪卫末礼,有"无奖纵母后"之语?于英宗孝德,不无累乎!恭惟太皇太后,天下之母也,以其无子而令认。业为臣子者,悖慢至此,不几于跋扈者乎!前代奸人自称定策国老,以天子为门生,皆由此。以魏公之贤,使死者有知,其敢当也!故神宗尝曰:"如此恐非韩琦之意。"伯温尝论英宗之立,首建议者,范蜀公也;继之者,司马温公也;顺成仁宗、光献意者,韩魏公也。富公《辞户部尚书章》、吕海中丞《魏公以下迁官疏》,乃天下之公言也,具书之,以俟史官采择。

英宗即位之初,感疾,不能视朝,大臣请光献太后垂帘,权同听政。后辞之,不获,乃从。英宗才康复,后已下手书复辟。魏公奏:台谏有章疏,请太后早还政。后闻之遽起。魏公急令仪鸾司撤帘,后犹未转御屏,尚见其衣也。时富韩公为枢密相,怪魏公不关报撤帘事,有"韩魏公欲致弼于族灭之地"之语。欧阳公为参政,首议追尊濮安懿王,富公曰:"欧阳公读书知礼法,所以为此举者,忘仁宗,累主上,欺韩公耳。"富公因辞执政例迁官,疏言甚危,三日不报。见英宗,面奏曰:"仁宗之立陛下,皇太后之功也。陛下未报皇太后大功,先录臣之小劳,非仁宗之意也。方仁宗之世,宗属与陛下亲相等者尚多,必以陛下为子者,以陛下孝德彰闻也。今皇太后谓臣与胡宿、吴奎等曰:'无夫妇人无所告诉。'其言至不忍闻,臣实痛之。岂仁宗之所望于陛下者哉!"以笏指御床曰:"非陛下有孝德,孰可居此?"英宗俯躬曰:"不敢。"富公求去益坚,遂出判河阳,自此与魏公、欧阳公绝。后富公致政居洛,每岁生日,魏公不论远近,必遣使致书币甚恭,富公但答以老病,无书。魏公之礼终不替,至薨乃已。岂魏公有愧于富公者乎?然天下两贤之。魏公、欧阳公之薨也,富公皆不有祭吊。国史著富公以不预策立英宗,与魏公不合,至此祭吊不通,非也。

　　本朝自祖宗以俭德垂世,故艺祖之训曰:"尝思在甲马营时可也。"其所用帏帘,有青布缘者。仁宗生长太平,尤节俭。京城南慜贤寺,温成张妃坟院也,寺中有温成宫中故物:素朱漆床,黄绢缘席,黄隔织褥。帝御飞白书温成影帐牌,才二尺许,朱漆金字而已。以温成宠冠六宫,服用止于此,故帝寝疾,大臣入问,见所御皆黄绸。呜呼!恭俭之德不在此乎!英宗内无嫔御。王广渊以濮邸旧僚进待制,贫不能办仪物,韩魏公为言,帝曰:"无名以赐,不可。"后数日,有旨令广渊书《无逸》篇于御屏,赐白金百两。呜呼!吾本朝祖宗以节俭为家法如此。

　　光献太皇太后元丰四年春感疾,以文字一函,封镝甚严,付神宗曰:"俟吾死开之,唯不可因此罪人。"帝泣受。后疾愈,帝复纳此函。后曰："姑收之。"是年七月，后上仙，帝开函，皆仁宗欲立英宗为皇嗣时，臣僚异议之书也。神宗执书恸哭，以太皇太后遗训，不敢追咎其人。故帝宫中服三年之丧，尽礼尽孝者，知慈德之不可报也。

伯温侍长老言曰："本朝唯真宗咸平、景德间为盛。时北虏通和，兵革不用，家给人足。以洛中言之，民以车载酒食声乐，游于通衢，谓之棚车鼓笛。仁宗天圣、明道初尚如此，至宝元、康定间，元昊叛，西方用兵，天下稍多事，无复有此风矣。元昊既称臣，帝绝口不言兵。庆历以后，天下虽复太平，终不若天圣、明道之前也。"呜呼！仁宗之兵，应兵也，不得已而用之，事平不用，此所以为仁欤！

神宗开颍邸，英宗命韩魏公择宫僚，用王陶、韩维、陈荐、孙固、孙思恭、邵亢，皆名儒厚德之士。王陶、韩维，进止有法，神宗内朝，拜稍急，维曰："维下拜，王当效之。"诸公一日侍神宗坐，近侍以弓样靴进，维曰："王安用舞靴。"神宗有愧色，亟令毁去。其翊赞之功如此，故颍邸宾僚号天下选云。

神宗初即位，中丞王陶言宰相韩魏公不押常朝班为跋扈。帝遣近侍以章疏示魏公，公奏曰："臣非跋扈者，陛下遣一小黄门至则可缚臣以去矣。"帝为之动，出王陶知陈州。

神宗即位，锐意求治，初用吕溱为翰林学士，为开封府；溱死，又用滕甫为翰林学士，为御史中丞。甫性疏，上时遣小黄门持短札御封问事，甫夸示于人。或有见御札中误用字者，乃反谤甫以为扬上之短，上怒，疏斥之，至以为逆人李逢亲党，不复用。时王安石居金陵，初除母丧，英宗屡召不至。安石在仁宗时，论立英宗为皇子，与韩魏公不合，故不敢入朝。安石虽高科有文学，本远人，未为中朝士大夫所服，乃深交韩、吕二家兄弟。韩、吕，朝廷之世臣也，天下之士，不出于韩，即出于吕。韩氏兄弟，绛字子华，与安石同年高科；维字持国，学术尤高，不出仕，用大臣荐入馆。吕氏公著，字晦叔，最贤，亦与安石为同年进士。子华、持国、晦叔争扬于朝，安石之名始盛。安石又结一时名德之士，如司马君实辈，皆相善。先是，治平间神宗为颍王，持国翊善，每讲论经义，神宗称善。持国曰："非某之说，某之友王安石之说。"至神宗即位，乃召安石，以至大用。

神宗既退司马温公，一时正人皆引去，独用王荆公，尽变更祖宗法度，用兵兴利，天下始纷然矣。帝一日侍太后，同祁王至太皇太后宫，时宗祀前数日，太皇太后曰："天气晴和，行礼日亦如此，大庆也。"帝曰："然。"太皇太后曰："吾昔闻民间疾苦，必以告仁宗，帝因赦行之。今亦当尔。"帝曰："今无它事。"太皇太后曰："吾闻民间甚苦青苗、助役钱，宜因赦罢之。"帝不怿，曰："以利民，非苦之也。"太皇太后曰："王安石诚有才学，然怨之者甚众。帝欲爱惜保全，不若暂出之于外，岁余复召用可也。"帝曰："群臣中惟安石能横身为国家当事耳。"祁王曰："太皇太后之言，至言也。陛下不可不思。"帝因发怒曰："是我败坏天下耶？汝自为之。"祁王泣曰："何至是也。"皆不乐而罢。温公尝私记富韩公之语如此，而世无知者。崇宁中，蔡京等修哲宗史，为《王安石传》，至以王安石为圣人，然亦书慈圣光献后、宣仁圣烈后因间见上流涕为言安石变乱天下，已而安石罢相。岂安石之罪虽其党竟不能文耶？抑天欲彰吾本朝母后之贤，自不得而删也？帝退安石，十年不用。元丰末，帝属疾，念可以托圣子者，独曰："将以司马光、吕公著为师傅。"王安石不预也。呜呼，圣矣哉！

神宗元丰四年，召北京留守文潞公陪祀南郊，会更官制，自司徒侍中拜太尉，罢侍中，为开府仪同三司、判河南府，陛辞。先是，故参知政事王尧臣之子同老，以至和中潞公与刘相沆、富韩公弼、王参政尧臣，共乞立英宗为皇嗣，章草进呈，明其父功，帝留之禁中，面问潞公。公对与同老合，乃加潞公两镇节度使，官其子宗道为承事郎。潞公力辞两镇，止受食邑。刘沆赠太师、中书令，兼尚书令、兖国公，子僅自祠部员外郎为天章阁待制。王尧臣赠太师、中书令，谥文忠，子同老自水部员外郎充秘阁校理。富公进司徒，子绍京除阁门祗候。富公之客李偲问公曰：“公治平初进户部尚书，屡辞，今进司徒，一辞而拜，何也？”公曰：“治平初乃某自辞官，今日潞公以下皆迁，某岂敢坚辞，妨他人也？”盖潞公与荆公论政事不合，出判北京，七年不召，自此帝眷礼复厚矣。

神宗初，欲破夏国，遂亲征大辽，御营兵甲、器械、旗帜皆备，分河北诸路兵，遂将置保甲民兵，诸路骚动。一日，帝衣黄金甲以见光献太后，后曰：“官家着此，天下人如何？脱去，不祥。”又欲京城安楼橹，后亦不许，但以库贮于诸门。

神宗友爱二弟，不听出于外，至元祐初，宣仁太后始命筑宅于天波门外，既就馆，哲宗奉宣仁后临幸。有旨：二王诸子各进官一等。舍人苏轼行制辞曰：“先皇帝笃兄弟之好，以恩胜义，不许二叔出居于外，盖武王待周、召之意。太皇太后严朝廷之礼，以义制恩，始从其请，出就外宅，得孔子远其子之义。二圣不同，同归于道，可以为万世法。朕奉侍两宫，按行新第，顾瞻怀思，潸然出涕。昔汉明帝问东平王：‘在家何等为乐？’王言‘为善最乐’。帝大其言，因送列侯印十九枚，诸子年五岁以上悉带之，著之简册，天下不以为私。今王诸子，性于忠孝，渐于礼义，自胜衣以上，顾然皆有成人之风，朕甚嘉之。

其各进一官,以助其为善之乐。尚勉之哉,毋忝父祖,以为邦家之光。"次日,丞相吕大防、范纯仁二夫人入见,宣仁后曰:"昨同皇帝幸二王府,二王侍立,尚食甚恭。皇帝待之亦尽礼,吾老矣,深以此为喜。"又曰:"仁宗事燕王,尽子侄之礼,王颇自重,但以行第呼仁宗,虽禁中服用,王辄取之,仁宗不敢吝。吾二儿岂敢如此?"呜呼!后之言其旨深矣。不幸后上仙,小人谤毁靡所不至,天下冤之,其详伯温著之《辨诬》云。

邵氏闻见录卷第四

熙宁七年春，契丹遣泛使萧禧来言："代北对境有侵地，请遣使同分画。"神宗许之，而难其人。执政议遣太常少卿、判三司开拆司刘公忱为使，忱对便殿曰："臣受命以来，在枢府考核文据，未见本朝有尺寸侵虏地。且雁门者，古名限塞，虽跬步不可弃，奈何欲委五百里之疆以资敌乎？臣既辱使，指当以死拒之，惟陛下主臣之言，幸甚！"帝韪之。忱出疆，帝手敕曰："虏理屈则忿，卿姑如所欲与之。"忱不奉诏。初，以秘书丞吕公大忠为副使，命下，大忠丁家艰，诏起复，未行，公亦使回。虏又遣萧禧来，帝开天章阁，召执政与忱、大忠同对资政殿，论难久之。帝曰："凡虏争一事尚不肯已，今两遣使，岂有中辍之理？卿等为朝廷固惜疆境，诚是也，然何以弭患？"大忠进曰："彼遣使相来，即与代北之地，若有一使曰魏王英弼者，来求关南之地，则如何？"帝曰："卿是何言也？"大忠曰："陛下既以臣言为不然，今代北安可启其渐？"忱进曰："大忠之言，社稷大计，愿陛下熟思之。"执政皆知不可夺，罢忱为三司盐铁判官，大忠亦乞终丧制。帝遣中使赐富韩公、韩魏公、文潞公、曾鲁公手诏，其略曰："朝廷通好北虏几八十年，近岁以来，生事弥甚，代北之地，素无定封，设造衅端，妄来理辩。比敕官吏同加案行，虽图籍甚明，而诡辞不服。今横使复至，意在必得，虏情无厌，势恐未已。万一不测，何以待之？古之大政，必诏故老"云云。韩魏公疏曰："臣观近年以来，朝廷举事则似不以大敌为恤，虏人见形生疑，必谓我有图复燕南之意。虽闻虏主孱而妄弱，岂无强梁宗属与夫谋臣策士，引先发制人之说，造此衅端？故屡遣使以争理地界为名，观我应之之实如何尔。其所致虏之疑者七事：高丽臣属契丹，于朝廷久绝朝贡，乃因商舶招谕而来，且高丽来与不来，于国家固无损益，而契丹知之，谓朝廷将以图我，一也。吐蕃部族不相君长，未尝为边患，而强取其地，乃及熙河一路，杀其老弱以数万计，所费不赀，契丹闻之，当谓行将及我，二也。边近西山，地势高仰，不可为溏泺，向闻遣使部兵遍置榆柳，冀其成长，以制虏骑，昔庆历《慢书》所谓创立堤防，障塞要路，无心异矣，三也。义勇民兵，将校甚整，教习亦精，而忽创团保甲，一道纷然，义勇旧人，十去其七，废可用之成法，得增数之虚名，四也。河北诸州，缘边近里，城池工筑并兴，增置防城之具，检视衣甲器械，五也。创都作院，颁降弓刀新样，大作战车，此皆众目所睹，谍者易窥，费财殚力，先自困毙，六也。置河北三十七将，各专军政，州县不得关预，声言出征，又深见可疑之形，七也。夫北虏素为敌国，因疑起事，不得不然，亦其善自为谋者也。今横使再至，初示偃蹇，以探伺朝廷。况代北与雄州素有定界，若优容而与之，虏情无厌，浸淫日甚；不许，虏遂持此以为己直，纵未大举，势必渐扰诸边，卒隳盟好。臣昔曾言青苗钱事，而言者辄赐厚诬，非陛下之明，几及大戮。自此闻新法日下，实避嫌疑，不敢论列。今亲被诏问，事系国家安危，言及而隐，罪不容诛。臣尝窃计始为陛下谋者，必曰自祖宗以来，因循苟简，治国之本，当先富强，聚财积谷，寓兵于民，则可以鞭笞四夷，尽复唐之故疆。然后制礼作乐，以文太平。故散青苗钱，使民出利，又为免役之法，次第取钱，虽百端补救，终非善法，此所谓富国之术者也。

又内外置市易务,小商细民,无措手足,加以新制日下,更改无常,官吏茫然,不能详记。违者坐徒,不以赦降,监司督责,以刻为明,簿法之苛,过于告缗。今农夫怨于畎亩,商旅叹于道路,官吏不安其职,恐陛下不尽知也。夫欲攘斥四夷,以兴太平,而先使邦本困摇,众心离怨,此则陛下始谋者大误也。陛下有尧之仁,舜之聪,改过不吝,圣人之大德也。而又好进之人不顾国家利害,但谓衅事将作,富贵可图,必曰虏势已衰,特外示骄慢尔。以陛下神圣文武,若择将相领大兵深入虏境,则强冀之地,一举可复,此又未之思也。今河朔累岁灾伤,民力大乏,缘边州郡,刍粮不充,新选将官,皆粗勇寡谋之人,保甲新兴,未经训练,若驱重兵顿于坚城之下,粮道不继,腹背受敌,虽曹彬、米信,名德宿将,犹以此致歧沟之败也。臣愚今为陛下计,谓宜遣使报聘,优致礼币,具言朝廷向来兴作,乃修备之常,与北朝通好之久,自古所无,岂有它意?恐为谍者所误耳。且疆土素定,当如旧界,请命边吏退近者侵占之地,不可持此造端,隳累世之好,永敦信誓,两绝嫌疑。望陛下以自见可疑之形,如将官之类,因而罢去,以释虏疑,则可以迁延岁月。陛下益养民爱力,重贤任能,疏远奸诙,进用忠鲠,天下悦服,边备日充,塞下有余蓄,帑中有羡财。虏果自败盟誓,有衰乱之形,然后一振威武,恢复故疆,快忠义不平之心,雪祖宗累朝之愤矣。"富韩公疏曰:"臣五六年来,切闻绥州、啰瓦、熙河、辰锦、戎泸、交趾,咸议用兵。或以丧师,或以献馘,即时传播四方。而西师初举,便传必复灵夏,既又大传有人上平燕之策,北虏必然寻已探知。彼复闻朝廷练士马、缮城池、利器械、聚刍粮,加之招致高丽,欲为牵制。又置河北三十六将,事机参合,此虏人所以先期造衅,既发争端,势未肯已也。今衅端已成，代北各屯兵马境上，争论逾年未决。横使再至，事归朝廷自当之，则恐理难款缓，便要可否。违之则兵起而患速，顺之则河东斥候日麋，虽款目前，遗患在后。臣谓不若一委边臣，坚持久来图籍疆界为据，使之尽力交相诘难。然北房非不自知理曲，盖欲生事，遂兴干戈。岂是无故骤兴，实有以致其来也。惟陛下深省熟虑，不可独谓虏人造衅背盟也。彼若万一入寇，事不得已，我但严兵以待之，来则御战，去则备守，此自古中兴防边之要也。若朝廷乘忿便欲深入讨击，臣实虑万一有跌，其害非细。或更与西夏为掎角之势，则朝廷宵旰矣。事既至此，二边警急，数年未得息肩，四方凶徒必有观望者。臣愿陛下以宗社为忧，以生灵为念，纳污含垢，且求安静，非万全不举，此天下之愿，而臣之志也。而又喧传陛下决为亲征之谋，中外闻之，心殒胆落。陛下英睿天纵，必有成算，然太平天子与创业之主事体绝异，尤不可慨然轻举。又恐朝廷且作声势，初无实事，若如此，乃是我以虚声而召彼实来也。张虚声者，必有疏略之虞；作实来者，必尽周密之虑。成败岂不灼然？假令胡人入讨，遂得志而还，此契丹一种事力素强，又有夏国、角厮啰、高丽、黑水女真、鞑靼诸番为之党援，其势必难殄灭，则由此结成边患，卒无已时。臣窃谓因今横使之来，且可选人以其疑我者数事，开怀谕之云：凡为武备，乃中国常事，非欲外兴征伐；向来用武之地，皆小蕃有过者，朝廷须当问罪。若吾二大邦，通好已七十余年，无故安肯辄欲破坏？又恐是奸人走作，妄兴间谍，因此互相疑贰，养成衅隙，遂有今日争理。如朝廷更有可说诸事，但尽说之，须令释然无惑，乃一助也。横使如不纳，即遣报聘者于戎主前具道此意，庶几一得，必有所益。缘彼大藉朝廷岁与，方成国计，既有凭藉之心，岂无安静之欲？

只以疑情未释,遂成倔强。若与开解明白,必肯回心。若两情不通,祸患日深,必成后悔。臣更望陛下兼采博访,不宜专听一偏。恐有迎合圣意及畏避用事之人,不敢以实事闻而误国家大计。臣所以先及此者,窃闻去春久旱,陛下特降手诏,许人极陈时政得失。寻闻上章论列者甚多,随而或遭贬降。陛下殊不以手诏召人极陈为意而优容之,及令得罪,士大夫自此皆务结舌,下情不能上达,朝政莫大患也。愿陛下深思极虑,早令天下受赐也。"文潞公、曾鲁公疏,皆主不与之论,皆乞选将帅、利甲兵以待敌。时王荆公再入相,曰:"将欲取之,必固与之也。"以笔画其地图,命天章阁待制韩公缜奉使,举与之,盖东西弃地五百余里云。韩公承荆公风旨,视刘公、吕公有愧也,议者为朝廷惜之。呜呼! 祖宗故地,孰敢以尺寸不入《王会图》哉? 荆公轻以畀邻国,又建以与为取之论,使帝忽韩、富二公之言不用,至后世奸臣以伐燕为神宗遗意,卒致天下之乱。荆公之罪,可胜数哉! 具载之以为世戒。

神宗天资节俭,因得老宫人言祖宗时妃嫔、公主月俸至微,叹其不可及。王安石独曰:"陛下果能理财,虽以天下自奉可也。"帝始有意主青苗、助役之法矣。安石之术类如此,故吕诲中丞弹章曰:"外示朴野,中怀狡诈。"

邵氏闻见录卷第五

绍圣初,哲宗亲政,用李清臣为中书侍郎。范丞相纯仁与清臣论事不合,范公求去,帝不许,范公坚辞,帝不得已,除观文殿大学士、知颍昌府。召章惇为相,未至,清臣独当中书,益觊幸相位,复行免役、青苗法,除诸路常平使者。惇至,不能容,以事中之,清臣出知北京。建中靖国初,上皇即位,用韩忠彦为相,清臣为门下侍郎。忠彦与清臣有旧,故忠彦惟清臣言是听。清臣复用事,范右丞纯礼,忠彦所荐,清臣罢之;刘安世、吕希纯皆忠彦所重,清臣不使入朝,外除安世帅定武,希纯帅高阳;张舜民,忠彦荐为谏议大夫,清臣出之,帅真定。其所出与外除及不使入朝者皆贤士,清臣素所惮不可得而用者。忠彦懦甚,不能为之主。曾布为右相,范致虚谏疏云:"河北三帅连衡,恐非社稷之福。"刘安世、吕希纯、张舜民同日报罢,清臣亦为布所陷,出知北京。伯温尝论绍圣、建中靖国之初,朝廷邪正治乱未定之际,皆为一李清臣以私意幸相位坏之。邪说既腾,众小人并进,清臣自亦不能立于朝矣。使清臣在绍圣同范丞相,在建中靖国初同范右丞、刘安世、吕希纯、张舜民以公议正论共济国事,则朝廷无后日之祸,而清臣亦得相位,享美名矣。此忠臣义士惜一时治乱之机,为之流涕者也。

元符末,上皇即位,皇太后垂帘同听政。有旨复哲宗元祐皇后孟氏位号,自瑶华宫入居禁中。时有论其不可者,曰:"上于元祐后,叔嫂也,叔无复嫂之理。"程伊川先生谓伯温曰:"元祐皇后之言固也，论者之言亦未为无礼。"伯温曰："不然。
《礼》曰：'子甚宜其妻，父母不说，出；子不宜其妻，父母曰是善
事我，子行夫妇之礼焉。'皇太后于哲宗，母也；于元祐后，姑
也。母之命、姑之命，何为不可？非上以叔复嫂也。"伊川喜
曰："子之言得之矣。"相继奸臣曾布、蔡京用事，朋党之祸再
作，元祐后竟出居旧宫者二十年。靖康初，大金陷京师，逼上
皇渊圣帝北狩，宗族尽徙，独元祐后以在道宫不预。虏退，群
臣请入禁中，垂帘听政，以安反侧。至上即位于宋，幸维扬，虏
再犯，幸余杭，后于艰难中辅成上圣德为多。后崩，上哀悼甚，
不能视朝者累日。下诏服齐衰，谥曰昭慈圣献。呜呼！后逮
事宣仁圣烈太后，其贤有自矣。至于废兴，则天也。

　　熙宁初，韩魏公罢政，富公再相，神宗首问边事，公曰："陛
下即位之初，当布德行惠，愿二十年不言用兵二字。"盖是时王
荆公已有宠，劝帝用兵以威四夷。初于用王韶取熙河以断西
夏右臂，又欲取灵武以断大辽右臂，又结高丽起兵，欲图大辽，
又用章惇为察访使，以取湖北夔峡之蛮。又用刘彝知桂州，沈
起为广西路安抚使，以窥交趾。二人不密，造战舰于富良江
上，交趾侦知，先浮海载兵陷廉州，又破邕州，杀守臣苏缄，屠
其城，掠生口而去。又用郭逵、赵卨宣抚广南，使直捣交趾。
逵老将，与卨议论不同，为交趾扼富良江，兵不得进，瘴死者十
余万人。元丰四年，五路大进兵，取灵武，夏人决黄河水柜以
灌吾垒，兵将冻溺饿饥不战而死者数十万人。又用吕惠卿所
荐徐禧筑永乐城，夏人以大兵破之，自禧而下死者十余万人。
报夜至，帝早朝当宁恸哭，宰执不敢仰视。帝叹息曰："永乐之
举，无一人言其不可者。"右丞蒲宗孟进曰："臣尝言之。"帝正
色曰："卿何尝有言？在内惟吕公著，在外惟赵卨，曾言用兵不

是好事。"既又谓宰执曰："自今更不用兵,与卿等共享太平。"然帝从此郁郁不乐,以至大渐。呜呼痛哉!故元祐初,宰执辅母后、幼主,不复言兵。西夏求故地,举鄜延、环庆非吾要害城塞数处与之。游师雄、种谊生禽鬼章,亦薄其赏,盖用心远矣哉!

绍圣、元符间,章惇用事,谪弃他帅臣,兴兵取故地,筑新塞,又取河北鄎、鄬等州,关中大困。因哲宗升遐,建中靖国之初,谏议大夫张舜民,邠人,熟知灵武之败,永乐之祸,神宗致疾之由,在经筵为上皇言之,上皇为之感动。故章惇罢相,弃鄎、鄬等州之地。崇宁初,蔡京用事,以绍述之,劫持上皇兴兵复取鄎、鄬故地,责枢密使安公焘并弃地帅,熙河、泾原、环庆、鄜延各进筑,泸戎、绵州亦开边。内臣童贯为宣抚使,每岁用兵不休。熙河帅刘法,官至检校少保,与全军俱陷,童贯更以捷闻,上皇受贺。政和以来,天下公私匮竭,民不聊生。蔡京经营北房不就,去位。王黼作相,欲功高于京,遂结女真以伐大辽。燕、冀遗民,杀房殆尽,复用金帛从女真买空城,以为吊伐之功。又阴约旧大辽臣张觉,图营平、滦州等。事泄,女真以招纳叛亡为名,由河东来者,陷忻、代,越太原,陷隆德,以至泽州之高平;由河北来者,直抵京城。上皇禅位,幸丹阳,渊圣割三镇以为城下之盟。女真退,复诏三镇坚守。又因女真之使,以黄绢诏书结其所用大辽旧臣余睹者使归,反以所得诏书给其主,诏有"共灭大金"之言。女真怒,再起兵,破京师,劫迁二帝,房宗族大臣,取重器图书以去。上即位于宋,迁淮扬,房逼,上渡江,甚危,兵民溺水死驱执者不可胜数。今乘舆播越,中原之地尽失,天下之人死于兵者十之八九,悲夫!一王安石劝人主用兵,章惇、蔡京、王黼祖其说,祸至于此。因具载之,以为世戒。

元符末，哲宗升遐，上皇即位，钦圣皇太后垂帘同听政，召范忠宣公于永州，虚宰席以待。忠宣病，不能朝，乃拜韩忠彦为左仆射。安焘有时望，方服母丧，乃拜曾布为右仆射。次年，改建中靖国，钦圣太后上仙，布为山陵使。布与内臣刘瑗交通，多知禁中事，就陵下密谕中丞赵挺之，建议绍述以迎合上意。布还朝，与忠彦势相敌，渐逐忠彦荐引之士。右丞范公纯礼为人沉默刚正，数以言忤上，布惮之，谓驸马都尉王诜曰："上欲除君枢密都承旨，范右丞不以为然，遂罢。"盖诜尝以札子求此官于上，上禀皇太后，后曰："王诜浮薄，果使为之，则坏枢密院。驸马都尉王师约在先朝为此官称职，可命之。"上从王诜所纳札子，批除王师约枢密都承旨，皇太后之意也。布妄言出于范右丞，以激怒诜，诜信而恨之。后诜因馆伴大辽使，妄称范右丞押宴，席间语犯御名，辱国。右丞不复辩，以端明殿学士出知颍昌府。自此，忠彦之客相继被逐矣。布专意绍述，尽复绍圣、元符之政，忠彦懦而无智，既怨布，乃曰："布之自为计者绍述耳。吾当用能绍述者胜之。"遂召蔡京，京之大用，自韩忠彦始。忠彦竟不能安其位，罢去，布独相。台谏官陈瓘、龚夬辈多贤者，皆布所用，亦不合，去。蔡京拜右丞，至作相，蔡卞知枢密院。京既用事，曾布罢相，京师起大狱，治布赃状，贬布白州司户参军，廉州安置。布之诸子及门下士皆重责，蔡京为之也。韩忠彦亦安置于河北近郡，寻听自便，京阴报其荐引之功云。大观末，上颇厌京，因星变，出之。又以饰临平之山，决兴化之水等事，谓其有不利社稷之心，贬太子少傅，居苏州。上用张商英为右相，商英无术寡谋，藐视同列，间言并兴，上不乐，罢之。京密结内臣童贯，因贯使大辽归，诈言虏主问蔡京何在。上信之,再召京。时何执中已为左相,乃拜京太师,谓之公相,总三省事。童贯既引京,自欲为枢密使,京止以贯为太尉、节度使、陕西宣抚使,贯大失望,始怨京矣。京以太师致仕,上命郑居中为相,居中丁母忧,相乃命余深,皆鄙夫小人,无足言。又相王黼,黼年少凶愎,欲其功高蔡京,乃独任结大金灭大辽取燕、云事,置经抚房,三省、枢密院皆不预。下族诛之令,禁言北事者。黼后以太傅致仕,犹领应奉司,以固上宠。白时中、李邦彦并左右相,儇薄庸懦无所立,蔡京以盲废复出,领三省事。用其子绦为谋主,绦与其兄攸相仇,绦败,京复致仕。宣和七年十一月,上郊天罢,方恭谢景灵宫,闻金人举兵犯京师。上下诏称上皇,禅位于渊圣皇帝,改元靖康。李邦彦主和议,遣李邺、李梲、郑望之使虏,割三镇为城下之盟。虏退,李邦彦罢,复不许三镇。次年冬虏,破京师,二帝北狩。今上即位于宋,幸维扬,渡江,幸余杭。呜呼!曾布、蔡京、王黼之罪,上通于天也。具载之,以为世戒。

邵氏闻见录卷第六

伯温崇宁中居洛，因过仁王僧舍，得叶子册故书一编，有赵普中书令雍熙三年为邓州节度使日，谏太宗皇帝伐燕疏与札子各一道，其忧国爱君之深，有出乎文章之外者，虽杂陆宣公论事中不辨也。疏曰："武胜军节度使臣赵普，右臣自三月中伏睹忽降使臣，差般粮草。及详教命，知取幽州。既奉指挥，寻行科配，非时举动，莫测因由。尔后虽听捷音，未闻成事，稍稽克复。俄及炎蒸，飞刍挽粟以犹繁，擐甲持戈而未已，民疲师老，渐恐有之。臣自此月以来，转增疑虑。潜思陛下万幾在念，百姓为心，圣略神功，举无遗算。至于平收浙右，力取河东，垂后代之英奇，雪前朝之愤气。四海咸归于掌握，十年时致于雍熙，唯彼蕃戎，岂为敌对？迁徙鸟举，自古难得制之，前代圣帝明王，无不置于化外，任其追逐水草，皆以禽兽畜之。此际官家何须挂意，必是有人扶同谄佞，诳惑聪明，因举不急之兵，稍涉无名之议。非论曲直，但觉淹延，将成六月之征，颇有千金之费。以兹忖度，深抱忧虞。窃念臣虽寡智谋，粗亲坟典。千古兴亡之理，得自简编，百王善恶之徵，闻于经史。其间祸淫福善，莫不如影随形，焕若丹青，明如日月。尝以大训，历代宝之。臣读史记，见汉武帝时主父偃、徐乐、严安辈所上长书，及唐玄宗时宰相姚元崇直奏十事，可以坐销患害，立致升平。惟虑至尊未能留意，医时救弊，无出于斯。又闻前事为后事之师，古人是今人之则。据其年代，虽即不同，量彼是非，必然无异。辄思抄录,专具进呈,伏望圣慈特垂披览,谨具逐件如后云云。伏念臣谬以庸材,叨居显位,幸遇千年之运,深承二圣之知。从白屋而上青霄,非由智略;出卑僚而登极位,只是遭逢。恩私何啻于车鱼,报效不如于犬马。粗怀性识,尝积惊惶。所恨者齿发衰残,精神减耗,既不能献谋阙下,又不能效命军前,惟有微诚,书章上奏。今者伏自朝廷大兴禁旅,远伐山戎。驱百万户之生灵,咸当辇运;致数十州之地土,半失耕桑。则何异为鼷鼠而发机,将明珠而弹雀,所得者少,所失者多。只于得少之中,犹难入手,更向失多之外,别有关心。前未见于便宜,可垂兴于详酌。臣又闻圣人不凝滞于物,见可而进,知难而退,理有变通,情无拘执。故前所谓事久则虑易,兵久则变生。臣之愚诚,深惧于此。秦始皇之拒谏,终累子孙,汉武帝之回心,转延宗社。如或迟晚,恐失机宜。而况旬朔之间,便为一月,窃虑内地先困,边廷荒凉。北狄则弓硬马肥,转难擒制;中国则民疲师老,应误指呼。臣今独兴沮众之言,深负弥天之过,辄陈狂瞽,抑有其由。窃以暮景残光,能余几日?酬恩报义,正在今时。恐劳宵旰之忧,宁避僭逾之罪?虔希圣德,早议抽军。聊为一纵之谋,别有万全之策。伏望皇帝陛下安和寝膳,惠养疲羸,长令户外不扃,永使边烽罢警。自然殊方慕化,率土归仁。既四夷以来王,料契丹而安往?又何必劳民动众,卖犊买刀?有道之事易行,无为之功最大。如斯吊伐,是谓万全。臣又窃料陛下非次兴兵,恐因偏听,其奈人多献佞,事久防微。大凡小辈,各务身谋,谁思国计?或承宣问,皆不实言;尽解欺君,尝忧败事。得之则奸邪获利,失之则社稷怀忧。昨者直取幽州,未审谁为谋者?必无成算,俱是诳言。其于虚实之间 ,此际总应彰露。臣既不知头主,无以指射姓名，伏望官家寻其尤者，特正奸人之罪，免伤圣主之明。所贵诈伪悛心，忠臣尽力，共畏三千之法，同坚八百之基。臣于此时，欲吐肺肝，先寒毛发，惊疑犹豫，数日沉思。又念往哲临终，尚能尸谏；微臣未死，争忍面谀？明知逆耳之言，不是全身之计，但缘恩同卵翼，命直鸿毛，将酬国士之知，岂比众人之报。投荒弃市，甘同此日之诛；窃禄偷安，不造来生之业。惟祈圣明，特赐察量，更存细微，别具札子，冒犯冕旒。臣无任倾心沥恳，忧国忘家，涕泗彷徨，激切屏营之至。"其札子曰："臣滥守藩方，聊知稼穑。窃见当州管界，承前多是荒凉，户小民贫，程遥路僻。量其境土，五县中四县居山；验彼人家，三分内二分是客。昨来差配，甚觉艰辛。伏缘在此直至莫州，来往四百余里，或是无丁有税，须至雇人般量。每斗雇召之资，贱者不下五百，元配二万石数，约破十万贯钱。直如本户自行，费用无多。所较乃是二万家之贫户，出此十万贯之见钱，所以典桑卖牛，十间六七。其间兼有鬻男女者，亦有弃性命者。仍如善诱，偶副严期。自从起发，去来已及八十余日。近知内有人户，衷私却到乡村，皆云装运军粮，未有送纳去处，缘无口食，再取盘缠。虽不辨其真虚，又难行于审覆。访闻街坊窃议，前后说得多般，称被契丹围却军都，兼被劫却粮草，及令寻勘，皆却隐藏。盖缘臣无以知军前事宜，只听得外面消息。况九重密事，应不泄于朝堂，奈何百姓流言，已相传于道路，详其住滞，必有艰难。伏乞圣慈，早令停罢。更或迟久，转费粮储。潜思今日人情，不可再行差配，如或再行徭役，决定广有逃移。假令收下幽州，边境转广，干戈未息，忽然生事，未见理长，必因有僭滥之徒，奸邪之党，但说契丹时逢幼主，地有灾星，以此为词，曲中圣旨。殊不知蕃戎上下幽州，各致其生涯，土宿照临外处，不可以征讨。若彼能同众意，纵幼主以难轻，不顺群情，无灾星而亦败。诚宜守道，事贵无私，如乐祸以求功，窃虑得之而不武。此盖两省少直言之士，灵台无有艺之人。而况补阙、拾遗，合专司于规谏；天文、历算，须预定以吉凶。成兹误失之由，各负疏遗之罪。若无惩责，何戒后来？一，臣缘久居近职，备见人情，至于后殿三班，前朝百辟，文武虽异，是非略同。才奉委差，便思侥幸，虽询利害，各避嫌疑。而况毁誉生心，贪求恣意，扶同狂妄，率以为常。其间久历事者，明知而佯作不知，初为官者，不会而仍兼诈猾，多非允当，少得纯良。而又凡关宣敕委差，便是帝王心腹，方资视听，切要精详，就中用军不同，闲事必料。曾使沿边相度，往返参详，不知能有几人应得当时言语？如今比较，并见真虚。乞诛罔上之辈流，便作抽军之题目。自此则潜消媚佞，免误朝廷，唯此区分，以为激劝。唯有勾抽，不同举发，一则我无斗志，一则彼有仇心。而况契丹怀禽兽之心，恃胡马之力，垂慈恕舍，却虑追奔，须作提防，免输奸便。伏乞皇帝陛下，密授成算，遐宣睿谋。但令硬弩长枪，周施御捍，前歌后舞，小作程途。纵逼交锋，何忧乏力！只应信宿，寻达城池，便可使战士解鞍，且作防边之旅，耕夫归舍，重为乐业之人。是知多难兴王，已垂芳于往昔；从谏则圣，宜颂美于当今。此事既行，天下幸甚！一，臣今将本末，细具敷陈，尝思发迹之由，实有殊尝之幸。其于际遇，近代无伦。伏自宣宗皇帝滁州不安之时，臣蒙召入卧内，昭宪太后在宅寝疾之日，陛下唤至床前，念以倾心，皆曾执手，温存抚谕，不异家人。惟怀竭节尽忠，以至变家为国，惭亏德望，有此遭逢。先皇开创之初，寻居密地；陛下纂承之后，再入中书。蒙二圣之深知，当两朝之大用，不惟此世，应系前生。礼虽限于

君臣，恩实同于骨肉。是以凡开启沃，罔避危亡。盖缘每认陛
下本是天人暂来人世，是以生知福业，性禀仁慈。潜闻内里看
经，盘中戒肉，今者愿忍一朝之忿，常隆万劫之因。如或未止
干戈，必恐渐多杀害，即因民愁未定，战势方摇，仍于梦幻之
中，大作烦劳之事。是何微类，误我至尊？乞明验于奸人，愿
不容于首恶。兴言及此，涕泪交流。又念臣虽寡智谋，实同荣
辱，都缘意切，不觉辞烦。冒犯宸严，不胜战越。"其疏与国史
所载大略相似，有不同者，札子则惟见于此。太宗晚喜佛，中
令因其所喜以谏云。

伯温窃闻，太祖一日以幽、燕地图示中令，问所取幽、燕之
策。中令曰："图必出曹翰。"帝曰："然。"又曰："翰可取否？"中
令曰："翰可取，孰可守？"帝曰："以翰守之。"中令曰："翰死，孰
可代？"帝不语，久之，曰："卿可谓远虑矣。"帝自此绝口不言伐
燕。至太宗，因平河东，乘胜欲捣燕、蓟。时中令镇邓州，故有
是奏。帝下诏褒其言。呜呼！中令从祖宗定天下，尚以取幽、
燕为难，近时小人窃大臣之位者，乃建结女真灭大辽取幽、燕
之议，卒致天下之乱，悲夫！

王晋公祐，事太祖为知制诰。太祖遣使魏州，以便宜付
之，告之曰："使还，与卿王溥官职。"时溥为相也。盖魏州节度
使符彦卿，太宗之妇翁夫人之父，有飞语闻于上。祐往别太宗
于晋邸，太宗却左右，欲与之言，祐径趋出。祐至魏，得彦卿家
僮二人挟势恣横，以便宜决配而已。及还朝，太祖问曰："汝能
保符彦卿无异意乎？"祐曰："臣与符彦卿家各百口，愿以臣之
家保符彦卿家。"又曰："五代之君，多因猜忌杀无辜，故享国不
长，愿陛下以为戒。"帝怒其语直，贬护国军行军司马，华州安
置，七年不召。太宗即位，谓辅臣曰："王祐文章之外，别有清

节,朕所自知。"以兵部侍郎召,不及见而薨。初,祐赴贬时,亲宾送于都门外,谓祐曰:"意公作王溥官职矣。"祐笑曰:"某不做,儿子二郎必做。"二郎者,文正公旦也,祐素知其必贵,手植三槐于庭曰:"吾子孙必有为三公者。"已而果然,天下谓之三槐王氏。

国初,赵普中令为相,于厅事坐屏后置二大瓮,凡有人投利害文字,皆置瓮中,满即焚于通衢。李沆文靖为相,当太平之际,凡建议务更张喜矫激者,一切不用。每曰:"用此以报国耳。"呜呼!贤相思虑远矣。至熙宁初,王荆公为相,寝食不暇,置条例司,潜论天下利害,贤不肖杂用,贤者不合而去,不肖者嗜利独留,尽变更祖宗法度,天下纷然,以致今日之乱。益知赵中令、李文靖得为相之体也。

太宗一日谓宰辅曰:"朕如何唐太宗?"众人皆曰:"陛下,尧舜也,何太宗可比?"丞相文正公李昉独无言,徐诵白乐天诗云:"怨女三千放出宫,死囚八百来归狱。"太宗俯躬曰:"朕不如也。"神宗序温公《资治通鉴》曰:"若唐之太宗,孔子所谓'禹吾无间然'者。"神宗可谓无愧于太宗矣。至召见王荆公,首建每事当法尧舜之论,神宗信之。荆公与其党始务为高大之说,至厌薄祖宗以为不足法,况唐之太宗乎?文正公之言可拜也。

真宗不豫,大渐之夕,李文定公与宰执以祈禳宿内殿。时仁宗幼冲,八大王元俨者有威名,以问疾留禁中,累日不肯出。执政患之,无以为计。偶翰林司以金盂贮熟水,曰:"王所须也。"文定取案上墨笔搅水中,水尽黑,令持去。王见之大惊,意其有毒也,即上马去。文定临事,大率类此。

太宗既下江南,以贾黄中知金陵府。一日,黄中按行府第,见库舍扃镭甚严,集僚吏发之,得宝货数十巨椟,皆李氏宫闻之物不隶于籍者。黄中悉表上之。太祖叹曰:"吾府库之物有籍,贪黩者尚冒禁盗之,况此亡国之遗物乎?"赐黄中钱三百万,以旌其洁。黄中,唐相耽四世孙也,年七岁,以童子举及第。李文正公昉赠之诗曰:"七岁神童古所难,贾家门户有衣冠。十人科第排头上,五部经书诵舌端。见榜不知名字贵,登筵未识管弦欢。从今稳上青云去,万里谁能测羽翰。"至太平兴国中,遂参大政,年五十六以卒。太宗厚恤其家,谓其母曰:"勿以诸孙及私门之窭自挠,朕尝记之也。"黄中之孙种民者,元丰中为宰相蔡确所用,官大理寺丞,锻炼故相陈恭公执中之子世儒与其妇狱至极典,天下冤之。又以蔡确风旨,就府第问同知枢密院吕公公著,呼公之子希纯及老妪立庭下,问世儒妻吕氏请求事,以枷捶胁之。希纯等曰:"吕氏固枢密之侄,尝以此事来告枢密。枢密不语,垂涕而已。"竟无以为罪。神宗知之,怒曰:"原无旨就问吕公著,贾种民小臣,辄敢凌辱执政,特冲替。"呜呼!黄中之后衰矣。

贾黄中字昌民,沧州人,唐相耽之裔。所赠诗,或云窦仪。年十五举进士,授校书郎、集贤校理、左拾遗补阙。岭南平,为采访使,江南平,知昇州。召还,知制诰,迁翰林学士。太宗多召见,访以时政得失。对曰:"职当书诏,思不出位。"太宗益重之,除给事中、参知政事。太宗召见其母王氏,命之坐,谓曰:"教子如是,今之孟母也。"性端重,守家法,多知台阁故事。朝之典礼,资以损益。当时名士皆出其门。有文集行于世,三十卷。公与宋白、李至、吕蒙正、苏易简五人同拜翰林学士,时承旨扈蒙赠诗曰:"五凤齐飞入翰林。"其后皆为名臣。

邵氏闻见录卷第七

范鲁公质举进士，和凝为主文，爱其文赋。凝自以第十三登第，谓鲁公曰："君之文宜冠多士，屈居第十三者，欲君传老夫衣钵耳。"鲁公以为荣。至先后为相，有献诗者云："从此庙堂添故事，登庸衣钵亦相传。"周祖自邺举兵向阙，京师乱，鲁公隐于民间。一日，坐封丘巷茶肆中，有人貌怪陋，前揖曰："相公无虑。"时暑中，公所执扇偶书"大暑去酷吏，清风来故人"诗二句。其人曰："世之酷吏冤狱，何止如大暑也。公他日当深究此弊。"因携其扇去。公惘然久之。后至祆庙后门，见一土偶短鬼，其貌肖茶肆中见者，扇亦在其手中，公心异焉。乱定，周祖物色得公，遂至大用。公见周祖，首建议律条繁广，轻重无据，吏得以因缘为奸，周祖特诏详定，是为《刑统》。

范鲁公戒子孙诗，其略曰："戒尔学立身，莫若先孝悌。怡怡奉亲长，不敢生骄易。战战复兢兢，造次必于是。戒尔学干禄，莫若勤道艺。尝闻诸格言，学而优则仕。不患人不知，惟患学不至。戒尔远耻辱，恭则近乎礼。自卑而尊人，先彼而后己。相鼠尚有礼，宜鉴诗人刺。戒尔勿旷放，旷放非端士。周孔垂名教，齐梁尚清议。南朝称八达，千载秽青史。戒尔勿嗜酒，狂药非佳味。能移谨厚性，化为凶险类。古今倾败者，历历皆可记。戒尔勿多言，多言众所忌。苟不慎枢机，灾厄从此始。是非毁誉间，适足为身累。举世重交游，拟结金兰契。忿怨从是生，风波当时起。所以君子性，汪汪淡如水。举世好奉承,昂昂增意气。不知奉承者,以尔为玩戏。所以古人疾,簠簋与戚施。举世重任侠,俗呼为气义。为人赴急难,往往陷刑制。所以马援书,殷勤戒诸子。举世贱清素,奉身好华侈。肥马衣轻裘,扬扬过闾里。虽得市童怜,还为识者鄙。"恭惟祖、宗所用宰辅,皆忠厚笃实之士,独鲁公为之称首。余读国史,得其诗,录以为子孙之戒。

僧海妙者谓余言:昔出入丁晋公门下,公作相时,凿池养鱼,覆以板,每客至,去板钓鲜鱼作脍,其肴馔珍异,不可胜数。后自朱崖以秘书少监移光州,海妙往见之,公野服杖屦行山中,观村民采茶,劳其辛苦,人不知为晋公也。公与海妙相别,曰:"吾不死,五年当复旧位。"后五年,赵元昊叛,边事起,朝廷更用大臣矣。公无疾,沐浴衣冠,卧佛堂中而薨。

元丰二年,予居洛,有老父年八九十,自云少日随丁晋公至朱崖,颇能道当时事。呼问之,老人曰:"公初自分司西京贬崖州,某从行。至龙门南彭婆镇,公病疟。夜遇盗,失物甚多,至今有玉碗在颍阳富家,盗所质也。至崖州,久之,某辞归,公授以蜡丸,戒曰:'俟西京知府某官与会府官,即投之。'某如所教。知府,王钦若也,对府官得之不敢开,遽以奏,乃自陈乞归表也。其中云:'虽滔天之罪大,奈立主之功高。'继有旨复秘书监,移光州。"嗟夫!任智数者,君子所不为也。世谓丁晋公、王冀公皆任智数,如老人之言,则晋公智数又出冀公之上,异矣。

王内翰禹偁,字元之,济州巨野人。世农家,九岁为歌诗,毕士安作州从事,亟称之。长益能文,有坊屋声,登太平兴国八年进士,擢第。召试相府,擢右拾遗,直史馆。因北戎犯边,献书建和议,太宗赏之,宰相赵普尤加器重。至景德间,卒用其议,与虏通好。又与夏侯嘉正、罗处约、杜镐同校三史,多所是正,进左司谏,知制诰。因论徐铉为人诬告,内翰辨其非罪,责商州团练副使,寻召入翰林为学士。孝章皇后上仙,诏迁梓宫于故燕国长公主第。群臣不为服,内翰言:"后尝母仪天下,当遵用旧礼。"罪以诽谤,谪知滁州。真宗即位,以直言应诏,召为知制诰。咸平初,修《太祖实录》,与宰相论不合,又以谤谪知黄州。移蕲州,死于官。其平生大节如此,故所著《建隆遗事》,一曰《箧中记》,自叙甚秘,盖曰:"吾太祖皇帝诸生也,一代之事皆目所见者,考于国史,或有不同。"一曰:"上性严重少言,酷好看书,虽在军中,手不释卷。若闻人间有奇书,不吝千金以求之。显德初,从世宗南征,初平淮甸,有纤人潜上于世宗曰:'赵某自下寿州,私有重车数乘。'世宗遣人伺察之,果有笼箧数车。遽令取入行在,面开之无他物,惟书数千卷,世宗异之。召上谕之曰:'卿方为朕作将帅,辟土疆,当坚甲利兵,何用书为?'上顿首谢曰:'臣无奇谋上赞圣德,滥膺倚任,尝恐不迨。所以聚言观览,欲广见闻,增智虑也。'世宗曰:'善。'"又曰:"上北征之夕,次陈桥驿,罗彦环等献中央之服,立上为天子,请登马南归。才出驿门,上勒马不前,谓诸将校曰:'我有号令,能禀之乎?'诸将皆伏地听命。上曰:'尔辈自贪爵赏,逼我为君。今入京师,不得辄恣劫掠,依吾令,即当有重赏,不然,则连营逐队,有斧钺之诛。'诸将皆再禀命,戎马遂行。既入国门,兵至如宾,秋毫不犯。先是,京城居人闻上至,皆大恐,将谓循五代之弊,纵士卒剽掠。既见上号令,兵士即时解甲归营,市井不动,略无搔扰,众皆大喜。又闻上驿前诫约之事,满城父老皆相贺曰:'五代天子皆以兵威强制天下,未有德信黎庶者。今上践阼未终日,而有爱民之心,吾辈老矣,何幸见真天子之御世乎！'自唐末至五代，藩方节制皆不禀朝命，上践阼，豁达大度，推赤心以待之。由是诸路节将怀德畏威，不敢跋扈，岁时贡奉无阙，朝廷亟召亟至，皆执藩臣之节甚恭。识者知主威之行矣，太平之基立矣。"又曰："杜太后度量恢廓，有才智，国初内助为多。上初自陈桥即帝位，进兵入城，人先报曰：'点检上时官为点检。已作天子归矣。'时后寝未兴，闻报，安卧不答，晋王辈皆惊跃奔马出迎。晋王后受命，是为太宗。斯须有上亲信人至，入白后，后乃徐徐而起，曰：'吾儿素有大志，果有今日矣。'俄顷上至，见后于堂上，众皆贺之，惟后愀然不乐，上甚讶之。左右进白后曰：'臣闻母以子贵，自古如此。后子今作天子，胡为不乐？'后谓上曰：'吾闻为君不易。且天子者，致身于兆庶之上，若治得其道，则此位可尊；苟或失驭，则欲为匹夫不得，是吾所以忧也。子宜勉之！'上再拜曰：'谨受教。'"又曰："乾德、开宝间，天下将大定，惟河东未遵王化，而疆土实广，国用丰羡，上愈节俭，宫人不及二百，犹以为多。又宫殿内惟挂青布缘帘、绯绢帐、紫绸褥，御衣止赭袍以绫罗为之，其余皆用绝绢。晋王已下因侍宴禁中，从容言服用太草草，上正色曰：'尔不记居甲马营中时耶？'上虽贵为万乘，其不忘布衣时事皆如此。"又曰："开宝末，议迁都于洛。晋王言：'京师屯兵百万，全藉汴渠漕运东南之物赡养之。若迁都于洛，恐水运艰阻，阙于军储。'上省表不报，命留中而已。异日，晋王宴见，从容又言迁都非便。上曰：'迁洛未已，久当迁雍。'晋王叩其旨，上曰：'吾将西迁者，无它，欲据山河之胜而去冗兵，循周、汉之故事以安天下也。'晋王又言：'在德不在险。'上不答。晋王出，上谓侍臣曰：'晋王之言固善，姑从之，不出百年，天下民力殚矣。'"又曰："上享天下十七年，左右内臣有五十余员,止令掌宫掖中事,未尝令预政事。或有不得已而差出外方,止令干一事,不得妄采听他事奏陈。天下以为幸。开宝末,差内臣祷名山大川,俄有黄门于洞穴采得怪石,有类羊形,以为异而献之。上曰:'此是坟墓中物,何用献为?'命碎其石,仍杖其黄门,逐之。不受内臣所媚,皆如此。"又曰:"乾德初,浙西钱俶来朝,上待之甚厚。俶方到阙,自晋王、丞相及中外臣僚有表章五十余封,请留俶。上曰:'钱俶在本国,岁修职贡无阙。今又委质来朝,若利其土宇而留之,殆非人主之用心,何以示信于天下也。'奏俱不纳。俶辞归国,赐与金币、名马之外,别以黄绢封署文书一角付俶曰:'候至本国开之。'仍谕俶曰:'朕知卿忠勤,若朕常安健,公则常有东南,他人即不可也。'俶感泣拜谢而去。俶至钱塘,开轴中文字,乃是晋王、丞相已下请留笺章五十余封。俶大惊,以表称谢。上存心仁信类如此。"呜呼!王内翰,前辈诸公识与不识,皆尊师之,曰:"古之遗直也。"伯温晚生,得其私书于海内兵火之余,取可传者列之。

李文定公迪为学子时,从种放明逸先生学。将试京师,从明逸求当涂公卿荐书,明逸曰:"有知滑州柳开仲涂者,奇才善士,当以书通君之姓名。"文定携书见仲涂,以文卷为贽,与谒俱入。久之,仲涂出,曰:"读君之文,须沐浴乃敢见。"因留之门下。一日,仲涂自出题,令文定与其诸子及门下客同赋。赋成,惊曰:"君必魁天下,为宰相。"令门下客与诸子拜之曰:"异日无相忘也。"文定以状元及第,十年致位宰相。仲涂门下客有柳某者,后官至侍御史,文定公命长子柬之娶其女,不忘仲涂之言也。文定所拟赋题不传,如王沂公曾初作《有物混成赋》,识者知其决为宰相,盖所养所学发为言辞者,可以观矣。

程明道先生为伯温云。

寇莱公既贵，因得月俸，置堂上。有老媪泣曰："太夫人捐馆时，家贫，欲绢一匹作衣衾不可得，恨不及公之今日也。"公闻之大恸，故居家俭素，所卧青帏二十年不易。或以公孙弘事靳之，公笑曰："彼诈我诚，尚何愧！"故魏野赠公诗曰："有官居鼎鼐，无宅起楼台。"后房使在廷，目公曰："此无宅相公耶？"或曰公颇专奢纵，非也。盖公多典藩，于公会宴设则甚盛，亦退之所谓"瓶石之储，尝空于私室；方丈之食，每盛于宾筵"者。余得于公之甥王公丞相所作公墓铭，公之遗事如此。

张文定公齐贤，河南人。少为举子，贫甚，客河南尹张全义门下，饮啖兼数人。自言平时未尝饱，遇村人作愿斋方饱。尝赴斋后时，见其家悬一牛皮，取煮食之无遗。太祖幸西都，文定公献十策于马前，召至行宫，赐卫士廊餐。文定就大盘中以手取食，帝用柱斧击其首，问所言十事。文定且食且对，略无惧色。赐束帛遣之。帝归，谓太宗曰："吾幸西都，为汝得一张齐贤宰相也。"太宗即位，齐贤方赴廷试，帝欲其居上甲，有司置于丙科，帝不悦，有旨：一榜尽除京官通判。文定得将作监丞，通判衡州，不十年，致位宰相矣。

河南节度使李守正叛，周高祖为枢密使讨之。有麻衣道者谓赵普曰："城下有三天子气，守正安得久？"未几，城破。先是，守正子妇，符彦卿女也，相者谓"贵不可言"。守正曰："有妇如此，吾可知矣。"叛意乃决。城破，举家自焚，符氏坐堂上不动。兵人，叱之曰："吾父与郭公有旧，汝辈不可以无礼见加！"或白公，命柴世宗纳之，后为皇后。三天子气者，周高祖、柴世宗、本朝艺祖同在军中也。麻衣道者，其异人乎？

华山隐士陈抟，字图南，唐长兴中进士，游四方，有大志。

《隐武当山诗》云：“他年南面去，记得此山名。”本朝张邓公改“南面”为“南岳”，题其后云：“藓壁题诗志何大，可怜今老华图南。”盖唐末时诗也。常乘白骡，从恶少年数百，欲入汴州。中途闻艺祖登极，大笑坠骡，曰：“天下于是定矣。”遂入华山为道士，葺唐云台观居之。艺祖召，不至。太宗召，以羽服见于延英殿，顾问甚久。送中书见宰辅，丞相宋琪问曰：“先生得玄默修养之道，可以教人乎？”曰：“抟不知吐纳修养之理，假令白日冲天，亦何益于圣世？上博达今古，深究治乱，真有道仁明之主，正是君臣同德致理之时，勤心修炼，无出于此。”琪等称叹，以其语奏，帝益重之。帝初问以伐河东之事，不答，后师出果无功。还华山数年，再召见，谓帝曰：“河东之事，今可矣。”遂克太原。帝以其善相人也，遣诣南衙见真宗。及门亟还，及问其故，曰：“王门厮役皆将相也，何必见王？”建储之议遂定。后赐号为希夷先生。真宗即位，先生已化，因西祀汾阴，幸云台观，谒其祠，加礼焉。帝知建储之有助也。呜呼！世以先生为神仙，善人伦风鉴，浅矣。至康节先生，实传其道于先生，世以比汉“四皓”云。

　　种先生放，字明逸，隐居终南山豹林谷。闻华山陈希夷先生之风，往见之。希夷先生一日令洒扫庭除，曰：“当有嘉客至。”明逸作樵夫拜庭下，希夷挽之而上曰：“君岂樵者？二十年后当为显官，名声闻于天下。”明逸曰：“某以道义来，官禄非所问也。”希夷笑曰：“人之贵贱，莫不有命。贵者不可为贱，亦犹贱者不可为贵也。君骨相当尔，虽晦迹山林，恐竟不能安。异日自知之。”后明逸在真庙朝，以司谏赴召，帝携其手登龙图阁，论天下事，盖眷遇如此。及辞归山，迁谏议大夫。东封，改给事中，西祀，改工部侍郎。希夷又谓明逸曰：“君不娶，可得中寿。"明逸从之,至六十岁卒。先是,希夷为明逸卜上世葬地于豹林谷下,不定穴。既葬,希夷见之,言:"地固佳,安穴稍后,世世当出名将。"明逸不娶,无子,自其侄世衡,至今为将帅有声。希夷既上表,定日解化于华山张超谷石室中,明逸立碑,叙希夷之学曰"明皇帝王伯之道"云。呜呼!仙者非希夷而谁欤?

钱若水为举子时,见陈希夷于华山。希夷曰:"明日当再来。"若水如期往,见有一老僧与希夷拥地炉坐。僧熟视若水,久之不语,以火箸画灰,作"做不得"三字。徐曰:"急流中勇退人也。"若水辞去,希夷不复留。后若水登科为枢密副使,年才四十致政。希夷初谓若水有仙风道骨,意未决,命老僧者观之。僧云"做不得",故不复留。然急流中勇退,去神仙不远矣。老僧者,麻衣道者也,希夷素所尊礼云。

康节先生尝诵希夷先生之语曰:"得便宜事不可再作,得便宜处不可再去。"又曰:"落便宜是得便宜。"故康节诗云:"珍重至人尝有语,落便宜是得便宜。"盖可终身行之也。

李文靖公作相,尝读《论语》。或问之,公曰:"沆为宰相,如《论语》中'节用而爱人'、'使民以时'两句,尚未能行。圣人之言,终身佩之可也。"

咸平、景德中,李文靖公沆在相位,王文正公旦知政事。时西北二方未平,羽书边报无虚日,上既宵旰,二公寝食不遑。文正公叹曰:"安得及见太平,吾辈当优游矣。"文靖公曰:"国家有强敌外患,足以警惧。异日天下虽平,上意浸满,未必能高拱无事。某老且死,君作相时,当自知之,无深念也。"及北鄙和好,西陲款附,于是朝陵展礼,封山行庆,巨典盛仪,无所不讲。文靖已死,文正既衰,疲于赞导,每叹息曰:"文靖圣矣。"故当时谓文靖为圣相云。

　　吕文穆公讳蒙正,微时于洛阳之龙门利涉院土室中,与温仲舒读书,其室中今有画像。有诗云:"八滩风急浪花飞,手把鱼竿傍钓矶。自是钓头香饵别,此心终待得鱼归。"又云:"怪得池塘春水满,夜来雷雨起南山。"后状元及第,位至宰相,温仲舒第三人及第,官至尚书。公在龙门时,一日,行伊水上,见卖瓜者,意欲得之,无钱可买。其人偶遗一枚于地,公怅然取食之。后作相,买园洛城东南,下临伊水,起亭,以"噎瓜"为名,不忘贫贱之义也。

邵氏闻见录卷第八

　　吕文穆公既致政，居于洛，今南州坊张观文宅是也。真宗祀汾阴，过洛，文穆尚能迎谒。至回銮，已病，帝为幸其宅，坐堂中，宅后归张氏，御坐尚在，人不敢居正寝。问曰："卿诸子，孰可用？"公对曰："臣诸子皆豚犬，不足用。有侄夷简，任颍川推官，宰相才也。"帝记其语，遂至大用，文靖公也。先是，富韩公之父贫甚，客文穆公门下。一日，白公曰："某儿子十许岁，欲令人书院事廷评、太祝。"公许之。其子韩公也，文穆见之，惊曰："此儿他日名位与吾相似。"亟令诸子同学，供给甚厚。文穆两人相，以司徒致仕，后韩公亦两人相，以司徒致仕。文穆知人之术如此。文靖公亦受其术。文潞公自兖州通判代归，文靖一见奇之，问潞公曰："有兖州墨，携以来。"明日，潞公进墨，文靖熟视久之，盖欲相潞公手也。荐潞公为殿中侍御史，为从官，平贝州，出入将相五十年，以太师致仕，年逾九十。天下谓之文、富二公者，皆出吕氏之门。呜呼盛哉！

　　吕文靖公为相，章献太后垂帘同听政。李宸妃薨，章献秘之，欲以宫人常礼治丧于外。文靖早朝，留身奏曰："闻禁中贵人暴薨，丧礼宜从厚。"章献遂挽仁宗入内，少顷，独坐帘下，召文靖问曰："一宫人死，相公云云何与？"公曰："臣待罪宰相事，内外无不当预。"章献怒曰："相公欲离间我母子耶？"公从容对曰："陛下不以刘氏为念，臣不敢言，尚念刘氏也，丧礼宜从厚。"章献悟，遽曰："宫人李宸妃也，且奈何？"文靖乃请治丧皇仪殿，太后与帝举哀后苑，百官奉灵簨，由西华门以出，用一品礼殡洪福寺。公又谓入内都知罗崇勋曰："宸妃当以后服殓，用水银实棺，异时莫道夷简不曾说来。"章献皆从之。后章献上仙，燕王谓仁宗言："陛下李宸妃所生，妃死以非命。"仁宗号恸毁顿，不视朝者累日，下哀痛之诏自责，尊宸妃为皇太后，谥章懿。甫毕，章献殿殡，幸洪福寺祭告。易梓宫，帝亲哭视之，后玉色如生，冠服如皇太后者，以有水银沃之，故不坏也。帝叹息曰："人言其可信哉！"待刘氏加厚。使仁宗孝德、章献母道两全，文靖公先见之明也。鸣呼智哉！

吕文靖公致政，居郑州。范文正公自参知政事出为河东陕西宣抚使，过郑，见文靖公。文靖问曰："参政出使何也？"文正曰："某在朝无补，自谓此行欲图报于外。"文靖笑曰："参政误矣！既跬步去朝廷，岂能了事？"文正闻其言，始有悔意。未几，除资政殿学士、知邠州、兼陕西四路安抚使。时富韩公亦自枢密副使为河北宣抚使，将还朝，除资政殿学士、知郓州、兼四路安抚使。鸣呼！文靖公既老，其料天下事尚如此，智数绝人远矣。

至和间，仁宗不豫，一日少间，思见宰执，执政闻召，亟往。吕文靖为相，使者相望于路，促其行，公按辔益缓。至禁中，诸执政已见上。上体未平，待公久，稍倦，不乐曰："病中思见卿，何缓也？"文靖徐曰："陛下不豫，久不视朝，外议颇异。臣待罪宰相，正昼自通衢驰马入内，未便。"帝闻其言，咨叹久之，诸公始有愧色。又文靖夫人因内朝，皇后曰："上好食糟淮白鱼，祖宗旧制，不得取食味于四方，无从可致。相公家寿州，当有之。"夫人归，欲以十奁为献。公见，问之，夫人告以故。公曰："两奁可耳。"夫人曰："以备玉食，何惜也？"公怅然曰："玉食所无之物,人臣之家安得有十奁也?"呜呼! 文靖公者,其智绝人类此。

孙文懿公,眉州鱼蛇人。少时家贫,欲典田赴试京师,自经县判状,尉李昭言戏之曰:"似君人物,求试京师者有几人?"文懿以第三人登第,后判审官院。李昭言者赴调,见公恐甚,意公不忘前日之言也。公特差昭言知眉州。又公尝聚徒荣州,贫甚,得束脩之物持归,为一村镇镇将悉税之。至公任监左藏库,镇将者部州绢纲至,见公愧惧。公慰谢之,以黄金一两赠其归。其盛德如此。

韩参政亿、李参政若谷、王丞相随未第时,同于嵩山法王寺读书。有一男子自言善相,曰:"王君,宰相才也;韩、李二君,皆当为执政。王君官虽高,子孙不及韩、李二君之盛。"后韩参政之子绛、缜皆为宰相,维为参知政事;李参政之子淑领三院学士,有文名。两家子孙宦学,至今不衰。王丞相之后微矣。异哉! 韩参政之孙宗师侍郎云。

韩参政亿、李参政若谷未第时皆贫,同途赴试京师,共有一席一毡,乃割分之。每出谒,更为仆。李先登第,授许州长社县主簿。赴官,自控妻驴,韩为负一箱。将至长社三十里,李谓韩曰:"恐县吏来。"箱中止有钱六百,以其半遗韩,相持大哭别去。次举韩亦登第,后皆至参知政事,世为婚姻不绝。韩参政之孙宗师侍郎云。

庆历三年,范文正公作参知政事,富文忠公作枢密副使,时盗起京西,掠商、邓、均、房,光化知军弃城走。奏至,二公同对上前,富公乞取知军者行军法,范公曰:"光化无城郭,无甲兵,知军所以弃城。乞薄其罪。"仁宗可之。罢朝,至政事堂,富公怒甚,谓范公曰:"六丈要作佛耶?"范公笑曰:"人何用作佛，某之所言有理，少定为君言之。"富公益不乐。范公从容曰："上春秋鼎盛，岂可教之杀人？至手滑，吾辈首领皆不保矣。"富公闻之汗下，起立以谢曰："非某所及也。"富公素以父事范公云。

薛简肃公知成都，范蜀公方为举子，一见爱之，馆于府第，俾与子弟讲学。每曰："范君，廊庙人也。"公益自谦退。乘小驷至铜壶阁下，即步行趋府门。逾年，人不知为帅客也。简肃还朝，载蜀公以去。或问简肃曰："自成都归，得何奇物？"曰："蜀珍产不足道，吾归得一伟人耳。"时二宋公有大名，一见，与公为布衣交，及同赋《长啸却胡骑》，公赋成，人争传诵之。公后为贤从官，其所立，温公自以为不可及也。呜呼！简肃公者，可谓知人矣。

胡先生瑗判国子监，其教育诸生，皆有法。安厚卿枢密在其席下。厚卿苦痁疾，凡聚立庑下，升堂听讲说，人众，疾辄作。先生使人掖之以归，调护甚至。厚卿登科，疾良愈。或以与王文康公少苦淋疾，及为枢密使，疾自平正同。盖人之疾病，随血气之通塞，气血既快，疾亦自愈也。先生每语诸生，食饱未可据案，或久坐，皆于气血有伤，当习射投壶游息焉。是亦食不语、寝不言之遗意也。程伊川曰："凡从安定先生学者，其醇厚和易之气，望之可知也。"国子监旧有先生祠，绍圣初，林自为博士闻于朝，彻去。

尹师鲁谪崇信军节度副使，移筠州监酒，得疾。时范文正公知邓州，闻于朝，乞师鲁就医于邓，仁宗许之。师鲁至，文正日挟医以往，调护甚备，师鲁无甚苦也。一日，文正偶以事未往，师鲁遣人招之，文正亟往，师鲁隐几端坐，已瞑目矣。文正伏而呼之，师鲁复开目，文正问曰："何所见也？"师鲁从容曰：

"亦无鬼神,亦无恐怖。"复闭目而绝。吕献可病,手书以墓铭委司马温公,公亟省之,献可已瞑目矣。公伏而呼之曰:"更有以见属乎?"献可复开目,曰:"天下尚可为,君实其自爱。"遂闭目以绝。呜呼!大君子于死生去来不变盖如此。至于平生以道义相推重者,独不能忘也。

王懿恪公拱辰与欧阳文忠公同年进士,文忠自监元、省元赴廷试,锐意魁天下。明日当唱名,夜备新衣一袭,懿恪辄先衣以人,文忠怪焉。懿恪笑曰:"为状元者,当衣此。"至唱名,果第一。后懿恪、文忠同为薛简肃公子婿,文忠先娶懿恪夫人之姊,再娶其妹,故文忠有"旧女婿为新女婿,大姨夫作小姨夫"之戏。懿恪早贵,文忠自选入馆职,谪夷陵时,懿恪已为知制诰,后入翰林为学士,尽转八座尚书。熙宁初,拜宣徽使,遍历藩府。元丰初召还,赴院供职,出判北京,特赐笏头球露金带,佩鱼,如两府之所服者。懿恪以表谢曰:"横金三纪,未佩随身之鱼;赐带万钉,改观在廷之目也。"盖祖宗旧制,见任两府许笏头球露金带,佩鱼,前任者非得旨不许。尚书翰林学士于御仙花金带上佩鱼者,元丰近制也。惟方团胯带乃可佩鱼,球露带,方团胯也。故曰"近制"也。文忠与懿恪虽友婿,文忠心少之。文忠为参政时,吏拟进懿恪仆射,文忠曰:"仆射,宰相官也。王拱辰非曾任宰相者,不可。"改东宫官,以至拜宣徽使,终身不至执政。盖懿恪主吕文靖,文忠主范文正,其党不同云。

天圣、明道中,钱文僖公自枢密留守西都,谢希深为通判,欧阳永叔为推官,尹师鲁为掌书记,梅圣俞为主簿,皆天下之士,钱相遇之甚厚。一日,会于普明院,白乐天故宅也,有唐九老画像,钱相与希深而下,亦画其旁。因府第起双桂楼,西城建阁临圜驿，命永叔、师鲁作记。永叔文先成，凡千余言，师鲁曰："某止用五百字可记。"及成，永叔服其简古，永叔自此始为古文。钱相谓希深曰："君辈台阁禁从之选也，当用意史学，以所闻见拟之。"故有一书，谓之《都厅闲话》者，诸公之所著也。一时幕府之盛，天下称之。又有知名进士十人，游希深、永叔之门，王复、王尚恭为称首。时科举法宽，秋试府园醮厅，希深监试，永叔、圣俞为试官。王复欲往请怀州解，永叔曰："王尚恭作解元矣。"王复不行，则又曰："解元非王复不可。"盖诸生文赋，平日已次第之矣，其公如此。当朝廷无事，郡府多暇，钱相与诸公行乐无虚日。一日，出长夏门，屏骑从，同步至午桥访郭君隐君，郭君不知为钱相也，草具置酒。钱甚喜，不忍去。至晚，衙骑从来，郭君亦不为动，亦不加礼。抵暮别去，送及门曰："野人未尝至府廷，无从谒谢。"钱相怅然谓诸公曰："斯人视富贵为如何？可愧也！"郭君名延卿，时年逾八十，少从张文定、吕文穆公游，以文行称。张、吕二公相继入相，荐于朝，命以职官，不出。洛人至今呼为郭五秀才庄云。

　　谢希深、欧阳永叔官洛阳时，同游嵩山。自颍阳归，暮抵龙门香山。雪作，登石楼望都城，各有所怀。忽于烟霭中有策马渡伊水来者，既至，乃钱相遣厨传歌妓至。吏传公言曰："山行良劳，当少留龙门赏雪，府事简，无遽归也。"钱相遇诸公之厚类此。后钱相谪汉东，诸公送别至彭婆镇，钱相置酒作长短句，俾妓歌之，甚悲。钱相泣下，诸公皆泣下。王沂公代为留守，御史如束薪，诸公俱不堪其忧，日讶其多出游，责曰："公等自比寇莱公何如？寇莱公尚坐奢纵取祸贬死，况其下者。"希深而下不敢对，永叔取手板起立曰："以修论之，莱公之祸不在杯酒，在老不知退尔。"时沂公年已高，若为之动。诸公伟之。

永叔后用沂公荐入馆,然犹不忘钱相。或谓钱相薨,易名者三,卒得美谥,永叔之力云。

贾内翰黯以状元及第归邓州,范文正公为守,内翰谢文正曰:"某晚生,偶得科第,愿受教。"文正曰:"君不忧不显,惟不欺二字,可终身行之。"内翰拜其言不忘,每语人曰:"吾得于范文正者,平生用之不尽也。"呜呼!得文正公二字者,足以为一代之名臣矣。

狄武襄公青初以散直为延州指使,时西夏用兵,武襄以智勇收奇功。尝被发带铜铸人面,突围陷阵,往来如神,虏畏慑服,无敢当者。而识达宏远,贤士大夫翕然称之,尤为范文正、韩忠献、范正献诸公所知。文正公授以《春秋》、《汉书》曰:"为将而不知古今,匹夫之勇耳。"武襄感服,自勉励无息,后位枢密。或告以当推狄梁公为远祖,武襄愧谢曰:"某出田家,少为兵,安敢祖唐之忠臣梁公者!"又或劝其去鬓间字,则曰:"某虽贵,不忘本也。"每至韩忠献家,必拜于庙廷之下,入拜夫人甚恭,以郎君之礼待其子弟,其异于人如此。郭宣徽逵少时,人物已魁伟,日怀二饼,读《汉书》于京师州西酒楼上。饥即食其饼,沽酒一升饮,再读书。抵暮归,率以为常,酒家异之。后亦以散直为延州指使。范文正公为帅,令主私藏,端坐终日不出门,文正益任之。韩魏公代文正公,宣徽又事之,魏公尤器重。屡立大功,进至副都总管。治平中,召为签书枢密院。杨太尉遂,微时为文潞公虞候吏,每燕会,太尉独不食余馔,他人与之,亦不顾。潞公以此奇之。公定贝州,太尉穴地道入城先登,受上赏。后官至节度使。苗太尉授为小官时,客京师逆旅中,未尝出行,同辈以为笑。后为名将帅,官节度使,两除殿帅。四人者,其功业、智勇、贫贱、遇合略相似,故并书之。

杜祁公少时客济源,有县令者能相人,厚遇之。与县之大姓相里氏议婚不成,祁公亦别娶。久之,祁公妻死,令曰:"相里女子当作国夫人矣。"相里兄弟二人,前却祁公之议者兄也,令召其弟曰:"秀才杜君,人材足依也,当以女弟妻之。"议遂定。其兄尤之,弟曰:"杜君,令之重客,令之意,其可违?"兄怅然曰:"姑从之,俾教诸儿读书耳。"祁公未成婚,赴试京师,登科。相里之兄厚资往见,公曰:"婚已定议,其敢违?某既出仕,颇忧门下无教儿读书者尔。"凡遗却之。相里之兄大惭以归。祁公既娶相里夫人,至从官,以两郊礼奏异姓恩任,相里之弟后官至员外郎。任道司门为先公云。

余为潞州长子县尉,四寺中有王文康公祠,其老僧为余言:文康公之父,邑人也,以教授村童为业。有儿年七八岁,不能养,欲施寺之祖师。祖师善相,谓曰:"儿相贵,可令读书。"因以钱币资之。是谓文康公。后公贵,祖师已死,命寺僧因祠之。文康公最受寇莱公之知,因妻以女,居洛阳陶化坊,洛人至今谓之西州王相公宅云。有子益恭、益柔。益柔官龙图阁直学士,有时名。孙慎言、慎行、慎术,俱列大夫,皆贤,从康节先生交游也。

邵氏闻见录卷第九

　　富韩公初游场屋,穆修伯长谓之曰:"进士不足以尽子之才,当以大科名世。"公果礼部试下。时太师公官耀州,公西归,次陕。范文正公尹开封,遣人追公曰:"有旨以大科取士,可亟还。"公复上京师,见文正,辞以未尝为此学。文正曰:"已同诸公荐君矣。又为君辟一室,皆大科文字,正可往就馆。"时晏元献公为相,求婚于文正。文正曰:"公之女若嫁官人,某不敢知。必求国士,无如富某者。"元献一见公,大爱重之,遂议婚。公亦继以贤良方正登第。公之立朝,初以危言直道事仁宗为谏官,至知制诰。宰相不悦,故荐公以使不测之虏。欧阳公上书,引卢杞荐颜真卿使李希烈事,言宰相欲害公也,不报。公使虏,虏之君臣诵公之言,修好中国,不复用兵者几百年,可谓大功矣,然公每不自以为功也。使回,除枢密直学士,又除翰林学士,又除枢密副使,公皆以奉使无状,力辞不拜。且言:"虏既通好,议者便谓无事,边备渐弛。虏万一败盟,臣死且有罪。非独臣不敢受,亦愿陛下思夷狄轻侮中原之耻,坐薪尝胆,不忘修政。"因以告纳上前而罢。逾月,复除枢密副使。时元昊使辞,群臣班紫宸殿门,帝俟公缀枢密院班,乃坐。且使宰相章德象谕公曰:"此朝廷特用,非以使虏故也。"公不得已乃受。呜呼!使虏之功伟矣,而不自有焉。至知青州,活饥民四十余万,每自言以为功也,盖曰过于作中书令二十四考矣。公之所以自任者,世乌得而窥之哉!苏内翰奉诏撰公墓道之碑,首论公使虏之功,非公之心也。伯温先君子隐居谢聘,与公为道义交,独为知公之深云。

庆历二年,大辽以重兵压境,泛使刘六符再至,求关南十县之地。虏意不测,在廷之臣无敢行者。富韩公往聘,面折虏之君臣,虏辞屈,增币二十万而和。方当公再使也,受国书及口传之词于政府,既行,谓其副曰:"吾为使者而不见国书,万一书辞与口传者异,则吾事败矣。"发书视之,果不同。公驰还,见仁宗具论之。公曰:"政府故为此,欲置臣于死地。臣死不足惜,奈国命何?"仁宗召宰相吕夷简,面问之,夷简从容袖其书曰:"恐是误,当令改定。"富公益辩论不平,仁宗问枢密使晏殊曰:"如何?"殊曰:"夷简决不肯为此,真恐误耳。"富公怒曰:"晏殊奸邪,党吕夷简以欺陛下。"富公,晏公之婿也,富公忠直如此。契丹既平,仁宗深念富公之功,御史中丞王拱辰对曰:"富弼不能止夷狄溪壑无厌之求,今陛下止一女,若虏乞和亲,弼亦忍弃之乎?"帝正色曰:"朕为天下生灵,一女非所惜。"拱辰惊惧,知言之不可入,因再拜曰:"陛下言及于此,天下幸甚!"呜呼!吾仁宗圣矣哉!拱辰盖吕丞相之党也。

至和间,富公当国,立一举三十年推恩之法。盖公与河南进士段希元、魏昇平同场屋相善,公作相,不欲私之,故立为天下之制。二人俱该此恩,希元官至太子中舍,致仕,转殿中丞,昇平官至大理寺丞。此法至今行之。呜呼!为宰相不私其所亲如此,富公可谓贤矣。昇平既卒,公念之不忘,招其子宜与子孙讲学。公薨,宜亦老,犹居门下。至崇宁间,立试门客法,宜不为新学,始求去。

仁宗末年,富公自相位丁太夫人忧归洛,上遣使下诏起复者六七,公竟不起。至其疏曰:"陛下得一不肖子,且将何用?"

仁宗乃从其请。服除，英宗已即位，魏公已迁左相，故用富公为枢密宰相，魏公已下皆迁官，富公亦迁户部尚书。公辞曰："窃闻制辞叙述陛下即位，以臣在忧服，无可称道，乃取嘉祐中臣在中书日尝议建储，以此为功，而推今日之恩。嘉祐中虽尝泛议建储之事，仁宗尚秘其请。其于陛下，则如在茫昧杳冥之中，未见形象，安得如韩琦等后来功效之深切著明也？"又辞曰："韩琦等七人，委是有功，可以重叠受陛下官爵。臣独无一毫之效。"又辞曰："韩琦等七人，于陛下有功有德，独臣于陛下无功，不过在先朝有议论丝发之劳。"又辞曰："琦等勋烈彰灼，明如日星。中外执笔之士，歌咏之不暇。伏乞促令入谢，以快群望。"以此见富公岂因不预定策而歉魏公哉？

熙宁初，富公再入，与曾鲁公并相。吕公公弼为枢密使，韩公绛、赵公槩、冯公京、赵公抃皆为参知政事，俱久次。王荆公安石拜参知政事，乃荐吕公公著为御史中丞。有旨特许不避公弼，公弼不自安，乞出，除宣徽使、判太原府，移秦州。赵公槩致仕，冯公、赵公皆出，富公判亳州，曾公判永兴军，惟韩公绛与荆公在政府。既而绛宣抚陕西，外拜昭文相，荆公拜史馆相。绛失职，以本官知邓州，荆公遂拜昭文相。司马温公除枢密副使，以议新法不合，辞不拜，出知永兴军。吕公公著力言新法，罢中丞，出知永州。韩公维亦以论不合，罢开封府，知河阳。昔与荆公交游揄扬之人，皆退斥不用，荆公独用事。乃以富公为沮青苗法，落使相，散仆射、判汝州。荆公后以观文殿大学士知金陵，乃荐吕惠卿为参知政事。惠卿既得位，遂叛荆公，出平日荆公移书，有曰："无使齐年知。"齐年谓冯公京，盖荆公与冯公皆辛酉人。又曰："无使上知。"神宗始不悦荆公矣。惠卿又起李逢狱，事连李士宁。士宁者，蓬州人，有道术，荆公居丧金陵，与之同处数年，意欲并中荆公也。又起郑侠狱，事连荆公之弟安国，罪至追勒。惠卿求害荆公者无所不至，神宗悟，急召荆公。公不辞，自金陵溯流七日至阙，复拜昭文相，惠卿以本官出知陈州。李逢之狱遂解，其党数人皆诛死，李士宁止于编配。呜呼！荆公非神宗保全，则危矣。再相不久，复知金陵，领宫祠，至死不用。初，韩公绛论助役，与荆公同。后拜史馆相，亦为惠卿所不容，出知定州。

熙宁二年，富公判亳州，以提举常平仓赵济言公沮革新法，落武宁节度及平章事，以左仆射判汝州。过南京，张公安道为守，列迎谒骑从于庭，张公不出。或问公，公曰："吾地主也。"已而富公来见，张公门下客私相谓："二公天下伟人，其议论何如？"立屏后窃听。张公接富公亦简，相对屹然如山岳。富公徐曰："人固难知也。"张公曰："谓王安石乎？亦岂难知者。仁宗皇祐间，某知贡举院，或荐安石有文章，宜辟以考校，姑从之。安石者既来，凡一院之事皆欲纷更之。某恶其人，檄以出，自此未尝与之语也。"富公俯首有愧色。盖富公素喜王荆公，至得位乱天下，方知其奸云。

元丰六年，富公疾病矣，上书言八事，大抵论君子小人为治乱之本。神宗语宰辅曰："富弼有章疏来。"章惇曰："弼所言何事？"帝曰："言朕左右多小人。"惇曰："可令分析，孰为小人？"帝曰："弼三朝老臣，岂可令分析？"右丞王安礼进曰："弼之言是也。"罢朝，惇责安礼曰："右丞对上之言失矣。"安礼曰："吾辈今日曰诚如圣论，明日曰圣学非臣所及，安得不谓之小人！"惇无以对。是年夏五月，大星殒于公所居还政堂下，空中如甲马声，登天光台，公焚香再拜，知其将终也。异哉！公既薨，司马温公、范忠宣往吊之。公之子绍廷、绍京泣曰："先公有自封押章疏一通,殆遗表也。"二公曰:"当不启封以闻。"苏内翰作公神道碑,谓世莫知其所言者是也。神宗闻讣震悼,出祭文,遣中使设祭,恩礼甚厚。政府方遣一奠而已。朝廷故例,前宰相以使相致仕者,给全俸。富公以司徒使相致仕,居洛,自三公俸一百二十千外,皆不受。公清心学道,独居还政堂,每早作,放中门钥,入瞻礼家庙。对夫人如宾客,子孙不冠带不见,平时谢客。文潞公为留守,时节往来,富公素喜潞公,昔同朝,更拜其母,每劝潞公早退,潞公愧谢。既薨,其子朝议名绍廷,字德先,守其家法者也。公两女与其婿及诸外甥皆同居公之第,家事一如公无恙时,毫发不敢变,乡里称之。建中靖国初,朝廷擢德先为河北西路提举常平,德先辞曰:"熙宁变法之初,先臣以不行青苗法得罪,臣不敢为此官。"上益嘉之,除祠部员外郎。崇宁中,德先卒,郑人晁咏之志其墓,文甚美,独不书辞提举常平事,有所避也。惜哉! 德先之子直柔,事今上为同知枢密院事。

韩魏公自枢密副使以资政殿学士知扬州,王荆公初及第为金判,每读书至达旦,略假寐,日已高,急上府,多不及盥漱。魏公见荆公少年,疑夜饮放逸。一日,从容谓荆公曰:"君少年,无废书,不可自弃。"荆公不答,退而言曰:"韩公非知我者。"魏公后知荆公之贤,欲收之门下,荆公终不屈,如召试馆职不就之类是也。故荆公《熙宁日录》中短魏公为多,每曰:"韩公但形相好尔。"作《画虎图》诗诋之。至荆公作相,行新法,魏公言其不便。神宗感悟,欲罢其法。荆公怒甚,取魏公章送条例司疏驳,颁天下。又诬吕申公有言藩镇大臣将兴晋阳之师,除君侧之恶,自草申公谪词,昭著其事,因以摇魏公。赖神宗之明,眷礼魏公,终始不替。魏公薨,帝震悼,亲制墓碑，恩意甚厚。荆公有挽诗云："幕府少年今白发，伤心无路送灵辀。"犹不忘魏公少年之语也。

　　熙宁二年，韩魏公自永兴军移判北京，过阙上殿。王荆公方用事，神宗问曰："卿与王安石议论不同，何也？"魏公曰："仁宗立先帝为皇嗣时，安石有异议，与臣不同故也。"帝以魏公之语问荆公，公曰："方仁宗欲立先帝为皇子时，春秋未高，万一有子，措先帝于何地？臣之论所以与韩琦异也。"荆公强辩类如此。当魏公请册英宗为皇嗣时，仁宗曰："少俟，后宫有就阁者。"公曰："后宫生子，所立嗣退居旧邸可也。"盖魏公有所处之矣。然荆公终英宗之世，屡召不至，实自慊也。或云蔡襄亦有异议，英宗知之，襄不自安，出知福州。治平初，英宗即位，有疾，宰执请光献太后垂帘同听政。有入内都知任守忠者奸邪反复，间谍两宫。时司马温公知谏院，吕谏议为侍御史，凡十数章，请诛之。英宗虽悟，未施行。宰相韩魏公一日出空头敕一道，参政欧阳公已签，参政赵槩难之，问欧阳公曰："何如？"欧阳公曰："第书之，韩公必自有说。"魏公坐政事堂，以头子勾任守忠者立庭下，数之曰："汝罪当死。"责蕲州团练副使，蕲州安置。取空头敕填之，差使臣即日押行，其意以谓少缓则中变矣。呜呼！魏公真宰相也。欧阳公言："吾为魏公作《昼锦堂记》，云'垂绅正笏，不动声色，措天下于太山之安'者，正以此。"

　　尹师鲁以贬死，有子朴，方襁褓。既长，韩魏公闻于朝，命官。魏公判北京，荐为幕属，教育之如子弟。朴少年有才，所为或过举，魏公挂师鲁之像哭之。朴亦早死。呜呼！魏公者，可以谓之君子矣。

　　张金部名方，为白波三门发运使，王司封名湛，为副使，文潞公父令公名异,为属官,皆相善。张金部被召去,荐文令公为代。潞公为子弟读书于孔目官张望家。望尝为举子,颇知书,后隶军籍,其诸子皆为儒学。潞公少年好游,令公怪责之,潞公久不敢归。张望白令公曰:"郎君在某家学问益勤苦,不复游矣。"因出潞公文数百篇,令公为之喜。王司封欲以女嫁公,其妻曰:"文彦博者寒薄,其可托乎?"乃已。后潞公出入将相,张望尚无恙。公判河南日,母申国太夫人生日,张望自清河来献寿,有诗云:"庭下郎君为宰相,门前故吏作将军。"张望以子通籍封将军云。望尝曰:"吾子孙当以立、门、金、石、心为名。"长子靖,与潞公同年登科,兄弟为监司者数人。潞公遇之甚厚。至"门"字行诸孙益显,有为侍从者。康节先生云:"尝见张将军沈深雄伟,有异于众人。能识潞公于童子时,宜其有后也。"

文潞公少时,从其父赴蜀州幕官。过成都,潞公入江渎庙观画壁,祠官接之甚勤,且言夜梦神令洒扫祠庭,曰:"明日有宰相来,君岂异日之宰相乎?"公笑曰:"宰相非所望,若为成都,当令庙室一新。"庆历中,公以枢密直学士知益州,听事之三日,谒江渎庙,若有感焉。方经营改造中,忽江水涨,大木数千章蔽流而下,尽取以为材。庙成,雄壮甲天下。又长老曰:"公为成都日,多宴会。岁旱,公尚出游,有村民持焦谷苗来诉。公罢会,斋居三日,祷于庙中,即日雨,岁大稔。"异哉!

文潞公幼时,与群儿击球,入柱穴中,不能取,公以水灌之,球浮出。司马温公幼与群儿戏,一儿堕大水瓮中,已没。群儿惊走,不能救。公取石破其瓮,儿得出。识者已知二公之仁智不凡矣。

邵氏闻见录卷第十

　　文潞公庆历中以枢密直学士知成都府。公年未四十，成都风俗喜行乐，公多燕集，有飞语至京师。御史何郯圣从，蜀人，因谒告归，上遣伺察之。圣从将至，潞公亦为之动。张俞少愚者谓公曰："圣从之来无足念。"少愚自迎见于汉州。同郡会有营妓善舞，圣从喜之，问其姓，妓曰："杨。"圣从曰："所谓杨台柳者。"少愚即取妓之项帕罗题诗曰："蜀国佳人号细腰，东台御史惜妖娆。从今唤作杨台柳，舞尽春风万万条。"命其妓作《柳枝词》歌之，圣从为之沾醉。后数日，圣从至成都，颇严重。一日，潞公大作乐以燕圣从，迎其妓杂府妓中，歌少愚之诗以酌圣从，圣从每为之醉。圣从还朝，潞公之谤乃息。事与陶穀使江南《邮亭词》相类云。张少愚者，奇士，潞公固重其人也。

　　韩魏公留守北京，李稷以国子博士为漕，颇慢公，公不为较，待之甚礼。俄潞公代魏公为留守，未至，扬言云："李稷之父绚，我门下士也。闻稷敢慢魏公，必以父死失教至此。吾视稷犹子也，果不悛，将庭训之！"公至北京，李稷谒见，坐客次，久之，公着道服出，语之曰："而父吾客也，只八拜。"稷不获已，如数拜之。稷后移陕漕，方五路兴兵取灵武，稷随军，威势益盛。一日早作，入鄜延军营，军士鸣鼓声嗼，帅种谔卧帐中未兴。谔顷之出，对稷呼鼓角将问曰："军有几帅？"曰："太尉耳。"曰："帅未升帐，辄为转运粮草官鸣鼓声嗼，何也？借汝之头以代运使者。"叱出斩之。稷仓皇引去,怖甚,不能上马,自此不敢入谔军。后朝廷遣给事中徐禧同延安帅沈括、副帅种谔领兵筑永乐城,谔议不合,括以闻朝廷,留谔守延安,徐专永乐之役。未至,夏人倾国围永乐城已急,监军李舜举裂襟作奏曰:"臣无所恨,愿朝廷勿轻此贼。"李稷亦作奏,但云"臣千苦万苦也"。神宗得奏,皆为之动。城破,徐禧不知所在,或云降番,张芸叟言:"有自西夏归见之者。"舜举自缢死。或云李稷以酷虐,乘乱为官军所杀。呜呼!稷不得其死,宜哉。

文潞公判北京,有汪辅之者新除运判,为人褊急。初入谒,潞公方坐厅事阅谒,置案上不问,入宅,久之乃出,辅之已不堪。既见,公礼之甚简,谓曰:"家人须令沐发,忘见,运判勿讶。"辅之沮甚。旧例,监司至之三日,府必作会,公故罢之。辅之移文定日检按府库,通判以次白公,公不答。是日,公家宴,内外事并不许通。辅之坐都厅,吏白侍中家宴,匙钥不可请。辅之怒,破架阁库锁,亦无从检按也。密劾潞公不治。神宗批辅之所上奏付潞公,有云"侍中旧德,故烦卧护北门,细务不必劳心。辅之小臣,敢尔无礼,将别有处置"之语。潞公得之不言。一日,会监司曰:"老谬无治状,幸诸君宽之。"监司皆愧谢,因出御批以示辅之。辅之皇恐逃归,托按郡以出。未几,辅之罢。呜呼!神宗眷遇大臣、沮抑小人如此,可谓圣矣!

元丰间,文潞公以太尉留守西京,未交印,先就第庙坐见监司、府官。唐介参政之子义问为转运判官,退谓其客尹焕曰:"先君为台官,尝言潞公,今岂挟以为恨耶?某当避之。"焕曰:"潞公所为必有理,姑听之。"明日,公交府事,以次见监司、府官如常仪。或以问公,公曰:"吾未视府事,三公见庶僚也。既交印,河南知府见监司矣。"义问闻之,复谓焕曰:"微君,殆有失于潞公也。"一日，潞公谓义问曰："仁宗朝，先参政为台谏，以言某谪官，某亦罢相判许州。未几，某复召还相位。某上言唐某所言切中臣罪，召臣未召唐某，臣不敢行。仁宗用某言起参政通判潭州，寻至大用，与某同执政，相知为深。"义问闻潞公之言，至感泣，自此出入潞公门下。后潞公为平章重事，荐义问以集贤殿修撰，帅荆南。呜呼！潞公之德度绝人，盖如此。

洛城之东南午桥，距长夏门五里，蔡君谟为记，盖自唐已来为游观之地。裴晋公绿野庄，今为文定张公别墅，白乐天白莲庄，今为少师任公别墅，池台故基犹在。二庄虽隔城，高槐古柳，高下相连接。午桥西南二十里，分洛堰引洛水，正南十八里，龙门堰引伊水，以大石为杠，互受二水。洛水一支自后载门入城，分诸园，复合一渠，由天门街北天津、引龙二桥之南，东至罗门。伊水一支正北入城，又一支东南入城，皆北行，分诸园，复合一渠，由长夏门以东、以北至罗门，二水皆入于漕河。所以洛中公卿庶士园宅，多有水竹花木之胜。元丰初，开清汴，禁伊、洛水入城，诸园为废，花木皆枯死，故都形势遂减。四年，文潞公留守，以漕河故道湮塞，复引伊、洛水入城，入漕河，至偃师与伊、洛汇，以通漕运，隶白波辇运司，诏可之。自是由洛舟行可至京师，公私便之，洛城园圃复盛。公作亭河上，榜曰"漕河新亭"。元祐间，公还政归第，以几杖樽俎临是亭，都人士女从公游洛焉。

元丰五年，文潞公以太尉留守西都，时富韩公以司徒致仕，潞公慕唐白乐天九老会，乃集洛中卿大夫年德高者为耆英会。以洛中风俗尚齿不尚官，就资胜院建大厦，曰"耆英堂"，命闽人郑奂绘像其中。时富韩公年七十九，文潞公与司封郎中席汝言皆七十七，朝议大夫王尚恭年七十六，太常少卿赵丙、秘书监刘几、卫州防御使冯行己皆年七十五，天章阁待制楚建中、朝议大夫王慎言皆七十二，太中大夫张问、龙图阁直学士张焘皆年七十。时宣徽使王拱辰留守北京，贻书潞公，愿预其会，年七十一。独司马温公年未七十，潞公素重其人，用唐九老狄兼謩故事，请入会。温公辞以晚进，不敢班富、文二公之后。潞公不从，令郑奂自幕后传温公像，又至北京传王公像，于是预其会者，凡十三人。潞公以地主，携妓乐就富公宅第一会。至富公会，送羊酒不出，余皆次为会。洛阳多名园古刹，有水竹林亭之胜，诸老须眉皓白，衣冠甚伟，每宴集，都人随观之。潞公又为同甲会，司马郎中旦、程太常珦、席司封汝言，皆丙午人也，亦绘像资胜院。其后司马公与数公又为真率会，有约，酒不过五行，食不过五味，惟菜无限。楚正议违约增饮食之数，罚一会。皆洛阳太平盛事也。洛之士庶又生祠潞公于资胜院，温公取神宗送潞公判河南诗，隶书于榜曰“伫瞻堂”，塑公像其中，冠剑伟然，都人事之甚肃。初，温公自以晚辈不敢预富、文二公之会，潞公谓温公曰：“某留守北京，遣人入大辽侦事回，云见虏主大宴群臣，伶人剧戏，作衣冠者，见物必攫取怀之，有从其后以梃扑之者，曰：‘司马端明耶？’君实清名在夷狄如此。”温公愧谢。方潞公作耆英会时，康节先生已下世，有中散大夫吴执中者，少年登科，皇祐初已作秘书丞，不乐仕进，早休致，其年德不在诸公下，居洛多杜门，人不识其面，独与康节相善。执中未尝一至公府，其不预会者，非潞公遗之也。文潞公尝曰：“人但以某长年为庆，独不知阅世既久，内外亲戚皆亡，一时交游凋零殆尽，所接皆藐然少年，无可论旧事者，正亦无足庆也。”范忠宣公亦曰：“或相勉以摄生之理，不知人非久在世之物。假如丁令威千岁化鹤归乡，见城郭人民皆非，则彼独存何足乐者？"呜呼！皆达理之言也。

英宗即位，侍御史吕诲献可言欧阳修首建邪议，推尊濮安懿王，有累圣德，并劾韩琦、曾公亮、赵槩。积十余章，不从。乞自贬，又十余章，率其属以御史敕告纳帝前，曰："臣言不效，不敢居此位。"出知蕲州，徙晋州。神宗即位，擢天章阁待制，复知谏院，擢御史中丞。帝方励精求治，一日，紫宸早朝，二府奏事久，日刻宴，例隔登对官于后殿，须上更衣复坐，以次赞引。献可待对于崇政，司马温公为翰林学士，侍读延英阁，亦趋赞善堂待召，相遇朝路，并行而北。温公密问曰："今日请对，何所言？"献可举手曰："袖中弹文，乃新参政也。"温公愕然曰："王介甫素有学行，命下之日，众皆喜于得人，奈何论之？"献可正色曰："君实亦为此言耶？安石虽有时名，好执偏见，不通物情，轻信奸回，喜人佞己。听其言则美，施于用则疏。若在侍从，犹或可容；置诸宰辅，天下必受其祸矣。"温公又谕之曰："与公相知，有所怀不敢不尽。未见其不善之迹，遽论之不可。"献可曰："上新嗣位，富于春秋，朝夕谋议者，二三执政耳。苟非其人，则败国事。此乃腹心之疾，治之惟恐不及，顾可缓耶？"语未竟，阁门吏抗声追班，乃各趋以去。温公自经筵退，默坐玉堂，终日思之，不得其说。既而，缙绅间寖有传其疏者，多以为太过。未几，中书省置三司条例司，相与议论者，以经纶天下为己任，始变祖宗旧法，专务聚敛，私立条目，颁于四方，妄引《周官》，以实诛赏。辅弼异议不能回，台谏从官力争不能夺，州郡监司若奉行微忤其意，则遣责从之。所用皆憸薄少年，天下骚然。于是昔之怀疑者始愧仰叹服，以献可为知人。温公与安石相论辩尤力。神宗欲两用之，命温公为枢密副使，温公以言不从，不拜。以三书抵安石，冀其或听而改也。安石如故所为，终不听，乃绝交。温公既出，退居于洛，每慨然曰："吕献可之先见，吾不及也。"献可言安石不已，出知邓州。康节先生与献可善，方献可初赴召，康节与论天下事，至献可谪官，无一不如所言者。故献可之为邓州也，康节寄以诗云："一别星霜二纪中，升沉音问不相通。林间谈笑虽归我，天下安危且系公。万乘几前当謇谔，百花洲上略相从。不知月白风清夜，能忆伊川旧钓翁？"献可和云："冥冥鸿羽在云天，邈阻风音已十年。不谓圣朝求治理，尚容遗逸卧林泉。羡君身散随时乐，顾我官闲饱昼眠。应笑无成三黜后，病衰方始赋归田。"献可寻请宫祠归洛，温公、康节日相往来。献可病，自草章乞致仕，曰："臣无宿疾，偶值医者用术乖方，殊不知脉候有虚实，阴阳有逆顺，诊察有标本，治疗有先后，妄投汤剂，率任情意，差之指下，祸延四肢，寝成风痹，遂艰行步。非只惮踤蹩之苦，又将虞心腹之变。势已及此，为之奈何！虽然一身之微，固未足恤；其如九族之托，良以为忧。是思纳禄以偷生，不俟引年而还政。"盖以一身之疾，喻朝政之病也。温公、康节日就卧内问疾，献可所言，皆天家国务之事，忧愤不能忘，未尝一语及其私也。一日，手书托温公以墓铭，温公亟省之，已瞑目矣。温公呼之曰："更有以见属乎？"献可复张目曰："天下事尚可为，君实勉之！"故温公志其墓，论献可为中丞时，则曰："有侍臣弃官家居者，朝野称其才，以为古今少伦。天子引参大政，众皆喜于得人，献可独以为不然，众莫之怪之。居无何，新为政者恃其才，弃众任己，厌常为奇，多变更祖宗法，专汲汲敛民财，所爱信引拔，时或非其人，天下大失望。献可屡争不能及，抗章条其过失曰：'误天下苍生者，必此人也。使久居庙

堂，必无安靖之理。'又曰：'天下本无事，但庸人扰之耳。'"志
未成，河南监牧使刘航仲通自请书石，既见其文，仲通复迟回
不敢书。时安石在相位也。仲通之子安世曰："成吾父之美，
可乎？"代书之。仲通又阴祝献可诸子勿摹本，恐非三家之福。
时用小人蔡天申为京西察访，置司西都。天申厚赂镌工，得本
以献安石。天申初欲中温公，安石得之，挂壁间，谓其门下士
曰："君实之文，西汉之文也。"献可忍死谓温公以"天下尚可
为，当自爱"，后温公相天下，再致元祐之盛，献可不及见矣。
天下诵其言而悲之。至温公薨，献可之子由庚作挽诗云："地
下若逢中执法，为言今日再升平。"记其先人之言也。司马温
公尝曰："昔与王介甫同为群牧司判官，包孝肃公为使，时号清
严。一日，群牧司牡丹盛开，包公置酒赏之。公举酒相劝，某
素不喜酒，亦强饮，介甫终席不饮，包公不能强也。某以此知
其不屈。"

邵氏闻见录卷第十一

　　神宗皇帝初召王荆公于金陵，一见奇之，自知制诰进翰林学士。荆公欲变更祖宗法度，行新法，退故老大臣，用新进少年。温公以为不然，力争之。神宗用荆公为参知政事，用温公为枢密副使，温公以言不从，辞不拜。枢密吕公弼因奏事殿上，谓帝曰："陛下用司马光为枢密，光以与王安石议论不同力辞，今日必来决去就。"时温公待对，立庭下，帝指之曰："已来矣。"帝又叹曰："汲黯在庭，淮南寝谋。"温公坚求去，帝不得已，乃除端明殿学士，知永兴军。到官逾月，上章曰："臣之不才，最出群臣之下。先见不如吕诲公，直不如范纯仁、程颢，敢言不如苏轼、孔文仲，勇决不如范镇。诲于安石始参政事之时，已言安石为奸邪，谓其必败乱天下，臣以为安石止于不晓事与狠愎尔，不至如诲所言。今观安石汲引亲党，盘据要津，挤排异己，占固权宠，常自以己意阴赞陛下内出手诏，以决外庭之事，使天下之威福在己，而谤议悉归于陛下，臣乃自知先见不如吕诲远矣！纯仁与颢皆安石素厚，安石拔于庶僚之中，超处清要。纯仁与颢睹安石所为，不敢顾私恩，废公议，极言其短。臣与安石南北异乡，用舍异道，臣接安石素疏，安石待臣素薄，徒以屡尝同僚之故，私心眷眷，不忍轻绝而显言之，因循以至今日。是臣不负安石而负陛下甚多，此其不如纯仁与颢远矣！臣承乏两制，逮事三朝，于国家义则君臣，恩犹骨肉，睹安石专逞其狂愚，使天下生民被荼毒之苦，宗庙社稷有累卵之危，臣畏懦惜身，不早为陛下别白言之。轼与文仲皆疏远小臣，乃敢不避陛下雷霆之威，安石虎狼之怒，上书对策，指陈其失，隳官获谴，无所顾虑，此臣不如轼与文仲远矣！人情，谁不贪富贵，恋俸禄。镇睹安石荧惑陛下，以佞为忠，以忠为佞，以是为非，以非为是，不胜愤懑，抗章极言，因自乞致仕，甘受丑诋，杜门家居。臣顾惜禄位，为妻子计，包羞忍耻，尚居方镇，此臣不如镇远矣！臣闻居其位者必忧其事，食其禄者必任其患，苟或不然，是为窃盗。臣虽无似，尝受教于君子，不忍以身为窃盗之行。今陛下惟安石之言是信，安石以为贤则贤，以为愚则愚，以为是则是，以为非则非，谄附安石者谓之忠良，攻难安石者谓之谗慝。臣之才识固安石之所愚，臣之议论固安石之所非，今日所言，陛下之所谓谗慝者也，伏望圣恩裁处其罪。若臣罪与范镇同，则乞依范镇例致仕；若罪重于镇，或窜或诛，所不敢逃。"帝必欲用公，召知许州，令过阙上殿。方下诏，帝谓监察御史里行程颢曰："朕召司马光，卿度光来否？"颢对曰："陛下能用其言，光必来；不能用其言，光必不来。"帝曰："未论用其言，如光者常在左右，人主自可无过。"公果辞召命，乞西京留司御史台，以修《资治通鉴》。后乞提举嵩山崇福宫。凡四任，历十五年。帝取所修《资治通鉴》，命经筵读之，所读将尽而进未至，则诏促之。帝因与左丞蒲宗孟论人才，及温公，帝曰："如司马光未论别事，只辞枢密一节，朕自即位以来，惟见此一人。"帝之眷礼于公不衰如此。特公以新法不罢，义不可起。元丰官制成，帝曰："御史大夫非用司马光不可。"蔡确进曰："国是方定，愿少俟之。"至元丰七年秋，《资治通鉴》书成进御，特拜公资政殿学士，赐带如二府品数者，修书官皆迁秩，召范祖禹及公子康为馆职。时帝初微感疾，既安，语宰辅曰：

"来春建储,以司马光、吕公著为师保。"帝意以谓非二公不可托圣子也。至来春三月,未及建储而帝升遐,神宗知公之深如此。当熙宁初,荆公建新法之议,帝惑之。至元丰初,圣心感悟,退荆公不用者七年,欲用公为御史大夫,为东宫师保,盖将倚以为相也。呜呼!天下不幸,帝未及用公而崩,此后世所以有朋党之祸也。

司马温公为西京留台,每出,前驱不过三节。后官宫祠,乘马或不张盖,自持扇障日。程伊川谓曰:"公出无从骑,市人或不识,有未便者。"公曰:"某惟求人不识尔。"王荆公辞相位,居钟山,惟乘驴。或劝其令人肩舆,公正色曰:"自古王公虽不道,未尝敢以人代畜也。"呜呼!二公之贤多同,至议新法不合绝交,惜哉!

司马温公闲居西洛,著书之余,记本朝事为多,曰《斋记》、曰《日记》、曰《记闻》者不一也,今亡矣。时与王介甫已绝,其记介甫,则直书善恶不隐,曰:"王安石,字介甫,抚州临川人。举进士,有名于时。庆历二年第五人登科,初签署扬州判官,后知鄞县。好读书,能强记,虽后进投艺及程试文有美者,读一过辄成诵在口,终身不忘。其属文,动笔如飞,初若不措意,文成,观者皆服其精妙。友爱诸弟,俸禄入家,数月辄无,为诸弟所费用,家道屡空,一不问。议论高奇,能以辩博济其说,人莫能诎。始为小官,不汲汲于仕进。皇祐中,文潞公为宰相,荐安石及张瓖、曾公定、韩维四人恬退,乞朝廷不次进用,以激浇竞之风。有旨皆籍记其名。至和中,召试馆职,固辞不就,乃除群牧判官,又辞,不许,乃就职。少时恳求外补,得知常州,由是名重天下,士大夫恨不识其面。朝廷尝欲授以美官,惟患其不肯就也。自常州徙提点江南西路刑狱。嘉祐中,除馆职、三司度支判官,固辞,不许。未几,命修《起居注》,辞以新入,馆职中先进甚多,不当超处其右。章十余上,有旨令阁门吏赍敕就三司授之,安石不受,吏随而拜之,安石避之于厕。吏置敕于案而去,安石使人追而与之。朝廷卒不能夺。岁余,复申前命,安石又辞,七八章乃受。寻除知制诰,自是不复辞官矣。"伯温惜其不传于代,故表出之。

熙宁初,朝廷遣大理寺丞蔡天申为京西察访,枢密挺之子也。至西京,以南资福院为行台,挟其父势,妄作威福,震动一路。河南尹李中师待制、转运使李南公等,日蚤晚衙待之甚恭。时司马温公判留司御史台,因朝谒应天院神御殿,天申者独立一班,盖尹以下不敢相压也。既报班齐,温公呼知班曰:"引蔡寺丞归本班。"知班引天申立监竹木务官富赞善之下。盖朝仪位著以官为高下,朝谒应天院,留台职也。天申即日行。

司马温公居洛时,往夏县展墓,省其兄郎中公,为其群从乡人说书讲学。或乘兴游荆、华诸山以归,多游寿安山,买瓷窑畔,为休息之地。尝同范景仁过韩城,抵登封,憩峻极下院,登嵩顶,入崇福宫会善寺,由辕辕道至龙门,游广爱、奉先诸寺,上华严阁、千佛嵓,寻高公堂,渡潜溪,入广化寺,观唐郭汾阳铁像,涉伊水至香山皇龛,憩石楼,临八节滩,过白公影堂。凡所经从,多有诗什,自作序,曰《游山录》,士大夫争传之。公不喜肩舆,山中亦乘马,路险,策杖以行,故嵩山题字曰:"登山有道:徐行则不困,措足于平稳之地则不跌,慎之哉!"其旨远矣。方公退居于洛也,齐物我,一穷通,若将终身焉。一日出相天下,则功被社稷,泽及生灵。呜呼!真古所谓大丈夫矣。

元丰四年,官制书成,神宗自禁中帖定图本出,先谓宰辅曰："官制将行，欲取新旧人两用之。"又曰："御史大夫非司马光不可。"蔡確进曰："国是方定，愿少迟之。"王珪亦助之。又有旨范纯仁、李常除太常少卿，珪、確奏曰："纯仁已病，止用李常。"后纯仁弟纯粹自京东提举常平移陕西转运判官，上殿，帝问："纯仁无恙？"纯粹曰："臣兄纯仁无恙。"帝方悟。时纯仁为西京留台，寻除直龙图阁、知河南府，擢庆阳帅。珪、確知帝欲用之，故不令入朝。呜呼！王珪、蔡確者不能将顺神宗美意，取新旧人兼用之，遂起朋党之祸，盖其罪大矣！

　　元丰变法之后，重以大兵大狱，天灾数见，盗贼纷起，民不聊生。神宗悔之，欲复祖宗旧制，更用旧人，遽厌代未暇，而德音诏墨具在，可为一时痛惜者也！司马温公自与王荆公论不合，不拜枢密副使，退居西洛，负天下重望十五年矣。故哲宗即位，宣仁太后同听政，首起公为宰相，其于政事，不容有回忌也，故公取其害民之尤甚者罢之。王荆公尝有恙，叹曰："终始谓新法为不便者，独司马君实耳。"盖知其贤而不敢怨也。或谓公曰："元丰旧臣，如章惇、吕惠卿辈皆小人，它日有以父子之义闻上，则朋党之祸作矣，不可不惧。"公正色曰："天若祚宋，当无此事。"遂改之不疑。呜呼！公之勇猛，孟轲不如也。若曰当参用元丰旧臣，共变其法，以绝异时之祸，实公所不取也。自国朝治乱论之，曰元祐党者，岂非天哉！后世思公之言，可以流涕痛哭矣。

　　王荆公知明州鄞县，读书为文章，三日一治县事。起堤堰，决陂塘，为水陆之利。贷谷于民，立息以偿，俾新陈相易。兴学校，严保伍，邑人便之。故熙宁初为执政所行之法，皆本于此。然荆公之法，行于一邑则可，不知行于天下不可也。又所遣新法使者，多刻薄小人，急于功利，遂至决河为田，坏人坟墓室庐、膏腴之地，不可胜纪。青苗虽取二分之利，民请纳之费，至十之七八。又公吏冒民，新旧相因，其弊益繁。保甲保马尤为害，天下骚然，不得休息，盖祖宗之法益变矣。独役法，新旧差募二议俱有弊。吴、蜀之民以雇役为便，秦、晋之民以差役为便，荆公与司马温公皆早贵，少历州县，不能周知四方风俗，故荆公主雇役，温公主差役，虽旧典，亦有弊。苏内翰、范忠宣，温公门下士，复以差役为未便；章子厚，荆公门下士，复以雇役为未便。内翰、忠宣、子厚虽贤否不同，皆聪明晓吏治，兼知南北风俗，其所论甚公，各不私于所主。元祐初，温公复差役，改雇役，子厚议曰："保甲保马，一日不罢有一日害。如役法，则熙宁初以雇役代差役，议之不详，行之太速，速故有弊。今复以差役代雇役，当详议熟讲，庶几可行。而限止五日，太速，后必有弊。"温公不以为然。子厚对太皇太后帘下与温公争辩，至言"异日难以奉陪吃剑。"太后怒其不逊，子厚罪去。蔡京者，知开封府，用五日限尽改畿县雇役之法为差役，至政事堂白温公，公喜曰："使人人如待制，何患法之不行。"绍圣初，子厚入相，复议以雇役改差役，置司讲论，久不决。蔡京兼提举，白子厚曰："取熙宁、元丰法施行之耳，尚何讲为？"子厚信之，雇役遂定。蔡京前后观望反复，贤如温公，暴如子厚，皆足以欺之，真小人耳。温公已病，改役法限五日，欲速行之，故利害未尽。议者谓差役、雇役二法兼用则可行。雇役之法，凡家业至三百千者听充，又许假借府吏胥徒雇之，无害衙前，非雇上户有物力行止之人，则主官物护纲运有侵盗之患矣。唯当革去管公库公厨等事，虽不以坊场河渡酬其劳可也。雇役则皆无赖少年应募，不自爱惜，其弊不可胜言。故曰差、雇二法并作并用，则可行也。荆公新法，农田水利当时自不能久行,保甲保马等相继亦罢,独青苗散敛,至建炎中国乱始罢。呜呼! 荆公以不行新法不作宰相,温公以行新法不作枢密副使,神宗退温公而用荆公,二公自此绝交。

王荆公天资孝友,俸禄入门,诸弟辄取以尽,不问。其子雱既长,专家政,则不然也。荆公诸弟皆有文学,安礼者,字和甫,事神宗为右丞,气豪玩世,在人主前不屈也。一日,宰执同对,上有无人材之叹,左丞蒲宗孟对曰:“人材半为司马光以邪说坏之。”上不语,正视宗孟久之。宗孟惧甚,无以为容。上复曰:“蒲宗孟乃不取司马光耶? 司马光者未论别事,只辞枢密一节,朕自即位以来,唯见此一人。他人则虽迫之使去,亦不肯矣。”又因泛论古今人物,宗孟盛称扬雄之贤,上作色而言曰:“扬雄著《剧秦美新》,不佳也。”上不乐。宗孟又因奏书请官属恩,上曰:“所修书谬甚,无恩。”宗孟又引例书局、仪鸾司等当赐帛,上以小故未答。安礼进曰:“修书谬,仪鸾司者恐不预。”上为之笑。罢朝,安礼戏宗孟曰:“扬雄为公坐累矣。”方苏子瞻下御史狱,小人劝上杀之,安礼言其不可。安国者,字平甫,尤正直有文。一日,荆公与吕惠卿论新法,平甫吹笛于内,荆公遣人谕曰:“请学士放郑声。”平甫即应曰:“愿相公远佞人。”惠卿深衔之。后荆公罢,竟为惠卿所陷,放归田里,卒以穷死。雱者,字元泽,性险恶,凡荆公所为不近人情者,皆雱所教。吕惠卿辈奴事之。荆公置条例司,初用程颢伯淳为属。伯淳,贤士。一日盛暑,荆公与伯淳对语,雱囚首跣足,手携妇人冠以出,问荆公曰:“所言何事?”荆公曰:“以新法数为人沮,与程君议。”雱箕踞以坐,大言曰:“枭韩琦、富弼之头于市,则新法行矣。”荆公遽曰:“儿误矣。”伯淳正色曰:“方与参政论国事,子弟不可预,姑退。”雱不乐去。伯淳自此与荆公不合。祖宗之制，宰相之子无带职者。神宗特命雱为从官，然雱已病不能朝矣。雱死，荆公罢相，哀悼不忘，有"一日凤鸟去，千年梁木摧"之诗，盖以比孔子也。荆公在钟山，尝恍惚见雱荷铁枷杻如重囚者，荆公遂施所居半山园宅为寺，以荐其福。后荆公病疮良苦，尝语其侄曰："亟焚吾所谓《日录》者。"侄绐公，焚他书代之，公乃死。或云又有所见也。

王荆公知制诰，吴夫人为买一妾，荆公见之曰："何物也？"女子曰："夫人令执事左右。"安石曰："汝谁氏？"曰："妾之夫为军大将，部米运失舟，家资尽没，犹不足，又卖妾以偿。"公愀然曰："夫人用钱几何得汝？"曰："九十万。"公呼其夫，令为夫妇如初，尽以钱赐之。司马温公从庞颍公辟为太原府通判，尚未有子。颍公夫人言之，为买一妾，公殊不顾。夫人疑有所忌也，一日教其妾："候我出，汝自装饰至书院中。"冀公一顾也。妾如其言，公讶曰："夫人出，汝安得至此？"亟遣之。颍公知之，对僚属咨其贤。荆公、温公不好声色，不爱官职，不殖货利皆同。二公除修注，皆辞至六七，不获已方受。温公除知制诰，以不善作辞令屡辞，免，改待制。荆公官浸显，俸禄入门，任诸弟取去尽不问。温公通判太原时，月给酒馈待宾客，外辄不请。晚居洛，买园宅，犹以兄郎中为户。故二公平生相善，至议新法不合，始著书绝交矣。

邵氏闻见录卷第十二

吕晦叔、王介甫同为馆职,当时阁下皆知名士,每评论古今人物治乱,众人之论必止于介甫,介甫之论又为晦叔止也。一日,论刘向当汉末言天下事,反复不休,或以为知忠义,或以为不达时变,议未决。介甫来,众问之,介甫卒对曰:"刘向强聒人耳。"众意未满。晦叔来,又问之,则曰:"同姓之卿欤。"众乃服。故介甫平生待晦叔甚恭,尝简晦叔曰:"京师二年,鄙吝积于心,每不自胜。一诣长者,即废然而反。夫所谓德人之容使人之意消者,于晦叔得之矣。以安石之不肖,不得久从左右,以求于心而稍近于道。"又曰:"师友之义,实有望于晦叔。"故介甫作相,荐晦叔为中丞。晦叔迫于天下公议,及言新法不便,介甫始不悦,谓晦叔有驩兜、共工之奸矣。

王荆公与吕申公素相厚,荆公尝曰:"吕十六不作相,天下不太平。"又曰:"晦叔作相,吾辈可以言仕矣。"其重之如此。议按举时,其论尚同。荆公荐申公为中丞,欲其为助,故申公初多举条例司人作台官。既而天下苦条例司之为民害,申公乃言新法不便。荆公怒其叛己,始有逐申公意矣。方其荐申公为中丞,其辞以谓有八元、八凯之贤;未半年,所论不同,复谓有驩兜、共工之奸。荆公之喜怒如此。初亦未有以罪申公也,会神宗语执政,吕公著尝言:"韩琦乞罢青苗钱,数为执事者所沮,将兴晋阳之甲,以除君侧之恶。"荆公因用此为申公罪,除侍读学士,知颍州。宋次道当制辞,荆公使之明著其语,陈相旸叔以为不可，次道但云："敷奏失实，援据非宜。"荆公怒，自改之曰："比大臣之抗章，因便殿之与对，辄诬方镇，有除恶之谋，深骇予闻，无事理之实。"申公素谨密，实无此言。或云孙觉莘老尝为上言："今藩镇大臣如此论列而遭挫折，若当唐末五代之际，必有兴晋阳之甲以除君侧之恶者矣。"上已忘其人，但记美须，误以为申公也。熙宁四年，申公以提举嵩山崇福宫居洛，寓兴教僧舍，欲买宅，谋于康节先生。康节曰："择地乎？"曰："不。""择材乎？"曰："不。"康节曰："公有宅矣。"未几，得地于白师子巷张文节相宅西，随高下为园宅，不甚宏壮。康节、温公、申公时相往来，申公寡言，见康节必从容，终日亦不过数言而已。一日，对康节长叹曰："民不堪命矣！"时荆公用事，推行新法者皆新进险薄之士，天下骚然，申公所叹也。康节曰："王介甫者，远人，公与君实引荐至此，尚何言！"公作曰："公著之罪也。"十年春，公起知河阳，河南尹贾公昌衡率温公、程伯淳饯于福先寺上东院，康节以疾不赴。明日，伯淳语康节曰："君实与晦叔席上各辩论出处不已，某以诗解之曰：'二龙闲卧洛波清，几岁优游在洛城。愿得二公齐出处，一时同起为苍生。'"申公镇河阳岁余，召拜枢密副使。后以资政殿学士知定州，又以大学士知扬州。哲宗即位，拜左丞，迁门下侍郎，与温公并相，元祐如伯淳之诗云。伯温以经明行修命官，见公于东府。公语及康节，咨叹久之，谓伯温曰："科名特入仕之门，高下勿以为意，立身行道，不可不勉。"伯温起谢焉。公三子，希哲、希积、希纯，皆师事康节，故伯温与之游甚厚。三年，公辞位，拜司空平章军国事，次年薨。

　　王介甫与苏子瞻初无隙，吕惠卿忌子瞻才高，辄间之。神宗欲以子瞻为同修起居注，介甫难之。又意子瞻文士，不晓吏事,故用为开封府推官以困之。子瞻益论事无讳,拟廷试策,献万言书,论时政甚危,介甫滋不悦子瞻。子瞻外补官。中丞李定,介甫客也,定不服母丧,子瞻以为不孝,恶之,定以为恨,劾子瞻作诗谤讪。子瞻自知湖州下御史狱,欲杀之,神宗终不忍,贬散官,黄州安置。移汝州,过金陵,见介甫,甚欢。子瞻曰:"某欲有言于公。"介甫色动,意子瞻辨前日事也。子瞻曰:"某所言者,天下事也。"介甫色始定,曰:"姑言之。"子瞻曰:"大兵大狱,汉、唐灭亡之兆,祖宗以仁厚治天下,正欲革此。今西方用兵,连年不解,东南数起大狱,公独无一言以救之乎?"介甫举手两指示子瞻曰:"二事皆惠卿启之,某在外,安敢言?"子瞻曰:"固也。然在朝则言,在外则不言,事君之常礼耳。上所以待公者非常礼,公所以事上者,岂可以常礼乎?"介甫厉声曰:"某须说。"又曰:"出在安石口,入在子瞻耳。"盖介甫尝为惠卿发其"无使上知"私书,尚畏惠卿,恐子瞻泄其言也。介甫又语子瞻曰:"人须是知行一不义,杀一不辜,得天下弗为,乃可。"子瞻戏曰:"今日之君子争减半年磨勘,虽杀人亦为之。"介甫笑而不言。

王荆公晚年于钟山书院多写"福建子"三字,盖悔恨于吕惠卿者,恨为惠卿所陷,悔为惠卿所误也。每山行,多恍惚独言若狂者。田昼承君云,荆公尝谓其倅防曰:"吾昔好交游甚多,皆以国事相绝。今居闲,复欲作书相问。"防忻然为设纸笔案上,公屡欲下笔作书,辄长叹而止,意若有所愧也。公既病,和甫以邸吏状视公,适报司马温公拜相,公怅然曰:"司马十二作相矣。"公所谓《日录》者,命防收之。公病甚,令防焚去,防以他书代之。后朝廷用蔡卞请,下江宁府,至防家取《日录》以进。下方作史,惧祸,乃假《日录》减落事实,文致奸伪,上则侮薄神宗，下则诬毁旧臣，尽改元祐所修《神宗正史》。盖荆公初相，以师臣自居，神宗待遇之礼甚厚。再相，帝滋不悦，议论多异同，故以后《日录》卞欺，神宗匿之。今见于世止七十余卷，陈莹中所谓"尊秘史以压宗庙"者也。伯温窃谓，荆公闻温公入相则曰："司马十二作相矣。"盖二公素相善，荆公以行新法作相，温公以不行新法辞枢密使，反复相辩论，三书而后绝。荆公知温公长者，不修怨也。至荆公薨，温公在病告中闻之，简吕申公曰："介甫无他，但执拗耳。赠恤之典宜厚。"大哉！温公之盛德不可及矣。

范蜀公以侍从事仁宗，首建立皇子之议，事英宗又言称亲濮安懿王为非礼，以此名重天下。熙宁初，王荆公始用事，公以直言正论折之不能胜，上章乞致仕，曰："陛下有纳谏之资，大臣进拒谏之计；陛下有爱民之性，大臣用残民之术。"荆公见之，怒甚，持其疏至手战。冯当世解之曰："参政何必尔。"遂落翰林学士，以本官户部侍郎致仕。舍人蔡延庆行词，荆公不快之，自草制，极于丑诋。明日，蔡延庆因贺公，具以制词出于荆公为解，公笑诵其词曰："外无任职之能，某披襟当之；内有怀利之实，则夫子自道也。"公上表谢，其略曰："虽曰乞身而去，敢忘忧国之心！"又曰："望陛下集群议为耳目，以除壅蔽之奸；任老成为腹心，以养和平之福。"天下闻而壮之。公既退居，专以读书赋诗自娱，客至辄置酒尽欢。或劝公称疾杜门，公曰："死生祸福，天也，吾其如天何？"久之，以二人肩舆归蜀，极江山登临之胜，赈其宗族之贫者，期年而后还。元祐初，哲宗登位，宣仁后垂帘同听政，首以诏特起公，诏曰："西伯善养，二老来归；汉室卑词，四臣入侍。为我强起，无或惮勤，天下望公与温公同升矣。"公辞曰："六十三而求去，盖以引年；七十九而复来,岂云中礼?"卒不起。先是,神宗山陵,公会葬陵下,蔡京见公曰:"上将起公矣。"公正色曰:"某以论新法不合,得罪先帝。一旦先帝弃天下,其可因以为利?"故公卒不为元祐二圣一起。绍圣初,章惇、蔡卞欲并斥公为元祐党,将加追贬,蔡京曰:"京亲闻蜀公之言如此,非党也。"惇、卞乃已。或曰:"司马温公、范蜀公同以清德闻天下,其初论新法不便,若出于一人之言,而晚乃出处不同,何也?"伯温曰:"熙宁初,温公、蜀公坐言新法,蜀公致仕,温公不拜枢密副使,请宫祠者十五年。元丰末,神宗升遐,哲宗、宣仁太后首用温公为宰相,蜀公既致政于熙宁之初,义不为元祐起也。此二公出处之不同,其道则同也。"

眉山苏明允先生,嘉祐初游京师,时王荆公名始盛,党与倾一时,欧阳文忠公亦善之。先生,文忠客也,文忠劝先生见荆公,荆公亦愿交于先生。先生曰:"吾知其人矣,是不近人情者,鲜不为天下患。"作《辩奸》一篇,为荆公发也,其文曰:"事有必至,理有固然。惟天下之静者,乃能见微而知著。月晕而风,础润而雨,人人知之。事之推移,理之相因,其疏阔而难知,变化而不可测者,孰与天地阴阳之事。而贤者有不知,其故何也? 好恶乱其中,而利害夺其外也。昔者,羊叔子见王衍,曰:'误天下苍生者,必此人也。'郭汾阳见卢杞,曰:'此人得志,吾子孙无遗类矣。'自今言之,其理固有可见者。以吾观之,王衍之为人也,容貌言语固有以欺世而盗名者,然不忮不求,与物浮沉,使晋无惠帝,仅得中主,虽衍百千,何从而乱天下乎? 卢杞之奸,固足以败国,然不学无文,容貌不足以动人,言语不足以眩世,非德宗之鄙暗,亦何从而用之? 由是言之,二公之料二子,亦容有未必然也。今有人口诵孔、老之言,身履夷、齐之行,收召好名之士、不得志之人,相与造作语言,私立名字，以为颜渊、孟轲复出，而阴贼险狠与人异趣，是王衍、卢杞合而为一人也，其祸可胜言哉！夫面垢不忘洗，衣垢不忘浣，此人之至情也。今也不然，衣夷狄之衣，食犬彘之食，囚首丧面而谈诗书，此岂其情也哉？凡事之不近人情者，鲜不为大奸慝，竖刁、易牙、开方是也。以盖世之名而济未形之恶，虽有愿治之主，好贤之相，犹当举而用之，则其为天下之患必然而无疑者。非特二子之比。孙子曰：'善用兵者，无赫赫之功。'使斯人而不用也，则吾之言为过，而斯人有不遇之叹，孰知祸之至于此哉！不然，天下将被其祸，而吾获知言之名。悲夫！"斯文出，一时论者多以为不然。虽其二子，亦有嘻其甚矣之叹。后十余年，荆公始得位为奸，无一不如先生言者。吕献可中丞于熙宁初荆公拜参知政事日，力言其奸，每指荆公曰："乱天下者，必此人也。"又曰："天下本无事，但庸人扰之耳。"司马温公初亦以为不然，至荆公虐民乱政，温公乃深言于上，不从，不拜枢密副使以去。又贻荆公三书，言甚苦，冀荆公之或从也。荆公不从，乃绝之。温公怅然曰："吕献可之先见，余不及也。"若明允先生，其知荆公，又在献可之前十余年矣。岂温公不见《辩奸》耶？独张文定公表先生墓具载之。

　　钱朝请者，名景谌，忠懿王孙。嘉祐间官殿直，巡辖西京马递铺。锁厅登进士第，师事康节先生，与仲父同场屋。仲父之葬，康节属以为志。熙宁八年，与王十三丈诏景献同从瀛帅张谏议八丈景宪正国辟为属官，因康节寄钱丈、王丈诗，张丈见之，寄康节诗曰："桥边处士文如锦，塞上将军发似霜。"钱丈与王荆公善，后荆公用事，论新法不合，遂相绝，终身为外官。其家集有《答兖守赵度支书》，自序甚详云。彼者，指荆公也，足以见钱丈之贤矣。其书曰："景谌再拜督府度支器之八兄执事；专使至，蒙赐书周悉，既感且慰。兼审府政清闲，晏居多暇豫，甚善甚善。某与吾兄别已八九年，其间悲哀离忧，家事百出，患难多而欢意少，都无目前之乐。虽人事使然，亦年齿将衰，情悰不佳耳。每遇美景乐事，群居众处之际，反戚戚感伤至终日，惨然而去。不知吾兄怀抱又如何也，及蒙垂问八九年间所得所失，并问及拒时宰事，乃劝仆以远祸辱计。吾兄以人言之闻，未判其是非，故此及之也。仆亦不自知其为是为非，但量己之力行己之见而已。试为吾兄一二陈之。始仆为进士时，彼为太常博士主别头试，取仆于数百人之中，以为知道者，得预荐，送于春官。彼又称重于公卿间，是后日游其门，执师弟子之礼，授经论文，非二帝三王之道，孔子、孟轲之言不言。及其提点畿内，仆为畿簿，当是时，学士大夫趋之者不一，独以文称荐，则亲其人亦已熟矣。及仆调荥阳泽令，继丁家难，闻其参大政，天下之人无不欢喜鼓舞，谓其必能复三代之风，一致太平。是时，仆自许昌以私事来京师，因见之于私第。方盛夏，与僧智缘者并卧于地，又与其最亲者一人祖露而坐于旁，顾仆脱帽褫服，初不及其他。卒然问曰：'青苗、助役如何？'仆对以'利少而害多，后日必为平民之患'。又问曰：'孰为可用之人？'则对以'居丧不交人事，而知人之难尤非浅浅事'。彼不乐。仆私自谓，大贤为政于天下，必有奇谋远业，出人意表，亦不敢必其无乱。及归许，见变易祖宗法度，专以聚敛苛刻为政，而务新奇，谓为新法。而天下好进之人，纷纷然以利进矣，殊非前日之所讲而闻者。又二三年，仆以调官来京师，当其作相当国，又往见之。彼喜仆之来，令先见其弟平甫。平甫固故人知我者，亦喜曰：'相君欲以馆阁处君而任以事。'仆戏与平甫相消，以谓'百事皆可，所不知者，新书役法耳'。平甫虽以仆为太方,然击节赏叹,以仆为知言。及见彼,首言欲仆治峡路役书,又以戎泸蛮事见委。仆以不知峡路民情,而戎泸用兵系朝廷举动,一路生灵休戚,愿择知兵爱人者。彼大怒。是时坐客数十人,无不为仆寒心者。及退,就谒舍,有为仆赏激者,有指仆以为矫而诋者。仆固已自得于胸中,亦不屑人言之是非也。仆每观自古以来,好利者众,顾义者寡,故天下万事率皆由人而不在于己。何也?利胜于义也。是以君子置其由人者,而行其在己者,故出处去就,我固有者也。必本于义,而行之在我,则有所不为。苟为利所动,而亦由于人,则盗亦可为也。夫盗之所以为盗者,利胜于义,而不知所以为之者。仆尝病此风行之于天下也甚久,历千百年无一人正其弊而晓其俗者,以是行之于世,愈益自信而不疑,又何人言之恤哉!仰不愧于天,俯不愧于人,内不愧于心,仆之所得如此。当时虽私自喜得不致于祸以为厚幸,然又以哀其人识浅而虑暗困,不知治乱兴亡之本而暗于治体。自国朝以来,得君未有如此之专者。方天子聪明神圣,祖宗积德百年,仁恩惠泽沦人骨髓,而未有享之者,正当辅天子以道德,施忠厚之化,以承列圣之休,享百年之泽,安养元元之民,与天下共之,致太平之业,成万世不可拔之基,以贻子孙于无穷。而反玩兵黩刑,变乱天常,以祖宗为不足法,蔽塞人主聪明,离天下之心,以基乱阶,此忠臣义士尤所痛惜也。后仆官繁、邓,彼益任政用事,而一代成法,无一二存者。百姓怨苦,而郡县吏惴惴忧惧,虞以罪去者,不但变其法制而已。至于教人之道,治人之术,经义文章,自名一家之学,而官人莅政,皆去故旧而务新奇,天下靡然向风矣。乃以穿凿六经,人于虚无,牵合臆说,作为《字解》者,谓之时学;而《春秋》一王之法独废而不用,又以荒唐诞怪,非昔是今,无所统纪者,谓之时文;倾险趋利,残民而无耻者,谓之时官。驱天下之人务时学,以时文邀时官。仆既预仕籍,而所学者圣贤事业,专以《春秋》为之主,皆大中至正三纲五常之道。其所为文,学六经而为,必本于道德性命,而一归于仁义。其施于官者,则又忠厚爱人,兼善天下之道。自顾不合于时,而学之又不能,方惶惶然无所容其迹,而故人张谏议正国辟仆为高阳帅幕,到官已逾一年矣。幸而主人仁厚镇静,边鄙无事,得优游于文史。而才到又得一子,今已三岁,一女早嫁令族,顾一身都无所累。然有贫老之兄,又一弟早卒,孤遗藐然,未毕婚嫁。即主人罢府,当求抱关击柝之仕以为贫藏身,避当涂之怒。今春邵尧夫先生亦有书招我为洛中之游,兼有诗云:'年光空去也,人事转萧然。'止俟贫而老者生事粗足,幼而孤者有分有归,亦西归洛中,守先人坟墓,徜徉于有洛之表,吾愿毕矣。吾兄爱我素厚,知我此志,故尽仆所怀。看讫裂去,无以示人,以远吾祸。闻吾兄亦治明水之居,不知何时定归?因书垂及。相去甚远,未有占会之期,唯爱民自厚,他无足祷云。"

邵氏闻见录卷第十三

刘仲通慕司马温公、吕献可之贤,方温公欲志献可墓,时仲通自请书石。温公之文出,直书王介甫之罪不隐,仲通始有惧意。其子安世,字器之,出入温公门下,代其父书,自此益知名。至温公入相元祐,荐器之为馆职,谓器之曰:"足下知所以相荐否?"器之曰:"某获从公游旧矣。"公曰:"非也。某闲居,足下时节问讯不绝,某位政府,足下独无书,此某之所以相荐也。"至温公薨,器之官浸显,为温公之学益笃,故在台谏以忠直敢言闻于时。绍圣初,党祸起,器之尤为章惇、蔡卞所忌,远谪岭外。盛夏奉老母以行,途人皆怜之,器之不屈也。抵一郡,闻有使者自京师来,人为器之危之。郡将遣其客来,劝器之治后事,客泣涕以言。器之色不动,留客饭,谈笑自若。对客取笔书数纸,徐呼其纪纲之仆,从容对曰:"闻朝廷赐我死,即死,依此数纸行之。"笑谓客曰:"死不难矣。"客从其仆取其所书纸阅之,则皆经纪其家与经纪其同贬当死者之家事甚悉,客惊叹,以为不可及也。器之留数日,使者入海岛,杖死内臣陈衍,盖章惇、蔡卞固令迁往诸郡,逼诸流人自尽耳。器之一日行山中,扶其母篮舁憩树下,有大蛇冉冉而至,草木皆披靡,担夫惊走,器之不动也。蛇若相向者,久之乃去。村民罗拜器之曰:"官,异人也。蛇,吾山之神也,见官喜相迎耳。官远行无恙乎!"建中靖国初,以上皇登极,赦恩得归,居南京,寻复从官帅定武。蔡京用事,再落职以死。呜呼! 温公门下士多矣,如器之者,所守凛然,死生祸福不变,真元祐人也。器之平生喜读《孟子》,故其刚大不枉之气似之。

熙宁间,上书者言,秦州闲田万余顷,赋民耕之,岁可得谷三万石,因籍所赋者为弓箭手。并边有积年滞钞不用,用之以迁蜀货而鬻于边州,官于古渭砦置市易务,因之可以开河湟,复故土,断匈奴右臂。宰相力行其议,知秦州事李师中极言其不可,乃命开封府推官王尧臣同内侍押班李若愚按其实。尧臣还奏曰:“臣按所谓闲田者皆无之,且兴货以积境上,实启戎心,开边隙,为后害甚大,臣窃以谓不可也。”闻者以其言为难。尧臣后为贤从官,其墓志所载如此。伯温曰:上书者,王韶也;宰相力行者,王介甫也;知秦州李师中者,郓州名臣李诚之待制也。介甫主韶之说,为熙河之役,天下之士无敢言其不可者,王公独能言之,难哉!

熙宁中,朝廷有“生老病死苦”之语,时王荆公改新法,日为生事,曾鲁公以年老依违其间,富、韩二公称病不出,唐参政与荆公争,按问欲理直不胜,疽发背死,赵清献唯声苦。时范忠宣公为侍御史,皆劾之,言荆公章云:“志在近功,忘其旧学。”言富公章云:“谋身过于谋国。”言曾公、赵公章云:“依违不断可否。”忠宣每曰:“以王介甫比莽、卓,过矣,但急于功利,遂忘素守。”荆公犹欲用忠宣为同修起居注,忠宣不从,出为陕西漕,又移成都漕。荆公不悦,竟以事罢之。

元丰初,蔡确排吴充罢相,指王珪为充党,欲并逐之。珪畏确,引用为执政。时珪独相久,神宗厌薄之,珪不悟。确机警,觉之。一日,密问珪曰:“近上意于公厚薄何如?”珪曰:“无他。”确曰:“上厌公矣。”珪曰:“奈何?”确曰:“上久欲收复灵武,患无任责者,公能任责,则相位可保也。”珪喜谢之。适江东漕张琬有违法事，帝语珪欲遣官按治，珪以帝意告都检正俞充，充与琬善，以书告琬。琬上章自辩，帝问珪曰："张琬事唯语卿，琬何从知？"珪以漏上语，退朝甚忧，召俞充问之，充对以实。珪曰："某与君俱得罪矣，然有一策，当除君帅环庆，亟上取灵武之章，上喜之可免。"乃除充待制，帅环庆，充果建取灵武之章。未几，充暴卒，以高遵裕代之。有旨以遵裕节度五路大兵，为灵武之役。泾原副帅刘昌祚领大兵先至灵武城下，以遵裕未至，不敢进。熙河李宪兵不至，鄜延副帅种谔独乞班师。遵裕至，夏人大集，决黄河水以灌我师，冻馁沉溺不战而死者十余万人。遵裕狼狈以遁，虏追袭之。谔拥兵不救，以实其说。推其兵端由王珪避漏泄上语之罪所致。绍圣初，谓珪策立哲宗有异议，以为臣不忠，追贬，实非其罪，而灵武之祸，其罪也。蔡确罪尤大，贬死新州，有以也夫。蔡确鞠相州狱，朝士被系者，确令狱卒与之同室而处，同席而寝，饮食旋溷共在一室，置大盆于前，凡馈食者，羹饭饼饵悉投其中，以杓匀搅，分饲之如犬豕，置不问。故系者幸其得问，无罪不承。确专以起狱致位宰相云。

　　章惇者，郇公之疏族，举进士，在京师馆于郇公之第。私族父之妾，为人所掩，逾垣而出，误践街中一妪，为妪所讼。时包公知开封府，不复深究，赎铜而已。惇后及第，在五六人间，大不如意，诮让考试官。人或求观其敕，掷地以示之，士论忿其不恭。熙宁初，试馆职，御史言其无行，罢之。及介甫用事，张郇、李承之荐惇可用，介甫曰："闻惇大无行。"承之曰："某所荐者，才也，顾惇才可用于今日耳，素行何累焉？公试召与语，自当爱之。"介甫召见之，惇素辩，又善迎合，介甫大喜，恨得之晚。擢用数年，至两制、三司使。右司马温公记惇如此。伯温作《惇传》，载《辩诬》甚详。

杨元素为中丞，与刘挚言助役有十害。王荆公使张琥作十难以诘之，琥辞不为。曾布曰："请为之。"仍诘二人向背好恶之情果何所在。元素惶恐，请曰："臣愚不知助役之利乃尔，当伏妄言之罪。"挚奋曰："为人臣岂可压于权势，使人主不知利害之实？"即复条对布所难者，以伸明前议，且曰："臣所向者陛下，所背者权臣，所好者忠直，所恶者邪奸。臣今获罪谴逐，固自其分，但助役终为天下之患害，愿陛下勿忘臣言。"于是元素出知郑州，挚责江陵，琥亦由此忤荆公意，坐事落修注。

吕惠卿丁父忧去，王荆公未知心腹所托可与谋事者。曾布时以著作佐郎编敕，巧黠，善迎合荆公意，公悦之。数日间相继除中允、馆职，判司农寺。告谢之日，抱敕告五六通，布为都检正，故事，白荆公即行。时冯当世、王禹玉并参政，或曰："当更白二公。"布曰："丞相已定，何问彼为？俟敕出令押字耳。"故唐询对两府弹荆公云："吕惠卿、曾布，安石之心腹。王珪、元绛，安石之仆隶。"又曰："珪奴事安石，犹惧不了"云。

土蕃在唐最盛，至本朝始衰。今河湟、邈川、青唐、洮、岷，以至阶、利、文、政、绵州、威、茂、黎、雅州夷人，皆其遗种也。独唃厮啰一族最盛，虽西夏亦畏之，朝廷封西平王，用为藩翰。陕西州县特置驿，谓之唃家位，岁贡奉不绝。未开熙河前，关中士人多言其利害，虽张横渠先生之贤，少时亦欲结客以取。范文正公帅延安，招置府第，俾修制科，至登进士第，其志乃已。仁宗皇帝朝，韩琦、富弼二公为宰相，凡言开边者，皆不纳。熙宁初，王荆公执政，始有开边之议。王韶者，罢新安县主簿，游边得其说，遂上开熙河之策。荆公以为奇谋，乃有熙河之役。独岷州、白石、大原、秦州属县有赋税，其余无斗粟尺布,唯仰陕西诸郡朝廷帑藏供给。故自开熙河以来,陕西民日困,朝廷财用益耗。初,唃厮啰分处诸子于熙、河、洮、岷之地,唃厮啰死,诸子皆衰弱,故诏能取之。唃厮啰诸子唯董毡者在鄯鄯最盛。诏之势止能取河州,诏暂入朝,鬼章已举兵攻河州,遂有踏白之败,景思立死之。绍圣初,章惇作相,曾布作枢密,董毡已自立,为强臣阿里骨所篡,国人畏之。阿里骨死,其子瞎征立,国人思故主,不辅瞎征。瞎征懦弱,欲为僧,国人又欲杀之,瞎征遂欲纳土归朝廷。时王厚帅熙河,童贯初领边事,乃受之,送于朝,封官爵,遣居河州。建中靖国初,韩忠彦为相,安焘为枢密,遂弃鄯鄯,求唃氏苗裔立之。韩忠彦罢,蔡京作相,复鄯鄯,责安焘与熙河帅姚师雄及凡议弃者,边事复兴矣。呜呼!朝廷受小国叛臣所纳地,不能正其罪,又赏以官爵,在理为不顺。靖康初,言者乞求青唐种族,以鄯鄯之地赐之,朝廷下熙河帅议以闻,无敢任其责者,乃已。至大金陷陕之六路,兵入熙河,即求鄯鄯旧族,尽以其地与之。嗟!大金亦夷狄也,能知行正道如此,所以蔑视中国欤!

　　元丰八年三月五日,神宗升遐,遗诏至洛,故相韩康公为留守。程宗丞伯淳自御史出为汝州监酒官,会以檄来,举哀于府第。既罢,谓康公之子宗师兵部曰:"某以言新法不便,忤大臣,同列皆谪官,某独除监司。某不敢当,辞之。念先帝见知之恩,终无以报。"已而泣。兵部曰:"今日朝廷之事何如?"宗丞曰:"司马君实、吕晦叔作相矣。"兵部曰:"二公果作相,当何如?"宗丞曰:"当与元丰大臣同,若先分党与,他日可忧。"兵部曰:"何忧?"宗丞曰:"元丰大臣皆嗜利者,若使自变已甚害民之法则善矣,不然,衣冠之祸未艾也。君实忠直,难与议,晦叔解事,恐力不足耳。"既二公果并相,召宗丞,未行,以疾卒。温

公、申公亦相继薨。吕汲公微仲、范忠宣公尧夫并相。忠宣所
见与宗丞同，故蔡确贬新州，忠宣独以为不可，至谓汲公曰：
"公若重开此路，吾辈将不免矣。"忠宣竟罢去。呜呼！宗丞为
温公、申公所重，使不早死，名位必与忠宣等，更相调护，协济
于朝，则元祐朋党之论，无自而起也。宗丞可谓有先见之明
矣。与韩兵部论此事时，范醇夫、朱公掞、杜孝锡、伯温同闻
之。今四十年而其言益验，故为表而出之。

　　哲宗即位，宣仁后垂帘同听政，群贤毕集于朝，专以忠厚
不扰为治，和戎偃武，爱民重谷，庶几嘉祐之风矣。然虽贤者
不免以类相从，故当时有洛党、川党、朔党之语。洛党者，以程
正叔侍讲为领袖，朱光庭、贾易等为羽翼；川党者，以苏子瞻为
领袖，吕陶等为羽翼；朔党者，以刘挚、梁焘、王岩叟、刘安世为
领袖，羽翼尤众。诸党相攻击不已。正叔多用古礼，子瞻谓其
不近人情如王介甫，深疾之，或加玩侮。故朱光庭、贾易不平，
皆以谤讪诬子瞻，执政两平之。是时，既退元丰大臣于散地，
皆衔怨刺骨，深伺间隙，而诸贤者不悟，自分党相毁。至绍圣
初，章惇为相，同以为元祐党，尽窜岭海之外，可哀也。吕微
仲，秦人，戆直无党。范醇夫，蜀人，师温公不立党，亦不免窜
逐以死，尤可哀也。

　　熙宁间，梁丞相适薨闻，光献后有旨，于相国寺饭僧资荐。
神宗问曰："岂以梁适为仁宗旧相耶？"后曰："微梁适，吾无今
日矣。"帝问其故，曰："吾初册后，仁宗一日对宰辅言：'朕居宫
中，左右前后皆皇后之党。'宰相陈执中请付外施行，梁适进
曰：'闾巷之人，今日出一妻，明日又出一妻，犹为不可，况天子
乎？执中之言非是。'仁宗不语，久之曰：'梁适忠言也。'"呜
呼！唯仁宗之圣，梁公之贤，吾光献后所以为宋之任、姒欤！

　　李承之待制,奇士,苏子瞻所谓李六丈人豪也。为童子时,论其父纬之功于朝,久不报,自诣漏舍以状白丞相韩魏公,公曰:"君果读书,自当取科名,不用纷纷论赏也。"承之云:"先人功罪未辨,深恐先犬马填沟壑,无以见于地下,故忍痛自言。若欲求官,稍识字,第二人及第固不难。"魏公,王尧臣榜第二人登科,承之故云。公闻其语矍然。或云魏公德量服一世,独于承之,终身不能平。承之既登第,官浸显,益有直声。唐介参政为台官时,言文潞公灯笼锦献张贵妃事,上怒甚,谪介春州,承之送以诗,有"去国一身轻似叶,高名千古重如山。并游英俊颜何厚,已死英雄骨尚寒"之句。后介用潞公荐,官于朝廷,无所言,承之以故从介索所送诗,介无以报,取诗还之曰:"我固不用落韵诗也。"以山、寒二字韵不同,故云。可见承之之刚正也。承之在仁宗朝官州县,因邸吏报包拯拜参政,或曰:"朝廷自此多事矣。"承之正色曰:"包公无能为。今知鄞县王安石者,眼多白,甚似王敦,他日乱天下者,此人也。"后荆公相神宗,以天命不足畏、祖宗不足法、人言不足恤为术,承之深诋之。至吕献可中丞死,承之以诗哭之,有"奸进贤须退,忠臣死国忧。吾生竟何益,愿卜九泉游"之句。荆公之党吕惠卿益怨之,未有以发也。会承之上章自叙,神宗留其章禁中,惠卿坚请领之。惠卿因节略文意,以"天生微臣实为陛下"等语激上意,遂有愚弄人主之责,终其身不至大用。呜呼!士若承之,岂孔子所谓刚者欤!

　　朱寿昌者,少不知母所在,弃官走天下求之,刺血书佛经,志甚苦。熙宁初,见于同州,迎以归,朝士多以诗美之。苏内翰子瞻诗云:"感君离合我酸辛,此事今无古或闻。"王荆公荐李定为台官,定尝不持母服,台谏、给、舍俱论其不孝,不可用。

内翰因寿昌作诗贬定，故曰"此事今无古或闻"也。后定为御史中丞，言内翰多作诗讪上。内翰自知湖州赴诏狱，小人必欲杀之。张文定、范忠宣二公上疏救，不报，天下知其不免矣。内翰狱中作诗寄黄门公子由云："与君世世为兄弟，更结来生未断因。"或上闻，上览之凄然，卒赦之，止以团练副使安置黄州。

　　元丰七年甲子六月二十六日，洛中大雨，伊、洛涨，坏天津桥，波浪与上阳宫墙齐。夜，西南城破，伊、洛南北合而为一流，公卿士庶第宅庐舍皆坏，唯伊水东渠有积薪塞水口，故水不入府第。韩丞相康公尹洛，抚循赈贷，无盗贼之警，人稍安。后两日，有恶少数辈声言水再至，人皆号哭，公命擒至决配之，乃定。闻于朝。筑水南新城新堤，增筑南罗城。明年夏，洛水复涨，至新城堤下，不能入，洛人德之。康公尹洛之异政也，此其大者。

邵氏闻见录卷第十四

元丰末，治神宗山陵，韩康公尹洛，凡上供之物皆预办，虽中贵人，不敢妄有所求。盖公之子宗师从洛之贤士大夫游，有所闻，必白公施行之。又朱光庭掞、杜纯孝锡皆府官，荐为山陵司属，二人忠信有余，多所论列，役成而民被其赐。公以功拜使相，判大名。既去，而人益思之。先是，神宗灵驾次永安，公迎于郊，朱太妃护驾于后，公亦迎之。太妃还禁中，偶为宣仁太后言，宣仁怒曰："韩某先朝老臣，汝安得当望尘之礼？"太妃泣谢。公之名重如此也。

韩持国大资知颍昌府，时彦以状元及第，为签判。初见持国，通谒者称状元，持国怒曰："状元无官耶？"自此呼时彦签判云。彦终身衔之。马涓巨济亦以状元及第，为秦州签判，初呼状元，吕晋伯为帅，谓之曰："状元云者，及第未除官也。既为判官，不可曰状元也。"巨济愧谢。晋伯又谓巨济曰："科举之学既无用，修身为己之学其勉之。"时谢良佐显道作州学教授，显道为伊川程氏之学。晋伯每屈车骑，同巨济过之，则显道为讲《论语》，晋伯正襟肃容听之，曰："圣人言行在焉，吾不敢不肃。"又数以公事案牍委巨济详覆，且曰："修身为己之学不可后，为政治民其可不知。"巨济自以为得师，后立朝为台官有声，每曰："吕公数载之恩也。"贤于时彦远矣。

元祐初，哲宗幼冲，起文潞公以平章军国重事，召程颐正叔为崇政殿说书。正叔以师道自居，每侍上讲，色甚庄，继以讽谏，上畏之。潞公对上恭甚，进士唱名，侍立终日。上屡曰："太师少休。"公顿首谢，立不去，时公年九十矣。或谓正叔曰："君之倨，视潞公之恭，议者为未尽。"正叔曰："潞公三朝大臣，事幼主，不得不恭。吾以布衣为上师傅，其敢不自重？吾与潞公所以不同也。"识者服其言。

元祐三年，范忠宣公为尚书右仆射，有吴处厚者，以蔡确《题安州车盖亭》诗来，上以为谤讪，宣仁太后得之，怒曰："蔡确以吾比武后，当重谪。"吕汲公为左丞，不敢言。忠宣乞薄确之罪，不从。初议贬确新州，忠宣谓汲公曰："此路荆棘已七八十年，吾辈开之，恐自不免。"汲公又不敢言。忠宣因乞罢，以观文殿大学士知颍昌府。刘挚罢，哲宗与宣仁太后复用忠宣为右相。宣仁太后寝疾，宰辅入问，后留忠宣曰："卿父仲淹可谓忠臣，在章献太后朝劝后尽母道，在仁宗朝劝帝尽子道，卿当似之。"呜呼！宣仁后之所以望忠宣者，群臣莫及也。哲宗亲政，吕汲公欲迁殿中侍御史杨畏为谏议大夫，忠宣曰："天子谏官当用正人，杨畏不可用。"汲公方约畏为助，谓忠宣曰："岂以杨畏尝言公耶？"忠宣曰："不知也。"盖上初召忠宣，畏尝有言，上不行，忠宣故不知也。忠宣因乞罢政，上不许。后杨畏首叛汲公，凡可以害汲公者，无所不至。又李清臣首建绍述之议，多害正人。一日，哲宗震怒，谓门下侍郎苏辙曰："卿安得以秦皇、汉武上比先帝？"苏门下下殿待罪。吕汲公等不敢仰视，忠宣从容言曰："史称武帝雄材大略，为汉七制之主，盖近世之贤君，苏辙果以比先帝，非谤也。陛下亲政之初，进退大臣不当如诃叱奴仆。"哲宗怒少霁。罢朝，苏门下举笏以谢忠宣曰："公佛地位中人也。"苏公与忠宣同执政，忠宣寡言，苏公平昔若有所疑，至此方知其贤。忠宣屡乞罢政，出知陈州。章惇用事,元祐党祸起,忠宣独不预。至吕汲公南迁,忠宣斋戒上书救汲公,惇怒,亦谪节度副使,永州安置。忠宣欣然而往,每诸子怨章惇,忠宣必怒止之。江行赴贬所,舟覆,扶忠宣出,衣尽湿,顾诸子曰:"此岂章惇为之哉?"至永州,公之诸子闻韩维少师谪均州,其子告章惇以少师执政日,与司马公议论多不合,得免行,欲以忠宣与司马公议役法不同为言求归,白公,公曰:"吾用君实荐以至宰相,同朝论事,不合即可,汝辈以为今日之言,不可也。有愧而生者,不若无愧而死。"诸子遂止。元符末,哲宗升遐。上皇即位之初,钦圣皇太后同听政,忠宣公自永州先以光禄卿分司南京,邓州居住,盖二圣欲用公矣。遣中使至永州赐茶药,密谕曰:"皇帝与太皇太后甚知相公在先朝言事忠直,今虚位以待相公,不知目疾如何? 用何人医治? 只为左右有不是当人阻隔相公。"公顿首谢。又曰:"太后问相公,官家即位,行事如何? 天下人何说?"公曰:"老臣与远方之人,唯知鼓舞圣德。"又曰:"天下有不便事,但奏来。"公曰:"敢不奉诏。"又曰:"邓州且去否?"曰:"已出望外,如归乡里。"又曰:"离阙下日,二圣再三言,太后在宫中,皇帝在藩邸,甚知相公是直臣。"公感泣不已。俄进右正议大夫,提举嵩山崇福宫,继复观文殿大学士、中太一宫使,召赴阙供职而公病。诏书有"岂唯尊德尚齿,昭示宠优,庶几鲠论嘉谋,日闻忠告"之语,公捧诏泣曰:"上果用我矣。目明全失,风痹不随,恩重命轻,死有余责。"将至畿内,上又遣中使赐银合茶药,促公入觐,仍宣谒见之意。公曰:"老臣昏忘,不可勉强。"中使曰:"朝廷有优礼。"公曰:"老臣命薄,虚蒙圣眷。"又遣中使赐银绢各五百,以继道路之费。又遣国医诊视,所须出内府,一钱不得取于公家,候公疾愈乃得归。公乞归颍昌养疾,上不得已,许之。每见辅臣问安否,乃曰:"范某得一识面足矣。"上知公不能起,始命相。公疾少间,令医者在门不许受私谢,乃以天宁节所得冠帔请换服色。上批其奏曰:"冠帔可留与骨肉,医者之服依所请。卿忠言嘉谋,宜时有陈奏,以副朕眷待耆德求治之意。"公表谢,复告老,诏不允。比诏至,公已薨矣。上与太皇太后闻之,震悼出涕。先是,公疾革,精识不乱,诸子侍旁,口占遗表,凡八事,命门生李之仪次第之。内一事云:"苦宣仁之谤议未明,致保佑之忧勤不显,皆权臣务快其私愤,非泰陵实谓之当然。"盖忠宣思所以报宣仁后之托也。诸子以其所言皆朝廷大事,且防后患,以公口占书一缴申颍昌府,用府印,寄军资库。公将葬,李之仪作行状,且论平生立朝行己之大节。蔡京用事,小人附会,言公之子正平等撰造中使至永州传宣圣语以为遗表,非公意也。正平与李之仪皆下御史狱,捶楚甚苦。正平、之仪欲诬服,其传宣中使独不服,曰:"旧制,凡传圣语,受本于御前,请宝印,出,注籍于内东门,遣使受圣语。"籍中使,从其家得永州传宣圣语本,有御宝,如所言。又验内东门受圣语籍,亦同。又下颍昌府取正平所缴纳遗表,八事皆实,狱遂解。正平犹羁管象州,之仪羁管太平州。正平之家,死于岭外者十余人,独正平遇赦得归,不出仕,终身为选人。蔡京者,绍圣初为户部尚书,欲结后戚向氏,故奏展向氏坟寺,事下开封府。正平为开封府县尉,往按视其地,曰:"向氏寺地步已足,民田不可夺。"府以其言闻,哲宗怒,京赎铜二十斤。京由此恨正平,故欲诬杀之。呜呼!使忠宣无恙,相上皇于初载,天下岂复有今日之祸?公既病,不能朝,上皇始命相曰曾布与蔡京云。

嘉祐中,李参自荆南帅召为三司使,参政孙抃以参刻剥聚敛之材,不可用,改群牧使。盖祖、宗不以财计用人,至仁宗朝,大臣所宗尚如此。元丰初,薛向自三司使除同知枢密院,向虽以能吏治晓财用进,时朝廷下州县令民户养保马,天下以为不便,宰执坚行之,向独以为不可,以本官责知随州。既死,至元祐初录其言,谥恭敏。

邵氏闻见录卷第十五

　　程宗丞先生名颢,字伯淳,弟侍讲先生名颐,字正叔。康节先公以兄事其父太中公,二先生皆从康节游。其师曰周敦颐茂叔。宗丞为人清和,侍讲为人严峻,每康节议论,宗丞心相契,若无所问,侍讲则时有往复,故康节尝谓宗丞曰:"子非助我者。"然相知之尽,二先生则同也。横渠张先生名载,字子厚,弟戬,字天祺,为二程先生之表叔。子厚少豪其才,欲结客取熙河、鄜鄍之地。范文正公帅延安,闻之,馆于府第,俾修制科,与天祺皆登进士第。方同二程先生修《中庸》、《大学》之道,尤深于《礼》。熙宁初,子厚为崇文院校书,天祺与伯淳同为监察御史。时介甫行新法,伯淳自条例司官为御史,与台谏官论其不便,俱罢。上犹主伯淳,介甫亦不深怒之。除京西北路提点,伯淳力辞,乞与同列俱贬,改澶州签判。天祺尤不屈,一日,至政事堂言新法不便,介甫不答,以扇障面而笑。天祺怒曰:"参政笑某,不知天下人笑参政也。"赵清献公同参大政,从旁解之,天祺曰:"公亦不可谓无罪。"清献有愧色。谪监凤翔府司竹监,举家不食笋,其清如此。未几,卒于官。子厚亦求去。熙宁十年,吴充丞相当国,复召还馆。康节已病,子厚知医,亦喜谈命,诊康节脉曰:"先生之疾无虑。"又曰:"颇信命否?"康节曰:"天命某自知之,世俗所谓命,某不知也。"子厚曰:"先生知天命矣,尚何言。"子厚入馆数月,以病归,过洛,康节已捐馆,折简慰抚伯温勤甚。见二程先生曰:"某之病必不起，尚可及长安也。”行至临潼县，沐浴更衣而寝，及旦视之，亡矣。门生衰绖挽车，葬凤翔之横渠，是谓横渠先生。伯淳自澶州请监洛河木竹务，以便亲，除判武学，未赴，以中丞李定言罢。知开封府扶沟县，失囚，谪汝州监酒。元祐初，以宗正丞召，将大用，未赴，卒葬伊川。文潞公表其墓曰：“明道先生正叔，元祐初用司马温公、吕申公荐，召对，初除职官，再除馆职，除崇政殿说书。岁余出判西京国子监，两除直秘阁，不拜。绍圣中，坐元祐党谪涪州，遇上皇即位，赦得归，久之，复官以卒。是谓伊川先生。”三先生俱从康节游，康节尤喜明道，其誉之与富韩公、司马温公、吕申公相等。故康节《四贤诗》云：“彦国之言铺陈，晦叔之言简当，君实之言优游，伯淳之言调畅。四贤洛之观望，是以在人之上。有宋熙宁之间，大为一时之壮。”则康节之所以处明道者，盛矣。一日，二程先生侍太中公访康节于天津之庐，康节携酒饮月陂上，欢甚，语其平生学术出处之大。明日，怅然谓门生周纯明曰：“昨从尧夫先生游，听其论议，振古之豪杰也。惜其老矣，无所用于世。”纯明曰：“所言何如？”明道曰：“内圣外王之道也。”是日，康节有诗云：“草软波平风细溜，云轻日淡柳低摧。狂言不记道何事，剧饮未尝如此杯。好景只知闲信步，朋欢那觉大开怀。必期快作赏心事，却恐赏心难便来。”明道和云：“先生相与赏西街，小子亲携几杖来。行处每容参剧论，坐隅还许沥余杯。槛前流水心同乐，林外青山眼重开。时泰心闲两难得，直须乘兴数追陪。”明道敬礼康节如此。故康节之葬，伯温独请志其墓焉。悲夫！先生长者已尽，其遗言尚存。伯温自念暮景可伤，不可使后生无闻也，因具载之。

　　元符末，吕惠卿罢延安帅，陆师闵代之。有诉惠卿多以人

冒功赏者，师闵以其事付有司，未竟，罢去。曾布为枢密使，素
与惠卿有隙，特自太原移德孺延安，盖德孺于惠卿亦有隙也。
德孺至，取其事自治，有自皇城使追夺至小使臣者，德孺由是
大失边将之心。议者谓其词于前政事已在有司，德孺乃取以
自治，失矣。德孺聪明过人，而为曾布所使，惜哉！未几，德孺
亦以论役法罢。如忠宣丞相则不然。公帅庆阳时，为总管种
诂无故讼于朝。上遣御史按治，诂停任，公亦罢帅。至公再兼
枢密副使，诂尚停任，复荐为永兴军路钤辖，又荐知隰州。公
每自咎曰："先人与种氏上世有契义，某不肖，为其子孙所讼，
宁论事之曲直哉！"呜呼！可谓以德报怨者也。以德孺之贤，
于是乎有愧于忠宣矣。

　　田昼者字承君，阳翟人，故枢密宣简公佀也。其人物雄
伟，议论慷慨，俱有前辈之风。邹浩志完者，教授颍昌，与承君
游相乐也。浩性懦，因得承君，故遇事辄自激励。元符间，承
君监京城门，一日，报上召志完，承君为之喜。又一日，报志完
赐对，承君益喜。监门法不许出，志完亦不来，久之，志完除言
官，承君始望志完矣。志完遣客见承君，以测其意。客问："承
君近读何书？"承君曰："吾观《墨子》，作诗有'知君既得云梯
后，应悔当年泣染丝'之句。"为邹志完发也。客言于志完，志
完折简谢承君，辞甚苦，因约相见。承君曰："斯人尚有所畏，
未可绝也。"趣往见之，问志完曰："平生与君相许者何如？今
君为何官？"志完愧谢曰："上遇群臣，未尝假以声色，独于某若
相喜者。今天下事故不胜言，意欲使上益相信而后言，贵其有
益也。"承君许之。既而朋党之祸大起，时事日变更，承君谢
病，归阳翟田舍。一日，报废皇后孟氏，立刘氏为皇后。承君
告诸子曰："志完不言，可以绝交矣。"又一日，志完以书约承君

会颍昌中涂,自云得罪。承君喜甚,亟往,志完具言:"谏废立皇后时,某之言戆矣。上初不怒也,某因奏曰:'臣即死,不复望清光矣。'下殿拜辞以去,至殿门,望上犹未兴,凝然若有所思也。明日某得罪。"志完、承君相留三日,临别,志完出涕,承君正色责曰:"使志完隐默,官京师,遇寒疾不汗,五日死矣,岂独岭海之外能死人哉!愿君无以此举自满,士所当为者,未止此也。"志完茫然自失,叹息曰:"君之赠我厚矣!"乃别去。建中靖国初,承君入为大宗丞,宰相曾布欲收置门下,不能屈,除提举常平,亦辞,请知淮阳军以去。吏民畏爱之。岁大疫,承君日自挟医,户问病者药之良勤。一日小疾不出,正昼一军之人尽见承君拥骑从腾空而去,就问之,死矣。或曰为淮阳土神云。

儒释之道虽不同,而非特立之士不足以名其家,近时伯温闻见者二人。大儒伊川先生程正叔,元祐初用司马温公荐,侍讲禁中。时哲宗幼冲,先生以师道自居,后出判西京国子监,两加直秘阁,皆辞之。党祸起,谪涪州。先生注《周易》,与门弟子讲学,不以为忧;遇赦得归,不以为喜。长老道楷者,崇宁中以朝廷命住京师法云寺。上一日赐紫方袍及禅师号,楷曰:"非吾法也。"却不受。中使谮于上,以为道楷掷敕于地,上怒,下大理寺杖之。理官知楷为有道者,欲出之,问曰:"师年七十乎?"曰:"六十九矣。""有疾乎?"楷正色曰:"某平生无病,上赐杖,官不可辄轻之。"遂受杖,无一言。自此隐沂州芙蓉溪,从之者益盛。朝廷数有旨,复命为僧,不从。呜呼!二人者虽学不同,皆特立之士也。为僧、为释而不以道者,闻其风可以少愧矣!

程伯淳先生尝曰:"熙宁初,王介甫行新法,并用君子小人。君子正直不合，介甫以为俗学不通世务，斥去；小人苟容谄佞，介甫以为有材能知变通，用之。君子如司马君实不拜同知枢密院以去，范尧夫辞同修《起居注》得罪，张天祺自监察御史面折介甫被谪。介甫性狠愎，众人以为不可，则执之愈坚。君子既去，所用皆小人，争为刻薄，故害天下益深。使众君子未用与之敌，俟其势久自缓，委曲平章，尚有听从之理，俾小人无隙以乘，其为害不至此之甚也。"天下以先生为知言。

陈瓘字莹中，闽人。有学问，年十八，登进士甲科。绍圣初，用章惇荐，为太学博士。先是，惇之妻尝劝惇无修怨，惇作相，专务报复，首起朋党之祸。惇妻死，惇悼念不堪。莹中见惇容甚哀，谓惇曰："公与其无益悲伤，曷若念夫人平生之言？"盖讥惇之报怨也。惇以为忤，不复用。曾布为相，荐莹中为谏官，为都司。蔡卞据王安石《日录》改修《神宗实录》，曾布亦主熙宁、元丰之政。莹中上布书，谓卞尊私史以压宗庙，及论时政之不当。时布又以为忤，出之。莹中为谏官时，为上皇极言蔡京、蔡卞不可用，用之决乱天下。蔡京深恨之，屡窜谪，例用赦放归，犹隶通州。一日，莹中之子走京师，言蔡京事。诏狱下，明州捕莹中甚急，士民哭送之，莹中不为动。既入狱，见其子被系，笑曰："不肖子烦吾一行。"蔡京用酷吏李孝寿治其事，孝寿坐厅事帘中，列五木于庭，引莹中问之。莹中从容曰："蔡京之罪，某实知之，不肖子不知也。"多求纸自书。孝寿惧，以莹中为不知情，即日放归，再隶通州。其子配海上。莹中撰《尊尧集》，以辩王安石妄作《日录》以诋祖、宗、诋神宗者，今行于世。靖康初，不及大用以死，特赠谏议大夫。莹中晚喜康节先生之学，尝从伯温求遗书曰："吾于康节之学，若有得也。"

伯温绍圣初监永兴军钱监，吕晋伯龙图居里第，数见之，深蒙器爱。伯温罢官,贫不能归,用茶司荐为属官。一日,见吕公,公曰:"君亦为此官何耶?选人作诸司属官,使臣为走马承受,则一生不可为他官矣。"伯温对以故,公曰:"为亲为贫则可也。"公,丞相汲公之兄,性刚直,谨礼法,为从官归乡,见县令必致桑梓之恭,待部吏如子弟,多面折其短而乐于成人,虽丞相亦未尝少假颜色也。一日,至府第坐堂上,丞相夫人拜庭下,命二婢子掖之。公怒曰:"人以为丞相夫人,吾但知吕二郎新妇耳,不疾病,辄用人扶何也?"丞相为之愧谢乃已。每劝丞相辞位,以避满盈之祸。绍圣中,丞相南迁,公帅平凉,议边事不合,移帅秦,又与钟传议不合,亦忤章惇,降待制,知同州。致仕,复龙图阁直学士。呜呼!吕公,今之古人也,伯温尚及见之,记其平生之言如此。

　　本朝古文,柳开仲涂、穆修伯长首为之唱,尹洙师鲁兄弟继其后。欧阳文忠公早工偶俪之文,故试于国学、南省,皆为天下第一。既擢甲科,官河南,始得师鲁,乃出韩退之文学之,公之自叙云尔。盖公与师鲁于文虽不同,公为古文,则居师鲁后也。如《五代史》,公尝与师鲁约分撰,故公谪夷陵日,贻师鲁书曰:"开正以来,始似无事,始旧更前岁所作《十国志》,盖是进本,务要卷多,今若便为正史,尽合删削,存其大者,细小之事虽有可纪,非干大体,自可存之小说,不足以累正史。数日检旧本,因尽删去矣,十亦去其三四。师鲁所撰,在京师时不曾细看,路中细读,乃大好。师鲁素以史笔自负,果然,《河东》一传,大妙。修本所取法于此传,亦有繁简未中者,愿师鲁删之,则尽善也。正史更不分五史,通为纪传。今欲将梁纪并汉、周,修且试撰,以唐、晋师鲁为之,如前岁之议。其他列传,约略且将逐代功臣随纪各自撰传。待续次尽,将五代列传姓名写出,分为二,分手作传,不知如此于师鲁如何? 吾辈弃于时,聊欲因此粗伸其志,少希后世之名。如修者幸与师鲁相依,若成此书,亦是荣事。今特告朱公,遣此介奉咨,希一报如何,便各下手。只候任进归,便令赍国志草本去次"云云。其后师鲁死,无子。今欧阳公《五代史》颁之学官,盛行于世,内果有师鲁之文乎? 抑欧阳公尽为之也? 欧阳公志师鲁墓,论其文曰"简而有法"。公曰:"在孔子六经中,惟《春秋》可当。"则欧阳于师鲁不薄矣。崇宁间,改修《神宗正史》,《欧阳公传》乃云"同时有尹洙者,亦为古文,然洙之才不足以望修"云,盖史官皆晚学小生,不知前辈文字渊源自有次第也。

邵氏闻见录卷第十六

杨凝式少师,唐昭宗朝为直史馆,宰相涉之子也。朱全忠逼唐禅位,涉为奉传国宝使,凝式曰:"大人为唐宰相,使国家至此,不可谓无过。况乎持天子玺绶与人,虽保富贵,奈千载何? 盍辞之!"涉大骇曰:"汝欲灭吾族!"神色不宁者数日。全忠既篡弑,凝式历梁、唐、晋三朝,阳狂不任事,累官至太子少师。其书法自颜、柳以入二王之妙。居洛阳延福坊,每出,导从舆马在前,多步行于后。一日,欲游天官寺,从者曰:"盍往广受寺?"亦从之。今两寺壁间题字为多。多宝塔院有遗像尚存。近岁刘寿臣为留台,于故案牍中得少师自书假牒十数纸,皆楷法精绝。世论少师书以行草为长,误矣。

国初,隐士石砒居洛阳之北邙山,冯拯侍中为留守。砒每骑驴直造侍中,见必拜之,饮酒至醉乃去。砒好作诗,多道家语,有曰:"结网蜘蛛翻仰肚,转枝啄木倒垂头。"意谓谋利者如此。又曰:"蜗牛角上争闲事,石火光中寄此身。"意谓好利者若此。洛人颇能诵之。一日,自城中饮酒大醉,骑驴夜归,失所在。

孙觉龙图未第时,家高邮,与士大夫讲学于郊外别墅。一夕晦夜,忽月光入窗隙,孙异之,与同舍望光所在。行二十里余,见大珠浮游湖面上,其光属天,旁照远近。有崔伯易者作《感珠赋》记之。熙宁初,孙登科为河南县主簿,自云。

周长孺字士彦,澶渊人,杨寘榜登第,为渭州共城县令。

得师曰邵康节先生，士彦事先生以古弟子礼，先生告以先天之学。士彦性刚，遇事辄发，既从先生，即淡然若无意于世者。其季直孺怪问之，士彦慨然曰："此吾得于先生者。"士彦在共城猎近郊，有兔起草间，自射中之，即其处，不复见兔，得石刻，其文曰："士彦当都而卒。"后士彦每至京师，必遽归不敢留。治平末，以都官员外郎知剑州普城县，卒。丧归过洛，贫不能行。康节留其家，经纪甚备，教其子纯明以学问，为娶程伊川先生之侄。纯明后登元祐三年进士第。彦因猎得石刻，验于数十年之后，与汉滕公佳城事相类，异哉！

张唐英者，天觉丞相兄也。丞相少受学于唐英，唐英有史才，尝作《宋名臣传》、《蜀梼杌》行于代。熙宁元年春，以前御史服除还京朝过洛，府尹同僚属出赏花，皆不见，唐英题诗传舍云："先帝昭陵土未乾，又闻永厚葬衣冠。小臣有泪皆成血，忍向东风看牡丹。"尹闻之，遽遗书为礼，却而不受。盖仁宗山陵初成，英宗厌代，赖唐英还朝不得归台，不然，河南尹者不免矣。

皇祐初，洛阳南资福院有僧录义琛者，素出入尹师鲁门下。师鲁自平凉帅谪崇信军节度副使、均州监酒，过洛，义琛见之曰："欲邀龙图略至院中，可乎？"师鲁从之。义琛曰："乡里门徒数人欲一望见龙图。"有顷，诸人出，一喏而去，皆洛中大豪。义琛已密约，贷钱为师鲁买洛城南宫南村负郭美田三十顷，师鲁初不知，后义琛复以岁所得地利偿诸人。至师鲁卒，丧归洛，义琛哭于枢前，纳其券于师鲁家。师鲁素贫，子孙赖此以生。呜呼！在仁宗朝一僧尚负义如此，风俗可谓厚矣。康节先生与义琛善，每称之也。

陕西豪士刘易多游边，喜谈兵，宝元、康定间，韩魏公宣抚五路,荐于朝,赐处士号。易善作诗,魏公为书石,或不可其意,则发怒洗去,魏公欣然再书不惮。尹师鲁帅平凉,延易府第,尊礼之。狄武襄代师鲁,遇之亦厚,每燕设,易嗜食苦马菜,不得,即叫怒无礼。边城无之,狄公为求于内郡。后每燕集,终日唯以此菜啖之,易不能堪,方设常馔。时称狄公善制也。

谢希深幼子景平,初任为大理评事,监光化军税。有兵官者为本厅军员持以事,兵官常忧郁不乐。景平一日问之,兵官泣诉,景平曰:"君当解官去,吾必能报之。"兵官去,景平因权军事,呼军员诘之曰:"老兵何敢把持兵官,使罢任去?"军员者无赖,大言曰:"景平但可饮酒击鞠耳,此事不当预。"景平以犯阶级送狱,狱成,决配之。希深一时有大名。其诸子皆贤,景平居幼,尚有家风云。

祖无择字择之,蔡州人。少从穆伯长为古文,后登甲科。嘉祐中,与王介甫同为知制诰,择之为先进。时词臣许受润笔物,介甫因辞一人之馈不获,义不受,以其物置舍人院梁上。介甫以母忧去,择之取为本院公用。介甫闻而恶之,以为不廉。熙宁二年,介甫入为翰林学士,拜参知政事,权倾天下,时择之以龙图阁学士、右谏议大夫知杭州。介甫密谕监司求择之罪,监司承风旨以赃滥闻于朝廷,遣御史王子韶按治。子韶,小人也,摄择之下狱,锻炼无所得,坐送宾客酒三百小瓶,责节度副使安置。元丰中,复秘书监、集贤院学士,判西京留司御史台,移知光化军以卒。士大夫冤之。同时有知明州光禄卿苗振,监司亦因观望发其赃罪,朝廷遣崇文院校书张载按治。载字子厚,所谓横渠先生者,悉平反之,罪止罚金。其幸不幸,有若此者也。

　　嘉祐中,有李殿丞者知济源县,魏广者主簿,氾水人。二人素相好,一日,会府中,李被酒,谓广曰:"我果宦达,当荐君为属。"未几,河南倅阙,摄其事,守阙,李又摄之,遂檄广权幕官,相从益欢。监司以燕会数,俱罢归故官。广先去,李饯于东门席上,赋诗有曰:"今日不知明日事,人情反复似车轮。我今自是飘萍客,更向长亭作主人。"盖当时朝廷文法宽,所用监司皆长者,故能容州县之吏如此。任道司门为康节先生云。

　　薛俅肃之为梓州路提刑,市有道人卖兔毫笔者,以蜀中所无也,因呼之。见其目光射人,则曰:"有术乎?"曰:"小技,姑为官人试之。"令炽炭称许,以一手并衣袂置火中,取斗酒酌之。酒尽火赤灰灭,道人振袖而起如初。肃之异而遣之,问其所答,绝不言而去。明日再招,不复见矣。肃之以为终身之恨,亲为康节先生言之云。

　　姚嗣宗字因叔,华阴人。豪放能文章,喜谈兵。尝作诗曰:"踏破贺兰石,扫清西海尘。布衣有此志,可惜作穷鳞。"韩魏公宣抚陕西,荐于朝,命官以大理寺丞,知华阴。有运使李参者,性卞急,因谒岳相,见庭中唐大碑为火所焚,问嗣宗曰:"谁焚此碑?"嗣宗曰:"草贼耳。"参问曰:"何不捕治?"嗣宗曰:"当时捉之不获。"参问贼姓名,嗣宗曰:"黄巢耳。"参知其玩己,乃已。嗣宗,人杰也,竟不达以死。吕汲公表其墓,载平生甚详。

　　先有李藻字希纯,常言嘉祐间应举时,洛中有名士十余人,分题作诗赋,遇旬日,会于僧寺。有大姓李生者好事,见希纯曰:"已就所居辟舍馆,可同诸君会课,差胜僧寺牢落也。"希纯辈欣然从之,每至其馆,主人具饮食挽留甚勤,或数日不得去。一日,同诸君醉卧未起,庭有桃花飘落衾席之上,皆嘉祐太平之象也。时洛中有大姓数十争延名士，以好事相胜，子弟有登科者。熙宁以后无复此风矣。

潞州张仲宾字穆之，其为人甚贤，康节先生门弟子也。自言其祖本居襄源县，十五六岁时犹为儿戏，父母诲责之，即自奋治生，曰："外邑不足有立。"迁於州。三年，其资为州之第一人。又曰："一州何足道哉？"又三年，豪于一路。又曰："为富家而止耶？"因尽买国子监书，筑学馆，延四方名士，与子孙讲学。从孙仲容、仲宾同登科，仲安次榜登甲科，可谓有志者也。

偃师孙道中为余言，尝村居，每月下闻笛声，甚清越。一日，因即其声听之，在一老桑枝上，记其处。明日往观，于桑枝上生一仙人横笛者，其眉宇、衣服纤悉毕具。因持归，声遂绝。道中为余言如此。道中名元实，有礼学，尝为尚书郎，其为人忠信不妄云。

长安百姓常安民，以镌字为业，多收隋、唐铭志墨本，亦能篆。教其子以儒学。崇宁初，蔡京、蔡卞为元祐奸党籍，上皇亲书，刻石立于文德殿门。又立于天下州治厅事。长安当立，召安民刻字，民辞曰："民愚人，不知朝廷立碑之意。但元祐大臣如司马温公者，天下称其正直，今谓之奸邪，民不忍镌也。"府官怒，欲罪之。民曰："被役不敢辞，乞不刻安民镌字于碑，恐后世并以为罪也。"呜呼！安民者，一工匠耳，尚知邪正，畏过恶，贤于士大夫远矣。故余以表出之。

长安张衍，年八十，以术游士大夫间。其为人有忠信，识道理。章子厚、蔡持正官州县时，许其为宰相。蒲传正、薛师正未显，皆以执政许之。绍圣初，余官长安，因论范忠宣公命，衍曰："范丞相命甚似其父文正公，文正艰难中，仅作参知政事耳。"余曰："忠宣为相何也？"衍曰："今朝廷贵人之命皆不及，所以作相。"又曰:"古有命格,今不可用。古者贵人少,福人多,今贵人多,福人少。"余问其说,衍曰:"昔之命出格者作宰执,次作两制,又次官卿监,为监司大郡,享安逸寿考之乐,任子孙厚田宅,虽非两制,福不在其下。故曰福人多,贵人少。今之士大夫,自朝官便作两制,忽罢去,但朝官耳,不能任子孙,贫约如初。盖其命发于刑杀,未久即灾至。故曰贵人多,福人少也。"余又以同时为监司者张芸叟、陆孝叔、邵仲恭、吴子平数公命问之,衍曰:"皆带职正郎、员外郎耳,取进于此,即不可。独仲恭数促。"其后芸叟为侍郎,孝叔待制未几,皆谪官。孝叔帅熙,子平帅秦,寻卒。仲恭帅郓,移常州,卒,年五十五。三公皆直龙图,无一不如衍之言者。章子厚作相,意气方盛,因其侄绛问衍,衍曰:"以某之言白公,命也发及八分,早退为上,不然,灾至矣。"子厚不用其言,亦不怒也。后遂有崖州之祸。蔡持正以门客假承务郎,奏衍,赏其术。衍与总领市易官田舜卿善,衍有钱数千缗,舜卿为买田,以官户名占之。后舜卿赃败,官籍其产,衍之田在焉。或劝衍自陈,衍曰:"衍故与田君善,田君占衍之地,美意也。田君不幸至此,衍论于有司,非义也。"卒不请其田,士大夫多称之。衍病,余见之,则曰:"数已尽,某日当死。凡家事悉处之矣,公其记之。"已而果然。

河南甯氏,其先钱塘人名承训者,事吴越王,以才武称。钱氏归朝,授左侍禁。子直,大中祥符元年,姚晖榜登甲科,为明州慈县令,卒,妻李氏更嫁任恭惠公布。直有子,李置于甯氏族人以去。族人家破,有故老媪收养之。任公守越州,客或问甯氏子无恙,公愕然,归问夫人,夫人泣曰:"初不欲以儿累公,留于甯氏之族,族破,今流落矣。"任公闵焉,多以金帛求得之。年五岁，公教育之如己子，遂冒任姓，名适。公知枢密院，欲官之，夫人泣辞，且谓适曰："汝甯氏子，家破无所归，能力学以取名，吾死不恨矣。"适发愤读书，景祐初登进士第，夫人方为之喜。夫人死，任公谓适曰："前不欲任以官者，成其志也。今当再荐，以示无间，其无辞。"适泣谢，遂以公荐转太常寺太祝，又奏其子以官。任公薨，适解官持丧如父服。自闻于朝，乞还姓甯氏，因纳任公所奏之官。有旨许归姓，不许纳官。与任氏兄弟相持而哭，乃别去。故任、甯世为婚姻。适更名后通籍，赠其父直为太常博士。终尚书职方员外郎、福建路运判。若子若孙若曾孙数十人，多知名士，遂为洛阳大家。

河南刘氏自名环隽者，事齐、魏为中书侍郎。子坦，事隋文帝，赠尚书右丞。子政会，事唐高祖、太宗，为洪州大都督，既死，太宗手敕曰："政会昔预义举，有殊勋，赠户部尚书，谥襄，配享高祖庙，图形凌烟阁。"子元意袭爵，封渝国公，事太宗，尚南平公主。弟元象，主客郎中，元育，益州刺史。元意之子名奇，长寿中为天官侍郎，论则天革命，下狱死。弟循，金吾卫将军。子慎知，幼居父丧，奉其母居伊南。一日，群盗至，众走，慎知独不动，盗怪问，则曰："母老且病，不可行，唯有同生死耳。"盗感其言而去，一方赖之以免。弟超，河南少尹，微，吴郡太守。微之子绚，开元中以功臣之后，赐进士第，为济州东阿县令，服后母丧，以毁卒。子藻，秘书郎。弟全成、方平，皆有文。方平之子符，宝历二年擢第，至户部侍郎，赠司徒。八子，崇龟、崇彝、崇望、崇鲁、崇暮、崇珪、崇璨、崇玗，皆有官。崇珪子岳，天福四年登进士第，事后唐明宗为吏部侍郎，赠司徒。子温叟，事本朝太祖皇帝为御史中丞。太祖一日与数谒者登正阳门之西楼，温叟自台归过其下，或告温叟当避，温叟不顾。明日求对,面谢曰:"陛下御前楼,则六军必有希赏赐者,臣所不避者,欲陛下非时不御楼也。"太祖大悦,出内帑三千缗付有司自罚。太宗尹开封,知其贫,以五百千钱遗之,温叟受而不辞,对其使扃记于西厢。至明年,太宗复遣其使饷以酒,使者视其扃记如故,归白其事,太宗叹息曰:"吾之钱尚不肯,受况他人者乎?"仍命䩾归,以成其美名。宪台故事,月给餐钱一万,不足以赃罚充之。温叟恶其名,不取。太祖因与太宗从容论廷臣之有名节者,太宗以送钱事闻,太祖叹美久之。后求退,太祖曰:"俟朕选有守道正直如卿者,即可代。"子炤,太宗朝为赞善大夫。烨,登进士第,为龙图阁直学士、权开封府。明肃太后朝独召对,后曰:"知卿名族十数世,欲一见卿家谱,恐与吾同宗也。"烨曰:"不敢。"后数问之,度不可免,因陛对,为风眩仆而出。乞出知河南府,再召,恳避不行,求为留司御史台,以卒。烨七子,赆、几、先、亢、忱、兆、兢。几登科,尝因陛对奏仁宗不进家谱事,上称叹久之。忱为监司郡守,有声。子唐老,元祐为右正言。自北齐至本朝五百余年,而刘氏不衰。洛阳多大家,世以谱牒相付授,甯氏、刘氏尤为著姓,有可传者。

邵氏闻见录卷第十七

康节先公曰：昔居卫之共城，有赵及谏议者，自三司副使以疾乞知卫州，以卫多名医故也。有申受者善医，自言得术于高若讷参政，得脉于郝氏老。其说谓高参政医学甚高，既贵，诊脉少，故不及郝老。郝老名充，居郑州，今谏议之疾非郝老不可治。赵如其言，召郝老至，诊其脉曰："有沉积当下。"赵服其药，暴下不止。已垂殆，郝老乃坐赵于大盆中，用碗覆其头项，以汤沃之，遂苏。赵呼申受，罪之曰："君谬举郝老者。"申受曰："某之术不及郝老远甚，公病当下，但气虚，药剂差大，不能禁，然宿疾良已，可贺。"又曰："郝老之脉通神，公举家之人坐帐中，俾遍诊脉，其老少男女已未嫁娶，无不知者。"赵试其说，信然，始加礼。自此疾平，复入为三司副使。申受，朝廷用为太医丞。郝老本河朔人，既死，张峋子坚志其墓，载其平生所治病甚异，曰："士人之妻孕，诊其脉曰：'六脉皆绝，反用子气资养，故未死。子生，母即死矣。'已而果然。郝老平时不合药末，诸病用药品量增减之，服者无不验者。从其学者皆名医云。"

洛中形势，郏鄏山在西，邙山在北，成皋在东，以接嵩、少，阙塞直其南，属女几，连荆、华，至终南山。洛水来自西南，伊水来自南，右涧水，左瀍水。隋文帝登邙山，对阙塞而叹曰："真天阙也。"今之洛城也。周公所卜，在其西北，郏、鄏二山相属，定鼎于郏鄏是也。前临涧、洛二水，故曰穀、洛斗，将毁王宫也。《洛诰》曰："我又卜瀍水东，亦惟洛食。"东汉洛阳是也。
在今洛城之东十八里，跨洛水，前直辕辕，北属邙山，极平远。
西晋、后魏皆都焉。晋又筑金墉城在其西北，其山川秀润有
余，形势雄壮，差不逮长安。长安东崤、函，东南荆、华，以属终
南山，西南太白、鸡足山，又西秦陇、岐山，北梁山，东北雷首、
中条山，与平阳诸山相属。泾、渭、浐、澧、滈、涝、潏之水在其
后前左右，以入于河。故尧都平阳，舜都蒲坂，周都岐山，文王
都丰，武王都镐。秦初建国于秦，后迁岐山之阳，今宝鸡是也。
穆公羽阳宫故基、三良墓尚存。至始皇都咸阳，跨渭水为阿房
宫。西汉都秦宫之东，今未央、长乐、章台诸宫城阙尚存。隋
文帝初都汉宫，后迁稍东，枕龙首渠山，筑长安新城，制度甚
壮：南接华严川，以属南山，北临渭水，城南北三十余里，东南
二十余里，汉末未央宫在其苑中。唐因为都，又起东内，今含
元殿、太液池故基尚存。又起南内，谓之兴庆宫，今池殿故基
亦在。自东筑夹城复道，南至兴庆宫，又南至曲江，东跨灞、
浐，以属骊山。山上起羯鼓望京楼，山下起华清宫，宫有温泉，
以白玉石为芙蓉出水，为御汤、莲花汤、太子汤、百官汤。其宫
阙北临渭水，由华清宫东，离宫相望，以属东都。自尧、舜、周、
秦、汉、唐，都城皆相近，高山大河，平川沃野，形势压天下。洛
阳民俗和平，土宜花竹。长安尚有秦、汉游侠之风，地多长杨、
老槐，耕桑最盛，古称陆海。前代英雄必得此然后可以有为，
今陆沉于北狄，惜哉！

　　洛中风俗尚名教，虽公卿家不敢事形势，人随贫富自乐，
于货利不急也。岁正月梅已花，二月桃李杂花盛开，三月牡丹
开。于花盛处作园圃，四方伎艺举集，都人士女载酒争出，择
园亭胜地，上下池台间引满歌呼，不复问其主人。抵暮游花

市，以筥笼卖花，虽贫者亦戴花饮酒相乐，故王平甫诗曰："风暄翠幕春沽酒，露湿筥笼夜卖花。"姚黄初出邙山后白司马坡下姚氏酒肆，水北诸寺间有之，岁不过十数枝，府中多取以进。次曰魏花，出五代魏仁浦枢密园池中岛上。初出时，园吏得钱，以小舟载游人往观，他处未有也。自余花品甚多，天圣间钱文僖公留守时，欧阳公作《花谱》，才四十余品；至元祐间韩玉汝丞相留守，命留台张子坚续之，已百余品矣。姚黄自秋绿叶中出微黄花，至千叶，魏花微红，叶少减。此二品皆以姓得名，特出诸花之上，故洛人以姚黄为王，魏花为妃云。余去乡久矣，政和间过之，当春时，花园花市皆无有，问其故，则曰："花未开，官遣吏监护，甫开，尽槛土移之京师，籍园人名姓，岁输花如租税。洛阳故事遂废。"余为之叹息，又追记其盛时如此。

河中府河东县永乐镇，唐永乐县也，本朝熙宁初，废为镇。面大河，背雷首、中条山，形势雄深。安史之乱，土人多避地于此。有姚孝子庄。孝子名栖筠，唐贞元中为农，当戍边，栖筠之父语其兄曰："兄嗣未立，弟已有子，请代兄行。"遂战殁。时栖筠方六岁，其后母再嫁，鞠于伯母。伯母死，栖筠葬之，又招魂葬其父，庐于墓侧，终身哀慕不衰。县令苏辙以俸钱买地开阡陌，刻石表之。河东尹浑瑊上其事，诏加优赐，旌表其间，名其乡曰孝悌，社曰节义，里曰钦爱。栖筠生岳，岳生君儒，君儒生师正。岳至师正仍世庐墓。至本朝庆历中，再加旌表。元祐中，县令王辟之以状列于朝，乞诏史官书之。盖自唐以来，孝义之风不少变。政和甲午，余过其家，长少列拜庭下，以次升堂，侍立应对有礼，道其家世次第甚详。盖自栖筠而下，义居二十余世矣。余为之低回叹息而去。其村人为余言，姚氏

世推尊长公平者主家,子弟各任以事,专以一人守坟墓,虽度
为僧,亦庐墓侧。早晚于堂上聚食,男子妇人各行列以坐,小
儿席地,共食于木槽。饭罢,即锁厨门,无异爨者。男女衣服
各一架,不分彼此。有子弟新娶,私市食以遗其妻,妻不受,纳
于尊长,请杖之。望其墓,林木蔚然,洒扫种艺甚谨。有田十
顷,仅给衣食,税赋不待催驱,未尝以讼至县庭。今三百余年,
守其家法无异辞者。经唐末五代之乱,全家守坟不去。熙宁
间,陕右岁歉,举族百口同往唐、邓间就食,比其返,不失一人。
政和中,取粟麦于民,谓之均籴,姚氏力不给,举家日夜号泣,
欲亡去。余闻之恻然,谕县官曰:"孝义之门,忍使至此?"为作
状申府、申监司,得免焉。呜呼! 永乐陷虏,姚氏为虏民,不知
其存亡矣。因具书之。

　　枢密章公楶谓余曰:"某初官入川,妻子乘驴,某自控,儿
女尚幼,共以一驴驮之。近时初为官者,非车马仆从数十不能
行,可叹也!"前辈勤俭不自侈大盖如此,因以录之。

　　纪公实为余言,尝闻其父言,王冀公钦若以使相尹洛,振
车骑入城,士民聚观。富韩公方为举子,与士人魏叔平、段希
元、一张姓者同观于上东门里福先寺三门上。门高,富公魁
伟,三人者挽之以登,见其旌节导从之盛。富公叹曰:"王公亦
举子耶!"三人者曰:"君何叹,安知吾辈异日不尔也?"后富公
出入将相,以三公就第,年八十乃薨,谥曰文忠,其名位不在冀
公之下,而功德则过之。魏叔平、段希元至富公为宰相,以特
奏名命官,张姓者穷老而死云。

　　熙宁间,洛阳有老人党翁者卖药,日于水街南北往来,行
步甚快,少年不及也。自言五代清泰年为兵,尝事柴世宗,有
放停公帖可验。戴卷脚幞头,衣黄衫,系革带,犹唐装也。有

妻无子,问其事,则不答。至元丰中,不知所在。余尝亲见之,亦异人也矣。

　　有关中商得鹦鹉于陇山,能人言,商爱之。偶以事下有司狱,旬日归,辄叹恨不已。鹦鹉曰:"郎在狱数日已不堪,鹦鹉遭笼闭累年,奈何?"商感之,携往陇山,泣涕放之。去后,每商之同辈过陇山,鹦鹉必于林间问郎无恙,托寄声也。泸南之长宁军有畜秦吉了者,亦能人言。有夷酋欲以钱伍拾万买之,其人告以"苦贫,将卖尔"。秦吉了曰:"我汉禽,不愿入夷中。"遂绝颈而死。呜呼! 士有背主忘恩与甘心异域而不能死者,曾秦吉了之不若也,故表出之。

邵氏闻见录卷第十八

伯温曾祖母张夫人御祖母李夫人严甚,李夫人不能堪,一夕,欲自尽,梦神人令以玉箸食羹一杯,告曰:"无自尽,当生佳儿。"夫人信之。后夫人病瘦,医者既投药,又梦寝堂门之左右木瓜二株,左者俱已结,右者已枯,因为大父言,大父遽取药令覆之。及期,生康节公,同堕一死胎,女也。后十余年,夫人病卧堂上,见月色中一女子拜庭下,泣曰:"母不察庸医,以药毒儿,可恨!"夫人曰:"命也。"女子曰:"若为命,何兄独生?"夫人曰:"汝死兄独生,乃命也。"女子涕泣而去。又十余年,夫人再见女子来,泣曰:"一为庸医所误,二十年方得受生,与母缘重,故相别。"又涕泣而去。则知释氏轮回鬼神之说有可信者,康节知而不言者也。亲谓伯温云。

伊川夫人与李夫人,因山行于云雾间见大黑猿有感,夫人遂孕。临蓐时,慈乌满庭,人以为瑞,是生康节公。公初生,发被面,有齿,能呼母。七岁戏于庭,从蚁穴中豁然别见天日,云气往来,久之以告夫人。夫人至,无所见,禁勿言。既长,游学,夜行晋州山路,马突,同坠深涧中。从者攀缘下寻公,无所伤,唯坏一帽。熙宁十年,公年六十七矣,夏六月,属微疾,一日昼睡,觉,且言曰:"吾梦旌旗鹤雁自空而下,下导吾行乱山中,与司马君实、吕晦叔诸公相分别于一驿亭。回视其壁间,有大书四字曰'千秋万岁'。吾神往矣,无以医药相逼也。"呜呼,异哉!

太学博士姜愚，字子发，京师人。长康节先公一岁，从康节学，称门生。先公年四十五未娶。潞州张仲宾太博，字穆之，未第，亦从康节学。二君同白康节曰："不孝有三，无后为大。先生年逾四十不娶，亲老无子，恐未足以为高。"康节曰："贫不能娶，非为高也。"子发曰："某同学生王允修颇乐善，有妹甚贤，似足以当先生。"穆之曰："先生如婚，则某备聘，令子发与王允修言之。"康节遂娶先夫人。后二年，伯温始生，故康节有诗云："我今行年四十七，生男方始为人父。鞠育教诲诚在我，寿夭贤愚系于汝。我若寿命七十岁，眼见吾儿二十五。我欲愿汝成大贤，未知天意肯从否？"子发本京师富家，气豪乐施，登进士第，月分半俸奉康节。治平间，知寿州六安县，以目疾分司，居新乡。子发死，康节以其女嫁河南进士纪辉，视之如己女，伯温以姊事之。元符三年，纪辉与姜女俱亡，今二子依吾家避乱入蜀，伯温亦以子侄处之。王观文乐道未遇时，与子发交游甚善。乐道苦贫，教小学京师，居州西，子发居州东，相去远。一日大雪，子发念乐道与其母寒饥，自荷一锸，划雪以行。至乐道之居，扣门，久之方应。乐道同母冻坐，日已过高，未饭。子发恻然，亟出买酒肉薪炭往复，同乐道母子附火饮食。乐道觉子发衣单，问之，以绵衣质钱买饭食也。子发说《论语》，士人乐听之，为一讲会，得钱数百千，为乐道娶妻。乐道登第，调睦州判官。妻卒，子发又为求范文正公夫人侄汝阳李氏以继，其负义如此。熙宁初，乐道以翰林侍读学士为西京留守，子发老益贫，且丧明，自新乡驾小车来见乐道，意乐道哀之也，乐道遗酒三十壶而已，子发殊怅然。康节馆于天津之庐，典衣赆其行。归新乡，未几卒。

康节先公少日游学，先祖母李夫人思之恍惚，至倒诵佛书。康节亟归，不复出。夫人捐馆，康节持丧毁甚，躬自爨以养。祖父置家苏门山下，康节独筑室于百源之上。时李殿丞之才字挺之，东方大儒也，权共城县令，一见康节，心相契，授以《大学》。康节益自克励，三年不设榻，昼夜危坐以思。写《周易》一部，贴屋壁间，日诵数十遍。闻汾州任先生者有《易》学，又往质之。挺之去为河阳司户曹，康节亦从之，寓州学，贫甚，以饮食易油贮灯读书。一日，有将校自京师出代者，见康节曰："谁苦学如秀才者！"以纸百幅、笔十枝为献，康节辞而后受。每举此语先夫人曰："吾少艰难如此，当为子孙言之。"康节又尝谓伯温曰："吾早岁徒步游学，至有所立，艰哉！"程伯淳正叔虽为名士，本出贵家，其成就易矣。因泣书之以示子孙。

康节先公庆历间过洛，馆于水北汤氏，爱其山水风俗之美，始有卜筑之意。至皇祐元年，自卫州共城奉大父伊川丈人迁居焉。门生怀州武陟知县侯绍曾字孝杰助其行。初寓天宫寺三学院。刘谏议元瑜字君玉，吕谏议献可静居，张少卿师锡及其子职方君景伯，状元师德之子谏议君景宪，王谏议益柔字胜之，子中散兄弟慎言不疑、慎行无悔、慎术子重，刘大夫师旦子绚，张谔字师柔及其子孙，南国张大丞师雄及诸子，刘龙图之子秘监几字伯寿，修撰忱字明复，侍讲李实字景真，吴少卿执中，王学士起字仲儒，李侍讲育字仲象、子籲字端伯，姚郎中奭字周辅，交游最密，或称门生。洛人为买宅于履道坊西天庆观东，赵谏议借田于汝州叶县，后王不疑同乡人买田于河南延秋村，康节复还叶县之田。嘉祐七年，王宣徽尹洛，就天宫寺西天津桥南五代节度使安审琦宅故基，以郭崇韬废宅余材为屋三十间，请康节还居之。富韩公命其客孟约买对宅一园，皆有水竹花木之胜。熙宁初，行买官田之法，天津之居亦官地，榜三月，人不忍买。诸公曰："使先生之宅他人居之，吾辈蒙耻矣。"司马温公而下，集钱买之。康节先生以诗谢王宣徽曰："嘉祐壬寅岁，新巢始屡功。正分道德里，更近帝王宫。槛仰端门峻，轩迎两观雄。窗虚响瀍涧，台迥粲伊嵩。好景尤难得，昌辰岂易逢？无才济天下，有分乐年丰。水竹腹心里，莺花渊薮中。老莱欢不已，靖节叹何穷！啸傲陪真侣，经营荷府公。丹诚徒自写，匪报厚恩隆。"后以诗谢温公诸公曰："重谢诸公为买园，洛阳城里占林泉。七千来步平流水，二十余家争出钱。嘉祐卜居终是僦，熙宁受券遂能专。凤凰楼下新闲客，道德坊中旧散仙。洛浦清风朝满袖，嵩岑皓月夜盈轩。接䍠倒戴芰荷畔，谈麈轻摇杨柳边。陌彻铜驼花烂漫，堤连金谷草芊绵。青春未老尚可出，红日已高犹自眠。洞号长生宜有主，窝名安乐岂无权？敢于世上明开眼，会向人间别看天。尽送光阴归酒盏，都移造化入诗篇。也知此片好田地，消得尧夫笔似椽。"今宅契司马温公户名，园契富韩公户名，庄契王郎中户名，康节初不改也。康节盖曰："贫家未尝求于人，人馈之，虽少必受。"尝谓伯温曰："名利不可兼也。吾本不求名，既为世所知矣，何用利哉？故甘贫乐道，平生无不足之意。"嗟夫！洛阳风俗之厚，人物之盛，不可见矣。重念老境可伤，因详书之以示子孙云。

康节先公谓本朝五事，自唐虞而下所未有者：一，革命之日，市不易肆。二，克服天下在即位后。三，未尝杀一无罪。四，百年方四叶。五，百年无心腹患。故《观盛化》诗曰："纷纷五代乱离间，一旦云开复见天。草木百年新雨露，车书万里旧山川。寻常巷陌犹簪绂，取次园亭亦管弦。人老太平春未老，莺花无害日高眠。"又曰："吾曹养拙赖明时，为幸居多宁不知。

天下英才中遁迹，人间好景处开眉。生来只惯见丰稔，老去未尝经乱离。五事历将前代举，帝尧而下固无之。"伯温窃疑"未尝经乱离"为太甚，先公曰："吾老且死，汝辈行自知之。"永念先公当本朝太平盛时隐居求志，谢聘不屈，其发为诗章每如此。

康节先公与富文忠公早相知，文忠初入相，谓门下士田秉大卿曰："为我问邵尧夫，可出，当以官职起之；不，即命为先生处士，以遂隐居之志。"田大卿为康节言，康节不答，以诗二章谢之曰："相招多谢不相遗，将为胸中有所施。若进岂能禁吏意，既闲安用更名为？愿同巢许称臣日，甘老唐虞比屋时。满眼清贤在朝列，病夫无以系安危。"又云："欲遂终焉老闲计，未知天意果如何。几重轩冕酬身贵，得此云山到眼多。好景未尝无兴咏，壮心都已入消磨。鹓鸿自有江湖乐，安用区区设网罗。"文忠公终不相忘，乃因明堂袷享赦诏天下举遗逸，公意谓河南府必以康节应诏。时文潞公尹洛，以两府礼召见康节，康节不屈，遂以福建黄景应诏。景字子蒙，亦从康节游，客李邯郸公家，公之子寿朋荐于潞公。时天下应诏者二十八人，同见宰执于政事堂。至河南，黄景以闽音自通姓名，文忠不乐，各试论一首，命官为试衔知县。文忠奏天下尚有遗材，乞再令举，诏从之。王拱辰尚书尹洛，乃以康节应诏，颍川荐常秩，皆先除试将作监主簿，不理选限。文忠招康节而不欲私，故以天下为请。知制诰王介甫不识康节，缴还辞头曰："使邵某常民，一试衔亦不可与。果贤者，不当止与试衔，宜召试然后官之。"上不纳，下知制诰祖无择，除去"不理选限"行词，然康节与常秩皆不起。是时富公已丁太夫人忧去位矣。熙宁二年，神宗初即位，诏天下举遗逸。御史中丞吕诲、三司副使吴充、龙图阁学士祖无择,皆荐康节。时欧阳公作参知政事,素重常秩,故颍川亦再以秩应诏。康节除秘书省校书郎、颍州团练推官。辞,不许。既受命,即引疾不起。答乡人二诗,一曰:"平生不作皱眉事,天下应无切齿人。断送落花安用雨,装添旧物岂须春。幸逢尧舜为真主,且放巢由作外臣。六十病夫宜揣分,监司何用苦开陈?"二曰:"却恐乡人未甚知,相知深后又何疑?贫时与禄是可受,老后得官难更为。自有林泉安素志,况无才业动丹墀。荀扬若守吾儒分,免被韩文议小疵。"常秩以职官起,时王介甫方行新法,天下纷然以为不便,思得山林之士相合者。常秩赐对,神宗问曰:"仁宗召卿,何故不起?朕召,何故起?"秩曰:"仁宗容臣不起,陛下不容臣不起。"因盛言新法之便,乃除谏官,以至待制,帝浸薄之。介甫主之不忘,然亦知其为人矣。熙宁初,介甫之弟安国字平甫,为西京国子监教授,从康节游,归以出处语介甫,介甫叹曰:"邵尧夫之贤,不可及矣。"《神宗正史·康节列传》史臣书云:"与常秩同召,某卒不起。"有以也夫!

康节先公与富韩公有旧,公自汝州得请归洛养疾,筑大第,与康节天津隐居相迩。公曰:"自此可时相招矣。"康节曰:"某冬夏不出,春秋时,间过亲旧间。公相招未必来,不召或自至。"公谢客戒子曰:"先生来,不以时见。"康节一日过之,公作诗云:"先生自卫客西畿,乐道安闲绝世机。再命初筵终不起,独甘穷巷寂无依。贯穿百代尝探古,吟咏千篇亦造微。珍重相知忽相访,醉和风雨夜深归。"康节和曰:"道堂闲话尽多时,尘外杯觞不浪飞。初上小车人已静,醉和风雨夜深归。"又《题康节击壤诗集》云:"黎民于变是尧时,便字尧夫德可知。更览新诗名《击壤》,先生全道略无遗。"其知康节如此。公尝令二青衣、苍头掖之以行,一日,与康节会后园中,因康节论天下事,公喜甚,不觉独步下堂。康节不为起,徐指二苍头戏公曰:"忘却拄杖矣。"富公深居,托疾谢客,而尝苦气癏。康节曰:"好事到手畏甚? 不为他人做了,郁郁何益?"公笑曰:"此事未易言也。"盖为嘉祐建储耳。公虽刚勇,遇事详审,不万全不发,康节因戏之。公一日有忧色,康节问之,公曰:"先生度某之忧安在?"康节曰:"岂以王安石罢相,吕惠卿参知政事,惠卿凶暴过安石乎?"公曰:"然。"康节曰:"公无忧。安石、惠卿本以势利合,惠卿、安石势利相敌,将自为仇矣,不暇害他人也。"未几,惠卿果叛安石,凡可以害安石者,无所不至。公谓康节曰:"先生识虑绝人远矣。"一日薄暮,司马温公见康节曰:"明日僧显修开堂说法,富公、吕晦叔欲偕往听之。晦叔贪佛已不可劝,富公果往,于理未便。某后进,不敢言,先生曷止之?"康节曰:"恨闻之晚矣。"明日,公果往。后康节因见公,谓公曰:"闻上欲用裴晋公礼起公。"公笑曰:"先生以为某衰病能起否?"康节曰:"固也。或人言上命公,公不起,一僧开堂,公乃出,无乃不可乎?"公惊曰:"我未之思也。"公与康节食笋,康节曰:"笋味甚美。"公曰:"未如中堂骨头之美也。"康节曰:"野人林下食笋三十年,未尝为人所夺。公今日可食以中堂骨头乎?"公笑而止。康节疾病,公日遣其子偕医者来馈药物不绝。康节捐馆,公赙赠之,遗礼甚厚。伯温除丧,往拜公,公恻然曰:"先生年未高,尝劝之学修养。"复曰:"不能学胡走乱走也。"问伯温年几何,娶未,伯温对:"年二十四,未娶。"公曰:"未娶甚善,可以保养血气,专意学问。吾年二十八登科方娶。尝白先公先夫人,未第决不娶,弟妹当先嫁娶之,故田氏妹先嫁元钧也。"伯温自此得出入公门下。悲夫! 今海内之士尝获拜公床下，唯伯温一人。想公英伟之姿，凛然如在世也。

　　熙宁三年，司马温公与王荆公议新法不合，不拜枢密副使，乞守郡，以端明殿学士知永兴军。后数月，神宗思之，曰："使司马在朝，人主自然无过举。"移许州，令过阙上殿。公力辞，乞判西京留司御史台，遂居洛，买园于尊贤坊，以"独乐"名之，始与伯温先君子康节游。尝曰："某陕人，先生卫人，今同居洛，即乡人也。有如先生道学之尊，当以年德为贵，官职不足道也。"公一日著深衣，自崇德寺书局散步洛水堤上，因过康节天津之居，谒曰"程秀才"云。既见，温公也。问其故，公笑曰："司马出程伯休父，故曰程。"留诗云："拜罢归来抵寺居，解鞍纵马罢传呼。紫衣金带尽脱去，便是林间一野夫。""草软波清沙路微，手携筇杖著深衣。白鸥不信忘机久，见我犹穿岸柳飞。"康节和曰："冠盖纷华塞九衢，声名相轧在前呼。独君都不将为事，始信人间有丈夫。""风背河声近亦微，斜阳淡泊隔云衣。一双白鹭来烟外，将下沙头却背飞。"公一日登崇德阁，约康节久未至，有诗曰："淡日浓云合复开，碧伊清洛远萦回。林间高阁望已久，花外小车犹未来。"康节和云："君家梁上年时燕，过社今年尚未回。谓罚误君凝伫久，万花深处小车来。"又云："天启夫君八斗才，野人中路必须回。神仙一语难忘处，花外小车犹未来。"康节有《安乐窝中》诗云："半记不记梦觉后，似愁无愁情倦时。拥衾侧卧未欲起，帘外落花撩乱飞。"公爱之，请书纸帐上，字画奇古，某家世宝之。公与康节唱酬甚多，具载《击壤集》。公尝问康节曰："某何如人？"曰："君实脚踏实地人也。"公深以为知言。至康节捐馆，公作挽诗二章，其一曰："慕德闻风久，论交倾盖新。何须半面旧，不待一言亲。讲道切磋直，忘怀笑语真。重言蒙蹠实，佩服敢书绅。"记康节之言也。康节又曰："君实九分人也。"其重之如此。后公以康节之故，遇其孤伯温甚厚。公无子，以族人之子康为嗣。康字公休，其贤似公，识者谓天故生之也。公休与伯温交游益厚。公薨，公休免丧。元祐间方欲大用，亦不幸，特赠谏议大夫。公休有子植，方数岁，公休素以属伯温，至范纯仁内翰辈皆曰："将以成温公之后者，非伯温不可。"朝廷知之，伯温自长子县尉移西京国子监教授，俾植得以卒业，因经纪司马氏之家。植字子立，既长，其贤如公休，天下谓真温公门户中人也。亦蚤死，无子，温公之世遂绝。

康节先生与赵宗道学士游，宗道年长，康节拜之，其诸子皆以父师之礼事康节。宗道早出富韩公门下，熙宁初，宗道自西都留台领宫祠以卒。先是，宗道季子济为提举常平，劲富公不行新法，朝廷坐其言罢富公使相。宗道卒，富公以致政居洛，赙恤其家甚厚。其兄弟服除，欲往谢富公，济独未敢行，请于康节。康节曰："以富公德度，尚何望于君？第往勿疑。诸兄行，君不行，是自处于不肖也。"明日，济偕诸兄弟以进，富公抚之甚恩，济不自安，起谢罪，公止之曰："吾兄故人子，前日公事不可论也。"济归，谢康节曰："微先生，济之过不可赎也。"

熙宁癸丑春，大名王荀龙字仲贤入洛，见康节先公，其议论劲正有过人者。康节喜之，和其诗曰："君从赏花来北京，耿君先期已驰情。此时阴霜奈何重，今岁花开徒有声。既欲佳章当坠刺，宁无累句代通名？天之美才应自惜，料得不为时虚生。"仲贤，魏公客也，因出魏公送行诗，颜体大书，极奇伟。康节曰："吾少日喜作大字，李挺之曰：'学书妨学道。'故尝有诗云：'忆昔初学大字时，学人饮酒与吟诗。若非益友推金石，四十五岁成一非。'"仲贤又赠魏公诗云："春去花丛胡蝶乱，雨余蔬圃桔槔闲。"康节爱之，曰："怨而不伤，婉而成章之言也。"仲贤之子名岩叟，字彦霖，元祐初自知定州安喜县召为监察御史，有直声，后位签书枢密院。彦霖父子皆魏公之客，魏公镇相州，荐彦霖为属。韩康公代魏公，康公欲留彦霖，彦霖谢曰："某魏公之客，不愿入它门也。"士君子称之。

康节先公尝言，李复圭龙图临事有断。年二十八知滑州，与郡官夜会，有衙兵夺银匠铁锤杀人者，一府皆惊扰。公捕至，立斩之，上章待罪，诸司亦按公擅杀。仁宗曰："李复圭，帅才也。"除知庆州。后责光化军，有放停卒自陈乞添租划佃某人官田者，公曰："汝拣停之兵，如何能佃官田？"卒曰："筋力未衰也。"公曰："汝以衰故拣停，既未衰，却合充军。"呼刺字人刺元军分，人皆称之。公才高，为众所忌，故仕宦数不进。公居多不乐，康节因和其诗作《天吟》一篇曰："一般颜色正苍苍，今古人曾望断肠。日往月来无少异，阳舒阴惨不相妨。迅雷震后山川裂，甘露零时草木香。幽暗岩崖生鬼魅，清平郊野见鸾凰。千秋烂为三春雨，万木凋因一夜霜。此意分明难理会，直须贤者入消详。"盖广其意，使有所感悟也。

康节先生赴河南尹李君锡会，投壶，君锡末箭中耳。君锡曰："偶尔中耳。"康节应声曰："几乎败壶。"坐客以为的对，亦可谓善谑矣。

邵氏闻见录卷第十九

司马温公初居洛,问士于康节,对曰:"有尹材字处初、张云卿字伯纯、田述古字明之,三人皆贤俊。"处初、明之得进于温公门下,独伯纯未见。康节以问公,公曰:"处初、明之之贤,如先生言;张君者,或闻旅殡其父于和州,久不省,未敢与见。"康节曰:"张云卿可谓孝矣。云卿之父谪官死和州,贫不能归,因寓其丧。云卿奉其母归洛,贫甚,府尹哀之,俾为国子监说书,得月俸七千以养。若为和州一行,则罢俸数月,将饥其母矣。其故如此。"温公怅然曰:"某之听误矣。"伯纯自此亦从温公游。未几,伯纯之母死,徒步至和州迎父枢合葬。三君子既受知温公,公入相元祐,处初、明之以遗逸命官,伯纯以累举特恩,同除学官。温公好贤下士,尊用康节之言如此。伯纯学问该洽,文潞公于经史注疏或有遗忘,多从伯纯质之。

熙宁初,王宣徽之子名正甫字茂直,监西京粮料院。一日,约康节先公同吴处厚、王平甫会饭,康节辞以疾。明日,茂直来,康节谓曰:"某之辞会有以,姑听之。吴处厚者好议论,平甫者介甫之弟,介甫方执政行新法,处厚每讥刺之,平甫虽不甚主其兄,若人面骂之,则亦不堪矣,此某所以辞会也。"茂直笑曰:"先生料事之审如此。昨处厚席间毁介甫,平甫作色,欲列其事于府,某解之甚苦,乃已。"呜呼!康节以道德尊,平居出处一饮食之间,其慎如此,为子孙者当念之。

熙宁中,洛阳以道德为朝廷尊礼者,大臣曰富韩公,侍从曰司马温公、吕申公,士大夫位卿监以清德早退者十余人,好学乐善有行义者几二十人。康节先公隐居谢聘皆相从,忠厚之风闻于天下。里中后生皆知畏廉耻,欲行一事,必曰:"无为不善,恐司马端明知,邵先生知。"呜呼,盛哉!

　　康节先公嘉祐中朝廷以遗逸命官,辞之不从。河南尹遣官就第,送告敕朝章,康节服以谢,即褐衣如初。至熙宁初,再命官,三辞,又不从。再以朝章谢,且曰:"吾不复仕矣。"始为隐者之服,乌帽绦褐,见卿相不易也。司马温公依《礼记》作深衣、冠簪、幅巾、缙带,每出,朝服乘马,用皮匣贮深衣随其后,入独乐园则衣之。常为康节曰:"先生可衣此乎?"康节曰:"某为今人,当服今时之衣。"温公叹其言合理。

　　富公未第时,家于水北上阳门外,读书于水南天宫寺三学院。院有行者名宗颢,尝给事公左右。及公作相,颢已为僧,用公奏赐紫方袍,号宝月大师。公致政,筑大第于至德坊,与天宫寺相迩。公以病谢客,宗颢来或不得前,则直入道堂,见公曰:"相公颇忆院中读书时否?"公每为之笑。时节送遗甚厚。康节先公自共城迁洛,未为人所知也,宗颢独馆焉。可见宗颢非俗僧也。康节登其院阁,尝作《洛阳怀古赋》曰:"洛阳之为都也,地居天地之中,有中天之王气在焉。予家此始半岁,会秋乘雨霁,与殿院刘君玉登天宫寺三学阁,洛之风景,因得周览。惜其百代兴废以来,天子虽都之,而多不得其久居也。故有怀古之感,以通讽诵。君玉好赋,以赋言之。秋雨霁,日色清,万景出,秋益明。何幽怀之能快,唯高阁之可凭。天之空廓,风之轻泠,览三川之形胜,感千古之废兴。乃眷西北,物华之妍,云情物态,气象汪然。拥楼阁以高下,焕金碧之光鲜。当地势之拱处,有王居之在焉。惜乎天子居东都,此邦

若诸夏,不会要于方策,不号令于天下。声明文物,不自此而
出;道德仁义,不自此而化。宫殿森列,鞠而为茂草;园囿棋
布,荒而为平野。鸾舆曾不到者三十余年,使人依然而叹曰:
虚有都之名也。噫!夏王之治水也,四海之内列壤惟九,而居
中者实曰豫州。荆河之北,此为上流。周公之卜宅也,率土之
滨,达国为万,而居中者,实曰洛阳。瀍、涧之侧,此唯旧邦。
迄于今二千年之有余,因兴替之不定,故靡常其厥居。我所以
作赋者,阅古今变易之时,述兴亡异同之迹,追既失之君王,存
后来之国家也。昔大昊始法,二帝成之,三王全法,参用适宜。
伊六圣之经理,实万世之宗师。我乃谓治民之道,于是乎大尽
矣。逮夫五霸抗轨,七雄驾威,汉之兴乘秦之弊,曹之擅幸汉
之衰,始鼎立而治,终豆分而隳。晋中原之失守,宋江左之画
畿,或走齐而驿梁,或道陈而经隋。自元魏廓河南之土植,六
朝之风物;李唐蟠关中之腹孕,五代之乱离。其间或道胜而得
民,或兵强而慑下,或虎吞而龙噬,或鸡狂而犬诈,或创业于艰
难,或守成于逸暇,或覆铼而终焉,或包桑而振者。故得陈其
六事,虽善恶不同,其成败一也。其一曰:大哉,德之为大也!
能润天下,必先行之于身,然后化之于人。化也者,效之也,自
人而效我者也。所以不严而治,不为而成,不言而信,不令而
行。顺天下之性命,育天下之生灵。其帝者之所为乎!其二
曰:至哉,政之为大也!能公天下,必先行之于身,然后教之于
人。教也者,正之也,自我而正人者也。所以有严而治,有为
而成,有言而信,有令而行。拔天下之疾苦,遂天下之生灵。
其王者之所为乎!其三曰:壮哉,力之为大也!能致天下,必
先丰府库,峙仓箱,锐锋镝,峻金汤。严法令于烈火,肃兵刑于
秋霜,竦民听于上下,慑夷心于外荒。其霸者之所为乎!其四

曰:时若伤之于随,失之于宽,始则废事,久而生奸。既利不能胜害,故冗得以疾贤。是必薄其赋敛,欲民不困而民愈困;省其刑罚,欲民不残而民愈残。盖致之之道,失其本矣。其五曰:时若任之以明,专之以察,始则烈烈,终焉阙阙。既上下以交虐,乃恩信之见夺。是以峻其刑罚,欲民不犯而民愈犯;厚其赋敛,欲国不竭而国愈竭。盖致之之道,失其末矣。其六曰:水旱为沴,年岁耗虚,此天地之常理,虽圣人不能无,盖有备而无患。不得中者,加以宽猛失政,重轻逸权,不有水旱兵革而民已困,而况有水旱兵革者焉?所谓本末交失,不亡何待! 天下有成败六焉,此之谓也。君天下者得不用圣帝之典谟,行明王之教化? 士可杀不可辱,民可近不可下,上能抚如子焉,下必戴其后也。仲尼所以陈革命,则抑为人之匪君;明逊国,则杜为人之不臣。定礼乐而一天下之政教,修《春秋》而罪诸侯之乱伦,删《诗》以扬文、武之美,序《书》以尊尧、舜之仁,赞大《易》以都括,与六经而并存。意者不可以地之重易民之教,不可以天之教悖天之时,必时教之各备,则居地而得宜,是故知地不可固有之也。君上必欲上为帝事,则请执天道焉;中为王事,则请执人道焉;下为霸事,则请执地道焉。三道之间,能举其一,千古之上犹反掌焉。则是洛之兴也,又何计乎都与不都也。如欲用我,吾从其中。”康节先生经世之学盖如此,托赋以自见耳。

熙宁间,宗颢尚无恙,伯温尝就其院读书,宗颢每以富公为举子事相勉,曰:“公夜枕圆枕,庶睡不能久,欲有所思。冬以冰雪,夏以冷水沃面,其勤苦如此。”康节先公《怀古赋》初无本,唯宗颢能诵之,年几九十乃死。康节先公常言:“本朝祖宗立天下之士,非前代可比。内无大臣跋扈,外无藩镇强横,亦无大盗贼，独夷狄为可虑。"故有《十六国诗》云："普天之下号寰区，大禹曾经治水余。衣到弊时多虮虱，爪当烂处足虫蛆。龙章本不资狂寇，象魏何尝荐乱胡？尼父有言堪味处，当时欠一管夷吾。"又作《观棋》诗，历叙古今至西晋云："二主蒙霜露，五胡犯鼎彝。世无管夷吾，令人重歔欷！"常曰："孔子念管仲之功，自以不被发左衽为幸。若管仲者，可轻议哉！"呜呼！有以也夫。

康节先公先天之学，伯温不肖，不敢称赞。平居于人事机祥未尝辄言。治平间，与客散步天津桥上，闻杜鹃声，惨然不乐。客问其故，则曰："洛阳旧无杜鹃，今始至，有所主。"客曰："何也？"康节先公曰："不三五年，上用南士为相，多引南人，专务变更，天下自此多事矣。"客曰："闻杜鹃何以知此？"康节先公曰："天下将治，地气自北而南；将乱，自南而北。今南方地气至矣，禽鸟飞类，得气之先者也。《春秋》书六鹢退飞、鸲鹆来巢，气使之也。自此南方草木皆可移，南方疾病瘴疟之类，北人皆苦之矣。"至熙宁初，其言乃验，异哉！故康节先公尝有诗曰："流莺啼处春犹在，杜宇来时春已非。"又曰："几家大第横斜照，一片残春啼子规。"其旨深矣。伯温后闻熙州有唐碑，本朝未下时，一日，有家雀数千集其上，人恶之曰："岂此地将为汉有耶？"因焚之，盖夷中无此禽也。已而果然。因并记之，以信先君之说。

康节先公于书无所不读，独以六经为本，盖得圣人之深意。平生不为训解之学，尝曰："经意自明，苦人不知耳。屋下盖屋，床下安床，滋惑矣。"所谓陈言生活者也，故有诗曰："陈言生活不须矜，自是中才皆可了。"以老子为知《易》之体，以孟子为知《易》之用。论文中子谓佛为西方之圣人，不以为过。

于佛老之学,口未尝言,知之而不言也。故有诗曰:"不佞禅伯,不谀方士,不出户庭,直际天地。"其所著《皇极经世书》,以元会运世之数推之,千岁之日可坐致也。以太极为堂奥,乾坤为门户,包括六经,阴阳刚柔行乎其间,消息盈虚相为盛衰,皇王帝伯相为治乱,其肯为训解之学也哉!

康节先公出行不择日,或告之以不利则不行。盖曰:"人未言则不知,既言则有知,知而必行,则与鬼神敌也。"春秋祭祀,约古今礼行之,亦焚楮钱。程伊川怪问之,则曰:"明器之义也。脱有一非,岂孝子慈孙之心乎?"又曰:"吾高曾今时人,以笾豆簠簋荐牲不可也。"伯温谨遵遗训而行之也。

伯温昔侍家庭,请于康节先公曰:"大人至和中,仁宗在御,富公当国,可谓盛矣。乃谢聘不起,何也?"先公曰:"本朝至仁宗,政化之美,人材之盛,朝廷之尊极矣。以前或未至,后有不及也。天之所命,非偶然者。吾虽出何益? 是非尔所知也。"伯温再拜稽首,不知所以问。

康节先公遗训曰:"汝固当为善,亦须量力以为之。若不量力,虽善亦不当为也。"故有诗曰:"量力动时无悔吝,随宜乐处省营为。若求骐骥方乘马,只恐终身无马骑。"又尝曰:"善人固可亲,未相知不可急合;恶人固可疏,未能远不可急去,必招悔吝也。"故无名君序曰:"见善人未尝急合,见不善人未尝急去。"伯温佩之,终身不敢忘。

康节先公言,顷京都有一道人,日饮酒于市,将出,谓其邻曰:"今日当有某人来。"已而果然。自此莫不然。或问:"预知何术?"曰:"无心耳。"曰:"无心可学乎?"曰:"才欲使人学无心,即有心矣。"又程伊川先生言,昔贬涪州,过汉江,中流,船几覆,举舟之人皆号泣。伊川但正襟安坐,心存诚敬。已而,船及岸,于同舟众人中有老父问伊川曰:"当船危时,君正坐色甚庄,何以?"伊川曰:"心守诚敬耳。"老父曰:"心守诚敬固善,不若无心。"伊川尚欲与之言,因忽不见。呜呼!人果无心,险难在前犹平地也。老子曰:"人水不濡,入火不热。"唯无心者能之。

　　康节先公见一道人言,尝泛海,遇风泊岸,与数人下采薪。有巨人数十,长丈余,相呼之声如禽兽,尽捉以去,用竿竹鱼贯之,食以荐酒。道人者偶在其竹末,巨人醉睡,走登船得脱。因解衣,出其所穿迹,在胁下。康节先公曰:"四海之外,何所不有,但人耳目不能及耳。"

邵氏闻见录卷第二十

熙宁三年四月，朝廷初行新法，所遣使者皆新进少年，遇事风生，天下骚然，州县始不可为矣。康节先公闲居林下，门生故旧仕宦四方者，皆欲投劾而归，以书问康节先公。康节先公答曰："正贤者所当尽力之时，新法固严，能宽一分则民受一分之赐矣。投劾而去何益？"呜呼！康节先公深达世务，不以沽激取虚名如此。世所谓康节先公为隐者，非也。

熙宁中，有一道人，无目，以钱置手掌中，即知正背年号，人皆异之。康节先公问曰："以钱置尔之足，亦能知之乎？"道人答曰："此吾师之言也。"愧谢而去。

伯温少时，因读《文中子》，至"使诸葛武侯无死，礼乐其有兴乎"，因著论，以谓武侯霸者之佐，恐于礼乐未能兴也。康节先公见之，怒曰："汝如武侯犹不可妄论，况万万相远乎？以武侯之贤，安知不能兴礼乐也？后生辄议先贤，亦不韪矣。"伯温自此于先达不敢妄论。

伯温上世范阳，以中直笃实，读书谨礼为家法。大父伊川丈人尤质直，平生不妄笑语。年七十有九，以治平四年正月初一日捐馆。初无疾，不食饮水者累日。除夜，康节先公以下侍立左右，伯温方七岁，大父钟爱之，亦立其旁。大父曰："吾及新年往矣。"康节先公以下皆掩泣，大父止之曰："吾儿以布衣名动朝廷，子孙皆力学孝谨，吾瞑目无憾，何用哭？"大父平日喜用大杯饮酒，谓康节先公曰："酌酒与尔别。"康节同叔父满

酌大杯以献,大父一举而尽,再酌,饮及半,气息微矣。谓康节
曰:"吾平生不害物,不妄言,自度无罪。即死,当以肉祭,勿用
佛事乱吾教。无令吾死妇人之手。汝兄弟候吾就小殓,方令
家之人哭,勿叫号,俾我失路。"康节先公泣涕以从。康节谋葬
大父,与程正叔先生同卜地于伊川神阴原。不尽用葬书,大抵
以五音择地,以昭穆序葬,阴阳拘忌之说,皆所不信。以是年
十月初三日葬,开棺,大父颜貌如生,伯温尚记之。熙宁十年
夏,康节先公感微疾,气日益耗,神日益明,笑谓司马温公曰:
"某欲观化一巡,如何?"温公曰:"先生未应至此。"康节先生
曰:"死生常事耳。"张横渠先生喜论命,来问疾,因曰:"先生论
命,来当推之。"康节先公曰:"若天命,则知之;世俗所谓命,则
不知也。"横渠曰:"先生知天命矣,某尚何言?"程伊川曰:"先
生至此,他人无以为力,愿自主张。"康节先公曰:"平生学道,
岂不知此,然亦无可主张。"时康节正寝,诸公议后事于外,有
欲葬近洛城者。康节先公已知,呼伯温入,曰:"诸公欲以近城
地葬我,不可,当从伊川先茔耳。"七月初四日,大书诗一章曰:
"生于太平世,长于太平世,死于太平世。客问年几何? 六十
有七岁。俯仰天地间,浩然独无愧。"以是夜五更捐馆,其治命
如大父,伯温不敢违。先是,康节先公每展伊川大父墓,至中
涂上官店,必过信孝杰殿丞家。孝杰从康节先公最早,孝杰
死,有八子,康节先公遇之如子侄,每过之,则迎拜侍立左右甚
恭。康节先公捐馆之年,寒食过之,谓诸子曰:"吾再经此,与
今日异矣。"诸子不敢问。至葬,丧车及上官店,诸子泣奠言
之,以为异。张景观字临之,学行甚高,康节先公喜之。将赴
涪州武龙尉,告别康节先公,泣数行下,谓曰:"吾不见子之归
矣。"又张峋字子坚,康节先公于门弟子中谓可与语道者,赴调

京师，康节先公愀然色变曰："吾老矣，吾老矣，不复相见也。"皆是年之春也。呜呼！康节先公所以预知者，何止知此哉？伯温不肖，不能有所述也，惟修身俟死下从九原耳。尚追忆其遗言，以示子孙。

康节先公与吕微仲丞相不相接，先公与横渠先生张子厚同以熙宁十年丁巳捐馆，今《微仲文集》中有《和母同州丁巳吟》云："行高名并美，命否数皆殂。嗟尔百君子，贤哉二丈夫。世方敦薄俗，邵尧夫乐道不仕。谁复距虚无？张子厚论佛老之失。望道咸瞠若，修梁遽坏乎？密章燔汉绶，环经泣秦儒。赖有诸良友，能令绍不孤。"为先公与子厚作也。盖河南府以先公讣闻，诏赠著作郎，谥康节。子厚自秘阁病免西归，及长安以殁，门人衰服挽车葬横渠云。伯温获见公，每语先公，则怅然有不可及之叹。后伯温初仕长子县尉，公入相元祐，改西京国学教授。未久，公罢政。呜呼！亦所以为不孤之惠欤？

康节先公居洛，凡交游年长者拜之，年等者与之为朋友，年少者以子弟待之，未尝少异于人，故得人之欢心。每岁春二月出，四月天渐热即止。八月出，十一月天渐寒即止。故有诗云："时有四不出，大风、大雨、大寒、大暑。会有四不赴。公会、葬会、生会、醵会。"每出，人皆倒屣迎致，虽儿童奴隶皆知尊奉。每到一家，子弟家人争具酒馔，问其所欲，不复呼姓，但名曰："吾家先生至也。"虽闺门骨肉间事，有未决者，亦求教。康节先公以至诚为之开论，莫不悦服。十余家如康节先公所居安乐窝起屋，以待其来，谓之"行窝"。故康节先公没，乡人挽诗有云："春风秋月嬉游处，冷落行窝十二家。"洛阳风俗之美如此。

康节先公过士友家昼卧，见其枕屏画小儿迷藏，以诗题其上云："遂令高卧人，欹枕看儿戏。"盖熙宁间也。陈恬云。《击壤集》不载。

熙宁初，欧阳文忠公为参知政事，遣其子棐叔弼来洛省王宣徽夫人之疾。将行，语叔弼曰："到洛，唯可见邵先生，为致吾向慕之意。"康节先生既见叔弼，从容与语平生出处以及学术大概。临别犹曰："其无忘鄙野之人于异日。"后十年，康节先公捐馆，又十年，韩康公尹洛，请谥于朝。叔弼偶为太常博士，次当谥议。叔弼尝谓晁说之以道云："棐作邵先生谥议，皆往昔亲闻于先生者。当时少年，一见忻然延接，语及平生学术出处之大，故得其详如此。岂非先生学道绝世，前知来物，预以相告耶？"盖验于二十年之后，异哉！

康节先公少时游京师，与国子监直讲邵必不疑初叙宗盟，不疑年长，康节先公以兄拜之。盖不疑自河朔迁丹阳，康节先公上世亦河朔人故也。至康节自卫入洛，不疑为京西提刑，嘉祐中，河南府荐康节先公以遗逸，不疑自作荐章，其词有"厚德足以镇薄俗，清风可以遗来世"，相推重如此。熙宁初，不疑以龙图阁学士知成都府，过洛，谓康节先公曰："某陛辞日，再荐先生矣。"康节先公追送洛北别去。不疑中途寄康节先公诗云："我乘孤传经崤渑，君拥群书卧洛城。富贵人间亦何有，闲忙趣味甚分明。"不疑次金牛驿暴卒，丧归，康节先公哭之恸。女嫁杨国宝应之。应之亦康节先公门生，康节先公视之犹子也。开禧、元丰中为河南府推官，康节已捐馆，伯温复以兄拜之。宣和己丑，伯温赴果州，道出阆州，有知阆中县邵充美孺者相迎，自称同姓侄云。伯温以宗族源流为问，美孺曰："充之上世自润州入蜀，龙图公先人叔父行也。"伯温曰："康节先公以兄事龙图公，伯温不敢忘。"自此与美孺之中外皆论亲。癸巳，伯温奉使西州，美孺居郫，尝至其家拜刑部公庙。美孺天资和易，与人言如恐伤之。至临吏政，是非毅然不可夺，君子人也。丹阳、河南、成都之邵，其次第如此。嗟夫！世不讲宗盟久矣，具载之，以示三家子孙。

伯温之叔父讳睦，后祖母杨氏夫人出也，少康节先公二十余岁，力学孝谨，事康节如父。熙宁元年四月八日暴卒，年三十三。康节先公哭之恸，既卒，理其故书，得叔父所作《重九》诗云："衣如当日白，花似昔年黄。拟问东篱事，东篱事杳茫。"及死，殡后圃东篱下。噫！人之死生，是果前定矣。

康节先公既捐馆，二程先生于伯温有不孤之意，所以教戒甚厚。宗丞先生谓伯温曰："人之为学忌标准，若循循不已，自有所至矣。"先人敝庐厅后无门，由旁舍委曲以出，某不便之，因凿壁为门，侍讲先生见之曰："前人规画必有理，不可改作。"某亟塞之。侍讲谓周全伯曰："邵君虽小事亦相信，勇于为善者也。"某初入仕，侍讲曰："凡作官，虽所部公吏有罪，立按而后决。或出于私怒，比具怒亦释，不至仓卒伤人。每决人，有未经杖责者宜慎之，恐其或有所立也。"伯温终身行之。

熙宁八年秋，余与士人十余辈讲学于洛阳建春门广爱寺端像院以待试。一夕，梦至殿庭唱第，望殿上，女主也。觉，谓同舍言之，皆不晓。至元祐二年秋，以经行荐，明年春，唱名集英殿，宣仁太后垂帘听政也。方悟前梦验于十五年之后，是果有数矣。

余为西蜀宪，其治在嘉州。州之西有花将军庙，将军英武，见于杜子美之诗。庙史以匣藏唐至德元年十月郑丞相告云："花惊定，将军也。是岁土蕃陷巂州，将军与丞相，岂同功者耶？"告后列金紫光禄大夫、左相、豳国公臣，正议大夫、门下侍郎、平章事、博陵县开国男臣，不书姓名。右相阙。银青光

禄大夫、行中书侍郎、平章事,姓名磨灭。谨按至德元年,肃宗
初即位于灵武,右丞相杨国忠诛死,故阙之。是岁六月丙午,
剑南节度使崔圆为中书侍郎、平章事。七月庚午,武部尚书、
平章事韦见素为左相,蜀太守崔涣为门下侍郎、平章事。其不
书姓名、磨灭者,此三人无疑矣,中书省官臣书姓名,门下省官
臣不书姓名,当时节度废阙如此。然花将军之名惊定,唯得于
此告也。或云将军丹稜东馆人,今东馆庙貌尤盛云。庙史又
出本朝乾德三年二月二十六日伪蜀王孟昶、伪蜀太子孟元喆
以降入朝,舟过庙下祭文二纸,墨色如新,其窘急悲伤之辞,读
之亦令人叹息云。

邵氏闻见后录

[宋]邵博　撰

王根林　校点

校 点 说 明

《邵氏闻见后录》三十卷,宋邵博撰。邵博(? —1158),字公济,河南洛阳人,邵伯温次子。宋高宗年间同进士出身,曾任知果州、眉州等官。著有《西山集》,今已佚。

本书为续其父《邵氏闻见录》而作。体例沿袭《前录》,然内容不似《前录》以记朝典政事为主,而是更为广泛,兼及经、史、子、集。对《尚书》、《易经》及孔、孟言行间加评论;对《史记》、《汉书》、《后汉书》、《三国志》等史籍,亦多所辨析;对诗、文等文学作品也时有见解。其文字较枯涩难读,然保存了不少今已失传的史料文献,如司马光之《疑孟》,陈瓘之《四明尊尧集》,雷简夫荐苏洵的书启等,自有一定价值。

今见之《邵氏闻见后录》,主要有《津逮秘书》本、《学津讨原》本及民国涵芬楼刊本等。现即以涵芬楼本为底本,校以其他诸本,改动之处,不出校记。

目　录

目　录

邵氏闻见后录序

　　先人畲接昔之君子，著其《闻见》，于篇甚严。博不肖，外继有得，在前例为合，间后出他记，不避也。或以司马迁之书曰"太史公"，犹其父谈云尔，曷绪之篇下，亦不失为迁也。嗟夫！笔十四年获麟已绝矣，续明年，又明年，孔丘卒，非是。但曰《闻见后录》云。绍兴二十七年三月一日丙寅，河南邵博序。

邵氏闻见后录卷第一

太祖既定天下,尝令赵普等二三大臣陈当今已施行、可利及后世者。普等历言大政数十。太祖俾更言其上者,普等历毕思虑,无以言,因以为请。太祖曰:"吾家之事,唯养兵可为百代之利。盖凶年饥岁,有叛民而无叛兵,不幸乐岁变生,有叛兵而无叛民。"普等顿首曰:"此圣略,非下臣所及。"予谓议者以本朝养兵为大费,欲复寓兵于农之法,书生之见,可言而不可用者哉。

自唐以来,大臣见君,则列坐殿上,然后议所进呈事,盖"坐而论道"之义。艺祖即位之一日,宰执范质等犹坐,艺祖曰:"吾目昏,可自持文书来看。"质等起进呈罢,欲复位,已密令中使去其坐矣,遂为故事。

太宗以柴禹锡、赵镕皆晋邸故吏,颇亲任之。后禹锡、镕告秦王廷美阴谋,事连宰相卢多逊。赵普与多逊有积怨,上章乞备枢轴以纠奸变。廷美谪房州,多逊谪崖州;擢禹锡枢密副使,镕知枢密院。禹锡、镕益散遣吏卒于国门内外侦事。吏卒有醉酒与鬻书人韩玉斗殴不胜者,又诬玉有指斥语。禹锡、镕以闻,玉伏法。太宗寻知其冤,遂疏禹锡、镕,不复信用,无几,皆罢。廷美以太平兴国七年五月迁房陵,九年正月卒。前诏以是年十一月有事于泰山,五月,迅雷中烈火作,焚乾元、文明二殿,罢封泰山。柴禹锡病狂阳,赵普亦被重疾,委吏甄潜祷于终南上清宫。天神降语云:"普坐冤累耳。"廷美至真宗咸平二年,方自房陵归葬汝州梁县新丰乡。前已追复涪王,谥曰悼。仁宗即位,赠太师尚书令。并出《国史》。

国初,有神降于凤翔府盩厔县民张守真家,自言天之尊神,号"黑煞将军"。守真遂为道士。每神欲至,室中风萧然,声如婴儿,守真独能辨之,凡百之人有祷,言其祸福多验。开宝九年,太祖召守真,见于滋福殿,疑其妄。十月十九日,命内侍王继恩就建隆观降神,神有"晋王有仁心"等语。明日,太祖晏驾,晋王即位,是谓太宗。诏筑上清太平宫于终南山下,封神为翊圣将军。出《太宗实录》、《国史·道释志》。

《符瑞志》:仁皇帝诞降,章懿后榻下生灵芝,一本四十二叶,以应享国四十二年之瑞云。仁皇帝四时衣夹,冬不御炉,夏不御扇,禀天地中和之气故也。

燕恭肃王,仁皇帝叔父也。颇自尊大,数取金钱于有司,曰:"预计吾俸可也。"积数百万,有司以闻,诏除之,御史沈邈言其不可,帝惨然曰:"御史误矣。太宗之子八人,惟王一人在耳。朕当以天下为养,数百万钱,不足计也。"

仁皇帝庆历中亲除王素、欧阳修、蔡襄、余靖为谏官,风采倾天下。王公言王德用进女口事,帝初诘以宫禁事何从知?公不屈。帝笑曰:"朕真宗之子,卿王旦之子,有世旧,岂他人比。德用实进女口,已服事朕左右,何如?"公曰:"臣之忧,正恐在陛下左右耳。"帝即命宫臣,赐王德用所进女口钱各三百千,押出内东门。讫奏,帝泣下。公曰:"陛下既不弃臣言,亦何遽也?"帝曰:"朕若见其人留恋不肯去,恐亦不能出矣。"少时,宫官奏宫女已出内东门,帝动容而起。

仁皇帝庆历年,京师夏旱。谏官王公素乞亲行祷雨,帝曰:"太史言月二日当雨,一日欲出祷。"公曰:"臣非太史,是日不雨。"帝问故,公曰:"陛下幸其当雨以祷,不诚也。不诚不可动天,臣故知不雨。"帝曰:"明日祷雨醴泉观。"公曰:"醴泉之近,犹外朝也,岂惮暑不远出耶?"帝每意动则耳赤,耳已尽赤,厉声曰:"当祷西太乙宫。"公曰:"乞传旨。"帝曰:"车驾出郊不预告,卿不知典故。"公曰:"国初以虞非常,今久太平,预告使百姓瞻望清光者众耳,无虞也。"谏官故不虘从,明日,特召王公以从。日色甚炽,埃雾涨天,帝玉色不怡。至琼林苑,回望西太乙宫,上有云气如香烟以起,少时雷电雨甚至,帝却逍遥辇,御平辇,彻盖还宫。又明日,召公对,帝喜曰:"朕自卿得雨,幸甚。"又曰:"昨即殿庭雨立百拜,焚生龙脑香十七斤,至中夜,举体尽湿。"公曰:"陛下事天当恭畏,然阴气足以致疾,亦当慎。"帝曰:"念不雨,欲自以身为牺牲,何慎也!"

仁皇帝内宴,十门分各进馔,有新蟹一品,二十八枚。帝曰:"吾尚未尝,枚直几钱?"左右对:"直一千。"帝不悦,曰:"数戒汝辈无侈靡,一下箸为钱二十八千,吾不忍也。"置不食。李处度藏仁皇帝飞白"四民安乐"四字,旁题"化成殿醉书,赐贵妃"。呜呼!虽酒酣、嫔御在列,尚不忘四民,故自圣帝明王以来,独以仁谥之也。

谏官韩绛面奏仁皇帝曰:"刘献可遣其子以书抵臣,多斥中外大臣过失,不敢不闻。"帝曰:"朕不欲留人过失于心中,卿持归焚之。"呜呼!与世主故相离间大臣,使各暴其短以为明者,异矣。

韩绛又言:"天子之柄,不可下移,事当间出睿断。"仁皇帝曰:"朕不惮,自有处分,深恐未中于理,有司奉行,则其害已加于人,故每欲先尽大臣之虑而行之。"呜呼!与世主事无细大当否,类出手敕,用压外庭公议者,异矣。

嘉祐二年秋，北虏求仁皇帝御容。议者虑有厌胜之术，帝曰："吾待虏厚，必不然。"遣御史中丞张昪遗之，虏主盛仪卫亲出迎，一见惊肃，再拜。语其下曰："真圣主也。我若生中国，不过与之执鞭捧盖，为一都虞候耳。"其畏服如此。

嘉祐中，将修东华门，太史言："太岁在东，不可犯。"仁皇帝批其奏曰："东家之西，乃西家之东；西家之东，乃东家之西。太岁果何在？其兴工勿忌。"

仁皇帝以嘉祐七年十二月丙申幸天章阁，召两府、两制、台谏等观三朝御书。置酒赋诗于群玉殿。庚子，再幸天章阁，召两府以下观瑞物十三种。一，瑞石，文曰"赵二十一帝"。二，瑞石，文曰"真君王万岁"。三，瑞木，曰"大运宋"，隐起成文。四，七星珠。五，金山，重二十余斤。六，丹砂山，重十余斤。七，马蹄金。八，软石。九，白石，乳花。十，瑞木，左右异色。十一，瑞竹，一节有二弦并生其中。十二，龙卵，有紫斑而小。十三，凤卵，色白而大。观太宗、真宗御集，面书飞白，命翰林学士王珪题姓名遍赐之。又幸群玉殿，置酒作乐，亲谕以前日之燕草创，故再为之，无惜尽醉。独召宰相韩琦至榻前，酌鹿胎酒一大杯，琦一举而尽。各以金盘贮香药，分赐之。明年三月，帝升遐。故韩琦《哀册文》云"因惊前会之非常，似与群臣而叙别"也。

仁皇帝崩，遣使讣于契丹，燕境之人无远近皆聚哭。虏主执使者手号恸曰："四十二年不识兵革矣。"其后北朝葬仁皇帝所赐御衣，严事之，如其祖宗陵墓云。

真宗时，皇嗣未生，以绿车旄节迎濮安懿王，养之禁中。至仁宗生，用萧韶部乐送还邸。后仁宗亦以皇嗣未生，用真宗故事，选近属，得英宗，养禁中，以至嗣位。英宗盖濮王第十三子,殆天意也。

文思院奉上之私,无物不集。宣仁后同听政九年,不取一物。呜呼,贤哉!

上为天下兵马大元帅,至南都,筮日即帝位。昭慈太后遣内侍官邵成章以乘舆服御来,有一道冠,非人间之制,成章捧以奉上曰:"太母令奏殿下,祖宗以来,退朝燕闲不裹巾,只戴道冠;自神宗始易以巾,非旧制也。愿殿下即位后,退朝燕闲,只戴此冠,庶几如祖宗时气象。"上流涕受之。

《王制》:"天子七庙,三昭三穆,与太祖之庙而七。"明太祖之外,止有三昭三穆而已。前代帝王于太祖未正东向之时,大率所祀不过六世。初,英宗即位,祔仁宗而迁僖祖,至神宗即位,祔英宗,复还僖祖而迁顺祖。司马文正公、范文忠公皆言:"僖祖当迁,太祖当正东向之位。"最后孙观文固言:"汉高祖得天下,与商、周异,故太上皇不得为始祖。光武之兴,亦不敢尊春陵。今国家据南面之尊,享四海九州之奉者,皆太祖之所授也,不当以僖祖晋其祀。请以太祖为始祖,而为僖祖立庙,如周人别祀姜嫄之礼。禘祫之日奉祧主东向,此韩愈所谓祖以孙尊,孙以祖屈之意也。"丞相韩魏公读之,叹曰:"此议足以传不朽矣。"王荆公薄礼学,又喜为异,独以为不然。三公之议格不行,今太祖犹未正东向之位云。

元丰三年初行官制,以阶易官。《寄禄新格》:中书令、侍中、同平章事为开府仪同三司,左右仆射为特进,吏部尚书为金紫光禄大夫,五曹尚书为银青光禄大夫,左右丞为光禄大夫,六曹侍郎为正议大夫,给事中为通议大夫,左右议谏为太中大夫,秘书监为中大夫,光禄卿至少府监为中散大夫,太常至司农少卿为朝议,六曹郎中为朝请、朝散、朝奉大夫,凡三等,员外郎为朝请、朝散、朝奉郎,凡三等,起居舍人为朝散郎,司谏为朝奉郎,正言、太常、国子博士为承议郎,太常、秘书、殿中丞为奉议郎,太子中允、赞善大夫、中舍、洗马为通直郎,著作佐郎、大理寺丞为宣德郎,光禄卫尉寺、将作监丞为宣义郎,大理评事为承事郎,太常寺太祝、奉礼郎为承奉郎,秘书省校书郎、正字、将作监主簿为承务郎。今岁月浸远,旧官制少有知者,予故详出之。

元符末,徽宗即位,皇太后垂帘同听政。诏复哲宗元祐皇后孟氏位号,自瑶华宫入居禁中。有冯澥者,论其不可曰:“上于元祐后,叔嫂也,叔无复嫂之礼。”程伊川谓先人曰:“元祐后之贤故也,论亦未为无礼。”先人曰:“不然。《礼》曰:‘子甚宜其妻,父母不悦,出。子不宜其妻,父母曰是善事我,子行夫妇之礼焉。’皇太后于哲宗,母也;于元祐后,姑也;母之命,姑之命,何为不可? 非上以叔复嫂也。”伊川喜曰:“子之言得矣。”

绍兴己未春,金人初许归徽宗梓宫,宰臣上陵名永固,有王铚者言:“犯后魏明帝、后周文宣二后陵名。”下秘书省参考,如铚言。然前汉平帝、后汉殇帝、十国刘龑同曰康陵,本朝顺祖亦曰康陵。后魏明帝、后周宣帝、唐中宗同曰定陵,本朝翼祖亦曰定陵。前汉惠帝、唐懿宗王后同曰安陵,本朝宣祖亦曰安陵。唐太宗曰昭陵,本朝仁宗曰永昭陵。后魏宣武后曰永泰陵,唐玄宗曰泰陵,本朝哲宗亦曰永泰陵。盖本朝陵名犯前代陵名者不一,祖宗以来不避也。予时为校书郎,为秘监言,具白丞相,不报。再议徽宗陵名,改永祐云。

本朝《太祖》、《神宗》、《哲宗实录》皆有二本,其更修各有自云。

国初,诏有司,周文、武、成、康陵,各具衮冕掩闭,亦不免唐末、五代暴发之祸矣。汉、唐以下陵墓，不足道也。

先人在元符年奏书直宣仁后事，刑部有罪籍者，三十年不赦。晚著《辩诬》，犹三十年奏书也。国有诬谍，岂可直？先人疾病，抚其书曰："但俱吾藏山中耳。"上圣明元年之二日，诏扬宣仁后之功，削诬谍，下有司索先人《辩诬》。先人已薨，予兄弟追怀迟虑未敢上，有司急以复命，则奏曰："与其藏诸名山，为百世未见之书，曷若上于公朝，补一代不刊之史。"诏以《辩诬》秘著作之庭。谨按，新史亦作《辩诬》一书，著得于先人《辩诬》者，每曰河南邵某云，初无先人斥一时用事者之言也。用事者之家，意予兄弟近拟一书以附国论，又诬矣。故具列上元年二日诏、《哲宗实录》、曾丞相以下文字，以明今日正论，不独自先人《辩诬》出云。

邵氏闻见后录卷第二

建炎元年五月二日手诏

建炎元年五月二日，门下中书省、枢密院同奉圣旨："宣仁圣烈皇后保佑哲宗，有安社稷大功。奸臣怀私，诬蔑圣德，著在《国史》，以欺后世。可令国史院别差官，撼实刊修，播告天下。其蔡確、蔡卞、邢恕、蔡懋，三省取旨行遣，仍不得引用。建炎元年五月一日敕。"

哲 庙 实 录

先是，元丰七年三月大燕，中燕延安郡王侍，王珪率百官贺。及升殿，又谕王与珪等相见，复分班，再拜称谢。是冬，谕辅臣曰："明年建储，当以司马光、吕公著为师保。"神宗弥留，后敕中人梁惟简曰："令汝妇制一黄袍，十岁儿可衣者，密怀以来。"盖为上仓猝践祚之备。神宗太母所以属意于上者，确然先定，无纤介可疑。邢恕，倾危士也，少游光、公著间。蔡確得师保语，求所以结二公者，而深交恕。確为右仆射，累迁恕起居舍人。一日，確遣恕要后侄光州团练使公绘、宁州团练使公纪，辞不往。明日，又遣人招至东府，確曰："宜往见邢舍人。"恕曰："家有桃着白华，可愈人主疾，其说出《道藏》，幸留一观。"入中庭，红桃华也。惊曰："白华安在？"恕执二人手曰："右丞相令布腹心。上疾未损，延安冲幼，宜早定议，岐、嘉皆

贤王也。"公绘等惧曰："君欲祸吾家。"径去。已而,恕反谓后
与珪为表里,欲舍延安而立其子颢,赖己及惇、确得无变。确
使山陵,韩缜帘前具陈恕等所以诬太后者,使还,言者暴其奸,
再贬知随州,确寻窜新州。刘挚拜右仆射,恕坐党与,谪监永
州酒税。绍圣二年,除恕待制、知青州。章惇、蔡卞执政,谋所
以释憾于元祐旧臣者,知恕险鸷,果于诞罔,又衔挚等黜己,方
思有所逞,为确报投荒之怨,召为御史中丞。于是日夜论刘
挚、梁焘、王岩叟等谋废立,又造司马光送范祖禹赴召,有"主
少国疑,宣训事可虑"语,以实后属意徐邸之谤。又诶高士京
上书,告王珪尝令高士充问其父遵裕侦太后之意欲谁立,遵裕
叱遣,士充乃去。又教确之子渭进文及甫廋语书,有"司马昭
之心路人所知"等语,以斥渭、挚等有废上谋。惇、卞起同文馆
狱,使蔡京、安惇穷治。于是时中人郝随日夜媒孽称制时事,
眩惑左右。惇、卞交关谋议,奉行文书于外,作追废太皇太后
诏,请上宣读于灵殿。钦圣献肃皇太后、钦成皇后苦要上,语
甚悲,曰:"吾二人日侍崇庆,天日在上,此语曷从出? 且上必
行此,亦何有于我?"上感悟,取惇、卞奏就烛焚之。禁中相庆,
而随等不悦。明日,惇、卞理前请,上怒曰:"卿等不欲朕入英
宗神御殿乎?"抵其奏于地。同文之狱,追逮后殿御药官张士
良,胁以刀锯、鼎镬,无所得。又适有星变,诏曰:"朕遵祖宗遗
志,未尝诛戮大臣,释勿治。"恕徒以诎于进取,极口造言,仇执
政以逞。适惇、卞用事,凶德参会,舍不利之谋,无以激怒人
主。废辱之祸,几上及于君亲,曾不以为忌,而尚何有于臣下
之家? 推迹谗口,开祸乱原,虽江充、息夫躬尚何以加? 上尤
善知人,灼见是非邪正,以照临百官中外,罔有遁情。如谓嘉
问、居厚辈,诚不可用,留邢恕于朝,置周秩言路,必无安静之

理，皆切中搜慝。

　　御史中丞傅尧俞，谏议大夫梁焘、范祖禹，右正言刘安世，殿中侍御史朱光庭交章论确怨谤不道，人臣所不忍闻。按确与章惇、黄履、邢恕，在元丰末结为死党，自谓圣主嗣位，皆有定策之功。确所以桀骜狠愎，无所畏惮，若不早辨白解天下之疑，恐岁月寖久，邪说得行，离间两宫，有伤慈孝。于是太皇太后御延和殿，宣论三省、枢密院大臣曰：“皇帝是神宗长子，子承父业，其分当然。昨神宗服药既久，曾因宰执入对，吾以皇子所书佛经宣示，是时众中惟首相王珪因奏延安郡王当为皇太子，余人无语，确有何策立之功？若他日复来，欺罔上下，岂不为朝廷之害！”遂责确英州别驾，新州安置，仍给递马发遣。惇、履、恕亦皆得罪。

曾丞相布手记

　　三省用叶祖洽，言追贬王珪昌化军司户参军，追赐第遗表恩例及子孙等，如刘挚等旨挥。再对，未及奏事，上遽宣谕：“王珪当先帝不豫时，持两端，又召遵裕子与议事。当时黄履曾有文字论列，及同列敦迫，其后方言上自有子。”布云：“此事皆臣等所不知，但累见章惇、邢恕等道其略，不知黄履章疏在否？”上云：“有。”布等闻禁中无此章，履曾于绍圣初录奏。比三省又令履录私藁以为质证。

　　是日，又闻蔡渭上书，言文及甫元祐中以书抵邢恕云：“刘挚、傅尧俞、梁焘辈有师、昭之迹。”又云：“此辈皆不乐鹰扬。”又言：“必欲置眇躬于快意之地而后已。”而恕尝以此书示蔡确。三省召恕问之有实，遂令恕缴奏。有旨令蔡京、安惇根究。书中目傅为粉，焘为昆，盖以其字况之也。鹰扬谓其父。

及甫云："此辈不乐其父，不敢妄进，师、昭之说乃诋讦之语。至于眇躬，不知何谓，执政有以为指斥者。"余以问爰，言此辈有此心。余云："有心须有迹。"爰云："无迹即无事。"冲云："此事可大可小。"盖言眇躬若文及甫自谓，即无他矣。然元祐中人自分两党，其相诋讦，乃至于此，可怪。恕、硕交通，尤可骇。

梁焘卒，余谓子中云："早知此，则不复力陈矣。"子中云："不然。其他所陈，有补者不一，亦不为徒发。"子中又云："对留甚久，众皆云，有如中丞之对也。"先是，绍圣初，蔡确母明氏有状言邢恕云："梁焘曾对怀州致仕人李询言，若不诛确，于徐邸岂得稳便？"寻不曾施行。既而，因及甫、唐老事，蔡渭曰爰云："唐老事何足治，何不治梁焘？"爰遂检明氏状进呈。下究问所推治，究问所以问恕，云得之尚朱。遂召朱赴阙，朱所陈恕语，云得之李询。又下询问状，云实闻焘此语，遂欲按焘而徙之也。自去岁因蔡硕言文及甫尝有书抵邢恕云，刘挚有师、昭之心，行道之人所共知也。遂下恕取及甫书，恕以闻，遂差蔡京、安惇置究问公事所，于别试所摄及甫诘之，云得之父彦博，然终无显状。京又令及甫疏挚党人，纳于上前，于龚源、孙谔辈皆是。以及甫言，未可施行。盖谓挚等与陈衍等交通，有废立之意，乃柳州安置。诏宦者张士良与衍同为御药，主宣仁阁中文字，而其言亦无显状。但云衍尝预知来日三省所奏事，作掌记与太母为酬答执政之语，太母每垂帘，但诵之而已。又言太母弥留时，衍可否二府事，昼夜画依画可，及用御宝，皆出于衍而不以禀上也。既而狱终未决，及甫置在西京，士良寄禁府司。

晁待制说之撰《邢尚书之子居实墓表》中语，予尝谓：赵括少谈兵，而父奢不能难者，非不能难也，不欲怒之也。刘歆之异同其父向，非为斯文也，汉庭与新室不可并处也。如惇夫于尚书公，则于斯文而不能难者也，是曾参之事点也，非元之事曾参也。移此其忠，顾惟古之大臣哉！嗟夫！古人之不寿者，予得二人焉：王子晋年十有五，识圣贤治乱之原，而极天人死生之符。颜子年二十有九，颓然陋巷中，有为邦之志，夫子告之以四代之礼乐，所谓具体而微者，果知颜子哉！其次则又有二：扬雄之子童乌，九岁而存，则《玄》当著明，无待于侯芭。魏武之子仓舒，十三而存，则汉之存亡虽未可知，必不至于杀荀文若辈矣。则惇夫之寿夭，所系者可胜言耶！

黄著作庭坚《荆江亭》诗曰："鲁中狂士邢尚书，自言挟日上天衢。敦夫若在镌此老，不令平地生崎岖。"敦夫名居实，早死，尚书公子也。

王宗丞巩《闻见录》著王械事，武臣王械为邢恕教令，上书诬宣仁于哲宗有异心。恕又教蔡渭等上书论元祐及元丰末等事，其书一箧悉存，皆恕手笔，其间涂窜者非一。械于哲宗朝论之，得阁门职名。既死，其子直方时出恕之书以示亲密者。自元丰末至宣仁上仙，无不被诬者，于王珪尤甚。直方死，其书归晁载之云。

江赞读端友书：靖康元年月日，诸王府赞读臣江端友昧死再拜上书皇帝陛下：臣伏睹宣仁圣烈皇后当元丰末垂帘听政，保佑哲宗皇帝，起司马光为宰相，天下归心焉。九年之间，朝廷清明，海内乂安，人到于今称之。其大公至正之道，仁民爱物之心，可以追配仁宗。至于力行祖宗故事，抑绝外家私恩，当是时耆老盛德之士，田野至愚之人，皆有复见女中尧、舜之语。且功德巍巍如此，天下歌诵如彼。而一邢恕构造无根之语以为谤议，使后世疑焉，如日月之明而浮云蔽之，臣不胜痛恨。初，元丰中高遵裕大败于灵武，责散官安置。未几，神宗崩，哲宗嗣位。宰臣蔡确以谓遵裕者，宣仁之族叔也，即建请牵复，以悦宣仁之意，而不知宣仁之不私其亲也。宣仁帘中宣谕曰："遵裕丧师数十万，先帝缘此震惊，悒悒成疾，以至弃天下。今肉未寒，吾岂忍遽私骨肉而忘先帝，推恩独不可及遵裕。"确谋大沮。后确责知安州，作诗讥讪，坐贬新州。而邢恕乃确之腹心也，偶与遵裕之子士京中山同官，遂以垂帘时不推恩牵复事激怒之。使上书言王珪曾遣遵裕之子士充来议策立事，遵裕斥去之。士充庸懦不识字，实恕教之为书。士充疏远小臣，素不识珪，珪安得与之议及社稷大计，又何从辄通宫禁语？言且上书时，珪、遵裕、士充亦皆死矣，何所考按？臣窃闻《元丰八年时政记》，即蔡确所修也，其载三月中策立事甚详，何尝有一疑似之言？恕之本心，但谓不显王珪异同，则难以归功蔡确，而不知厚诬圣母之罪大也。恕之为人，非独有识之士无取，其子居实亦不乐其父所为也，天下皆知之。章惇，排斥元祐者也，在帘前奏事，悖傲不逊，都堂会议，以市井语诮侮同列，岂忠厚君子哉？尚云极力以消除徐王觊觎之谤，惇与王珪、蔡确同为执政，受顾命，使当时果有异同，岂肯复为此言乎？则恕之谤，可谓欺天矣。缘此，绍圣中蔡卞独倡追废圣母之议，赖哲宗仁孝，不听其说。不然，人神痛愤，失天下心，为后世笑，悔可及乎！自比年以来，天变屡作，祸乱繁兴，水旱相仍，夷狄内侮，安知非祖宗在天之灵赫怒于斯耶？至于高氏一族，衔冤抱恨，无所伸雪，亦足以感伤和气，召致灾祥，未必不由此也。臣窃惟圣人之德莫先于孝祖庙，帝王之政必急于明是非。陛下即位以来，登用贤俊，退斥奸邪，如追赠司马光等，既已辩人臣之谤而明是非矣。而宣仁圣烈皇后者，神宗之母，陛下之曾祖母也。负谤三十余年，公卿大臣未尝以一语及之，可不痛乎！范纯仁遗表有云，宣仁之诬谤未明，使纯仁在朝廷，必能辩之也。臣愿陛下敕有司，检求案牍，推究言语之端发之于谁何，其证佐安在，则小人之情见矣。诞发明诏，晓谕中外，庶使远迩臣民疑议消释，涣然如春冰之遇太阳，岂不快乎！然后以策告宣仁及神祖庙，上以慰在天之灵，下以解人神之愤。昔汉灵帝梦威宗，怒其责宋皇后。周成王时，皇天动威，彰周公之德。以此知宗庙之灵，祸福之变，甚可惧也。宣仁之谤，臣以为陛下惟不闻耳。闻而不辩，岂所谓教天下以孝乎！臣不胜区区之情，惟陛下裁择。臣端友惶恐昧死再拜。

邵氏闻见后录卷第三

东坡先生传《禹贡》"三江既入,震泽底定"曰:"三江之入,古今皆不明,予以所见考之。自豫章而下入于彭蠡而东至海,为南江;自蜀岷山至于九江彭蠡以入于海,为中江;自嶓冢导漾,东流为汉,过三澨、大别以入于江,东汇泽为彭蠡以入于海,为北江。此三江,自彭蠡以上为二,自夏口以上为三,江、汉合于夏口而与豫章之江皆汇于彭蠡,则三为一,过秣陵京口以入于海,不复三矣。然《禹贡》犹有三江之名,曰'北'曰'中'者,以味别也。盖此三水性不相入,江虽合而水则异,故至于今有三泠之说。古今称唐陆羽知水味,三泠相杂而不能欺,不可诬也。予又以《禹贡》之言考之,若合符节。《禹贡》之叙汉水也,曰:'嶓冢导漾,东流为汉,又东为沧浪之水,过三澨,至于大别,南入于江,东汇泽为彭蠡,东为北江,入于海。'夫汉既已入江,且汇为彭蠡矣,安能复出为北江以入于海乎?知其以味别也。《禹》之叙江水也,曰:'岷山导江,东别为沱,又东至于澧,过九江,至于东陵,东迆北会于汇,东为中江,入于海。'夫江已与汉合且汇为彭蠡矣,安得自别为中江以入于海乎?知其以味别也。汉为北江,岷山之江为中江,则豫章之江为南江,不言而可知矣。《禹》以味别,信乎?曰:'济水既入于河,而溢为荥。'《禹》不以味别,则安知荥之为济也?尧水之未治也,东南皆海,岂复有吴越哉?及彭蠡既潴,三江入海,则吴越始有可宅之土,水之所钟,独震泽而已。故曰'三江既入,震泽底定。'孔安国以为自彭蠡江分为三,入震泽为北江,入于海,疏矣。盖安国未尝南游,按经文以意度之,不知三江距震泽远甚,决无入理,而震泽之大小,决不足以受三江也。班固曰:'南江从会稽吴县南入海,中江从丹阳芜湖县西,东至会稽、阳羡东入海,北江从会稽毗陵县北东入海。'会稽、丹阳容有此三江,然皆是东南枝流小水,自相派别而入海者,非《禹贡》所谓中江、北江自彭蠡出者也。人徒见《禹贡》有三江中北之名,而不悟一江三泠,合流而异味也。故杂取枝流小水,以应三江之数。如使此三者为三江,则是与今京口入海之江为四矣。京口之江视此三者犹畎浍,《禹》独遗大而数小,何耶?"世谓先生论三江以味别,自孔子删定《书》以来,学者不知也。然予读《唐史》,高宗问许敬宗:"《书》称'浮于济漯',今济与漯断不相属,何故而言?"敬宗曰:"夏禹导沇水,东流为济,入于河。今自漯至温而入河,水自此洑地过河而南,出为荥,又洑而至曹、濮,散出于地,合而东,汶水自南入之,所谓'泆为荥,东出于陶丘,又东会于汶'是也。古者五行皆有官,水官不失职,则能辨味与色。潜而复出,合而更分,皆能识之。"盖江河以味别,敬宗先言之矣。东坡先生不表见之者,嫌其姓名污简册耳。

王弼注"鼎折足,覆公悚,其形渥,凶",以为沾濡之形也。盖弼不知古《易》"形"作"刑","渥"作"剭","剭"音"屋",故《新唐书》元载赞用"刑剭",亦《周礼》剭诛云。

《书》首尧、舜,《诗》首文王,《春秋》首鲁隐公,《史记·世家》首吴泰伯,《列传》首伯夷,让之为德也,大矣哉!

孔子赞周公、赞召公,不赞太公。颜子得位,为尧、舜、文王;孟子得位,为汤、武。韩退之《羑里操》云:"臣罪当诛兮,天王圣明。"知文王之心者也。

昔孟子欲言《周礼》，而患无其籍。今《周礼》最后出，多杂以六国之制，大要凌祀敛财、冗官扰民，可施于文、不可措于事者也。先儒以为六国阴谋之书，则过矣。晁伯以更以为新室之书也，曰《诗》、《书》但称四岳，新室称五岳，《周礼》亦称五岳，类此不一，予颇疑之。后得司马文正公《日记》，上主青苗法，曰："此《周礼》泉府之职，周公之法也。"光对曰："陛下容臣不识忌讳，臣乃敢昧死言之。昔刘歆用此法以佐王莽，至使农商失业，涕泣于市道，卒亡天下，安足为圣朝法也！且王莽以钱贷民，使为本业，计其所得之利，十取其一，比于今日岁取四分之息，犹为轻也。"上曰："王莽取天下，本不以正。"光对曰："王莽取之虽不以正，然受汉家完富之业，向使不变法征利，结怨于民，犹或未亡也。"是文正公意，亦以《周礼》多新室之事也。自王荆公藉以文其政事，尽以为周公之书，学者无敢议者矣。

孔子答群弟子问孝，不过一二言，至曾子则特为著经。又"夫子之文章，可得而闻；性与天道，不可得而闻也"。其告曾子，犹曰"吾道一以贯之"。盖颜渊死，孔子之所付授者，曾子一人耳。至孔子没，子夏、子游、子张以有若貌类孔子，欲以事孔子者事之，独曾子不可，曰："江汉以濯之，秋阳以暴之，皓皓乎不可尚已。"其绝识亦非余子可及也，独不在四科之列，世颇疑之。或曰颜渊等十人同在陈、蔡者，曾子以孝不去其亲，故不在；或曰孔子弟子曾子最少，少孔子四十六岁。《论语》书曾子死，则《论语》自曾子弟子子思之徒出无疑。曾子尝与其徒追记孔子称颜渊等之言，曾子以朋友各字之，于孔子称曾子之言，自不记也，果孔子之言，则名之矣。当曰德行：颜回、闵损、冉耕、冉雍；言语：宰予、端木赐；政事：冉求、仲由；文学：言偃、卜商也。盖《论语》之法，师语弟子则名之，弟子对师，虽朋友亦名之，自相谓则字之，此说为近。如曰陈、蔡之厄，孔子有死生之忧，欲表其人于后世，故用《春秋》之法，字以褒之。则"贤哉回也"，"赐也可与言《诗》"，"偃之言是也"，"雍也可使南面"，独非褒乎？

杨氏为我过于义，墨氏兼爱过于仁，仁义之过，孟子尚以夷狄遇之，诛之不少贷。同时有庄子者，著书自尧、舜以下，无一不毁，毁孔子尤甚，诗书礼乐，刑名度数，举以为可废，其叛道害教，非杨、墨二氏比也。庄子，蒙人，孟子，邹人，其地又相属，各如不闻，如无其人，何哉？惟善学者能辨之。若曰庄子真诋孔子者，则非止不知庄子，亦不知孟子矣。

孔子曰："君君臣臣，君不君，臣不臣。"理也。孟子则曰："君之视臣如手足，则臣视君如腹心；君之视臣如犬马，则臣视君如国人；君之视臣如土芥，则臣视君如寇仇。"盖孔子不忍言者，孟子尽言之矣。

孟子曰："徐行后长者，谓之弟；疾行先长者，谓之不弟。"元丰末年，诏以孟子配食孔子庙，巍然冠冕，坐于颜子之次，师曾子坐席下，师子思立庑下，岂但行于长者之先哉？果孟子有神，其肯自违平生之言，必不敢享矣。

老莱子闻穆公欲相子思，问曰："若子事君，将何以为乎？"子思曰："顺吾性而以道辅之，无死亡焉。"老莱子曰："不可。顺子之性也，子性清刚而傲不肖，且又无所死亡，非人臣也。"子思曰："不肖，固人之所傲也。夫事君，道行言听，则可以有所死亡；道不行言不听，则亦不能事君，谓无死亡也。"老莱子曰："不见夫齿乎？虽坚固，卒以相磨；舌柔顺，终以不敝。"子思曰："吾不能为舌，故不能事君。"予读子思书，知孟轲氏之刚，固有师也。

　　司马文正公《太玄说》，其略曰："扬子云真大儒者耶！孔子既没，知圣人之道者，非子云而谁？孟与荀殆不足拟，况其余乎！观《玄》之书，明则极于人，幽则尽于神，大则包宇宙，细则入毛发，合天地人之道以为一。括其根本，示人所出，胎育万物而兼为之母。若地，履之而不可穷也；若海，挹之而不可竭也。盖天下之道，虽有善者，蔑以易此矣。考之于浑元之初而玄已生，察之于当今而玄非不行，穷之于天地之季而玄不可亡，叩之于万物之情而不漏，测之以鬼神之状而不违，概之以六经之言而不悖，藉使圣人复生，视《玄》必释然而笑，以为得己之心矣。乃知《玄》者以赞《易》也，非别为书与《易》角逐也。"予谓文正公以诚以谦为学之本，果于《玄》无所见，肯为此言乎？程伊川以《玄》为赞者，非也。伊川之门人以文正公不知先天之学者，亦非也。

邵氏闻见后录卷第四

　　司马文正公作《文中子补传》曰：文中子王通，字仲淹，河东龙门人。六代祖玄则，仕宋，历太仆、国子博士。兄玄谟，以将略显，而玄则用儒术进。玄则生焕，焕生虬。齐高帝将受宋禅，诛袁粲，虬由是北奔魏。魏孝文帝甚重之，累官至并州刺史，封晋阳公，谥曰穆。始家河、汾之间。虬生彦，官至同州刺史。彦生杰，官至济州刺史，封安康公，谥曰献。杰生隆，字伯高，隋开皇初，以国子博士待诏云龙门。隋文帝尝从容谓隆曰："朕何如主？"隆曰："陛下聪明神武，得之于天，发号施令，不尽稽古，虽负尧、舜之资，终以不学为累。"帝默然有间，曰："先生，朕之陆贾也，何以教朕？"隆乃著《兴衰要论》七篇奏之。帝虽称善，亦不甚达也。历昌乐、猗氏、铜川令，弃官归，教授，卒于家。隆生通。自玄则以来，世传儒业。通幼明悟好学，受《书》于东海李育，受《诗》于会稽夏琪，受《礼》于河东关朗，受《乐》于北平霍汲，受《易》于族父仲华。仁寿三年，通始冠，西入长安，献《太平十二策》，帝召见，叹美之，然不能用。罢归，寻复征之，炀帝即位，又征之，皆称疾不至，专以教授为事，弟子自远方而至者甚众。乃著《礼论》二十五篇，《乐论》二十篇，《续书》百有五十篇，《续诗》三百六十篇，《元经》五十篇，《赞易》七十篇，谓之《王氏六经》。司徒杨素重其才行，劝之仕，通曰："汾水之曲，有先人之敝庐足以庇风雨，薄田足以具饘粥。愿明公正身以治天下，使时和年丰，通也受赐多矣，不愿仕

也。"或潜通于素曰："彼实慢公,公何敬焉?"素以问通,通曰:
"使公可慢,则仆得矣;不可慢,则仆失矣。得失在仆,公何与
焉?"素待之如初。右武候大将军贺若弼尝示之射,发无不中,
通曰："美哉,艺也! 君子志道、据德、依仁,然后游于艺也。"弼
不悦而去。通谓门人曰："夫子矜而愎,难乎免于今之世矣。"
纳言苏威好畜古器,通曰："昔之好古者聚道,今之好古者聚
物。"太学博士刘炫问《易》,通曰："圣人之于《易》也,没身而已
矣,况吾侪乎?"有仲长子光者,隐于河渚,尝曰："在险而运奇,
不若宅平而无为。"通以为知言,曰:"名愈消,德愈长;身愈退,
道愈进。若人知之矣。"通见刘孝标《绝交论》,曰:"惜乎,举任
公而毁也。任公不可谓知人矣。"见《辨命论》,曰:"人事废
矣。"弟子薛收问:"恩不害义,俭不伤礼,何如?"通曰:"是汉文
之所难也。废肉刑害于义,省之可也;衣弋绨伤于礼,中焉可
也。"王孝逸曰:"天下皆争利而弃义,若之何?"通曰:"舍其所
争,取其所弃,不亦君子乎!"或问人善,通曰:"知其善则称之,
不善则对曰,未尝与久也。"贾琼问息谤,通曰:"无辨。"问止
怨,曰:"不争。"故其乡人皆化之无争者。贾琼问群居之道,通
曰:"同不害正,异不伤物。古之有道者,内不失真,外不殊俗,
故全也。"贾琼请绝人事,通曰:"不可。"琼曰:"然则奚若?"通
曰:"庄以待之,信以应之,来者勿拒,去者勿追,泛如也,则
可。"通谓姚义能交,或曰简,通曰:"兹所以能也。"又曰广,通
曰:"广而不滥,兹又所以为能。"又谓薛收善接小人,远而不
疏,近而不狎,颓如也。通尝曰:"封禅非古也,其秦、汉之侈心
乎?"又曰:"美哉,周公之智深矣乎! 宁家所以安天下,存我所
以厚苍生也。"又曰:"易乐者必多哀,轻施者必好夺。"又曰:
"无赦之国,其刑必平;重敛之国,其财必贫。"又曰:"廉者常乐

无求,贪者常忧不足也。"又曰:"我未见得诽而喜、闻誉而惧者。"又曰:"昏娶而论财,夷虏之道也。"又曰:"居近而识远,处今而知古,其惟学乎?"又曰:"轻誉苟毁,好憎尚怒,小人哉!"又曰:"闻谤而怒者,谗之阶也;见誉而喜者,佞之媒也。绝阶去媒,谗佞远矣。"通谓北山黄公善医,先饮食起居而后针药。谓汾阴侯生善筮,先人事而后爻象。大业十年,尚书召通蜀郡司户,十一年,以著作郎国子博士征,皆不至。十四年,病终于家。门人谥曰文中子。二子,福郊、福畤。二弟,凝、绩。评曰:此皆通之世家及《中说》云尔。玄谟仕宋至开府仪同三司,绩及福畤之子勔、勮、勃,皆以能文著于唐世,各有列传。余窃谓先王之六经,不可胜学也,而又奚续焉? 续之庸能出于其外乎? 出则非经矣。苟无出而续之,则赘也,奚益哉? 或曰:彼商、周以往,此汉、魏以还也。曰:汉、魏以还,迁、固之徒记之详矣,奚待于续经然后人知之? 必也好大而欺愚乎! 则彼不愚者,孰肯从之哉? 今其六经皆亡而《中说》犹存。《中说》亦出于其家,虽云门人薛收、姚义所记,然予观其书,窃疑唐室既兴,凝与福畤辈依并时事,从而附益之也。何则? 其所称朋友门人,皆隋、唐之际将相名臣,如苏威、杨素、贺若弼、李德林、李靖、窦威、房玄龄、杜如晦、王珪、魏徵、陈叔达、薛收之徒,考诸旧史,无一人语及通名者。《隋史》,唐初为也,亦未尝载其名于儒林隐逸之间,岂诸公皆忘师弃旧之人乎? 何独其家以为名世之圣人,而外人皆莫之知也? 福畤又云:"凝为监察御史,劾奏侯君集有反状,太宗不信之,但黜为姑苏令。大夫杜淹奏凝直言非辜,长孙无忌与君集善,由是与淹有隙,王氏兄弟皆抑不用。时陈叔达方撰《隋史》,畏无忌,不为文中子立传。"按,叔达前宰相,与无忌位任相埒,何故畏之? 至没其师之名,使无闻于世乎? 且魏徵实总《隋史》,纵叔达曲避权威,徵肯听之乎? 此予所以疑也。又淹以贞观二年卒,十四年,君集平高昌还而下狱,由是怨望。十七年,谋反,诛。此其前后参差不实之尤著者也。如通对李靖圣人之道曰:"无所由亦不至于彼,道之方也。必也无至乎。"又对魏徵以圣人有忧疑,退语董常,以圣人无忧疑,曰:"心迹之判久矣,皆流入于释、老者也。夫圣人之道,始于正心修身齐家治国,至于安万邦,和黎民,格天地,遂万物,功施当时,法垂后世,安在其无所至乎? 圣人所为,皆发于至诚,而后功业被于四海。至诚,心也;功业,迹也,奚为而判哉?"如通所言,是圣人作伪以欺天下也,其可哉? 又曰:"佛,圣人也,西方之教也,中国则泥。"又曰:"《诗》、《书》盛而秦世灭,非仲尼之罪也。虚玄长而晋室乱,非老、庄之罪也。斋戒修而梁国亡,非释迦之罪也。"苟为圣人矣,则推而放诸南海而准,推而放诸北海而准,乌有可行于西方,不可行于中国哉? 苟非圣人矣,则泥于中国,独不泥于西方耶? 秦焚《诗》、《书》,故灭,使《诗》、《书》之道盛于秦,安得灭乎? 老、庄贵虚无而贼礼法,故王衍、阮籍之徒乘其风而鼓之,饰谈论,恣情欲,以至九州覆没。释迦称前生之因果,弃今日之仁义,故梁武帝承其流而信之,严斋戒,弛政刑,至于百姓涂炭。发端倡导者,非二家之罪而谁哉? 此皆议论不合于圣人者也。唐世文学之士,传道其书者盖寡,独李翱以比《太公家教》,及司空图、皮日休始重之。宋兴,柳开、孙何振而张之,遂大行于世,至有真以为圣人可继孔子者。余读其书,想其为人,诚好学笃行之儒。惜也其自任太重,其子弟誉之太过,更使后之人莫之敢信也。余恐世人讥其僭而累其美,故采其行事于理可通而所言切于事情者,著于篇以补《隋书》之阙。传成,文正公问予大父康节何如？康节赞之曰:"小人无是,当世已弃;君子有非,万世犹讥。录其所是,弃其所非,君子有归;因其所非,弃其所是,君子几希。惜哉仲淹,寿不永乎！非其废是,瑕不掩瑜。虽未至圣,其圣人之徒欤?"文正自兹数言文中子,故又特书于《通鉴》语中。然文正疑所称朋友门人皆隋、唐之际将相大臣,如苏威、杨素、贺若弼、李德林、李靖、窦威、房玄龄、杜如晦、王珪、魏徵、陈叔达、薛收之徒,无一人语及通姓名者,又疑其子弟誉之太过,又疑唐世文学之士传道其书者盖寡,独李翱以比《太公家教》,及司空图、皮日休始重之。予得唐闻人刘禹锡言,在隋朝诸儒,惟王通能明王道,隐白牛溪,游其门者,皆天下隽杰。著书于家,既没,谥曰文中子。则苏威等实其朋友门人无疑,非子弟誉之太过无疑,不但司空图、皮日休重其书,亦无疑也。禹锡之言,岂文正偶不见耶？文正之传,康节之赞,俱未行于世,予故具出之。程伊川亦曰:"文中子格言,前无荀卿、扬雄也。"

　　予家旧藏司马文正公隶书《无为赞》,按,公《传家集》无之,曰:"为黄老者,以心如死灰形如槁木为无为。迂叟以为不然,作《无为赞》曰:治心以正,保躬以静,进退有义,得失有命。守道在己,成功则天,为者败之,不如自然。"

　　章子厚在丞相府,顾坐客曰:"延安帅章质夫,因板筑发地,得大竹根,半已变石。西边自昔无竹,亦一异也。"客皆无语,先人独曰:"天地回南作北有几矣,公以今日之延安为自天地以来西边乎?"子厚太息曰:"先生观物之学也。"盖子厚蚤出康节门下云。

　　张籍《祭韩退之》诗云:"《鲁论》未讫注,手足今微茫。"是退之尝有《论语传》,未成也。今世所传,如"宰予昼寝",以

"昼"作"画"字,"子在齐闻《韶》,三月不知肉味",以"三月"作"音"字,"浴乎沂",以"浴"作"沿"字,至为浅陋,程伊川皆取之,何耶?又"子畏于匡,颜渊后,曰:'吾以尔为死矣。'曰:'子在,回何敢死?'"死字自有意。伊川之门人改云"子在,回何敢先"?学者类不服也。

吕汲公当迁秘书丞,乞用其官易母封邑,朝廷从之,中外以为美事,独刘敞中父曰:"礼,父为士,子为大夫,葬以士,祭以大夫,盖不敢以己贵而加诸亲也。今君之举,孝矣,于礼若庆奈何?又,法未当封,亦非所以尊之也。"公闻之叹服,自以为不及,终身重中父之学。

楚州徐积有孝行,东坡诸公特敬礼之。初,积学于胡瑗,瑗门人甚众。一日,独召积,食于中堂,二女子侍立。积问瑗:"门人或问见侍女否,将何以对?"瑗曰:"莫安排。"积闻此一语,忽大省悟,其学顿进云。

子张疑高宗谅阴三年,子思不听其子服出母,子游为异父兄弟服大功,子夏谓服齐衰,孔子没门人疑其服。洙泗之上,亲从孔子学礼者尚如此,故三年之丧,郑云二十七月,王云二十五月。改葬之服,郑云服缌三月,王云葬讫而除。继母出嫁,郑云皆服,王云从乎继寄育乃为之服。无服之殇,郑云子生一月,哭之一日,王云以哭之日易服之月。诸议之议,纷辨不齐也。盖挚虞之太息者,予表出之,以见末世多讳于丧礼,易失难明为甚。

邵氏闻见后录卷第五

唐以前文字未刻印，多是写本。齐衡阳王钧手自细书五经，置巾箱中。巾箱五经自此始。后唐明宗长兴三年，宰相冯道、李愚请令判国子监田敏校正九经，刻板印卖，朝廷从之。虽极乱之世，而经籍之传甚广。予曾大父遗书，皆长兴年刻本，委于兵火之余，仅存《仪礼》一部。

世传王氏《元经》、薛氏《传》、关子明《易》、《李卫公对问》，皆阮逸拟作，逸尝以私薬视苏明允也。晁以道云："逸才辩莫敌，其拟《元经》等书，以欺一世之人不难也。"予谓逸后为仇家告"立太山石，枯上林柳"之句，编审抵死，岂亦有阴谴耶？

《说文》曰："姓，人所生也。"古之神圣之人，其母感天而生，故从女。又古姓姚、妫、姬、姜之属皆从女者，其义甚异，典籍难著云。

伊川之学以诚敬为本，其传"震惊百里，不丧匕鬯"曰："动之大者，莫如雷，故以雷言之。'震惊百里'，其威远也。人之致其诚敬，莫如祭祀。匕以载鼎实升于俎，鬯以灌地而降神，方其酌灌以求神，荐牡而祈飨，尽其诚敬之心，虽雷震之威，不能使之惧而失守也，故云'不丧匕鬯'。夫临大震惧，能安而不自失者，惟诚敬而已。"说诚敬最善，予故表出之。

伊川说"纳约自牖"曰："约，所以进结其君之道也；自牖，因其明也；牖，所以通内外之象也。人臣以忠信善道结于君心，必自其所明处，乃能入也。人心有所蔽，有所通。所蔽者，暗处也；所通者，明处也。就其明处而告之，则易也。自古能谏其君，未有不因其所明者也。张子房之于汉是也。高祖以戚姬故将易太子，是其所蔽也，群臣争之者众矣。嫡庶长幼之序，非不明也，如其蔽而不察何？四老人者，高祖素知其贤而重之，此其不蔽之明心，故因其所明而及其事，则悟之如反手。且四老人之力，孰与子房、周昌、叔孙通，然不从彼而从此者，就其蔽与就其明之异耳。"予不论于《易》之义当否，于理则善矣，故表出之。

古《易》《卦爻》一，《彖》二，《象》三，《文言》四，《系辞》五，《说卦》六，《序卦》七，《杂卦》八，其次第不相杂也。先儒谓费直专以《彖》、《象》、《文言》参解《易》《爻》，今人《彖》《象》《文言》于《卦》下者，自费氏始。孔颖达又谓王辅嗣之意，《象》本释经，宜相附近，分《爻》之《象》辞，各附当《卦》。盖古《易》已乱于费氏，又乱于王氏也。予家藏大父康节手写《百源易》，实古《易》也。百源在苏门山下，康节读《易》之地，旧秘阁亦有本。

程伊川说："黄裳元吉，妇居尊位，女娲氏、武氏是也。非常之变，不可言也。故有黄裳元吉之戒。如武氏之变，固也。女娲不见于《书》，果有炼石补天之事，亦非变也。"不言汉吕氏，独非变耶？苏仲虎则曰："伊川在元祐时以罪逐，故为此说以诋垂箔之政。"予不敢以为然。

"彼黍离离，彼稷之苗。"王氏解："视黍而谓之稷者，忧而昏也。"程氏解："彼黍者，我后稷之苗也。"校先儒平易明白之说，固为穿凿云尔。

《书·伊训》曰："成汤既没，太甲元年。"文义甚严，无简册断缺之迹。孟子独曰："成汤之下，外丙二年，仲壬四年，始为太甲。"果然,则伊尹自汤以来辅相四代,何在汤在太甲,弛张如此在外丙,在仲壬,绝不书一事也? 考于历,若汤之下,增此六年,至今之日,则羡而不合矣。司马迁、皇甫谧、刘歆、班固,又因孟子而失也。独孔安国守其家法不变。盖《诗》、《书》之外,孔子不言者,予不敢知也。

东坡《书上清宫碑》云:"道家者流,本于黄帝、老子。其道以清净无为为宗,以虚明应物为用,以慈俭不争为行,合于《周易》何思何虑、《论语》仁者静寿之说,如是而已。"谢显道亲见程伊川诵此数语,以为古今论仁,最有妙理也。

予官中秘时,陈莹中诸子出莹中答杨中立辩伊川不论先天之学书,因以予旧见伊川从弟颖出伊川之书盈轴,必勉以熟读王介甫《易》说云云跋下方。今为伊川之学者曰:"吾师《易》学,何王氏足言!"哗然不服,欲我击也。欲更与之辩,则旧誉颖所出伊川之书亡矣。近守眉山,有程生者出伊川贻其外大父金堂谢君书,在晚谪涪陵时,犹勉以学《易》,当自王介甫也。录之,将示前日以不信遇我者。"颐启:前月末,吴斋郎送到书信,即递中奉报,计半月方达。冬寒,远想雅履安和,侨居旋为客次,日以延望,乃知止行甚悒也。来春江水稳善,候有所授,能一访甚佳。只云忠、涪间看亲人,必不疑也。颐偕小子甚安,来春本欲作《春秋》文字,以此无书,故未能,却先了《论》、《孟》或《礼记》也。《春秋》大义数十,皎如日星,不容遗忘,只恐微细义例,老年精神,有所漏落,且请推官用意寻究。后日见助,如往年所说,许止蔡般书葬类是也。若欲治《易》,先寻绎令熟,只看王弼、胡先生、王介甫三家文字,令通贯,余人《易》说无取,枉费功。年亦长矣,宜汲汲也。未相见间,千百慎爱。十一月初九日,颐启知县推官。"

《春秋》书鲁文公毁泉台,《公羊》曰:"讥之也。先君为之,而己毁之,不如勿居也。"靖康初政,尽毁宣和中所作离宫别苑,宰相不学之举,非上意也。

康节手写《易》、《书》、《诗》、《春秋》,字端劲,无一误失,曾孙之贤者,其谨藏之勿替。

范淳甫内翰迩英讲《礼》,至"拟人必于其伦",曰:"先儒谓拟君于君之伦,拟臣于臣之伦,特其位而已。如桀、纣,人君也,谓人为桀、纣,必不肯受;孔、颜,匹夫也,谓人为孔、颜,必不敢受。"东坡深叹其得劝讲之体。

程伊川《易传》得失未议,示不过辞也。故为鄙近,然亦辞也。在康节时,于先天之《易》,非不问不语之也,后伊川之人数为妄。予旧因陈莹中《报杨中立游定夫书》,辨其略矣,并列之下方,以遗知言之君子。

陈莹中《答杨中立游定夫书》:"康节云:'先天图,心法也。'图虽无文,吾终日言,未尝离乎是。故其诗曰:'身在天地后,心在天地先。天地自我出,自余恶足言。'又云:'数往者顺,知来者逆。'此一节直解图意,如逆知四时之比也。然则先天之学,以心为本,其在经世者,康节之余事耳。世学求《易》于文字,至语《皇极》,则或以为考数之书。康节诗云:'自从三度绝韦编,不读书来十二年。俯仰之间无所愧,任人谤道是神仙。'同时者目其人为神仙,后来者名其书为考数,皆康节之所不憾也。乃其心则务三圣而已矣。《观物》云:'起《震》终《艮》一节,明文王之八卦也;天地定位一节,明伏羲之八卦也。'盖先天之学,本乎伏羲而备于文王。故其诗曰:'天地定位,《否》《泰》反类。山泽通气,《咸》《损》见义。雷风相薄,《恒》《益》起意。水火相射,《既济》《未济》。四象相交,成十六事。八卦相荡,为六十四。'八卦者,《易》之小成也。六十四卦者,《易》之大成也。集伏羲、文王之事而成之者,非孔子而谁乎? 康节尝谓孟子未尝及《易》一字,而《易》道存焉,但人见之者鲜。又曰:'人能用《易》,是为知《易》。'若孟子,可谓善用《易》者也。夫《易》'穷则变,变是通,通则久',故圣人之用《易》,阖辟于未然,变其穷而通之也。若夫暑之穷也,变而为寒,寒之穷也,变而为暑,则是自变而自通者也。自变自通,复何赖乎圣人乎? 子云赞《易》而非与《易》竞,孟子用《易》而语不及焉。此所谓贤者识其大者,其去圣人之用也,不为远矣。然而或非《太玄》为覆瓿之书,或跻孟子于既圣之列,私论害公,意有所在,阖此于未然,岂乏人哉! 奈何其无益也。《观物》云:'防乎其防,邦家其长,子孙其昌,是以圣人重未然之防,是谓《易》之大纲。'而其诵孔子所以尽三才之道者,则曰'行无辙迹,至妙至妙,在一动一静之间而已矣'。阐先圣之幽,微先天之显,不在康节之书乎? 虽在康节之书,而书亦不足以尽其奥也。故司马文正与康节同时友善,而未尝有一言及先天学,其著《家范》,本于《家人》一卦,而尽取王弼之说。今之说《易》者,方且厌常出奇,离日用而凿太空也。又或谓文正公疑先天之学,此岂足以语二公弛张之意乎? 二公不可得而见矣。璀徒见其书而,欲窥其心,然乎否耶? 当先觉之任者,愿赐一言,庶几终可以无大过也。"

邵氏闻见后录卷第六

论先天《八卦》之位与《系辞》不同，瓘窃谓康节先生所以辩伏羲、文王之《易》者，为明此也。伏羲之《易》乾南而坤北，自乾而左，自巽而右，兑在东，离为阳。与起震终艮之序，则离上而坎下，震东而兑西，与先天之位固不同矣。乾坤屯蒙之序，与乾履大有大壮之序，亦不同也。乾坤屯蒙之序，孔子作《序卦》以教天下，其辞其义，可玩而习也。乾履大有大壮之序，文王不言其义，后之学者，何所据而习之？虽无可据之义，而悟之在心，心声不足以发其奥，心画不足以形其妙，堕于言语文字，而先天之《易》隐矣。索隐之士，岂乏人哉！背理而求数，文王忧之，固阖其门，而拒其出。孔子继文王之志，微显阐幽，一以仁义，默而成之不言，圣人之教如此，洁净精微，可谓至矣。后之学者，犹有舍经取纬，违大理而黜正经者，京房之流是也。康节云：物理之学，不可强通。强通则失理而入于迷矣。《皇极》之书，不可以强通者也。失理之士，舍仁义而迷小道，背来物而役私情，如是而取《皇极》者，文正阖焉，非与康节异心也。盖伏羲、文王之《易》，一而不一。文王、康节之学，同而不同，皇王之时异，阖辟之义殊，《易》之所以为异者，未尝二也。所谓伏羲之《八卦》，文王之《八卦》，未尝异未尝同也。曰一曰二，曰异曰同者，皆求《易》之情尔。瓘窃意其如此，而情之所是，亦未敢自以为必然，更须面叩，乃可以决耳。蒙谕《系辞》论释诸爻，未有及象数者，岂得意忘象者，真孔子之学耶！

此言尽《易》之要矣。至于日星气候之说，未及深考。然以爻当期既出于《系辞》，而历象二语又载于《尧典》。《月令》所纪，皆节候也，鸟火虚昴，可辨分至，辰弗集房，则失日可知，《春秋》日食之数，后世历象，十得七八，已号精密。是故离、坎之上下，乾、坤之南北，在《六经》者，恐皆可考，不独《易》也。孔子曰："寒往则暑来，暑往则寒来，寒暑相推，而岁成焉。"岁不能自成也，当有成岁之法，期三百有六旬有六日，以闰月定四时者，成岁之法也。治历明时，乃先王莫大之政，以《胤征》考之，可以见矣。而王省惟岁，而成岁之法付之有司，有司失职，必诛无赦，非如他罪之可宥也。夫何圣而不然哉？赖此以授民时也，敢不钦乎！然而圣人之文，经天纬地，经出于上，而纬在有司。上揆下守，民时所赖，皆不可以不钦也。稽览配合之说，一本于纬，历法之所取，而有司之所当习也。康节云："洛下闳但知历法，唯扬子云知历法又知历理。《易》之在先天者，非历理乎？"文正读《玄》之说曰："测之以鬼神之状而不违，概之以六经之书而不悖，藉使圣人复生，视《玄》必释然而笑，以为得己之心矣。乃知《玄》者所以赞《易》，非别为书，而与《易》竞也。"又曰："夫畋者网而得之，与弋而得之，何以异哉？《易》，网也，《玄》，弋也。何害不既设网，而使弋者为之助乎？"又曰："孔子既没，知圣人之道者，非扬子而谁？孟与荀殆不足拟，况其余乎？"璲浅陋，初不知《玄》，尝轻议其书而妄评其是非，自闻康节之言，始索子云于历理之内；及观文正之论，然后知《太玄》不可不学。而冥冥然未有入路，尚苦其字之难识，况欲遽测其秘奥乎？文正自谓："求之积年，乃得观之，读之数十过，参以首尾，稍得窥其梗概。然后喟然置书，叹子云为真大儒矣！"凡文正之学，主之以诚，守之以谦，得十百而说一二。

其于《玄》也，不睹不到，则其言不若是矣。瓘初不闻此，乃轻议子云之书，而妄评其是非，心之愧恨，可胜言哉！弃旧误于垂成，累初习于平地，庶几推往而无恋，积新而可隆，尚赖先觉大君子许其止而与之进也。

瓘所论康节之学，恐不然。康节诗云：“自从三度绝韦编，不读书来十二年。俯仰之间无所愧，任人谤道是神仙。”神仙且不受也，以为数学可乎？康节云：“先天之学，心法也。”然则其学在心，或于心外欲观休咎，故以《皇极》为考数之书耳。如闻康节未尝以《皇极》语人，故其说不传。自有伏牺《八卦》，可以窥玩，惠迪则吉，违之则咎，何必更求休咎于《皇极》之书也？故谏大夫陈公莹中论康节先天之学，书为杨中立、游定夫出也。大谏公与康节不相接，博之先君，因公之请，尝尽以遗书之副归焉。于时国有巨盗据显位，未发，公以言刺之，反得罪，其后人无敢继者，盗之威自此盛，卒至于乱天下。世以公之明比汉何武、唐郭子仪、本朝吕献可、苏明允矣。或疑公前知如神，亦出于康节之书，则非也。公既废，始为康节之学，其英伟绝人之资，所见超诣，如此书也。中立、定夫同出伊川之门，于先达之序尚未详，固不知其学也。明道、伊川视康节，赋诗曰：“先生相与宴西街，小子亲携几杖来。”其恭如此。张横渠于伊川，诸父比也，横渠见康节，尚拜床下。博犹记王母夫人语及伊川，必曰“程二秀才”云云。盖当康节隐居谢聘日，伊川年尚少，未为世所知也。博蚤见伊川，又与伊川族弟颖善。颖知好《大学》，伊川于其眷中独与之言《易》，尝从颖得书疏一通，伊川迹也。曰：“为《易》学者，但取王辅嗣、胡先生、王荆公之说读之，无余事矣。”今伊川《易传》行于世，大旨可见，为其学者，遽以大谏公所谓伏羲《八卦》语之，则骇矣。康节平居尚不以语人,博其敢谓伊川有所不知也。近时妄人出杂书数十百条,托为伊川之说,意欲前无古人,足以重吾之师矣。如司马文正、张横渠皆斥以为未至,但以康节为数学,亦安知所谓数者,非伊川之雅言也?岂中立、定夫亦惑于此欤?大谏公反复论之深矣。先君之戒,则曰张巡、许远,同为忠义,两家子弟,材智污下,不能明二父之志,更相毁于后世,故并为退之所贬。凡托伊川之说,以议吾家学者,若子孙可勿辨。博为史官,大谏公中子正,同为尚书郎,尚以家世之故,遇博厚,为博道公平生之言为详,又出此书,俾论著其下。博不肖,不知大父之学,若其渊源不可诬者,亦尝有闻矣。然博之言有不敢尽者,尚遵先君遗训云。

先友周全伯丧嫡母,次所生母死,疑其为服为位。全伯,程伊川子婿,伊川尚不能决,先人问之司马文正公。曰:"某承问,有人居嫡母之丧,而所生母卒,疑其所以为服及位之礼。按《杂记》云:'有三年之练冠,则以大功之麻易之。'又云:'有父之丧,如未没丧而母死,其除父之丧也,服其除服,卒事及丧服。虽诸父昆弟之丧,如当父母之丧,其除诸父昆弟之丧也,皆服其除丧之服,卒事反丧服。'是先有丧而重有丧者,皆当别为服也。又曾子问曰:'并有丧,如之何?何先何后?'孔子曰:'其葬也,先轻而后重,其奠及虞,先重而后轻。'此谓遭丧同月者也。今之律令,嫡继慈养与母同例,皆应服齐衰三年。子之于母,嫡庶虽殊,情无厚薄,固当同服。而《丧服小记》云:'妾祔于妾祖姑。'盖妾与女君尊卑殊绝,设位于他所可也。礼者,大事,先贤不敢轻议,况如某者,讵敢辄以许人?姑据所闻以报,尚裁为幸。"予谓文正公之于礼,可以为后世法矣,故表出之。

　　近年，洛阳张氏发地得石十数，汉蔡伯喈隶《尚书》、《礼记》、《论语》，各已坏缺。《论语》多可辨，每语必他出，至十数语，则曰凡章若干。如"朝闻道，夕死可也"，如"凤兮凤兮，何而德之衰"，如"执车者为谁子？子路曰：为孔丘。曰：是鲁孔丘与？曰：是。是知津矣"，如"置其杖而耘"等语，校今世本为异。《尚书》"肆高宗飨国百年"，今世本"肆高宗享国五十有九年"，为异甚。初，熹平四年伯喈以经读遭穿凿谬妄，同马日磾等以前闻考正，自书于石，立洛阳太学门下，摹写者日千车乘，填塞广陌。至隋开皇六年，迁其石于长安，文字刓泐不可知，诏问刘焯、刘炫，能尽屈群起之说，焯因罹飞章之毁。予谓孔子自卫反鲁，一定《诗》、《书》之册，至汉熹平，六百年有奇，已多谬失。自熹平至隋开皇，又四百年有奇，自开皇至今代，又五百年有奇，其谬失可胜计也耶？伯喈、焯、炫，皆极一时通儒之称。伯喈曰然，焯、炫又曰然，可信也。按《隋史》既迁其石于长安，今尚有出于洛阳者，何哉？

邵氏闻见后录卷第七

唐高祖之起晋阳也,皆秦王世民之谋。高祖谓世民曰:"若事成,天下皆汝所致,当以汝为太子。"将佐亦以为请,世民屡辞。太子建成喜酒色游畋,齐王元吉多过失,世民功名日盛。建成内不自安,乃与元吉共倾世民,各引树党友。高祖晚多内宠,小王且二十人,其母竞交结诸长子以自固。建成、元吉曲意事诸妃嫔,诌谀赂遗,无所不至,以求媚于高祖。或云烝于张婕妤、尹德妃,世民独不然,故妃嫔等争誉建成、元吉,而短世民。世民平洛阳,妃嫔等私求宝货,并为亲属求官,世民曰:"宝货皆已籍奏,官当授贤才有功者。"不许。淮安王神通有功,世民给田数十顷,张婕妤之父,因婕妤欲夺之,神通执秦王之令,不可,俱以为怨。尹德妃父阿鼠强横,殴秦王府属杜如晦,折一指,曰:"汝何人,过我门不下?"德妃反奏家为秦王左右陵暴。高祖积怒,数责世民。世民深自辨,终不信。又世民每侍宴宫中,对诸妃嫔思太穆皇后早世,不得见上有天下,或歔欷流涕。高祖顾之不乐,诸妃嫔因密共谮世民曰:"海内幸无事,陛下春秋高,唯宜相娱乐,秦王独泣涕,正是憎疾妾等。陛下万岁后,妾等母子决不为秦王所容。"因相与泣,且曰:"皇太子仁孝,陛下以妾母子属之,必能保全。"高祖为之怆然。由是待世民浸疏,而建成、元吉日亲矣。元吉劝建成除世民,曰:"当为兄手刃之。"世民从高祖幸元吉第,元吉伏护军宇文宝于寝内,欲刺世民,不果。高祖幸仁智宫,建成居守,世民、元吉从，建成令元吉就图世民，曰："安危之计，决在今岁。"
建成又使郎将尒朱焕、校尉桥公山以甲遗庆州都督杨文干，使
之举兵，欲表里相应。尒朱焕、桥公山告其事，文干遂反。高
祖怒甚，囚建成于幕下，饲以麦饭。高祖谓世民曰："杨文干
反，事连建成，恐应之者众，汝应自行，还，立汝为太子。吾不
能效隋文帝自诛其子，当封建成为蜀王。蜀兵脆弱，他日不能
事汝，取之易耳。"元吉与妃嫔更迭为建成请，封德彝亦为之营
解，高祖意遂变，唯责以兄弟不睦，归罪太子中允王珪、右卫率
韦挺、天策兵曹参军杜淹，并流于巂州。高祖校猎城南，命建
成、世民、元吉驰射角胜。建成有胡马，肥壮而喜蹶，以授世民
曰："此马甚骏，能超数丈涧，弟善骑，试乘之。"世民乘以逐鹿，
马蹶，世民跃立于数步之外，马起，复乘之，如是者三，顾宇文
士及曰："彼欲以此见杀，死生岂不有命！"建成闻之，反令妃嫔
潛于高祖曰："秦王自言'我有天命，方为天下主，岂有浪死！'"
高祖大怒，先召建成、元吉，后召世民入，责之曰："天子自有天
命，非智力可求。汝求之，一何速邪！"世民免冠顿首，请下法
司按验。高祖怒不解，会有司奏突厥入寇，高祖乃改容劳勉世
民，命之冠带，与谋突厥。高祖每有寇盗，辄命世民讨之，事平
之后，猜嫌益甚。建成夜召世民饮酒，因酖之，世民暴心痛，吐
血数升，淮南安王神通扶之还西宫。高祖问世民疾，敕"秦王
素不能饮，自今无得复夜饮"。因谓世民曰："首建大谋，削平
海内，皆汝之功，吾欲立汝为嗣，汝固辞。且建成年长，为嗣日
久，吾不忍夺也。观汝兄弟，似不相容，同处京邑，必有纷竞，
当遣汝建行台，居洛阳，自陕以东，皆主之。仍命汝建天子旌
旗，如汉梁孝王故事。"世民涕泣辞。建成、元吉相与谋："秦王
若至洛阳，有土地甲兵，不可复制。不如留之长安，则一匹夫，

取之易耳。"乃密令数人上封事,言秦王左右闻往洛阳,无不喜跃,观其志趣,恐不复来。又近幸之臣,各以利害说高祖,事复中止。建成、元吉与后宫日夜潜世民,高祖信之,将加罪。陈叔达力谏,乃止。元吉请杀世民,高祖曰:"彼有定天下之功,罪状未著,何以为辞?"秦府幕属皆忧惧,不知所出。房玄龄谓长孙无忌曰:"今嫌隙已成,一旦祸机窃发,岂惟府朝涂地,实社稷之忧也。莫若劝王行周公之事,以安家国。存亡之机,间不容发,正在今日。"无忌曰:"吾怀此已久,未敢言,今当白之。"乃入言于世民。世民召玄龄谋之,玄龄曰:"大王功在天下,当承大业,今日忧危,乃天赞之也,其勿疑。"又与府属杜如晦共劝世民诛建成、元吉。元吉以秦府多骁将,乃潜尉迟敬德,下诏狱。世民为之分辨,仅免。又潜程知节,出为康州刺史。知节谓世民曰:"大王股肱羽翼尽矣,身何能久!"建成谓元吉曰:"秦府智略之士可惧者,独房玄龄、杜如晦耳。"皆潜逐之。会元吉当北伐,请尉迟敬德、程知节、段志玄、秦叔宝等偕行,又简阅秦王帐下精锐之士。王晊密告世民曰:"建成语元吉:'吾与秦王饯汝于昆明池,使壮士拉杀秦王于幕下,以暴卒闻。敬德等汝悉坑之。'"世民以晊言告长孙无忌等,无忌等劝世民先事图之。世民叹曰:"骨肉相残,古今大恶。吾诚知祸在朝夕,欲俟其发,然后以义讨之,不亦可乎?"敬德曰:"人情谁不爱死?今众人以死奉王,乃天授也。祸机垂发,而王犹晏然不以为忧,王纵自轻,如社稷宗庙何?王如不用敬德言,敬德将窜身草泽,不能留王左右,交手受戮也。"无忌曰:"不从敬德之言,事今败矣。敬德必不为王有,无忌亦当相随而去。"世民曰:"吾言亦未可全弃,公更图之。"府僚又曰:"元吉凶戾,终不肯事建成。闻薛实言:'元吉之名,合成唐字,当主唐祀。'元吉喜曰：'但除秦王，取东宫如反掌耳。'彼与建成谋未成，已有取建成之心。乱心无厌，何所不为！若使二人得志，恐天下非复唐有，奈何徇匹夫之节，忘社稷之计乎？"会太白经天，傅奕密奏："太白见秦分，秦王当有天下。"高祖以其状授世民，世民乃密奏"建成、元吉淫乱后宫"，且曰："臣于兄弟无丝毫之负，今欲杀臣，似为世充、建德报仇。臣今枉死，永违君亲，魂归地下，实耻见诸贼！"高祖省之，愕然，报曰："明当鞫问，汝宜早参。"明日，世民遂诛建成、元吉云。予尝论史官赞唐太宗曰："比迹汤、武，则有焉，于成、康，若过之。"何庶几云："孙谏议甫则直以为圣，苏东坡则以从谏近于圣也。"如建成之庸愎，元吉之凶戾，得以害太宗，则唐之宗社，可立以亡，孰能保隋之遗民于涂炭锋镝之余，传三百年之远乎！故刘昫、欧阳文忠之史，于诛建成、元吉不议也。昫又曰："当高祖任谗之年，建成忌功之日，苟除畏偪，孰顾分崩，变故之兴，间不容发，方惧毁巢之祸，宁虞'尺布'之谣。"盖一代之公言也。独范内相纯夫作《唐鉴》，以太宗诛建成、元吉，比周公诛管、蔡不同，曰："管、蔡流言于国，将危周公，以间王室，得罪于天下，故诛之。非周公诛之，天下之所当诛也。周公岂得而私之哉！"予以为不然。周公系周之存亡，曷若太宗之系唐之存亡哉？管、蔡一流言以危周公，周公得而诛之；建成、元吉已鸩太宗，仅不死，尚衷甲伏兵，懍懍日夜欲发，不比管、蔡之危周公也，太宗独不得而诛之乎？管、蔡之危周公，则得罪于天下；建成、元吉之害太宗，独不得罪于天下乎？隋余之人，恃太宗以为命者，宜甚于周之人恃周公也。以周公之灵，固非管、蔡可危，不幸不免，为周之辅弼者，召公而下尚有人，王室何恤于间也？如建成、元吉得害太宗，唐随以亡矣，不止于间王室也，太宗岂得而私之哉？纯夫又曰：“立子以长不以功，建成虽无功，太子也；太宗虽有功，藩王也。”予亦以为不然。古公舍长泰伯，立季历为太子；文王舍长伯邑考，立武王为太子，非邪？若以贤也，太宗亦贤矣。如太宗大功大德，格于天地，不俟古公、文王之明智，虽甚愚至下之人，亦知其当有天下。高祖惑于内不察也，老革荒悖，可胜言哉！予故具列建成、元吉之谋害太宗之事，以见太宗之计出于亡聊，实与天下诛之，比周公诛管、蔡之义，甚直不愧也。以反纯夫之说，以遗知言之君子。

汉高祖方拥戚姬，周昌尝燕入奏事，是周昌得见戚姬也。又汉高祖欲废太子，周昌廷争，吕后侧耳东厢听，见周昌跪谢云云，是吕后得见周昌也。又文帝至霸陵，使慎夫人鼓瑟，上自倚瑟而歌，顾谓群臣，皆得见慎夫人。又帝幸上林，皇后、慎夫人从，袁盎引却慎夫人坐，慎夫人怒，不肯坐，上亦怒，起，盎因前说云云，是袁盎亦得见皇后、慎夫人也。汉宫禁之法不严如此。

司马迁叙三千年事，五十万言，班固叙二百年事，八十万言。晋张辅用此论优劣云尔。

蔡邕以“致远恐泥”为孔子之言，李固以“其进锐者其退速”为老子之言，杜甫以东方朔割肉为社日，以褒、姐为夏、商，皆引援之误。

《前汉·叙传》：“外博四荒。”按，《书》“外薄四海”，“博”字为误。《魏·高堂隆传》：“是用大简。”按，《诗》“是用大谏”，“简”字为误。《后汉书·方术传》“怀协道艺”，当作“挟”字。《胡广传》“议者剥异”，当作“驳”字。《朱浮传》“保宥生人”，当作“祐”字。“王允乳药求死”，当作“茹”字。史官失于是正，类此者不一。

汉高祖父太上皇，《前史》不载名。《后史·章帝纪》"祠太上皇于万年"，注："名煓，它官反。一名执嘉。"《高后纪》载高祖母曰昭灵后。

戾太子，非美谥也，宣帝以加其祖。予谓太子之死可哀也，与幽、厉之恶不同，与孟子所谓"虽孝子慈孙不能改"者亦不同也。

昔人贱庶生子。孙坚五子，《吴史》载其四，仁，庶生也，不录。故《陈武赞》曰："子表将家支庶，而与胄子比翼齐衡，拔萃出类，不亦美乎！"然田婴有子四十人，而贱妾之子文最贤，故以为太子，孟尝君也。

贾谊《疏》云："生为明帝，没为明神，使顾成之庙称为太宗。"又云："万年之后，传之老母弱子，将使不宁。"是时文帝尚无恙，非不忌也，更为之前席。如武帝以道恶，曰："以我不行此道邪？"以马瘦，曰："以我不乘此马邪？"皆杀主者，其有间矣。今章奏不当名"赵广汉"，按《国史会要》，本朝，广汉之后也。

邵氏闻见后录卷第八

　　宪宗元和十四年，自凤翔法门寺迎佛骨入禁中，韩愈以谏逐。十五年，有陈弘志之祸。懿宗咸通十四年，又迎其骨入禁中，谏者以宪宗为戒。懿宗曰："朕生得见之，死亦无恨。"不数月，崩。送佛骨还法门寺。愈之谏云"奉佛以来，享年不永"者，其知言哉！

　　后汉胡广卒，故吏自公卿、大夫、博士、议郎，衣缞经者数百人。董翊举孝廉为须昌令，闻举将死，弃官去。唐杜审言受崔融之知，融死，为服缌麻。裴佶与郑馀庆友善，佶死，馀庆为行服。此礼久废。近时张乐全薨，东坡用唐人服座主丧，缌麻三月。东坡薨，张文潜坐举哀行服得罪。

　　《新唐史》："韩退之，邓州南阳人。"《史记》："白起攻南阳。"徐广注云："此南阳，河内修武也。"则退之修武人也，以为邓州，误矣。

　　《西汉·于定国传》："东海有孝妇，养姑甚谨，夫死无子，不肯更嫁。姑不欲累其妇，自经死。姑女诬妇杀之，官乃曲成其狱。于公争之，太守不听，乃抱其具狱，哭于府上，辞病去。太守竟杀孝妇，郡中枯旱三年。后太守至，而于公白之，乃杀牛祭孝妇，大雨，岁熟。"《东汉·孟尝》："上虞有寡妇，养姑甚谨，姑以老寿终，而夫女弟诬妇鸩之，官竟其罪。尝言其枉，太守不听，哀泣门外，因谢病去。太守杀寡妇，郡连旱二年。后太守至，尝具陈其冤，乃刑讼女而祭妇冢，天雨，谷稼遂登。"二事甚相类，范晔后出，无一言，何也？

　　唐代宗既诛元载，欲尽诛其党韩会等，吴凑苦谏，止降远州。会，退之兄也。退之谓兄罹谗口，承命南迁。按，会所坐，非罹谗者。柳子厚亦云："韩会善清言，名最高，以故多得谤。"岂士能清高反污于元载乎？近时王铚作《会补传》，亦不出党元载事，皆非实录。

　　班固奴尝醉骂洛阳令种兢，至窦宪败，兢收宪宾客，固在其数，死狱中。固著《汉书》未就，诏固女弟曹世叔妻昭续成之，是谓曹大家。华峤论固曰："固排节义，否正直，不以杀身成仁为美者。"予谓峤为知言。则固附窦宪以死，不足悲也。班固作《汉史》，失于畏司马迁，自武帝而上，于迁之词，不敢辄易，如《项羽传》，但移高祖事于《本纪》中耳。他传皆然。史迁书某人有曰："其子某，今为大官。"距固之世，已二百年。固书其人，亦皆曰："其子某，今为大官。"失于畏迁也。迁作历代史《人物表》、《食货》等志，当著历代之人。固作《汉史》表志，亦著历代之人，失于畏迁也。固知畏迁，按其书，自武帝而下，至平帝，续成之可也，于其词重出，不可也。孔子作经，使后世读《易》者如无《春秋》，读《书》者如无《诗》。其法固不知也。独韩退之作《王仲舒碑》，又作志，苏子瞻作《司马君实行状》，又作碑。其事同，其词各异，庶几知之矣。

　　前蜀刘禅以魏景元五年三月降，明年十二月，魏亡。后蜀王衍以唐同光三年十一月降，明年三月被诛，四月，庄宗死郭从谦之变。二主失于遽降，殆相类。然衍不足道，禅若稍收用其先人旧臣遗策，中原方易代，必未能窥蜀。盖谯周之罪，上通于天矣！

　　路岩贬新州，死于杨收死之榻，见《通鉴》。刘挚贬新州，死于蔡碻死之室,见王巩《杂记》。二事甚类,可骇也。

蜀郡男子路建等,辍讼惭怍而退,以应文王却虞、芮之讼,以媚王莽。蜀之为佞,又有甚于《剧秦美新》者。王莽令中国不得有二名,又遣使讽单于为一名,东汉士大夫以操节相高,遇莽之事必唾也。乃终其世谨一名之律,何也?

魏安釐王问天下之高士于孔子六世孙子顺,子顺曰:"世无其人也。抑可以为次,其鲁仲连乎?"王曰:"鲁仲连强作之者,非体自然也。"子顺曰:"人皆作之,作之不止,乃成君子。作之不变,习与体成,体成则自然也。"如子顺之论,乃孟轲氏"尧、舜性之,汤、武身之,五霸假之,久假而不归,安知其非有"之论也。善乎涑水先生曰:"假者,文具而实不从之谓也。文具而实不从,其国家且不可保,况能霸乎?"东坡先生曰:"假之与性,其本亦异矣。岂论归与不归哉?虽久假而不归,犹非其有也。"予每诵"强作之者,非体自然"二语,三太息也。

曹参召去,属其后相曰:"以齐狱市为寄,慎勿扰也。"第五伦领长安市,公平廉介,无有奸枉。程伊川曰:"今人治狱不治市,故予为吏,于二政不敢不勉。"

初,回纥风俗朴厚,君臣之等不甚异,故众志专一,劲健无敌。自有功于唐,唐赐遗丰腆,登里可汗始自尊大,筑宫室以居,妇人有粉黛文绣之饰,中国为之虚耗,而房俗亦坏。如耶律德光践污中土而有之,且死,其母犹不哭,抚其尸曰:"待我国中人畜如故,然后葬汝。"盖谓之华夷者,天也,有或反此,非其福也。

李绅族子虞,尽以绅密论李逢吉之疏告逢吉,故绅为逢吉所陷。吕晦叔族子嘉问,先以晦叔欲论王介甫之疏告介甫,故晦叔为介甫所逐。益知不肖子,代不乏人也。

陈叔宝不道,杨广亲擒之。叔宝死,谥炀。后杨广不道尤恶,死亦谥炀云。

唐故事,天下有冤者,许哭于太宗昭陵下。

汉高祖入关,与民约法三章,尽除秦苛令。唐高祖入长安,与民约法十二条,尽除隋暴禁。

太史公曰:"子贡在七十子之徒最饶,使孔子之名布扬于天下者,子贡后先之也。"予谓非是。太史公既被刑,《报益州刺史任安书》"家贫,财赂不足以自赎",岂于子贡之饶有感焉?如孔子之圣,何资于饶乎?

秦孝文王葬寿陵,夏太后子庄襄王葬芷阳,故夏太后独别葬杜东,曰:"东望吾子,西望吾夫,后百年,旁当有万家室。"汉韩信家贫,母死,无以葬,乃行营高燥地,令旁可置万家者。颜师古注:"言其有大志也。"初不知信实本夏太后语耳。予谓有地学者云:"至一之地坦然平。"盖其法古矣。

王濬伐吴,在益州作大舰,长百二十步,受二千人。以木为城,起楼橹,开四门,其背可以驰马往来。木柿蔽江而下,吴建平太守吾彦取流柿以白吴主云云。予谓古八尺为步,一百二十步为九十六丈。江山无今昔之异,今蜀江曲折,山峡不一,虽盛夏水暴至,亦岂能回泊九十六丈之船?及冬江浅,势若可涉,寻常之船一经滩碛,尚累日不能进,而王濬以咸宁五年十一月自益州浮江而下,决不可信。又,建平今曰夔州,距益州道里尚数千,木柿蔽江,近不为蜀人取之,乃远为吴人得之乎?特史臣夸辞云尔。如血流漂杵之事,孟子固不信也。

萧道成既诛苍梧王,王敬则手取白纱帽加道成首,令即位。沈攸之召诸军主曰:"我被太后令建义下都,大事若克,白纱帽共着耳。"盖晋、宋、齐、梁以来,惟人君得着白纱帽。家有范琼画梁武帝本,亦着白纱帽也。

梁武帝以荧惑入南斗,跣而下殿,以禳"荧惑入南斗,天子下殿走"之谶。及闻魏主西奔,惭曰:"虏亦应天象邪?"当其时,虏尽擅中原之土,安得不应天象也。

突厥本西方贱种,姓阿史那氏,居金山之阳,为柔然铁工,至其酋长土门,始强大。颇侵魏西边,魏丞相泰始遣酒泉胡安诺槃陀使其国,国人喜曰:"大国使至,吾国兴矣。"其后凭陵中国,唐高祖至以臣事之,卒为太宗所灭。予谓天初无夷夏之辨,其为盛衰阴阳治乱之数,验于今昔,无不然者。

羊祜从甥王衍从祜论事,辞甚辩,祜不答,衍怒拂衣去。祜顾他客曰:"王夷甫以盛名居大官,然伤败风俗者,此人也。"又步阐之役,祜欲以军法斩王戎,故戎、衍于祜,以积怨毁之。时人谓之语曰:"二王当国,羊公无德。"后衍尚虚诞,鄙薄名教,识者以为忧。戎独深然之,以致夷狄斩丧中原之祸,衍身自不免。羊公之知人于王衍,则吕献可之于王荆公似之;于王戎,则张九龄之于安禄山似之。呜呼,贤哉!

北齐刘炫,字光伯,时求遗书,乃伪造书百余卷,题为《连山易》、《鲁史记》等,录上送官,取赏而去。后有讼之者,原赦降死一等。今有《连山易》,意义浅甚,岂炫之伪书乎?

齐著作郎祖珽,有文学,多技艺,而疏率无行。尝因宴失金叵罗,于珽髻上得之。近世以洗为叵罗,若果为洗,其可置之髻上? 未识叵罗果何物也?

汉韩信擒李左车,问以下齐之策。周宇文邕破晋阳,擒高延宗,问以取邺之策。皆辞而后对,悉如其言。二事甚类,岂兵法当尔耶?

唐郑元璹使突厥,说颉利曰:"唐与突厥,风俗不同,突厥虽得唐地,不能居也。今虏掠所得,皆入国人,于可汗何有?不如旋师,复修和亲,可无跋涉之劳,坐受金币,又皆入可汗府库。孰与弃兄弟积年之欢,而结子孙无穷之怨乎?"颉利说,引精骑数十万还。元璹自义宁以来,五使突厥,几死者数矣。本朝庆历二年,北虏以重兵压境,欲得关南十县,其势不测。富韩公报使,谓虏主曰:"北朝与中国通好,则人主专其利,而臣下无所获。若用兵,则利归臣下,而人主任其祸,故北朝诸臣争劝用兵者,此皆其身谋,非国计也。"虏主惊曰:"何谓也?"公曰:"晋高祖欺天叛君,而求助于北,末帝昏乱,神人弃之。是时中国狭小,上下离叛,故契丹全师独克。虽虏获金币,充牣诸臣之家,而壮士健马,物故太半。此谁任其祸者?今中国提封万里,所在精兵以百万计,法令修明,上下一心,北朝欲用兵,能保其必胜乎?"曰:"不能。"公曰:"胜负未可知,使其胜,所亡士马,群臣当之欤?抑人主当之欤?若通好不绝,岁币尽归人主,臣下所得,止奉使者,岁一二人耳,群臣何利焉?"虏主大悟,首肯者久之。是亦郑元璹之议也。如富公,则终身不自以为功,或面赞使虏之事,公必变色退避不乐。东坡书显忠尚德之碑,首著公使虏事,今天下诵之,然非公之意也。

太史令傅奕上疏请除佛法云:"不忠不孝,削发而揖君亲;游手游食,易服以逃租赋。伪启三涂,谬张六道,恐喝愚民,诈欺庸品。"又云:"生死寿夭,由于自然;刑德威福,关之人主;贫富贵贱,功业所招。而愚僧皆矫云由佛。"又云:"降自羲、农,至于有汉,皆无佛法,君明臣忠,祚长年久。汉明帝始立胡神,洎于苻、石,羌胡乱华,主庸臣佞,祚短政虐"云云。韩退之《论佛骨》奏:"伏羲至周文、武时,皆未有佛,而年多至百岁,有过之者。自佛法入中国,帝王事之,寿不能长,梁武事之最谨,而国大乱。"宪宗得奏大怒,将加极法,曰:"愈言我奉佛太过,犹可容;至言东汉奉佛之后,帝王咸致夭促,何其乖剌也!"予谓愈之言,盖广傅奕之言也,故表出之。

邵氏闻见后录卷第九

唐高宗曰："隋炀帝拒谏而亡，朕常以为戒，虚心求谏，而无谏者，何也?"李勣曰："陛下所为尽善，群臣无得而谏。"予谓高宗立太宗才人武氏为后，决于李勣"陛下家事勿问外人"一言。又谓高宗"尽善无可谏"，太宗以勣遗高宗，失于知人矣。

突厥默啜，自则天世为中国患，朝廷旰食，倾天下之力不能克。郝灵荃得其首，自谓不世之功。时宋璟为相，以天子好武功，恐好事者竞生心徼幸，痛抑其赏。逾年，始授郎将，灵荃恸哭而死。初，熙宁、元丰间，西羌大首领鬼章青宜结为边患，数覆官军，神宗悬旌节为赏捕之，不能得。至元祐年，将种谊生致之，吕汲公在相位，谊但转一官，为西上阁门使而已，亦宋璟之意也。

李勣、许敬宗于高宗立武后，李林甫于玄宗废太子，皆以"陛下家事何必问外人"一言而定。呜呼！奸人之言，自世主之好以入，故必同。

高祖益萧何二千户，以尝繇咸阳时"送我独赢钱二"。光武赐冯异以珍宝衣服钱帛，用报仓卒芜蒌亭豆粥、滹沱河麦饭。二帝于二臣，可以谓之故人矣。

高祖令项籍旧臣皆名"籍"，独郑君者不奉诏，尽拜名"籍"者为大夫，而逐郑君。刘裕密书招司马休之府录事韩延之，不屈，以裕父名翘字显宗，乃更字"显宗"，名子曰"翘"，以示不臣刘氏。如郑君、韩延之二人者，可以语事君之义矣。

汉宣帝初立，谒见高庙，霍光骖乘，上内严惮之，若有芒刺在背。唐宣宗初立，李德裕奉册，上问左右："适近我者，非太尉耶？每顾我，使我毛发洒淅。"世谓霍氏之祸萌于骖乘，李氏之祸起于奉册，故曰威震主者不畜。二公甚类也。

李匡威忌日，王镕就第吊之，匡威素服衰甲见之。唐末，武人忌日，尚素服受吊也。

张芸叟为安信之言，旧见《唐野史》一书，出二事：一、明皇为李辅国所弑，肃宗知其谋，不能制，不数日，雷震杀之。一、甘露祸起，北司方收王涯，卢仝者适在坐，并收之。仝诉曰："山人也。"北司折之曰："山人何用见宰相？"仝语塞，疑其与谋。自涯以下，皆以发反系柱上，钉其手足，方行刑。仝无发，北司令添一钉于脑后，人以为添丁之谶云。

秦始皇兼并天下，灰六籍，销五兵，废古文武之事，自立一王之制，本大贾人吕不韦之子。曹操以奸雄之资，正大汉，有余力世官者，本夏侯氏之子。晋元帝渡江为东晋，尚百年，本小吏牛氏之子。天之所兴，有不可知者。

《晋史》：刘聪时，盗发汉文帝霸陵、宣帝杜陵、薄太后陵，得金帛甚多。朝廷以用度不足，诏收其余，以实府库。自汉至晋，已四五百年，陵中之帛，岂不腐坏？当云金玉可耳。又苏公为韩魏公论薄葬曰："汉文葬于霸陵，木不改列，藏无金玉，天下以为圣明，后世安于泰山。"亦非也。

牛僧孺自伊阙尉试贤良方正，深诋时政之失。宰相李吉甫忌之，泣诉于宪宗，以考官为不公，罢之。考官，白乐天也，故并为吉甫父子所恶。予谓牛、李之党基于此。嘉祐中，苏子由制策，上自禁省，历言其阙不少避，至谓宰相不肖，思得娄师德、郝处俊而用之。宰相魏公亟以国士遇之，非但不忌也。呜呼！贤于李吉甫远矣。

司马文正初作《历代论》，至论曹操则曰："是夺之于盗手，非取之于汉室也。"富文忠疑之，问于康节，以为非是。予家尚藏康节《答文忠书》副本，当时或以告文正，今《通鉴·魏语》下无此论。

太史公南登庐山，观禹疏九江，遂至于会稽太湟，上姑苏，望五湖，西瞻蜀之岷山及离堆，而作《河渠书》。吴蜀之水为江，秦之水为河，其书江淮等，不当通曰河，盖太史公秦人也。

《汉史·萧何传》，先言民上书言何强贱买民田宅数千，又后言何买田宅必居穷僻处，为家不治垣屋，曰："令后世贤，师吾俭；不贤，毋为势家所夺。"其反覆不可信如此。

汉高祖嫚侮人，骂詈诸侯群臣如奴耳。至张良，必字曰"子房"，而不敢名。高祖伪游云梦，缚韩信，载后车，信叹息曰"狡兔死，良狗亨；高鸟尽，良弓藏"者。如子房弃人间事，从赤松子游，高祖安得而害之？故司马迁具书之，班固乃削去下二语，是未达淮阴之叹耳。

汉高祖出成皋，东渡河，独滕公从。张耳、韩信军修武，至，宿传舍。晨自称汉使者，驰入赵壁，张耳、韩信未起，即卧内夺其印符，麾召诸将，易置之。信、耳起，乃知高祖来，大惊。高祖既夺两人军，即令张耳备守赵地，韩信为相国。文帝以刘礼军霸上，徐历军棘门，周亚夫军细柳。上自劳军，至霸上、棘门军，直驰入，将以下骑出入送迎。至细柳军，军士吏被甲，锐兵刃，彀弓弩，持满。天子先驱至，不得入，曰："天子且至。"军门都尉曰："军中闻将军之令，不闻天子之诏。"有顷，帝至，又不得入。于是帝使使持节诏将军曰："吾欲劳军。"亚夫乃传言开壁门。壁门士请车骑曰:"将军约,军中不得驱驰。"于是天子按辔徐行,至中营,将军亚夫揖曰:"介胄之士不拜,请以军礼见。"天子为改容,式车,使人称谢:"皇帝敬劳将军。"成礼而去。帝曰:"嗟乎!此真将军矣。乡者霸上、棘门,如儿戏尔。"予谓韩信善治军,天子来乃不知,至即卧内夺印符以去,是可袭而虏也,其不严于周亚夫也远矣。

两汉之士,前惟张子房,后诸葛孔明,有洙泗大儒气象。子房既辞齐三万户封,又让相国于萧何,与上从容言天下事甚众。善乎太史公曰:"运筹帷幄之中,制胜于无形。"子房计谋其事,无知名,无勇功,图难于易,为大于细,可谓尽之矣。

刘玄德忍死属孔明:"君才十倍曹丕,嗣子可辅,辅之;如其不才,君可自取。"盖玄德已知禅之不肖,志欲拯一世之人于涂炭之中,既不幸以死,非孔明不可,乃诚言也,亦尧、舜、禹之事也。孙盛何人,辄以为乱命,又以为权术,岂足与论玄德、孔明哉!东坡先生谓孔明《出师表》,可与《伊训》、《说命》相为表里。予谓亦周公《鸱鸮》救乱之诗也。故曰:"愿陛下托臣以讨贼兴复之效,不效,则治臣之罪,以告先帝之灵。"使孔明为玄德出师,必不为此言矣。及军中以孔明不起闻,蜀人赴之不许,祠之又不许,至野祭相吊以哭,何耶?使孔明无死,未保禅能相终始也。

崔瑗家无儋石,当世咨其清,故李固望风致敬。何杜乔为八使,乃以赃罪奏瑗?士之欲免于谗谤,难矣哉!王阳车马极鲜明,崔瑗宾客盛肴膳,然两公皆清修节士也。故论人者,当察其实何如耳。

神宗恶《后汉书》范晔姓名,欲更修之。求《东观汉记》久之不得,后高丽以其本附医官某人来上,神宗已厌代矣。至元祐年，高丽使人言状，访于书省，无知者。医官已死，于其家得之，藏于中秘。予尝写本于吕汲公家，亦弃之兵火中矣。又予官长安时，或云鄠杜民家有《江表传》、《英雄志》，因为外台言之，亟委官以取，民惊惧，遽焚之。世今无此三书矣。

尧、舜禅让之事，尚有幽囚野死之骇言，赖孔子得无完书耳。况其假尧、舜以为禅让者，欲其臣主俱全，难矣。独汉献帝自初平元年庚午即位，至延康元年庚子逊位于魏王曹丕，实在位三十年。丕奉帝为山阳公，邑万户，位在诸侯王上，奏事不称臣，受诏不拜，以天子车服郊祀天地、宗庙、祖、腊，皆如汉制。黄初七年丙午，曹丕死，曹叡立。青龙二年甲寅，山阳公薨，自逊位后十四年矣。叡变服，率群臣哭尽哀，遣使吊祭，监护丧事，谥孝献皇帝。册曰。曹叡云："用汉天子礼仪葬禅陵。"后五年，曹叡死，齐王芳立，四年废。高贵乡公髦立，五年死。陈留王奂立。景元元年庚辰，山阳公夫人节薨，王临于华林园，使使持节追谥献穆皇后。及葬，车服制度皆如汉氏故事。后四年，陈留王禅位于晋。是魏之尊奉汉帝后与其国相终始也。视晋以降曰禅让者，岂不为盛德事乎！史臣不知此义，尚贬曹丕无旷大之度，予故表而出之。

上柱国窦毅尚周武帝姊襄阳公主，其女闻隋杨坚受周静帝禅，自投堂下，抚膺太息曰："恨我不为男子，救外家之祸。"毅与公主掩其口曰："汝勿妄言，赤吾族！"毅由是奇之，以妻唐公李渊，是为太穆皇后，实生太宗，卒能灭隋云。

丹阳陶弘景博学多艺能，好养生之术，仕齐为奉朝请，弃官隐茅山。梁武帝早与之游，恩礼甚至，每得其书，焚香以受。数手敕招之，不出。朝廷有吉凶征讨大事，必先谘之，月中常有数信，人谓之"山中宰相"。将没，有诗曰："夷甫任散诞，平叔坐论空。岂悟昭阳殿，遂作单于宫。"时天下之士犹尚西晋之俗，竞谈玄理，故弘景云尔。盖散诞论空，则废礼法，礼法既废，则夷狄矣。古今之变，有必然者，弘景其知言也。

邵氏闻见后录卷第十

汉高祖一竹皮冠起田野,初不食秦禄,卒能除其暴,拯一世之人于刀机陷阱之下,置于安乐之地,帝天下,传之子孙四百年。其取之无一不义,虽汤、武有愧也。史臣不知出此,但称断蛇著符、协于火德,谬矣!

"太史迁取贾谊《过秦》上下篇以为《秦始皇本纪》、《陈涉世家》下赞文",班固云尔。固《贾谊传》不书《过秦》,今《史记·陈涉》语下著《过秦》为"褚先生曰",非也。

王荆公非欧阳公贬冯道,按,道身事五主,为宰相,果不加诛,何以为史?荆公《明妃曲》云:"汉恩自浅胡自深,人生乐在相知心。"宜其取冯道也。

韩信既破赵广武军,李左车,降虏也,乃西乡而师事之,古今称为盛德事。然信既重左车如此,曷不言于高祖尊用之?一问攻燕伐齐之后,则不知左车何在,其姓名亦不复见于史矣。如信故善钟离昧,昧亡归信,信遇之不薄也。一旦逼昧自刭,持其首以见高祖,昧骂曰:"公非长者!"予恐前之李左车,如后之钟离昧也。信之不终,宜哉!

《新唐史·南诏》语中海岛、溪峒间蛮人,马援南征留之不诛者,谓"马留人"。今世猴为马留,与其人形似耳。

舜一岁而巡四岳,南方多暑,以五月之暑而南至衡山,北方多寒,以十一月之寒而至常山,世颇疑之。《汉书·郊祀志》:武帝自三月出行封禅,又并海至碣石,又巡辽西,又历北边，又至九原，五月还甘泉，仅以百日行八千余里，尤荒唐矣。

　　丞相掾和洽言于曹操曰："天下之人，才德各殊，不可以一节取也。世有俭素过中，自以处身则可，以此格物，所失或多。今朝廷之议吏，有着新衣、乘好车者，谓之不清，形容不饰、衣裘敝坏者，谓之廉洁，至令士大夫故污辱其衣、藏其舆服，朝府大吏或自挈壶飧以入官寺。夫立教以中庸，贵可继也。今崇一概难堪之行以捡殊途，勉而为之，必有疲瘁。古之人大教，务在通人情而已。凡激诡之行，则容隐伪矣。"绍兴以来，宰相赵元镇好伊川程氏之学，元镇不识伊川士资以进，反用妖妄眩惑一世，每拱手危坐，竟日无一言。或就之，则曰："吾方思诚敬。"其去为奸为伪者，十人而九必敝衣粗食，以自垢污，否则斥为不肖矣。予恐后世之惑也，得和洽之言，故表出之。

　　田横远居万里外海岛中，高祖必欲其来，否则发兵诛之，横不敢违。"四皓"者，近在商山，距长安无百里，以高祖之暴，而子房谓"上有不能致者四人"，何也？盖"四皓"俱振世之豪，其一天下拯人群之志，初与高祖同，高祖已帝，则可隐矣。故高祖全之不欲屈，非不能屈也。吾大父康节云。

　　游士汝南范滂等非讦朝政，自公卿以降皆折节下之。太学生争慕其风，以为文学将兴，处士复用。申屠蟠独叹曰："昔战国之时，处士横议，列国之王至为拥篲先驱，卒有坑儒烧书之祸，今之谓矣。"乃绝迹于梁、砀之间，因树为屋，自同佣人。居二年，滂等果罹党锢，或死或刑者数百人。予谓桓、灵之时，国命自阉寺出，世既愤怨不平，故处士抗正议，互相名字，有"三君"、"八俊"、"八顾"、"八及"、"八厨"之名，太学诸生从之者，至三万余人。阉寺反谓"别相署共为部党，图危社稷"。司空虞放、太仆杜密、长乐少府李膺、司隶校尉朱寓、颍川太守巴肃、沛相荀昱、河南太守魏朗、山阳太守翟超、任城相刘儒、太尉掾范滂等二百余人，皆死狱中。或徙或废或禁及七族者，又六七百人，天下为之骚动，自古衣冠之祸未有也。世谓范滂等备忠孝之节者，误矣。予得申屠蟠事，贤其绝识先物，智防明哲，故表出之。

禹后二世已失邦，启、太康也。周公后五世已杀君，伯禽、考公、炀公、幽公、弟溃杀幽公自立也。殷汤后一世有太甲失道，伊尹放之桐宫。周武王后四世有昭王，王道微缺，南巡狩，卒于江上，其卒不赴告，讳之也。汉高祖后一世有吕氏之祸，唐太宗后一世有武氏之祸。是数君者，岂无遗泽乎？

汉武帝用杜周为廷尉，诏狱连逮至六七万人，吏所增加十有余万人。唐武后鞫流人，一日之中，万国俊杀三百人，刘光业杀九百人，王德寿杀七百人。

伯夷姓墨，名元，或作允，字公信；叔齐名智，字公达，兄弟也，孤竹君之子也。夷、齐，盖谥云。出《论语疏》，出《春秋少阳篇》。

《前汉书·循吏传》云："孝宣自霍光薨后，始躬亲万幾，励精为治，五日一听政，自丞相以下，各奉职而退。"五日一听政，史臣以为美，则孝宣而上，不亲览天下之务可知矣。

李勣病，谓其弟弼曰："我见房、杜平生勤苦，仅立门户，遭不肖子荡覆无余。应我子孙，悉以付汝。葬毕，当居我堂，抚养孤幼，谨察视之，其有志气不伦、交游非类者，皆先挝杀，然后以闻。"自是至死，不复更言。予谓勣亲见太宗百战取天下之难，又忍死甚悲之言，首以勣遗高宗。至高宗欲立太宗才人阿武为后，褚遂良、郝处俊等死争不可，独用勣"此陛下家事，勿问外人"一言，唐之宗社几于覆亡，何勣能虑其家，不能虑其国也？勣真鄙夫也哉！

司马文正公修《通鉴》时，谓其属范纯父曰："诸史中有诗赋等，若止为文章，便可删去。"盖公之意，欲士立于天下后世者，不在空言耳。如屈原以忠废，至沉汨罗以死，所著《离骚》，汉淮南王、太史公皆谓"其可与日月争光"，岂空言哉！《通鉴》并屈原事尽削去之，《春秋》褒毫发之善，《通鉴》掩日月之光，何耶？公当有深识，求于《考异》中，无之。

古者人君即位称元年，始终之义也。汉武帝乃加建元之号，后因以名年，已非是，又数更易其号，宁有人君即位称元年之后，再称元年之理？唐之太宗即位，称贞观元年，至二十三年而终，为近古云。

唐太宗以谶欲尽杀宫中姓武者，李淳风以为不可，竟杀李君羡。谶有"一女子，身姓武"，其明白如此。后高宗欲立太宗才人武氏为皇后，长孙无忌、郝处俊、褚遂良力谏，初无一语及武氏之谶，何也？武氏之变，至不可言，司马文正《通鉴》不书怪，独书此谶云。

汉桓帝时，或言："民之贫困，必货轻钱薄，发更铸大钱。"事下四府群僚、太学能言之士议之。予尝论：国有政事，何太学之士得议？盖其嘘枯吹生、抑扬震动至此，故窦武得两宫赏赐，悉散与太学诸生。陈蕃闻王甫之变，将诸生八十余人拔刃以入。范滂挟公议为评，公卿皆折节下之，太学诸生附之者三万余人，卒成部党之祸，汉随以亡。岂但曹节等罪哉！

靖康初元，海外与国乱神州，势尚浅。朝廷有施行，太学诸生必起论之。又举合国人进斥大臣，击登闻鼓，碎之。庙堂畏怯拱默，不敢立一事，天下卒至不救。赖今天子中兴，加大号令，始畏慑坏散。不然，其祸不在汉部党之下矣。

鲍宣云："民有七亡，豪强大姓蚕食无厌，一亡也。"马援云：“大姓侵小民，乃太守事耳。”然以曹操之勇，尚云：“先在济南除残去秽，以是为豪强所忿，恐致家祸，故谢病去。”今之君子，欲区区以礼义廉耻裁大姓之暴吾民者，亦疏矣。

蜀于韦皋刻石文字，后书皋名者，必镵其中，仅可辩，故宋子京书皋事云：“蜀人思之，见其遗像必拜，凡刻石著皋名者皆镵去其文，尊讳之。”近有自西南夷得皋授故君长牒，于皋位下，书若皋字，复涂以墨，如刻石者，盖皋花字也。当时书石，亦用前名后押之制，非蜀人镵其文尊讳之。如本朝韩魏公书“花”字写成“琦”字，复涂以墨，尚可辩，亦此体也。

邵氏闻见后录卷第十一

大贤如孟子，其可议，有或非或疑或辩或黜者，何也？予不敢知。具列其说于下方，学者其折衷之。后汉王充有《刺孟》，近代何涉有《删孟》，文繁不录。王充《刺孟》出《论衡》，韩退之赞其"闭门潜思，《论衡》以修"矣。则退之于孟子"醇乎醇"之论，亦或不然也。

略法先生而不知其统，犹然而材剧志大，闻见杂博。案往旧造说，谓之五行，甚僻违而无类，幽隐而无说，闭约而无解。饰其辞而祗敬之，曰：此真先君子之言也。子思唱之，孟轲和之，世俗之讲犹瞀儒，嚾嚾然不知其所非也，遂受而传之，以为仲尼、子游为兹厚于后世。是则子思、孟轲之罪也。

右《荀子·非十二子》

疑"伯夷隘，柳下惠不恭"。曰：孟子称所愿学者孔子，然则君子之行孰先于孔子？孔子历聘七十余国，皆以道不合而去，岂非非其君不事乎？孺悲欲见孔子，孔子辞以疾，岂非非其友不友乎？阳虎得政于鲁，孔子不肯仕，岂非不立于恶人之朝乎？为定、哀之臣，岂非不羞污君乎？为委吏，为乘田，岂非不卑小官乎？举世莫知之，不怨天，不尤人，岂非遗佚而不怨乎？饮水曲肱，乐在其中，岂非厄穷而不悯乎？居乡党，恂恂似不能言，岂非由由与之偕而不自失乎？是故，君子邦有道则见，邦无道则隐，事其大夫之贤者，友其士之仁者，非隘也。和而不同，遁世无闷，非不恭也。苟无失其中，虽孔子由之，何得云君子不由乎？

疑"陈仲子避兄离母"。曰：仲子以兄之禄为不义之禄，盖谓不以其道事君而得之也。以兄之室为不义之室，盖谓不以其道取于人而成之也。仲子盖尝谏其兄矣，而兄不用也。仲子之志，以为吾既知其不义矣，然且食而居之，是口非之而身享之也，故避之。居于於陵，於陵之室与粟，身织屦、妻辟纑而得之也，非不义也。岂当更问其筑与种之者谁邪？以所食之鶂鶂，兄所受之馈也，故哇之，岂以母则不食，以妻则食之邪？君子之责人，当探其情，仲子之避兄离母，岂所愿邪？若仲子者，诚非中行，亦狷者有所不为也。孟子过之，何其甚欤？

疑"孟子将朝王"。曰：孔子，圣人也；定、哀，庸君也。然定、哀召孔子，孔子不俟驾而行。过位，色勃如也，足躩如也，过虚位且不敢不恭，况召之有不往而他适乎？孟子，学孔子者也，其道岂异乎？夫君臣之义，人之大伦也。孟子之德，孰与周公？其齿之长，孰与周公之于成王？成王幼，周公负之以朝诸侯，及长而归政，北面稽首畏事之，与事文、武无异也。岂得云彼有爵，我有德齿，可慢彼哉！

疑"孟子谓蚔蛙，居其位不可以不言，言而不用不可以不去，己无官守，无言责，进退可以有余裕"。曰：孟子居齐，齐王师之。夫师者，导人以善而救其恶者也。岂得谓之"无官守、无言责"乎？若谓之为贫而仕邪，则后车数十乘，从者数百人，仰食于齐，非抱关击柝之比也。《诗》云："彼君子兮，不素餐兮。"夫贤者所为，百世之法也。余惧后之人挟其有以骄其君，无所事而贪禄位者，皆援孟子以自况，故不得不疑。

疑"沈同问伐燕"。曰：孟子知燕之可伐，而必待能行仁政者乃可伐之。齐无仁政，伐燕非其任也。使齐之君臣不谋于孟子,孟子勿预知可也。沈同既以孟子之言劝王伐燕,孟子之言尚有怀而未尽者,安得不告王而止之乎? 夫军旅者,大事也,民之死生,国之存亡,皆系焉。苟动不得其宜,则民残而国危,仁者何忍坐视其缪妄乎?

疑"父子之间不责善"。曰:《经》云:"当不义,则子不可不争于父。"《传》云:"爱子教之以义方。"孟子云:"父子之间不责善。"不责善,是不谏不教也,而可乎?

疑"性犹湍水"。曰:告子云:"性之无分于善不善,犹水之无分于东西。"此告子之言失也。水之无分于东西,谓平地也。使其地东高而西下,西高而东下,岂决导所能致乎? 性之无分于善不善,谓中人也。瞽叟生舜,舜生商均,岂陶染所能变乎? 孟子云人无有不善,此孟子之言失也。丹朱、商均自幼及长,日所见者,尧、舜也,不能移其恶,岂人之性无有不善乎?

疑"生之谓性"。曰:孟子云:"白羽之白犹白雪之白,白雪之白犹白玉之白。"告子当应之云:"色则同矣,性殊也。"羽性轻,雪性弱,玉性坚,而告子亦皆然之,此所以来犬牛人之难也。孟子亦可谓以辩胜人矣。

疑"齐宣王问卿"。曰:《礼》"君不与同姓同车,与异姓同车",嫌其逼也。为卿者,无贵戚异姓同性,皆人臣也。人臣之义,谏于君而不听,去之可也,死之可也,若之何其以贵戚之故,敢易位而处也? 孟子之言过矣。君有大过,无若纣;纣之卿士,莫若王子比干、箕子、微子之亲且贵。微子去之,箕子为之奴,比干谏而死。孔子曰:"商有三仁焉。"夫以纣之过大,而三子之贤,犹且不敢易位也,况过不及纣而贤不及三子者乎? 必也使后世有贵戚之臣,谏其君而不听,遂废而代之,曰:"吾用孟子之言也,非篡也,义也。"其可乎? 或曰:孟子之志,欲以惧齐王也，是又不然。齐王若闻孟子之言而惧，则将愈忌恶其贵戚，闻谏而诛之；贵戚闻孟子之言，又将起而蹈之，则孟子之言不足以格骄君之非，而适足以为篡乱之资也。其可乎？

疑"所就三，所去三"。曰：君子之仕，行其道也，非为礼貌与饮食也。伊尹去汤就桀，桀岂能迎之以礼哉？孔子栖栖遑遑周游天下，佛肸召，欲往，公山弗扰召，欲往，彼岂为礼貌与饮食哉？急于行道耳。今孟子之言曰："虽未行其言也，迎之有礼，则就之；礼貌衰，则去之。"是为礼貌而仕也。又曰："朝不食，夕不食，君曰吾大者不能行其道，又不能从其言也，使饥饿于我土地，吾耻之。周之，亦可受也。"是为饮食而仕也。必如是，是不免于鬻先王之道，以售其身也。古之君子之仕者，殆不如此。

疑"尧、舜，性之也；汤、武，身之也；五霸，假之也"。曰：所谓性之者，天予之也；身之者，亲行之也；假之者，外有之而内实亡也。尧、舜、汤、武之于仁义也，皆性得而身行之也。五霸则强焉而已矣。夫仁义者，所以治国家而服诸侯也。皇帝王霸皆用之，顾其所以殊者，大小高下远近多寡之间耳。假者，文具而实不从之谓也。文具而实不从，其国家且不可保，况能霸乎？虽久假而不归，犹非其有也。

疑"瞽瞍杀人"。曰：《虞书》称舜之德曰："父顽，母嚚，象傲。克谐以孝，烝烝乂，不格奸。"所贵于舜者，为其能以孝和谐其亲，使之进，进以善自治而不至于恶也。如是，则舜为子，瞽瞍不杀人矣。若不能止其未然，使至于杀人，执于有司，乃弃天下，窃之以逃，狂夫且犹不为，而谓舜为之乎？是特委巷之言也，殆非孟子之言也。且瞽瞍既执于皋陶矣，舜恶得而窃之？虽负而逃于海滨，皋陶犹可执也。若曰皋陶外虽执之以正其法，而内实纵之以予舜，是君臣相与为伪，以欺天下也，恶得为舜与皋陶哉？又舜既为天子矣，天下之民戴之如父母，虽欲遵海滨而处，民岂听之哉？是皋陶之执瞽瞍，得法而亡舜也，所亡益多矣。故曰："是特委巷之言，殆非孟子之言也。"

右司马文正公《疑孟》

子曰："回也，其心三月不违仁，其余则日月至焉而已矣。"孔子曰："吾之于人也，谁毁谁誉？如有所誉，必有所试。"其于颜渊，试之也熟而观之也审矣。盖尝默而察之，阅三月之久，而其颠沛造次，无一不出于仁者，是以知其终身弗叛也。君子之观人也，必于其所虑焉观之，此其所虑者容有伪也，虽终身不得其真，故三月之久，必有备虑之所不及者。伪之与真无以异，而君子贱之，何也？有利害临之则败也。孟子曰："尧、舜，性之也；汤、武，身之也；五霸，假之也。久假而不归，安知其非有也？"假之与性，其本亦异矣，岂论其归与不归哉？使孔子观之，不终日而决，不待三月也。何不知之有？

子曰："志于道，据于德，依于仁，游于艺。"志者，无求无作，志于心而已，孟子所谓心勿忘。据者，可求可作之谓也。依者，未尝须臾离，而游者出入可也。君子志于道，则物莫能留；而游于艺，则道德有自生矣。

子贡问政，子曰："足食，足兵，民信之矣。"子贡曰："必不得已而去，于斯三者何先？"曰："去兵。"子贡曰："必不得已而去，于斯二者何先？"曰："去食。自古皆有死，民无信不立。"孟子较礼食之轻重，礼重而食轻，则去食；食重而礼轻，则去礼。惟色亦然。而孔子去食存信，曰"自古皆有死，民无信不立"，不复较其重轻，何也？曰"礼信之于食色，如五谷之不杀人。"今有问者曰："吾恐五谷杀人，欲禁之，如何？"必答曰："吾甯食五谷而死，不禁也。"此孔子去食存信之论也。今答曰：择其杀人者禁之，其不杀人者勿禁也，五谷安有杀人者哉？此孟子礼食轻重之论也。礼所以使人得妻也，废礼而得妻者皆是，缘礼而不得妻者，天下未尝有也。信所以使人得食也，弃信而得食者皆是，缘信而不得食者，天下未尝有也。今立法不从天下之所同，而从其所未尝有以开去取之门，使人以为礼有时而可去也，则将各以其私意权之，其轻重岂复有定物？由孟子之说，则礼废无日矣。或曰：舜不告而娶，则以礼则不得妻也。曰：此孟子之所传，古无是说也。凡舜之事，涂廪浚井，不告而娶，皆齐鲁间野人之语，考之于《书》，舜之事父母，盖烝烝焉，不至于奸，无是说也。使不幸而有之，则非人理之所期矣。自舜已来，如瞽瞍者，盖亦有之，为人父而不欲其子娶妻者，未之有也。故曰："缘礼而不得妻者，天下无有也。"或曰：嫂叔不亲授，礼也；嫂溺而不援，曰礼不亲授，可乎？是礼有时而去取也。曰：嫂叔不亲授，礼也；嫂溺援之以手，亦礼也。何去取之有？

邵氏闻见后录卷第十二

季康子问政于孔子曰："如杀无道以就有道，何如？"孔子对曰："子为政，焉用杀？子欲善而民善矣。君子之德风，小人之德草，草上之风，必偃。"盖虽尧、舜在上，不免于杀无道。然君子终不以杀劝其君。尧、舜之民，不幸而自蹈于死则有之，吾未尝杀也。孟子言"以生道杀民，虽死不怨杀者"，使后世暴君污吏皆曰："吾以生道杀之。"故孔子不忍言之。

子曰："富而可求也，虽执鞭之士，吾亦为之。如不可求，从吾所好。"大凡物之可求者，求则得，不求则不得也。仁义，未有不求而得之，亦未有求而不得者，是以知其可求也。故曰："仁，远乎哉！我欲仁，斯仁至矣。"富贵有求而不得者，有不求而得者，是以知其不可求也。故"富而可求也，虽执鞭之士，吾亦为之，如不可求，从吾所好"。圣人之于利，未尝有意于求也。岂问其可不可哉？然将直告之以不求，则人犹有可得之心，特迫于圣人而止耳。夫迫于圣人而止，则其止也有时而作矣，故告之以不可求者，曰：使其可求，虽吾亦将求之，以为高其闭阂，固其扃鐍，不如开门发箧而示之无有也。而孟子曰："食色，性也，有命焉，君子不谓性也。仁义，命也，有性焉，君子不谓命也。"君子之教人，将以其实，何不谓之有？夫以食色为性，则是可求而得也，君子禁之；以仁义为命，则是不可求而得也，而君子强之。禁其可求者，强其不可求者，天下其孰能从之？故仁义之可求，富贵之不可求，理之诚然者也。以可为不可，以不可为可，虽圣人不能。

子贡问曰：“何如斯可谓之士矣？”子曰：“行己有耻，使于四方，不辱君命，可谓士矣。”曰：“敢问其次。”曰：“宗族称孝焉，乡党称弟焉。”曰：“敢问其次。”曰：“言必信，行必果，硁硁然小人哉！抑亦可以为次矣。”立然诺以为信，犯患难以为果，此固孔子之所小也。孟子因之，故曰：“大人者，言不必信，行不必果。”此则非孔子之所谓大人也。大人者，不立然诺而言未尝不信，不犯患难而行未尝不果。今也以不必信为大，是开废信之渐，非孔子去兵、去食之意。

或问子产，子曰：“惠人也。”子产为郑作封洫，立谤政，铸刑书，其死也教太叔以猛，其用法深，其为政严，有及人之近利，而无经国之远猷。故浑罕、叔向皆讥之，而孔子以为惠人，不以为仁，盖小之也。孟子曰：子产以乘舆济人于溱洧，惠而不知为政。盖因孔子之言而失之也。子产之于政，整齐其民赋，完治其城郭道路，而以时修其桥梁，则有余矣。岂以乘舆济人者哉？《礼》曰：“子产，人之母也，能食之而不能教。”此又因孔子之言而失之也。

“乐则《韶》《舞》。放郑声，远佞人。郑声淫，佞人殆。”郑声之害，与佞人等，而孟子曰：“今乐犹古乐。”何也？使孟子为政，岂能存郑声而不去也哉？其曰“今乐犹古乐”，特因王之所悦而入其言耳。非独此也，好色、好货、好勇，是诸侯之三疾也，而孟子皆曰无害。从吾之说，百姓惟恐王之不好也。譬之于医，以药之不可口也，而以其所嗜为药，可乎？使声色与货而可以王，则利亦可以进仁义，何独拯梁王之深乎？此岂非失其本心也哉！

子曰：“性相近也，习相远也。”又曰：“唯上智与下愚不移。"性可乱也,而不可灭,可灭,非性也。人之叛其性,至于桀、纣、盗跖至矣。然其恶必自其所喜怒,其所不喜怒,未尝为恶也。故木之性上,水之性下。木抑之可使轮囷,抑者穷,未尝不上也;水激之可使澎涌上达,激者衰,未尝不下也。此孟子之所见也。孟子有见于性,而离于善。《易》曰:"一阴一阳之谓道,继之者善也,成之者性也。"成道者性,而善继之耳,非性。性如阴阳,善如万物,万物无非阴阳者,而以万物为阴阳,则不可。故阴阳者,视之不见,听之不闻,而非无也。今以其非无即有而命之,则凡有者皆物矣,非阴阳也。故天一为水,而水非天一也;地二为火,而火非地二也。为善而善非性也,使性而可以谓之善,则孔子言之矣。苟可以谓之善,亦可以谓之恶,故荀卿之所谓性恶者,盖生于孟子。而扬雄之所谓善恶混者,盖生于二子也。性其不可以善恶命之,故孔子之言曰"性相近也,习相远也"而已。夫苟相近,则上智与下愚曷为不可移也?曰:有可移之理,无可移之资也。若夫吾弟子由之论也,曰:雨于天者,水也;流于江河、蓄于坎井,亦水也;积而为泥涂者,亦水也;指泥涂而告人曰是有水之性可也。曰:吾将使其清,而饮之则不可。是之谓上智与下愚不移也。苏东坡云:予为《论语说》,与《孟子》辩者八。

　　尧传之舜,舜传之禹,禹传之汤,汤传之文、武、周公,文、武、周公传之孔子,孔子传之孟轲,轲之死,不得其传焉。如何曰孔子死不得其传矣?彼孟子者,名学孔子,而实背之者也,焉能传?敢问何谓也?曰:孔子之道,君君臣臣也;孟子之道,人皆可以为君也。天下无王霸,言伪而辩者不杀,诸子得以行其意,孙、吴之智,苏、张之诈,孟子之仁义,其原不同,其所以乱天下,一也。

　　孟子曰："五霸者，三王之罪人也。"吾以为孟子者，五霸之罪人也。五霸帅诸侯事天子，孟子劝诸侯为天子，苟有人性者，必知其逆顺耳矣。孟子当周显王时，其后尚且百年而秦并之。呜呼！孟子，忍人也，其视周室，如无有也。

　　孔子曰："桓公九合诸侯，不以兵车，管仲之力也，如其仁。"又曰："管仲相桓公，霸诸侯，一匡天下，民到于今受其赐。微管仲，吾其被发左衽矣。"而孟子谓："以齐王，由反手也。功烈如彼其卑。故曰：管仲，曾西之所不为。"呜呼！是犹见人之救斗者而笑曰：胡不因而杀之？货可得也，虽然，他人之救斗者耳。桓公、管仲之于周，救父祖也，而孟子非之，奈何？或曰：然则汤、武不为欤？曰：汤、武不得已也。契、相土之时，讵知其有桀哉？后稷、公刘、古公之时，讵知其有纣哉？夫所以世世树德，以善其身，以及其国家而已。汤、武之生，不幸而遭桀、纣，放之、杀之，而莅天下，岂汤、武之愿哉？仰畏天，俯畏人，欲遂其为臣而不可得也。由孟子之言，则是汤、武修仁行义，以取桀纣耳。呜呼！吾乃不知仁义之为篡器也。

　　《仲虺之诰》：成汤放桀于南巢，惟有惭德，曰："予恐来世以台为口实。"孔子谓《武》尽美矣，未尽善也"。彼顺天应人，犹觍觍如此，孟子固求之，其心安在乎？

　　孔子曰："三分天下有其二，以服事殷。周之德，其可谓至德也已矣。"又曰："有君民之大德，有事君之小心。"《书序》："伊尹既丑有夏，复归于亳。"孟子亦曰："五就汤、五就桀者，伊尹也。"夫周显王未闻有恶行，特微弱耳。非纣也，而齐、梁不事之；非桀也，而孟子不就之。呜呼！孟子之欲为佐命，何其躁也？

　　孟子曰："尽信书，则不如无书。仁人无敌于天下，以至仁伐至不仁,而何其血之流杵也?"曰:纣一人恶耶? 众人恶邪?
众皆善而纣独恶,则失纣久矣,不待周也。夫为天下逋逃主,
萃渊薮,同之者可遽数邪? 纣存则逋逃者存,纣亡则逋逃者曷
归乎? 其欲拒周者,又可数邪? 血流漂杵,未足多也。或曰:
前徒倒戈攻于后以北,故荀卿曰:"杀者皆商人,非周人也。"然
则商人之不拒周,审矣。曰:如皆北也,焉用攻?

　　或问:"禹荐益于天,七年,禹崩。三年之丧毕,益避禹之
子于箕山之阴。朝觐讼狱者,不之益而之启,讴歌者不讴歌益
而讴歌启,曰:'吾君之子也。'有诸?"曰:"禹不知启贤邪? 知
而且以传益邪? 父不知子,安用明哉? 知其贤,天下终归之,
而让以为名,是伪也,孰谓圣人而不明且伪也? 夫益亦不知启
贤,不辞于禹,禹崩而后避之,以蹈舜、禹之迹,又终不得为舜、
禹,其无惭乎? 益与稷、皋陶,一体人也,不宜如是,且吾夫子
未之言也。"或曰:"然则舜避尧之子于南河之南,禹避舜之子
于阳城,如何?"曰:"尧不听舜让,舜受终于文祖;舜不听禹让,
禹受命于神宗。或二十有八载,或十有七年。历数在躬,既决
定矣,天下之心,既固结矣,又可避乎? 舜、禹未尝避也。由孟
子之言,则古之圣人,作伪者也。王莽执孺子手,流涕歔欷,何
足哂哉?"

　　或曰:"父母使舜完廪,捐阶,瞽瞍焚廪;使浚井,出,从而
掩之。象曰:'谟盖都君咸我绩,牛羊父母,仓廪父母,干戈朕,
琴朕,弤朕,二嫂使治朕栖。'象往人舜宫,舜在床琴。象曰:
'郁陶思君尔。'忸怩。舜曰:'惟兹臣庶,汝其于予治。有
诸?'"曰:"《书》云:'瞽子,父顽,母嚚,象傲。克谐以孝,烝烝
乂,弗格奸。'又曰:'负罪引慝,祇载见瞽瞍,夔夔齐栗,瞽瞍亦
允若。'"是瞽象未尝欲杀舜也。瞽象欲杀舜,刃之可也,何其

完廪浚井之迁？其亦有所虑矣。象犹能虑，则谓二嫂者，帝女也，夺而妻之，可乎？尧有百官牛羊仓廪，备以事于畎亩之中，而不能卫其女乎？虽其见夺，又无吏士、无刑法以治之乎？舜以父母之不爱，号泣于旻天，父母欲杀之，幸而得脱，而遽鼓琴，何其乐也！是皆委巷之说，而孟子之听不聪也。

或曰："以德行仁者王，王不待大，汤以七十里，文王以百里，何如？"曰：皆孟子之过也。《大雅》曰："瑟彼玉瓒，黄流在中。"九命然后锡以圭瓒秬鬯。帝乙之时，王季为西伯，以功德受此赐，周自王季，中分天下而治之矣，奚百里而已哉？《商颂》曰："玄王桓拨，受小国是达，受大国是达，率履不越，遂视既发。相土烈烈，海外有截。帝命不违，至于汤齐。"契之时，已受大国，相土承契之业，入为王官伯，出长诸侯，威武烈烈，然四海之外率服，截尔整齐，商自相土威行乎海外矣，奚七十里而已哉？呜呼！孟子之教人，教之以不知量也。

或曰："然则仁义无益于人者乎？"曰："奚其为无益也，天子用之以保其天下，诸侯用之以保其社稷，卿大夫用之以保其宗庙，士用之以保其禄位，庶人用之以保其田里。使君臣上下、父子、兄弟、夫妇相爱相恭，相正相救，厌然如宫商之应，如画缋之次，祸乱日以消，名誉日以广，奚其为无益也！若夫挟欲趋利，图谋非分，岂仁义之意哉？乃孟子之邪言，陷人于逆恶也。"

或曰："孟子之言，诸侯奚不听也？谓其迂阔者乎？"曰："迂阔有之矣，亦足惮也。孟子位诸侯，则能以取天下矣。位卿大夫，岂不能取一国哉？为其君者，不亦难乎！然滕文公尝行孟子之道矣。故许行、陈相称之曰'仁政'，曰'圣人'也。其后寂寂，不闻滕侯之得天下也。孟子之言，故无验也。"

邵氏闻见后录卷第十三

　　孔子与宾牟贾言《大武》,曰"声淫及商",何也? 对曰:"非《武》音也,有司失其传也。若非有司失其传,则武王之志荒矣。武王之志犹不贪商,而孟子曰文王望道而未之见,谓商之录未尽也,病其有贤臣也。文王贪商如此其甚,则事君之小心安在哉? 岂孔子之妄言哉? 孔子不妄也,孟子之诬文王也。"或曰:"孟子之心,以天下积乱已久,诸侯皆欲自为雄,苟说之以臣事周,孰能喜也? 故揭仁义之竿,而汤、武为之饵,幸其速售,以拯斯民而已矣。"曰:"孟子不肯枉尺直寻,谓以顺为正者,妾妇之道,其肯屑就之如此乎? 夫仁义,又岂速售之物也? 子哙不得与人燕,子之不得受燕于子哙,固知有周室矣。天之所废,必若桀、纣,周室其为桀、纣乎? 盛之有衰,若循环然,圣王之后,不能无昏乱,尚赖臣子救正之耳。天下之地,方百里者有几? 家家可以行仁义,人人可以为汤、武,则六尺之孤可托者谁乎? 孟子自以为好仁,吾知其不仁甚矣。"

　　齐王欲见孟子,而称有疾。明日,出吊。王使人问疾,医来,孟仲子请必无归,而造于朝。不得已而之景丑氏宿焉。孔子"君命召,不俟驾行矣"。则曰孔子当仕有官职。夫孟子为齐卿,无官职邪? 天下有达尊三:爵一、齿一、德一。恶得有其一以慢其二? 孔子德薄且齿少邪? 君之所不臣者二:当其为尸,则弗臣也;当其为师,则弗臣也。谓讲道之顷耳,匪常常然也。人君尊贤,其臣尚当辞,矧可以要之也哉! 是孟子之骄习矣，宜乎其教诸侯以反天子也。

孟子曰："纣之去武丁未久也，其故家遗俗，流风善政，犹有存者。又有微子、微仲、王子比干、箕子、胶鬲，皆贤人也，相与辅相之，故久而后失之也。尺地莫非其有也，一民莫非其臣也，然而文王犹方百里起，是以难也。齐人有言曰：'虽有智慧，不如乘势；虽有镃基，不如待时。'今时则易然也。"今之学者曰："自天子至于庶人，皆得以行王道。孟子说诸侯行王道，非取王位也。"应之曰："行其道而已乎？则何必纣之失之也？何忧乎善政之存？何畏乎贤人之辅？尺地一民，皆纣之有，何害诸侯之行道哉？"

齐宣王问曰："人皆谓我毁明堂，毁诸？已乎？"孟子对曰："夫明堂者，王者之堂也。王欲行王政，则勿毁之矣。"行王政而居明堂，非取王位而何也？君亲无将，不容纤芥于其间，而学者纷纷，强为之辞。又谓孟子权以诱诸侯，使进于仁义，仁义达则尊君亲亲，周室自复矣。应之曰："言仁义而不言王，彼悦之而行仁义，固知尊周矣。言仁义之可以王，彼悦之，则假仁义以图王，唯恐得之之晚也，尚何周室之顾哉？呜呼！今之学者雷同甚矣。是孟子而非六经，乐王道而忘天子。吾以为天下无孟子可也，不可以无六经；无王道可也，不可以无天子。故作《常语》，以正君臣之义，以明孔子之道，以防乱患于后世耳。人知之非我利，人不知非我害，悼学者之迷惑，聊复有言。"

右李泰伯《常语》

毁我知之，誉我知之，是邪？非邪？必求诸道，非道则已。孟子，吾知其有以晓然合于孔子者，《常语》不得不进之也。而谓由汤至于武丁，贤圣之君六七作，天下久则难变，故文王未洽于天下。齐有千里之地,行仁政而王,莫之能御。由周而来,七百有余岁矣。其数,则过,其时考之,则可。当今之世,舍我其谁? 是教诸侯以仁政叛天子者也,欲为佐命者也。《常语》不得不绝之矣。夫天子,固不可叛也;《六经》,亦不可叛也。苟可叛之,则视孟之书犹寇兵虎翼者也。孟既唱之,学者和之,刘歆以《诗》、《书》助王莽,荀文若说曹操以王伯,乃孟之一体耳。使后世之君卒不悦儒者,以此。《常语》之作,其不获已,伤昔之人以其言叛天子,今之人又以其言叛《六经》,故曰"天下无孟子则可,不可以无《六经》;无王道则可,不可以无天子"。是有大功于名教,非苟言焉。

右陈次公《述常语》

孟轲,诚学孔子者也,其有背而违之者,《常语》讨之甚明。世之学者,不求其意,漠尔而非之,是亦有由然也。何也? 由孔子百余岁而有孟轲,由孟轲数百岁而及扬雄,又数百岁而及韩愈。扬与韩,贤人也,其所以推尊孟子,皆著于其书。今《常语》骤有异于二子,宜乎其学轲者相惊而谆谆也。然谆谆者岂知二子之尊轲处,《常语》亦尊之矣。所缪者,教诸侯以叛天子,以为非孔子之志也,又以"尽信书不如无书"之说为今之害,故今之儒者,往往由此言而破《六经》,《常语》可不作邪? 且由孟子没千数百年矣,初荀卿尝一白其非,而扼于扬子云,及退之"醇乎醇"之说行,而后之学子遂尊信之。至于今兹,其道乃高出于《六经》,《常语》不作,孰为究明? 或曰:"子言则是矣,如众口何?"曰:"顾与圣人如何尔,尚谁众人之问哉? 故曰'人知之非我利,人不知之非我害。'"

右傅野《述常语》

桃应问于孟子曰:"舜为天子,皋陶为士,瞽瞍杀人,则如之何?”曰:“执之而已矣。”“然则舜不禁与?”曰:“舜安得而禁之哉? 夫有所受之也。”“然则舜如之何?”曰:“窃负而逃,遵海滨而处,终身䜣然,乐而忘其天下。”刘子曰:“孟子之言,察而不尽理,权而不尽义。孝子之事亲也,既外竭其力,又内致其思,不使其亲有不义之名,不使其人有间非之言。瞽瞍使舜涂廪,从而焚之,乃下;使浚井,从而揜之,乃出;舜往于田,日号泣于旻天,夔夔齐栗,瞽瞍亦允若。《书》曰:‘父顽,母嚚,弟傲,克谐以孝,烝烝乂,不格奸。’由是观之,舜为天子,瞽瞍必不杀人也。仲尼之作《春秋》,为尊者讳,为亲者讳,为贤者讳。故以子则讳父,以臣则讳君,岂独《春秋》然哉? 虽为士者亦然。故必原父子之亲、君臣之义以听之。昔者,商鞅之作法也,太子犯之,鞅曰:‘太子,君之贰也,不可以刑,刑其傅与师。’鞅之法刻矣,然而犹有所移。由是观之,瞽瞍杀人,皋陶必不执也。叶公子高问于孔子曰:‘吾党直躬者,其父攘羊,而子证之,何如?’孔子曰:‘不可。吾党之直者异于是:父为子隐,子为父隐。’由是观之,瞽瞍杀人,皋陶虽执之,舜必不听也。舜岂以天下有所爱,顾临其亲哉? 夫圣人,莫大焉,天子,莫尊焉,以天下养,莫备焉。德为圣人,尊为天子,以天下养,然而不能使其亲无一朝之患,是则非舜也。知圣人之德,知天子之尊,知天下养之备焉,而不知天子父之贵也,而务搏执之,是则非皋陶也。无其事云尔,有其事,奚至于‘窃负而逃,遵海滨而处’? 故曰孟子之言‘察而不尽理,权而不尽义’。夫衡之为物也,徒悬则偏而倚,加权焉则运而平。一重一轻之间,圣人权之时也。请问权,曰:皋陶不难弃士,不过失刑而已矣。以君臣权之,天下之为君臣者必定,义莫高焉。舜不难弃位,不过隐法而已矣。以父子权之,天下之为父子者必悦,仁莫盛焉。故善为政者，无以小妨大，无以名毁义，无以术害道，无以所贱干所贵，迁其身有以利天下则为之，贬其名有以安天下则为之，其唯舜、皋陶乎?"

右刘原父《明舜》

予读韩愈书，知其斥杨墨、排释老，以尊圣人之道，其志笃矣。自孟轲、扬雄没，传其道而醇者，唯韩愈氏而已。然其言孟轲辅圣明道之功不在禹下，斯亦过矣。得非美其流而忘其源乎？当尧之时，洪水浸天下，民病其害深矣。虽尧舜之圣，犹咨嗟遑遑，未有以治之之道，禹乃决横流而放于海，粒斯民而奠厥居，是天下之患，非禹不能去，昭昭然矣。虽百夔卨又何益哉？孔子之道，衣被天地，陶甄日月，万类之性，人灵之本，孰不由其德而能存乎？苟一日失之，则鸟兽之不若也。当周之亡，辩诈暴横，圣人之道偶不行于一时，亦犹天地之晦，日月之蚀，运之常也，复何伤乎？孟轲，学圣者也，愤然而兴，辟杨、墨，诛叛义，以尊周公、孔子，信有大功于世。然圣人之道，无可无不可，苟当时轲之徒不能力排杨、墨，横遏异端，明仁义以训天下，则圣人之教果从而废乎？若使圣人之道遭杨、墨之害而遂衰微，则亦一家之小说尔，又乌足谓万世之法哉？轲虽欲张大其教，天下可从而兴乎？是圣人之道不为一人而废，一人而兴，又昭昭然矣。其后嬴政肆虐，火其书，窒其途，愚天下之耳目，使不能通其说，其为害，过杨、墨远矣！然汉家之兴，则孔氏之言雷震于海内，岂复由轲之辩而后行邪？故曰：誉之不足益，毁之不足损，由其道大也。后之儒者，有能立言著书，振扬其风，发明其旨则可矣；若曰随其废而兴之，因其塞而通之，得非过矣乎？予谓杨、墨之祸，未若洪水，然而九年之害，非禹不能平。孔氏之道，虽见侵毁，亦不由轲而益。尊苟毁誉由轲而兴，则不足谓之孔氏之道，使圣人复生，必不易予言也。

　　　　　右张俞《论韩愈称孟子功不在禹下》

　　舜生三十，征庸三十，在位五十载，陟方乃死。□《谥法》曰："受禅成功曰舜，仁圣盛明曰舜。"《白虎通》曰："舜犹僢僢也，言能推信尧道而行之。"孔安国曰："舜生三十，征庸三十，在位服丧三年，其一在三十之数，为天子五十年，凡寿百一十二岁。"案《书》称"帝乃殂落，百姓如丧考妣，三载，四海遏密八音。"言百姓思慕尧德，且明舜虽受终，令天下服丧三年，如继世之礼，故于殂落下终言之。下文云"月正元日，舜格于文祖"，谓尧崩逾年，见于文祖庙而改元。孟轲不达此言，以为三载服除后，舜格于文祖，乃妄称孔子曰舜既为天子，又帅天下诸侯，以为尧三年丧，是二天子矣。若然，当以服除之月至庙，不当用"正月元日"也。逾年改元，《春秋》常法，迄今如之。轲又云尧、舜、禹崩，三年丧毕，舜、禹、益皆避其子，然后践位。且舜正月上日受终文祖，已二十八年，岂容至服除未定，方让其子？孔安国仍轲之谬，乃曰舜服尧丧三年毕，将即政，复至文祖庙。周衰，杨、墨道盛，孟子排而辟之，可谓醇矣。其于论经义，说世事，知谋往往短局乖戾，陋儒爱其词简意浅，杂然崇尚，固可鄙笑也。司马迁云："舜年三十，尧举之，五十摄行天子事，五十八尧崩，六十一代尧践位，三十九年崩。"亦用孟轲旧说也。郑玄云："舜生三十，谓生三十年也。征庸三十，谓历试三十年也。在位五十载，陟方乃死，谓摄位至死为五十年，舜年一百十岁也。"

　　　　　右刘道原《资治通鉴外纪》

　　臣闻《春秋》尊一王之法，以正天下之本，与《礼》之尊无二上，其旨实同。盖国之于君，家之于父，学者之于孔子；皆当一而不二者也。是以明王罢黜百家,表章《六经》,大儒推明孔氏,抑黜百家。今国家五十年来,于孔子之道或二而不一矣。其义说既归之于老、庄,而设科以《孟子》配《六经》,视古之黜百家而专明孔氏《六经》者,不亦异乎?前者,学官罢黜孔子《春秋》,而表章伪杂之《周礼》,以孟子配乎孔子。而学者发言折中于《孟子》,而略乎《论语》,固可考矣。今皇太子初就外傅之时,会官僚讲《孝经》而读《孟子》,盖《孟子》不当先诸《论语》者也。如以《孟子》先诸《论语》,岂所以傅道皇太子天资迈世之令质而视之以一德哉?臣愚窃以谓宜讲《孝经》而读《论语》,恭俟讲《孝经》毕日,复讲其已讲之《论语》,则其入德亦易矣。或间日读《尔雅》以示文字训诂之本源,而明天地万物之名实,先儒谓《尔雅》本是周公训成王之书,信不诬矣。臣愚流落衰暮之时,荷圣君一日非常之眷,自太子左谕德授以詹事,苟有所志,不敢无犯而有隐。臣愚自度此言一出,必遭世俗侮谤不浅矣。其所恃以安者,陛下圣度,旁烛万代之微,而不为世俗惑也。重惟太子天下之本,而一本于孔子《六经》,则宗庙社稷之流光不亦伟乎!臣以狂瞽独见之言,干冒宸扆,不胜惶惧待罪之至。

　　　　　　　　　　右晁以道《奏审皇太子读孟子》

邵氏闻见后录卷第十四

陈叔易言："王荆公得东坡《表忠观碑》本，顾坐客曰：'似何人之文？'自又曰：'似司马迁。'自又曰：'似迁何等文？'自又曰：'《三王世家》也。'"予以为不然。司马迁死，其书亡《景帝》、《武帝》二《纪》、《礼书》、《乐书》、《汉兴以来将相年表》、《日者》、《龟策传》、《三王世家》。至元成间，褚先生者补作《武帝纪》、《三王世家》、《龟策》、《日者传》，当时以其言鄙陋，失迁本意。荆公岂不知此，而以今《三王世家》为迁之书邪？如议者多以司马迁訾武帝，故于《本纪》但著绝海求神仙、大宛取马、用兵祠祭等事，以为谤者，亦非也。

子由云："子瞻读书，有与人言者，有不与人言者。不与人言者，与辙言之，而谓辙知之。"世称苏氏之文出于《檀弓》，不诬矣。

柳子厚云："以淮、济之清有玷焉若秋毫，固不为病，然而万一离娄子眇然睨之，不若无者之快也。"予谓文章英发前无古人者，益当兼佩斯言矣。

柳子厚云："北之晋，西适豳，东极吴，南至楚、越之交，其间名山水而州者以百数，永最善。"以妙语起其可游者，读之令人翛然有出世外之意。然子厚别云："永州于楚为最南，状与越相类，仆闷即出游，游复多恐，涉野则有蝮虺大蜂，仰空视地，寸步劳倦，近水即畏射工、沙虱含怒窃发，中人形影，动成疮疣。"子厚前所记黄溪、西山、钴鉧潭、袁家渴果可乐乎？何言之不同也？

东坡《江行唱和集序》云："昔之为文者，非能为之为工，乃不能不为之为工也。山川之有云，草木之有花实，充满抑郁，而见于外，虽欲无有，其可得邪？故予为文至多，未尝敢有作文之意。"时东坡年方冠，尚未第，其有发于文章已如此。故黄门论曰："公之于文，得之于天也。"

欧阳公谓曾子固云："王介甫之文，更令开廓，勿造语及模拟前人。"又云："孟、韩文虽高，不必似之也。"谓梅圣俞云："读苏轼之书，不觉汗出，快哉！老夫当避路，放他出一头地也。"又曰："轼所言乐，乃修所得深者尔，不意后生达斯理也。"欧阳公初接二公之意已不同矣。

退之于文，不全用《诗》、《书》之言。如《田弘正先庙碑》曰："昔者，鲁僖公能遵其祖伯禽之烈，周天子实命其史臣克作为《駉》、《駜》、《泮》、《閟》之诗，使声于其庙，以假鲁灵。"其用诗之法如此。如曰《前进士上宰相书》解释"菁菁者莪"二百余字，盖少作也。

柳子厚记其先友于父墓碑，意欲著其父虽不显，所交游皆天下伟人善士，列其姓名官爵，因附见其所长者可矣。反从而讥病之不少贷，何也？是时，子厚贬永州，又丧母，自伤其葬而不得归也。其穷厄，可谓甚矣，而轻侮好讥议尚如此，则为尚书郎时可知也。退之云"不自贵重"者，盖其资如此云。

柳子厚书段太尉逸事："解佩刀，选老躄者一人持马，至郭晞门下，甲者出，太尉笑且入曰：'吾戴吾头来矣。'"宋景文修《新书》曰："吾戴头来矣。"去一"吾"字，便不成语。"吾戴头来"者，果何人之头耶？曾子固之文，可以名家矣。然欧阳公谓：广文曾生者，在礼部奏名之前已为门下士矣。公示吴孝宗诗,有云:"我始见曾子,文章初亦然。昆仑倾黄河,渺漫盈百川。疏决以道之,渐敛收横澜。东溟知所归,识路到不难。"是子固于文,遇欧阳公方知所归也。而子固祭欧阳公文自云"戆直不敏,早蒙振袚,言縠公诲,行縠公率"也。子开于欧阳公下世之后,作子固《行述》,乃云:"宋兴八十余年,海内无事,异材间出。欧阳文忠公赫然特起,为学者宗师。公稍后出,遂与文忠齐名。"予以为过矣。张籍《哭韩退之》诗云:"而后之学者,或号为韩、张。"退之日,籍、湜辈者,学者曰"韩门弟子",不曰"韩、张"也。苏东坡曰:"文忠之薨,十有八年,士庶所归,散而自贤。我是用惧,日登师门。"有以也夫!曾子开论其兄子固之文曰:"上下驰骋,逾出而愈新,读者不必能知,知者不必能言。盖天材独至,若非人力所能,学愈精思,莫能到也。"又曰:"言近指远,虽《诗》、《书》之作未能远过也。"苏子由论其兄子瞻之文曰:"遇事所为,诗骚铭记,书檄论谍,率皆过人。"又曰:"幼而好书,老而不倦,自言不及晋人,至唐褚、薛、颜、柳,仿佛近之。"子开之言类夸大,子由之言务谦下,后世当以东坡、南丰之文辨之。

文用助字,柳子厚论当否,不论重复。《檀弓》曰:"南宫绍之妻之姑之丧。"退之亦曰:"吾年未四十,而视茫茫,而发苍苍,而牙齿动摇。"近时六一、文安、东坡三先生知之。愚溪惜杨海之用《庄子》太多,反累正气。东坡早得文章之法于《庄子》,故于诗文多用其语。

读司马子长之文,茫然若与其事相背戾。如言"人民乐业,自年六七十翁,亦未尝至市井游敖嬉戏如小儿状"。何属于《律书》也?《伯夷传》首曰:"余登箕山,其上有许由冢云。"意果何在?下用"富贵如可求,虽执鞭之士,吾亦为之。岁寒然后知松柏之后凋”等语，殊不类，其所以为闳深高古者欤？视他人拘拘窘束，一步武不敢外其事者，胆智甚薄也。唯杜子美之于诗似之。

鲁直以晁载之《闵吾庐赋》问东坡何如？东坡报云：“晁君骚辞，细看甚奇丽，信其家多异材邪！然有少意，欲鲁直以渐箴之。凡人为文，宜务使平和，至足之余，溢为奇怪，盖出于不得已耳。晁君喜奇似太早，然不可直云尔，非为之讳也，恐伤其迈往之气，当为朋友讲磨之语可耳。”予谓此文章妙诀，学者不可不知，故表出之。

东坡中制科，王荆公问吕申公：“见苏轼制策否？”申公称之。荆公曰：“全类战国文章，若安石为考官，必黜之。”故荆公后修《英宗实录》，谓苏明允有“战国纵横之学”云。老苏公云：“学者于文用引证，犹讼事之用引证也。既引一人，得其事则止矣。或一人未能尽，方可他引。”

宋玉《招魂》以东西南北四方之外，其恶俱不可以托，欲屈大夫近人修门耳。时大夫尚无恙也。韩退之《罗池词》云：“北方之人兮，谓侯是非。千秋万岁兮，侯无我违。”时柳仪曹已死，若曰国中于侯，或是或非，公言未出，不如远即罗池之人，千万年奉尝不忘也。嗟夫！退之之悲仪曹，甚于宋玉之悲大夫也。

《英宗实录》：“苏洵卒，其子轼辞所赐银绢，求赠官，故赠洵光禄寺丞。”与欧阳公之《志》“天子闻而哀之，特赠光禄寺丞”不同。或云《实录》，王荆公书也。又书洵机论衡策文甚美，然大抵兵谋权利机变之言也。盖明允时荆公名已盛，明允独不取，作《辩奸》以刺之，故荆公不乐云。

《楚词》文章，屈原一人耳。宋玉亲见之，尚不得其仿佛，

况其下者？唯退之《罗池词》可方驾以出。东坡谓"鲜于子骏
之作，追古屈原"，友之过矣。如晁无咎所集《续离骚》，皆非
是。

　　韩退之之文，自经中来；柳子厚之文，自史中来；欧阳公之
文，和气多，英气少；苏公之文，英气多，和气少。苏叔党为叶
少蕴言："东坡先生初欲作《志林》百篇，才就十三篇，而先生
病，惜哉！先生胸中尚有伟于武王非圣人之论者乎？"

　　予客长安，蓝田水坏一墓，得退之自书《薛助教志》石。校
印本，殊不同。印本"挟一矢"，石本乃"指一矢"，为妙语。又
城中有发地得小狭青石，刻《瘗破砚铭》，长安又得退之《李元
宾墓铭》，段季展书，校印本，无友人博陵崔弘礼卖马葬国东门
之外七里之事。又印本《铭》云"已乎元宾，文高乎当世，行过
乎古人，竟何为哉"，石本乃"意何为哉"。"竟何为哉"，益叹石
本之语妙。欧阳公以下，好韩氏学者，皆未之见也。

　　李汉于韩退之，不曰子婿，曰门人。云："退之诗文，汉所
类也。"如《革华传》，类本无之。赵璘《因话录》云："《才命论》
称张燕公，《革华传》称韩文公，《老牛歌》称白侍郎，《佛骨诗》
称郑司徒，皆后人所诬，其辞至鄙浅，则《革华传》非退之作明
甚。"予谓凡李汉所不录，今曰《昌黎外集》者，皆可疑。如柳子
厚云：退之寓书曰，见《送元生序》，不斥浮图。又刘梦得云：韩
愈谓柳子厚曰"若知天之说乎？吾为子言天之说"云云。又
云：柳子厚死，退之以书来吊，曰："哀哉！若人之不淑，吾尝评
其文雄深雅健，似司马子长，崔、蔡不足多也。"又退之自云：
"愈与李贺书，劝贺举进士。"今其说其书皆不传，则汉之所失
亦多矣。

　　司马迁父名谈，故《史记》无"谈"字，改"赵谈"为"赵同"。

范晔父名泰,改"郭泰"、"郑泰"为"太"字。杜甫父名闲,故诗中无"闲"字,其曰"邻家闲不违"者,古本"问不违";"曾闪朱旗北斗闲"者,古本"北斗殷"。李翱父名楚今,故所为文皆以"今"为"兹"。独韩退之因李贺作《讳辩》,持言征之说,退之父名仲卿,于文不讳也。曹志为植之子,其奏云"干不植强",不讳其父名也。吕岱为吴臣,其书云"功以权成",不讳其君名也。

樊宗师之文怪矣,退之但取其不相袭而已,曰《魁纪公》二十卷,曰《樊子》三十卷,曰《春秋集传》十五卷,表、笺、状、策、书、序、传、纪、记、志、说、论、赞、铭二百九十一篇,道路所遇,及器物门里杂铭二百二十,赋十,诗七百有十九。其评曰:"多乎哉!古未有也。"又曰:"然而必出于己,不袭蹈前人一言一句,又何其难也。"又曰:"绍述于斯术,可谓至于斯极者矣。"曰"未有"曰"难"曰"极",特取其不相袭耳,不直以为美也。故其《铭》曰:"惟古于词必己出,降而不能乃剽贼。后皆指前公相袭,从汉迄今用一律。"盖斥班固而下相袭者,退之于文,吝许可如此。

邵氏闻见后录卷第十五

王勃《滕王阁记》"落霞孤鹜"之句，一时之人共称之，欧阳公以为类俳，可鄙也。然"天高地迥，觉宇宙之无穷；乐极悲来，识盈虚之有数"，亦记其意义甚远。盖勃，文中子之孙，尚世其学，一时之人不识耳。

东坡《报江季恭书》云："《非国语》，鄙意不然之，但未暇著论耳。柳子之学，大率以礼乐为虚器，以天人为不相知云云，虽多，皆此类也。所谓小人之无忌惮者。至于《时令》、《断刑》、《正符》，皆非是。"予谓学者不可不知也。

曹植《七启》言"食味芳莲之巢龟"，张协《七命》言"食味丹穴之雏鸡"，极盛馔，而二物似不宜充庖也。

或问东坡：云龙山人张天骥者，一无知村夫耳，公为作《放鹤亭记》，以比古隐者，又遗以诗，有"脱身声利中，道德自濯濯"，过矣。东坡笑曰："装铺席耳。"东坡之门，稍上者不敢言，如琴聪、蜜殊之流，皆铺席中物也。

东坡于古人，但写陶渊明、杜子美、李太白、韩退之、柳子厚之诗，为南华写柳子厚《六祖大鉴禅师碑》，南华又欲写刘梦得碑，则辞之。吕微仲丞相作《法云秀和尚碑》，丞相意欲得东坡书石，不敢自言，委甥王谠言之。东坡先索其稿谛观之，则曰："轼当书。"盖微仲之文自佳也。

曾子固初为太平州司户，守张伯玉，前辈人也。欧阳公、王荆公诸名士共称子固文章，伯玉殊不顾。间语子固："吾方作六经阁,其为之记。"子固凡誊稿六七,终不当伯玉之意,则为子固曰:"吾自为之。"其书于纸曰"六经阁者,诸子百家皆在焉",不书尊经也云云。子固始大畏服,益自励于学矣。

长安安信之子允为予言:"旧藏韩退之家集第二十六、二十七卷,茧纸正书,有退之亲改定字,后为张浮休取去。"

欧阳公谓苏明允曰:"吾阅文士多矣,独喜尹师鲁、石守道,然意犹有所未足。今见子之文,吾意足矣。"呜呼!欧阳公之足,孔子之达,杜子美之无恨,韩退之之是也。

李僔季常,苏子容丞相外孙,为予言:东坡归自儋耳,舟次京口,子容初薨,东坡已病,遣叔党来吊,自作《饭僧文》。所谓在熙宁初,陪公文德殿下,已为三舍人之冠。及元祐际,缀公迩英阁前,又为五学士之首,虽凌厉高躅,不敢言同,而出处大概,无甚相愧者。明日,季常与子容诸孙往谢之,东坡侧卧泣下,不能起。

李义山《樊南四六集》载:《为郑州天水公言甘露事表》云:"宰臣王涯等,或久服显荣,或超蒙委任,徒思改作,未可与权,敷奏之时,已彰虚伪,伏藏之际,又涉震惊。"云云。当北司愤怒不平,至诬杀宰相,势犹未已,文宗但为涯等流涕,而不敢辩。义山之《表》谓"徒思改作,未可与权",独明其无反状,亦难矣。

司马文正公薨,范蜀公取苏翰林《行状》作志,系之以铭,翰林当书石,以非《春秋》微婉之义,为公休谏议云:"轼不辞书,恐非三家之福。"就易名铭。蜀公之铭世不传,予故表出之曰:"天生斯民,乃作之君。君不独治,爱畀之臣。有忠有邪,有正有倾。天意若曰,待时而生。皇皇我宋,神器之重。卜年万亿,海内一统。而熙宁初,奸小淫纵。以朋以比,以闭以壅。

乃于黎民，诞为愚弄。人不聊生，天下讻讻。险陂恼猾，唱和
雷同。谓天不足畏谓，众不足从，谓祖宗不足法，而敢为诞谩
不恭。赫赫神宗，洞察于中，乃窜乃斥，远佞投凶。诛锄蠹毒，
方复任公。奄弃万国，未克厥终。二圣继承，谋谟辅佐。乃曰
斯时，非公不可。召公洛京，虚心至诚。公至京师，朝访夕谘。
公既在位，中外咸喜。信在言前，拭目以观。日亲万机，勤劳
百为。尽瘁忧国，梦寐以之。曾未期月，援溺振渴。事无巨
细，悉究本末。利兴害除，赏信罚必。曰贤不肖，若别白黑。
耆哲俊义，野迄无遗。元恶大憝，去之不疑。无有远迩，风从
响应。载考载稽，名实相称。天胡不仁？丧吾良臣。天实不
恕，丧吾良辅。呜呼已乎，而不留乎！山岳可拔也，公之意气
坚不可夺也。江汉可竭也，公之正论浚不可遏也。呜呼公乎，
时既得矣，道亦行矣，志亦伸矣，而寿止于斯。哀哉！”

　　欧阳公平生尊用韩退之，于其学无少异矣。退之作《处州
孔子庙碑》，以谓“自天子至郡邑守长，通得祀而遍天下者，唯
社稷与孔子焉。然而社祭土，稷祭谷，勾龙、弃，乃其佐享，非
其专主，又其位所，不屋而坛，岂如孔子用王者事，巍然当座，
以门人为配，自天子而下，北面拜跪荐祭，进退诚敬，礼如亲弟
子者。勾龙、弃以功，孔子以德，固自有次第哉！自古多有以
功德得其位者，不得常祀，勾龙、弃、孔子皆不得位，而得常祀，
事皆无如孔子之盛。所谓生民以来，未有如夫子，其贤过于
尧、舜、远者，此其效欤？”永叔作《谷城县夫子庙记》，乃云：“后
之人徒见官为立祠，而州县莫不祭之，则以为夫子之尊，由此
为盛。甚者乃谓生虽不得位，而没有所享，以为夫子荣，谓有
德之报，虽尧、舜莫若，何其谬论者欤？”是欧阳公以退之为谬
论矣。

　　眉山老苏先生里居未为世所知时,雷简夫太简为雅州,独知之,以书荐之韩忠献、张文定、欧阳文忠三公,皆有味其言也。三公自太简始知先生,后东坡、颍滨但言忠献、文定、文忠,而不言太简,何也?予官雅州,得太简荐先生书,尝以问先生曾孙子符、仲虎,亦不能言也。简夫,长安人,以遗才命官,其文亦奇,国史有传。《上韩忠献书》:"简夫启:昨年在长安,累获奏记,及人蜀来,路远颇如疏怠,恭惟恩照,恕其如此。不审均逸名都,寝食何似。简夫向年自与尹师鲁别,不幸其至死不复相见,故居常恨,以谓天下后生无复可与议论当世事者。不意得郡荒陋,极在西南,而东距眉州尚数百里。一日,眉人苏洵携文数篇,不远相访。读其《洪范论》,知有王佐才,《史论》得迁史笔,《权书》十篇,讥时之弊,《审势》、《审敌》、《审备》三篇,皇皇有忧天下心。呜呼!师鲁不再生,孰与洵抗邪?简夫自念道不著,位甚卑,言不为时所信重,无以发洵之迹。遽告之曰:如子之文,异日当求知于韩公,然后决不埋没矣。重念简夫阻远门藩,职有所守,不获摺版约袂疾指快读洵文于几格间,以豁公之亲听也,但邑邑而已。洵年逾四十,寡言笑,淳谨好礼,不妄交游,亦尝举茂才,不中第,今已无意。近张益州安道荐为成都学官,未报。会今春将二子入都,谋就秋试,幸其东去,简夫因约其暇日,令自袖所业,求见节下,愿加奖进,则斯人斯文不为不遇也。"《上张文定书》:"简夫启:简夫近见眉州苏洵著述文字,其间如《洪范论》,真王佐才也。《史论》,真良史才也。岂惟西南之秀,乃天下之奇才尔。令人欲糜珠蠚芝,躬执匕箸,饫其腹中,恐他馈伤。且不称其爱护如此,但怪其不以所业投于明公,问其然,后云:'洵已出张公门下矣,又辱张公荐,欲使代黄柬为郡学官。洵思遂出张公之门,亦不

辞矣。'简夫喜其说。窃计明公引洵之意,不只一学官,洵望明
公之意,亦不只一学官,第各有所待也。又闻明公之荐,累月
不下,朝廷重以例捡,执政者靳之,不特达。虽明公重言之,亦
恐一上未报,岂可使若人年将五十,迟迟于涂路间邪? 昔萧昕
荐张镐云:用之则为帝王师,不用则幽谷一叟耳。愿明公荐洵
之状,至于再,至于三,俟得其请而后已,庶为洵进用之权也。"
《上欧阳内翰书》:"简夫启:简夫顷年待诏公车府,因故人苏子
美始拜符采,不间不遗,许接议论。未两三岁,而执事被圣上
不次之知,遂得以笔舌进退天下士大夫。士大夫不知刑之可
惧,赏之可乐,生之可即,死之可避,而知执事之笔舌可畏。简
夫不于此时毕其平生之力,以谨自附于下风,而方从事戎马
间,或告疾于旧隐,故足迹不至于门藩,书问不通于左右者,且
十余年矣。岂偶然哉? 盖有故耳。执事之官日隆于一日,昔
之所以议进退天下士大夫者,今又重之以权位,故其一言之
出,则九鼎不足为重。简夫见弃于时,使与俗吏齿,碌碌外官,
多谤少誉,方世之视其言,不若鸿毛之轻,故姓名不见记于执
事矣。夫人重之不为,简肯为轻哉! 方俟退于陇亩之中,绝于
公卿之间,而后敢以尺书问阍吏,道故旧之情。今未能毕其
志,而事已有以夺之矣。伏见眉州人苏洵,年逾四十,寡言笑,
淳谨好礼,不妄交游,尝著《六经》、《洪范》等论十篇,为后世
计。张益州一见其文,叹曰:'司马迁死矣,非子吾谁与?'简夫
亦谓之曰:生,王佐才也! 呜呼! 起洵于贫贱之中,简夫不能
也,然责之亦不在简夫也。若知洵不以告于人,则简夫为有罪
矣。用是不敢固其初心,敢以洵闻左右。恭惟执事职在翰林,
以文章忠义为天下师,洵之穷达,宜在执事。向者,洵与执事
不相闻,则天下不以是责执事;今也,读简夫之书,既达于前,

而洵又将东见执事于京师,今而后,天下将以洵累执事矣。"

　　陈希亮字公弼,天资刚正人也。嘉祐中,知凤翔府。东坡初擢制科,签书判官事,吏呼苏贤良。公弼怒曰:"府判官何贤良也?"杖其吏不顾,或谒入不得见。故东坡《客次假寐》诗:"虽无性命忧,且复忍斯须。"又《九日独不预府宴登真兴寺阁》诗:"忆弟恨如云不散,望乡心似雨难开。"其不堪如此。又《东坡诗案》云:任凤翔府签判日,为中元节不过知府厅,罚铜八斤,亦公弼案也。东坡作《府斋醮祷祈》诸小文,公弼必涂墨改定,数往反。至为公弼作《凌虚台记》曰:"东则秦穆公祈年橐泉,南则汉武长杨五柞,北则隋之仁寿、唐之九成,计一时之盛,宏杰诡丽,坚固而不可动者,岂特百倍于台而已哉!然数世之后,欲求其仿佛,破瓦颓垣,无复存者,既已化为禾黍枳棘丘墟陇亩矣,而况于此台欤?夫台不足恃以长久,而况于人事之得丧、忽往而忽来者欤?或者欲以夸世而自足,则过矣。"公弼览之,笑曰:"吾视苏明允犹子也,某犹孙子也。平日故不以辞色假之者,以其年少暴得大名,惧夫满而不胜也,乃不吾乐邪?"不易一字,亟命刻之石。后公弼受他州馈酒,从赃坐,沮辱抑郁抵于死。或云欧阳公憾于公弼有曲折东坡,不但望公弼相遇之薄也。公弼子慥季常,居黄州之岐亭,慕朱家、郭解为人,闾里之侠皆归之。元丰初,东坡谪黄州者,执政疑公弼废死自东坡,委于季常甘心焉。然东坡、季常相得欢甚,故东坡特为公弼作传,至比之汲黯,曰:"轼官凤翔,实从公二年。方是时,年少气盛,愚不更事,屡与公争议,至形于言色,已而悔之。"崔德符戏语予曰:"果如元丰执政之疑,东坡之悔,岂释氏忏悔之悔乎?"

　　晏公不喜欧阳公,故欧阳公自分镇叙谢,有曰:"出门馆不为不旧,受恩知不为不深,然足迹不及于宾阶,书问不通于执事。岂非飘流之质愈远而弥疏,孤拙之心易危而多畏。动常得咎,举辄累人。故于退藏,非止自便;偶因天幸,得请郡符。问遗老之所思,流风未远;瞻大邦之为殿,接壤相交。"晏公得之,对宾客占十数语,授书史作报。客曰:"欧阳公有文声,似太草草。"晏公曰:"答一知举时门生,已过矣!"

邵氏闻见后录卷第十六

欧阳公《乞致仕表》云："俾其解组官庭，还车故里。披裘散发，逍遥垂尽之年；凿井耕田，歌咏太平之乐。"客有面叹其工致平淡者，公曰："也不如老苏秀才：'有田一廛，足以为养。行年五十，复将何求？'"盖苏明允谢官笺中语，公爱之，尚不忘耳。

予见司马文正手写欧阳公《青州不俵秋料青苗钱放罪谢表》"戒小人之遂非，希君子之改过"二语，文正喜其工邪？抑以遂非改过为不然也？如文正力诋青苗等事，《免枢近出帅长安谢表》则云："虽复失位危身，终不病民害国也。"

本朝四六，以刘筠、杨大年为体，必谨四字六字律令，故曰四六。然其敝类俳语可鄙。欧阳公深嫉之曰："今世人所谓四六者，非修所好。少为进士时不免作，自及第，遂弃不作，在西京佐三相幕府，于职当作，亦不为作也。"如公之四六云："造谤于下者，初若含沙之射影，但期阴以中人；宣言于廷者，遂肆鸣枭之恶音，孰不闻而掩耳。"俳语为之一变。至苏东坡于四六，如曰："禹治兖州之野，十有三载乃同；汉筑宣防之宫，三十余年而定。方其决也，本吏失其防，而非天意；及其复也，盖天助有德，而非人功。"其力挽天河以涤之，偶俪甚恶之气一除，而四六之法则亡矣。

梅圣俞著《碧云霞应昭陵》时，名下大臣惟杜祁公、富郑公、韩魏公、欧阳公无贬外，悉讥诋之，无少避。其序曰："碧云霞，厩马也。庄宪太后临朝，以赐荆王，王恶其旋毛。太后知之，曰：'旋毛能害人邪？吾不信。'留以备上闲，为御马第一，以其吻肉色碧如霞片，故号云。世以旋毛为丑，此以旋毛为贵，虽贵矣，病可去乎？噫！"范文正公者，亦在诋中。以文正微时，常结中书吏人范仲尹，因以破家。文正既贵，略不收恤。王铚性之不服，以为魏泰伪托圣俞著此书。性之跋《范仲尹墓志》云："近时襄阳魏泰者，场屋不得志，喜伪作他人著书，如《志怪集》、《括异志》、《倦游录》，尽假名武人张师正；又不能自抑，出其姓名，作《东轩笔录》，皆用私喜怒诬蔑前人。最后作《碧云霞》，假名梅圣俞，毁及范文正公，而天下骇然不服矣。且文正公与欧阳公、梅公立朝同心，讵有异论，特圣俞子孙不耀，故挟之借重以欺世。今录杨辟所作《范仲尹墓志》，庶几知泰乱是非之实至此也。则其他泰所厚诬者，皆迎刃而解，可尽信哉？仆犹及识泰，知其从来最详，张而明之，使百世之下文正公不蒙其谬焉。颍人王铚性之题。"予以为不然，亦书其下云：美哉，性之之意也。使范公不蒙其谬，圣俞亦不失为君子矣。然圣俞蚤接诸公，名声相上下，独穷老不振，中不能无躁。其《闻范公讣》诗："一出屡更郡，人皆望酒壶。俗情难可学，奏记向来无。贫贱常甘分，崇高不解谀。虽然门馆隔，泣与众人俱。"夫为郡而以酒悦人，乐奏记，纳谀佞，岂所以论范公者！圣俞之意，真有所不足邪？如著文公灯笼锦事，则又与《书窜》诗合矣。故予疑此书实出于圣俞也。

有童子问予东坡《梅花诗》："玉奴终不负东昏。"按《南史》，齐东昏侯妃潘玉儿，有国色。牛僧孺《周秦行记》："薄太后曰：'牛秀才远来，谁为伴？'潘妃辞曰：'东昏侯以玉儿身亡国除，不拟负他。'"注云："玉儿，妃小字。"东坡正用此事，以"玉儿"为"玉奴"，误也。又《过岐亭陈季常》诗："不见卢怀慎，炰壶似炰鸭。"按《卢氏杂记》，郑馀庆约客食，戒中厨烂炰，去毛勿拗项折，客为炰鹅鸭。既就食，各置炰壶芦一枚于前。则"炰壶似炰鸭"者郑馀庆，非卢怀慎，亦误也。又《送子由出疆诗》："忆昔庚寅降屈原，旋看蜡凤戏僧虔。"按《南史》，王昙首内集，听子孙为戏，僧达跳地作虎子。僧虔累十二博棋，不坠落。僧绰采蜡烛作凤皇。则以蜡凤戏者僧绰，非僧虔，亦误也。又《和徐积》诗："杀鸡未肯邀季路，裹饭应须问子来。"按《庄子》，子舆与子桑友，而霖雨十日。子舆曰："子桑殆疾矣。"裹饭往食之。则裹饭者子舆，非子来，亦误也。又《谢黄师是送酒》诗："偶逢元放觅拄杖，不觉麹生来坐隅。"检《左慈元放传》，无拄杖酒事。按抱朴子《列仙传》，孔元方每饮酒，以拄杖卓地倚之，倒其身，头在下，足在上。则拄杖酒事乃孔元方，非左元放，亦误也。又《和李邦直》诗："恨无杨子一区宅，懒卧元龙百尺楼。"按陈登字元龙，许汜与刘备在刘表坐，表与备共论天下人。汜曰："陈元龙湖海之士，豪气不除。"备问汜宁有事邪？汜曰："昔过下邳见元龙，元龙无客主之意，久不相与语，自上大床卧，使客卧下床。"备曰："君有国士之名，今天下大乱，无救世之意，而求田问舍，言无可采，是元龙所讳也，何当与君语？如小人欲卧百尺楼上，卧君于地，何止上下床之间邪？"表大笑。则百尺楼者刘备，非元龙，亦误也。又《豆粥》诗："湿薪破灶自燎衣，饥寒顿解刘文叔。"按《汉史》，王郎起，光武自蓟东南驰，至南宫县，遇大风雨，引车入道旁空舍，冯异抱薪，邓禹爇火，光武对灶燎衣，冯异进麦饭，非豆粥，若芜蒌亭豆粥，则无湿薪破灶燎衣等事，亦误也。又《和刘景文听琵琶》诗："犹胜江左狂灵运，共斗东昏百草须。"按唐刘梦得《嘉话》，晋谢灵运美须，临刑施为南海祇洹寺维摩塑像须，寺之人宝惜，初无亏损。至中宗朝，安乐公主五日斗百草，欲广物色，令驰驿取之，又恐为他所得，尽弃其余。则以灵运须斗百草者，唐安乐公主，非齐东昏侯，亦误也。又《会猎诗》："不向如皋闲射雉，归来何以得卿卿。"按《左传·昭公二十八年》，贾大夫娶妻美，御以如皋，射雉，获之。杜氏注："为妻御之皋泽"。则如当训之，非地名，亦误也。又《海市》诗："潮阳太守南迁归，喜见石廪堆祝融。"按韩退之《谒衡岳》诗"紫盖连延接天柱，石廪腾掷堆祝融"，又云"窜逐蛮夷幸不死"，故以为退之迁潮阳归日作。是未详退之先谪阳山令，徙掾江陵日，委舟湘流，往观衡岳之语。乃云"潮阳太守南迁归"，亦误也。周《诗》"大姒嗣徽音"者，大姒嗣大任耳，大任于大姒，君姑也，有嗣之义。《司马文正行状》"二圣嗣位"，哲宗于神庙为子，曰"嗣位"则可，宣仁后于神庙为母，曰"嗣位"则不可，亦误也。又《二疏赞》："孝宣中兴，以法驭人，杀盖、韩、杨，盖三良臣，先生怜之，振袂脱屣。使知区区，不足骄士。"三良臣，谓盖宽饶、韩延寿、杨恽也。意以孝宣杀此三人，故二疏去之耳。按《汉史》，孝宣地节三年，疏广为皇太子太傅，兄子受为少傅，至元康四年，俱谢病去。后二年，当神雀二年九月，司隶校尉盖宽饶下有司自杀。又三年，当五凤元年十二月，左冯翊韩延寿弃市。又一年，当五凤二年十二月，平通侯杨恽要斩，皆在二疏去之后。以二疏因杀三人而去者，亦误也。佛书"日月高悬，盲者不见"，《日喻》"眇者不识日"，眇能视，非盲也，岂不识日？亦误也。又序"谢自然欲过海求师，或谓蓬莱隔弱水三万里，不可到。天台有司马子微,身居赤城,名在绛阙,可往从之,自然可还授道于子微,白日仙去。"按子微以开元十五年死于王屋山,自然生于大历五年,至贞元十年仙去,是子微死四十三年自然始生。乃云"自然授道于子微",亦误也。东坡信天下后世者,宁有误邪?予应之曰:"东坡累误千百,尚信天下后世也。"童子更曰:"有是言,凡学者之误亦许矣。"予曰:"尔非东坡奈何?"

程文简公父元白,官止县令,以文简贵,赠太师,类无可书。欧阳公追作神道碑,至九百余言,世以为难。韩忠献公曾祖惟古无官,以忠献贵,赠太保,益无可书。李邦直追作神道碑,至三百余言,其文无一剩语,世尤以为难也。

吕献可以追尊濮园事击欧阳公,如曰"具官某,首开邪议,妄引经证,以枉道悦人主,以近利负先帝"者,凡十四章。具载献可奏议中。司马文正作序,乃首载欧阳公《谏臣论》,以为诚言。文正之意,以献可能尽欧阳公所书谏臣之事,使欧阳公无得以怨欤?抑以欧阳公但能言之,献可实能行之也?不然,献可排欧阳公为邪,反以欧阳公之论,序献可之奏,又以为诚言可乎?欧阳公晚著《濮议》一书,专与献可诸公辩,独归过献可,为甚矣。

孔子自谓不及颜回,曹孟德《祭桥玄文》云尔。东坡《醉白堂记》亦云。

宋元王二年,江使神龟使于河,至于泉阳,渔者豫且举网得之。龟来见梦于宋元王,梦见一丈夫,延颈而长头,衣玄绣之衣而乘辎车云云。出《史记·龟策列传》。韩退之《孟东野失子》诗云:"东野夜得梦,有夫玄衣巾。"实用此事。

东坡既迁黄岗,京师盛传白日仙去。神庙闻之,对左丞蒲宗孟叹惜久之。故东坡谢表有云"疾病连年,人皆相传为已死;饥寒并日,臣亦自厌其余生"也。

曾南丰读欧阳公《昼锦堂记》"来治于相",《真州东园记》"泛以画舫之舟"二语,皆以为病。

邵氏闻见后录卷第十七

嘉祐六年三月，仁皇帝幸后苑，召宰执、侍从、台谏、馆阁以下赏花钓鱼，中觞，上赋诗："晴旭晖晖花尽开，氤氲花气好风来。游丝胃絮萦行仗，堕蕊飘香入酒杯。鱼跃纹波时泼刺，莺流深树久徘徊。青春朝野方无事，故许欢游近侍陪。"宰相韩琦、枢密曾公亮、参政张昪、孙抃、副枢欧阳修、陈旭以下皆和，帝独称赏韩琦"轻阴阁雨迎天步，寒色留春送寿杯"之句。时翰林学士承旨宋祁久疾在告，明日和诗来上，帝览之已，怅然。不数日祁薨，益加震悼云。

真宗尝问杨大年："见《比红儿》诗否？"大年失对。每语子孙为恨，后诸孙有得于相国寺庭杂卖故书中者。盖唐末罗虬、罗邺、罗隐兄弟俱有文，时号"三罗"。虬登科，从事坊州，有营妓小字红儿，先为郡将所嬖，人不敢近。虬亦悦之，郡将不能容，虬弃官去，然于红儿犹不忘也。拟诸美物，作《比红儿》诗百首，事出《摭言》，亦略见《太平广记》中。大年不知，何也？

嘉祐中，侍从官列荐国子博士梅尧臣宜在馆阁，仁皇帝曰："能赋'一见天颜万人喜，却回宫路乐声长'者也。"盖帝幸景灵宫，尧臣有诗，或传入禁中，帝爱此二语。召试赐等，竟不登馆阁以死。

兖州之东有漏泽，每夏中频雨，则积水弥望；至秋分后，声起水中如雷，一夕尽涸，初不可测。奇石林立，或寻其下得穴，水自此入。李卫公平泉有石，刻字曰漏泽，作亭其前，曰鲁石。

有诗云"鲁客持相赠,琼瑰乃不如"者,兖之漏泽石也。

《国史补》载:"韩退之好奇,与客登华山绝峰,度不可返,发狂恸哭,赖华阴令百计取得之。"或云无是事。予读退之《答张彻》诗云:"洛邑得休告,华山穷绝陉。倚岩睨海浪,引袖拂天星。日驾此回辖,金神所司刑。泉绅拖修白,石剑攒高青。礴硪泆拳踢,梯飙贴伶俜。悔狂已咋指,垂诫仍镵铭。"可信《国史补》不妄。

韩退之使镇州,《题寿阳驿》云:"风光欲动别长安,春半边城特地寒。不见园花并巷柳,马头唯有月团团。"《镇州归》再赋云:"别来杨柳街头树,摆撼春风只欲飞。还喜小园桃李在,留花不发待郎归。"孙子阳为予言:"近时寿阳驿发地,得二诗石。唐人跋云:'退之有倩桃、风柳二妓,归途闻风柳已去,故云。'后张籍《祭退之》诗云'乃出二侍女,合弹琵琶筝'者,非此二人邪?"

钱昭度有《食梨》诗云:"西南片月充肠冷,二八飞泉绕齿寒。"予读《乐府解题》,《井谜》云:"二八三八,飞泉仰流。"盖二八三八为五八,五八四十也。四十为井字。

黄鲁直诗云:"山椒欲雨好云飞,湖面迎风生水纹。"汪彦章用其体云:"野田无雨出龟兆,湖水得风生縠纹。"昔宋景文问晏元献:"刘梦得'瀼西春水縠纹生',生字当作何义?"元献云:"作生于縠纹意,不合当作生熟之生。"景文叹服,以为妙语。今彦章以生对出,则作生长之生矣。岂不闻元献之说邪?

王元之,济州人,年七八岁已能文,毕文简公为郡从事,始知之。问其家以磨面为生,因令作《磨》诗。元之不思以对:"但存心里正,无愁眼下迟。若人轻着力,便是转身时。"文简大奇之,留于子弟中讲学。一日,太守席上出诗句:"鹦鹉能言争似凤。"坐客皆未有对。文简写之屏间,元之书其下:"蜘蛛虽巧不如蚕。"文简叹息曰:"经纶之才也。"遂加以衣冠,呼为小友,至文简入相,元之已掌书命矣。

唐人知贡举者,有诗云:"梧桐叶落井亭阴,锁闭朱门试院深。尝是昔年辛苦地,不将今日负初心。"后为下第者裁作五言以诮之。出《岚斋记》。

予尝见南唐李侯撮襟,书宫人庆奴扇云:"风情渐老见春羞,到处销魂感旧游。多谢长条似相识,强垂烟态拂人头。"

唐荆州每解送举人,多不成名,号曰"天荒"。至刘蜕舍人以荆州解及第,号"破天荒"。东坡尝以诗二句,遗琼州进士姜唐佐,"沧海何曾断地脉,白袍端合破天荒",用此事也。题其后云:"待子及第,当续后句。"后唐佐自广州随计过许昌,见颍滨时,东坡已下世,相持出涕,颍滨为足成其诗云:"生长茅间有异方,风流稷下古诸姜。适从琼管鱼龙窟,秀出羊城翰墨场。沧海何曾断地脉,白袍端合破天荒。锦衣他日千人看,始信东坡眼目长。"

李士宁,蓬州人,有异术,王荆公所谓"李生坦荡荡,所见实奇哉"者。熙宁中,宗室世居,狱连士宁,吕惠卿初叛荆公,欲深文之,以侵荆公。神宗觉之,亟复相荆公。荆公平生好辞官,至是不复辞,自金陵连日夜以来,惠卿罢去,士宁止从编置。初,士宁赠荆公诗,多全用古人句,荆公问之,则曰:"意到即可用,不必皆自己出。"又问:"古有此律否?"士宁笑曰:"《孝经》,孔子作也,每章必引古诗,孔子岂不能自作诗者?亦所谓意到即可用,不必皆自己出也。"荆公大然之。至辞位迁观音院,题薛能、陆龟蒙二诗于壁云:"江上悠悠不见人,十年一觉梦中身。殷勤为解丁香结,放出枝头自在春。蜡屐寻苔认旧踪,隔溪遥见夕阳春。当年诸葛成何事?只合终身作卧龙。"
用士宁体也。后又多集古句,如《胡笳曲》之类不一,《夫子曳
杖之歌》有"泰山其颓,哲人其萎"之语。唐天宝中,长安雨木
冰,宁王薨,谣曰:"冬凌树稼达官怕。"熙宁中,京师雨木冰,又
华山崩阜头谷数千百丈,压七村之人。时王荆公为相,变乱典
常,徵敛财利,识者危之。适韩魏公薨,荆公作挽诗云:"木稼
曾闻达官怕,山颓果见哲人萎。"遂以魏公当之。潘邠老云:
"花妥莺捎蝶,溪喧獭趁鱼。"妥音堕,乃韵。邠老不知秦音,以
落为妥上声,如曰雨妥花妥之类。少陵,秦人也。

　唐诗家有假对律,曰:"床头两瓮地黄酒,架上一封天子
书。"又:"三人铛脚坐,一夜掉头吟。"又:"须欲沾青女,官犹佐
子男"等句是也。或鄙其不韵,如杜子美"枸杞因吾有,鸡栖奈
汝何?"又:"饮子频通汗,怀君想报珠。"杜牧之:"当时物议朱
云小,后代声名白日悬。"亦用此律也。

　"经来白马寺,僧到赤乌年。"唐僧灵澈语,东坡《海会殿上
梁文》全取之。陶渊明《读山海经》诗云:"形天无千岁。"盖校
本之误,乃"形天舞干戚"耳。按《山海经》,海中有兽名形天,
每出水,必衔干戚而舞云。

　王荆公步月中山,蒋颖叔为发运使,过之,传呼甚宠,荆公
意不悦。颖叔喜谈禅,荆公有诗云:"怪见传呼杀风景,不知禅
客夜相投。"按李义山《杂纂·杀风景门》"月下传呼"用此事。

　《唐史》:中和四年六月,时溥以黄巢首上行在者,伪也。
东西二都旧老相传,黄巢实不死,其为尚让所急,陷太山狼虎
谷,乃自髡为僧,得脱,往投河南尹张全义,故巢党也。各不敢
识,但作南禅寺以舍之。予数至南禅,壁间画僧,巢也。其状
不逾中人,唯正蛇眼为异耳。老人言:更有故写真绢本尤奇,

巢题诗其上云："犹忆当年草上飞，铁衣脱尽挂僧衣。天津桥上无人识，独凭阑干看落晖。"为李易初取也。

庆历中，翰林侍读学士李淑守郑州，题周少主陵云："弄耜牵车晚鼓催，不知门外倒戈回。荒坟断陇才三尺，刚道房陵半仗来。"时上命淑作《陈文惠公尧佐墓铭》，淑书"尧佐好为小诗，间有奇句"，及有"尪僝弗咸"等语。陈氏子弟请易去，淑以文先奏御，不可易。陈氏子弟恨之，刻淑《周陵》诗于石，指"倒戈"为谤。上亦以艺祖应天顺人，非逼伐而取之，落淑学士。淑上章辨《尚书》之义，盖纣之前徒自倒戈攻纣，非武王倒戈也。上知淑深于经术，待之如初。宋内翰祁曰："白公云'户大嫌甜酒，才高笑小诗'。其献臣之谓乎？"献臣，淑字也。为文尤古奥，有樊宗师体。

《王羲之传》："山阴道士好养鹅，羲之往观，意甚悦，欲得之。道士云：'为写《道德经》，当举群相赠。'羲之欣然写毕，笼鹅以去。"李太白《送贺监》诗乃云："鉴湖流水春始波，狂客归舟逸兴多。山阴道士如相见，应写《黄庭》换白鹅。"世人有以右军写《黄庭经》换鹅者，又承太白之误耳。

李太白《侠客行》云："事了拂衣去，深藏身与名。"元微之《侠客行》云："侠客不怕死，怕死事不成，事成不肯藏姓名。"或云二诗同咏侠客，而意不同如此。予谓不然。太白咏侠不肯受报，如朱家终身不见季布是也。微之咏侠欲有闻于后世，如聂政姊之死，恐终灭吾贤弟之名是也。

少陵"陶冶性情存底物"，本颜之推"至于陶冶性情，从容讽谏，人其滋味，亦乐事也"。又少陵"悲君随燕雀，薄宦走风尘"，本陈胜于人佣耕之语也。又少陵"上君白玉堂，侍君金华省"，本班固《自叙》"时上方向学，郑宽中、张禹朝夕入说《尚书》、《论语》金华殿中"也。又少陵"露井冻银床",本《晋书·乐志·淮南篇》"后园凿井银作床,金瓶素练汲寒浆"也。又少陵"春水船如天上坐",本沈云卿"船如天上坐,人在镜中行","船如天上去,鱼似镜中悬"也。或以此论少陵之妙。予谓少陵所以独立千载之上者,不但有所本也。《三百篇》之作,果何本哉?

邵氏闻见后录卷第十八

欧阳公每哦太白"三山半落青天外,二水中分白鹭洲"之句,曰:"杜子美不道也。"予谓约以子美律诗,"青天外"其可以"白鹭洲"为偶也?

退之《石鼓诗》体,子美八分歌也。

"羲农去我久,举世少复真。汲汲鲁中叟,弥缝使其淳。凤鸟虽不至,礼乐暂时新。洙泗辍微响,漂流逮狂秦。《诗》《书》复何罪,一朝成灰尘。区区诸老翁,为事诚殷勤。如何绝世下,六籍无一亲。终日驰车去,不见所问津。若复不快饮,空负头上巾。但恨多谬误,君当恕醉人。"予昔与苏仲虎会清溪真觉僧房客,有出东坡书渊明此诗者。仲虎曰:"大父平生爱写此诗,于士友间数见之。"予曰:"伏羲、神农出上古,所谓莫之为而任其自然,下此始有传,然事多伪而不实。孔子特弥缝之,使天下后世曰圣人而不敢议,功德被于尧、舜以降,其贤岂不远哉? 如汲郡魏襄王冢中所得竹简文字,渊明固不废也。东坡论武王非圣人,不知言者已骇然不服,其可与论渊明此意也。"仲虎不觉起立曰:"可畏哉渊明,故反曰吾醉中谬言当恕也。"

刘中原父望欧阳公稍后出,同为昭陵侍臣,其学问文章,势不相下,然相乐也。欧阳公喜韩退之文,皆成诵,中原父戏以为"韩文究"。每戏曰:"永叔于韩文,有公取,有窃取,窃取者无数,公取者粗可数。"永叔《赠僧》云:"韩子亦尝谓,收敛加冠巾。"乃退之《送僧澄观》"我欲收敛加冠巾"也。永叔《聚星堂燕集》云:"退之尝有云,青蒿倚长松。"乃退之《醉留孟东野》"自惭青蒿倚长松"也。非公取乎?欧阳公以退之"读《墨子》不相用,不足为孔墨"为叛道。中原父笑曰:"永叔无伤事主也。"

杜子美《饮中八仙歌》,其句云:"左相日兴废万钱,饮如长鲸吸百川,衔杯乐圣称世贤。"世贤二字,殆不可晓。或云"世"字当作"避"字,写本误也。盖左相者,李适之也,有直声。右相李林甫奸邪,适之议论数不同,自免去。有诗云:"避贤初罢相,乐圣且衔杯。试问门前客,今朝几个来。"子美"衔杯乐圣称避贤"者,正用适之诗语也。

韩退之与孟东野《斗鸡联句》有云:"神槌困朱亥。"古本云"袖槌"。用《史记》朱亥袖四十斤铁槌杀晋鄙事也。

韩熙载畜妓乐数百人,俸入,为妓争夺以尽,至贫乏无以给。夕则敝衣屦,作瞽者,负独弦琴,随房歌鼓以丐饮食。东坡《谢元长老衲裙》诗云:"欲教乞食歌姬院,故与云山旧衲衣。"用其事也。然予独未达东坡之意。

古乐府:"藁砧今何在?山上复有山。何当大刀头?破镜飞上天。"藁砧,铁也,问夫何在。重山,出字,夫出也。何当大刀头,刀头有环,何时还也。破镜飞上天,月半还也。如李义山"空看小垂手,忍问大刀头",宋子京"曾损归书凭鲤尾,莫令残月误刀头",俱用此事云。

杜子美《赠韦左丞》诗:"窃效贡公喜,难甘原宪贫。""原宪贫"所自不一,"贡公喜"注引"王阳入仕,贡禹弹冠",事虽是,而无"贡公喜"三字。予读刘孝标《广绝交论》云:"王阳登则贡公喜。"此其自也。

　　杜子美"青青竹笋迎船出,日日江鱼入馔来",后得古本, "日日"作"白白",不但于句甚偶,其思致亦不同。

　　张籍《老将》诗云:"卫青不败由天幸,李广无功为数奇。" 古人传诵以为佳句。按《汉书》,"天幸"二字乃霍去病,非卫青 也。《汉书音义》,"数音朔",则亦不可对"天"矣。

　　杜子美《赠高适》诗云:"脱身簿尉中,始与捶楚辞。"退之 《赠张功曹》诗云:"判官卑小不堪说,未免捶楚尘埃间。"杜牧 之《寄侄阿宜》诗云:"一语不中治,鞭捶身满疮。"盖唐参军簿 尉,有罪加挞罚,如今之胥吏也。高子勉亲见山谷云尔。予初 疑其不然,因读《唐史》,代宗命刘晏考所部官善恶,刺史有罪 者,五品以上劾治,六品以下杖讫奏,参军簿尉不足道也。

　　杜审言字必简,子美大父也。景龙初,为国子监主簿。和 韦承庆《山庄》诗五首:"径转危峰碧,桥斜缺岸妨。玉泉移酒 味,石髓换粳香。绾雾青条弱,牵风紫蔓长。犹言行乐少,别 向后池塘。""攒石当轩倚,悬泉度牖飞。鹿麚衔妓席,鹤子曳 童衣。园果尝难遍,池莲摘未稀。卷帘先待月,应在醉中归。" "携琴绕碧纱,摇笔弄青霞。杜若幽林草,芙蓉曲沼花。宴游 成野客,形胜得山家。往往留仙步,登攀日易斜。""野兴城中 发,朝英物外求。情悬朱绂望,契动赤城游。海燕巢书阁,山 鸡舞画楼。雨余清更晚,共坐北岩幽。""赏玩奇他日,高深处 此时。地为八水背,峰作九山疑。池静鱼偏逸,人闲鸟欲欺。 青溪留别兴,更与白云期。"味其句法,知子美之诗有自云。

　　舒州峰顶寺有李太白题诗:"夜宿峰顶寺,举手扪星辰。 不敢高声语,恐惊天上人。"曾子山始见之,不出于集中,亦恐 少作耳。

　　《国史》先大父《康节传》云:"与常秩同召,某卒不起,褒矣。"故大父之葬,门生挽诗有"地下若逢常处士,揶揄应笑赠官来"之句。

古今诗人,多以记境熟语或相类。鲍明远云"昔如搆上鹰,今似槛中猿",杜子美云"昔如纵壑鱼,今如丧家狗",王荆公云"昔如下击三鹞拳,今如倒曳九牛尾"。李太白云"沙墩至梁苑,二十五长亭",杜牧之云"故乡七十五长亭"。《选》诗云"流波恋旧浦,行云思故山",太白云"水忽恋前浦,云犹归旧山"。嵇叔夜云"委性命兮任去留",陶渊明云"曷不委心任去留"。方干云"蝉曳残声过别枝",苏子美云"山蝉带响穿疏户"。韦应物云"野渡无人舟自横",寇莱公云"野水无人渡,孤舟尽日横"。王元之云"谪居思遁世,多病厌浮生",莱公云"愁多怯秋夜,病久厌人生"。唐人云"人心胜潮水,相送过浔阳",梅圣俞云"寒潮如特送,不肯过溢城"。元之云"烧残灰烬方分玉,拨尽寒沙始见金",圣俞云"力槌顽石方逢玉,尽拨寒沙始见金"。杜子美云"坐饮贤人酒,门听长者车",荆公云"室有贤人酒,门多长者车"。唐人云"万井闾阎皆禁火,九原松柏自生烟",圣俞云"千门皆禁火,九野自生烟"。刘梦得云"药性病生谙",于鹄云"病多谙药性"。唐人云"中流见树影,两岸闻钟声",张祜云"树影中流见,钟声两岸闻"。诸名下之士,岂相剽窃者邪?

杜祁公《齿落诗》有"刚须饶舌在,寒不为唇亡"之句。时年八十,其警策尚如此!

李太白诗"我醉欲眠卿可去",陶潜语也。杜子美"使君自有妇",《选》中罗敷诗语也。"泥污后土何尝干",宋玉《九辩》语也。

杜子美"无风云出塞,不夜月临关",王子韶云:无风,谷名;不夜,城名。尝亲至其地。如李义山《锦瑟》诗"庄生晓梦迷蝴蝶,望帝春心托杜鹃",庄生、望帝,皆瑟中古曲名。

杜子美以"郑、李"对文章,"严仆射"对"望乡台","春苜蓿"对"霍嫖姚","正冠"对"吹帽"。又云"轩墀曾宠鹤",如鹤乘轩。《左氏传》注云:"轩,大夫车也。"非轩墀之轩,或以为病,惟知诗者能辨之。

杜子美《饮中八仙歌》"知章骑马似乘船",又"天子呼来不上船",用两"船"字韵;"汝阳三斗始朝天",又"举头白眼望青天",用两"天"字韵;"苏晋长斋绣佛前",又"皎如玉树临风前",又"脱帽露顶王公前",用三"前"字韵;"眼花落井水底眠",又"长安市上酒家眠",用两"眠"字韵。《牵牛织女》诗"蛛丝小人态,曲缀瓜果中",又"防身动如律,竭力机杼中",用两"中"字韵。李太白《高阳歌》云"鸬鹚杓,鹦鹉杯,百年三万六千日,一日须倾三百杯",用两"杯"字韵。《庐山谣》云"影落前湖青黛光,金阙前开三峰长",又"翠影红霞映朝日,鸟飞不到吴江长",用两"长"字韵。韩退之《李花》诗"冰盘夏荐碧实脆,斥去不御惭其花",又"谁堆平地万堆雪,剪刻作此连天花",用两"花"字韵。《双鸟》诗"两鸟各闭口,万象衔口头",又"百舌旧饶声,从此常低头",用两"头"字韵。《示爽》诗"冬夜岂不长,达旦灯烛然",又"此来南北近,里闾故依然",用两"然"字韵。《猛虎行》"猛虎死不辞,但惭前所为",又"亲故且不保,人谁信汝为",用两"为"字韵。子美、太白、退之,于诗无遗恨矣,当自有体邪?

杜子美诗"将军只数霍嫖姚",对"苑马总归春苜蓿","嫖姚"字如律当读平声。又云"杖黎妨跃马,不是故离群","离"字如律当读平声。《汉书音义》:"嫖姚字皆读去声,音飘鹞。"

《檀弓》"离群索居"，《释文》"离"字读去声，力智反，音利。退之云："凡为文辞，宜略识字。"有以也。

王荆公以"力去陈言夸末俗，可怜无补费精神"，薄韩退之矣。然"喜深将策试，惊密仰檐窥"，又"气严当酒暖，洒急听窗知"，皆退之雪诗也。荆公咏雪则云："借问火城将策试，何如云屋听窗知。"全用退之句也。去古人陈言以为非，用古人陈言乃为是邪？

东坡《与陈传道书》云："知传道日课一诗，甚善，此技虽高才，非甚习不能工。"盖梅圣俞法也。又韩少师云："梅圣俞学诗日，欲极赋象之工，作《挑灯杖子》诗尚数十首。"李邯郸诸孙亨仲云："吾家有梅圣俞诗善本，世所传多为欧阳公去其尤者，忌能名之或压也。"予谓欧阳公在谏路，颇诋邯郸公，亨仲之言，恐不实。然曾仲成云："欧阳公有'韩孟于文词，两雄力相当。孟穷苦累累，韩富浩穰穰。郊死不为岛，圣俞发其藏'等句。圣俞谓苏子美曰：'永叔自要作韩退之，强差我作孟郊。'虽戏语，亦似不平也。"

邵氏闻见后录卷第十九

晁以道言：王荆公与宋次道同为群牧司判官，次道家多唐人诗集，荆公尽即其本择善者签帖其上，令吏抄之。吏厌书字多，辄移荆公所取长诗签置所不取小诗上。荆公性忽略，不复更视，唐人众诗集以经荆公去取皆废。今世所谓《唐百家诗选》曰荆公定者，乃群牧司吏人定也。

宋子京罢守成都，故事当为执政，未至，宰相于两地见次，尽以他人充之。子京闻报怅然，有"梁园赋罢相如至，宣室厘残贾谊归"之句。言者又论蜀人不安其奢侈，遂止为郑州，望国门不得人，久之，再为翰林承旨。未几，不幸讣至成都，士民哭于其祠者数千人。谓"不安其奢侈者"，诬矣。宰相，韩魏公也。言者，包孝肃也。然子京先有"碧云漫有三年信，明月长为两地愁"之句，竟不至两地，悲愤而没，世以为谶云。

吕申公帅维扬，东坡自黄岗移汝海，经从见之。申公置酒，终日不交一语。东坡昏睡，歌者唱"夜寒斗觉罗衣薄"，东坡惊觉，小语云"夜来走却罗医博"也，歌者皆匿笑。酒罢，行后圃中，至更坐，东坡即几案间笔墨，书歌者团扇云："雨叶风枝晓自匀，绿阴青子静无尘。闲吟绕屋扶疏句，须信渊明是可人。"申公见之亦无语。

韩魏公与宋尚书同试中书，赋琬圭。宋公太息曰："老矣，尚从韩家郎君试邪？"盖宋公文称已著，韩公以从官子弟二名登科，然世尚未尽知也。或闻韩公则愧谢曰："某其敢望宋公，报罢必矣。"已而，韩公为奏篇之首，宋公反出其下。后韩公帅中山，作阅古堂，宋公词有云："听说中山好，韩家阅古堂。画图名将相，刻石好文章。"韩公见之不悦。

王荆公初执政，对客怅然曰："投老欲依僧耳。"客曰："急则抱佛脚。"公微笑曰："投老欲依僧，古人全句。"客曰："急则抱佛脚，亦全俗语也。然上去投，下去脚，岂不为的对邪？"公遂大笑。

苏仲虎言：有以澄心纸东坡书者，令仲虎取京师印本《东坡集》，诵其中诗，即书之，至"边城岁莫多风雪，强压香醪与君别"，东坡阁笔怒目仲虎云："汝便道香醪！"仲虎惊惧，久之，方觉印本误以"春醪"为"香醪"也。

刘梦得作《九日》诗，欲用糕字，以五经中无之，辍不复为。宋子京以为不然，故子京《九日食糕》有咏云："飙馆轻霜拂曙袍，糗糍花饮斗分曹。刘郎不敢题糕字，虚负诗中一世豪。"遂为古今绝唱。"糗饵粉糍"，糕类也，出《周礼》。"诗豪"，白乐天目梦得云。

李太白《僧伽歌》云："此僧本住南天竺，为法头陀来此国。"又云："嗟予落泊江淮久，罕遇真僧说空有。"时僧伽已显于淮泗之上矣。豪杰中识郭子仪，隐逸中识司马子微，浮屠中识僧伽，则太白亦异人也哉！

白乐天《长恨歌》有"夕殿萤飞思悄然，孤灯挑尽未成眠"之句，宁有兴庆宫中夜不烧蜡油，明皇帝自挑尽者乎？书生之见可笑耳。

元和中，处士唐衢善哭，闻白乐天谪，辄大哭。衢后死，乐天有诗云："何当向坟前，还君一掬泪。"

晁以道问予："梅二诗何如黄九？"予曰："鲁直诗到人爱

处,圣俞诗到人不爱处。"以道为一笑。

柑橘二物,《草木书》各为一条。安定郡王以黄柑酿酒,曰"洞庭春色"。东坡之赋,皆用橘事。岂以"橘条"下云其类有朱柑、乳柑、黄柑、石柑乎? 夫柑无故事,名"洞庭春色",亦橘也。

欧阳公于诗主韩退之,不主杜子美。刘中原父每不然之,公曰:"子美'老夫清晨梳白头,玄都道士来相访'之句,有俗气,退之决不道也。"中原父曰:"亦退之'昔在四门馆,晨有僧来谒'之句之类耳。"公赏中原父之辩,一笑也。

南人谓象齿为白暗,犀角为黑暗。少陵诗云"黑暗通蛮货",用方言也。

李太白诗云:"昔作芙蓉花,今为断肠草。以色事他人,能得几时好?"按,陶弘景《仙方注》云:"断肠草,不可食,其花美好,名芙蓉。"

李习之、韩退之、孟东野善,习之于文,退之所敬也;退之与东野唱酬倾一时,习之独无诗,退之不议也。尹师鲁、欧阳永叔、梅圣俞善,师鲁于文,永叔所敬也;永叔与圣俞唱酬倾一时,师鲁独无诗,永叔不议也。习之、师鲁之于诗,以为不足作邪? 抑不能邪?

夔峡之人,岁正月,十百为曹,设牲酒于田间,已而众操兵大噪,谓之养去声乌鬼。长老言:地近乌蛮战场,多与人为厉,用以禳之。沈存中疑少陵"家家养乌鬼",其自也。疏诗者乃以"鸬鹚别名乌鬼"。予往来夔峡间,问其人,如存中之言,鸬鹚亦无别名。

华州齐云楼有唐昭宗词:"安得有英雄,迎归大内中。"蒲中鹳鹊楼有唐太宗诗:"昔乘匹马至,今驾六龙来。"其英伟凄怨之气,何祖孙不同也!

东坡为董毅夫作长短句:"文君婿知否?笑君卑辱。"奇语也。"文君婿"犹"虞姬婿"云,今刻本者不知,有自改"文君细知否",可笑耳。

东坡别李公择长短句:"凭仗飞魂招楚些,我思君处君思我。"退之《与孟东野书》"以余心之思足下,知足下悬悬于余"之意也。

宋子京在翰林时,同院李献臣以次,有六学士。一日,张贵妃词头下,议行告庭之礼,未决,子京遽以制上,妃怒抵于地曰:"何学士敢轻人!"子京出知安州,以长短句咏燕子,有"因为衔泥污锦衣,垂下珠帘不敢归"之句。或传入禁中,仁皇帝览之一叹,寻召还玉堂署。

"箫声咽,秦娥梦断秦楼月。秦楼月,年年柳色,灞桥相别。　　乐游原上清秋节,咸阳古道音尘绝。音尘绝,西风残照,汉家陵阙。"李太白词也。予尝秋日饯客咸阳宝钗楼上,汉诸陵在晚照中,有歌此词者,一坐凄然而罢。

夔州营妓为喻迪孺扣铜盘,歌刘尚书《竹枝词》九解,尚有当时含思宛转之艳,他妓者皆不能也。迪孺云:"欧阳詹为并州妓赋'高城已不见,况乃城中人'诗,今其家尚为妓,詹诗本亦尚在。妓家夔州,其先必事刘尚书者,故独能传当时之声也。"

"仙女是,董双成,桂殿夜凉吹玉笙。曲终却从天官去,万户千门空月明。""河汉女,玉炼颜,云軿往往到人间。九霄有路去无迹,袅袅天风吹珮环。"李太尉文饶《迎神》、《送神》二曲,予游秦,尚有能宛转度之者。或并为一曲,谓李太白作,非也。

　　程叔微云："伊川闻诵晏叔'原梦魂惯得无拘检,又踏杨花过谢桥'长短句,笑曰:'鬼语也。'意亦赏之。"程晏三家有连云。

　　晏叔原,临淄公晚子,监颍昌府许田镇,手写自作长短句,上府帅韩少师。少师报书:"得新词盈卷,盖才有余而德不足者,愿郎君捐有余之才,补不足之德,不胜门下老吏之望"云。一监镇官,敢以杯酒间自作长短句示本道大帅;以大帅之严,犹尽门生忠于郎君之意。在叔原为甚豪,在韩公为甚德也。

　　予尝见东坡一帖云:"王十六秀才遗拍板一串,意予有歌人,不知其无也。然亦有用,陪傅大士唱《金刚经》耳。"字画奇逸,如欲飞动。鲁直作小楷书其下云:"此拍板以遗朝云,使歌公所作《满庭芳》,亦不恶也。然朝云今为惠州土矣。"予意韩退之、张籍翰墨间,亦无此一段风流耳。

　　东坡《赤壁词》"灰飞烟灭"之句,《圆觉经》中佛语也。

邵氏闻见后录卷第二十

仁皇帝问王懿敏素曰："大僚中，孰可命以相事者？"懿敏曰："下臣其敢言！"帝曰："姑言之。"懿敏曰："唯宦官宫妾不知姓名者，可充其选。"帝怃然有间，曰："唯富弼耳。"懿敏下拜曰："陛下得人矣！"既告大庭相富公，士大夫皆举笏相贺，或密以闻，帝益喜曰："吾之举贤于梦卜矣。"

神宗问："周世宗何如？"冯公京曰："世宗威胜于德，故享国不永。"王荆公曰："世宗之殂，远迩哀慕，非无德也。"荆公率以强辩胜同列，不知冯公之对乃艺祖之语，见《三朝宝训》云。

王荆公初参政事，下视庙堂如无人。一日，争新法，怒目诸公曰："公辈坐不读书耳。"赵清献同参政事，独折之曰："君言失矣！如皋、夔、稷、契之时，有何书可读？"荆公默然。

宪成李公及为杭州，不游宴。一日遇雪，命促饮具，郡僚不无意于歌舞高会也，乃访林和靖于孤山，清谈同赏。又曰饮食外，不市一物。至去官，唯买《白乐天集》一部。

傅献简公云："司马文正公力辞枢近，尝勉以主上眷意异等，得位庶可行道，道不行，去之可也。"公正色曰："古今为此名位所诱，亏丧名节者不少矣。"卒辞不就。文潞公曰："司马君实操行，直当求之古人中也。"

傅献简与杜祁公取未见石刻文字二本，皆逾千言，各记一本。祁公再读，献简一读，覆诵之，不差一字。祁公时年逾七十矣，光禄丞赵枢在坐见之。

　　韩魏公、文潞公先后镇北门。魏公时，朝城令杖一守把兵，方二下，兵辄悖骂不已，令以送府。公问兵："实悖令否？"曰："实。"曰："汝禁兵，既在县有役，则有阶级矣。"即判送状，领赴市曹处斩，从容平和如常时。众见其投判笔，方知有异。潞公时，复有外县送一兵，犯如前者。公震怒，问虚实，兵以实言。亦判送状处斩，掷其笔。二公之量不同，魏公则彼自犯法，吾无怒焉；潞公异禀雄豪，奸恶不容也。刘器之为韩璨云。

　　东坡论张文定以一言，曰："大。"曰："惟天为大，惟尧则之，天下未尝一日无士。而仁宗之世，独为多士者，以其大也。贾谊叹细德之崄微，知凤鸟之不下，闵沟渎之寻常，知吞舟之不容，伤时无是大者以容己也。盖天下大器也，非力兼万人，其孰能举之？非仁宗之大，其孰能容此万人之英乎？"世以为知言。神宗尝问文定："识王安石否？"曰："安石视臣，大父行也。臣见其大父日，安石发未卯，衣短褐布，身疮疥，役洒扫事，一苍头耳。"故荆公亦畏其大，不敢与之争辩。《日录》中尽诋前辈诸公，独于文定无讥云。

　　刘器之曰："吾从司马公五年，得一语曰'诚'。请问其目，则曰：'诚者天之道，思诚者人之道，至臻其道则一也。'又问所以致力，公喜曰：'问甚善。自不妄语人。吾初甚易之，退而自檃括日之所行与所言，相掣肘矛盾者多矣。力行七年而后成，自兹言行一致，表里相应，遇事坦然有余地矣。'"

　　或问刘器之曰：三代以下，宰相学术，司马文正一人而已。曰：学术固也，如宰相之才，可以图回四海者，未敢以为第一。盖元祐大臣类丰于德，而廉于才智也。先人亦云：司马公，所谓惟大人能格君心之非者，以御史大夫、谏大夫执法殿中，劝讲经幄，用则前无古人矣。

赵清献公平生日所为事，夜必衣冠，露香，九拜手，告于天，应不可告者，则不敢为也。

张尧封从孙明复先生学于南京，其女子常执事左右。尧封死，入禁中为贵妃，宠遇第一。数遣使致礼于明复，明复闭门拒之终身。庆历中，富郑公、韩魏公俱少年执政，颇务兴作。章郇公位丞相，终日默然，如不能言。或问郇公："富、韩勇于事为何如？"曰："得象每见小儿跳踯戏剧，不可呵止，俟其抵触墙壁自退耳。方锐于跳踯时，势难遏也。"后富、韩二公阅历岁月，经涉忧患，始知天下之事不可妄有纷更。而王荆公者年少气盛，强项莫敌，尽将祖宗典制变乱之。二公不可救止而去，始叹郇公之言为贤也。

唐制：唯给事中得封还制书。康定间，中旨刘从德妻王氏还前削遂国夫人。富韩公为知制诰，封还词头。知制诰，今中书舍人也。中书舍人缴词头，自富公始。王氏，犍为人，初以后族出入禁中，其父蒙正始因以通奸利云。

吕申公云："唯人主之眷不可恃。"

王荆公在半山，使一老兵，方汲泉扫地，当其意，誉之不容口。忽误触灯檠，即大怒，以为不力，逐去之。参寥在坐，私语他客云："公以喜怒进退一老兵，如在朝廷，以喜怒进退士大夫也。"

王荆公与曾南丰平生以道义相附，神宗问南丰："卿交王安石最密，安石何如人？"南丰曰："安石文学行义，不减扬雄，以吝故不及。"神宗遽曰："安石轻富贵，不吝也。"南丰曰："臣谓吝者，安石勇于有为，吝于改过耳。"神宗颔之。

王荆公晚喜说字。客曰：霸字何以从西？荆公以西在方域主杀伐，累言数百不休。或曰：霸从雨，不从西也。荆公随辄曰：如时雨化之耳。其学务凿，无定论类此。如《三经义》颁于学官数年之后，又自列其非是者，奏请易去，视古人悬诸日月不刊之说，岂不误学者乎？

或潜胡宿于上曰："宿名当为去声，乃以入声称，名尚不识，岂堪作词臣？"上以问宿。宿曰："臣名归宿之宿，非星宿之宿。"潜者又曰："果以归宿取义，何为字拱辰也？"故后易字武平。

王荆公之子雱作《荆公画像赞》曰："列圣垂教，参差不齐，集厥大成，光于仲尼。"是圣其父过于孔子也。雱死，荆公以诗哭之曰："一日凤鸟去，千年梁木摧。"是以儿子比孔子也。父子相圣，可谓无忌惮者矣。

杨大年为翰林学士，适礼部试天下士。一日，会乡里待试者，或云学士必持文衡，幸预有以教之。大年作色拂衣而入，则曰："于休哉！"大年果知贡举。凡程文用"于休哉"者，皆中选。而当时坐中之客，半不以为意，不用也。

东坡在翰苑，薄暮中使宣召，已半醉，遽汲泉以漱，意少快，入对内东门小殿。帘中出除目：吕公著司空、平章军国重事，吕大防、范纯仁左右仆射。既承旨，宣仁后曰："学士前年为何官？"曰："臣前年为汝州团练副使。""今为何官？"曰："臣今待罪翰林学士。"曰："何以遽至此？"曰："遭遇太皇太后陛下。"曰："不关老身事。"曰："遭遇皇帝陛下。"曰："亦不关官家事。"曰："岂出大臣论荐？"曰："亦不关大臣事。"东坡惊曰："臣虽无状，不敢自他途以进。"宣仁后曰："久欲令学士知此，是神宗皇帝之意。帝饮食停匕箸，看文字，宫人私相语：必苏轼之作。帝每曰奇才，奇才！但未及进用学士，上仙耳。"东坡不觉哭失声，后与上亦泣，已而，命坐赐茶。宣仁后又曰："学士直须尽心事官家,以报先帝。"东坡下拜,撤御前金莲烛送归院。东坡为王巩云。

东坡先谪黄州,熙宁执政妄以陈季常乡人任侠,家黄之岐亭,有世雠;后谪惠州,绍圣执政妄以程之才姊之夫有宿怨,假以宪节,皆使之甘心焉。然季常、之才从东坡甚欢也。

刘器之与东坡元祐初同朝,东坡勇于为义,或失之过,则器之必约以典故!东坡至发怒曰:"何处把上把,_{去声。}农人乘以事田之具。曳得一'刘正言'来,知得许多典故!"或以告器之,则曰:"子瞻固所畏也。若恃其才,欲变乱典常,则不可。"又朝中有语云:"闽、蜀同风,腹中有虫。"以二字各从"虫"也。东坡在广坐作色曰:"书称'立贤无方',何得乃尔?"器之曰:"某初不闻其语,然'立贤无方',须是贤者乃可。若中人以下,多系土地风俗,安得不为土习风移?"东坡默然。至元符末,东坡、器之各归自岭海,相遇于道,始交欢。器之语人云:"浮华豪习尽去,非昔日子瞻也。"东坡则云:"器之,铁石人也。"

司马丞相薨于位,程伊川主丧事,专用古礼。将祀明堂,东坡自使所来吊,伊川止之曰:"公方预吉礼,非'哭则不歌'之义,不可入。"东坡不顾以入,曰:"闻'哭则不歌',不闻'歌则不哭'也。"伊川不能敌其辩也。

晁以道为予言:尝亲问东坡曰:"先生《易传》,当传万世。"曰:"尚恨某不知数学耳。"

李儝言:东坡自海外归毗陵,病暑,着小冠,披半臂,坐船中。夹运河岸,千万人随观之。东坡顾坐客曰:"莫看杀轼否?"其为人爱慕如此。

东坡倅钱塘日,《答刘道原书》云:"道原要刻印《七史》固善,方新学经解纷然,日夜摹刻不暇,何力及此? 近见京师经义题'国异政，家殊俗'，国何以言异？家何以言殊？又有'其善丧厥善'，其厥不同何也？又说《易·观卦》本是老鹳，《诗》大、小《雅》本是老鸦，似此类甚众，大可痛骇。"时熙宁初，王氏之学，务为穿穴至此。

　　安世月八日登对，眷问甚渥。太母首语及先公，恻怆久之，曰："如司马相公尽心朝廷，何可更得？君臣之间如此，可纪，可纪。"予旧收谏大夫刘安世器之《报司马公休书》一纸如上。曰可纪也，故纪之。

邵氏闻见后录卷第二十一

赵肯堂亲见鲁直晚年悬东坡像于室中，每蚤作，衣冠荐香，肃揖甚敬。或以同时声实相上下为问，则离席惊避曰："庭坚望东坡，门弟子耳。安敢失其序哉？"今江西君子曰"苏黄"者，非鲁直本意。

东坡帅扬州，曾眨罢州学教授，经真州，见吕惠卿。惠卿问："轼何如人？"眨曰："聪明人也。"惠卿怒曰："尧聪明、舜聪明邪？大禹之聪明邪？"眨曰："虽非三者之聪明，是亦聪明也。"惠卿曰："轼学何人？"眨曰："学孟子。"惠卿益怒，起立曰："何言之不伦也？"眨曰："孟子以'民为重，社稷次之'，此所以知苏公学孟子也。"惠卿默然。

李定自鞫东坡狱，势不可向。一日，于崇政殿门外语同列曰："苏轼奇才也。"俱不敢对。又曰："轼前二三十年所作诗文，引援经史，随问即答，无一字之差，真天下奇才也。"叹息久之。盖世之公论，至仇怨不可夺也。

王彦霖《系年录》：元祐六年三月，《神宗实录》成。著作郎黄庭坚除起居舍人，苏子由不悦曰："庭坚除日，某为尚书右丞，不预闻也。"已而后省封还词头，命格不行。子由之不悦，不平吕丞相之专乎？抑不乐庭坚也？庭坚字鲁直，蚤出东坡门下，或云后自欲名家，类相失云。

范文正公尹天府，坐论吕申公降饶州。欧阳公为馆职，以书责谏官不言，亦贬夷陵。未几，申公亦罢。后欧阳公作《文正神道碑》云:"吕公复相,公亦再起被用,于是二公欢然相约,共力国事。天下之人皆以此多之。"文正之子尧夫以为不然,从欧阳公辩,不可,则自削去"欢然""共力"等语。欧阳公殊不乐,为苏明允云:"《范公碑》为其子弟擅于石本改动文字,令人恨之。"《文正墓志》,则富公之文也。先是,富公自欧阳公平章,其书略曰:"大都作文字,其间有干着说善恶,可以为劝戒者,必当明白其词,善恶焕然,使为恶者稍知戒,为善者稍知劝,是亦文章之用也。岂当学圣人之作《春秋》,隐奥微婉,使后人传之、注之尚未能通,疏之又疏之尚未能尽,以至为说、为解、为训释、为论议,经千余年而学者至今终不能贯彻晓了?弼谓如《春秋》者,惟圣人可为,降圣人而下皆不可为,为之亦不复取信于后矣。学者能约《春秋》大义,立法立例,善则褒之,恶则贬之,苟有不得已须当避者,稍微其词可也,不宜使后人千余年而不知其意也。若善不能劝,恶不能戒,则是文字将何用哉?既书之,而恶者自不戒,善者自不劝,则人之罪也,于文何过哉?弼常病今之人作文字无所发明,但依违模棱而已。人之为善固不易,有遭谗毁者,有被窜斥者,有穷困寒饿者,甚则诛死族灭。而执笔者但求自便,不与之表显,诚罪人也。人之为恶者,必用奸谋巧诈,货赂朋党,多方以逃刑戮,况不止刑戮是逃,以至子子孙孙享其余荫而不绝,可谓大幸矣。执笔者又惮之,不敢书其恶,则恶者愈恶,而善人常沮塞不振矣。君子为小人所胜所抑者,不过禄位耳。惟有三四寸竹管子,向口角头褒善贬恶,使善人贵,恶人贱,善人生,恶人死,须是由我始得,不可更有所畏怯而嗫默,受不快活也。向作《希文墓志》,盖用此法,但恨有其意而无其词,亦自谓希文之善稍彰,奸人之恶稍暴矣。今永叔亦云:'胸臆有欲道者,诚当无所避,皎然写之，泄忠义之愤，不亦快哉！'则似以弼之说为是也。然弼之说，盖公是公非，非于恶人有所加诸也。如《希文墓志》中所诋奸人，皆指事据实，尽是天下人闻知者，即非创意为之。彼家数子皆有权位，必大起谤议，断不恤也。"初，宝元、庆历间，范公、富公、欧阳公，天下正论所自出。范公薨，富公、欧阳公相约书其事矣。欧阳公后复不然，何也？予读富公之书至汗出，尚以《春秋》之诛为未快，呜呼，可畏哉！

英宗初临御，韩魏公为相，富郑公为枢密相。一日，韩公进拟数宦者策立有劳，当迁官。富公曰："先帝以神器付陛下，此辈何功可书？"韩公有愧色。后韩公帅长安，为范尧夫言其事，曰："琦便怕他富相公也。"

登州有妇人阿云谋杀夫而自承者，知州许遵谓法因犯杀伤而首者，得免所因之罪，仍科故杀伤法，而敕有因疑被执招承减等之制，即以按问欲举闻，意以谋为杀之因，所因得首，合从原减。事下百官议，盖斗杀、劫杀，斗与劫为杀因，故按问欲举，可减以谋而杀，则谋非因，所不可减。司马文正公议曰："杀伤之中，自有两等，轻重不同。其处心积虑、巧诈百端、掩人不备者，则谓之谋；直情径行、略无顾虑、公然杀害者，则谓之故。谋者尤重，故者差轻。今此人因犯它罪，致杀伤他人，罪虽得首原，杀伤不在首例。若从谋杀则太重，若从斗杀则太轻，故酌中，令从故杀伤法。其直犯杀伤更无它罪者，唯未伤则可首，但系已伤，皆不可首。今许遵欲将谋之与杀分为两事，则故之与杀亦是两事也。且《律》称得免所因之罪，彼劫囚略人皆是也。已有所犯因，而又杀伤人，故劫略可首，而杀伤不原。若平常谋虑不为杀人，当有何罪可得首免？以此知谋字止因杀字生文，不得别为所因之罪也。若以斗杀与谋杀皆为所因之罪，从故杀伤法，则是斗伤自首反得加罪一等也。"自廷尉以下，皆嫉许遵之妄，附文正公之议。王荆公不知法，好议法，又好与人为异，独主遵议。廷尉以下争之不可得，卒从原减。至荆公作相，谋杀遂立按问。旧法，一问不承，后虽自言，皆不得为按问。时欲广其事，虽累问不承，亦为按问，天下非之。至文正公作相，立法应州军，大辟罪人情理不可悯，刑名无疑虑，辄敢奏闻者，并令刑部举驳，重行朝典，不得用例破条。盖祖宗以来，大辟可悯与疑虑得奏裁，若非可悯、非疑虑，则是有司妄谳，以幸宽纵，岂除暴恶安善良之意乎？文正公则辟以止辟，正法也。荆公则姑息以长奸，非法也。至绍圣以来，复行荆公之法，而杀人者始不死矣。予尝谓后汉张敏之议，可为万世法。曰："孔子垂经典，皋陶造法律，原其本意，皆欲禁民为非也。或以平法当先论生，臣愚以为天地之性，唯人为贵，杀人者死，三代通制。今欲趣生，反开杀路，一人不死，天下受敝。《记》曰：'利一害百，人去城郭。'夫春生秋杀，天道之常。春一物枯即为灾，秋一物华即为异。王者承天地，顺四时，法圣人，从经律而已。"盖与司马文正之议合也。苏黄门初嫉许遵之谳，后复云："遵子孙多显者，岂一能活人，天理固不遗哉？"亦非也。使妄活杀人者可为阴功，则被杀者之冤，岂不为阴谴乎？

韩魏公自外上章，历数王荆公新法害天下之状，神宗感悟，谕执政亟罢之。荆公方在告，乞分司。赵清献公参政事，曰："欲俟王安石出，令自罢之。"荆公既出，疏驳魏公之章，持其法益坚，卒至败乱天下。识者于清献公有遗恨焉。

先人尝言：熙宁、元丰间，司马文正、范忠宣先后为西都留台，吾皆从之游。至元祐初，文正起为宰相，忠宣起为枢密使，吾见之,其话言服用,一如在西都时,但忠宣颜色甚泽,文正清苦无少异,吾以此窥忠宣,其中岂尚以名位为乐邪?

予见司马文正公亲书一帖:"光年五六岁,弄青胡桃,女兄欲为脱其皮,不得。女兄去,一婢子以汤脱之。女兄复来,问脱胡桃皮者。光曰:'自脱也。'先公适见,诃之曰:'小子何得谩语?'光自是不敢谩语。"后,公以诚学授刘器之曰:"自不谩语入。"东坡书公神道之石亦曰:"论公之德,至于感人心,动天地,巍巍如此,而蔽以二言:曰诚,曰一云。"

韩忠献公、宋景文公同召试中选,王德用带平章事,例当谢,二公有空疏之谦言。德用曰:"亦曾见程文,诚空疏,少年更宜广问学。"二公大不堪。景文至曰:"吾属见一老衙官,是纳侮也。"后二公俱成大名,德用已薨,忠献为景文曰:"王公虽武人,尚有前辈激励成就后学之意,不可忘也。"予得之李先仲,王公外孙云。

文潞公本姓敬,其曾大父避石晋高祖讳,更姓文。至汉,复姓敬。入本朝,其大父避翼祖讳,又更姓文。初,敬氏避讳,各用其一偏,或为文氏,或为苟氏。然敬字从苟己力切,音棘。非苟也,从攴非文也,俱非其一偏也。

苏东坡既贬黄州,神宗殊念之,尝语宰相王珪、蔡确曰:"国史至重,可命苏轼成之。"珪有难色。又曰:"轼不可,姑用曾巩。"巩为检讨官,先进《太祖总论》,已不当神宗之意,未几,罢去。东坡自黄岗移汝坟,舟过金陵,见王荆公于钟山,留连燕语。荆公曰:"子瞻当重作《三国书》。"东坡辞曰"某老矣,愿举刘道原自代"云。

元丰末,司马文正《资治通鉴》成,进御。丞相王珪、蔡确见上,问何如,上曰:"当略降出,不可久留。"又咨叹曰:"贤于荀悦《汉纪》远矣。"罢朝,中使以其书至政事,每叶缝合以睿思殿宝章。睿思殿,上禁中观书之地也。舍人王震等在省中,从丞相来观,丞相笑曰:"君无近禁脔。"以言上所爱重者。

邵氏闻见后录卷第二十二

熙宁年，边吏报北虏将入寇，亟遣中贵人取两河民车，以为战备，民大惊扰。自宰执以下言不便者墙进，俱不省。时沈括存中为记注，一日，侍笔立御座侧，上顾曰："卿知籍车之事乎？"括曰："未知。车将何用？"上曰："北虏以多马取胜，唯车可以当之。"括曰："胡之来，民父子坟墓田庐皆当弃去，复暇恤车乎？朝廷姑籍其数而未取，何伤？"上喜曰："卿言有理。何论者之纷纷也？"括曰："车战之利，见于历世。巫臣教吴子以车战，遂霸中国；李靖用偏箱鹿角车，以擒颉利。臣但未知一事：古人所谓轻车者，兵车也，五御折旋，利于轻速。今之民间辎车，重大椎朴，以牛挽之，日不能行三十里，少蒙雨雪，则跬步不进，故俗谓之'太平车'，或可施于无事之日，恐兵间不可用耳。"上益喜曰："无人如此作□者，朕当更思之。"明日，遂罢籍民车。执政问括曰："君以何术，而立谈罢此事？上甚多'太平车'之说也。"括曰："圣主可以理夺，不可以言争，若车可用，其敢以为非？"括未几迁知制诰。

司马文正公在洛阳修史日，伊川先生程颐正叔为布衣，年尚少，其见亦有时。今为伊川学者以《文正斋记》中有曰"正叔"云，以为字伊川者，非也，楚正议建中字正叔耳。然伊川后用文正荐，劝讲禁中，未几罢去。先是，刘莘老论曰："纷纷之论，致疑于程颐者，直以谓自古以来，先生处士皆盗虚名，无益于用。若颐者，特以迂阔之学，邀君索价而已。天下节义之士，乐道不出，如颐等辈，盖亦不少，彼无所援于上，故不闻尔。"又以颐辞免爵命之言曰："前朝召举布衣，故事具存，是颐之自欲为种放，而亟欲得台谏侍从矣，不可不察也。圣人自有中道，过之则偏；天下自有常理，背之则乱。伏望审真伪重名器"云云。孔文仲论曰："颐在经筵僭横，造请权势，腾口间乱，以偿恩仇，致市井之间，目为'五鬼'之魁，尝令其助贾易弹吕陶，及造学制诡谬，童稚嗤鄙"云云。又曰："颐污下憸巧，素无乡行，经筵陈说，僭横忘分，遍谒贵臣，历造台谏，宜放还田里，以示典刑"云云。刘器之论曰："程颐、欧阳棐、毕仲游、杨国宝、孙朴交结执政子弟，搢绅之间号'五鬼'。"又曰："进言者必曰'五鬼'之号，出于流俗不根之言，何足为据？臣亦有以折之，方今士大夫无不出入权势之门，何当尽得鬼名？惟其阴邪潜伏，进不以道，故程颐等五人独被恶声。孔子曰：'吾之于人也，谁毁谁誉？如有所誉，其有所试矣。'盖人之毁誉，必以事验之。今众议指目五人，可谓毁矣。然推考其迹，则人言有不诬者，臣请历陈其说，若程颐，则先以罪去"云云。苏子瞻奏则曰："臣素疾程颐之奸，形于言色。因颐教诱孔文仲，令以私意论事，为文仲所奏，颐遂得罪"云云。又子瞻为礼部尚书，取伊川所修学制，贬驳讥诋略尽。如苏子瞻、刘莘老、孔文仲、刘器之，皆世之君子，其于伊川先生不同如此。至斥党锢，则同在祸中。悲夫！

予为校书郎时，尝问赵丞相元镇云："张天觉者，首造元祐部党之人也。靖康初，与范文正、司马文正同追赠，天下已非之。公身任邪正之辩，既未能追改，更谥以文忠，是与蔡公齐、富公弼一等也可乎？"元镇怅然曰："蜀勾涛在从班游谈，有司不肖，不能执法耳。"予见其有悔色，亦不复言。

某公在章献明肃后垂箔日,密进《唐武氏七庙图》,后怒抵之地曰:"我不作负祖宗事。"仁皇帝解之曰:"某欲但为忠耳。"后既上宾,仁皇帝每曰:"某心行不佳。"后竟除平章事。盖仁皇帝盛德大度,不念旧恶故也。自某公死,某公为作碑志,极其称赞,天下无复知其事者矣。某公受润笔帛五千端云。

王冀公久被真庙异眷,晚居政府,某州妖狱发,尽以中外士大夫与妖人往来歌诗闻。有云"左仆射中书门下平章事王钦若",真庙面责之,冀公辩数四,终不置,则顿首曰:"臣官工部尚书,安敢擅增至左仆射?此理明甚,而圣意终不解者,无他,盖臣福谢耳。"竟坐策免云。

范直方《诵忠宣答德孺论边事书》云:"大辂与柴车争逐,明珠与瓦砾相触;君子与小人斗力,中国与夷狄较胜负。不唯不可胜,兼亦不足胜,虽胜,亦非也。"呜呼!甚盛德之言也。范文正公曰:"吾遇夜就寝,即自计一日食饮奉养之费及所为之事,果自奉之费与所为之事相称,则鼾鼻熟寐;或不然,则终夕不能安眠,明日必求所以称之者。"

赵韩王微时,求唐太宗骨葬昭陵下。吕汲公帅长安,醴泉民析居,争唐明皇脑骨,讼于府,曰:"得者富盛。"汲公取葬泰陵下。

卢多逊南迁,度大庾岭,憩一小家。其媪颇能语言,多逊详问之,则曰:"我中州仕族,有子官,亦浸显,为宰相卢多逊挟私远窜以死。多逊中怀毒螫,专犯法禁,我留此岭上以俟其过。"多逊之行甚婆,媪固不识,即仓皇避去。

苏子由谪雷州,不许占官舍,遂僦民屋。章子厚又以为强夺民居,下本州追民究治,以僦券甚明,乃已。不一二年,子厚谪雷州,亦问舍于民。民曰:"前苏公来,为章丞相几破我家,今不可也。"其报复如此。

钱墅德基为予言:"吾家先王历唐末、五季,有兹吴越,顺事中国,不敢效他霸府之僭,恭俟真主之出,即奉版籍归于职方氏。故自国朝以来,学士大夫以忠孝名吾家,无一议者。至欧阳公,始云:'得封落星石为落星山制书,知吴越亦尝改年宝正,著于史矣。'又《归田录》书思公子弟,一岁四五窃公珊瑚笔格,幸其以钱赎之。若果然,何子弟之不肖也!"思公尹洛日,欧阳公出幕下,特以国士遇之,岂子弟中有不相欢者邪?

李王煜以太平兴国三年七月七日生日,钱王俶以雍熙四年八月二十四日生日,皆与赐器币,中使燕罢暴死。并见国史。

周世宗得李氏与契丹求援蜡书以为名,下淮甸;艺祖得孟氏结太原蜡书以为名,下蜀。二事正同。

汉、唐宦者可谓盛矣,然官不至师保也。一刘铱有宦者七千余人,始有为师保者。艺祖既缚铱,以永鉴其祸,内侍不许过供奉官。又铱之宫,辄名龙德云。

张侍中耆遗言厚葬,晏丞相殊遗言薄葬,二公俱葬阳翟。元祐中,同为盗所发,侍中圹中金玉犀珠充塞,盗不近其棺,所得已不胜负,皆列拜而去。丞相圹中但瓦器数十,盗怒不酬其劳,斫棺取金带,亦木也,遂以斧碎其骨。厚葬免祸,薄葬致祸,杨王孙之计疏矣。

蜀靖恭先生杨汇源澈,资介洁,生远方,于朝廷故实、学士大夫谱牒皆能通贯。其于中国之士,范端明景仁、内翰纯夫、尚书苏子瞻、门下侍郎子由外,不论也。杜门委巷之下,著书赋诗,人无知者。独予先君尝荐于朝曰:"成都府布衣杨汇,学行甚高,志节甚苦,于本朝典礼、故家氏族、奇字异书,无所不知,杜门陋巷,若将终身。当崇尚廉耻招徕逸遗之日,如汇者委弃远方,诚为可惜。伏望朝廷特加聘召。"亦不报。竟死于委巷之下。藏书万签,古金石刻本过六一堂中《集古录》所有者。予校中秘书,间为信安郡王孟仁仲言之。王一日侍上燕,语及靖恭先生事,上为之一叹,将诏予许其家以书、以金石刻本来上,会予谢病去。后先生之子知状,乃尽以其书、其金石刻本投一部刺史曰:"上久欲得此,为我易一官如何?"部刺史知其不肖,绐曰:"诺。"尽私有之,遗以酒浆数壶耳。

欧阳公在政府,寄颍州处士常秩诗云:"笑杀汝阴常处士,十年骑马听朝鸡。"公将休致,又寄秩诗云:"赖有东邻常处士,披蓑戴笠伴春锄。"盖公先为颍州,得秩于民伍中,殊好之,至公休致归,每接宾客,必返退士初服。秩已从王荆公之招,公独朝章以见,愧之也。秩入朝极其谀佞,遂升次对。蚤日著《春秋学》数十卷,自许甚高,以荆公不喜《春秋》,亦绝口不言,匿其书不出。适两河岁恶,有旨青苗钱权倚阁,王平甫戏秩曰:"君之《春秋》,亦权倚阁矣。"后神宗遇秩浸薄,荆公亦鄙之。秩失节,怏怏如病狂易,或云自裁以死。荆公尚表于墓,盖其失云。

邵氏闻见后录卷第二十三

予旧从司马氏得文正公熙宁年辞枢管出帅长安日手稿密疏,公寻自免,绝口不复言天下事矣。其疏不见于《传家集》,曰:"臣之不才,最出群臣之下:先见不如吕诲,公直不如范纯仁、程颢,敢言不如苏轼、孔文仲,勇决不如范镇。诲于安石始参政事之时,即指安石为奸邪,谓其必败乱天下;臣以为安石止于不晓事与很愎尔,不至如诲所言。今观安石援引亲党,磐据要津,挤排异己,占固权宠,常自以己意阴赞陛下内出手诏以决外庭之事,使天下之威福在己,而谤议悉归于陛下,臣乃自知先见不如诲远矣!纯仁与颢皆与安石素厚,安石拔于庶僚之中,超处清要,纯仁与颢睹安石所为,不敢顾私恩废公议,极言其短;臣与安石南北异乡,取舍异道,臣接安石素疏,安石待臣素薄,徒以屡常同僚之故,私心眷眷,不忍轻绝而显言之,因循以至今日,是臣不负安石而负陛下,臣不如纯仁与颢远矣!臣承乏两制,逮事三朝,与国家义则君臣,恩犹骨肉,睹安石专政,逞其狂愚,使天下生民被荼毒之苦,宗庙社稷有累卵之危,臣畏懦爱身,不早为陛下别白言之;轼与文仲皆疏远小臣,乃敢不避陛下雷霆之威,安石狼虎之怒,上书对策,指陈其失,隳官获谴,无所顾虑,此臣不如轼与文仲远矣!人情,谁不贪富贵,恋俸禄,镇睹安石营惑陛下,以佞为忠,以忠为佞,以是为非,以非为是,不胜愤懑,抗章极言,因自乞致仕,甘受丑诋,杜门家居;臣顾惜禄位,为妻子计,包羞忍耻,尚居方镇,此臣不如镇远矣！臣闻居其位者必忧其事，食其禄者必任其患，苟或不然，是为盗窃。臣虽无似，尝受教于君子，不忍以身为盗窃之行。今陛下唯安石之言是信，安石以为贤则贤，以为愚则愚，以为是则是，以为非则非，谄附安石者谓之忠良，攻难安石者谓之谗慝。臣之才识固安石之所愚，臣之议论固安石之所非，今日之所言，陛下之所谓谗慝者也，伏望圣恩，裁处其罪。若臣罪与范镇同，则乞依范镇例致仕；或罪重于镇，则或窜或诛，所不敢逃。取进止。”

司马文正公曰：“吕献可之先见，吾不及也。”予虑后世得其言不得其事，惑也。有公门下士谏大夫刘安世器之《书范景仁传后》，语可信，故书于下方：“熙宁中，王介甫初参大政，神考方厉精图治。一日，紫宸早朝，二府奏事毕，日刻既晏，例隔言事官于中庑，须上入更衣复出，以次赞引。时吕献可为御史中丞，司马文正公为翰林学士，侍读迩英阁，将趋经筵，柜遇于庭中。文正公密问曰：‘今日请见，言何事邪？’献可举手曰：‘袖中弹文，乃新参也。’文正公愕然曰：‘以王介甫之文学行艺，命下之日，众皆喜于得人，奈何遽言之？’献可正色曰：‘安石虽有时名，上意所向，然好执邪见，不通物情，轻信难回，喜人佞己，听其言则美，施于用则疏。若在侍从，犹或可容，置之宰辅，天下必受其祸。’文正公曰：‘与公素为心交，苟有所怀，不敢不尽。今日之论，未见有不善之迹，似伤匆遽，或别有章疏，愿先进呈，姑留是事，更加筹虑可乎？’献可曰：‘上新嗣位，富于春秋，朝夕所与谋议者，二三执政而已。苟非其人，将败国事，此乃心腹之疾，治之惟恐不及，顾可缓邪？’语未竟，阁门吏抗声追班，遂趋而去。文正公退自讲筵，默坐玉堂，终日思之，不得其说。既而缙绅间浸有传其章疏者，往往偶语窃议，讥其太过。未几，闻中书置三司条例司。平日介甫之门，谄谀躁进之士悉辟召为属吏，朝夕相与谋议，以经纶天下为己任，务变更祖宗法，敛民财以足国用，妄引用古书，蔽其诛剥之实。辅弼大臣异议不可回，台谏从官力争不能夺，郡县监司奉行微忤其意，则谴诎随之，于是百姓骚然矣。然后前日之议者始愧仰叹服，以为不可及，而献可终缘兹事出知邓州。呜呼！行僻而坚，言伪而辩，记丑而博，顺非而泽，唯孔子乃能识之，虽子贡之智，有所不知也。方介甫自小官以至禁从，其学行名声暴著于天下，士大夫识与不识，皆谓介甫不用则已，用之则必能兴起太平。献可独不以为然。已而考其行事，卒如所料。非明智不惑出于世俗之表，何以臻此？《易》曰：'知幾其神矣乎？'幾者，动之微，吉之先见者也，献可有焉。文正公退居洛阳，每论当世人物，必曰：'吕献可之先见，范景仁之勇决，皆予所不及也。予心诚服之。故作《景仁传》。'盖景仁之勇决，得文正之传而后明。献可埋文，虽亦成于公手，然止载其平生大节，而自相论难之语不欲详著，献可先见，世莫有知者。予尝从学于文正公，亲闻其说，惧贤者正论远识，遂将沦没而无传，故书蜀公之传，以贻乐善之君子云。"

绍圣以来，权臣挟继述神宗为变者，必先挟王荆公，蔡氏至以荆公为圣人。天下正论一贬荆公，则曰："非贬荆公也，诋神宗也，不忠于继述也。"正论尽废，钩党牢不可解，仁人君子知必为异日之祸，其烈不可向，无计策以救。陈瓘莹中流涕以问谏大夫刘安世器之曰："叵奈何？"器之亲受司马文正公之学，胆智绝人，曰："不自神宗，不自荆公不可救。"故莹中反疏蔡氏所出荆公《日录》语中诋神宗事，曰《尊尧集》云。意上心不平于荆公，则蔡氏可伐，正论可出，钩党可解，异日之祸可救也。莹中坐以流窜抵死。正论卒不出，钩党卒不解，异日之祸卒不可救者，天也。予读其书而悲之，尚虑后世或不达莹中本趣，但以为辟荆公之诋神宗者，故具言之。《尊尧集》文繁不著，著其序曰："臣闻先王所谓道德者，性命之理而已矣。此安石之精义也。有《三经》焉，有《字说》焉，有《日录》焉，皆性命之理也。蔡卞、蹇序辰、邓洵武等用心纯一，主行其教，所谓大有为者，亦性命之理而已矣。其所谓继述者，亦性命之理而已矣。其所谓一道德者，亦以性命之理而一之也。其所谓同风俗者，亦以性命之理而同之也。不习性命之理谓之流俗，黜流俗则窜其人，怒曲学则火其书，故自卞等用事以来，其所谓国是者，皆出性命之理，不可得而动摇也。臣昨在谏省所上章疏，尝以安石比于伊尹，伊尹，圣人也，而臣乃以安石比之者，臣于此时犹蔽于国是故也。又臣所上章疏，谓安石为神考之师也，神考，尧舜也。任用安石，止于九年而已矣。初任后弃，何尝终以安石为是乎？而臣乃以安石为神考之师者，臣于此时犹蔽于国是故也。臣昨者以言取祸，几至诛殛，赖陛下委曲保全，赐臣余命，臣感激流涕，念念循省，得改过之义焉。盖臣之所当改者，亦性命之理而已矣。孔子曰：'乾道变化，各正性命。'又曰：'地道无成，而代有终也。'性命之理，其有易此乎？臣伏见治平年中，安石唱道之言曰：'道隆而德骏者，虽天子北面而问焉，而与之迭为宾主。'自安石唱此说以来，几五十年矣，国是渊源，盖兆于此。臣闻天尊地卑，乾坤定矣，定则不可改也。天子南面，公侯北面，其可改乎？今安石性命之理，乃有北面之礼焉。夫天子北面以事其臣，则人臣南面以当其礼，臣于性命之礼，安得而不疑也？《传》曰：君之所以不臣者二：当其为祭主则弗臣，当其为师则弗臣也。师无北面，则是弗臣之礼也,岂有天子而可使北面者乎?汉显宗之于桓荣,所以事之者,可谓至矣!而所施之礼,不过坐东向而已。乃以君而朝臣,以父而拜子,则是齐东野人之语,庞勋无父之礼,以此为教,岂不乱名分乎!乱名分之教,岂可学乎?臣既误学乎教,岂可以不悔乎?《易》曰:'不远复,无祗悔,元吉。'臣于既往之误,岂敢祗悔而不改乎?臣昔以安石为神考之师,是臣重安石而轻神考也;臣昔以安石比伊尹之圣,是臣戴安石而诳陛下也。臣为陛下耳目之官,而妄进轻许之言,臣之罪恶如丘山矣。臣若不洗心自新,痛绝王氏,则何以明改过之心乎?臣所著《尊尧集》者,为欲明改过之心而已矣。庄周曰:'明此以南向,尧之为君;明此以北面,舜之为臣也。'庄周之道虚诞无实,不可以治天下;然于名分之际,不敢不严也。飞蜂走蚁,犹识上下,岂可以人臣自圣,而至于缺名分哉!孔子曰:'名不正则言不顺,言不顺则事不成。'安石北面之言,可谓之顺乎?崇此不顺之教,则所述熙、丰之事,何日而成乎?废大法而立私门,启攘夺而生后患,可为寒心,孰大于此!臣请序而言之。昔绍圣史官蔡卞专用王安石《日录》,以修神考《实录》,薄神考而厚安石,尊私史而压宗庙。臣居谏省,请改裕陵《实录》,及在都司,进《日录辨》。当是之时,臣于《日录》,未见全帙,知其为私史而已,未知其为增史也。自去阙以来,寻访此书,偶得全编,遂复周览,窜身虽远,不废讨论。路过长沙,曾留转藏之语,待尽合浦,又著垂绝之文。考诋诬讥玩之词,见蔡卞增伪之意,尚谓安石趣录,皆可凭据,卞之所增,乃是诬伪。当是之时,臣于《日录》考之未熟,知其为增史而已,未知其为悖史也。盖由臣智识昏钝,觉悟不早,追思谏省奏章,乃至合浦旧述,语乖正理,随俗妄谈,既轻神考,又诳陛下。若它时后日,陛下以此怒

臣，臣将何以自救，敢不悔乎？《日录》云：‘卿，朕师臣也。’乃
安石矫造之言。又云：‘督责朕有为。’岂神考亲发之训？既托
训以自誉，又托训以轻君。轻君则讪侮讥薄，欲弃名分；自誉
则骄蹇陵犯，前无祖宗。其语实繁，聊举一二。《日录》云：‘朕
自觉材极凡庸，恐不足与有为，恐古之贤君皆须天资英迈。’此
非托训以轻君乎？又云：‘朕顽鄙，初未有知，自卿在翰林，始
得闻道德之说，心稍开悟。’此非托训以轻君乎？又云：‘卿初
任讲筵，劝朕以讲学为先，朕意未知以此为急。’此非托训以轻
君乎？又云：‘卿莫只是为在位久，度朕终不足与有为，故欲
去。’此非托训以轻君乎？又云：‘所以为君臣者，形而已矣，形
故不足累卿。’此非托训以轻君乎？讪侮讥薄，欲弃名分，可以
略见于此矣。《日录》又云：“王安石造理深，能见得众人所不
能见。’此托训以自誉也。又云：‘如王安石不是智识高远精
密，不易抵当流俗，天生明俊之才，可以庇覆生民。’此托训以
自誉也。又云：‘卿无利欲，无适莫，非独朕知卿，人亦尽知，若
余人安可保？’此托训以自誉也。又云：‘卿才德过于人望，朕
知卿了得事有余。’此托训以自誉也。骄蹇陵犯，前无祖宗，可
以略见于此矣。圣主以奉先为孝，群臣以承上为忠，明知其
诬，谁敢核实？则可以抵塞众口，可以荧惑圣聪，诳胁之术，莫
甚于此！始则留身乞批，以胁制于同列；终则著书矫训，以传
述于后人。诬胁臣邻，何足缕道；上干君父，可不辨乎？自到
阙以来，至为参政之始，不录经筵之款奏，但书七对之游辞。
载神考降问之咨询，无一问仰及于三代。言神考但慕蜀、魏，
谓厥身不异皋、伊。仍于供职之初辰，首论理财之不可，恐宣
利而坏俗，陈孟子之耻言。凡他人极论之辞，掠为己说；彼所
献管、商之术，归过先猷。书神考之谦辞，则曰：‘以朕比文王，

岂不为天下后世笑。'论太祖之征伐,则曰:'江南李氏,何尝理曲。'恣挥躁悖之笔,尽为烈考之词,矫训诬天,孰甚于此! 祖宗之威灵如在,圣主之继述日新,若不辨托训之诬,何以解天下之怒! 而况托训之外,肆诋尤多。神考小心慎微,彼则曰'好察细务';神考畏天省事,彼则曰'畏慎过当';神考欲除苛细之法,彼则曰'元首丛脞';神考欲宽疑似之狱,彼则曰'陛下含糊';神考礼貌勋贤,彼则曰'含容奸慝';神考嘉纳忠直,彼则曰'不惩小人'。又谓'奸罔之徒,陛下能诛杀否'? 比忠良于元济,责神考为宪宗。谓不可以罢兵,当必胜而后已。神考守祖宗不杀之戒,以天地好生为心,厌弃其言,眷待寖薄,先逐邓绾,次出安石,至于熙宁之末,而安石前日之所怒者复见收矣。至于元丰之末,司马光等前日之所言者复见思矣。卞等不遵神考末命,但务图己之私。以继绍安石为心,以必行诛杀为事。请于哲宗,而哲宗不许;请于陛下,而陛下拒之。人心归仁,天助有德,遂使奸谋内溃,逆党自彰。卞既不敢居金陵,人亦不复圣安石,悔从王氏,岂独臣哉? 朝廷搢绅,协心享上;庠序义士,理所同然。科举艺能,孰肯遽陈其所蕴? 有用之士,亦将先忍而后为。变王氏诬君之习,合《春秋》尊王之义。济济多士,何患无人! 又况安石所施,其事既往,若不自述于文字,后日安知其用心? 著为此书,天使之也。且安石著书之意,岂是便欲施行? 卞所安排,非无次序。自谓举无遗策,何乃急于流传? 宣示远近,不太速乎? 然则流传之速,天促之也。天之右序我宋而不助王氏,亦可知也。如臣昔者妄推安石谓之圣人,如视蚁垤以为泰山,如指蹄涔以为大海。易言无责,鬼得而诛,驷不可追,龂舌何补? 圣人,人伦之至也。傲上乱伦,岂圣人乎? 圣人,百世之师也。教人诬伪,岂圣人乎?

孔子,集大成也,尚以不居为谦;光武,有天下者也,犹下禁言
之诏。岂可身处北面人臣之位,而甘受子雱骄僭之名乎?雱
出《安石画像赞》曰:'列圣垂教,参差不齐,集厥大成,光乎仲
尼。'蔡卞大书之,刊于石,与雱所撰诸书经义并行于世。臣昔
以答义应举,析字谈经,方务趣时,何敢立异?改过自新,请自
今始。于是取安石《日录》编类得六十五段,厘为八门:一曰圣
训,二曰论道,三曰献替,四曰理财,五曰边机,六曰论兵,七曰
处己,八曰寓言。事为之论,又于逐门总而说之,凡为论四十
有九篇,合二门为一卷,并序共为五卷。臣以忧患之余,精力
困耗,披文索义,十不得一。加以海隅衰陋,人无赐书,神考御
集,无由恭阅。又《日录》与御批《日历》、《时政记》抵捂同异,
无文可考,欲校不得,但专据私书,略分真伪,不能尽究底蕴,
亦可以窥其大概矣。凡臣之所论,以绍述宗庙为本,以辨明圣
训为先,盖所述在彼则宗庙不尊,诬语未判则真训不白,何以
光扬神考有为之心,何以将顺陛下述事之志?凡今之士,学古
入官,身虽未试于朝廷,心亦不忘于献亩。戴天履地,宁忍同
诬,日拙心劳,徒唱尔伪。犯古今之公议,极典籍之所非,阴奉
窾言,显违格训。安石欲置四辅,神考以为不可;神考欲建都
省,安石以为不可。然今则四辅成矣,都省毁矣,道路为之流
涕,圣哲能不痛心!人皆独非于蔡京,安知谋发于蔡卞?至于
宿卫之法,亦敢更张,变乱旧规,创立三卫。用私史包藏之计,
据新经穿凿之文;以畏惮不改为非,以果断变易为是。按书定
计,以使其兄当面赞成;退而窃喜,京且由之而不悟。他人岂
测其用心?事过而窥,踪迹方露,赍咨痛恨,虽悔何追!在私
家何足备论,于国事岂宜如此?谓溆泺未必有补,可以决水为
田;谓河北要省民徭,可以减州为县。至于言江南利害,则曰

州县可析;论兵民将领,则曰奖拔豪杰。四海本是一家,何为分彼分此? 大法无过宿卫,安得率尔动摇? 弃旧图新,厥意何在? 昔元祐更张之始,方安石身没之初,众皆独罪于惠卿,或以安石为朴野。优加赠典,欲镇浮薄。司马光简尺具存,吕惠卿责词犹在。深惩在列,曲恕元台。凡同时论之人,无一人指黜安石,往往言章疑似,或干裕陵。致下以窥伺为心,包藏而待,润色诬史,增污忠贤。凡愠詈曾布之言,与怒詈惠卿之语,例皆刊削,意在牢笼。欲使共述私书,将欲济其大欲。布等在其术内,卞计无一不行。良由议赠之初,不稽其弊;若使早崇名分,何至横流? 司马光误国之罪,可胜言哉! 臣闻熙宁之初,论安石之罪,中其肺肝之隐者,吕诲一人而已。熙宁之末,论安石之罪,中其肺肝之隐者,惠卿一人而已。吕诲之言曰:‘大奸似忠,大佞似信,外视朴野,中藏巧诈,骄蹇傲上,阴贼害物。’吕惠卿之言曰:‘安石尽弃素学,而隆尚纵横之末数,以为奇术。以至潜诉胁持,蔽贤党奸,移怒行很,方命矫令,罔上要君,凡此数恶,莫不备具。虽古之失志倒行而逆施者,殆不如此。平日闻望,一旦扫地,不知安石何苦而为此也! 谋身如此,以之谋国,必无远图。而陛下既以不可少,而安石之罪,固未易言。’又曰:‘平日以何如人遇安石,安石平日以何等人自任,不意窘急,乃至如此!’又曰:‘君臣防闲,岂可为安石而废哉?’又曰:‘臣之所论,皆中其肺肝之隐。’臣某窃谓:元祐臣僚,于吕诲之言则誉之太过,于惠卿之言则毁之太过。此二臣者,趣向虽异,至于论安石之罪,献忠于神考,则其言一也。岂可专誉诲而毁惠卿乎? 偏毁惠卿,此王氏之所以益炽也。元祐之偏,可不鉴哉! 臣窃以天下譬如一舟,舟平则安,偏则危,臣之以言取祸,初缘此语。然臣自视此语,犹野人之视芹也,切于爱君,又欲以献。前日之欲杀臣者,必亦瞋目矣。然臣之肝脑,本是报国之物。臣若爱吝此物,则陛下不得闻安石之罪矣。陛下不得闻安石之罪,则人之利害咸在矣。为我宋之臣,岂得不思乎?乃者天子幸学,拜谒宣尼,本朝故臣,坐而不立,跻此逆像,卞唱之也。辅臣纵逆而养交,礼官舞礼而行诌。僭自内始,达于四方,万国寒心,外夷非笑。鹜冕夷俟,载籍所无,屡加于冠,何以示训?自有中国以来,五品不逊,未有此比。然则观此一像,而八十卷之大概,可以未读而知矣。蔡氏、邓氏、薛氏皆立安石之像,祠于家庙,朝拜安石而颂曰:‘圣矣,圣矣!’暮拜安石而颂曰:‘圣矣,圣矣!’国学,风化之首也,岂三家之家庙乎?故曰:废大法而立私门,启攘夺而生后患,可为寒心,莫大于此!尊君爱国之士,孰敢以此为是乎?是非之心,人皆有之。极天下之非,而可以谓之国是乎?呜呼!讲先王之道,而以咈百姓为先;论周公之功,而以僭天子为礼。咈民岁久,蠹国日深,僭语为胎,遂产逆像。以非为是,态度日移,废道任情,今甚于昔。昔者,初立国是,使惇行之,惇既窜逐,移是于布,布又窜逐,移是于京。三是皆发于卞谋,三臣同归于误国。然则果国是乎?果卞是乎?若以卞是为是,则操心颇僻赋性奸回如邓绾者,不当逐也。若以卞是为是,则以涂炭必败之语诋诬神考如常立者,不当窜也。神考逐绾,可以见悔用安石之心;哲宗窜立,可以见斥绝安石之意。两朝威断,天下皆以为至明。陛下扬光,亦以去卞为急务。扫除旧秽,允协人心,布泽日新,上合天意。乐于将顺,搢绅所闻,梦阙驰诚,名限疏远。彼元祐、元符之籍,虽渐绝弛,而人尚未见用。应诏上书之罪,虽已释放,而士犹在沮辱。沮辱者不可复问,未用者当自退藏。其余虽在朝廷,或非言路,明哲之士,又务保身，纵有强聒之流，且无私史之隙。唯臣因论私史，祸隙至深，得存余命，全由独断。臣之所以报国者，敢不勉乎！兼臣年老病多，决知处世难久，与其赍志于没后，孰若取义于生前。义在杀身，志惟尊主。故臣所著《日录辩》，名之曰《四明尊尧集》云。"

邵氏闻见后录卷第二十四

晁说之以道,其姓名蚤列东坡先生荐贤中。崇宁初,又以应诏言事,编部党者,三十暑寒不赦。渊圣帝元年起入西掖,典制命,独以上辈旧学遇之,其初见帝之言,亦陈莹中《尊尧》之意也。曰:"臣窃以谓善观圣帝明君成天下之业者,不观其迹而观其志。恭惟神宗皇帝,巍巍然之功在天下者,孰不睹矣。其末年,所以为天下后世虑者,未易为单见浅闻道也。神宗皇帝即位之初,却韩琦论新法之疏,至于再三。逮琦之薨,与两宫震悼,躬制神道碑,念之不已,每对臣僚,称琦为社稷之臣。方即位初时,深欲相富弼,弼辞以疾,退居洛阳。弼在洛阳,多以手疏论天下大利害,皆大臣之所不敢言者。神宗欣然开纳,赐以手札曰:'义忠言亲,理正文直,苟非意在爱君,志存王室,何以臻此?敢不置之枕席,铭诸肺腑,终老是戒。更愿公不替今日之志,则天灾不难弭,太平可立俟也。'尝因王安石有所建明,而却之曰:'若如此,则富弼手疏称"老臣无处告诉,但仰屋窃叹"者,即当至矣。'弼之薨,神宗躬制祭文,有曰:'言人所难,议定大策,谋施廊庙,泽被四方,他人莫得而预也。'又其即位之初也,独以颍邸旧书赐司马光,逮光不愿拜枢臣之命,而归洛阳,修《资治通鉴》,随其所进,命经筵读之,其读将尽而所进未至,即诏趋之。熙宁中,初尚淄石砚,乃躬择其尤者赐光,其书成,赐带,乃如辅臣品数赐之。尝因蒲宗孟论人材,乃及光曰:'未论别,只辞枢密一节,自朕即位来,唯见此一人。'在元丰末，灵武失利，神宗当宁恸哭，大臣不敢仰视。已而，叹曰：'谁为妖言有此者！'乃复自发言曰：'唯吕公著数为朕言之，用兵不是好事。'岂咎公著常争新法不便于熙宁初哉？元丰之末，将建太子，慎求宫僚，神宗宣谕辅弼，独得司马光、吕公著二人。于王安石、吕惠卿何有哉？至厌薄代言之臣，谓一时文章不足用，思复辞赋，章惇犹能为苏轼道上德音也。经筵蔡卞愈为恍惚荡漾之说，上意殊不在，逮赵彦若以经侍，则皆忠实纯朴之言也。上听之喜，因问曰：'安得此说？'彦若对曰：'先儒传注，臣得以发之。'上益喜。其在政事，因韩绛自请前日谬于敷奏之罪，乞旨改正，上欣然叹曰：'卿不遂非甚好，若是王安石，则言害臣之道矣。'元丰末，不得已创为户马之说，神宗俯首叹曰：'朕于是乎愧于文彦博矣。'王珪等请宣德音，复曰：'文彦博顷年争国马不胜，乃奏曰：陛下十年后必思臣言。'珪因奏曰：'罢去祖宗马监，是王安石坚请行之者，本非陛下意也。'上复叹曰：'安石相误，岂独此一事！'安石在金陵见元丰官制行，变色自言曰：'许大事，安石略不得预闻。'安石渐有畏惧上意，则作前、后《元丰行》，以谄谀求保全也。先是，安石作《诗义序》，极于谄谀，上却之，令别撰，今所施行者是也。神宗闻安石之贫，命中使甘师颜赐安石金五十两。安石好为诡激矫厉之行，即以金施之定林僧舍，师颜因不敢受常例，回，具奏奏之。上谕御药院牒江宁府，于安石家取甘师颜常例。安石约吕惠卿，无令上知一帖，惠卿既与安石分党，乃以其帖上之。上问熙河岁费之实于安石，安石喻王韶'不必尽数以对'，韶既叛安石，亦以安石言上之。不知自昔配飨大臣，尝有形迹如此之类乎？安石不学孔子《春秋》而配飨孔子，晚见薄于神宗而配飨神宗，无乃为国家政事之累乎？神宗一日尽释市易务禁锢保人在京师者,无虑千人,远近闻之,罔不手足舞蹈欢喜。神宗尝恨市易法曰:'百姓家大富者,犹不肯图小利,国家何必屑屑如此邪?'呜呼!上天若赐眷祐神宗,更在位数年,则市易法之类,躬自扫除之,不使后日议者纷纷,知为谋而不知为圣君之累乎?有志之士,痛心疾首,不能已者,政为是也。陛下图治之初,近当奉上皇求言之诏,远当成神宗晚岁之志,则天下幸甚!"

洛阳名公卿园林,为天下第一,裔夷以势役祝融回禄,尽取以去矣。予得李格非文叔《洛阳名园记》,读之至流涕。文叔出东坡之门,其文亦可观,如论"天下之治乱,候于洛阳之盛衰;洛阳之盛衰,候于园圃之兴废",其知言哉!故具书之左方云。

富 郑 公 园

洛阳园池多因隋、唐之旧,独富郑公园最为近辟,而景物最胜。游者自其第西出探春亭,登四景堂,则一园之胜景顾可览而得。南渡通津桥,上方流亭,望紫筠堂而还。右旋花木中百余步,走荫樾亭、赏幽台,抵重波轩而止。直北走土筠洞,自此入大竹中。凡谓之洞者,皆轩竹丈许,引流穿之,而径其上。横为洞一,曰土筠,纵为洞三,曰水筠、曰石筠、曰榭筠。历四洞之北,有亭五,错列竹中,曰丛玉、曰披风、曰猗岚、曰夹竹、曰兼山。稍南有梅台,又南有天光台,台出竹木之杪。遵洞之南而东,还有卧云堂,堂与四景堂相南北,左右二山,背压通流。凡坐此,则一园之胜可拥而有也。郑公自还政事归第,一切谢绝宾客,燕息此园几二十年。亭台花木皆出其目营心匠,故逶迤衡直,闿爽深密,曲有奥思。

董氏西园

董氏西园,亭台花木,元不为行列区处,疑因景物岁增月葺所成。自南门入,有堂相重者三:稍西一堂,在大池间;逾小桥,有高台一;又西一堂,竹环之,中有石芙蓉,水自其花间涌出。开轩窗,四面甚敞,盛夏燠暑,不见畏日,清风忽来,留而不去。幽禽静鸣,各夸得意。盖山林之景,而洛阳城中遂得之于此。午路抵池,池南有堂,面高亭,堂虽不宏大,而屈曲甚邃,游者至此往往相失。岂前世所谓"迷楼"者?元祐中,有留守喜宴集于此。

董氏东园

董氏以财雄洛阳,元丰中,少县官钱,尽籍入田宅。城中二园因芜坏不治,然其规模尚足称赏。东园北乡,入门有栝可十围,实小如松实,而甘香过之。有堂可居,董氏盛时,载歌舞游之,醉不可归,则宿此数十日。南有败屋遗址,独流杯、寸碧二亭尚完。西有大池,中有堂,榜曰"含碧"。水四面喷泻池中,而阴出之,故朝夕如飞瀑,而池不溢。洛人盛醉者,登其堂辄醒,故俗目为"醒酒"也。

环 溪

环溪,王开府宅园。其洁华亭者南临池,池左右翼而北,过凉榭,复汇为大池。周回如环,故云。榭南有多景楼,以南望,则嵩高、少室、龙门、大谷,层峰翠巘,毕效奇于前。榭北有风月台,以北望,则隋、唐宫阙楼台,千门万户,岧峣璀璨,亘十余里。凡左太冲十年极力而赋者,可一目而尽也。又西有锦厅秀野台,园中树松桧花木千株,皆品别种列。除其中为岛屿,上可张乐,各时其盛而赏之。凉榭、锦厅,其下可坐数百人,宏大壮丽,洛中无逾者。

刘　氏　园

刘给事园,亭堂高卑制度,适惬可人意。有知《木经》者见云:"近世建造,率务峻立,故居者不便而易坏,唯此堂正与法合。"西有台,尤工致,方十许丈地也。楼横堂列,廊庑回缭,栏楯周接,木映花承,无不妍稳,洛人目为"刘氏小景"。今析为二,不能与他全园争矣。

丛　春　园

今门下侍郎安公买于尹氏。岑寂而高木森然,桐梓桧柏,皆就行列。其大亭有丛春亭,高亭有先春亭,出荼蘼架上,北可望洛水,盖洛水自西汹涌奔激而东。天津桥者,叠石为之,直力潴其怒,而纳之于洪下,洪下皆大石底,与水争,喷薄成霜雪,声数十里。予尝穷冬月夜登是亭,听洛水声,久之,觉清洌侵人肌骨,不可留,乃去。

邵氏闻见后录卷第二十五

天王院花园子

洛阳花甚多种,而独名牡丹曰花王。凡园皆植牡丹,而独名此曰花园子,盖无他池亭,独有牡丹数十万本。凡城中赖花以生者,毕家于此。至花时,张幄幕,列市肆,管弦其中,城中士女,绝烟火游之。过花时,则复为丘墟,破垣遗灶相望矣。今牡丹岁益滋,而姚魏花愈难得,魏花一枝千钱,姚黄无卖者。

归 仁 园

归仁,其坊名也,园尽此一坊,广轮皆里余。北有牡丹、芍药千株,中有竹百亩,南有桃李弥望。唐丞相牛僧孺园七星桧,其故木也,今属中书李侍郎,方创亭其中。河南城方五十余里,中多大园池,而此其冠。

苗 帅 园

节度使苗侯既贵,欲极天下佳处,卜居得河南;河南园宅又号最佳处,得开宝宰相王溥园,遂购之。园既古,景物皆苍然,复得完力藻饰出之,于是有欲凭凌诸园之意矣。园故有七叶二树,对峙高百尺,春夏望之如山,今创堂其北。竹万余竿,比其大满二三围,疏密琅玕,如碧玉椽,今创亭其南。东有水,自伊水来，可浮十石舟，今创亭压其溪。有大松七，今引水浇之。有池宜莲荷，今创水轩，板出水上。对轩有桥亭。制度甚雕侈，然此犹未尽得之。丞相故园水东，为直龙图阁赵氏所得，亦大创第宅园林。其间稍北曰郏鄠陌，列七丞相第。文潞公、程丞相第旁有池亭，尚不可与赵韩王园比。

赵韩王园

赵韩王宅园，开国初，诏将作营治，其经画制作，殆侔禁省。韩王以太师归是第，百日而薨。子孙皆家京师，罕居之，故园池亦以扃钥为常，高亭大树，花木之渊，岁时独厮养拥篲负畚插其间而已。盖天之于宴闲，每自吝惜，疑甚于声名爵位。

李氏仁丰园

李卫公有《平泉花木记》，百余种尔。今洛阳良工巧匠，批红判白，接以他木，与造化争妙，故岁岁益奇且广。桃、李、梅、杏、莲、菊各数千种，牡丹、芍药至数百种，而又远方异卉，如紫兰、茉莉、琼花、山茶之俦，号为难植，独植之洛阳，辄与其土产无异，故洛中园圃，花木有至千种者。甘露院东李氏园，人力甚治，而洛中花木无不有。中有四并，迎翠、濯缨、观清、超然四亭。

松　岛

松、柏、枞、杉、桧、栝，皆美木，洛阳独爱栝而敬松。松岛者，数百皆松也。其东南隅双松尤奇。在唐为袁象先园，本朝属李文定丞相，今属吴氏，传三世矣。颇葺亭榭池沼，植竹木其旁，南筑台，北修堂，东北道院。又东有池，池前后为亭临之。自东大渠引水注园中，清泉细流，涓涓无不通处。在它郡尚无有，洛阳独以其松名。

东　　田

文潞公东田，本药圃，地薄东城，水渺弥甚广，泛舟游者，如在江湖间也。渊映、缥水二堂，宛宛在水中，湘肤、药圃二堂间之，西去其第里余。今潞公官太师，年九十，尚时杖屦游之。

紫金台张氏园

自东田并城而北，张氏园亦饶水而富竹，有亭四。《河图志》云："黄帝坐玄扈台。"郭璞云："在洛汭。"或曰此其处也。

水北胡氏二园

水北胡氏二园，相距十许步，在邙山之麓，瀍水径其旁，因岸穿二土窦，深百余尺，坚完如埏埴。开轩窗其前，以临水上，水清浅则鸣漱，湍暴则奔驶，皆可喜也。有亭榭花木，率在二窦之东，凡登览而惝恍，俯瞰而峭绝，天授地设，不待人力而巧者。洛阳独有此园尔。但其亭台之名，皆不足载，载之且乱实。如其台四望尽百余里，而萦伊缭洛乎？其间林木纷概，云烟掩映，高楼曲榭，时隐时见，使画工极思不可图，而名之曰玩月台。有庵在松桧藤葛之中，辟旁牖，则台之所见亦毕陈于前，而名之曰学古庵。其失皆此类。

大 字 寺 园

大字寺园，唐白乐天园也。乐天云"吾有第在履道坊，五亩之宅,十亩之园,有水一池,有竹千竿"者是也。今张氏得其半,为会隐园,水竹尚在。洛阳但以其图考之,则凡曰某堂有某水,某亭有某木,至今犹在,而曰堂曰亭者,无复仿佛矣。岂因于天者可久,而成于人力者不足恃也? 寺中乐天刻尚多。

独　乐　园

司马公在洛阳自号迂叟,谓其园曰独乐园。园卑小,不可与他园班。其曰读书堂,数椽屋。浇花亭者,益小。弄水种竹轩者,尤小。见山台者,高不过寻丈。其曰钓鱼庵、采药圃者,又特结竹梢蔓草为之。公自为记,亦有诗行于世,所以为人钦慕者,不在于园尔。

湖　园

洛人云:"园圃之胜,不能相兼者六:务宏大者少幽邃,人力胜者乏闲古,多水泉者无眺望。能兼此六者,唯湖园而已。"予尝游之,信然。在唐为裴晋公园,园中有湖,湖中有洲,曰百花湖。北有堂,曰四并,其四达而旁东西之蹊者,桂堂也。截然出于湖之右者,迎晖亭也。过横池,披林莽,循曲径而后得者,梅台知止庵也。自竹径望之超然,登之翛然者,环翠亭也。渺渺重邃,尤擅花卉之盛,而前据池亭之胜者,翠樾轩也。其大略如此。若夫百花酣而白昼暝,青蘋动而林阴合,水静而跳鱼鸣,木落而群峰出,虽四时不同,而景物皆好,则又不可殚记者也。

吕文穆园

伊洛二水,自东南分,径入城中。而伊水尤清澈,园亭喜得之，若又当其上流，则春夏无枯涸之病。吕文穆园在伊水上流，木茂而竹润，有亭三，一在池中，二在池外，桥跨池上相属也。

洛阳又有园池中一物特有称者，如大隐庄梅，杨侍郎园流杯，师子园师子是也。梅盖早梅，香甚烈而大，说者云：大庾岭梅移其本至此。流杯水虽急，不旁触为异。师子丱石也，入地数十丈，或以地考之，盖武后天枢销铄不尽者也。舍此又有嘉猷、会节、恭安、溪园，皆隋、唐官园，虽已犁为良田，树为桑麻矣，然宫殿池沼，与夫一时会集之盛，遗俗故老，犹有识其所在，而道其废兴之端者。游之亦可以观万物之无常，览时事之倏来而忽逝也。

李格非曰："洛阳处天下之中，挟殽、渑之阻，当秦、陇之襟喉，而赵、魏之走集，盖四方必争之地也。天下常无事则已，有事则洛阳先受兵。余故曰：洛阳之盛衰者，天下治乱之候也。方唐贞观、开元之间，公卿贵戚开馆列第于东都者，号千有余所。及其乱离，继以五季之酷，其池塘竹树，兵车蹂践，废而为丘墟，高亭大榭，烟火焚燎，化而为灰烬，与唐共灭而俱亡者，无余家矣。余故曰：园囿之兴废者，洛阳盛衰之候也。且天下之治乱，候于洛阳之盛衰而知；洛阳之盛衰，候于园囿之兴废而得。则《名园记》之作，余岂徒然哉？呜呼！公卿大夫，高进于朝，放乎以一己之私自为，而忘天下之治，忽欲退享此，得乎？唐之末路是也。"

予昔游长安，遇晁以道赴守成州，同至唐大明宫，登含元殿故基。盖龙首山之东麓，高于平地四十余尺，南向五门，中曰丹凤门，正面南山，气势若相高下，遗址屹然可辨。自殿至门，南北四百余步，东西五百步，为大庭，殿后弥望尽耕为田。

太液池故迹尚数十顷，其中亦耕矣。明日，追随以道入咸阳，至汉未央、建章宫故基，计其繁夥宏廓，过大明远甚，其兼制夷夏，非壮丽无以重威，可信也。又明日，至秦阿房宫一殿基，东西五百步，南北五十丈，所谓上可坐万人，下可建五丈旗，周驰为阁道，直抵南山表，山之巅为阙者，视未央、建章，又不足道。县令张琦者言："如周之镐京、丰宫、灵台、明堂、辟水，地亦相迩。唯灵台可辨，其崇才二十尺，宫殿则无复遗址"。以道太息曰：《诗》所谓'经始勿亟'，庶人子来者，其专以简易俭约为德，初不言形胜富强，益知仁义之尊，道德之贵。彼阻固雄豪，皆生于不足，秦、汉、唐之迹，更可羞矣。"予追记其言，有可感者，故具书之。

邵氏闻见后录卷第二十六

客有云：昔罢兖州掾曹，与一二友人祠岱岳，因登绝顶，行四十里，宿野人之庐，前有药灶，地多鬼箭、天麻、玄参之类。约五鼓初，各杖策而东，仅一二里，至太平顶。丛木中有真庙东封坛遗址，拥褐而坐，以伺日出。久之，星斗渐稀，东望如平地，天际已明，其下则暗。又久之，明处有山数峰，如卧牛车盖之状，星斗尽不见，其下尚暗，初意日当自明处出。又久之，自大暗中日轮涌出，正红色，腾起数十丈，半至明处，却半有光，全至明处，即全有光，其下亦尚暗。日渐高，渐辨色，度五鼓三四点也。经真庙帐宿之地，石上方柱窠甚多。又经龙口泉，大石有罅，如龙哆其口，水自中出。又经石门十八盘，尤耸秀，北眺青、齐，诸山可指数。信天下之伟观也！

客又言：兖州之东曲阜城，鲁国也，孔子庙宅在焉。庭中二桧，各十数围，东者纹左旋，西者纹右旋，世传孔子手植也。殿前有坛，鲁恭王所坏堂基也。城北即孔林，其中有亭，真庙驻跸之地。西北隅孔子墓，东北隅伯鱼墓，正北子思墓，孔氏云：商人尚左，故孔子墓在西也。

旧说武都紫泥用封玺，故诏有紫泥之名。今阶州，故武都也，山水皆赤，为泥正紫色，然泥安能作封？当是用为印色耳。又说武都为武王采地，文、成、康三州亦三王采地也，皆因以得名。虽无经见，其传亦古矣。

赵复言：昔往来丰、沛间甚熟，汉高帝宅与卢绾宅相邻，俱即以祠之。行平衍之地，山原迤逦，求所谓丰西之泽，芒砀之泽，皆无之，亦无遗迹，与史所著不合。

蜀号"天险"，秦以十月取之，后唐以七十五日取之，本朝以六十六日取之。

予过武功唐高祖宅，昔号庆善宫，今为佛祠，前向渭水。史载太宗生之日，有二龙戏于门外。此地形势殊逼仄，苏世长云："臣昔侍陛下于武功，见所居宅仅庇风雨者，有唐二帝纻漆像。"不知何帝也。游景叔得唐本太宗画于屋壁，极奇伟，与世所传不同。

天下州名，俗呼不正者有二：一、处州，旧为括州，唐德宗立，当避其名，适处士星见分野，故改为处州，音楮，今俗误为处所之处矣。洋州，乃汪洋之洋，音杨，今俗误为详略之详矣。上自朝省，下至士大夫皆云尔，无能正之者。

今道州，古之有庳，獠夷所处，实荒服也。曰舜之于象，封之，非放也，象不得有为于其国，使吏治其国，而纳其贡税焉。皆孔子所不言。有庳距舜之都平阳，越在江湖万里之外，如曰欲常常而见，源源而来，亦劳矣。但出于《孟子》也。韩子曰：象为弟而舜杀之。《通鉴外纪》笔之不削云。

夔州古名朐䏰，朐，音蠢，又音劬；䏰，如尹反，又音忍，蚯蚓也。至今其地多此物。春秋时，人苦寒热疾，谓之蚯蚓瘴云。

凤翔府园有枯槐一株，故老云：昭宗扶此树，令朱全忠结袜，四顾无应者，故至今谓"手托槐"云。

沈黎，武侯驻兵之垒，城壁尚存，中有武侯祠，败屋数椽，杂他土木鬼神，甚不典。予为州，按本书更作之，刻石以记，又榜其庑下，记文多，不著，榜云："黎州据本州县士民状，伏见汉大丞相武侯诸葛公，其操节之大，足以师表天下后世，不但有功于蜀之一边也，庙于州之武侯城中，古矣。今即其地更作，益严，宜有约束，庶几不致渎慢有神，隳坏前制者。谨按蜀本书，大丞相元子，侍中尚书仆射、军师将军讳瞻，本朝一有善政，虽不出其议，民必欢言：‘吾葛侯所为也。’其慕如此。邓艾下蜀，遣使遗以书曰：‘若降，表为琅琊王。’将军斩使者，率其子尚，大呼搏战以死。君子曰：‘外不负其国，内不愧其家，忠孝两有焉。’今大丞相庙，以将军配。又按《汉晋春秋》，蜀大丞相诸葛公南征，夷有孟获者，豪健莫敌，公七擒七纵之，获始叹曰：‘公天威也，夷不复反矣。’今以‘天威’名公之堂，写丞相府从事将佐，自镇南大将军马公忠以下十人于堂中。又按大丞相文集，丞相南征，诏赐金𫓧钺一，曲盖一，前后羽葆鼓吹各一部，虎贲六十人。今并写于庑下，惟唐南康王韦公皋、太尉李公德裕，旧分祠于大丞相庙庭，以其各有功于西边，得不废。外此辄休。他丛祠妄以土木丹青塑画鬼神等物者，当从州县按举置于理。右版榜庙中，以示方来，无致违戾。”

秦州伏羌城三都谷，有曹玮武穆与羌酋李遵战胜之地，羌人到今畏慑不敢耕，草木弥望。武穆以六月二十日生，邦人遇其日，大作乐，祭于其庙云。

唐昭宗为朱全忠劫迁洛阳，至陕，以何皇后临蓐，留青莲佛寺行宫，全忠怒逼行甚急。今寺中佛坐莲花叶上，有当时宫人书“愿皇后早降生”，墨色如新。

先人宰陕之芮城县，一村落皆李氏，盖唐之遗族。高祖微时，尝居其地，有故宅基。民收高祖诏书十数纸，皆免赋役事，每云“不得欺压百姓”。予旧有录本，近失去。

今归州屈沱，屈原旧居也。世传原有姊，以原施行不与众合,以见流放,弃之独归,故曰归州,又曰秭归。袁崧云:"姊、秭古字通用,与原‘女媭之婵媛兮,申申其詈予’之语合。"

归州有昭君村,村人生女无美恶,皆炙其面。白州有绿珠村,旧井尚存,或云饮其水生美女,村人竟以瓦石实之。岂亦以二女子所遭为不祥邪?

浙人谓"富家为起早",盖言钱多则事多,不能晏眠也。虽俗下之语,亦有理云。

绍圣元年,咸阳县民段吉夏日凌晓雨后,粥菜村落中,立何人门,足陷地,得玉玺一,玉检。玉玺方四寸,篆文如凤鸟鱼龙之形,曰"受命于天,既受永昌"。按《玉玺记》,秦始皇得卞氏蓝田玉,刻以为玺,命丞相李斯篆文云云。又王莽逼元后取玺,后投之地,故一角缺,验之皆合。唯《记》云"玉色黄",此青苍色耳。盖汉高祖至霸上,子婴素车降轵道所上者,世世传受,号曰"传国玺"。董卓徙都关中,孙坚入洛,得于城南井中。至梁朱全忠后,始失所在。全忠以下,多都汴、洛,今玺尚出于秦。又云背亦刻"受天之命,皇帝寿昌"八字,则无之。又不云有玉检为异。有司来上,庭议以为瑞,改元元符,命段吉以官。至靖康国破,敌取以去矣。和氏玉见蔺相如语中,璧也其可刻以为玺邪?

宣和元圭,出王懿恪家,旧上有懿恪朱书"元圭"二字。或上之,以为真夏后氏之瑞。后复燕山,又得一元圭,尤奇古,非前圭可比。朝廷以先既行盛礼,不应再有出者,藏之内库不复问。至金人起,后圭磨改副衮冕,奉其主,前圭亦取去。然窦建德以获元圭,故国号夏,不知二圭果何代物也。

绍圣初,先人官长安府,于西城汉高祖庙前卖汤饼民家,得一白玉衮,高尺余,遍刻云气龙凤,盖为海中神山,足为饕饕，实三代宝器。府上于朝，批其状云：墟墓之物，不可进御，当籍收官库，尚遵祖宗典制也。至政和中，先人再官长安，问之，已失所在矣。

楚氏洛阳旧族元辅者，为予言：家藏一黑水晶枕，中有半开繁杏一枝，希代之宝也。初，避虏入颍阳，凡先世奇玩悉弃之，独负枕以行，虏势逼，亦弃于山谷中。文序世言：潞公有白玉盆，径尺余，三足，破贝州时，仁皇帝赐也，常用以贮酒，后纳之圹中云。

中隐王正叔云："王仲至帅长安日，境中坏一古冢，有碧色大瓷器，容水一斛，中有白玉婴儿，高尺余，水故不耗败，如新汲者。玉婴儿为仲至取去。"

邵氏闻见后录卷第二十七

张浮休云:盗夜发咸阳原上古墓,有火光出,用剑击之,铿然以坠,视之,白玉帘也。岂至宝久埋藏欲飞去邪?既击碎之,有中官取以作算筹,浮休亦得一二。

宣和殿聚殷、周鼎锺尊爵等数千百种,国破,虏尽取禁中物,其下不禁劳苦,半投之南壁池中。后世三代彝器,当出于大梁之墟云。

主父齐贤者自言:少羁贫,客齐鲁村落中,有牧儿入古墓中求羊,得一黄磁小褊瓶,样制甚朴。时田中豆荚初熟,儿欲用以贮之,才投数荚,随手辄盈满,儿惊以告,同队儿三四试之皆然。道上行人见之,投数钱,随手亦盈满,遂夺以去。儿啼号告其父,父方筑田,持锄追行人,及之,相争竞,以锄击瓶破。犹持碎片以示齐贤,其中皆五色画,人面相联贯,色如新,亦异矣。齐贤为王性之云。

近岁,犍为、资官二县接境地名龙透,向氏佃民耕田,忽声出地中,耕牛惊走,得铜剑一,长二尺余,民持归,挂牛栏上。入夜,剑有光,栏牛尽惊。移之舍中,其光益甚,民愚亦惊惧,掷于户外,即飞去,盖神物也。士聂椿云,向,其妇家也。

牛僧孺、李德裕相仇,不同国也,其所好则每同。今洛阳公卿园圃中石,刻奇章者,僧孺故物;刻平泉者,德裕故物,相半也。如李邦直归仁园,乃僧孺故宅,埋石数冢,尚未发,平泉在凿龙之右,其地仅可辨,求德裕所记花木,则易以禾黍矣。

　　世传李太白草书数轴，乃葛叔忱伪书。叔忱豪放不群，或叹太白无字画可传，叔忱偶在僧舍，纵笔作字一轴，题之曰"李太白书"，且与其僧约，异日无语人，每欲其僧信于人也。其所谓得之丹徒僧舍者，乃书之丹徒僧舍也。今世所传《法书要录》、《法书苑》、《墨薮》等书，著古今能书人姓名尽矣，皆无太白书之品第也。太白自负王霸之略，饮酒鼓琴，论兵击剑，炼丹烧金，乘云仙去，其志之所存者，靡不振发之，而草书奇倔如此，宁谦退自悔，无一言及之乎？叔忱翰墨自绝人，故可以戏一世之士也。晁以道为予言如此。

　　大儒宋景文公学该九流，于音训尤邃，故所著书用奇字，人多不识。尝纳子妇三日，子以妇家馈食物书白，一过目即曰："书错一字，姑报之。"至白报书，即怒曰："吾薄他人错字，汝亦尔邪？"子皇骇，却立缓扣其错，以笔涂"煖"字，盖妇家书"以食物煖女"云，报亦如之。子益骇，又缓扣当用何煖字？久之，怒声曰："从食从而从大。"子退检字书《博雅》，中出"餪"字，注云："女嫁三日，饷食为餪女。"始知欲闻餪女云者，自有本字。

　　东坡《谢滕达道书》云："前日得观所藏诸书，使后学稍窥家传之秘，幸甚！恕先所训，尤为近古。某方治此书，得之颇有开益，拜赐之重，若获珠贝，老朽不揆，辄立训传，尚未毕功，异日当为公出之。古学崩坏，言之伤心也。"李方叔云："东坡每出，必取声韵音训文字复置行箧中。"予谓学者亦不可不知也。

　　陶隐居《与梁武帝启》云："逸少有名之迹，不过数种。《黄庭》、《劝进》、《像赞》、《洛神》不审犹得在否？"褚遂良《逸少正书目》：《乐毅论》、《黄庭经》、《画赞》、《墓田》、《丙舍》以次，共十四帖,合五卷。《劝进》已亡,《洛神》不录,盖遂良误以《洛神》为子敬书,故柳公权亦云。褚、柳于书工矣,其鉴裁尚有失,古语二王以来,评书之妙,惟隐居为第一,不诬也。

崇宁初,经略天都,开地得瓦器,实以木简札,上广下狭,长尺许,书为章草,或参以朱字。表物数曰:缣几匹,绵几屯,钱米若干,皆章和年号。松为之,如新成者,字遒古,若飞动,非今所畜书帖中比也。其出于书吏之手尚如此,正古谓之札书。见《汉武纪》、《郊祀志》,乃简书之小者耳。张浮休《跋王君求家章草月仪》云尔。

崔偓佺,淳化中判国子监,有字学。太宗问曰:"李觉尝言'四皓'中一人姓,或云'用'上加一撇,或云'用'上加一点,果何音?"偓佺曰:"臣闻刀下用擢音,两点下用为鹿音,'用'上一撇一点俱不成字。""四皓"中一人,甪里先生也。予谓今书"甪里","用"上加撇者非是。

俗语借与人书为一痴,还书与人为一痴,予每疑此语近薄,借书、还书,理也,何痴云?后见王乐道《与钱穆四书》、《出师颂书》,函中最妙绝,古语,借书一瓻,还书一瓻,欲以酒二尊往,知却例外物不敢。因检《说文》:瓻,抽迟反,亦音绨。注云:酒器。古以借书,盖俗误以为痴也。

荆浩论曰:"山水之学,吴道子有笔而无墨,项容有墨而无笔,王维、李思训之流不数也。"其所自立可知矣。然入吾本朝,如长安关同、营丘李成、华原范宽之绝艺,荆浩者又不数也。故本朝画山水之学,为古今第一。

国初,营丘李成画山水,前无古人。后河阳郭熙得其遗法,成之子觉熙之子思,俱为从官,颇广求两父之画,故见于世者益少,益可贵云。

观汉李翕王稚子高贯方墓碑，多刻山林人物，乃知顾恺之、陆探微、宗处士辈尚有其遗法，至吴道玄绝艺入神，然始用巧思，而古意少减矣。况其下者，此可为知者道也。

画花，赵昌意在似，徐熙意不在似，非高于画者，不能以似不似第其远近。盖意不在似者，太史公之于文，杜少陵之于诗也。独长安中隐王正叔以予为知者。蜀人重孙知微画笔，东坡独曰："工匠手耳。"其识高矣。宣和中，遣大黄门就西都多出金帛易古画本，求售者如市，独于郭宣猷家取吴生画一剪手指甲内人去，其韵胜出东坡所赋周员外画背面欠伸内人尚数等。予少年时，尝因以作《续丽人行》云。

予旧于湨城孔宁极家，见孔戣《私纪》一编，有云："退之丰肥喜睡，每来吴家，必命枕簟。"近潮阳刘方明摹唐本退之像来，信如戣之记，益知世所传好须髯者，果韩熙载也。

晁以道言当东坡盛时，李公麟至，为画家庙像。后东坡南迁，公麟在京师遇苏氏两院子弟于途，以扇障面，不一揖，其薄如此。故以道鄙之，尽弃平日所有公麟之画于人。

郭恕先画重楼复阁，间见叠出，善木工料之，无一不合规矩。其人世外仙者，尚于小艺委曲精致如此，何邪？

予收南唐李侯《阁中集》第九一卷，画目，上品九十五种。内《蕃王放簇帐》四。今人注云：一在陆农师家，二在潘景家。《江乡春夏景山水》六。注云：大李将军。又今人注云：二在马粹老家。《山行摘瓜图》一。注云：小李将军。又今人注云：在刘忠谏家。《卢思道朔方行》一。注云：小李将军。又今人注云：在李伯时家。《明皇游猎图》一。注云：小李将军。又今人注云：在马粹老家。《奚人习马图》三。注云：韩幹。又今人注云：一在野僧家。中品三十三种。内《月令风俗图》四。今人注云:在杨康功龙图家。《杨妃使雪衣女乱双陆图》一。注云:李翔。又今人注云:在王粹老家。今易主矣。《竹》四。今人注云:在王仲仪之子定国处,其着色卧枝一竿尤妙。下品百三十九种。内《回纹图》二。注云:殷嵩。又今人注云:在仲仪家。《诗图》二,叙一,楼台人物分两处,中为远水红桥小山,作窦滔从骑迎若兰,车舆人物甚小而繁,大概学周昉而气制甚远。《猫》一。注云:汀州李交。又今人注云:在刘正言家。《花而行者》一,小者三,如生。后有李伯时《跋》云:"江南《阁中集》一卷,得于邵安简家。其中名品多流散士大夫家,公麟尚见之,有朱印曰'建业文房之印',曰'内合同印',有墨印曰'集贤院御书记',表以回鸾墨锦,签以黄经纸。"予意今注出于伯时也,然不知集有几卷,其他卷品目何物也。建业文房亦盛矣,每抚之一叹。

邵氏闻见后录卷第二十八

  凤翔府开元寺大殿九间,后壁吴道玄画自佛始生、修行、说法至灭度,山林、宫室、人物、禽兽数千万种,极古今天下之妙。如佛灭度,比丘众蹦踊哭泣,皆若不自胜者,虽飞鸟走兽之属,亦作号顿之状,独菩萨淡然在旁如平时,略无哀戚之容。岂以其能尽死生之致者欤?曰"画圣",宜矣。其识开元三十年云。今凤翔为敌所擅,前之邑屋皆丘墟矣。予故表出之。

  古画、塑一法。杨惠之与吴道子同师张僧繇学画,惠之见道子笔法已至到,不服居其次乃去学塑,亦为古今第一。嗟夫!画一技耳,尚不肯少下,况于远者、大者乎!

  曰"研瓦"者,唐人语也,非谓以瓦为研。盖研之中,必隆起如瓦状,以不留墨为贵。百余年后,方可其平易。古人用意于一研,尚如此。

  予尝评砚:端石如德人,每过于为厚,或廉于才,不能无底滞;歙石如俊人,于人辄倾倒,类失之轻,而遇事风生,无一不厌足人意。能兼其才地,则为绝品。又涤端石,竟日屡易水,其渍卒不尽除;歙石一濯即莹彻无留墨,亦一快耳。唐氏为研说甚广,初不出此。

  石晋时,关中有曰李处士者,能补石砚。砚已破碎,留一二日以归,完好如新琢者。其法不传,或以为异人。

  近世薄书学,在笔墨事类草创,于纸尤不择。唐人有熟纸,有生纸。熟纸,所谓妍妙辉光者,其法不一;生纸,非有丧故不用。退之《与陈京书》云："《送孟郊序》用生纸写。"言急于自解，不暇择耳。今人少有知者。

司马文正平生随用所居之邑纸，王荆公平生只用小竹纸一种。

宣城陈氏家传右军求笔帖，后世益以作笔名家。柳公权求笔，但遗以二枝，曰："公权能书，当继来索，不必却之。"果却之，遂多易以常笔，曰："前者右军笔，公权固不能用也。"予从王正夫父子得张义祖所用无心毫，锥锋长二寸许，他人不能用，亦曰右军遗法也。义祖名友正，退傅之子，居昭德坊，不下阁二十年，学书尽窥右军之妙，尚以蔡君谟为浅近，米元章为狂诞，非合作，然世无知者。如其所用笔，可叹也。独王正夫父子好之云。

太祖下南唐，所得李廷珪父子墨，同他俘获物付主藏籍收，不以为贵也。后有司更作相国寺门楼，诏用黑漆，取墨于主藏，车载以给，皆廷珪父子之墨。至宣和年，黄金可得，李氏之墨不可得也。

黄鲁直就几阁间，取小锦囊，中有墨半丸，以示潘谷。谷隔锦囊手之，即置几上，顿首曰："天下之宝也。"出之，乃李廷珪作耳。又别取小锦囊，中有墨一丸，谷手之如前，则叹曰："今老矣，不能为也。"出之，乃谷少作耳。其艺之精如此。

故德阳县男虞祺，字齐年，起陵州诸生中。初不知佛书也，每曰："诚者天之道，思诚者人之道，其至则一也，吾知此而已。"当毒赋剩敛鞭棰马牛其人之日，一遭燹，再遭潼，川民独晏然倚以朝夕也。间属微疾，凭几不言，忽顾坐客曰："古佛俱来，吾亦归矣。"男子允文旁立泣下。又笑曰："人而为佛，宁不可哉？"客异其非君平生之言，即之，已逝矣。明年，始有更生佛事。陵州民解述者，病死，一昼夜再生，具言：初为黄衣逮去，遇故里中少年曹生曰："乡之大夫虞君主更生事，明当为更生佛，亟见之。"前抵宫室，沈沈王者冕服正坐，虞君也。吏问述故为善状，述诉力贫，但一至瓦屋山，见辟支佛瑞色甚胜，得释去。王再敕述："过语吾家，广置更生道场，诵数更生佛名字勿怠。"语定，白毫光自王身起，直大观阙黄金书榜"大慈大悲，更生如来"，述洒然而悟，明当虞君练祭云。士陈公璜，年甫九十，直书其事甚备。华严道人祖觉，自《大涅槃经》中得更生佛，因地不诬，虞君不为佛学佛言，直心是道场，无虚假故，著其为更生佛事无疑。先是，彭山杨舜钦使君在田间，夜梦故计吏王咨者，多哀言，辞去，衣后穿出牛一尾，使君旧与咨善，惊起。家人之梦亦合，相语未竟，外报一牛生，遽取火视之，牛仰首泪下。呜呼！君子小人之善恶，如天渊然，有报亦如之。予特著其略，以为世戒。

王子飞观文为予言：吾使三韩，泛海每危于风涛，翦佛书以投，异物出没，争夺以去。至投道书，则不顾。

凤翔府祁阳镇法门寺塔，葬佛手指骨一节，唐宪宗盛仪卫迎入禁中，韩吏部《表》谏者。塔下层为大青石芙蕖，工制精妙，每芙蕖一叶，上刻一施金钱人姓名，殆数千人，宫女姓名为多，如曰张好好、李水水之类，与慈恩寺塔砖上所书同。又刻白玉象，所葬佛指骨置金莲花中，隔琉璃水晶匣可见。予宣和中过之，有老头陀言：旧多宝器，唐诸帝诸王施以供佛者，尽为权势取去，尚余二水晶兽环洗，亦奇物也。

五台山佛光，其传旧矣。《唐穆宗实录》：元和十五年四月四日，河东节度使裴度奏：五台山佛光寺侧，庆云现，若金仙乘狻猊，领其徒千万，自巳至申乃灭。又峨眉普贤寺，光景殊胜，不下五台,在唐无闻。李太白峨眉山诗言仙而不言佛,《华严经》以普贤菩萨为主,李长者《合论》言五台山而不言峨眉山,又山中诸佛祠,俱无唐刻石文字,疑特盛于本朝也。

庆历中,齐州言:有僧如因,妖妄惑人,辄称正法一千年一劫,像法一千年一劫,末法一千年一劫。今像法已九百六十年,才余四十年,即是末劫,当饥馑疾疫刀兵云云。事下两街,僧录司奏:正法、像法、三灾劫等,悉出《大藏经论》,非妖。皇帝但敕天下《大藏经论》勿妄以示人云。

又熙宁初,神宗谓王安石曰:"有比丘尼千姓者,为富弼言:世界渐不好,勿预其事可也。弼信之。"然亦不之罪也。

予尝以前闻长老言汤保衡遇汉张陵事,刻石于资中崇寿观矣。后得吕大临与叔所作《保衡传》,尤详尽。与叔授横渠先生之道,以诚以正为本,可信其不诬。然汉史建安二十年,曹操破张鲁,定汉中。鲁祖父陵,顺帝时客于蜀,学道鹤鸣山中,造作符书,以惑百姓。受其道者辄出米五斗,时谓之"米贼"。陵子衡,衡子鲁,以其法相付授,自号"师君"。其众曰"鬼卒",曰"祭酒",曰"理头",大抵与黄巾相类。朝廷不能讨,就拜鲁镇夷中郎将,领汉宁太守。则所谓张陵者,果异人乎?今道家者流祖,其事不可辨云。与叔《汤保衡传》:"嘉祐末年,京师麻家巷有聚小学者李道,太学生汤保衡尝与之游。一日,保衡至道学舍,有一道士,形貌恢伟,须髯怪异,言语如风狂人,与道相接,保衡见而异之。既去,保衡问道,道曰:'此道士居建隆观,朝夕尝过我,我固未尝诣之,乃落魄不检者。子何问之?'保衡曰:'予所居与建隆甚迩,凡观之道士皆与之识,未始见此人。'既而保衡颇欲访之。他日,保衡至道学舍,复见前道士,问其所止,亦曰建隆。既去,保衡默从之,入观门至西廊而没，保衡往追寻之，不复见。因观廊壁绘画，有一道士，正如所见者，其上题云'张天师'。保衡心异之。他日，乃具冠带伺于李道之舍，道问曰：'子何所伺？'保衡佯以它语答之。凡伺三日，其道士始自外至，已若昏醉者，与道相见如常日。保衡既见正如所画者，遂出拜之，称曰'天师'。道士辞避曰：'足下无过言。'道亦笑曰：'此道士安得天师之称哉？'保衡再三叩请，具述所见。道士乃曰：'请以某日会于某地。'保衡曰：'诺。'如约而往，道士见之曰：'但举目视日十日，必有所见，可复会于某地。'保衡归，依所教视日，视既久，目不复眩。至十日，乃睹日中有人形，细视之，见道士在日中，形貌宛然。保衡复往会道士，道士曰：'何所见？'保衡曰：'见天师在日中。'道士曰：'可复归再视日，百日外复有所见，可再相会于某地，慎勿泄也。'保衡如教视之，家人以为风狂，问之不答。逾百日，乃见己形亦在日中，与道士立。保衡乃会道士具谈之，道士曰：'可教矣。'乃为授以符箓，可以摄制鬼神，其道士复不见。保衡居太学中，尝丧一幼子，每思之，召至其前，同舍生皆见之。一日，保衡语其友人曰：'予适过西车子曲，见一小第，门有车马，有数妇人始下车，皆不以物蒙蔽其首。其第二下车者，年二十许，颇有容色，意其士大夫自外至京师者，必其妻也。予欲今夕就子前舍小饮，当召向所见妇人观之。'友人曰：'良家子，汝焉可妄召？必累我矣。'保衡曰：'非召其人，乃摄其生魂，聊以为戏耳。然必至夜，俟其寝寐乃召之，若梦中至此，止可远观，慎勿近之。近之则魂不得还，其人必死矣。'遂与友人薄暮出门，过其舍，伺少顷，闻门中有妇人声，保衡心知乃适所见妇人，即吸其气，以彩线系其中指，既而至友人学舍，命仆取酒至，与之对饮，令从者就寝。中夜，保衡起开门，有妇人自外至，乃所见者，形质皆如人，但隐隐然若空中物，其语声如婴儿，见保衡拜之。保衡问其谁氏，具道某氏，其夫适自外罢官还京师。复问保衡曰：'此何所也？适记已就寝，不意至此，又疑是梦寐，而比梦寐差分明。又疑死矣，此得非阴府邪？'保衡曰：'此亦人间耳，今便可归，当勿忧也。'命立于前款曲与语，至五更始遣去。人传保衡甚得召鬼之术，保衡以进士及第，今官为县令云。"

邵氏闻见后录卷第二十九

张君猷为湖南漕,过南岳,自肩舆中见路左一道观甚丽,榜曰"朱陵宫",遥望其中,有一羽衣立殿上。君猷意欲下,而从骑半已过。明年再经其地,求朱陵宫,无之。父老云:旁近但有朱真人祠,至其下,乃前所见朱陵宫之处,才小屋一二楹,其变异如此。

唐吕仙人故家岳阳,今其地名仙人村,吕姓尚多。艺祖初受禅,仙人自后苑中出,留语良久,解赭袍衣之,忽不见。今岳阳仙人像,羽服下着赭袍云。

北齐敕道士剃发为沙门,宣和中,敕沙门着冠为道士。古今事不同如此。

郝翁者,名允,博陵人。少代其兄长征河朔,不堪其役,遁去。月夜行山间,惫甚,憩一树下。忽若大羽禽飞止其上,熟视之,一黄衣道士也。允拜手乞怜,道士曰:"汝郝允乎?"因授以医术。晚迁郑圃,世以"神医"名之。远近之人,赖以活者,四十余年。非病者能尽活之也,盖其术精良可信。不幸而不可治,必先语之,虽死亦无恨。于脉非独知已病,而能前知未病与死,近者顷刻,远者累年,至其日时皆无失。岁常候测天地六元五运,考四方之病,前以告人,亦无失。皇祐年,翁死。张珣子坚志其墓云:"夏英公病泄,太医皆为中虚。翁曰:'风客于胃则泄,殆稿本汤证也。'英公骇曰:'吾服金石等物无数,泄不止,其敢饮稿本乎?'翁强进之,泄止。太常博士杨日宣病寒,翁曰:'君脉首震而尾息,尾震而首息,在法谓鱼游虾戏,不可治。'不旬日死。州监军病悲思,翁告其子曰:'法当甚悸即愈。'时通守李宋卿御史甚严,监军内所惮也,翁与其子请于宋卿。一造问,因责其过失,监军惶怖汗出,病乃已。殿中丞姚程,腰脊痛不可俯仰,翁曰:'谷独气也。当食发怒,四肢受病,传于大小络中,痛而无伤,法不当用药,以药攻之则益痛,须一年能偃仰,二年能坐,三年则愈矣。'后三年而愈。里妇二,一夜中口噤如死状,翁曰:'血脉滞也。不用药,闻鸡声自愈。'一行蹢躅辄踣,翁曰:'脉厥也。当治筋,以药熨之自快。'皆验。士陈尧遵妻病,众医以为劳伤,翁曰:'亟屏药,是为娠证,且贺君得男子矣。'已而果然。又二妇人娠,一咽嘿不能言,翁曰:'儿胞大经壅,儿生经行,则言矣。不可毒以药。'既免,母子俱全。一极壮健,翁偶诊其脉,曰:'母气已死,所以生者,反恃儿气耳。'如期子生母死。翁所治病半天下,神异不可胜记。如上所记,特郑圃之人共知者也。翁有子名怀质,尽能传其学。怀质尝自诊其脉,语人曰:'我当暴死。'不数年,果暴死。翁读《黄帝内经》,患王冰之传多失义指,间以朱墨笺其下,世尚未见。怀质死,其书亦亡。独太医赵宗古受六元五运之法于翁,尝图以上朝廷,今行于世云。"

　　无为军医张济,善用针,得诀于异人。云能解人而视其经络,则无不精。因岁饥疫,人相食,凡视一百七十人,以行针无不立验。如孕妇,因仆地而腹偏左,针右手指而正。久患脱肛,针顶心而愈。伤寒翻胃,呕哕累日,食不下,针眼眦,立能食。皆古今方书不著。陈莹中为作传云。

　　药王药上为世良医,尝草木金石名数凡十万八千,悉知苦酸咸淡甘辛等味。故从味因悟人,益知今医家别药曰味者古矣。

　　郑师甫云:"尝患足上伤手疮,水入,肿痛不可行步。有丐者,令以耳塞敷之,一夕水尽出,愈。"

　　崇宁年,西都修大内,患苑中池水易涸。或云置牛骨池中,则水不涸。置之,果然。范时老董役,亲见之。

　　吕公晋伯云:除虱法,吸北方之气喷笔端,书"钦深渊默漆"五字,置于床帐之间,即尽除。公资正直,非妄言者。

　　洛阳楚氏,葬龙门之东尹樊村。凿井每不得泉,有术者云:"夜以水注器,见星多者,下有泉。"用之,果然。

　　今世俗谓卦影者,亦《易》之象学也。如见豕负涂,载鬼一车,非象而何? 未易以义理训也。予见王庆曾言:"蚤日羁穷,尝从一头陀占卦象。其词云:'须逢庚午方亨快,半是春时半是秋。'头陀云:'岂君运行庚午,春秋之间少快邪?'久之无验。晚用秦相君荐,至参知政事。相君庚午生,半春半秋,秦字也。其异如此。"

　　殿中丞丘浚颇知数。熙宁十年秋,翰林学士杨元素贬官荆州,过池阳见之。浚曰:"明年当改元,以《易》步之,《丰》卦用事,必以丰字纪年。"如期改元丰云。

　　汾晋间祈雨,裸袒叫呼,奋臂为反覆手状,又以水洒行道之人,殆可笑。按董仲舒传注,有"闭阴纵阳,以水洒人"之说,盖其自也。

　　广西人喜食巨蟒,每见之,即诵"红娘子"三字,蟒辄不动。且行且诵,以藤蔓系其首于木,刺杀之。

　　熊山行数十里,各于岩穴林蓧之间有藏伏之所,山中人谓"熊馆"云。如虎豹出百里外,则迷失故道矣。

　　鸂鶒能敕水,故水宿物莫能害。鸩能罡步禁蛇,故食蛇。

啄木穴树巢其中，人或用木塞之，能以觜画符，其塞自出。鹊知岁所在，又有隐巢木，故鸮鸟不可见。燕营巢避戊己日，故不倾坏。鹳有长水石，故能巢中畜鱼，水不涸。盖不止于有知也。

有隐者刘易，在王屋山，见一蜘蛛为大蜂所螫，腹胀欲裂，亟就草间啮芋梗磨之，胀即平。因以治人之被蜂螫者，痛立止。

鱼枕骨作器皿，人知爱其色莹彻耳，不知遇蛊毒必爆裂，尤可贵也。

油绢纸、石灰、麦糠、马矢、粪草，皆能出火。

马、骡、驴，阳类，起则先前，治用阳药；羊、牛、驼，阴类，起则先后，治用阴药。故兽医有二种也。

梧桐，百鸟不敢栖止，避凤凰也。古语云尔，验之，果然。

蜀中喜事者，南归多载木犀花以来，种之皆生，或择嫩条接冬青枝间，亦生叶，岂其类耶？谓万年枝者，冬青也。玉树者，槐也。宫苑中多此二木，特易以美名。冬青又名冻青，贵其有岁寒不改之节，故司马长卿谓之女贞，自不为文君地邪？

芸草，古人用以藏书，曰“芸香”是也。置书帙中即无蠹，置席下即去蚤虱。叶类豌豆，作小丛，遇秋则叶上微白，如粉汗，南人谓之“七里香。”大率香草，花过则无香，纵叶有香，亦须采掇嗅之方觉。此草远在数十步外已闻香，自春至秋不歇绝，可玩也。

种柿有七绝：一有寿，二多阴，三无禽巢，四无虫蠹，五有嘉实，六其本甚固，七霜叶红。可玩也。

榆有二种：一名郎榆，一名姑榆，郎榆无荚。

千叶黄梅，洛人殊贵之，其香异于它种，蜀中未识也。近兴、利州山中,樵者薪之以出,有洛人识之,求于其地尚多,始移种遗喜事者,今西州处处有之。

予尝春日经夷陵,山中多红梨花,诵欧阳公之诗,裴回其下不能去。近蜀中稍见之。又有得千叶杏花于剑州山中者,在洛阳《花木谱》中无之,亦奇产也。

蜀无橄榄。或云:司马相如狗监所诵《上林赋》、《喻蜀父老文》、《封禅书》,王褒《中和乐职宣布诗》、《圣主得贤臣颂》,扬雄《剧秦美新》篇,辞皆烂美,足以取悦当代。张九龄《策安禄山》,姜公辅《论朱泚》,危言可验,辄弃之不采。相如辈蜀人,九龄、公辅岭海之士,以草木臭味譬之,如橄榄不生于蜀,生于岭海也。亦犹唐李直方以贡士第果实:一绿李,二楷梨,三樱桃,四柑子,五葡桃,或荐荔枝,曰寄举之首也。盖始于范晔,以诸香品时辈,侯朱虚著《百官本草》,皆戏言之善者耳。然近日蜀中种橄榄辄生,予山园自有数章。

兰有二种:细叶者春花,花少;阔叶者秋花,花多。黄鲁直《兰说》云:"楚人滋兰之九畹,树蕙之百亩,兰以少故贵,蕙以多故贱。"予以为非是。盖十二亩为畹,则九畹、百亩亦相等矣。又云:"一干一花而香有余者兰,一干五七花而香不足者蕙。"是以细叶为兰,阔叶为蕙,亦非也。楚人曰:蕙,今零陵香是也,又名薰,所谓一薰一莸者也。唐人但名铃铃香,亦名铃子香,取其花倒悬枝间,如小铃也。近时附入《本草》,云出零陵郡。亦非也。不详《本草》自有薰草条,亦名蕙草甚明,零陵为重出云。

凌霄花有毒,有人凌晨仰视其花,花中露水滴入眼中,遂失明。或云金钱亦然。

邵氏闻见后录卷第三十

政和戊戌夏六月，京师大雨十日，水暴至，诸壁门皆塞以土，汴流涨溢，宫庙危甚。宰执庐于天汉桥上。一饼师家蚤起，见有蛟螭伏于户外，每自蔽其面，若羞怖状，万人聚观之。道士林灵素方以左道用事，曰："妖也。"捶杀之。四郊如江河，不知其从出，识者已知为兵象矣。林灵素专毁佛，泗州普照王塔庙亦废，当水暴至，遽下诏加普照王六字号，水退，复削去，先当制舍人许翰以词太褒得罪。

卢立之尚书云："宣和末，禁中数有变异，曰'摧'内音。者为甚，每夜久，有巨人呼'摧'云，遇人必撦裂之。中官有胆勇者数辈，相约俟其出，迫逐之。巨人返走，坠一物，铿然有声，取视之，乃内帑所藏铁幞头也。"赵正之云："禁中旧有此怪，不出仙韶院，至宣和末，始遍出宫殿中云。"

宦官卢功裔云："宣和末，鬼车沥血于福宁殿庭，又有狐登御坐，又内殿砖砌上忽有积血，遽拭之，复出，去砖，亦出，发地，亦出，至废其殿云。"

李瑞云："宣和末，为洛阳县尉，有职事在西宫，一夏伏龙起宫中者无虚日，殆数百处，初固异之。未几，金人入洛，宫遂焚。"张浮休云："向谪郴江，夏日，在寓舍伴群儿读书次，忽天际一船，载人物如行水上，久之方没。"

三峡中，石壁千万仞，飞鸟悬猿不可及之处，有洞穴累棺椁，或大或小，历历可数，峡中人谓之"仙人棺椁"云。按《隋唐嘉话》,将军王果于峡口崖侧,见一棺将坠,迁之平处,得铭云:"后三百年水漂我,欲坠不坠逢王果。"今洞穴在悬绝石壁千万仞之上。唯大禹初凿三峡,道岷山之江时,人迹或可至,不在崖侧,不止三百年也。望其棺椁,皆完好如新,不知果何物为之,亦异矣。

长安乾明寺,唐太庙也。庭中有星陨石,状如伏牛,有手迹四,足迹二,如印泥然。故老云:"武氏革命日陨。"又兴平一道观中,有星陨石,如半柱满,其上皆系痕,岂果系乎空中邪?殆不可知也。旁有石,记西晋时陨。

熙宁中,少华山崩,压七村之人,不可胜计。先是,穴居虎豹之属尽避去,人独不知,遂罹祸。山以夜崩,声震百里外,州距山才二十里,初不闻,其异如此。

元符年,众人宿岐山县客邸。明日,一人亡其首,无血。官捕杀者,逾年竟不得。或曰:侠客飞剑中人无血。政和年,河中府早宴罢,营妓群行通衢中,忽暴风起,飞剑满空,或截髻,或翦髩,或创面,俱不死,亦不伤。他人或云:剑侠为戏耳。予亲见之。

殿中丞丘舜元,闽人也。舟溯汴,遇生日,舣津亭。家人酌酒为寿,忽昏睡,梦登岸,过林薄,至一村舍,主人具饮食。既觉,行岸上,皆如梦中所见。至村舍,有老翁方撤席,如宾退者。问之,曰:"吾先以是日亡一子,祭之耳。"舜元默然,知前身为老翁子也,厚遗之以去。

欧阳公尝梦为鸲鹆,初夏清晓,飞鸣绿阴中甚乐。

刘法欲生,其母帏帐忽坠压而下,视之,上有大蛇,蜿蜒若被痛楚状,母怖甚,避之他所。法生,再视之,但蛇蜕耳。后法为将,有贤称。崇宁兴儒学,则刑举子之无赖者;宣和兴道学,则刑道士之无赖者。坐此谪官。久之，以节度使、检校少师帅熙河。童贯尽取本道精兵去，俾用老弱下军，深入策应，遂陷。贯方奏捷，反以不禀节制闻，士大夫冤之。

王荆公在钟山，乘驴薄莫行荒村中。有妇人蒙首执文书一纸遮公曰："妾有冤诉。"公喻以退居不预公事，当自州县理之。妇人曰："妾冤诉关相公，乞留文书一观。"公不能却，令执药囊老兵取状。至半山园视之，素纸一幅耳。公以是月薨。犹子防为王性之云尔。

滕章敏公达道帅青社，一夕会其属，酒半，教官顿起，家有急，公先送之去，坐客皆散立前。后公来，共见一无头伟人，着锦袍，坐于主席，公与客俱辟易不敢前，少时作黑雾散去。公亲为王乐道云。

近李西美帅成都，士陈甲者馆于便斋。夜月色中，有危髻古裳衣妇人数辈，语笑前花圃中，甲殊不顾。有甚丽者诵诗："旧时衣服尽云霞，不到迎仙不是家。今日楼台浑不识，只余古木记宣华。"又诵："小雨廉纤梅子黄，晚云收尽月侵廊。树阴把酒不成醉，何处无情枉断肠。"忽不见。今府第故蜀宫，岂当时宫女尚有鬼邪？按《蜀梼杌》，宣华，故苑名。

近种湘守叙州，坏客馆为东园。警夜兵共见大蛇自客馆出，穿西楼以去。楼下临大江，度其地，约长十数丈。明，求之于馆之寝，有穴方广才丈许，发之，其蟠屈之迹大一间屋，土色光腻，如新泥饰者。岂异物亦避暴役穿穴以去邪？不数日，湘死。

兴元府火，飞烬落天庆观殿下古柏上，柏中空尽焚，臭闻远近。明日，得如羊肋骨者数百枚，盖大蛇也。帅杨掌武每出以视客云。

庞孝祖言:昔提举成都茶马,夏日,坐后圊堂上,忽闻其后铁锁锒铛之声,遽窥窗外,一物自小池中出,龙形,面如猫,曳其尾石砌上,鳞甲有声。少顷,雷雨暴作,失去。孝祖疑世所画龙皆非是。予读《华严·合论》,龙类最众,有如猫者,岂孝祖所见乎?

程致仲为予言:近岁《云斋小书》出丹稜李道达遇女妖事,不妄。致仲亲见泥金鸳鸯出入云气中,黄色衣,奇丽夺目,非人间之物,盖妖所服,留以遗道达者。又歌曲多仙语,尚《小书》失载云。

李公择之子夷旷,宣和中为发运司属,薄莫抵江上亭。亭吏云:"先有曰'水太保'者在焉。"夷旷遣吏谢之。屏内云:"太保当避去。"已而,老少妇人数辈,传呼"太保来"。太保者,一十余岁丱角童子耳。各乘马以去,人马皆异状。夷旷疑之,遣数健步蹑其后,各惊惧而返,云:"约十数里外,望大潭,人马皆下投其中。"昔江子我为予言,后与夷旷同官成都,问之,信然。

高骈初展成都外城,后王氏、孟氏相继伪以为都,其更作奢僭之力,发地及泉也。近靖康年,帅卢立之亦增筑,期年,役甚大。至绍兴年,霖雨,北壁坏,摄帅孙渥才兴工,于数尺土下得高骈《石记》云:刻置筑中,后若干年当出。正与其年合。前累有大役不得者,数未契也。高骈好异术,岂亦有知数者邪?

傅献简云:"王荆公之生也,有獾入其室,俄失所在,故小字獾郎。"

欧阳公云:"予作《憎蝇赋》,蝇可憎矣;尤不堪蚊子,自远嘤喝来咬人也。"

秦少游在东坡坐中,或诮其多髯者。少游曰:"君子多乎哉?"东坡笑曰:"小人樊须也。"

经筵官会食资善堂，东坡盛称河豚之美。吕元明问其味，曰："直那一死。"再会，又称猪肉之美，范淳甫曰："奈发风何？"东坡笑呼曰："淳甫诬告猪肉。"

郭忠恕嘲聂崇义曰："近贵全为聵，攀龙即作聋，虽然三个耳，其奈不成聪。"崇义曰："吾不能诗，姑以二言为谢：勿笑有三耳，全胜畜二心。"陈亚蔡襄亦云："陈亚有心终是恶，蔡襄无口便成衰。"王汾刘攽亦曰："早朝殿内须呼汝，寒食原头尽拜君。"攽又嘲王觌云："汝何故见卖？"觌曰："卖汝直甚分文！"其滑稽皆可书也。

孙传师名览，人有投诗者曰："伏惟笑览。"传师曰："君无笑览，览合笑君。"

谓"东方虬更三十年，乞汝西门豹作对"，唐人语也。今相州有西门豹祠，神像衣裳之间，微露豹尾。韩魏公见之，笑令断去。

韩玉汝平生喜饰厨传，一饮啖可兼数人。出帅长安，钱穆四行词云："喜廉颇之能饭。"玉汝不悦。又有贵人号"竞渡船"者，以其唯利是竞也。席大光作言官，击之曰："某别名'竞渡船'，中贮无赖之小人，外较必争之微利也。"士大夫欢传之。

王荆公喜说字至于成俗，刘贡父戏之曰："三鹿为麤，鹿不如牛；三牛为犇，牛不如鹿。"谓"宜三牛为麤，三鹿为犇，若难于遽改，欲令各权发遣"。荆公方解纵绳墨，不次用人，往往自小官暴据要地，以资浅，皆号"权发遣"，故并谑之。

刘贡父云："有人不识斗争字，以书问里先生。答曰'仄更切'。又疑更字，问，曰'加横切'。又疑横字，问，曰'户行切'。又疑行字，问，曰'华争切'。竟不知其为何音也。"予尝举以为笑欢。客有善切字者非之，亦难与言也。

士人口吃,刘贡父嘲之曰:"本是昌徒,又为非类,虽无雄才,却有艾气。"盖周昌、韩非、扬雄、邓艾皆口吃也。

客问刘贡父曰:"某人有隐过否? 中司将鸣鼓而攻之。"贡父曰:"中司自可鸣鼓儿,老夫难为暗箭子。"客笑而去,滑稽之为厚者也。

刘贡父呼蔡碻为"倒悬蛤蜊",盖蛤蜊一名"壳菜"也。碻深衔之。

马默击刘贡父,玩侮无度,或告贡父。贡父曰:"既称马默,何用驴鸣?"立占《马默驴鸣赋》,有"冀北群空,黔南技止"之警策,亦可谓奇才也。

王荆公好言利,有小人诣曰:"决梁山泊八百里水以为田,其利大矣。"荆公喜甚,徐曰:"策固善矣,决水何地可容?"刘贡父在坐中,曰:"自其旁别凿一八百里泊,则可容矣。"荆公笑而止。予以与优旃滑稽,漆城难为荫室之语合,故书之。

王荆公会客食,遽问:"孔子不彻姜食,何也?"刘贡父曰:"《草木书》:姜多食损知,道非明之,将以愚之。孔子以道教人者,故云。"荆公喜以为异闻,久之,乃悟其戏也。荆公之学,尚穿凿类此。

侯 鲭 录

[宋]赵令畤 撰

傅 成 校点

校 点 说 明

《侯鲭录》八卷，宋赵令畤撰。赵令畤（1061—1134），字德麟，宋太祖次子燕王德昭之玄孙。《宋史》有传。早年以才敏闻，元祐六年金书颖州公事，时苏轼守颖州，爱其才，向朝廷举荐，竟不用。苏轼遭贬谪，赵令畤因与之交往而入元祐党籍，受到牵连。后随高宗南渡，任洪州观察使，袭封安定郡王，寻迁宁远军承宣使，同知行在大宗正事。绍兴四年卒。

汉代楼护，将五侯各致佳膳合以为鲭，味道奇美，世人谓之"五侯鲭"。本书即取意于此，以作者所见所闻之北宋时期各种琐闻趣事，著录考证，汇成一书，犹如楼护之合鲭，故名《侯鲭录》。

赵令畤"读书能文"，书中所记，偏重诗话诗论，诸如文人逸事、诗坛趣闻，或诗歌本事、名物典故等，其中涉及欧阳修、王安石、苏轼、黄庭坚等著名诗人，藉此可以了解北宋诗坛的情况。特别值得注意的是，赵令畤曾经和苏轼一起共事，关系密切，书中以亲身经历所记东坡言行风采，真实可信，是研究苏轼诗歌创作、思想生活的可贵材料。此外，书中卷五用一卷的篇幅详细考辨元稹《莺莺传》传奇的本事，认为张生就是元稹，并且特意创作了一组《元微之崔莺莺商调蝶恋花》词，对后世有相当影响。由于书中所记精审可信，受到历代学者重视，常被称引。凡此，都体现了本书的品味。

《侯鲭录》的版本，宋赵希弁《郡斋读书附志》作八卷，而《宋史·艺文志》著录为一卷，今传本皆作八卷。清代嘉庆年间鲍廷博刻《知不足斋丛书》，收入此书，并取家藏天启间海虞三槐堂坊刻本、芸川书院本和一旧钞本作了校勘。今以《知不足斋》本为底本，参校《稗海》本、文渊阁《四库全书》本，以及有关史乘诗集，凡遇异文，择善而从，不出校记。不当之处，敬请批评指正。

目　录

侯鲭录卷第一

《文选·古诗》云:"文彩双鸳鸯,裁为合欢被。著以长相思,缘以结不解。"注:"被中著绵,谓之长相思,绵绵之意。缘,被四边缀以丝缕,结而不解之意。"余得一古被,四边有缘,真此意也。著,谓充以絮。出《文选》第五卷。

《正俗》云:或问今以卧毡著里施缘者,何以呼为池毡?答曰:《礼》云:"鱼跃拂池。"池者,缘饰之名,谓其形象水池耳。左太冲《娇女》诗云:"衣被皆重池。"即其证也。今人被头别施帛为缘者,犹呼为被池。此毡亦为有缘,故得名池耳。俗间不知根本,竞为异说,当时已少有知者,况比来士大夫耶?独宋子京博学,尝用作诗云:"晓日侵帘压,春寒到被池。"余得一古被,是唐物,四幅红锦外缘以青花锦,与此说正合。

绿沉事,人多不知。老杜云:"雨抛金锁甲,苔卧绿沉枪。"又皮日休《竹》诗云:"一架三百本,绿沉森冥冥。"始知竹名矣。又见吴淑《事类·弓赋》云:"绿沉亦复精坚。"注引《广志》曰:"绿沉,古弓名。"又引刘劭《赵郡赋》曰:"其器用则六弓四弩,绿沉黄间,堂溪、鱼肠,丁令、角端。"

李贺诗中用小怜事,北齐冯淑妃名也。

宋子京博学,作诗云:"何但鱼知丙,非徒字识丁。"唐张弘靖曰:"天下无事,汝辈挽两石弓,不如识一丁字。"丙者,左太冲《蜀都赋》云:"嘉鱼出于丙穴。"注:"丙穴在汉中沔阳县北,有鱼穴二所,常以三、八月取之。丙,地名也。"或云鱼以丙日出穴,故陈藏器云:"嘉鱼,乳穴中小鱼,能久食,力强于乳。丙者,向阳穴,多生鱼。鱼复何能择丙日出入耶?"郦善长云:"穴口向丙。"又引柏枝山中有丙穴,穴方数丈,有嘉鱼尝以春末游渚,冬入穴。故知丙穴之鱼,不独汉有也。老杜诗云:"鱼知丙穴由来美。"

广南呼食为头,梁元帝赐功德净馔一头。鱼为尠,梁科律,生鱼若干尠。茗为薄、为夹,温贡茗二百大薄。梁科律,茗薄若干夹。笔为双、为床、为枚。南朝呼笔四管为一床。梁简文答徐摛书:时设书幌,中置笔床。梁令云:写书笔一枚一万字。

竹生花,其年便枯,六十年一易。根必结实而枯死,实落土复生,六年还成町也。《竹谱》云:"竹不刚不柔,非草非木,笋必六十,复亦六年也。"

白乐天《琵琶行》云:"曲罢曾令善才伏。"而"善才"不知出处。《琵琶录》云:元和中,王芬、曹保,保有子善才,其孙曹纲,皆习此艺。次有裴兴奴与曹同时,其曹纲善为运拨若风雷,不长于提弦;兴奴则长于拢撚,下拨稍软。时人谓纲有右手,兴奴有左手。乐天又有《听曹纲琵琶示重莲》诗云:"拨拨弦弦意不同,胡啼番语两玲珑。谁能截得曹纲手,插向重莲红袖中?"

桃茢,以除不祥。茢,苕也。今人以桃枝洒地辟鬼。

汉明帝听阳城侯刘峻等出家,僧之始也。济阳妇女阿潘等出家,尼之始也。

橥字,小束也,音蟹。绒音戎,细毛也,今绒毡字。

潘、普官切,淅米汁也。渖昌枕切,汁也。二字皆汁也,但潘字不通用耳。

余家有古镜,背铭云:"汉有善铜,出丹阳,取为镜,清如明。左龙右虎。"补之不知"丹阳"何语,问东坡,亦不解。后见《神仙药名隐诀》云,铜亦名丹阳。又一铭云:"尚方作镜真大巧,上有仙人不知老,渴饮玉泉饥食枣。浮云天下散四海,寿如金石佳且好。"东坡云:"清如明,如,而也,若《左传》'星陨如雨'。"颍州顿氏一镜铭云:"凤皇双镜南金装,阴阳合为配,日月常相会,白玉芙蓉匣,翠羽琼瑶带,同心相亲,照心照胆寿千春。"《西京杂记》云:"汉有方镜,广四尺九寸,高五尺,表里有明。人直来照之,影则倒见。以手覆心而来,则见肠胃五藏,历历无碍。人有疾病在内,则掩心照之,知人病之所在。又女子有邪心,则胆张心动。始皇以照宫人,胆张心动者即杀之。"予家有一镜云:"蔡氏作镜佳且好,明而日月世少有,刻治六官悉皆在,长保二亲利孙子,传之后世乐无极。"后又得一面云云。二皆大鼻,此一鼻上有八篆文,中有"鲁国"二字可识之,奇古如钟鼎样,亦深入字,惟背上者突出。又见一镜背花妙丽,又有"贞字飞霜"四篆字,镜名或人名耶,不可得而辨。

老苏作《雷太简墓铭》云:"呜呼太简,不显祖考,不有不承。隐居南山,德积声施,为取于人,不献不求。既获不庸,有功不多,我铭孔悲。"此大语妙,有三代文章骨气,为文之法也。

东坡云:"世之对偶,如'红生白熟'、'手文脚色'二对,无复加也。"又云:"与我周旋宁作我,为郎憔悴却羞郎。"亦的矣。予诗中有"青州从事"对"白水真人",公极称之,云二物皆不道破为妙。

唐梨园弟子,以置院近于禁苑之梨园也。女妓人宜春院,谓之内人,亦曰前头人,谓在上前也。骨肉居教坊,谓之内人家。有请俸,其得幸者,谓之十家。故郑嵎《津阳门》诗云"十家三国争光辉"是也。家虽多,亦以十家呼之。三国,谓秦、韩、虢国三夫人也。

唐太宗贞观初,内宴长孙无忌,造《倾杯曲》。又《乐府杂录》云:"宣宗善吹芦管,自制此曲。"

唐高宗龙翔中,置三国子监。

唐德宗建中三年,用韦都宾、陈京请,借京城官商钱,大索得八十万贯。时度支杜佑曰:"月费钱一百万。"本朝元丰中,毕仲衍编备对,月支六十二万余贯,金帛不在数。自大观之后,不知月用几何。

阆州有三雅池,出潘远《纪闻谭》,云昔有人修此池,得三铜器,状如杯盏,上各有二篆字,一云"伯雅",二云"仲雅",三云"季雅"。不知所由,乃名此池为三雅池。予尝览魏文《典论》云:"灵帝末斗酒直万钱,刘表一子好饮,乃制三爵,大曰伯雅,注云一斗。次曰中雅,注云七升。小曰季雅注云五升。"今三雅池所得,乃刘氏酒器也。恐盛酒器,非饮器也。

崔赵公尝问径山曰:"弟子出家得否?"径山曰:"出家是大丈夫事,非将相所为。"

李直方尝第果实若贡士者,以绿李为首,棱梨为副,樱桃为三,甘子为四,蒲桃为五。或荐荔枝,曰:"寄举之首。"又曰:"栗如之何?"曰:"取其实事,不出八九。"始范晔以诸香品味时辈,后侯朱虚撰《百官本草》,皆此类也。

唐李肇《国史补》书宋清事云:卖药长安西市,朝官出入移贬,辄卖药迎送之。贫士请药,常多折券。人有急难,倾财救之。岁计所入,利亦百倍。故长安有义债卖药宋清。此柳子厚所以作清传云:清居市不为市之道,然而居朝廷、居官府、居庠塾,乡党以士大夫自名者,反争为之不已。悲夫! 然则清非独异于市人也。

唐元微之《行李从易宗正丞制词》云:“昔刘氏子孙,在属籍者十余万人。”予尝考王莽居摄时作大诰云:“宗室之隽有四百人。”孟康注云:“谓诸刘见在者。”何多寡之不同如此? 岂莽时残啄之余,所谓四百人,皆赞莽以盗汉,偷生嗜利之徒欤? 不然,安得生存于斯,至为莽称隽耶?

《文选》古乐府《名都篇》:“寒鳖炙熊蹯。”又曹子建《七启》云:“寒芳莲之巢龟,脍西海之飞鳞。”注谓“今之脏寒也。”引《盐铁论》云:“煎鱼切肝,羊淹鸡寒。”又《资暇》云:“今之涪肉谓之寒。”又《广韵》云:“煮鱼煎食曰脏。”

天下生齿之数,前汉户千二百二十三万,<small>举其成数。</small>后汉千六十七万,魏九十四万,晋二百四十五万,宋九十万,后魏三百三十七万,北齐三百三万,后周三百五十九万,隋八百九十万,唐九百六万。国朝艺祖二百五十六万,太宗三百五十七万,真宗八百六十七万,仁宗一千九百九万,英宗一千二百四十八万,神宗一千七百二十一万。<small>出今国史。</small>

长沙道林岳麓寺,老杜所赋诗者。沈传师有诗碑见于世,其序云:奉酬唐侍御、姚员外道林寺题,示姚员外。诗不复见之。今得唐侍御诗,题云“儒林郎监察御史唐扶。”诗云:“道林岳麓仲与昆,卓荦请从先后论。松根踏云二千步,始见大屋开三门。泉清或戏蛟龙窟,殿豁数尽高帆掀。即今异鸟声不断,闻道看花春更繁。从容一衲分若有,萧瑟两鬓吾能髡。逢迎侯伯转觉贵,膜拜佛像心加尊。稍挥皇英颊浓泪,试与屈贾招清魂。荒唐大树悉楠桂,细碎枯草多兰荪。沙弥去学五印字,静女来悬千尺幡。主人念我尘眼昏,半夜号令期至暾。迟回虽得上白舫，羁绁不敢言绿尊。两祠物色采拾尽，壁间杜甫真少恩。晚来光彩又腾射，笔锋正健如可吞。"

近时诗僧难得佳者。余杭参寥云："风蒲猎猎弄轻柔，欲立蜻蜓不自由。六月临平山下路，藕花无数满汀洲。"

苏州僧仲殊，本文士也，因事出家。有《润州》诗云："北固楼前一笛风，断云飞出建昌宫。江南二月多芳草，春在濛濛细雨中。"

元祐中，馆职诸公赋《韩幹马》诗，独张文潜最高胜，云："头如翔鸾月颊光，背如安舆凫臆方。心知不载田舍郎，尚带开元天子红袍香。韩幹写时国无事，天闲树荫春昼长。双髦执箠俨在傍，如瞻驰道黄屋张。北风扬尘燕贼狂，厩中万马驱范阳。天子乘骣蜀山险，满川苜蓿为谁芳？"

王令逢源，荆公王深父兄弟交游也。尝赋《韩幹马》诗云："天宝天子盛天厩，吐番入马上天寿。紫衣驭吏遍坐前，骑入金门不容骤。西极苜蓿为谁肥，六闲飞黄卧嗟瘦。乾元殿下谁把笔，当年人无出幹右。传闻三马同日死，死魄到纸气方就。铁勒夹口重两衔，墨丝卯尾合双纽。天门未上人就观，老胡惊嗟失开口。生搜朔野空毛群，死断世工无后手。当时天子惜不传，送入御府置官守。胡尘勃郁燕蓟来，宫阙萧骚既焚后。谁挤千金出手收，足踏万里避奔走。几经蹂弃道边尘，今日宁无纸上垢？尊前病客不识画，但惊骨气世未有。冀北骏足无时无，生不逢幹死空朽。世工无手不肯休，往往气骨陋如狗。"

余往在中郓，见一士大夫家收江南李后主书一词，下云"冯延巳"三字，词中复云"圣寿南山永同"，恐延巳作也。词云："铜壶漏滴初尽，高阁鸡鸣半空。催启五门金锁，犹垂三殿珠栊。阶前御柳摇绿,仗下宫花散红。鸳瓦数行晓日,鸾旗百尺春风。侍臣蹈舞重拜,圣寿南山永同。"

东坡年十余岁,在乡里见老苏诵欧公《谢宣召赴学士院仍谢对衣并马表》,老苏令坡拟之。其间有云:"匪伊垂之带有余,非敢后也马不进。"老苏喜曰:"此子他日当自用之。"至元祐中再召入院作承旨,仍益之云:"枯羸之质,匪伊垂之带有余;敛退之心,非敢后也马不进。"

《阁下法帖》十卷,淳化中朝廷所集,其中多吊丧问疾,人多疑之。比见《刊误》,乃唐国子祭酒李涪所撰。短启出于晋、宋兵革之间,时国禁书疏,非吊丧问疾,不得辄行尺牍。故羲之书首云"死罪",是违制令故也。且启事论兵,皆短而缄之,贵易于藏隐。

《刊误》云:古无文刺,唯书竹简以代结绳,谓之简册也。魏祢衡处士致名于纸,是纸上题名,投刺公侯。自后相承,刺谒者见通名纸为公状也。至今士子之家存焉。

《西京杂记》载陆贾云:"目瞤得酒食,灯花见钱财,乾鹊噪而行人至,蜘蛛集而百事喜。"

董仲舒曰:太平之世,则风不鸣条,开甲散萌而已;雨不破块,濡叶津根而已;雷不惊人,号令启发而已;电不眩目,宣示光耀而已;雾不塞望,浸淫被洎而已;雪不封陵,弭害消毒而已。云则五色而为庆,雨则三日而成膏,露则结珠而为液。此圣人在上,则阴阳和而风雨时也。政多纰缪,则阴阳不调,风发屋,雨溢河,雹至牛目,雪杀驴,此皆阴阳相荡,为祲沴之故也。

李广与兄弟猎于宜山之北,见卧虎焉,射之,一矢即毙。断其头为枕,示服猛也;铸铜象其形为溲器,示厌辱之也。至今溲器谓之虎子,或为虎枕。

《西京杂记》云:长安巧工丁缓者,为卧褥香炉,一名被中炉。本出房风,其法后绝,至缓始更为机环,转运四周,炉体常平,可置之被褥,故取"被中"为名。今谓之衮球。

余尝和刘景文诗云:"我识之无常缩舌,君能竞病且低颜。"东坡笑曰:"吾尝赠雷胜将军诗曰:'太守无何唯日饮,将军竞病自诗鸣。'见吾子此对,觉吾用'无何'二字体慢矣。"

杜牧之《宫人》诗云:"绛蜡犹封系臂纱。"后学不解。常见《服饰变古录》云:始于晋武帝选士庶女子有姿色者,以绯彩系其臂。大将军胡奋女泣叫,不伏系臂,左右掩其口。今定亲之家亦有系臂者,续古事也。

欧阳文忠公谪滁州,令幕中谢判官幽谷种花。谢请要束,公批纸尾云:"浅红深白宜相间,先后仍须次第栽。我欲四时携酒去,莫教一日不花开。"

欧公闲居汝阴时,一妓甚韵,文公歌词尽记之。筵上戏约,他年当来作守。后数年,公自维扬果移汝阴,其人已不复见矣。视事之明日,饮同官湖上,种黄杨树子,有诗《留撷芳亭》云:"柳絮已将春去远,海棠应恨我来迟。"后三十年,东坡作守,见诗笑曰:"杜牧之'绿叶成阴'之句耶?"

欧阳公自维扬移守汝阴,作《西湖》诗云:"绿荂红莲画舸浮,使君宁复忆扬州?都将二十四桥月,换得西湖十顷秋。"东坡复自颍移维扬,作诗寄予曰:"二十四桥亦何有,换此十顷玻璃风。"使欧公诗也。

张文潜初官通判,喜营妓刘淑女,为作诗曰:"可是相逢意便深,为郎巧笑不须金。门前一尺春风髻,窗外三更夜雨衾。别燕从教灯见泪,夜船惟有月知心。东西芳草皆相似,欲望高楼何处寻。"又云:"未说蜻蜓如素领,固应新月学蛾眉。引成密约因言笑,认得真情是别离。尊酒且倾浓琥珀,泪痕更著薄胭脂。北城月落乌啼后,便是孤舟肠断时。"

孙贲公素居京师,大病,予数往存抚之。又数日,见东坡云:"闻曾见孙公素,病如何?"予曰:"大病方安。"坡云:"这汉病中瘦则瘦,俨然风雅。"后见公素,道此语,公素应曰:"那娘意下恨则恨,无奈思量。"坡大奇之。

公素畏内,众所共知。尝求坡公书扇,坡题云:"披扇当年笑温峤,握刀晚岁战刘郎。不须戚戚如冯衍,但与时时说李阳。"公素昔为程宣徽门宾,后娶程公之女,性极妒悍,故云。

东坡在黄州日,作《雪》诗云:"冻合玉楼寒起粟,光摇银海眩生花。"人不知其使事也。后移汝海,过金陵,见王荆公,论诗及此,云:"道家以两肩为玉楼,以目为银海,是使此否?"坡笑之。退谓叶致远曰:"学荆公者,岂有此博学哉!"

熙宁中,士大夫犹能诗,卢秉《题汴河驿中》云:"苍颜白发老参军,剩禀官粮置酒樽。但得有钱供客醉,谁能骑马傍人门?"荆公见而爱之,遂获进用。

东坡在徐州,送郑彦能还都下,问其所游,因作词云:"十五年前,我是风流帅,花枝缺处留名字。"记坐中人语,尝题于壁。后秦少游薄游京师,见此词,遂和之,其中有"我曾从事风流府",公闻而笑之。

鲁直戏东坡曰:"昔王右军字为换鹅书。韩宗儒性饕餮,每得公一帖,于殿帅姚麟许换羊肉十数斤,可名二丈书为换羊书矣。"坡大笑。一日,公在翰苑,以圣节制撰纷冗,宗儒日作数简,以图报书,使人立庭下督索甚急。公笑谓曰:"传语本官,今日断屠。"

　　醉花宜昼,醉雪宜夜,醉楼宜暑,醉水宜秋,醉得意宜唱,醉将士宜鸣鼍,醉文人宜谨节令,除章程,醉隽人宜益觞盂,加旗帜:此皆以审其宜,攻其景,以与忧战也。此等语,皇甫松持正所作《醉乡日月记》中语。

侯鲭录卷第二

前世钱未有草书者，淳化中，太宗皇帝始以宸翰为之，既成，以赐近臣。崇宁、大观御书钱，盖袭故事也。王元之责商於，有诗云："谪官无俸突无烟，唯拥琴书尽日眠。还有一般胜赵壹，囊中犹贮御书钱。"

苏迈伯达，东坡长子，豪迈虽不及其父，而问学语言亦胜他人子也。少年作诗云："叶随流水知何处，牛带寒鸦过别村。"先生见之，笑曰："此村长官诗。"后东坡贬惠州，伯达求潮之安化令，以便馈亲。果卒于官。

王钦臣仲至，仁宗时名儒，原叔之子。大臣荐文艺，召试学士院，试罢诗云："翠木阴阴白玉堂，老来方此试文章。官檐日永挥毫罢，闲拂尘埃看画墙。"《宿华岳观》诗云："凌空老树云垂叶，压屋梨花雪照人。深愧地仙教俗客，殷勤留看华山春。"又二年经此，再题云："石坛流水共苍苔，青竹林间一径开。可惜梨花飞已尽，前年游客始重来。"

黄鲁直《读太真外传》诗云："扶风乔木夏阴合，斜谷铃声秋夜深。人到愁来无处会，不关情处总伤心。"亦妙语也。

滕达道长于五言，《省试》诗云："寒日边声断，春风塞草长。"《结客》诗云："结客结英豪，莫同儿女曹。黄金装剑佩，猛兽画旌旄。北极狼星落，中原王气高。终令贺兰贼，不著赭黄袍。"

宋莒公兄弟皆以高名擢用。仁庙时，本朝文章多人，未有二公比者。少时作《落花》诗，为时脍炙。莒公诗云："一夜东风拂苑墙，归来无处剩凄凉。汉皋珮冷临江湿，金谷楼危到地香。泪脸补痕劳獭髓，舞台收影费鸾肠。南朝乐府休赓曲，桃叶桃根尽可伤。"景文诗云："坠素翻红各自伤，青楼烟雨忍相望。欲飞更作回风舞，已落犹成半面妆。沧海客归珠进泪，章台人去骨遗香。可怜无意传双蝶，尽委芳心与蜜房。"

颍昌西湖展江亭成，公作诗云："绿鸭东陂已可怜，更因云窦注新泉。凿开鱼鸟忘情地，展尽江湖极目天。向夕旧滩都浸月，遏空新树便留烟。使君直欲称渔叟，愿赐闲州不计年。"

晁次膺薄游南京，尝作词云："花前月下堪垂泪，水边楼上总关心。"后过其家，已与客饮，复作诗曰："去日玉刀封断恨，见来金斗熨愁眉。黄昏饮散歌阑后，懊恼水边楼上时。"

唐武宗即位，独奋怒曰："穷吾天下者，佛也！"始去其山台野邑四万所，冠其徒几至十万人。至会昌五年，始命西京留佛寺四，僧唯十人；东京二寺；节度观察同华、汝三十四治所，得留一寺，僧准西京数。其余刺史州不得有寺。出四御史里行以督之。御史乘驲未出，开天下寺至于屋基，耕而刌之。凡除寺四千六百，僧尼笲冠二十六万五百，其奴婢至十五万。良人枝附为使令者，倍笲冠之数。良田数千顷，奴婢日率以百亩编入农籍。其余贱取民直，归于有司，寺材州县得以恣新其公宇传舍。后二年，宣宗即位，诏曰："佛尚不杀而仁，且来中国久，亦可助以为治。天下率兴三寺，用齿衰男女为其徒，各止三十人，两京倍其数四五焉。"著为定令，以徇其习，且使后世不得复加也。本朝景德中，天下二万五千寺。嘉祐间三万九千寺。陈襄述古判词部日说云。出江邻幾《杂志》。

杜牧之《和裴傑新樱桃》诗云："忍用烹酥酪，从将玩玉盘。

流年如可驻,何必九华丹。"遂知唐人已用樱桃荐酪也。

李商隐《江之嫣赋》云:"岂如河畔牛星,隔岁只闻一过。不及苑中人柳,终朝剩得三眠。"汉苑有人形柳,一日三起三倒。

长安南山下书生作小圃,时莳花木,以待游子。一日,有金犊车从数女奴,皆玉色丽人。车中人下,饮于庭,邀书生同坐。生意当时贵人家,不出。既见款甚,将别,出小碧笺书诗为赠云:"相思无路莫相思,风里杨花只片时。惆怅深闺独归处,晓莺啼断绿杨枝。"

东坡尝言鬼诗有佳者,诵一篇云:"流水涓涓芹吐芽,织乌西飞客还家。深村无人作寒食,殡宫空对棠梨花。"尝不解"织乌"义,王性之少年博学,问之。乃云:"织乌,日也,往来如梭之织。"坡又举云:"杨柳杨柳,袅袅随风急,西楼美人春睡浓,绣帘斜卷千条人。"又诵一诗云:"湘中老人读黄老,手援紫蕳坐碧草。春至不知湘水深,日暮忘却巴陵道。"此必太白、子建鬼也。

王性之云:舒州下寨驿中所题诗,余以永感之人,读之垂涕。云:"北堂无老信来稀,十载秋风雁自飞。今日满头生白发,千山乡路为谁归?"

郑犹咏王子安应城新亭二诗云:"一簪华发一床书,尽日新亭适意无?莫道长安天样远,长官自不厌江湖。"又云:"前年谏猎出长杨,乞得新亭作醉乡。好把青衫送酒媪,从教人识御炉香。"

余少从李慎言希古学,自言昔梦中至一宫殿,有仪卫,中数百妓抛球,人唱一诗。觉而记得三首云:"侍宴黄昏未肯休,玉阶夜色月如流。朝来自觉承恩最,笑倩旁人认绣球。"又云:

"隋家宫殿锁清秋，曾见婵娟飏绣球。金钥玉箫俱寂寂，一天明月照高楼。"又云："堪恨隋家几帝王，舞腰挪尽绣鸳鸯。如今重到抛球处，不见熏炉旧日香。"

蔡持正谪新州，侍儿从焉，善琵琶。尝养一鹦鹉，甚慧，丞相呼琵琶，即扣一响板，鹦鹉传呼之。琵琶逝后，误扣响板，鹦鹉犹传言，丞相大恸，感疾不起。尝为诗云："鹦鹉言犹在，琵琶事已非。伤心瘴江水，同渡不同归。"

少游尝作《游仙词》，坡称之，云："阴风一夜搅青冥，风定霏霏雪霰零。想见玉清真境上，白虚光里诵《黄庭》。"又云："夜深楼上拨书眠，天在阑干四角边。风扫乱云毫发尽，独留璧月照人圆。"又云："天风吹月入阑干，乌鹊无声子夜闲。织女明星来枕上，了知身不在人间。"又云："本是庐山种杏人，出山来事碧虚君。上清欲问因何到，请看仙家十赉文。"余闻仙家十赉，犹人间九锡也。

绍圣中，有人过临江军驿舍，题二诗，不书姓名。时贬东坡，毁上清宫碑，令蔡京别撰。诗云："李白当年谪夜郎，中原不复汉文章。纳官赎罪何人在，壮士悲歌泪两行。"又云："晋公功业冠皇唐，吏部文章日月光。千载断碑人脍炙，不知世有段文昌。"

余崇宁中坐章疏入籍为元祐党人，后四年牵复过陈，张文潜、常希古皆在陈居，相见慰劳之。余答曰："炙毂子王睿作《解昭君怨》，殊有意思，能到入妙处。词云：'莫怨工人丑画身，莫嫌明主遣和亲。当时若不嫁胡虏，只是宫中一舞人。'"文潜云："此真先生所谓'笃行而刚'者也。"

浮休居士张舜民芸叟，忠义人也。绍圣中，入元祐责籍为党人，系潭州，赦书中独元祐人不赦，有《宣赦》诗云："击鼓填街道,传声过水滨。国严三岁祀,恩洗万方春。舟楫随南斗,衣冠拱北辰。岭南并岭北,多少望归人!"

四明狂客贺知章《回乡偶书二首》云:"离别家乡岁月多,近来人事半消磨。惟有门前鉴湖水,春风不减旧时波。"又云:"幼小离家老大回,乡音难改面毛鬠。儿童相见不相识,却问客从何处来。"一说云黄拱作。

少游《题大年小景四首》云:"本自江湖客,宦游何苦心。因君小平远,还我旧登临。"又云:"公子歌钟里,何曾识渺茫。唯应斗帐梦,曾人水云乡。"又云:"晓浦烟笼树,晴江水拍空。烦君添小艇,画我作渔翁。"又云:"岛外云峰晚,沙边水树明。想当挥洒就,侍女一时惊。"

徐仲车尝作《爱爱歌》云:"吴越佳人古云好,破家亡国何胜道。昨夜闲观《爱爱歌》,坐中叹息无如何。爱爱本是娼家女,金魂玉魄沉尘土。歌舞吴中第一人,绿鬓双鬟才十五。耳闻目见是何事,不谓其人乃如许。操心危兮厉志深,半夜窗前泪如雨。假饶一笑得千金,何如嫁作良人妇。桃李不为当路花,芙蓉开向秋风渚。忽然一日逢张氏,便约终身不相弃。山可磨兮海可枯,生唯一兮死无二。有如樗栎丛中木,忽然化作潇湘竹。又如黄鸟春风时,迁乔林兮出幽谷。文君走马来成都,弄玉吹箫能几曲?不闻马上琵琶声,忽作山头望夫哭。去年春风还满房,昨夜月明还满床,行人一去不复返,不念关山歧路长。前年犹惜缕金衣,去年不画深胭脂。今年今日万事已,鲛绡翡翠看如泥。一女二夫兮妾之所羞,不忠所事兮志将何求?蛾眉皓齿兮妾之所忧,不如无生兮庶几无尤。嘤嘤草虫,趯趯阜螽,靡不有初,鲜克有终。鸳鸯于飞兮毕之罗之,人间此恨兮何时休时。深山人迹不到处,病鸾敛翼巢空枝。"

余尝爱韩致光《宫词》云："绣裙斜立正销魂,宫女移灯掩殿门。燕子不归花著雨,春风应是怨黄昏。"

元丰中,裕陵以元夕御楼,宰臣亲王观灯,有御制,令从臣和进。王禹玉为左相,蔡持正为右相,蔡密叩王云："应制上元诗如何使事?"禹玉曰："鳌山凤辇外不可使。"章子厚时为黄门侍郎,面笑之云："此谁不知。"十七日登对,裕陵独赏禹玉诗,云："妙于使事。"诗云："雪消华月满仙台,万烛当楼宝扇开。双凤云中扶辇下,六鳌海上驾山来。镐京春酒沾周燕,汾水《秋风》陋汉才。一曲升平人共乐,君王又进紫霞杯。"_{是夕以高}丽进乐,又添一杯。

刘贡父先生元祐作少蓬,余被旨召赴本省呈试,贡父作主文,幕次中闻与顾子敦诵渠昔自校书郎出倅泰州作诗云："璧门金阙倚天开,五见宫花落井槐。明日扁舟沧海去,却从云气望蓬莱。"

鲁直父名庶,字亚夫,最能诗。有《怪石二绝》云："山鬼水怪著薜荔,天禄辟邪眠碧苔。钩帘坐对心语口,曾见汉唐池馆来。"

狄遵度,字元规,枢密直学士棐之子,敏慧夙成。当杨文公昆体盛行,乃独为古文章,慕杜子美、韩退之之句法。一夕,梦子美自诵其逸诗数十章,既觉,犹记其两句云："夜卧北斗寒挂枕,木落霜拱雁连天。"因书其后曰："子美存耶? 果亡耶? 其肯为余来嘿诵,人未知之者,俾予知耶? 观其词,盖非他人所能为,真子美无疑矣。"遵度因足成其诗,号《佳城篇》。不幸年二十,为襄城簿而卒。诗云："佳城郁郁颏寒烟,孤雏乳兔号荒阡。夜卧北斗寒挂枕,木落霜拱雁连天。浮云西去伴落日,行客东尽随长川。乾坤未死吾尚在,肯与蟪蛄论大年?"

　　刘路左车,尝收唐人新编当时人诗册,有老杜数十首,其间用字皆与今本不同。有《送惠二过东溪》诗,集中无有。诗云:"惠子白驴瘦,归溪惟病身。皇天无老眼,空谷滞斯人。崖蜜松花熟,山杯竹叶春。柴门了生事,黄绮未称臣。"

　　曾阜为蕲州黄梅令,县有峰顶寺,去城百余里,在乱山群峰间,人迹所不到。阜按田偶至其上,梁间小榜,流尘昏晦,乃李白所题诗也,其字亦豪放可爱。诗云:"夜宿峰顶寺,举手扪星辰。不敢高声语,恐惊天上人。"或云王元之少年登楼诗云:"危楼高百尺,手可摘星辰。不敢高声语,恐惊天上人。"

　　东坡先生在岭南,言元祐中,有见李白酒肆中诵其近诗云:"朝披梦泽云,笠钓青茫茫。"此非世人语也。少游尝手录其全篇。少游叙云:"观顷在京师,有道人相访,风骨甚异,语论不凡。自云尝与物外诸公往还,口诵二篇,云东华上清监清逸真人李白作也。"诗云:"人生烛上花,光灭巧妍尽。春风绕树头,日与化工进。昔我飞骨时,惨见当涂坟。青松蔼朝霞,缥缈山下村。既死明月魄,无复玻璃魂。念此一脱洒,长啸登昆仑。醉著鸾凤衣,星斗俯可扪。"又云:"朝披梦泽云,笠钓青茫茫。寻流得双鲤,中有三元章。篆字若丹蛇,逸势如飞翔。归来问天姥,妙义不可量。金刀割青素,灵文烂煌煌。燕服十二环,想见仙人房。暮跨紫鳞去,海气侵肌凉。龙子善变化,化作梅花妆。遗我累累珠,靡非明月光。劝我穿绛缕,系作裙间珰。揖子以疾去,谈笑闻余香。"

　　王平甫年十一过洪州,有《滕王阁》诗,盖其少成如此。又再赋一首,叙其事云:"滕王平昔好追游,高阁依然枕碧流。胜地几经兴废事,夕阳偏照古今愁。层城树密千家笛,江渚人孤一叶舟。怅望沧波吟不尽,西山重叠乱云浮。"十四岁再题一首,其序云:"予始年十一时从亲还里中,道出洪州,泊滕王阁下。俯视山川之胜,而求士大夫所留之诗,凡百余篇。自唐杜紫微外,类皆世俗气,不足矜爱。乃作一章,榜之西楹。后三年,客淮上,思其幼时勇于述作,不自意其非也,辄改作一章,以志当时之事。其旧者往往传于江西,今故并存之。"诗云:"地势远连徐孺亭,穷南有客两曾经。檐前燕雀鸣相斗,潭里蛟龙困未醒。乱霭苍茫侵树色,惊涛浩荡失天形。当时好景无同赏,对此悲歌孰为听?"

张子野云:往岁吴兴守滕子京席上,见小妓兜娘子,京赏其佳色。后十年,再见于京口,绝非顷时之容态。感之,作诗云:"十载芳洲采白蘋,移舟弄水赏青春。当时自倚青春力,不信东风解误人。"

黄子思云:余尝守官咸阳,县廨之后临渭河,汀屿中连岁秋有孤雁来,栖于葭苇中。今岁冬深,不复至矣,或已在缯弋,或去而之他,皆不可知也。感而为诗,题亭壁云:"天寒霜落雁来栖,岁晚川空雁不归。江海一身多少事,清风明月我沾衣。"

东坡云:元祐三年二月二十一日夜,与鲁直、寿朋、天启会于伯时斋舍,录鬼仙所作或梦中所作。尝记《太平广记》中有人为鬼物所引,入墟墓间,皆鲜华洞户。忽为劫墓者所惊,遂失所见,但云"芜花半落,松风晚清。"又录鬼诗云:"江上樯竿一百尺,山中楼台十二重。老僧楼上望江上,遥指樯竿笑杀侬。"又云:"爷娘送我青枫根,不记青枫几回落。当时刺绣衣上花,今日为灰不堪著。"又云:"酒尽君莫沽,壶干我当发。城市多嚣尘,还山弄明月。"又云:"卜得下峡日,秋江风浪多。巴陵一夜雨,肠断《木兰歌》。"又云:"浦口潮来初渺漫,莲舟溶漾采花难。芳心不惬空归去,会待潮平更折看。"又云:"忽然湖上片云飞,不觉中流雨湿衣。折得荷花浑忘却,空将荷叶盖头归。"又云:"寒草白露里,乱山明月中。是夕苦吟罢,寒烛与君同。"

　　乌鲗八足绝短者,集足在口,缩喙在腹,形类鞋囊,其名乌鲗。噏波噀墨,迷射水慝,以卫害焉。《海物异名》。

　　熙宁中,鲁直入宫,教余兄弟。伯父五开府,酒余脱浅色番罗袄衣之。鲁直醉中作诗云:"叠送番罗浅色衣,著来春气入书帏。到家慈母惊相问,为说王孙脱赠时。"

　　鲁直评东坡书曰:"学问文章之气,郁郁葱葱,散于笔墨之间,此所以他人终莫能及。"

侯鲭录卷第三

张文潜作《七夕歌》，为东坡所称。词云："人间一叶梧桐飘，蓐收行秋回斗杓。神官召集役灵鹊，直渡天河横作桥。河东美人天帝子，机杼年年劳玉指。织成云雾紫绡衣，辛苦无欢容不理。帝怜独居无与娱，河西嫁与牵牛夫。自从嫁后废织纴，绿鬓云鬟朝暮梳。贪欢不归天帝怒，谪归却踏来时路。但令一岁一相逢，七月七夕河边渡。别多会少知奈何，却悔从前恩爱多。匆匆离恨说不尽，烛龙已驾随羲和。河边灵官晓催发，令严不管轻离别。空将泪作雨滂沱，泪痕有尽愁无歇。寄言织女君休叹，天地无穷会相见。犹胜姮娥不嫁人，夜夜孤眠广寒殿。"

东坡于闽中驿舍见一诗，录之，不知谁氏子作。后闻乃姚嗣宗。诗云："欲挂衣冠神武门，先寻水竹渭南村。却将旧斩楼兰剑，买得黄牛教子孙。"

一道人败道后，作诗云："瑶峰一别杳难期，消渴从教醉枕攲。不信丹青能画得，五更灯暗月来时。"

司马池乃文正公之父，仁庙时作待制，亦善作小诗，云："冷于陂水淡于秋，远陌初穷见渡头。赖得丹青无画处，画成应是一生愁。"

山谷《茶磨铭》云："楚云散尽，燕山雪飞。江湖归梦，从此祛机。"

参寥杭州城外题小溪诗云："城根野水绿逶迤，袅袅轻舟掠岸过。欲采芸兰无觅处,渚花汀草占春多。"

　　东坡在徐州,参寥自钱塘访之,坡席上令一妓戏求诗,参寥口占一绝云:"多谢尊前窈窕娘,好将幽梦恼襄王。禅心已作沾泥絮,不逐东风上下狂。"坡云:"沾泥絮,吾得之,被老衲又占了。"

　　瞿塘之下地名人鲊瓮,少游尝谓未有以对。南迁度鬼门关,乃用为绝句云:"身在鬼门关外天,命轻人鲊瓮头船。北人恸哭南人笑,日落荒村闻杜鹃。"

　　古人作律诗,有当句对者,两句更不须对。如陆龟蒙诗云"但说漱流并枕石,不辞蝉腹与龟肠"是也。

　　《汉书》云:"背尊章嫖以忽。"老杜诗云:"堂上拜姑嫜。"《玉篇》云"凡夫之父母曰嫜",老杜独姑嫜何耶?《正俗》云:古谓舅姑为姑嫜,今俗亦呼为姑钟。盖自章音转为钟也。

　　咸平三年六月诏:保州保塞县丰归乡东安村,乃宣祖之旧里,而百姓赵加起,实派天潢,久安地著,虽为疏属,实重宗盟。宜佩赤绋以光白社,可左屯卫将军。仍赐加起等妻女首饰衣服银器有差。时遣内侍自保州召加起至,遂有是命。

　　祖宗时,用唐武德故事,宗姓在异姓品上。景德四年举行。

　　几头酒,山东风俗,新沐讫饮酒,谓之几头。颜师古云:"字当为机,音机。机,谓福祥也。"按《礼》云:"沐稷而靧粱,栉用樿栉,发晞用象栉。进机进羞,工乃升歌。"郑康成注云:"沐靧必进机作乐,益气也。此谓新沐靧体虚,故更进食饮,而又加乐,以自辅助致福祥也。"此古之遗法乎?

　　洋者,山东谓众多为洋。《尔雅》洋,观衷众那多也。今谓海之中心为洋,亦水之众多处。

　　露布,人多用之,亦不知其始。《春秋佐助期》曰:武露布,文露沉。宋均云：甘露见其国。布，散者。人上武文采者，则甘露沉重。《初学记》。

桃实经冬不落者，俗谓之桃奴。橘奴者，谓江陵千树为木奴。《襄阳记》：李衡密遣十人于武陵新阳洲上作宅，种柑千树。临死敕其儿曰："汝母恶吾治家穷困如是，吾洲有千头木奴，不责汝衣食，岁上绢一匹，亦足用耳。"吴末，洲柑成，岁得绢数千匹。据此非橘明矣。又按谚曰："本奴千，无凶年。"盖言果实可以市易五谷，此即木奴之号、果之都称者也。出《北户录》。

谢承云：后汉李寿长为青州刺史，其所经历它州县，瞻察牧守长吏治政优劣，上言曰："臣以为政一流，虽非所部，夫东家有犬，不忍见西家之有鼠。臣之所见，敢不以闻。"

江淹为宗室建平王让表，称宗莘。

李子，力员反。《战国策》：李子之相似，唯其母知之；利害之相似，唯智者知之。李子，谓双生子也。

世之嫁女三日，送食，俗谓之暖女。《广韵》中正有此说，使馈字。人初生产子，俗言首子，亦使此颜字。音首。俗谓以竹孤桶，古使箍字，音孤。酒杓也。

昔唐末豫章有观音禅衲，且南方禅客多搭白，常以瓿器盛染色，劝令染之。今天下皆谓黄衲为观音衲也。方等者，即周遍义。《止观论》云：方等者，或言广平。今谓方也者，法也。如般若有四种方法，即四门入清凉地，故云方也。所契之理，即平等大慧，故云等也。禀顺方等二者而立戒坛也，既不拘禁忌，广大而平等之，故谓之广平也。

西王母见穆天子，作歌曰："白云在天，山隒自出。道里悠远，山川间之。将子无死，尚能复来。"穆王曰："余归东土，和治诸夏,万民平均。吾顾见汝,比及三年,将复而野。"余尝对东坡诵之,坡云:"决非食肉人语。"

世言枭秃鸟,非也。唐起居郎苏楷驳昭宗谥号,河朔士人目楷为衣冠土枭。

陆长源以勋德为宣武军司马,韩愈为巡官,同在使幕。或戏年辈相辽,周愿曰:"大虫老鼠。俱是十二相属,何辽之有。"旬日布于长安。

《西京杂记》云:玉之未理者为璞,死鼠未屠者亦为璞。

《刊误》云:《礼》曰:"瓜祭上环。"又曰:"吾食于少施氏而饱,少施氏食我以礼。吾祭,作而辞曰:'疏食不足祭也。'"此则祭物之意,谓神农火食,德侔造化,后人追而敬之。今代崇尚佛氏之众生,士子儒人,宜遵典教,今谓之出生也。

欧阳文忠公尝以诗荐一士人与王渭州仲仪,仲仪待之甚厚。未几赃败,仲仪归朝。见文忠公,论及此士人,文忠公笑曰:"诗不可信也如此。"

东坡再谪惠州日,一老举人年六十九为邻,其妻三十岁,诞子,为具邀公,公欣然而往。酒酣乞诗,公戏一联云:"令阁方当而立岁,贤夫已近古希年。"

襄阳时同官李友谅仲益赠张子齐思仲家歌人、团茶,予题其封云:"色映宫姝粉,香传汉殿春。团团明月魄,却赠月中人。"

瓦珑矿壳浑沌钱,文如建瓴,外眉而内渠,其名瓦珑。注云:"眉,谓高为眉。渠,谓疏为渠。一名魁陆。"《尔雅》"魁陆"注:《本草》云:"魁状如海蛤,圆而厚,外有理纵横。"《岭表录异》云:"瓦壳中有肉,紫色,曰天脔炙也。"出《海物异名》。

高力士责在巂州,咏荠菜诗为鲁直所称,云:"两京作斤卖,五溪无人采。贵贱虽不同,气味故常在。"

　　元微之贬江陵府士曹,少年气俊,过襄阳,夜召名妓剧饮。将别,作诗云:"花枝临水复临堤,也照清江也照泥。寄语东风好抬举,夜来曾有凤凰栖。"谢师厚作襄倅,闻营妓与二胥相好,此妓乞书扇子,遂改二字云:"寄语东风好抬举,夜来曾有老鸦栖。"

　　王介甫少时作《石榴花》诗云:"浓绿万枝红一点,动人春色不须多。"此老风味不薄,岂铁心木肠者哉?

　　东坡云:王晋卿尝暴得耳疾,意不能堪,求方于仆。仆答之曰:"君是将种,断头穴胸当无所惜。两耳堪作底用,割舍不得?限三日疾去,不去,割取我耳。"晋卿洒然而悟。三日,病良已,以诗示仆云:"老婆心急频相劝,令严只得三日限。我耳已聪君不割,且喜两家皆平善。"今定国所藏《挑耳图》,得之晋卿,聊识此耳。

　　东坡云:琴曲有《瑶池燕》,其词不协,而声亦怨咽。变其词作《闺怨》,寄陈季常去。此曲奇妙,勿妄与人云。"飞花成阵,春心困。寸寸,别肠多少愁闷。无人问,偷啼自揾,残妆粉。　　抱瑶琴、寻出新韵,玉纤趁,《南风》来解幽愠。低云鬓,眉峰敛晕,娇和恨。"

　　晁无咎云:司马温公有言:"吾无过人者,但平生所为,未尝有对人不可言者尔。"东坡云:"予亦记前辈有诗云:'怕人知事莫萌心。'此言予终身守之。"

　　东坡云:砚之美者必费笔,不费笔则退墨,二德难兼。非独砚也,大字难结密,小字常局促,真书患不放,草书患无法,茶苦患不美,酒美患不辣。万事无不然,可以付之大笑也。

　　刘子仪侍郎三入翰林,颇不怿,诗云:"蟠桃三窃成何味,上尽鳌头迹转孤。"移疾不出，朝士问候者继至，询之，云："虚热上攻。"石中立滑稽，在坐，云："只消一服清凉散。"意谓两府始得用青凉伞也。

东坡云：刘十五孟父论李十八公择草书，谓之鹦哥娇，意谓鹦鹉能言，不过数句，大率杂以鸟语。十八其后进以书问仆近日书如何，仆答之："可作秦吉了矣。"然仆此书自有"公在乾侯"之态也。

东坡云：久在江湖，不见伟人。在金山，见滕元发乘小舟破巨浪来相见，出船巍然，使人神耸，好一个没兴底张镐相公。且为我致意，别后酒狂甚长进也。杜甫诗云："张公一生江海客，身长九尺须眉苍。"谓张镐也。萧嵩荐云："用之则为帝王师，不用则穷谷一迂叟耳。"

东坡题鲁直草书《尔雅》后云："鲁直以真实心出游戏法，以平等观作欹侧字，以磊落人录细碎书，亦三反也。"

东坡书与毛国镇云："岁行尽矣，风雨凄然，纸窗竹屋，灯火青荧。时于此有少佳趣，无缘持献，独享为愧。"想当一笑也。

东坡云：皎然禅师《赠吴凭处士》诗云："世人不知心是道，只言道在他方妙。还如瞽者望长安，长安在西东向笑。"东坡代答云："寒时便是热时风，饥汉那知食药功。莫怪禅师西向笑，缘师身在长安东。"

唐东京宫城，东西四里一百八十八步，南北二里八十五步，周回十三里二百四十一步，高四丈八尺。西京宫城，东西四里，南北二里二百七十步，周回十三里八十步，高三丈五尺。本朝东京宫城，周回五里。旧城周回二十里一百五十五步，即汴州城。唐建中二年，节度使李勉重筑。国初号曰阙城，亦曰里城。新城乃周世宗显德二年四月诏别筑。新城周回四十八里二百三十三步，号曰外城，又曰罗城，亦曰新城。元丰中裕陵命内侍宋用臣重筑之。

王介甫诡诈不通。外除，自金陵过扬州，刘原父作守，以州郡礼邀之，遂留。方营妓列庭下，介甫作色，不肯就坐。原父辨论久之，遂去营妓，顾介甫曰："烧车与船。"延之上坐。

元丰末，有以王介甫罢相归金陵后资用不足，达裕陵睿听者，上即遣使，以黄金二百两就赐之。介甫初喜，意召己；既知赐金，不悦，即不受，举送蒋山修寺，为朝廷祈福。裕陵闻之不喜。即有诗云："穰侯老擅关中事，尝恐诸侯客子来。我亦暮年专一壑，每闻车马便惊猜。"此未能忘情于丘壑者也。

介甫熙宁初首被选擢，得君之专，前古未有。罢政归金陵，作《日录》七十卷，前朝旧德大臣及当时名士不附己者，诋毁至无一完人者。其间论法度有不便于民者，皆归于上；可以垂耀于后世者，悉己有之。故建中靖国之初，谏官陈瓘极力论其婿蔡卞之恶，曰："安石临终，戒其家焚之，悔其作也。卞留之。至绍圣间作尚书右丞，尽编入裕陵国史中，遂行之。"瓘所谓"遵私史而压宗庙"是也。士大夫忠愤者有诗云："训释《诗》《书》日月明，纷纷法令下朝廷。不知心本缘何事，苦劝君王用肉刑。"又云："每愧先生道绝伦，古来归美是忠臣。门人李汉真堪罪，何用垂编示后人！"陈瓘进《日录辨表》，略云：神考之信任安石，虽成汤之于伊尹，不过如此。安石密赞之言，强谏之语，何必尽宣于外，然后见君臣相得之盛乎？遂就裕陵忌日，作饭僧疏文，指十事奏之。

尝读岑嵩起作《吉凶影响录》，载李林甫创一堂，有却月之形，名曰月堂。欲破人家族，则入堂精思极虑，悦而出堂，即人家被戮矣。后有毛人，锯牙钩爪，以手戟林甫而怒逐之。后有斫棺之祸，恶之者有诗云："却月堂中喜色新，明朝应有破家人。禄山反噬家还破，须信难欺是鬼神。"或有大臣独任国柄者，行住坐卧四威仪中，念念害物，处处杀人，非止一月堂而已也。

《海物异名》云：江珧柱，厥甲美如瑶玉，肉柱肤寸，曰江珧柱。郭景纯《江赋》云："玉珧海月，吐纳石华。"退之谓马柱甲，是此也。世人不用此"珧"字，是未知耳。又苗虾状蜈蚣而拥楣，曰虾公。

水鸡，蛙也。水族中厥味可荐者。鸡，郭璞注《尔雅》云：一名水鸭。

语儿梨，果实之珍，因其地名耳。前汉封樱终古为语儿侯。孟康曰：语儿，越中地名。

陶人之为器，有酒经焉。晋安人盛酒以瓦壶，其制，小颈，环口，修腹，受一斗，可以盛酒。凡馈人牲，兼以酒置。书云：酒一经或二经，至五经焉。他境人有游于是邦，不达其义，闻五经至，束带迎于门，乃知是酒五瓶为五经焉。

侯鲭录卷第四

韩康公绛子华谢事后,自颍入京看上元,至十六日私第会从官九人,皆门生故吏,尽一时名德,如傅钦之、胡完夫、钱穆父、东坡、刘贡父、顾子敦皆在坐。钱穆父知府至晚,子华不悦,坡云:"今日为本殿烧香人多留住。"坐客大笑。钱形肖九子母丈夫也。方坐,出家妓十余人。中燕后,子华新宠鲁生舞罢,为游蜂所螫,子华意不甚怪。久之呼出,持白圆扇从东坡乞诗。坡书云:"窗摇细浪鱼吹日,舞罢花枝蜂绕衣。不觉南风吹酒醒,空教明月照人归。"上句记姓,下句书蜂事。康公大喜,坡云:"惟恐他姬厮赖,故云耳。"客皆大笑。

旧学士院壁间有题云:"李阳生,指李树为姓,生而知之。"久无对者。杨大年为学士,乃对云:"马援死,以马革裹尸,死而后已。"江邻幾云。上句杨大年酒令,下句董宗旦对。

天圣中,《贺五王出阁启》云:芝函晓列,星飞降天上之书;棣萼晨辉,岳立受日中之字。隐"五"字、"王"字也。

东坡云:近在苏州,有一僧旷达好饮,以醉死。将瞑,自作祭文云:"唯灵生在阎浮提,不贪不妒,爱吃酒子,倒街卧路。想汝直待生兜率天,尔时方断得住。何以故? 净土之中,无酒得沽。"

鲁直尝言:髯多人疏秀者必贵密,而泛短者必神气不足。驸马都尉王晋卿与殿帅曹贯道皆无须,每指须多者为中相法。晋卿尚贵主,尝过巩、洛间,道旁有后唐庄宗庙,默念始治终乱,意斯人必胡。及观神像,两眼外皆髭也。晋卿作诗寄贯道云:"代梁继李号良图,却惑歌儿便丧躯。试拂尘埃觇遗像,元来满面是髭须。"

熙宁中,郑侠上书,事作下狱,悉治平时所往还厚善者,晏几道叔原皆在数中。侠家搜得叔原与侠诗云:"小白长红又满枝,筑球场外独支颐。春风自是人间客,主张繁华得几时?"裕陵称之,即令释出。

圆通禅师秀老,本关西人,立身峻洁如铁壁,得法于义怀禅师。不肯出世,作颂云:"谁能一日三梳头,撅得髻根牢便休。大抵是他肌骨好,不施红粉也风流。"

文潜《夜直馆中》诗云:"苍龙挂斗寒垂地,翡翠浮花暖作春。"江邻幾《杂志》。

东坡游庐山汤泉,阅留题百余篇,爱遵老一偈云:"禅庭谁作石龙头,龙口汤泉沸不休。直待众生尘垢尽,我方清冷混常流。"坡戏作一绝云:"石龙有口却无根,自在流泉谁吐吞? 若信众生本无垢,此泉何处觅寒温。"

熙宁中,有道人过沈东老饮酒,用石榴皮写绝句于壁,自称回山人。东老送出门,至石桥上,先渡桥数十步,不知所在。或曰:"此吕先生也。"诗云:"西邻已富忧不足,东老虽贫乐有余。白酒酿来缘好客,黄金散尽为收书。"七年,坡过晋陵,见东老之子,能道其事。时东老已殁三年矣。坡为和其诗。

唐末五代,权臣执政,公然交赂,科第差除,各有等差。故当时语云:"及第不必读书,作官何须事业。"

东坡在黄州,尝书云:东坡居士自今日已往,早晚饮食,不过一爵一肉。有尊客盛馔,则三之。可损不可增。有召我者,预以此告之。主人不从而过是乃止。一曰安分以养福,二曰宽胃以养气,三曰省费以养财。

东坡论茶云:除烦去腻,世固不可无茶,然暗中损人不少。昔人云:自茗饮盛后,人多患气不患黄,虽损益相半,而消阳助阴,不偿损也。吾有一法,常自修之:每食已,辄以浓茶漱口颊,腻既去而脾胃不知。凡肉之在齿间者,得茶漱浸乃不觉脱去,不烦刺挑也。而齿性便苦,缘此渐坚密,蠹病自已。然率用中下茶,其上者亦不常有。间数日一啜,亦不为害也。此大是有理,而人罕知者,故详述云。《大唐新语》曰:右补阙毋煚,博学有著述才。性不饮茶,著《茶饮序》云:释滞消壅,一日之利暂佳;瘠气侵精,终身之累则大。获益则功归茶力,贻祸则不谓茶灾。岂非福近易知,祸远难见者乎?

东坡云:“诸葛氏笔,譬如内库法酒。北苑茶,他处纵有嘉者,殆难得其仿佛。”余续之曰:“上阁衙香、仪鸾司㯿烛、京师妇人梳妆与脚,天下所不及。”公大笑。

江邻幾《杂志》云:陈执中馆伴虏使,问随行仪鸾司缘何有此名,不能对。或云:隋大业中,鸾集于供帐库,遂名此。

邻幾云:刘师颜视月占水旱,问之云:“谚有之:月如悬弓,少雨多风。月如仰瓦,不求自下。”

同州民谓沾足为烂雨。

长安北禅寺石笋,郑天休资政题十字云:“春到不择地,石旁花自开。”刊之。江邻幾《杂志》。

沈文通云:省副陈洎死后,婢附语云:“当为贵神,坐不葬父母,今为贱鬼,足颈皆生长毛。”比来士大夫多不葬亲,致身后子孙不振,遂不克葬,生毛必矣。余录此事,政以劝亲旧之不葬亲者。

内库酒法,自柴世宗破河中李守正,得匠人至汴,迄今用其法。

晏公称国初李度诗云:"醉轻浮世事,老重故乡人。"

京师元夕,放灯三夜,钱氏纳土,进钱买两夜,今十七十八夜灯,因钱氏而添之。江邻幾《杂志》。

滕元发云:一善医者,唯取《本草》白字药用之,多验。苏子容云:黑字者是后汉人益之。

唐人说李邕平生撰碑八百首。

药方中一大两,即今之三两。隋合三两为一两。江邻幾《杂志》。

唐杨巨源诗云:"炉香添柳重,宫漏出花迟。"后尝为诗题。

王文穆罢相,知杭州,朝士送之诗,唯陈从易学士云:"千重浪里平安过,百尺竿头稳下来。"冀公爱之。江邻幾《杂志》。

唐昭宗养一猴,衣以俳优服,常在左右,谓之猴部头。朱全忠篡后,因御筵引至坐侧,视梁祖,忽奔走号掷,裂其冠服。全忠叱令杀之。唐之臣得不愧怍!

东坡云:吾酒后乘兴作数十字,觉酒气拂拂从十指出也。大是妙语。

东坡云:仆为吴兴守,有《游飞英寺》诗云:"微雨止还作,小窗幽更妍。盆山不见日,草木自苍然。"非至吴越,不见此景。

东坡少时梦召入禁中,一宫人引行,见风吹裙带在笏上,有诗云:"百叠漪漪水皱,六铢缃缃云轻。植立含风广殿,微闻环珮摇声。"既至小殿,裕陵坐其上脱丝鞋,令坡铭之。坡即书云:"寒女之丝,铢积寸累。步武所临,云生雷起。"裕陵称赏。

古语云:斛满人概之,人满神概之。

十月为良月者,谓盈数也。

昔人有云：古人有道去处去，世上无人行处行。

一大弓长五肘，小弓长四肘。

艾一名冰台，一名医草。

退之诗有"百年未满不免死，且可勤买抛青春"。抛青春，酒名。亦有酒名松醪春，唐人酒多以"春"为名。

草之始生曰薲。小门曰闱。南北曰阡，东西曰陌。有垣曰苑，无垣曰圃。帛之总名曰缯。大波为澜，小波为沦。

天弓即虹也，又谓之帝弓。明者为虹，暗者为霓。

寺者，嗣也。治事者相嗣续于其中也。

绀者，青而含赤色也。

黄鹂，关中谓之楚雀。

年纪者，纪，记也，记其年之数。

酒所以治病，药非酒不散。

畴匹，王逸注《楚词》云："二人为匹，四人为畴。"

宗叶者，宗本也，叶世也，谓族类繁盛也。

错综，谓错要其文，综理其义也。

曾子固曰：王平甫熙宁癸丑岁直宿崇文院，梦有邀之至海上，见海水中宫殿甚盛，其中作乐，笙箫鼓吹之妓甚众，题其名曰灵芝宫。邀之者欲俱往，有人在宫侧，隔水谓曰："时未至，且令去，他日当迎之。"至此恍惚梦觉，时禁中已鸣钟。平甫颇自负不凡，为诗记之曰："万顷波涛水叶飞，笙箫宫殿号灵芝。挥毫不似人间世，长乐钟声梦觉时。"后四年，平甫病卒，其家哭讯之曰："君尝梦往灵芝宫，果然乎？"卜曰："然。"昔人至海上蓬莱，见楼台中有待乐天之宫，乐天为诗以志，与平甫之梦盖相似。二人皆天才逸发，其精神所寓，必有异者，盖有之而不可穷也。其家哭请书其事，故为之书。

《苍颉解诂》云："种树曰园,种菜曰圃。"

埏埴者,埏,蹂也,击也。亦和也。埴,水和土以成器。

宴飨者,黄逢曰:"不脱屦而升者曰宴。"

三王各有狱之别名:夏曰夏台,商曰羑里,周曰囹圄。

王逸注《楚词》云:"有菜曰羹,无菜曰臛。"

孔安国注《尚书》云:"杀敌为果,致果为毅。"

细切曰齑,全物曰菹。今中国皆言齑,江南皆言菹。

田畴者,田,种禾稼者也。畴,耕地也。

寮,窗也。《苍颉》云:"寮,小室也。"《说文》云:"寮,穿也。"

脱者,可也,尔也,谓不定之词。汉、晋人多言脱如何,亦或也。

《汉书》云:"日月薄蚀。"韦昭曰:"气往迫之曰薄,亏毁曰蚀。"女曰婴,男曰儿。《释名》云:"人始生曰婴儿。胸前曰婴,抱之婴前而乳养之,故曰婴儿。"

四衢,四达之谓也。郭璞曰:"交道四出也。"《释名》云:"齐、晋谓四齿杷为櫂。櫂杷地则有四处,此道似之,因名焉。"

皋卢,茶名也。皮日休云:"石盆煎皋卢。"

唐茶,东川有神泉昌明,白公诗使"绿昌明"是也。

东坡云:予去杭十七年,复与彭城张圣涂、丹阳陈辅之同来院,僧梵英葺治堂宇,比旧加严洁,茗饮芳冽。问此新茶耶?英曰:"茶新旧交则香味复。"予尝见知琴者言:琴不百年,则桐之生意不尽,缓急清浊,常与雨旸寒暑相应。此理与茶相近,故并记之。

东坡与司马温公论茶墨,温公曰:"茶与墨正相反:茶欲白,墨欲黑,茶欲重,墨欲轻;茶欲新,墨欲陈。"予曰:"二物之质诚然,然亦有同者。"公曰:"谓何?"予曰:"奇茶妙墨皆香,是其德同也;皆坚,是其性同也。譬如贤士君子,妍丑黔皙之不同,其德操韫藏,实无以异。"公笑以为是。

晏元献公作相,因雪设客,如欧阳文忠公辈在坐。时西方用兵,欧公有诗云:"可怜铁甲冷彻骨,四十余万屯边兵。"次日,蔡襄遂言其事,晏坐此罢相。公曰:"唐裴度作相,亦曾邀文士饮,如退之但作诗云:'园林穷胜事,钟鼓乐清时。'几曾如此合闹。"

唐兴元有知马者李幼清,暇日常取适于马肆。有致悍马于肆者,结缳交络其头,二力士以木夹支其颐,三四辈执梲而从之。马气色如将噬,有不可驭之状。幼清迫而察之,讯于主者,且曰:"马恶无不具也,将货焉,唯其所酬耳。"幼清以三万易之,马主惭其多。既而聚观者数百辈,诘幼清,幼清曰:"此马气色骏异,体骨德度,了非凡马。是必主者不知,俾杂驽辈,槽栈陷败,粪秽狼籍,刷涤不时,刍秣不适,蹄啮蹂奋,蹇跂唐突,志性郁塞,终不得伸,久无所赖,发而狂躁,则无不为也。"既晡,观者少间,乃别市一新络头,幼清自持,徐而语之曰:"尔才性不为人知,吾为汝易是锁结秽杂之物。"马弭耳引首。幼清自负其知,乃汤沐剪刷,别其槽栈,异其刍秣。数日而神气小变,逾月而大变,志性如君子,步骤如俊乂,嘶如龙,颜如凤,乃天下之骏乘也。

元祐六年,汝阴久雪。一日天未明,东坡来召议事,曰:"某一夕不寐,念颍人之饥,欲出百余千造饼救之。老妻谓某曰:'子昨过陈,见傅钦之言签判在陈赈济有功,何不问其赈济之法?'某遂相召。"余笑谢曰:"已备之矣。今细民之困,不过食与火耳。义仓之积谷数千硕,可以支散以救下民;作院有炭数万称,酒务有余柴数十万称,依原价卖之,二事可济下民。"
坡曰:"吾事济矣。"遂草放积欠赈济奏,檄上台寺。教授陈履
常闻之,有诗:"掠地冲风敌万人,蔽天密雪幾微尘。漫山塞壑
疑无地,投隙穿帷巧致身。映积读书今已老,闭门高卧不缘
贫。遥知更上湖边寺,一笑潜回万宝春。"坡次韵曰:"可怜扰
扰雪中人,饥饱终同寓一尘。老桧作花真强项,冻鸢储肉巧谋
身。忍寒吟咏君堪笑,得暖欢呼我未贫。坐听屐声知有路,拥
裘来看玉梅春。"予次韵曰:"坎壈中年坐废人,老来貂鼎视埃
尘。铁霜带面惟忧国,机阱当前不为身。发廪已康诸县命,蠲
逋一洗几年贫。归来又扫宽民奏,惭愧毫端尔许春。"

元祐七年正月,东坡先生在汝阴州,堂前梅花大开,月色
鲜霁。先生王夫人曰:"春月色胜如秋月色,秋月色令人凄惨,
春月色令人和悦,何如召赵德麟辈来饮此花下?"先生大喜,
曰:"吾不知子能诗耶? 此真诗家语耳。"遂相召,与二欧饮。
用是语作《减字木兰》词云:"春庭月午,影落春醪光欲舞。步
转回廊,半落梅花婉娩香。　　轻风薄雾,都是少年行乐处。
不似秋光,只共离人照断肠。"

延安夫人,系苏丞相子容之妹也。有寄季玉妹《更漏子》
词云:"小阑干,深院宇,依旧当时别处。朱户锁,玉楼空,一帘
霜日红。　　弄珠江,何处是,望断碧云无际。凝泪眼,出重
城,隔溪羌笛声。"

侯鲭录卷第五

辨传奇莺莺事

王性之作《传奇辨正》云：尝读苏翰林赠张子野诗，有云："诗人老去莺莺在。"注言所谓张生，乃张籍也。仆按：元微之所传奇莺莺事，在贞元十六年春；又言明年生文战不利，乃在十七年。而唐《登科记》：张籍以贞元十五年商郢下登科。既先二年，决非张籍明矣。每观其文，抚卷叹息，未知张生果为何人，意其非微之一等人，不可当也。会清源庄季裕为仆言：友人杨阜公尝得微之所作《姨母郑氏墓志》云：其既丧夫，遭军乱，微之为保护其家备至。则所谓《传奇》者，盖微之自叙，特假他姓以自避耳。仆退而考微之《长庆集》，不见所谓郑氏志文，岂仆家所收未完，或别有他本尔。然细味微之所序，及考于他书，则与季裕所说皆合。盖昔人事有悖于义者，多托之鬼神梦寐，或假之他人，或云见他书，后世犹可考也。微之心不自聊，既出之翰墨，姑易其姓氏耳。不然，为人叙事，安能委曲详尽如此？按乐天作《微之墓志》，以大和五年薨，年五十三。则当以大历十四年己未生，至贞元十六年庚辰，正二十二岁矣。《传奇》言生年二十二岁，未知女色。又韩退之作《微之妻韦丛墓志》文：作婿韦氏时，微之始以选为校书郎。正《传奇》所谓后岁余，生亦有所娶者也。贞元十八年，微之始中书判拔萃授校书郎，二十四岁矣。又微之作《陆氏姊志》云：予外祖父授睦州刺史郑济。

白乐天作《微之母郑夫人志》，亦言郑济女。而唐《崔氏谱》：永宁尉鹏，亦娶郑济女。则莺莺者乃崔鹏之女，于微之为中表，正《传奇》所谓郑氏为异派之从母者也。非特此而已，仆家有微之作《元氏古艳诗》百余篇，中有《春词》二首，其间皆隐"莺"字，《传奇》言立缀《春词》二首以授之，不书讳字者，即此意。及自有《莺莺诗》、《离思诗》、《杂忆诗》，与《传奇》所载，犹一家说也。又有《古决绝词》、《梦游春词》，前叙所遇，后言舍之以义。又叙娶韦氏之年，与此无少异者。《梦游春词》云："当年二纪初，佳节三星度。韦门正全盛，出入多欢裕。"二纪初，谓二十四岁也。其诗中多言双文，意谓二莺字为双文也。并书于后，使览之者可考焉。又意《古艳诗》，多微之专因莺莺而作无疑。又微之百韵诗《寄乐天》云："山岫当阶翠，墙花拂面枝。莺声爱娇小，燕翼玩逶迤。"注云：昔予赋诗云："为见墙头拂面花。"时唯乐天知此事。又云：幼年与蒲中诗人杨巨源友善，日课诗。《传奇》言生发其书于所知，予亦闻其说。生所善杨巨源为赋《崔娘》诗一绝。凡是数端，有一于此，可验决为微之无疑，况于如是之众也。然必以张生者，岂元与张受姓命氏本同所自出耶？张姓出黄帝之后，元姓亦然，后为拓拔氏。后魏有国，改号元氏。仆性喜讨论，考合同异，每闻一事隐而未见，或可见而事不同，如瓦砾之在怀，必欲讨阅归于一说而后已。尝谓读千载之书，而探千载之迹，必须尽见当时事理，如身履其间，丝分缕解，始终备尽，乃可以置议论。若略执一言一事，未见其余，则事之相戾者多矣。又谓前世之事，无不可考者，特学者观书少而未见尔。微之所遇合，虽涉于流宕自放，不中礼义，然名辈风流余韵，照映后世，亦人间可喜事，而士之臻此者特鲜也。虽巧为避就，然意微而显，见于微之其他文辞者彰著又如此，故反复抑扬，张而明之，以信其说。他时见所谓《姨母郑氏志》文,当详载于后云。

微之《古艳诗·春词》云:"春来频到宋家东,垂袖开怀待好风。莺藏柳暗无人语,唯有墙花满树红。""深院无人草树光,娇莺不语趁阴藏。等闲弄水浮花片,流出门前赚阮郎。"《莺莺诗》云:"殷红浅碧旧衣裳,取次梳头暗淡妆。夜合带烟笼晓月,牡丹经雨泣残阳。依稀似笑还非笑,仿佛闻香不是香。频动横波嗔不语,等闲教见小儿郎。"《离思》云:"自爱残妆晓镜中,环钗谩篸绿丝丛。须臾日射胭脂颊,一朵红酥旋欲融。""山泉散漫绕阶流,万树桃花映小楼。闲读道书慵未起,水晶帘下看梳头。""红罗著压逐时新,杏子花纱嫩曲尘。第一莫嫌才地弱,些些纰缦最宜人。""曾经沧海难为水,除却巫山不是云。取次花丛懒回顾,半缘修道半缘君。""寻常百种花齐发,偏摘梨花与白人。今日江头两三树,可怜枝叶度残春。"《春晓》云:"半欲天明半未明,醉闻花气睡闻莺。娃儿撼起钟声动,二十年前晓寺情。"《古决绝词》云:"乍可为天上牵牛织女星,不愿为庭前红槿枝。七月七日一相见,相见故心终不移。那能朝开暮飞去,一任东西南北吹。分不两相守,恨不两相思。对面且如此,背面当可知。春风撩乱伯劳语,况是此时抛去时。握手苦相问,竟不言后期。君情既决绝,妾意已参差。借如死生别,安得长苦悲!"又云:"噫春冰之将泮,何余怀之独结?有美一人,于焉旷绝。一日不见,比一日于三年,况三年之间别。水得风兮小而已波,笋在苞兮高不见节。矧桃李之当春,竞众人而攀折。我自顾悠悠而若云,又安能保君皑皑之如雪?感破镜之分明,睹泪痕之余血。幸他人之既不我先,又安能使他人之终不我夺?已焉哉!织女别黄姑,一年一度暂相见,彼此隔河何事无。"又云:"夜夜相抱眠,幽怀尚沉结。那堪一年事，长遭一宵说。但感久相思，何暇暂相悦。虹桥薄夜成，龙驾侵晨列。生憎野鹊性迟回，死恨天鸡识时节。曙色渐曈昽，华星欲明灭。一去又一年，一年何可彻。有此迢递期，不如死生别。天公信是妒相怜，何不便教相决绝！"《杂忆》云："今年寒食月无光，夜色才侵已上床。忆得双文通内里，玉枕深处暗闻香。""花笼微月竹笼烟，百尺丝绳拂地悬。忆得双文人静后，潜教桃叶送秋千。""寒轻夜浅绕回廊，不辨花丛暗辨香。忆得双文笼月下，小楼前后捉迷藏。""山榴似火叶相兼，半拂低墙半拂檐。忆得双文独披掩，满头花草倚新帘。""春冰消尽碧波湖，漾影残霞似有无。忆得双文衫子薄，钿头云映褪红酥。"《赠双文》云："艳极翻含态，怜多转自娇。有时还暂笑，闲坐更无聊。晓月行堪坠，春酥见欲消。何因肯《垂手》，不敢望《回腰》。"《梦游春》云："昔岁梦游春，梦游何所遇？梦入深洞中，果遂平生趣。清泠浅漫流，画舸兰篙渡。过尽万株桃，盘旋竹林路。长廊抱小楼，门牖相回互。楼下杂花丛，丛边绕鹓鹭。池光漾霞影，晓日初明煦。未敢上阶行，频移曲池步。乌龙不作声，碧玉曾相慕。渐到帘幕间，徘徊意犹惧。闲窥东西阁，奇玩参差布。隔子碧油糊，驼钩紫金镀。逡巡日渐高，影响人将寤。鹦鹉饥乱鸣，娇狂睡犹怒。帘开侍儿起，见我遥相谕。铺设绣红裀，施张钿装具。潜赛翡翠帷，瞥见珊瑚树。不辨花貌人，空惊香若雾。身回夜合偏，态敛晨霞聚。睡脸桃破风，汗妆莲委露。丛梳百叶髻，金蹙重台屦。纰软钿头裙，玲珑合欢裤。鲜妍脂粉薄，暗淡衣裳故。最似红牡丹，雨来春欲暮。梦魂良易惊，灵境难久寓。夜夜望天河，无由重沿溯。结念心所期，返如禅顿悟。觉来八九年，不向花回顾。杂合两京春，喧阗众禽护。我到看花时，但作怀仙句。浮生转经历,道性尤坚固。近作梦仙诗,亦知劳肺腑。一梦何足云,良时事婚娶。当年二纪初,佳节三星度。朝骖玉佩迎,高松女萝附。韦门正全盛,出入多欢裕。"云云。乐天《和微之梦游仙诗序》云"斯言也,不可使不知吾者知,知吾者亦不可使不知。乐天,知吾者也,吾不敢不使吾子知。予辱斯言,三复其旨,大抵悔既往而悟将来也"云云,正谓此事,非张籍益明矣。

微 之 年 谱

己未代宗大历十四年是岁微之生。 庚申德宗建中元年、辛酉至甲子兴元元年是岁崔氏生。 乙丑贞元元年、丙寅至癸酉九年是岁微之明经及第。 甲戌至己卯十五年十二月辛未,咸宁王浑瑊薨于蒲,丁文雅不能御军,遂作乱。 庚辰十六年是岁微之年二十二。《传奇》言:生年二十二,未近女色。崔氏年十七。《传奇》言:于今之贞元庚辰,十七年矣。 辛巳十七年是岁微之年二十三。《传奇》言:生以文调西去,所谓文战不利,遂止京师。崔氏书所谓"春气多厉",正次年春也。 壬午十八年是岁微之年二十四,以中书判第四等,授校书郎。《传奇》言:后岁余,崔亦委身于人。生亦有所娶。按退之作《微之妻韦丛志》曰:选婿得积,始以选授校书郎。即与微之《梦游春》"二纪初"、"三星度"所谓有所娶之言同。 癸未十九年至乙酉顺宗永正元年、丙戌宪宗永和元年是岁微之年二十八岁,中才识兼茂明于体用科第,拜左拾遗,出为河南尉。 丁亥戊子二年是岁授监察御史。 己丑四年是岁娶韦氏,年二十七。 庚寅五年是岁贬江陵士曹。 辛卯至甲午九年是岁徙唐州从事。 乙未十年是岁召入都,徙通州司马。 丙申至己亥十四年是岁徙虢州长史,为膳部员外郎。 庚子十五年是岁穆宗即位,转祠部郎中,知制诰。 辛丑穆宗长庆元年是岁权翰林学士、工部侍郎、平章事。 壬寅三年是岁出为同州刺史。 癸卯、甲辰四年是岁移浙东观察使、越州刺史。 乙巳敬宗宝历元年、丁未文宗大和元年、己酉三年是岁召为尚书右丞,旋改鄂岳节度使。　　庚戌辛亥五年是岁薨于镇，年五十三。

元微之崔莺莺商调蝶恋花词

　　夫《传奇》者，唐元微之所述也。以不载于本集而出于小说，或疑其非。今观其词，自非大手笔，孰能与于此？至今士大夫极谈幽玄，访奇述异，无不举此以为美话；至于娼优女子，皆能调说大略。惜乎不被之以音律，故不能播之声乐，形之管弦。好事君子极饮肆欢之际，愿欲一听其说，或举其末而忘其本，或纪其略而不及终其篇，此吾曹之所共恨者也。今于暇日详观其文，略其烦亵，分之为十章。每章之下，属之以词，或全摭其文，或止取其意。又别为一曲，载之传前，先叙前篇之义，调曰商调，曲名《蝶恋花》。句句言情，篇篇见意，奉劳歌伴，先定格调，后听芜词：

　　　　丽质仙娥生月殿，谪向人间，未免凡情乱。宋玉墙东流美盼，乱花深处曾相见。　　　密意浓欢方有便，不奈浮名，旋遣轻分散。最恨多才情太浅，等闲不念离人怨。

　　《传》曰：余所善张君，性温茂，美丰仪，寓于蒲之普救寺。适有崔氏孀妇将归长安，路出于蒲，亦止兹寺。崔氏妇，郑女也。张出于郑，绪其亲乃异派之从母。是岁丁文雅不善于军，军人因丧而扰，大掠蒲人。崔氏之家财产甚厚，多奴仆，旅寓惶骇，不知所措。先是，张与蒲将之党有善，请吏护之，遂不及于难。郑厚张之德甚，因饰馔以命张，中堂宴之。复谓张曰："姨之孤嫠未亡，提携幼稚，不幸属师徒大溃，实不保其身，弱子幼女，犹君之所生也，岂可比常恩哉？今俾以仁兄之礼奉见，冀所以报恩也。"乃命其子曰欢郎，可十余岁，容甚温美，次命女曰莺莺："出拜尔兄，尔兄活尔。"久之，辞疾。郑怒曰："张

兄保尔之命,不然,尔且房矣,能复远嫌乎!"又久之乃至,常服
睟容,不加新饰,垂鬟浅黛,双脸断红而已,颜色艳异,光辉动
人。张惊为之礼,因坐郑旁,凝睇怨绝,若不胜其体。张问其
年几,郑曰:"十七岁矣。"张生稍以词导之,不对。终席而罢。
奉劳歌伴,再和前声:

> 锦额重帘深几许,绣履弯弯,未省离朱户。强出娇羞
> 都不语,绛绡频掩酥胸素。　　黛浅愁红妆淡伫,怨绝情
> 凝,不肯聊回顾。媚脸未匀新泪污,梅英犹带春朝露。

张生自是惑之,愿致其情,无由得也。崔之婢曰红娘,生
私为之礼者数四,乘间遂道其衷。翌日复至,曰:"郎之言所不
敢言,亦不敢泄。然而崔之族姻,君所详也,何不因其媒而求
娶焉?"张曰:"予始自孩提时性不苟合,昨日一席间几不自持。
数日来行忘止,食忘饭,恐不能逾旦暮。若因媒氏而娶,纳采、
问名则三数月间,索我于枯鱼之肆矣!"婢曰:"崔之贞顺自保,
虽所尊不可以非语犯之。然而善属文,往往沉吟章句,怨慕者
久之。君试为谕情诗以乱之,不然,无由得也。"张大喜,立缀
《春词》二首以授之。奉劳歌伴,再和前声:

> 懊恼娇痴情未惯,不道看看,役得人肠断。万语千言
> 都不管,兰房跬步如天远。　　废寝忘餐思想遍,赖有青
> 鸾,不必凭鱼雁。密写香笺论缱绻,《春词》一纸芳心乱。

是夕红娘复至,持彩笺以授张曰:"崔所命也。"题其篇云
"明月三五夜",其词曰:"待月西厢下,迎风户半开。拂墙花影
动,疑是玉人来。"奉劳歌伴,再和前声:

> 庭院黄昏春雨霁,一缕深心,百种成牵系。青翼蓦然
> 来报喜,鱼笺微谕相容意。　　待月西厢人不寐,帘影摇
> 光,朱户犹慵闭。花动拂墙红萼坠,分明疑是情人至。

张亦微谕其旨，是夕岁二月旬又四日矣。崔之东墙有杏花一树，攀援可逾。既望之夕，张因梯其树而逾焉。达于西厢，则户半开矣。无几，红娘复来，连曰："至矣，至矣。"张生且喜且骇，谓必获济。及女至，则端服俨容，大数张曰："兄之恩活我家厚矣，由是慈母以弱子幼女见依，奈何因不令之婢，致淫泆之词？始以护人之乱为义，而终掠乱而求之，是以乱易乱，其去几何！诚欲寝其词，则保人之奸不义；明之母，则背人之惠不祥；将寄于婢妾，又恐不得发其真诚。是用托于短章，愿自陈启，犹惧兄之见难，是用鄙靡之词，以求其必至。非礼之动，能不愧心？特愿以礼自持，毋及于乱。"言毕，翻然而逝。张自失者久之，复逾而出，由是绝望矣。奉劳歌伴，再和前声：

屈指幽期唯恐误，恰到春宵，明月当三五。红影压墙花密处，花阴便是桃源路。　不谓兰诚金石固，敛袂怡声，恣把多才数。惆怅空回谁共语，只应化作朝云去。

后数夕，张君临轩独寝，忽有人觉之，惊欻而起，则红娘敛衾携枕而至，抚张曰："至矣，至矣，睡何为哉？"并枕重衾而去。张生拭目危坐，久之，犹疑梦寐。俄而红娘捧崔而至，则娇羞融冶，力不能运支体，曩时之端庄不复同矣。是夕旬有八日，斜月晶荧，幽辉半床，张生飘飘然，且疑神仙之徒，不谓从人间至也。有顷，寺钟鸣晓，红娘促去，崔氏娇啼宛转，红娘又捧而去。终夕无一言。张生辨色而兴，自疑曰："岂其梦耶？"所可明者，妆在臂，香在衣，泪光荧荧然，犹莹于茵席而已。奉劳歌伴，再和前声：

数夕孤眠如度岁，将谓今生，会合终无计。正是断肠凝望际，云心捧得嫦娥至。　玉困花柔羞抆泪，端丽妖娆，不与前时比。人去月斜疑梦寐，衣香犹在妆留臂。

是后又十余日，杳不复知。张生赋《会真诗》三十韵未毕，红娘适至，因授之，以贻崔氏。自是复容之，朝隐而出，暮隐而入，同安于曩所谓西厢者几一月矣。张生将之长安，先以情谕之，崔氏宛无难词，然愁怨之容动人矣。欲行之再夕，不复可见，而张生遂西。奉劳歌伴，再和前声：

　　一梦行云还暂阻，尽把深诚，缀作新诗句。幸有青鸾堪密付，良宵从此无虚度。　　两意相欢朝又暮，争奈郎鞭，暂指长安路。最是动人愁怨处，离情盈抱终无语。

不数月，张生复游于蒲，舍于崔氏者又累月。张雅知崔氏善属文，求索再三，终不可见。虽待张之意甚厚，然未尝以词继之。异时独夜操琴，愁弄凄恻。张窃听之，求之则不复鼓矣。以是愈惑之。张生俄以文调及期，又当西去。临去之夕，崔恭貌怡声，徐谓张曰："始乱之，今弃之，固其宜矣，愚不敢恨。必也君始之，君终之，君之惠也，则没身之誓，其有终矣。又何必深憾于此行。然而君既不怿，无以奉宁。君尝谓我善鼓琴，今且往矣，既达君此诚。"因命拂琴，鼓《霓裳羽衣序》，不数声，哀音怨乱，不复知其是曲也，左右皆欷歔，张亦遽止之。崔投琴拥面，泣下流涟，趋归郑所。遂不复至。奉劳歌伴，再和前声：

　　碧沼鸳鸯交颈舞，正恁双栖，又遣分飞去。洒翰赠言终不许，援琴请尽奴衷素。　　曲未成声先怨慕，忍泪凝情，强作《霓裳序》。弹到离愁凄咽处，弦肠俱断梨花雨。

诘旦，张生遂行。明年，文战不利，遂止于京，因贻书于崔，以广其意。崔氏缄报之词，粗载于此曰："捧览来问，抚爱过深,儿女之情,悲喜交集。兼惠花胜一合,口脂五寸,致耀首膏唇之饰,虽荷多惠,谁复为容?睹物增怀,但积悲叹耳。伏承便于京中就业,于进修之道,固在便安,但恨鄙陋之人,永以遐弃。命也如此,知复何言!自去秋以来,尝忽忽如有所失,于喧哗之下,或勉为笑语,闲宵自处,无不泪零。乃至梦寐之间,亦多叙感咽离忧之思。绸缪缱绻,暂若寻常;幽会未终,惊魂已断。虽半衾如暖,而思之甚遥。一昨拜辞,倏逾旧岁。长安行乐之地,触绪牵情,何幸不忘幽微,眷念无斁。鄙薄之志,无以奉酬,至于终始之盟,则固不忒。鄙昔中表相因,或同宴处,婢仆见诱,遂致私诚,儿女之情,不能自固。君子有援琴之挑,鄙人无投梭之拒,及荐枕席,义盛恩深。愚幼之情,永谓终托,岂期既见君子,不能以礼定情,致有自献之羞,不复明侍巾帏,没身永恨,含叹何言?倘若仁人用心,俯遂幽劣,虽死之日,犹生之年。如或达士略情,舍小从大,以先配为丑行,谓要盟之可欺,则当骨化形销,丹忱不泯;因风委露,犹托清尘。存没之诚,言尽于此,临纸呜咽,情不能申。千万珍重!"奉劳歌伴,再和前声:

> 别后相思心目乱,不谓芳音,忽寄南来雁。却写花笺和泪卷,细书方寸教伊看。　　独寐良宵无计遣,梦里依稀,暂若寻常见。幽会未终魂已断,半衾如暖人犹远。

"玉环一枚,是儿婴年所弄,寄充君子下体之佩。玉取其坚洁不渝,环取其终始不绝。兼致彩丝一绚,文竹茶合碾子一枚。此数物不足见珍,意者欲君子如玉之洁,鄙志如环不解。泪痕在竹,愁绪萦丝,因物达诚,永以为好耳。心迩身遐,拜会无期,幽愤所钟,千里神合。千万珍重!春风多厉,强饭为佳,慎言自保,毋以鄙为深念也。"奉劳歌伴,再和前声:

尺素重重封锦字,未尽幽闺,别后心中事。珮玉彩丝文竹器,愿君一见知深意。　　环玉长圆丝万系,竹上斓斑,总是相思泪。物会见郎人永弃,心驰魂去神千里。

张之友闻之,莫不耸异,而张之志固绝之矣。岁余,崔已委身于人,张亦有所娶。适经其所居,乃因其夫言于崔,以外兄见。夫已诺之,而崔终不为出。张怨念之诚,动于颜色。崔知之,潜赋一诗寄张,曰:"自从消瘦减容光,万转千回懒下床。不为旁人羞不起,为郎憔悴却羞郎。"竟不之见。后数日,张君将行,崔又赋一诗以谢绝之。词曰:"弃置今何道,当时且自亲。还将旧来意,怜取眼前人。"奉劳歌伴,再和前声:

梦觉高唐云雨散,十二巫峰,隔断相思眼。不为旁人移步懒,为郎憔悴羞郎见。　　青翼不来孤凤怨,路失桃源,再会终无便。旧恨新愁无计遣,情深何似情俱浅。

逍遥子曰:乐天谓微之能道人意中语,仆于是益知乐天之言为当也。何者?夫崔之才华婉美,词彩艳丽,则于所载缄书诗章尽之矣。如其都愉淫冶之态,则不可得而见。及观其文,飘飘然仿佛出于人目前,虽丹青摹写其形状,未知能如是工且至否。仆尝采撷其意,撰成鼓子词十一章,示余友何东白先生。先生曰:"文则美矣,意犹有不尽者。胡不复为一章于其后,具道张之与崔既不能以理定其情,又不能合之于义,始相遇也,如是之笃,终相失也,如是之遽。必及于此,则完矣。"余应之曰:先生真为文者也,言必欲有终始箴戒而后已。大抵鄙靡之词,止歌其事之可歌,不必如是之备。若夫聚散离合,亦人之常情,古今所共惜也。又况崔之始相得而终至相失,岂得已哉?如崔已他适而张诡计以求见,崔知张之意而潜赋诗以谢之,其情盖有未能忘者矣。乐天曰:"天长地久有时尽,此恨绵绵无尽期。"岂独在彼者耶？予因命此意，复成一曲，缀于传末云：

　　　　镜破人离何处问，路隔银河，岁会知犹近。只道新来消瘦损，玉容不见空传信。　　弃掷前欢俱未忍，岂料盟言，陡顿无凭准。地久天长终有尽，绵绵不似无穷恨。

侯鲭录卷第六

今之秘色瓷器,世言钱氏有国,越州烧进为供奉之物,不得臣庶用之,故云秘色。比见陆龟蒙集《越器》诗云:"九秋风露越窑开,夺得千峰翠色来。好向中宵盛沆瀣,共嵇中散斗遗杯。"乃知唐时已有秘色,非自钱氏始。

南京人家掘得一石,上有字可考,云:"猪拾柴,狗烧火,野狐扫地请客坐。"不知是何等语也。

宣和五六年间,上方织绫,谓之遍地桃。又急地绫,漆冠子作二桃样,谓之并桃。天下效之,香谓之佩香。至金人犯阙,无贵贱皆逃避,多为北贼虏去,亦此谶也。

数年前,雍丘菜园人浚井,得石刻铭云:"汉代功臣铭,隐在秦城井。得到靖康春,方显千年景。金人乱天下,诸贼皆来并。瓮下有甘泉,能疗人间病。"

五代敬翔当权时,门前一举子白衫作舞,歌唱曰:"执板谈歌乞个钱,尘中流浪酒中仙。直饶到老常如此,犹胜危时弄化权。"

唐马戴诗云:"广泽生明月,苍山夹乱流。"

《春秋纬含文嘉》曰:天子坟高三仞,树以松。诸侯半之,树以柏。大夫八尺,树以栾。士四尺,树以槐。庶人无坟,树以杨柳。

《韩诗外传》云:颜回望吴门马,见一匹练,孔子曰:"马也,然则马之光景长一匹耳。"故人呼马为一匹。应劭《风俗通》

曰:马一匹,俗说相马及君子与人相匹。或曰马夜行目明,照前四丈,故曰一匹。或曰度马纵横,适得一匹。或说马死卖马,得一匹帛。或云《春秋左氏》说诸侯相赠,乘马束帛,帛为匹,与马相匹耳。

近见士子多使柴桑翁为陶渊明,不知刘遗民曾作柴桑令也。白乐天《宿西林寺》诗云:"木落天晴山翠开,爱山骑马入山来。心知不及柴桑令,一宿西林便却回。"注:"柴桑令,刘遗民是也。"

李白开元中谒宰相,封一板,上题曰"海上钓鳌客李白"。相问曰:"先生临沧海钓巨鳌,以何物为钩线?"白曰:"以风浪逸其情,乾坤纵其志,以虹霓为丝,明月为钩。"又曰:"何物为饵?"曰:"以天下无义气丈夫为饵。"时相悚然。

新昌李相绅性暴,不礼士。镇宣武,有士人遇于中道,避不及,为前驺所拘。绅鞫之,乃宗室,答曰:"勤政楼前尚容缓步,开封桥上不许徐行,汴州岂大于帝都,尚书未尊于天子。"公失色,使去。

唐李英公勣尝言:"我年十二三时为无赖贼,逢人则杀。十四五时为难当贼,有所不惬者杀之。十七八时为好贼,上阵杀人。二十领天下大将军,用兵以救人死也。"

唐王仲舒为郎中,与马逢友善,每责逢曰:"贫不可堪,何不寻碑志相救?"逢笑曰:"适见人家走马呼医,立可待也。"

唐宣宗舅郑光,镇河中,上封其妾为夫人,不受,表辞曰:"白屋同愁,已失凤鸣之侣;朱门自乐,难容乌合之人。"上笑曰:"谁教阿舅作此好词?"左右对曰:"光多任判官田绚者掌书记。"上欲以翰林官之,论者以不由进士,又无引援,遂止。宣宗,唐之晚世也,犹有舅郑光辞妾之封,宣宗又从而嘉之,至赏作文者,亦可称也。

《封氏见闻》云:古葬无石志,近代贵贱通用之。齐太子穆妃将葬,议立石志,王俭曰:"石志不出《礼经》,起元嘉中颜延之为王琳石志,素施无铭策,故以纪行迹耳。遂相祖习。储妃之重,礼绝常例,既有哀策,不烦石铭。"俭初著《丧礼》云:施石志于圹内,古无此制。然孝子无以扬先人之德,刻石纪功,亦不必纯用古制也。

明皇至蜀,每思张曲江则泪下,遣使韶州祭之,兼赍货币以恤其家。其诰词刻于白山屋壁下。

旧制,官人所服,唯黄、紫二色而已。贞观中,始令三品以上服紫,四、五品朱,六、七品绿,八、九品青。

陆贽文学政术俱高,但忌才太甚,如诬于公异家行不修,赐《孝经》一卷,公异坎壈而死。忠州之贬,不无天谴也。

唐制:男子始生为黄,四岁为小,十六为中,二十为丁,六十为老。赋役之制有四:一曰租,二曰税,三曰调,四曰役。

王彦伯医名既著,列三四灶,煮药于庭,老幼塞门来请。彦伯指曰:"热者饮此,寒者饮此,风者气者各饮此。"皆饮而去。效者各负钱而酬,不来者亦不责之。其普眼长者之流欤?《千金》有王彦伯方。

唐吴人顾况,一见李邺侯如旧识,待以异礼。及邺侯卒,况感其知,作《海鸥咏》以寄怀云:"万里飞来为客鸟,曾蒙丹凤借枝柯。一朝凤去梧桐死,满目鸱鸢奈尔何?"遂为权贵所疾,贬饶州司户。

古语云:"力能胜贫,谨能胜祸。"盖言勤力不已则不贫,谨身可以避祸。

元载妻王氏曰:"某四道节度使女,十八年宰相妻。今日相公犯罪，死即甘心；使妾为春婢，不如死也。”主司上闻，亦赐死。载于万年院佛堂子中谒主者，乞一快死。主者曰：“相公今日受些污泥，不怪也。”乃脱秽袜塞其口而终。

荆州大历中有冯希乐者善佞，见人家鼠穴亦佞。尝到长林谒县令，留宴，语令云：“仁风所暨，感兽出境。昨初入县界，见虎狼相尾西去。”有顷村吏来报，昨夜大虫食人。令戏诘之，冯遽曰：“是必略食便过。”

刘梦得守连州，替高霞寓。霞寓后入为羽林将军，自京附书：以承眷顾，请自代矣。公曰：奉感有一话。曾有一老妪山行，遇大虫，赢然踞而不进，若伤其足者。妪因即之，乃举足以示妪。妪看之，有芒刺在掌下，因为拔之。俄顷奋迅而去，似感其恩者。及归，翌日自外掷麋鹿狐兔至于庭，日无阙焉。妪登垣视之，乃前伤足虎也。一旦，忽掷一死人入，血肉狼籍，被村人呵捕，称为杀人。妪说其由，始得释缚。乃登垣，伺其虎至而语曰：“感则感矣，叩首大王，已后更莫抛人来也。”

唐韦宙善治生，江陵田产极盛。除广帅，宣宗戒之曰：“番禺珠翠之地，垂贪泉之戒。”宙曰：“江陵庄积谷尚有七千堆，无所用泉。”宣宗曰：“此所谓足谷翁也。”

张巡之守睢阳，玄宗已幸蜀，胡雏方炽，孤城势蹙。人食竭，以纸布切煮而食之。时以茶汁和之，而意自如。其《谢金吾将军表》，词甚忠勇。又许远亦有祭文，为时所重，所谓“太乙先锋，蚩尤后殿。苍龙持弓，白虎捧箭”。又《祭城隍文》，皆文武雄健，志气不衰，真忠烈之士也。刘禹锡曰：“此二公天赞其心，俾之守死善道。向若救至身存，不过一张仆射耳，则巡、远之名，焉得以光万古哉！”

士子初登荣达，及迁除，朋僚慰贺，必盛置酒馔音乐，以展欢宴,谓之烧尾。说者谓虎变为人,唯尾不化,须为焚除,乃得成人。故以初蒙除授,如虎得为人,本尾犹在,体气既合,人为焚之,故云烧尾。一云新羊入群,乃为诸羊所触,不相亲附,火烧其尾则定。贞观中太宗尝问朱子奢烧尾事,以烧羊为对。出《封氏见闻录》。

唐至德二年,敕以僧及道士入钱度有差。

进士及第,以泥金书帖附家书中,报登科之喜。至文宗朝,遂寝此仪。出《卢氏杂说》。

钱氏时,杭州还乡和尚每唱云:“还乡寂寂杳无踪,不挂征帆水陆通。踏得故乡田地稳,更无南北与西东。”人问,云:“明年大家都去。”果然。钱家纳土还朝之兆。

苏公《东禅院林酒仙》诗云:“门前绿树无啼鸟,庭下苍苔有落花。聊与东风论个事,十分春色属谁家?”东坡所记自作祭文中。

南宫县君钱氏诗云:“士悲秋色女怀春,此语由来未是真。倘若有情相眷恋,四时天气总愁人。”

张公庠少能诗,《道中一绝》云:“一年春事已成空,拥鼻微吟半醉中。夹路桃花新雨过,马蹄无处避残红。”

仲殊《题李伯时支遁相马图》云:“月窟精神不受羁,白云野老太支离。当时若也无人识,骏骨灵心各自知。”

宗弟鹏举言:见一驿壁上有诗云:“逢桥须下马,过渡莫争船。”此征途药石也,余爱之,每示子孙。全诗云:“记得离家日,尊亲嘱付言。逢桥须下马,过渡莫争船。雨宿宜防夜,鸡鸣更相天。若能依此语,行路免迍邅。”

三台者,陆翙《邺中记》云:魏武于邺城西北立三台,中名铜雀,南名金兽,北名冰井。

梅圣俞诗,世称五字之妙,其歌词语胜理旨,大似元微之作。《花娘歌》曰:"花娘十二能歌舞,籍甚声名居乐府。荏苒其间十四年,朝为行云暮为雨。格高气俊能动人,人能动之无几许。前岁适从江国来,时因宴席相微语。虽有幽情未得传,暗结殷勤度寒暑。去春送客出东城,舟中接膝心已倾。自兹稍稍有期约,五月连航并钓行。曲堤别浦无人处,始笑鸳鸯浪得名。尔后频逢殊娫婉,各恨从来相见晚。月下花前不暂离,暂离已抵银河远。青鸟传音日几回,鸡鸣归去暮还来。经秋度腊无纤失,爱极情专易得猜。前年南圃寻芳卉,小忿不胜投袂起。官司乘衅作威棱,督促仓皇去闾里。潇潇风雨满长溪,一舸翩然逐流水。忽逢小史向城东,泣泪寄言心欲死。愿郎日日致青云,妾已长甘在泥滓。更悲恩意不得终,世事难凭何若此!郎闻兹语痛莫深,天地无穷恨无已。我今为尔偶成章,便欲缄之托双鲤。"又作《翡翠词》云:"秦女乘鸾遗翠羽,落在人间与风舞。风休不归谁作主,此郎拾取妆金缕。郎家夫妇爱且怜,系向裙间同出处。朝来邻里偶经过,方朔、邹、枚争欲睹。主人重客苦留连,急走钿车令去取。酒巡未匝掩阁扉,忽已闻归报鹦鹉。重匀朱粉临镜台,促息不停催出户。正抱琵琶稳系绦,辊作轻雷拢作雨。自解弹成啄木声,岂唯能写胡人语。醉眼流波入鬓时,弦慢邀郎紧丝柱。身柔柱滑郎力微,欲倩旁人频顾主。主何磊落风味多,就请上宾无不许。相疏情远谁称渠?画拨当胸客当去。"

因读禅月《有怀王恺使君》诗云:"刳剥生灵为事业,巧通豪俊作梯媒。"令人叹息,古已如此。

李白坟在太平州采石镇民家菜圃中,游人亦多留诗,然州之南有青山,乃有正坟。或云太白平生爱谢家青山,葬其处,采石特空坟耳。世传太白过采石，酒狂捉月，窃意当时藁殡于此，至范侍郎为迁窆青山焉。

杜子美坟在耒阳，有碑其上。唐史言：至耒阳，以牛肉白酒，一夕醉饱而卒。然元微之作子美《墓志》曰：扁舟下荆楚，竟以寓卒，旅殡岳阳。至其子嗣业始葬偃师首阳山。当以《墓志》为正，盖子美自言晋当阳杜元凯之后，故世葬偃师首阳山。又子美父闲常为巩县令，故子美为巩县人。偃师首阳山在官路，其下古冢累累，而杜元凯墓犹载《图经》可考，其旁元凯子孙附葬者数十，但不知孰为子美墓耳。

傅逸人名崆，真庙时人。《赠张忠定》诗云："忍把浮名卖却闲，门前流水对青山。青山不语人无事，门外风花任往还。"忠定答云："萧萧疏苇映门墙，见说新秋脍味长。何事轻抛来帝里，至今魂梦绕寒塘。"逸人又《题壁》云："寒蛩入夜忙催织，戴胜春深苦劝耕。人苦无心济天下，不知虫鸟有何情？"

孙元规最不喜僧。帅浙东，过润州甘露寺，令僧尽去诗碑，独留僧文灏诗云："本为向空宽病目，却因多见动闲心。"

章惇元祐初帘前争事无礼，责出知汝州，钱穆父行词云："快快非少主之臣，悻悻无大臣之节。"子厚后见穆父，责其语太甚。穆父笑曰："官人怒，杂职安敢轻行杖。"

余尝为东坡先生言，平生当官有三乐：凶岁检灾，每自请行，放数得实，一乐也；听讼为人得真情，二乐也；公家有粟，可赈饥民，三乐也。居家亦有三乐：闺门上下和平，内外一情，一乐也；室有余财，可济贫乏，二乐也；客至即饮，略其丰俭，终日欣然，三乐也。东坡笑以为然。

真宗东封，访天下隐者，得杞人杨朴，能为诗。召对，自言不能。上问："临行有人作诗送卿否？"朴言："独臣妻有诗一首云：'更休落魄贪杯酒，亦莫猖狂爱咏诗。今日捉将官里去，这回断送老头皮。'"上大笑，放还山。东坡云："吾顷在湖州，坐作诗追赴诏狱，妻子送出门皆哭，无以语之，顾老妻曰：'独不能如杨处士妻作诗送我乎？'老妻不觉失笑而止。"

张芸叟作吕子固挽诗云："大块分劳逸，唯君独不均。险夷安若性，金石想为人。万卷书奚托，重泉恨莫伸。谁知丞相子，天地一穷民！"

余初到长安，有诗云："来往长安未定居，暂将僧舍当吾庐。空中说法凭铃语，枕上朝饥听木鱼。因果分明休问佛，行藏自信罢占书。眼前一物真堪爱，百尺长杨水满渠。"

南关驿上碑云：昔列御寇称天倾西北，故河东视诸郡最为高险，太行峙其南，羊肠处其北。《北史·齐纪》：诏问崔颐何处有羊肠坂，颐曰："按《汉书·地理志》，上党壶关有羊肠坂。"帝曰："不是。""又按皇甫士安《地理志》云，太原北九十里有羊肠坂。"帝曰："是也。"

侯鲭录卷第七

沈存中括,元丰中入翰林为学士,有《开元乐》词四首,裕陵赏爱之。词云:"鹳鹊楼头日暖,蓬莱殿里花香。草绿烟迷步辇,天高日近龙床。""楼上正临宫外,人间不见仙家。寒食轻烟薄雾,满城明月梨花。""按舞骊山影里,回銮渭水光中。玉笛一天明月,翠华满陌东风。""殿后春旗簇仗,楼前御队穿花。一片红云闹处,外人遥认官家。"

栏楯,王逸注云:"纵曰栏,横曰楯。"《楯间子》曰:"櫺,栏楯,殿上临边之饰,亦以防人坠堕,今言钩栏是也。"沙门玄应撰。

唐杭州缺刺史,欲除李远为守,宣宗曰:"远诗云:'青山不厌千杯酒,白日唯消一局棋。'如此安能治民!"此缪陋之甚也。使才臣治郡有余暇,铃阁弈棋,未害为政,岂特一诗中言棋,便谓不能治民? 有以见宣宗之度未宏远耳。

比来士大夫借人之书,不录不读不还,便为己有,又欲使人之无本。颍州一士子,九经各有数十部,皆有题记,是谓借诸人之书不还者,每炫本多。余不欲言,未尝不归戒儿曹也。

陈叔易,崇宁中为宋乔年荐得官入馆,晁以道有诗云:"处士何人为作牙,尽携猿鹤到京华。新禾满地秋风起,六六峰前只一家。"未久,以道亦为势人所引入京,适得书,寄此诗来,予次韵曰:"闻道诸公置齿牙,买鞒卖屐趁年华。太平起隐无遗策,空尽嵩阳处士家。"始者以道叔易皆居嵩阳,誓不出仕云。

《传载》曰:僧淡然者为诗曰:"到处自凿井,不能饮常流。"

与孟郊、退之为洛下之游,退之作《嘲淡然鼾睡》诗是也。

唐刘从谏死,其子稹请袭位,未许,发兵扰河内,朝廷命检校右仆射王茂元专征。会茂元卒,遣检校太尉王宰都统骁卒,检校右仆射石雄为副。未即进讨,武宗切于成功,遣内养崔神召丞相李卫公于便殿,曰:“此贼使朕鬓眉陡白。诸将不肯杀戮,卿等可为作制驭奏来,朕坐此以待。”卫公至中书,召御史中丞李回,宣上旨,请公以行。命回为催阵使,发自右银台门,五十四道邸吏,戎车导引至近驿,观者倾京师。公至蒲东刀荒岭,都统王宰、其副石雄,鞯腰帕首,俯伏道左拜谒。公总辔受礼,顾左右,唤当直令史处分,责破贼限状来。二将挥汗,通六十日内请收潞州城,违限请行军令。五十八日,潞州送稹首请降,官军入上党,拜同中书侍郎平章事。回即驿坊李相也。

老种太尉师道预知金人反覆,上进二诗,多为张六太尉者收藏不达,已备言大金连结情状,后果叛盟。诗曰:“外塞胡儿里党臣,勾连数众赴京城。团团阆阆孤平寨,不识皇家王气星。”又云:“飞蛾视火残生灭,燕逐群鹰命不存。从今一扫胡兵尽,万年不敢正南行。”后金人奔突犯阙,皆如其言。初与折可存立殊勋,后欲击贼,不用其言,气愤而卒。

崇宁中,特奏名状元徐遹琼林宴罢,作诗曰:“白发青衫晚得官,琼林顿觉酒肠宽。平康夜过无人问,留得宫花醒后看。”亦十二年前进士也。

近岁林棣县虞候张坦,暴酷嗜利,卒死瘗城外月余,夜夜叫呼。村人报其家,谓复生。妻子辈开掘视之,身化巨蛇,头尚人也。取之置荆囤中。他日体寒,要厚被。日食肉二斤许,酒一斗。复能人言,时召故旧,喻以祸福,以邀酒食,至费竭所蓄家产之后乃入山。唯幼子及妇能饲之。后数月,头亦蛇矣,渐不能人言。《太平广记》中载人化为虎多矣,未见生化为蛇也。瞿元化说。

欧阳文忠公晚年最喜陈知默诗,云:"恨不多记,但记其两联,一云'平地风烟横白鸟,半山云木卷苍藤';一云'云埋山麓藏秋雨,叶落林梢带晚风。'"

傅钦之作中丞,言刘仲冯,一日贡父逢之,曰:"小俟何过,致起台章?"钦之惭云:"也只三平二满文字。"贡父熟视,笑曰:"七上八下人才。"

张安道少年谪滁州,道遇一僧舍,入门怅然,便悟前生曾作寺僧,手写《楞伽经》四卷。问其徒,具言有老僧平生诵此经,自书者犹匿在屋梁上。取视之,笔迹宛然,与今生一同。遂托东坡书此经,施钱入金山寺,了元长老刻板印施,坡作后序,详言之矣。及坡作杭倅,游寿星院,入门便悟曾到,能言其院后堂殿山石处,作诗记之。乃知性慈慧者必是大修行中来,非一世薰习所致。

先伯父洋州侯,有文学名于嘉祐、治平间。有《落花》诗云:"绿珠楼下堪惆怅,宋玉墙头又别离。"又《御沟》诗云:"一条横截红尘断,几曲遥通紫禁深。"

长安慈恩寺僧,见数女仙夜吟,诗云:"黄子陂头好月明,忘却华筵到晓行。烟收山低翠黛横,折得荷花远恨生。"僧出揖之,化为白鸽飞去。明日,又题云:"湖水团团夜如镜,碧树红花相掩映。北斗阑干晓柄移,有似佳期常不定。"

孙莘老形貌古奇,熙宁中论事不合责出,世谓没兴孔夫子。孔宗翰,宣圣之后,气质肥厚,刘贡父目之孔子家小二郎。元祐中,二人俱为侍郎,二部争事于殿门外幄次中,刘贡父过而谓曰:"吾党之直者异于是。"坐中有悟之者,大笑。

滕元发少居乡里寺中修业。一日，烹寺犬食之，僧笑曰："能作《滕先生偷狗赋》，即不申理。"其破题云："僧惟不净，狗也宜偷。饼饵引来，犹掉续貂之尾；索绹牵去，难回顾兔之头。"又云："既欲思于实腹，遂乃设于空喉。"即日传播诸郡。空喉，取狗器也。

刘原父再娶，欧公戏作二诗云："仙家千岁亦何长，人世空惊日月忙。洞里桃花莫相笑，刘郎今是老刘郎。"又云："文章落笔有谁先？坐上诗成海外传。明日京都应纸贵，开帘却扇有新篇。"

颍妓曹苏哥，往岁与悦己者密约相从，而其母禁之至苦，不胜郁悒。以盛春美景，邀同约者联骑出城，登高冢，相对恸哭。既而酺饮。诸客闻之，赏其旷绝于流辈。晏元献闻之，为戏题绝句云："苏哥风味逼天真，恐是文君向上人。何日九原芳草绿，大家携酒哭青春。"

黄鲁直戏作《贵耳贱目谜》云："驴耳对轩轩，争酬价十千。眈眈两虎视，不直一文钱。"

梅询侍读尝从真宗东封，因卜命于岳神，梦三牛斗于庭，有称相公通谒者，虽异之而不晓其兆。既而得濠梁守，州廨有三石牛。后吕许公夷简以殿中丞来倅，询见之，疑若所梦谒者，于是委遇至厚。不数年，许公大拜，梅为发运使，按部至濠上，作诗寄许公云："十五年前忝一麾，公余尝得预言诗。玉阶步武为霖早，云路风波得志迟。浴凤池深春荡荡，观鱼台古草离离。重来故老休相问，请揭纱笼看旧碑。"

张子野年八十五，尚闻买妾，陈述古作杭守，东坡作倅，述古令东坡作诗云："锦里先生自笑狂，莫欺九尺鬓毛苍。诗人老去莺莺在，公子归来燕燕忙。柱下相君犹有齿，江南刺史已无肠。平生谬作安昌客，略遣彭宣到后堂。"诗人谓张籍；公子谓张祜；柱下，张苍；安昌，张禹：皆使姓张事。

文思使，或云量铭云："时文思索。"或说殿名，聚工巧于其侧，因名之曰文思使院。

东坡先生召试直言极谏科时，答《刑赏忠厚之至论》，有云"皋陶曰杀之三，尧曰宥之三"，诸主文皆不知其出处。及入谢日，引过诣两制幕次，欧公问其出处，东坡笑曰："想当然尔。"数公大笑。

世以鲍昭字明远，读李义山诗云："嫩割周颙韭，肥烹鲍照葵。"乃知名照，非昭也。

唐明皇时，孙逖集中有《寿王瑁妃杨氏废为道士制》，此可见太真妃真寿王妃也。李商隐诗云："骊岫飞泉泛暖香，九龙呵护玉莲房。平明每幸长生殿，不从金舆惟寿王。"又云："龙墀赐酒敞云屏，羯鼓声高众乐停。夜半宴归宫漏永，薛王沉醉寿王醒。"书此事也。

唐李义山《樊南甲乙四六集序》云："四六之名，六博格五，四数六甲之取乙。"

《周礼》："阍十人。"郑玄曰："阍，真气藏者，今谓之宦人也。主闲门户，故阍之。"

东坡先生尝爱梅圣俞《和宋次道紫宸早朝》诗，云："陆生声誉在云间，来预簪裾谒帝颜。冠剑有容夔与契，文章全盛马兼班。眈眈玉宇龙缠栋，霭霭金铺兽啮环。却出常朝殿前过，戟衣风动自相攀。"

天福中，杨凝式风子笔墨高妙，洛阳寺有题壁。李建中亦有书名，尝题其旁云："杉松倒涧雪霜干，屋壁麝煤风雨寒。我亦平生有书癖，一回入寺一回看。"

濠守侯德裕侍郎，藏东坡一帖云：杭州营籍周韶，多蓄奇茗。尝与君谟斗，胜之。韶又知作诗，子容过杭，述古饮之，韶泣求落籍。子容曰："可作一绝。"韶援笔立成，曰："陇上巢空岁月惊，忍看回首自梳翎。开笼若放雪衣女，长念观音般若经。"韶时有服，衣白，一座嗟叹，遂落籍。同辈皆有诗送之，二人者最善，胡楚云："淡妆轻素鹤翎红，移入朱栏便不同。应笑西园桃与李，强匀颜色待秋风。"龙靓云："桃花流水本无尘，一落人间几度春。解佩暂酬交甫意，濯缨还作武陵人。"固知杭人多慧也。

王立之云："老杜家讳闲，而诗中有'翩翩戏蝶过闲幔'，或云恐传者谬。又有'泛爱怜霜鬓，留欢卜夜闲'。余以为皆当以闲为正，临文恐不自讳也。"迁叟李国老云："余读《新唐书》，方知杜甫父名闲，检杜诗，果无'闲'字。唯蜀本旧杜诗二十卷内《寒食》诗云：'邻家闲不违。'后见王琪本作'问不违'。又云：'曾闪朱旗北斗闲。'后见赵仁约说薛向家本作'北斗殷'。由是言之，甫不用'闲'字，明矣。"

东坡在维扬设客十余人，皆一时名士，米元章在焉。酒半，元章忽起立云："少事白吾丈：世人皆以芾为颠，愿质之。"坡云："吾从众。"坐客皆笑。

东坡论沈传师书云："传师虽学二王笔法，后欲破之自立，乃伤变主者也。近世人多学传师，又不至，但有小人跳篱骞圈，脚手令人可憎。世人皆学，何哉？"

东坡云："白公晚年诗极高妙。"余请其妙处，坡云："如'风生古木晴天雨，月照平沙夏夜霜'，此少时不到也。"

东坡云：荆公暮年诗始有合处。五字最胜，二韵小诗次之，七言诗终有晚唐气味。如平甫七字，复为佳耳。

晋人论三教同异，曰："将无同。"曾问东坡，坡云："古人以将为初，是初无同，岂复有异耶？"后以此旨观古人用初字意，皆通于此义。

《宗镜》中有《古德环同见异颂》一首云："于一端严淫女身，出家耽欲及饿狗。以前尘无决定相，三者分别各不同。"

东坡老人在昌化，尝负大瓢行歌于田间，有老妇年七十，谓坡云："内翰昔日富贵，一场春梦。"坡然之。里人呼此媪为春梦婆。坡被酒独行，遍至子云诸黎之舍，作诗云："符老风情老奈何，朱颜减尽鬓丝多。投梭每困东邻女，换扇唯逢春梦婆。"是日，老符秀才言换扇事。东坡云：世言柳耆卿曲俗，非也。如《八声甘州》云："霜风凄紧，关河冷落，残照当楼。"此语于诗句，不减唐人高处。

晁无咎言：晏叔原不蹈袭人语，而风调闲雅，自是一家。如："舞低杨柳楼心月，歌尽桃花扇底风。"自可知此人不生在三家村中也。

荆公云：古之歌者，皆先有词，后有声，故曰："诗言志，歌永言，声依永，律和声。"如今先撰腔子，后填词，却是永依声也。

世言卢绛病，梦一白衣妇人啖以甘蔗，为歌《菩萨蛮》词，曰："后相见于固子陂。"其词末句云："眉黛远山攒，芭蕉生暮寒。"此词人俱能道之。而杨大年《谈苑》中末句不同，云："独自凭阑干，衣襟生暮寒。"不知孰是。予尝谓"芭蕉生暮寒"妙甚，与"衣襟"大段相远，大年必不如此道也。

李邦直黄门在政府时，夜梦作《春词》云："杨花落，燕子横穿朱阁。苦恨春醪如水薄，闲愁无处著。　　绿野带江山落角，桃叶参差残蕈。历历危樯沙外泊，东风晚来恶。"

秦少游、贺方回相继以歌词知名。少游有词云："醉卧古藤阴下，了不知南北。"其后迁谪，卒于藤州光华亭上。方回亦有词云："当年曾到王陵铺，鼓角秋风，千岁辽东，回首人间万事空。"后卒于北门，门外有王陵铺云。

东坡云：《梁史》：刘凝之为人认所著屐，即与之。后得所失屐，复还之，不肯取。又：沈麟士亦为邻人认所著屐，麟士笑曰："是卿屐耶？"即与之。后得所失屐，麟士笑曰："非卿屐耶？"复受之。士大夫处世当如麟士，不当如凝之也。

契丹天祚文妃喜文墨，尝作史诗以讽谏云："丞相朝来剑佩鸣，千官侧目寂无声。养成寇盗谋将及，害尽忠良谏不行。亲戚尽连藩屏翰，私门潜蓄爪牙兵。可怜二世秦天子，犹向宫中望太平。"文妃被诛后，其子晋王诵经受诛，母子俱贤也。

东坡守杭州时，有县官贪而无耻，欲黜之，浼张父政解其事。公厉声曰："古之学者为己，其斯人耶！"张问其故，"掌政名曰有司，掌教名曰儒臣，有司惟欲得之于己，儒官惟欲成就于人。"闻者笑倒。

侯鲭录卷第八

司马文正公言行俱高,然亦每有谑语。尝作诗云:"由来狱吏少和气,皋陶之状如削瓜。"又有长短句云:"宝髻匆匆梳就,铅华淡淡妆成。青烟紫雾罩轻盈,飞絮游丝无定。 相见争如不见,有情何似无情。笙歌散后酒初醒,深院月斜人静。"风味极不浅,乃《西江月》词也。

今人谓拙直者名方头。陆鲁望作《有怀》诗云:"头方不会王门事,尘土空缁白苎衣。"亦有此出处矣。

范尧夫丞相尝教子弟云:文正公有言,常调官好做,家常饭好吃。

南唐给事中乔舜知举,进士及第者五人,即丘旭、乐史、王则、程渥、陈皋也。皆以举数升降等甲。无名子以为乔之榜类陈橘皮,以年多者居上。

宣城守吕士隆,好缘微罪杖营妓。后乐籍中得一客娼,名丽华,善歌,有声于江南,士隆眷之。一日,复欲杖营妓,妓泣诉曰:"某不敢避杖,但恐新到某人者不安此耳。"士隆笑而从之。丽华短肥,故梅圣俞作《莫打鸭》诗以解之曰:"莫打鸭,莫打鸭,打鸭惊鸳鸯。鸳鸯新自南池落,不比孤洲老秃鹙。秃鹙尚欲远飞去,何况鸳鸯羽翼长。"

《集韵》云:鳝,音驰。鱼也。皮可冒鼓。今多以鼍鼓使鼍字,非也。此水虫耳。

冯夷者,《清泠传》曰:冯夷,华阴潼乡堤伯人也。服八石,得水仙，是为河伯。一云以八月庚子浴于河而溺死，一云渡河溺死。

詹玠，南方人。有《咏梅》诗云："只有雪争白，更无花似香。"全似裴说《诗格》。《说棋》诗云："人心无算处，国手有输时。"又《牡丹》诗云："未尝贫处见，不似土中生。"又尝有诗云："入山不避虎，当路却防人。"格虽不高，真入理之言。

金陵人谓中酒曰酒恶，则知李后主诗云"酒恶时拈花蕊嗅"，用乡人语也。

江州村民呼父曰大老。孟子所谓"二老者，天下之大老也。天下之父归之，其子焉往"，于此可验。

扬州山光寺一小室中，有题二绝于壁上者，曰："马蹄轻蹙柳花浮，醉入淮南第一州。不是青楼羞薄幸，自缘无锦不缠头。"又曰："高台已倾池已平，隋家宫殿春草生。千年往事何足叹，广陵非复旧时城。"二诗笔法秀劲，不题名氏。荆公后题云："此沈文通诗。"

刘原父晚守长安，眷官妓蔡娇，所谓添酥者也。其召还，作诗别之曰："玳筵银烛彻宵明，白玉佳人唱《渭城》。更尽一杯须起舞，关河秋月不胜情。"

韩退之以论佛骨贬潮州，给事中冯宿亦贬歙州刺史，论者谓前一日冯宿于韩家，盖宿教令上疏，遂贬焉。呜呼！如退之者不免人疑受他人风旨，君子使人必信，难矣！

愁，音曹。忧也。《集韵》扬雄有《畔牢愁》，音曹。今人言心中不快为"心曹"，当用此愁字，即忧也。

宣宗深惩阉宦恣横，以访令狐绹。绹密奏榜子云："但有罪莫舍，有阙莫填，自然无遗类矣。"

关东鄙语曰："人闻长安乐，出门向西笑。"

富郑公守青，值荒岁艰食，从朝廷乞斛斗济民，作书与执政云："伏念人生好事，难得入手，今方遇之，幸乐成此志也。"

富郑公与欧公书云："某在青州作得一实头事，全活数万人，大胜如二十四考在中书也。谓赈济事。"

唐末五季，士大夫有言曰："贵不如贱，富不如贫，智不如愚，仕不如闲。"谓严刑、征科、责任、驱役四事也，其深有旨。

东坡自黄移汝，过金陵，见舒王，适陈和叔作守，多同饮会。一日游蒋山，和叔被召将行，舒王顾江山曰："子瞻可作歌。"坡醉中书云："千古龙蟠并虎踞，从公一吊兴亡处。渺渺斜风吹细雨，芳草路，江南父老留公住。　　公驾飞车凌紫雾，红鸾骖乘青鸾驭。却讶此洲名白鹭，非吾侣，翩然欲下还飞去。"和叔到任，数日而去。舒王笑曰："白鹭者，得无意乎？"

张文潜每见亲友书后无月日，便掷于地，更不复观。

川中一士人作《食菜》诗十余韵，其警句云："溲频倾绿水，涸急走青蛇。浑家青菜子，一肚晚蚕沙。"

张文潜《戏作雪狮绝句》云："六出装来百兽王，日头出后便郎当。争眉霍眼人谁怕，想你应无热肺肠。"

韩魏王晚谢事归相州，有诗云："花散晓丛蜂蝶乱，雨匀春圃桔槔闲。"又云："不羞老圃秋容瘦，且看黄花晚节香。"皆熙宁纷更法度，争之不胜所作也。

东坡在黄冈，与张从惠吉老同一州。吉老妻，予从姑也。遇生日，请坡夫妇饮，适有新桃，食之见双仁，坡戏作《献寿》诗云："终须跨个玉麒麟，方丈蓬莱走一巡。敢献些儿长寿物，蟠桃核里有双仁。"

有士人误中秋赋，求人作谢启。或戏与一对云："莲花里点灯，偶然而已；草屋上失火，茅著可知。"

东坡云：予饮少辄醉，卧则鼻鼾如雷，旁舍为厌，而已不知也。一日因醉卧，有鱼头鬼身者，自海中来告云："广利王来请端明。"予被褐草屦黄冠而去，亦不知身步在水中，但闻风雷声暴如触石，意亦知在深水处。有顷，豁然明白，真所谓水精宫殿相照耀也。其下则有骊目、夜光、文犀、尺璧、南金、火齐，眩目不可仰视，而琥珀、珊瑚又不知多少也。广利少间佩冠剑而出，从以二青衣，予对以海上逐客，重烦邀命。广利且欢且笑。顷南溟夫人亦造焉，东华真人亦造焉，自知不在人世。少间，出素鲛绡丈余，命予题诗。予乃赋之曰："天地虽虚廓，淮海为最大。圣王时祀事，位尊河伯拜。祝融为异号，恍惚聚百怪。三气变流光，万里风雨快。灵旗摇红纛，赤虬喷滂湃。家近玉皇楼，彤光照无界。若得明月珠，可偿逐客债。"写竟，进广利，诸仙递看，咸称妙。独广利旁一冠篸水族，谓之鳖相公，进言："苏轼不避忌讳，祝融字犯王讳。"王大怒。予退而叹曰："到处被相公厮坏。"

钱唐一官妓，性善媚惑人，号曰九尾野狐。东坡先生适是邦，阙守权摄。九尾野狐者，一日下状解籍，遂判云："五日京兆，判断自由，九尾野狐，从良任便。"复有一名娼亦援此例，遂判云："敦《召南》之化，此意诚可佳。空冀北之群，所请宜不允。"

大中二年，李卫公谪广州，历宣宗、懿宗两朝，无宗相。至乾符二年，李蔚为相，俄罢去，历乾符、广明、中和、光启、文德、龙化、大顺、景祐、乾宁，悉无宗相，而宗室陵迟尤甚，居官者不过郡县长，处乡里者或为里胥族。出《岚斋集》。

《东观奏记》云：于延陵授建州刺史，中谢，宣宗问之曰："建去京师远近？"延陵曰："八千里。"上曰："朕左右前后多建人也,郡极不恶。卿若洁己奉公,绥辑凋瘵,常若在朕前。或挠法度,使远人无聊,即三尺阶前,便是万里。"

贺监为礼部侍郎,祁王赠惠昭太子,补斋挽郎,贺大纳苞苴,为豪子相率诟辱之,吏遽掩门。贺梯墙谓曰:"诸君且散,见说宁王亦甚茇掺矣。"

唐白岑遇异人传发背方,其验十全,岑卖弄以求利。为淮南小将高适胁取其方,然不甚效。后岑至九江,为虎所食。驿吏于其囊中得真本,太原王昇之写以传布。岑得异方,秘之求利,无济人之心,宜为虎食。王昇之者,必有善报乎!

黄鲁直云:烂蒸同州羊羔,沃以杏酪,食之以匕,不以箸。抹南京面作槐叶冷淘,糁以襄邑熟猪肉,炊共城香稻,用吴人脍,松江之鲈。既饱,以康山谷帘泉烹曾坑斗品,少焉卧北窗下,使人诵东坡《赤壁》前后赋,亦足少快。

甲胄者,《广雅》云:"兜鍪谓之胄。"

商贾,《白虎通》云:"商之言商也,商其远近,通四方之物以聚之也。贾者,固也,固物以待民来求其利也。"

铭者,刻金石以纪德也。《礼》曰:"铭者,自名也。铭义称美不称恶。"郑玄曰:"铭者,名也。"

山谷云:金华俞清老,字子忠,三十年前与予共学于淮南。元丰甲子,相见于广陵,自云荆公欲用之,脱掖逢,著僧伽梨,奉香火于半山宅寺,所谓报宁禅院也。予命之僧名曰紫琳,字清老。无妻子累,去作半山道人,似不为难事,然生龟脱筒,亦难堪忍。后数年见之,儒冠自若也。因戏和清老诗云:"索索叶自雨,月寒遥夜阑。马嘶车铎鸣,群动不遑安。有人梦超俗,去发脱儒冠。平明视青镜,政尔良独难。"东坡常哦此诗以为戏。

田承君云：东人王居卿在扬州，孙巨源、苏子瞻适相会，居卿置酒，曰："'疏影横斜水清浅，暗香浮动月黄昏'，此和靖《梅花》诗，然而为咏杏花与桃李，皆可用也。"东坡曰："可则可，恐杏花与桃花不敢承当。"一坐为之大笑。

曾说，孝序之子，元符中上书论元符之政，论编入邪，为中等。后为二蔡客，上书诋元祐、美崇宁政事，为正论上等。后因陛对作圣语，令进擢，又背京从下，言章及之，遂贬丹阳闲居。尝送新茶与蔡天启，天启于简后批一诗云："欲言正焙香全少，便道沙溪味却嘉。半正半邪谁可会，似君书疏正交加。"

客有自丹阳来过颍见东坡先生，说章子厚学书，日临《兰亭》一本。坡笑云："从门入者非宝，章七终不高耳。"

东坡尝作《韩幹马》诗云："少陵翰墨无形画，韩幹丹青不语诗。此画此诗今已矣，人间驽骥谩争驰。"余以为若论诗画，于此尽矣，每诵数过，殆欲常以为法也。

苏二处见东坡先生与其书云："二郎侄，得书知安，并议论可喜，书字亦进，文字亦若无难处。止有一事与汝说：凡文字，少小时须令气象峥嵘，采色绚烂，渐老渐熟，乃造平淡。其实不是平淡，绚烂之极也。汝只见爷伯而今平淡，一向只学此样，何不取旧日应举时文字看，高下抑扬，如龙蛇捉不住，当且学此。只书字亦然。善思吾言。"云云。此一帖乃斯文之秘，学者宜深味之。

张乖崖自成都召还华山，寄陈抟诗云："世人大抵重官荣，见我西归夹路迎。应被华山高士笑，天真丧尽得浮名。"

山谷建中靖国间例复官职，有诗十首，一曰："阳城论事盖当世，陆贽草诏倾诸公。翰林若要真学士，唤取儋州秃鬓翁。"谓东坡也。

韩退之不喜僧,每为僧作诗,必随其浅深侮之。如《送灵师》诗云:"围棋斗白黑,生死随机权。六博在一掷,枭卢叱回旋。战诗谁与敌,法汗横戈铤。饮酒尽百觞,嘲谐思逾鲜。有时醉花月,高唱清且绵。"言僧之事,乃云围棋、饮酒、六博、醉花、唱曲,良为不雅,可谓出丑矣。又《送澄观》诗,乃清凉国师者,虽不敢如此深诋,亦有"向风长叹不可见,我欲收敛加冠巾",亦欲令其还俗,是终不喜僧也。

欧阳永叔《浣溪沙》云:"堤上游人逐画船,拍堤春水四垂天,绿阳楼外出秋千。"此翁语甚妙绝,只一"出"字,是后人著意道不到处。

鲁直云:东坡居士曲,世所见者数百首,或谓于音律小不谐。居士词横放杰出,自是曲子缚不住者。

无咎云:张子野与柳耆卿齐名,人以为子野不及耆卿富,而子野韵高,是耆卿所乏处。

无咎云:比来作者皆不及秦少游,如"斜阳外,寒鸦数点,流水绕孤村",虽不识字人,亦知是天生好言语也。

黄鲁直间为小词,固高妙,然不是当行家语,乃著腔子唱好诗也。

《晋世家》云:"叔虞,武王之子,姜太公之外孙。"今晋祠是也。

山谷在涪溪,咏水仙花诗云:"凌波仙子生尘袜,波上盈盈步微月。被谁招此断肠魂,种作寒花寄愁绝。含香体素欲倾城,山矾是弟梅是兄。坐对真成被花恼,出门一笑大江横。"

山谷云:东坡墨戏,水活石润,与予草书三昧,所谓闭门合辙。

桃黄事,东坡书云:"有棋人山居,夜梦溪边有一人溺水,棋人援而出之。饭后纵步至一溪边，真梦中见者，猎人缚一鹿来，棋人数千得之。鹿逐棋人，跬步不可离。后于所居林间地上得桃一枚，甚大，樵妇过而食之，弃其核而去。棋人取之，破其核，得雄黄一块，棋人吞之，自此不复食。"东坡名此鹿为山客。

《国史补》云：酒有郢之富水，乌程之若下，荥阳之土窟春，富平之石梁春，剑南之烧香春。老杜亦云："闻道云安曲米春，才倾一盏即醺人。"裴硎作《传奇》记裴航事，亦有酒名松醪春。唐人多以"春"名酒也。

熊执易为补阙，上疏极谏，窃示僚友，归登惨然曰："愿列一名。雷霆之怒，足下岂可独当？"今之士大夫，有同为朝廷言事，或不从，即先变其议以合之者；或变之不及，即自辨非出己意，倾害同列而幸自脱者，于登良愧矣！

江南道中，壁上有人题云："蛇蝎性灵生便毒，蕙兰根异死犹香。"不知何人诗，亦妙语也。

东坡作诗，妙于使事，如"剩欲去为汤饼客，却愁错写弄麞书"，"弄麞"乃李林甫事；"汤饼客"出刘禹锡赠张盥诗，云："忆尔悬弧日，余为坐上宾。举箸食汤饼，祝辞天麒麟。"若以为明皇王后事，则不见坐食汤饼之意。公在黄州，邀一隐士相见，但视传舍，不言而去。坡曰："岂非以身世为传舍乎？"因赠诗云："士廉岂识桃椎妙，妄意称量未必然。"盖用朱桃椎事。高士廉备礼请见，与之语，不答，瞪目而去。士廉再拜曰："祭酒其使我以无事治蜀耶？"乃简条目，州遂大治。东坡取隐士相见不言之意为诗，真切当也。

泊 宅 编

[宋]方勺 撰
穆 公 校点

校 点 说 明

《泊宅编》,宋方勺(1066—?)著。勺字仁声,婺州金华(今属浙江)人,一说严濑(在今浙江桐庐)人。后寓居乌程(今浙江吴兴)泊宅村,因号泊宅翁。元丰六年(1083)入太学,后任虔州(今江西赣州)管勾常平。元祐五年(1090)自江西赴杭州应试不举,遂无仕进之意,直至晚年才又得一官。为人神情散朗,淡泊名利。事迹见《宋史翼》卷三六等。

书中所记,多为宋仁宗至徽宗政和年间的朝野杂事。方勺因常与当时名士如苏东坡、苏子容、叶梦得、朱服、王汉之、洪兴祖、王昇等人交游,故于当代时事、名人逸事、掌故稗闻多有所见闻,因予记录,汇编成书。书中有些内容,如方腊起义始末,宋神宗熙宁、元丰年间的财政状况,《黄鹤引》词牌以及某些医药的记述,都从不同的角度提供了宋代的历史资料,颇足珍贵。

本书有十卷和三卷两种版本体系。陈振孙《直斋书录解题》著录为十卷,明陶宗仪《说郛》所收《泊宅编》21条,亦据十卷本,成书于明嘉靖六年(1527)的《吴兴掌故》也著录为十卷。直到《稗海》本出,方见三卷本原貌。据考证,十卷本是在三卷本稿本基础上,由作者增订厘定后付梓的原本,故记事比三卷本有所增删,遣词用语亦有更动。

此次校点,即以十卷本《金华丛书》本为底本,校以《读画斋丛书》本等其他诸本。凡底本有误者,皆据校本改正,不出校记。

目　　录

方氏泊宅编序

　　泊宅翁学博而志刚，少时谓功名可力取，不肯与世俯仰。晚得一官，益龃龉不合，慨然叹曰："大丈夫不为人则为己。先圣有言：朝闻道，夕死可矣。"乃取浮图、老子性命之说，参合其要，以治心养气，反约而致柔，年老而志不衰。酒后耳热，抵掌剧谈，道古今理乱、人物成败，使人听之竦然忘倦。时出句律，意匠至到。扁舟苕、霅之上，侣婵娟，弄明月；兴之所至，辄悠然忘归。使翁少而遇合，未必如岁晚所得之多也。一日，过予于桐汭，出所著《泊宅编》示予。予曰："此翁笔端游戏三昧耳，胸中不传之妙，盍为我道其崖略？"翁默然无言。予因书以序之。丹阳洪兴祖庆善。

泊宅编卷一

阳孝本字行先,居虔州城西,学博行高。东坡谪惠州,过而爱之,号曰"玉岩居士",仍为作真赞。居士不娶,坡每来,直造其室,尝戏以元德秀呼之。居士曰:"某乃阳城之裔。"故坡诗曰:"众谓元德秀,自称阳道州。"皆谓无妻也。居士后以遗逸得官。

吴师仁字坦求,钱塘人。笃学励志,不事科举。守臣陈襄、邓温伯、蒲宗孟皆以遗逸荐于朝。元祐初,被召命以学官。初,坦求丧亲,庐其墓,日托栖真寺随僧造饭一钵以充饥,不复置庖爨、蓄奴僮,闭户翛然读书,倦则默坐而已。尝一夕,已灭烛,室中忽自明,有僧长揖而入,与坐谈玄久之,谓坦求曰:"教授行且仕宦,寿不过六十。"僧去而复暗如初。坦求为太学博士,十年无他除改,其后以选除颍川、吴王宫教授,卒年五十七。

王昇字君仪,居严州乌龙山。布衣蔬食,无书不读,道、释二典,亦皆遍阅。为湖、婺二州学官,罢归山中,杜门二年不赴调。一日,自以箕子《易》筮之,始治装西去,时年将六十矣。旅京师数月,良倦,将谋还乡,左丞薛昂以其所撰《冕服书》献之,稍历要官。君仪之学,尤深于《礼》、《易》,久为明堂司常。宣和乙巳,以待制领宫祠,复居乌龙故庐。每正旦,筮卦以卜一岁事,豫言灾祥,其验甚多。金人据临安,诸郡惊扰,严人皆引避山谷间,公独燕处如平时,且增葺舍宇,以示无虞。壬子正月,微感疾,谓贰车黄策曰:"陆农师待我为属官,不久当往,但《太元书》未毕,且不及见上元甲子太平之会,此为恨尔。"数日卒,年七十九。

东坡既就逮下御史狱,一日,曹太皇诏上曰:"官家何事数日不怿?"对曰:"更张数事未就绪,有苏轼者,辄加谤讪,至形于文字。"太皇曰:"得非轼、辙乎?"上惊曰:"娘娘何自闻之?"曰:"吾尝记仁宗皇帝策试制举人罢归,喜而言曰:'今日得二文士,然吾老矣,度不能用,将留以遗后人。'二文士盖轼、辙也。"上因是感动,有贷轼意。

朱行中自右史带假龙出典数郡,年才逾壮。守东阳日,尝作春词云:"小雨廉纤风细细,万家杨柳青烟里。恋树湿花飞不起。愁无比,和春付与西流水。 九十光阴能有几,金龟解尽留无计。寄语东城沽酒市,抟一醉,而今乐事他年泪。"自以为得意。后历中书舍人,帅番禺,得罪,安置兴国军以死。流落之兆,已见于此词。

王钦臣自西京一县令召入,议法与介甫不合,令学士院试赋一篇,但赐出身,却归本任。以二诗献公,其一云:"蜀国相如最有词,武皇深恨不同时。凌云赋罢还无用,寂寞文园意可知。"其二云:"古木阴森白玉堂,老年来此试文章。宫檐日永挥毫罢,闲拂尘埃看画墙。"

东坡帅杭,一日,与徐畴坐双桧堂,吟曰"二疏辞汉去",畴应声曰:"大老人周来。"畴字全夫,少年登科,疏纵不事事,晚益流落,终于武义县主簿。尝寓婺州清涟寺,醉中题壁云:"惊雷殷殷南山曲,一夜山前春雨足。美人睡起怯轻寒,衣褪香绡红减玉。朝云霭霭弄晴态,野柳狂花无管束。东风也自足春情,吹皱两溪烟水绿。"

元祐中,东坡帅杭。予自江西来应举,引试有日矣,忽同保进士讼予户贯不明,赖公照怜,得就试;因预荐送,遂获游公门。公尝云:"王介甫初行新法,异论者谠谠不已。尝有诗云:'山鸟不应知地禁,亦逢春暖即啾啾。'又更古诗'鸟鸣山更幽'作'一鸟不鸣山更幽'。"

欧公作《醉翁亭记》后四十九年,东坡大书重刻于滁州,改"泉洌而酒香"作"泉香而酒洌","水落而石出"作"水清而石出"。

冯当世未第时,客余杭县,为官逋拘窘,计无所出,题小诗于所寓寺壁。一胥魁范生见之,为白令,丐宽假。令疑胥受赇游说,胥云:"冯秀才甚贫,某但见其所留诗,知他日必显。"出其诗,令笑释之:"韩信栖迟项羽穷,手提长剑喝秋风。吁嗟天下苍生眼,不识男儿未济中。"

介甫尝戏作《走卒集句》云:"年去年来来去忙,倚他门户傍他墙。一封朝奏缘何事,断尽苏州刺史肠。"

先子晚官邓州,一日,秋风起,忽思吴中山水,尝信笔作长短句《黄鹤引》,遂致仕。其叙曰:予生浙东,世业农。总角失所天,稍从里闲儒者游。年十八,婺以充贡。凡七至礼部,始得一青衫。间关二十年,仕不过县令,擢才南阳教授。绍圣改元,实六十有五岁矣。秋风忽起,亟告老于有司,适所愿也。谓同志曰:"仕无补于上下,而退号朝士。婚嫁既毕,公私无虞。将买扁舟,放浪江湖中,浮家泛宅,誓以此生,非太平之幸民而何?"因阅阮田曹所制《黄鹤引》,爱其词调清高,寄为一阕,命稚子歌之,以侑尊焉。"生逢垂拱。不识干戈免田陇。士林书圃终年,庸非天宠。才初阃茸。老去支离何用?浩然归弄。似黄鹤、秋风相送。　　尘事塞翁心,浮世庄周梦。漾舟遥指烟波,群山森动。神闲意耸。回首名靰利鞯。此情谁共？问几斛、淋浪春瓮。"

韩退之多悲,诗三百六十,言哭泣者三十首。白乐天多乐,诗二千八百,言饮酒者九百首。

徽宗兴画学,尝自试诸生,以"万年枝上太平雀"为题,无中程者。或密扣中贵,答曰："万年枝,冬青木也;太平雀,频伽鸟也。"是时,殿试策题,亦隐其事以探学者。如大法断案,一案凡若干刑名,但取其合者,不问词理优劣。或曰："王言而匮,其指奈何？"曰："此正古之射策,在兵法所谓多方以误之也。"

自古继世宰相,前汉所称韦、平而已,汉袁、杨二族最盛,亦不过三四人。唯李唐一门十相者良多。至闻喜裴氏、赵郡李氏,一家皆十七人秉钧轴,何其盛也！本朝父子继相,韩、吕之后未闻。

自古相国最久者,唯召公三十六年;一朝宰相最多者,唯武后六十八人。

韩忠献公之子粹彦帅定武,或劝取幽燕者,粹彦折之曰："国家奄有四海,宁少此一弹之土耶？"唐庚作传赞曰："仁人之言,其利博哉！始之者寇莱公,成之者公也。"

王黼自入仕登庸,无他异,唯合眼时觉有物隐隐如玉箸,头长不盈寸,开眼则无之,他人不知也。每有庆事,则微痒而动摇,率以为常。靖康初,金人犯阙,黼正忧遽,忽痒甚,喜不自胜;微以手按之,其物忽落掌中,状如箸。不久及祸。

介甫尝昼寝,谓叶涛曰："适梦三十年前所喜一妇人,作长短句赠之,但记其后段：'隔岸桃花红未半,枝头已有蜂儿乱。惆怅武陵人不管。清梦断,亭亭伫立春宵短。'"

　　姚祐自殿监迁八座，不数进见。母夫人久病痢，诸药不效，忧闷不知所出，令李昂筮轨革，有"真人指灵草"之语。一日，登对，上讶其悴，具以实奏。诏赐一散子，数服而愈，仍喻只炒椿子熟末之饮下。

　　王直方云：王介甫在翰苑，见榴花止开一朵，有"浓绿万枝红一点，动人春色不须多"之句。陈正敏谓此乃唐人诗，介甫尝题扇上，非其所作。

泊宅编卷二

予弟甸字仁宅,博学好古,未壮而卒。平生不喜作科举文,既卒,于其箧中得二跋尾遗稿,今载于此:

《秦诅楚文跋尾》曰:

右秦《告巫咸神碑》,在凤翔府学;又一本《告亚驰神》者,在洛阳刘忱家。书辞皆同,唯偏旁数处小异。案:《史记·世家》,楚子连"熊"为名者二十二,独无所谓熊相者。以事考之,楚自成王之后,未尝与秦作难。及怀王熊槐十一年,苏秦为合从之计,六国始连兵攻秦,而楚为之长,秦出师败之,六国皆引而归。今碑云"熊相率诸侯之兵以加临我"者,真谓此举,盖《史记》误以熊相为熊槐耳。其后五年,怀王忿张仪之诈,复发兵攻秦,故碑又云"今又悉兴其众,以逼我边境"也。是岁秦惠王二十六年也。王遣庶长章拒楚师,明年春,大败之丹阳,遂取汉中之地六百里,碑云"克齐,楚师复略我边城"是也。然则碑之作正在此时,盖秦人既胜楚而告于诸庙之文也。秦人尝与楚同好矣,楚人背盟,秦人疾之,幸于一胜,遍告神明,著诸金石,以垂示后世,何其情之深切一至是欤!余昔固尝怪秦、楚虎狼之国,其势若不能并立于天下,然以邻壤之近,十八世之久,而未闻以弓矢相加。及得此碑,然后知二国不相为害,乃在于盟诅之美、婚姻之好而已。战国之际,忠信道丧,口血未干而兵难已寻者比比皆是,而二国独能守其区区之信，历三百有余岁而不变，不亦甚难得而可贵乎！然而《史记》及诸传记皆不及之也。碑又云："熊相背十八世之诅盟。"今《世家》所载，自成王至熊相才十七世尔。又云："楚取我边城新郢及郴长。"而《史记》止言六国败退而已。由是知简策之不足尽信，而碑刻之尤可贵也。秦惠公二十六年，周赧王之三年也。自碑之立，至今绍圣改元，实一千四百六年。廷博案：绍圣，原误"绍兴"。一千四百六年，原误"一千四百四十九年"。今订正之。

《石经跋尾》云：

右石经残碑在洛阳张景元家，世传蔡中郎书，未知何所据。汉灵帝熹平四年，邕以古文、篆、隶三体书五经，刻石于太学。至魏正始中，又为一字石经相承，谓之《七经正字》。今此所传，皆一体隶书，必魏世所立者。然《唐·经籍志》又有邕《今字论语》二卷，岂邕五经之外复为此乎？据《隋·经籍志》，凡言一字石经，皆魏世所为。有一字《论语》二卷，不言作者之名，而《唐·志》遂以蔡邕所作，则又疑《唐史》传之之误也。盖自北齐迁邕石经于邺都，至河滨岸崩，石没于水者几半。隋开皇中，又自邺运入长安，未及缉理，寻以兵乱废弃。唐初，魏郑公鸠集所余，十不获一，而传拓之本犹存秘府。前史所谓三字石经者，即邕所书，然当时一字石经存者犹数十卷，而三字石经止数卷而已。由是知汉石经之亡久矣，不能若此之多也。魏石经近世犹存，五代湮灭殆尽。往年洛阳守因阅营造司所弃碎石，识而收之，遂加意搜访，凡得《尚书》、《论语》、《仪礼》合数十段。又有《公羊》碑一段在长安，其上有马日磾等名号者；魏世用日磾等所正定之本，因存其名耳。案《洛阳记》,日碑等题名本在《礼记》碑,而此乃在《公羊》碑上,益知非邕所为也。《尚书》、《论语》之文,与今多不合者,非孔安国、郑康成传之本也。独《公羊》当时无他本,故其文与今文无异,皆残阙已甚,句读断绝,一篇之中,或不存数字,可胜叹惜哉!吾友邓人董尧卿自洛阳持石经纸本归,靳然宝之如金玉,而予又从而考之。其勤如是,予二人亦可谓有志于斯文矣!

崇宁五年,长星见。蔡京斥居浙西,时事小变,士大夫观望,或于秉笔之际有向背语。蔡既再相,门人苏械者自漳州教授召赴都堂,审察献议,乞索天下学官五年所撰策题,下三省委官考校,以定优劣。坐是停替者三十余人。械为太学博士,迁司业卒。

今之巧宦者,皆谓之“钻”。班固云:“商鞅挟三术以钻孝公。”仕有不称职者,许郡将或部使者两易其任,谓之“对移”。汉薛宣为左冯翊,以频阳令薛恭本县孝者,未尝知治民,而粟邑令尹赏久用事,宣即奏赏换县,乃对移之所起也。

狄武襄公青,本拱圣兵士,累战功致位枢府。既贵,时相或讽其去面文者,但笑不答。仁庙亦宣喻之,对曰:“臣非不能,姑欲留以为天下士卒之劝。”上由此益爱之。

宗泽,婺州农家子,登进士科,调馆陶尉,凡获逃军即杀之,邑境为之无盗。时吕大资惠卿帅大名,闻其举职,因召与语,仍荐之,且诫之曰:“此虽除盗之一策,恨子未阅佛书,人命难得,安可妄杀,况国有常刑乎!”泽靖康中为副元帅,后尹开封卒。

河阳三城,其中城曰中潬,音诞。黄河两派贯于三城之间,秋水泛溢时,南北二城皆有濡足之患,唯中潬屹然如故。相传此淬随水高下,若所谓地肺浮玉者。《楞严经》云:"干为洲淬,湿为巨海。"

乌程之东数十里,有泊宅村。予买田村下。因阅金石遗文,昔颜鲁公守湖州,张志和浮家泛宅,往来苕、霅间,此乃志和泊舟之所也。《续仙传》云:"志和,越人。"而《唐史》以为婺人。予喜卜筑之初,闻同里之高风,遂得友其人于千载,因作诗识之。王侍郎汉之一见,号予"泊宅少翁",仍为作真赞曰:"形色保神,环无初终,粉饰大钧,而为之容,是曰泊宅之少翁。"

唐李一品贵极当时,尝为滁州刺史,作怀嵩楼西城上,刻文于石,以怀嵩、洛,有"白鸡黄犬"之叹,后竟以谪死。楼有公画像,颀然七尺,真伟人也,但鼻端微曲耳。

秦之长城,西起临洮,尽辽海。今但穴其下以来往,望之若紫云横亘沙漠上。

自登州岸一潮渡海,即至岛。岛有五所,即《禹贡》之羽山。

西汉梅福自九江尉去,隐为吴门卒。今山阴有梅市乡,山曰梅山,即其地也。

会稽山为东南巨镇,周回六十里,北出数垅,葬者纷纷,得正垅者,赵、陆二祖坟而已。二坟同一山,下瞰鉴湖,湖外有山,横抱如几案,案外尖峰名梅李尖,地里家谓之"笔案"。陆氏葬后六十年,生孙佃,为尚书左丞。赵氏葬八十年生曾孙抃,为太子太师。自是陆公赠太保,赵公赠少保。

泉州万安渡水阔五里,上流接大溪,外即海也。每风潮交作,数日不可渡。刘铢据岭表,留从效等据漳、泉,恃此以负固。蔡襄守泉州,因故基修石桥,两涯依山,中托巨石。桥岸造屋数百楹,为民居,以其偿直入公帑,三岁度一僧掌桥事。春夏大潮,水及栏际,往来者不绝,如行水上。十八年,桥乃成,即多取蛎房,散置石基,益胶固焉。元丰初,王祖道知州,奏立法,辄取蛎房者徒三年。

古法:凿井者先贮盆水数十,置所欲凿之地,夜视盆中有大星异众者凿之,必得甘泉。范文正公所居宅,必先浚井,纳青尤数斤于其中,以辟温气。

湖州豪右吴伯阳有子偶,寓太学,方预荐,伯阳梦若游奕使者立厅事东阶,欲延之坐,不可;问:"秀才在否?"对曰:"不在。"遂去。伯阳送出门,见道中旌幢仪物弥望不绝,语伯阳曰:"秀才归,但道天赦曾来。"偶是举礼部奏名第一。

崇宁更钱法,以一当十,小民嗜利,亡命犯法者纷纷。或捕得数大缶,诬以枢密张瓒之子绖之所铸也。初,遣监察御史张茂直就平江鞠之,案上,绖不伏。再遣侍御史沈畸,既至,系者已数百人,尽释之,阅实以闻。时宰大怒,别选锻炼,绖竟坐刺配,籍没其家。沈既得罪,归乡以死,张再迁亦不显。今三十年间,沈氏有子登科,张氏不复振矣。二子皆东吴贤者,不幸而当此,大抵张之失,在于但畏人而不畏天。吁!可以为世之戒矣。

诗中用"乾坤"字最多且工,唯杜甫。记其十联:"乾坤万里眼,时序百年心。""身世双蓬鬓,乾坤一草亭。""江汉思归客,乾坤一腐儒。""吴楚东南坼,乾坤日夜浮。""不眠忧战伐,无力正乾坤。""纳纳乾坤大,行行郡国遥。""日月笼中鸟,乾坤水上萍。""胡虏三年入,乾坤一战收。""日月低秦树,乾坤绕汉宫。""开辟乾坤正,荣枯雨露偏。"

玉山郑泰者,粗有家资。一夕,梦若使者来谒,延之坐,忽曰:"从尔贷万缗。"泰方自叙力薄,其人曰:"天符已下。"径去不顾。后数日,火,邑人见一四目道士,郊外舞笏而入;凡笏之所指,则火随而起。它日验之,所指皆郑之俶舍,其直恰万缗。

一士人沿汴东归,夜泊村步,其妻熟寐,撼之。问何事,不答。又撼之,妻惊起,视之,舌肿已满口,不能出声。急访医,得一叟负囊而至,用药掺,比晓复旧。问之,乃蒲黄一味,须真者佳。

邓菊甲于天下,父老云其品无虑六七十。绍圣初,先子为教官,主善堂后所有仅五十种,乃前任刘正夫求于诸邑得之,闻颇恨不尽其佳品而去。

泊宅编卷三

元丰初，卢秉提点两浙刑狱，会朝廷议盐法，秉请自钱塘县杨村场上接睦、歙等州，与越州钱场等水势稍淡，以六分为额；杨村下接仁和县汤村为七分；盐官场为八分；并海而东为越州余姚县石堰场、明州慈溪县鸣鹤场，皆九分；至岱山、昌国，又东南为温州双碓、南天富、北天富场十分；著为定数。盖自岱山及二天富，皆取海水炼盐，所谓“熬波”者也。自鸣鹤西南及汤村，则刮碱以淋卤；以分计之，十得六七而已。盐官、汤村用铁盘，故盐色青白，而盐官盐色或少黑，由晒灰故也。杨村及钱清场织竹为盘，涂以石灰，故色少黄，竹势不及铁，则黄色为嫩，青白为上，色黑即多卤，或有泥石，不宜久停。石堰以东，虽用竹盘，而盐色尤白，以近海水咸故尔。后来法虽少变，公私所便，大抵不易卢法。且水性以润下为咸，其势不少折，则终不可成盐。安邑池盐，以浊河曲折，故因终南山南风以成。若明、越、温、杭、秀、泰、沧等州，为海水限奥曲折，故可成盐。其数亦不等，唯限奥多处则盐多，故二浙产盐尤盛他路。自温州界东南止闽、广，盐胜五钱，比浙贱数倍。盖以东南最逼海，润下之势既如此，故可以为咸，不必曲折也。

西安州即唐盐州，西至流沙六日，沙深细，没马胫，无水源，但干沙尔。又二日至西海，水味不甚咸，中有颗盐。大者重三四斤，其色红莹，军行以和食饮。

西安有池，产颗盐，周回三十里，四旁皆山，上列劲兵屯守。池中役夫三千余,悉亡命卒也。日支铁钱四百,亦多窃盐私贸。盖绝塞难得盐,自熙、河、兰、鄯以西,仰给于此。初得此池,戎人岁入寇。其后拓地六十里,斥堠尤谨,边患遂绝。

汉法:聘后用黄金二万斤,为钱二万。而宝货法,凡黄金一斤直钱万,朱提银八两为一流,直钱一千五百八十,余银一流直钱千。朱提县出银,音殊时。当是时,万金一两才六百,银一两才二百。东坡常怪今之黄金不若昔时之多,盖今糜之者众,宜其少而价贵也。

升斗古小而今大。量酒之升斗小,量谷之升斗大。昔人饮酒,有数硕不乱者。班固论一夫百亩,所收之粟,人食月一硕五斗。古之人亦今之人也,岂有一人能饮数硕,而日食五升米乎? 无是理也。

七闽地狭瘠而水源浅远,其人虽至勤俭,而所以为生之具比他处终无有甚富者。垦山陇为田,层起如阶级,然每远引溪谷水以灌溉,中途必为之硙,不唯硙米,亦能播精。播精谓去其糠秕,以水运之。正如人为,其机巧如此。朱行中知泉州,有“水无涓滴不为用,山到崔嵬犹力耕”之诗,盖纪实也。

闽广多种木绵,树高七八尺,叶如柞,结实如大菱而色青,秋深即开,露白绵茸然。土人摘取去壳,以铁杖杆尽黑子,徐以小弓弹,令纷起,然后纺绩为布,名曰“吉贝”。今所货木绵,特其细紧者尔。当以花多为胜,横数之得一百二十花,此最上品。海南蛮人织为巾,上出细字、杂花卉,尤工巧,即古所谓“白叠巾”。李琮诗有“腥味鱼中墨,乌贼也。衣成木上绵”之句。

螺填器本出倭国,物像百态,颇极工巧,非若今市人所售者。

崇观以来，天下珍异悉归禁中，四方梯航殆无虚日，大则宠以爵禄，其次锡赉称是。宣和五年，平江府朱勔造巨舰，载太湖石一块至京，以千人舁进。是日，役夫各赐银碗，并官其四仆，皆承节郎及金带。勔遂为威远军节度使，而封石为磐固侯。

盐官县安国寺双桧，唐宣宗时悟空大师手植，今三百余年矣。其大者蜿蜒盘礴，如龙凤飞舞之状；小者与常桧不甚异。宣和乙巳春，朱勔遣使臣李躅取以供进。大者载由海道，遇风涛，舟、桧皆碎；小者只自漕路入。既献，上躅转二官，知县鲍慎好赐绯。

虔州龙南、安远二县有瘴，朝廷为立赏增俸，而邑官常阙不补。它官以职事至者，率不敢留，甚则至界上移文索案牍行遣而已。大抵此地唯水最毒，尝以铜盆贮水，须臾铜色微黑，或大锡瓶挈佳泉以自随。处瘴乡者有诗云：“避色如避难，冷暖随时换。少饮卯前酒，莫吃申后饭。”

越州禹庙有元圭，匮藏之，色黑如黳；径五寸，厚寸余，肉好相倍，上下有邸。州将掌封钥。

赣石数百里之险，天下所共闻。若雨少溪浅，则舟舫皆权以待，有留数月者。虔州水东有显庆庙，甚灵。或至诚祷之，则一夕长水数尺，送舟出石。故无雨而涨，士人谓之“清涨”。前此，士大夫有祷辄应，刻石以识于庙庭甚多。东坡北归，行次清都观，有“自笑劳生消底物，半篙清涨百滩空”之句。

山阴兰亭有逸少砚池，寺曰天章，以藏真宗皇帝御书故也。当时朝廷每有颁降诏札，则池水尽黑，可以染缯。太常少卿沈绅尝记其事。

明州有僧佯狂，颇言人灾福，时号“癫僧”。王君仪年弱冠，寓陆农师佃门下，力学工文，至忘寝食。一日，癫僧来托宿，陆公曰："王秀才虽设榻，不曾睡，可就歇息。"明日，僧夙兴，见君仪犹挟策窗下，一灯荧然，睥而言曰："若要官，须四十九岁。"君仪闻之，颇不怿。其后累应书不偶。直至年四十八，又梦癫僧笑而谓曰："明年做官矣。"是时癫僧迁化已久，而来年又非唱第之年，君仪叵测。明年，陆公入预大政，首荐君仪，遂除湖州教授。君仪尝谓予云："欲游四明求师遗事，为作传以报之，而未能也。"

大通禅师善本退居龙山，时节使吕吉甫帅杭，暇日常入山见师，春容道论，颇似契合。有问："吕太尉如何？"师摆头曰："无力，腊月三十日要你有力。"

圆照禅师宗本常语人曰："我不劝尔出家学佛，只劝尔惜福修行。"大通常语人曰："我只劝尔生处放教熟，熟处放教生。"大通乃圆照弟子，时称"吴中二本"。

婺州有僧，嗜猪头，俗号"猪头和尚"，而莫测其人。祥符寺转轮藏成，僧俗设斋以落之。一僧丐斋，众见蓝缕，不为礼，僧拂袖而去。或曰：此猪头和尚也。使人邀请，僧怒，指大藏曰："我不转，此藏亦不转。"众闻其语异，相与追之，僧曰："要我转，更三十年。"竟不顾而去三衢。衢守馔猪头召师食，守自牖窥之，见一鬼食其旁。已而师坐亡，衢人奉香火良谨，有祷辄应。一日，见梦于人曰："吾将还乡矣。"盖自师之出，至是恰三十年，寂无施金转藏者。故老忆师言，备礼迎其真身，归置藏院。郡人辐辏，轮不暂停。此寺因建长堂。予因阅师《辞世颂》，知是定光佛也。

王沇之字彦祖，为京西佐漕，摄河南府事，因丁外艰，有群雀集几筵，啄践祭食，挥去复来。彦祖偶扑得一雀，自以刀断其首,掷弃中庭。徐察之,此雀忽身首相就,翩然飞去。其后彦祖还南徐,为人讼田,安置广德军。未几,妖人张怀素辞连就逮,竟谪死南方。

范迪简,南剑州人。起白屋,官至卿监。年八十余,诸子自峋以下,皆登科显宦,近世享福,殆少其比。其居地名黯淡滩,初欲买宅,或云:"中有怪,不可居。"试使数仆宿其堂庑伺之,每夕但见一物,人首而蛇身,往来其间,不甚畏人。诸仆相与谋,以卧具裹之,束缚就烹,其怪遂绝。或云:此丧门也。

泊宅编卷四

枢密蔡公卞帅五羊，道无锡，挈家游惠山。是日，邑人杨生与数僧闲步殿上，闻公来，戏言曰："蔡侍郎无子，吾与之为子矣。"公至广之明年，生仍。后三岁还朝，次无锡，仍忽悟前身为杨生，能言其居舍亲戚，与平时所嗜玩毫厘不差。因召杨生二子曰陟、曰昇者，问其父死之日，仍生之时也。然三日后复问，则懵不能言矣。二家至今往来如姻眷，后奏补陟将仕郎。

前世法书名画，有藏之秘阁者，谓之"阁本"。流俗看画，但云"阁本"，则翕然称善。范文正公知睦州，奏以唐处士方干配食严光。谓干为御史方蒙远祖，下鸬鹚源御史所居。取画像，本家无以塞命，乡人但塑一幅巾道服者，置之祠中。元祐间，有旨下诸郡，取前贤画像，睦守以严、方应诏。后人见玄英之像，岂不谓之阁本乎？

联句或云起于《柏梁》，非也。《式微》诗曰："胡为乎泥中？胡为乎中露？"泥中、中露，卫之二邑。刘向以谓此诗二人所作，则一在泥中，一在中露。其理或然，此则联句之所起也。

世言"行李"，据《左氏》，杜预云："使人也。"唐李济翁云："当作行使。"予案：《史记》皋陶为"大理"，一本"大李"。又《天官书》曰："荧惑为李。"徐广注云："外则理兵，内则理政。"又黄帝有《李法》一篇。颜师古曰："李者，法官之号，总兵刑，故名《李法》。"《北史·叙传》：李氏先为尧之理官，因为氏，后改曰李。则“李”与“理”其义自通，盖人将有行，必先治装，如孟子之言治任，郑当时之言治行，理亦治也。《左传》曰“一介行李”，又曰“行理之命”。

今州县狱皆立皋陶庙，以时祠之。盖自汉已然。范滂系狱，吏俾祭皋陶，滂曰：“皋陶贤者，知滂无罪，将理之于帝。如其无知，祭之何益！”

政和丙申岁，杭州汤村海溢，坏居民田庐凡数十里，朝廷降铁符十道以镇之。壬寅岁，盐官县亦溢，县南至海四十里，而水之所啮去邑聚才数里，邑人甚恐。十一月，铁符又至，其数如汤村，每一片重百斤，正面铸神符及御书咒，贮以杀青木匣，遣曹官同道正下县建道场设醮，投之海中。海溢又谓之海啸，吏文只云海毁。

通州治近海七十里，今止十里。宣和癸卯，盐官县蜀山、雷山一带沙涨，而静海并海十里内沙再毁。初，盐官自投符后，稍稍沙涨，前此经制司差武经郎路升等措置水利，乃欲筑长堤以捍潮势，其论尤迂诞不可行。

番阳吴令昇知灵壁县，会朝廷定乐，下县造石磬；磬成，每溯汴进入县境。别有一河号青河，取都城稍径，或由此河载磬以入，则磬声率不协律。此理殆不可晓。

宣和己亥夏，吴中雨下如墨色，明年乃有青溪之变。

状头时彦，母怀之弥月，梦数人皂衣，肩舆一金紫人，径入房中。明日，犬生九子，皆黑；晚遂生彦，故小名“十狗”。《同年录》见之。

从事郎林毅，尝梦黄衣吏持文书，列十人姓名在其中，谓林曰：“召公等作酆都使者，请书名。”林视余人，往往皆相识，而俱未书名，乃语吏：“候九人皆签字，然后及我。”吏曰：“诺。”

月余,又梦如前,而九人者皆已书押,林遂书之,相次所谓九人者,已二三死矣。林方治任西游,至泗州,卒。从政郎任楫初闻林说,戏曰:"公果作使者,幸一援我。"林卒未久,任殂谢。

鼓汝砺元祐末自八座出江州,与妇翁宋朝散俱之官。朝散忽梦上天召作文记,遽答曰:"某不能,请召尚书为之。"未几,尚书卒。其夫人宋尚少艾,临终于领巾留颂为别,云:"百世因缘,六年夫妇。从今以去,不打这鼓。"

福州幽岩寺千人面床,君谟作帅,因圣节遣人舁置使厨。久之,院僧祷护伽蓝神:"春会动,无面床何以聚众?施利不至,神亦何依?"一夕,公独坐便斋,神声诺而不见形,问:"何人?"神对:"幽岩每岁恃春会以瞻众,愿请面床以归。"公颔之。明日,公库中夜失面床,令问幽岩,果已还院,莫不异之。

朱晓容者,尝为浮屠,以善相游公卿间。后因事返初,惟工相贵人。初,朱临、姚辟久同学校,每试,姚多在朱上。冯京榜中,二人俱赴廷对。未唱名前数日,京师忽传一小赋,乃朱殿试之作也。姚谓人曰:"果尔,纵不作魁,亦须在甲科。"自叹平时滥居其先,及至鱼龙变化之地,便尔悬绝,因遍诣术士质之,亦访容师,未见。殿唱日,禁门未开,或云晓容在茶肆中。姚走见之,容方与一白袍偶坐,指示姚曰:"状元已在此。"_{偶坐者,冯当世也。}姚力挽就邻邸灯下视之,曰:"公第几甲,朱第几甲。"相次辨色入听胪传,皆如师言。

朱临年四十以大理寺丞致仕,居吴兴城西;取《训词》中"仰而高风"之语,作仰高亭于城上,杜门谢客。一日,晓容来谒,公欣然接之。是时,二子行中、久中秋赋不利,皆在侍下,公强冠带而出。容一见行中,惊起贺曰:"后举状元也。老僧自此不复更阅人,往杭州六和寺求一小室寄迹,待科诏下,乃西游耳。"公初未之信。后三年春,久中偶至六和,容叩伯仲行期,久中告之,师曰:"某是日亦当离杭矣。"是秋,二朱至京,舍开宝寺,容寓智海。相次行中预荐,明年省闱优等,唯殿试病作,不能执笔。是时,王氏之学士人未多得,行中独记其《诗义》最详,因信笔写以答所问,极不如意。卷上,日方午,遂经御览,神宗爱之。行中日与同舍围棋,每拈子欲下,必骂曰:"贼秃!"盖恨容许之误也。未唱名前数日,有士人通谒,行中方棋,遽使人却之。须臾,谒又至,且曰:"愿见朱先辈。"行中叱其仆曰:"此必省下欲出关者耳!"同舍曰:"事不可知,何惜一见。"行中乃出,延之坐,不暇寒温,揖行中起,附耳而语曰:"某乃梁御药门客,御药令奉报足下,卷子上已置在魁等,他日幸相记。"行中唯唯而入,再执棋子,手颤不能自持。同舍觉而叩之,具述士人之言。行中念容,独往智海,容闻其来,迎门握手曰:"非晚唱名,何为来见老僧? 必是得甚消息来。"行中曰:"久不相见,略来问讯尔。"师曰:"胡不实告我? 冯当世未唱第时,气象亦如此。"行中因道梁氏之事。师喜甚,为命酒留款,且曰:"吾奉许固有素,只一人未见尔,当邀来同饮。"仍戒曰:"此人蓝缕,不可倨见,亦不得发问,问即彼行矣。"烛至,师引寺廊一丐者入,见行中不甚为礼,便据上坐,相与饮酒斗余,不交一谈。师徐曰:"此子当唱第,先生能一留目否?"丐者曰:"尔云何?"师曰:"可冠多士否?"丐者摆头曰:"第二人。"师蹑行中足,使先起,密征其说,但曰:"偶数多。"更无他语而散。明日,饭罢,率行中寺庭闲步,出门遥见余行老亦入寺,师不觉拊髀惊叹,谓行中曰:"始吾见子,以谓天下之美尽此矣,不知乃有此人!"行中曰:"此常州小余也,某识之。"师曰:"子正怕此人。昨夕闻偶多之说,今又睹此人,兹事可知也。"行中发解过省,皆占二数。及听胪传,行老果第一,行中次之。行中释褐了,往谢师,师劳之曰:"子诚福人,今日日辰,以法推之,魁天下者官不至侍从。"其后,行老止带贴职领郡而已。行中名服,行老名中。

尚书右丞胡宗愈夫人丁氏,司封员外郎宗臣之女。自幼颖惠,无所不能;其善相人,盖出天性。在西府时,尝于窗隙遥见蔡丞相確,谓右丞曰:"蔡相全似卢多逊。"或以卢、蔡肥瘠色貌不同难之,丁氏曰:"吾尝一睹卢像,与今丞相神彩相似。"其后蔡果南窜。又户部尚书李常除老龙,尹成都,途中贻右丞书。夫人一见其字画,惊曰:"此人身笔已倒,不久数尽,仍须病咽喉而死。"李公行次凤翔,中毒而卒。

泊宅编卷五

蜀人石藏用以医术游都城，其名甚著。陈承余杭人，亦以医显。然石好用暖药，陈好用凉药。古之良医，必量人之虚实，察病之阴阳，而后投以汤剂，或补或泻，各随其证。二子乃执偏见于冷暖，俗语曰："藏用担头三斗火，陈承箧里一盘冰。"

道士王裕，福唐人，术数颇工，常云："天运四百二十年一周，而七甲子备，谓天、地、人、江、河、海、鬼凡七。今正行鬼元，后十八年复行天元，当有太平之应。"又云："唐明皇时，正行天元故也。"乙巳年说。

服金石药者，潜假药力，以济其欲，然多讳而不肯言；一旦疾作，虽欲讳不可得也。吴兴吴景渊刑部服硫黄，人罕有知者。其后二十年，长子橐为华亭市易官，发背而卒，乃知流毒传气尚及其子，可不戒哉！

古之贤人，或在医卜之中。今之医者，急于声利，率用诡道以劫流俗，殆与穴坯挟刃之徒无异。予目击二事，今书之，以为世警。王居安秀才久苦痔，闻萧山有善工，力不能招致，遂命舟自乌墩走钱塘，舍于静邸中，使人迎医。医绝江至杭，既见，欣然为治药饵，且云："请以五日为期，可以除根本。"初以一药放下大肠数寸，又以一药洗之，徐用药线结痔。信宿痔脱，其大如桃；复以药饵调养，数日遂安。此工初无难色，但放下大肠了，方议报谢之物，病者知命悬其手，尽许行囊所有为酬，方肯治疗。又玉山周仅调官京师，旧患膀胱气，外肾偏坠。

有货药人云，只立谈间可使之正。约以万钱及三缣报之。相次入室中，施一针，所苦果平。周大喜，即如数负金帛而去。后半月，其疾如旧，使人访医者，已不见矣。

故老云王捷烧金，先用毒蛇，不计多少，杀埋庭中，浇以米泔，令生菌，因取以合药。后造室筑基，掘得一蛇，头如人形，捷不久而终。

和州乌江县高望镇升中寺，真宗登封，曾此驻跸，因赐寺额。寺僧有负主僧金久而不偿，病且革，自誓为畜产以报。既卒，主僧昼寝，梦病僧披衣入床下，觉而异之。须臾，猫生一子。稍长，极驯扰，每客至，则欢迎走报；见非其人者，辄谨随之。人有知者，呼其名，必前怒噬。至主僧呼，则昂首号叫，若求隐其事者。

宣和二年十月，睦州青溪县堨村居人方腊，托左道以惑众，县官不即锄治。腊自号“圣公”，改元永乐；置偏裨将，以巾饰为别，自红巾而上凡六等，无甲胄，唯以鬼神诡秘事相扇试。数日，聚恶少千余，焚民居，掠金帛、子女，胁厔良民为兵，旬日有众数万。十一月二十九日，将领蔡遵等与贼战于息坑，死之，遂陷青溪县。十二月四日，陷睦州。初七日，歙守天章阁待制曾孝蕴，以京东贼宋江等出入青、齐、单、濮间，有旨移知青社，一宗室通判州事，守御无策，十三日又陷歙州，乘势取桐庐、新城、富阳等县。二十九日，进逼杭州，郡守弃城走；州即陷，节制直龙图阁陈建、廉访使者赵约被害，贼纵火六日，官吏居民死者十二三。朝廷遣领枢密院事童贯、常德军节度使谭稹二中贵，率禁旅及京畿关右、河东蕃汉兵制置江、浙。明年正月二十四日，贼将方七佛引众六万攻秀州，统军王子武聚兵与州民登城固守，属大兵至，开门表里合击，斩首九千，筑京观五,贼退据杭州。二月七日,前锋至青河堰,贼列阵以待,王师水陆并进,战六日,斩馘二万。十八日,再火官舍、学宫、府库与僧民之居,经夕不绝。翌日,宵遁,大兵入城。当是时,少保刘延庆等由江东入至宣州泾县,遇贼伪八大王,斩五千级,复歙州,出贼背。统制王禀、王涣、杨惟忠、辛兴宗自杭趋睦,取睦州,与江东兵合,斩获百七十里,生擒方腊及伪将相方肥等、妻邵、子亳二太子凡五十二人。亳二太子,其子之号。于梓桐石穴中,杀贼七万,招徕老幼四十余万,复使归业,四月二十六日也。余党走衢、婺,而兰溪县灵山贼朱言、吴邦起应之,据处州。越州剡县魔贼仇道人、台州仙居人吕师囊、方岩山贼陈十四公等皆起兵,略温、台诸县。四年三月讨平之。是役也,用兵十五万,斩贼百余万;自出至凯旋,凡四百五十日;收杭、睦、歙、处、衢、婺六州与五十二县。贼所杀平民,不下二百万。始,唐永徽四年,睦州女子陈硕真反,自称文佳皇帝,刺史崔义玄平之。故梓桐相传有天子基、万年楼,方腊因得凭藉以起。又以《沙门宝志谶记》诱惑愚民,而贫乏游手之徒相承为乱。青溪为睦大邑,梓桐、帮源等号山谷幽僻处,东南趋睦而近歙。民物繁庶,有漆楮材木之饶,富商巨贾,多往来江、浙。地势迂险,贼一旦发,焚荡无一存者,群党据险以守,因谓之洞。而浙人安习太平,不识兵革,一闻金鼓声,即敛手听命。不逞小民,往往反为贼乡导,劫富室,杀官吏士人,以徼货利。渠魁未授首间,所掠妇人自洞中逃出,倮而雉经于林中者,由汤岩榴树岭一带,凡八十五里,九村山谷相望,不知几人。会稽进士沈杰尝部民兵深入贼境,亲睹其事,为予言贼之始末。因稽合众论,摭其实著于篇。

自青溪界至歙州界,有鸟道萦纡,两旁峭壁,仅通单车。

方腊之乱，曾待制出守，但于两崖上驻兵防遏，下瞰来路，虽蚍蜉之微皆可数，贼亦不敢犯境。会宋江扰京东，曾公移守青社，掌兵者以雾毒为解，移屯山谷间，州遂陷。

后汉张角、张燕辈托天师道陵，立祭酒治病，使人出米五斗而病随愈，谓之“五斗米道”。至其滋盛，则剽劫州县，无所不为，其流至今，蔬食事魔夜聚晓散者是也。凡魔拜必北向，以张角实起于北方，观其拜，足以知其所宗。原其平时不饮酒食肉，甘枯槁，趋静默，若有志于为善者。然男女无别，不事耕织，衣食无所得，则务攘敚以挺乱，其可不早辨之乎？有以其疑似难识，欲痛绳之，恐其滋蔓，因置而不问，驯致祸变者有之。有舍法令一切弗问，但魔迹稍露，则使属邑尽驱之死地，务绝其本根，肃清境内，而此曹急则据邑聚而反者有之。此风日煽，殆未易察治，如能上体国禁之严，下念愚民之无辜，迷而入于此道，不急不怠，销患于冥冥之中者，良有司也。

庐州慎县黄山连接无为军寿州六安界，盖贼巢穴也。山下居民千余户，而藏贼以活者十七八。贼间发，官兵粘踪逐捕，有数年不获者。

泊宅编卷六

李伯纪初赴举辇下,一夕,酒渴,梦雪下,以双袖承接,欲快啖之,细视雪片上各有女真字,殊不晓。试罢,往二相祠下求梦,梦立殿陛;少顷,帘中出三纸示之:一曰上舍登第,二曰监察御史孙宗鉴,三曰宋十相公。虽喜有成名之兆,而后二幅语叵测。宣和己亥夏,京师水溢,朝廷方以有司失堤防,劾官吏。公时为右史在侍下,抗疏指明灾异,而未敢以告。忽庭闱昼寝惊寤,呼诸子语曰:"适梦一快行家来报云:舍人被大水飘出,修撰已授崇德使。此何祥也?"公因皇恐,自叙所奏。慈颜闻之喜,但趣家人治任待命而已。明日,谪沙县监当,逾年得自便,而修撰感疾卒,葬惠山。服阕,为太常少卿,岁在丙午。金人犯阙,渊圣欲亲征,公建议力驻乘舆,遂预大政。初,公尝除察官,乃与宗鉴同制,今上登极,进拜上宰,以御营使抚军,实宋十叶后。即惠山寺赐额曰崇亲报德禅院云。

东坡谪黄州,元丰五年,因诞日置酒赤壁高峰,与客饮,有进士李委怀笛以进,因献新曲曰《鹤南飞》,仍求诗。坡醉,信笔赠诗,有"山头孤鹤向南飞,载我南游到九疑"之句。盖南迁之兆,已见于此,七年远谪,岂偶然哉?

渊圣尝问聂山:"古之名者不以山川,今名山可乎?"山因乞更名。渊圣许自择以进,于是以何、参、崇、璟等条上,自比萧、曹、姚、宋,最后及周昌,御批:"周昌强直可慕,可赐名昌。"有石刻记之。

　　京师不榷酤,官置院造曲,增其直出贸,凡酒户定年额斤数占买,虽不榷亦榷也。院之井浑秽,不堪汲用,唯以造曲特善,它井皆不如。

　　许昌士人张孝基娶同里富人女,富人只一子,不肖,斥逐之。富人病且死,尽以家财付孝基,与治后事如礼。久之,其子丐于途,孝基见之,恻然谓曰:“汝能灌园乎?”答曰:“如得灌园以就食,何幸!”孝基使灌园,其子稍自力。孝基怪之,复谓曰:“汝能管库乎?”答曰:“得灌园已出望外,况管库,又何幸也!”孝基使管库,其子颇驯谨,无他过。孝基徐察之,知其能自新,不复有故态,遂以其父所委财产归之。此似《法华》穷子之事。其子自此治家励操,为乡闾善士。不数年,孝基卒,其友数辈游嵩山,忽见旌幢驺御满野,如守土大臣,窃视专车者,乃孝基也。惊喜前揖,询其所以致此,孝基曰:“吾以还财之事,上帝命主此山。”言讫不见。

　　乌青墩镇在湖、秀二郡之间,有乌将军庙,前一池,鼋居其中,孳息日繁,窟穴渐深。其大者如瓮盎,每春夜遗卵岸草,镇人竞取盐之,以为包苴之物。靖康初,右史周离亨谪监镇税,虑其为患,效韩退之为文投之,徙吴松江中,众渔争取,鬻以充庖,数日而尽。

　　许几信州人,自户部尚书除帅太原。既陛辞,故人韩昭大卿遗之一马,遂乘以行。到府数日,因行香,未明跨鞍,众军声诺,马忽惊逸,独由衙门疾驰,众莫能及,逮晓方就鞿。八座两手流血,急归,移疾;顷之,谪宜春,流落以死。公生于甲午,而有马祸,亦异矣。近时,陈与义赴湖州,乘马朝拜,辄惊逸退走出门;未几,得宫祠以薨。陈亦午生。

　　吏部尚书曾楙初取吴氏,生子辄不育。异人劝勿食子物,如鸡鸭子、鳙子、腊子之类,公信之,既久不食。后取李氏。李氏尝梦上帝诏与语,指殿前莲花三叶赐之,曰:"与汝三子。"已而果然。

欧阳公知应天府三日,谒庙史白有五郎庙甚灵,请致礼,不然且为祟,公颔之。一日,食,夹子辄失之;明日,夹子在土偶手中。遂命扃其庙,以留守印封之,戒曰:"予去此,则可开。"然亦无他异。

曾幾学士儿皆早慧,中子才十岁,一日,谓父曰:"孔子死时,宰予必不行心丧三年。"问:"何以验之?"答曰:"予亲丧以期为久,况师乎!"其姊曰:"只恐闻'于汝安乎'之语,不敢违也。"乃兄从旁对曰:"记得夫子没时,宰予已先亡矣。"

宜兴邵颖达赴澶州学官,过黎驿,挈家谒庙,因观庑下画壁,忽指壁谓妻曰:"我亦有姓名在此,所掌功德司。"妻视之,独不见。明日,颖达无疾而卒。

黄银出蜀中,南人罕识。朝散郎颜经监在京抵当库,有以十钗质钱者,其色重与上金无异,上石则正白。昔唐太宗以黄银带赐房玄龄,时杜如晦已死,又欲赐之,乃曰:鬼神畏黄银,易以金带。又隋文帝时,并州出黄银,刺史辛公义尝以献上。前史唯载此二事。

宣和七年,驾幸龙德宫。太宰王黼献诗,有"巧将千嶂遮晴日,借得三眠作翠帷"之句。识者曰:"黼将不复见君矣。"

"山色有无中",王维诗也。欧公《平山堂词》用此一句,东坡爱之,作《水调歌头》,乃云:"认取醉翁语,山色有无中。"

湖州城南居人姚许,元祐初,为军资库吏,盗官钱储其家。一日,钱飞空中,散而之他。事浸闻,府廷追究,决配广西。

建炎己酉秋,杭州清波门里竹园山平地涌血,须臾成池,腥闻数里。明年，金人杀戮万人，即暗竹园也。

米黻字元章，为文时出险怪，而书特奇逸，世以米颠名之。仕宦久，不偶晚节。大臣荐对，尝有诗曰："笏引上天梯，鞘鸣奋地雷。谁云天尺五？亲见玉皇来。"或问其意，答曰："初叩轩陛，阁门臣僚以笏引之升殿，此上天梯也。"

铅山朱光将治装赴调汴都，一日，出门闲步，忽见二介声诺云："府君有牒召君。"光览之，惊忙而归，二人随之，因恳以母老，愿自陈，觊少宽假，二人许之。既至家，写状授之，二人收状并牒，忽不见。光走龙虎山，求道士作醮，青词具道所睹，醮罢还家，一日卒。

政和中，忽有旨：自王府记室至四京、列郡诸曹，及特奏名进士、流外人应带参军者，悉去之。记室止称某府某宫记室，诸曹称某曹事，特奏名、流外人改为助教。意以承平之久，不当复以军旅名其官也。然自睦寇一作，兵革不息，古人以偃兵为造兵之本，岂无意乎？

蔡京当国，每缘制作置局，辟官不可胜数。其间如欲变衣冠之制，令稍近古，讲求累年，糜费不赀，止易靴为履而已。

术者云："久晴欲得雨，须遇木克土。"谓如乙未日之类。又云："久雨而暮忽云绽日出，但西望黑云在日上，当晴；若在日下，则未霁。"验之信然。世有法，以每月节朔日辰所遇风、雷、雨、雾、月食、虹见之类，占五谷贵贱，中者十七八。

刘原父帅长安，得汉宣帝时铜甬一，上有识云："容十斗，重四十斤。"原父以今权量校之，止容三斗，重十五斤。

泊宅编卷七

东坡《岐亭》诗凡二十六句,而押六韵,或云无此格。退之有《杂诗》一篇,亦二十六句,押六韵。

《越绝书》曰:"慧种生圣,痴种生狂;桂实生桂,桐实生桐。"以世事观之,殆未然也。《齐民要术》曰:"凡种梨,一梨十子,唯二子生梨,余皆生杜。"段氏曰:"鹘生三子,一为鸱。"《禽经》曰:"鹳生三子,一为鹤。"《造化权舆》曰:"夏雀生鹑,楚鸠生鹗。"《南海记》曰:"鳄生子百数,为鳄者才十二,余或为鼋,或为鳖。"然则尧之有丹朱,瞽叟之有舜,鲧之有禹,文王之有周公,又有管、蔡,奚足怪哉!

国家治赃吏至有决杖者,或以为太峻。予曰:今人但见唐韩、杜诸诗谓判司簿尉不离箠楚,独不知自后汉时,郎官犹不免杖责。侯汶为侍御史,赋贫民廪糜不实,献帝令杖之五十。唐礼部侍郎令狐峘忤宰相杨炎,德宗欲杖而流之。然献帝、德宗不足法也,至若赃吏贪黩,何足恤哉!

《唐律》禁食鲤,违者杖六十。岂非"鲤"、"李"同音,彼自以为裔出老君,不敢斥言之,至号鲤为"赤鲜公",不足怪也。旧说鲤过禹门则为龙,仙人琴高、子英皆乘以飞腾,古人亦戒食之,非以其变化故耶。

闽人陈舜邻为信州教授,其父湜尝传法于风僧哥,时时语人灾祥,十得七八。一日,复遇僧哥于京之城西,责饶舌,且戒自此勿受教授拜,它日当死于水。湜归靳其子,曰:"世岂有子不拜父者!"无何,日长至,舜邻率子弟罗拜,湜急止之,已再跪矣。是日,湜一手中风,不能举。明年春,约客为泛溪之游,未举爵,湜起更衣,久之不至;视之,已仆于舟尾,不复能言。舆归,信宿而卒。是时,玉山郑同以八行延入郡学,亦预此会。湜未尝识郑氏故庐,忽谓同曰:"君宅前水,旧是数上声钱声,今变为呵喝声矣。"郑素高赀,至是散尽,而长子㳠宣和辛丑上舍登第。

政和六年,江、浙大水,秋籴贵,饿莩盈路。张大忠知宣城县,出郊验灾伤,见岸傍群乌衔土,状若累冢。大忠异之,令发视,果有僵尸在其下,衣带间有《金刚经》一卷。

王易简,江州人。道君朝起寒族,与子寓遭遇,皆致位通显。建炎间还乡,属李承乱,全家被害。初,王氏奉事九天采访使者甚谨,寇压境,城中士大夫皆迁避,王氏亦逃于使者祠下,夜梦神告曰:"依城自佳,何必外求。"明日复还旧居,城陷,遂及祸。使祠在城外二十里。

山间小青蛙一名青昆,飞走竹树上如履平地;与叶色无别,每鸣,则雨作。又一种褐色而泽居,名旱渴,晴则鸣,乡人以此卜之。

宣和辛丑,罢郊学及贡法,并依熙、丰故事。翁养源为国子祭酒,颇患文敝,欲革之而未能。蒋存诚代之白堂,具学官异论者众,请从罢黜。太宰王黼问:"异论者谁?"对曰:"固非一辈,而宋齐愈为之首。"黼曰:"百家诸子,自前古不废。"忽悟言失,遽曰:"但元祐学术,不可不痛惩耳!"蔡太师闻之,因对,力诋黼"崇奖异学,将害陛下绍述之政",又称黼"引用非人"。黼曰:"洪炎,京所用,黄庭坚甥也。"因取蔡绦所撰《西清诗话》奏之,上令御史台弹劾,即逐炎。而蔡、王之党,自此始矣。

《方言》曰："齐、宋之间,凡物盛多谓之寇。"注云："今江东有小凫,其多无数,俗谓寇凫。"《陆龟蒙集》有《禽暴》一篇,正为野凫害稼而作。

人有所不为,然后可以有为,凡物亦然。《裴氏新书》曰:"虎豹无事,行步若不胜其躯;鹰在众鸟之间,若睡寐然。盖积怒而后全刚生焉。此越人以灭吴之道也。"

"鹑"之字有三义:师旷曰:"赤凤曰鹑,故南方朱鸟七宿取名焉。"《诗》曰:"匪鹑匪鸢。"鹑,鵰也,音团。又曰:"鹑之奔奔。"则今之鹑鷃也。《白虎通》曰:"一谷不升撤鹑鷃。"

鹘、隼,皆鸷鸟也,而有义焉。鹘冬取小禽煖爪掌,旦则纵之,视其所适之方,则是日不于其方击搏。杜甫作《义鹘行》是也。隼击物,遇怀胎者释之。《化书》曰隼悯胎是也。可以人而不如乎? 天地之间,有吐而生子者,鸤、鹘、兔,凡三物。

予外舅莫强中喜为诗,颇有思致。掌丰城,得蜀漕蔡冲允书,岁余始达。小诗寄谢云:"故人音信动经年,蜀道间关不易传。将谓天涯消息断,西风一叶落阶前。"

王荆公当国,欲逐张方平,白上曰:"陛下留张方平于朝,是留寒气于内也。留寒气于内,至春必发为大疾疹,恐非药石所能攻也。"东坡著《乐全先生集序》,乃以安道比孔文举、诸葛孔明。二公议论,不侔如此。安道元丰间以宣徽南院使退居睢阳,是时东坡就逮下御史狱,安道独上书,力陈其可贷之状。刘莘老、苏子容同辅政,子容曰:"昨得张安道书,不称名,但著押字而已。"莘老曰:"某亦得书,尚未启封。"令取视之,亦押字也。二事人罕知,故记之。

朱肱,吴兴人,进士登科,喜论医,尤深于伤寒。在南阳时,太守盛次仲疾作,召肱视之,曰:"小柴胡汤证也。"请并进三服,至晚乃觉满。又视之,问所服药安在,取以视之,乃小柴胡散也。肱曰:"古人制咬咀,谓锉如麻豆大,煮清汁饮之,名曰汤,所以入经络,攻病取快。今乃为散,滞在膈上,所以胃满而疾自如也。"因依法旋制,自煮以进二服,是夕遂安。因论经络之要,盛君力赞成书,盖潜心二十年而《活人书》成。道君朝,诣阙投进,得医学博士。肱之为此书,固精赡矣。尝过洪州,闻名医宋道方在焉,因携以就见。宋留肱款语,坐中指驳数十条,皆有考据,肱惘然自失,即日解舟去。由是观之,人之所学固异邪?将朱氏之书亦有所未尽邪?后之用此书者,能审而慎择之,则善矣。

朝散郎路时中行天心正法,于驱邪尤有功,俗呼"路真官"。尝治一老狐,亦立案,具载情款,如世之狱吏所为。云狐能变美妇以媚人,然必假冢间多年髑髅,以戴于首而拜北斗,但髑髅不落,则化为冠,而用事已,则埋之;欲用,则复以为常。盖不假此,则不能变也。人死骨朽,为髑髅尚有灵。古方治劳疾用天灵盖,既能治疾,岂不能为妖邪?世有术者,事髑髅能知人已往事。

杨蟠宅在钱塘湖上,晚罢永嘉郡而归,浩然有挂冠之兴。每从亲宾,乘月泛舟,使二笛婢侑樽,悠然忘返。沈注赠一阕,有曰:"竹阁云深,巢虚人阒,几年湖上音尘寂。风流今有使君家,月明夜夜闻双笛。"人咨其清逸。

泊宅编卷八

祥符中，颍州饥，当路者奏出省钱十万缗，以纾艰食之民，令明年蚕事已缗纳缣，谓之和买。当是时，一缣之直不满千，民得本钱，经营数月，收什一之息，至期输公，颇优为也。近时，有司往往不复支钱，视物力以输缣，物价翔贵，一缣非六七千不可；官吏督责，急于水火，民不堪命久矣。比年二浙薄旱，已轸宸虑，至以亲诏下求民瘼，谓州县不给和买本钱，以致怨咨感天变。上之恤隐，可谓至矣，岂知州县奉行之不谨邪？

唐杜牧欲来吴兴寻旧约，三上时相书，以弟颛病求医为辞，乞知湖州。既至，而私愿复不谐，后世果可欺邪？

周离亨尝言作馆职时，一同舍得疾，遍体疼，每作殆不可忍，都下医或云中风，或云中湿，或云脚气，用药悉不效。疑气血凝滞所致，为制一散，饮之甚验。予未及问所用药，沉思久之，因曰："据此证，非延胡索不可。"周君大骇，曰："何以知之？"予曰："以意料之，恐当然耳。"延胡索、桂、当归等分，依常法治之为末，疾作时，温酒调三四钱，随人酒量频进之，以知为度。盖延胡索活血化气第一品也。其后赵待制霆道引失节，支体拘挛，数服而愈。

橘皮宽膈降气，消痰逐冷，有殊功。他药多贵新，唯此种贵陈，须洞庭者最佳。外舅莫强中知丰城县，得疾，凡食已，辄胸满不下，百方治之不效。偶家人辈合橘红汤，取尝之，似有味，因连日饮之。一日，坐厅事，正操笔，觉胸中有物坠于腹，大惊，目瞪，汗如雨，急扶归。须臾，腹疼利下数块，如铁弹子，臭不可闻，自此胸次廓然。盖脾之冷积也。抱病半年，所服药饵凡几种，不知功乃在一橘皮，世人之所忽，岂可不察哉！其方：橘皮去穰取红一斤，甘草、盐各四两，水五碗，慢火煮干，焙捣为末点服。又古方：以橘红四两、炙甘草一两，为末汤点，名曰二贤散，以治痰特有验。盖痰久为害，有不可胜言者。世医惟知用半夏、南星、枳实、茯苓之属，何足以语此。

四物汤，妇人之宝也。洛阳李敏求赴官东吴，其妻病牙疼，每发呻吟宛转，至不能堪忍。令婢辈钗股按置牙间，少顷，银色辄变黑，毒气所攻，痛楚可知也。沿路累易医，殊无效。嘉禾僧慧海为制一汤，服之半月，所苦良已。后因食热面又作，坐间煮汤以进，一服而愈，其神速若此。视药之标题，初不著名，但云凉血、活血而已。敏求报之重，徐以情叩之，始知是四物汤。盖血活而凉，何由致壅滞以生疾？莫强中一侍人久病经阻，发热咳嗽，倦怠不食，憔悴骨立；医工往往作瘵疾治之，其势甚危惙。强中曰：“妇人以血气为本，血荣自然有生理。”因谢遣众工，令专服此汤。其法㕮咀，每慢火煮，取清汁，带热以啜之，空腹日三四服。未及月，经候忽通，余疾如失。

一妇人暴渴，唯饮五味汁。名医耿隅诊其脉，曰：“此血欲凝，非疾也。”已而果孕。以古方有血欲凝而渴饮味之证，不可不知也。又，一士人无故舌出血，仍有小穴，医者不晓何疾，隅曰：“此名舌衄。”炒槐花为末，糁之而愈。

道士王裕曰：“有忽患脚心如中箭，发歇不时，此肾之风毒也，泻肾愈。又有人因惊而心不荫脾，忽仆，不知人，面色黄，是脾绝不治。又有人六脉皆细，面拂拂红色，是心绝不治。”

痔肠风、脏毒一体病也，极难得药，亦缘所以致疾不同。

虽良药若非对病,固难一概取效。常人酒色饮食不节,脏腑下血,是谓风毒。若释子辈患此,多因饱食久坐,体气不舒而得之,乃脾毒也。王涣之知舒州,下血不止,郡人朝议大夫陈宜父令随四时取其方,柏叶如春取东枝之类,烧灰调二服而愈。予得方后,官赣上,以治贰车吴令昇,亦即效。提点司属官陈逸大夫偶来问疾,吴倅告以用陈公之方而获安。陈君蹙頞曰:"先人也,仍须用侧柏尤佳。"道场慧禅师曰:"若释子恐难用此,不若灼艾最妙。平立,量脊骨与脐平,处椎上,灸七壮。或年深,更于椎骨两旁各一寸,灸如上数,无不除根者。"又予外兄刘向为严掾,予过之,留饮,讶其瘦瘠,问之,答曰:"去岁脏毒作,凡半月,自分必死,得一药服之,至今无苦。"问何药,不肯言;再三叩,始云:"只这桌子上有之。"乃是干柿烧灰,饮下二服。《本草》云:"日柿治肠澼,解热毒,消宿血。"后有病者,宜以求之。《素问》:肠澼为痔。

提点铸钱、朝奉郎黄沔久病渴,极疲悴。予每见,必劝服八味丸。初不甚信,后累医不痊,谩服数两遂安。或问渴而以八味丸治之,何也? 对曰:"汉武帝渴,张仲景为处此方。盖渴多是肾之真水不足致然,若其势未至于痟,但进此剂殊佳,且药性温平无害也。"

风淫末疾谓四肢,凡人中风,悉归手足故也。而疾势有轻重,故病轻者俗名"小中"。一老医常论小中不须深治,但服温平汤剂,正气逐湿痹,使毒流一边,余苦不作,随性将养,虽未能为全人,然尚可苟延岁月。若力攻之,纵有平复者,往往恬不知戒;病一再来,则难以支梧矣。譬如捕寇,拘于一室,则不使之逸越,自亡他虑;或逐之,再至则其祸当剧于前矣。此语甚有理。而予见世之病者,大体皆如是。但常人之情,以幻质为已有,岂有得疾为废人而不力治者? 此未易以笔舌喻也。

小麦种来自西国寒温之地,中华人食之,率致风壅。小说载天麦毒,乃此也。昔达磨游震旦,见食面者,惊曰:"安得此杀人之物?"后见莱菔,曰:"赖有此耳。"盖莱菔解面毒也。世人食面已,往往继进面汤,云能解面毒,此大误。东平董汲尝著论,戒人煮面须设二锅,汤煮及半,则易锅煮,令过熟,乃能去毒,则毒在汤明矣。

治痢以樱粟,古方未闻。今人所用,虽其法小异,而皆有奇功。或用数颗,慢火炙黄,为末饮下;或去粟用壳如上法;或以壳七五枚、甘草一寸,半生半炙,大碗水煎,取半碗温温呷。蜀人山叟曰:"用壳并去核鼠查子各数枚,焙干,末之饮下,尤治噤口痢。"

凡病唯发背、脚气无补法。发背非药毒,即饮食毒;脚气乃风毒,毒在内,不可不攻,故先当泻之。发背灼艾最要,然亦须治之早。谚云:"背无好疮。"但生于正中者,为真发背。虞奕侍郎背中生小疮,医者不悟,只以药调补;数日,不疼不痒,又不滋蔓。疑之,呼外医灸二百壮,已无及。此公平生不服药,一年来唯觉时时手脚心热,疾作,既不早治,又服补药,何可久也?

天禧二年,开封解榜出,有廖复者被黜,率众诣鼓院诉有司不公。朝廷差钱惟演等重考,取已落者七十余人,复亦预荐,时号"还魂秀才"。前发解官皆谪外郡监当。明年,殿前放王整以下及第。是日,睦、衢二州各有一王言待唱。初唤王言赐进士及第,乃衢人。久之,又唤一王言,上问其乡贯,方知前赐第者乃是睦人,而衢州者只合得同进士出身。及再唤二人审问,衢人奏:"恳念臣已谢圣恩。"遂只赐睦州者同出身而已。

明日,忽有旨赐睦人王言进士及第。自后殿前唱名,必传呼"某州某人",以防差互。

天禧元年四月五日申后,京师黑风自北起,晦冥,市人咫尺不相见。久之,大雨作,天复明。父老云:往年疾疫起,得黑风而民安。

天圣中,陆轸同判衢州。一日早起,觉印堂痒,以手揣摸,司空部上有肉突起,如指面许大;两日渐坚实。又两月,天庭上亦然。又一月,天中、辅角二部亦然。又两月,左右龙角骨起,映印堂甚低。是月,印堂连山根与二龙角相应,相次左右眉棱连额角起。每以相书考验,此诸部骨起,皆主封侯公相之贵,然轸止吏部郎中、直昭文馆,典郡而已。其后孙佃入政府,赠公官至司空,乃知赠官亦非虚名也。

天禧初,滑州河决已塞,唯龙门未合。忽有大风鼓沙起,如连冈势,于未合处淤定,于是人得致力而毕功。已上四事,出陆轸《日记》也。

泊宅编卷九

有称中兴野人和东坡《念奴娇》词，题吴江桥上。车驾巡师江表，过而睹之，诏物色其人，不复见矣。"炎精中否，叹人才委靡，都无英物。胡虏长驱三犯阙，谁作长城坚壁？万国奔腾，两宫幽陷，此恨何时雪！草庐三顾，岂无高卧贤杰？　天意眷我中兴，吾皇神武，踵曾孙周发。河海封疆俱效顺，狂虏何劳灰灭。翠羽南巡，扣阍无路，徒有冲冠发。孤忠耿耿，剑铓冷浸秋月。"

徐积仲车居山阳，以疾不仕，而士大夫称其高风籍甚。其家节序享祀，动遵礼法，然唯祀母，而不祀父。此人所未喻。

传曰："地反物为妖。"以所睹验之，有未然者。绍兴中，迎侍居杭之西湖。明年春，圃中桃实皆双。又明年，先子捐馆。李友闻来吊，因语及之，蹙额曰："某为婺州录参，廨舍樱桃一株尽双实，亦丁外艰。"匄近游建康，见太府少卿吴德素云："先舍人顷寓太学，斋后千叶桃忽结子十八枚，其中一颗甚大。诏下，会同舍拈阄以卜升沉，唯徐铎得其大者。是举本斋预奏名者十八人，而铎遂冠多士。"

命堂阁轩亭名，不可不慎。黄葆光知处州，作宾馆，号"如归"。或曰："视死如归，不祥。"黄寻即死于职。龚澈为瑞安令，亦作如归亭，后得罪，编置雷州。蔡京尝游吴兴慈感院，院有新堂未名，京为书榜曰"超览"。有坐客贺曰："行即走召，而人臣四见矣。"明年，京遂入相。若是者，其偶然邪？亦事有符合邪？然语忌不可不避尔。

旧传：赣川清涨，有神司之。据《梁史·武陵王纪》：伐蜀前，此江水可揭，及登舟而水长数尺，皆喜曰："天赞我也。"又陈武帝自南康赴江州，水暴长，三百里赣石皆没，此非清涨乎？

后汉郎官亲主文案，与令史不异，故郎中二十五人，令史止二十人。是时，郎官不免杖责，士人多耻为之。至齐明帝时，始用赎刑。魏晋以下，参用高华矣。

古者，尚书令史防禁甚密。宋法：令史白事不得宿外，虽八座命，亦不许。李唐令史不得出入，夜则锁之。韩愈为吏部侍郎，乃曰："人所以畏鬼，以其不见；鬼如可见，则人不畏矣。选人不得见令史，故令史势重；任其出入，则势轻。"始不禁其出入，自文公始。

令史有久任，淹练故实，尚书郎往往咨所未喻。陆慧晓曰："吾年六十，不复能咨都史为吏部郎也。"符坚问尹纬何官，对曰："吏部令史。"坚叹曰："宰相才也，王景略之俦，然则萧、曹岂欺我哉？"

大梁二相祠，世传游、夏也。士有未遇，上书乞灵，往往见梦，虽远必应。越人石公辙妙年乡举，抵京，梦帘中出一纸，只"邻州"二字。石后累举，年逾五十，不得已，就特奏名，遂为第一，例赐出身。是时，上驻跸临安府也。

维扬僧了因尝寓长芦寺，暇日与其侣闲步江上，见潮泛小虾登岸，有化而为蜻蜓翾然飞去者。一虾再至岸，未及化，又为潮所荡；及三登，忽化蜈蚣入水。盖忿心所激，有如此者。

仪真许叔微累举不第，寄迹浙右村落中，合药施人。久之，梦人赠四句曰："药市收功，陈、楼间阻。堂上呼卢，喝六得五。"叔微张九成榜过省唱名第六，以系合推恩人升第五，乃在陈祖言之下、楼材之上。所谓"呼卢"者，胪传也。

　　陈安节学士云：福州一农家子张生，幼时父使持钱三千，入山市斧柯。遇村人有为逋负所迫欲自经者，恻然尽以所赍赠之，而亲释其缚。因坐石上，旁有人不相识，问："饥渴乎？"曰："然。"指路隅竹萌，令食之，坚不可咀。徐倾小瓢水于掌，以饮之。生饮水，顿觉精爽非常，自此绝粒。忽识字，能为诗，颇言人未来事。后祝发为浮屠，住一小院，有不逞系马于堂上者，辄病心疼，或教使谢过，病良已，因丐师言以自惊，信笔示之曰："众生骑畜生，两个不相争。坐底只管坐，行者只管行。"闽人敬仰之。独一贵人不信，贵人者无孙，师曰："今日得孙矣。然无大小便利。"诘其故，答曰："皆心法所招也。"果得孙而不育。参议何大圭自闽来，云与师熟，所遇乃钟离先生，至今往来不绝。师《观棋》诗曰："路从平处险，人向静中忙。"或云：贵人者，余丞相也。

　　前辈敦事，契情亲而礼极严，其后礼渐烦，情渐薄，今则情礼俱衰矣。吴德素云："苏丞相父绅，与章郇公、吕申公同年进士也。二公当轴，丞相登科，称年家侄，诣门谢谒，人独不召。见众宾了，入宅换道服，坐听事，令将命者引趋庭下，赞拜而退，亦不延坐，但传语勉之而已。然二公力推挽丞相人翰林为学士，登庸之命盖基于此。"

　　哲宗山陵，开封府推官白同提点顿地云："初开圹，得小碑志，乃有唐一妇人旧所藏穴，实贞元二年岁庚辰正月十二日葬，与哲宗上仙年月日皆同。"

　　宣和中，取燕山，群臣称贺。蔡太师京令一馆职代作表，仍语以"燕人悦则取之"一句，不得不使其人归搜经句，欲对未得。王安中曰："何不曰'昆夷维其喙矣？'"遂用之。

萧振侍郎永嘉人，知湖州日，二亲皆八十余，极康宁。予尝因语赞叹，公曰："先祖一百四岁，祖母百二岁。"世未闻也。

侍其傅服水银，久之，发痒爬搔，成赤疹，水银随指爪出，细如粟颗。建炎中，帅杭，已昏不任事。既罢，疾革，未属纩，诸姬皆散不禁，可为世戒。

陈去非谓予曰："秦少游诗如刻就楮叶，陈无己诗如养成内丹。"又曰："凡诗人，古有柳子厚，今有陈无己而已。"又曰："崔鶠能诗。或问作诗之要，答曰：'但多读，而勿使斯为善。'"

王通隋末隐白牛溪教授，学者常数百人。唐将相如王、魏辈皆其门人也，既显，绝口不道其师，此何理哉！

崇宁初，茅山刘混康先生赴阙，一夕，拜章罢，诏问："何久？"答曰："值天门放春榜。"欲叩其所睹，乞书而密缄之，它日验其事。明年，殿唱毕，发视，止书二草二木，乃蔡薿、柯棐也。

韩魏公判大名府，被旨修大内，于一堂中得壁记，乃太宗诗一首，意属燕云。或劝进之，不答。后韩绛以献，公闻之，叹曰："吾非不能，但人主未忘开边之志，老臣不当更启之耳！"

左朝议大夫白同尝云："佛经：凡人三世不妄语者，舌长舒之可及肱。予平生不妄语，虽未及肱，比常人已为长矣。"

旧说眼疾不可浴，浴则病，甚至有失明者。右承直郎白彦良云，未壮之前，岁岁患赤眼，一道人劝，但能断沐头，则不复病此。彦良自此不沐，今七十余，更无眼病。

思慧住道场山，予常往见之。一夕，梦谒师不见，但于禅床上大书"一龙绝地"四字。明日入山，知师已授帖，移径山，而不省所梦。绍兴壬戌，始游径山，首见长老觉明云："此山本龙所居，因一禅师行脚过山下，龙化老人，与语契合，因劝师营居演化，云：'此山东天目也，吾当迁西天目，但留一穴出入，它日勿以僧供为虑。'至今寺无寸土,而常聚千众。"予《赠明老诗》断章云:"三十年前曾见梦,兹游端可冠平生。"盖谓此也。

　　成都府园西楼有大蟒居,人不敢登,率尝扃钥。虞经臣作帅,宴客楼下,蟒忽遗溺,正中一武臣之肩;须臾,皮肉溃烂成疮,得妙药治之方愈。经臣为遣吏祭之,即日毁楼,蟒亦不见。

泊宅编卷十

　　王球为龙德宫提举官，眷遇特厚。丁未春，渊圣已幸青城，上皇密遣球裒宫中器用，得金万两，熔为二百挺，藏废井中，甃之以石；谓球异时国有艰窘，白发之。上狩淮南，球奏之，有旨输行在。方具舟，会宫中旧卒有知其端者，恐球潜载以遁，诣开封府陈告，尹欣然召球，喻以兵须正急，此机不可失。球度力不能夺，因尽辇致，持符归报。朝廷初不加谴。其后范丞相当国，疑球与尹乾没其金，下大理鞫治，球竟废死。

　　富韩公曰："契丹正强盛，奚、霫、渤海、党项、高丽、女真、新罗、黑水达靼、回鹘、元昊凡十国皆役服之，贡奉不绝，唯与中原为敌国。兵马略集，便有百万，多作大舟，安四轮陆行，以载辎重；遇塘水、黄河，则脱轮以度人马，亦欲自沧州东泛海而来，为牵制掎角之势。"

　　神宗兴太学，初议堂试式，时唯经义、论、策凡三场，有司拟进，上批"季一周之"四字，遂著之令，遵行已久。勺元丰六年秋七月入学，年尚幼，见司业朱行中服奉行新规甚峻，生员犯不检，许人告，赏钱三百贯，同保皆连坐，屏斥出学，甚者殿举，人皆惕息。既以经术造士，恐其忘武备及不知法律，因令每旬休斋，轮五人过武学习射。又许生员附律，学生试律义，以合格者理为本学考察。又于论场添试律义一道。然学者于肄业苟简，至观者，有"射天地四方"之语，答律义，或约法至徒八年，往往传以为笑。元祐初，皆罢。

东坡记管仲之无后，与桑羊、韦坚、王铁、杨慎矜、王涯皆及祸，谓兴利之人如此。又子由论李沆为相，自言无善可称，唯力阻言利者，可以报国，厥有旨哉！

东坡为郡，尤急于荒政。元祐中守杭，米斗八十，已预行措置。常云：熙宁八年，只缘张、沈二守不知此策，致二浙灾荒疾疫，只西路死者五十余万人。是年本路放秋苗一百三十万硕，酒税亏六十七万贯。

司马氏南渡，据《地理志》云："九分天下，有其二而已。"李焘亦云："五岳神山，狄污其三；九州名都，夷秽其七。"当是时，虽自洛徙建康，而未尝弃洛，则嵩尚为晋有，与衡为二矣，故曰"狄污其三"。晋能保洛而不能有蜀，今能有蜀，而不能存洛，绝长挈大，则今之土宇亦若晋耳。

元丰初，文武见任官二万四千五百四十九员，文一万一百九十三，武一万二千八百二十六，宗室九百四十四，内臣五百八十六。

元丰初，在京吏人自中密下至诸司共二百九十一处，共五千一百四十人，岁支六十二万三千一百八十六贯硕匹斤两。

熙宁十年，夏税两浙最多，二百七十九万七百六十七贯硕匹斤两，成都、夔州二路各只七万有零。秋税河北最多，七百七十五万八千一十七贯硕匹斤两，夔州六万有零。

熙宁十年，在京商税，诸门镇四十九万八千五百十一贯有零，左右厢店宅务管赁屋一万四千六百二十六间，空地六百五十四段，宅子一百六十四所，岁收二十一一万六千五百八十一贯六十六文省。

诸路酒税，唯两浙所入最多。熙宁末年，本路税收六十万五千九百八十四贯七百十五文，酒收一百六十万八千八百三十四贯一百九十八文。

当年在京岁支宰臣已下百官料钱五十二万九千九百五十七贯四百二十六文,诸路官员料钱二百二十五万六千八百六十七贯,而陕西一路支数最多。

熙宁末,天下寺观宫院四万六百十三所,内在京九百十三所;僧尼、道士、女冠二十五万一千七百八十五人,内在京一万三千六百六十四人。三年中死亡还俗共二万三千一百三十九人。

南郊赏给:景德六百一万一百贯匹两硕领条,皇祐一千二百万有零,治平一千三十二万有零,熙宁末八百万二千六百八十九贯匹斤两条段。

岁赐大辽银三十万两,绢三十万匹,正旦衣著四千匹,银器二千两,生辰衣著五千匹,银器五千两。

熙宁八至十凡三年,天下大辟五千一百八十二人,三年内,官过犯自刺配至赎铜二千五百九十二人。

元丰中,详定礼文,神宗尤笃于大裘衮冕之制。时检讨何洵直欲以黑缯创为大裘如衮,唯领袖用羔。帝颇疑其非,乃问陆佃。佃对曰:"《礼记》曰:'礼不盛,服不充。'故大裘不裼,则大裘袭可知。"又曰:"郊之日,王被衮象天,则大裘袭衮可知。大裘袭衮,则戴冕藻十二旒可知,故曰冕服有六。而《弁师》云掌王之五冕也。"帝称善,遂下诏有司,制黑羔以为裘,而被以衮。议者又谓纯用羔,恐裘重难服。及裘成,轻重才与袍等,帝甚喜。唯衮之制未明。帝尝曰:"北虏曾贡衮冕一袭,其绘星辰在背,疑有所传。"宣和中,王昂上疏云:"衮服由汉至今画山皆用青,有戾于《周礼》山以章之义。画虎与蜼,而不画虎、蜼之彝,有戾于《书》宗彝之义。至于画藻,则丛以碎叶,亦不知古人观象与藻棁同意。臣谓画山尚以赤白，故《考工记》曰：'绘画之事，赤与白谓之章。'而下文曰：'山以章也。'画山以赤白之章，亦犹画黼以白与黑，画黻以黑与青也。《诗》曰：'象服是宜。'郑氏云：'揄翟阙翟之类，不独后夫人之服如此，人君之服亦然。'《书》亦曰：'予欲观古人之象，然则衮服岂无所取象乎？'谨案天垂象，见吉凶，是天言象也。《易》有四象，所以示，是《易》言象也。衮之制，绘日月星辰，岂非法天之象欤？画山、龙、华、虫、藻、火、粉米、黼黻，岂非法《易》之象欤？《系辞》曰：'黄帝、尧、舜，垂衣裳而天下治。'盖取诸乾坤，是衣以阳而在上，取《乾》之象；裳以阴而在下，取《坤》之象。而衮服山取《艮》之象，黼取《巽》之象，黻取《坎》之象，宗彝取重《震》之象，触类而长之，无有无所象者，亦患不细考之耳！"

往年车驾巡师建康，诏以防秋在近，令侍从职事官各条其利害，实可施行者闻奏。郎官张虞卿所陈最善，其略曰："臣尝历考前世南北战争之际，魏军尝至瓜步矣，石季龙掠骑尝至历阳矣，石勒寇豫州至江而还，此皆限于江而不得骋者也。然江出岷山，跨郡十数，备之不至，一处得渡，皆为我忧。使吾斥堠既明，屯戍唯谨，士气振而人心固矣，恃长江为阻可也，虽无长江之阻亦可也。苻坚百万之众，马未及一饮江水，谢玄以八千锐卒破之于肥水，岂非其效欤？不然，如黄巢以奇兵八百泛舟渡，吴人有'北来诸军乃飞过江'之语。韩擒虎以五百人宵济采石，守者皆醉，遂袭取之。由是观之，徒恃江而人不足与守，鲜克有济矣。曹操初得荆州，议者谓：'东南大势可以拒操者，长江也。操得荆州，蒙冲战舰，浮江而下，则长江之险已与我共之矣！'独周瑜谓：'舍鞍马，仗舟楫，非彼所长。'赤壁之役，果有成功。至于羊祜之言，则以南人所长，唯在水战，一人其境,长江非复所用,它日成功,略如祜策。故臣以谓有如瑜者为用,则祜之言谓之不然可也;无如瑜者为用,则祜之言不可不察也。彼为说者,谓虏人以马为强,而江流迅急,渡马为难;虏人便于作筏,而江流迅急,非筏能济。是未知侯景以马数百,一夕而渡,王濬自上流来,尝用大筏也。州县一也,有最为要害者;津渡一也,有最宜备豫者。苻坚自项城来寿阳,侯景自寿阳移历阳,孙恩自广陵趋石头;王敦渡河格,苏峻济横江,侯景渡采石。考前世盗贼与夫南北用兵,由寿阳、历阳来者十之七,由横江、采石渡者三之二,至于据上流之势以窥江左者,尚未论也。"文多不载。

吴伯举舍人知苏州日,谒告归龙泉,迁葬母夫人。已营坟矣,及启堂殡,见白气氤氲,紫藤绕棺,急复掩之。术人视殡处,知自是吉地,因即以为坟。然颇悔之,舍人竟卒于姑苏。

虞经臣策,元祐中历察官知杂。绍圣初,自修注擢给事中入台。值都城开渠,忽有异犬自渠中出,直入其家,驯伏若素蓄养者;家人辈爱之,名曰"渠来"。常日唯喜睡,至或乱啮帷幛窗牖之类,则经臣必有迁改锡赉恩数。自尔每有庆事,则啖以肉一斤,渠来必欢喜跳跃,然后食之以为常。凡数年,拜郎前一夕,渠来死。

李济翁曰:"案《王府新书》:杜元凯遗其子书曰:'书勿借人。'古人云借书一嗤,还书二嗤。嗤,笑也。后讹为'痴'字,而增至四,谓借一痴,借之二痴,索三痴,还四痴。"皆济翁云。前辈又以"痴"为"瓻"。瓻,酒器也。盖云借书以一瓻酒,还之亦以一瓻酒。"瓻"通作"鸱"。吴王取马革受子胥尸,沉之江。颜师古曰:"即今之盛酒鸱夷滕。"

冷 斋 夜 话

[宋]惠洪　撰

李保民　校点

校 点 说 明

《冷斋夜话》十卷,北宋僧人惠洪撰。惠洪俗家姓彭,自称觉范道人,筠州(今属江西高安)人。幼年父母双亡,出家为僧。徽宗政和元年(1111),右相张商英得罪被贬,惠洪受牵连,流放海南崖州。翌年遇赦,不久又坐事被诬入狱。约在建炎二年(1128)间死去。

惠洪与黄庭坚过从甚密,对其推崇备至,又好谈诗,故本书论诗十居七八,且多引黄庭坚语,并涉及司马光、苏轼、王安石、秦观等人。作者能诗,故所言多有可采之处。书中还记载了不少杂事,如卷八记石曼卿因马伏驭马失控堕地,以石学士、瓦学士的戏谑语言为之解嘲;卷九记张丞相好草书,书后连自己也不识,反而责怪他人"胡不早问"等,均可见当时文人官僚的生活习俗。

自宋晁公武《郡斋读书志》起,历代书目几乎都将本书归入小说家类,这是很有见地的。《四库全书总目提要》在肯定了本书"诗论实多中理解"的同时,又指责书中部分内容有伪造假托的嫌疑,这是误将笔记小说当作史家实录看待了。

《冷斋夜话》在宋代已有六卷本、十卷本刊刻,今皆不传。目前通行的有《稗海》本、《津逮秘书》本,以及《学津讨源》本,都作十卷。然书中标题每与内容抵牾,时乖本事。

这次校点,以《津逮秘书》本为底本,参校《稗海》本、《学津讨原》本,并参考了《诗话总龟》、《苕溪渔隐丛话》中的相关

条目。遇有异文,择善而从,不出校记。对书中存在的标题
与内容不符之处,在没有更好的古本可供校改的情况下,暂
仍其旧。

目　录

冷斋夜话卷一

江神嗜黄鲁直书韦诗

王荣老尝官于观州，欲渡观江，七日风作不得济。父老曰："公箧中必蓄宝物。此江神极灵，当献之得济。"荣老顾无所有，惟玉麈尾，即以献之，风如故；又以端砚献之，风愈作；又以宣包虎帐献之，皆不验。夜卧念曰：有黄鲁直草书扇头，题韦应物诗曰："独怜幽草涧边生，上有黄鹂深树鸣。春潮带雨晚来急，野渡无人舟自横。"即取视之，恍惚之际，曰："我犹不识，鬼宁识之乎？"持以献之。香火未收，天水相照，如两镜展对。南风徐来，帆一饷而济。予观江神必元祐迁客之鬼，不然何嗜之深邪？

秦少游作东坡笔语题壁

东坡初未识秦少游，少游知其将复过维扬，作坡笔语题壁于一山中寺。东坡果不能辨，大惊。及见孙莘老，出少游诗词数百篇，读之，乃叹曰："向书壁者，岂此郎邪！"

罗汉第五尊失队

予往临川景德寺，与谢无逸辈升阁，得禅月所画十八应真像甚奇，而失第五轴。予口占嘲之曰："十八应闻解唾根，少丛罗汉乱山门。不知何处进斋去，未见云堂第五尊。"明日，有女子来拜,叙曰:"儿南营兵妻也,寡而食素,夜梦一僧来,言曰:'我本景德僧,因行失队,烦相引归寺,可乎?'既觉,而邻家要饭,入其门,壁间有画僧,形状了然梦所见也。"时朱世英守临川,异之,使迎还,为阁藏之。予方少年时,罗汉且畏予嘲;及其老也,如梵吉者亦见侮,可怪也。

东坡梦铭红靴

东坡倅钱塘日,梦神宗召入禁,宫女环侍,一红衣女捧红靴一双,命轼铭之。觉而记其中一联云:"寒女之丝,铢积寸累。天步所临,云蒸雷起。"既毕,进御,上极叹其敏。使宫女送出,睇视裙带间有六言诗一首,曰:"百叠漪漪水皱,六铢縰縰云轻。植立含风广殿,微闻环珮摇声。"

诗 出 本 处

东坡作《海棠》诗曰:"只恐夜深花睡去,更烧银烛照红妆。"事见《太真外传》,曰:"上皇登沉香亭,诏太真妃子。妃子时卯醉未醒,命力士从侍儿扶掖而至。妃子醉颜残妆,鬓乱钗横,不能再拜,上皇笑曰:'岂是妃子醉,真海棠睡未足耳。'"作《尼童》诗曰:"应将白练作仙衣,不许红膏污天质。"事见则天长寿二年诏书,曰:"应天下尼童,用细白练为衣。"作《橄榄》诗曰:"待得微甘回齿颊,已输崖蜜十分甜。"事见《鬼谷子》,曰:"照夜青,萤也;百花酿,蜜也;崖蜜,樱桃也。"作《赠举子》诗曰:"平生万事足,所欠惟一死。"事见梁僧史,曰:"世祖宴东府,王公毕集,诏跋陀罗至。跋陀罗皤然清瘦,世祖望见,谓谢庄曰:'摩诃衍有机辩,当戏之。'跋陀趋外陛,世祖曰:'摩诃衍不负远来,惟有一死在。'即应声曰:'贫道客食陛下三十载,恩

德厚矣,无所欠,所欠者,惟一死耳。'"李太白诗曰:"昔作芙蓉
花,今为断肠草。以色事他人,能得几时好?"陶弘景仙方注
曰:"断肠草,不可食,其花美好,名芙蓉花。"

宋神宗诏禁中不得牧豭豘因悟太祖远略

陈莹中为予言:神宗皇帝一日行后苑,见牧豭豘者,问何
所用,牧者对曰:"自祖宗以来,长令畜之。自稚养以至大,则
杀之,又养稚者。前朝不敢易,亦不知果安用?"神宗沉思久
之,诏付所司:禁中自今不得复畜。数月,卫士忽获妖人,急欲
血浇之,禁中卒不能致。神宗方悟太祖远略亦及此。

东坡南迁朝云随侍作诗以佳之

东坡南迁,侍儿王朝云者请从行。东坡佳之,作诗,有序
曰:"世谓乐天有《鬻骆马放杨枝词》,佳其主老病不忍去也。
然梦得诗曰:'春尽絮飞留不得,随风好去落谁家。'乐天亦云:
'病与乐天相共住,春同樊素一时归。'则是樊素竟去也。予家
有数妾,四五年相继辞去,独朝云随予南迁。因读乐天诗,戏
作此赠之。"云:"不学杨枝别乐天,且同通德伴伶玄。伯仁络
秀不同老,天女维摩总解禅。经卷药炉新活计,舞裙歌板旧因
缘。丹成随我三山去,不作巫阳云雨仙。"盖绍圣元年十一月
也。三年七月十五日,朝云卒,葬于栖禅寺松林中,直大圣塔。
又和诗曰:"苗而不秀岂其天,不使童乌与我玄。驻景恨无千
岁药,赠行惟有小乘禅。伤心一念偿前债,弹指三生断后缘。
归卧竹根无远近,夜灯勤礼塔中仙。"又作《梅花》词曰"玉骨那
愁瘴雾"者,其寓意为朝云作也。秦少游曰:"唐诗《闺怨》词
曰:'绣阁开金锁,银台点夜灯。长征君自惯,独卧妾何曾。'此

正语病之著者,而选诗自谓精之,果精乎?"参寥子曰:"林下人好言诗,才见诵贯休、齐己诗,便不必闷。"

东 坡 书 壁

前辈访人不遇,皆不书壁。东坡作行,不肯书牌,其特地止书壁耳。候人未至,则扫墨竹。

古人贵识其真

东坡每曰:古人所贵者,贵其真。陶渊明耻为五斗米屈于乡里小儿,弃官去,归久之,复游城郭,偶有羡于华轩。汉高帝临大事,铸印销印,甚于儿戏,然其正直明白,照映千古,想见其为人。问士大夫萧何何以知韩信? 竟未有答之者。

东坡得陶渊明之遗意

东坡尝曰:渊明诗初看若散缓,熟看有奇趣。如"日暮巾柴车,路暗光已夕。归人望烟火,稚子候檐隙。"又曰:"采菊东篱下,悠然见南山。"又:"霭霭远人村,依依墟里烟。犬吠深巷中,鸡鸣桑树颠。"大率才高意远,则所寓得其妙,造语精到之至,遂能如此。似大匠运斤,不见斧凿之痕。不知者困疲精力,至死不之悟,而俗人亦谓之佳。如曰:"一千里色中秋月,十万军声半夜潮。"又曰:"蝴蝶梦中家万里,子规枝上月三更。"又曰:"深秋帘幕千家雨,落日楼台一笛风。"皆如寒乞相,一览便尽,初如秀整,熟视无神气,以其字露也。东坡作对则不然,如曰"山中老宿依然在,案上《楞严》已不看"之类,更无龃龉之态。细味对甚的,而字不露,此其得渊明之遗意耳。

凤翔壁上题诗

东坡曰：予少官凤翔，行山求邸，见壁间有诗曰："人间无漏仙，兀兀三杯醉。世上没眼禅，昏昏一觉睡。虽然没交涉，其奈略相似。相似尚如此，何况真个是。"故其海上作《浊醪有妙理赋》曰："尝因既醉之适，方识人心之正。"然此老言"人心之正"，如孟子言性善，何以异哉！

卢　橘

东坡诗曰："客来茶罢空无有，卢橘微黄尚带酸。"张嘉甫曰："卢橘何种果类？"答曰："枇杷是矣。"又问："何以验之？"答曰："事见相如赋。"嘉甫曰："卢橘夏熟，黄甘橙榛，枇杷橪柿，亭奈厚朴。卢橘果枇杷，则赋不应四句重用。应劭注曰：'《伊尹书》曰：箕山之东，青鸟之所，有卢橘，常夏熟。'不据依之，何也？"东坡笑曰："意不欲耳。"

东坡论文与可诗

东坡尝对欧公诵文与可诗曰："美人却扇坐，羞落庭下花。"欧公笑曰："与可无此句，与可拾得耳。"世徒知与可扫墨竹，不知其高才兼诸家之妙，诗尤精绝。戏作《鹭鸶》诗曰："颈细银钩浅曲，脚高绿玉深翘。岸上水禽无数，有谁似汝风标。"

的　对

东坡曰：世间之物，未有无对者，皆自然生成之象。虽文字之语，但学者不思耳。如因事，当时为之语曰"刘蕡下第，我辈登科"，则其前有"雍齿且侯，吾属何患"。太宗曰'我见魏徵常媚妩"，则德宗乃曰"人言卢杞是奸邪"。

东坡留题姜唐佐扇杨道士息轩姜秀郎几间

　　东坡在儋耳，有姜唐佐从乞诗。唐佐，朱崖人，亦书生。东坡借其手中扇，大书其上曰："沧海何曾断地脉，朱崖从此破天荒。"又《书司命宫杨道士息轩》曰："无事此静坐，一日是两日。若活七十年，便是百四十。黄金不可成，白发日夜出。开眼三十秋，速于驹过隙。是故东坡老，贵汝一念息。时来登此轩，望见过海席。家山归未得，题诗寄屋壁。"又尝醉插茉莉，嚼槟榔，戏书姜秀郎几间曰："暗麝著人簪茉莉，红潮登颊醉槟榔。"其超放如此。

换骨夺胎法

　　山谷云："诗意无穷，而人之才有限。以有限之才，追无穷之意，虽渊明、少陵，不得工也。然不易其意而造其语，谓之换骨法；窥入其意而形容之，谓之夺胎法。如郑谷《十日菊》曰：'自缘今日人心别，未必秋香一夜衰。'此意甚佳，而病在气不长；西汉文章雄深雅健者，其气长故也。曾子固曰：'诗当使人一览语尽而意有余，乃古人用心处。'所以荆公《菊》诗曰：'千花万卉雕零后，始见闲人把一枝。'东坡则曰：'万事到头终是梦，休！休！休！明日黄花蝶也愁。'又如李翰林诗曰：'鸟飞不尽暮天碧。'又曰：'青天尽处没孤鸿。'然其病如前所论。"山谷作《登达观台》诗曰："瘦藤拄到风烟上，乞与游人眼界开。不知眼界阔多少，白鸟去尽青天回。"凡此之类，皆换骨法也。顾况诗曰："一别二十年，人堪几回别。"其诗简拔而立意精确。舒王作《与故人》诗云："一日君家把酒杯，六年波浪与尘埃。

不知乌石江边路,到老相逢得几回。"乐天诗曰:"临风杪秋树,
对酒长年身。醉貌如霜叶,虽红不是春。"东坡《南中作》诗云:
"儿童误喜朱颜在,一笑那知是醉红。"凡此之类,皆夺胎法也。
学者不可不知。

诗 用 方 言

诗人多用方言。南人谓象牙为白暗,犀为黑暗,故老杜诗
曰:"黑暗通蛮货。"又谓睡美为黑甜,饮酒为软饱,故东坡诗
曰:"三杯软饱后,一枕黑甜余。"

老 妪 解 诗

白乐天每作诗,令一老妪解之,问曰:"解否?"妪曰解,则
录之;不解,则易之。故唐末之诗近于鄙俚。

采 石 渡 鬼

欧阳文忠公庆历末宿采石,舟人甫睡,潮至月黑,公方就
寝,微闻呼声曰:"去未?"舟尾有答者曰:"有参政船宿此,不可
擅去,斋料幸为携至。"五鼓,岸上腊腊驰骤声,舟尾者呼曰:
"斋料幸见还。"有且行且答者曰:"道场不清净,无所得。"公异
之。后游金山,与长老瑞新语,新曰:"某夜建水陆,有施主携
室至,忽乳一子,俄觉腥风灭烛,大众恐。"使人问其时,公宿采
石之夜。其后蔡州求退之锐者,亦其前知然耶?时公自参知
政事除蔡州。黄鲁直熙宁初宿石塘寺,寺有鬼灵异,僧敬信
之。一夕梦曰:"分宁黄刑部至。"僧曰:"侍郎乎,尚书乎?"曰:
"侍郎也。"鲁直南迁已六十,亲故忧其祸大,又南方瘴雾,非菜
肚老人所宜。鲁直笑曰:"宜州者,所以宜人也。且石塘鬼侍

郎之言,岂欺我哉!"鲁直竟殁于宜州。较采石之鬼,何愚智相去三十里。岂鲁直痴绝,故欺之耶?

李后主亡国偈

宋太祖将问罪江南,李后主用谋臣计,欲拒王师。法眼禅师观牡丹于大内,因作偈讽之曰:"拥毳对芳丛,由来趣不同。发从今日白,花似去年红。艳曳随朝露,馨香逐晚风。何须待零落,然后始知空。"后主不省,王师旋渡江。

冷斋夜话卷二

韩欧范苏嗜诗

韩魏公罢政判北京,作《园中行》诗:"风定晓枝蝴蝶闹,雨匀春圃桔槔闲。"又尝谓意趣所见,多见于嗜好。欧阳文忠喜士,为天下第一,尝好诵孔北海"坐上客常满,樽中酒不空"。范文正公清严,而喜论兵,尝好诵韦苏州诗"兵卫森画戟,燕寝凝清香"。东坡友爱子由,而性嗜清境,每诵"何时风雨夜,复此对床眠"。山谷寄傲士林,而意趣不忘江湖,其作诗曰:"九陌黄尘乌帽底,五湖春水白鸥前。"又曰:"九衢尘土乌靴底,想见沧洲白鸟双。"又曰:"梦作白鸥去,江湖水贴天。"又作《演雅》诗曰:"江南野水碧于天,中有白鸥似我闲。"

陈无己挽诗

予问山谷:"今之诗人,谁为冠?"曰:"无出陈师道无己。"问:"其佳句如何?"曰:"吾见其作温公挽词一联,便知其才不可敌。曰:'政虽随日化,身已要人扶。'"

洪驹父评诗之误

洪驹父曰:"柳子厚诗曰:'欸乃一声山水绿。'欸音奥,而世俗乃分欸为二字,误矣。如老杜诗曰:'雨脚泥滑滑。'世俗为'两脚泥滑滑'。王元之诗曰:'春残叶密花枝少,睡起茶亲酒盏疏。'世以为'睡起茶多酒盏疏'。多此类"。

留食戏语大笑喷饭

予与李德修、游公义过一新贵人,贵人留食。予三人者,皆以左手举箸,贵人曰:"公等皆左转也。"予遂应声曰:"我辈自应须左转,知君岂是背匙人。"一座大笑,喷饭满案。

欧阳黄牛庙东坡钱塘诗

欧阳公《黄牛庙》诗曰:"石马系祠门。"东坡《钱塘》诗曰:"我识南屏金鲫鱼。"二句皆似童稚语,然一时之事。欧阳尝梦至一神祠,祠有石马缺左耳。及谪夷陵,过黄牛庙,所见如梦。西湖南屏山兴教寺池有鲫十余尾,金色,道人斋余,争倚槛投饼饵为戏。东坡习西湖久,故寓于诗词耳。

古乐府前辈多用其句

予尝馆州南客邸,见所谓尝卖者,破箧中有诗编写本,字多漫灭,皆晋简文帝时名公卿,而诗语工甚。有古意乐府曰"绣幕围香风,耳节朱丝桐。不知理何事,浅立经营中。护惜加穷袴,堤防托守宫。今日牛羊上丘垅,当时近前面发红"云云。前辈多全用其句,老杜曰:"意象惨淡经营中。"李长吉曰:"罗帏绣幕围春风。"山谷曰:"牛羊今日上丘垅,当时近前左右瞋。"予见鲁直,未得此书。穷袴,汉时语也,今裆袴是也。

雷轰荐福碑

范文正公镇鄱阳,有书生献诗甚工,文正礼之。书生自言天下之至寒饿者,无在某右。时盛行欧阳率更书,《荐福寺

碑》墨本直千钱。文正为具纸墨，打千本，使售于京师。纸墨
已具，一夕，雷击碎其碑。故时人为之语曰："有客打碑来荐
福，无人骑鹤上扬州。"东坡作《穷措大》诗曰："一夕雷轰荐福
碑。"

立春王禹玉口占一绝

欧公、王禹玉俱在翰苑，立春日当进诗贴子。会温成皇后
薨，阁虚不进，有旨亦令进。欧公经营中，禹玉口占便写，曰：
"昔闻海上有三山，烟锁楼台日月闲。花似玉容长不老，只应
春色胜人间。"欧公喜其敏速。禹玉，欧公门生也，而同局，近
世盛事。其诗略曰"当年叨入武成宫，曾看挥毫气吐虹。梦寐
闲思十年事，笑谈今此一樽同。喜君新赐黄金带，顾我今为白
发翁"云云。

稚　　子

老杜诗曰："竹根稚子无人见，沙上凫雏并母眠。"世或不
解"稚子无人见"何等语。唐人《食笋》诗曰："稚子脱锦褓，骈
头玉香滑。"则稚子为笋明矣。赞宁《杂志》曰："竹根有鼠大如
猫，其色类竹，名竹豚，亦名稚子。"予问韩子苍，子苍曰："笋名
稚子，老杜之意也，不用《食笋》诗亦可耳。"

老杜刘禹锡白居易诗言妃子死

老杜《北征》诗曰："唯昔艰难初，事与前世别。不闻夏商
衰，终自诛褒妲。"意者，明皇鉴夏、商之败，畏天悔过，赐妃子
死也。而刘禹锡《马嵬》诗曰："官军诛佞幸，天子舍夭姬。群
吏伏门屏，贵人牵帝衣。"白乐天《长恨》词曰："六军不发争奈

何,宛转蛾眉马前死。"乃是官军迫使杀妃子,歌咏禄山叛逆耳。孰谓刘、白能诗哉!其去老杜何啻九牛毛耶?《北征》诗识君臣之大体,忠义之气与秋色争高,可贵也。

馆中夜谈韩退之诗

沈存中、吕惠卿吉甫、王存正仲、李常公泽,治平中在馆中夜谈诗,存中曰:"退之诗,押韵之文耳,虽健美富赡,然终不是诗。"吉甫曰:"诗正当如是,吾谓诗人亦未有如退之者。"正仲是存中,公泽是吉甫,于是四人者相交攻,久不决。公泽正色谓正仲曰:"君子群而不党,公独党存中。"正仲怒曰:"我所见如此,偶因存中便谓之党,则君非党吉甫乎?"一坐大笑。予尝熟味退之诗,真出自然,其用事深密,高出老杜之上。如《符读书城南》诗"少长聚嬉戏,不殊同队鱼",又"脑脂盖眼卧壮士,大招挂壁何由弯",皆自然也。襄阳魏泰曰:"韩退之诗曰:'剥苔吊斑林,角黍饵沉冢。'竹非墨点之斑也。楚竹初生,藓封之,土人斫之,浸水中,洗去藓,故藓痕成紫晕耳。"

昭州崇宁寺观音竹永州澹山狐

邹志完南迁,自号道乡居士。在昭州江上为居室,近崇宁寺。因阅《华严经》于观音像前,有修竹三根生像之后,志完揭茅出之,不可,乃垂枝覆像,有如今世画宝陀山岩竹,今犹在。昭人扃锁之,以俟过客游观。比还,过永州澹山岩,岩有驯狐,凡贵客至则鸣。志完将至,而狐辄鸣。寺僧出迎,志完怪之,僧以狐鸣为对。志完作诗曰:"我入幽岩亦偶然,初无消息与人传。驯狐戏学仙伽客,一夜飞鸣报老禅。"

僧赋蒸豚诗

王中令既平蜀,捕逐余寇,与部队相远,饥甚,入一村寺中。主僧醉甚,箕踞。公怒,欲斩之,僧应对不惧。公奇而赦之,问求蔬食,僧曰:"有肉无蔬。"公益奇之。馈之以蒸猪头,食之甚美,公喜问:"僧止能饮酒食肉耶? 为有他技也?"僧自言能为诗,公令赋食蒸豚诗,操笔立成,曰:"嘴长毛短浅含膘,久向山中食药苗。蒸处已将蕉叶裹,熟时兼用杏浆浇。红鲜雅称金盘荐,软熟真堪玉箸挑。共把膻根来比并,膻根只合吃藤条。"公大喜,与紫衣师号。东坡元祐初见公之玄孙讷,夜话及此,为记之。

王平甫梦至灵芝宫

王平甫熙宁癸丑岁,直宿崇文馆,梦有人挟之至海上。见海中央宫殿甚盛,其中作乐,笙箫鼓吹之伎甚众,题其宫曰"灵芝宫"。平甫欲与俱往,有人在宫侧,谓曰:"时未至,且令去,他日当迎之。"至此恍然梦觉,时禁中已钟鸣。平甫颇自负不凡,为诗记之曰:"万顷波涛木叶飞,笙歌宫殿号灵芝。挥毫不似人间世,长乐钟来梦觉时。"

安世高请福郋亭庙秦少游宿此梦天女求赞

安世高者,安息国王之嫡子也,为沙门。汉桓帝建和初至长安,灵帝末关中大乱,谓人曰:"我有道伴在江南,当往省之。"人曰:"游宦乎,沙门乎?"曰:"以嗔故为神,然吾亦往广州偿债耳。"世高舟次庐山郋亭湖庙下,庙甚灵,能分风送往来之舟。世高舟人捧牲请福,神辄降曰:"舟有沙门,乃不俱来耶!"

世高闻之,为至庙下。神复语曰:"我果以多嗔至此业,今家此湖,千里皆所辖,以虽嗔而好施,故多宝玩。以缣千匹黄白物付君,为建佛寺为冥福。"今洪州大安寺是也。秦少游南迁,宿庙下,登岸纵望,久之,归卧舟中。闻风声,侧枕视,微波月影纵横,追忆昔尝宿云老惜竹轩,见西湖月色如此。遂梦美人,自言维摩诘散花天女也,以维摩诘像来求赞。少游爱其画,默念曰:非道子不能作此。天女以诗戏少游曰:"不知水宿分风浦,何似秋眠惜竹轩。闻道诗词妙天下,庐山对眼可无言。"少游梦中题其像曰:"竺仪华梦,瘴面囚首,口虽不言,十分似九。天笑覆大千作狮子吼,不如博取妙喜如陶家手。"予过雷州天宁,与戒禅夜话,问少游字画。戒出此传为示,少游笔迹也。

冷斋夜话卷三

诸葛亮刘伶陶潜李令伯文如肺腑中流出

李格非善论文章,尝曰:"诸葛孔明《出师表》,刘伶《酒德颂》,陶渊明《归去来辞》,李令伯《陈情表》,皆沛然从肺腑中流出,殊不见斧凿痕。是数君子,在后汉之末、两晋之间,初未尝以文章名世,而其意超迈如此。吾是知文章以气为主,气以诚为主。"故老杜谓之诗史者,其大过人在诚实耳。诚实著见,学者多不晓。如玉川子《归醉》诗曰:"昨夜村饮归,健倒三四五。摩挲青莓苔,莫嗔惊着汝。"王荆公用其意,作《扇子》诗曰:"玉斧修成宝月团,月边仍有女乘鸾。青冥风露非人世,鬓乱钗横特地寒。"

池 塘 生 春 草

舒公云:"'池塘生春草,园柳变鸣禽'之句,谓有神助,其妙意不可以言传。"而古今文士多从而称之,谓之确论。独李元膺曰:"予反覆观此句,未有过人处,不知舒公何从见其妙?"盖古今佳句在此一联之上者尚多。古之人意有所至,则见于情,诗句盖其寓也。谢公平生喜见惠连,梦中得之,盖当论其情意,不当泥其句也。如谢东山喜见华昙,羊叔子喜见邹湛,王述喜见坦之,皆其情意所至,不可名状,特无诗句耳。

诗说烟波缥缈处

予自并州还故里,馆延福寺。寺前有小溪,风物类斜川,予儿童时戏剧处也。尝春深独行溪上,作小诗曰:"小溪倚春涨,攘我钓月湾。新晴为不平,约束晚见还。银梭时拨剌,破碎波中山。整约背落中,一叶软红间。"又尝暮寒归见白鸟,作诗曰:"剩水残山惨淡间,白鸥无事钓舟闲。个中着我添图画,便似华亭落照湾。"鲁直谓予曰:"观君诗说烟波缥缈处,如陆忠州论国政,字字坦夷。前身非篙师、沙户种类耶?"有诗,其略曰:"吾年六十子方半,槁项螺巅度岁年。脱却衲衣着蓑笠,来佐涪翁刺钓船。"予尝对渊材诵之,渊材曰:"此退之赠澄观'我欲收敛加冠巾'换骨句也。"

山谷集句贵拙速不贵巧迟

集句诗,山谷谓之百家衣体,其法贵拙速,而不贵巧迟。如前辈曰"晴湖胜镜碧,衰柳似金黄",又曰"事治闲景象,摩挲白髭须",又曰"古瓦磨为砚,闲砧坐当床",人以为巧,然皆疲费精力,积日月而后成,不足贵也。

东坡美谪仙句语作赞

"晓披云梦泽,笠钓青茫茫。"又曰:"暮骑紫云去,海气侵肌凉。"东坡曰:"此语非李太白不能道也。"尝作赞曰:"天人几何同一沤,谪仙非谪乃其游。挥斥八极隘九州,化为两鸟鸣相酬,一鸣一止三千秋。开元有道为少留,縻之不可劂肯求。东望太白横峨岷,眼高四海空无人。大儿汾阳中令君,小儿天台坐忘身。生平不识高将军,手污吾足乃敢嗔,作诗大笑君应闻。”

韦苏州寄全椒道人诗

东坡曰:“罗浮有野人,山中隐者或见之,相传葛稚川之隶也。有邓道士者,尝见其足迹。”予偶读韦苏州诗《寄全椒道士》云:“今朝郡斋冷,忽念山中客。涧底束荆薪,归来煮白石。遥持一樽酒,远慰风雨夕。落叶满空山,何处寻行迹。”味其风度,则全椒道士亦邓君之流乎?因以酒往问,依苏州韵作诗寄之曰:“一杯罗浮春,远馈采薇客。遥知独酌罢,醉卧松下石。幽人不可见,清啸闻月夕。聊戏庵中人,飞空本无迹。”

棋 隐 语

舒王在钟山,有道士求谒,因与棋,辄作数语曰:“彼亦不敢先,此亦不敢先。惟其不敢先,是以无所争。惟其无所争,故能入于不死不生。”舒王笑曰:“此特棋隐语也。”

李元膺丧妻长短句

许彦周曰:李元膺作南京教官,丧妻,作长短句曰:“去年相逢深院宇,海棠下,曾歌《金缕》。歌罢花如雨。翠罗衫上,点点红无数。　　今岁重寻携手处,物是人非春莫。回首青门路。乱红飞絮,相逐东风去。”李元膺寻亦卒。

秦国大长公主挽词

秦国大长公主薨,神考赐挽词三首曰:“海阔三山路,香轮定不归。帐深空翡翠,珮冷失珠玑。明月留歌扇,残霞散舞衣。都门送车返,宿草自春菲。”又曰:“晓发城西道,灵车望更

遥。春风空鲁馆,明月断秦箫。尘入罗衣暗,香随玉篆销。芳
魂飞北渚,那复可为招。"又曰:"庆自天源发,恩从国爱申。歌
钟虽在馆,桃李不成春。水折空还沁,楼高已隔秦。区区会稽
市,无复献珠人。"元丰初,臣魏泰载之于《诗话》中,虽穆王《黄
竹》、汉高《大风》之词,莫可拟其仿佛。噫!岂特前代帝王,盖
古今词章之工者,无此作也。

荆公钟山东坡余杭诗

山谷云:"天下清景,初不择贤愚而与之遇,然吾特疑端为
我辈设。荆公在钟山定林,与客夜对,偶作诗曰:'残生伤性老
耽书,年少东来复起予。夜据槁梧同不寐,偶然闻雨落阶除。'
东坡宿余杭山寺,赠僧曰:'暮鼓朝钟自击撞,闭门敧枕有残
缸。白灰旋拨通红火,卧听萧萧雪打窗。'"人以山谷之言为确
论。

少游鲁直被谪作诗

少游调雷,凄怆,有诗曰:"南土四时都热,愁人日夜俱长。
安得此身如石,一时忘了家乡。"鲁直谪宜,殊坦夷,作诗云:
"老色日上面,欢情日去心。今既不如昔,后当不如今。""轻纱
一幅巾,短簟六尺床。无客白日静,有风终夕凉。"少游钟情,
故其诗酸楚;鲁直学道休歇,故其诗闲暇。至于东坡《南中》诗
曰:"平生万事足,所欠惟一死。"则英特迈往之气,不受梦幻折
困,可畏而仰哉!

活 人 手 段

司马温公童稚时,与群儿戏于庭。庭有大瓮,一儿登之,

偶堕瓮水中,群儿皆弃去,公则以石击瓮,水因穴而迸,儿得不死。盖其活人手段已见于龆龀中,至今京洛间多为《小儿击瓮图》。

诗 未 易 识

唐诗有"竹径通幽处,禅房花木深"之句,欧阳文忠公爱之,每以语客曰:"古人工为发端,心虽晓之,而才莫逮。欲仿此为一联,终莫之能。"以文忠公之才而谓不能,诗盖未易识也。

冷斋夜话卷四

诗话妄易句法之病

司马温公诗话曰:魏野诗云:"烧叶炉中无宿火,读书窗下有残灯。"而俗人易"叶"为"药",不止不佳,亦和下句无气味。鲁直曰:老杜诗云:"黄独无苗山雪盛。""黄独"者,芋魁小者耳,江南名曰土卵,两川多食之,而俗人易曰"黄精"。子美流离,亦未有道人剑客食黄精也。如渊明曰:"采菊东篱下,悠然见南山。"其浑成风味,句法如生成。而俗人易曰"望南山",一字之差,遂失古人情状,学者不可不知也。

五言四句诗得于天趣

吾弟超然喜论诗,其为人纯至有风味,尝曰:"陈叔宝绝无肺肠,然诗语有警绝者,如曰:'午醉醒未晚,无人梦自惊。夕阳如有意,偏傍小窗明。'王维摩诘《中山》诗曰:'溪清白石出,天寒红叶稀。山路元无雨,空翠湿人衣。'舒王《百家夜休》曰:'相看不忍发,惨澹暮潮平。欲别更携手,月明洲渚生。'此皆得于天趣。"予问之曰:"句法固佳,然何以识其天趣?"超然曰:"能言萧何所以识韩信,则天趣可言。"予竟不能诘,叹曰:"微超然,谁知之!"

梦 中 作 诗

崇宁元年元日,粥罢昏睡,梦中忽作一诗,既觉辄能记之,曰:"无赖东风试怒号,共乘一叶傲惊涛。不知两岸人皆愕,但觉中流笑语高。"三月七日,偶与莹中济湘江,是日大风,当断渡,而莹中必欲宿道林,小舟掀舞向浪中,两岸聚观胆落,而莹中笑声愈高。予绅绎梦中诗以语莹中,莹中云:"此段公案,三十年后大行丛林也。"

西 昆 体

诗到李义山,谓之文章一厄。以其用事僻涩,时称西昆体。然荆公晚年,亦或喜之,而字字有根蒂。如作《雪》诗曰:"借问火城将策探,何如云屋听窗知。"又曰:"未爱京师传谷口,但知乡里胜壶头。"其用事琢句,前辈无相犯者。昔李师中作《送唐介谪官》诗曰"去国一身轻似叶,高名千古重于山。并游英俊颜何厚,未死奸谀骨已寒"云云。已而,闻介赴月首上官,李大敬,以书索其诗。唐公笑曰:"吾正不用此无对属落韵诗。"遂以还之。李大敬,久之乃悟"一身"、"千古"非挟对,与荆公措意异矣。

诗比美女美丈夫

前辈作花诗,多用美女比其状,如曰:"若教解语应倾国,任是无情也动人。"诚然哉。山谷作《酴醾》诗曰:"露湿何郎试汤饼,日烘荀令炷炉香。"乃用美丈夫比之,特若出类。而吾叔渊材作《海棠》诗又不然,曰:"雨过温泉浴妃子,露浓汤饼试何郎。"意尤工也。

道潜作诗追法渊明乃十四字师号

道潜作诗,追法渊明,其语逼真处,曰:"数声柔橹苍茫外,何处江村人夜归?"又曰:"隔林仿佛闻机杼,知有人家住翠微。"时从东坡在黄州,京师士大夫以书抵坡曰:"闻公与诗僧相从,岂非'隔林仿佛闻机杼'者乎? 真东山胜游也!"坡以书示潜,诵前句,笑曰:"此吾师十四字师号耳。"

元章瀑布诗

米芾元章豪放,戏谑有味,士大夫多能言其作止。有书名,尝大字书曰:"吾有《瀑布》诗,古今赛不得。最好是'一条界破青山色'。"人固以怪之,其后题云:"苏子瞻曰:'此是白乐天奴子诗。'"见者莫不大笑。

诗句含蓄

诗有句含蓄者,如老杜曰"勋业频看镜,行藏独倚楼",郑云叟曰"相看临远水,独自上孤舟"是也。有意含蓄者,如《宫词》曰"银烛秋光冷画屏,轻罗小扇扑流萤。天街夜色凉于水,卧看牵牛织女星",又《嘲人》诗曰"怪来妆阁闭,朝下不相迎。总向春园里,花间笑语声"是也。有句意俱含蓄者,如《九日》诗曰"明年此会知谁健,醉把茱萸子细看",《宫怨》诗曰"玉容不及寒鸦色,犹带朝阳日影来"是也。

满城风雨近重阳

黄州潘大临工诗,多佳句,然甚贫,东坡、山谷尤喜之。临川谢无逸以书问:"有新作否?"潘答书曰:"秋来景物,件件是佳句,恨为俗氛所蔽翳。昨日闲卧,闻搅林风雨声,欣然起,题其壁曰'满城风雨近重阳',忽催租人至,遂败意。止此一句奉寄。"闻者笑其迂阔。

天　　棘

王仲正言:"老杜诗:'江莲摇白羽,天棘蔓青丝。'天棘非烟雨,自是一种物,曾见于一小说,今忘之。"高秀实曰:"天棘,天门冬也,一名颠棘,非天棘也。"王元之诗曰:"水芝卧玉腕,天棘舞金丝。"则天棘盖柳也。

琥　　珀

韦应物作《琥珀》诗曰:"曾为老茯苓,元是寒松液。蚊蚋落其中,千年犹可亲。"旧说松液入地千年所化,令烧之尚作松气。尝见琥珀中有物如蜂,然此物自外国来,地有茯苓处皆无琥珀,不知韦公何以知之?

诗　误　字

老杜诗曰:"白鸥没浩荡,万里谁能驯。"今误作"波浩荡",非唯无气味,亦分外闲置"波"字。舒王曰:"道人北山来,问松我东冈。举手指屋脊,云今如许长。"今误作"问松栽东冈",与"波浩荡"当并按也。

王荆公东坡诗之妙

对句法,诗人穷尽其变,不过以事、以意、以出处具备谓之妙,如荆公曰:"平昔离愁宽带眼,迄今归思满琴心。"又曰:"欲寄岁寒无善画,赖传悲壮有能琴。"乃不若东坡征意特奇,如曰:"见说骑鲸游汗漫,亦曾扪虱话辛酸。"又曰:"蚕市风光思故国,马行灯火记当年。"又曰:"龙骧万斛不敢过,渔舟一叶纵掀舞。"以"鲸"为"虱"对,以"龙骧"为"渔舟"对,小大气焰之不等,其意若玩世。谓之秀杰之气终不可没者,此类是也。

诗　忌

今人之诗,例无精彩,其气夺也。夫气之夺人,百种禁忌,诗亦如之。富贵中不得言贫贱事,少壮中不得言衰老事,康强中不得言疾病死亡事,脱或犯之,人谓之诗谶,谓之无气,是大不然。诗者,妙观逸想之所寓也,岂可限以绳墨哉!如王维作《画雪中芭蕉》诗,法眼观之,知其神情寄寓于物,俗论则讥以为不知寒暑。荆公方大拜,贺客盈门,忽点墨书其壁曰:"霜筠雪竹钟山寺,投老归欤寄此生。"坡在儋耳作诗曰:"平生万事足,所欠惟一死。"岂可与世俗论哉!予尝与客论至此,而客不然予论。予作诗自志其略,曰"东坡醉墨浩琳琅,千首空余万丈光。雪里芭蕉失寒暑,眼中骐骥略玄黄"云云。

诗言其用不言其名

用事琢句,妙在言其用,不言其名耳。此法唯荆公、东坡、山谷三老知之。荆公曰:"含风鸭绿鳞鳞起,弄日鹅黄袅袅垂。"此言水柳之用,而不言水柳之名也。东坡《别子由》诗:"犹胜相逢不相识,形容变尽语音存。"此用事而不言其名也。山谷曰:"管城子无食肉相,孔方兄有绝交书。"又曰:"语言少味无阿堵,冰雪相看有此君。"又曰:"眼有人情如格五,心知世事等朝三。""格五",今之蹙融是也。《后汉》注云:"常置人于险处耳。"然句中眼者,世尤不能解。语言者,盖其德之候也,故曰："有德者必有言。"王荆公欲革历世因循之弊，以新王化，作"雪"诗，其略曰："势合便疑包地尽，功成终欲放春回。农家不验丰年瑞，只欲青天万里开。"

贾 岛 诗

贾岛诗有影略句，韩退之喜之。其《渡桑乾》诗曰："客舍并州三十霜，归心日夜忆咸阳。如今更渡桑乾水，却望并州是故乡。"又《赴长江道中》诗曰："策杖驰山驿，逢人问梓州。长江那可到，行客替生愁。"

诗 用 方 言

句法欲老健有英气，当间用方俗言为妙，如奇男子行人群中，自然有颖脱不可干之韵。老杜《八仙诗》，序李白曰"天子呼来不上船"，方俗言也，所谓襟纫是也。"家家养乌鬼，顿顿食黄鱼"，川峡路人家多供祀乌蛮鬼，以临江故，顿顿食黄鱼耳。俗人不解，便作养畜字读，遂使沈存中自差乌鬼为鸬鹚也。"夜阑更秉烛，相对如梦寐"，更互秉烛照之，恐尚是梦也。作"更"字读，则失其意甚矣。山谷每笑之，如所谓"一霎杜公雨，数番花信风"之类是也。江左风流久已零落，士大夫人品不高，故奇韵灭绝。东晋骚人胜士最多，皆无出谢安石之右，烟飞空翠之间，乃携娉婷登临之，与夫雪夜访山阴故人兴尽而返、下马据胡床、三弄而去者，异矣。

舒 王 女 能 诗

舒王女，吴安持之妻蓬莱县君，工诗多佳句。有诗寄舒王曰："西风不入小窗纱，秋气应怜我忆家。极目江山千里恨，依然和泪看黄花。"舒王以《楞严经新释》付之,有和诗曰:"青灯一点映窗纱,好读《楞严》莫忆家。能了诸缘如幻梦,世间惟有妙莲花。"

冷斋夜话卷五

赌输梅诗罚松声诗

王文公居钟山,尝与薛处士棋,赌梅诗,输一首,曰:"华发寻香始见梅,一枝临路雪培堆。凤城南陌他年忆,杳杳难随驿使来。"又尝与俞秀老至报宁,公方假寐,秀老私跨驴,入法云谒宝觉禅师,公知之。有顷,秀老至,公佯睡,睡起,遣秀老下阶曰:"为僧子乃敢盗跨吾驴。"秀老叩头,愿有以自赎其罪,寺僧亦为之解劝。公徐曰:"罚松声诗一首。"秀老立就,其词极佳,山中人忘之,予为补曰:"万壑摇苍烟,百滩渡流水。下有跨驴人,萧萧吹醉耳。"

东 坡 藏 记

舒王在钟山,有客自黄州来。公曰:"东坡近日有何妙语?"客曰:"东坡宿于临皋亭,醉梦而起,作《成都圣像藏记》千有余言,点定才一两字。有写本,适留舟中。"公遣人取而至。时月出东南,林影在地,公展读于风檐,喜见眉须,曰:"子瞻,人中龙也,然有一字未稳。"客曰:"愿闻之。"公曰:"'日胜日贫',不若曰'如人善博,日胜日负'耳。"东坡闻之,拊手大笑,亦以公为知言。

荆 公 梅 诗

荆公尝访一高士,不遇,题其壁曰:"墙角数枝梅,凌寒特地开。遥知不是雪,为有暗香来。"

诗 置 动 静 意

荆公曰:"前辈诗云'风静花犹落',静中见动意;'鸟鸣山更幽',动中见静意。"山谷曰:"此老论诗,不失解经旨趣,亦何怪耶?"唐诗有曰"海日生残夜,江春入暮年"者,置早意于残晚中;有曰"惊蝉移别柳,斗雀堕闲庭"者,置静意于喧动中。东坡作《眉子研》诗,其略曰:"君不见长安画手开十眉,横云却月争新奇。游人指点小鬐处,中有渔阳胡马嘶。"用此微意也。

舒王山谷赋诗

舒王宿金山寺,赋诗,一夕而成长句,妙绝。如曰"天多剩得月,月落闻归鼓",又曰"乃知像教力,但渡无所苦"之类,如生成。山谷在星渚,赋道士快轩诗,点笔立成,其略曰:"吟诗作赋北窗里,万言不及一杯水,愿得青天化为一张纸。"想见其高韵,气摩云霄,独立万象之表。笔端三昧,游戏自在也。

王荆公诗用事

舒王晚年诗曰:"红梨无叶庇华身,黄菊分香委路尘。岁晚苍官才自保,日高青女尚横陈。"又曰:"木落冈峦因自献,水归洲渚得横陈。"山谷谓予曰:"自献横陈事,见相如赋,荆公不应用耳。"予曰:"《首楞严经》亦曰:'于横陈时,味如嚼蜡。'"

苏王警句

唐诗有曰:"长因送人处,忆得别家时。"又曰:"旧国别多日,故人无少年。"荆公用其意,作古今不经人道语。荆公诗曰:"木末北山烟冉冉,草根南涧水泠泠。缲成白雪桑重绿,割尽黄云稻正青。"东坡曰:"桑畴雨过罗纨腻,麦陇风来饼饵香。"如《华严经》举因知果,譬如莲花,方其吐华,而果具蕊中。

句中眼

造语之工,至于荆公、东坡、山谷,尽古今之变。荆公曰:"江月转空为白昼,岭云分暝与黄昏。"又曰:"一水护田将绿绕,两山排闼送青来。"东坡《海棠》诗曰:"只恐夜深花睡去,高烧银烛照红妆。"又曰:"我携此石归,袖中有东海。"山谷曰:"此皆谓之句中眼,学者不知此妙语,韵终不胜。"

舒王编四家诗

舒王以李太白、杜少陵、韩退之、欧阳永叔诗,编为《四家诗集》,而以欧公居太白之上,世莫晓其意。舒王尝曰:"太白词语迅快,无疏脱处;然其识污下,诗词十句九句言妇人酒耳。欧公,今代诗人未有出其右者,但恨其不修《三国志》而修《五代史》耳。"如欧公诗曰"行人仰头飞鸟惊"之句,亦有佳趣,第人不解耳。

范文正公蚊诗

范仲淹少时,求为秦州西溪监盐,其志欲吞西夏,知用兵利病耳。而廨舍多蚊蚋,文正戏题其壁曰:"饱去樱桃重,饥来柳絮轻。但知离此去,不用问前程。"虽戏笑之语,亦恺悌浑厚之气逼人,况其大者乎?

柳诗有奇趣

柳子厚诗曰:"渔翁夜傍西岩宿,晓汲清湘然楚竹。烟消日出不见人,欸音奥。乃霭一声山水绿。回看天际下中流,岩上无心云相逐。"东坡云:"诗以奇趣为宗,反常合道为趣,熟味此诗,有奇趣。然其尾两句,虽不必亦可。"欸乃,三老相呼声也。

东坡属对

予游儋耳,及见黎民为予言,东坡无日不相从乞园蔬。出其临别北渡时诗:"我本儋耳民,寄生西蜀州。忽然跨海去,譬如事远游。平生生死梦,三者无劣优。知君不再见,欲去且少留。"其末云:"新酝佳甚,求一具,临行写此诗,以折菜钱。"又登望海亭,柱间有擘窠大字曰:"贪看白鸟横秋浦,不觉青林没暮湖。"又谒姜唐佐,唐佐不在,见其母。母迎笑,食予槟榔。予问母:"识苏公否?"母曰:"识之,然无奈其好吟诗。公尝杖而至,指西木凳,自坐其上,问曰:'秀才何往?'我言入村落未还。有包灯心纸,公以手拭开,书满纸,祝曰:'秀才归,当示之。'今尚在。"予索读之,醉墨欹倾,曰:"张睢阳生犹骂贼,嚼齿空龈;颜平原死不忘君,握拳透爪。"

林和靖送遵式诗

王冀公镇金陵,以书致钱塘讲师遵式,遵式以病辞。及愈,将谒公,乃过孤山和靖先生林逋,逋以诗送之曰:"虎牙熊轼隐铃斋,棠树阴阴长碧苔。丞相望崇宾谒少,清谈应喜道人来。”

丁晋公和东坡诗

韩子苍曰:“丁晋公海外诗曰:‘草解忘忧忧底事,花能含笑笑何人。’世以为工。读东坡诗曰:‘花非识面尝含笑,鸟不知名时自呼。’便觉才力相去如天渊。”

上　元　诗

予自并州还江南,过都下,上元逢符宝郎蔡子,因约相国寺。未至,有道人求诗,且曰:“觉范尝有寒岩寺诗怀京师,曰:‘上元独宿寒岩寺,卧看青灯映薄纱。夜久雪猿啼岳顶,梦回山月上梅花。十分春瘦缘何事,一搦归心未到家。却忆少年行乐处,软风香雾喷东华。’今当为作京师上元怀山中也。”予戏为之曰:“北游烂熳看并山,重到皇州及上元。灯火楼台思往事,管弦音律试新翻。期人未至情如海,穿市归来月满轩。却忆寒岩曾独宿,雪窗残夜一声猿。”

东坡滑稽

有村校书年已七十,方买妾馔客。东坡杖藜相过,村校喜,延坐其东,起为寿,且乞诗。东坡问:“所买妾年几何?”曰:“三十。”乃戏为诗,其略曰:“侍者方当而立岁,先生已是古稀年。”此老滑稽,故文章亦如此。又曰:“世间事无有无对,第人思之不至也。如曰‘我见魏徵常妩媚’,则对曰‘人言卢杞是奸邪’。”又曰:“无物不可比类,如蜡花似石榴花,纸花似罂宿花,通草花似梨花,罗绢花似海棠花。”

冷斋夜话卷六

曾子固讽舒王嗜佛

舒王嗜佛书，曾子固欲讽之，未有以发之也。居一日，会于南昌，少顷，潘延之亦至。延之谈禅，舒王问其所得，子固熟视之。已而又论人物，曰："某人可秤。"子固曰："弇用老而逃佛，亦可一秤。"舒王曰："子固失言也，善学者读其书，惟理之求。有合吾心者，则樵牧之言犹不废；言而无理，周、孔所不敢从。"子固笑曰："前言第戏之耳。"

称 甘 露 灭

陈了翁罪予不当称甘露灭，近不逊，曰："得甘露灭觉道成者，如来识也。子凡夫，与仆辈俯仰，其去佛地如天渊也，奈何冒其美名而有之耶？"予应之曰："使我不得称甘露灭者，如言蜜不得称甜，金不得称色黄。世尊以大方便晓诸众生，令知根本，而妙意不可以言尽，故言甘露灭。灭者，寂灭；甘露，不死之药，如寂灭之体而不死者也。人人具焉，而独仆不得称，何也？公今闲放，且不肯以甘露灭名我；脱为宰相，宁能饰予以美官乎？"莹中愕然，思所为折难予，不可得，乃笑而已。

大觉禅师乞还山

大觉琏禅师，学外工诗。舒王少与游，尝以其诗示欧公，欧公曰:"此道人作肝脏馒头也。"舒王不悟其戏,问其意,欧公曰:"是中无一点菜气。"璪蒙仁庙赏识,留住东京净因禅院甚久,尝作偈进呈,乞还山林,曰:"千簇云山万壑流,闲身归老此峰头。殷勤愿祝如天寿,一炷清香满石楼。"又曰:"尧仁况是如天阔,乞与孤云自在飞。"

靓禅师溺流诗

靓禅师,有道老宿也,主筠之三峰。尝赴供民家,渡溪涨,靓重迟,为溪流所陷。童子掖至岸,坐沙石间,垂头如雨中鹤。童子意必怒,且遭斥逐,不敢仰视。靓忽指溪作诗曰:"春天一夜雨滂沱,添得溪流意气多。刚把山僧推倒却,不知到海后如何。"靓后往汝州香山,无疾而化。

靓禅师化人题壁

三峰靓禅师初住宝云,邑有巨商,尚气不受僧化,曰:"施由我耳,岂容人劝。"靓宣言:"唯吾独能化之。"其人闻靓至,果不出。靓题其壁而去,曰:"去年巢穴画梁边,春暖双双绕槛前。莫讶主人帘不卷,恐衔泥土污花砖。"其人喜不怒,特自追还,厚施之。靓笑谓人曰:"吾果能化之。"

诵智觉禅师诗

智觉禅师住雪窦之中岩,尝作诗曰:"孤猿叫落中岩月,野客吟残半夜灯。此境此时谁得意,白云深处坐禅僧。"诗语未工,而其气韵无一点尘埃。予尝客新吴车轮峰之下,晓起临高阁,窥残月,闻猿声,诵此句大笑,栖鸟惊飞。又尝自朱崖下琼山,渡藤桥,千万峰之间,闻其声类车轮峰下时,而一笑不可得也,但觉此时字字是愁耳。老杜诗曰:"感时花溅泪,恨别鸟惊心。"良然,真佳句也。亲证其事,然后知其义。

永庵嗣法南禅

邓峰永庵主,南禅师子也,未尝问法。南禅公所至,辄随之。鲁直闻其风而悦之,眼不及识。有自庆者,事永甚久,即以庆主黄龙。宜州为作疏,语特奇峻。丛林于庆改观。又见之,与语多解休,又嗣法南公。宜州过永旧庵,题其壁曰:"夺得胡儿马便休,休嗟李广不封侯。当时射杀南山虎,子细看来是石头。"

东坡和惠诠诗

东吴僧惠诠,佯狂垢污,而诗句清婉。尝书湖上一山寺壁曰:"落日寒蝉鸣,独归林下寺。柴扉夜未掩,片月随行屦。唯闻犬吠声,又入青萝去。"东坡一见,为和于后曰:"唯闻烟外钟,不见烟中寺。幽人夜未寝,草露湿芒屦。惟应山头月,夜夜照来去。"诠竟以此诗知名。

象 外 句

唐僧多佳句,其琢句法比物以意,而不指言某物,谓之象外句。如无可上人诗曰:"听雨寒更尽,开门落叶深。"是以落叶比雨声也。又曰:"微阳下乔木,远烧入秋山。"是以微阳比远烧也。

僧清顺十竹林下诗

西湖僧清顺,怡然清苦,多佳句。尝赋《十竹》诗云:"城中

寸土如寸金,幽轩种竹只十个。春风慎勿长儿孙,穿我阶前绿
苔破。"又有《林下》诗曰:"久从林下游,颇识林下趣。纵渠绿
阴繁,不碍清风度。闲来石上眠,落叶不知数。一鸟忽飞来,
啼破幽寂处。"荆公游湖上,爱之,称扬其名。坡晚年亦与之
游,亦多唱酬。

东坡称赏道潜诗

　　东吴僧道潜,有标致。尝自姑苏归湖上,经临平,作诗云:
"风蒲猎猎弄轻柔,欲立蜻蜓不自出。五月临平山下路,藕花
无数满汀洲。"坡一见如旧。及坡移守东徐,潜往访之,馆于逍
遥堂,士大夫争欲识面。东坡馈客罢,与俱来,而红妆拥随之。
东坡遣一妓前乞诗,潜援笔而成曰:"寄语巫山窈窕娘,好将魂
梦恼襄王。禅心已作沾泥絮,不逐春风上下狂。"一座大惊,自
是名闻海内。然性偏尚气,憎凡子如仇,尝作诗云:"去岁东风
上苑行,烂窥红紫厌平生。如今眼底无姚魏,浪蕊浮花懒问
名。"士论以此少之。

僧景淳诗多深意

　　桂林僧景淳,工为五言诗,规模清寒,其渊源出于岛、可,
时有佳句。元丰之初,南国山林人多传诵。居豫章乾明寺,终
日闭门,不置侍者,一室淡然。闻邻寺斋钟,即造焉,坐同海众
食堂前,饭罢径去。诸刹皆敬爱之,见其至,则为设钵;其或阴
雨,则诸刹为送食。住二十年如一日,四时不出,谓大风雨极
寒热时。景福老衲为予言。淳诗意苦而深,世不可遽解,如
曰:"夜色中旬后,虚堂坐几更。临溪猿不叫,当槛月初生。"又
曰:"后夜客来稀,幽斋独掩扉。月中无旁立,草际一萤飞。"有

深意。予时方十六七，心不然之，然闻清修自守，是道人活计，喜之耳。

钟 山 赋 诗

余居钟山最久，超然山水间，梦亦成趣。尝乘佳月登上方，深入定林，夜卧松下石上。四更，自宝公塔路还合妙斋，月杲虚幌，净几兀然，童仆憨寝甫鼾。凭前槛无所见，时有流萤穿户牖，风露浩然，松声满院，作诗曰："雨过东南月亮清，意行深入碧萝层。露眠不管牛羊践，我是钟山无事僧。"又曰："未饶拄杖挑山衲，差胜袈裟裹草鞋。吹面谷风冲过虎，归来风雨撼空斋。"

僧可遵好题诗

福州僧可遵，好作诗，暴所长以盖人，丛林貌礼之，而心不然。尝题诗汤泉壁间，东坡游庐山，偶见，为和之。遵曰："禅庭谁立石龙头？龙口汤泉沸不休。直待众生尘垢尽，我方清冷混常流。"东坡曰："石龙有口口无根，龙口汤泉自吐吞。若信众生本无垢，此泉何处觅寒温。"遵自是愈自矜伐。客金陵，佛印元公自京师还，过焉。遵作诗赠之曰："上国归来路几千，浑身犹带御炉烟。凤凰山下敲蓬咏，惊起山翁白昼眠。"元戏答曰："打睡禅和万万千，梦中趋利走如烟。劝君打快修禅定，老境如蚕已再眠。"元诗虽少蕴藉，然一时快之。

冷斋夜话卷七

苏轼衬朝道衣

哲宗问右珰陈衍:"苏轼衬朝章者,何衣?"衍对曰:"是道衣。"哲宗笑之。及谪英州,云居佛印遣书追至南昌,东坡不复答书,引纸大书曰:"戒和尚又错脱也。"后七年,复官,归自海南,监玉局观,作偈戏答僧曰:"恶业相缠卅八年,常行八棒十三禅。却着衲衣归玉局,自疑身是五通仙。"

东坡庐山偈

东坡游庐山,至东林,作偈曰:"溪声便是广长舌,山色岂非清净身。夜来八万四千偈,他日如何举似人。"

般若了无剩语

"横看成岭侧成峰,远近看山了不同。不识庐山真面目,只缘身在此山中。"鲁直曰:"此老人于般若横说竖说,了无剩语。非其笔端有舌,安能吐此不传之妙哉!"

船子和尚偈

华亭船子和尚偈曰:"千尺丝纶直下垂,一波才动万波随。夜静水寒鱼不食,满船空载月明归。"丛林盛传,想见其为人。宜州倚曲音成长短句曰:"一波才动万波随。蓑笠一钩丝,金鳞正在深处,千尺也须垂。　　吞又吐,信还疑,上钩迟。水寒江静,满目青山,载月明归。"

东坡和陶诗

东坡在惠州,尽和渊明诗。时鲁直在黔南闻之,作偈曰:"子瞻谪海南,时宰欲杀之。饱吃惠州饭,细和渊明诗。渊明千载人,子瞻百世士。出处固不同,风味亦相似。"寻又迁儋耳。久之,天下盛传子瞻已仙去矣。后七年,北归时,章丞相方贬雷州。东坡至南昌,太守云:"世传端明已归道山,今尚尔游戏人间耶?"东坡曰:"途中见章子厚,乃回反耳。"

东坡戏作偈语

东坡自海南至虔上,以水涸不可舟,逗留月余,时过慈云寺浴。长老明鉴魁梧,如所画慈恩,然丛林以道学与之。东坡作偈戏之曰:"居士无尘堪洗沐,老师有句借宣扬。窗间但见蝇钻纸,门外时闻佛放光。遍界难藏真薄相,一丝不挂且逢场。却须重说《圆通偈》,千眼重笼是法王。"又尝要刘器之同参玉版和尚。器之每倦山行,闻见玉版,欣然从之。至廉泉寺,烧笋而食。器之觉笋味胜,问:"此笋何名?"东坡曰:"即玉版也。此老师善说法,要能令人得禅悦之味。"于是器之乃悟其戏,为大笑。东坡亦悦,作偈曰:"丛林真百丈,嗣法有横枝。不怕石头路,来参玉版师。聊凭柏树子,与问箨龙儿。瓦砾犹能说,此君那不知。"

东坡留戒公疏

东坡镇维扬,幕下皆奇豪。一日,石塔长老遣侍者投牒求解院，东坡问："长老欲何往？"对曰："归西湖旧庐。"即令出，别候指挥。东坡于是将僚佐，同至石塔，令击鼓，大众聚观。袖中出疏，使晁无咎读之，其词曰："大士何曾出世，谁作金毛之声；众生各自开堂，何关石塔之事。去无作相，住亦随缘。戒公长老，开不二门，施无尽藏。念西湖之久别，亦是偶然；为东坡而少留，无不可者。一时稽首，重听白椎。渡口船回，依旧云山之色；秋来雨过，一新钟鼓之声。谨疏。"予谓戒公甚类杜子美黄四娘耳，东坡妙观逸想，托之以为此文，遂与百世俱传也。

负华严入岭及大雪偈

　　陈莹中谪合浦时，予在长沙，以书抵予，为负《华严》入岭。有偈曰："大士游方兴尽回，家山风月绝尘埃。杖头多少闲田地，挑取《华严》入岭来。"予和之曰："因法相逢一笑开，俯看人世过飞埃。湘江庙外休分别，常寂光中归去来。"又闻岭外大雪，作二偈寄之，曰："传闻岭下雪，压倒千年树。老人拊手笑，有眼未尝睹。故应润物林，一洗瘴江雾。寄语牧牛人，莫教头角露。"又曰："遍界不曾藏，处处光皎皎。开眼失却踪，都缘大分晓。园林忽生春，万瓦粲一笑。遥知忍冻人，未悟安心了。"

梦迎五祖戒禅师

　　苏子由初谪高安时，云庵居洞山，时时相过。聪禅师者，蜀人，居圣寿寺。一夕，云庵梦同子由、聪出城迓五祖戒禅师，既觉，私怪之。以语子由，未卒，聪至。子由迎呼曰："方与洞山老师说梦，子来亦欲同说梦乎？"聪曰："夜来辄梦见吾三人者，同迎五戒和尚。"子由拊手大笑曰："世间果有同梦者，异哉!"良久,东坡书至,曰:"已次奉新,且夕可相见。"三人大喜,追笋舆而出城,至二十里建山寺,而东坡至。坐定无可言,则各追绎向所梦以语坡。坡曰:"轼年八九岁时,尝梦其身是僧,往来陕右。又先妣方孕时,梦一僧来托宿,记其颀然而眇一目。"云庵惊曰:"戒,陕右人,而失一目,暮年弃五祖来游高安,终于大愚。"逆数盖五十年,而东坡时年四十九矣。后东坡复以书抵云庵,其略曰:"戒和尚不识人嫌,强颜复出,真可笑矣。既法契,可痛加磨砺,使还旧规,不胜幸甚。"自是常衣衲衣。

张文定公前生为僧

张文定公方平为滁州日,游琅邪,周行廊庑,神观清净。至藏院,俯仰久之,忽呼左右梯梁间,得经一函。开视之,则《楞伽经》四卷,余其半未写。公因点笔续之,笔迹不异。味经首四句曰:"世间相生灭,犹如虚空花。智不得有无,而兴大悲心。"遂大悟流涕,见前世事。盖公生前尝主藏于此,病革,自以写经未终,愿再来成之故也。公立朝正色,自庆历以来,名臣为人主所敬者,莫如公。暮年出此经示东坡居士,坡为重写,题公之名于其右,刻于浮玉山龙游寺。

悦禅师作偈戏诜公

云峰悦禅师,丛林敬畏为明眼尊宿,与兴化诜公友善。诜城居三十余年,老矣,犹迎送不已。悦尝诫曰:"公乃不袖手山林中去,尚此忍垢乎?"郡僚爱诜多,久不果。一日,送大官出郊,堕马损臂,呻吟月余,以书哀诉于悦。悦恨其不听言,作偈戏之曰:"大悲菩萨有千手,大丈夫儿谁不有。兴化和尚折一支,犹有九百九十九。"南华恭长老同嗣大愚,然少丛林,有书来叙法礼,悦作偈戏之曰:"与师萍迹寄江湖,共忆当年在大愚。堪笑堪悲无限事,甜瓜生得苦葫芦。"

触 背 关

宝觉禅师老,庵于龙峰之北。鲁直丁家难,相从甚久,馆于庵之旁两年。宝觉见学者,必举手示之曰:"唤作拳是触,不唤拳是背。"莫有契之者,丛林谓之触背关。张丞相奉使江西日,将造其庐,至兜率见悦禅师,邃其称其门人。及见宝觉,乃作偈曰:"久向黄龙山里龙,到来只见住山翁。须知背触拳头外,别有灵犀一点通。"灵源叟时为侍者,乃作赞,其略曰:"闻时富贵,见后贫穷。年老浩歌归去乐,从他人唤住山翁。"鲁直大笑曰:"天觉所言灵犀一点,此蠢且为虚空安耳穴;灵源作赞分雪之,是写一字不着画。"

毛 僧 说 偈

吴有异比丘,号毛僧,日游聚落,饮食无所择。轻薄子多狎玩之,贵势要之不诣。忽谓人曰:"吾其死矣。"乃危坐,说偈曰:"毛僧毛僧,事事不能,死了烧了,却似不生。"言毕遽化。嗟乎,异哉! 其端师子、戒阇梨之徒乎?

谢 无 逸 佳 句

谢逸字无逸,临川人,胜士也,工诗能文。黄鲁直读其诗曰:"晁、张流也,恨未识之耳。"无逸诗曰:"老凤垂头噤不语,枯木槎牙噪春鸟。"又曰:"贪夫蚁旋磨,冷官鱼上竹。"又曰:"山寒石发瘦,水落溪毛凋。"为鲁直所称赏。

洪觉范朱世英二偈

朱世英以德行荐于朝,当入学,意不欲行,不得已诣之,信宿而返。所居一堂,生涯如庞蕴。予尝过之,少君方炊,稚子宗野汲水,而无逸诵书扫除,顾见予,放帚大笑曰:"聊复尔耳。"予作偈曰:"老妻营炊,稚子汲水。庞公扫除,丹霞适至。弃帚迎朋,一笑相视。不必灵照,多说道理。"世英闻之,亦作偈曰:"提篮灵照,扫地谢公。一般是面,做作不同。不假语默,通透玲珑。更若不会,换手捶胸。"

冷斋夜话卷八

刘跛子说二范诗

刘跛子,青州人,拄一拐,每岁必一至洛中看花,馆范家园,春尽即还京师。为人谈噱有味,范家子弟多狎戏之。有大范者见之,即与之二十四金,曰:"跛子吃半角。"小范者即与一金吃碗羹。于是以诗谢伯仲曰:"大范见时二十四,小范见时吃碗羹。人生四海皆兄弟,酒肉林中过一生。"

陈莹中赠跛子长短句

初,张丞相召自荆湖,跛子与客饮市桥,客闻车马过甚都,起观之。跛子挽其衣使且饮,作诗曰:"迁客湖湘召赴京,车蹄迎迓一何荣。争如与子市桥饮,且免人间宠辱惊。"陈莹中甚爱之,作长短句赠之,其略曰"槁木形骸,浮云身世,一年两到京华。又还乘兴,闲看洛阳花。说甚姚黄魏紫,春归后,终委泥沙。忘言处,花开花谢,都不似我生涯"云云。予政和改元,见于兴国寺,以诗戏之曰:"相逢一枴大梁间,妙语时时见一斑。我欲从公蓬岛去,烂银堆里见青山。"予姻家许中复大夫宜人,赵参政㮚之孙女,云:"我十许岁时见刘跛子来觅酒吃,笑语终日而去。计其寿百四十五年许。"尝馆于京师新门张婆店三十年,日坐相国寺东廊邸中,人无有识之者。

野夫长短句

刘野夫留南京，久未入都，渊材以书督之，野夫答书曰："跛子一生别无路，展手教化，三饥两饱，回视云汉，聊以自诳。元神新来，被刘法师、徐神翁形迹得不成模样。深欲上京相觑，又恐撞着文人泥沱佛，蓦地被干拳湿踢，着甚来由。"其不羁如此。尝自作长短句曰："跛子年年，形容何似，俨然一部髭须。世上诗大，拐上有工夫。达南州北县，逢着处，酒满葫芦。醺醺醉，不知来日，何处度朝晡。　　洛阳花看了，归来帝里，一事全无。若还与匏羹不托，依旧再作门徒。蓦地思量，下水轻船上，芦席横铺。呵呵笑，睢阳门外，有个好西湖。"

刘渊材南归布橐

渊材游京师贵人之门十余年，贵人皆前席。其家在筠之新昌，其贫至饘粥不给，父以书召其归，曰："汝到家，吾倒悬解矣。"渊材于是南归，跨一驴，以一黥挟以布橐，橐、黥皆斜绊其腋。一邑聚观，亲旧相庆三日，议曰："布橐中必金珠也。"予雅知其迂阔，疑之，乃问亲旧，闻渊材还，相庆曰："君官爵虽未入手，必使父母妻儿脱冻馁之厄。橐中所有，可早出以观之。"渊材喜见眉须，曰："吾富可敌国也，汝可拭目以观。"乃开橐，有李廷珪墨一丸、文与可竹一枝、欧公《五代史》草稿一巨编，余无所有。

云庵活盲女

云庵住洞山时，尝过檀越家，经大林间，少立，闻哀声杂流水，临涧下窥，有蹲水中者。使两夫下扶，猿臂而上，乃盲女子,年十七八许。问其故,曰:"我母死,父佣于远方,兄贫无食,牵我至此,猛推下我而去。"云庵意恻,不自知涕下,顾其人力曰:"汝无妇,可畜以相活,我给与一世。"力拜诺,即以所乘笋兜舁归山,云庵步随之。盲女后生三子,皆勤院事。云庵虽领众他山,岁时遣人给衣食,如子侄然。云庵高世之行,若此之类甚众。

钱 如 蜜

仲殊初游吴中,自负一盖,见卖饧者,从乞一钱,饧与之,即就买饧食之而去。尝客馆古寺中,道俗造之,辄就觅钱,皆相顾羞缩,曰:"初不多办来,奈何?"殊曰:"钱如蜜,一滴也甜。"

道 士 畜 三 物

万安军南并海石崖中,有道士年八九十岁,自言本交趾人,渡海,船坏于此崖,因庵焉。养一鸡大如倒挂,日置枕中,啼即梦觉。又畜王孙小于虾蟆,风度清癯,以线系几案间;道士唤,则跳踯登几唇危坐,分残颗而食之。又有龟状如钱,置合中,时揭其盖,使出戏衣袖间。予谒之,示此三物,从予乞诗。予熟视曰:"公小人国中引道者,吾诗俚,讵能摹写高韵。"

梦 游 蓬 莱

黄鲁直,元祐中昼卧蒲池寺。时新秋雨过,凉甚,梦与一道士褰衣升空而去,望见云涛际天。梦中问道士:"无舟不可济,且公安之?"道士曰:"与公游蓬莱。"即袜而履水。鲁直意欲无行,道士强要之。俄觉大风吹鬓,毛骨为战栗,道士曰:

"且敛目。"唯闻足底声如万壑松风，有狗吠，开目不见道士，唯见宫殿，张开千门万户。鲁直徐入，有两玉人导升殿，主者降接之。见仙官执玉麈尾，仙女拥侍之，中有一女，方整琵琶。鲁直极爱其风韵，顾之，忘揖主者，主者色庄，故其诗曰："试问琵琶可闻否，灵君色庄伎摇手。"顷与予同宿湘江舟中，亲为言之，与今《山谷集》语不同，盖后更易之耳。

周贯吟诗作偈

周贯者，不知何许人，雅自号木雁子。治平、熙宁间，往来西山，时时至高安，与予大父善。日酣饮，畜一大瓢，行旅夜以为溺器。工作诗，诗成癖。尝宿奉新龙泉观，半夜捶门，道士惊，科发披衣，启问其故，贯笑曰："偶得句当奉。"道士殊不意，已问之，因使口诵。贯以手指画，吟曰："弹琴伤指甲，盖席损髭须。"是夜贯寒甚，以席自覆故尔。又至袁州，见市井李生者有秀韵，欲携以同归林下，而李嗜酒色，意欲无行。贯指画药铫作偈示之，曰："顽钝天教合作铫，纵生三脚岂能行。虽然有耳不听法，只爱人间恋火坑。"寻死于西山。方将化，人问其几何岁，贯曰："八十西山作酒仙，麻鞋轧断布衣穿。相逢甲子君休问，太极光阴不计年。"后有人见于京师桥，付书与袁州李生云："我明年中秋夕时，当上谒也。"至时果造李生，生时以事出，乃以白土大书其门而去，曰："今年中秋夕，来赴去年约。不见破铁铫，弹指空剥剥。"李生后竟堕马，折一足。

石 学 士

石曼卿隐于酒，谪仙之流也，善戏谑。尝出报慈寺，驭者失控，马惊，曼卿堕地。从吏惊遽，扶掖据鞍，市人聚观，意其必大诟怒。曼卿徐着一鞭,谓驭者曰:"赖我石学士也,若瓦学士,顾不破碎乎?"

白　土　埭

《高僧传》有神仙史宗者,着麻衣,加袖其上,号袖衣道。喜怒不常,体癞疮,日往广陵白土埭讴歌自适,夜不知归宿处。江都令檀祇召至与语,词多无畔岸,索纸赋诗曰:"有欲若不足,无欲即无忧。求其情虚者,带索披麻裘。浮游一世间,泛若不系舟。要当毕尘累,栖息老山丘。"檀祇异之。陶潜渊明所记曰白土埭逢三异比丘,此其一也。有狂道借海盐令所畜小儿,登小山,山有屋数椽,道人三四辈相劳苦,其言小儿一不解,但得食一坯如熟艾。有问道士者:"谪者何时竟?"答曰:"在徐州江北广陵白土埭上,计其谪,行当竟矣。"问者作书授道士,曰:"为达之。"即系小儿衣带还。海盐令喜,问曰:"衣中有何?"曰:"书疏耳。"又呼问小儿,至何处? 小儿曰:"前为道士捉杖,飘然去,但闻足下波浪声,至山中,山中人寄书与白土埭上。"即引衣带示令,令亦不能晓。小儿诣史宗,史宗大惊曰:"汝乃蓬莱山中来耶!"神仙之有无,吾不能知,然观其诗句,脱去畛封,有超然自得之气,非寻常介夫所能作也。

范尧夫揖客对卧

范尧夫谪居永州,闭门,人稀识面。客苦欲见者,或出,则问寒暄而已。僮扫榻奠枕,于是揖客,解带对卧,良久,鼻息如雷霆。客自度未可起,亦熟睡,睡觉常及暮而去。

李伯时画马

李伯时善画马，东坡第其笔，当不减韩幹。都城黄金易得，而伯时马不可得。师让之曰："伯时为士大夫，而以画行已可耻也。又作马，忍为之耶？"伯时恚曰："作马无乃例能荡人心，堕恶道乎！"师曰："公业已习此，则日夕以思其情状，求为神骏，系念不忘，一日眼光落地，必入马胎无疑，非恶道而何？"伯时大惊，不觉身去坐榻曰："今当何以洗其过？"师曰："但画观音菩萨。"自是画此像妙天下，故一时公卿服师之善巧也。

房琯前身为永禅师

《东坡集》中有《观宋复古画序》一首，曰："旧说房琯开元中宰卢氏，与道士邢和璞过夏口村，入废佛寺，坐古松下。和璞使人凿地，得瓮中所藏娄师德与永禅师画，笑谓琯曰：'颇忆此耶？'因怅然悟前生之为永禅师也。故人柳子玉宝此画，盖唐本，宋复古所临者。"

退　静　两　忘

尹师鲁谪官过大梁，与一老衲语。师鲁曰："以退静为乐。"衲曰："孰若退静两忘？"师鲁顿若有所得。及移邓州时，范文正守南阳，师鲁手书与文正别。文正驰至，则师鲁已沐浴，衣冠而坐，少顷而化。文正哭之甚哀，师鲁忽举首曰："已与公别，安用复来。"文正惊问所以，师鲁笑曰："死生常理也，何文正不达此。"又问后事，曰："此在公耳。"乃揖希文，复逝。俄顷，又举手谓文正曰："亦无鬼，亦无恐怖。"言讫长逝。沈存中曰:"师鲁所养至此,可谓有力。然尚未脱有无之见,何也?得非退静两忘,尚存胸中乎?"独无为子杨次公曰:"存中识药矣,然未识药之忌也。"

冷斋夜话卷九

草书亦自不识

张丞相好草书而不工,当时流辈皆讥笑之,丞相自若也。一日得句,索笔疾书,满纸龙蛇飞动,使侄录之。当波险处,侄罔然而止,执所书问曰:"此何字也?"丞相熟视久之亦自不识,诟其侄曰:"胡不早问?致予忘之。"

当出汝诗示人

沈东阳《野史》曰:"晋桓温少与殷浩友善,殷尝作诗示温,温玩侮之,曰:'汝慎勿犯我,犯我当出汝诗示人。'"

昌州海棠独香

李舟大夫客都下,一年无差遣,乃受昌州。议者以去家远,乃改受鄂倅。渊材闻之,吐饭大步往谒李,曰:"今日闻大夫欲受鄂倅,有之乎?"李曰:"然。"渊材怅然曰:"谁为大夫谋?昌,佳郡也,奈何弃之?"李惊曰:"供给丰乎?"曰:"非也。""民讼简乎?"曰:"非也。""然则何以知其佳?"渊材曰:"天下海棠无香,昌州海棠独香,非佳郡乎?"闻者传以为笑。

刘渊材迂阔好怪

渊材迂阔好怪,尝畜两鹤,客至,指以夸曰:"此仙禽也。

凡禽卵生，而此胎生。"语未卒，园丁报曰："此鹤夜产一卵，大如梨。"渊材面发赤，诃曰："敢谤鹤也！"卒去，鹤辄两展其胫伏地，渊材讶之，以杖惊使起，忽诞一卵。渊材嗟咨曰："鹤亦败道，吾乃为刘禹锡《佳话》所误。自今除佛、老子、孔子之语，予皆勘验。"予曰："渊材自信之力，然读《相鹤经》未熟耳。"又尝曰："吾平生无所恨，所恨者五事耳。"人问其故，渊材敛目不言，久之曰："吾论不入时听，恐汝曹轻易之。"问者力请说，乃答曰："第一恨鲥鱼多骨，第二恨金橘大酸，第三恨莼菜性冷，第四恨海棠无香，第五恨曾子固不能作诗。"闻者大笑，而渊材瞠目曰："诸子果轻易吾论也。"

课术有验无验

灵源禅师住龙舒太平精舍，有日者能课，使之课，莫不奇中。苏朝奉者至寺使课，无验，非特为苏课无验，凡为达官要人，言皆无验；至为市井凡庸、山林之士课，则如目见而言。灵源问其故，答曰："我无德量，凡见寻常人，则据术而言，无所缘饰；见贵人，则畏怖，往往置术之实，而务为谀词。其不验，要不足怪。"

郭注妻未及门而死

韩魏公客郭注者，才而美，然求室则病。行年五十，未有室家。魏公怜之，百计赒恤，为求婚，将遂，其人必死。公以侍儿赐之，未及门而注死。郭注殆可与范公客同科也。韩、范功名富贵，如太山黄河，日月所不能老，两客乃尔，可笑耶！

痴人说梦梦中说梦

僧伽，龙朔中游江淮间，其迹甚异。有问之曰："汝何姓？"答曰："姓何。"又问："何国人？"答曰："何国人。"唐李邕作碑，不晓其言，乃书传曰："大师姓何，何国人。"此正所谓对痴人说梦耳。李邕遂以梦为真，真痴绝也。僧赞宁以其传编入《僧史》，又从而解之曰："其言姓何，亦犹康会本康居国人，便命为康僧会。详何国在碎叶东北，是碎叶国附庸耳。"此又梦中说梦，可掩卷一笑。

不 欺 神 明

徐铉曰：江南处士朱真，每语人曰："世皆云不欺神明，此非天地百神，但不欺心，即不欺神明也。"予闻司马温公曰："我平居无大过人，但未尝有不可对人言者耳。"此不欺神明也。

闻远方不死之术

《孔丛子》有言，昔有人闻远方能不死之术者，裹粮往从之。及至，而其人已死矣，然犹叹恨不得闻其道。予爱其事有中禅者之病。佛法浸远，真伪相半，唯死生祸福之际不容伪耳。今目识其伪犹惑之，可笑也。

自以宗教为己任

高仲灵作远公影堂记六件事，且罪学者不能深考远行事，以张大其德，著明于世。予曰："仲灵宁尝自考其事乎？谢灵运欲入社，远拒之，曰：是子思乱，将不令终；卢循反，而远与之执手言笑。谓远知人，则何暗于循；谓不知人，则何独明于灵

运。远自以宗教为己任,而授诗礼于宗雷辈,与道安谏苻坚勿
伐洛阳同科。父子于释氏,其可为纯正而知大体者耶?"

牛 逐 虎

筼溪快山有虎,尝搏牧牛童子,为两牛所逐,虎既去,牛捍
护之,童子竟死。石门老衲文公为予言之,为作诗记之,以讽
含齿被发而不义者。然予徒能讽之,其能已之哉!"快山山浅
亦有虎,时时妥尾过行路。一竖坐地牧两牯,以捶捶地不复
顾。虎搏竖如鹰搦兔,两牛来奔虎弃去。因往荷痒挨老树,牯
则喘视同守护。虎竟不能得此竖,竖虽不救牯无负。一村嚣
然共鸣鼓,而虎已逃不知处。嗟哉异哉两大武,高义可与贯高
伍。今走仁义名好古,临事真情乃愧汝。此事可信文公语,为
君落笔敏风雨。"

刘野夫免德庄火灾

龚德庄罢官河朔,居京师新门。刘野夫上元夕以书约德
庄曰:"今夜欲与君语,令阁必尽室出观灯,当清净身心相候。"
德庄雅敬其为人,危坐,三鼓矣,家人辈未还,野夫亦竟不至。
俄火自门而烧,德庄窘,持诰牒犯烈焰而出。顷刻,数百舍为
瓦砾之场。明日,野夫来吊,且欣曰:"今阁已不出,是吾忧;幸
出,可贺也。"德庄心异野夫,然不欲诘之也。

三十六计走为上计

绍兴初,曾子宣在西府,渊材往谒之,论边事,极言官军不
可用,用士为良,子宣喜之。既罢,与余过兴国寺河上,食素分
茶甚美。将毕,问奴杨照取钱,奴曰:"忘持钱来,奈何?"渊材

色窘。予戏曰："兵计将安出？"渊材以手捋须良久，目予，趋自后门出，若将便旋然。予追逐渊材，以手拿帽，褰衣走如飞；予为奴杨照追逐，二相公庙，渊材乃敢回顾，喘立，面无人色，曰："鞭虎头，撩虎须，几不免于虎口哉！"予又戏曰："在兵法何如？"渊材曰："三十六计，走为上计。"

冷斋夜话卷十

作诗准食肉例

陈莹中谪通州,夜读《洛浦录》,乃大有所悟。敛目长息曰:"此句唯觉范可解,然渠在海外,吾无定光佛手,何能招之。"又曰:"吾甥李郁光祖者,觉范所爱,当呼来,授以此句。觉范倘有生还之幸,而吾以去死不远,恐隔生,则托光祖授之,如太阳直掇付远录公耳。"于是光祖自邵武跰足至通,莹中熟视弥月,曰:"非寄附所可,姑置之。"明年,予还自朱崖,馆于高安大愚。莹中自台州载其家来漳浦,过九江庐山,因家焉。督予兼程来,予以三日至溢城。莹中曰:"自此公可禁作诗,无益于事。"予曰:"敬奉教。然予儿时好食肉,母使持斋,予叩头乞先馂食肉一日,母许之。今亦当准食肉例,先吟两诗,喜吾两人死而复生,如何?"莹中许之。予诗曰:"雁荡天台看得足,尽搬儿女寄篷窗。径来漳水谋二顷,偶爱庐山家九江。名节逼真如醉白,生涯领略似襄庞。向来万事都休理,且听楼钟一夜撞。""与公灵鹫曾听法,游戏人间知几生。夏口瓮中藏画像,孤山月下认歌声。翳消已觉华无蒂,矿尽方知珠自明。数抹夕阳残雨外,一番飞絮满江城。"莹中喜而谓曰:"此诗如岐下猪肉也,虽美,无多食。"后三年,予客漳水,见莹中倅胜柔自九江来,出诗示予曰:"仁者虽逢思有常,平居慎勿示何妨。争先世路机关恶,近后语言滋味长。可口物多终作疾,快心事过必为伤。与其病后求良药，不若病前能自防。"予谓胜柔曰："公痴叔诗如食鲥鱼，唯恐遭骨刺耳，与岐下猪肉，不可同日而语也。"

蠹文不通辩译

景祐中，光梵大师惟净以梵学著闻天下；皇祐中，大觉禅师怀琏以禅宗大振京师。净居传法院，琏居净因院，一时学者依以扬声。景灵宫锯佣解木，木既分，有虫镂纹数十字如梵书，字旁行，因进之。上遣都知罗宗译经润文，夏英公竦诣传法院导译，冀得祥异之语以谀国。净焚香导译逾刻，乃曰："天竺无此字，不通辩译。"右珰恚曰："诸大师且领上意，若稍成，译馆恩例不浅。"而英公以此意讽之，净曰："幸若蠹纹稍可笺辩，诚教门光也；异日彰谬妄，万死何补。"上又尝赐琏以龙脑钵盂，琏对使者焚之，曰："吾法以坏色衣，以瓦钵食，此钵非法。"使者归奏，上佳叹之。

净琏辈何可少

富郑公每语客，此两道人可谓佛弟子也，倘使立朝，必能尽忠。以其人品不凡，故随所寓，辄尽其才。今则净、琏辈何其少也耶。

石 崖 僧

予游褒禅山，石崖下，见一僧以纸轴枕首，跣足而卧。予坐其旁，久之乃惊觉，起相向，熟视予曰："方听万壑松声，泠然而梦，梦见欧阳公，羽衣，折角巾，杖藜，逍遥颍水之上。"予问师："尝识公乎？"曰："识之。"予私自语曰："此道人识欧公，必不凡。"乃问曰:"师寄此山,如今几年矣? 道具何在? 伴侣为谁?"僧笑曰:"出家欲无累,公所言,衮衮多事人也。"曰:"岂不置钵耶?"曰:"食时寺有碗。"又曰:"岂不畜经卷耶?"曰:"藏中自备足。"曰:"岂不备笠耶?"曰:"雨即吾不行。"曰:"鞋履亦不用耶?"曰:"昔有之,今弊弃之,跣足行殊快人。"予愕曰:"然则手中纸轴复何用?"曰:"此吾度牒也,亦欲睡枕头。"予甚爱其风韵,恨不告我以名字乡里,然识其吴音也,必湖山隐者。南还海岱,逢佛印禅师元公出山,重荷者百夫,拥舆者十许夫,巷陌聚观,喧吠鸡犬,予自叹曰:"使褒禅山石崖僧见之,则子为无事人耶?"

三生为比丘

唐《忠义传》,李澄之子源,自以父死王难,不仕,隐洛阳惠林寺,年八十余,与道人圆观游甚密,老而约自峡路入蜀。源曰:"予久不入繁华之域。"于是许之。观见锦裆女子浣,泣曰:"所以不欲自此来者,以此女也。然业影不可逃,明年某日,君自蜀还,可相临,以一笑为信。吾已三生为比丘,居湘西岳麓寺,寺有巨石林间,尝习禅其上。"遂不复言,已而观死。明年如期至锦裆家,则儿生始三日,源抱临明檐,儿果一笑。却后十二年,至钱塘孤山,月下闻扣牛角而歌者,曰:"三生石上旧精魂,赏月吟风不要论。惭愧情人远相访,此身虽坏性常存。"东坡删削其传,而曰圆泽,而不书岳麓三生石上事。赞宁所录为圆观,东坡何以书为泽,必有据,见叔党当问之。

禅 师 知 羊 肉

毗陵承天珍禅师,蜀人也,巴音夷面,真率不事事。郡守忘其名,初至不知其佳士,未尝与语。偶携客来游,珍亦坐于旁,守谓客曰:"鱼稻宜江淮,羊面宜京洛。"客未及对,珍辄对曰:"世味而如羊肉,大美;且性极暖,宜人食。"守色变瞑视之,徐曰:"禅师何故知羊肉性暖?"珍应曰:"常卧毡知之,其毛尚尔暖,其肉不言可知矣。如明公治郡政美,则立朝当更佳也。"

日延一僧对饭

赵悦道休官归三衢,作高斋而居之,禅诵精严,如老烂头陀。与钟山佛慧禅师为方外友,唱酬妙语,照映丛林。性喜食素,日须延一僧对饭,可以想见其为人矣。

邪言罪恶之由

法云秀关西铁面严冷,能以理折人。鲁直名重天下,诗词一出,人争传之。师尝谓鲁直曰:"诗多作无害,艳歌小词可罢之。"鲁直笑曰:"空中语耳,非杀非偷,终不至坐此堕恶道。"师曰:"若以邪言荡人淫心,使彼逾礼越禁,为罪恶之由,吾恐非止堕恶道而已。"鲁直领之,自是不复作词曲。

三君子瑕疵可笑

徐师川曰:"予于东坡、山谷、莹中三君子,俱知敬畏者也,然其瑕疵,予能笑之。如东坡议论谏诤,真所谓杀身成仁者,其视死生如旦夜尔,安能为哉!而欲学长生不死。山谷赴官姑熟,既至未视事,闻尝罢,不去,竟俯就之,七日符至乃去。问其故,曰:'不亦无舟吏可迁。'夫士之进退大体,欲分明不可苟也,岂以舟吏为累耶?莹中大节昭著,其能必行其志者,视爵禄如粪土,然犹时对日者说命。此皆颠倒也,吾故笑之。"

欧阳修何如人

临川谢逸，字无逸，高才，江南胜士也。鲁直见其诗，叹曰："使在馆阁，当不减晁、张。"朱世英为抚州，举人行，不就。闲居多从衲子游，不喜对书生。一日，有一贡士来谒，坐定曰："每欲问无逸一事，辄忘之。尝闻人言欧阳修，果何如人？"无逸熟视久之，曰："旧亦一书生，后甚显达，尝参大政。"又问："能文章否？"无逸曰："也得。"无逸之子宗野，方七岁，立于旁闻之，匿笑而去。

证道歌宣公塔

大通禅师言：吾顷过南都，谒张安道于私第，道话一夕。安道曰："景德初，西土有异僧到都下，阅《永嘉证道歌》，即作礼顶戴久之。译者问其故，僧曰：'此书流播五天，称《真丹圣者所说经》，发明心要者甚多。'又问：'大律师宣公塔所在，吾欲往礼谒。'译者又问：'此方大士甚众，何独求宣公哉？'曰：'此师持律，名重五天。'"

宁安不视秀僧书

洪州武宁安和尚者，天衣怀禅师之嗣也，与秀关西为同行。秀已应诏住法云寺，其威光可以挟其友登云天而翔也，而安止荒村破院，单丁五十年。秀时以书致安，安未尝视，弃之。侍者不解其意，因间问之。安曰："吾始以秀有精彩，乃今知其痴。大出家儿冢间树下办那事，如救头然。无故于八达衢头架大屋，养数百闲汉，此真开眼尿床也，何足复对语哉！吾宗自此盖亦微矣，子曹犹当见之。"

馔器皆黄白物

王荆公居钟山，特与金华俞秀老过故人家饮，饮罢少坐水亭，顾水际沙间有馔器数件，皆黄白物，意吏卒窃之，故使人问司之者。乃小儿适聚于此食枣栗，食尽弃之而去。文公谓秀老曰："士欲任大事，阅富贵，如群儿作息乃可耳。"

圣人多生儒佛中

朱世英言：予昔从文公定林数夕，闻所未闻，尝曰："子曾读《游侠传》否？移此心学无上菩提，孰能御哉！"又曰："成周三代之际，圣人多生儒中；两汉以下，圣人多生佛中。此不易之论也。"又曰："吾止以雪峰一句语作宰相。"世英曰："愿闻雪峰之语。"公曰："这老子尝为众生，自是什么。"

有缝浮屠

石塔长老戒公，东坡居士昔赴登文，戒公迓之。东坡曰："吾欲一见石塔，以行速不及也。"戒公起曰："这着是砖浮屠耶？"坡曰："有缝奈何？"曰："若无缝，争容得世间蝼蚁。"坡首肯之。

麦舟助丧

范文正公在睢阳，遣尧夫于姑苏取麦五百斛。尧夫时尚少，既还，舟次丹阳，见石曼卿，问："寄此久近？"曼卿曰："两月矣。五丧在浅土，欲丧之西北归，无可与谋者。"尧夫以所载舟付之，单骑自长芦捷径而去。到家拜起，侍立良久。文正曰："东吴见故旧乎？"曰："曼卿为三丧未举，留滞丹阳，时无郭元振，莫可告者。"文正曰："何不以麦舟付之?"尧夫曰："已付之矣。"

读传灯录

东坡夜宿曹溪，读《传灯录》，灯花堕卷上，烧一"僧"字，即以笔记于窗间曰："山堂夜岑寂，灯下读《传灯》。不觉灯花落，茶毗一个僧。"梵志诗曰："城外土馒头，馅草在城里。一人吃一个，莫嫌没滋味。"鲁直曰："既是馅草，何缘更知滋味?"易之曰："显儿以酒浇，且图有滋味。"

诗当作不经人语

盛学士次仲、孔舍人平仲同在馆中，雪夜论诗。平仲曰："当作不经人道语。"曰："斜拖阙角龙千丈，澹抹墙腰月半棱。"坐客皆称绝。次仲曰："句甚佳，惜其未大。"乃曰："看来天地不知夜，飞入园林总是春。"平仲乃服其工。

岭外梅花

岭外梅花与中国异，其花几类桃花之色，而唇红香著。东坡词曰："玉质那愁瘴雾，冰姿自有仙风。海仙时遣探芳丛，倒挂绿毛幺凤。　　素面常嫌粉浣，洗妆不褪唇红。高情已逐晓云空，不与梨花同梦。"鲁直词曰："天涯也得江南信，梅破知春近。夜阑风细得香迟，不道晓来开遍向南枝。　　玉箫弄粉人应妒，飘到眉心住。平生个里倾杯深，去国十年老尽少年心。"

诗 忌 深 刻

　　黄鲁直使余对句,曰:"呵镜云遮月。"对曰:"啼妆露着花。"鲁直罪余于诗深刻见骨,不务含蓄。余竟不晓此论,当有知之者耳。

蔡元度生殁高邮

　　蔡元度焚黄余杭,舟次泗州,病亟。僧伽塔吐光射其舟,万人瞻仰,中有棺呈露。士大夫知元度不起矣,至高邮而殁。元度生于高邮而殁于此,亦异耳。世言元度盖僧伽侍者木叉之后身,初以为诞,今乃信然。

孔 氏 谈 苑

[宋]孔平仲　撰

王根林　　校点

校点说明

《孔氏谈苑》四卷,又名《谈苑》,旧题宋孔平仲撰。孔平仲,字义甫,清江(今属江西)人。治平二年进士,为集贤校理,又曾官提点京西刑狱,帅鄜、延、环庆路。长史学,工文辞。著有《续世说》、《良史事证》等。据《宋史·艺文志》,平仲有《稗说》、《杂说》各一卷,而无此书。故学者多疑此书为后人取《稗说》、《杂说》再撷取他书增补而成。

本书是一部以记载北宋及前朝政事典章、人物轶闻为主的史料笔记,同时间涉社会风俗和动植物知识,为宋代笔记小说中较有名的一种。

《孔氏谈苑》现见主要版本,有《宝颜堂秘笈》本、《四库全书》本、《艺海珠尘》本(该本收入《丛书集成初编》)几种。今以《四库全书》本为底本,而以他本进行校点,凡改动处皆不出校记。

目　录

谈苑卷一

张邓公、吕许公同作宰相。一日，朝退，仁宗独留吕公，问曰："张士逊久在政府，欲与一差遣出去。"吕公曰："士逊出入两朝，亦颇宣力。"仁宗曰："恩命如何？"吕公曰："与除静江军节度使检校太傅知许州。"仁宗曰："不亏它否？"吕公曰："圣恩优厚。"吕公既退，张、吕，亲姻也，私焉。曰："主上独留公，必是士逊别有差遣。"因祈以恩命。吕沉吟久之，曰："使弼使弼。"张亦欣然慰望。是日，张公打屏阁子内物色过半矣，既夕，锁院。明日早，张公令院子尽般阁子内物色归家，更不趋待漏院，只就审官东院待漏。既入朝，张公唯祗候宣麻，吕公唯准拟押麻耳。忽有堂吏报吕公云："相公知许州。"吕公大惊，于是张公押麻，乃吕公除静江军节度使检校太傅知许州也。

太祖朝，都知押班皆以供奉官为之，内中祗应裹头巾衣褐衫而已。仁宗朝，王守忠官至留后，乞缀本品班赴宴阁门，从之，自知未允，辞而不赴。

禁中近清明节，神宗侍曹太皇。因语自来却无人做珠子鞍辔，虽云太华，然亦好也。太皇闻此语，已密令人描样矣。不数日，实促就珠子鞍辔，传宣索玉鞍辔一副，神宗莫测所欲用，亦莫敢问。依旨进入，太后令送后苑拆修，遂施珠鞯焉。其上作小红罗销金坐子，劣可容体。甫近上巳，以鞍架载之，送神宗。神宗大感悦，取小乌马于福宁殿亲试之，驾幸金明池回，遂乘此鞯。士论皆谓：虽神宗绝孝，亦光献至慈，上下相得，以成其美焉。光献太皇太后疾病稍间，神宗亲制一小辇，极为轻巧，以珠玉黄金饰之，进于太皇，曰："娘娘试乘此辇，往凉殿散心。"太皇曰："今日意思无事，天气亦好。"遂载而之凉殿。太后扶其左，神宗扶其右，太皇下辇曰："官家、太后亲自扶辇，当时在曹家作女时，安知有今日之盛！"喜见颜色。王正仲进光献挽词云："珠鞯锡御恩犹在，玉辇亲扶事已空。"盖用此两事也。鞯音笺。

有一朝士，因宰相生日献诗。卒章云："长居廊庙福苍生。"朱巽草制云"某官夙负官材"，真宗令出典藩。

丁崖州虽险诈，然亦有长者言。真宗尝怒一朝士，再三言之，谓稍退不答。上作色曰："如此叵耐，辄问不应。"谓进曰："雷霆之下，臣若更加一言，则齑粉矣。"真宗欣然嘉纳。

杨大年与王文穆不相得，在馆中，文穆或继至，大年必径出，它处亦然，如袁盎、晁错也。文穆去朝，士皆有诗，独文公不作，文穆辞日，奏真庙传宣令作诗，竟不肯送。

真宗将立明肃作后，令丁谓谕旨于杨大年，令作册文。丁云："不忧不富贵。"大年答曰："如此富贵，亦不愿。"王旦相，罕接见宾客，惟大年来则对榻卧谈。卒时，属其家事一付大年，丁晋公来求昏，大年令绝之。

王文正公以清德事真皇，上特敬重。一日，御宴，陈设鲜华，旦顾视，意色不悦，上已觉其如此，至中休，命左右以旧陈设易之矣。

苏轼以吟诗有讥讪，言事官章疏狎上，朝廷下御史台差官追取。是时，李定为中书丞，对人太息，以为人才难得，求一可使逮轼者，少有如意。于是太常博士皇甫僎被遣以往。僎携一子二台卒倍道疾驰。驸马都尉王诜与子瞻游厚，密遣人报苏辙。辙时为南京幕官，乃亟走介往湖州报轼，而僕行如飞不可及。至润州，适以子病求医留半日，故所遣人得先之。僕至之日，轼在告，祖无颇权州事。僕径入州廨，具靴袍秉笏立庭下，二台卒夹侍，白衣青巾，顾盼狞恶，人心汹汹不可测。轼恐，不敢出，乃谋之无颇。无颇云："事至于此，无可奈何，须出见之。"轼议所以服，自以为得罪，不可以朝服。无颇云："未知罪名，当以朝服见也。"轼亦具靴袍秉笏立庭下，无颇与职官，皆小幮列轼后。二卒怀台牒拄其衣，若匕首然。僕又久之不语，人心益疑惧。轼曰："轼自来激恼朝廷多，今日必是赐死。死固不辞，乞归与家人诀别。"僕始肯言曰："不至如此。"无颇乃前曰："太博必有被受文字。"僕问："谁何？"无颇曰："无颇是权州。"僕乃以台牒授之。及开视之，只是寻常追摄行遣耳。僕促轼行，二狱卒就执之，即时出城登舟，郡人送之雨泣，顷刻之间，拉一太守如驱犬鸡。此事无颇目击也。

吕申公作相，宋郑公参知政事。吕素不悦范希文，一日，希文答元昊书录本奏呈，吕在中书自语曰："岂有边将与叛臣通书？"又云："奏本如此，又不知真所与书中何所言也？"以此激宋。宋明日上殿，果入札子，论希文交通叛臣。既而中书将上，吕公读讫，仁宗沉吟久之，遍顾大臣，无有对者。仁宗曰："范仲淹莫不至如此。"吕公徐应曰："擅答书不得无罪，然谓之有它心，则非也。"宋公色沮无辞。明日，宋公出知扬州。又二年，希文作参知政事，宋尚在扬，极怀忧挠，以长书谢过云："为憸人所使。"其后，宋公作相，荐范纯仁试馆职，纯仁尚以父前故，辞不愿举。

苏子瞻随皇甫僎追摄至太湖鲈香亭下，以柁损修牢。是夕,风涛倾倒,月色如昼,子瞻自惟仓卒被拉去,事不可测,必是下吏,所连逮者多,如闭目窜身入水,顷刻间耳。既为此计,又复思曰:不欲辜负老弟。弟谓子由也,言己有不幸,则子由必不独生也。由是至京师,下御史狱,李定、舒亶、何正臣杂治之,侵之甚急,欲加以指斥之罪,子瞻忧在必死,尝服青金丹,即收其余,窖之土中,以备一旦当死,则并服以自杀。有一狱卒,仁而有礼,事子瞻甚谨,每夕必然汤为子瞻濯足。子瞻以诚谒之曰:"轼必死,有老弟在外,他日托以二诗为诀。"狱卒曰:"学士必不至如此。"子瞻曰:"使轼万一获免,则无所恨。如其不免,而此诗不达,则目不瞑矣。"狱卒受其诗,藏之枕中,其一诗曰:"圣主宽容德似春,小臣孤直自危身。百年未了先偿债,十口无依更累人。是处青山可藏骨,他年夜雨独伤神。与君世世为兄弟,更结人间未了因。"其后子瞻谪黄州,狱卒曰:"还学士此诗。"子由以面伏案,不忍读也。子瞻好与子由夜话,对榻卧听雨声,故诗载其事。子瞻既出,又戏自和云:"却对酒杯浑似梦,试拈诗笔已如神。"子瞻以诗句被劾,既作此诗,私自骂曰,犹不改也。

　　皇甫僎追取苏轼也,乞逐夜所至送所司案禁,上不许,以为只是根究吟诗事,不消如此,其始弹劾之峻,追取之暴,人皆为轼忧之。至是,乃知轼必不死也。其后果然。天子聪明宽厚,待臣下有礼,而小人迎望要为深刻,如僎类者,可胜计哉!

　　有人问秀州崇德县民:"长官清否?"答曰:"浆水色。"言不清不浊也。

　　秀州华亭鹤,胎生者真鹤也,形体紧小,不食鱼虾,惟食稻粱,人喂以饭则食之。其体大好食鱼虾、啄蛇鼠者,鹳合所生,乃卵生也。食稻粱者,虽甚驯熟,久须飞去,惟食鱼虾者不能去耳。

　　河豚瞋目切齿，其状可恶，治不中度多死。弃其肠与子，飞鸟不食，误食必死。登州濒海，人取其白肉为脯，先以海水净洗，换海水浸之，暴于日中，以重物压其上，须候四日乃去所压之物，傅之以盐，再暴乃成。如不及四日，则肉犹活也。太守李大夫尝以三日去所压之物，俄顷，肉自盆中跃出，乃知瀹之不熟，真能杀人也。

　　松江鲈鱼，长桥南所出者四腮，天生脍材也。味美肉紧，切至终日色不变。桥北近昆山大江入海，所出者三腮，味带咸，肉稍慢，迥不及松江所出。

　　虢石重重紫白相间，以笔描紫上，缓手剖之，紫去白见，随意所欲，作何物象。至于林木，亦可以药笔为之，以手试之，有参差龃龉者，皆伪物也。

　　枇杷须接，乃为佳果。一接，核小如丁香荔枝，再接，遂无核也。

　　京师有畜铁镜者，谓人曰：“此奇物也。”以照人手，则指端见有白气，以气之长短，验人之寿夭。好事者乃以厚价取之，既而询之博物者，曰：“此造作也。盖磨镜时只以往手，无以来手，则照指自见其端有如气者耳。”相船之法，头高于身者，谓之望路，如是者凶。双板者凶，只板者吉。只板谓五板、七板，双板谓六板、八板，以船底板数之也。造屋主人不恤匠者，则匠者以法魇主人，木上锐下壮，乃削大就小倒植之，如是者凶。以皂角木作门关，如是者凶。

　　许敏，明州人，张唐卿榜第一甲及第，为大理评事、知县。尝因用刑棰杀人，其后冤屡见，但相去尚远。经二十年，敏以太常博士通判苏州，其冤渐近，稍如榻，与敏夫妇同寝。其始敏夫妇在外,冤卧于内,既而,间隔卧于夫妇之间,知其为鬼,无如之何也。是时,诏索天下御容,令转运司差官护送入京,敏与太守林大卿不协,于上司求行,自京师归,至汴上青阳驿,其冤逼之,敏死驿中。

钟著作生二女,长嫁宋氏,生庠、祁;其季嫁常州薛秀才,生一女为尼,与僧居和大师私焉。亦生一女,嫁潘秀才。潘有子,名与稽,今为朝奉大夫,与稽之视居和,乃外祖父也。居和乃以牛黄丸疗风疾者也,饮酒食肉,不守僧戒。然用心吉良,每乡里疾疫,以药历诣诸家,救其所苦,或以钱赒之。薛尼于宋氏以姊妹亲常至京师,是时庠为翰林学士,尼还常州,和病,问尼曰:"京师谁为名族善人者?"尼曰:"吾所出入多矣,无如宋内翰家也。"和曰:"我死则往托生焉。"尼诮曰:"狂僧,宋家郡君已娠矣,安得托生?"和曰:"吾必往也。"既而和死,人画一草虫于其臂。是日,宋家郡君腹痛将娩,祁之妻往视产,见一紫衣僧入室,亟走避之。既而,闻见啼,曰:"急令僧去!吾将视吾姒。"人曰:"未尝有僧也。"乃知所生子乃和也。既长,形相酷似和,亦好饮酒食肉,隐然有草虫在其臂,名均国,为绛州太守卒。

偷能禁犬使不吠,惟牝犬不可禁也。或云,纹如虎斑亦难禁。

高若讷能医,以钟乳饲牛,饮其乳,后患血痢卒。或云,冷暖相薄使然。

韶州岑水场,往岁铜发,掘地二十余丈即见铜,今铜益少,掘地益深,至七八十丈。役夫云:"地中变怪至多,有冷烟气,中人即死。"役夫掘地而入,必以长竹筒端置火先试之,如火焰青,即是冷烟气也,急避之勿前,乃免。有地火自地中出,一出数百丈,能燎人,役夫亟以面合地,令火自背而过乃免。有臭气至腥恶,人间所无者也。忽有异香芬馥,亦人间所无者也。地中所出沙土,运置之穴外,为风所吹,即火起焰焰然。

虱不南行,阴类也。其性畏火,置之物上,随其所向以指南方,俄即避之,若有知也。种竹就西北,其根无不向东南行者,是亦物之性也。

江东芦贱而获贵,退滩之地,先一年所生者,芦也,明年所生者,获也。

张安道言:尝使北辽,方燕,辽主在廷下打球,安道见其缨绂诸物,鲜明有异,知其为辽主也,不敢显言,但再三咨其艺之精尔。接伴刘六符意觉,安道知之,色甚怍,云:"又与一日做六论不同矣。"

契丹鸭渌水牛鱼鳔,制为鱼形,妇人以缀面花。

辽人尤畏女真国,范纯礼尝闻彼使云:女真国人长马大,其境土之广,南北不知几千里也。徐禧覆于永洛,是时辽人方苦女真侵边,故帖然自守,不敢为中国患。

收冰之法,冬至前所收者,坚而耐久,冬至后所收者,多不坚也。黄河亦必以冬至前冻合,冬至后虽冻不复合矣。川中乳糖师子,冬至前造者,色白不坏,冬至后者,易败多蛀。阳气入物,其理如此。

华山下有西岳行宫,祈祷甚盛,云台观常以道士一人主之。有一道士,以施利市酒食畜妇人,巡检姓马者知而持之,共享其利。一夕,道士梦为官司所录,送五道将军殿中,并追马勘鞫,狱具,各决杖七十。既寤,觉脊间微疼,溃而为疮。自知不祥,亟往诣马,马亦在告矣。问其梦中所见皆同,马亦疽发于背,二人俱卒。

赣州朱阳镇，一夕凫雁之声满空，其鸣甚悲。逮旦，凫雁死于野中无数，或断头，或折翅，或全无所伤而血污其喙。村民载之入市，市人不敢买。盖此镇未尝有此物，怪之也。又一年，王冲叛，朱阳之民歼焉。

象耳中有油出，谓之山性发，往往奔逸伤人。牧者视象耳有油出，则多以索縻之矣。

京师语曰：宣医丧命，敕葬破家。盖所遣医官云，某奉敕来，须奏服药加减次第，往往必令饵其药，至死而后已。敕葬之家，使副洗手帨巾，每人白罗三匹，它物可知也。元祐中，韩康公病革，宣医视之，进金液丹，虽暂能饮食，然公老年真气衰，不能制客阳，竟以蒇背。朝廷遣使问后事，病乱中误诺敕葬，其后子侄辞焉。

王彦祖学士自言，初到南省，试《天子全玉赋》，梦中有人告之云，天字在上不顺，天字在下则顺矣。须三次如此。是岁省下第，后过省，乃《严父莫大于配天赋》。及第乃《圆丘象天赋》。又二十七年，自岭南知雷州，召为馆职，试《明王谨于尊天赋》。凡三次题目，皆天字在下。彦祖名汾，今为朝议大夫集贤校理。

宗室至一品殡葬，朝廷遣礼官致祭。旧制，知太常礼院官以次行事，得绢五十匹。陈侗、陈汝羲俱在礼院，因朝会，见一皇亲年老行迟。侗私语曰："可致矣。"汝羲自后排之曰："次未当公，此吾物也。"传者以为笑。自元丰官制行，太常博士专领致祭，所得绢四博士共之。行事十四匹，余十二匹。有数皇亲联骑而出，呵殿甚盛。一博士戏谓同列曰："此皆致材也。"

王霁，丞相舒公之子，不惠，有妻未尝接，其舅姑怜而嫁之，霁自若也。侯叔献再娶而悍，一旦叔献卒，朝廷虑其虐前夫之子，有旨出之，不得为侯氏妻。时京师有语云："王太祝生前嫁妇，侯兵部死后休妻。"

羌人以自计构相君臣，谓之立文法。以心顺为心白人，以心逆为心黑人，自称曰倘，谓僧曰尊，最重佛法。居者皆板屋，惟以瓦屋处佛。人好诵经，不甚斗争。王子醇之取熙河，杀戮甚众，其实易与耳。

有一定僧在山谷中，汉军执之，此僧曰："吾有银与汝，勿杀我也。"汉军受其银，斩其首，白乳涌出。

夏竦尝统师西伐，揭榜塞上云："有得赵元昊头者，赏钱五百万贯，爵为西平王。"元昊使人入市卖箔，陕西获箔甚高，倚之食肆门外，佯为食讫遗去。至晚，食肆窃喜，以为有所获也。徐展之，乃元昊购竦之榜，悬箔之端云："有得夏竦之头者，赏钱两贯文。"比竦闻之，急令藏掩，而已喧播远近矣。竦大惭沮。

竦集幕职兵官，议五路进讨，凡五昼夜，屏人绝吏，所谋秘密，处置军马，分擘粮草，皆有文字，已成书。两人之力不能举，封钥于一大柜中，一夕，失之，竦进兵之议遂格，由此恳乞解罢，得知蔡州。其后韩绛西讨，河东起兵八万人。时太原遣卒三千，皆丁壮强硬，令至军前交割。晓夕奔走，饥不得食，困不得息。既而班师，不用遣还，形已如鬼，风吹即仆，假使见敌，则不战成擒矣。元丰四年西伐，西人远引，清野以老我师。高遵裕领众深入，不见一人一骑，直扣灵武。灵武壁甚坚，若有守者。我师营汉中治攻具，西人约降，遵裕信之，驻军五日不进，故彼得为计。中夕决河水至，我师溃焉。故责遵裕知坊州词云："比以两路锐兵，进攻灵武，而亡士溃卒，职汝寡谋，遵裕再责郢州安置。"

夏竦薨，子安期奔丧至京师，馆中同舍谒见，不哭，坐榻茶橐如平时。又不引客入奠，人皆讶之。戊戌年，安期死，数日，子伯孙犹著衫帽接客，无毁容，愈肥泽焉。

邢昺疾亟，车驾幸其第，其子干恩泽，并乞不救葬。王居白待制病，犹子侍疾，祈遗表奏荐焉。

张咏自益州寄书与杨大年，进奏院监官窃计之云："益州近经寇乱，大臣密书相遗，恐累我。"发视之，无它语，纸尾批云："近日白超用事否？"乃缴奏之。真宗初亦讶之，以示寇准，准微笑曰："臣知开封府有伍伯姓白，能用杖，都下但翘楚者，以白超目之，每饮席浮大觥，遂以为况。"真宗方悟而笑。

熊伯通有平蛮之功，太常卿范纯礼言，至蜀中亲闻其事。涓井蛮本诱之降，降者百余人。本授计主簿程之元、兵官王宣令毒之。本犹虑其变也，舣舟三十里外待之，密约云："若事谐，走马相报。"之元等以曼陀罗花醉降者，稍稍就擒，令走马报本，本急挐舟顺嘉陵江而下，顷刻至禽所，斩尚未已也。本就收此功，朝廷赏擢以制两广。

雄、霸沿边塘泊，冬月载蒲苇悉用凌床，官员亦乘之。

艺祖载诞，营中三日香，人莫不惊异。至今洛中人呼应天禅院为香孩儿营。

熙宁中，张唐民登对，其归美上德之辞云："臣寻常只见纸上尧舜，今日乃见活尧舜也。"

谈苑卷二

熙河之师，上意甚欲得木征，以内殿崇班钱五千贯购之。熙宁六年，木征降于常河诸城，王韶奏以为令王君万、韩存宝招呼，李宪奏以为与燕达纳其款，韶、宪争功，隙由此启。上尝对吕惠卿称宪禽木征之功，盖宪之面奏详于韶之条奏故也。安南之师，上欲遣宪与赵卨往，韶时在枢府，与王安石共争之，由是罢宪而遣郭逵。上不平二公之争，使宪举河西，既而逵败绩而宪有功，故上益以宪为可用焉。高若讷作中丞，与小黄门同监修祭器，遂同书奏状，议者非之。

宝元中，夏英公以陈恭公不由儒科骤跻大用，心不平之。恭公亦倾英公，英公除集贤，有台章，恭公启换为枢密使，英公知之，意愈怏怏。是时西北有警，英公能结内官，又得上心，乃撰一策题，如策试制科者，教仁宗以试两府大臣，欲以穷恭公之不学也。一日，仁宗御资政殿见两府，出此题，署云付陈执中等。两府跽受开读次，已见小黄门设矮卓子具笔砚矣。英公色欲挥翰，其余皆愕然相视，未知所为。宋郑公徐奏曰："陛下所问，皆臣等夙夜谋谟之事。臣等不职，陛下责之可也；若策试，乃朝廷所以待草茅之臣。臣备位执政，不可下同诸生。乞归中书，令中书、密院各具所见以对。"仁宗俯首面赤云："极是，极是。"既退，恭公谓郑公曰："适来非公之言，几至狼狈。"郑公曰："某为国惜体，非为诸君地也。"中书所对，皆出郑公之笔，极攻密院之失。是时显立仇雠矣。人言纷纷，英公不自安,欲晦其迹,又撰一策题,故为语言参差,或失粘,或不对,欲如禁中亲制者,教仁宗以策试两府、两制。然间有三两句绝好处,人亦识其为英公词也。仁宗宽容,亦听之。一日,召两府、两制对于迎阳门,又出此题付之。然英公之迹,终不能晦焉。

孙奭尚书侍读仁宗前,上或左右瞻视,或足敲踏床,则拱立不读,以此奭每读书,则上体貌益庄。王随佞佛,在杭州常对聋长老诵所作偈,此僧既聩,离席引首,几入其怀,实则不闻也,随叹赏之,以为禅机之妙。

仁宗袷享之际,雪寒特甚。上奉玉露腕,侍祠诸臣袖手执笏,见上恭虔,皆恐惕揎袖。

神宗以星变祇惧,许人上封事言得失。于是王安礼上书,语颇讦直,上微不悦,以示王珪。珪曰:“观安礼所言,皆是臣等执政后来事,无一字及安石所为者,其意盖怨望安石在外,专欲讥切臣等耳。安礼每对臣言云,似尔名位,我亦须做。”上笑曰:“大用岂不在朕,而安礼狂妄自许如此!”后一年,安礼自翰林学士迁尚书右丞。

修内前涉子木,计用方团三千三百条,再差职方员外郎陈昭素计之,只用三百条,京城侵窃之弊如此。昭素勾当三司修造案,半年减十五万,议者云:可罢陕西买木一年。雷太简判设案御厨,每日支面一万斤,后点检,每日剩支六千斤。先日宰羊二百八十,后只宰四十头。江邻几云:“南郊赏给,旧七百万,今一千二百万;官人俸,皇祐中四千贯,今一万二千贯。合同司岁会支左藏库钱八九万贯,近岁至三十五六万贯。禄令皇太子料钱千贯,无公主料钱例。”宋次道云:“李长主在宫中请十千,晚年增至七百千,福康出降后,月给千贯。”

景德中,天下二万五千寺,今三万九千寺。陈述古判祠部云:章伯镇勘会省案,岁给橡烛十三万条。内酒坊,祖宗朝糯米八百石,真庙三千石,仁宗八万石。

江南民言:"正旦晴,万物皆不成。"元丰四年正旦,九江郡天无片云,风日明快,是年果旱。又曰:"芒种雨,百姓苦。"盖芒种须晴明也。"春雨甲子,赤地千里;夏雨甲子,乘船入市。"乘船入市者,雨多也。又于四月一日至四日卜一岁之丰凶云:一日雨,百泉枯。言旱也。二日雨,傍山居。言避水也。三日雨,骑木驴。言踏车取水,亦旱也。四日雨,余有余。言大熟也。禅师惠南尝言,上元一夕晴,麻小熟;两夕晴,麻中熟;三夕晴,麻大熟。若阴雨,麻不登。占亦如此,云绝有效验。京东一讲僧云:"云向南,雨潭潭;云向北,老鹳寻河哭;云向西,雨没犁;云向东,尘埃没。"老翁言云向南与西行则有雨,向北与东行则无雨,云亦有效验。大理少卿杜纯云,京东人言"朝霞不出门,暮霞行千里",言雨后朝晴尚有雨也,须晚晴乃真晴耳。九江人畏下旬雨,云:"雨不肯止。"刘师颜视月占旱云:"月如悬弓,少雨多风;月如仰瓦,不求自下。"同州人谓雨沾足为烂雨。

金陵夏氏,能致紫姑神,神能属文,其书画似唐人,应对机捷。蒋山法泉长老曰:"问仙姑求一偈子。"神云:"神拜来,不惜口中叨你为说破。"泉曰:"试说看。"神曰:"咄!"泉曰:"也是外学之流。"神曰:"去!"法泉曰:"公案未了。"神曰:"将拄杖来。"良久书颂曰:"钟山钟山,今古长闲。天边云漠漠,涧下水潺潺。"或写此一段语寄示李之仪,曰:"冤哉法泉!被三姑摧折。"之仪答曰:"法泉所谓雪上加霜也。"

司马迁误以子我为宰我,又以燕简公欲尽去诸大夫而立其宠人作宠姬。

　　紫姑者，厕神也，金陵有致其神者。沈遘尝就问之，即画粉为字曰："文通万福。"遘问仙姑姓，答云："姓竺，《南史》竺法明，乃吾祖也。"亦有诗赠遘。近黄州郭殿直家有此神，颇黠捷，每岁率以正月一日来，二月二日去。苏轼与之甚狎，常问轼乞诗，轼曰："轼不善作诗"。姑书灰云："犹里犹里。"轼云："轼非不善，但不欲作尔。"姑云："但不要及它新法便得也。"

　　人畜鹭鸶虽驯熟，然至饮秋水则飞去。京师夏间竞养铜觜，至九月多死。鸥生三子，内一子则鹰也。然鸥多生两子也。

　　小池中鱼至九月十月间，宜取投大水中，不尔，冬间俱冻死。鲩鱼惟食草，人刈草以饲之，至八月则不食，至三月复食如初。

　　马子烝其母则生驳马，此逆乱之气所为也。

　　鸡舌香即丁香也，日华子云："鸡舌香治口气，故郎官含鸡舌香，取其便于奏对。"正是今之丁香。古方五香连翘汤用鸡舌香，千金五香连翘汤无鸡舌香，却有丁香，最为明验。俗医取乳香中如柿核无气味者，谓之鸡舌香，殊无干涉。新补《本草》重出二物，盖考之未精也。海东麻子大如莲实，陕西极边枸杞大可柱，叶长数寸。人有在韶州见自然铜，黄如金粉，价贵于金。邵化及为高丽国王治药，云人参极坚，用斧断之，香馥一殿。今之医者治病少效，殆亦药材非良也。

　　仁宗朝，王珪上言，请以正月为端月，为与上名音相近也。

　　欧阳永叔作校勘时，梦入一庙，于庭下谒神，与丁元珍同列，而元珍在上，庙前有石马无一耳。后责夷陵，元珍为判官，同谒黄牛庙，元珍职官在县令上，庙前有石马无一耳，宛如昔梦所见焉。

陈州有颛顼庙,狄青知州日,梦庙中有榜,题曰宰相蔡确。确是时方为举人。青访知姓字,召见之,语以所梦,云:"善自爱。"确后果相神宗皇帝。

王汾作馆职,忤王荆公意,判鼓院凡四年,家贫俸薄,累乞外任,不许。一夕,梦神告之曰:"子欲得郡,须求元公。"是时,元厚之为参知政事,汾亟往祷之。厚之云:"荆公意思不婉顺,未可议也。然荆公屡争事不合,恐旦夕出矣,姑少俟之。"未几,荆公果出金陵。吴冲卿当国,汾又祷,即日得兖州,到官数月,寻绎此梦,所谓元公,乃兖州也。

林希于章衡榜下及第,在期集处,刘庠相揖云:"久欲相见,有小事言之。"希问其故,曰:"庠尝梦登第在公后三名,故识公也。"希自计,唱第时,刘庠始在第三甲,以前举不曾赴殿试,今举直赴殿试,例降一等作第四甲头,又隔数十名,方唤到希,以希尝为南庙解元,仁宗令升缀第三甲末。至第五甲唤到李寔,寔南省解元也,仁宗又令升缀第三甲,既而又令置希之上。明日唱明经第,张巨已于第四甲进士登科,又中明经。是时,中两科者,例升一等。于是升缀第三甲末。自希数至刘庠,正是第三名,凡两日之间更四人者,方符一梦焉。

元丰间,内臣李宪专领西方之事,叶康直为转运使,以粮草不办,一日,有御宝札子付宪,叶康直遽斩讫奏。宪近习也,秘而不宣,自料云:"不过中夕,必别有指挥。"中夕,扣门甚急,果有札子至。叶康直至,以上札示之,云:"须至奉押矣。"遂枷项送渭州取勘。既而,康直卒无事,任使如故,今以龙阁作帅秦州。

王荆公初拜仆射,握婿蔡卞手曰:"吾止于此乎?昔年作举人时,梦升一厅事,人指其榜,有仆射厅字,曰:他日君当为

此官。今梦验矣。"官制行,换为特进。元祐初,加司空。卞幸
其梦之不应也,公让不拜,半年方报。再让,又数月方报。比
告下,公薨八日矣,竟终于特进焉。卞为予言如此。

王曾在青州为举人时,或令赋梅花诗,曾诗云:"而今未说
和羹用,且向百花头上开。"识者已许曾必状元及第,仕宦至宰
相。

王琪知歙州,吴感作《折红梅》小词寄之,云:"山花冷落何
曾折,一曲红梅字字香。"

王介甫有《江宁夹口》诗云:"茅屋沧洲一酒旗,午烟孤起
隔林炊。江清日暖芦花转,恰似春风柳絮时。"人或题之于壁,
续其后云:"江南村里老翁子,不解吟他富贵诗。"荆公闻之,但
笑而已。

刘放贡甫,性滑稽,喜嘲谑,与王汾同在馆中。汾病口吃,
放为之赞曰:"恐是昌家,又疑非类,未闻雄鸣,只有艾气。"周
昌、韩非、扬雄、邓艾,皆古之吃者也。熙宁中,为考官,出《临
民以教思无穷论》,举人上请曰:"此卦大象如何?"放曰:"要见
大象,当诣南御苑。"马默为台官,弹奏轻薄,不当置在文馆。
放曰:"既云马默,岂合驴鸣?"吕嘉问提举市易,曾布劾其违
法,反得罪,嘉问治事如故。放曰:"岂意曾子避席,望之俨
然。"嘉问,字望之。

石中立,字曼卿,初登第,有人讼科场覆考,落数人,曼卿
是其数。次日,被黜者皆受三班借职,曼卿为诗曰:"无才且作
三班士,请士争如录事参。从此罢称乡贡进,且须走马东西
南。"后试馆职,为直学士,性滑稽,善戏谑。尝出,驭者又失
鞍,马惊,曼卿坠地,从吏遽扶掖升鞍,曼卿曰:"赖我石学士,
若瓦学士,岂不破!"次迁郎官,有上官弼郎中劝以谨口,对曰:

"下官口干上官鼻何事!"一日,又改授礼部郎中,时相勉之曰:"主上以公清通详练,故授此职,宜减削诙谐。"对曰:"某授诰云,特授礼部郎中,馀如故,以此不敢减削。"天禧为员外郎,时西域献狮子,畜于御苑,日给羊肉十五斤,率同列往观。或曰:"吾辈忝预郎曹,反不及一兽。"石曰:"若何不知分! 彼乃苑中狮子,吾曹园外狼耳,安可并耶?"续除参政,在中书堂,一相曰:"取宜水来。"石曰:"何也?"曰:"宣徽院水甘冷。"石曰:"若司农寺水,当呼为农水也。"坐者大笑。

王汾嘲刘放云:"常朝多唤子。"盖常朝知班吏多云班班,谓之唤班。放应声曰:"寒食每寻君。"盖呼汾为坟耳。

元祐二年,辛雍自光禄寺丞移太常博士,顾子敦自给事中除河朔漕,付以治河。京师语曰:"治礼已差辛博士,修河仍用顾将军。"子敦好谈兵,人谓之顾将军也。

苏子瞻与姜潜同坐,潜,字至之,先举令云:"坐中各要一物是药名。"乃指子瞻曰:"君,药名也。"问其故,对曰:"子苏。"子瞻应声曰:"君亦药名也。君若非半夏,便是厚朴。"问其故,曰:"非半夏、厚朴,何故谓之姜制之?"

李公择于秘书省种竹,云:"使后人见之,曰此李文正手植之竹也。"盖自许他日谥文正也。刘贡父适闻之,曰:"李文政不特能系笔,又善种竹邪?"是时京师有李文政善系笔,士大夫多用之。

邢恕有文学辩论,然多不请而教人,士大夫谓之邢训。竟坐教朝士上书,夺中书舍人,出知随州。后自襄州移领河阳,彭器资作告词云:"勉蹈所闻,无烦多训。"盖讥之也。

孙莘老为御史中丞,不甚言事,以疾辞位得宫观。刘贡父作告词云:"未得闻生之奇论,今乃以疾而固辞。"亦讥之也。

朝士赵昶有两婢，善吹笛，知藤州日，以丹砂遗子瞻，子瞻以蕲笛报之，并有一曲，其词甚美。云："木落淮南，雨晴云梦，日斜风袅。"又云："自桓伊不见，中郎去后，孤负秋多少。"断章云："为使君洗尽蛮风瘴雨，作清霜晓。"昶曰："子瞻骂我矣。"昶，南雄州人，意谓子瞻以蛮风讥之。

刘子仪侍郎三入翰林，意望两府，颇不怿，移疾不出，朝士问候者，但云虚热上攻。石中立在坐云，只消一服清凉散，便安矣。盖谓两府始得青凉伞也。张唐公谥钱思公作文墨公，诸子服经邀执政诉之，石中立指其幼者云："此东山一寸金也。"

林瑀、王洙同作直讲，林谓王曰："何相见之阔也？"王曰："遭此霖雨。"瑀云："今后转更疏阔也。"王曰："何故？"答云："逢这短暑。"盖讥王之侏儒。

馆中铁火罩，郑天体戏王原叔云："此王将军兜鍪。"亦谓其侏儒也。

狄青、王伯庸同在枢密府，王常戏狄之涅文云："愈更鲜明。"狄云："莫爱否？奉赠一行。"伯庸为之大惭。

真宗东封，访天下隐士，得杞人杨朴。上问曰："卿临行有人赠诗否？"朴对曰："臣妻一首云：'更无落魄耽杯酒，切莫猖狂爱咏诗。今日捉将官里去，这回断送老头皮。'"上大笑，使之复还山。

梁灏八十二岁，雍熙二年状元及第，谢启云："白首穷经，少伏生之八岁；青云得路，多太公之二年。"后终秘书监。

真宗朝，李沆、王旦同执政，四方奏报祥瑞，沆固灭裂之，如有灾异，则再三数陈，以为失德所招，上意不悦。旦退谓沆曰："相公何苦违戾如此？似非将顺之意。"沆曰："自古太平天子志气侈盛,非事奢侈,则耽酒色,或崇释老,不过以此数事自败。今上富于春秋,须常以不如意事裁挫之,使心不骄,则可为持盈守成之主。沆老矣,公它日当见之。"旦犹不以为然。至晚年,东封西祀,礼无不讲,时沆已薨,旦绘像事之。每胸中郁郁,则摩腹环行曰:"文靖,文靖。"盖服其先识也。文靖,沆谥也。

驾头者,祖宗即位时所坐也,相传宝之。中使出外勾当,皆责知委状,敢妄奏它事,皆伏军令,祖宗旧制也。

真宗禁销金,自东封归,杜健仔者,昭宪太后之侄女也,迎驾服之,上怒,送太和宫出家,由此人莫敢犯。

陆经多与人写碑铭,颇得濡润。人有问子履近日所写几何?对曰:"近日写甚少,总在街上喝道行里。"

施、黔州多白花蛇,螫人必死,县中板簿有退丁者,非蛇伤则虎杀之也。州连蛮獠,三月草长蛇盛,则当防戍。至九月,草衰蛇向蛰,则又防秋矣。居民造毒药,取蛇倒悬之,以刀刺其鼻下,以器盛其血,第一滴不用,以毒人立死故也。取第二第三四者,每血一滴,以面和作四丸,中此毒者,先吐血,须臾五脏壅满溃烂。李纯之少监云:惟朱砂膏可治此毒。纯之以药救人无数,仍刻其方以示土民。

吴长文使辽,辽人打围无所获,忽得一鹿,请南使观之。须臾,剥剔了,已昏夜矣。数兵煮其骨食之,皆呕血。吴左丞留双肾于银器中,云:"此最补暖。"旦欲荐之。翌日,银器内皆黑色,乃毒矢所毙尔。不敢泄,埋之而去。辽地大寒,匕箸必于汤中蘸之,方得入口,不尔,与热肉相沾不肯脱。石鉴奉使,不曾蘸箸以取榛子,沾唇如烙,皮脱血流,淋漓衣服上。

丁讽病废,常令两女奴掖侍见客于堂中。讽之病以好色,既废亡赖,益求妙年殊质,以厌其心。客出不能送,又令一婢子送至中门曰:"谢访。"以故宾客之至者加多,乃愈于未病时,盖其来不专为讽也。

宰臣食邑满万,始封国公。

郊礼:前省内官衣锦,后省衣绣。

后苑银作镀金,为水银所薰,头手俱颤。卖饼家窥炉,目皆早昏。贾谷山采石人,石末伤肺,肺焦多死。铸钱监卒无白首者,以辛苦故也。

丁讽以馆职病风废于家,一旦,有妄传讽死者,京师诸公竞致奠仪,纸酒塞门。讽曰:"酒且留之,纸钱一任别作使用。"讽方乏资,由是获美酝盈室焉。

石曼卿,王氏婿也,以馆职通判海州,官满,载私盐两船至寿春,托知州王子野货之。时禁网宽赊,曼卿亦不为人所忌,于是市中公然卖石学士盐。

真皇上仙,执政因对奏寇准与南行一郡,丁谓至中书云:"雷州司户。"王曾参政云:"适来不闻有此指挥。"丁云:"居停主人宜省言语。"王悚息而已。盖王是时僦寇宅而居。

晏殊言,作知制诰日,误宣入禁中,时真宗已不豫,出一纸文书,视之,乃除拜数大臣。殊奏云:"臣是外制,不敢越职。"上颔之,召到学士钱惟演,殊奏臣恐泄漏,乞只宿学士院。翌日麻出,皆非向所见者,深骇之而不敢言也。

谈苑卷三

真宗上仙,明肃召两府人谕之,一时号泣。明肃曰:"有日哭在,且听处分。"议毕,王曾作参政,当秉笔,至云:"淑妃为皇太妃。"曾卓笔云:"适来不闻此语。"丁崖州曰:"遗诏可改邪?"众皆不敢言。明肃亦知之,始恶丁而嘉王曾之直也。

澶渊之幸,陈尧叟有西蜀之议,王钦若赞金陵之行,持迟未决。遣访寇准,准云:"惟有热血相泼尔。"浸润者云:"殊无爱君之心。"讲和之后,兵息民安,天意悦豫,而钦若激以城下之盟,欲报东门之役。既弗之许,则说以神道设教,镇服人心。祥符中所讲礼文,悉起于此也。

丁谓在崖州,方弈棋,其子哭而入云:"适闻有中使渡海将至矣。"谓笑曰:"此王钦若使人来吓我尔。"使至,谢恩毕,乃传宣抚问。

夏守恩作殿帅,旧例诸营马粪钱分纳诸帅,守恩受之,夫人别要一分,王德用作都虞候,独不受。又章献上仙,内官请坐甲,王独以为不须。兴国寺东火,张耆枢相宅近,须兵防卫,王不与。以此数事作枢密副使。

省试《王射虎侯赋》云:"讲君子必争之艺,饰大人所变之皮。"贵老为其近于《亲赋》,云:"睹兹黄耇之状,类我严君之容。"试官大噱。

永叔云:开封多为皇亲所扰,送一卒云,为鹁鸽飞而不下。

　　韩魏公尝梦崔侍郎在客位,及觉,问客"将有何官?"客云:"崔县尉在客位。"乃崔台符也。台符明法出身,致位通显,官制行,合作尚书,而只除刑部侍郎,寄禄至光禄大夫,后夺一官,终于正议大夫。正议大夫,亦侍郎也。

　　魏氏有李后主画竹,题跋甚多,其一云:宗孟噪清臣诚一同观。又有李书云:元丰辛酉清明后三日,中书昭文位观。传正邃明邦直志题。三公执政,张诚一武人用事者耳。

　　程戬侍郎自言为御史时,接伴辽使,张观中丞教之曰:"待之以礼,答之以简。"戬佩服其言。或云不然,使人见人语简,便生疑心,激恼人,不若旷然以诚接之。

　　吕文靖教马子山云:"事不要做到十分。"子山初未谕,其后语人云:"一生只用此一句不尽。"李若谷教一门生云:"清勤和缓。"门人曰:"清廉勤瘁和同,则闻命矣,缓安可为也?"李公曰:"天下甚事,不是忙后坏了?"韩稚圭教一门生云:"稳审著,大事将做小事做,小事将做大事看。"胡瑗教人:"心中稍疑事便不要做。"永叔言:"观人题壁,便可知其文章。"

　　熙宁中,福建贼廖恩攻剽数郡,杀害捕盗官,东南为之骚然。凡恩所经涉,监司守将,皆坐贬绌,其余相连得罪者,不可胜计。既乃招降予官,朝廷以其悍勇,颇任使之。一旦恩至三班院,供家状云:"自出身历任以来,并无公私过犯。"有一班行李师益亦同供状,乃云:"前任信州巡检,为廖恩事勒停。"都下相传以为笑焉。

　　杜祁公为枢密使,内降某人与近上班行,停之数日,同列促之,不听,中使宣催。公翌日奏:"某人是谁奏请? 容商量。"初不宣谕,再三论之,方云:"是贵妃诞育时产媪之子。"又再三论之,只除三班借职。又求监都商税院。公奏云:"此系三司举官,一岁四十万贯税额。"坚持不可,犹得南排岸。

大内都知张惟吉请谥,礼官以吉前持温成丧不当居皇仪殿,一夕争之至明,时宰阿谀顺旨,惟吉顿足泣下,缘此得谥忠惠。陈执中以不正谏前事,至死,礼官谥曰荣灵。

晏丞相知南京,王琪、张亢为幕客,泛舟湖中,只以诸妓自随。晏公把舵,王、张操篙,琪南方人,知行舟次第,至桥下,故使船触柱而横,厉声呼曰:"晏梢使舵不正也。"

范希文知邓州,是时法网疏阔,监司尚预游宴。张去惑为提点刑狱,醉中起舞,既而曰:"启谏议,坏了提刑也。"

朱柬之自言作滁州推官时,欧阳永叔为太守,杜彬作倅,晓音律。永叔自琅琊山幽谷亭醉归,妓扶步行,前引以乐,彬自亭下舞一曲破,直到州衙前,凡一里余。永叔诗云:"杜彬琵琶皮作弦。"元祐五年,彬子焯在金陵,或问:"皮何以作弦?"焯云:"永叔诗词之过也。琵琶诚好,乃国初老聂工造,世间只有四面,今尚收藏在家,但无皮弦事尔。"

朱柬之云:昔年为宿州符离令,孙元规以节副安置,每来县中打球射弓,后以礼部侍郎致仕。英宗即位,起知庆州。元规私语朱云:当时作枢副,以不读温成册出,于水关外,濮王送书相别,称美其节概,亦有书答之。后来验书,乃英宗询翰。今日一起其端,自此人事倚伏,不可知也。

唐子正,桂州人。为举人时,入京,道中遇一道人,衣服破敝,人皆疑其盗也,疏之。道人者辞去,留一诗与蔡州门卒,候唐过予之,验其日,乃辞去之日也,相去已十程矣。诗曰:"知汝有心求富贵,到头无分学神仙。"又云:"直待角龙危燕会,好来黄壁卧林泉。"后三十年,子正以太子中舍通判邕州,交阯入城,子正自缢于官舍壁下,乃熙宁九年正月二日也。岁在丙辰,故曰角龙。正月二日危月燕直日,故曰危燕。予儿童时,已闻此诗,验于三十年后,乃知交阯一覆三州,杀人无数,亦非偶然尔。

贾易以谏官责知怀州,替郑侔赴阙。李之仪梦郑侔依旧知怀州,数数对亲朋言此梦。既而易以到官上表再贬知广德军,侔已知单州,待阙尚远,自言于朝廷,复以怀州还侔,之仪之梦遂验。

吴充病赘,仁宗见之掩鼻,既而谕执政者曰:“充病甚矣。”其后执政进拟差除,不敢公去充,但于姓名下小书“病”字,以是终仁宗世充罕至京师。一旦神宗即位,充历践二府,日在上左右,其赘比旧加大,穴且腥甚,而上不恶焉。则夫命之至也,虽病也,有物盖之矣。

滕元发云:一善医者云,取《本草》白字药服之多验。苏子容云,黑字是后人益之。

宋次道云:唐三百年,惟薛苹为滑帅,田弘正为魏帅,兴河役,力省工倍它时,未尝略为患也。

馆中同列疾王文穆,使陈越寝如文穆之尸,石中立作文穆之妻哭其旁,余人歌《虞殡》于前后。钦若闻之,密奏,将尽逐之,王文正持其奏不下。

苏涣郎中押伴夏人云,卖银五千两,买乐人幞头四百枚,薰衣香、龙脑、朱砂凡数百两,及买绫为壁衣。

陈执中作相,杜祁公引年,一表便许,止除少师,物论喧然。富彦国在郓,叶道卿在青,皆不平之。执中守亳,病甚,累表乞致仕,不允,移曹南,卧京第者逾年。又五年,方许致仕。是时富公作相,欲矫前事耳。

猴部头,猿父也,衣以俳优服,常在昭宗侧。梁祖受禅,张御筵,引至坐侧,熟视梁祖。忽奔走号踯,襕其衣冠。全忠大怒,叱令杀之。唐之旧臣,无不愧怍。

陈靖为吏部员外郎,晓三命,自言官高寿长。一旦卒,附婢子语平生,最厚薛向,向往见之,婢子冠带而出,语言动作,真靖也。向问:"吏部平生自知命,何乃至此?"答云:"某甚有官寿,皆如术数,但以不葬父母,乃被克折。"既而泣下。向欲质以一事,乃问以阴中善恶之报。靖言:"世间所传,皆不诬也。只如张退传,官职寿康,人所仰望。然鄮都造狱明年三月成矣,不可不戒也。"向密记其说。明年,车驾游池,宣召张士逊。士逊至,向适于稠人中望见之,以为士逊精健如此,鬼语乃妄言耳。明日,闻士逊薨矣。

郭逵伐交州,行师无纪律,其所措置,殆可笑也。洪兵有日矣,乃付诸将文字各一大轴,谓之将军下令,字画甚细,节目甚繁,又戒诸将不得漏泄。诸将近灯火窃观之。徐禧尝见之,云如一部尚书多,禧三日夜读之方竟。则诸将仓猝之际,何暇一一观也。内一事云,一,交人好乘象,象畏猪声,仰诸将多养猪,如象到以锥刺猪,猪既作声,象自退走。

余靖不修饰,作谏官,乞不修开宝塔。时盛暑,上入内云:"被一汗臭汉薰杀,喷唾在吾面上。"

永叔梦为鹧鸪,飞在树上,意甚快悦,闻榆荚香特异。永叔尝自言,上有一兄,未晬而卒,母哭之恸,梦神人别以一子授之,白毫满身,母既娠,白毫无数,永叔生,毛渐退落。

宋庠罢参,郑戬罢枢,叶清臣罢计,吴安道罢尹,盖吕文靖恶其党盛也。时数公多以短封廋词相往来,如青骨不识字,米席子作版之类。青骨谓蒋堂,时谚谓知制诰为识字,待制为不识字。杨吉作发运,以饷权要,得户部副使。

　　李昭遘修撰自河中移知晋州,云母夫人年八十矣,事姑二十年,唯梳发髻,姑亡始戴冠。今士大夫家子妇三日已冠,而与姑宴饮矣。

　　吕文穆薄游一县,胡旦随父宰邑。客有誉吕,举其诗云:"挑尽寒灯梦不成。"胡笑曰:"乃是一渴睡汉耳。"吕明年中甲,寄声胡曰:"渴睡汉状元及第矣。"胡答曰:"待我明年第二人及第,输君一筹。"次榜果中首选。

　　举子以巨轴献胡旦,旦览之曰:"旨哉,旨哉!"

　　王介得知常州,刘贡甫以语谑之,介曰:"贡甫非岂弟君子乎!"贡甫曰:"虽非岂弟君子,却是打爷知州。"常州风俗殴父,有桥名曰打爷桥。

　　白黑简心,此东汉书语也。或以命谢师直之告,讥其好弈也。

　　蔡立知江州,后娶崔氏,生一女,前妻一子娶袁毂之女,病瘵而死。凭于崔氏之女,凡语言皆怨其后母之薄也。云人死皆有一虫转以付人,以与崔氏之女。又以其先亡母劝之,令勿自残贼亲戚,今不与矣。其始已议攒殡,袁氏云:"吾无儿女,它日谁葬我者,不如焚我也。"比至火作之时,袁氏所凭之语,忍痛之声闻于外焉。

　　沈文通说,故三司副使陈洎卒后,婢子附语云:坐不葬父母,当得为贵神,今为贱鬼,足胫皆生长毛。

　　福州奏贩盐贼,谋者四五人,从者四十人,大理断官赵衍、审刑详议祝谏尽断死罪。衍寻卒,临命自语曰:"冤枉杀人。"祝谏通判扬州,未几亦卒。

　　知江州瑞昌县毕从范素健无所苦,一夕,会客,客前烛皆明,惟从范前烛数易屡灭。是夕,暴病卒。盖阴气先有所薄尔。

知虔州朝议李大夫自云,凡二十五子,今所有一子也。其母以屡失子,于病风作时啮臂志之,比再生子,齿痕隐然在其臂,乃知轮回再生之说为不诬尔。

太祖建隆六年,议改元,语宰相勿用前代旧号,改元乾德。后于内人镜背有乾德之号,学士陶縠曰:"此伪蜀年号也。"太祖由是益重儒士。

国家开宝中钱,文曰宋通元宝,至宝元中,则曰皇宋通宝,近世钱文皆著年号,惟此二钱不然者,以年号有宝字故也。

太宗时,宋白、贾黄中、李至、吕蒙正、苏易简五人同拜翰林学士,承旨扈蒙赠诗云"五凤齐飞入翰林",其后皆为名臣。

御史台故事,三院御史言事,必先白中丞,自刘子仪为中丞,始榜台中御史有所言,不须先白中丞,至今如此。

真宗虽以文词取士,然必视其器识。每赐进士及第,必召高第三四人,并列于庭,更察其形神磊落者,始赐第一人及第,或取其所试文词有理趣者。徐奭《铸鼎象物赋》云:"足惟下正,讵闻公㧑之欹倾;铉乃上居,实取王臣之威重。"遂以为第一。蔡齐《置器赋》云:"安天下于覆盂,其功可大。"遂以为第一。

故事,学士在内中,院吏朱衣双引。太祖朝,李昉为学士,太宗在南衙,朱衣一人前引,昉因去其一。往时学士入札子,不著姓,但云学士某。盛度、丁度并为学士,遂著姓以别之,后皆著姓。

吕文穆公蒙正为相,有朝士藏古鉴,能照二百里,欲因弟献以求知。公曰："吾面不过楪子大,安能照二百里?"闻者叹服,以为贤于李卫公远矣。

唐人奏事非表非状者,谓之榜子,亦曰录子,今谓之札子。

真宗临轩策士,夜梦下有菜,一苗甚盛,与殿基相高。及拆第一卷,是乃蔡齐。上见其容貌,曰："得人矣。"特诏执金吾七人清道,自齐始。

范仲淹字希文,知开封府事,决事如神,京师谣曰："朝廷无忧有范君,京师无事有希文。"每奏事,多陈治乱,历诋大臣不法。言者以仲淹离间君臣,落职知饶州。宝元中,元昊叛,上知其才兼文武,起帅延安,日夕训练精兵。贼闻之曰："无以延州为意,今小范老子腹中有数万甲兵,不比大范老子可欺也。"戎人呼知州为老子,大范谓雍也。后知庆州,时王师定川之败,议点乡军,仲淹令刺其手,及兵罢还庆路,皆复得为农。上以四路诸招讨委之,仲淹与韩琦谋,必欲收复灵夏横山之地,边上谣曰："军中有一韩,西贼闻之心骨寒;军中有一范,西贼闻之惊破胆。"元昊闻而惧之,遂称臣。

陈尧佐字希元,修《真宗实录》,特除知制诰。旧制须召试,唯杨亿与尧佐不试而授。兄尧叟,弟尧咨,皆举进士第一。时兄弟贵盛,当世少比。尧佐退居郑圃,尤好诗赋,张士逊判西京,以牡丹花及酒遗之,尧佐答曰："有花无酒头慵举,有酒无花眼懒开。正向西园念萧索,洛阳花酒一时来。"

狄青字汉臣,元昊叛,屡将兵出战,四年间大小二十五阵,八中流矢,人呼为狄天使。上观其仪表,曰："朕之关、张也。"于是有敌万之称,谓以一足以敌万也。初,青在军伍间,韩魏公、范文正公一见之,皆称其有将相之器,果能为国立功,为时名将。

王旦字子明,为翰林学士。尝奏事下殿,真宗目送之,曰:"与朕致太平,必斯人也。"后拜平章事,外抚诸边,内安百姓,官吏得职,天下富庶,颂声洋溢,旦之力也。

石介字守道,徂徕山人也。文章学术,天下宗师,皆呼为徂徕先生。著《宋颂》十篇,猗那、清庙,无以加也。庆历三年,天下所谓贤士大夫,必用于两府侍从台谏之官,宋之用人,于兹为盛,介作《庆历圣德》诗。

范文正公幼孤,随母适朱氏,因冒朱姓,后复本姓。谢启曰:"志在投秦,入境遂称于张禄;名非霸越,乘舟乃效于陶朱。"以范睢、范蠡尝改姓故也。伪蜀范禹偁亦尝冒张姓,谢启云:"昔年上第,误标张禄之名;今日故园,复作范睢之裔。"然不若文正谢启之精切也。

景德中,夏文庄公初授馆职。时方早秋,上在拱辰殿按舞,命中使索新词,公立进《喜迁莺》曰:"霞散绮,月沉钩,帘卷未央楼。夜凉河汉截天流。宫阙锁新秋。 瑶阶曙,金茎露,凤髓香和云雾。三千珠翠拥宸游。水殿按梁州。"上大悦。

王文康公诗云:"枣花至小能成实,桑叶虽柔解吐丝。堪笑牡丹如斗大,不成一事又空枝。"亦重厚者之辞也。

裴晋公作《铸剑戟为农器赋》云:"我皇帝嗣位三十载,寰海镜清,方隅砥平,驱域中尽归力穑,示天下弗复用兵。"则平淮西一天下,已见于此赋矣。

范文正公作《金在镕赋》云:"如令区别妍媸,愿为轩鉴;若使削平祸乱,请就干将。"则公负将相器业,文武全材,亦见于此赋矣。公为《水车赋》云:"方今圣人在上,五日一风,十日一雨,则斯车也,吾其不取。"意谓水车唯施于旱,不旱则无所施。

公在宝元、康定间,边鄙有事,骤加进擢,晏静则置而不用,亦与水车何异?

王沂公《有物混成赋》云:“不缩不盈,赋象宁穷于广狭;匪雕匪斫,流形罔滞于盈虚。”则宰相陶钧之意可见矣。又云:“得我之小者,散而为草木;得我之大者,聚而为山川。”则择任抡材,使大小各得其所,又可见矣。

寇准以员外郎奏事,直言触犯,太宗怒而起,准遽以手引裾袍,请上复御坐亲决其事乃退。上嘉纳之。太宗曰:“朕得寇准,如唐太宗得魏郑公。”

太平兴国七年季冬大雪,上赐学士诗曰:“轻轻相亚凝如酥,宫树花装万万株。今赐酒卿时一盏,玉堂闲话道情无。”

钱俶进宝带,太祖曰:“朕有三条带,与此不同。”俶请宣示,上笑曰:“汴河一条,惠民河一条,五丈河一条。”俶大愧服。

夏英公言:“杨文公文如锦绣屏风,但无骨耳。”议者谓英公文譬如泉水,迅急湍悍,至于浩荡汪洋,不如文公也。

田元均治成都有声,有诉讼,其懦弱不能自伸者,必委曲问之,蜀人谓之照天蜡烛。

刘随待制为成都通判,严明通达,人谓之水晶灯笼。

仁宗暑月不挥扇,以拂子殴蚊蝇而已。冬月不须炉。医者云,体备中和之气则然。

姚跂回云:“自来奉使北朝,礼遇之厚,无如王拱辰。预钓鱼放鹘之会,皇帝亲御琵琶以侑酒。”是时先父馆伴,相得甚欢。拱辰谓先父曰:“南朝峭汉推吾。”异日先父为上道此语,上曰:“拱辰答问似此语言极多,其才器不在人下,然识量不足,难于远到。吾见奉使之人,惟富弼不可量也。"因问"南朝如卿人才有几?"弼曰:"臣斗筲之器,不足道也。本朝人才胜如臣者,车载斗量,不可数计。"察斯人大未可量也。

谈苑卷四

太祖大燕，雨暴作，上不悦。赵普奏曰："外面百姓正望雨，官家大燕何妨？只是损得些陈设，湿得些乐官衣裳。但令雨中作杂剧，更可笑。此时雨难得，百姓快活时，正好饮酒燕乐。"太祖大喜，宣令雨中作乐，宣劝满饮，尽欢而罢。

《阁下法帖》十卷，淳化中所集，其中多吊丧问疾。唐国子祭酒李浩所撰《刊误》云："短启出于晋、宋兵革之余，时国禁书疏，非吊丧问疾，不得辄行尺牍。故羲之书首云'死罪'，是违制令也。"

前世钱文未有草书者，淳化中，太宗始以宸翰为之。既成，以赐近臣。王元之有诗云："谪官无俸突无烟，唯拥琴书尽日眠。还有一般胜赵壹，囊中犹贮御书钱。"

元祐中，元夕，上御楼观灯，有御制诗。时王禹玉、蔡持正为左右相，持正叩禹玉云："应制上元诗如何使故事？"禹玉曰："鳌山、凤辇外不可使。"章子厚笑曰："此谁不知？"后两日登对，上独赏禹玉诗，云："妙于使事。"诗云："雪消华月满仙台，万烛当楼宝扇开。双凤云中扶辇下，六鳌海上驾山来。镐京春酒沾周宴，汾水秋风陋汉才。一曲升平人尽乐，君王又进紫霞杯。"是夕，以高丽进乐，又添一杯。

山谷作《茶磨铭》云："楚云散尽，燕山雪飞，江湖归梦，从此祛机。"

京师上元放灯三夕，钱氏纳土进钱买两夜，今十七十八夜是也。

陶穀久在翰林，意希大用。其党因对言穀宣力实多，微伺上旨。太祖曰："翰林草制，皆检前人旧本，俗所谓依样画葫芦耳，何宣力之有？"穀作诗曰："官职须由生处有，才能不管用时无。堪笑翰林陶学士，年年依样画葫芦。"

真宗次澶渊，曰："敌骑未退，天雄军横截其后，万一陷没，则河朔皆敌土也。何人为朕守？"魏公曰："智将不如福将，王钦若福禄未艾，宜以为守。"王公闻命，茫然自失。魏公酌大白饮之，曰上马杯，且曰："参政勉之，不日即为同列。"王入魏，敌骑满野，屯塞四门，终日兀坐，越七日敌退，召为平章事。

陈恭公判亳州，遇生日，亲族多献《老人星图》，侄世修独献《范蠡游五湖图》，且赞曰："贤哉陶朱，霸越平吴。名遂身退，扁舟五湖。"公即日纳节，明日致仕。

太祖尝与赵普议事不合，上曰："安得宰相如桑维翰者，与之谋乎？"普曰："使维翰在，陛下亦不用，盖维翰爱钱也。"上曰："苟用其长，当护其短，措大眼孔小，赐与十万贯，则塞破屋子矣。"

慈圣光献皇后薨，上悲慕甚。有姜识自言神术可使死者复生，上试其术，数旬不效，乃曰："臣见太皇太后方与仁宗宴，临白玉栏干，赏牡丹，无意复来人间也。"上知诞妄，但斥于郴州。蔡承禧进挽词曰："天上玉栏花已折，人间方士术何施。"

庆历中，西师未解，晏元献为枢密使。会大雪，置酒西园，欧阳永叔赋诗云："须怜铁甲冷彻骨，四十余万屯边兵。"晏曰："昔韩愈亦能作言语，赴裴度会，但云'园林穷胜事，钟鼓乐清时'，不曾如此合闹。"

旧制，宰相早朝，上殿命坐，有军国大事则议之，从容赐茶而退。自余号令除拜，刑赏废置，事无巨细，并执状进入，止于禁中亲览，批纸尾用御宝可其奏，谓之印画，降出奉行。自唐至五代，其制不改，古所谓坐而论道者也。国初，范质、王溥等自以前朝旧相，居不自安，共奏请中书庶务大者，且札子面取进止，朝退各行其事。自是奏御浸多，或至旰昃，赐坐啜茶之礼遂废，固不暇于论道矣，遂为定制。

太祖以神武定天下，儒学之士未甚进用，及卜郊乘大辂，翰林学士卢多逊执绥备顾问，占对详敏，他日上曰："作宰相当用儒者。"卢果大用。

真宗诏种放至阙，韦布长揖，宰执杨大年嘲曰："不把一言裨万乘，只叉双手揖三公。"上召杨曰："卿安知无一言裨朕乎？"出皂囊十轴书，乃放所奏也。书曰十议，所谓议道、议德、议仁、议义、议兵、议刑、议政、议赋、议安、议危。亿曰："臣当负荆谢之。"

杨大年年十一，举神童至阙下，参政李至喜令赋朝京阙诗，有云："七闽波渺邈，双阙气岧峣。晓登云外岭，夜渡月中潮。"断句云："愿秉清忠节，终身立圣朝。"

元祐中，秘阁上巳日集西池，王仲至有诗，张文潜和最工，云："翠浪有声黄伞动，春风无力彩衫垂。"秦少游云："帘幕千家锦绣垂。"王笑曰："又待入小石调也。"

太宗善弈棋，谏臣乞罕待诏贾玄于南州者，言玄每进新图妙势，悦惑明主，恐壅遏万几。上曰："朕非不知，聊避六宫之惑耳。"

太宗八子，真宗第三，封寿王。诏一异僧遍相诸公，僧已见七王，惟寿王未起。僧奏曰："遍观诸公，皆不及寿王。"上曰："卿未见，安知之？"僧曰："适见三仆立于门，皆将相材器，其仆即尔,主可知矣。"三仆乃张相耆、杨相崇勋、郭太尉承祐也。

李侍读仲容善饮,号李万回。真宗饮量无敌,欲对饮,则召公。一夕,上命巨觥,仲容曰:"告官家免巨觥。"上因问:"何故谓天子为官家?"仲容述蒋济《万几论》,三皇官天下,五帝家天下,兼皇帝之德,故曰官家。上大喜,曰:"真所谓君臣千载一遇也。"

陈文惠公尧佐与弟尧叟俱位至宰相,弟尧咨尤精弧矢,自号小由基。祥符中,守荆南回,其母冯氏曰:"汝典名藩,有何异政?"尧咨曰:"路当冲要,将迎殆无虚日。然弓矢众无不服。"母曰:"汝父以忠孝禅补国家,不务仁政善化,而专卒伍一夫之役。"以杖杖之,金鱼坠地。

太祖问王官侍讲曰:"秦王学业何如?"曰:"近日所作文词甚好。"上曰:"帝王家儿不必要会文章,但令通晓经义,知古今治乱,他日免为侮文弄法吏欺罔耳。"

古者三公开阁,而郡守比古诸侯,亦有阁,故有阁下之称。前辈与大官书,多呼"执事"与"足下",刘子元与宰相书曰"足下",韩退之与张仆射书曰"执事",即其例也。记室本王侯宾佐之称,他人不可通用,惟执事则指左右之人,尊卑皆可通称。及又自卑达尊,如云座前,尤非也。阁下降殿下一等,座前降几前一等,岂可僭用哉!

韩魏公知泰州,卧疾数日,忽曰适梦以手捧天者再。其后援英宗于藩邸,翼神庙于春宫。

国朝翰林学士佩金带,朱衣吏一人前道,两府则两人,笏头带佩鱼曰重金。居两制久者,则曰眼前何日赤,腰下甚时黄。处内庭久者,又曰眼赤何时两,腰黄甚日重。

　　李藩未第时,有僧告曰:"公是纱笼中人。"藩问其故,曰:"凡宰相,冥司必立其像,以纱笼护之。"后果至台辅。

　　昆吾山有兽如兔,食铜铁,胆肾皆如铁。吴国武库中兵刃俱尽,而封署如故,得双兔杀之,有铁胆肾,方知兵刃为食。乃铸肾为二剑,雄为干将,雌为莫邪。

　　王严光有才不达,自号钓鳌客,巡游都邑,求麻铁之资,以造钓具。有不应者,辄录姓名置箧中,曰:"下钓时取此等蒙汉为饵。"其狂诞类此。张祜谒李绅,亦称钓鳌客,李怒曰:"既解钓鳌,以何为竿?"曰:"以虹为竿。""以何为钩?"曰:"以日月为钩。""以何为饵?"曰:"以短李相为饵。"绅默然厚赠之。

　　士人初登第,必展欢宴,谓之烧尾。说者云,虎化为人,惟尾不化,须为烧去,乃得成人。又说新羊入群,诸羊抵触,不相亲附,烧其尾乃定。又说鱼跃龙门,化龙时,必须雷电为烧其尾乃化。

　　李封为延陵令,吏人有罪,不加杖罚,但令裹碧巾以辱之。州乡大以为耻,竟不捶一人。

　　叶法善有道术,居玄真观,一日,会数朝士,满座思酒。忽有一人敲门,称麹秀才,突入坐,少年秀美,谈论不凡,法善潜以小剑击之,应手堕地,化为瓶榼。中有美酒,遂共饮之。皆曰:麹生风味,不可忘也。

　　韩退之诗云:"且宜勤买抛青春。"《国史补》云,酒有郢之富水,乌程之若下,荥阳之土窟春,富平之石冻春,剑南之烧春。杜子美诗云:"闻道云南曲米春。"裴铏《传奇》亦有酒名松醪春。乃知唐人名酒多以春。

　　柳子厚诗云:"盛时一失贵反贱,桃笙葵扇安可常。"不知桃笙为何物。因阅《方言》,宋、魏之间簟谓之笙,乃悟桃笙以桃竹为簟也。

欧公尝曰：少时有僧相我耳白于面，名闻天下，唇不著齿，无事得谤，其言颇验。耳白于面，则众所共见；唇不著齿，余不敢问公，不知何也。

眉州有人家畜数百鱼深池中，以砖甃，四围皆屋，凡三十余年。一日，天晴无雷，池中忽发大声如风雨，皆跃起羊角而上，不知所往。旧说不以龟守，则为蛟龙所取。余以谓蛟龙必因风雨，疑此鱼圈局三十余年，日有腾拔之志，精神不衰，久而自然达理。

上元燃灯，或云沿汉祠太一自昏至昼故事。梁简文帝有《列灯赋》，陈后主有《光壁殿遥咏山灯》诗，唐明皇先天中东都设灯，文宗开成中以灯迎太后，则是唐以前，岁不常设。

唐日历上元三年三月敕云，制敕施行，既为永式，皆用白纸，多有蠹食。自今尚书省颁下诸司及州下县，并用黄纸书之。

唐徐坚撰《初学记》，中山刘子仪爱其书，曰："非止初学，真可为终身记耳。"

吕蒙正方应举，就舍建隆观，沿汴入洛，锁室而去。自冬涉春方回，启户视之，床前槐枝丛生，高二三尺，蒙茸合抱。是年登科，十年作相。

唐内库有青酒杯，纹如乱丝，其薄如纸，以酒注之，温温然有气相次如沸汤，名之曰"自暖杯"。

龟兹国进一枕，色如马脑，枕之则十洲、三岛、四海、五湖尽在梦中，明皇因名为游仙枕。

李太白少时，梦笔头生花，后天才赡逸，名闻天下。

新进士及第，以泥金书帖子报其家，谓之喜信。至文宗时,遂寝此仪。

宫中寒食时,竞立秋千为乐,明皇呼为半仙之戏。

宋璟爱民恤物,时人谓之有脚阳春,言所至之处,如阳春及物也。

李白与人谈论,皆成句读,如春葩丽藻,灿于齿牙,时人号为粲花之论。

都人士女正月十五后,乘车跨马郊野中,为探春之宴。

唐明皇命相,先以八分书书姓名,金瓯覆之。

有书生谒李林甫云管子文,后化为笔。

郭子仪自同州归,诏大臣就宅作软脚局。

院中有双鹊栖于玉堂之后海棠树,每学士会食,必徘徊翔集,或鸣噪,必有大诏令或宣召之事,因谓之灵鹊。故晁翰林诗云:“却闻灵鹊心应喜。”并予诗云:“灵鹊先依玉树栖。”盖为此也。

赏花钓鱼,三馆惟直馆预坐,校理以下赋诗而退。太宗时,李宗谔为校理,作诗云:“戴了宫花赋了诗,不容重见赭黄衣。无憀却出宫门去,还似当年下第时。”上即令赴宴,自是校理而下皆与会也。

祥符八年,蔡文忠状元及第,上视其秀伟,顾宰相曰:“得人矣。”因诏金吾给驺从,传呼状元始于此也。

吕公弼,申公之次子。始秦国妊娠而疾,将去之,医工陈逊煮药将熟,已三鼓,坐而假寐。忽然鼎覆,再煮再覆。方就榻,梦神人被金甲持剑叱曰:“在胞者本朝宰相,汝何人也,敢以毒加害!”逊惧而悟,以白相国。后生公弼,熙宁中位枢密使。

前辈作花诗多比美女,如曰:“若教解语应倾国,任是无情也动人。"黄鲁直《酴醾》诗云:"露湿何郎试汤饼,日烘荀令炷炉香。"乃比美丈夫。渊材作《海棠》诗云:"雨过温泉浴妃子,露浓汤饼试何郎。"意尤工也。

元厚之少时梦人告曰:"异日须兄弟数人,同在翰林。"厚之自思素无兄弟,疑梦不然。熙宁中学士者五人,先后同在翰林。韩持国维、陈和叔绎、邓文约绾、杨元素绘并厚之,名皆从系,始悟兄弟之说。

古者未有纸,削竹木以书姓名,故谓之刺。后以纸书,故谓之名纸。唐李德裕为相,极其贵盛,人之加礼,改具衔候起居之状,谓之门状。

后赵石季龙置戏马观,观上安诏书,用五色纸衔于木凤之口而颁行之,故罗隐曰:"锁闼千里,更无人到,丝纶五色,惟其凤衔。"

古者朝宴,衮服中有白纱中单,百官郊享服中有明衣,皆汗逐之状。汉高祖与项羽战争之际,汗透中单,改名汗衫。

三代以韦为筭袋,盛筭子及小刀磨石等,魏易为龟袋。唐永徽中,四品官并给随身鱼,天后改鱼为龟。唐初,卿大夫没,追取鱼袋,永徽中,敕生平在官用为褒饰,没则收之,情意不忍,五品以上薨,鱼更不追取。

古有革带,反插垂头,秦二世始名腰带。唐高祖诏令向下插垂头,取顺下之义。

官衔之名,当时选曹补授,须存资历,开奏之时,先具旧官名品于前,次书拟官于后,使新旧相衔不断,故曰官衔,亦曰头衔,如人口衔物,取其连续之意。如马有衔以制其首,前马已进,后马续来,相次不绝。古人谓之衔尾相属,即其义也。

妇人面饰用花子,起自上官昭容,以掩点迹。大历以前,士大夫妻多妒悍者，婢妾小不如意，辄印面，故有月点钱。

梁职仪，八座尚书以紫纱裹手版，垂白丝于首如笔。《通志》曰：仆射尚书手版，以紫衣裹之，名曰笏。梁中世以来，唯八座执笏者，白笔缀头，以紫囊之，其余公卿但执手版。陈希烈不便执笏骑马，以帛裹，令左右执之，于右座云，便为将来故事。

蔡州丁氏精于女工，每七夕祷以酒果，忽见流星坠筵中，明日，瓜上得金梭，自是巧思益进。

寇莱公守北门，辽使经由，问曰："相公望重，何以不在中书？"答曰："主上以朝廷无事，北门锁钥，非准不可。"

齐李崇为兖州刺史，州多盗，崇乃村置一楼，楼悬一鼓，盗发之处，槌鼓乱击。诸村始闻者，挝鼓一通，次闻者，复挝以为节。俄顷之间，声布百里，伏其险要，无不擒获。诸村置鼓楼，自此始也。

宋孝王问司天膺之后魏、北齐赦日树金鸡事，膺之曰："按海中星占云，天鸡星动为有赦。北齐赦日，令武库设金鸡于阙门右，挝鼓千声。宣赦建金鸡，或云起于西京吕光。究其旨，盖西方主兑，为泽，鸡者巽之神，巽为号令，故合二物制其形，揭长竿使众人睹之。

选人不得乘马入宫门，天圣中，选人为馆职，始欧阳永叔辈，皆自左掖门下马入馆，时号步行学士。

江南徐铉善小篆，映日视之，书中心有一缕浓墨，正当其中。至屈折处，亦当中无偏侧。乃笔锋直下不倒侧，故锋常在画中，此用笔之法也。

古人以散笔作隶书，谓之散隶。蔡君谟以散笔作草书，谓之散草，或曰飞草。其法皆生于飞白，亦自成一家也。

北方有白雁，似雁而小，色白，秋深至则霜降，河北人谓之霜信。杜甫诗云"故国霜前白雁来"，即此意也。

老杜诗曰："笋根稚子无人见。"唐人《食笋》诗云："稚子脱锦棚，骈头玉香滑。"则稚子为笋明矣，故一名曰稚子。

白乐天每作诗，令一老妪解之，问曰："解否？"妪曰解，则录之；不解，则又改之。故唐末之诗近于鄙俚。

太宗好文，每进士及第，赐闻喜宴御制诗，遂为故事。仁宗诗尤多，有云："寒儒逢景运，报国合何如。"

今人谓驵侩为牙，本谓之互郎，主互市事也。唐人书互作𠂔，𠂔似牙字，因转为牙。今人谓万为方，千为撇，但数目可按，故能存本字，不然亦若𠂔牙耳。

山谷云：作诗正如杂剧，初时布置，临了须打诨，方是出场。盖是读秦少章诗，恶其终篇无所归也。

谢朓云：好诗圆美流转如弹丸。故东坡云"中有清圆句，铜丸飞柘弹"，盖诗贵圆也。然圆熟多失之平易，老硬多失之干枯，能不失二者之间，则可与古诗者并驱矣。

王元长曰，小儿五岁曰鸠车之戏，七岁曰竹马之游。

萍 洲 可 谈

[宋] 朱彧　撰

李伟国　校点

校 点 说 明

　　《萍洲可谈》三卷，宋朱彧撰。彧字无惑，乌程（今浙江湖州）人，晚年定居湖北黄冈，自号"萍洲老圃"。《可谈》所记，多为朱彧随父朱服游宦所至见闻，卷二详细记载北宋广州市舶司的职能以及舶船航海、外商"住唐"等情况，最为精彩。中外商船到达港口，先由市舶监官"抽解"，即征收关税，税率随物而异，商人往往想方设法规避官市，但不敢逃避"抽解"。汉商出外当年不回来的，叫作"住蕃"，诸外国商人至广州当年不回去的，叫作"住唐"，"住唐"商人被安置在一处居住，叫作"蕃坊"，"蕃坊""置蕃长一人管勾公事"，已经带有现代领事的性质。《可谈》对在"蕃坊"居住的外国商人的衣饰、饮食、宗教信仰等多所记载。这些材料，在浩瀚的宋代史料中极少见到。《可谈》描述宋代朝章国故、制度变更、士人风气等，也十分可贵。朱彧的父亲朱服，在熙、丰时基本上是新派人物，元祐更化，"未曾一日在朝"（《宋史》本传），《可谈》记述当时诸多政治人物的事迹，其间之好好恶恶，如褒王安石而贬苏轼等，不免受其父的影响。

　　此书《宋史·艺文志》、《直斋书录解题》等著录作三卷，《解题》还说其书有朱彧宣和元年自序，今原本已不可见。现存最早的刻本，当推宋左圭《百川学海》所收五十五条，显系删节本，清乾隆官修《四库全书》，从《永乐大典》各韵下辑得一百八十余条，重加编定为三卷，始稍复原本之旧。今即以库本系的《墨海金壶》本为底本，校以各本，加以整理，并从《永乐大典〉和《宋会要辑稿》中各辑得逸文一条,附于书末。原书各条均无题,兹特为之试拟标目,置于卷前。

目　录

佚文

萍洲可谈卷一

神宗治河爱惜兵民

元丰间，或先公为右史，神考遣使治楚州新河，面戒之曰："东南不惯兴大役，卿且为朕爱惜兵民。"大哉王言，简而有体。

神宗不罪官吏疏忽

元丰六年冬祀，先公导驾，既进辇，辇中忘设衮褥，遽取未至。上觉之，乃指顾问他事。少选褥至，遂升辇。以故官吏无罪，圣度如此。

仁宗问改官人家世品行

舅氏胡宗尧，嘉祐初引见改官，举将十七员，仁宗问其家世，或奏枢密使胡宿之子，即有旨"更候一任回改官"。时又有因失入死罪连坐，于条合展举将员改次第等官，上宣谕未令改官，凡三引见，几十余年。大臣或以为言，上曰："此人曾杀朕百姓，不可改官。"

新　省　旧　省

三省俱在禁中，元丰间移尚书省于大内西，切近西角楼，人呼为"新省"。崇宁间，又移于大内西南，其地遂号"旧省"，以建左右班直。或云，旧省不利宰相，自创省至废，蔡确、王珪、吕公著、司马光、吕大防、刘挚、苏颂、章惇、曾布更九相,唯子容居位日浅,亦谪罢,余不以存没,或贬广南,或贬散官。

相 公 公 相

祖宗故事:宰相呼相公;节度使带开府仪同三司,元丰官制前带同中书门下平章事,亦呼相公,谓之使相;三公正真相之任,呼公相,尚书改令,厅为公相厅。蔡京首以太师为公相,其子攸自淮康军节度使除开府仪同三司,遂父呼公相,子呼相公。时传京父子入侍曲宴,上云:"相公公相子。"京对云:"人主主人翁。"际遇之盛如此。

宰 相 礼

宰相礼绝庶官,都堂自京官以上则坐,选人立白事;见于私第,虽选人亦坐,盖客礼也。唯两制以上点茶汤,入脚床子,寒月有火炉,暑月有扇,谓之"事事有",庶官只点茶,谓之"事事无"。

茶 汤 俗

茶见于唐时,味苦而转甘,晚采者为茗。今世俗客至则啜茶,去则啜汤。汤取药材甘香者屑之,或温或凉,未有不用甘草者,此俗遍天下。先公使辽,辽人相见,其俗先点汤,后点茶。至饮会亦先水饮,然后品味以进。但欲与中国相反,本无义理。

早 朝 火 城

朝,辨色始入,前此集禁门外。宰执以下,皆用白纸糊烛灯一枚,长柄揭之马前,书官位于其上,欲识马所在也。朝时自四鼓,旧城诸门启关放人,都下人谓"四更时,朝马动,朝士至"者,以烛笼相围绕聚首,谓之火城。宰执最后至,至则火城灭烛。大臣自从官及亲王驸马,皆有位次,在皇城外仗舍,谓之待漏院,不与庶官同处。火城每位有翰林司官给酒果,以供朝臣,酒绝佳,果实皆不可咀嚼,欲其久存。先公与蔡元度尝以寒月至待漏院,卒前白有羊肉酒,探腰间布囊,取一纸角,视之,醋也。问其故,云"恐寒冻难解,故怀之"。自是止令供清酒。

宗正寺敦宗院

本朝置大宗正寺治宗室,濮邸最亲,嗣王最贵,于属籍最尊,世世知大宗正事。自宗晟迄宗汉,皆安懿王子,兄弟相继,宗字行尽死,诸孙仲字行复嗣爵判宗正寺,人人谨厚练敏,宗子率从其教诲。崇宁初,分置敦宗院于三京,以居疏冗,选宗子之贤者莅治。院中或有尊行,治之者颇以为难。令郄初除南京敦宗院,入对,上问所以治宗子之略,对曰:"长于臣者以国法治之,幼于臣者以家法治之。"上称善,进职而遣之。令郄既至,宗子率教,未尝扰人,京邑甚有赖焉。

神宗幸濮王旧第

嗣濮王宗晟,伯仲第十二,英庙亲兄也。元丰间,神考将诣睦亲宅浇奠近亲,嗣王欲邀车驾幸旧邸,会日逼不及造朝。故事:戚里近属,许献时新,即于东华门投进。时邸中无新果,求得丁香荔枝数百枚函之,附短奏云:"来日乞诣安懿王影堂烧香。"进入,上果喜曰:"十二自来晓事。"即降处分,暨至濮邸,望见祠貌,下辇去伞,洒泪而入。既已,延见近族,慰劳诸父,加恩各迁使相郡王。

嘉王颢不干廷议求医书

嘉王颢,裕陵亲弟也,好读书。元丰间,数上疏论政事,记室或谏之曰:"大王为天子弟,无狗马声色之好,游心方册,固是盛德,而数干廷议,非所以安太后也。"王瞿然亦悟。尔后惟求医书,与其僚讲汤液方论而已。朝廷果贤其好古,降诏褒谕。至今医家有《嘉王集方》。

宗室内臣及有官人应举

熙宁间,始命宗室应科举;大观间,内臣有赴殿试者;政和八年,帝子亦赴殿试。宗子及第,始于令铄;内臣及第,始于梁师成;亲王及第,始于嘉王楷。故事:有官人应举谓之锁厅,例不作廷魁。戊戌榜,嘉王第一人,登仕郎王昂第二人,颜天选第三人,上宣谕:"嘉王楷有司考在第一,不欲以魁天下,以第二人为榜首。"锁厅人作廷魁,自王昂始。

富家赂宗室求婚

帝女号公主,婿为驸马都尉,近亲号郡主、县主,而婿俗呼郡马、县马,甚无义理。近世宗女既多,宗正立官媒数十人掌议婚,初不限阀阅。富家多赂宗室求婚,苟求一官,以庇门户,后相引为亲。京师富人如大桶张家,至有三十余县主。

宣　和　殿

宣和殿,燕殿也,中贵人官高者皆直宣和殿。始置学士命蔡攸,置直学士命蔡脩、蔡儵,置待制命蔡絛,后又置大学士命蔡攸,自盛章、王革、高佑皆相继为学士,班秩比延康殿学士为加优。凡外除则换延康,盖宣和职亲地近,非他比。己亥岁改保和殿。

五等爵徙封之制

本朝五等之爵,自公、侯、伯、子、男,皆带本郡县开国,至封国公者则称某国公。初封小国,次移大国,以为恩数。亦有久不徙封者。文彦博初封潞国公,三十年不徙封。王安石初封舒国公,后徙荆国,既死,追封舒王,凡二国。蔡京初封嘉国,徙卫国、楚国、鲁国,凡四国,复加陈、鲁二国,公辞不拜。何执中初封荣国公,五年不徙封,薨于位,追封清源郡王,此仅事也。元祐初,司马光封温国公,议者以其刚厉,宜济之以温,东坡行麻词,亦云“封国于温,用旌直德”。崇宁初,曾布自相府以赇贬授廉州司户参军,议者以其贪墨,故箴之以廉,执笔者果有意乎?

大臣左迁及除在京宫观

自元符、绍圣以前,大臣罕有除在京宫观者。两府召还为宫使侍读,甚稀阔。从官左迁,重者外移,轻者易职事。时有八座改枢密承旨、独座改工部侍郎,皆不美也。王震自吏部尚书移知开封府,又除枢密都承旨,王尝语先公曰:“震所谓齐一变至于鲁,鲁一变复至于齐者也。”政和间,近臣罢执政官,即授提举在京宫观,既体貌之,而名实相副。以罪去者,固自有法。

寄禄官服色佩鱼之制

典制：寄禄官三品紫衣金鱼，五品绯衣银鱼；职事官虽高，非特赐不得预，虽特赐而寄禄未至本品，则带赐鱼在衔内，寄禄官已至本品则不入衔；外任官或借衣色者不佩鱼，衔内称借色，有赐色者仍称赐色，转运使副、提点刑狱、知州军并借紫，本衣绿者止借绯，转运判官、通判州军并借绯。自崇宁初增置提举官不一，惟学事与常平借绯，余衣本色。其合借衣色者，敕上云“候回日依旧服色”，自朝辞出国门，则衣借色，回入国门，则衣本色。近制借色仍佩鱼。吕公著曾任知州，借紫，后除转运判官，敕上不带借紫，公著仍衣紫。马馀庆知彭州，借紫，替回赴部，方理通判资序，惧失借色，不肯受本等官，请宫祠归，仍衣紫。凡敕上不带借衣者，自不合著。

左迁官不追勋赐

典制：左降官不追勋赐，虽贬窜，遇恩复官，即依旧勋赐。政和间，方省勋，舒亶在元丰时被擢用，由台州临海县尉改官，骤迁两制，赐金紫，未经郊礼，不得勋。后坐事除名，更沛叙初授官，仍复前台州临海县尉，赐紫金鱼袋。邹浩建中靖国中除通直郎、中书舍人，赐金紫，未经郊礼，不得勋。后贬新州，丙戌赦除党籍，以得罪轻重叙官，或得郡宫祠，或未有差遣，邹降三官叙，乃复承奉郎，赐紫金鱼袋，无差。凡降官与职，并称降授，责散官并称责授，散官如节度副使、团练副使，虽号武官，皆依旧物。顷见元祐臣僚责授副使者，两制已上仍衣紫，从官以下元衣绿者仍衣绿，唯责授长史、别驾已下者，不以旧官高卑并衣绿。故宰相贬岭南司户参军，衣绿。东坡初责惠州团练副使,再贬儋耳,授琼州别驾。元符末首复朝奉郎、提举玉局观。得报便北归,至广州犹未受告,会先公至,东坡先折简与公曰:"头间生疡妨巾裹,欲着帽相见。"盖不欲青衣耳。坡于外物宜不能动,惜其犹以此介胸中。

节度使除镇次第

故事:节度使初除小镇,次中镇,后大镇。绍圣间,见吕吉甫建节,初除保宁军婺州,移武昌军鄂州,移镇南军洪州,其序如此。崇宁间,蔡元长自司空左揆建节,初除安远军节度使安州,亦小镇。政和以来,帝子繁衍,宗室、近戚、大臣、中贵、边将加恩者众,诸路节镇除祖宗潜藩外,止六十余处,几无虚位。薛昂罢执政,初除彰信军节度使相州,中镇也。蔡攸自宣和殿大学士初除淮康军节度使蔡州,大镇也。岂是时小镇适无阙员乎?刺史、防御、团练使正任则本州系衔,与知州叙官,每州止一员,不除则阙。任他官兼领防御、刺史者谓之遥郡,本州不系衔,往往取美名,如康、荣、雄、吉诸州,一州或有数员,大率边将多带雄州,戚里多带荣州,医官多带康州。

员郎致仕得任子之弊

著令:朝奉郎至朝请郎致仕,则得任子。疾困及暴卒者,往往旋求致仕,至有匿哀或诈为日前文书,冒法狼狈。大观初,吏部尚书张克恭建言员郎亡即与推恩,遂革此风。

州县选人般家人雇钱

州县选人,有般家人二名,日给雇钱人二百,往往远指程驿,务多得雇钱。于法须沿路官司批券为验,盖防诈伪,然无不伪为者。余以为不若以官资定钱数给之，听其自便，既免欺诞，且省刑宪，当路者殊不论此。

百官出行禁用大扇

在京百官席帽，宰执皇亲用伞，呼为重盖。旧日两制以下至寺监官出入，马后拥大圆扇，用以遮日色。绍圣间，上在角楼望见庶官马后有大扇，因问其名，内侍误云是掌扇，上云："掌扇非人臣宜用。"遂禁止之。

庶官得用柱拂子

政和间，有提举学事官上殿札子，论庶官或用玉斧，同于斧扆之义，乞革去。勘合得乃是人间所用柱拂子，或名柱斧，以水晶或铜铁为之，制度无僭。言者坐所论不实罢，遂不果禁止。

狨　座

狨座，文臣两制、武臣节度使以上许用，每岁九月乘，至三月彻，无定日，视宰相乘则皆乘，彻亦如之。狨似大猴，生川中，其脊毛最长，色如黄金，取而缝之，数十片成一座，价直钱百千。背用紫绮，缘以簇四金雕法锦，其制度无殊别。政和中，有久次卿监者，以必迁两制，预置狨座，得躁进之目，坐此斥罢。或云，狨毛以藉衣不彼。先公使辽时，已作两制，乘狨座；副使武臣，乘紫丝座。故事：使虽非两制，亦乘狨座张伞，金带金鱼，重将命也。大观中，国信以礼部尚书郑允中充使，奉宁军节度使童贯充副使，遂俱乘狨座。

吕嘉问得善终

吕嘉问自熙宁中跻要显,遍历名藩。绍圣末,以杂学士守成都,被诬构,遂不可辨。狱成,大理寺定断赃罪绞。典制:官吏赃罪笞,已为终身之累。吕以贵品得议,责散官安置。适皇上登极,大沛复官,频更赦令,渐复职,竟符旧物,领宫祠二十年,前后磨勘及八宝特恩转寄禄官,以正议大夫八十余岁病卒。复以先朝旧臣,高资久次,特赠资政殿学士,视执政官。

吕吉甫处大患难

吕吉甫在熙宁时用事,多所建明。元祐初被罪,异意者欲诛之,贬福州,甚危。绍圣复先政,章惇忌其才,以为延安帅,虽除观文殿学士,建节钺,终不得近京师。在延安六七年,戎人围城六日,城中无备,吉甫设方略,仅能解围。元符末,乃得知杭州,颇优游。会子渊交狂人,事连吉甫,追捕至国门,贬鄂州。数年复官。平生患难,如此者最大,然有以处之,非所病也。

章惇王安礼气傲

章惇性豪恣,忽略士大夫。绍圣间作相,翰林学士承旨蔡京谒惇,惇道衣见之。蔡上言状,乃立宰相见从官法。王安礼尚气不下人,绍圣初起废,帅太原,过阙许见。时枢府虚位,安礼锐意,士亦属望。将至京师,答诸公远迎书,自两制而下皆折角一匾封,语傲礼简。或于上前言其素行,既对,促赴新任,怏怏数月而死。

曾 布 之 败

曾布当轴,唯自营,于国事殊无可否。季父出其门,因以书切责之,其间有云:"如某事邹浩能言之,相公不言也!"布大沮,竟以此败。

朱服与苏辙不相好

先公在元祐背驰,与苏辙尤不相好。公知庐州,辙门人吴俦为州学教授,论公延乡人方素于学舍,讲三经义,辙为内应,公坐降知寿州。后在广州,与东坡邂逅,各出诗文相示。既得罪,范致虚行责词云:"诐交轼、辙,密与唱和;媚附安、李,阴求进迁。"或以辙事语范,范曰:"吾固知之,但不欲偏枯却属对。"范学于先公,或疑其背师,盖国事也,范操行非希指下石者。

吕惠卿苏轼责词

元祐初,吕惠卿责建州,苏轼行词有云:"尚宽两观之诛,薄示三危之窜。"其时士论甚骇。闻绍圣初苏轼再责昌化军,林希行词云:"赦尔万死,窜之遐陬。虽轼辩足以惑众,文足以饰非,自绝君亲,又将谁憝?"或谓其已甚,林曰:"聊报东门之役。"

钱遹急攻曾布不恤己子之死

钱遹德循为侍御史,元符末,攻曾布,章数上,正急。会其子病,明日将对,夜艾子死,德循即跨马入朝,不复内顾,既归,然后举哀。朝廷颇知之。布败,德循遂除中丞,训词有云:"方蹇蹇以匪躬,子呱呱而弗恤。"未几,德循转工部尚书,失言路,其僚颇攻击,竟论匿哀之事,德循由是得罪,责词数其躁进,至云"匿哀请对,亵渎轩墀。"德循投闲久之,领宫祠而终。

舒亶惨酷深文

舒亶为临海尉,弓手醉呼于庭,舒笞之,不受,乃加大杖;益厉声愿杖脊,舒叱吏决脊;又大呼"尔不敢斩我",舒即起刃断其头。被劾,案上,朝廷方求人材,颇壮之,令都省审察。舒状貌甚伟,博学有口辩,王荆公一见大喜,荐对称旨,骤擢,未几至御史中丞,弹击不少恕。宰相王珪自京尹执政,曾携官浴桶入东府,舒文致以为之罪。后舒败坐狱,以用台中官烛于私室计赃,神考薄其罪,因言:"亶岂盗此?"或对云:"舒亶不爱蜡烛,王珪岂爱木桶!"乃抵罪除名勒停。居乡里,甚贫,聚徒教授,资束脯以营伏腊,凡十八年。中间元祐政出帷箔,务姑息,置诉理所,湔涤先朝尝得罪者。群小竞自辨,不逞之人,至于指斥熙、丰滥刑,以迎合国政。舒独无一言辨雪,坐此久废。绍圣复辟,稍还舒官,又为群怨所沮。庚辰龙飞,始得军垒,会荆蛮作过,乃移南郡帅、除待制,未受而卒。

太平宰相项安节

慈圣光献皇后尝梦神人语云:"太平宰相项安节。"神宗密求诸朝臣,及遍询吏部,无有是姓名者。久之,吴充为上相,瘰疬生颈间,百药不瘥。一日立朝,项上肿如拳,后见之告上曰:"此真项安疖也。"蒋之奇既贵,项上大赘,每忌人视之。为六路大漕,至金山寺。僧了元,滑稽人也,与蒋相善,一日见蒋,手扪其赘,蒋心恶之,了元徐曰:"冲卿在前,颖叔在后。"蒋即大喜。

官物不可妄得

故事:宰相薨,驾幸浇奠,褰帷视尸,则所陈尚方金器尽赐其家,不举帷则收去。宰相吴充,元丰间薨于私第,上幸焉,夫人李氏徒跣下堂,叩头曰:"吴充贫,二子官六品,乞依两制例持丧,仍支俸。"诏许之。然仓卒白事,不及褰帷。驾兴,诸司敛器皿而去,计其所直,与二子特支俸颇相当,因谓官物有定分,不可妄得如此。

爵禄不可计取

京畿士人王庭鲤,尝与边将作门客,得军功,补军将,因诣阙论父祖文臣,及身尝应进士举,乞换文资。当路颇有主之者,得上达。王默念自军将累劳数十年方转使臣,改文资即可权注州县差遣,大喜。洎告下,乃得石州摄助教,不理选限,终身不厘务。大凡爵禄,岂可以计取哉?

朱服为贵妃奉册官未得支赐

先公素贫,元丰间,久于右史,奉亲甘旨不足,求外补。神考知之,将册贵妃,故事,两制奉册,执政读册,乃躐用先公为奉册官,门下侍郎章惇为读册官。中贵冯宗道密谓公言:"上知公贫,此盛礼也,必有厚赐。"既事,检会无册妃支赐例,止赐酒食而已。

何执中尽得宫帏庆事赐

近岁帝子蕃衍,宫闱每有庆事,赐大臣包子银绢各数千匹两。虽师垣尊宠冠廷臣，然自辛巳、乙酉、己丑三次，亦有不预赐者。唯何执中以藩邸旧恩，由承辖为宰相，首尾未尝去位，不问其他锡赉，皇子帝姬六十七人，包子无遗之者，家资高于诸公。天性节俭，未尝妄费一钱，为三公，奉养如平时。

奉敕陋

余表伯父袁应中，博学有时名，以貌寝，诸公莫敢荐。绍圣间，蔡元度引之，乃得对。袁鸢肩，上短下陋，又广颡尖颔，面多黑子，望之如洒墨，声嘎而吴音。哲宗一见，连称大陋，袁错愕不得陈述而退，搢绅目为"奉敕陋"。

奇俊王家郎

朝士王迥，美姿容，有才思。少年时不甚持重，间为狎邪辈所诬，播入乐府，今《六幺》所歌"奇俊王家郎"者，乃迥也。元丰中，蔡持正举之可任监司，神宗忽云："此乃'奇俊王家郎'乎？"持正叩头谢罪。

京师士人奔竞之风

近制：中外库务、刑狱官、监司、守令、学官，假日许见客及出谒，在京台谏、侍从官以上，假日许受谒，不许出谒，谓之"谒禁"。士大夫以造请为勤，每遇休沐日，赍刺自旦至暮，遍走贵人门下。京局多私居，远近不一，极日力只能至数十处，往往计会阍者纳名刺上见客簿，未敢必见也。阍者得之，或弃去，或遗忘上簿，欲人相逢迎；权要之门，则求略，若稍不俯仰，便能窘人。兴国贾公衮自京师归，余问物价贵贱，贾曰："百物踊贵，只一味士大夫贱。"盖指奔竞者。尝闻蔡元长因阁门下见客簿,有一朝士,每日皆第一名到,如此累月。元长异之,召与语,可听,遂荐用至大官。太医学颜天选第三人及第,欲谒元长,未得见,乃随职事官入道史院。元长方对客,将命者觉其非本局官,揖退之,天选不肯出,吏稍掖之,天选抱柱而呼曰:"颜天选见太师!"与吏相持,帻忽堕地,元长命引至前,语之曰:"公少年高科,乃不自爱惜!道史与国史同例,奈何阑入此耶!"天选整帻而出,吏执送开封府鞫罪,特旨除名,送宿州编管,自此士风稍革。

太学生趁路茶会探乡里消息

太学生每路有茶会,轮日于讲堂集茶,无不毕至者,因以询问乡里消息。

宰执子弟多占科名

祖宗时进士殿试,诗、赋、论三题用亲札。熙宁三年,殿试用策,仍誊录,盖糊名之法,以示至公,当防弊于微也。近岁宰执子弟,多占科名。章惇作相,子持、孙佃甲科;许将任门下侍郎,子份甲科;薛昂任尚书左丞,子尚友甲科;郑居中作相,子亿年甲科。或疑糊名之法稍疏,非也。廷试策问朝廷近事,远方士人未能知,宰执子弟,素熟议论,所以辄中尔。

蔡景蕃名位绵长

蔡景蕃与晏元献,俱五六岁以神童侍仁宗于东宫。元献自幼耿介,蔡最柔媚,每太子过门阃,蔡伏地令太子履其背而登。既践阼,元献被知遇,至宰相。蔡竟不大用,以旧恩常领郡,颇不循法令,或被劾取旨,上识其姓名,必曰:"藩邸旧臣,且令转官。"凡更四朝，元符初致仕，已八十岁矣。监司荐之，乞落致仕与宫祠，其辞略云："蔡某年八十岁，食禄七十五年。"余谓人生名位固可得，罕得绵长如此者。

饶州神童殿试中第

政和壬辰榜唱名，有饶州神童赴殿试中第，才十数岁，又侏儒，既释褐，卫士抱之，于幕上作傀儡戏，中贵人大笑。次日特奏名人唱第，皆引近殿陛，恣其所陈，有自诉病者，出尚药珍剂赐之。

饶州杜神童释褐智答士大夫问

饶州杜神童释褐，父携之谢政府，才八九岁，客次中士大夫皆孩之，或戏云："来学政事文字否?"答曰："非也，待告相公，求一堂除差遣。"言者大惭。

七十老生特奏名试卷

元丰间，特奏名陛试，有老生七十许岁，于试卷内书云："臣老矣，不能为文也，伏愿陛下万岁万万岁。"既闻，上嘉其诚，特给初品官，食俸终其身。

禁中语忌无理郑侠图谏犯忌

禁中应奉者多避语忌。大观中，主文柄者专务奉上，于是程文有疑似之禁，虽无明文，犯必黜落，举子靡然成风。如"大哉尧之为君"、"君哉舜也"，皆以与灾字同音，并不用;"反者道之动"，易反为复，"九变而赏罚可信"，易变为更，此类不一。能文者执笔不敢下，恂夫善逢迎，往往在高第。政和初，言者论之,降诏宣谕:"虽暗于大体者,或以为忠,然爱君果在兹乎!"尝侍先公,闻说元丰时岁歉,流民过国门,闽人郑侠监新城门,图其状以谏。既不可上达,乃作边檄,夜传入禁中。适永乐失律,上常西顾,檄至无敢遏,方秉烛启封,见图画饥民饿殍无数,穷愁寒态不一,罔测何事,良久始知侠所上谏书也。翌日降旨,投侠广南。不识忌讳,又有如此者。

姚祐出误题

姚祐元符初为杭州学教授,堂试诸生,《易》题出《乾为金坤亦为金何也》。先是,福建书籍,刊板舛错,"坤为釜"遗二点,故姚误读作金。诸生疑之,因上请,姚复为臆说,而诸生或以诚告,姚取官本视之,果"釜"也,大惭,曰:"祐买著福建本!"升堂自罚一直,其不护短如此。

吕吉甫议举烛

先公尝言,昔在修撰经义局,与诸子聚首,介甫见举烛因言:"佛书有日月灯光明佛,灯光岂足以配日月?"吉甫曰:"日煜昼,月煜夜,灯煜昼夜,日月所不及,其用无差别。"介甫大以为然。吉甫所言中理,历历可记类如此。

杜诗刻本舛谬

杜甫诗虽屡经校正,然有从来舛谬相袭者,后人钦其名,更不究义理,如"己公茅屋"诗一联云:"江莲摇白羽,天棘梦青丝。"二语是何情理? 摇对梦,轻重不称,读者未闻商榷,亦好古之癖也。余窃谓当作"蔓青丝",此类亦多,未可遍举。

东坡梦作裙带诗

东坡自云:尝梦至帝所,见侍女月娥仙,为作裙带诗,其词曰:"百叠漪漪水皱,六铢缭缭云轻。植立广寒深殿,风来环佩微声。"

瑟二调歌

子瞻曾为先公言:"书传间出叠字,皆作二小画于其下。乐府有《瑟二调歌》,平时读作'瑟瑟',后到海南,见一黥卒,自云元系教坊瑟二部头,方知当作'瑟二',非'瑟瑟'也。"子瞻好学,弥老不衰,类皆如此。余尝访教坊瑟二事,云每色以二人,如笛二、筝二,总谓之"色二",不作"瑟"字,不知果如何。

以名讳妄改姓氏多失其旨

姓氏之学,近世不复讲,以名讳改者,多失其旨。钱镠据吴越,改刘为金,姓谱自有金氏,后世不知其源者,金与刘通婚姻。本朝改殷为商或汤,改敬为文或苟,一姓分为二,后世可通婚姻乎?又不协旧音,如"文苟"为敬,太觉疏脱,盖一时任其自改,所以失之。近制改匡为康,天为轩,以声音相近为例,且从上令也。政和间有营卒天安,差隶陈彦以闻,乃诏改之。勘会到天安父尚在,未闻此姓所出,岂异种乎?氏族之学久废,小人或妄改,或相传舛缪至于此,亦不可不知也。

施结好蓄古今人押字

施结大夫,更鄱阳、兴国、庐陵郡守,性好蓄古今人押字。押字自唐以来方有之,盖亦署名之类,但草书不甚谨,故或谓之草字。韦陟署名五朵云，此押字所起也，其后不复与名相类，而阴阳家又生吉凶之论。施所蓄甚多，如唐末藩镇所署，极有奇怪者，跋扈之徒，事事放恣。本朝前辈虽官尊，尤谨小，可以此观人度量。施尽以刻石，每移徙，用数人负之而行，其癖如此。光州马大夫知彭州还乡，凡私居文书，纸尾皆署"使"字押号。溱州牧孙伟，尝言见太师府揭示，承令寺监官两员以上许见宰相，纸尾署"官"字，公相押号。

偶 得 巧 对

吴处厚善属辞，知汉阳军，每谓鹦鹉洲沔、鄂佳处，欲赋诗未就。一日视事，纲吏来告覆舟，吴问所在，吏曰："在鸬鹚堰。"吴拊案连唱大奇，徐曰："吾一年为鹦鹉洲寻一对未得，天庇汝也。"因得末减。王梅运勾，骨立有风味，朋从目之为风流骸骨。崇宁癸未，余在金陵府集，见官妓中有极瘦者，府尹朱世英语余曰："亦识生色髑髅否？"余欣然为王得对。

异 事 巧 对

元丰间，御史中丞舒亶以罪除名勒停，及僦客舟东归，时有诏召僧慈本住慧林，许驰驿，轻薄者以"中丞赁航船出京，和尚乘递马赴阙"为对，以见异事。

谬 对 得 罪

大观间，翰苑进春帖子，有一学士撰词云："神祇祖考安乐之，草木鸟兽裕如也。"以鸟兽对祖考，非所宜，竟以是得罪。

蔡確朱服诗被诬注

蔡持正自左揆责知安州,尝作《安陆十诗》,吴处厚挦撦笺注,蔡坐此贬新州。其诗有云:"睡起莞然成独笑,数声渔笛在沧浪。"处厚注云:"未知蔡確此时独笑何事。"先公帅广,崇宁元年正月游蒲涧,因越俗也。见游人簪凤尾花,作口号,中一联云:"孤臣正泣龙须草,游子空簪凤尾花。"盖以被遇先朝,自伤流落。后监司互论,乃指此句以为罪,其诬注云:"契勘正月十二日,哲宗皇帝已大祥,岂是孤臣正泣之时!"鞠狱竟无他意,谗口可畏如此。

荆州掾题异花诗被谮

宣和初,荆州掾见僧房有异花不知名,僧云:"花气酷烈不可近。"掾因题诗云:"山花红与绿,日暮颜色足。无名我不识,有毒君莫触。"后有人谮掾于苏漕,指此诗曰:"湖南漕宪俱衣绯,余皆衣绿,无衣紫者。苏漕最老,又独无出身,数发摘官吏,故掾托意山花,实以嘲漕。"苏大怒,竟挦撦掾。

王安石谢公墩诗

王介甫居金陵,作《谢公墩》诗云:"我名公字偶相同,我屋公墩在眼中,公去我来墩属我,不应墩姓尚随公。"盖晋谢安故地也,谢字安石,介甫名安石。

苏公堤孟家蝉语谶

苏子瞻责黄州,居州之东坡,作雪堂,自号"东坡居士",后人遂目子瞻为东坡,其地今属佛庙。子瞻元祐中知杭州,筑大堤西湖上，人呼为苏公堤，属吏刻石榜名。世俗以富贵相高，以堤音低，颇为语忌。未几，子瞻迁责。时孟氏作后，京师衣饰，画作双蝉，目为孟家蝉，识者谓蝉有禅意，久之后竟废。

元丰后佛僧盛衰

元丰间诏僧慈本住慧林禅院，召见赐茶，以为荣遇。先公侍上，见宣谕慈本云：“京师繁盛，细民逐末，朕要卿来，劝人作善。”别无他语。建中靖国元年，召诣禁中，赐十字师号及御制《僧惟白续灯录叙》。释徒尤以为盛事。其后赐僧楷四字禅师号，楷固不受以钓名，推避之际颇不恭，朝廷正其罪，投之远方，无他异，术穷情露，教遂不振。又狂逆不道，伐冢诱略，多出浮屠中，宣和初乃译正其教，改僧为德士，复姓氏，完发肤，正冠裳，尽革其故俗云。

乖角雕当

都下市井辈，谓不循理者为“乖角”，又谓作事无据者为“没雕当”。入声。丧仪间摺鬓，以一竿揭之，名“乖角”；卫士顺天幞头有一脚下垂者，其侪呼为“雕当”，不知名义所起，记之以俟识者。

买妾价贵捉婿费多

京师买妾，每五千钱名一个，美者售钱三五十个。近岁贵人，务以声色为得意，妾价腾贵至五千缗，不复论个数。既成券，父母亲属又诛求，谓之“遍手钱”。本朝贵人家选婿，于科场年，择过省士人，不问阴阳吉凶及其家世，谓之“榜下捉婿”。亦有缗钱，谓之“系捉钱”，盖与婿为京索之费。近岁富商庸俗与厚藏者嫁女,亦于榜下捉婿,厚捉钱以饵士人,使之俯就,一婿至千余缗。既成婚,其家亦索遍手钱,往往计较装橐,要约束缚如诉牒,如此用心何哉?

萍洲可谈卷二

广泉明杭州皆设市舶司

广州市舶司旧制：帅臣漕使领提举市舶事，祖宗时谓之市舶使。福建路泉州，两浙路明州、杭州，皆傍海，亦有市舶司。崇宁初，三路各置提举市舶官，三方唯广最盛，官吏或侵渔，则商人就易处，故三方亦迭盛衰。朝廷尝并泉州舶船令就广，商人或不便之。

广州市舶司泊货抽解官市法

广州自小海至溽洲七百里，溽洲有望舶巡检司，谓之一望，稍北又有第二、第三望，过溽洲则沧溟矣。商船去时，至溽洲少需以诀，然后解去，谓之"放洋"。还至溽洲，则相庆贺，寨兵有酒肉之馈，并防护赴广州。既至，泊船市舶亭下，五洲巡检司差兵监视，谓之"编栏"。凡舶至，帅漕与市舶监官莅阅其货而征之，谓之"抽解"，以十分为率，真珠龙脑凡细色抽一分，玳瑁苏木凡粗色抽三分，抽外官市各有差，然后商人得为己物。象牙重及三十斤并乳香，抽外尽官市，盖榷货也。商人有象牙稍大者，必截为三斤以下，规免官市。凡官市价微，又准他货与之，多折阅，故商人病之。舶至未经抽解，敢私取物货者，虽一毫皆没其余货，科罪有差，故商人莫敢犯。

舶船蓄水就风法

广州市舶亭枕水有海山楼,正对五洲,其下谓之小海,中流方丈余,舶船取其水,贮以过海,则不坏。逾此丈许取者并汲井水,皆不可贮,久则生虫,不知此何理也。舶船去以十一月、十二月,就北风,来以五月、六月,就南风。船方正若一木斛,非风不能动。其樯植定而帆侧挂,以一头就樯柱如门扇,帆席谓之"加突",方言也。海中不唯使顺风,开岸就岸风皆可使,唯风逆则倒退尔,谓之使三面风,逆风尚可用矴石不行。广帅以五月祈风于丰隆神。

舶船航海法

甲令:海舶大者数百人,小者百余人,以巨商为纲首、副纲首、杂事,市舶司给朱记,许用笞治其徒,有死亡者籍其财。商人言船大人众则敢往,海外多盗贼,且掠非诣其国者,如诣占城,或失路误入真腊,则尽没其舶货,缚北人卖之,云:"尔本不来此间。"外国虽无商税,而诛求,谓之献送,不论货物多寡,一例责之,故不利小舶也。舶船深阔各数十丈,商人分占贮货,人得数尺许,下以贮物,夜卧其上。货多陶器,大小相套,无少隙地。海中不畏风涛,唯惧靠阁,谓之"凑浅",则不复可脱。船忽发漏,既不可入治,令鬼奴持刀絮自外补之,鬼奴善游,入水不瞑。舟师识地理,夜则观星,昼则观日,阴晦观指南针,或以十丈绳钩,取海底泥嗅之,便知所至。海中无雨,凡有雨则近山矣。商人言舶船遇无风时,海水如鉴。舟人捕鱼,用大钩如臂,缚一鸡鹜为饵,使大鱼吞之,随其行半日方困,稍近之,又半日,方可取,忽遇风,则弃。或取得大鱼不可食,剖腹求所吞小鱼可食,一腹不下数十枚,枚数十斤。海大鱼每随舶上下,凡投物无不唼。舟人病者忌死于舟中,往往气未绝便卷以重席,投水中,欲其遽沉,用数瓦罐贮水缚席间,才投入,群鱼并席吞去,竟不少沉。有锯鲨长百十丈,鼻骨如锯,遇舶船,横截断之如拉朽尔。舶行海中,忽远视枯木山积,舟师疑此处旧无山,则蛟龙也,乃断发取鱼鳞骨同焚,稍稍没水中。凡此皆危急,多不得脱。商人重番僧,云度海危难祷之,则见于空中,无不获济,至广州饭僧设供,谓之"罗汉斋"。

住 蕃 住 唐

北人过海外,是岁不还者,谓之"住蕃";诸国人至广州,是岁不归者,谓之"住唐"。广人举债总一倍,约舶过回偿,住蕃虽十年不归,息亦不增。富者乘时畜缯帛陶货,加其直与求债者,计息何啻倍蓰。广州官司受理,有利债负,亦市舶使专敕,欲其流通也。

蕃 坊 蕃 商

广州蕃坊,海外诸国人聚居,置蕃长一人,管勾蕃坊公事,专切招邀蕃商入贡,用蕃官为之,巾袍履笏如华人。蕃人有罪,诣广州鞫实,送蕃坊行遣。缚之木梯上,以藤杖挞之,自踵至顶,每藤杖三下折大杖一下。盖蕃人不衣裈裤,喜地坐,以杖臀为苦,反不畏杖脊。徒以上罪则广州决断。蕃人衣装与华异,饮食与华同。或云其先波巡尝事瞿昙氏,受戒勿食猪肉,至今蕃人但不食猪肉而已。又曰汝必欲食,当自杀自食,意谓使其割己肉自唼,至今蕃人非手刃六畜则不食,若鱼鳖则不问生死皆食。其人手指皆带宝石,嵌以金锡,视其贫富,谓之指环子，交阯人尤重之，一环直百金，最上者号猫儿眼睛，乃玉石也，光焰动灼，正如活者，究之无他异，不知佩袭之意如何。有摩娑石者，辟药虫毒，以为指环，遇毒则吮之立愈，此固可以卫生。

三　佛　齐

海南诸国，各有酋长，三佛齐最号大国，有文书，善算。商人云，日月蚀亦能预知其时，但华人不晓其书尔。地多檀香、乳香，以为华货。三佛齐舶赍乳香至中国，所在市舶司以香系榷货，抽分之外，尽官市。近岁三佛齐国亦榷檀香，令商就其国主售之，直增数倍，蕃民莫敢私鬻，其政亦有术也。是国正在海南，西至大食尚远，华人诣大食，至三佛齐修船，转易货物，远贾幅凑，故号最盛。

鬼　奴

广中富人，多畜鬼奴，绝有力，可负数百斤。言语嗜欲不通，性淳不逃徙，亦谓之野人。色黑如墨，唇红齿白，发卷而黄，有牝牡，生海外诸山中。食生物，采得时与火食饲之，累日洞泄，谓之换肠。缘此或病死，若不死，即可蓄。久蓄能晓人言，而自不能言。有一种近海野人，入水眼不眨，谓之昆仑奴。

广俗妇人强男子弱

广州杂俗，妇人强，男子弱。妇人十八九，戴乌丝髻，衣皂半臂，谓之"游街背子"。

广中呼蕃妇为菩萨蛮

乐府有"菩萨蛮",不知何物,在广中见呼蕃妇为"菩萨蛮",因识之。

蕃坊象棋

广州蕃坊,见蕃人赌象棋,并无车马之制,只以象牙、犀角、沈檀香数块,于棋局上两两相移,亦自有节度胜败。予以戏事,未尝问也。

孔雀明王经孔雀真言

余在广州,尝因犒设,蕃人大集府中。蕃长引一三佛齐人来,云善诵《孔雀明王经》。余思佛书所谓《真言》者,殊不可晓,意其传讹,喜得为证,因令诵之。其人以两手向背,倚柱而呼,声正如瓶中倾沸汤,更无一声似世传《孔雀真言》者。余曰其书已经重译,宜其不同,但流俗以此书荐亡者,不知中国鬼神如何晓会。

菠萝蜜

南海庙前有大树,生子如冬瓜,熟时解之,其房如芭蕉,土人呼为波罗蜜,溃之可食。

羊食钟乳间水成乳羊

英州碧落洞生钟乳,牧羊者多往焉。或云羊食钟乳间水,有全体如乳白者,其肉大补羸,谓之乳羊。活时了不能识,刲之然后见,极难得,或一岁得一二枚,郡守即献广帅、监司。

神　雀

汉以神雀改元，书传不言其状。广南人说神雀，或红或白，一群必备五色，飞集极高树，自十丈以下，皆不肯栖，食露吸风，网罗不能及。余在曹溪寺屡见之，忽来倏去，啁哳似雀噪，色鲜明，询诸彼人，自来未尝有捕得者。

倒　挂　雀

海南诸国有倒挂雀，尾羽备五色，状似鹦鹉，形小如雀，夜则倒悬其身。畜之者食以蜜渍粟米、甘蔗。不耐寒，至中州辄以寒死；寻常误食其粪，亦死。元符中，始有携至都城者，一雀售钱五十万，东坡《梅》词云："倒挂绿毛幺凤。"盖此鸟也。

白　鹦　鹉

余在广州，购得白鹦鹉，译者盛称其能言。试听之，能蕃语耳，啁哳正似鸟声，可惜枉费教习，一笑而还之。

龟　筒

南方大龟，长二三尺，介厚而白，造玳瑁器者用以补衬，名曰龟筒。方谚曰："龟筒夹玳瑁，鬼神不晓会。"初时民间无用，不可售，后缘官市，价踊贵。先公帅广，内侍省牒广州市龟筒数百斤，公不报。僚吏以为言，公曰："吾专行之，勿累尔矣。"卒不与市，民赖以不扰。

小龙祠五蛇

广右英州清远峡小龙祠，余尝谒之，数间屋当溪山奇绝处。龙乃五蛇：其色一如生金，王也；一如红锦，妃也；一青一绿，判官也；一黄，走吏也；又有小者如王色，太子也。蟠曲一漆合中，发视之，或见或隐，甚神异。其状比常蛇细颈而长，横目广颡，不畏人，色皆鲜明，胜于丹青，祀之则出据香炉上，火不能爇，或食所祀酒茗。

南 北 食 异

闽、浙人食蛙，湖湘人食蛤蚧，大蛙也。中州人每笑东南人食蛙，有宗子任浙官，取蛙两股脯之，绐其族人为鹑腊，既食然后告之，由是东南谤少息。或云蛙变为黄鹑。广南食蛇，市中鬻蛇羹，东坡妾朝云随谪惠州，尝遣老兵买食之，意谓海鲜，问其名，乃蛇也，哇之，病数月，竟死。琼管夷人食动物，凡蝇蚋草虫蚯蚓尽捕之，入截竹中炊熟，破竹而食。顷年在广州，蕃坊献食，多用糖蜜脑麝，有鱼虽甘旨，而腥臭自若也，唯烧笋菹一味可食。先公使辽日，供乳粥一碗甚珍，但沃以生油，不可入口。谕之使去油，不听，因给令以他器贮油，使自酌用之，乃许，自后遂得淡粥。大率南食多盐，北食多酸，四夷及村落人食甘，中州及城市人食淡，五味中唯苦不可食。

王士良冥府得治疫疠方

广州医助教王士良，元祐元年死，三日而苏。自言被追至冥府，有衣浅绛衣如仙官者据殿，引问士良尝为人行药杀妻，士良不服。有吏唱言“是熙宁四年始”，即取籍阅，良久云“并无”。仙官拊案曰：“本是黄州，误做广州。”令放士良还。既出，又令引至庑下，有揭示云：“明年广南疫，宜用此药方。”士良读之，乃《博济方》中钩藤散也，本方治疫。士良读之，乃窃询左右:"此何所也?"或言太司真人,治天下医工。时蔡元度守五羊,闻之,召士良审问,令幕客作记。及春,疫疠大作,以钩藤散治之,辄愈。士良又云:"幼习医,至熙宁四年方用药治病,冥冥中已记录,可不慎哉!"

蕃坊人娶宗女

元祐间,广州蕃坊刘姓人娶宗女,官至左班殿直。刘死,宗女无子,其家争分财产,遣人挝登闻院鼓。朝廷方悟宗女嫁夷部,因禁止,三代须一代有官,乃得取宗女。

邹浩因泰陵遗诏得全

邹浩志完,以言事得罪贬新州,媒孽者久犹不已。元符二年冬,有旨付广东提刑钟正甫就新州鞫问志完事,不下司。是时钟挈家在广州观上元灯,得旨即行。漕帅方宴集,怪其不至,而已乘传出关矣,众愕然。钟驰至新,召志完,拘之浴室。适泰陵遗诏至,钟号泣启封;志完居暗室,不自意得全,又闻使者哭泣,罔测其事,意甚陨获。良久,钟遣介传语,止言为国恤不及献茶,且请归宅。志完亦泣而出。其后东坡闻之,戏云:"此茶不烦见示。"

东坡处忧患

东坡元丰间知湖州,言者以其诽谤时政,必致死地,御史台遣就任摄之,吏部差朝士皇甫朝光管押。东坡方视事,数吏直入上厅事,捽其袂曰:"御史中丞召。"东坡错愕而起,即步出郡署门,家人号泣出随之。弟辙适在郡,相逐行及西门,不得与诀,东坡但呼:"子由,以妻子累尔!"郡人为之泣涕。下狱即问五代有无誓书铁券,盖死囚则如此,他罪止问三代。东坡为一诗付狱吏,他日寄子由,其诗曰:“圣主如天万物春,小臣愚暗自亡身。百年未满先偿债,十口无归更累人。是处青山可埋骨,他时夜雨独伤神。与君世世为兄弟,更结来生未了因。”狱吏怜之,颇宽其苦楚。狱成,神考薄其罪,止责散官,安置黄州。元祐中,复起为两制用事。绍圣初,贬惠州,再窜儋耳。元符末,放还,与子过乘月自琼州渡海而北,风静波平,东坡叩舷而歌,过困不得寝,甚苦之,率尔曰:“大人赏此不已,宁当再过一巡?”东坡矍然就寝。余在南海,逢东坡北归,气貌不衰,笑语滑稽无穷,视面多土色,靥耳不润泽。别去数月,仅及阳羡而卒。东坡固有以处忧患,但瘴雾之毒,非所能堪尔。

东坡赤壁

孙权破曹操于赤壁,今沔、鄂间皆有之。黄州徙治黄冈,俯大江,与武昌县相对。州治之西距江,名赤鼻矶,俗呼鼻为弼,后人往往以此为赤壁。武昌寒溪,正孙氏故宫,东坡词有“人道是周郎赤壁”之句,指赤鼻矶也。坡非不知自有赤壁,故言“人道是”者,以明俗记尔。

东坡羹

东坡在黄州,手作菜羹,号为“东坡羹”,自叙其制度,好事者珍奇之。

宫室鸱吻兽头

宫殿置鸱吻,臣庶不敢用,故作兽头代之,或云以禳火灾。今光州界人家屋皆兽头,黄州界惟官舍神庙用之,私居不用,云恐招回禄之祸。相去百里，风俗便不同。

上巳祓禊寒食禁火端午竞渡

三月上巳祓禊，其来亦远。寒食禁火，主介子推，河东之俗也。江浙民间多竞渡，亦有龙舟，率用五月五日，主屈原，湘楚之俗也。二者皆尚贤，而末流则害教，晋人寒食病老幼，楚人竞渡致斗讼。

大观开直河溺死属官

忠洁侯者，屈原也。大观间议开直河，省洞庭迂险，使者沈延嗣总其事，辟属官。有勾当公事卢供奉，过湖溺死。或传旁舟见鬼物出波间，云："吾血食此，若由直河，则将安仰！"余以忠洁侯当无此言，觊以其兴不可成之功，徒殚民力，则毙之亦三闾遗意也。

张詠崇阳政绩

余客沔、鄂，闻人说张乖崖初为崇阳令，至今血食，父老犹能道其政事。尝逢村氓，市菜一束出郭门，问之则近郊农家，乖崖笞之四十，曰："尔有地而市菜，惰农也。"崇阳民闻之，相尚力田。乖崖一日遣吏尽伐民间茶园，谕令更种桑柘，民失茶利，甚困，然素畏服其政令，不敢慢。乖崖代去数年，会朝廷更榷法，园户纳茶租钱，崇阳独无茶园，免输。邑去郡四百里，不通舟楫，岁输，一夫负米至郡，每斛率得六七斗，富者租百斛，甚为劳费。乖崖使三司建言，高原县分苗米折纳绢，崇阳民遂得轻赍，而先植桑柘已成，蚕丝之利甲于东南，迄今尤盛。

善 恶 之 报

黄州董助教甚富。大观己丑岁歉，董为饭以食饥者，又为糗饵与小儿辈。方罗列分俵，饥人如墙而进，不复可制，董仆于地，颇被欧践。家人咸咎之，董略不介意。翌日又为具，但设阑楯，以序进退，或时纷然，迄百余日无倦也。黄冈村氓闻丘十五，多积谷，每幸凶岁即腾价，细民苦之。老年病且亟，不复饮食，但餐羊屎。家人怜之，以米饵作羊屎状绐之，入手便投去，唯食真者。数月方死。此氓媚佛，多施庐山僧供积，亦内惧祸至，冀事佛少逭责，此尤不可也。

黄 冈 萍 洲

黄冈民丁生微，稍稍有生事，性桀黠，遂致富，创买田宅。治井得片石，肤脉成字，如其姓名，丁即模刻，令士人作碑记实。未几病死，家旋破，余售之，今萍洲是也。田庐似是前定，当有以受之，不尔未见能享者。

初虞世追饯黄庭坚

黄鲁直再谪黔中，泊舟武昌，初和甫追饯之。相与处舟中，岸巾危坐，鲁直侧席，意甚恭。犹子无咎与黄士潘观来，不知其为初和甫，忽略之。潘、黄正论《本草》，反覆良久。鲁直曰：“吾侄前！识初和甫否？”二人缩舌汗背。

中 国 宜 称 华

汉威令行于西北，故西北呼中国为汉；唐威令行于东南，故蛮夷呼中国为唐。崇宁间，臣僚上言：“边俗指中国为唐、汉,形于文书,乞并改为宋。"谓如用唐装汉法之类。诏从之。余窃谓未宜,不若改作华字,八荒之内,莫不臣妾,特有中外之异尔。

辽人嗜学中国

辽人嗜学中国。先朝建天章、龙图阁以藏祖宗制作,置待制、学士以宠儒官;辽亦立乾文阁,置待制、学士以命其臣。典章文物,仿效甚多。政和壬辰,朝廷得元圭,肆赦;是冬,辽亦称得孔子履,赦管内。

佛　妆

先公言使北时,见北使耶律家车马来迓,毡车中有妇人,面涂深黄,谓之"佛妆",红眉黑吻,正如异物。或说人眉在眼上,设有眉在眼下者,众必骇见。使人人眉在眼下,而忽见眉在眼上者,其骇亦尔。故天下未尝有正论,杂然如此。要之世间事不可立异,且须通俗。

鹿　顶　合

北地产鹿,有倍大于中国者,鹿角近根实处,刻以为环,肉好相半,内虚可贮物,谓之鹿顶合。

元丰待高丽人最厚

京师置都亭驿待辽人,都亭西驿待夏人,同文馆待高丽,怀远驿待南蛮。元丰待高丽人最厚,沿路亭传皆名高丽亭。高丽人泛海而至明州,则由二浙溯汴至都下,谓之南路;或至密州,则由京东陆行至京师,谓之东路。二路亭传一新。常由南路,未有由东路者,高丽人便于舟楫,多赍辎重故尔。

高丽人能文

高句骊,古箕子之国,虽夷人能文。先公守润,得其使先状云:"远离桑域,近次蔗封。"盖取食蔗渐入佳境之义。崇宁中,遣使贺天宁节,表有"良月就盈"之句,盖谓十月十日,其属辞如此。

高丽人常州买鸽

高丽人尝在常州,买民间养鸽放之,鸽识家飞去,常人唯恐不售,使还。又托生辰买鸽放生,人家争出鸽。既售,即笼入舟中,去更数日,方生辰,遂载行,反以为得计。

甘宁死地

九江之下贵池口,属池州,九江之上富池口,属兴国军。富池口有吴将甘宁庙,案《吴志》,甘宁死于当口,或疑其富池口也,又恐自有当口。宁传云:"为西陵太守,以阳新下雉为奉邑。"今永兴县有阳新里下雉村,盖宁故国。庙碑刻甚多,并无说此者。

东海神庙

东海神庙在莱州府东门外十五里,下瞰海咫尺,东望芙蓉岛,水约四十里。岛之西水色白,东则色碧,与天接。岛上有神庙,一茅屋,渔者至彼则还。屋中有米数斛,凡渔人阻风,则宿岛上,取米以为粮;得归,便载米偿之,不敢欺一粒。稍北与北蕃界相望,渔人云,天晴时夜见北人举火,度之亦不甚远。

一在蓬莱阁西,后枕溟海。

朱服增价收派买上供绵

先公守东莱,派买上供绵十万两,诸邑请重禁私市,公曰:"如是将扰而不能办。"问:"市价几钱?"曰:"每两百钱。"公命增二十,委掖令田望苊之如私市,贮钱邑门,不问多少,随手交易。十余日,四乡趋利而来,遂足所售数。或谓价外增直,恐亏有司,公曰:"朝廷平价和市之意正如此。"

崇宁当十钱改当三钱

崇宁初行当十大钱,秤重三小钱。后以币轻物重,令东南改为当五钱,轻于东北,私铸盗贩不可禁,乃一切改为当三,轻重适平,然后定。是时内帑藏钱无算,折阅万亿计。京师一旦自凌晨,数骑走出东华门,传呼里巷,当十改为当三,顷刻遍知。故凡富人,无所措手。开封府得旨,民间质库,限五日作当十赎质。细民奔走趋利,质者不堪命,稍或拥遏,有司即以重刑加之。有巨豪善计者,至官限满,自展五日,依旧作当十赎质,大榜其门。朝廷闻而录赏之。余族父炳居湖州仪凤桥西,常贮数百缗钱以射利。会当十法变,子弟先得消息,请速以钱易他货,族父笑而不答,良久云:"钱遂不可用耶?"子弟曰:"然。"族父曰:"我不用,他人亦不可用,又何为?"既失此,后稍不给,终不少悔。

州郡不可用黄纸写牒

州郡承唐衰藩镇之弊,颇或僭拟,衙皂有子城使、军中使、教练使等号,近制始革去。先公知润州,值衙校转资,用黄纸写牒,公大惊,吏白旧例,其间尽准敕条。通判州事慎宗杰以为无害,公曰:"岂有庶官而敢押黄纸耶?"自后改用白纸。故事:中书门下侍郎、宰相押黄,后省官皆押纸背。慎在常调,未尝知此。

田望善竿牍号"纸进纳"

阳翟田望,勤于竿牍,亦善其事,日发数十函不倦,由此自出官移令,改秩出常调,皆自致也。一书用好纸数十幅,近年纸价高,田俸入尽索于此。亲朋间目之为"纸进纳",盖纳粟得官号"进纳",故以名之。

黄 州 拳 石

近年拳石之贵,其直不可数计。太平人郭祥正旧蓄一石,广尺余,宛然生九峰,下有如岩谷者,东坡目为"壶中九华",因此价重,闻今已在御前。东坡集中载《怪石供》,云谪居黄时所得。余寓居其地,屋后有山,名破湖山,乃此石所出处也。每年潦水退,细民往求之,五色莹彻,中有缠丝者,可琢为环珥玩饰,常苦其细,置斛中渍水养菖蒲,不适他用。

刘铱令国中以石赎罪

刘铱好治宫室,欲购怪石,乃令国中以石赎罪。富人犯法者,航海于二浙买石输之。今城西故苑药洲有九石,皆高数丈,号"九曜石"。

端 石

端州石在深谷中,细而润。初为官封之,已难得;后兴庆建军,以王地禁采石,不复可得。石上有鸲鹆眼,宛若生者,晕多而青绿为贵,磨砻终不可去,俗传透石涎也。端砚藏久无不瓶者,以石润,久亦乾,故不平,如湿木干则不平。

笔毛笔管

造笔用兔毫最佳,好事者用栗鼠须或猩猩毛以为奇,然不若兔毫便于书也。广南无兔,用鸡毛,然毛匾不可书,代匮而已。近世笔工,宣州诸葛氏,常州许氏,皆世其家。安陆成安道、弋阳李展之徒,尚多驰名于时。宣人善治竹管,莹洁可爱,亦有以苇为管者,贵其轻。高丽使过常州市笔,诸许待其解舟,即急售之,半无毛头,以为得计。

人目棋枰为木野狐

叶涛好弈棋,介甫作诗切责之,终不肯已。弈者多废事,不论贵贱,嗜之率皆失业,故唐人目棋枰为“木野狐”,言其媚惑人如狐也。

商贾目茶笼为草大虫

自崇宁复榷茶,法制日严,私贩者因以抵罪,而商贾官券,请纳有限,道路有程,纤悉不如令,则被系断罪,或没货出告缗,愚者往往不免。其侪乃目茶笼为“草大虫”,言其伤人如虎也。

瑞州府黄蘖茶

江西瑞州府黄蘖茶,号绝品,士大夫颇以相饷。所产甚微,寺僧园户竞取他山茶,冒其名以眩好事者。黄鲁直家正在双井,其自言如此。

陈州芍药花

陈州芍药花殊胜,近岁进花,自陈三百里一日一夜驰至都下。其法:初翦花时,用蜜渍蒲黄蘸其疮,微曝之,俟花嫣,乃入笥中;取时刜去所封蒲黄,布湿地上一两时顷,绛绳以花倒悬之,真如新采者。

抚州莲花纱

抚州莲花纱,都人以为暑衣,甚珍重。莲花寺尼凡四院造此纱,拈织之妙,外人不可传。一岁每院才织近百端,市供尚局并数当路,计之已不足用。寺外人家织者甚多,往往取以充数,都人买者,亦自能别寺外纱,其价减寺内纱什二三。

刘氏茔地生金苗

两川冶金,沿溪取沙,以木槃陶,得之甚微,且费力。登、莱金坑户,止用大木锯剖之,留刃痕,投沙其上,泛以水,沙去,金著锯绞中,甚易得。元祐中,莱州城东刘姓茔地金苗生,官茈取焉。乃发冢,□砖瓦间皆金色也。刘葬才十数年,不知气脉蒸陶如此之速。累月取尽,地为深穴,得金万亿计,自官抽官市、匠吏窥窃外,刘所得十二三焉。京东诸郡之钱尽券与刘氏,刘氏乃一村氓不分菽麦者,得钱无所用,往来诸郡,恍忽醉饱,岁余亦死,钱竟没官,刘世遂绝。

古器不必可宝

崇宁间,邓州南阳县村民发古冢,县尉王侭莅掩之。王为余言其详，云竁中有二瓦棺，已碎其左者，购得一铜印，方寸许，篆文甚古，识之者云"温不禁印"。时方竞访古器，即为中贵人取去，未知温何代人也。仲父久中尚奇，每仿古物，立怪名，以绐流俗。庐于先茔下，山多岩谷，乃披荆棘求其壮观者，刻取前人题署、姓名、年号，皆诡异，既不可据，真儿戏尔。前人所居与其器用，后世所以爱慕之者，思其人焉。其人无可思而宝其物与地者蔽也。夫冥器儿戏，又乌足以为君子之雅好也欤！

宋用臣巧钉鼓环

中官宋用臣，熙宁间备任使，以敏练称上意，性极精巧。元祐时，责官舒州，州将作乐鼓甚巨，饰以金彩。既成，其旁一环脚断，欲剖之，惜工费。宋乃献计为环，其下作锁须状，以铁固鼓腹之竁，使甚隘，即钉环入竁中，既入，锁须张，遂不复脱。事多似此。

以乌啼鹊噪示凶吉之俗不同

东南谓乌啼为凶，鹊噪为吉，故或呼为喜鹊。顷在山东，见人闻鹊噪则唾之，乌啼却以为喜，不知风俗所见如何。

泽 州 虎 祠

姚祐自言尝任泽州邑尉，郡当太行之喉，官吏有未尝到处，郡将以虎患，遣尉祠之，乃在山巅。姚往宿山下，见居民环屋埋巨木，云以拒虎。稍晚虎出，数十为群，首尾相衔，睥睨庐舍，人畜俱股栗。且起登山，姚披练推挽而上，至绝顶，得板屋，有石刻，姚致祭摹墨本以归。

溙州虎穴

溙州有虎穴，凡十里许，修谷茂丛斑斓，旁午，南北路口行者相集而度，否则遇害。荆州孙伟奇甫刺溙，亲为予道其详。夫市朝固有此地，人或忽之致祸，可不慎哉！

牛生麒麟

徽宗大观间，京东路民家有牛生麒麟，村人不识，以为怪，击杀之。有司既闻，验问，真瑞物也。乃上奏，因图其形下诸路，俾民间预识其状，或有生者，即重赏购之。

海　哥

元祐间，有携海鱼至京师者，谓之海哥。都人竞观，其人以槛置鱼，得金钱则呼鱼，应声而出，日获无算。贵人家传召不少暇。一日，至州北李驸马园，放入池中，呼之不复出，设网罟百计，竟失之。李园池沼雄胜，或云三殿幸其第爱赏，以为披香、太液所不及。海哥，盖海豹也，有斑文如豹而无尾，凡四足，前二足如手，后二足与尾相纽如一。登、莱傍海甚多，其皮染绿，可作鞍鞯。当时都下以为珍怪，蠢然一物，了无他能，贵人千金求一视唯恐后，岂适丁其时乎？

沈遘以西湖为放生池

沈遘知杭州，号神明之政，吏不能欺。尝以西湖为放生池，禁捕鱼，人无敢取蛙蚓者。

金星银星鱓

　　九宫山有金星银星鱓，不居水中，凿山者于坚土内得 之，悬暴乾，久不坏。其背金银星宛如一具秤，斤两稀密，无纤毫差，秤星十五斤，鱓背星二十斤，枚枚如此。土人收以治风气病，《本草》不载。

两　首　蛇

　　孙叔敖杀枳蛇，盖两首蛇也。江南山中蛇，两端皆有头，口目全具，行相牵挽，腹红背黑，长大率如箸。相传是老蚓，两口无舌，不见其开张，正一大蚓尔。恐叔敖所见不如此，或云枳蛇一颈两首，故怪。

萍洲可谈卷三

生 日 献 画

先公在讲筵，闻神考言，熊本表章，用印端谨，朱色鲜明，前后无小异。由此受知，遂擢用至两制。近世长吏生日，寮佐画寿星为献，例只受文字，其画却回，但为礼数而已。王安礼自执政出知舒州，生日属吏为寿，或无寿星画者，但用他画轴，红绣囊缄之，必谓退回。王忽令尽启封，挂画于厅事，标所献人名衔于其下。良久，引客爇香，共相瞻礼。其间无寿星者，或用佛像，或月神鬼，唯一兵官所献，乃崔白画二猫，既至前，惭惧失措。或云时有囊缄墓铭者，吏不敢展，此尤失献芹之意，小节不可不戒，古人不欺幽隐，正谓此类。

书吏士人误作公文

滕宗闵知楚州，有监司过境，本州送酒食，书有臣名，即上闻。既鞫狱，乃书吏误用贺月旦表，无他意，滕坐送吏部监当。盖知州细衔字多，书欲谨，吏每患难写，乘暇用纸写前后衔，谓之空头表笺，用之固已不虔。向宗传为兴国军判官，托士人作与漕使小简，用"金口"、"清光"、"俞允"等字，漕使举行取勘，宛转自解仅免。士人于书尺多不识体要，往往误人，宜谨用，自不能识者，不若不发书。

常州太守不知锡山

熙宁中,有常州太守召赴阙,其人颇熟时事,将有陈述,所主亦大臣中有力者,或云介甫。当无不称上意。既陛见,上首问锡山去郡几远。既非素备,了不能对。盖常州无锡县锡山,俗呼惠山,守不阅图经,故不知也。上因顾近臣曰:"作守臣而不知境内山川,其为政可料。"即罢去,竟不曾开陈一言。

杨傑答神宗问佛法

杨傑次公,留心释教,尝上殿,神考颇问佛法大概,杨并不详答,云佛法实亦助吾教。既归,人咸咎之。或责以圣主难遇,次公平生所学如此,乃唯唯何耶? 杨曰:"朝廷端慎明辩,吾惧度作导师,不敢妄对。"

诗文鄙俚留为笑具

青州王大夫尝守舒、丹二州,为诗极鄙俚,每投献当路,得之者留以为笑具。季父为青掾,王亦与一轴诗,他日季父见其子,乃谢之。其子曰:"大人九伯乱道,玷渎高明。"盖俗谓神气不足者为九伯,岂以一千则足数耶? 余中表任朝议大夫,以八帙赦恩,转中奉大夫。其子对贺客则曰:"大人转此一官,方始济事,将来有遗表恩泽。"余记此二事,非以为谑,盖所以开悟为人子者。

温公卖病马

司马温公闲居西京,一日令老兵卖所乘马,嘱云:"此马夏月有肺病,若售者,先语之。"老兵窃笑其拙,不知其用心也。

富弼致政出郊

富郑公致政归西都,尝著布直裰,跨驴出郊,逢水南巡检,盖中官也。威仪呵引甚盛,前卒呵"骑者下",公举鞭促驴,卒声愈厉,又唱言:"不肯下驴,则请官位。"公举鞭称名曰:"弼。"卒不晓所谓,白其将曰:"前有一人,骑驴冲节,请官位不得,口称'弼'。"将方悟曰:"乃相公也!"下马执锐,伏谒道左,其候赞曰:"水南巡检唱喏!"公举鞭去。

杜衍罢相作客

世传杜祁公罢相归乡里,不事冠带。一日在河南府客次,道帽深衣坐席末。会府尹出,衙皂不识其故相,有本路运勾至,年少贵游子弟,怪祁公不起揖,厉声问:"足下前任甚处?"祁公曰:"同中书门下平章事。"客次与坐席间固不能遍识,常宜自处卑下,最不可妄谈事及呼人姓名,恐对人子弟道其父兄名及所短者,或其亲知,必贻怒招祸,俗谓口快,乃是大病。

王荆公与张姓老氓

王荆公退居金陵,结茅钟山下,策杖入村落。有老氓张姓,最稔熟。公每步至其门,即呼"张公",张应声呼"相公"。一日公忽大咍曰:"我作宰相许时,止与汝一字不同耳!"

李端愿不事鬼神

驸马都尉李端愿,居戚里最号恭慎,既失明,犹戒励子弟,故终身无过。时京师竞传州西二郎庙出圣水,治病辄愈。李素不事鬼神,一日,其子舍有病稚,家人窃往请水,李闻大怒,即杖其子,且云:"使尔子果死,二郎岂肯受枉法赃故活之耶?若不能活,又何求?"

张昇遇贼道

张昇杲卿自枢府乞骸,除侍中、河阳三城节度使致仕。幅巾还第,出居阳翟,时时来洛中,游嵩少,颇接方外人,绝口不挂时事。有道人者,善谈虚无,杲卿雅爱之。一日,偕游少室山中,左右从者十余人。至大松树下,杲卿坐石上,道人探怀出小囊茗屑,汲涧泉、折枯松煮之。杲卿一杯,道人即以余沥分饮从者,既渴,人竞啜少许,已而皆僵仆。盖茗中置毒药,故以困人,唯道人与杲卿饮者无害尔。道人乃前白曰:"欲告侍中,求随行金银器,往乡市药。"即敛入布囊中,杲卿四顾,左右皆被毒,莫能兴,因大笑遣之携去。至困者醒,药力渐消,始能行,仅至山下,投宿民家。翌日归,乃戒子弟慎交游。

孟皇后废兆

先公在绍圣初识孟在,盖皇后父也。时泰陵未有嗣,常因景陵宫行香,诸人聚首,孟在忽太息。或询其故,孟曰:"中宫蓐月,满望一皇嗣,乃诞公主!"先公归语所亲曰:"孟在非长守富贵者也!"果如言,后竟废。

少俊之戒

沈起待制诸子,有见荆公者,颇喜之,许以荐擢。一日,沈盛饰出游,过相府,公闻其在门,呼入与共匕箸。先令褫带,沈辞,不得已,公以手搴沈所衣真珠绣直系,连称"好,好"。自后不得复见,坐此沈废。政和中,台章言一朝士,有"湿活居士"

之目,谓饮不择酒,内不择人。此数事平时人所易犯,一被指斥,则莫脱,故举以为少俊之戒。

程戤罢政之兆

张昇杲卿微时,与程戤俱下第。橐尽,步出南薰门,至朱仙镇。是日立春,就肆买食,共探怀得数十钱,仅能买汤饼,无钱致肉也,相与摘槐苗荐食而去。后俱在政府,遇立春日,程邀杲卿开宴,水陆毕陈,艳妾环侍,程有骄色。杲卿从容话旧,及朱仙槐角事,程愧其左右,面颊舌咋,终无欢而罢。杲卿归语其内曰:"程三其黜乎? 器盈于此矣!"未几,果罢执政。

张听声知朱服命

先公以庆历戊子八月十日生,十八岁,请解于广文馆。尝至汴河上,闻瞽者张听声知祸福,公叩焉。才謦咳,张即曰:"吾故人也! 二十年不相遇。"公窃笑其诞。再询,知乡里,便曰:"岂朱秘丞郎君乎?"公愕然,张曰:"庆历八年重阳日,蒙秘丞置酒,次日诣谢,闻公诞弥月,又得预庆宴。秘丞令视公,彼时爱此声,每不忘,屈指已十七年矣。"因道:"公此举未及第,后六年当魁天下。"皆如其言。至今汴河岸常有"张听声",盖袭其名也。

钱秀才知人三世姓

余幼时随母氏在常州,时见钱秀才开图书,知人三世姓,男子知妇姓,女子知夫姓,无不验。吾家之姊,长适吴氏,次适沈氏,钱阅书皆言夫姓吴,当时怪其差缪。后数年,沈姊离婚归宗,嫁吴宽夫,不知图书何为而亿中乃尔。生齿浩繁,岂此数帙文字所能该括？

卦　影

熙宁间，蜀中日者费老筮《易》，以丹青寓吉凶。在十二辰，则画鼠为子，画马为午，各从其属。画牛作二尾则为失，画犬作二口为哭，画十有一口则为吉，其类不一，谓之卦影，亦有繇词，以相发明。其书曰《轨革》，费老筮之无不验。其后转相祖述，不知消息盈虚者，往往冒行此术，盖中否未可知也，求筮者得幅纸画人物，莫测吉凶，待其相符，然后以为妙。卜以决疑，而转生疑，非先王命卜之意也。其画人物不常，鸟或四足，兽或两翼，人或儒冠而僧衣，故为怪以见象。朝士米芾好怪，常戴俗帽，衣深衣而蹑朝靴，绀缘缬，朋从目为"活卦影"。又开封李昂作卦影，自云能识倚伏，每筮得象，则说谕人，亦有理趣。余目击一事，曾有一卒持百钱来筮，昂探蓍布卦，即画人裹巾，半衣白，半衣绿，以杖荷二妇人头。昂曰："卜者士人，半衣白似无官，半衣绿似有官；半绿似无出身，半白又似有出身；荷二妇人头，两头阴，以为贵人之首云。"后询知卜者何大正也。何以布衣上书言元祐皇后称旨得官，后又言元符皇后忤旨失官，卜时方被罪。昂术精妙，余每求筮，或中或否，不能尽如此。或言日者占筮，系其穷通，所谓术果如何哉！

文彦博九十二岁善终

文潞公在贝州时，有黄琪者，为公筮。用一幅大绫，写"九十二岁善终"六字，藏于家。考公自二十八岁作两制，知成都；四十二岁平贝州贼，作宰相凡五十余年。平日未尝降官，虽赎铜罚俸亦无。元祐初，平章军国重事，久之以太师、河东节度使、侍中居西京。绍圣元年,公九十二岁,坐异意降太子少保,河南府差通判来取节钺。月余终。

何执中遇五有喜庆

何执中第五,微时从人筮穷达,其人云:"公不第五否?"何曰:"然。"其人拊掌大笑,连称奇绝,因云:"公凡遇五,即有喜庆。"何以熙宁五年乡荐余中榜第五人及第,五十五岁随龙,崇宁五年作宰相,每迁官或生子,非五年即五月或五日,其验如此。

戚山梦得登第时

湖州戚山,嘉祐末梦人书玉旁页字示之,云:"御名,此汝及第时。"戚多与亲旧道之。治平登极,而御名不如所梦,戚谓无验。不数年,神考龙飞,正协其字。乡人素闻其详,尤以为神。是举不预荐,方叹惋,忽有旨展年免解,湖州惟戚山一名预免,来年遂过省登第。

李充梦裸身见舒亶

常州李充,元丰间在太学,梦裸身见舒亶。时舒主学,李意裸身有脱白之兆,甚喜。后太学贿狱起,事连诸生,李亦系御史台。舒为中丞,夜阅囚,李正裸身对之,因悟前梦。

蔡子李女知前生事

蔡元度子仍悟前身是润州丹阳王家儿,访之果然,妻子尚在,来见之,相语如昔。至八、九岁,渐熟世境,旋忘前事。雍丘李三礼,生女小师,数岁则曰:"我是黄州黄陂典吏刊本作史。

雷泽男享甫,年十七岁,病疮卒。"雍丘牛商多在黄陂,寻问如合符契。他日雷泽往视小师,一见便呼为父。政和八年,小师来黄陂,抱其旧母号泣,又数与邑人说其平昔,皆验。

王震五十岁水厄

王震子发,平时人相之云:"五十岁水厄。"绍圣二年,责知袁州,五十岁矣。畏水厄,乃陆行至蕲水,疽发顶上,不可救,遂卒。岂所谓水厄者,厄于蕲水耶?

朱斋郎遇青眉子授异术

湖州安吉朱斋郎,昔游池州,齐山张道人与之一幅白纸,令寻"青眉子",云:"刺墨为眉,多作丐者。"朱他日在乡间,见群丐中有刺青眉者,因叩之。青眉初诉骂,泊朱转与张所寄纸,即笑曰:"张老无恙乎?"先是,涎唾被面,一穷猝耳;既笑,天真粲然,尘不可掩,宛若贵人。良久,谓朱曰:"汝无仙骨,又家富,黄白术不足以相累,有小技可以安乐终天年。"即授之而去。朱自尔大能饮啖,凡四十年无老态。崇宁乙酉,朱病,挐舟入吴兴,将见刘煮。会刘往西安,不能俟,亟呼季父翼中,传其术,语竟引舟归。季父素病,由是康健。不知所谓术者何如也。

饶珙名位全似崔判官

抚州饶珙未第时,遇浮屠子语之曰:"公他日名位,全如今润州崔判官。"饶未之信。后四十年,以朝请郎通判润州,正先公作守时也。到官岁余,因治厅事,得通判题名石刻,见崔判官姓名,法云:"司封员外郎,某年月日到、罢。"饶欣然记前言,乃求得老吏,询崔罢去后事,乃云:"得替至扬州,不讳。"饶心动,即上致仕状,先公闻之,力劝止,然卒不免。

桂阳监僧人入石复还

熙宁初,凌运勾权知桂阳监,坐失入死罪废黜。初,桂阳一僧携二徒游庐山,数岁,独其徒归,颇有金帛,日从搏饮。僧之姊讼于官,执其徒鞫问,具得僧度牒、衣钵,其徒云:"未至桂阳三十里,江岸大石,同憩其旁。石忽开,有老人召僧入,石复合,至暮候之不出,遂归。"狱中大笑其诞,峻治,竟伏辜,二徒皆坐斩。数月,僧至桂阳,徒家诉冤,官吏由是抵罪。问僧,果入石壁中,见老人,语良久,从地户出,乃在鼎州桃源,僧乞食缓行还乡。事有如此者,至今桂阳监现有案牍。

张大卿婢柳箱异事

古传剑侠甚著,近世寂不闻,先令人尝言常州张大卿一事,疑其剑侠也。云张买得婢,年三十余,虽不艳丽,风骨语论,非凡物也。自挈一柳箱缄固,每戒人勿发。寻常十数日则失之,夜半后复从天窗中来,张心异之,不敢诘。岁余生一女子,张意绸缪,俟其去,乃发箱视之,中藏一短剑及皂半臂,无他物,才归已觉,大怒曰:"奈何不听吾言!"取半臂披之,挥剑断其女头,倏然飞去,张急挽,已失所在。至今张氏祀于家祠,柳箱存焉。

紫　姑　神

古传紫姑神,近世尤甚,宣和初禁之,乃绝。尝观其下神,用两手扶一筲箕,头插一箸,画灰盘作字,加笔于箸上,则能写

纸,与人应答,自称"蓬莱大仙",多女子也,有名字伯仲,作文
可观,著棋则人无能敌者。余寓南海,有一假儒衣冠者,能迎
致其神,在书室中和余诗云:"古书读尽到今书,不独才余力有
余。自是丹山真凤子,太平呈瑞只须臾。"其人自不能文,疑有
神助。然不识字人致之,则不能书,但以箸宛转画灰盘尔。此
何理也?

江南俗事诸神

江南俗事神,疾病官事专求神,其巫不一,有号"香神"者,
祠星辰,不用荤;有号"司徒神"者、"仙帝神"者,用牲,皆以酒
为酹,名称甚多。尝于神堂中见仙帝神名位,有柴帝、郭帝、石
帝、刘帝之号,盖五代周、晋、汉也,不知何故祀之,祀词并无义
理。又以傀儡戏乐神,用禳官事,呼为弄戏。遇有系者,则许
戏几棚。至赛时,张乐弄傀儡,初用楮钱,爇香启祷,犹如祠
神。至弄戏,则秽谈群笑,无所不至。乡人聚观,饮酒醉,又殴
击,往往因此又致讼系,许赛无已时。

张　昇　消　怪

张昇侍中初监榷务,相传厅事有鬼物,官吏不敢宿直舍。
张至,独寝厅上。夜半后,有物扣其足,如冰冷;须臾自足而
上,循至顶复下,如此再四。张闭目引手持之,乃一毛臂甚巨,
不敢视其状,但坚持之。闻鸡唱,忽作人语,初甚厉,已而渐
逊,且言:"公官至侍中,语泄天机,自有阴祸,幸舍我。"张皆不
恤,渐觉手中消铄,至晓都尽,怪遂绝。张每戒人云:"夜中但
不开目,便不怖畏。"仲姊之夫先为张婿,亲为余言不妄。

湖州状元之兆

熙宁癸丑,先公登第,天子擢居第一,为权臣所轧,故居第二,大父颇不平。湖州道场山有老僧,为大父言:"此非人事。道场山在州南离方,文笔山也,低于他州,故未有魁天下者。"僧乃丐缘,即山背建浮屠,望之如卓一笔。既成,语州人曰:"后三十年出状元。"大观贾安宅,政和莫俦,相继为廷试魁。此吾家事,非诞也。

琼管无登第士

琼管四郡在海岛上,士人未尝有登第者。东坡责儋耳,与琼人姜唐佐游,喜其好学,与一联诗云:"沧海何尝断地脉,白袍端合破天荒。"东坡语姜云:"俟他日有验,当续成篇。"崇宁兴学,丕冒海隅,四郡士人亦向进,虽垦辟已久,恐卤瘠终无嘉谷尔。

常州诸胡富贵奕世　　吕惠卿家不利女婿

常州诸胡,余外氏,自武平使枢密,宗愈继执政,宗回、宗师、宗炎、奕修皆两制,宗质四子同时作监司,家资又高,东南号"富贵胡家"。相传祖茔三女山尤美,甚利子婿,余母氏乃尊行,如渭阳诸婿,钱昂、黄辅国、李诗、柳廷俊、张巨、陈举、蒋存诚,皆为显官,余无不出常调。吕吉甫太尉,自言其家不利女婿,不唯碌碌无用,如长倩余中,成婚二十余年,元祐初观望朝廷,上疏乞诛吕吉甫谢天下,后竟离婚。亦云祖茔三女山风水相刑也。余表侄李熙嘏,狂生登第,吉甫以孙女妻之,自延安帅遣人纳吉,礼貌甚盛。熙嘏在京师,忽诣开封府投牒,愿离婚。蔡元长尹京，惊问所以，并无违律及不争财物，熙媐但言平生不喜与"福建子"交涉，元长怒叱出，卒成婚。时人谓吕家风水已应。中州人每为闽人所窘，曰为"福建子"，畏而憎之之辞。吉甫、元长皆闽人，故熙媐戏之耳。

大　姑　李

大父居湖州城西，绕宅为园，植果，有一李树实佳。家有姑，自幼时爱食，因占护，每李熟，他人莫敢采，家人号为"大姑李"，传其种于外。后数十年，诸父贫不能有祖构，而姑所嫁丁维为中大夫，典郡且富，遂售其地建宅，大姑尚无恙，竟得旧李。

荆公吴夫人好洁一

王荆公妻越国吴夫人，性好洁成疾，公任真率，每不相合。自江宁乞骸归私第，有官藤床，吴假用未还，吏来索，左右莫敢言。公一旦跣而登床，偃仰良久，吴望见，即命送还。

荆公吴夫人好洁二

荆公吴夫人有洁疾，其意不独恐污己，亦恐污人。长女之出，省之于江宁，夫人欣然裂绮縠制衣，将赠其甥，皆珍异也。忽有猫卧衣笥中，夫人即叱婢揭衣置浴室下，终不肯与人，竟腐败无敢取者。余大父至贫，挂冠月俸折支，得压酒囊，诸子幼时，用为胫衣。先公痛念兹事，既显，尽以月俸颁昆弟宗族，终身不自吝一钱。诸父仰禄以活，不治生事。晚年迁谪，族人失俸，大有狼狈者，五叔父遂不聊生。余窃谓使荆公与大父易地，吴夫人安得有此疾！

旱魃

世传妇人有产鬼形者，不能执而杀之，则飞去，夜复归就乳，多瘁其母，俗呼为"旱魃"。亦分男女，女魃窃其家物以出，儿魃窃外物以归。初虞世和甫，名士善医，公卿争邀致，而性不可驯狎，往往尤急于权贵。每贵人求治病，则重诛求之，至于不可堪，所得赂旋以施贫者。最爱山谷黄庭坚，尝言："山谷孝于亲，吾爱重之。"每得佳墨精楮奇玩，必归山谷。山谷尝语朝士："初和甫于余，正是一儿旱魃。"时坐中有素厌苦和甫者，率尔对曰："到吾家便是女旱魃。"

伶人讥崇宁当十钱

崇宁铸九鼎，帝鼐居中，八鼎各镇一隅。是时行当十钱，苏州无赖子弟，冒法盗铸。会浙中大水，伶人对御作俳："今岁东南大水，乞遣肜鼎往镇苏州。"或作鼎神附奏云："不愿前去，恐一例铸作当十钱。"朝廷因治章绹之狱。

伶人议正时事

伶人丁先现者，在教坊数十年，每对御作俳，颇议正时事。尝在朝门与士大夫语曰："先现衰老，无补朝廷也。"闻者哂之。

伶人讥典帅王恩不习弓矢

王德用为使相，黑色，俗号"黑相"。尝与北使伴射，使已中的，黑相取箭焊头一发破前矢，俗号"劈筈箭"。姚麟亦善射，为殿帅十年，伴射常蒙奖赐。崇宁初，王恩以遭遇处位殿帅，不习弓矢，岁岁以伴射为窘。伶人对御作俳，先一人持一矢入，曰：“黑相劈筈箭，售钱三百万。”又一人持大矢入，曰：“老姚射不输箭，售钱三百万。”后二人挽箭一车入，曰．“车箭都卖一钱。”或问：“是何人家箭，价贱如此？”答曰：“王恩不及堄箭。”

茶牙人赐绯无文采直龙

杨鼎臣大夫尝为余言，绍圣间在成都，见提举茶马官，以课羡赐五品衣鱼。府中开宴，俳优口号有“茶牙人赐绯”之句，当时颇怒其妄发，亦笞之。小人中有冷眼，最不可欺。元符末，广帅柯述除直龙图阁，移知福州，训词有云：“延阁以待该博之士，傥践历中外，厥有成绩者，亦以命之。”柯无文采，颇不堪此“亦”字。

王安石新法用人不限资格

熙宁间，王介甫行新法，欲用人材，或以选人为监司。赵济、刘谊皆雄州防御推官，提举常平等事，荐所部官改官，而举将自未改官。盖用才不限资格，又不欲便授品秩，且惜名器也。其时多引人上殿，伶人对上作俳，跨驴直登轩陛，左右止之，其人曰：“将谓有脚者尽上得。”荐者少沮。

文 及 甫

文及甫，潞公子也，二十八岁，以直龙图阁知陕州，士论少之。郡僚戏云：“本州公筵，客将司奉台旨吃炒剥。”当时传以为笑。

钱　遹

钱遹田家子,高科阢仕,性甚鲁。每遇失汗,则负重走斋中,汗出乃苏。既为禁从,犹如此,或取十余千钱,就帐内荷之以作力。诸方不载此法,但人生恶安逸、喜劳动,惜乎非中庸也。轻薄子以为此出汗方,编入御药院,可一笑,故记之。

误取父柩

元祐间有大臣,不欲书名氏。父尝贬死朱崖,寓柩不归。既贵,自过海迎取。已更数十年,无识其父柩者,于僧房中有数棺,枯骨无款记,不获已乃挈一棺归,与其母合葬。后竟传误取僧骨来。绍圣初,言者欲蓁斐,以无验不敢举。

酒食地狱

杭州繁华,部使者多在州置司,各有公帑。州倅二员,都厅公事分委诸曹,倅号无事,日陪使府外台宴饮。东坡倅杭,不胜杯酌,诸公钦其才望,朝夕聚首,疲于应接,乃号杭倅为"酒食地狱"。后袁毂倅杭,适与郡将不协,诸司缘此亦相疏,袁语所亲曰:"酒食地狱,正值狱空。"传以为笑。

李章巧口乞鱼

苏州李章,以口舌为生计,介甫集有《李章下第》诗,亦才子也。尝游湖州,人皆厌其乞索。曾诣富人曹监簿家,曹方剖嘉鱼,闻其来,遽匿鱼出对之,章已入耳目。既坐,曹与论文,不及他事,冀其速去,谈及介甫《字说》,章因言:"世俗讹谬用字,如本乡苏州,篆文鱼在禾左,隶书鱼在禾右,不知何等小子,移过此鱼。"曹拊掌,共匕箸。

郭进戒子

昔有郭巨公进建第,落成日,设诸匠列坐于子弟右。或以为不可,巨公指诸匠曰:"此造屋者。"又指其子弟曰:"此卖屋者,固自有序。"识者以为名言,可为破家子戒。

苏掖置产

常州苏掖,仕至监司,家富甚啬。每置产,吝不与直,争一钱至失色。尤喜乘人窘急,时以微资取奇货。尝买别墅,与售者反覆甚苦,其子在旁曰:"大人可少增金,我辈他日卖之,亦得善价也。"父愕然,自是少悟。士大夫竞传其语。

郎忠厚富贵亲情

钱塘郎忠厚,游当涂诸公间,颇稔熟,好叙亲旧,见势位无不纳拜者。至人失势,则相疏。时人目之为"富贵亲情"。

润州监征与务胥合盗官钱

润州一监征,与务胥盗官钱,皆藏之胥家,约曰:"官满分以装我。"胥伪诺之。既代去,卒不与一钱,监征不敢索,悒悒渡扬子江,竟卒于维扬。胥得全赇,遂富,告归治田宅。是年妻孕,如见监征褰帏而入,即诞子,甚慧。长喜书,胥使之就学。二十岁登第,胥大喜,尽鬻其产,挈家至京师,为桂玉费。其子调官南下,已匮乏,至维扬病亡。胥无所归,贫索无聊,悔悟而卒。

赵 廷 臣

赵廷臣故渝州洞蛮,与诸酋约降朝廷。至洞,赵乃率诸酋杀之,扬言众叛,掩以为己功,又尽得其财物。故廷臣世资高,筮仕被擢用。生子谂,少年及第,几为殿魁;未三十岁,升朝为国子博士,忽以狂逆伏法。廷臣自河东提刑配琼州,母、妻、妹分配岭外,家资没官。识者谓谂等乃诸洞酋后身。

沈 括 妻 妒 暴

沈括存中,入翰苑,出塞垣,为闻人。晚娶张氏,悍虐,存中不能制,时被棰骂,捽须堕地,儿女号泣而拾之,须上有血肉者,又相与号恸,张终不恕。余仲姊嫁其子清直,张出也。存中长子博毅,前妻儿,张逐出之。存中时往赒给,张知辄怒,因诬长子凶逆暗昧事,存中责安置秀州。张时时步入府中,诉其夫子,家人辈徒跣从劝于道。先公闻之,颇怜仲姊,乃夺之归宗。存中投闲十余年,绍圣初复官,领宫祠。张忽病死,人皆为存中贺,而存中恍惚不安。船过扬子江,遂欲投水,左右挽持之,得无患,未几不禄。或疑平日为张所苦,又在患难,方幸相脱,乃尔何耶?余以为此妇妒暴,非碌碌者,虽死魂魄犹有凭藉。

胡 宗 甫 妻

胡宗甫妻张氏,极妒。元丰中官京局,母氏常过其家。有小婢云英行酒,与主人相顾而笑,张见而嫌之。婢亦觉,是夕,自缢于厕。家人惊告,张饮嚼自如。母氏不遑处,乃归。明年,张之爱女病,作婢语责张曰:"我由尔死,尚未足道;既闻之，饮食笑乐安忍耶？必令主死，尔诸子继之，使尔孑然无聊，以偿我昔痛！"未几，宗甫捐馆，张遽出京还常州，三子尽亡，姑妇四人孀居。张晚年病发，宛转哀鸣，求诸婢铺饲扶掖，或责以前事，则流涕无语，如是十余年乃卒。

王韶多杀伐之报

王韶在熙河，多杀伐。晚年知洪州，学佛，一日问长老祖心曰："昔未闻道，罪障固多，今闻道矣，罪障灭乎？"心曰："今有人，贫负债，及富贵而债主至，还否？"韶曰："必还。"曰："然则闻道矣，奈债主不相放何耶！"未几，疽发于脑卒。

倡　　妇

倡妇，州郡隶狱官以伴女囚。近世择姿容，习歌舞，迎送使客，侍宴好，谓之弟子，其魁谓之行首。

男　　倡

书传载弥子瑕、闳、籍孺以色媚世，至今京师与郡邑无赖男子，用以图衣食。旧未尝正名禁止，政和间始立法告捕，男子为倡，杖一百，告者赏钱五十贯。

佚　文

杨鼎臣葬母

　　绵州杨鼎臣,年十余岁,所生母死,殡菜园中。后十年登第,调官,欲积俸营葬,凡两任,不能办。后改官知彭州九陇县,升朝为安俸,追赠所生邑号,方获襄事。杨每惧微时草率,棺衾不如法。既彻面衣若生,衣装俨然,盖已三十年。杨抱持恸绝,奉尸易衣而葬,观者感叹,诚孝之报如此。

《永乐大典》卷一〇八一三,题《积俸葬母》

姚舜仁明堂议

　　崇宁初,姚舜仁献明堂议,以秘书少监修建明堂,专掌制度。姚议太室用茅覆,尊尧制也,竟不成。政和初,睿断天成,遂建合宫之制,不用茅,可见姚论之迂。亲祠北郊,自祖宗以来不得定议,议者多曰:"天子祭天地,大裘而冕。"传云:"大裘,黑羔裘也。"夏至极暑,至尊御羔裘不便,遂中辍。政和初,始定夏祭之礼。圣人之于天道,宜自得之。

《宋会要辑稿》礼二四之七七